HANS CHRISTIAN ANDERSEN
SÄMTLICHE MÄRCHEN

HANS CHRISTIAN ANDERSEN

SÄMTLICHE MÄRCHEN

ALBATROS

Vollständige Ausgabe

Aus dem Dänischen von Thyra Dohrenburg.
Mit Illustrationen von Vilhelm Pedersen und Lorenz Frølich

Bibliographische Information der Deutschen Bibliothek

Die Deutsche Bibliothek verzeichnet diese Publikation
in der Deutschen Nationalbibliographie;
detaillierte bibliographische Daten
sind im Internet über http://dnb.ddb.de abrufbar.

ISBN 3-491-96103-3
www.patmos.de

Erster Band

Das Feuerzeug

Ein Soldat kam auf der Landstraße dahermarschiert: Eins, zwei! Eins, zwei! er hatte seinen Tornister auf dem Rücken und einen Säbel an der Seite, denn er war im Krieg gewesen, und nun wollte er nach Hause. Da traf er eine alte Hexe auf der Landstraße; sie war wirklich abscheulich, ihre Unterlippe hing ihr bis auf die Brust hinab. Sie sagte: „Guten Abend, Soldat! du hast aber einen feinen Säbel und einen großen Tornister. Du bist ein richtiger Soldat! Nun sollst du so viel Geld haben, wie du willst!"

„Vielen Dank, du alte Hexe!" sagte der Soldat.

„Kannst du den großen Baum sehen?" sagte die Hexe und zeigte auf den Baum, der neben ihnen stand. „Der ist innen ganz hohl! Da kletterst du jetzt auf die Spitze, dann siehst du ein Loch, durch das du nach unten rutschen kannst und tief in den Baum hineinkommst. Ich binde dir einen Strick um den Leib, damit ich dich wieder hochziehen kann, wenn du mich rufst!"

„Was soll ich denn unten im Baum?" fragte der Soldat.

„Geld holen!" sagte die Hexe. „Du mußt wissen, wenn du auf den Boden des Baumes kommst, dann bist du in einem großen Gang, der ist ganz hell, denn da brennen über hundert Lampen. Dann siehst du drei Türen, du kannst sie aufschließen, der Schlüssel steckt. Gehst du in die erste Kammer hinein, dann siehst du mitten im Raum eine große Truhe, auf der sitzt ein Hund; der hat ein Paar Augen, so groß wie Teetassen, aber daraus brauchst du dir nichts zu machen! Ich gebe dir meine blaugewürfelte Schürze mit, die kannst du auf dem Fußboden ausbreiten. Gehe nun schnell hin und nimm den Hund hoch, setze ihn auf meine Schürze, mach die Truhe auf und nimm so viele Geldstücke heraus, wie du willst. Sie sind allesamt aus Kupfer; möchtest du aber lieber Silber haben, dann gehst du in das nächste Zimmer; da sitzt aber ein Hund, der hat ein Paar Augen, so groß wie Mühlräder; aber daraus brauchst du dir nichts zu machen, setz ihn auf meine Schürze und nimm dir von dem Geld! Möchtest du dagegen Gold haben, kannst du auch das bekommen, und zwar so viel, wie du tragen kannst, wenn du in die dritte Kammer gehst. Aber der Hund, der dort auf der Geldtruhe sitzt, der hat zwei Augen, jedes so groß wie der Runde Turm. Das ist ein richtiger Hund, kannst du mir glauben! Aber daraus brauchst du dir nichts zu machen! Setz ihn nur einfach auf meine Schürze, dann tut er dir nichts, und nimm du aus der Truhe so viel Gold, wie du willst!"

„Das wäre gar nicht so dumm!" sagte der Soldat. „Aber was muß ich dir geben, du alte Hexe? Denn etwas willst du wohl auch davon haben, denke ich!"

„Nein", sagte die Hexe, „nicht einen einzigen Schilling will ich haben. Du sollst für mich nur ein altes Feuerzeug mitbringen, das meine Großmutter vergessen hat, als sie das letztemal da unten war!"

„Soso! Dann bind mir den Strick um den Leib!" sagte der Soldat.

„Hier ist er!" sagte die Hexe. „Und hier ist meine blaugewürfelte Schürze."

Nun kletterte der Soldat auf den Baum, ließ sich in das

Loch hineinplumpsen und stand, wie die Hexe gesagt hatte, unten in dem großen Gang, wo die vielen hundert Lampen brannten.

Nun machte er die erste Tür auf. Uh! dort saß der Hund mit den Augen, so groß wie Teetassen, und stierte ihn an.

„Du bist ein braver Kerl!" sagte der Soldat, setzte ihn auf die Schürze der Hexe und nahm so viele Kupfermünzen, wie er in seiner Tasche unterbringen konnte, schloß dann die Truhe, setzte den Hund wieder drauf und ging in das zweite Zimmer. Ei! da saß der Hund mit Augen, so groß wie Mühlräder.

„Du solltest mich nicht immerzu anschauen!" sagte der Soldat. „Die Augen könnten dir davon weh tun!" und dann setzte er den Hund auf die Schürze der Hexe; als er aber das viele Silbergeld in der Truhe sah, schmiß er alles Kupfergeld, das er hatte, weg und füllte seine Tasche und seinen Tornister bloß mit Silber. Nun ging er in die dritte Kammer! – Nein, das war gräßlich! Der Hund da drinnen hatte wirklich zwei Augen, so groß wie der Runde Turm! und die liefen ihm im Kopf herum wie Räder!

„Guten Abend!" sagte der Soldat und griff an die Mütze, denn so einen Hund hatte er noch nie gesehen. Als er sich ihn aber ein bißchen angesehen hatte, dachte er, nun mag es ja genug sein, hob ihn auf den Fußboden hinunter und machte die Truhe auf. Nein, du lieber Himmel! was da für eine Menge Gold drin war! Dafür könnte er ganz Kopenhagen und die Zuckerschweinchen der Kuchenfrauen kaufen, alle Zinnsoldaten, Peitschen und Schaukelpferde, die es in der Welt gab! Ja, da war wirklich Geld! Nun warf der Soldat alles Silbergeld, mit dem er seine Taschen und seinen Tornister gefüllt hatte, fort und nahm statt dessen Gold, ja alle Taschen, der Tornister, die Mütze und die Stiefel wurden gefüllt, so daß er kaum gehen konnte! Nun hatte er Geld! Den Hund setzte er wieder auf die Truhe, schlug die Tür zu und rief dann durch den Baum hinauf: „Zieh mich nun hinauf, du alte Hexe!"

„Hast du das Feuerzeug mit?" fragte die Hexe.

„Ach, richtig!" sagte der Soldat, „das hätte ich ganz

vergessen", und nun ging er hin und holte es. Die Hexe zog ihn herauf, und er stand wieder auf der Landstraße, die Taschen, Stiefel, den Tornister und die Mütze voller Geld.

„Was willst du nun mit diesem Feuerzeug?" fragte der Soldat.

„Das geht dich gar nichts an!" sagte die Hexe, „du hast jetzt Geld bekommen! Gib mir nur das Feuerzeug!"

„Schnickschnack!" sagte der Soldat, „du sagst mir jetzt gleich, was du damit willst, oder ich ziehe meinen Säbel und haue dir den Kopf ab!"

„Nein!" sagte die Hexe.

Da hieb ihr der Soldat den Kopf ab. Da lag sie! aber er knüpfte all sein Geld in ihre Schürze, nahm sie wie ein Bündel auf den Rücken, steckte das Feuerzeug in die Tasche und ging schnurstracks in die Stadt.

Es war eine schöne Stadt, und in dem schönsten Gasthof stieg er ab, verlangte die allerbesten Zimmer und das Essen, das er gern mochte, denn jetzt war er reich, da er so viel Geld hatte.

Der Hausknecht, der seine Stiefel putzen mußte, meinte allerdings, das seien doch ein Paar sonderbare alte Stiefel, die so ein reicher Herr habe, aber er hatte sich noch keine neuen gekauft; am nächsten Tag bekam er Stiefel zum Ausgehen und feine Kleider. Nun war der Soldat ein vornehmer Herr geworden, und die Leute erzählten ihm von all der Pracht, die es in ihrer Stadt gebe, und von ihrem König, und was für eine wunderhübsche Prinzessin seine Tochter sei.

„Wo kann man sie sehen?" fragte der Soldat.

„Die kann man gar nicht sehen!" sagten alle miteinander. „Sie wohnt in einem großen, kupfernen Schloß, mit sehr vielen Mauern und Türmen rundherum! Keiner außer dem König darf bei ihr ein und aus gehen, weil geweissagt worden ist, daß sie einen ganz gemeinen Soldaten heiraten wird, und das gefällt dem König nicht."

„Die würde ich gern mal sehen!" dachte der Soldat, aber das wurde ihm ja gar nicht erlaubt.

Nun lebte er sehr vergnügt, ging ins Theater, fuhr in

Kongens Have* und schenkte den Armen sehr viel Geld, und das war hübsch von ihm! Er wußte noch aus früheren Zeiten, wie schlimm es war, keinen Schilling zu besitzen! Er war jetzt reich, hatte feine Kleider und fand nun viele Freunde, die alle sagten, er sei ein guter Kerl, ein richtiger Kavalier, und das gefiel dem Soldaten wohl! Da er aber täglich Geld ausgab und keines wiederbekam, so hatte er zuletzt nicht mehr als zwei Schilling übrig und mußte aus den schönen Zimmern ausziehen, in denen er gewohnt hatte, in eine winzig kleine Kammer, ganz oben unterm Dach, mußte selber seine Stiefel putzen und sie mit einer Stopfnadel flicken, und keiner von seinen Freunden kam zu ihm, denn es waren so viele Treppen zu steigen.

Es war ein ganz dunkler Abend, und er konnte sich nicht einmal eine Kerze kaufen, aber da fiel ihm ein, daß ein Lichtstümpfchen in dem Feuerzeug lag, welches er aus dem hohlen Baum mitgenommen hatte, in den ihm die Hexe hinuntergeholfen hatte. Er holte das Feuerzeug und den Kerzenstummel hervor, aber kaum schlug er Feuer und die Funken sprühten von dem Feuerzeug auf, da sprang die Tür auf, und der Hund, der Augen hatte, so groß wie Teetassen, und den er in dem Baum unten gesehen hatte, stand vor ihm und sagte: „Was befiehlt mein Herr?"

„Nanu!" sagte der Soldat, „das ist ja ein ulkiges Feuerzeug; kann ich so einfach bekommen, was ich haben will? Verschaff mir etwas Geld!" sagte er zu dem Hund, und wupps, war der weg, wupps, war er wieder da und trug einen großen Beutel mit Geldstücken in seiner Schnauze.

Jetzt wußte der Soldat, was das für ein wunderbares Feuerzeug war! Schlug er einmal, dann kam der Hund, der auf der Truhe mit dem Kupfergeld saß, schlug er zweimal, dann kam der, welcher das Silbergeld hatte, und schlug er dreimal, kam der, welcher Gold hatte. – Nun zog der Soldat wieder in die schönen Zimmer hinunter, legte die guten Kleider an, und flugs kannten ihn alle seine Freunde wieder, und sie hatten ihn so gern.

Da dachte er einmal: Es ist doch zu lächerlich, daß man

* Königsgarten (Anmerkung d. Übers.).

diese Prinzessin nicht sehen darf! Sie soll ganz wunderschön sein, sagen sie alle miteinander! Aber was nützt es, wenn sie immer da drinnen in dem großen, kupfernen Schloß mit den vielen Türmen sitzt. – Kann ich sie denn gar nicht zu sehen bekommen? – Wo ist jetzt mein Feuerzeug? Und dann schlug er Feuer, und wupps, kam der Hund mit Augen, so groß wie Teetassen.

„Es ist allerdings mitten in der Nacht", sagte der Soldat, „aber ich möchte so riesig gern die Prinzessin sehen, nur ein Augenblickchen!"

Der Hund war gleich zur Tür hinaus, und ehe der Soldat es dachte, sah er ihn wieder mit der Prinzessin, sie saß auf des Hundes Rücken und schlief und war so wunderschön, daß ein jeder sehen konnte, sie war eine richtige Prinzessin; der Soldat konnte es gar nicht lassen, er mußte sie küssen, denn er war ein richtiger Soldat.

Der Hund lief nun mit der Prinzessin wieder zurück, aber als es Morgen war und der König und die Königin beim Tee waren, erzählte die Prinzessin, sie habe in der Nacht einen so seltsamen Traum gehabt von einem Hund und einem Soldaten. Sie sei auf dem Hunde geritten, und der Soldat habe sie geküßt.

„Das ist ja eine feine Geschichte!" sagte die Königin.

Nun sollte in der nächsten Nacht eine von den alten Hofdamen am Bett der Prinzessin wachen, um zu sehen, ob es ein richtiger Traum wäre oder was es sonst sein könnte.

Den Soldaten verlangte es ganz schrecklich danach, die wunderschöne Prinzessin wiederzusehen, und nun kam nachts der Hund, nahm sie und lief, so sehr er konnte, aber die alte Hofdame zog sich Wasserstiefel über und lief ebenso schnell hinterdrein; als sie nun sah, daß sie in einem großen Haus verschwanden, dachte sie, nun weiß ich, wo es ist, und machte mit einem Stück Kreide ein großes Kreuz an das Tor. Dann ging sie nach Hause und legte sich schlafen, und der Hund kam auch mit der Prinzessin zurück. Als er aber sah, daß an das Tor, wo der Soldat wohnte, ein Kreuz gemacht war, nahm er auch ein Stück Kreide und setzte an alle Tore der ganzen Stadt ein Kreuz, und daran hatte er klug getan, denn jetzt konnte ja die Hofdame das richtige Tor nicht finden, da nun an allen Kreuze waren.

Am Morgen früh kamen der König und die Königin, die alte Hofdame und alle Offiziere, um zu sehen, wo die Prinzessin gewesen war!

„Dort ist es!" sagte der König, als er das erste Tor mit einem Kreuz sah.

„Nein, es ist dort, mein guter Mann!" sagte die Königin, die das zweite Tor mit einem Kreuz sah.

„Aber da ist eins und da ist eins!" sagten sie alle miteinander; wohin sie blickten, waren Kreuze an den Toren. So mußten sie doch wirklich einsehen, es nützte nichts, daß sie suchten.

Aber die Königin war eine sehr kluge Frau, die mehr konnte als in der Kutsche fahren. Sie nahm ihre große, goldene Schere, zerschnitt ein großes Stück Seide und nähte nun einen kleinen hübschen Beutel; den füllte sie mit kleinen, feinen Buchweizenkörnern, band ihn der Prinzessin auf den Rücken, und als das getan war, schnitt sie ein kleines Loch in den Beutel, so daß die Körner auf dem ganzen Weg, den die Prinzessin entlangkam, herausrieseln konnten.

Nachts kam der Hund nun wieder, nahm die Prinzessin auf seinen Rücken und lief mit ihr zum Soldaten, der sie so liebhatte und so gern ein Prinz gewesen wäre, damit er sie zur Frau bekommen könnte.

Der Hund merkte gar nicht, wie die Grützekörner rieselten vom Schloß bis hin zum Fenster des Soldaten, wo er mit der Prinzessin an der Hauswand hinauflief. Morgens konnten der König und die Königin sehen, wo ihre Tochter gewesen war, und da holten sie den Soldaten und steckten ihn ins Loch.

Da saß er. Uh, wie war es hier finster und langweilig, und dann sagten sie zu ihm: „Morgen wirst du gehenkt." Das zu hören war kein Spaß, und sein Feuerzeug hatte er daheim im Gasthof vergessen. Am Morgen konnte er zwischen den eisernen Stangen in dem kleinen Fenster hindurch sehen, wie die Leute aus der Stadt hinauseilten, um zuzugucken, wie er gehenkt würde. Er hörte die Trommeln und sah die Soldaten marschieren. Alle Menschen rannten dahin; auch ein Schusterlehrling mit Schurzfell und Pantoffeln war dabei, der trabte in solchem Galopp, daß der eine Pantoffel ab- und bis zur Mauer hinflog, wo der Soldat zwischen den eisernen Stangen hindurchguckte.

„Ei, du Schusterjunge! Du brauchst dich gar nicht so zu beeilen", sagte der Soldat zu ihm, „es geht doch nicht los, bevor ich nicht da bin! Aber möchtest du nicht hinlaufen, wo ich gewohnt habe, und mir mein Feuerzeug holen? Du bekommst auch vier Schillinge! Aber du mußt die Beine in die Hand nehmen!" Der Schusterlehrling wollte gern die vier Schillinge haben und sauste los nach dem Feuerzeug, gab es dem Soldaten und – ja, nun werden wir aber was hören!

Außerhalb der Stadt war ein großer Galgen gemauert worden. Rundherum standen die Soldaten und viele hunderttausend Menschen. Der König und die Königin saßen auf einem wunderbaren Thron dem Richter und dem ganzen Rat gegenüber.

Der Soldat stand schon oben auf der Leiter, aber als sie ihm den Strick um den Hals schlingen wollten, sagte er, man gestatte doch einem Sünder immer, bevor er seine Strafe erleide, daß ihm ein harmloser Wunsch erfüllt werde. Er wollte so gern eine Pfeife Tabak rauchen, es wäre doch die letzte Pfeife, die er in dieser Welt rauchen würde.

Dazu wollte nun der König nicht nein sagen, und so holte denn der Soldat sein Feuerzeug heraus und schlug Feuer: eins, zwei, drei! Und nun standen alle Hunde da, der eine mit Augen, so groß wie Teetassen, der mit Augen, so groß wie Mühlräder, und der, welcher Augen hatte, so groß wie der Runde Turm.

„Helft mir nun, daß ich nicht gehenkt werde!" sagte der Soldat, und da gingen die Hunde auf die Richter und den ganzen Rat los, nahmen einen bei den Beinen und einen bei der Nase und warfen sie viele Klafter hoch in die Luft, so daß sie herunterfielen und sich ganz zuschanden schlugen.

„Ich will nicht!" sagte der König, aber der größte Hund

nahm ihn wie auch die Königin und warf sie hinter all den anderen drein; da erschraken die Soldaten, und alle Leute riefen: „Kleiner Soldat, du sollst unser König sein und die reizende Prinzessin haben!"

Dann setzten sie den Soldaten in des Königs Kutsche, und alle drei Hunde tänzelten voraus und riefen: „Hurra!" und die Jungen pfiffen durch die Finger, und die Soldaten präsentierten das Gewehr. Die Prinzessin kam aus dem kupfernen Schloß heraus und wurde Königin, und das gefiel ihr gut! Die Hochzeit dauerte acht Tage, und die Hunde saßen mit bei Tisch und machten große Augen.

Der kleine Claus und der grosse Claus

Es gab in einem Ort zwei Männer, die beide ganz denselben Namen hatten, beide hießen sie Claus, aber der eine besaß vier Pferde und der andere nur ein einziges Pferd; um sie nun auseinanderhalten zu können, nannte man den, der vier Pferde hatte, den großen Claus, und den, der nur ein Pferd hatte, den kleinen Claus. Nun werden wir hören, wie es den beiden erging, denn das ist eine richtige Geschichte!

Die ganze Woche über mußte der kleine Claus für den großen Claus pflügen und ihm sein einziges Pferd borgen; dann half ihm der große Claus wiederum mit allen seinen vieren, aber nur einmal in der Woche, und zwar sonntags. Hei! wie ließ der kleine Claus seine Peitsche über alle fünf Pferde hinwegknallen, sie waren ja jetzt sozusagen sein an diesem einen Tag. Die Sonne schien so schön, und alle Glocken im Kirchturm läuteten zur Kirche, die Leute waren fein geputztund gingen mit dem Gesangbuch unter dem Arm, um den Pfarrer predigen zu hören, und sie sahen dem kleinen Claus zu, der mit fünf Pferden pflügte, und er war so vergnügt, daß er wieder mit der Peitsche knallte und rief: „Hüh! alle meine Pferde!"

„Das darfst du nicht sagen", sagte der große Claus, „dir gehört ja nur das eine Pferd!"

Als aber wieder welche vorbeigingen, die zur Kirche

wollten, vergaß der kleine Claus, daß er es nicht sagen durfte, und rief: „Hüh, alle meine Pferde!“

„Ja, nun bitte ich dich, es zu lassen!“ sagte der große Claus. „Wenn du es nämlich noch einmal sagst, dann hau ich dein Pferd vor den Kopf, daß es tot liegenbleibt, dann ist es aus mit ihm!“

„Ich sag es wahrhaftig nicht wieder!“ sagte der kleine Claus, aber als Leute vorüberkamen und ihm einen guten Tag zunickten, da wurde er so vergnügt und fand, es sehe doch großartig aus, daß er fünf Pferde habe, um damit seinen Acker zu pflügen, und rief: „Hüh, alle meine Pferde!“

„Ich werd dir deine Pferde hühen!“ sagte der große Claus und holte den Pflockhammer und haute das einzige Pferd vom kleinen Claus vor den Kopf, daß es hinstürzte und ganz tot war.

„Ach, nun habe ich gar kein Pferd mehr!“ sagte der kleine Claus und begann zu weinen. Dann zog er dem Pferd die Haut ab, nahm sie und ließ sie gut im Winde trocknen, steckte sie dann in einen Sack, den er auf den Nacken nahm, und ging zur Stadt, um seine Pferdehaut zu verkaufen.

Er hatte einen so langen Weg zu gehen, mußte durch einen großen, finsteren Wald, und nun kam ein furchtbares Unwetter; er verirrte sich ganz und gar, und bis er auf den rechten Weg kam, war es Abend und viel zu weit, um zur Stadt zu kommen oder wieder heim, bevor es Nacht wurde.

Dicht am Wege lag ein großer Bauernhof. Die Außenläden waren vor die Fenster geschoben, aber oben konnte das Licht doch durchschimmern. Dort darf ich sicher die Nacht über bleiben, dachte der kleine Claus und ging hin, um anzuklopfen.

Die Bäuerin machte auf, als sie aber hörte, was er wollte, sagte sie, er solle machen, daß er wegkomme, ihr Mann sei nicht zu Hause, und sie nehme keinen Fremden auf.

„Nun, dann muß ich eben draußen schlafen“, sagte der kleine Claus, und die Bäuerin machte die Tür vor ihm zu.

Nahebei stand ein großer Heudiemen, und zwischen diesem und dem Haus war ein kleiner Schuppen mit einem flachen Strohdach.

„Dort oben kann ich schlafen!" sagte der kleine Claus, als er das Dach sah. „Das ist ja ein wunderbares Bett, der Storch fliegt hoffentlich nicht herunter und beißt mich in die Beine." Denn oben auf dem Dach stand ein lebendiger Storch, der hatte dort sein Nest.

Nun kletterte der kleine Claus auf den Schuppen hinauf, wo er sich hin und her wälzte, um wirklich gut zu liegen. Die Holzläden vor den Fenstern schlossen oben nicht, und daher konnte er in die Stube schauen.

Dort war ein großer Tisch mit Wein und Braten und ganz herrlichem Fisch gedeckt, die Bäuerin und der Küster saßen da und speisten und sonst gar niemand anders, und sie schenkte ihm ein, und er machte sich über den Fisch her, denn der war nach seinem Sinn.

„Wer doch auch etwas davon hätte!" sagte der kleine Claus und streckte den Kopf ganz bis zum Fenster vor. Gott, was für einen schönen Kuchen sah er drinnen stehen! O ja, das war ein Festschmaus!

Da hörte er jemanden auf der Landstraße angeritten kommen, auf das Haus zu, es war der Mann der Bäuerin, der heimkehrte.

Er war ein so guter Mann, aber er hatte eine wunderliche Krankheit, er konnte es nie ertragen, Küster zu sehen; kam ihm ein Küster vor die Augen, wurde er ganz wütend. Das war auch der Grund, weshalb der Küster gekommen war, um die Frau zu besuchen, weil er wußte, daß der Mann nicht zu Hause war. Und die gute Frau setzte ihm darum das schönste Essen vor, das sie hatte; als sie nun den Mann kommen hörten, erschraken sie sehr, und die Frau forderte den Küster auf, in eine große leere Truhe zu kriechen, die in der Ecke stand; das tat er, denn er wußte ja, daß der arme Mann es nicht vertragen konnte, Küster zu sehen. Die Frau versteckte geschwind all das schöne Essen und den Wein in ihrem Backofen, denn hätte der Mann es gesehen, dann hätte er sicherlich gefragt, was das heißen solle.

„Ach ja!“ seufzte der kleine Claus oben auf dem Schuppen, als er all das Essen verschwinden sah.

„Ist da einer oben?“ fragte der Bauersmann und guckte zu dem kleinen Claus hinauf. „Weshalb liegst du da? Komm lieber mit hinein in die Stube!“

Dann erzählte der kleine Claus, wie er sich verirrt habe, und bat, ob er die Nacht über dableiben dürfe.

„Ja gewiß“, sagte der Bauersmann, „aber erst einmal wollen wir uns doch ein wenig stärken!“

Die Frau empfing die beiden sehr freundlich, deckte einen langen Tisch und setzte ihnen eine große Schüssel Grütze vor. Der Bauersmann war hungrig und aß mit wirklichem Appetit, aber der kleine Claus mußte immerfort an den schönen Braten, den Fisch und den Kuchen denken, er wußte ja, das stand alles im Ofen.

Unter den Tisch zu seinen Füßen hatte er seinen Sack mit der Pferdehaut gelegt, denn wir wissen ja, mit der war er von Hause fortgegangen, um sie in der Stadt zu verkaufen. Die Grütze wollte ihm gar nicht munden, und da trat er auf seinen Sack, und die trockene Haut im Sack quietschte ganz laut.

„Pscht!“ sagte der kleine Claus zu seinem Sack, trat aber gleichzeitig wieder drauf, und dann quietschte der viel lauter als vorher.

„Nanu! Was hast du in deinem Sack?“ fragte der Bauer.

„Oh, das ist ein Zauberer!“ sagte der kleine Claus. „Er sagt, wir sollten keine Grütze essen, er hat den ganzen Ofen mit Braten und Fisch und Kuchen vollgehext.“

„Was?“ sagte der Bauer und machte flugs den Ofen auf, wo er all das schöne Essen sah, welches die Frau dort versteckt hatte, von dem er aber nun meinte, daß es der Zauberer für sie hergehext habe. Die Frau getraute sich nicht, etwas zu sagen, sondern stellte sogleich das Essen auf den Tisch, und nun aßen sie vom Fisch wie auch vom Braten und vom Kuchen. Jetzt trat der kleine Claus abermals auf seinen Sack, so daß die Haut quietschte.

„Was sagt er jetzt?“ fragte der Bauer.

„Er sagt“, antwortete der kleine Claus, „daß er auch drei

Flaschen Wein für uns hergehext habe, die stünden drüben in der Ecke neben dem Ofen!“ Nun mußte die Frau den Wein hervorholen, den sie versteckt hatte, und der Bauersmann trank und wurde ganz lustig; so einen Zauberer, wie ihn der kleine Claus im Sack hatte, wollte er doch gar zu gerne haben.

„Kann er auch den Teufel hervorhexen?“ fragte der Bauer. „Den würde ich gern mal sehen, denn jetzt bin ich lustig!“

„Ja“, sagte der kleine Claus, „mein Zauberer kann alles, was ich verlange. Nicht wahr, du“? fragte er und trat auf den Sack, so daß es quietschte. „Kannst du hören, daß er ja sagt? Aber der Teufel sieht so garstig aus, es ist schon besser, man sieht ihn sich nicht an!“

„Oh, ich habe gar keine Furcht! Wie mag er wohl aussehen?“

„Ja, er sieht leibhaftig aus wie ein Küster!“

„Huh!“ sagte der Bauer, „das wär garstig! Ihr müßt wissen, ich kann es nämlich nicht vertragen, Küster zu sehen; aber das ist nun einerlei; ich weiß ja, es ist der Teufel, dann finde ich mich besser drein. Jetzt habe ich Courage! Aber er darf mir nicht zu nahe kommen.“

„Nun werde ich meinen Zauberer fragen!“ sagte der kleine Claus, trat auf den Sack und hielt sein Ohr daran.

„Was sagt er?“

„Er sagt, Ihr könnt hingehen und die Truhe aufmachen, die dort in der Ecke steht, dann seht Ihr den Teufel, wie er sich da duckt, aber Ihr müßt den Deckel festhalten, damit er nicht entwischt.“

„Wollt Ihr mir helfen, den Deckel festzuhalten?“ sagte der Bauer und ging zur Truhe, wo die Frau den richtigen Küster versteckt hatte, der da saß und solche Furcht hatte.

Der Bauer hob den Deckel ein wenig an und guckte darunter: „Huh!“ schrie er und fuhr zurück. „O ja, jetzt hab ich ihn gesehen, er sah genauso aus wie unser Küster! nein, das war schrecklich!“

Da mußte eins drauf getrunken werden, und nun tranken sie noch bis tief in die Nacht hinein.

„Den Zauberer mußt du mir verkaufen!" sagte der Bauer. „Fordere dafür, soviel du willst! Ja, ich gebe dir gleich einen ganzen Scheffel Geld!"

„Nein, das kann ich nicht!" sagte der kleine Claus. „Denk doch, wieviel Nutzen ich von diesem Zauberer haben kann!"

„Ach, ich hätte ihn doch gar zu gern", sagte der Bauer und bettelte und bettelte.

„Ja", sagte der kleine Claus dann schließlich, „da du so gut gewesen bist, mir heute nacht Obdach zu gewähren, mag es denn sein. Du bekommst den Zauberer für einen

Scheffel Geld, aber ich will den Scheffel gehäuft voll haben."

„Das sollst du haben", sagte der Bauer, „aber die Truhe da drüben mußt du mitnehmen, ich will sie nicht eine Stunde hier im Hause haben, man kann nicht wissen, ob er nicht noch drinsitzt."

Der kleine Claus gab dem Bauer seinen Sack mit der gedörrten Haut und bekam dafür einen ganzen Scheffel Geld, und zwar hoch gehäuft. Der Bauersmann schenkte ihm sogar noch einen großen Schubkarren, auf dem er das Geld und die Truhe wegfahren konnte.

„Leb wohl!" sagte der kleine Claus, und dann fuhr er mit seinem Geld und der großen Truhe los, in der noch immer der Küster saß.

Jenseits des Waldes war ein großer, tiefer Bach, das Wasser floß so schnell dahin, daß man kaum gegen die Strömung schwimmen konnte; es war eine große neue Brücke darüber gelegt worden, der kleine Claus hielt mitten darauf an und sagte ganz laut, damit der Küster in der Truhe es hören sollte: „Nein, was soll ich denn mit der blöden Truhe? Die ist so schwer, als wären Steine drin! ich werde ganz müde davon, sie weiter zu fahren, ich will sie darum in den Bach werfen, schwimmt sie dann zu mir nach Haus, dann ist es gut, und tut sie es nicht, dann soll es mir auch recht sein."

Jetzt nahm er die Truhe mit der einen Hand und hob sie ein wenig an, so als wollte er sie ins Wasser hinunterstürzen.

„Nein, laß das!" rief der Küster drinnen in der Truhe, „laß mich bloß hinaus!"

„Huh!" sagte der kleine Claus und tat so, als hätte er Furcht. „Er sitzt noch immer da drinnen! Da muß ich sie schleunigst in den Bach befördern, damit er ertrinken kann!"

„O nein, o nein!" rief der Küster, „ich gebe dir einen ganzen Scheffel Geld, wenn du es sein läßt!"

„Ja, das ist eine andere Sache!" sagte der kleine Claus und machte die Truhe auf. Der Küster kletterte gleich heraus und stieß die leere Truhe ins Wasser hinunter und ging zu seinem Hause, wo der kleine Claus einen ganzen Scheffel Geld bekam, einen hatte er ja vorher von dem Bauersmann bekommen, nun hatte er denn seinen ganzen Schubkarren voller Geld!

„Siehe da, das Pferd habe ich doch ganz gut bezahlt bekommen!“ sagte er bei sich, als er in seine eigene Stube heimgekommen war, und kippte alles Geld auf einen großen Haufen mitten im Raum. „Da wird sich der große Claus ärgern, wenn er erfährt, wie reich ich durch mein einziges Pferd geworden bin, aber ich will es ihm doch nicht geradezu sagen!“

Jetzt schickte er einen Knecht zu dem großen Claus, um sich ein Scheffelmaß auszuborgen.

„Was er mit dem wohl will!“ dachte der große Claus und schmierte Pech unter den Boden, damit etwas hängenblieb von dem, was gemessen wurde, und das tat es dann auch, denn als er den Scheffel zurückerhielt, hingen drei neue silberne Achtschillingstücke daran.

„Was ist das?“ sagte der große Claus und lief sofort zu dem kleinen hinüber: „Wo hast du all das viele Geld her?“

„Oh, das ist für meine Pferdehaut, ich hab sie gestern abend verkauft!“

„Das ist wahrhaftig gut bezahlt!“ sagte der große Claus, lief geschwind nach Hause, nahm eine Axt und haute alle seine vier Pferde vor den Kopf, zog ihnen die Haut ab und fuhr damit in die Stadt.

„Häute! Häute! wer will Häute kaufen!“ rief er durch die Straßen.

Alle Schuhmacher und Gerber kamen angelaufen und fragten, was er dafür haben wolle.

„Einen Scheffel Geld für jede!“ sagte der große Claus.

„Bist du verrückt?“ sagten sie alle miteinander. „Denkst du, wir haben das Geld scheffelweise?“

„Häute, Häute! wer will Häute kaufen!“ rief er wieder, aber allen, die fragten, was die Häute kosteten, entgegnete er: „Einen Scheffel Geld.“

„Er macht sich über uns lustig!“ sagten sie alle miteinander, und dann nahmen die Schuhmacher ihre Knieriemen und die Gerber ihr Schurzfell und fingen an, auf den großen Claus loszudreschen.

„Häute! Häute!“ äfften sie ihn nach. „Ja, wir werden dir die Haut versohlen, daß es rote Striemen gibt! Hinaus aus der Stadt mit ihm!“ schrien sie, und der große Claus mußte sich eilen, sosehr er konnte, so war er noch nie verdroschen worden.

„So!“ sagte er, als er nach Hause kam. „Das werde ich dem kleinen Claus heimzahlen, dafür schlag ich ihn tot.“

Aber daheim bei dem kleinen Claus war die alte Großmutter gestorben; sie war allerdings so gehässig und böse gegen ihn gewesen, aber er war trotzdem ganz traurig und nahm die tote Frau und legte sie in sein warmes Bett, vielleicht wurde sie doch wieder lebendig; dort sollte sie die ganze Nacht liegen, er selber wollte in der Ecke sitzen und auf einem Stuhl schlafen, das hatte er schon manchmal getan.

Als er nun nachts da saß, ging die Tür auf, und der große Claus kam mit seiner Axt herein: er wußte wohl, wo das Bett vom kleinen Claus stand, ging geradeswegs drauf zu und haute die tote Großmutter vor den Kopf, alldieweil er glaubte, es sei der kleine Claus.

„Siehst du!“ sagte er, „jetzt wirst du mich nicht mehr hinters Licht führen!“ Und dann ging er wieder nach Hause.

„Das ist doch ein schlimmer, böser Mann!“ sagte der kleine Claus, „da wollte er mich totschlagen, es war nur gut für die alte Mutter, daß sie schon tot war, sonst hätte er ihr den Garaus gemacht!“

Nun zog er der alten Großmutter die Sonntagskleider an, borgte sich ein Pferd von seinem Nachbarn, spannte es vor den Wagen und setzte die alte Großmutter auf den hinteren Sitz, so daß sie nicht hinausfallen konnte, wenn er anfuhr, und nun rollten sie durch den Wald von dannen; als die Sonne aufging, waren sie vor einem großen Gasthaus angekommen, hier hielt der kleine Claus an und ging hinein, um sich etwas zu stärken.

Der Gastwirt hatte viel, viel Geld, er war auch ein sehr guter Mann, aber jähzornig, so als wäre Pfeffer und Tobak in ihm.

„Guten Morgen!“ sagte er zum kleinen Claus. „Du bist heute zeitig in den Sonntagsstaat gekommen!“

„Ja, ich will in die Stadt mit meiner alten Großmutter, sie sitzt draußen auf dem Wagen, ich kann sie nicht in die Stube reinkriegen. Würdet Ihr ihr nicht ein Glas Met bringen, aber Ihr müßt ordentlich laut sprechen, sie hört nämlich nicht so gut.“

„Doch, das tue ich!“ sagte der Gastwirt und schenkte ein großes Glas Met ein, mit dem er zu der toten Großmutter hinausging, die im Wagen aufrecht hingesetzt worden war.

„Hier ist ein Glas Met von Ihrem Sohn!“ sagte der Gastwirt. Aber die tote Frau sagte natürlich kein Wort, sondern saß ganz still da.

„Hört Ihr nicht!“ schrie der Wirt so laut, wie er konnte. „Hier ist ein Glas Met von Ihrem Sohn!“

Er schrie noch einmal dasselbe und dann noch einmal, als sie sich aber gar nicht vom Fleck rührte, wurde er zornig und warf ihr das Glas mitten ins Gesicht, so daß der Met ihr über die Nase herunterrann und sie rücklings im Wagen umfiel, denn sie war ja nur aufrecht hingesetzt und nicht festgebunden worden.

„Nanu!“ rief der kleine Claus, rannte aus der Tür und griff den Gastwirt an der Brust. „Nun hast du meine Großmutter getötet! Sieh nur, da ist ein großes Loch in ihrer Stirn!“

„Oh, das ist aber ein Unglück!“ rief der Wirt und schlug die Hände zusammen. „Es kommt alles von meinem Jähzorn! Lieber kleiner Claus, ich will dir einen ganzen Scheffel Geld geben und deine Großmutter begraben lassen, als wäre es meine eigene, aber schweig bloß still, denn sonst schlagen sie mir den Kopf ab, und das ist so ekelhaft.“

So bekam der kleine Claus einen ganzen Scheffel Geld, und der Gastwirt begrub die alte Großmutter, als wäre es seine eigene.

Als nun der kleine Claus wieder mit dem vielen Geld nach

Hause kam, schickte er sogleich seinen Knecht zu dem großen Claus hinüber, um ihn zu bitten, ob er nicht sein Scheffelmaß borgen dürfe.

„Was?" sagte der große Claus. „Habe ich ihn nicht totgeschlagen? Da muß ich doch selber nachsehen!" Und dann ging er selber mit dem Scheffel zu dem kleinen Claus hinüber.

„Ih, wo hast du denn all das Geld her?" fragte er und sperrte die Augen richtig auf, als er sah, was noch alles dazugekommen war.

„Du hast meine Großmutter totgeschlagen und nicht mich!" sagte der kleine Claus. „Die habe ich nun verkauft und einen Scheffel Geld dafür bekommen!"

„Das ist wahrhaftig gut bezahlt!" sagte der große Claus und eilte heim, nahm eine Axt und schlug sogleich seine alte Großmutter tot, legte sie in den Wagen, fuhr in die Stadt, wo der Apotheker wohnte, und fragte, ob der einen toten Menschen kaufen wolle.

„Wer ist es, und wo habt Ihr den her?" fragte der Apotheker.

„Es ist meine Großmutter", sagte der große Claus. „Ich habe sie totgeschlagen, für einen Scheffel Geld!"

„Gott behüte!" sagte der Apotheker. „Ihr verplappert Euch ja! Sagt doch so etwas nicht, das kann Euch den Kopf kosten!" – Und nun sagte er ihm richtig Bescheid, was er schrecklich Böses getan hätte und was für ein schlechter Mensch er wäre und daß er bestraft werden müßte; der große Claus bekam nun einen solchen Schrecken, daß er aus der Apotheke hinausrannte und spornstreichs auf den Wagen sprang, auf die Pferde lospeitschte und nach Hause fuhr, aber der Apotheker und alle Leute meinten, er sei verrückt, und ließen ihn fahren, wohin er wollte.

„Das will ich dir heimzahlen!" sagte der große Claus, als er auf der Landstraße war! „Ja, das werd ich dir heimzahlen, kleiner Claus!" Und nun nahm er, sobald er nach Hause gekommen war, den größten Sack, den er finden konnte, ging zum kleinen Claus hinüber und sagte: „Nun hast du mich wieder hinters Licht geführt! Zuerst habe ich meine

Pferde totgeschlagen, dann meine alte Großmutter! Das ist alles deine Schuld, aber niemals sollst du mich wieder hinters Licht führen!" Und dann packte er den kleinen Claus um den Leib und steckte ihn in seinen Sack, nahm ihn auf den Rücken und rief ihm zu: „Jetzt gehe ich und ertränke dich!"

Es war ein weites Stück zu gehen, ehe er zum Bach kam, und der kleine Claus war nicht so leicht zu tragen. Der Weg führte dicht an der Kirche vorbei, die Orgel spielte, und die Leute drinnen sangen ganz wunderhübsch; da stellte der große Claus seinen Sack mit dem kleinen Claus dicht neben der Kirchentür ab und dachte, es könnte ganz gut sein, hineinzugehen und erst einen Choral zu hören, ehe er weiterginge; der kleine Claus konnte ja nicht heraus, und die Leute waren alle in der Kirche; so ging er hinein.

„Ach ja! ach ja!" seufzte der kleine Claus drinnen im Sack; er drehte und drehte sich, aber es war ihm nicht möglich, das Band aufzukriegen; da kam gerade ein alter Viehtreiber an, mit schlohweißem Haar und mit einem großen Knotenstock in der Hand; er trieb eine ganze Trift Kühe und Stiere vor sich her, sie rannten gegen den Sack, in dem der kleine Claus saß, so daß der umkippte.

„Ach ja!" seufzte der kleine Claus, „ich bin so jung und muß schon ins Himmelreich!"

„Und ich armer Tropf", sagte der Viehtreiber, „bin so alt und kann noch nicht hineinkommen!"

„Mach den Sack auf!" rief der kleine Claus. „Krieche an meiner Statt hinein, dann kommst du sofort ins Himmelreich!"

„Ja, das möchte ich gar zu gern!" sagte der Viehtreiber und machte dem kleinen Claus den Sack auf, und der sprang sogleich hinaus.

„Würdest du dann das Vieh versorgen?" sagte der alte Mann und kroch nun in den Sack, den der kleine Claus zuband; und dann zog er mit allen Kühen und Stieren seines Weges.

Kurz darauf kam der große Claus aus der Kirche, er nahm wieder seinen Sack auf den Rücken, fand allerdings, der sei so leicht geworden, denn der alte Viehtreiber war nicht mehr als halb so schwer wie der kleine Claus. „Wie ist er leicht zu tragen jetzt! Ja, das kommt sicher daher, weil ich ein Kirchenlied gehört habe!" Dann ging er zum Bach, der tief und groß war, warf den Sack mit dem alten Viehtreiber ins Wasser und rief hinter ihm drein, denn er meinte ja, es sei der kleine Claus: „Siehst du! nun wirst du mich nicht mehr hinters Licht führen!"

Dann ging er heimwärts, aber als er dorthin kam, wo die Wege sich kreuzten, traf er den kleinen Claus, der mit all seinem Vieh dahinzog.

„Was", sagte der große Claus, „habe ich dich nicht ertränkt?"

„Doch", sagte der kleine Claus, „du hast mich vor einer halben Stunde in den Bach geworfen!"

„Aber wo hast du all das schöne Vieh her?" fragte der große Claus.

„Das ist Seevieh!" sagte der kleine Claus. „Ich werde dir die ganze Geschichte erzählen, und ich danke dir auch sehr, daß du mich ertränkt hast; nun bin ich obenauf, bin wirklich reich, das kannst du mir glauben! – Ich hatte solche Furcht, als ich im Sack drinnen lag, und der Wind pfiff mir um die Ohren, als du mich von der Brücke in das kalte Wasser warfst. Ich bin gleich bis auf den Grund gesunken, aber ich habe mich nicht gestoßen, denn dort unten wächst das feinste weiche Gras. Da bin ich draufgefallen, und gleich wurde der Sack aufgemacht, und die schönste Jungfrau, in schneeweißen Kleidern und mit einem grünen Kranz um das Haar, nahm mich bei der Hand und sagte: ‚Bist du da der kleine Claus? Da hast du fürs erste einmal etwas Vieh! eine Meile weiter den Weg hinauf steht noch eine ganze Trift, die ich dir schenken will!' Nun sah ich, daß der Bach eine große Landstraße für die Meerleute war. Unten auf dem Grunde gingen und fuhren sie geradeswegs von der See her bis tief ins Land hinein, bis dorthin, wo der Bach endigt. Da waren so viele schöne Bäume und das frischeste Gras, und die Fische, die im Wasser schwammen, die huschten mir um die Ohren, ebenso wie hier die Vögel in der Luft. Was waren da für feine Leute, und was war da für Vieh, es weidete an Gräben und Zäunen!"

„Aber weshalb bist du gleich wieder zu uns heraufgegangen?" fragte der große Claus. „Das hätte ich nicht getan, wenn es dort unten so wunderbar war!"

„Doch", sagte der kleine Claus, „das habe ich ja gerade ganz pfiffig angefangen! Du hörst ja doch, was ich dir sage: die Meerjungfrau sagte, eine Meile weiter den Weg hinauf – und mit Weg meint sie ja den Fluß, denn woanders kann sie nicht hinkommen – stehe noch eine ganze Trift Vieh für mich. Aber ich weiß, welche Windungen der Bach macht, bald hierhin, bald dorthin, es ist ja ein großer Umweg, nein, da kürzt man viel mehr ab, wo man es kann, wenn man hier an Land geht und querfeldein wieder zum Bach treibt, dadurch spare ich ja fast eine halbe Meile und komme geschwinder zu meinem Meervieh!"

„Oh, du bist ein glücklicher Mann!" sagte der große Claus. „Meinst du, ich bekomme auch Meervieh, wenn ich auf den Grund des Baches komme?"

„Doch, das sollte ich meinen!" sagte der kleine Claus. „Aber ich kann dich nicht im Sack zum Bache tragen, du bist mir zu schwer, wenn du selber hingehst und dann in den Sack kriechst, dann werde ich dich mit dem größten Vergnügen hineinwerfen."

„Vielen Dank!" sagte der große Claus. „Falls ich aber kein Meervieh kriege, wenn ich da hinunterkomme, dann verprügele ich dich, das kannst du mir glauben!"

„O nein, sei nicht so arg!" Und dann gingen sie zum Bach. Als das Vieh, welches durstig war, das Wasser sah, rannte es, sosehr es konnte, um zum Trinken hinunterzukommen.

„Schau, wie es sich beeilt!" sagte der kleine Claus. „Es sehnt sich danach, wieder auf den Grund hinunterzukommen!"

„Ja, hilf mir jetzt erst mal!" sagte der große Claus, „denn sonst kriegst du Prügel!" Und dann kroch er in den großen Sack, der quer auf dem Rücken von einem der Stiere gelegen hatte. „Tu einen Stein hinein, denn ich fürchte sonst, daß ich nicht untergehe!" sagte der große Claus.

„Das wird schon gehen!" sagte der kleine Claus, tat aber doch einen großen Stein in den Sack, zog das Band fest zu und stieß nun gegen den Sack: Platsch! da lag der große Claus draußen im Bach und sank sogleich auf den Grund.

„Ich fürchte, er findet das Vieh nicht!" sagte der kleine Claus und trieb alsdann heimwärts, was er hatte.

Die Prinzessin auf der Erbse

Es war einmal ein Prinz, der wollte sich eine Prinzessin suchen, aber es sollte eine richtige Prinzessin sein. So reiste er denn rund um die ganze Welt, um so eine zu finden, aber allüberall war etwas auszusetzen. Prinzessinnen gab es genug, ob es aber richtige Prinzessinnen waren, dahinter konnte er nicht ganz kommen, immer war da etwas, was nicht ganz richtig war. So kam er wieder nach Hause und war so traurig, denn er wollte so gern eine wirkliche Prinzessin haben.

Eines Abends war ein fürchterliches Wetter; es blitzte und donnerte, der Regen strömte hernieder, es war ganz schrecklich! Da pochte es ans Stadttor, und der alte König ging hin, um aufzumachen.

Draußen stand eine Prinzessin. Aber, du lieber Gott, wie sah sie aus von dem Regen und dem Unwetter! Das Wasser lief ihr an Haaren und Kleidern herunter, und es lief in die Schuhspitze hinein und aus dem Hacken heraus, und dann sagte sie, sie sei eine wirkliche Prinzessin.

„Ja, das werden wir schon noch erfahren!“ dachte die

alte Königin, aber sagen tat sie nichts, ging ins Schlafgemach, nahm alles Bettzeug weg und legte eine Erbse auf den Boden des Bettes, darauf nahm sie zwanzig Matratzen, legte sie oben auf die Erbse, und dann noch zwanzig Eiderdaunenbetten auf die Matratzen drauf.

Dort sollte nun die Prinzessin in der Nacht schlafen.

Morgens wurde sie gefragt, wie sie geschlafen habe.

„Oh, schrecklich schlecht!“ sagte die Prinzessin. „Ich habe die ganze Nacht fast kein Auge zugetan! Gott weiß, was in dem Bett gewesen ist? Ich habe auf etwas Hartem gelegen, so daß ich am ganzen Körper braun und blau bin! Es ist ganz schrecklich!“

Da konnten sie sehen, daß sie eine richtige Prinzessin war, weil sie durch die zwanzig Matratzen und die zwanzig Eiderdaunenbetten die Erbse gefühlt hatte. So empfindlich konnte niemand sein, außer einer wirklichen Prinzessin.

Der Prinz nahm sie also zur Frau, denn nun wußte er, daß er eine richtige Prinzessin hatte, und die Erbse kam in die Kunstgemächer, wo sie noch zu sehen ist, falls niemand sie weggenommen hat.

Seht, das war eine richtige Geschichte!

Die Blumen der kleinen Ida

„Meine armen Blumen sind ganz tot!“ sagte die kleine Ida. „Die waren gestern abend so schön, und nun hängen alle Blätter verwelkt herab. Weshalb tun sie das?“ fragte sie den Studenten, der auf dem Sofa saß: denn ihn hatte sie sehr gern, er konnte die allerschönsten Geschichten und schnitt so drollige Bilder aus: Herzen mit kleinen Frauen darin, die tanzten; Blumen und große Schlösser, an denen die Türen geöffnet werden konnten; es war ein lustiger Student! „Warum sehen die Blumen heute so schlecht aus?“ fragte sie wieder und zeigte ihm einen großen Strauß, der ganz verwelkt war.

„Ja, weißt du, was ihnen fehlt?“ sagte der Student, „die Blumen waren heute nacht zum Ball, und darum lassen sie die Köpfe hängen!“

„Aber die Blumen können doch nicht tanzen!“ sagte die kleine Ida.

„Doch“, sagte der Student, „wenn es dunkel wird und wir anderen schlafen, dann springen sie lustig umher; fast jede Nacht gehen sie zum Ball!“

„Können denn Kinder nicht mit auf den Ball kommen?“

„Doch“, sagte der Student, „winzigkleine Gänseblümchen und Maiblumen!“

„Wo tanzen die feinsten Blumen?“ fragte die kleine Ida.

„Bist du nicht oftmals zum Tor hinausgegangen bei dem großen Schloß, wo der König im Sommer wohnt, wo der wunderbare Garten ist mit den vielen Blumen? Du hast ja die Schwäne gesehen, die zu dir hinschwimmen, wenn du ihnen Brotkrumen geben willst. Da draußen wird aber Ball abgehalten, kannst du mir glauben!“

„Ich war gestern mit meiner Mutter da draußen im Garten!“ sagte Ida. „Aber alle Blätter waren von den Bäumen ab, und da waren gar keine Blumen mehr! wo sind die? Im Sommer habe ich so viele gesehen!“

„Die sind drinnen im Schloß!“ sagte der Student. „Weißt du, sobald der König und alle Hofleute hier in die Stadt ziehen, laufen die Blumen sogleich vom Garten ins Schloß hinauf und sind lustig. Das solltest du sehen! Die beiden allerschönsten Rosen setzen sich auf den Thron, und dann sind sie König und Königin. – All die roten Hahnenkämme stellen sich daneben auf und stehen da und verbeugen sich, sie sind die Kammerjunker. – Dann kommen all die hübschesten Blumen, und dann ist großer Ball, die blauen Veilchen sind kleine Seekadetten, die tanzen mit Hyazinthen und Krokussen, die sie mit Fräulein anreden! Die Tulpen und die großen, gelben Lilien, das sind alte Damen, die passen auf, daß fein getanzt wird und daß es vornehm zugeht!“

„Aber“, fragte die kleine Ida, „ist da keiner, der den Blumen etwas tut, weil sie im Schloß des Königs tanzen?“

„Da gibt es niemanden, der so recht etwas davon weiß!“ sagte der Student. „Mitunter, des Nachts, kommt zwar der alte Schloßverwalter, der dort draußen achtgeben soll, er hat ein großes Schlüsselbund bei sich, aber sowie die Blumen die Schlüssel rasseln hören, werden sie ganz still, verbergen sich hinter den langen Vorhängen und stecken nur den Kopf hervor. ‚Ich kann es riechen, hier drinnen sind Blumen!‘ sagt der alte Schloßverwalter, aber er kann sie nicht sehen.“

„Das ist drollig!“ sagte die kleine Ida und klatschte in die Hände. „Aber kann ich die Blumen auch nicht sehen?“

„Doch“, sagte der Student, „denk nur daran, wenn du wieder dort hinauskommst, daß du dann durch das Fenster schaust, dann siehst du sie sicher. Das habe ich heute getan, da lag eine lange, gelbe Osterglocke auf dem Sofa und räkelte sich, es war eine Hofdame!“

„Können auch die Blumen vom Botanischen Garten da hinauskommen? Können sie den langen Weg gehen?“

„Ja, das kannst du mir glauben!“ sagte der Student. „Wenn sie nämlich wollten, dann könnten sie fliegen. Hast du nicht die hübschen Schmetterlinge gesehen, die roten, gelben und weißen, die sehen fast so aus wie Blumen, sie sind auch welche gewesen, die sind vom Stengel hoch in die Luft gesprungen und haben da mit den Blättern geschlagen, als ob es kleine Flügel wären, und dann sind sie geflogen. Und da sie sich gut betragen haben, durften sie auch am Tag umherfliegen, brauchten nicht wieder nach Hause zu kommen und still auf dem Stengel zu sitzen, und so wurden aus den Blättern zuletzt richtige Flügel. Das hast du ja selber gesehen! Es kann im übrigen gut möglich sein, daß die Blumen im Botanischen Garten niemals draußen im Schloß des Königs gewesen sind oder wissen, daß es nachts dort so lustig ist. Darum will ich dir jetzt etwas sagen, dann wird er sich sehr wundern, der botanische Professor, der nebenan wohnt, du kennst ihn ja wohl? Wenn du in seinen Garten kommst, mußt du einer von den Blumen erzählen, daß draußen im Schloß großer Ball ist, dann sagt die es all den anderen weiter, und dann fliegen sie davon. Kommt dann der Professor in den Garten, dann ist keine einzige Blume mehr da, und er kann gar nicht verstehen, wo sie geblieben sind.“

„Aber wie kann die Blume es den anderen erzählen? Die Blumen können doch nicht sprechen!“

„Nein, das können sie allerdings nicht!“ antwortete der Student. „Aber dann machen sie Pantomime! Hast du nicht schon gesehen, wenn es windig ist, dann nicken die Blumen und bewegen all die grünen Blätter; das ist genauso deutlich, wie wenn sie sprächen!"

„Kann denn der Professor die Pantomimen verstehen?" fragte Ida.

„Ja, das kannst du glauben! Er kam eines Morgens in seinen Garten hinunter und sah eine große Brennessel dastehen und vor einer schönen roten Nelke mit den Blättern Pantomime machen. Sie sagte: ‚Du bist so reizend, und ich habe dich so gern!' Aber dergleichen mag der Professor nun gar nicht, und er schlug der Brennessel gleich über die Blätter, die sind nämlich deren Finger, aber da verbrannte er sich, und seit der Zeit getraute er sich niemals wieder, eine Brennessel anzufassen."

„Das ist drollig!" sagte die kleine Ida und lachte.

„Was soll das heißen, dem Kind so etwas weiszumachen!" sagte der grämliche Kanzleirat, der zu Besuch gekommen war und auf dem Sofa saß; er konnte den Studenten gar nicht leiden und murrte immer, wenn er sah, wie dieser die wunderlichen, lustigen Bilder ausschnitt: bald einen Mann, der an einem Galgen hing und ein Herz in der Hand hielt, denn er war ein Herzensdieb, bald eine alte Hexe, die auf einem Besen ritt und ihren Mann auf der Nase hatte; das mochte der Kanzleirat nicht, und dann sagte er, ebenso wie jetzt: „Was soll das heißen, dem Kind so etwas weiszumachen! das ist die dumme Phantasie!"

Aber die kleine Ida fand es trotzdem so drollig, was der Student von ihren Blumen erzählte, und sie dachte viel darüber nach. Die Blumen ließen den Kopf hängen, weil sie müde waren, nachdem sie die ganze Nacht getanzt hatten, sie waren bestimmt krank. So ging sie mit ihnen zu all ihrem anderen Spielzeug, das auf einem feinen Tischchen stand, und die ganze Schublade war voller prächtiger Dinge. Im Puppenbett lag ihre Puppe, Sophie, und schlief, aber die kleine Ida sagte zu ihr: „Du mußt nun aber aufstehen, Sophie, und dich damit begnügen, heute nacht in der Schublade zu schlafen, die armen Blumen sind krank, und darum müssen sie in deinem Bett schlafen, vielleicht werden sie dann gesund!" Und dann hob sie die Puppe hoch, aber die sah so eigensinnig aus und sagte kein Wort, denn sie war böse, weil sie nicht in ihrem Bett bleiben durfte.

Nun legte Ida die Blumen ins Puppenbett, zog die kleine Decke um sie herum hoch und sagte, sie sollten hübsch stille liegen, dann würde sie ihnen Tee machen, damit sie wieder gesund würden und morgen aufstehen könnten. Und sie zog die Vorhänge dicht um das kleine Bett zusammen, damit die Sonne ihnen nicht in die Augen schiene.

Den ganzen Abend mußte sie an all das denken, was der Student ihr erzählt hatte, und als sie selbst ins Bett gehen sollte, mußte sie erst hinter die Vorhänge schauen, die vor den Fenstern hingen, wo ihre Mutter die schönen Blumen stehen hatte, sowohl Hyazinthen als auch Tulpen, und dann flüsterte sie ganz leise: „Ich weiß wohl, ihr geht heute nacht zum Ball!" Aber die Blumen taten so, als verstünden sie nichts, und rührten kein Blatt; aber die kleine Ida wußte, was sie wußte.

Als sie ins Bett gekommen war, lag sie lange wach und dachte daran, wie wunderschön es sein müßte, die herrlichen Blumen draußen im Schloß des Königs tanzen zu sehen. „Ob meine Blumen wirklich mit dabeigewesen sind?" Aber dann schlief sie ein. Mitten in der Nacht wachte sie wieder auf, sie hatte von den Blumen und dem Studenten geträumt, auf den der Kanzleirat schalt und sagte, er mache ihr etwas weis. Im Schlafzimmer, wo Ida schlief, war es ganz still; das Nachtlämpchen brannte drüben auf dem Tisch, und ihre Eltern schliefen.

„Ob meine Blumen nun in Sophies Bett schlafen?" sagte sie bei sich. „Wie gern wüßte ich das!" Sie richtete sich ein wenig auf und sah zur Tür, die halb offenstand, dort drinnen lagen die Blumen und all ihr Spielzeug. Sie horchte, und da war es ihr, als hörte sie, daß drinnen in der Stube Klavier gespielt wurde, aber ganz leise, und so hübsch, wie sie es nie zuvor gehört hatte.

„Jetzt tanzen sicher alle Blumen da drinnen!" sagte sie. „O Gott, wie gern würde ich das doch sehen!" Aber sie traute sich nicht aufzustehen, dann weckte sie ihre Eltern. „Wenn sie doch nur hier hereinkämen!" sagte sie, aber die

Blumen kamen nicht, und die Musik fuhr fort, so hübsch zu spielen, da konnte sie es gar nicht lassen, denn es war zu herrlich, sie schlüpfte aus ihrem Bettchen und ging ganz leise zur Tür und guckte in die Stube. Nein, wie war es lustig, was sie da erblickte.

Drinnen war gar keine Nachtlampe, und trotzdem war es ganz hell, der Mond schien durch das Fenster mitten ins Zimmer hinein, es war fast so, als wäre es Tag. Die Hyazinthen und Tulpen standen alle in zwei langen Reihen in der Stube, es waren gar keine mehr im Fenster, dort standen leere Töpfe; unten auf dem Fußboden tanzten alle Blumen reizend im Kreise herum, machten eine richtige Kette und hielten einander an den langen grünen Blättern, wenn sie sich herumdrehten. Aber drüben am Klavier saß eine große gelbe Lilie, die die kleine Ida im Sommer bestimmt gesehen hatte, denn sie erinnerte sich noch genau, wie der Student sagte: „Nein, wie die Fräulein Line ähnlich sieht!" Aber da lachten sie ihn alle miteinander aus; nun fand Ida wirklich auch, daß die lange, gelbe Blume dem Fräulein ähnlich sah. Und sie machte es beim Spielen auch genauso, bald legte sie ihr längliches gelbes Gesicht auf die eine Seite, bald auf die andere und nickte den Takt zu der wunderbaren Musik. Die kleine Ida bemerkte gar niemand. Jetzt sah sie einen großen blauen Krokus mitten auf den Tisch springen, wo das Spielzeug stand, zum Puppenbett gehen und die Vorhänge beiseite ziehen, dort lagen die kranken Blumen, aber diese erhoben sich sogleich und nickten zu den anderen hinunter, daß sie auch mittanzen wollten. Das alte Räuchermännchen, dem die Unterlippe abgebrochen war, stand auf und verbeugte sich vor den feinen Blumen, sie sahen gar nicht krank aus, sie sprangen hinunter mitten unter die anderen und waren sehr vergnügt.

Da war es, als fiele irgend etwas vom Tisch. Ida schaute hin, es war die Fastnachtsrute, die heruntergesprungen war, die meinte auch, sie gehöre mit zu den Blumen. Sie war auch sehr hübsch, und oben dran saß eine kleine Wachspuppe, die hatte genau solch einen breiten Hut auf dem Kopf, wie ihn der Kanzleirat trug. Die Fastnachtsrute sprang auf ihren drei roten Holzbeinen mitten unter die Blumen und stampfte tüchtig, denn sie tanzte Mazurka; und diesen Tanz konnten die anderen Blumen nicht, weil sie so leicht waren und nicht stampfen konnten.

Die Wachspuppe auf der Fastnachtsrute wurde mit einem Male groß und lang, wirbelte über den Papierblumen im Kreise herum und rief ganz laut: „Was soll das heißen, dem Kind so etwas weiszumachen! Das ist die dumme Phantasie!“ Und dann sah die Wachspuppe ganz genauso aus wie der Kanzleirat mit dem breiten Hut, sah ganz genauso gelb und grämlich aus. Aber die Papierblumen schlugen ihr über die dünnen Beine, und da schrumpfte sie wieder ein und wurde eine winzigkleine Wachspuppe. Es war drollig anzuschauen! Die kleine Ida konnte sich das Lachen nicht verbeißen. Die Fastnachtsrute tanzte immer fort, und der Kanzleirat mußte mittanzen, es nützte nichts, ob er sich groß und lang machte oder die kleine gelbe Wachspuppe mit dem großen schwarzen Hute blieb. Da legten die anderen Blumen Fürbitte für ihn ein, besonders die, die im Puppenbett gelegen hatten, und nun ließ die Fastnachtsrute es sein. Im selben Augenblick klopfte es ziemlich kräftig drinnen in der Schublade, wo Idas Puppe Sophie neben so vielem anderen Spielzeug lag. Der Räuchermann rannte zur Tischkante, legte sich längelang auf den Bauch und konnte die Schublade ein klein wenig herausziehen. Da richtete Sophie sich auf und sah sich ganz erstaunt im Kreise um. „Hier scheint Ball zu sein!“ sagte sie. „Weshalb hat mir keiner was gesagt?“

„Möchtest du mit mir tanzen?“ sagte der Räuchermann.

„Na, du bist mir gerade fein genug zum Tanzen!“ sagte sie und kehrte ihm den Rücken. Dann setzte sie sich auf die Schublade und dachte, daß sicher eine von den Blumen kommen und sie auffordern würde, aber es kam keine, da hüstelte sie: „hm, hm, hm!“ aber trotzdem kam nicht eine. Der Räuchermann tanzte nun ganz allein, und das war nicht so übel!

Als nun keine von den Blumen Sophie zu sehen schien, ließ sie sich von der Schublade auf den Fußboden niederplumpsen, und das machte großen Lärm; alle Blumen kamen auch rund um sie herum angelaufen und fragten, ob sie sich weh getan habe, und sie waren alle so reizend zu ihr, besonders die Blumen, die in ihrem Bett geschlafen hatten; aber sie hatte sich gar nicht weh getan, und Idas Blumen bedankten sich alle für das schöne Bett und waren so nett zu ihr, zogen sie in die Mitte des Zimmers, wo der Mond schien, tanzten mit ihr, und alle anderen Blumen bildeten einen Kreis um sie. Nun war Sophie zufrieden; und sie sagte, sie dürften gern ihr Bett behalten, es mache ihr gar nichts aus, im Schubkasten zu schlafen.

Aber die Blumen sagten: „Wir danken dir vielmals aber wir können nicht so lange leben! Morgen sind wir ganz tot; aber sag der kleinen Ida, sie soll uns draußen im Garten begraben, wo der Kanarienvogel liegt, dann wachsen wir im Sommer wieder und werden viel schöner!"

„Nein, ihr dürft nicht sterben!" sagte Sophie, und dann küßte sie die Blumen. Im selben Augenblick ging die Saaltür auf, und eine große Menge wunderschöne Blumen kamen hereingetanzt. Ida konnte gar nicht begreifen, wo sie hergekommen waren, es waren bestimmt all die Blumen draußen vom Königsschloß. Allen voran gingen zwei herrliche Rosen, und die hatten goldene Krönchen auf, das waren ein König und eine Königin, dann kamen die reizendsten Levkojen und Nelken, und die grüßten nach allen Seiten. Sie hatten Musik mit dabei, große Mohnblumen und Päonien bliesen auf Erbsenschoten, so daß sie ganz rote Köpfe hatten. Die blauen Glockenblumen und die kleinen weißen Schneeglöckchen läuteten, als hätten sie Schellen um. Es war eine lustige Musik. Dann kamen sehr viele andere Blumen, und die tanzten alle miteinander, die blauen Veilchen und die roten Maßliebchen, die Gänseblümchen und die Maiglöckchen. Und alle Blumen küßten sich, es war lieblich anzuschauen!

Schließlich sagten die Blumen sich gute Nacht, da schlich auch die kleine Ida wieder in ihr Bett, wo sie von allem träumte, was sie gesehen hatte.

Als sie am nächsten Morgen aufgestanden war, ging sie geschwind an den kleinen Tisch, um nachzusehen, ob die

Blumen noch da waren, sie zog die Vorhänge an dem kleinen Bett beiseite. Ja, da lagen sie alle miteinander, aber sie waren ganz verwelkt, viel mehr als gestern. Sophie lag in der Schublade, wo sie sie hingelegt hatte, sie sah sehr verschlafen aus.

„Weißt du noch, was du mir sagen solltest!“ sagte die kleine Ida, aber Sophie sah ganz dumm aus und sagte kein Wort.

„Du bist gar nicht lieb“, sagte Ida, „und dabei haben sie doch alle mit dir getanzt.“ Dann nahm sie eine kleine Pappschachtel, auf der niedliche Vögel gezeichnet waren, die machte sie auf und legte die toten Blumen hinein. „Das soll euer niedlicher Sarg sein“, sagte sie, „und wenn nachher die norwegischen Vettern herkommen, dann sollen sie mithelfen, euch draußen im Garten zu begraben, damit ihr im Sommer wachsen könnt und noch viel schöner werdet!“

Die norwegischen Vettern waren zwei frische Jungen, sie hießen Jonas und Adolf. Ihr Vater hatte ihnen zwei neue Flitzbogen geschenkt, und die hatten sie mitgebracht, um sie Ida zu zeigen. Sie erzählte ihnen von den armen Blumen, die gestorben waren, und dann durften sie sie begraben. Beide Jungen gingen vorauf mit den Flitzbogen über der Schulter, und die kleine Ida ging hinterdrein mit den toten Blumen in der niedlichen Schachtel. Draußen im Garten wurde ein kleines Grab geschaufelt; Ida küßte zuerst die Blumen, legte sie dann mit der Schachtel in die Erde, und Adolf und Jonas schossen mit den Flitzbogen über das Grab, denn Gewehre oder Kanonen hatten sie nicht.

Däumelinchen

Es war einmal eine Frau, die so gern ein kleines Kindchen haben wollte, aber sie wußte gar nicht, wo sie es herbekommen sollte. Da ging sie denn zu einer alten Hexe und sagte zu ihr: „Ich möchte von Herzen gern ein kleines Kind haben, willst du mir nicht sagen, wo ich eines herbekommen kann?"

„O ja, das werden wir schon schaffen!" sagte die Hexe. „Da hast du ein Gerstenkorn, es ist gar keines von der Art, wie sie auf dem Acker des Bauern wachsen oder wie es die Hühner zu fressen bekommen. Tu es in einen Blumentopf, dann sollst du mal sehen!"

„Vielen Dank!" sagte die Frau und gab der Hexe zwölf Schillinge, ging alsdann nach Haus, pflanzte das Gerstenkorn ein, und sogleich sproß eine wunderschöne, große Blume auf, die sah genauso aus wie eine Tulpe, aber die Blütenblätter waren ganz dicht geschlossen, so als wäre sie noch eine Knospe.

„Es ist eine reizende Blume!" sagte die Frau und küßte sie auf die schönen, roten und gelben Blätter, aber als sie sie gerade küßte, gab es in der Blume einen großen Knall, und sie öffnete sich. Es war eine richtige Tulpe, das konnte man jetzt sehen, aber mitten in der Blüte auf einem grünen Stuhl saß ein winzigkleines Mädchen, so fein und liebreizend. Sie war nicht größer als ein Daumen, und darum wurde sie Däumelinchen geheißen.

Sie bekam eine hübsch lackierte Walnußschale als Wiege, blaue Veilchenblätter waren ihre Matratzen und ein Rosenblatt ihr Oberbett; dort schlief sie nachts, aber tagsüber spielte sie auf dem Tisch, wo die Frau einen Teller hingestellt hatte, um den sie einen ganzen Kranz von Blumen gelegt hatte, die ihre Stengel ins Wasser steckten; hier schwamm ein großes Tulpenblatt, und auf diesem durfte Däumelinchen sitzen und von der einen Seite des Tellers zur anderen fahren: sie hatte zwei weiße Roßhaare zum Rudern. Das sah sehr hübsch aus. Sie konnte auch singen, oh, so fein und süß, wie man es hier nie vernommen hatte.

Eines Nachts, als sie in ihrem schönen Bett lag, kam eine häßliche Kröte zum Fenster hereingeschlüpft; eine Scheibe war entzwei. Die Kröte war so garstig, groß und naß, sie hüpfte geradeswegs auf den Tisch hinunter, wo Däumelinchen lag und unter dem roten Rosenblatt schlief.

„Das wäre eine prächtige Frau für meinen Sohn!" sagte die Kröte, und dann ergriff sie die Walnußschale, in der Däumelinchen schlief, und hüpfte mit ihr durch die Scheibe davon, hinunter in den Garten.

Hier floß ein großer, breiter Bach, aber am Ufer war es sumpfig und schlammig; hier wohnte die Kröte mit ihrem Sohn. Uh! der war auch garstig und abscheulich, glich seiner Mutter ganz und gar. „Koax, koax, brekke-ke-kex!" war alles, was er sagen konnte, als er das süße kleine Mädchen in der Walnußschale sah.

„Red nicht so laut, sonst wird sie wach!" sagte die alte Kröte, „sie könnte uns immer noch davonlaufen, denn sie ist so leicht wie ein Schwanenflaum! Wir wollen sie in den Bach setzen auf eines der breiten Mummelblätter; für sie ist das, da sie so leicht und klein ist, ganz wie eine Insel! Dort kann sie nicht weglaufen, während wir die Staatsstube unten unter dem Schlamm herrichten, wo ihr wohnen und es euch traulich machen sollt!"

Draußen im Bach wuchsen sehr viele Mummeln mit den breiten, grünen Blättern, die aussehen, als schwämmen sie oben auf dem Wasser. Das Blatt, welches am weitesten entfernt war, das war auch das allergrößte. Dort schwamm die alte Kröte hin und setzte die Walnußschale mit Däumelinchen darauf.

Das kleine Dingelchen erwachte ganz früh am Morgen, und als sie sah, wo sie war, begann sie bitterlich zu weinen. Denn auf allen Seiten des großen, grünen Blattes war Wasser, sie konnte gar nicht an Land kommen.

Die alte Kröte saß unten im Schlamm und schmückte ihre Stube mit Schilf und gelben Mummeln – es sollte hier wirklich hübsch für die neue Schwiegertochter werden – und schwamm darauf mit dem garstigen Sohn zum Blatt hinaus, wo Däumelinchen stand, sie wollten ihr feines Bett holen, das sollte ins Brautgemach gestellt werden, ehe sie selber hinkam. Die alte Kröte machte vor ihr im Wasser einen tiefen Knicks und sagte: „Hier siehst du meinen Sohn, er wird dein Mann, und ihr werdet so schön unten im Schlamme wohnen!"

„Koax-koax-brekke-ke-kex!" war alles, was der Sohn sagen konnte.

Dann nahmen sie das reizende Bettchen und schwammen damit fort, aber Däumelinchen saß ganz allein auf dem grünen Blatt und weinte, denn sie wollte nicht bei der abscheulichen Kröte wohnen oder ihren häßlichen Sohn zum Manne haben. Die kleinen Fische, die unten im Wasser schwammen, hatten anscheinend die Kröte gesehen und hatten gehört, was sie sagte. Daher steckten sie die Köpfe heraus, sie wollten sich doch das kleine Mädchen ansehen. Sobald sie sie erblickten, fanden sie sie so süß, und es tat ihnen sehr leid, daß sie zu der garstigen Kröte hinunter sollte. Nein, das durfte niemals geschehen. Sie scharten sich unten im Wasser um den grünen Stengel, der das Blatt hielt, auf dem sie stand, nagten mit den Zähnen den Stengel durch, und nun schwamm das Blatt den Bach hinab, fort mit Däumelinchen, weit fort, wo die Kröte nicht hinkommen konnte.

Däumelinchen fuhr an so vielen Orten vorbei, und die kleinen Vögel saßen in den Büschen, sahen sie und sangen:

„Was für ein süßes Jungfräulein!" Das Blatt schwamm mit ihr immer weiter und weiter fort; so reiste Däumelinchen außer Landes.

Ein hübscher kleiner weißer Schmetterling flog fortwährend rund um sie herum und setzte sich zuletzt auf das Blatt, denn er mochte Däumelinchen sehr gern; und sie war sehr froh, denn nun konnte die Kröte sie nicht erreichen, und überall, wo sie dahinfuhr, war es so schön. Die Sonne glänzte auf dem Wasser, es war wie das herrlichste Gold. Da nahm Däumelinchen ihr Miederband, knüpfte das eine Ende um den Schmetterling, das andere Ende des Bandes machte sie am Blatt fest. Nun fuhr es viel rascher dahin und sie mit ihm, denn sie stand ja auf dem Blatt.

In diesem Augenblick kam ein großer Maikäfer angeflogen, der erblickte sie, und im Nu faßte er sie mit seinen Krallen um ihre schlanke Mitte und flog mit ihr auf den Baum hinauf, aber das grüne Blatt schwamm den Bach hinab, und der Schmetterling flog mit, denn er war am Blatt festgebunden und konnte nicht loskommen.

Gott, wie erschrak das arme Däumelinchen, als der Maikäfer mit ihr auf den Baum flog, aber am traurigsten war sie doch wegen des schönen, weißen Schmetterlings, den sie am Blatt angebunden hatte: falls er nun nicht loskommen konnte, mußte er ja verhungern. Aber das verfing bei dem Maikäfer nicht. Er setzte sich mit ihr auf das größte grüne Blatt auf dem Baume, gab ihr das Süße von den Blumen zu essen und sagte, sie sei so reizend, obwohl sie gar nicht einem Maikäfer ähnlich sei. Nachher kamen alle anderen Maikäfer, die auf dem Baum wohnten, und machten einen Besuch. Sie sahen sich Däumelinchen an, und die Maikäferfräulein zogen die Fühlhörner kraus und sagten: „Sie hat aber nicht mehr als zwei Beine, das sieht dürftig aus." – „Sie hat keine Fühlhörner!" sagten sie. „Sie ist so schlank um die Mitte, pfui! sie sieht genauso aus wie ein Mensch! Wie ist sie häßlich!" sagten alle Maikäferweibchen; und dabei war Däumelinchen doch so reizend! Das fand auch der Maikäfer, der sie geraubt hatte, da aber alle anderen sagten, sie sei häßlich, glaubte er es zuletzt auch und wollte sie gar nicht mehr haben! Sie mochte gehen, wohin sie wollte. Sie flogen mit ihr vom Baum herunter und setzten sie auf ein Gänseblümchen. Dort weinte sie, weil sie so häßlich war, daß die Maikäfer sie nicht haben wollten, und dabei war sie doch das Hübscheste, was man sich vorstellen konnte, so fein und rein wie das schönste Rosenblatt.

Den ganzen Sommer über lebte das arme Däumelinchen ganz allein in dem großen Wald. Sie flocht sich ein Bett aus Grashalmen und hängte es unter ein großes Huflattichblatt. So konnte sie nicht naß werden, wenn es regnete. Sie zupfte sich das Süße aus den Blumen und aß es und trank vom Tau, der jeden Morgen auf den Blättern lag. So vergingen der Sommer und der Herbst, aber nun kam der Winter, der kalte, lange Winter. Die Vögel, die ihr so schön vorgesungen hatten, flogen alle ihres Wegs, die Bäume und Blumen verwelkten, das große Huflattichblatt, unter dem sie gewohnt hatte, rollte sich zusammen und war nur ein gelber, welker Stengel, und es fror sie ganz schrecklich, denn ihre Kleider waren zerrissen, und sie war selber so fein und klein, das arme Däumelinchen, sie mußte sich zu Tode frieren. Es begann zu schneien, und jede Schneeflocke, die auf sie fiel, war so, als würfe man eine ganze Schaufel voll auf uns; denn wir sind groß, und sie war nur einen Daumen lang. So wickelte sie sich denn in ein welkes Blatt, aber das wollte nicht wärmen, sie bebte vor Kälte.

Gleich außerhalb des Waldes, wo sie nun hingekommen war, lag ein großes Kornfeld, aber das Korn war längst fort, nur die kahlen, dürren Stoppeln staken aus der gefrorenen Erde hervor. Die waren für sie ein richtiger Wald, wenn sie hindurchging, oh, sie zitterte so sehr vor Kälte. Da kam sie zur Tür der Feldmaus. Es war ein kleines Loch unter den Getreidestoppeln. Hier hauste die Feldmaus traulich und schön, hatte die ganze Stube voller Korn, eine prächtige Küche und Speisekammer. Das arme Däumelinchen stellte sich innen an die Tür, wie ein richtiges armes Bettlerkind, und bat um ein Stückchen Gerstenkorn, denn sie hatte zwei Tage lang kein bißchen gegessen.

„Du armes Kleines", sagte die Feldmaus – denn sie war im Grunde eine gute alte Feldmaus –, „komm du nur in meine warme Stube und iß mit mir!"

Da ihr nun das Däumelinchen gut gefiel, sagte sie: „Du kannst den Winter über gern bei mir bleiben, aber du mußt meine Stube fein sauber halten und mir Geschichten erzählen, die mag ich nämlich sehr gern", und Däumelinchen tat, was die gute alte Feldmaus verlangte, und es ging ihr nun wirklich gut.

„Nun bekommen wir wohl bald Besuch!“ sagte die Feldmaus. „Mein Nachbar pflegt mich jeden Tag in der Woche zu besuchen. Er hat es noch besser in seiner Behausung als ich, hat große Säle und trägt so einen schönen schwarzen Sammetpelz. Könntest du den nur zum Manne bekommen, dann wärest du gut versorgt. Aber er kann nicht sehen. Du mußt ihm die schönsten Geschichten erzählen, die du kennst!“

Aber das war nicht nach Däumelinchens Herzen, sie wollte den Nachbarn gar nicht haben, denn der war ein Maulwurf. Er kam in seinem schwarzen Sammetpelz und machte seinen Besuch. Er sei sehr reich und sehr gelehrt, sagte die Feldmaus, seine Behausung war auch mehr als zwanzigmal so groß wie die der Feldmaus, und Gelehrsamkeit, die hatte er, aber die Sonne und die hübschen Bäume konnte er gar nicht leiden, von denen redete er schlecht, denn er hatte sie nie gesehen. Däumelinchen mußte singen, und sie sang „Maikäfer flieg!“ und „Der Mönch geht durch die Auen“, und da verliebte sich der Maulwurf in sie, wegen der hübschen Stimme, aber er sagte nichts, er war solch ein besonnener Mann.

Er hatte sich kürzlich einen langen Gang durch die Erde gegraben von seinem Haus zu ihrem, auf dem durften die Feldmaus und Däumelinchen spazierengehen, wann sie wollten. Aber er sagte ihnen, sie dürften keine Furcht vor dem toten Vogel haben, der auf dem Gange liege. Es war ein ganzer Vogel mit Federn und Schnabel, der wohl vor kurzem erst gestorben war, als der Winter anfing, und nun vergraben worden war, genau da, wo der Maulwurf seinen Gang gemacht hatte.

Der Maulwurf nahm ein Stück faules Holz ins Maul, das leuchtet im Dunkeln wie Feuer, und ging nun voraus und leuchtete ihnen in dem langen, dunklen Gang. Als sie dorthin kamen, wo der tote Vogel lag, stieß der Maulwurf mit seiner breiten Nase gegen die Decke und hob die Erde hoch, so daß ein großes Loch entstand, durch welches das

Licht hereinscheinen konnte. Mitten im Gang lag eine tote Schwalbe, die hübschen Flügel lagen fest an den Seiten an, die Beine und der Kopf waren unter dem Gefieder versteckt; der arme Vogel war bestimmt vor Kälte gestorben. Er dauerte Däumelinchen sehr, sie liebte all die Vögelchen sehr, sie hatten ihr ja den ganzen Sommer über so hübsch vorgesungen und gezwitschert, aber der Maulwurf stieß mit seinen kurzen Beinen nach ihm und sagte: „Nun piept er nicht mehr! Es muß ein Elend sein, als kleiner Vogel geboren zu sein! Gottlob, daß keines meiner Kinder einer wird, so ein Vogel hat ja nichts weiter als sein Kwiwitt und muß im Winter verhungern!"

„Ja, das mögt Ihr als vernünftiger Mann wohl sagen", sagte die Feldmaus. „Was hat der Vogel von all seinem Kwiwitt, wenn der Winter kommt? Er muß hungern und frieren. Aber es soll ja auch immer gleich nach was aussehen!"

Däumelinchen sagte nichts, aber als die beiden anderen dem Vogel den Rücken kehrten, bückte sie sich, schob die Federn weg, die über seinem Kopf lagen, und küßte ihn auf die geschlossenen Augen. „Vielleicht war es der, welcher mir im Sommer so schön vorgesungen hat!" dachte sie. „Wieviel Freude hat er mir bereitet, der liebe, süße Vogel!"

Der Maulwurf verstopfte nun das Loch, durch das der Tag hindurchschimmerte, und begleitete die Damen nach Hause. Aber in der Nacht konnte Däumelinchen gar nicht einschlafen, da stand sie aus ihrem Bett auf und flocht aus Heu eine große, hübsche Decke, und die trug sie hinunter und breitete sie über den toten Vogel aus, legte weiche Baumwolle, die sie in der Stube der Feldmaus gefunden hatte, an den Seiten des Vogels entlang, damit er in der kalten Erde warm liege.

„Leb wohl, du hübscher kleiner Vogel", sagte sie, „leb wohl und vielen Dank für deinen schönen Gesang im Sommer, als alle Bäume grün waren und die Sonne uns so warm beschien!" Dann legte sie ihren Kopf auf die Brust des Vogels, erschrak aber im selben Augenblick sehr, denn es war, als ob irgend etwas da drinnen pochte. Es war das

Herz des Vogels. Der Vogel war nicht tot, er lag in einem todesähnlichen Schlaf und hatte sich nun aufgewärmt, und das Leben kehrte zurück.

Im Herbst fliegen alle Schwalben in die heißen Länder, wenn aber eine sich verspätet, dann friert sie so sehr, daß sie wie tot niederfällt, liegenbleibt, wo sie hinfällt, und der kalte Schnee legt sich auf sie.

Däumelinchen zitterte richtig, so sehr war sie erschrocken, denn der Vogel war ja groß, sehr groß gegen sie, die sie nur einen Daumen lang war, aber sie nahm doch allen Mut zusammen, stopfte die Baumwolle dichter um die arme Schwalbe und holte ein Blatt von der Krauseminze, das sie selbst als Oberbett gehabt hatte, und legte es dem Vogel über den Kopf.

In der nächsten Nacht schlich sie wieder zu ihm hinunter, und da war er ziemlich lebendig, aber ganz erschöpft, er konnte nur einen Augenblick seine Augen aufmachen und Däumelinchen ansehen, die mit einem Stück faulem Holz in der Hand dastand, denn eine andere Laterne hatte sie nicht.

„Ich danke dir, du süßes kleines Kind!“ sagte die kranke Schwalbe zu ihr. „Ich habe mich so schön aufgewärmt! bald bekomme ich meine Kräfte zurück und kann wieder fliegen, draußen in dem warmen Sonnenschein!“

„Oh!“ sagte sie, „es ist draußen so kalt, es schneit und friert! bleib du in deinem warmen Bett, ich werde dich schon pflegen!“

Sie brachte nun der Schwalbe Wasser in einem Blütenblatt, und die trank und erzählte ihr, wie sie sich den einen Flügel an einem Dornstrauch gerissen und deshalb nicht so schnell hätte fliegen können wie die anderen Schwalben, die dann fortgeflogen waren, weit fort in die heißen Länder. Sie war zuletzt auf die Erde heruntergefallen, aber an mehr erinnerte sie sich nicht und wußte überhaupt nicht, wie sie hierhergekommen war.

Sie blieb nun den ganzen Winter hier unten, und Däumelinchen war gut zu ihr und hatte sie so gern; weder der Maulwurf noch die Feldmaus erfuhren auch nur das geringste davon, denn sie konnten ja die arme, bedauernswerte Schwalbe nicht leiden.

Sowie das Frühjahr kam und die Sonne das Erdreich erwärmte, bis tief hinein, nahm die Schwalbe Abschied von Däumelinchen, die das Loch öffnete, das der Maulwurf obendrüber gemacht hatte. Die Sonne schien so schön zu ihnen herein, und die Schwalbe fragte, ob Däumelinchen nicht mit ihr kommen wolle, sie könnte auf ihrem Rücken sitzen, sie würden weit in den grünen Wald hineinfliegen. Aber Däumelinchen wußte, sie würde die alte Feldmaus betrüben, wenn sie sie einfach verließe.

„Nein, ich kann nicht!" sagte Däumelinchen. „Leb wohl! leb wohl! Du gutes, süßes Mädchen!" sagte die Schwalbe und flog in den Sonnenschein hinaus. Däumelinchen sah ihr nach, und das Wasser trat ihr in die Augen, denn sie hatte die arme Schwalbe so gern.

„Kwiwitt! kwiwitt!" sang der Vogel und flog in den grünen Wald hinein.

Däumelinchen war sehr betrübt. Sie durfte überhaupt nicht in den warmen Sonnenschein hinausgehen; das Korn, das auf dem Acker über dem Haus der Feldmaus gesät war, wuchs auch in die Höhe, es war für das kleine Mädchen, das ja nur einen Daumen lang war, ein ganzer, dichter Wald.

„Nun mußt du im Sommer deine Aussteuer nähen!" sagte die Feldmaus zu ihr, denn nun hatte der Nachbar, der langweilige Maulwurf in dem schwarzen Sammetpelz, um ihre Hand angehalten. „Du mußt etwas in Kisten und Kästen haben! Du mußt etwas zum Sitzen und zum Liegen haben, wenn du des Maulwurfs Frau wirst!"

Däumelinchen mußte die Spindel drehen, und die Feldmaus dang vier Spinnen, die mußten Tag und Nacht spinnen und weben. Jeden Abend kam der Maulwurf auf Besuch und redete dann immer davon, daß, wenn der Sommer zu Ende sei, die Sonne nicht mehr annähernd so heiß scheine – sie verbrannte ja jetzt die Erde, wie zu Stein; ja, wenn der Sommer zu Ende wäre, dann sollte die Hochzeit mit Däumelinchen sein. Aber sie war gar nicht erfreut, denn sie machte sich nichts aus dem langweiligen Maulwurf. Jeden Morgen, wenn die Sonne aufging, und jeden Abend, wenn sie unterging, schlich sie sich zur Tür, und wenn dann der Wind die Wipfel des Korns auseinanderbog, so daß sie den blauen Himmel sehen konnte, dachte sie daran, wie hell und schön es dort draußen sei, und wünschte so sehr, daß sie die liebe Schwalbe wiedersähe; aber die kam nie mehr, die war sicher weit fortgeflogen in den schönen grünen Wald.

Als es nun Herbst wurde, hatte Däumelinchen ihre ganze Aussteuer fertig.

„In vier Wochen wirst du Hochzeit feiern!" sagte die Feldmaus zu ihr. Aber Däumelinchen weinte und sagte, sie wolle den langweiligen Maulwurf nicht haben.

„Schnickschnack!" sagte die Feldmaus. „Sei nicht so widerborstig, denn sonst beiße ich dich mit meinem weißen Zahn! Du bekommst doch einen schönen Mann! So einen schwarzen Sammetpelz hat nicht einmal die Königin! Er hat Küche und Keller voll. Dank du dem lieben Gott für ihn!"

So sollten sie denn Hochzeit feiern. Der Maulwurf war schon gekommen, um Däumelinchen abzuholen, sie sollte mit ihm tief unter der Erde wohnen, niemals in die warme Sonne hinauskommen, denn die konnte er nicht leiden. Das arme Kind war so traurig, sie mußte nun der schönen Sonne Lebewohl sagen, die sie bei der Feldmaus doch immerhin von der Tür aus hatte sehen dürfen.

„Lebe wohl, du helle Sonne!" sagte sie und streckte die Arme hoch in die Luft, ging auch ein kleines Stückchen vor das Haus der Feldmaus; denn nun war das Korn abgeerntet, und hier standen nur die dürren Stoppeln. „Lebe wohl, lebe wohl!" sagte sie und schlang ihre kleinen Arme um ein rotes Blümchen, das dort stand. „Grüß die kleine Schwalbe von mir, falls du sie siehst!"

„Kwiwitt, kwiwitt!" machte es in diesem Augenblick über ihrem Kopfe. Sie blickte hinauf, es war die kleine Schwalbe, die gerade vorüberkam. Als sie Däumelinchen sah, freute sie sich sehr. Däumelinchen erzählte ihr, wie ungern sie den garstigen Maulwurf zum Manne haben wollte und daß sie dann ganz tief unter der Erde wohnen sollte, wo die Sonne niemals hinschiene. Sie konnte sich nicht helfen, sie mußte darüber weinen.

„Nun kommt der kalte Winter“, sagte die kleine Schwalbe, „ich fliege weit fort in die heißen Länder, möchtest du mit mir kommen? Du kannst auf meinem Rücken sitzen. Binde dich nur mit deinem Miederband fest, dann fliegen wir von dem garstigen Maulwurf und seiner dunklen Stube fort, weit fort über die Berge in die heißen Länder, wo die Sonne schöner scheint als hier, wo immer Sommer ist und wunderbare Blumen sind. Flieg nur mit mir, du liebes, kleines Däumelinchen, das mir das Leben gerettet hat, als ich fast erfroren in dem finsteren Erdkeller lag!“

„Ja, ich will mit dir ziehen!“ sagte Däumelinchen und setzte sich auf den Rücken des Vogels, mit den Füßen auf dessen ausgestreckten Flügeln, band ihren Gürtel an einer der kräftigsten Federn fest, und dann flog die Schwalbe hoch in die Luft hinauf, über Wald und über See, hoch über die großen Berge hin, wo immer Schnee liegt, und Däumelinchen fror es in der kalten Luft, aber da kroch sie unter das warme Gefieder des Vogels und steckte nur den kleinen Kopf heraus, um all die Herrlichkeit unter sich zu sehen.

So kamen sie zu den heißen Ländern. Dort schien die Sonne viel heller als hier, der Himmel war zweimal so hoch, und an Gräben und Zäunen wuchsen die köstlichsten grünen und blauen Weintrauben. In den Wäldern hingen Zitronen und Apfelsinen, hier duftete es von Myrthen und Krauseminzen, und auf der Landstraße rannten die niedlichsten Kinder umher und spielten mit großen, buntfarbigen Faltern. Aber die Schwalbe flog noch weiter, und es wurde schöner und schöner. Unter den herrlichsten grünen Bäumen an dem blauen See stand ein schimmernd weißes Marmorschloß aus alten Zeiten. Der Wein rankte sich um die hohen Säulen herum nach oben; hoch droben gab es viele Schwalbennester, und in einem von diesen wohnte die Schwalbe, die Däumelinchen trug.

„Hier ist mein Haus!" sagte die Schwalbe. „Willst du dir nun aber selbst eine der prächtigsten Blumen aussuchen, die dort unten wachsen, dann werde ich dich dort absetzen, und du wirst es so schön dort haben, wie du es dir wünschen magst!"

„Das ist wunderbar!" sagte sie und klatschte in die kleinen Hände.

Dort lag eine große, weiße Marmorsäule, die zu Boden gestürzt und in drei Teile zerbrochen war, aber zwischen diesen wuchsen die schönsten weißen Blumen. Die Schwalbe flog mit Däumelinchen hinunter und setzte sie auf eines der breiten Blütenblätter. Aber wie erstaunte sie! Dort mitten in der Blüte saß ein kleiner Mann, ganz weiß und durchsichtig, als wäre er aus Glas; er hatte die hübscheste goldene Krone auf dem Kopf und die schönsten hellen Flügel an den Schultern, er war selber nicht größer als Däumelinchen. Er war der Engel der Blume. In jeder Blüte wohnte so ein kleiner Mann oder eine Frau, dieser aber war der König über sie alle.

„Gott, wie ist er schön!" flüsterte Däumelinchen der Schwalbe zu. Der kleine Prinz erschrak sehr vor der Schwalbe, denn die war ja der reinste Riesenvogel gegen ihn, der so klein und fein war, aber als er Däumelinchen sah, freute er sich sehr, sie war das allerschönste Mädchen, das er bis jetzt gesehen hatte. Darum nahm er sich die goldene Krone vom Kopf und setzte sie auf ihren, fragte, wie sie heiße und ob sie seine Frau werden wolle; dann sollte sie die Königin über alle Blumen werden. Ja, das war wirklich ein Mann, anders als der Sohn der Kröte und der Maulwurf mit dem schwarzen Sammetpelz. Sie sagte daher „Ja" zu dem schönen Prinzen, und von jeder Blume kam eine Dame oder ein Herr, so reizend, daß es eine Lust war. Jedes brachte Däumelinchen ein Geschenk, aber das beste von allem waren ein Paar schöne Flügel von einer großen, weißen Fliege: diese wurden an Däumelinchens Rücken befestigt, und nun konnte sie auch von Blüte zu Blüte fliegen: da war nun eitel Freude, und die kleine Schwalbe saß oben in ihrem Nest und sang ihnen vor, so gut sie konnte, denn sie hatte Däumelinchen so gern und hätte sich am liebsten nie von ihr getrennt.

„Du sollst nicht Däumelinchen heißen!“ sagte der Engel der Blume zu ihr, „das ist ein häßlicher Name, und du bist so wunderhübsch. Wir möchten dich Maja nennen!“

„Leb wohl! leb wohl!“ sagte die kleine Schwalbe und flog wieder aus den heißen Ländern fort, weit weg, zurück nach Dänemark; dort hatte sie ein kleines Nest über dem Fenster, wo der Mann wohnt, der Märchen erzählen kann, dem sang sie ihr „kwiwitt, kwiwitt“, da haben wir die ganze Geschichte her.

Der unartige Junge

Es war einmal ein alter Dichter, so ein richtig guter alter Dichter. Eines Abends, als er daheim saß, kam draußen ein fürchterliches Wetter auf. Der Regen strömte hernieder, aber der alte Dichter saß schön warm an seinem Ofen, wo das Feuer brannte und die Äpfel brutzelten.

„Die Ärmsten, die in diesem Wetter draußen sind, haben doch sicher keinen trockenen Faden am Leibe!" sagte er, denn er war solch ein guter Dichter.

„Oh, mach mir auf! Mich friert so, und ich bin ganz naß!" rief draußen ein kleines Kind. Es weinte und klopfte an die Tür, während der Regen niederströmte und der Wind an allen Fenstern rüttelte.

„Du armes Ding!" sagte der alte Dichter und ging, um die Tür zu öffnen. Da stand ein kleiner Junge; der war ganz nackt, und das Wasser troff aus seinem langen, blonden Haar. Er zitterte vor Kälte, wäre er nicht eingelassen worden, dann hätte er in dem Unwetter sicher umkommen müssen.

„Du armer Kleiner!" sagte der alte Dichter und nahm ihn bei der Hand. „Komm du zu mir, ich werde dich schon noch warm kriegen! Wein sollst du haben und einen Apfel, denn du bist ein prächtiger Junge!"

Das war er auch. Seine Augen sahen aus wie zwei lichte Sterne, und obwohl ihm das Wasser aus seinen hellen Haaren troff, lockte es sich dennoch sehr hübsch. Er sah aus wie ein kleiner Engel, war aber ganz blaß vor Kälte und zitterte am ganzen Leibe. In der Hand hatte er einen feinen Flitzbogen, den hatte aber der Regen ganz verdorben; alle Farben an den schönen Pfeilen waren durch die Nässe ineinandergelaufen.

Der alte Dichter setzte sich an den Ofen, nahm den kleinen Jungen auf seine Knie, wrang ihm das Wasser aus den Haaren, wärmte seine Hände zwischen seinen eigenen und kochte süßen Wein für ihn; nun erholte der Junge sich, bekam rote Backen, sprang auf den Fußboden hinunter und umtanzte den alten Dichter.

„Du bist ein lustiger Junge!" sagte der Alte. „Wie heißt du?"

„Ich heiße Amor!" erwiderte er. „Kennst du mich nicht? Dort liegt mein Flitzbogen! Mit dem schieße ich, das kannst du mir glauben! Sieh nur, jetzt wird draußen das Wetter wieder gut, der Mond scheint!"

„Aber dein Flitzbogen ist kaputt!" sagte der alte Dichter.

„Das ist schlimm!" sagte der kleine Junge, hielt ihn hoch und sah sich ihn an. „Oh, der ist ganz trocken, der hat gar keinen Schaden genommen. Die Sehne sitzt ganz straff, jetzt werd ich sie ausprobieren!" Dann spannte er den Bogen, legte einen Pfeil darauf, zielte und schoß dem guten alten Dichter mitten ins Herz: „Da kannst du nun sehen, daß mein Flitzbogen nicht kaputt ist!" sagte er, lachte ganz laut und rannte davon. Dieser unartige Junge! einfach auf den alten Dichter zu schießen, der ihn in die warme Stube eingelassen hatte, so gut zu ihm gewesen war und ihm den schönen Wein und den besten Apfel gegeben hatte.

Der gute Dichter lag auf der Erde und weinte, er war wirklich mitten ins Herz geschossen worden, und dann sagte er: „Pfui, was ist der Amor für ein unartiger Junge! Das werde ich allen lieben Kindern erzählen, damit sie sich in acht nehmen und niemals mit ihm spielen, denn er tut ihnen Übles an!"

Alle die lieben Kinder, Mädchen und Knaben, denen er es

erzählte, nahmen sich gewaltig in acht vor dem schlimmen Amor, aber der schlug ihnen allen ein Schnippchen, denn er ist so schlau! Wenn die Studenten von der Vorlesung kommen, läuft er neben ihnen her, in einem schwarzen Rock und mit einem Buch unter dem Arm. Sie erkennen ihn gar nicht, und dann nehmen sie ihn unter den Arm und meinen, er sei auch ein Student, aber dann sticht er ihnen mit dem Pfeil in die Brust. Wenn die Mädchen vom Pfarrer kommen und wenn sie konfirmiert werden, dann ist er auch hinter ihnen her. Ja, er ist allezeit hinter den Leuten her! Er sitzt in dem großen Kronleuchter im Theater und brennt lichterloh, so daß die Leute meinen, es sei eine Lampe, aber hinterher verspüren sie etwas anderes. Er läuft in Kongens Have und auf dem Wall umher! Ja, er hat einmal deinem Vater und deiner Mutter mitten ins Herz geschossen! Frag sie nur, dann wirst du hören, was sie sagen. Ja, er ist ein schlimmer Junge, dieser Amor, dem solltest du lieber aus dem Wege gehen! Er ist hinter allen Leuten her! Denk nur, er hat sogar einen Pfeil auf die alte Großmutter abgeschossen, aber das ist lange her, das ist vorübergegangen! doch so etwas vergißt sie nie. Pfui, dieser schlimme Amor! Nun kennst du ihn aber, weißt, was für ein unartiger Junge er ist.

Der Wandergefährte

Der arme Johannes war sehr traurig, denn sein Vater war sehr krank und mußte sterben. Es war niemand weiter in der kleinen Stube außer den beiden, die Lampe auf dem Tisch war am Verlöschen, und es war sehr spät abends.

„Du warst ein guter Sohn, Johannes!“ sagte der kranke Vater. „Der Herrgott wird dir sicher in der Welt weiterhelfen!“ und er sah ihn mit ernsten, milden Augen an, holte tief Luft und starb. Es war ganz so, als ob er schliefe. Aber Johannes weinte, nun hatte er niemanden mehr auf der Welt, weder Vater noch Mutter, Schwester oder Bruder. Der arme Johannes! Er kniete am Bett nieder und küßte die Hand seines toten Vaters, er weinte viele heiße Tränen, aber schließlich fielen seine Augen zu, und er schlief ein, mit dem Kopf auf der harten hölzernen Bettkante.

Da träumte er einen sonderbaren Traum: Er sah, wie Sonne und Mond sich vor ihm verneigten, und er sah seinen Vater wieder frisch und gesund und hörte ihn lachen, wie er immer lachte, wenn er so recht fröhlich war. Ein schönes Mädchen, mit einer goldenen Krone auf ihrem langen, wunderhübschen Haar, reichte Johannes die Hand, und sein Vater sagte: „Siehst du, was für eine Braut du bekommen hast! Sie ist die Schönste in der ganzen Welt." Da erwachte er, und all das Schöne war fort, sein Vater lag tot und kalt im Bett, es war gar niemand bei ihnen; der arme Johannes!

In der Woche darauf wurde der Tote begraben. Johannes ging dicht hinter dem Sarge her, konnte den guten Vater nun nicht mehr sehen, der ihn so sehr geliebt hatte; er hörte, wie man Erde auf den Sarg warf, sah nun die letzte Ecke davon, aber mit der nächsten Schaufel, die hinuntergeworfen wurde, war auch diese verschwunden. Da war es gerade, als bräche ihm das Herz, so traurig war er. Rings um ihn sang man einen Choral, das klang so schön, und Johannes traten die Tränen in die Augen, er weinte, und das tat ihm gut in seinem Leid. Die Sonne schien schön auf die grünen Bäume, gerade als wollte sie sagen: „Du darfst nicht so traurig sein, Johannes! Kannst du sehen, wie schön blau der Himmel ist? Dort oben ist jetzt dein Vater und bittet den lieben Gott, daß es dir immer wohlergehen möge!"

„Ich will immer gut sein", sagte Johannes, „dann komme ich auch in den Himmel zu meinem Vater, und was für eine Freude wird es sein, wenn wir uns wiedersehen! Wieviel wird es dann geben, was ich ihm erzählen kann; und er wird mir wiederum so viele Dinge zeigen, mich so vieles von all dem Herrlichen im Himmel lehren, ebenso wie er es mich hier auf Erden lehrte. Oh, was für eine Freude wird das sein!"

Johannes stellte es sich so lebhaft vor, daß er lächeln mußte, während die Tränen ihm noch über die Wangen liefen. Die kleinen Vögel saßen oben in den Kastanienbäumen und zwitscherten: „Kwiwitt, kwiwitt!" Sie waren ganz fröhlich, obwohl sie mit auf der Beerdigung waren, aber sie wußten sicher, daß der tote Mann nun oben im Himmel war, Flügel hatte, weit schöner und größer als die ihren, daß er jetzt glücklich war, weil er hier auf Erden gut gewesen war, und darüber freuten sie sich. Johannes sah, wie sie von den grünen Bäumen fortflogen, weit hinaus in die Welt, und er hatte nun auch eine solche Lust mitzufliegen. Aber zuerst schnitzte er ein großes hölzernes

Kreuz, um es auf seines Vaters Grab zu setzen. Und als er es abends hinbrachte, war das Grab mit Sand und Blumen geschmückt; das hatten Fremde getan, denn sie hatten den lieben Vater, der jetzt tot war, sehr gern gehabt.

Früh am nächsten Morgen packte Johannes sein kleines Bündel, verwahrte in seinem Gürtel sein ganzes Erbteil, das waren fünfzig Reichstaler und ein paar Silberschillinge, damit wollte er in die Welt hinauswandern. Aber vorher ging er auf den Friedhof zu seines Vaters Grab, betete sein Vaterunser und sagte: „Lebe wohl, lieber Vater! Ich will immer ein guter Mensch sein, und dann darfst du doch sicher den lieben Gott bitten, daß es mir wohlergehen möge!"

Draußen auf dem Felde, wo Johannes entlangging, standen alle Blumen frisch und schön im warmen Sonnenschein, und sie nickten im Winde, gerade als wollten sie sagen: „Willkommen im Grünen! Ist es hier nicht hübsch?" Aber Johannes wandte sich noch einmal um, um zu der alten Kirche zurückzuschauen, wo er als kleines Kind getauft worden war, wo er jeden Sonntag mit seinem alten Vater zum Gottesdienst gegangen war und sein Kirchenlied gesungen hatte; da sah er hoch oben in einer der Turmluken den Kirchenwichtel stehen mit seiner kleinen roten, spitzen Mütze, er beschattete mit dem gekrümmten Arm sein Gesicht, da die Sonne ihn sonst geblendet hätte. Johannes nickte ihm zum Abschied zu, und das Wichtelchen schwang seine rote Mütze, legte die Hand aufs Herz und warf ihm viele Kußhände zu, um zu zeigen, wieviel Gutes es ihm wünsche und daß seine Reise wirklich glücklich sein möge.

Johannes stellte sich vor, wieviel Schönes er nun in der weiten, prächtigen Welt zu sehen bekommen würde, und ging weiter und weiter fort, so weit, wie er nie zuvor gewesen war. Er kannte die Orte gar nicht, durch die er kam, oder die Menschen, denen er begegnete, nun war er weit fort unter Fremden.

In der ersten Nacht mußte er sich in einem Heuschober auf dem Felde zum Schlafen niederlegen, ein anderes Bett hatte er nicht. Aber das fand er gerade wunderschön. Der König konnte kein prächtigeres haben. Das ganze Feld mit dem Bach, dem Heuschober und dann dem blauen Himmel darüber war gerade ein wunderschönes Schlafgemach. Das grüne Gras mit den kleinen roten und weißen Blumen war der Teppich, die Holundersträucher und die wilden Rosenhecken waren Blumensträuße, und als Waschschüssel hatte er den ganzen Bach mit dem klaren, frischen Wasser, an dem das Schilf sich verneigte und guten Abend wie auch guten Morgen wünschte. Der Mond war wie eine große Nachtlampe hoch oben unter der blauen Decke, und die steckte die Vorhänge nicht in Brand. Johannes konnte ganz ruhig schlafen, und das tat er auch, er erwachte erst wieder, als die Sonne aufging und alle Vögelchen ringsumher sangen: „Guten Morgen! guten Morgen! Bist du nicht auf?"

Die Glocken läuteten zur Kirche, es war Sonntag; die Leute gingen, um den Pfarrer predigen zu hören, und Johannes ging mit ihnen, sang einen Choral und hörte Gottes Wort, und ihm war so, als wäre er in seiner alten Kirche, wo er getauft worden war, und hätte mit seinem Vater die Lieder gesungen.

Draußen auf dem Friedhof waren sehr viele Gräber, und auf einigen wuchs das Gras ganz hoch. Da dachte Johannes an seines Vaters Grab, das auch einmal so aussehen würde wie diese, da er es jetzt nicht jäten und schmücken konnte. Er hockte sich darum hin und rupfte das Gras aus, richtete die Holzkreuze wieder auf, die umgefallen waren, und legte die Kränze, die der Wind von den Gräbern fortgeweht hatte, wieder an ihren Platz zurück, und dabei dachte er: Vielleicht tut einer das gleiche an meines Vaters Grab, jetzt, da ich es nicht tun kann!

Vor dem Friedhofstor stand ein alter Bettler und stützte sich auf seine Krücke. Johannes schenkte ihm die Silbermünzen, die er hatte, und ging dann glücklich und vergnügt fürbaß in die weite Welt hinaus.

Gegen Abend kam ein furchtbares Gewitter. Johannes beeilte sich, um unter Dach zu kommen, aber es war bald finstere Nacht. Da kam er endlich an eine kleine Kirche, die ganz einsam oben auf einer Anhöhe lag; die Tür war zum Glück angelehnt, und er schlüpfte hinein: hier wollte er bleiben, bis das Unwetter sich gelegt hatte.

„Hier will ich mich in eine Ecke setzen!" sagte er. „Ich bin ziemlich müde und kann es wohl nötig haben, ein wenig zu rasten." So setzte er sich denn hin, faltete die Hände und sprach sein Abendgebet, und ehe er sich's versah, schlief er und träumte, während es draußen blitzte und donnerte.

Als er wieder erwachte, war es tiefe Nacht, aber das Gewitter hatte sich verzogen, und der Mond schien durch die Fenster zu ihm herein. Mitten in der Kirche stand ein offener Sarg mit einem toten Mann darin, denn der war noch nicht begraben. Johannes hatte gar keine Furcht, denn er hatte ein gutes Gewissen, und er wußte wohl, daß die Toten niemandem etwas tun; es sind die Lebenden, schlechte Menschen, die Böses tun. Zwei solche lebendigen schlechten Menschen standen dicht neben dem toten Mann, der hier in die Kirche gestellt worden war, ehe er ins Grab gelegt werden sollte, sie wollten ihm Böses antun, ihn nicht in seinem Sarg liegen lassen, sondern ihn zur Kirchentür hinauswerfen, den armen toten Mann.

„Weshalb wollt ihr das tun?" fragte Johannes. „Das ist böse und schlecht, laßt ihn schlafen in Jesu Namen!"

„Ach Schnickschnack!" sagten die beiden abscheulichen Menschen, „er hat uns betrogen! er schuldet uns Geld, er konnte es nicht zahlen, und nun ist er obendrein gestorben, nun bekommen wir nicht einen Schilling; deshalb wollen wir richtig Rache nehmen, er soll wie ein Hund vor der Kirchentür liegen!"

„Ich habe nicht mehr als fünfzig Reichstaler!" sagte Johannes. „Das ist mein ganzes Erbteil, aber das will ich euch gern geben, wenn ihr mir ehrlich versprecht, den armen toten Mann in Frieden zu lassen. Ich werde schon noch zurechtkommen ohne das Geld; ich habe gesunde, kräftige Gliedmaßen, und der Herrgott wird mir immer helfen."

„Ja", sagten die häßlichen Menschen, „wenn du so einfach seine Schuld bezahlen willst, dann werden wir ihm schon nichts tun, dessen kannst du sicher sein!" Und dann nahmen sie das Geld, welches Johannes ihnen gab, lachten so richtig laut über seine Güte und gingen ihrer Wege. Aber Johannes legte den Leichnam wieder ordentlich in den Sarg, faltete ihm die Hände, sagte Lebewohl und ging ganz zufrieden durch den großen Wald.

Ringsum, wo der Mond zwischen den Bäumen hindurchscheinen konnte, sah er die reizenden kleinen Elfen gar lustig spielen; sie ließen sich nicht stören, sie wußten sicherlich, daß er ein guter, harmloser Mensch war. Und es sind nur die bösen Leute, die die Elfen nicht sehen dürfen. Manche von ihnen waren nicht größer als ein Finger und hatten ihr langes blondes Haar mit goldenen Kämmen hochgesteckt. Zwei und zwei schaukelten sie auf den großen Tautropfen, die auf den Blättern lagen und auf dem hohen Gras. Mitunter kullerte der Tropfen herunter, dann fielen sie zwischen die langen Grashalme, und nun gab es ein Lachen und Lärmen unter den anderen kleinen Wesen. Es war furchtbar lustig! Sie sangen, und Johannes erkannte ganz genau all die schönen Lieder wieder, die er als kleiner Junge gelernt hatte. Große, bunte Spinnen mit silbernen Kronen auf dem Kopf mußten von der einen Hecke zur anderen lange Hängebrücken und Paläste spinnen, die, als der feine Tau darauffiel, in dem hellen Mondschein aussahen wie schimmerndes Glas. In dieser Weise dauerte es fort, bis die Sonne aufging. Nun krochen die Elfchen in die Blütenknospen, und der Wind verfing sich in ihren Brücken und Schlössern, die jetzt als große Spinnweben durch die Lüfte flogen.

Johannes war nun aus dem Wald herausgekommen, als eine kräftige Männerstimme hinter ihm rief: „Hallo, Kamerad! wohin geht die Reise?"

„In die weite Welt hinaus!" sagte Johannes. „Ich habe weder Vater noch Mutter, bin ein armer Geselle, aber der Herrgott wird mir wohl helfen!"

„Ich will auch in die weite Welt hinaus!" sagte der Fremde. „Wollen wir beiden uns zusammentun?"

„Ja gewiß!" sagte Johannes, und nun gingen sie zusammen weiter. Es dauerte nicht lange, und sie faßten Zuneigung zueinander, denn sie waren beide gute Menschen. Aber Johannes merkte wohl, daß der Fremde viel klüger war als er, er war fast durch die ganze Welt gekommen und wußte von allem möglichen zu erzählen, was es da gibt.

Die Sonne stand schon hoch, als sie sich unter einen großen Baum setzten, um ihr Frühstück zu essen. Im selben Augenblick kam eine alte Frau an. Oh, sie war sehr alt und ging ganz krumm, stützte sich auf einen Krückstock und trug auf ihrem Rücken ein Bündel Reisig, das sie sich im Wald gesammelt hatte. Ihre Schürze war hochgebunden, und Johannes sah, daß drei große Ruten aus Farnen und Weidenzweigen daraus hervorstaken. Als sie ganz dicht bei ihnen war, rutschte sie mit einem Fuß aus, sie fiel hin und stieß einen lauten Schrei aus, denn sie hatte sich das Bein gebrochen, die arme alte Frau.

Johannes wollte sogleich, daß sie sie nach Hause trügen, dorthin, wo sie wohnte, aber der Fremde machte seinen Ranzen auf, holte eine Büchse heraus und sagte, er habe hier eine Salbe, die ihr Bein sofort heil und gesund machen würde, so daß sie allein nach Hause gehen könne, und zwar so, als hätte sie sich nie das Bein gebrochen. Aber dafür wollte er auch, daß sie ihm die drei Ruten schenkte, die sie in ihrer Schürze hatte.

„Das ist gut bezahlt!" sagte die Alte und nickte ganz sonderbar mit dem Kopf. Sie wollte ihre Ruten nicht so sehr gern hergeben, aber es war ja auch nicht gerade schön, mit dem gebrochenen Bein dazuliegen; so schenkte sie ihm die Ruten, und kaum hatte er die Salbe auf das Bein gestrichen, da stand die alte Mutter auf und ging viel besser als vordem. Das brachte diese Salbe zuwege. Aber die war auch in der Apotheke nicht zu bekommen.

„Was willst du mit diesen Ruten?" fragte Johannes jetzt den Wandergefährten.

„Das sind drei feine Sträuße!" sagte er, „die hab ich gerade gern, denn ich bin ein wunderlicher Kauz!"

Dann gingen sie noch ein ganzes Stück weiter.

„Ih, da oben zieht aber was herauf!“ sagte Johannes und zeigte geradeaus; „das sind ja furchtbar dicke Wolken!“

„Nein“, sagte der Wandergefährte, „das sind keine Wolken, das sind die Berge. Die herrlichen, hohen Berge, wo man ganz über die Wolken hinauskommt, in die frische Luft! Glaube mir, das ist herrlich. Morgen sind wir sicher ganz weit in der Welt draußen!“

Es war nicht so nahe, wie es aussah; sie brauchten einen ganzen Tagemarsch, ehe sie zu den Bergen kamen, wo die schwarzen Wälder bis an den Himmel hinanwuchsen und wo Steine lagen, so groß wie eine ganze Stadt. Es würde wahrlich eine schwierige Wanderung werden, bis man ganz hinüberkam, aber darum kehrten Johannes und der Wandergefährte auch in einem Wirtshaus ein, um gut auszuruhen und Kräfte für den morgigen Marsch zu sammeln.

Unten in der großen Schankstube des Gasthauses waren sehr viele Menschen versammelt, denn dort war ein Mann, der ein Puppenspiel vorführte. Er hatte gerade sein kleines Theater aufgestellt, und die Leute saßen rundherum, um sich das Stück anzusehen, aber ganz vorn hatte ein alter, dicker Schlachter Platz genommen, und obendrein den allerbesten Platz; sein großer Bullenbeißer – uh, der sah aber bissig aus! – saß neben ihm und machte Augen, genau wie alle anderen.

Nun begann das Schauspiel, und es war ein hübsches Schauspiel mit einem König und einer Königin, die saßen auf dem feinsten Thron, hatten goldene Kronen auf dem Kopf und an den Kleidern lange Schleppen, denn das konnten sie sich leisten. Die niedlichsten Holzpuppen mit Glasaugen und großen Knebelbärten standen an allen Türen und machten sie auf und zu, damit frische Luft in die Stube kommen konnte. Es war wirklich ein wunderhübsches Stück, und es war gar nicht traurig, aber als die Königin gerade aufstand und über die Bühne ging, da – ja, der liebe Gott mag wissen, was sich der große Bullenbeißer dachte –, aber da der dicke Schlachter ihn nicht festhielt, machte er einen Satz mitten auf die Bühne, packte die

Königin um ihren schlanken Leib, so daß es „knick knack" machte! Es war ganz furchtbar!

Der arme Mann, der das ganze Schauspiel vorführte, erschrak sehr und trauerte um seine Königin, denn sie war die allerhübscheste Puppe, die er besaß, und nun hatte der widerwärtige Bullenbeißer ihr den Kopf abgebissen. Als aber die Leute nachher weggingen, sagte der Fremde, der, welcher mit Johannes zusammen gekommen war, er werde sie schon wieder heilmachen; und dann holte er seine Büchse hervor und bestrich die Puppe mit der Salbe, mit der er der armen alten Frau geholfen hatte, als die das Bein gebrochen hatte. Kaum war die Puppe eingeschmiert worden, da war sie sofort wieder heil, ja, sie konnte sogar von allein alle ihre Glieder bewegen, man brauchte gar nicht an der Schnur zu ziehen. Die Puppe war wie ein lebendiger Mensch, nur daß sie nicht reden konnte. Der Mann, der das kleine Puppentheater hatte, war so froh, nun brauchte er diese Puppe gar nicht festzuhalten, die konnte ja von selber tanzen. Das konnte keine von den anderen.

Als es dann Nacht wurde und alle Leute im Gasthaus ins Bett gegangen waren, seufzte irgendeiner ganz schrecklich schwer und fuhr so lange fort, bis sie alle aufstanden, um zu sehen, wer das sein könnte. Der Mann, der das Schauspiel gegeben hatte, ging zu seinem kleinen Theater, denn dort drinnen war es, wo jemand seufzte. Alle Holzpuppen lagen durcheinander, der König und alles Gefolge, und die waren es, die so jämmerlich seufzten und mit den großen Glasaugen starrten, denn die wollten so gern ein wenig eingeschmiert werden, ebenso wie die Königin, damit sie sich auch von selber bewegen konnten. Die Königin sank auf ihre Knie nieder und reichte ihre wunderschöne goldene Krone hin, während sie bat: „Nimm die nur, aber schmiere meinen Gemahl und meine Hofleute ein!" da mußte der arme Mann, dem das Theater und alle Puppen gehörten, weinen, denn sie dauerten ihn wirklich; er versprach dem Wandergefährten sofort, daß er ihm alles Geld geben wollte, das er am nächsten Abend für seine Vorführung bekäme, wenn er nur vier, fünf von seinen feinsten

Puppen einschmieren würde. Aber der Wandergefährte sagte, er verlange gar nichts weiter als den großen Säbel, den er an seiner Seite habe, und als er den bekommen hatte, schmierte er sechs Puppen ein, die gleich tanzten, und zwar so reizend, daß alle Mägde, die lebendigen Menschenmägde, die zusahen, anfingen mitzutanzen. Der Kutscher und die Köchin tanzten, der Kellner und das Stubenmädchen, alle Gäste und die Kohlenschaufel und die Feuerzange; aber diese beiden fielen um, als sie gerade die ersten Sprünge machten – o ja, es war eine fidele Nacht.

Am nächsten Morgen verließen Johannes und sein Wandergefährte sie alle und gingen die hohen Berge hinan und durch die großen Tannenwälder. Sie kamen so hoch hinauf, daß die Kirchtürme tief unter ihnen zuletzt wie kleine rote Beeren aussahen, unten in all dem Grün, und sie konnten ganz weit sehen, viele, viele Meilen weit, wo sie nie gewesen waren! – So viel Schönes von der wunderbaren Welt hatte Johannes noch nie auf einmal geschaut, und die Sonne schien so warm vom frischen, blauen Himmel, er hörte auch drinnen zwischen den Bergen die Jäger auf dem Waldhorn blasen, so schön und so feierlich, daß ihm vor Freude die Tränen in die Augen traten, und er konnte es nicht lassen, er mußte es aussprechen: „Du guter Herrgott! ich könnte dich küssen, weil du so gut zu uns allen bist und uns all die Herrlichkeit geschenkt hast, die es in der Welt gibt!“

Der Wandergefährte stand auch da mit gefalteten Händen und blickte über den Wald und die Städte im warmen Sonnenschein. Da tönte es mit einemmal über ihren Köpfen wunderbar schön, sie blickten nach oben: ein großer, weißer Schwan schwebte in der Luft, der war so schön und sang, wie sie nie zuvor einen Vogel hatten singen hören. Aber sein Gesang wurde immer leiser, er neigte den Kopf und sank ganz langsam zu ihren Füßen nieder, wo er tot dalag, der schöne Vogel.

„Zwei so schöne Flügel“, sagte der Wandergefährte, „so weiß und groß wie die, die der Vogel hat, sind Geld wert, die will ich mitnehmen! Siehst du nun, wie gut es war, daß ich einen Säbel bekam?“ und dann hieb er dem toten

Schwan mit einem Schlag beide Flügel ab, die wollte er behalten.

Sie wanderten nun viele, viele Meilen weit über die Berge, bis sie schließlich eine große Stadt vor sich sahen, mit über hundert Türmen, die im Sonnenschein wie Silber glänzten; mitten in der Stadt stand ein prächtiges Marmorschloß, mit rotem Golde gedeckt, und hier wohnte der König.

Johannes und der Wandergefährte wollten nicht gleich in die Stadt hineingehen, sondern blieben im Gasthaus vor der Stadt, damit sie sich ein wenig schmuck machen könnten, denn sie wollten fein aussehen, wenn sie in die Stadt kämen. Der Wirt erzählte ihnen, der König sei ein sehr guter Mann, der keinem Menschen etwas tue, weder dem einen noch dem anderen, aber seine Tochter, ja, Gott bewahre! – die sei eine böse Prinzessin. Schönheit besitze sie genug, keine konnte so schön und reizend sein wie sie, aber was nützte das, sie war eine schlimme, böse Hexe, die schuld daran war, daß so viele feine Prinzen ihr Leben hatten lassen müssen. Sie hatte allen Menschen erlaubt, um ihre Hand anzuhalten; ein jeder konnte kommen, ob er ein Prinz war oder ein Bettler, das war ganz einerlei. Er mußte nur drei Dinge raten, die sie ihn fragte, konnte er das, dann wollte sie ihn heiraten, und er sollte König über das ganze Land sein, wenn ihr Vater stürbe; konnte er aber diese drei Dinge nicht raten, dann ließ sie ihn henken oder köpfen, so arg und böse war die schöne Prinzessin. Ihr Vater, der alte König, war so traurig darüber, aber er konnte ihr nicht verbieten, so böse zu sein, denn er hatte einmal gesagt, er wolle nicht das geringste mit ihren Freiern zu tun haben, sie könne ganz so tun, wie sie wolle. Jedesmal, wenn ein Prinz ankam und raten sollte, um die Prinzessin zu bekommen, konnte er nicht damit zurechtkommen, und dann wurde er gehenkt oder geköpft; man hatte ihn ja beizeiten gewarnt, er konnte das Freien ja bleiben lassen. Der alte König war so traurig über all das Leid und Elend, daß er mit allen seinen Soldaten einen ganzen Tag im Jahr auf den Knien lag und betete, daß die Prinzessin gut werden möge, aber das wollte sie gar nicht. Die alten Frauen, die Branntwein tranken, färbten diesen ganz schwarz, ehe sie ihn tranken, auf diese Weise trauerten sie, und mehr konnten sie nicht tun.

„Die abscheuliche Prinzessin!" sagte Johannes, „sie sollte wirklich etwas mit der Rute haben, das wäre ihr ganz gesund. Wäre ich doch der alte König, sie würde rote Striemen am Leibe haben!"

Da hörten sie mit einem Male Leute draußen hurra rufen. Die Prinzessin kam vorbei, und sie war wirklich so schön, daß alle Leute vergaßen, wie böse sie war, darum riefen sie hurra. Zwölf schöne Jungfräulein, alle in weißseidenen Kleidern und mit einer goldenen Tulpe in der Hand, ritten auf kohlschwarzen Rappen neben ihr. Die Prinzessin selber hatte ein schneeweißes Roß, mit Diamanten und Rubinen geschmückt, ihr Reitkleid war aus purem Golde, und die Peitsche, die sie in der Hand hielt, sah aus, als wäre sie ein Sonnenstrahl; die goldene Krone auf dem Haupt schimmerte wie kleine Sterne droben vom Himmel, und der Mantel war aus mehr als tausend wunderschönen Schmetterlingsflügeln genäht; dennoch war sie viel schöner als all ihre Kleider.

Als Johannes sie erblickte, wurde er so rot im Gesicht wie das rote Blut, und er konnte kaum ein Wort sagen. Die Prinzessin sah ja genauso aus wie das schöne Mädchen mit der goldenen Krone, von dem er in jener Nacht geträumt hatte, als sein Vater starb. Er fand sie wunderbar schön und konnte nichts dafür, er mußte sie liebgewinnen. Es sei bestimmt nicht wahr, sagte er, daß sie eine böse Hexe sei, welche die Leute henken oder köpfen lasse, wenn sie nicht raten konnten, was sie von ihnen verlangte. „Einem jeden ist es ja erlaubt, um ihre Hand anzuhalten, selbst dem ärmsten Bettler, ich will doch aufs Schloß hinaufgehen, denn ich kann es nicht sein lassen!"

Alle sagten zu ihm, er solle das nicht tun, es würde ihm bestimmt genauso ergehen wie allen anderen. Der Wandergefährte riet ihm auch davon ab, aber Johannes meinte, es gehe sicher gut, putzte seine Schuhe und bürstete seinen

Rock, wusch sich Gesicht und Hände, kämmte sein schönes, blondes Haar und ging dann ganz allein in die Stadt hinein und aufs Schloß.

„Herein!“ sagte der alte König, als Johannes an die Tür klopfte. Johannes klinkte auf, und der alte König, in Schlafrock und gestickten Pantoffeln, kam ihm entgegen, die goldene Krone hatte er auf dem Kopf, das Zepter in der einen Hand und den goldenen Apfel in der anderen. „Warte mal eben!“ sagte er und steckte den Apfel unter den Arm, damit er Johannes die Hand reichen konnte. Sobald er aber hörte, daß er ein Bewerber sei, begann er so sehr zu weinen,

daß das Zepter wie auch der Apfel zu Boden fielen, und er mußte sich die Tränen mit seinem Schlafrock trocknen. Der arme alte König.

„Laß es bleiben!" sagte er, „es ergeht dir übel, ebenso wie allen anderen. Schau nur mal her!" Dann führte er Johannes in den Lustgarten der Prinzessin, da sah es schrecklich aus! Oben an jedem Baum hingen drei, vier Königssöhne, die um die Prinzessin angehalten, aber nicht die Dinge hatten raten können, die sie ihnen aufgegeben hatte. Immer wenn der Wind wehte, klapperten alle Gebeine, so daß die Vögel erschraken und nie in den Garten zu kommen wagten; alle Blumen waren an Menschenknochen hochgebunden, und in den Blumentöpfen steckten Totenköpfe und grinsten. Das war allerdings ein Garten für eine Prinzessin!

„Hier kannst du's sehen!" sagte der alte König, „es wird dir so ergehen wie allen anderen, die du hier siehst, laß es daher lieber sein. Du machst mich wirklich unglücklich, denn ich nehme es mir so sehr zu Herzen!"

Johannes küßte dem guten alten König die Hand und sagte, es werde sicher gut gehen, denn er liebe die schöne Prinzessin so sehr.

Da gerade kam die Prinzessin selber mit allen ihren Damen in den Schloßhof hereingeritten, sie gingen darum zu ihr hinaus und sagten guten Tag. Sie war so reizend, gab Johannes die Hand, und er liebte sie noch mehr als vorher, sie konnte bestimmt keine schlimme, böse Hexe sein, wie alle Leute von ihr sagten. Sie gingen in den Saal hinauf, und die kleinen Pagen boten ihnen Eingemachtes und Pfeffernüsse an, aber der alte König war so traurig, daß er gar nichts essen konnte, und die Pfeffernüsse waren ihm auch zu hart.

Es wurde nun bestimmt, daß Johannes am nächsten Morgen wieder aufs Schloß kommen sollte, dann würden die Richter und der ganze Rat versammelt sein und zuhören, wie er mit dem Raten zurechtkäme. Kam er gut damit zurecht, dann mußte er noch zweimal kommen, aber es war noch nie einer dagewesen, der das erstemal richtig geraten hatte, und dann mußten sie das Leben lassen.

Johannes war gar nicht traurig, wenn er daran dachte, wie es ihm ergehen würde, er war geradezu vergnügt, dachte nur an die schöne Prinzessin und glaubte ganz gewiß, daß der liebe Gott ihm schon noch helfen werde, aber wie, das wußte er nicht, und er wollte auch nicht daran denken. Er tänzelte auf der Landstraße dahin, als er zum Gasthaus zurückging, wo der Wandergefährte auf ihn wartete.

Johannes konnte gar nicht aufhören zu erzählen, wie reizend die Prinzessin zu ihm gewesen war und wie schön sie war. Er sehnte schon sehr den nächsten Tag herbei, wo er aufs Schloß gehen und sein Glück im Raten versuchen sollte.

Aber der Wandergefährte schüttelte den Kopf und war ganz betrübt. „Ich habe dich so gern!" sagte er. „Wir hätten noch lange beisammen sein können, und nun muß ich dich schon verlieren! Du armer, lieber Johannes, ich könnte wirklich weinen, aber ich will dir die Freude nicht verderben an dem letzten Abend, den wir vielleicht beisammen sind. Wir wollen lustig sein, richtig lustig; morgen, wenn du fort bist, darf ich weinen!"

Alle Leute drinnen in der Stadt hatten sogleich erfahren, daß ein neuer Freier zur Prinzessin gekommen war, und daher herrschte große Betrübnis. Das Schauspielhaus wurde geschlossen, alle Kuchenfrauen banden schwarzen Flor um ihre Zuckerschweinchen, der König und die Priester knieten in der Kirche nieder, es war eine solche Betrübnis, denn es konnte ja Johannes nicht besser ergehen, als es allen anderen Freiern ergangen war.

Gegen Abend machte der Wandergefährte eine große Terrine Punsch und sagte zu Johannes, nun wollten sie richtig lustig sein und auf das Wohl der Prinzessin trinken. Als aber Johannes zwei Glas getrunken hatte, wurde er so müde, es war ihm nicht möglich, die Augen aufzuhalten, er mußte einschlafen. Der Wandergefährte hob ihn ganz sacht vom Stuhl hoch und legte ihn aufs Bett, und als es finstere Nacht geworden war, nahm er die beiden großen Flügel, die er dem Schwan abgehackt hatte, band sie an den Schultern fest, die größte Rute, welche er von der alten

Frau bekommen hatte, die gefallen war und das Bein gebrochen hatte, steckte er in seine Tasche. Er machte das Fenster auf und flog über die Stadt hin, bis ganz zum Schloß, wo er sich in einen Winkel setzte, oben unterhalb des Fensters, das ins Schlafgemach der Prinzessin führte!

Es war überall in der Stadt ganz still. Jetzt schlug die Uhr drei Viertel zwölf, das Fenster ging auf, und die Prinzessin flog in einem großen, weißen Mantel und mit langen, schwarzen Fittichen über die Stadt hin, zu einem hohen Berg hinaus; aber der Wandergefährte machte sich unsichtbar, so daß sie ihn gar nicht sehen konnte, flog hinterdrein und peitschte die Prinzessin mit seiner Rute, so daß tüchtig Blut kam, wo er hinschlug. Uh, das war eine Fahrt durch die Luft! Der Wind verfing sich in ihrem Mantel, der nach allen Seiten abstand, wie ein großes Schiffssegel, und der Mond schien hindurch.

„Wie es hagelt! wie es hagelt!" sagte die Prinzessin bei jedem Schlag, den sie mit der Rute bekam, und das war ihr ganz gesund. Endlich kam sie zum Berg hinaus und klopfte an. Es grollte genau wie Donner, als der Berg sich auftat, und die Prinzessin ging hinein, der Wandergefährte kam mit, denn keiner konnte ihn sehen, er war unsichtbar. Sie gingen durch einen großen, langen Gang, wo die Wände ganz wundersam funkelten, es waren über tausend glühende Spinnen, die an den Wänden auf und nieder liefen und wie Feuer leuchteten. Jetzt kamen sie in einen großen Saal, aus Silber und Gold erbaut. Blumen, so groß wie Sonnenblumen, rote und blaue, glänzten von den Wänden. Aber niemand durfte diese Blumen pflücken, denn die Stengel waren abscheuliche giftige Schlangen, und die Blumen waren Feuer, das ihnen aus dem Rachen lohte. Die ganze Decke war mit blitzenden Glühwürmchen und himmelblauen Fledermäusen bedeckt, die mit den dünnen Flügeln flatterten, es sah ganz wundersam aus. Mitten im Saal stand ein Thron, der von vier Pferdegerippen getragen wurde, die hatten Zaumzeug aus den roten Feuerspinnen, der Thron selbst war aus milchweißem Glas, und die Kissen zum Sitzen waren kleine schwarze Mäuse, die einander in den Schwanz bissen. Oben drüber war ein Dach aus rosa Spinnweben, mit den niedlichsten kleinen grünen Fliegen besetzt, die wie Edelsteine glitzerten. Mitten auf dem Thron saß ein alter Troll mit einer Krone auf dem häßlichen Kopf und einem Zepter in der Hand. Er küßte die Prinzessin auf die Stirn, ließ sie neben sich auf dem kostbaren Throne sitzen, und nun hob die Musik an. Große schwarze Grillen spielten auf der Mundharmonika, und die Eule haute sich selber auf den Bauch, denn sie hatte keine Trommel. Es war ein seltsames Konzert. Kleine schwarze Wichtelchen mit einem Irrlicht auf der Mütze tanzten im Saal herum. Niemand konnte den Wandergefährten sehen, er hatte sich dicht hinter den Thron gestellt und hörte und sah alles. Die Hofleute, die jetzt auch hereinkamen, waren sehr fein und vornehm, aber wer richtig hinsah, merkte wohl, wie es mit ihnen bestellt war. Sie waren nichts weiter als Besenstiele mit Kohlköpfen darauf, in die der Troll Leben hineingehext und denen er gestickte Kleider gegeben hatte. Aber das war ja auch ganz einerlei, sie wurden nur zum Schmuck verwandt.

Als man nun etwas getanzt hatte, erzählte die Prinzessin dem Troll, daß sie einen neuen Freier bekommen habe, und fragte daher, wonach sie ihn wohl am nächsten Morgen fragen sollte, wenn er aufs Schloß käme.

„Hör zu!“ sagte der Troll, „ich will dir etwas sagen! Du sollst etwas ganz Leichtes nehmen, dann kommt er nämlich gar nicht drauf. Denk du an deinen einen Schuh. Das rät er nicht. Laß ihm dann den Kopf abhauen, vergiß aber nicht, wenn du morgen nacht wieder zu mir herauskommst, mir seine Augen zu bringen, denn die will ich essen!“

Die Prinzessin machte einen tiefen Knicks und sagte, sie werde die Augen nicht vergessen. Der Troll schloß nun den Berg auf, und sie flog wieder heimwärts, aber der Wandergefährte folgte ihr und prügelte sie ganz gehörig mit der Rute, so daß sie laut über das heftige Hagelwetter stöhnte und sich beeilte, sosehr sie konnte, um durch das Fenster in ihr Schlafgemach zu kommen. Der Wandergefährte aber flog zum Gasthof zurück, wo Johannes noch immer schlief, schnallte seine Flügel ab und legte sich nun auch ins Bett, denn er mußte wirklich müde sein.

Es war ganz früh am nächsten Morgen, als Johannes erwachte, der Wandergefährte stand auch auf und erzählte, er habe in der Nacht einen sehr merkwürdigen Traum gehabt von der Prinzessin und ihrem Schuh, und trug ihm daher auf, unter allen Umständen zu fragen, ob die Prinzessin nicht etwa an ihren Schuh gedacht habe. Denn das war es ja, was er von dem Troll im Berg drinnen gehört hatte, er wollte aber Johannes nichts davon erzählen, er trug ihm nur auf zu fragen, ob sie an ihren Schuh gedacht habe.

„Ich kann ebensogut nach dem einen wie nach dem anderen fragen", sagte Johannes, „vielleicht ist es ganz richtig, was du geträumt hast; denn ich glaube nun einmal immer: der Herrgott wird mir schon helfen! Ich möchte mich aber doch von dir verabschieden, denn wenn ich verkehrt rate, dann sehe ich dich nie wieder!"

Dann küßten sie sich, und Johannes ging in die Stadt und aufs Schloß. Der ganze Saal war voll von Menschen, die Richter saßen auf ihren Sesseln und hatten Eiderdaunenkissen hinter dem Kopf, denn sie hatten soviel zu überlegen. Der alte König erhob sich und wischte sich die Augen mit einem weißen Taschentuch. Nun trat die Prinzessin ein – sie war noch viel schöner als gestern – und begrüßte sie alle sehr liebevoll, aber Johannes reichte sie die Hand und sagte: „Guten Morgen, du!"

Jetzt mußte Johannes raten, woran sie gedacht hatte. Gott, wie sah sie ihn freundlich an, aber kaum hörte sie ihn das eine Wort „Schuh" sagen, da wurde sie schneeweiß im Gesicht und zitterte am ganzen Leibe, aber es nützte ihr nichts, denn er hatte richtig geraten!

Du liebe Zeit! wie freute sich der alte König. Er schoß Kobolz, daß es nur so seine Art hatte, und alle Leute klatschten ihm und Johannes, der nun das erstemal richtig geraten hatte, lauten Beifall.

Der Wandergefährte freute sich ebenfalls, als er erfuhr, wie gut es abgelaufen war; aber Johannes legte seine Hände zusammen und dankte dem lieben Gott, der ihm sicherlich auch die beiden anderen Male wieder helfen würde. Am nächsten Tag sollte schon wieder geraten werden.

Der Abend verlief genauso wie der gestrige. Als Johannes schlief, flog der Wandergefährte hinter der Prinzessin her zum Berg hinaus und verprügelte sie noch heftiger als das vorige Mal, denn jetzt hatte er zwei Ruten genommen. Niemand bekam ihn zu Gesicht, und er hörte alles. Die Prinzessin wollte an ihren Handschuh denken, und dies erzählte er Johannes, so als wäre es ein Traum gewesen; Johannes konnte nun leicht richtig raten, und im Schloß war die Freude groß. Der ganze Hof schoß Kobolz, genauso wie sie es den König beim erstenmal hatten tun sehen; aber die Prinzessin lag auf dem Sofa und wollte kein einziges Wort sagen. Nun kam es darauf an, ob Johannes das drittemal richtig raten würde. Ging es gut, dann sollte er ja die schöne Prinzessin haben und das ganze Königreich erben, wenn der alte König starb; riet er verkehrt, dann mußte er sein Leben lassen, und der Troll aß seine schönen blauen Augen.

Am Abend vorher ging Johannes früh ins Bett, sprach sein Abendgebet und schlief dann ganz getrost ein; aber der Wandergefährte schnallte die Flügel auf seinen Rücken, legte sich den Säbel um und nahm alle drei Ruten mit und flog nun zum Schloß.

Es war stockfinstere Nacht, es stürmte, so daß die Dachziegel von den Häusern flogen, und die Bäume im Garten, an denen die Knochengerippe hingen, schwankten wie Schilf im Winde; es blitzte alle Augenblicke, und der Donner grollte so, daß es nur wie ein einziges Krachen war, das die ganze Nacht dauerte. Jetzt flog das Fenster auf, und die Prinzessin schwebte heraus. Sie war so bleich wie eine Tote, aber sie lachte über das Unwetter, fand es noch nicht schlimm genug, und ihr weißer Mantel wirbelte in der Luft herum wie ein großes Schiffssegel, aber der Wandergefährte peitschte sie so sehr mit seinen drei Ruten, daß das Blut auf den Boden tropfte und sie zuletzt kaum noch weiterfliegen konnte. Endlich kam sie zu dem Berg.

„Es stürmt und hagelt“, sagte sie, „noch nie bin ich in solchem Wetter draußen gewesen.“

„Man kann auch zuviel des Guten kriegen!“ sagte der Troll. Nun erzählte sie ihm, daß Johannes auch das zweitemal richtig geraten hatte. Tat er das nun auch morgen, so hatte er gewonnen, und sie konnte niemals wieder zum Berg hinauskommen, würde niemals solche Trollkünste machen können wie bisher; darum war sie ganz traurig.

„Er darf es nicht erraten!“ sagte der Troll. „Ich werde schon noch etwas ersinnen, woran er nie gedacht hat! Oder aber er ist ein größerer Zauberer als ich. Aber nun wollen wir vergnügt sein!“ und dann nahm er die Prinzessin bei den Händen, und sie tanzten mit all den kleinen Wichtelchen und Irrwischen herum, die in der Stube waren; die roten Spinnen sprangen ebenso lustig an den Wänden auf und ab. Es sah aus, als sprühten die Feuerblumen Funken. Die Eule schlug die Trommel, die Grillen piepsten, und die schwarzen Heuschrecken bliesen auf der Mundharmonika. Es war ein lustiger Ball!

Als sie nun lange genug getanzt hatten, mußte die Prinzessin nach Hause, denn sonst würde man sie vielleicht im Schloß vermissen. Der Troll sagte, er werde sie schon begleiten, dann seien sie doch noch so lange beisammen.

Sie flogen nun in dem Unwetter dahin, und der Wandergefährte schlug seine drei Ruten auf ihrem Rücken kaputt. Noch nie war der Troll in solch einem Hagelwetter draußen gewesen. Vor dem Schloß verabschiedete er sich von der Prinzessin und flüsterte ihr im selben Augenblick zu: „Denk an meinen Kopf!“ aber der Wandergefährte hörte es trotzdem, und als die Prinzessin gerade durch das Fenster in ihr Schlafgemach schlüpfte und der Troll wieder umkehren wollte, packte er ihn an seinem langen schwarzen Bart und hieb ihm mit dem Säbel seinen widerwärtigen Trollkopf dicht über den Schultern ab, so daß der Troll es nicht einmal selber zu sehen bekam. Den Rumpf warf er den Fischen im See vor, aber den Kopf tunkte er nur ins Wasser und knüpfte ihn alsdann in sein seidenes Taschentuch, nahm ihn mit nach Hause ins Gasthaus und legte sich dann schlafen.

Am nächsten Morgen übergab er Johannes das Taschentuch, sagte aber, er dürfe es nicht aufknüpfen, bis die Prinzessin ihn frage, woran sie nun gedacht habe.

Es waren so viele Menschen in dem großen Saal auf dem Schloß, daß sie so dicht nebeneinander standen wie Radieschen, die zu einem Bund zusammengenommen sind. Die Ratsherren saßen auf ihren Sesseln mit den weichen Kopfkissen, und der alte König hatte neue Kleider an, die goldene Krone und das Zepter waren blankgeputzt, es sah ganz wunderhübsch aus; aber die Prinzessin war ganz blaß und hatte ein kohlschwarzes Kleid an, so, als ob sie zum Begräbnis gehen wollte.

„Woran habe ich gedacht?" sagte sie zu Johannes, und sogleich band er das Taschentuch auf und erschrak selber sehr, als er den abscheulichen Trollkopf sah. Alle Menschen ergriff ein Schauder, denn er war schrecklich anzusehen, aber die Prinzessin saß da wie ein Bild aus Stein und konnte kein Wort sagen: schließlich erhob sie sich und reichte Johannes die Hand, denn er hatte ja richtig geraten; sie sah weder den einen noch den anderen an, sondern seufzte ganz tief: „Nun bist du mein Herr! Heute abend feiern wir Hochzeit!"

„Das gefällt mir!" sagte der alte König, „so soll es sein!" Alle Leute riefen hurra, die Wachtparade machte Musik auf den Straßen, die Glocken läuteten, und die Kuchenfrauen nahmen den schwarzen Flor von ihren Zuckerschweinchen, denn jetzt herrschte Frohsinn. Drei ganze gebratene Ochsen, mit Enten und Hühnern gefüllt, wurden mitten auf den Markt gestellt, jeder konnte sich ein Stück abschneiden; aus den Springbrunnen sprudelte der herrlichste Wein heraus, und kaufte man beim Bäcker eine Schillingbrezel, dann bekam man sechs große Wecken dazu, und zwar Wecken mit Rosinen darin.

Abends war die ganze Stadt festlich erleuchtet, und die Soldaten schossen mit Kanonen und die Jungen mit Knallerbsen, und oben im Schloß wurde gegessen und getrunken, angestoßen und herumgehüpft, alle vornehmen Herren und schönen Fräulein tanzten miteinander. Man konnte es weithin hören, wie sie sangen:

Viel hübsche Mädchen sind heut hier!
Du sollst sie schwenken, sollst sie drehn!
Beim Tambourmarsch die Beine rühr
Und laß kein hübsches Mädchen stehn!
Wir tanzen und stampfen und knallen,
Daß die Sohlen von den Stiefeln fallen!

Aber die Prinzessin war ja noch immer eine Hexe und mochte Johannes gar nicht; das bedachte der Wandergefährte wohl, und daher gab er Johannes drei Federn von den Schwanenfittichen und eine kleine Flasche mit Tropfen darin, dann sagte er zu ihm, er solle einen großen Bottich, mit Wasser gefüllt, neben das Brautbett stellen lassen, und wenn nun die Prinzessin ins Bett steige, solle er ihr einen kleinen Puff geben, damit sie ins Wasser falle, wo er sie dreimal untertauchen solle, nachdem er zuvor die Federn und die Tropfen hineingetan habe. Dann würde sie von ihrer Verwünschung erlöst sein und ihn mit der Zeit sehr liebhaben.

Johannes tat alles, was der Wandergefährte ihm geraten hatte. Die Prinzessin schrie ganz laut, als er sie ins Wasser tauchte, und zappelte unter seinen Händen als ein großer kohlschwarzer Schwan mit funkelnden Augen; als sie zum zweitenmal an die Oberfläche kam, war der Schwan weiß, bis auf einen einzigen schwarzen Ring, den er um den Hals hatte. Johannes betete fromm zum Herrgott und ließ das Wasser zum drittenmal über den Vogel spülen, und im selben Augenblick war dieser in die schönste Prinzessin verwandelt. Sie war noch schöner als vorher und dankte ihm mit Tränen in ihren wunderbaren Augen, daß er die Verzauberung von ihr genommen hatte.

Am nächsten Morgen kam der alte König mit seinem ganzen Hofstaat, und es gab ein Gratulieren bis weit in den Tag hinein. Zuallerletzt kam dann der Wandergefährte, er

hatte seinen Stock in der Hand und den Ranzen auf dem Rücken. Johannes küßte ihn wieder und wieder, sagte, er dürfe nicht fortziehen, er solle bei ihm bleiben, denn ihm verdanke er ja sein ganzes Glück. Aber der Wandergefährte schüttelte den Kopf und sagte mild und freundlich: „Nein, jetzt ist meine Zeit um. Ich habe nur meine Schuld bezahlt. Erinnerst du dich des toten Mannes, dem die bösen Menschen Unglimpf antun wollten? Du gabst alles, was du besaßest, damit er Ruhe in seinem Grab habe. Der Tote bin ich!“

Und im Nu war er fort.

Die Hochzeit dauerte nun einen ganzen Monat lang, Johannes und die Prinzessin waren einander sehr zugetan, und der alte König verlebte noch manchen fröhlichen Tag und ließ ihre kleinen Kinder auf seinen Knien hoppereiter machen und mit seinem Zepter spielen; aber Johannes war König über das ganze Reich.

Die kleine Meerjungfrau

Weit draußen auf dem Meer ist das Wasser ganz blau, wie die Blütenblätter der schönsten Kornblume, und ganz durchsichtig, wie das reinste Glas, aber es ist sehr tief, tiefer, als eine Ankerkette reicht, viele Kirchtürme müßten übereinandergesetzt werden, um vom Grunde bis über das Wasser zu reichen. Dort unten wohnen die Meerleute.

Nun soll man doch ja nicht glauben, daß dort nur kahler, weißer Sandboden ist! Nein, da wachsen die wunderlichsten Bäume und Pflanzen, deren Stengel und Blätter so biegsam sind, daß sie sich bei der geringsten Bewegung des Wassers rühren, ganz als wären sie lebendig. Alle Fische, kleine und große, huschen zwischen den Zweigen hindurch, ebenso wie hier oben die Vögel durch die Luft. An der allertiefsten Stelle liegt das Schloß des Meerkönigs, die Mauern sind aus Korallen und die langen, spitzen Fenster aus dem allerklarsten Bernstein, aber das Dach sind Muschelschalen, die sich öffnen und schließen, je nachdem wie das Wasser geht und kommt. Das sieht wunderbar aus; denn in jeder liegen schimmernde Perlen; eine einzige wäre eine große Pracht in der Krone einer Königin.

Der Meerkönig dort unten war seit vielen Jahren Witwer, aber seine alte Mutter führte ihm den Haushalt; sie war eine kluge Frau, aber stolz auf ihren Adel, daher hatte sie immer zwölf Austern auf ihrem Schwanz, die anderen Vornehmen durften nur sechs tragen. – Sonst verdiente sie viel Lob, namentlich weil sie die kleinen Meerprinzessinnen so liebte, die Töchter ihres Sohnes. Es waren sechs prächtige Kinder, aber die Jüngste war die schönste von allen überhaupt, ihre Haut war so schier und rosig wie ein Rosenblatt, ihre Augen waren so blau wie der tiefste See, aber ebenso wie alle übrigen hatte sie keine Füße, der Rumpf endete in einem Fischschwanz.

Den lieben langen Tag hindurch konnten sie unten im Schloß spielen, in den großen Sälen, wo aus den Wänden richtige Blumen wuchsen. Die großen Bernsteinfenster wurden geöffnet, und dann schwammen die Fische zu ihnen herein, genauso wie bei uns die Schwalben hereinfliegen, wenn wir aufmachen. Aber die Fische schwammen geradeswegs zu den kleinen Prinzessinnen hin, aßen aus ihrer Hand und ließen sich streicheln.

Vor dem Schloß draußen lag ein großer Garten mit feuerroten und dunkelblauen Bäumen, die Früchte glänzten wie Gold und die Blüten wie brennendes Feuer, da sie fortwährend Stengel und Blätter bewegten. Die Erde selbst war der feinste Sand, aber blau wie Schwefellohe. Über dem Ganzen dort unten lag ein wundersam blauer Schein, man hätte eher meinen sollen, man stünde hoch oben in der Luft und könnte nur den Himmel über und unter sich erblicken, als daß man auf dem Meeresgrunde stünde. Bei Windstille konnte man die Sonne erkennen, sie sah aus wie eine Purpurblüte, aus deren Kelch das ganze Licht strömte.

Die kleinen Prinzessinnen hatten jede ihren kleinen Platz im Garten, wo sie graben und pflanzen konnten, wie sie selber wollten. Eine gab ihrem Blumenflecken die Gestalt eines Walfischs, einer anderen gefiel es besser, wenn der ihre einer kleinen Meerjungfrau ähnlich war, aber die Jüngste machte ihren ganz rund wie die Sonne und hatte nur Blumen darauf, die rot glühten wie diese. Sie war ein seltsames Kind, still und nachdenklich, und während die anderen Schwestern die wunderlichsten Dinge als Schmuck gebrauchten, die sie von gestrandeten Schiffen bekamen, wollte sie außer den rosenroten Blumen, die der Sonne hoch droben ähnlich waren, nur ein schönes Marmorstandbild haben. Es war ein hübscher Knabe, aus dem weißen,

reinen Stein gehauen, der bei einer Strandung auf den Meeresgrund geraten war. Neben das Standbild pflanzte sie eine rosenrote Trauerweide, die wuchs herrlich und ließ ihre frischen Zweige darüberhängen, bis auf den blauen Sandboden hernieder, wo der Schatten violett erschien und sich genauso wie die Zweige bewegte; es sah aus, als spielten Wipfel und Wurzeln, ob sie einander küssen könnten.

Für die kleine Meerjungfrau gab es keine größere Freude, als von der Menschenwelt droben zu hören; die alte Großmutter mußte alles erzählen, was sie von Schiffen und Städten, Menschen und Tieren wußte, vor allem kam es ihr wunderbar schön vor, daß oben auf der Erde die Blumen dufteten, das taten die auf dem Meeresgrund nicht, und daß die Wälder grün waren und die Fische, die man zwischen den Zweigen sah, so laut und herrlich singen konnten, daß es eine Lust war. Das waren die Vögelchen, die die Großmutter Fische nannte, denn sonst würden die Meerjungfrauen sie nicht verstanden haben, da sie keine Vögel gesehen hatten.

„Wenn ihr euer fünfzehntes Jahr vollendet habt", sagte die Großmutter, „dann bekommt ihr die Erlaubnis, aus dem Meer aufzutauchen, im Mondschein auf den Felsen zu sitzen und die großen Schiffe zu sehen, die vorüberfahren, auch Wälder und Städte werdet ihr sehen!" Im kommenden Jahr wurde die eine der Schwestern fünfzehn Jahre alt, aber die anderen? Ja, eine war immer ein Jahr jünger als die nächste, und die Jüngste von ihnen hatte demnach noch fünf ganze Jahre vor sich, ehe sie vom Meeresgrund heraufkommen und sehen durfte, wie es bei uns aussieht. Aber die eine versprach immer der nächsten, ihr zu erzählen, was sie am ersten Tag gesehen und am schönsten gefunden hatte; denn ihre Großmutter erzählte ihnen nicht genug, da gab es so viel, wonach sie sich erkundigen mußten.

Keine war so voller Sehnsucht wie die Jüngste, gerade sie, die noch am längsten warten mußte und die so still und nachdenklich war. Manche Nacht stand sie am offenen Fenster und schaute durch das dunkelblaue Wasser, wo die Fische mit ihren Flossen und Schwänzen klatschten, nach oben. Mond und Sterne konnte sie sehen, allerdings glänzten sie ganz schwach, aber durch das Wasser sahen sie viel größer aus als vor unserem bloßen Auge; glitt dann so etwas wie eine schwarze Wolke unter ihnen dahin, dann wußte sie, es war entweder ein Walfisch, der über sie hinwegschwamm, oder auch ein Schiff mit vielen Menschen.

Die dachten sicher nicht daran, daß eine süße kleine Meerjungfrau hier unten stand und ihre weißen Hände nach dem Kiel ausstreckte.

Nun war die älteste Prinzessin fünfzehn Jahre alt und durfte zum Meeresspiegel hinaufsteigen.

Als sie zurückkehrte, hatte sie hundert Dinge zu berichten. Aber am schönsten, sagte sie, wäre es, im Mondschein auf einer Sandbank in der ruhigen See zu liegen und die große Stadt dicht an der Küste zu sehen, wo die Lichter glänzten wie Hunderte von Sternen; die Musik und den Lärm und die Geräusche von Wagen und Menschen zu hören, die vielen Kirchen und Turmspitzen zu sehen und zu hören, wie die Glocken läuteten; eben weil sie nicht dorthin kommen konnte, sehnte sie sich am allermeisten nach diesen Dingen.

Oh! wie hörte da die jüngste Schwester zu. Und wenn sie dann abends an dem offenen Fenster stand und durch das dunkelblaue Wasser nach oben schaute, dachte sie an die große Stadt mit all dem Lärm und den Geräuschen, und dann war ihr so, als könnte sie die Kirchenglocken bis zu sich herunter läuten hören.

Im Jahre darauf durfte die zweite Schwester durch das Wasser nach oben steigen und hinschwimmen, wohin sie wollte. Sie tauchte empor, als die Sonne eben unterging, und diesen Anblick fand sie am schönsten. Der ganze Himmel habe ausgesehen wie Gold, sagte sie, und die Wolken, ja deren Schönheit könne sie gar nicht genug beschreiben! Rot und violett waren sie über ihr dahingesegelt, aber viel schneller als sie flog, wie ein langer weißer Schleier, ein Schwarm wilder Schwäne über das Wasser, auf dem die Sonne lag; sie schwamm auf sie zu, aber die Sonne sank, und der Rosenschimmer auf der Meeresoberfläche und den Wolken erlosch.

Im Jahre darauf kam die dritte Schwester nach oben, sie war die kühnste von allen, daher schwamm sie einen breiten Fluß hinauf, der ins Meer floß. Herrliche grüne Anhöhen mit Weinranken sah sie, Schlösser und Höfe schauten zwischen prächtigen Wäldern hervor; sie hörte alle die

Vögel singen, und die Sonne schien so warm, daß sie oftmals unter Wasser tauchen mußte, um ihr glühendes Gesicht zu kühlen. In einer kleinen Bucht traf sie einen ganzen Schwarm von kleinen Menschenkindern. Ganz nackt liefen sie ins Wasser und plantschten drin herum. Sie wollte mit ihnen spielen, aber die rannten erschrocken davon. Und dann kam ein kleines, schwarzes Tier, das war ein Hund, aber sie hatte nie zuvor einen Hund gesehen; der bellte sie so schrecklich an, daß ihr angst wurde und sie ins offene Meer hinausstrebte, aber nie konnte sie die prächtigen Wälder, die grünen Hügel und die reizenden Kinder vergessen, die auf dem Wasser schwimmen konnten, obwohl sie keinen Fischschwanz hatten.

Die vierte Schwester war nicht so keck, sie blieb mitten auf dem wilden Meer und erzählte, eben das sei das Schönste: man konnte viele Meilen weit um sich blicken, und der Himmel darüber war genauso wie eine große Glasglocke. Schiffe hatte sie gesehen, aber weit weg, sie sahen aus wie Mantelmöwen, die drolligen Delphine hatten Kobolz geschossen, und die großen Walfische hatten Wasser aus ihren Nasenlöchern in die Höhe gespritzt, daß es ringsum ausgesehen hatte wie hundert Springbrunnen.

Nun kam die Reihe an die fünfte Schwester. Ihr Geburtstag war gerade im Winter, und daher sah sie, was die anderen das erstemal nicht gesehen hatten. Die See wirkte ganz grün, und rundum schwammen große Eisberge, jeder sehe aus wie eine Perle, sagte sie, und sei doch weit größer als die Kirchtürme, die die Menschen erbauten. In den wundersamsten Gestalten traten sie auf und blinkten wie Diamanten. Sie hatte sich auf einen von den größten gesetzt, und alle Segler kreuzten voller Schrecken in weitem Bogen um den Platz herum, wo sie saß und den Wind in ihrem langen Haar wehen ließ. Aber gegen Abend überzog sich der Himmel mit Wolken, es blitzte und donnerte, während die finstere See die großen Eisblöcke hochhob, so daß sie im Licht der roten Blitze funkelten. Auf allen Schiffen holte man die Segel ein, es herrschten Angst und Grauen, aber sie saß ruhig auf ihrem schwimmenden Eisberg und sah, wie der blaue Blitzstrahl im Zickzack in die schimmernde See einschlug.

Wenn eine der Schwestern das erstemal an die Oberfläche kam, war sie immer begeistert von dem Neuen und Schönen, das sie erblickte. Da sie aber jetzt, als erwachsene Mädchen, die Erlaubnis hatten, nach oben zu steigen, wann sie wollten, wurde es ihnen gleichgültig, es verlangte sie wieder nach Hause, und nach Verlauf eines Monats sagten sie, bei ihnen unten wäre es doch am allerschönsten und es wäre so behaglich daheim.

Manche Abendstunde faßten die fünf Schwestern einander an und stiegen in einer Reihe über das Wasser empor. Herrliche Stimmen hatten sie, schöner als irgendein Mensch, und wenn ein Sturm heraufzog und sie vermuten konnten, daß Schiffe untergehen würden, schwammen sie vor den Schiffen her und sangen so herrlich davon, wie schön es auf dem Meeresgrunde sei, und sagten den Seeleuten, sie sollten sich nicht davor fürchten, dort hinunterzukommen. Aber die Seeleute konnten die Worte nicht verstehen, sie meinten, es sei der Sturm, und sie bekamen auch die Schönheit dort unten nicht zu Gesicht, denn wenn das Schiff sank, dann ertranken die Menschen und kamen nur als Tote zum Schloß des Meerkönigs.

Wenn nun die Schwestern abends, Arm in Arm, hoch durch das Meer nach oben stiegen, dann stand die kleine Schwester ganz allein und schaute ihnen nach, und es war, als müßte sie weinen, aber die Meerjungfrau hat keine Tränen, und so leidet sie viel mehr.

„Ach, wäre ich doch fünfzehn Jahre alt!“ sagte sie. „Ich weiß, ich werde die Welt dort oben und die Menschen, die dort oben ihr Haus bauen, liebgewinnen!“

Endlich war sie fünfzehn Jahre alt.

„Siehst du, nun haben wir dich auch so weit“, sagte ihre Großmutter, die alte Königinwitwe. „Komm, laß dich schmücken, ebenso wie deine anderen Schwestern!“ und sie setzte ihr einen Kranz von weißen Lilien aufs Haar, aber jedes Blütenblatt war eine halbe Perle; und die Alte ließ acht Austern sich an dem Schwanz der Prinzessin festklemmen, damit man ihre hohe Abkunft erkennen konnte.

„Es tut so weh!“ sagte die kleine Meerjungfrau.

„Ja, fürs Feinsein muß man leiden!“ sagte die Alte.

Oh! sie hätte so gern diese ganze Pracht abgeschüttelt und den Kranz abgelegt, ihre roten Blumen im Garten standen ihr viel besser zu Gesicht, aber sie wagte es jetzt nicht zu tun. „Auf Wiedersehen!“ sagte sie und stieg nun leicht und hell wie eine Blase durch das Wasser nach oben.

Die Sonne war eben untergegangen, als die Meerjungfrau den Kopf über die Wasseroberfläche hob. Aber alle Wolken schimmerten noch wie Rosen und Gold, und mitten in der blaßrosa Luft strahlte der Abendstern hell und schön. Die Luft war mild und frisch und das Meer ganz glatt. Dort lag ein großes Schiff mit drei Masten, ein einziges Segel nur war gesetzt, denn es rührte sich kein Wind, und überall in den Tauen und auf den Rahen saßen Matrosen. Musik und Gesang ertönten, und als der Abend immer dunkler wurde, wurden Hunderte von buntfarbigen Lichtern angezündet; sie sahen aus, als wehten die Flaggen aller Nationen in der Luft. Die kleine Meerjungfrau schwamm ganz dicht an ein Kajütenfenster heran. Und jedesmal, wenn das Wasser sie in die Höhe hob, konnte sie durch die spiegelblanken Scheiben sehen, wo eine Menge geputzte Menschen standen, aber der Schönste war der junge Prinz mit den großen, schwarzen Augen, er war gewiß nicht viel älter als sechzehn Jahre, es war sein Geburtstag, und das war der Grund für die ganze Pracht. Die Matrosen tanzten an Deck, und als der junge Prinz heraustrat, gingen über hundert Raketen in die Luft, die glänzten wie der lichte Tag, so daß die kleine Meerjungfer sehr erschrak und unter Wasser tauchte, aber sie steckte den Kopf bald wieder heraus, und da sah es aus, als ob alle Sterne des Himmels auf sie niederfielen. Niemals hatte sie solche Feuerkünste erblickt. Große Sonnen drehten sich im Kreise, prächtige Feuerfische schwangen sich durch die blaue Luft, und alles glänzte von der reinen, stillen See wider. Auf dem Schiff selbst war es so hell, daß man das kleinste Tau sehen konnte, um wie vieles leichter die Menschen. Oh, wie schön war der junge Prinz, und er drückte den Männern die Hand, lachte und lächelte, während die Musik durch die herrliche Nacht klang.

Es wurde spät, aber die kleine Meerjungfrau konnte die Augen nicht von dem Schiff wenden und von dem schönen Prinzen. Die bunten Lichter wurden gelöscht, die Raketen stiegen nicht mehr in die Luft, es ertönten auch keine Kanonenschüsse mehr, aber tief drunten im Meer summte und brummte es. Sie saß inzwischen auf dem Wasser und schaukelte auf und nieder, so daß sie in die Kajüte hineinsehen konnte. Aber das Schiff begann schneller zu fahren, ein Segel nach dem anderen entfaltete sich, jetzt wurde der Seegang stärker, große Wolken zogen herauf, es blitzte in der Ferne. Oh, es kam ein schreckliches Unwetter auf. Darum holten die Matrosen die Segel ein. Das große Schiff tanzte mit rasender Geschwindigkeit auf dem wilden Meer. Die Wasser erhoben sich wie große schwarze Berge, die auf die Masten niederstürzen wollten, aber das Schiff tauchte wie ein Schwan zwischen den hohen Wellen unter und ließ sich abermals auf die sich türmenden Wasser heben. Die kleine Meerjungfrau fand, dies sei einmal eine lustige Fahrt, aber das fanden die Seeleute nicht, das Schiff ächzte und knarrte, die dicken Planken bogen sich unter den heftigen Stößen, die die Seen dem Schiff versetzten, der Mast brach mitten durch, so als wäre er ein Schilfrohr, und das Schiff schlingerte, während das Wasser in den Rumpf eindrang. Nun sah die kleine Meerjungfrau, daß sie in Gefahr waren, sie mußte sich selber vor Planken und Holzstücken vom Schiff in acht nehmen, die auf dem Meer trieben. Einen Augenblick lang war es so kohlrabenschwarz, daß sie nicht das geringste erkennen konnte, aber wenn es dann blitzte, wurde es wieder so hell, daß sie alle auf dem Schiff erkannte. Jeder wankte dahin, so gut er konnte; vor allem suchte sie nach dem jungen Prinzen, und sie sah ihn, als das Schiff auseinanderbrach, ins tiefe Meer sinken. Zuerst freute sie sich sehr, denn nun kam er zu ihr herunter, aber dann fiel ihr ein, daß die Menschen nicht im Wasser leben konnten und daß er nicht, es sei denn als Toter, in ihres Vaters Schloß kommen konnte. Nein, sterben, das durfte er nicht; deshalb schwamm sie zwischen Planken und Balken, die in der See trieben, hindurch und vergaß ganz und gar, daß diese sie zerschmettern konnten, sie tauchte tief unter Wasser und stieg wieder zwischen den Wogen hoch empor und kam schließlich zu dem jungen Prinzen, der in der stürmischen See kaum noch schwimmen konnte, seine Arme und Beine fingen an zu ermüden, die schönen Augen schlossen sich, er hätte sterben müssen, wäre nicht die kleine Meerjungfrau dazugekommen. Sie hielt seinen Kopf über Wasser und ließ sich dann mit ihm von den Wogen treiben, wohin die wollten.

In der Frühe war das Unwetter vorüber, von dem Schiff war kein Splitter mehr zu sehen, die Sonne erhob sich rot und leuchtend aus dem Wasser, es war gerade, als käme dadurch Leben in die Wangen des Prinzen, aber die Augen blieben geschlossen; die Meerjungfrau küßte seine hohe, wunderschöne Stirn und strich sein nasses Haar zurück, sie fand, er sehe dem Marmorstandbild unten in ihrem kleinen Garten ähnlich, sie küßte ihn abermals und wünschte nur, er würde lebendig.

Nun sah sie vor sich das Festland, hohe, blaue Berge, auf deren Gipfeln der weiße Schnee glänzte, als lägen dort Schwäne; unten an der Küste waren schöne grüne Wälder, und ganz vorn lag eine Kirche oder ein Kloster, das wußte sie nicht recht, aber ein Gebäude war es. Zitronen- und Apfelsinenbäume wuchsen dort im Garten, und vor dem Tor standen hohe Palmen. Das Meer bildete hier eine kleine Bucht, die spiegelglatt, aber sehr tief war, bis ganz zum Felsen hin, wo der feine, weiße Sand angespült war. Hierhin schwamm sie mit dem schönen Prinzen, legte ihn auf den Sand, sorgte vor allem dafür, daß der Kopf hoch im warmen Sonnenschein lag.

Jetzt läuteten die Glocken in dem großen, weißen Gebäude, und durch den Garten kamen viele junge Mädchen. Da schwamm die kleine Meerjungfrau weiter hinaus hinter einige große Steine, die aus dem Wasser aufragten, legte sich Meeresschaum auf ihr Haar und ihre Brust, so daß niemand ihr Gesicht sehen konnte. Und nun paßte sie auf, wer zu dem armen Prinzen hinging.

Es dauerte nicht lange, da kam ein junges Mädchen dorthin, sie schien sehr zu erschrecken, aber nur einen Augenblick, dann holte sie mehr Menschen, und die Meerjungfrau sah, daß das Leben in den Prinzen zurückkehrte und daß er alle um sich her anlächelte, aber ihr da draußen lächelte er nicht zu, er wußte ja auch nicht, daß sie ihn gerettet hatte, ihr war nun so traurig zumute, daß sie, als er in das große Gebäude geführt wurde, voller Leid ins Wasser niedertauchte und heimwärts zog zu ihres Vaters Schloß.

Immer war sie still und nachdenklich gewesen, aber nun wurde sie es sehr viel mehr. Die Schwestern fragten sie, was sie das erstemal dort oben erblickt habe, aber sie erzählte nichts.

Manchen Abend und manchen Morgen stieg sie dort empor, wo sie den Prinzen verlassen hatte. Sie sah, wie die Früchte des Gartens reiften und gepflückt wurden, sie sah, wie der Schnee auf den hohen Bergen schmolz, aber den Prinzen sah sie nicht, und darum kehrte sie stets nur noch betrübter heim. Es war ihr einziger Trost, dort in dem kleinen Garten zu sitzen und ihre Arme um das schöne Marmorstandbild zu schlingen, das dem Prinzen ähnlich war, aber ihre Blumen pflegte sie nicht, sie wuchsen wie in einer Wildnis über die Wege und verflochten ihre langen Stengel und Blätter mit den Ästen der Bäume, so daß es hier dunkel war.

Zuletzt konnte sie es nicht länger aushalten und erzählte es einer ihrer Schwestern, und dann erfuhren es sogleich alle übrigen, aber auch niemand weiter als sie und noch zwei andere Meerjungfrauen, die es nicht weitersagten, außer ihren besten Freundinnen. Eine von ihnen wußte, wer der Prinz war, sie hatte auch die Pracht auf dem Schiff gesehen, wußte, wo er her war und wo sein Königreich lag.

„Komm, Schwesterchen!“ sagten die anderen Prinzessinnen, und indem sie einander die Arme um die Schultern legten, stiegen sie in einer langen Reihe aus dem Meere auf, und zwar dort, wo sie wußten, daß des Prinzen Schloß lag.

Dies war aus einer hellgelben, glitzernden Gesteinsart errichtet, mit großen Marmortreppen, eine führte bis ins Meer hinab. Prächtige vergoldete Kuppeln erhoben sich über dem Dach, und zwischen den Säulen, die das ganze Bauwerk umgaben, standen marmorne Figuren, die ganz lebendig wirkten. Durch das klare Glas der hohen Fenster sah man in die prächtigsten Säle, wo kostbare seidene Vorhänge und Decken aufgehängt und alle Wände mit großen Gemälden geziert waren, die anzuschauen eine wahre Freude war. Mitten in dem größten Saal plätscherte ein großer Springbrunnen, die Strahlen schossen bis hoch unter die Glaskuppel an der Decke, durch die die Sonne auf das Wasser schien und auf die schönen Pflanzen, die hier in dem großen Becken wuchsen.

Jetzt wußte sie, wo er wohnte, und manchen Abend oder manche Nacht kam sie über das Wasser hierher; sie schwamm viel näher ans Land heran, als eine von den anderen es je gewagt hatte, ja, sie schwamm ganz in den schmalen Kanal hinein unter dem prachtvollen Marmor-Balkon, der einen langen Schatten über das Wasser warf. Hier saß sie und betrachtete den jungen Prinzen, welcher meinte, er wäre ganz allein in dem hellen Mondschein.

Sie sah ihn manchen Abend bei Musik in seinem prächtigen Boot fahren, an dem die Flaggen wehten; sie guckte zwischen dem grünen Schilf hindurch, und wehte der Wind ihren langen, silberweißen Schleier hoch und jemand sah es, dann dachten sie, es sei ein Schwan, der die Schwingen hob.

Sie hörte manche Nacht, wenn die Fischer mit ihren Laternen draußen auf dem Wasser waren, daß sie viel Gutes von dem jungen Prinzen erzählten, und sie freute sich, daß sie ihm das Leben gerettet hatte, als er halbtot auf den Wogen dahintrieb, und sie dachte daran, wie fest sein Kopf an ihrer Brust geruht hatte und wie innig sie ihn dann geküßt hatte; er wußte gar nichts davon, konnte nicht einmal von ihr träumen.

Immer lieber gewann sie die Menschen, immer mehr hatte sie den Wunsch, zu ihnen emporsteigen zu können; die Menschenwelt kam ihr viel größer vor als ihre eigene. Sie konnten ja auf Schiffen über das Meer hinfliegen, auf die hohen Berge droben über den Wolken steigen, und die Länder, die sie besaßen, dehnten sich mit Wäldern und Feldern weiter, als sie blicken konnte. Da gab es so viel, was sie gern gewußt hätte, aber die Schwestern konnten nicht auf all das Antwort geben, darum fragte sie die alte Großmutter, und die kannte gut die höhere Welt, die sie sehr richtig die Lande über dem Meer nannte.

„Wenn die Menschen nicht ertrinken", fragte die kleine Meerjungfrau, „bleiben sie dann immer am Leben, sterben sie nicht wie wir hier unten im Meer?"

„Doch", sagte die Alte, „sie müssen auch sterben, und ihre Lebenszeit ist sogar kürzer als die unsere. Wir können dreihundert Jahre alt werden, aber wenn wir dann aufhören, hier zu leben, dann werden wir nur zu Schaum auf dem Wasser, haben nicht einmal ein Grab hier unten unter unseren Lieben. Wir besitzen keine unsterbliche Seele, wir erhalten das Leben nie wieder zurück, wir sind genauso wie das grüne Schilf; ist es erst geschnitten, dann kann es nicht wieder grünen! Die Menschen dagegen haben eine Seele, die immer lebt, die lebt, wenn der Körper zu Erde geworden ist; sie steigt hinauf in die helle Luft, hinauf zu den funkelnden Sternen! So wie wir aus dem Meer auftauchen und die Länder der Menschen schauen, so tauchen sie zu unbekannten, herrlichen Gegenden empor, die wir niemals zu sehen bekommen."

„Weshalb bekamen wir keine unsterbliche Seele?" sagte die kleine Meerjungfrau traurig. „Ich würde alle meine hundert Jahre hergeben, die ich noch vor mir habe, um nur einen einzigen Tag ein Mensch zu sein und dann teilzuhaben an der himmlischen Welt!"

„Daran darfst du nicht immer denken!" sagte die Alte, „wir sind viel glücklicher und besser daran als die Menschen dort oben!"

„Ich muß also sterben und als Schaum auf dem Meer

schwimmen, kann nicht die Musik der Wellen hören, nicht die herrlichen Blumen schauen und die rote Sonne! Kann ich denn gar nichts tun, um eine ewige Seele zu erlangen?"

„Nein!" sagte die Alte, „nur wenn ein Mensch dich so liebgewänne, daß du ihm mehr bedeutetest als Vater und Mutter, wenn er mit all seinem Denken und seiner Liebe an dir hinge und den Priester seine rechte Hand in deine legen ließe mit dem Gelübde, treu zu sein hier und bis in alle Ewigkeit, dann glitte seine Seele in deinen Leib hinüber, und du hättest auch teil am Glück der Menschen. Er gäbe dir eine Seele und behielte dennoch seine eigene. Aber das kann nimmer geschehen! Was hier im Meer gerade schön ist, dein Fischschwanz, das finden sie droben auf der Erde häßlich, sie verstehen es nun mal nicht besser, dort muß man zwei ungeschlachte Säulen haben, die sie Beine nennen, um schön zu sein!"

Da seufzte die kleine Meerjungfrau und blickte traurig auf ihren Fischschwanz.

„Laß uns fröhlich sein", sagte die Alte, „hüpfen und springen wollen wir die dreihundert Jahre, die wir zu leben haben, das ist immerhin eine ganz erkleckliche Zeit, nachher kann man sich um so zufriedener in seinem Grab ausruhen. Heute abend haben wir Hofball!"

Das war auch eine Pracht, wie man sie auf Erden niemals sieht. Wände und Decke in dem großen Tanzsaal waren aus dickem, aber durchsichtigem Glas. Mehrere hundert riesige Muschelschalen, rosenrot und grasgrün, standen auf allen Seiten in Reihen nebeneinander, mit einem blau brennenden Feuer, das den ganzen Saal erhellte und durch die Wände leuchtete, so daß die See draußen ganz hell war: man konnte all die unzähligen Fische sehen, große und kleine, die gegen die Glaswand schwammen, an manchen glänzten die Schuppen purpurrot, an anderen sahen sie aus wie Silber und Gold. – Mitten durch den Saal floß ein breiter Strom, und auf diesem tanzten Wassermänner und Meerfrauen zu ihrem eigenen, schönen Gesang. So herrliche Stimmen haben die Menschen auf der Erde nicht. Die kleine Meerjungfrau sang am schönsten von allen, und man klatschte ihr Beifall; und einen Augenblick lang war sie von Herzen froh, denn sie wußte, sie hatte die schönste Stimme von allen auf der Erde und im Meer.

Aber bald mußte sie doch wieder an die Welt droben denken. Sie konnte den schönen Prinzen und ihren Kummer, daß sie nicht, wie er, eine unsterbliche Seele besitze, nicht vergessen. Darum schlich sie sich aus ihres Vaters Schloß, und während drinnen Gesang und Fröhlichkeit herrschten, saß sie traurig in ihrem kleinen Garten. Da hörte sie ein Waldhorn durch das Wasser erklingen, und sie dachte: „Nun fährt er sicherlich dort oben, er, den ich lieber habe als Vater und Mutter, er, dem ich mit all meinen Gedanken anhange und in dessen Hand ich das Glück meines Lebens legen möchte. Alles werde ich wagen, um ihn und eine unsterbliche Seele zu erringen! Während meine Schwestern dort drinnen in meines Vaters Schloß tanzen, will ich zur Meerhexe gehen, vor ihr habe ich immer solche Furcht gehabt, aber sie kann vielleicht raten und helfen!"

Nun ging die kleine Meerjungfrau aus ihrem Garten fort auf die brausenden Strudel zu, hinter welchen die Hexe wohnte. Diesen Weg war sie noch nie gegangen, hier wuchsen keine Blumen, kein Seegras, nur der kahle graue Sandboden erstreckte sich bis zu den Strudeln, wo das Wasser wie sausende Mühlräder rundherum wirbelte und alles, was es zu fassen bekam, mit sich in die Tiefe riß. Mitten durch diese zermalmenden Wirbel mußte sie gehen, um in den Bereich der Meerhexe zu gelangen, und hier gab es ein langes Stück keinen anderen Weg als über heiß brodelnden Schlamm, den nannte die Hexe ihr Torfmoor. Dahinter lag ihr Haus inmitten eines seltsamen Waldes. Alle Bäume und Sträucher waren Polypen, halb Tier und halb Pflanze, sie sahen aus wie hundertköpfige Schlangen, die aus dem Erdboden wuchsen, alle Äste waren lange, schleimige Arme mit Fingern wie sich schlängelnde Würmer, und Glied für Glied bewegten sie sich von der Wurzel bis zur äußersten Spitze. Alles, was sie im Meer erwischen konnten, umschlangen sie und ließen es nie wieder los. Die kleine Meerjungfrau blieb ganz erschrocken draußen stehen. Ihr Herz klopfte vor Angst, fast wäre sie umgekehrt, aber dann dachte sie an den Prinzen und die Seele des Menschen, und da bekam sie Mut. Sie band ihr langes, wehendes Haar fest um ihren Kopf, damit die Polypen es nicht packen konnten, die Hände legte sie beide über ihrer Brust zusammen und flog so, wie der Fisch durchs Wasser fliegen kann, mitten zwischen den häßlichen Polypen dahin, die ihre biegsamen Arme und Finger nach ihr ausreckten. Sie sah, daß jeder von ihnen etwas hielt, das er ergriffen hatte, hundert kleine Arme umklammerten es fest wie mit starken eisernen Banden. Menschen, die auf See umgekommen und in die Tiefe gesunken waren, schauten als weiße Knochengerippe zwischen den Armen der Polypen hervor. Schiffsruder und Kästen hielten sie fest. Gerippe von Landtieren und eine kleine Meerjungfrau, die sie gefangen und erwürgt hatten, das war ihr beinahe das schrecklichste.

Nun kam sie an einen großen, glitschigen Platz im Walde, wo sich große, fette Wassernattern tummelten und ihren garstigen, weißgelben Bauch zeigten. Mitten auf dem Platz war ein Haus errichtet, aus den weißen Knochen Gestrandeter, dort saß die Meerhexe und ließ eine Kröte von ihrem Munde fressen, ebenso wie die Menschen einen kleinen Kanarienvogel Zucker essen lassen. Die häßlichen, fetten Wassernattern nannte sie ihre kleinen Küken und ließ sie auf ihrer großen, schwammigen Brust sich schlängeln.

„Ich weiß schon, was du willst!“ sagte die Meerhexe. „Du bist schön dumm! Trotzdem sollst du deinen Willen haben, denn der wird dich ins Unglück bringen, meine wunderfeine Prinzessin. Du möchtest gern deinen Fischschwanz lossein und statt dessen zwei Stümpfe haben zum Gehen, genauso wie die Menschen, damit der junge Prinz sich in dich verliebt und du ihn kriegst und mit ihm eine unsterbliche Seele!“ gleichzeitig lachte die Hexe so laut und garstig, daß die Kröte und die Nattern auf den Boden fielen und sich dort umherwälzten. „Du kommst gerade zur rechten Zeit“, sagte die Hexe, „wenn die Sonne morgen aufgeht, könnte ich dir nicht mehr helfen, bevor nicht ein Jahr um ist. Ich werde dir einen Trunk bereiten, mit diesem mußt du, ehe die Sonne aufgeht, an Land schwimmen, dich dort ans Ufer setzen und ihn trinken, dann teilt sich dein Schwanz und schrumpft ein, zu etwas, was die Menschen hübsche Beine nennen, aber es tut weh, es ist, als ginge das scharfe Schwert durch dich hindurch. Alle, die dich sehen, werden sagen, du seiest das reizendste Menschenkind, das sie gesehen haben! Du behältst deinen schwebenden Gang, keine Tänzerin kann schweben wie du, aber bei jedem Schritt, den du machst, ist es, als trätest du auf ein scharfes Messer, so daß dein Blut fließen muß. Willst du dies alles erdulden, dann werde ich dir helfen!"

„Ja", sagte die kleine Meerjungfrau mit bebender Stimme und dachte an den Prinzen und daran, daß sie eine unsterbliche Seele erringen wollte.

„Aber vergiß nicht", sagte die Hexe, „hast du erst menschliche Gestalt angenommen, dann kannst du niemals wieder eine Meerjungfrau werden! Du kannst nie mehr durch das Wasser zu deinen Schwestern und deines Vaters Schloß herniedersteigen, und gewinnst du nicht die Liebe des Prinzen, so daß er um deinetwillen Vater und Mutter vergißt und den Priester eure Hände ineinanderlegen läßt, so daß ihr Mann und Frau werdet, dann erhältst du keine unsterbliche Seele! An dem ersten Morgen, nachdem er mit einer anderen Hochzeit gehalten hat, da muß dein Herz brechen, und du wirst zu Schaum auf dem Wasser."

„Ich will es", sagte die kleine Meerjungfrau und war blaß wie eine Tote.

„Aber mich mußt du auch bezahlen!" sagte die Hexe, „und es ist nicht wenig, was ich fordere. Du hast die herrlichste Stimme von allen hier unten auf dem Grunde des Meeres, mit der glaubst du wohl ihn verzaubern zu können, aber diese Stimme mußt du mir geben. Das Beste, was du besitzt, möchte ich für meinen kostbaren Trank haben! Mein eigenes Blut muß ich dir ja da hineintun, damit der Trank scharf werden kann wie ein zweischneidiges Schwert!"

„Aber wenn du meine Stimme nimmst", sagte die kleine Meerjungfrau, „was behalte ich dann noch übrig?"

„Deine liebreizende Gestalt", sagte die Hexe, „deinen schwebenden Gang und deine sprechenden Augen, mit diesen wirst du schon noch ein Menschenherz betören können. Nun, hast du den Mut verloren? Strecke deine kleine Zunge heraus, dann schneide ich sie ab, als Bezahlung, und du erhältst den kräftigen Trank!"

„So sei es denn!" sagte die kleine Meerjungfrau, und die Hexe setzte ihren Kessel auf, um den Zaubertrank zu kochen. „Reinlichkeit ist eine gute Sache!" sagte sie und scheuerte den Kessel mit den Nattern, die sie zu einem Knäuel zusammenband; dann ritzte sie sich selber die Brust und ließ ihr schwarzes Blut hineinträufeln, der Dampf nahm die seltsamsten Gestalten an, so daß einem angst und bange werden mußte. Alle Augenblicke tat die Hexe neue Sachen in den Kessel, und als es ordentlich kochte, klang es, wie wenn das Krokodil weint. Schließlich war der Trank fertig, er sah aus wie das klarste Wasser.

„Hier hast du ihn!" sagte die Hexe und schnitt der kleinen Meerjungfrau die Zunge ab, und nun war sie stumm, konnte weder singen noch sprechen.

„Falls die Polypen nach dir greifen, wenn du durch meinen Wald zurückgehst", sagte die Hexe, „so spritze nur einen einzigen Tropfen von diesem Trank auf sie, dann zerspringen ihre Arme und Finger in tausend Stücke!" Aber das brauchte die kleine Meerjungfrau nicht, die Polypen zogen sich erschrocken vor ihr zurück, als sie den schimmernden Trank sahen, der in ihrer Hand glänzte wie ein funkelnder Stern. So kam sie schnell durch den Wald, das Moor und die brausenden Strudel.

Sie konnte ihres Vaters Schloß sehen; die Fackeln in dem großen Tanzsaal waren gelöscht, dort drinnen schlief sicherlich alles, aber sie wagte es nicht, sie aufzusuchen, nun da sie stumm war und für immer von ihnen fortgehen wollte. Es war, als sollte ihr das Herz vor Leid brechen. Sie schlich sich in den Garten, nahm von jedem Blumenbeet ihrer Schwestern eine Blume, warf tausend Kußhände zum

Schlosse hin und stieg durch die dunkelblaue See nach oben.

Die Sonne war noch nicht hervorgekommen, als sie das Schloß des Prinzen sah und die prächtige Marmortreppe hinanstieg. Der Mond glänzte wunderbar hell. Die kleine Meerjungfrau trank den brennend scharfen Trank, und es war, als ginge ihr ein zweischneidiges Schwert durch den feinen Leib, sie wurde ohnmächtig davon und lag wie tot da. Als die Sonne über das Meer schien, erwachte sie, und

sie fühlte einen brennenden Schmerz, aber ihr gegenüber stand der reizende junge Prinz, er heftete seine kohlschwarzen Augen auf sie, so daß sie die ihren niederschlug und sah, daß ihr Fischschwanz fort war und daß sie die hübschesten weißen kleinen Beine hatte, die ein Mädchen nur haben konnte, aber sie war ganz nackt, darum hüllte sie sich in ihr dichtes, langes Haar. Der Prinz fragte, wer sie sei und wie sie hergekommen sei, und sie sah ihn sanft und doch so traurig mit ihren dunkelblauen Augen an, sprechen konnte sie ja nicht. Da nahm er sie bei der Hand und führte sie ins Schloß hinein. Jeder Schritt, den sie machte, war, wie die Hexe ihr vorausgesagt hatte, als träte sie auf spitze Pfrieme und scharfe Messer, aber das erduldete sie gern. An der Hand des Prinzen stieg sie so leicht wie eine Luftblase empor, und er und alle wunderten sich über ihren anmutigen, schwebenden Gang.

Kostbare Kleider aus Seide und Musselin bekam sie an, im Schloß war sie die Schönste von allen, aber sie war stumm, konnte weder singen noch sprechen. Wunderschöne Sklavinnen, in Seide und Gold gekleidet, kamen und sangen dem Prinzen und seinen königlichen Eltern vor; eine sang schöner als alle anderen, und der Prinz klatschte in die Hände und lächelte ihr zu, da wurde die kleine Meerjungfrau traurig, sie wußte, sie selbst hatte viel schöner gesungen! Sie dachte: Oh, er sollte nur wissen, daß ich, um bei ihm sein zu können, für alle Ewigkeit meine Stimme fortgegeben habe!

Nun tanzten die Sklavinnen anmutige, schwebende Tänze zu der herrlichsten Musik, da hob die kleine Meerfrau ihre schönen, weißen Arme, richtete sich auf den Zehenspitzen auf und schwebte durch den Raum, tanzte, wie noch keiner getanzt hatte; bei jeder Bewegung wurde ihre Schönheit noch sichtbarer, und ihre Augen rührten tiefer ans Herz als der Gesang der Sklavinnen.

Alle waren davon begeistert, vor allem der Prinz, der sie sein kleines Findelkind nannte, und sie tanzte immer mehr, obwohl es ihr jedesmal, wenn ihr Fuß die Erde berührte, so war, als träte sie auf scharfe Messer. Der Prinz sagte, sie solle für alle Zeiten bei ihm bleiben, und sie durfte vor einer Tür auf einem samtenen Kissen schlafen.

Er ließ ihr eine Männertracht nähen, damit sie ihn zu Pferde begleiten konnte. Sie ritten durch die duftenden Wälder, wo die grünen Zweige ihr gegen die Schultern schlugen und die Vögelchen hinter den frischen Blättern sangen. Sie kletterte mit dem Prinzen auf die hohen Berge hinauf, und obwohl ihre feinen Füße bluteten, so daß die anderen es sehen konnten, lachte sie dennoch darüber und folgte ihm, bis sie die Wolken unter sich segeln sahen, als wären sie ein Schwarm Vögel, der in fremde Länder zog.

Daheim auf des Prinzen Schloß, wenn nachts die anderen schliefen, ging sie auf die breite Marmortreppe hinaus; und es kühlte ihre brennenden Füße, wenn sie in dem kalten Meerwasser stand, und dann dachte sie an die dort unten in der Tiefe.

Eines Nachts kamen ihre Schwestern Arm in Arm, sie sangen so kummervoll, als sie auf dem Wasser schwammen, und sie winkte ihnen zu, und sie erkannten sie und erzählten, wie traurig sie sie alle gemacht habe. Allnächtlich besuchten sie sie seitdem, und eines Nachts sah sie weit draußen die alte Großmutter, die viele Jahre lang nicht über Wasser gewesen war, und den Meerkönig mit seiner Krone auf dem Haupt, sie streckten die Hände nach ihr aus, wagten sich aber nicht so nahe ans Land wie die Schwestern.

Von Tag zu Tag wurde sie dem Prinzen lieber, er hatte sie lieb, wie man ein gutes, liebes Kind liebhat, aber sie zu seiner Königin zu machen, kam ihm gar nicht in den Sinn, und seine Frau mußte sie werden, sonst erhielt sie keine unsterbliche Seele, sondern würde an seinem Hochzeitsmorgen zu Schaum auf dem Meere werden.

„Hast du mich nicht von allen am liebsten?“ schienen die Augen der kleinen Meerjungfrau zu sagen, wenn er sie in seine Arme nahm und sie auf ihre schöne Stirn küßte.

„Doch, du bist mir am liebsten“, sagte der Prinz, „denn du hast das beste Herz von allen, du bist mir am meisten zugetan, und du gleichst einem jungen Mädchen, das ich einstmals sah, aber sicher nie mehr wiederfinde. Ich war auf einem Schiff, das unterging, die Wogen trieben mich an Land, nahe bei einem heiligen Tempel, wo mehrere junge Mädchen Dienst taten, die jüngste dort fand mich am Strand und rettete mir das Leben, ich sah sie nur zweimal; sie wäre die einzige, die ich in dieser Welt lieben könnte, aber du gleichst ihr, du verdrängst fast ihr Bild aus meiner Seele. Sie gehört zu dem heiligen Tempel, und darum hat mein gutes Glück dich mir gesandt, nie wollen wir uns trennen!" – „Ach, er weiß nicht, daß ich ihm das Leben gerettet habe!" dachte die kleine Meerjungfrau. „Ich trug ihn über die See zum Walde hin, wo der Tempel steht, ich saß hinter dem Gischt und sah nach, ob nicht Menschen kämen. Ich sah das schöne Mädchen, das er lieber hat als mich!" und die Meerjungfrau seufzte tief, weinen konnte sie nicht. „Das Mädchen gehört dem heiligen Tempel an, hat er gesagt, sie kommt nie in die Welt hinaus, sie begegnen sich nicht mehr, ich bin bei ihm, sehe ihn jeden Tag, ich werde ihn pflegen, ihn lieben, ihm mein Leben weihen!"

„Aber jetzt wird der Prinz heiraten und die schöne Tochter des Nachbarkönigs bekommen!" erzählte man, „das ist der Grund, weshalb er ein so prächtiges Schiff ausrüstet. Der Prinz fährt fort, um sich die Länder des Nachbarkönigs anzusehen, ein großes Gefolge nimmt er mit." Aber die kleine Meerjungfrau schüttelte den Kopf und lachte, sie kannte die Gedanken des Prinzen viel besser als all die anderen. „Ich muß fahren!" hatte er zu ihr gesagt, „ich soll mir die schöne Prinzessin ansehen, meine Eltern verlangen es, aber mich zwingen, sie als meine Braut heimzuführen, das wollen sie nicht! Ich kann sie nicht lieben! Sie gleicht nicht dem schönen Mädchen im Tempel, dem du gleichst, sollte ich einmal eine Braut erwählen, dann wärest eher du es, mein stummes Findelkind mit den sprechenden Augen!" Und er küßte ihren roten Mund, spielte mit ihrem langen Haar und legte seinen Kopf an ihr Herz, so daß es von Menschenglück und einer unsterblichen Seele träumte.

„Du fürchtest dich doch nicht vor dem Meer, mein stummes Kind?" sagte er, als sie auf dem prächtigen Schiffe standen, das sie in die Länder des Nachbarkönigs führen sollte; und er erzählte ihr von Sturm und Meeresstille, von seltsamen Fischen in der Tiefe und was der Taucher dort gesehen hatte, und sie lächelte bei seiner Erzählung, sie wußte ja besser als irgendein anderer über den Meeresgrund Bescheid.

In der mondhellen Nacht, wenn bis auf den Steuermann, der am Ruder stand, alle schliefen, saß sie an der Reling des Schiffes und starrte durch das klare Wasser hinunter, und sie meinte ihres Vaters Schloß zu erblicken. Hoch oben stand die alte Großmutter mit der silbernen Krone auf dem Haupt und starrte durch die reißende Strömung zum Schiffskiel hinauf. Da kamen ihre Schwestern über das Wasser, sie starrten sie kummervoll an und rangen ihre weißen Hände, sie winkte ihnen zu, lächelte und wollte erzählen, daß es ihr in allem gut gehe und daß sie glücklich sei, aber der Schiffsjunge näherte sich ihr, und die Schwestern tauchten unter, so daß er in dem Glauben blieb, das Weiße, welches er gesehen hatte, sei Gischt auf den Wogen gewesen.

Am nächsten Morgen segelte das Schiff in den Hafen vor des Nachbarkönigs Stadt hinein. Alle Kirchenglocken läuteten, und von den hohen Türmen wurde mit Posaunen geblasen, während die Soldaten mit wehenden Fahnen und blinkenden Bajonetten dastanden. Jeder Tag brachte ein Fest. Bälle und Gesellschaften folgten aufeinander, aber die Prinzessin war noch nicht da, sie wurde weit fort in einem heiligen Tempel erzogen, erzählte man, dort lernte sie alle königlichen Tugenden. Endlich traf sie ein.

Die kleine Meerjungfrau stand da, begierig darauf, ihre Schönheit zu sehen; und sie mußte es zugeben, eine anmutigere Gestalt hatte sie nie geschaut. Die Haut war ganz fein und rosig, und hinter den langen, dunklen Augenwimpern lächelten ein Paar schwarzblaue, treue Augen!

„Du bist es“, sagte der Prinz, „du, die du mich errettet hast, als ich wie eine Leiche am Strande lag!“ und er nahm seine errötende Braut fest in die Arme. „Oh, ich bin ja so glücklich!“ sagte er zu der kleinen Meerjungfrau. „Das Schönste, worauf ich nie hätte hoffen dürfen, ist mir erfüllt worden. Du wirst dich über mein Glück freuen, denn du hast mich von allen am liebsten!" Und die kleine Meerjungfrau küßte seine Hand, und sie meinte schon zu spüren, wie ihr Herz brach. Sein Hochzeitsmorgen würde ihr ja den Tod bringen und sie in Schaum auf dem Meer verwandeln.

Alle Kirchenglocken läuteten, die Herolde ritten in den Straßen umher und verkündeten das Eheverlöbnis. Auf allen Altären brannten duftende Öle in kostbaren silbernen Lampen. Die Priester schwenkten Räuchergefäße, und Braut und Bräutigam reichten einander die Hände und erhielten den Segen des Bischofs. Die kleine Meerjungfrau stand in Seide und Gold dabei und trug die Brautschleppe, aber ihre Ohren vernahmen nicht die festliche Musik, ihre Augen sahen nicht die fromme Zeremonie, sie dachte an ihre Todesnacht, an all das, was sie in dieser Welt verloren hatte

Noch am selben Abend gingen Braut und Bräutigam an Bord des Schiffes, die Kanonen ertönten, alle Fahnen flatterten, und mitten auf dem Schiff war ein königliches Zelt errichtet, aus Gold und Purpur und mit den herrlichsten Pfühlen, hier sollte das Brautpaar in der stillen, kühlen Nacht schlafen.

Die Segel bauschten sich im Wind, und das Schiff glitt leicht und ohne viel Bewegung über die klare See.

Als es dunkelte, wurden bunte Lampen angezündet, und die Seeleute tanzten lustige Tänze an Deck. Die kleine Meerjungfrau mußte daran denken, wie sie das erstemal aus dem Meer aufgetaucht war und die gleiche Pracht und Freude gesehen hatte. Und sie drehte sich im Tanz, schwebte, wie die Schwalbe schwebt, wenn sie verfolgt wird, und alle jubelten ihr Bewunderung zu, niemals hatte sie so herrlich getanzt. Es schnitt ihr wie mit scharfen Messern in die feinen Füße, aber sie fühlte es nicht; es schnitt ihr schmerzlicher ins Herz. Sie wußte, es war der letzte Abend, daß sie ihn sah, um dessentwillen sie ihre Familie und ihre Heimat verlassen hatte, ihre wunderbare Stimme hergegeben und täglich unendliche Qualen erduldet hatte, ohne daß er auch nur mit einem Gedanken daran gedacht hätte. Es war die letzte Nacht, daß sie atmete, die gleiche Luft atmete wie er, das tiefe Meer und den sternenblauen Himmel erblickte;

eine ewige Nacht ohne Gedanken und Traum harrte ihrer, die keine Seele besaß, keine erringen konnte. Und auf dem Schiff war eitel Freude und Fröhlichkeit bis weit über Mitternacht, sie lachte und tanzte mit dem Todesgedanken in ihrem Herzen. Der Prinz küßte seine liebreizende Braut, und sie spielte mit seinem schwarzen Haar, und Arm in Arm gingen sie in dem prächtigen Zelt zur Ruhe.

Es wurde ruhig und still auf dem Schiff, nur der Steuermann stand am Ruder, die kleine Meerjungfrau legte ihre weißen Arme auf die Reling und blickte gen Osten der Morgenröte entgegen, der erste Sonnenstrahl, das wußte sie, würde sie töten. Da sah sie ihre Schwestern aus dem Meer emporsteigen, sie waren bleich wie sie; ihr langes, wunderbares Haar wehte nicht mehr im Winde, es war abgeschnitten.

„Wir haben es der Hexe geschenkt, auf daß sie dir Hilfe bringe, damit du in dieser Nacht nicht stirbst! Sie hat uns ein Messer gegeben, hier ist es! Siehst du, wie scharf? Ehe die Sonne aufgeht, mußt du es dem Prinzen ins Herz stoßen, und wenn dann sein warmes Blut auf deine Füße spritzt, dann wachsen sie zu einem Fischschwanz zusammen, und du wirst wieder Meerjungfrau, kannst zu uns ins Wasser herabsteigen und deine dreihundert Jahre leben, ehe du zu totem, salzigem Meerschaum wirst. Eil dich! einer muß sterben, er oder du, bevor die Sonne aufgeht! Unsere alte Großmutter trauert, so daß ihr das weiße Haar ausgegangen ist, wie das unsere durch die Schere der Hexe fiel. Töte den Prinzen und kehre zurück! Eil dich, siehst du den roten Streifen am Himmel? In wenigen Minuten steigt die Sonne empor, und dann mußt du sterben!“ und sie stießen einen seltsam tiefen Seufzer aus und versanken in den Wogen.

Die kleine Meerjungfrau zog den Purpurvorhang vom Zelt fort, und sie sah die liebliche Braut mit ihrem Kopf an des Prinzen Brust schlummern, und sie beugte sich hinab, küßte ihn auf seine schöne Stirn, blickte zum Himmel auf, wo die Morgenröte immer heller leuchtete, blickte auf das scharfe Messer und heftete wieder die Augen auf den Prinzen, der im Traum den Namen seiner Braut nannte, er hatte nur für sie allein Sinn, und das Messer zitterte in der Hand

der Meerjungfrau – aber da warf sie es weit in die Wogen hinaus, sie glänzten rot auf, wo es hinfiel, es sah aus, als sickerten Blutstropfen aus dem Wasser. Noch einmal sah sie mit halb gebrochenem Blick den Prinzen an, stürzte sich dann vom Schiff hinab ins Meer, und sie fühlte, wie ihr Körper sich in Schaum auflöste.

Da stieg die Sonne aus dem Meer auf, die Strahlen fielen mild und warm auf den todeskalten Meerschaum, und die kleine Meerjungfrau fühlte nichts vom Tode, sie sah die helle Sonne, und oben über ihr selber schwebten Hunderte von durchsichtigen, lieblichen Wesen; sie konnte durch sie hindurch die weißen Segel des Schiffes und die roten Wolken des Himmels sehen, ihre Stimmen waren Musik, aber so ganz Geist, daß kein menschliches Ohr sie vernehmen konnte, ebenso wie kein irdisches Auge sie erblicken konnte. Sie schwebten ohne Flügel kraft ihrer eigenen Leichtigkeit durch die Lüfte. Die kleine Meerjungfrau sah, daß sie einen Körper besaß wie jene, er erhob sich mehr und mehr aus dem Schaum.

„Zu wem komme ich?“ fragte sie, und ihre Stimme klang wie die der anderen Wesen, wie ein Hauch, so daß keine irdische Musik sie wiedergeben könnte.

„Zu den Töchtern der Luft!“ erwiderten die anderen.

„Die Meerjungfrau hat keine unsterbliche Seele, kann sie niemals erlangen, es sei denn, sie erringt eines Menschen Liebe! Von einer fremden Macht hängt ihr ewiges Leben ab. Die Töchter der Luft haben auch keine ewige Seele, aber sie können sich selbst durch gute Taten eine schaffen. Wir fliegen in die heißen Länder, wo die laue Pestluft die Menschen tötet. Dort fächeln wir Kühlung. Wir tragen den Duft der Blumen durch die Lüfte und senden Erquickung und Heilkraft. Wenn wir uns dreihundert Jahre bestrebt haben, soviel Gutes zu tun, wie wir zu tun vermögen, erhalten wir eine unsterbliche Seele und haben teil am ewigen Glück der Menschen. Du arme kleine Meerjungfrau hast mit deinem ganzen Herzen nach dem gleichen gestrebt wie wir, du hast gelitten und geduldet, dich zu der Welt der Luftgeister emporgeschwungen, nun kannst du dir selbst durch gute Taten in dreihundert Jahren eine unsterbliche Seele erringen."

Und die kleine Meerjungfrau hob ihre hellen Arme zu Gottes Sonne empor, und zum ersten Male spürte sie Tränen. – Auf dem Schiff war wieder Lärm und Leben, sie sah den Prinzen mit seiner schönen Braut nach ihr suchen, wehmütig starrten sie auf den wogenden Schaum, als wüßten sie, daß sie sich in die Wogen gestürzt hatte. Unsichtbar küßte sie die Stirn der Braut, lächelte ihm zu und stieg mit den anderen Kindern der Luft hinauf auf die rosarote Wolke, die in den Lüften segelte.

„In dreihundert Jahren schweben wir so in Gottes Reich hinein!"

„Auch früher können wir dorthin kommen!" flüsterte eine. „Unsichtbar schweben wir in die Häuser der Menschen, wo Kinder sind, und mit jedem Tag, an dem wir ein gutes Kind finden, das seinen Eltern Freude macht und ihre Liebe verdient, verkürzt Gott unsere Probezeit. Das Kind weiß nicht, wann wir durch die Stube fliegen, und wenn wir dann aus Freude darüber lächeln, da wird uns eins von den dreihundert Jahren erlassen, sehen wir aber ein unartiges und böses Kind, dann müssen wir Tränen der Trauer weinen; und jede Träne fügt zu unserer Probezeit einen Tag hinzu."

Des Kaisers neue Kleider

Vor vielen Jahren lebte ein Kaiser, der hübsche neue Kleider so über die Maßen liebte, daß er all sein Geld dafür ausgab, recht sehr geputzt zu werden. Er machte sich nichts aus seinen Soldaten, machte sich nur etwas aus Theater oder Spazierfahrten im Walde, weil er dann seine neuen Kleider zeigen konnte. Er hatte für jede Stunde des Tages einen Frack, und wie man von einem König sagt: Er ist im Rat, so sagte man hier immer: Der Kaiser ist im Kleiderschrank!

In der großen Stadt, in der er wohnte, ging es sehr vergnüglich zu, täglich kamen viele Fremde, eines Tages kamen zwei Betrüger; sie gaben sich als Weber aus und sagten, sie verstünden den schönsten Stoff zu weben, den man sich denken könne. Nicht allein wären die Farben und das Muster außerordentlich schön, sondern die Kleider, die aus diesem Stoff genäht würden, hätten die erstaunliche Eigenschaft, daß sie für jeden Menschen unsichtbar blieben, der nicht für sein Amt tauge oder auch ungebührlich dumm sei.

„Das müssen ja wunderbare Kleider sein“, dachte der

Kaiser, „wenn ich die anhabe, könnte ich ja dahinterkommen, welche Männer in meinem Reich nicht für das Amt taugen, das sie innehaben; ich kann die Klugen von den Dummen unterscheiden; ja, dieser Stoff muß sofort für mich gewebt werden!" und er gab den beiden Betrügern viel Geld an die Hand, damit sie mit ihrer Arbeit beginnen sollten.

Sie stellten auch zwei Webstühle auf, taten, als ob sie arbeiteten, aber sie hatten nicht das geringste auf dem Webstuhl. Frischweg verlangten sie die feinste Seide und das prächtigste Gold; das steckten sie in ihren eigenen Beutel und arbeiteten an den leeren Webstühlen, und zwar bis tief in die Nacht hinein.

„Nun möchte ich doch wirklich wissen, wie weit die mit ihrem Zeug sind!" dachte der Kaiser, aber ihm war ordentlich ein bißchen wunderlich ums Herz, wenn er daran dachte, daß derjenige, der dumm war oder gar nicht für sein Amt paßte, das Zeug nicht sehen konnte, nun meinte er allerdings, er brauche um sich selbst keine Sorge zu haben, aber er wollte doch zuerst jemanden hinschicken, der nachsehen sollte, wie es stünde. Alle Menschen in der ganzen Stadt wußten, welch seltsame Kraft der Stoff hatte, und jeder war darauf erpicht, zu sehen, wie schlecht oder dumm sein Nachbar sei.

„Ich schicke meinen alten, ehrlichen Minister zu den Webern!" dachte der Kaiser. „Er kann am besten sehen, wie der Stoff sich ausnimmt, denn er hat Verstand, und keiner paßt besser für sein Amt als er!"

So ging denn der alte, brave Minister in den Saal, wo die beiden Betrüger saßen und an den leeren Webstühlen arbeiteten. „Gott im Himmel!" dachte der alte Minister und sperrte die Augen auf, „ich kann ja nichts sehen!" Aber das sagte er nicht.

Beide Betrüger forderten ihn auf, er möge so gut sein und näher treten, und fragten, ob es nicht ein schönes Muster und herrliche Farben seien. Dann zeigten sie auf den leeren Webstuhl, und der arme alte Minister sperrte die Augen immer weiter auf, aber er konnte nichts sehen, denn es war nichts da. „Herrgott!“ dachte er, „sollte ich dumm sein? Das habe ich nie gedacht, und das darf kein Mensch erfahren! Sollte ich für mein Amt nicht taugen? Nein, es geht nicht, daß ich erzähle, ich könnte den Stoff nicht sehen!“

„Nun, Sie sagen nichts darüber!“ sagte der eine, der webte.

„Oh, es ist wunderhübsch! ganz allerliebst!“ sagte der alte Minister und blickte durch seine Brille. „Dies Muster und diese Farben! – Ja, ich werde dem Kaiser sagen, daß es mir ganz besonders gefällt!“

„Nun, das freut uns!“ sagten die beiden Weber, und nun nannten sie die Farben beim Namen und das seltsame Muster. Der alte Minister hörte gut zu, damit er dasselbe sagen konnte, wenn er zum Kaiser nach Hause käme, und das tat er.

Nun forderten die Betrüger mehr Geld, mehr Seide und Gold, welches sie zum Weben brauchten. Sie steckten alles in ihre eigenen Taschen, auf den Webstuhl kam kein Fädchen, aber sie fuhren fort wie vorher, an dem leeren Webstuhl zu weben.

Der Kaiser schickte bald wieder einen braven Beamten hin, der sich ansehen sollte, wie es mit dem Weben ginge und ob der Stoff bald fertig wäre. Es erging ihm genauso wie dem Minister, er guckte und guckte, da aber nichts da war außer den leeren Webstühlen, konnte er nichts sehen.

„Ja, ist es nicht ein hübsches Stück Stoff?“ sagten die beiden Betrüger und zeigten und erklärten das wunderbare Muster, das gar nicht da war.

„Dumm bin ich nicht!“ dachte der Mann, „aber dann ist es also mein gutes Amt, zu dem ich nicht tauge. Das wäre wirklich komisch, aber da darf man sich nichts anmerken lassen!“ und dann lobte er den Stoff, den er nicht sah, und versicherte sie seiner Freude über die schönen Farben und das wundervolle Muster. „Ja, es ist ganz allerliebst!“ sagte er zum Kaiser.

Alle Menschen in der Stadt redeten von dem prachtvollen Stoff.

Nun wollte der Kaiser selber ihn sehen, während er noch

auf dem Webstuhl war. Mit einer ganzen Schar auserwählter Männer, unter welchen die beiden alten braven Beamten waren, die vorher dagewesen waren, ging er zu den listigen Betrügern, die nun aus aller Kraft woben, aber ohne Garn und Faden.

„Ja, ist es nicht magnifique!“ sagten die beiden braven Beamten. „Belieben Euer Majestät sich anzusehen, welches Muster, welche Farben ...!“ und dann zeigten sie auf den leeren Webstuhl; denn sie glaubten, die anderen könnten wahrscheinlich den Stoff sehen.

„Was ist das?“ dachte der Kaiser, „ich sehe nichts! Das ist ja furchtbar, bin ich dumm? Tauge ich nicht dazu, Kaiser zu sein? Das wäre das Schrecklichste, was mir zustoßen könnte!“ – „Oh, es ist sehr hübsch“, sagte der Kaiser, „es findet meinen allerhöchsten Beifall!“ und er nickte befriedigt und betrachtete den leeren Webstuhl: er wollte nicht sagen, daß er nichts sehen könne. Das ganze Gefolge, welches er bei sich hatte, guckte und guckte, es kam aber nicht mehr dabei heraus als bei allen anderen, sie sagten jedoch ebenso wie der Kaiser: „Oh, es ist wunderschön!“ und sie rieten ihm, die Kleider aus diesem neuen prächtigen Stoff zum erstenmal bei der großen Prozession anzuziehen, die bevorstand. „Es ist magnifique! bezaubernd, excellent!“ ging es von Mund zu Mund, und man war allenthalben herzlich erfreut darüber. Der Kaiser überreichte jedem von den Betrügern einen Orden, den sie ins Knopfloch hängen sollten, und den Titel eines Webjunkers.

Die ganze Nacht vor dem Vormittag, da die Prozession stattfinden sollte, blieben die Betrüger auf und hatten über sechzehn Kerzen brennen. Die Leute konnten sehen, daß sie große Eile hatten, des Kaisers neue Kleider fertigzubekommen. Sie taten so, als nähmen sie den Stoff vom Webrahmen, sie schnitten in der Luft mit großen Scheren zu, sie nähten mit Nähnadeln ohne Faden und sagten schließlich: „Seht, nun sind die Kleider fertig!“

Der Kaiser mit seinen vornehmsten Kavalieren kam selbst dorthin, und beide Betrüger hoben den einen Arm hoch, so als hielten sie etwas, und sagten: „Seht, hier sind die Beinkleider! Hier ist der Frack! Hier der Mantel!“ und so immer fort. „Es ist so leicht wie Spinnweben! Man sollte meinen, man habe nichts am Leibe, aber das ist gerade das Gute daran!“

„Ja!“ sagten alle Kavaliere, aber sie konnten nichts sehen, denn da war nichts.

„Möchten nun Euer Kaiserliche Majestät allergnädigst belieben, Ihre Kleider auszuziehen!“ sagten die Betrüger. „Dann ziehen wir Ihnen die neuen an, hier drüben vor dem großen Spiegel!“

Der Kaiser zog alle seine Kleider aus, und die Betrüger taten nun so, als zögen sie ihm jedes Stück von den neuen an, die genäht sein sollten, und sie griffen ihm um den Leib und taten so, als bänden sie etwas fest, das war die Schleppe. Und der Kaiser wandte und drehte sich vor dem Spiegel.

„Gott, wie gut es kleidet! Wie wunderbar es sitzt!“ sagten alle. „Welch ein Muster! welche Farben! Es ist ein kostbares Gewand!“

„Draußen stehen sie mit dem Thronhimmel, der bei der Prozession über Euer Majestät getragen werden soll!“ sagte der Oberzeremonienmeister.

„Ja, ich bin so weit!“ sagte der Kaiser. „Sitzt es nicht gut?“ und dann drehte er sich noch einmal vor dem Spiegel! Denn es sollte so aussehen, als betrachtete er sich so richtig in seinem Staat.

Die Kammerherren, die die Schleppe tragen sollten, tasteten mit den Händen über den Fußboden hin, so als nähmen sie die Schleppe hoch; sie gingen und taten so, als hielten sie etwas in die Höhe, sie durften andere nicht merken lassen, daß sie nichts sehen konnten.

Und dann ging der Kaiser unter dem schönen Thronhimmel in der Prozession, und alle Menschen auf der Straße und in den Fenstern sagten: „Gott, wie unvergleichlich sind des Kaisers neue Kleider! Was für eine wunderbare Schleppe hat er am Frack! Wie göttlich sie sitzt!“ Keiner wollte es sich anmerken lassen, daß er nichts sehen konnte, dann hätte er ja für sein Amt nicht getaugt oder wäre sehr dumm gewesen. Keines von des Kaisers Kleidern hatte jemals soviel Anklang gefunden.

„Aber er hat ja gar nichts an!“ sagte ein kleines Kind. „Herr Gott, hört die Stimme des Unschuldigen!“ sagte der Vater; und einer flüsterte es dem anderen zu, was das Kind gesagt hatte.

„Er hat nichts an, sagt da ein kleines Kind, er hat nichts an!“

„Er hat ja nichts an!“ rief zuletzt das ganze Volk. Und den Kaiser schauderte es, denn er fand, sie hätten recht, aber er dachte nun: „Jetzt muß ich die Prozession durchhalten.“ Und dann hielt er sich noch stolzer, und die Kammerherren gingen hinterdrein und trugen die Schleppe, die gar nicht da war.

Die Galoschen des Glücks

I
Ein Anfang

Es war in Kopenhagen auf der Östergade in einem der Häuser nicht weit vom Kongens Nytorv, da fand eine große Gesellschaft statt, denn die muß man zwischendurch mal geben, dann ist es getan, und dann kann man wieder eingeladen werden. Die eine Hälfte der Gesellschaft saß schon an den Spieltischen, und die andere Hälfte wartete darauf, was bei dem: „ja, nun müssen wir sehen, daß wir uns was ausdenken!" der Frau des Hauses herauskam. So weit war man, und es ging mit der Unterhaltung so leidlich. Unter anderem kam die Rede auch auf das Mittelalter. Einzelne hielten es für eine viel bessere Zeit als die unsere, ja, Justizrat Knap vertrat diese Ansicht so eifrig, daß die Hausfrau ihm sofort recht gab, und beide ereiferten sich nun gegen Örsteds Worte im Jahrbuch über alte und neue Zeiten, in dem unser Zeitalter im wesentlichen obenangesetzt wird. Der Justizrat hielt die Zeit des Königs Hans für die schönste und allerglücklichste.

Bei all dem Gerede für und gegen, das nur einen Augenblick durch die Zeitung unterbrochen wurde, die kam – in der stand aber nichts Lesenswertes –, wollten wir ins vordere Zimmer gehen, wo Überzeug, Stöcke, Regenschirme und Galoschen abgelegt waren. Hier saßen zwei Mägde, eine junge und eine alte; man hätte meinen sollen, daß sie gekommen wären, um ihre Herrschaft abzuholen, irgendein altes Fräulein oder eine Witwe, sah man aber genauer hin, dann war einem bald klar, daß es keine gewöhnlichen Dienstmägde waren, dazu waren ihre Hände zu fein, ihre Haltung und die ganze Art der Bewegungen zu königlich, denn das war sie, und die Kleidung hatte auch einen ganz eigentümlich kühnen Schnitt. Es waren zwei Feen, die jüngere war zwar nicht das Glück selber, sondern eine der Kammermägde von dessen Kammerjungfern, die die kleineren Gaben des Glücks austragen, die ältere sah tiefernst aus, sie war das Leid, dies macht immer in höchsteigener Person seine Wege selber, dann wußte es nämlich, sie wurden ausgeführt.

Sie erzählten sich, wo sie an diesem Tage gewesen waren; die, welche das Kammermädchen der Kammerjungfer des Glücks war, hatte bis jetzt nur ein paar unbedeutende Wege erledigt, sie habe, sagte sie, einen neuen Hut vor einem Regenschauer bewahrt, einem redlichen Mann einen Gruß von einer vornehmen Null überbracht und dergleichen mehr, was sie aber noch vor sich hatte, war etwas ganz Ungewöhnliches.

„Ich muß jedoch berichten", sagte sie, „daß heute mein Geburtstag ist, und zu dessen Ehren sind mir ein Paar Galoschen anvertraut worden, die ich der Menschheit überbringen muß. Diese Galoschen haben die Eigenschaft, daß jeder, der sie anzieht, unverzüglich an dem Ort oder in der Zeit ist, wo er am liebsten sein möchte, ein jeglicher Wunsch im Hinblick auf die Zeit oder den Ort wird sogleich erfüllt, und auf diese Weise wird der Mensch endlich einmal glücklich auf Erden!"

„Ja, das meinst du!" sagte das Leid. „Er wird höchst unglücklich und segnet den Augenblick, da er seine Galoschen wieder los ist!"

„Wo denkst du hin!“ sagte die andere, „jetzt stelle ich sie hier an die Tür, einer nimmt die verkehrten und wird der Glückliche!“

Seht, so war diese Unterhaltung.

2

Wie es dem Justizrat erging

Es war spät, Justizrat Knap, in die Zeit von König Hans vertieft, wollte nach Hause, und nun war es ihm beschieden, daß er an Stelle seiner Galoschen die des Glücks anzog und auf die Östergade hinaustrat; aber er war durch die Zauberkraft der Galoschen in die Zeit des Königs Hans zurückversetzt, und daher trat sein Fuß mitten in den Schlamm und Morast auf der Straße, alldieweil es zu jenen Zeiten noch kein Straßenpflaster gab.

„Das ist ja furchtbar, wie matschig es hier ist!“ sagte der Justizrat. „Der ganze Bürgersteig ist weg, und alle Laternen sind gelöscht!“

Der Mond stand noch nicht hoch genug, die Luft war außerdem ziemlich schwer, so daß alles ringsherum im Dunkel verschwamm. An der nächsten Ecke hing indes eine Laterne vor einem Madonnenbildnis, aber die gab so gut wie kein Licht, er bemerkte sie erst, als er genau darunter stand und sein Blick auf das gemalte Bild mit der Mutter und dem Kinde fiel.

„Das wird“, dachte er, „ein Kunstsalon sein, wo sie vergessen haben, das Schild hereinzunehmen!“

Zwei Menschen in der Tracht jener Zeit gingen an ihm vorbei.

„Wie sehen die denn aus! Die sind sicherlich von einem Maskenfest gekommen!“

Mit einemmal ertönten Trommeln und Pfeifen, helle Fackeln brannten; der Justizrat blieb stehen und sah jetzt einen seltsamen Zug vorüberkommen. Ganz vorn ging ein ganzer Trupp von Trommlern, die ihr Instrument ganz nett bearbeiteten, ihnen folgten Trabanten mit Bogen und Armbrüsten. Der Vornehmste im Zuge war ein geistlicher

Herr. Erstaunt fragte der Justizrat, was dies zu bedeuten habe und wer dieser Mann sei.

„Das ist der Bischof von Seeland!" entgegnete man ihm.

„Herrgott, was fällt dem Bischof ein?" seufzte der Justizrat und schüttelte den Kopf, der Bischof konnte es jedoch unmöglich sein. Während er hierüber nachgrübelte, ging der Justizrat, ohne nach rechts und links zu schauen, durch die Östergade und über den Höjbroplatz. Die Brücke zum Schloßplatz war nicht zu finden, er unterschied ein niedriges Flußufer und stieß hier endlich auf ein paar Männer, die mit einem Boot dalagen.

„Möchte der Herr zum Holm übergesetzt werden?" fragten sie.

„Zum Holm?" sagte der Justizrat, der ja nicht wußte, in welchem Zeitalter er umherspazierte, „ich möchte nach Christianshavn in die Lille Torvegade!"

Die Männer sahen ihn an.

„Sagen Sie mir nur, wo die Brücke ist!" sagte er. „Es ist eine Schande, daß keine Laternen angezündet sind, und dann ist hier ein Matsch, als ginge man durch ein Moor!"

Je länger er mit den Bootsleuten sprach, desto unverständlicher wurden sie ihm.

„Ich verstehe eure Bornholmer Mundart nicht!" sagte er schließlich zornig und kehrte ihnen den Rücken. Die Brücke konnte er nicht finden; ein Geländer gab es auch nicht. „Es ist ein Skandal, wie es hier aussieht!" sagte er. Nie hatte er sein Zeitalter jämmerlicher gefunden als an diesem Abend. „Ich glaube, ich nehme eine Droschke!" dachte er, aber wo waren die Droschken? Es war keine zu erblicken. „Ich muß zum Kongens Nytorv zurückgehen, dort halten wohl Wagen, sonst komme ich ja nie nach Christianshavn hinaus!"

Nun ging er also zur Östergade und war fast ganz bis an deren Ende gelangt, als der Mond hervorkam.

„Herrgott, was ist das für ein Gestell, das sie dort errichtet haben!" sagte er, als er Österport erblickte, das zu jener Zeit seinen Platz am Ende der Östergade hatte.

Endlich fand er dann eine Pforte, und durch diese kam

er auf unseren Nytorv hinaus, aber der war eine große Wiese; vereinzelte Sträucher staken heraus, und quer durch die Wiese lief ein breiter Kanal oder Strom. Auf dem gegenüberliegenden Ufer lagen einige schäbige Holzschuppen für die halländischen Schiffer, nach welchen die Stelle den Namen Hallandsrücken hatte.

„Entweder sehe ich eine Fata Morgana, wie man es nennt, oder ich bin betrunken!“ jammerte der Justizrat. „Was ist das nur! was ist das nur?“

Er kehrte wieder um in dem festen Glauben, er sei krank; als er in die Straße hineinkam, schaute er sich die Häuser genauer an, die meisten waren aus Fachwerk, und viele hatten nur ein Strohdach.

„Nein, mir ist gar nicht wohl!“ seufzte er. „Und ich habe doch nur ein Glas Punsch getrunken; aber ich kann es nicht vertragen! Und es war auch ganz und gar verkehrt, uns Punsch und warmen Lachs zu geben; das werde ich auch der Frau Agentin sagen! Ob ich nicht zurückgehe und ihnen erzähle, wie es mir geht? Aber es ist so peinlich! Und ob sie überhaupt noch auf sind?“

Er suchte nach dem Haus, aber das war nicht zu finden.

„Das ist ja furchtbar, ich kann die Östergade nicht wiedererkennen! Nicht ein Laden ist hier! Alte, elende Hütten sehe ich, als ob ich in Roskilde oder in Ringsted wäre! Ach, ich bin krank! Es hat keinen Zweck, sich zu genieren! Aber wo in aller Welt ist nur das Haus von dem Agenten? Das ist nicht mehr dasselbe! Aber drinnen sind immerhin noch Leute auf; ach! ich bin ganz bestimmt krank!“

Nun kam er an eine halboffene Tür, durch deren Spalt das Licht herausfiel. Es war eine Herberge aus jener Zeit, eine Art Bierhaus. Die Stube hatte das Aussehen der holsteinischen Gaststuben. Allerlei Gäste, bestehend aus Schiffern, Kopenhagener Bürgern und ein paar gelehrten Männern, saßen hier bei ihrem Becher in tiefem Gespräch und hatten kaum acht auf den Eintretenden.

„Verzeihung“, sagte der Justizrat zur Wirtin, die auf ihn zukam, „mir ist so furchtbar schlecht geworden! Könnten Sie mir nicht eine Droschke nach Christianshavn besorgen!“

Die Frau sah ihn an und schüttelte den Kopf; dann redete sie ihn auf deutsch an. Der Justizrat nahm an, sie könne die dänische Sprache nicht, und brachte daher seinen Wunsch auf deutsch vor. Dies zusammen mit seinem Anzug bestärkte die Frau darin, daß er Ausländer sein müsse; daß er sich unwohl fühlte, begriff sie schnell und reichte ihm daher einen Becher Wasser, allerdings ziemlich brackig, es war draußen vom Brunnen.

Der Justizrat stützte seinen Kopf in die Hand, holte tief Luft und grübelte über all das Seltsame um sich her nach.

„Ist das ‚*Der Tag*' von heute abend?" fragte er, um nur etwas zu sagen, als er die Frau ein großes Stück Papier wegräumen sah.

Sie verstand nicht, was er meinte, reichte ihm aber das Blatt hin, es war ein Holzschnitt, der eine Lufterscheinung zeigte, die in der Stadt Köln beobachtet worden war.

„Es ist sehr alt!" sagte der Justizrat und wurde ganz munter, weil er so ein altes Stück fand. „Wie sind Sie nur zu diesem seltenen Blatt gekommen? Das ist sehr interessant, obwohl das ganze eine Fabel ist! Man erklärt solche Lufterscheinungen damit, daß es ein Nordlicht ist, welches man gesehen hat; vermutlich entstehen sie durch Elektrizität!"

Diejenigen, die zunächst saßen und seine Rede hörten, sahen ihn erstaunt an, und einer von ihnen stand auf, zog ehrerbietig den Hut und sagte mit der ernsthaftesten Miene: „Ihr seid gewiß ein sehr gelehrter Mann, Monsieur!"

„O nein!" erwiderte der Justizrat, „ich kann nur über dies und jenes mitreden, wie man es können muß!"

„*Modestia* ist eine schöne Tugend!" sagte der Mann. „Im übrigen muß ich zu Eurer Rede sagen, *mihi secus videtur*, indessen suspendiere ich hier gern mein *judicium*!"

„Darf ich fragen, mit wem zu sprechen ich das Vergnügen habe?" fragte der Justizrat.

„Ich bin Baccalaureus in der Heiligen Schrift!" erwiderte der Mann.

Diese Antwort genügte dem Justizrat, der Titel entsprach hier der Tracht; er ist sicher, dachte er, ein alter

Dorfschulmeister, ein wunderlicher Kauz, wie man sie noch oben in Jütland finden kann.

„Hier ist zwar kein *locus docendi*", begann der Mann, „jedoch bitte ich, Ihr möget Euch die Mühe machen und reden! Ihr habt ein großes Wissen über die Alten verraten!"

„O ja, gewiß!" antwortete der Justizrat, „ich pflege alte, nützliche Schriften zu lesen, aber ich mag auch die neueren gern, nur nicht die ‚Alltagsgeschichten', davon haben wir im wirklichen Leben genug!"

„Alltagsgeschichten?" fragte unser Baccalaureus.

„Ja, ich meine diese neuen Romane, die es gibt."

„Oh", lächelte der Mann, „in diesen ist dennoch viel Klugheit enthalten, und sie werden bei Hofe gelesen; der König schätzt insonderheit den Roman über den Herrn Iffven und den Herrn Gaudian, der von der Tafelrunde des Königs Artus und seiner Recken handelt, er hat mit seinen hohen Herren darüber gescherzt*!"

„Ja, den habe ich noch nicht gelesen!" sagte der Justizrat, „das muß ein ganz neuer sein, den Heiberg herausgegeben hat!"

„Nein", erwiderte der Mann, „der ist nicht von Heiberg herausgegeben, sondern von Godfred von Gehmen."

„Das ist der Verfasser?" sagte der Justizrat, „das ist ein sehr alter Name! Das ist ja der erste Buchdrucker, den es in Dänemark gegeben hat!"

„Ja, das ist unser erster Buchdrucker!" sagte der Mann. Auf diese Weise ging es ganz gut. Nun sprach einer der guten Bürgersleute von der schwarzen Pestilenz, die vor zwei Jahren geherrscht habe, und meinte die vom Jahre 1484, der Justizrat nahm an, es wäre von der Cholera die Rede, und so ging die Unterhaltung ganz gut vonstatten.

* Holberg erzählt in seiner *Geschichte vom Reiche Dänemark*, daß König Hans eines Tages, als er im Roman über König Artus gelesen hatte, mit dem bekannten Otto Rud scherzte, den er sehr liebte: „Herr Iffvent und Herr Gaudian, die ich in diesem Buche finde, sind bemerkenswerte Ritter gewesen, solche Ritter findet man heutzutage nicht mehr!" Worauf Otto Rud erwiderte: „Wenn es solche Recken gäbe wie König Artus, dann würde es auch viele Ritter geben wie Herrn Iffvent und Herrn Gaudian!"

Der Piratenkrieg 1490 lag so kurze Zeit zurück, daß man ihn streifen mußte, die englischen Piraten hätten die Schiffe auf der Reede geraubt, sagten sie; und der Justizrat, der sich in die Ereignisse von 1801 so richtig eingelebt hatte, stimmte herzhaft mit ein gegen die Engländer. Die übrige Unterhaltung verlief indessen nicht so glatt, alle Augenblicke schauten sie sich mit Leichenbittermiene an; der gute Baccalaureus war viel zu unwissend, und die einfachsten Äußerungen des Justizrats klangen ihm wiederum zu kühn und zu phantastisch. Sie sahen einander an, und wurde es zu schlimm, dann redete der Baccalaureus lateinisch, weil er meinte, dann besser verstanden zu werden, aber es nützte trotzdem nichts.

„Wie steht es mit Ihnen?" fragte die Wirtin und zupfte den Justizrat am Ärmel; jetzt kehrte ihm sein Bewußtsein zurück, denn während er geredet hatte, hatte er all das ganz vergessen, was voraufgegangen war.

„Herr Gott, wo bin ich!" sagte er, und ihn schwindelte, wenn er daran dachte.

„Klarett wollen wir trinken! Met und Bremer Bier", rief einer der Gäste, „und Ihr müßt mittrinken!"

Zwei Mägde kamen herein, die eine hatte zwei Farben an der Haube*. Sie schenkten ein und knicksten. Dem Justizrat lief es eiskalt den Rücken herunter.

„Was ist das nur! Was ist das nur!" sagte er, aber er mußte mit ihnen trinken. Sie nahmen den guten Mann nicht schlecht hoch, er war ganz verzweifelt, und als einer von ihnen sagte, er sei betrunken, zweifelte er keineswegs an des Mannes Worten, sondern bat sie, ihm eine Droschke zu verschaffen, und dann meinten sie, er rede moskowitisch.

Noch nie war er in einer so rohen und niederen Gesellschaft gewesen. „Man könnte denken, das Land sei zum Heidentum zurückgekehrt", meinte er, „es ist der schrecklichste Augenblick meines Lebens!" aber im selben Augenblick kam ihm der Gedanke, er könnte sich unter den Tisch ducken, zur Tür hinkriechen und dann versuchen hinaus-

* In jener Zeit das Merkmal für die leichten Mädchen (A. d. Ü).

zuschlüpfen. Aber als er gerade am Ausgang war, merkten die anderen, was er vorhatte, sie packten ihn an den Beinen, und da, zu seinem Glück, gingen die Galoschen ab und – mit ihnen der ganze Zauber.

Der Justizrat sah vor sich ganz deutlich eine helle Laterne brennen, und hinter dieser lag ein großes Haus; er kannte dies und die Nachbarhäuser, es war die Östergade, so wie wir alle sie kennen, er lag mit den Beinen in Richtung auf einen Torweg, und gerade gegenüber saß der Wächter und schlief.

„Du großer Gott, habe ich hier auf der Straße gelegen und geträumt?" sagte er. „Ja, dies ist die Östergade! Wie wunderbar hell und bunt! Es ist aber schrecklich, wie dies Glas Punsch auf mich gewirkt haben muß!"

Zwei Minuten später saß er in einer Droschke, die ihn nach Christianshavn fuhr. Er dachte an die Angst und die Not, die er ausgestanden hatte, und pries von Herzen die glückliche Wirklichkeit, unsere Zeit, die mit allen ihren Mängeln dennoch viel besser war als die, in der er jüngst gewesen war, und seht, das war vernünftig vom Justizrat!

3

Das Abenteuer des Wächters

„Da liegen wahrhaftig ein Paar Galoschen!" sagte der Wächter. „Die gehören sicherlich dem Lieutenant, der dort oben wohnt. Sie liegen gleich neben der Tür!"

Gern hätte der ehrliche Mann geläutet und sie abgeliefert, denn oben war noch Licht, aber er wollte die anderen Leute im Hause nicht wecken, und darum ließ er es.

„Es muß ein schöner Schutz sein, wenn man so ein Paar Dinger anhat!" sagte er. „Ihr Leder ist so schmiegsam!" Sie paßten an seine Füße. „Wie ist es doch komisch in der Welt! Nun könnte er in sein schönes Bett gehen, aber er denkt nicht dran! Auf und nieder trippelt er im Zimmer; er ist ein glücklicher Mensch, er hat weder Weib noch Gören! Jeden Abend geht er auf Gesellschaft, ich wünschte, ich wäre er, ja, dann wäre ich ein glücklicher Mann!"

Kaum hatte er seinen Wunsch ausgesprochen, da fingen die Galoschen, die er angezogen hatte, an zu wirken, der Wächter ging in die ganze Person und das Denken des Lieutenants über. Nun stand er oben im Zimmer und hielt zwischen den Fingern ein kleines, rosarotes Stück Papier, auf dem ein Gedicht geschrieben stand, ein Gedicht vom Herrn Lieutenant selber; denn wer ist nicht einmal in seinem Leben in der Stimmung gewesen zu dichten; und schreibt man dann den Gedanken nieder, dann hat man den Vers. Hier stand geschrieben:

„Wär ich doch reich!" ich oft gebetet habe,
Vor langen Jahren, als ich noch ein Knabe.
Wär ich doch reich, dann würd ich Offizier
Mit Uniform und Helm, ein stolzer Reiter.
Es kam die Zeit, da wurd ich Offizier,
Doch wurd ich niemals reich, nein, leider.
Mir half der Herrgott weiter.

Einst saß ich froh und jung zur Abendstund,
Ein Mägdlein von sieben Jahren küßt' meinen Mund.
Denn ich war reich an Sagen und an Mären.
Geld hatt ich keins, doch mein Gemüt war heiter,
Das Mädchen wollte nichts als nur die Mären.
Ja, das war Reichtum, nur an Gold nicht, leider.
Der Herrgott bringt mich weiter.

„Wär ich doch reich", so bet ich immerdar.
Heut ist das Mädchen mehr als sieben Jahr.
Schön ist sie, klug und liebenswert.
Ich bin kein gegen Liebesschmerz Gefeiter,
Und sie – sie weiß nicht, wie ich sie begehrt.
Denn ich bin arm und daher stumm, ja leider.
Gott hilft nicht weiter.

Wär ich an Trost und Ruhe reich und satt,
Mein Kummer käme nicht auf dieses Blatt.
Verstehst du mich? Erleuchtet dich kein Licht?
Dann nimm dies als Gedicht aus unser beider
Jugend, und hoffentlich verstehst du's nicht.
Denn ich bin arm, die Zukunft düster, leider!
Gott sei dein Begleiter.

Ja, solche Verse schreibt man, wenn man verliebt ist, aber ein besonnener Mann läßt sie nicht drucken. Lieutenant, Liebe und Verlangen, das ist ein Dreieck, oder, meinetwegen, das ist die Hälfte von des Glücks zerbrochenem Würfel. Dies fühlte der Lieutenant auch, und daher lehnte er den Kopf an den Fensterrahmen und seufzte ganz tief: „Der arme Wächter draußen auf der Straße ist viel glücklicher als ich! Er kennt nicht das, was ich Entbehrung nenne! Er hat ein Heim, eine Frau und Kinder, die weinen über seinen Kummer, freuen sich über seine Freude! oh, ich wäre glücklicher, als ich bin, könnte ich geradeswegs in ihn übergehen, denn er ist glücklicher als ich!"

Im selben Augenblick war der Wächter wieder Wächter, denn kraft der Galoschen des Glücks war er der Lieutenant, aber wie wir gesehen haben, fühlte er sich nun noch viel weniger zufrieden und wäre am liebsten das gewesen, was er eigentlich war. Also war der Wächter wieder Wächter.

„Das war ein gräßlicher Traum!" sagte er, „aber komisch war er schon. Mir war, ich sei der Lieutenant dort oben gewesen, und das war gar kein Vergnügen. Ich entbehrte Mutter und die Gören, die mir immer schier die Augen ausküssen möchten!"

Er saß wieder da und nickte, der Traum wollte ihm nicht so recht aus dem Kopf, die Galoschen hatte er noch an den Füßen. Eine Sternschnuppe huschte gerade über den Himmel.

„Futsch ist sie!" sagte er. „Es gibt trotzdem genug davon! Ich hätte wohl Lust, diese Dinger ein wenig aus der Nähe zu sehen, namentlich den Mond, denn der verschwindet einem doch nicht so zwischen den Händen.

Wenn wir sterben, hat der Student gesagt, für den meine Frau die große Wäsche macht, fliegen wir von einem Stern zum anderen. Es ist gelogen, aber fein wäre es. Könnte ich doch einen kleinen Sprung da hinauf machen, der Leib könnte dann ruhig hier unter der Treppe bleiben!"

Seht, es gibt nun aber auf der Welt gewisse Dinge, die auszusprechen man vorsichtig sein muß, aber noch vorsichtiger sollte man namentlich dann sein, wenn man die Galoschen des Glücks an den Füßen hat. Hört nur, wie es dem Wächter erging.

Was uns Menschen anbetrifft, so kennen wir ja fast alle die Geschwindigkeit durch Dampfkraft, wir haben sie entweder auf der Eisenbahn oder mit dem Schiff übers Meer erprobt; aber dieses Zeitmaß ist wie die Wanderung des Faultieres oder der Marsch der Schnecke gegenüber der Geschwindigkeit, die das Licht hat; es fliegt neunzehn Millionen Mal schneller als der beste Wettläufer, und dennoch ist die Elektrizität noch schneller. Der Tod ist ein elektrischer Schlag, den wir ins Herz bekommen; auf den Schwingen der Elektrizität fliegt die befreite Seele. Acht Minuten und einige Sekunden braucht das Sonnenlicht für eine Reise von über zwanzig Millionen Meilen; mit der Schnellpost der Elektrizität braucht die Seele noch weniger Minuten, um den gleichen Flug zu machen. Die Entfernung zwischen den Himmelskörpern ist für sie nicht größer, als es für uns in ein- und derselben Stadt die Entfernungen zwischen den Häusern unserer Freunde sind, selbst wenn diese ziemlich dicht beieinander liegen, indessen kostet uns dieser elektrische Schlag ins Herz den Gebrauch des Körpers hier unten, falls wir nicht, wie der Wächter hier, die Galoschen des Glücks anhätten.

In wenigen Sekunden war der Wächter die zweiundfünfzigtausend Meilen zum Mond gefahren, der, wie man weiß, aus einem Stoff gemacht ist, der viel leichter als unsere Erde und etwa das ist, was wir weichen, frischgefallenen Schnee nennen würden. Er befand sich auf einem der unzählig vielen Ringberge, die wir von Dr. Mädlers großer Karte vom Mond her kennen; denn die kennst du doch? Innen fiel der Ringberg ganz steil in einen Kessel ab, eine ganze dänische Meile lang; dort unten lag eine Stadt, die aussah wie Eiweiß in einem Glas Wasser, ebenso weich und genauso mit Türmen und Kuppeln und sichelförmigen Balkons, die durchsichtig waren und in der dünnen Luft schwankten; unsere Erde schwebte wie eine große, feuerrote Kugel über seinem Kopf.

Da gab es eine Unmenge Lebewesen, und alle waren sicherlich das, was wir Menschen nennen würden, aber sie sahen ganz anders aus als wir; sie hatten auch eine Sprache, aber niemand kann ja verlangen, daß des Wächters Seele sie verstehen sollte, dennoch konnte sie es.

Des Wächters Seele verstand sehr gut die Sprache der Mondbewohner. Sie unterhielten sich über unsere Erde und bezweifelten, daß sie bewohnt sein könne, die Luft dort müsse zu dick sein, als daß irgendein vernünftiges Mondgeschöpf darin leben könnte. Sie waren der Meinung, daß allein der Mond Lebewesen habe, der war der eigentliche Weltkörper, wo das alte Weltenvolk wohnte.

Aber wir begeben uns wieder zur Östergade hinab und schauen, wie es dem Leib des Wächters ergeht.

Leblos saß dieser auf der Treppe, der Wächterstab war ihm aus der Hand gefallen, und die Augen schauten zum Mond hinauf nach der braven Seele, die dort oben herumging.

„Wie spät ist es, Wächter?“ fragte ein Vorübergehender. Wer aber keine Antwort gab, das war der Wächter; da zwackte der Mann ihn ganz sacht an der Nase, und nun war es aus mit dem Gleichgewicht, der Leib lag da, so lang er war, der Mensch war ja tot. Der, der ihn gezwackt hatte, bekam einen großen Schreck; der Wächter war tot, und tot blieb er. Es wurde angezeigt, und es wurde davon geredet, und früh am Morgen trug man den Leib ins Krankenhaus.

Es konnte nun für die Seele ein ganz netter Spaß werden, falls sie zurückkam und aller Wahrscheinlichkeit nach den Leib in der Östergade suchte, ihn aber nicht fand. Wahrscheinlich lief sie dann zuerst zum Polizeiamt, später ins Einwohnermeldeamt – auf daß von dort aus unter abhanden gekommenen Sachen nach ihm geforscht würde – und schließlich ins Krankenhaus. Jedoch können wir ganz getrost sein, daß die Seele schlauer ist, wenn sie auf eigene Faust unterwegs ist, nur der Leib macht sie dumm.

Wie gesagt, des Wächters Leib kam ins Krankenhaus, wurde dort in die Säuberungsstube gebracht, und das erste, was man hier tat, war natürlich, die Galoschen herunterzuziehen, und nun mußte die Seele zurück; sie steuerte sofort zum Leib hin, und mit einemmal kam Leben in den Mann. Er versicherte, es sei die schrecklichste Nacht seines Lebens gewesen. Nicht um zwei Mark wolle er noch einmal dergleichen durchmachen, aber nun war es ja überstanden.

Er wurde am selben Tag wieder entlassen, aber die Galoschen blieben im Krankenhaus.

4

Ein Haupt-Moment. Eine Deklamationsnummer
Eine höchst ungewöhnliche Reise

Jeder Kopenhagener weiß heute, wie der Eingang zum Frederiks-Hospital in Kopenhagen aussieht, da aber vermutlich auch einige Nichtkopenhagener diese Geschichte lesen, müssen wir eine kurze Beschreibung geben.

Das Hospital ist von der Straße durch ein ziemlich hohes Gitter getrennt, dessen dicke Eisenstangen so weit auseinanderstehen, daß man sich erzählt, sehr dünne Kandidaten

hätten sich hindurchgezwängt und auf diese Weise außerhalb ihre kleinen Visiten gemacht. Der Körperteil, den hinauszupraktizieren am schwierigsten war, das war der Kopf; hier, wie so oft in der Welt, waren also die kleinen Köpfe am glücklichsten daran. Dies mag genug sein als Einleitung.

Einer der jungen Volontäre, von dem man nur in körperlicher Hinsicht sagen konnte, er habe einen großen Kopf, hatte gerade an diesem Abend Dienst; der Regen strömte, jedoch ungeachtet beider Hindernisse mußte er hinaus, nur eine Viertelstunde, und er fand, daß es sich nicht lohnte, das dem Pförtner mitzuteilen, wenn man durch die Eisenstangen schlüpfen konnte. Da lagen die Galoschen, die der Wächter vergessen hatte; daß es die des Glücks sein könnten, daran dachte er am wenigsten; sie konnten in diesem Wetter gerade richtig sein, er zog sie über, nun handelte es sich darum, ob er sich hindurchquetschen konnte, nie zuvor hatte er es versucht. Da stand er nun.

„Gebe Gott, daß ich den Kopf nach draußen kriege!" sagte er, und obwohl der Kopf sehr dick und groß war, glitt er sogleich leicht und glücklich hindurch, das mußten die Galoschen bewerkstelligt haben; aber nun mußte der Leib mit hinaus, da stand er nun.

„Uh, ich bin zu dick!" sagte er. „Ich hatte gedacht, der Kopf wäre das schlimmste! Ich komme nicht durch!"

Nun wollte er schleunigst den Kopf zurückziehen, aber das ging nicht. Den Hals konnte er bequem bewegen, aber das war auch alles. Sein erstes Gefühl war, daß er wütend wurde, das zweite, daß die Laune ganz bis unter Null sank. Die Galoschen des Glücks hatten ihn in die schrecklichste Lage versetzt, und zu seinem Unglück fiel es ihm nicht ein, sich frei zu wünschen, nein, er handelte vielmehr und kam nicht vom Fleck. Der Regen strömte hernieder, kein Mensch war auf der Straße zu sehen. An die Torglocke konnte er nicht heranreichen, wie sollte er nur loskommen. Er sah voraus, daß er hier bis zum frühen Morgen stehen würde. Da mußte man dann einen Schmied holen lassen, der die eisernen Stangen durchfeilte, aber das ging nicht so geschwind, die ganze Besserungsanstalt gerade gegenüber würde auf die Beine kommen, ganz Nyboder*, auftauchen, um ihn am Pranger stehen zu sehen, ein Auflauf würde

*Reihenhäuser, die Christian IV. für die Angehörigen der Marine Anfang des 17. Jh. bauen ließ (Anmerkung d. Übers.).

entstehen, ganz anders als bei der Riesenagave im vorigen Jahr. „Hu! das Blut steigt mir zu Kopf, ich werde noch verrückt! – Ja, ich werde verrückt! Oh, wäre ich bloß wieder frei, dann geht es wohl vorüber!“

Seht, das hätte er ein bißchen eher sagen sollen. Kaum war der Gedanke ausgesprochen, da hatte er den Kopf frei und stürzte nun hinein, ganz verstört von dem Schrecken, den ihm die Galoschen des Glücks versetzt hatten.

Hiermit dürfen wir nicht etwa glauben, daß das Ganze vorbei gewesen wäre, nein – es kommt noch schlimmer.

Die Nacht verging und auch der folgende Tag, niemand holte die Galoschen ab.

Abends sollte eine Vorstellung in dem kleinen Theater in der Kannikestræde stattfinden. Das Haus war gesteckt voll; unter den Deklamationsnummern wurde ein neues Gedicht aufgesagt. Wir hören es uns an. Der Titel lautete:

Großmutters Brille

Meiner Großmutter Klugheit ist bekannt.
In der „guten alten Zeit“ hätte man sie verbrannt.
Sie weiß, was sich tut und was uns winkt,
Was das kommende Jahr an Ereignissen bringt.
Ja, bis in die „Vierziger“ schaut sie hinein.
Sie leugnet's, doch das ist nur zum Schein.
Was wird nun im nächsten Jahre geschehen
An seltsamen Dingen? Wie gern würd ich sehen,
Wie's mir ergeht, wie der Kunst und dem Land.
Aber Großmutter nicht ein Quentchen gestand.
Da setzt ich ihr zu, und sieh, es hatt Zweck;
Erst schwieg sie, dann schalt sie und drehte sich weg
Für mich war's 'ne Predigt in alle Winde.
Nichts versagt sie ihrem Hätschelkinde!

„Dies eine Mal dein Verlangen ich stille“,
Hub sie an und reichte mir ihre Brille.
„Jetzt gehe, wohin es dir beliebt,
An einen Ort, wo's viel Leute gibt.

Stell dich so auf, daß du im Gedränge
Durch meine Brille überblickst die Menge.
Wie ein Spiel Karten wird sie sofort
Da vor dir liegen, glaub mir aufs Wort!
Aus ihm kannst du dann die Zukunft ersehen!"

Ich sagte danke und wollte schnell gehen.
Da fragt ich mich, wo ich die meisten find?
Auf Langelinie? Huh, da geht immer ein Wind!
Auf Östergade? Sinkt im Schmutze man ein!
Doch im Theater? Ja, das wäre fein!
Die Abendunterhaltung kommt mir gelegen,
Für viele ist sie ein rechter Segen!
Hier bin ich, seh Menschen in Hülle und Fülle!
Ist's erlaubt, so nehme ich Großmutters Brille,
Um so zu prüfen – ach nein, Sie dürfen nicht gehen! –;
Ob Sie wie ein Kartenspiel aussehen,
Aus dem ich lese, was uns schenkt die Zeit.
Ihr Schweigen ich mir als Zustimmung deut.
Zum Dank beteilige ich Sie an der Prophetie,
Wir sind ja hier alle von derselben Partie.
Ich sage wahr: Ihnen, mir und dem Land!
Und erzähl, was aus Karten uns bekannt!
(Und nun setzt er sich die Brille auf.)

Doch! richtig, nein, daß ich nicht lache!
Oh, könnt ich Ihnen zeigen diese lustige Sache!
Hier sind so viele Herren beisammen,
Auch eine ganze Reihe von Damen.
Das Schwarze da, ja, das ist Treff und Pik.
Nun habe ich bald einen Überblick! –
Die Dame Pik dort mit dem Schwergewicht,
Die hat ihr Trachten auf den Karoknecht gericht'.
Oh, diese Schau mich fast berauscht!
Hier liegt Geld ins Haus, wie ich erlauscht.
Und viele Gäste, die von „drüben" kommen.
Das hätten wir nicht so gern vernommen
Wie steht's mit den Ständen denn? Laßt mal sehen!

Oh, ich fürchte, da wird noch viel Zeit vergehen.
Wenn ich jetzt klatschte, schad ich der Zeitung,
Der beste Knochen ist erst in Vorbereitung!
Und das Theater selbst? Die Neuheiten? Geschmack und
Nein, da verderb ich's mit der Direktion! [Ton?
Doch meine Zukunft? Wie sich's für mich fügt,
Mir, das verstehen Sie doch, zunächst am Herzen liegt.
Ich sehe –! Ja, das sag ich Ihnen nicht,
Sie werden's schon erfahren, wenn's geschicht.
Nun suchen wir den Glücklichsten unter Ihnen.
Der Glücklichste? Wer ist das wohl hier drinnen?
Das ist doch – nein, das lieber nicht.
Es kann geschehen, daß ihn der Haber sticht.
Wer wird am längsten leben? Denkt bloß an!
Dergleichen viel übler noch ausgehen kann.
Ob ich nochmal anfange? – Nein! – Ja? nein! – Ja? nein!
Ja? Ich weiß selber weder aus noch ein!
Ich sorg mich, Sie gar zu leicht zu kränken,
Doch wüßt ich gern, was Sie sich da so denken.
Ich möcht Ihnen leihn meine Sehergabe.
Wie meinen? Wie beliebt? Ringsum ich habe
Ungläubige vor Augen, die da meinen,
Das Ganze zerinne ja doch in ein Nichts,
Und sagen, am rechten Ernste gebricht's!
Sie meinen, Sie hör'n nichts als Kling und Klang!
Nun gut, ich bin still denn und sage Dank!
Ich rufe Ihnen lebewohl zu, Verehrte!
Und Ihre Meinung nach Gebühr ich werte!

Das Gedicht wurde ausgezeichnet vorgetragen, und der Vortragende hatte großen Erfolg. Unter den Zuschauern war der Volontär aus dem Hospital, der sein Abenteuer am Abend vorher vergessen zu haben schien, die Galoschen hatte er an, denn die waren nicht abgeholt worden, und da es auf der Straße matschig war, konnten sie ihm ja gute Dienste leisten.

Das Gedicht gefiel ihm gut.

Die Idee beschäftigte ihn sehr, er hätte gern solch eine

Brille gehabt, vielleicht, wenn man sie richtig anwandte, konnte man den Menschen bis ins Herz schauen, das sei eigentlich interessanter, meinte er, als zu sehen, was im nächsten Jahr geschehen würde, denn das erführe man schon noch, das andere dagegen niemals. „Ich kann mir nun die ganze Reihe von Herren und Damen dort auf der ersten Bank vorstellen – könnte man ihnen in die Brust schauen, ja, da müßte doch ein Eingang sein, eine Art Laden; na, wie meine Augen dann in den Läden herumgucken würden, bei der Dame dort fände ich sicher ein großes Modegeschäft! Bei der da ist der Laden leer, doch könnte er es nötig haben, reingemacht zu werden. Aber es gibt sicher auch solide Läden. Ach ja!" seufzte er. „Ich weiß einen, in dem ist alles solide, aber da ist schon ein Ladengehilfe, der ist das einzig Schlechte an dem ganzen Laden! Aus dem einen oder anderen würde es rufen: ‚Bitte tretet näher!' Ja, wenn ich doch näher treten könnte, wie ein lieber kleiner Gedanke durch die Herzen geht!"

Seht, das genügte für die Galoschen, der ganze Volontär schrumpfte zusammen, und es begann eine höchst ungewöhnliche Reise mitten durch die Herzen auf der ersten Zuschauerreihe. Das erste Herz, durch das er kam, war das einer Dame. Aber auf der Stelle meinte er, er sei im orthopädischen Institut, wie man das Haus nennt, wo der Doktor die Knoten der Menschen wegmacht und die Leute wieder gerade werden, dort war er in dem Raum, wo die Gipsabgüsse der verwachsenen Gliedmaßen an der Wand hängen; jedoch war der Unterschied hier der, daß sie draußen im Institut weggemacht werden, sowie der Patient hinkommt, aber hier im Herzen waren sie weggemacht und aufbewahrt worden, während die guten Leute weg waren. Es waren Abgüsse von Freundinnen, ihre leiblichen und geistigen Fehler, die hier aufbewahrt wurden.

Schnell war er in einem anderen Frauenherzen, aber dies kam ihm vor wie eine große, heilige Kirche. Die weiße Taube der Unschuld schwebte über dem Hochaltar; wie gern wäre er niedergekniet, aber er mußte weiter, ins nächste Herz hinein, noch aber hörte er die Orgeltöne, und er selber schien ein neuer und besserer Mensch geworden zu sein, fühlte sich nicht unwürdig, das nächste Heiligtum zu betreten, das eine armselige Dachkammer zeigte mit einer kranken Mutter; aber durch das offene Fenster strahlte Gottes warme Sonne herein, herrliche Rosen nickten von dem kleinen Holzkasten auf dem Dach, und zwei himmelblaue Vögel sangen von kindlicher Freude, während die kranke Mutter den Segen auf ihre Tochter herabflehte.

Nun kroch er auf Händen und Füßen durch einen überfüllten Schlachterladen, hier fand er Fleisch und nichts als Fleisch vor, dies war das Herz eines reichen, geachteten Mannes, dessen Name sicher im „*Wegweiser*“ steht.

Nun war er im Herzen von dessen Gemahlin, das war ein alter, verfallener Taubenschlag; das Bildnis des Mannes wurde als Wetterhahn benutzt, dieser stand mit den Türen in Verbindung, und so gingen sie auf und zu, sobald der Mann sich drehte.

Darauf gelangte er in einen Spiegelsaal wie den, den wir auf Schloß Rosenborg haben, aber die Spiegel vergrößerten in unglaublichem Maße. Mitten im Raum saß, wie ein Dalai-Lama, das unbedeutende Ich der Person, verwundert über seine eigene Größe.

Danach meinte er, sich in einer engen Nadelbüchse zu befinden, voller spitziger Nadeln. „Dies ist bestimmt das Herz einer alten Jungfer!“ mußte er denken, aber das war nicht der Fall, es war ein ganz junger Militär mit mehreren Orden, eben gerade, wie man sagt, ein Mann von Herz und Geist.

Ganz betäubt kam der aberwitzige Volontär aus dem letzten Herzen in der Reihe, er vermochte nicht seine Gedanken zu ordnen, meinte aber, es sei seine viel zu starke Phantasie, die mit ihm durchgegangen wäre.

„Herr Gott“, seufzte er, „ich fange bestimmt an, verrückt zu werden! Hier drinnen ist es auch unverzeihlich heiß! Das Blut steigt mir zu Kopf!“ und nun erinnerte er sich des großen Ereignisses am Abend vorher, wie sein Kopf zwischen den Eisenstangen am Hospital festgesessen hatte. „Da hab ich es mir sicher geholt!“ meinte er. „Dem muß ich rechtzeitig vorbeugen. Ein russisches Bad wäre vielleicht gut. Läge ich doch schon auf dem obersten Brett!“

Und dann lag er auf dem obersten Brett im Dampfbad, aber er lag da mit allen Sachen, mit Stiefeln und Galoschen, die heißen Wassertropfen von der Decke tropften ihm ins Gesicht.

„Hu!“ schrie er und sauste hinunter, um ein Brausebad zu nehmen. Der Mann, der bediente, stieß ebenfalls einen lauten Schrei aus, als er einen angekleideten Menschen hier drinnen sah.

Der Volontär bewahrte indessen so viel Fassung, daß er ihm zuflüsterte: „Es gilt eine Wette!“ aber das erste, was er tat, als er in sein eigenes Zimmer kam, war, daß er sich ein großes, spanisches Fliegenpflaster ins Genick legte und eins am Rücken entlang, damit die Verrücktheit herausgezogen würde.

Am nächsten Morgen hatte er aber einen blutigen Rücken, das war der Gewinn, den er von den Galoschen des Glücks hatte.

5

Die Verwandlung des Kopisten

Der Wächter, den wir sicher nicht vergessen haben, erinnerte sich indes der Galoschen, die er gefunden und ins Hospital mitgebracht hatte; er holte sie ab, aber da weder der Lieutenant noch irgend jemand anders auf der Straße sich zu ihnen bekannte, wurden sie auf der Polizeibehörde abgegeben.

„Die sehen aus, als wären es meine eigenen Galoschen!“ sagte einer der Herren Kopisten, während er den Fund betrachtete und neben seine eigenen stellte. „Es gehört mehr als ein Schuhmacherauge dazu, sie auseinanderzuhalten!“

„Herr Kopist!“ sagte ein Wachtmeister, der mit einigen Papieren hereinkam.

Der Kopist drehte sich um und sprach mit dem Mann; als sie aber fertig waren und er sich die Galoschen ansah, war er sich völlig im unklaren darüber, ob es die rechts oder die links waren, die ihm gehörten. „Es müssen die sein, die naß sind!" dachte er; aber das war gerade verkehrt, denn das waren die des Glücks; aber warum sollte nicht auch die Polizei sich irren! Er zog sie an, steckte einige Papiere in die Tasche, nahm andere unter den Arm, zu Haus mußten sie durchgelesen und abgeschrieben werden; aber nun war es gerade Sonntagvormittag, und das Wetter war gut. „Ein Spaziergang nach Frederiksberg hinaus", dachte er, „könnte mir gut tun!" und dann ging er hinaus.

Einen stilleren und fleißigeren Menschen als diesen jungen Mann konnte es nicht geben, wir gönnen ihm von Herzen diesen kleinen Spaziergang, der war ganz bestimmt höchst bekömmlich für ihn nach dem vielen Sitzen. Zu Anfang ging er nur so dahin, ohne an etwas zu denken, daher hatten die Galoschen keine Gelegenheit, ihre Zauberkraft zu beweisen.

In der Allee traf er einen Bekannten, einen jungen Dichter, der ihm erzählte, daß er am nächsten Tag seine Sommerreise antreten wolle.

„Na, wollen Sie nun wieder los!" sagte der Kopist. „Sie sind aber auch ein glücklicher, freier Mensch. Sie können fliegen, wohin Sie wollen, wir anderen haben eine Fessel am Bein!"

„Aber sie ist am Brotbaum festgemacht!" entgegnete der Dichter. „Sie brauchen sich um den morgigen Tag nicht zu sorgen, und werden Sie alt, dann bekommen Sie Pension!"

„Sie haben es aber besser!" sagte der Kopist, „dazusitzen und zu dichten, das ist doch ein Vergnügen. Die ganze Welt sagt Ihnen Angenehmes, und dann sind Sie Ihr eigener Herr! O ja, Sie sollten es probieren, auf dem Gericht über den trivialen Sachen zu sitzen!"

Der Dichter schüttelte den Kopf, der Kopist schüttelte auch den Kopf, jeder bestand auf seiner Meinung, und dann gingen sie auseinander.

„Es sind eigentümliche Leute, diese Poeten!" sagte der Kopist. „Ich würde es zu gern mal probieren, in solch eine Natur zu schlüpfen, selber ein Poet zu sein, ich bin überzeugt, ich würde nicht solche winselnden Verse schreiben wie die anderen! – Das ist so recht ein Frühlingstag für einen Dichter! Die Luft ist so ungewöhnlich klar, die Wolken sind so schön, und das Grün hat einen Duft! Ja, seit Jahren habe ich es nicht so empfunden wie in diesem Augenblick!"

Wir merken bereits, daß er Dichter geworden ist; es fiel nicht gerade in die Augen, denn es ist eine törichte Vorstellung, wenn man sich einen Dichter anders denkt als andere Menschen, unter diesen kann es viel poetischere Naturen geben, als manch großer, anerkannter Dichter es ist; der Unterschied ist dann nur der, daß der Dichter ein besseres Gedächtnis hat, er kann die Idee und das Gefühl festhalten, bis sie klar und deutlich ins Wort übergegangen sind, das können die anderen nicht. Aber von einer Alltagsnatur in eine begabte überzugehen, ist immer eine Wandlung, und die hatte der Kopist nun vollzogen.

„Der köstliche Duft!" sagte er, „wie sehr erinnert er mich an die Veilchen bei Tante Lone! Ja, das war, als ich ein kleiner Knabe war! Herrgott, daran habe ich seit langen Zeiten nicht gedacht! Das gute alte Mädchen! Sie wohnte dort drüben hinter der Börse. Immer hatte sie einen Zweig oder ein paar grüne Reiser im Wasser, der Winter mochte so streng sein, wie er wollte. Die Veilchen dufteten, während ich die angewärmten Kupfermünzen an die zugefrorene Scheibe legte und Gucklöcher machte. Es war eine feine Aussicht. Draußen auf dem Kanal waren die Schiffe eingefroren, von der ganzen Mannschaft verlassen, eine krächzende Krähe war nun die ganze Besatzung. Wenn dann aber das Frühjahr kam, dann war man dort emsig beschäftigt; unter Gesang und Hurrarufen zersägte man das Eis. Die Schiffe wurden geteert und getakelt, dann fuhren sie in fremde Lande; ich bin hiergeblieben und muß immer hierbleiben, immer auf der Polizeibehörde sitzen und zusehen, wenn die anderen sich einen Paß holen, um ins Ausland zu fahren, das ist mein Los! O ja!" seufzte er tief, hielt aber mit einemmal inne. „Herrgott, was fällt mir denn ein! so habe ich bisher noch nie gedacht oder gefühlt!

Das muß die Frühlingsluft sein! Es ist beängstigend und angenehm zugleich!" Er fühlte in der Tasche nach seinen Papieren. „Diese bringen mich auf andere Gedanken!" sagte er und ließ die Augen über die erste Seite schweifen. „*Frau Sigbrith, Orginal-Tragödie in fünf Akten*", las er. „Was ist das? Und das ist ja meine eigene Handschrift. Hab ich diese Tragödie geschrieben? *Die Intrige auf dem Wall oder Der Bußtag, ein Vaudeville.* – Aber wo hab ich das denn her? Man muß mir das in die Tasche gesteckt haben. Hier ist ein Brief?" Ja, der war von der Theaterdirektion, die Stücke waren abgelehnt worden, und der Brief selber war keineswegs höflich im Ausdruck. „Hm! hm!" sagte der Kopist und setzte sich auf eine Bank; seine Gedanken waren so lebhaft, sein Herz ganz weich; unwillkürlich griff er nach einer der nächsten Blumen, es war eine schlichte kleine Gänseblume; was der Botaniker uns erst in vielen Vorlesungen sagt, verkündete diese in einer Minute, sie erzählte die Mythe von ihrer Geburt, sie erzählte von der Macht des Sonnenlichts, sie streckte ihre feinen Blätter aus und zwang sie zu duften, da dachte er an die Kämpfe des Daseins, die auf ebensolche Art Gefühle in unserer Brust erwecken. Luft und Licht waren die Buhlen der Blume, aber das Licht war der Bevorzugte, dem Lichte drehte sie sich zu, wenn es fortging, dann rollte sie die Blätter zusammen und schlief in den Armen der Luft. „Es ist das Licht, welches mich schmückt!" sagte die Blume; „aber die Luft läßt dich atmen!" flüsterte die Dichterstimme.

Dicht daneben stand ein Junge und schlug mit seinem Stecken in einen schlammigen Graben. Die Wassertropfen spritzten zwischen den grünen Ästen hoch, und der Kopist dachte an die Millionen von unsichtbaren Tieren, die in den Tropfen zu einer Höhe hinaufgeschleudert wurden, die, an ihrer Größe gemessen, für sie das gleiche war, als wenn wir hoch über die Wolken hinausgewirbelt würden. Als der Kopist daran dachte und an die ganze Verwandlung, die mit ihm vor sich gegangen war, lächelte er: „Ich schlafe und träume! merkwürdig ist es dennoch! wie man doch natürich träumen kann und dabei selber weiß, daß es nur ein Traum ist. Wenn ich mich doch nur morgen daran erinnerte, wenn ich aufwache; nun finde ich, ich bin ganz ungewöhnlich frisch! Ich habe einen klaren Blick für alles, fühle mich ganz klar im Kopf, aber ich bin überzeugt, wenn ich mich morgen an irgend etwas erinnere, dann ist es Unsinn, das habe ich schon manchmal erfahren! Es ist mit all dem Klugen und Prächtigen, das man im Traum hört und sagt, wie mit dem Gold der Unterirdischen: Hält man es eben in Händen, dann ist es reich und herrlich, aber bei Tage besehen sind es nur Steine und welke Blätter. – Ach", seufzte er ganz wehmütig und betrachtete die singenden Vögel, die überaus vergnügt von Ast zu Ast hüpften, „die haben es viel besser als ich! Fliegen ist eine wunderbare Kunst, glücklich der, der damit geboren ist! Ja, sollte ich in etwas übergehen dann müßte es so eine kleine Lerche sein!"

Im selben Augenblick schrumpften die Rockschöße und Ärmel zu Flügeln zusammen, die Kleider wurden Federn und die Galoschen Krallen; er merkte es ganz genau und lachte innerlich: „So, nun kann ich ja sehen, daß ich träume! aber so albern habe ich es bisher noch nie getan!" und er flog zu den grünen Ästen hinauf und sang, aber im Lied lag keine Poesie, denn die Dichternatur war verschwunden; die Galoschen konnten, wie jeder, der etwas gründlich machen will, nur eines zur Zeit tun, er hatte Dichter sein wollen, das war er geworden, nun wollte er ein kleiner Vogel sein, aber als er dies wurde, hörte die vorige Eigenart auf.

„Das ist wirklich fein", sagte er, „tagsüber sitze ich in der Polizeibehörde zwischen den solidesten Aktenstücken, nachts kann ich träumen, daß ich als Lerche im Frederiksberg Have umherfliege, darüber könnte man wahrhaftigen Gotts ein ganzes Volksstück schreiben!"

Nun flog er ins Gras hinab, drehte den Kopf nach allen Seiten und schlug mit dem Schnabel auf die biegsamen Grashalme, die im Verhältnis zu seiner jetzigen Größe groß aussahen wie die Palmenzweige Nordafrikas.

Es dauerte nur einen Augenblick, und da wurde es kohlrabenschwarze Nacht um ihn; ein, wie ihm vorkam, ungeheurer Gegenstand wurde auf ihn geworfen, es war eine große Schirmmütze, die ein Junge von Nyboder über den Vogel warf, eine Hand langte darunter und griff den Kopisten um Rücken und Flügel, daß er piepste, in seinem ersten Schrecken rief er laut: „Du unverschämter Grünschnabel! Ich bin Kopist in der Polizeibehörde!" aber das klang für den Jungen nur wie: „pieps, pieps, pieps!" Er gab dem Vogel eins über den Schnabel und stapfte von dannen.

In der Allee begegnete er zwei Schuljungen der gebildeten Klasse, das heißt ihrer Herkunft nach: in geistiger Hinsicht gehörten sie zur untersten Klasse. Sie erwarben den Vogel für acht Schillinge, und auf diese Weise kam der Kopist nach Kopenhagen in das Haus einer Familie in der Gothersgade.

„Es ist gut, daß ich träume!" sagte der Kopist, „sonst würde ich wütend werden, verdammt noch mal! Erst war ich Poet, nun bin ich eine Lerche! Ja, es war aber die Poetennatur, die aus mir dies kleine Tier machte! Das ist aber eine jämmerliche Angelegenheit, namentlich wenn man ein paar Jungen in die Hände gerät. Ich möchte doch wirklich wissen, wie dies abläuft."

Die Jungen brachten ihn in eine sehr elegante Stube; eine dicke, lachende Dame ging ihnen entgegen, aber sie war keineswegs erfreut darüber, daß der gewöhnliche Feldvogel, wie sie die Lerche nannte, mit hereinkam, doch wollte sie es für heute hingehen lassen, und sie durften ihn in das leere Bauer stecken, das am Fenster stand: „Es macht vielleicht unserm Poppi Spaß!" fügte sie hinzu und lachte einem großen, grünen Papageien zu, der in dem prachtvollen Messingbauer vornehm auf seinem Ring schaukelte. „Poppi hat heute Geburtstag", sagte sie dumm und naiv, „darum will der kleine Feldvogel gratulieren!"

Poppi antwortete mit keiner Silbe, sondern schaukelte vornehm hin und her, dagegen begann ein hübscher Kanarienvogel, der letzten Sommer aus seinem warmen, duftenden Vaterland hierhergebracht worden war, laut zu singen.

„Schreihals!“ sagte die Frau des Hauses und warf ein weißes Taschentuch über das Bauer.

„Piep, piep“, seufzte der, „es ist schreckliches Schneewetter!“ und mit diesem Seufzer verstummte er.

Der Kopist oder, wie die Hausfrau sagte, der Feldvogel kam in ein kleines Bauer dicht neben dem Kanarienvogel nicht weit vom Papageien. Den einzigen menschlichen Satz, den Poppi zusammenhängend plappern konnte und der oft ziemlich komisch klang, war: „Nein, laßt uns doch Menschen sein!“ Alles übrige, was er schrie, war genauso unverständlich wie das Zwitschern des Kanarienvogels, nur nicht für den Kopisten, der nun selber ein Vogel war; er verstand die Gefährten nur zu gut.

„Ich bin unter der grünen Palme und dem blühenden Mandelbaum geflogen“, sang der Kanarienvogel, „ich bin mit meinen Geschwistern über die prächtigen Blumen und den glasklaren See geflogen, wo die Pflanzen auf dem Grunde nickten. Ich habe auch viele schöne Papageien gesehen, die die lustigsten Geschichten erzählten, ganz lange und ganz viele.“

„Das waren wilde Vögel“, erwiderte der Papagei, „die hatten keine Bildung. Nein, laßt uns doch Menschen sein! –

Warum lachst du nicht? Wenn die gnädige Frau und der ganze Besuch darüber lachen können, dann kannst du es auch Es ist ein großer Mangel, keinen Geschmack am Lustigen zu finden. Nein, laßt uns doch Menschen sein!"

„Oh, weißt du noch, die hübschen Mädchen, die unter dem ausgespannten Zelt neben den blühenden Bäumen tanzten? Weißt du noch, die süßen Früchte und den kühlenden Saft in den wildwachsenden Kräutern?"

„O ja!" sagte der Papagei, „aber hier geht es mir viel besser! Ich habe gutes Essen und gehöre zur Familie. Ich weiß, ich bin ein guter Kopf, und mehr verlange ich nicht. Laßt uns doch Menschen sein! Du bist eine Dichterseele, wie man es nennt, ich hab ein gründliches Wissen und Witz, du hast Genie, aber keine Besonnenheit, gehst in diesen lauten Naturklängen auf, und darum deckt man dich zu. Das erlauben sie sich mir gegenüber nicht, nein, denn ich habe sie etwas mehr gekostet, ich imponiere mit dem Schnabel und kann einen ‚Witz! Witz! Witz!' machen. Nein, laßt uns doch Menschen sein!"

„Oh, mein warmes, blühendes Vaterland!" sang der Kanarienvogel, „ich will von deinen dunkelgrünen Bäumen singen, von deinen stillen Meeresbuchten, wo die Zweige den hellen Wasserspiegel küssen, von dem Jubel meiner leuchtenden Brüder und Schwestern singen, wo die ‚Pflanzenquellen der Wüste*' wachsen!"

„Laß doch bloß dies Gewinsel!" sagte der Papagei. „Sag etwas, worüber man lachen kann! Lachen ist das Zeichen des höchsten geistigen Standpunktes. Sieh doch, ob ein Hund oder ein Gaul lachen kann! Nein, weinen kann er, aber lachen, das ist allein dem Menschen beschieden. Ho, ho, ho!" lachte Poppi und fügte seinen Witz hinzu: „Laßt uns doch Menschen sein."

„Du kleiner grauer dänischer Vogel", sagte der Kanarienvogel. „Du bist auch gefangen! In deinen Wäldern ist es sicher kalt, aber dort herrscht doch Freiheit, flieg hinaus! Sie haben vergessen, hinter dir zuzumachen; das oberste Fenster steht offen. Flieg, flieg!"

* Kakteen.

Und das tat der Kopist, wupps, war er hinaus aus dem Bauer; im selben Augenblick knarrte die halbgeöffnete Tür zum nächsten Zimmer, und geschmeidig, mit grünen, funkelnden Augen, schlich die Hauskatze herein und machte Jagd auf ihn. Der Kanarienvogel flatterte im Käfig, der Papagei klatschte mit den Flügeln und rief: „Laßt uns doch Menschen sein!“ Der Kopist bekam einen Todesschreck und flog durch das Fenster von dannen, über Häuser und Straßen; schließlich mußte er sich ein wenig ausruhen.

Das gegenüberliegende Haus hatte etwas Vertrautes; ein Fenster stand offen, er flog hinein, es war sein eigenes Zimmer, er setzte sich auf den Tisch.

„Laßt uns doch Menschen sein!“ sagte er, ohne darüber nachzudenken, was er sagte, er machte es dem Papageien nach, und im selben Augenblick war er Kopist, aber er saß auf dem Tisch.

„Der Himmel bewahr mich“, sagte er, „wie bin ich hierhergekommen und so tief eingeschlafen! Ich hatte aber auch einen unruhigen Traum. Die ganze Geschichte war lauter dummes Zeug!“

6

Das Beste, was die Galoschen brachten

Am Tage darauf, zu früher Morgenstunde, als der Kopist noch im Bett lag, klopfte es an seine Tür; es war der Nachbar vom selben Stockwerk, ein Student, der Theologie studierte; er trat ein.

„Leih mir deine Galoschen“, sagte er, „es ist so naß im Garten, aber die Sonne scheint schön, ich wollte noch eine Pfeife dort unten rauchen.“

Er zog die Galoschen an und war bald unten im Garten, in dem ein Pflaumen- und ein Birnbaum standen. Selbst ein so kleiner Garten wie dieser wird im inneren Kopenhagen als eine große Herrlichkeit betrachtet.

Der Student ging auf dem Gartenweg auf und nieder;

es war erst sechs Uhr; draußen von der Straße erklang ein Posthorn.

„Oh, reisen! reisen!“ rief er aus, „es ist doch das größte Glück der Welt! es ist das höchste Ziel meiner Wünsche! Dann würde diese Unruhe, die ich in mir fühle, still werden. Aber weit fort müßte es sein! Ich möchte die herrliche Schweiz sehen, durch Italien reisen und . . .“

Ja, gut war es, daß die Galoschen sogleich wirkten, sonst wäre er viel zu weit herumgekommen, was ihn selbst wie auch uns anbetrifft. Er reiste. Er war mitten in der Schweiz, aber mit acht anderen zusammen im Innersten einer Postkutsche zusammengepfercht. Kopfweh hatte er, müde im Nacken fühlte er sich, und das Blut war ihm in die Beine hinabgesunken, die anschwollen, so daß die Stiefel drückten. Er schwebte in einem Zustand zwischen Schlaf und Wachen. In der rechten Tasche hatte er den Kreditbrief, in der linken Tasche den Paß und auf der Brust, in einen kleinen Lederbeutel eingenäht, einige Louisdor. In jedem Traum ward ihm kundgetan, daß die eine oder andere von diesen Kostbarkeiten verlorengegangen sei; und darum fuhr er wie im Fieber hoch, und die erste Bewegung, die die Hand machte, beschrieb ein Dreieck von rechts nach links und zur Brust hinauf, um nachzufühlen, ob auch alles da war oder nicht. Regenschirme, Stöcke und Hüte schaukelten oben über ihm im Netz und verwehrten so ziemlich die Aussicht, die höchst imposant war. Er schaute verstohlen danach aus, während das Herz sang, was zum mindesten *ein* Dichter, den wir kennen, in der Schweiz gesungen, aber bis heute nicht hat drucken lassen:

Ja, hier ist's so schön, wie das Herz es gewollt.
Ich schau zum Montblanc, meinem Lieben.
Hätt das Geld nur gereicht, wie es gesollt,
Ach, lange noch wär ich geblieben!

Groß, ernst und dunkel war die ganze Natur rundum. Die Tannenwälder erschienen wie Heidekrauthügel auf den hohen Felsen, deren Gipfel vom Gewölk verhüllt waren; jetzt begann es zu schneien, es ging ein kalter Wind.

„Uh!“ seufzte er. „Wären wir doch erst auf der anderen Seite der Alpen, dann wäre Sommer, und dann hätte ich Geld auf meinen Kreditbrief abgehoben. Durch die Angst, die ich darum habe, genieße ich die Schweiz gar nicht so. Oh, wäre ich nur auf der anderen Seite!“

Und dann war er auf der anderen Seite. Tief in Italien drinnen war er, zwischen Florenz und Rom. Der Trasimenische See lag im Abendschein wie loderndes Gold zwischen den dunkelblauen Bergen; hier, wo Hannibal den Flaminius schlug, hielten nun die Weinreben einander friedlich an den grünen Fingern; anmutige, halbnackte Kinder hüteten eine Herde kohlschwarzer Schweine unter einer Gruppe duftender Lorbeerbäume an der Straße. Könnten wir dies Gemälde nur richtig wiedergeben, alle würden jubeln: „Herrliches Italien!“ aber das sagte weder der Theologe noch ein einziger von seinen Reisegefährten drinnen im Wagen des Vetturins.

Tausende von giftigen Fliegen und Mücken flogen zu ihnen herein, vergeblich peitschten sie mit einem Myrthenzweig um sich, die Fliegen stachen trotzdem; es war nicht ein Mensch im Wagen, dessen Gesicht nicht aufgequollen und von Bissen blutig war. Die armen Pferde sahen aus wie Aas, die Fliegen saßen in großen Fladen an ihnen, und es half nur für einen Augenblick, wenn der Kutscher abstieg und die Tiere abschabte. Nun sank die Sonne, eine kurze, aber eisige Kälte lief durch die ganze Natur, es war gar nicht angenehm; aber die Berge und Wolken ringsum nahmen die schönste grüne Farbe an, so hell, so schimmernd. – Ja, geht selbst hin und seht es euch an, es ist besser, als die Beschreibung zu lesen! Es hatte nicht seinesgleichen; das fanden die Reisenden auch, aber – der Magen war leer, der Körper müde, alles Verlangen des Herzens richtete sich auf ein Nachtquartier; aber wie würde das sein? Man schaute viel sehnsüchtiger danach aus als nach der schönen Natur.

Die Straße führte durch einen Olivenhain, es war, als führe man in der Heimat zwischen knorrigen Weiden dahin, hier lag das einsame Gasthaus. Ein Dutzend bettelnde Krüppel hatten sich davor hingelagert, der gesündeste unter ihnen sah aus wie „des Hungers ältester Sohn, der großjährig geworden ist*", die anderen waren entweder blind, hatten lahme Beine und krochen auf Händen, oder sie hatten Schrumpfarme mit fingerlosen Händen. Es war das reinste Elend, aus den Lumpen hervorgezerrt. „*Eccellenza, miserabili!*" stöhnten sie und streckten die siechen Glieder aus. Die Wirtin selbst, in bloßen Füßen, mit ungemachtem Haar und nur mit einer schmutzigen Bluse bekleidet, nahm die Gäste in Empfang. Die Türen waren mit Bindfaden zusammengebunden; die Fußböden in den Zimmern waren mit Ziegeln gepflastert und halb aufgerissen. Fledermäuse flogen unter der Decke hin und her, und der Gestank hier drinnen . . . !

„Ja, möchte Sie unten im Stall decken!" sagte einer der Reisenden. „Dort unten weiß man doch, was man einatmet!"

Die Fenster wurden geöffnet, damit etwas frische Luft hereinkommen konnte, aber schneller als diese kamen die verdorrten Arme herein und das ewige Winseln: „*Miserabili, Eccellenza!*" Auf den Wänden stand alles mögliche geschrieben, die Hälfte war gegen die bella Italia.

Das Essen wurde aufgetragen; es gab eine Wassersuppe, mit Pfeffer und ranzigem Öl gewürzt, und dann noch ein-

* Snarleyyow.

mal das gleiche Öl im Salat; verdorbene Eier und gebratene Hahnenkämme waren die Prachtgerichte, selbst der Wein hatte einen Beigeschmack, es war eine richtige Mixtur.

Zur Nacht wurden die Koffer vor der Tür aufgestellt, einer der Reisenden hielt Wache, während die anderen schliefen; der Theologe war der Wachthabende; oh, wie stickig war es hier drinnen! Die Hitze war drückend, die Mücken schwirrten und stachen, die *miserabili* draußen winselten im Schlaf.

„Ja, reisen ist ganz schön!" seufzte der Student, „hätte man nur keinen Leib! könnte dieser ruhen und der Geist dafür fliegen. Wo ich hinkomme, gibt es einen Mangel, der einem das Herz abdrückt; etwas Besseres als das Gegenwärtige möchte ich haben, ja, etwas Besseres, das Beste, aber wo und was ist das? Ich weiß im Grunde wohl, was ich möchte, ich möchte zu einem glücklichen Ziel gelangen, dem glücklichsten von allen!"

Und kaum war das Wort ausgesprochen, da war er im Elternhaus. Die langen, weißen Gardinen hingen vor dem Fenster, und mitten im Raum stand der schwarze Sarg, in diesem lag er in seinem stillen Todesschlaf, sein Wunsch war erfüllt: der Leib ruhte, der Geist wanderte. Preise keinen glücklich, bevor er nicht in seinem Grabe ist, so lauteten Solons Worte, hier wurde die Bestätigung erneuert.

Jeder Leichnam ist die Sphinx der Unsterblichkeit; auch die Sphinx hier in dem schwarzen Sarg beantwortete uns nicht, was der Lebende zwei Tage vorher niedergeschrieben hatte:

Du starker Tod, nur Grauen weckt dein Schweigen,
Und deine Spuren sind des Kirchhofs Gruben,
Muß sich die Jakobsleiter des Gedankens neigen?
Steh ich als Gras nur auf in deinen Stuben?

Die Welt sieht nimmer unsere größten Schmerzen,
Du, einsam bis zu deinen letzten Tagen,
Im Leben drückt oft sehr viel mehr die Herzen
Als nur die Erde, die dein Sarg muß tragen.

Zwei Gestalten bewegten sich im Zimmer; wir kennen sie beide: es waren die Fee des Leids und die Abgesandte des Glücks; sie neigten sich über den Toten.

„Siehst du!" sagte das Leid, „welches Glück haben wohl deine Galoschen der Menschheit gebracht?"

„Sie haben zum mindesten ihm, der hier schlummert, ein dauerndes Glück gebracht!" entgegnete die Freude.

„O nein!" sagte das Leid; „er ging selbst von hinnen, er wurde nicht gerufen! Seine geistige Kraft hienieden war nicht groß genug, um die Schätze hier zu heben, die er laut seiner Bestimmung heben muß! Ich werde ihm eine Wohltat erweisen!"

Und sie zog ihm die Galoschen von den Füßen; da war der Todesschlaf zu Ende, der Wiedererstandene richtete sich auf. Das Leid verschwand, aber auch die Galoschen; es hat sie sicherlich für sein Eigentum gehalten.

Die Gänseblume

Nun hör mal zu!

Draußen auf dem Lande, dicht an der Straße, lag ein Landhaus; du hast es bestimmt selber einmal gesehen! Vorn ist ein kleiner Garten mit Blumen und einem Zaun, der gestrichen ist; dicht dabei am Graben, inmitten des schönsten grünen Grases wuchs eine kleine Gänseblume; die Sonne beschien sie so warm und schön wie die großen reichen Prachtblumen drinnen im Garten, und daher wuchs sie von Stunde zu Stunde. Eines Morgens stand sie voll entfaltet da, mit ihren kleinen, schimmernd weißen Blütenblättern, die gleich Strahlen rund um die kleine gelbe Sonne im Innern sitzen. Ihr kam gar nicht der Gedanke, daß kein Mensch sie dort im Grase sähe und daß sie eine arme, verachtete Blume wäre. Nein, sie war fröhlich, sie wandte sich unmittelbar der warmen Sonne zu, blickte zu ihr empor und hörte der Lerche zu, die in den Lüften sang.

Das Gänseblümchen war so glücklich, als wäre ein großer Feiertag, und dabei war nur Montag; alle Kinder waren in der Schule; während sie auf ihren Bänken saßen und etwas lernten, saß sie auf ihrem kleinen grünen Stengel und lernte auch von der warmen Sonne und allem rundherum, wie gut Gott ist, und sie fand so recht, daß die kleine

Lerche deutlich und schön von allem sang, was sie in der Stille fühlte; und die Gänseblume sah mit einer Art Ehrerbietung zu dem glücklichen Vogel auf, der singen und fliegen konnte, war aber gar nicht betrübt, weil sie selber dies nicht konnte. „Ich sehe und höre ja!“ dachte sie. „Die Sonne bescheint mich, und der Wind küßt mich! Oh, wie bin ich doch reich bedacht worden!“

Innerhalb des Zaunes standen so viele steife, vornehme Blumen. Je weniger Duft sie hatten, desto stolzer reckten sie sich in die Höhe. Die Päonien blähten sich auf, um größer zu sein als eine Rose, aber die Größe tut es gar nicht! Die Tulpen hatten die allerhübschesten Farben, und das wußten sie ganz gut und hielten sich so gerade, damit man es noch besser sehen konnte. Sie beachteten die junge Gänseblume draußen gar nicht, aber diese sah um so mehr zu ihnen hin und dachte: „Wie sind sie reich und wunderbar! Ja, zu denen fliegt sicher der prächtige Vogel hinab und besucht sie! Gott sei Dank, daß ich hier so ganz in der Nähe stehe, so bekomme ich doch die Pracht zu sehen!“ Und als sie dies gerade dachte, „tirili“, da kam die Lerche angeflogen, aber nicht zu Päonien und Tulpen, nein, hinunter ins Gras zu dem armen Gänseblümchen, das vor lauter Freude so erschrak, daß es gar nicht mehr wußte, was es denken sollte.

Der kleine Vogel umtänzelte es und sang: „Ih, wie weich ist doch das Gras! Und sieh nur da, was für eine niedliche kleine Blume mit Gold im Herzen und Silber auf dem Kleid!“ Der gelbe Punkt in der Gänseblume sah ja auch aus wie Gold, und die kleinen Blütenblätter außen herum waren glänzend weiß.

Wie glücklich die kleine Gänseblume war, nein, das kann kein Mensch begreifen! Der Vogel küßte sie mit seinem Schnabel, sang ihr vor und flog dann wieder in die blaue Luft hinauf. Es dauerte bestimmt eine ganze Viertelstunde, ehe die Blume sich wieder gefaßt hatte. Halb schüchtern und doch von Herzen froh blickte sie zu den Blumen im Garten hinüber; die hatten ja die Ehre und Glückseligkeit mit angesehen, die ihr widerfahren war, die mußten ja begreifen, welche Freude es war. Aber die Tulpen standen noch einmal so steif wie vorher, und außerdem bekamen sie ein ganz spitzes Gesicht und wurden ganz rot, denn sie hatten sich geärgert. Die Päonien bekamen ganz dicke Köpfe, buh! es war gut, daß sie nicht reden konnten, sonst hätte das Gänseblümchen eine ordentliche Standrede bekommen. Die arme kleine Blume konnte wohl sehen, daß sie nicht in guter Stimmung waren, und das tat ihr ganz ungemein leid. Im selben Augenblick kam eine Magd in den Garten mit einem großen Messer, ganz scharf und funkelnd, sie ging schnurstracks auf die Tulpen zu und schnitt eine nach der anderen ab. „Uh!" seufzte das Gänseblümchen, „das ist ja schrecklich, nun ist es vorbei mit ihnen!" Dann ging die Magd mit den Tulpen fort. Die Gänseblume war froh, daß sie draußen im Grase stand und eine kleine, armselige Blume war; sie war richtig dankbar dafür, und als die Sonne unterging, faltete sie ihre Blätter zusammen, schlief ein und träumte die ganze Nacht von der Sonne und dem kleinen Vogel.

Am nächsten Morgen, als die Blume wieder glücklich alle weißen Blätter gleich kleinen Armen in die Luft und ins Licht ausstreckte, erkannte sie die Stimme des Vogels, aber was er sang, war gar traurig. Ja, die gute Lerche hatte allen Grund dazu, sie war gefangen worden und saß nun in einem Käfig dicht am offenen Fenster. Sie sang davon, wie es ist, frei und glücklich umherzufliegen, sang von dem jungen, grünen Korn auf dem Felde und von der herrlichen Reise, die sie mit ihren Flügeln hoch hinauf in die Lüfte machen konnte. Der arme Vogel war in keiner guten Stimmung, gefangen saß er da im Käfig.

Die kleine Gänseblume hatte so sehr den Wunsch, zu helfen, aber wie sollte sie das anstellen? Ja, es war schwierig, darauf zu kommen. Sie vergaß ganz und gar, wie hübsch alles ringsum war; wie warm die Sonne schien und wie wunderhübsch weiß ihre Blätter aussahen; ach, sie konnte nur an den gefangenen Vogel denken, für den sie überhaupt nicht imstande war, etwas zu tun.

Da kamen gerade zwei kleine Knaben aus dem Garten;

der eine hatte ein Messer in der Hand, groß und scharf wie das, mit dem die Magd die Tulpen abgeschnitten hatte. Sie gingen geradeswegs auf die kleine Gänseblume zu, die gar nicht begreifen konnte, was sie wollten.

„Hier können wir ein schönes Stück Gras für die Lerche herausschneiden!" sagte der eine Junge und begann ein Viereck einzuschneiden, rund um das Gänseblümchen herum, so daß es mitten auf der Grassode stand.

„Reiß die Blume ab!" sagte der andere Junge, das Gänseblümchen zitterte ordentlich vor Angst, denn abgerissen zu werden hieß ja das Leben einzubüßen, und jetzt wollte sie so gern am Leben bleiben, wo sie mit der Grassode zusammen ins Bauer zu der gefangenen Lerche kommen sollte.

„Nein, laß sie sitzen!" sagte der andere Junge. „Sie ist so'n hübscher Schmuck!" Und so blieb sie denn sitzen und kam mit ins Bauer zu der Lerche.

Aber der arme Vogel klagte laut über seine verlorene Freiheit und klatschte mit den Flügeln gegen die Eisendrähte des Käfigs. Die kleine Gänseblume konnte nicht reden, kein tröstendes Wort sagen, wie gern sie auch gewollt hätte. So verging der ganze Vormittag.

„Hier ist kein Wasser!" sagte die gefangene Lerche, „die sind alle aus und haben vergessen, mir auch nur ein Tröpfchen zu trinken zu geben! Mein Hals ist trocken und brennt, in mir drinnen ist Feuer und Eis, und die Luft ist so schwer! Ach, ich muß dahinscheiden, fort von dem warmen Sonnenschein, von dem frischen Grün, von all der Herrlichkeit, die Gott erschaffen hat!" und dann bohrte sie ihren kleinen Schnabel in die kühle Grassode, um sich dadurch ein wenig zu erquicken; da fiel ihr Auge auf das Gänseblümchen, und der Vogel nickte ihm zu, küßte es mit dem Schnabel und sagte: „Du mußt auch hier drinnen verwelken, du arme kleine Blume. Dich und den kleinen grünen Flecken Gras hat man mir für die ganze Welt gegeben, die ich draußen hatte! Jeder kleine Grashalm soll mir ein grüner Baum sein, jedes deiner weißen Blätter eine duftende Blüte. Ach, ihr erzählt mir nur, wieviel ich verloren habe!"

„Wer ihn doch trösten könnte!" dachte die Gänseblume,

aber sie konnte kein Blatt rühren; jedoch der Duft, der den feinen Blättern entströmte, war viel stärker, als man ihn sonst bei dieser Blume findet; das merkte auch der Vogel, und obwohl er vor Durst verschmachtete und in seiner Qual die grünen Grashalme abriß, rührte er die Blume gar nicht an.

Es wurde Abend, und noch kam niemand und brachte dem armen Vogel auch nur einen Tropfen Wasser; da streckte er seine schönen Flügel aus, schüttelte sie krampfhaft, sein Gesang wurde zu einem wehmütigen „Piep, piep", der kleine Kopf neigte sich zu der Blume hin, und des Vogels Herz brach vor Entbehrung und Sehnsucht; da konnte die Blume nicht, wie am Abend zuvor, ihre Blätter zusammenfalten und schlafen, sie hing siech und trauernd auf die Erde nieder.

Erst am nächsten Morgen kamen die Knaben, und als sie sahen, daß der Vogel tot war, weinten sie, weinten viele Tränen und schaufelten ihm ein schönes Grab, das mit Blütenblättern ausgeschmückt wurde. Des Vogels Leiche kam in eine hübsche, rote Schachtel, königlich sollte er begraben werden, der arme Vogel! Als er am Leben war und sang, da vergaßen sie ihn, ließen ihn im Käfig sitzen und Mangel leiden, jetzt ward ihm Prunk zuteil und viele Tränen.

Aber die Grassode mit der Gänseblume wurde in den Staub auf der Landstraße geworfen, niemand dachte an sie, und dabei hatte sie doch am meisten Mitgefühl mit dem kleinen Vogel gehabt und hatte ihm so gern helfen wollen!

Der standhafte Zinnsoldat

Es waren einmal fünfundzwanzig Zinnsoldaten, sie waren alle Brüder, denn sie waren von einem alten Zinnlöffel geboren worden. Das Gewehr hielten sie im Arm und das Gesicht geradeaus; rot und blau, ganz wunderbar war die Uniform. Das allererste, was sie in dieser Welt hörten, als der Deckel von der Schachtel genommen wurde, in der sie lagen, war das Wort: „Zinnsoldaten!" Das rief ein kleiner Junge und klatschte in die Hände; er hatte sie bekommen, denn es war sein Geburtstag, und er stellte sie nun auf dem Tisch auf. Ein Soldat glich dem anderen wie aus dem Gesicht geschnitten, nur ein einziger war ein wenig anders; der hatte nur ein Bein, denn er war zuletzt gegossen worden, und da war nicht mehr genügend Zinn dagewesen! der stand jedoch genauso fest auf seinem einen wie die anderen auf ihren zweien, und gerade er sollte sich hervortun.

Auf dem Tisch, wo sie aufgestellt waren, stand viel anderes Spielzeug. Was aber am meisten auffiel, das war ein wunderbares Schloß aus Pappe. Durch die kleinen Fenster konnte man bis in die Säle schauen. Draußen standen kleine Bäume um einen kleinen Spiegel herum, der aussehen sollte wie ein See; darauf schwammen Schwäne aus Wachs und spiegelten sich. Es war alles wunderhübsch, aber das Hübscheste war doch eine kleine Jungfrau, die mitten in der offenen Schloßtür stand. Sie war auch aus Papier ausgeschnitten, aber sie hatte einen Rock an aus ganz durchsichtigem Linon und ein schmales blaues Bändchen über den Schultern, ganz wie ein Gewand. Mitten darauf saß eine glitzernde Paillette, genauso groß wie ihr ganzes Gesicht. Die kleine Jungfrau streckte ihre beiden Arme aus, denn sie war eine Tänzerin, und dann hob sie das eine Bein so hoch in die Luft, daß der Zinnsoldat es gar nicht finden konnte und meinte, sie habe nur ein Bein genau wie er.

„Das wäre eine Frau für mich!" dachte er. „Aber sie ist sehr vornehm, sie wohnt in einem Schloß, ich habe nur eine Schachtel, und in die müssen wir uns zu fünfundzwanzig Mann teilen, das ist kein Ort für sie! Ich muß immerhin sehen, daß ich mich mit ihr bekannt mache!" und dann legte er sich, so lang wie er war, hinter eine Schnupftabakdose, die auf dem Tische stand; von dort konnte er sich so richtig die kleine feine Dame anschauen, die fortgesetzt auf einem Bein stand, ohne aus dem Gleichgewicht zu kommen.

Als es Abend wurde, kamen alle anderen Zinnsoldaten in ihre Schachtel, und die Leute im Haus gingen ins Bett. Nun begann das Spielzeug zu spielen, sie spielten Besuch haben, Krieg führen und Ball geben; die Zinnsoldaten rasselten in der Schachtel, denn sie wollten dabeisein, aber sie konnten den Deckel nicht aufkriegen. Der Nußknacker schoß Kobolz, und der Griffel machte Unfug auf der Tafel; es war ein Lärm, daß der Kanarienvogel wach wurde und mitzureden begann, und zwar in Versen. Die beiden einzigen, die sich nicht vom Fleck rührten, waren der Zinnsoldat und die kleine Tänzerin; sie hielt sich ganz kerzengerade auf der Zehenspitze, beide Arme nach den Seiten ausgestreckt; er war ebenso standhaft auf seinem einen Bein, seine Augen ließen überhaupt nicht von ihr.

Jetzt schlug die Uhr zwölf, und schnapp, da sprang der Deckel der Schnupftabakdose auf, aber es war kein Tabak darin, nein, sondern ein kleiner, schwarzer Troll, das war ein ganz kunstvolles Stück.

„Zinnsoldat", sagte der Troll, „wirst du wohl deine Augen im Zaum halten!"

Aber der Zinnsoldat tat, als hörte er es nicht.

„Ja, wart nur bis morgen!" sagte der Troll.

Als es nun Morgen wurde und die Kinder aufstanden, da wurde der Zinnsoldat ins Fenster gestellt, und ob es nun der Troll war oder ob es zog, das Fenster flog mit einemmal auf, und der Soldat stürzte kopfüber vom dritten Stock hinunter. Das ging mit schrecklicher Geschwindigkeit, er streckte das Bein gerade in die Luft und blieb auf der Mütze stehen, mit dem Bajonett unten zwischen den Pflastersteinen.

Die Dienstmagd und der kleine Junge kamen sogleich herunter, um zu suchen; aber obwohl sie fast auf ihn getreten wären, konnten sie ihn doch nicht sehen. Hätte der Zinnsoldat gerufen: Hier bin ich! dann hätten sie ihn wohl gefunden, aber er fand, daß es sich nicht gehöre, laut zu schreien, da er in Uniform war.

Nun begann es zu regnen, die Tropfen fielen immer dichter, einer auf den anderen, es wurde ein tüchtiger Guß; als es vorüber war, kamen zwei Gassenjungen.

„Guck mal!" sagte der eine; „da liegt ein Zinnsoldat! Der will segeln gehen!"

Und dann machten sie aus einer Zeitung ein Boot, setzten den Zinnsoldaten mitten hinein, und nun segelte er den Rinnstein hinunter. Die Jungen liefen beide nebenher und klatschten in die Hände. Gott behüte, was waren in dem Rinnstein bloß für Wellen und was für eine Strömung! Ja, es hatte ja auch gegossen. Das Papierboot wippte auf und nieder, und zwischendurch drehte es sich so geschwind, daß es dem Zinnsoldaten durch und durch ging. Aber er blieb standhaft, verzog keine Miene, sah geradeaus und hielt das Gewehr im Arm.

Mit einemmal trieb das Boot unter ein langes Rinnsteinbrett; da wurde es so finster, als wäre er in seiner Schachtel.

„Wo ich jetzt wohl hinkomme!" dachte er. „Ja, ja, daran

ist der Troll schuld! Ach, säße doch das kleine Fräulein hier im Boot, dann könnte es ruhig noch mal so finster sein!"

In diesem Augenblick kam eine große Wasserratte, die unter dem Rinnsteinbrett wohnte.

„Hast du einen Paß?" fragte die Ratte. „Her mit dem Paß!"

Aber der Zinnsoldat schwieg still und hielt das Gewehr noch fester. Das Boot fuhr dahin und die Ratte hinterdrein. Huh! Wie die mit den Zähnen knirschte und Reisern und Stroh zurief: „Haltet ihn! haltet ihn! er hat keinen Zoll bezahlt, er hat keinen Paß vorgezeigt!"

Aber die Strömung wurde immer stärker, der Zinnsoldat konnte vorn schon das Tageslicht erblicken, dort, wo die Bohle aufhörte, aber er hörte auch ein brausendes Geräusch, das einen tapferen Mann wohl erschrecken konnte; denkt nur, der Rinnstein stürzte, dort wo die Bohle zu Ende war, in einen großen Kanal hinab, für ihn war das genauso gefährlich, als wenn wir einen großen Wasserfall hinunterführen.

Nun war er schon so nahe, daß er nicht mehr anhalten konnte. Das Boot flitzte hinaus, der arme Zinnsoldat hielt sich so steif, wie er konnte, niemand sollte ihm nachsagen, daß er auch nur mit den Augen gezwinkert hätte. Das Boot trudelte drei-, viermal rundherum und war bis an den Rand mit Wasser gefüllt, es mußte sinken; der Zinnsoldat stand bis zum Hals im Wasser, und immer tiefer sank das Boot; das Papier weichte mehr und mehr auf, nun ging das Wasser dem Soldaten über den Kopf – da dachte er an die kleine liebliche Tänzerin, die er nimmermehr sehen würde, und es klang in des Zinnsoldaten Ohr:

„Fahre, fahre, Kriegersmann!
Mußt den Tod erleiden!"

Nun ging das Papier entzwei, und der Zinnsoldat stürzte hindurch – wurde aber im selben Augenblick von einem großen Fisch verschlungen.

Nein, wie dunkel war es hier drinnen! Hier war es noch

schlimmer als unter dem Rinnsteinbrett, und dann war es so eng; aber der Zinnsoldat war standhaft und lag, so lang wie er war, mit dem Gewehr im Arm.

Der Fisch raste umher, er machte die allerfurchtbarsten Bewegungen. Schließlich wurde er ganz still, es schoß durch ihn hindurch wie ein Blitzstrahl. Das Licht schien ganz hell, und einer rief laut: „Zinnsoldat!“ Der Fisch war gefangen, auf den Markt gebracht und verkauft worden und in die Küche hinaufgekommen, wo die Magd ihn mit einem großen Messer aufschnitt. Sie faßte mit zwei Fingern den Soldaten um den Leib und trug ihn in die Stube, wo alle einen so merkwürdigen Mann sehen wollten, der im Bauch eines Fisches umhergereist war; aber der Zinnsoldat war gar nicht stolz. Man stellte ihn auf den Tisch und dort – nein, wie kann es doch wunderlich zugehen in der Welt! –, der Zinnsoldat war in ganz derselben Stube, in der er vorher gewesen war, er sah dieselben Kinder wieder, und das Spielzeug stand auf dem Tisch: das wunderbare Schloß mit der lieblichen kleinen Tänzerin; sie hielt sich noch immer auf dem einen Bein und hatte das andere hoch in der Luft, sie war auch standhaft; das rührte den Zinnsoldaten, er war nahe daran, Zinn zu weinen, aber das gehörte sich nicht. Er schaute sie an, und sie schaute ihn an, aber sie sagten nichts.

In diesem Augenblick nahm einer der kleinen Jungen den Soldaten und warf ihn in den Ofen, und er hatte gar keinen Anlaß dazu; es war bestimmt der Troll in der Dose, der schuld daran war.

Der Zinnsoldat stand ganz beleuchtet da und fühlte eine Hitze, die furchtbar war, aber ob sie von dem richtigen Feuer kam oder von der Liebe, das wußte er nicht. Die Farben waren ganz von ihm abgegangen, ob es auf der Reise geschehen war oder vom Kummer kam, konnte keiner sagen. Er sah die kleine Jungfrau an, sie sah ihn an, und er fühlte, er schmolz, aber noch stand er standhaft da mit dem Gewehr im Arm. Da ging eine Tür auf, der Wind ergriff die Tänzerin, und sie flog wie eine Sylphide geradeswegs in den Ofen hinein zum Zinnsoldaten, flammte in einer Lohe auf und war weg; da schmolz der Zinnsoldat zu einem Klumpen. Und als die Magd am nächsten Tag die Asche ausleerte, fand sie ihn. Er war ein kleines zinnernes Herz geworden; von der Tänzerin hingegen war nur die Paillette übrig, und die war kohlschwarz verbrannt.

Die wilden Schwäne

Weit fort von hier, dort, wo die Schwalben hinfliegen, wenn bei uns Winter ist, wohnte ein König; der hatte elf Söhne und eine Tochter, Elisa. Die elf Brüder, Prinzen waren sie, gingen mit dem Stern auf der Brust und dem Säbel an der Seite in die Schule; sie schrieben auf goldenen Tafeln mit diamantenen Griffeln und lernten ebensogut auswendig wie inwendig, man konnte sogleich hören, daß sie Prinzen waren. Die Schwester Elisa saß auf einem kleinen Schemel aus Kristall und hatte ein Bilderbuch, das um das halbe Königreich gekauft worden war.

Oh, diesen Kindern ging es so gut, aber so sollte es nicht bleiben!

Ihr Vater, welcher König über das ganze Land war, heiratete eine böse Königin, die den armen Kindern gar nicht wohlwollte; schon am ersten Tag konnten sie es sehr gut merken. Im ganzen Schloß war ein prächtiges Fest, und dann spielten die Kinder: es kommt Besuch; aber statt daß sie wie sonst so viel Kuchen und Bratäpfel bekamen, wie man heranschaffen konnte, gab sie ihnen nur Sand in einer Teetasse und sagte, sie könnten so tun, als wäre das etwas.

Die Woche drauf gab sie die kleine Schwester Elisa aufs Land zu Bauersleuten, und es dauerte nicht lange, da hatte sie dem König so viel über die armen Prinzen eingeredet, daß er sich gar nichts mehr aus ihnen machte.

„Fliegt ihr nur in die Welt hinaus und schlagt euch allein durch!" sagte die böse Königin; „fliegt als große Vögel ohne Stimme!" Aber sie konnte es nun doch nicht so arg treiben, wie sie gern gewollt hätte; sie wurden elf wunderbare wilde Schwäne. Mit einem sonderbaren Schrei flogen sie zu den Schloßfenstern hinaus über den Park und den Wald.

Es war noch ganz früh am Morgen, als sie dort vorüberkamen, wo die Schwester Elisa in der Stube des Bauern lag und schlief; hier schwebten sie über das Dach hinweg, drehten ihre langen Hälse und schlugen mit den Fittichen, aber niemand hörte oder sah es! Sie mußten wieder weiter, hoch zu den Wolken empor, weit in die weite Welt hinaus, dort flogen sie in einen großen, dunklen Wald hinein, der sich bis zum Strand erstreckte.

Die arme kleine Elisa stand in der Stube des Bauern und spielte mit einem grünen Blatt, ein anderes Spielzeug hatte sie nicht; und sie machte ein Loch ins Blatt, schaute hindurch zur Sonne auf, und da war es ihr so, als sähe sie die hellen Augen ihrer Brüder, und jedesmal, wenn die warmen Sonnenstrahlen auf ihre Wange schienen, dachte sie an alle ihre Küsse.

Ein Tag verging ganz wie der andere. Wehte der Wind durch die hohen Rosenhecken vor dem Hause, dann flüsterte er den Rosen zu: „Wer ist wohl schöner als ihr?" Aber die Rosen schüttelten die Köpfe und sagten: „Das ist Elisa!" Und saß die alte Frau sonntags in der Tür und las in ihrem Kirchengesangbuch, dann wandte der Wind die Blätter um und sagte zu dem Buch: „Wer ist wohl frömmer als du?" – „Das ist Elisa!" sagte das Liederbuch, und was die Rosen und das Liederbuch sagten, war die lautere Wahrheit.

Als sie fünfzehn Jahre alt war, sollte sie nach Hause kommen; und als die Königin sah, wie schön sie war, wurde sie ihr gram und haßte sie; am liebsten hätte sie sie in einen wilden Schwan verwandelt, ebenso wie die Brüder, aber daß getraute sie sich nicht sogleich, da ja der König seine Tochter sehen wollte.

In früher Morgenstunde ging die Königin ins Bad, es war aus Marmor erbaut und mit weichen Pfühlen und den schönsten Decken ausgeschmückt, und sie nahm drei Kröten, drückte ihnen einen Kuß auf und sagte zu der einen: „Setz dich auf Elisas Kopf, wenn sie ins Bad kommt, damit sie so stumpf wird wie du! – Setz dich auf ihre Stirn“, sagte sie zu der anderen, „daß sie garstig wird wie du, so daß ihr Vater sie nicht erkennt! – Ruhe an ihrem Herzen“, flüsterte sie der dritten zu, „laß sie ein böses Gemüt bekommen, so daß sie dadurch Qualen leidet!“ Dann setzte sie die Kröten in das klare Wasser, das sofort eine grünliche Farbe annahm, rief nach Elisa, entkleidete sie und ließ sie ins Wasser steigen, und als sie tauchte, setzte sich die eine Kröte in ihr Haar, die zweite auf ihre Stirn und die dritte auf die Brust, aber Elisa schien es gar nicht zu merken; als sie sich aufrichtete, schwammen drei rote Mohnblüten auf dem Wasser; wären die Tiere nicht giftig gewesen und von der Hexe geküßt worden, dann wären sie in rote Rosen verwandelt worden, aber Blumen wurden sie immerhin, weil sie auf ihrem Kopf und an ihrem Herzen geruht hatten; sie war zu fromm und unschuldsvoll, als daß der Zauber Macht über sie gewinnen konnte.

Als die böse Königin das sah, rieb sie sie mit Walnußsaft ein, so daß sie ganz schwarzbraun wurde, strich auf das schöne Antlitz eine stinkende Salbe und ließ das herrliche Haar sich verfilzen. Es war unmöglich, die schöne Elisa wiederzuerkennen.

Als daher ihr Vater sie sah, erschrak er sehr und sagte, dies sei nicht seine Tochter; auch wollte niemand sonst sie erkennen, außer dem Kettenhund und den Schwalben, aber das waren arme Tiere, und die hatten nichts zu sagen.

Da weinte die arme Elisa und dachte an ihre elf Brüder, die alle fort waren. Traurig schlich sie sich aus dem Schloß, ging den ganzen Tag über Feld und Moor in den großen Wald hinein. Sie wußte gar nicht, wo sie hin wollte, aber ihr war so trübselig zumute, und sie sehnte sich nach ihren Brüdern, sie waren gewiß auch wie sie in die Welt hinausgejagt worden, sie wollte sie suchen und finden.

Nur kurze Zeit war sie im Walde gewesen, als die Nacht hereinbrach; sie war ganz und gar von Weg und Steg abgekommen; da legte sie sich auf das weiche Moos, sprach ihr Abendgebet und lehnte den Kopf gegen einen Baumstumpf. Es war so still, die Luft war ganz mild, und ringsum im Gras und auf dem Moos funkelten wie ein grünes Feuer Hunderte von Johanniswürmchen. Als sie mit der Hand sacht einen der Zweige berührte, fielen die leuchtenden Insekten gleich Sternschnuppen auf sie nieder.

Die ganze Nacht träumte sie von ihren Brüdern; sie spielten wieder als Kinder, schrieben mit diamantenen Griffeln auf goldene Tafeln und besahen sich das wunderschöne Bilderbuch, das das halbe Reich gekostet hatte; aber auf die Tafel schrieben sie nicht wie früher nur Nullen und Striche, nein, die kühnsten Taten, die sie vollbracht hatten, alles, was sie erlebt und gesehen hatten; und im Bilderbuch war alles lebendig, die Vögel sangen, und die Menschen traten aus dem Buch heraus und redeten mit Elisa und ihren Brüdern, aber wenn sie die Seite umwandte, sprangen sie sofort wieder hinein, damit die Bilder nicht durcheinanderkämen.

Als sie erwachte, stand die Sonne schon ganz hoch; sie konnte sie allerdings nicht sehen, die hohen Bäume breiteten ihre Äste dicht und fest aus, aber die Strahlen schillerten dort draußen wie ein schwankendes goldenes Gespinst; es war da ein Duft von all dem Grün, und die Vögel wollten sich fast auf ihre Schultern setzen. Sie hörte das Wasser plätschern, hier waren viele große Quellen, die alle in einen Teich mündeten, wo der schönste Sandboden war. Allerdings wuchsen dichte Sträucher rundherum, aber an einer Stelle hatten die Hirsche eine große Lücke ausgetreten, und hier ging Elisa bis ans Wasser, das so klar war, daß sie, wenn der Wind nicht Äste und Sträucher berührt hätte, so daß sie sich bewegten, hätte meinen müssen, sie seien unten auf den Grund gemalt, so deutlich spiegelte sich dort jedes Blatt, ob nun die Sonne hindurchschien oder ob es ganz im Schatten lag.

Sobald sie ihr eigenes Gesicht sah, war sie sehr erschrokken, so braun und garstig war es, aber als sie ihre Hand naß machte und sich Augen und Stirn rieb, schimmerte die weiße Haut wieder hindurch; da legte sie alle ihre Kleider ab und ging in das frische Wasser hinaus; ein schöneres Königskind, als sie es war, gab es nicht auf dieser Welt.

Als sie wieder angezogen war und ihr langes Haar geflochten hatte, ging sie zu dem sprudelnden Quell, trank aus der hohlen Hand und wanderte tief in den Wald hinein, ohne selber zu wissen wohin. Sie dachte an ihre Brüder, dachte an den lieben Gott, der sie gewiß nicht verlassen würde; er ließ die wilden Holzäpfel wachsen, um den Hungrigen zu speisen, er zeigte ihr einen solchen Baum, die Äste strotzten von Früchten, hier hielt sie ihr Mittagsmahl, stellte Stützen unter die Äste und ging nun in den finstersten Teil des Waldes hinein. Hier war es so still, daß sie ihre eigenen Schritte hörte, jedes welke Blättchen hörte, das sich unter ihrem Fuß krümmte; hier war kein Vogel zu erblicken, kein Sonnenstrahl konnte durch das große, dichte Astwerk dringen; die hohen Stämme standen so nahe beieinander, daß es ihr, wenn sie geradeaus blickte, so vorkam, als ob ein Balkenzaun dicht hinter dem anderen sie rings umschlösse; oh, hier herrschte eine Einsamkeit, die sie nie zuvor gekannt hatte.

Die Nacht war ganz finster, kein einziges kleines Glühwürmchen leuchtete aus dem Moos, traurig legte sie sich nieder, um zu schlafen; da war es ihr, als teilten sich die Äste über ihr und als blickte der Herrgott mit milden Augen auf sie nieder; und Engel schauten über seinem Kopf und unter seinen Armen hervor.

Als sie morgens erwachte, wußte sie nicht, ob sie das geträumt hatte oder ob es wirklich so gewesen war.

Sie ging einige Schritte weiter, da begegnete sie einer alten Frau mit Beeren in ihrem Korb, die Alte schenkte ihr welche. Elisa fragte sie, ob sie nicht elf Prinzen durch den Wald habe reiten sehen.

„Nein“, sagte die Alte, „aber ich habe gestern elf Schwäne mit goldenen Kronen auf dem Kopfe hier in der Nähe den Bach hinunterschwimmen sehen!“

Und sie führte Elisa ein Stück weiter an einen Abhang; unterhalb von diesem wand sich ein Bach dahin; die Bäume an seinen Ufern streckten einander ihre langen, dicht belaubten Äste entgegen, und wo sie wegen ihres natürlichen Wuchses nicht zusammenkommen konnten, da hatten sie die Wurzeln aus dem Erdreich herausgerissen und neigten sich über das Wasser, die Äste ineinander verflochten.

Elisa verabschiedete sich von der Alten und ging am Bach entlang, bis an die Stelle, wo er zu dem großen, offenen Strand hinausfloß.

Das ganze herrliche Meer lag vor dem jungen Mädchen; aber nicht ein Segler erschien dort draußen, nicht ein Schiff war zu erblicken, wie sollte sie nur weiterkommen? Sie betrachtete die unzähligen Steinchen am Ufer, das Wasser hatte sie alle rund geschliffen. Glas, Eisen, Steine, alles, was hier angespült worden war, hatte seine Gestalt vom Wasser erhalten, das jedoch viel weicher war als ihre feine Hand. „Es rollt unermüdlich fort, und dadurch glättet sich das Harte; ich will ebenso unermüdlich sein! Ich danke euch für eure Lehre, ihr klaren, rollenden Wogen; dereinst, das sagt mir mein Herz, werdet ihr mich zu meinen lieben Brüdern bringen!“

Auf dem angespülten Tang lagen elf weiße Schwanenfedern; sie tat sie zu einem Strauß zusammen, Wassertropfen lagen auf ihnen, ob es Tau war oder Tränen, konnte niemand erkennen. Einsam war es am Strand, aber sie spürte es nicht; denn das Meer bot eine ewige Abwechslung, ja, in nur wenigen Stunden mehr, als die Süßwasserseen im Lande einem in einem ganzen Jahr zeigen konnten. Kam eine große schwarze Wolke, dann war es, als wollte die See sagen: „Ich kann auch finster aussehen.“ Und dann wehte der Wind, und die Wogen kehrten das Weiße nach oben; schimmerten aber die Wolken rot und der Wind schlummerte, dann war das Meer wie ein Rosenblatt; jetzt wurde es grün, dann weiß, aber wie still es auch dalag in seiner Ruhe, so war am Strande dennoch immer eine sanfte Bewegung; das Wasser hob sich leise wie die Brust eines schlafenden Kindes.

Als die Sonne im Untergehen war, sah Elisa elf wilde Schwäne mit goldenen Kronen auf dem Kopf dem Lande zufliegen, sie schwebten dahin, einer hinter dem anderen; es sah aus wie ein langes weißes Band. Da stieg Elisa den Abhang hinauf und verbarg sich hinter einem Busch; die Schwäne ließen sich in ihrer Nähe nieder und klatschten mit ihren großen, weißen Fittichen.

Kaum war die Sonne ins Meer gesunken, da fiel plötzlich das Schwanengefieder ab, und dort standen elf schöne Prinzen, Elisas Brüder. Sie stieß einen lauten Schrei aus; denn obwohl sie sich sehr verändert hatten, wußte sie, daß sie es waren, fühlte sie, daß sie es sein mußten; und sie lief in ihre Arme, nannte sie beim Namen, und sie waren ganz glückselig, als sie ihre kleine Schwester sahen und wiedererkannten, die jetzt so groß und wunderschön war. Sie lachten, und sie weinten, und bald waren sie sich darüber einig, wie böse ihre Stiefmutter gegen sie alle gewesen war.

„Wir Brüder“, sagte der Älteste, „fliegen als wilde Schwäne, solange die Sonne am Himmel steht; wenn sie untergegangen ist, erhalten wir unsere menschliche Gestalt zurück; daher müssen wir immer darauf achtgeben, daß wir bei Sonnenuntergang Grund unter den Füßen haben; fliegen wir dann nämlich oben unter den Wolken, müssen wir als Menschen in die Tiefe stürzen. Hier wohnen wir nicht, jenseits des Meeres liegt ein ebenso schönes Land wie dieses, aber der Weg dorthin ist weit, wir müssen über das große Meer, und es gibt keine Insel auf unserem Wege, wo wir übernachten könnten, nur ein einsamer kleiner Fels ragt mitten aus dem Wasser dort draußen empor; der ist nicht größer, als daß wir dicht nebeneinander darauf rasten könnten; ist starker Seegang, dann spritzt das Wasser hoch über uns hinweg; aber dennoch danken wir unserem Herrgott dafür. Dort übernachten wir in unserer menschlichen Gestalt, ohne diesen Fels könnten wir niemals unser liebes Vaterland wiedersehen, denn zwei der längsten Tage des Jahres brauchen wir für unseren Flug. Nur einmal im Jahr ist es uns vergönnt, unsere Heimat zu besuchen, elf Tage dürfen wir hierbleiben, über diesen großen Wald hinfliegen, von wo wir das Schloß erblicken können, in dem wir geboren sind und in dem unser Vater wohnt, von wo wir den hohen Turm der Kirche sehen können, bei der unsere Mutter begraben liegt. – Hier finden wir, daß Bäume und Sträucher mit uns verwandt sind; hier laufen die wilden Pferde über die Ebenen, wie wir es in unserer Kindheit sahen; hier singt der Köhler die alten Lieder, nach denen wir als Kinder getanzt haben; hier ist unser Vaterland, hie zieht es uns her, und hier haben wir dich gefunden, du liebes Schwesterlein! Noch zwei Tage dürfen wir hierbleiben, dann müssen wir fort übers Meer in ein schönes Land, das aber nicht unser Vaterland ist! Wie können wir dich mitnehmen? Wir haben weder Schiff noch Boot!"

„Wie kann ich euch nur erlösen?" sagte die Schwester.

Und sie redeten fast die ganze Nacht miteinander, nur wenige Stunden wurde geschlummert.

Elisa erwachte beim Geräusch der Schwanenflügel, die über sie hinwegrauschten. Die Brüder waren wieder verwandelt, und sie flogen in großen Kreisen und zuletzt weit fort, aber einer von ihnen, der jüngste, blieb da; und der Schwan legte seinen Kopf auf ihren Schoß, und sie streichelte seine weißen Fittiche; den ganzen Tag waren sie zusammen. Gegen Abend kamen die anderen zurück, und als die Sonne weg war, standen sie in ihrer natürlichen Gestalt da.

„Morgen fliegen wir von hier fort, dürfen erst nach einem ganzen Jahr zurückkehren, aber dich können wir nicht einfach so verlassen! Hast du den Mut mitzukommen? Mein Arm ist stark genug, dich durch den Wald zu tragen, sollten dann nicht unser aller Flügel so stark sein, daß wir mit dir übers Meer fliegen können?"

„Ja, nehmt mich mit!" sagte Elisa.

Die ganze Nacht brachte sie damit zu, ein Netz aus der biegsamen Weidenrinde und dem zähen Schilf zu flechten, und es wurde groß und kräftig; auf dieses Netz legte sich Elisa, und als nun die Sonne aufging und die Brüder in wilde Schwäne verwandelt wurden, ergriffen sie das Netz mit ihren Schnäbeln und flogen mit der lieben Schwester, die noch schlief, hoch zu den Wolken empor. Die Sonnenstrahlen fielen auf ihr Gesicht; daher flog einer der Schwäne über ihrem Kopf, damit seine breiten Flügel Schatten spenden konnten.

Sie waren weit vom Land entfernt, als Elisa erwachte; sie meinte noch zu träumen, so seltsam kam es ihr vor, hoch in den Lüften über das Meer getragen zu werden. Neben ihr lagen ein Zweig mit köstlichen, reifen Beeren und ein Bund wohlschmeckender Wurzeln; die hatte der jüngste von den Brüdern gesammelt und neben sie gelegt, und sie lächelte ihm dankbar zu, denn sie merkte, er war es, der dicht über ihrem Kopfe flog und mit den Flügeln Schatten spendete.

Sie waren so hoch oben, daß das erste Schiff, welches sie unter sich sahen, wie eine weiße Möwe wirkte, die auf dem Wasser lag. Eine große Wolke stand hinter ihnen, es war ein ganzer Berg, und auf dieser sah Elisa ihren eigenen Schatten und die der elf Schwäne, die so riesengroß dahinflogen. Es war ein Gemälde, prächtiger, als sie jemals eines gesehen hatte. Als aber die Sonne allmählich höher stieg und die Wolke hinter ihnen zurückblieb, verschwand das schwebende Schattenbild.

Den ganzen Tag flogen sie wie ein sausender Pfeil durch die Lüfte, aber trotzdem ging es langsamer als sonst, da sie jetzt die Schwester zu tragen hatten. Ein Unwetter zog herauf, der Abend kam näher; voller Bangen sah Elisa die Sonne sinken, und noch war der einsame Fels im Meer nicht zu erblicken. Es kam ihr so vor, als ob die Schwäne stärker mit den Flügeln schlugen. Ach! es war ihre Schuld, daß sie nicht schnell genug vorwärts kamen; wenn die Sonne weg war, dann würden sie zu Menschen werden, ins Meer stürzen und ertrinken. Da betete sie aus tiefstem Herzen zum Herrgott, aber noch sah sie keinen Felsen. Die schwarze Wolke kam näher, die starken Windstöße kündeten Sturm an, die Wolken wirkten wie eine einzige, große drohende Woge, die sich, so fest wie Blei, vorwärts schob; Blitz auf Blitz flammte auf.

Jetzt war die Sonne dicht am Rande des Meeres. Elisas Herz bebte; da schossen die Schwäne nach unten, so schnell, daß sie zu fallen meinte; aber nun schwebten sie wieder, die Sonne war halb ins Meer gesunken; da erst erkannte sie den kleinen Fels unter sich, er sah nicht größer aus als ein Seehund, der den Kopf aus dem Wasser steckt. Die Sonne sank sehr schnell, jetzt war sie nur wie ein Stern; da berührte Elisas Fuß festen Boden, die Sonne erlosch gleich dem letzten Funken von brennendem Papier; Arm in Arm sah sie die Brüder um sich herum stehen; aber mehr Platz als nur gerade für sie und die Brüder war auch nicht da. Die See schlug gegen den Fels und ging wie ein Regenschauer über sie hinweg, der Himmel leuchtete wie ein ständig loderndes Feuer, und der Donner grollte Schlag auf Schlag; aber die Schwester und die Brüder hielten einander an den Händen und sangen ein Kirchenlied, aus dem sie Trost und Mut schöpften.

In der Morgendämmerung war die Luft rein und still; sobald die Sonne aufstieg, flogen die Schwäne mit Elisa von der Insel fort. Das Meer war noch immer stark bewegt; und als sie hoch oben in der Luft waren, sah es so aus, als wäre der weiße Gischt auf der schwarzgrünen See Millionen von Schwänen, die auf dem Wasser schwammen.

Als die Sonne höher stieg, sah Elisa vor sich, halb in der Luft schwebend, ein Gebirgsland mit glitzernden Eismassen auf den Bergen, und mitten darauf erstreckte sich ein Schloß, das sicher viele Meilen lang war, mit kühnen Säulengängen, einer über dem anderen; unten schwankten Palmenhaine und Prachtblumen, groß wie Mühlräder. Sie fragte, ob dies das Land sei, zu dem sie hin sollte, aber die Schwäne schüttelten den Kopf, denn was sie sah, war das herrliche, immer wechselnde Wolkenschloß der Fata Morgana. Dort hinein durften sie keinen Menschen bringen. Elisa starrte es an; da stürzten Berge, Wälder und Schloß ein, und nun standen zwanzig stolze Kirchen da, alle einander gleich, mit hohen Türmen und spitzen Fenstern. Sie meinte die Orgel tönen zu hören, aber es war das Meer, welches sie hörte. Jetzt war sie ganz nahe bei den Kirchen, da verwandelten sich diese in eine ganze Flotte, die unter ihr dahinsegelte. Sie blickte nieder, und es war nichts als Meeresdunst, der über das Wasser hintrieb. Ja, einen ewigen Wechsel hatte sie vor Augen, und nun sah sie das richtige Land, in das sie wollten. Dort erhoben sich die schönen blauen Berge mit Zedernwäldern, Städten und Schlössern. Lange bevor die Sonne unterging, saß sie auf dem Berg vor einer großen Höhle, die mit feinen grünen Schlingpflanzen überwachsen war; es sah aus, als wären es gestickte Decken.

„Nun wollen wir sehen, was du heute nacht hier träumst!" sagte der jüngste Bruder und zeigte ihr ihr Schlafgemach.

„Wenn ich doch nur träumen wollte, wie ich euch erlösen kann!" sagte sie, und dieser Gedanke beschäftigte sie sehr lebhaft. Sie bat Gott innig um seine Hilfe, ja, selbst im Schlafe fuhr sie in ihrem Gebet fort; da war es ihr so, als flöge sie hoch in die Lüfte hinauf, zum Wolkenschloß der Fata Morgana, und die Fee kam ihr entgegen, so schön und leuchtend; und dennoch glich sie ganz der alten Frau, die ihr im Walde Beeren geschenkt und ihr von den Schwänen mit den goldenen Kronen erzählt hatte.

„Deine Brüder können erlöst werden!" sagte sie. „Aber hast du Mut und Ausdauer? Zwar ist das Meer weicher als deine feinen Hände und formt dennoch die harten Steine um, aber es empfindet nicht den Schmerz, wie ihn deine Finger empfinden würden; es hat kein Herz, leidet nicht die Angst und Qual, die du ertragen mußt. Siehst du diese Brennessel, die ich in meiner Hand halte? Davon wachsen viele rund um die Höhle, in der du schläfst; nur diese dort und die, welche auf den Gräbern des Kirchhofs sprießen, sind brauchbar, das merke dir. Du mußt sie pflücken, obwohl sie dir Blasen auf deine Haut brennen; brich die Nesseln mit deinen Füßen, da erhältst du Flachs; aus diesem mußt du elf Panzerhemden zwirnen und stricken, mit langen Ärmeln, wirf diese über die elf wilden Schwäne, dann ist der Zauber gebrochen. Aber denke immer daran, von dem Augenblick, da du diese Arbeit beginnst und bis sie vollbracht ist, und wenn inzwischen Jahre hingehen, darfst du nicht sprechen; das erste Wort, welches du sprichst, fährt als ein tötender Dolch durch das Herz deiner Brüder; an deiner Zunge hängt ihr Leben. Dies alles merke dir!"

Und im selben Augenblick berührte sie ihre Hand mit der Nessel; die war wie loderndes Feuer. Elisa erwachte davon. Es war hellichter Tag, und dicht neben dem Platz, wo sie geschlafen hatte, lag eine Nessel wie jene, die sie im Traum gesehen hatte. Da fiel sie auf ihre Knie nieder, dankte dem Herrgott und ging aus der Höhle, um mit ihrer Arbeit zu beginnen.

Mit den feinen Händen griff sie in die häßlichen Nesseln, sie waren wie Feuer; große Blasen brannten sie ihr auf Hände und Arme, aber gern wollte sie das erdulden, könnte sie ihre lieben Brüder erlösen. Sie brach jede Nessel mit ihren nackten Füßen und zwirnte den grünen Flachs.

Als die Sonne untergegangen war, kamen die Brüder, und sie erschraken, als sie sie so stumm fanden; sie glaubten, es sei ein neuer Zauber von der bösen Stiefmutter; als sie aber ihre Hände sahen, begriffen sie, was sie um ihretwillen tat, und der jüngste Bruder weinte, und wo seine Tränen hinfielen, da empfand sie keine Schmerzen, da gingen die brennenden Blasen weg.

Die Nacht brachte sie mit ihrer Arbeit zu, denn sie hatte keine Ruhe, bis sie nicht die lieben Brüder erlöst hatte; den ganzen folgenden Tag, während die Schwäne fort waren, saß sie in ihrer Einsamkeit, aber nie war ihr die Zeit so schnell verflogen. Ein Panzerhemd war schon fertig, nun fing sie das nächste an.

Da erklangen Jagdhörner zwischen den Bergen. Ihr wurde ganz bange; der Ton kam näher, sie hörte Hunde bellen; erschrocken zog sie sich in die Höhle zurück, band die Nesseln, die sie gesammelt und gehechelt hatte, zu einem Bündel zusammen und setzte sich darauf.

Plötzlich kam ein großer Hund aus dem Gebüsch gesprungen und gleich noch einer und wieder einer: sie bellten laut, liefen zurück und kamen wieder zum Vorschein. Es dauerte nur wenige Minuten, da standen alle Jäger draußen vor der Höhle, und der schönste unter ihnen war der König des Landes, er trat auf Elisa zu, nie hatte er ein schöneres Mädchen gesehen.

„Wo bist du hergekommen, du liebliches Kind!" sagte er. Elisa schüttelte den Kopf, sie durfte ja nicht sprechen, es galt ihrer Brüder Rettung und Leben; und sie versteckte ihre Hände unter der Schürze, auf daß der König nicht sähe, was sie leiden mußte.

„Komm mit mir!" sagte er, „hier darfst du nicht bleiben! Bist du so gut, wie du schön bist, so will ich dich in Samt und Seide kleiden, dir die goldene Krone aufs Haupt setzen, und du sollst in meinem reichsten Schloß Wohnung und Heimat finden!" – Und damit hob er sie auf sein Roß; sie weinte, rang die Hände, aber der König sagte: „Ich will nur dein Glück! Dereinst wirst du mir dafür Dank sagen!" und dann sauste er zwischen den Bergen von dannen und hielt sie vorn auf seinem Rosse fest, und die Jäger trabten hinterdrein.

Als die Sonne unterging, lag die prächtige Königsstadt mit Kirchen und Kuppeln vor ihnen, und der König führte

sie aufs Schloß, wo in den hohen Marmorsälen große Springbrunnen plätscherten, wo an den Wänden und Dekken Gemälde prangten, aber sie hatte kein Auge dafür, sie weinte und trauerte; willenlos ließ sie sich von den Frauen königliche Kleider anziehen, Perlen ins Haar flechten und feine Handschuhe über die verbrannten Finger ziehen.

Wie sie dastand in all ihrer Pracht, war sie so blendend schön, daß der Hof sich noch tiefer vor ihr verneigte und der König sie zu seiner Braut erkor, obwohl der Erzbischof den Kopf schüttelte und flüsterte, das schöne Waldmädchen sei gewiß eine Hexe, sie blende die Augen und betöre das Herz des Königs.

Aber der König hörte nicht darauf, ließ die Musik erschallen, die köstlichsten Speisen auftragen, die anmutigsten Mädchen sie umtanzen, und sie wurde durch duftende Gärten in prächtige Säle geführt; aber kein Lächeln trat auf ihre Lippen oder in ihre Augen, das Leid stand da zu lesen als ewiges Erbteil und Eigen. Jetzt öffnete der König ein kleines Gemach dicht daneben, wo sie schlafen sollte; es war mit kostbaren grünen Teppichen geschmückt und glich ganz und gar der Höhle, in der sie gewesen war; auf dem Fußboden lag das Bündel Flachs, das sie aus den Nesseln gesponnen hatte, und unter der Decke hing das Panzerhemd, das fertiggestrickt war; all dies hatte einer der Jäger als etwas Kurioses an sich genommen.

„Hier kannst du dich in deine ehemalige Wohnung zurückträumen!“ sagte der König. „Hier ist die Arbeit, die dich dort in Anspruch genommen hat; nun, inmitten all deiner Pracht, wird es dir Spaß machen, an jene Zeit zurückzudenken.“

Als Elisa das sah, was ihrem Herzen so nahestand, zuckte ein Lächeln um ihren Mund, und das Blut kehrte in ihre Wangen zurück; sie dachte an die Erlösung ihrer Brüder, küßte des Königs Hand, und er drückte sie ans Herz und ließ alle Kirchenglocken das Hochzeitsfest verkünden. Das liebliche stumme Mädchen aus dem Walde war die Königin des Landes.

Da flüsterte der Erzbischof dem König böse Worte ins

Ohr, die drangen jedoch nicht bis ins Herz hinein, die Hochzeit sollte stattfinden, der Erzbischof selber mußte ihr die Krone aufs Haupt setzen, und er drückte mit böser Absicht den schmalen Reif fest auf ihre Stirn nieder, so daß es weh tat; um ihr Herz jedoch lag ein schwererer Reif, der Kummer um ihre Brüder; sie fühlte nicht die körperliche Pein. Ihr Mund war stumm, ein einziges Wort würde ja ihre Brüder das Leben kosten, aber in ihren Augen lag eine tiefe Liebe zu dem guten, schönen König, der alles tat, um sie zu erfreuen. Aus tiefstem Herzen war sie ihm gut, von Tag zu Tag mehr; oh, wenn sie sich ihm doch nur anvertrauen dürfte, ihm von ihrem Leid erzählen! aber stumm mußte sie sein, stumm mußte sie ihr Werk vollbringen. Darum schlich sie nachts von seiner Seite fort, ging in das kleine Kämmerlein, das hergerichtet war wie die Höhle, und sie strickte ein Panzerhemd nach dem anderen fertig; als sie aber das siebente anfing, hatte sie keinen Flachs mehr.

Auf dem Kirchhof, das wußte sie, wuchsen die Nesseln, die sie brauchte, aber sie mußte sie selber pflücken; wie sollte sie dort hinauskommen!

„Oh, was ist der Schmerz in meinen Fingern gegen die Qual, die mein Herz erleidet!" dachte sie, „ich muß es wagen! Der Herrgott wird seine Hand nicht von mir abziehen!" Mit einer Herzensangst, als wäre es eine böse Tat, die sie vorhatte, schlich sie in der mondhellen Nacht in den Garten, ging durch die langen Alleen, auf die einsamen Straßen hinaus bis zum Kirchhof. Dort sah sie auf einem der breitesten Grabsteine einen Kreis von Lamien sitzen, garstige Hexen, die zogen ihre Lumpen aus, als wollten sie baden, und dann gruben sie mit den langen, dürren Fingern in den frischen Gräbern, holten die Leichen heraus und fraßen deren Fleisch. Elisa mußte dicht an ihnen vorbei, und sie hefteten ihre bösen Augen auf sie, aber sie betete nur, sammelte die brennenden Nesseln und trug sie heim aufs Schloß.

Nur ein einziger Mensch hatte sie erspäht, der Erzbischof, er war auf, wenn die anderen schliefen; nun hatte er doch recht behalten in dem, was er vermutete: daß mit der Königin nicht alles so war, wie es sein sollte; sie war eine Hexe, deshalb hatte sie den König und das ganze Volk betört.

Im Beichtstuhl erzählte er dem König, was er gesehen hatte und was er befürchtete, und als die harten Worte von seiner Zunge kamen, schüttelten die geschnitzten Heiligenbilder die Köpfe, als wollten sie sagen: „Es ist nicht an dem, Elisa ist unschuldig!“ Aber der Erzbischof legte es anders aus, meinte, sie zeugten gegen sie, sie schüttelten die Köpfe wegen ihrer Sünde. Da rollten zwei schwere Tränen über des Königs Wangen, er ging nach Hause mit Zweifeln in seinem Herzen; und nachts tat er so, als schliefe er, aber es kam kein ruhiger Schlaf in seine Augen, er merkte, wie Elisa aufstand, und allnächtlich wiederholte sie dies, und jedesmal folgte er leise hinterdrein und sah, daß sie in ihrem Kämmerlein verschwand.

Von Tag zu Tag wurde seine Miene finsterer. Elisa sah es, begriff aber nicht, weshalb, aber es flößte ihr Angst ein, und wie litt sie doch in ihrem Herzen um der Brüder willen! Auf den königlichen Samt und Purpur rannen ihre salzigen Tränen, sie lagen darauf wie glitzernde Diamanten, und alle, die die reiche Pracht schauten, wünschten sich, Königin zu sein. Bald war sie indessen mit ihrer Arbeit am Ende, nur noch ein Panzerhemd fehlte; aber Flachs hatte sie auch nicht mehr und keine einzige Nessel. Einmal, nur dieses letzte Mal, mußte sie daher auf den Kirchhof hinaus und einige Handvoll pflücken. Sie dachte voll Angst an die einsame Wanderung und an die schrecklichen Lamien; aber ihr Wille war fest wie ihr Vertrauen zum Herrgott.

Elisa ging, aber der König und der Erzbischof folgten ihr, sie sahen sie beim Gittertor auf den Kirchhof verschwinden, und als sie sich diesem näherten, saßen auf dem Grabstein die Lamien, wie Elisa sie gesehen hatte, und der König wandte sich ab; denn er meinte, daß die, deren Kopf noch an diesem Abend an seiner Brust geruht hatte, eine von ihnen wäre.

„Das Volk muß sie richten!" sagte er, und das Volk richtete, sie solle in den roten Flammen verbrannt werden.

Von den prächtigen Königssälen wurde sie in ein dunkles, feuchtes Loch geführt, wo der Wind durch das vergitterte Fenster hereinpfiff; an Stelle von Samt und Seide gaben sie ihr das Bündel Nesseln, das sie gesammelt hatte, darauf mochte sie ihren Kopf legen; die harten, brennenden Panzerhemden, die sie gestrickt hatte, sollten das Bett und die Decke sein, aber nichts Lieberes konnten sie ihr gewähren, sie nahm ihre Arbeit wieder auf und betete zu ihrem Herrgott. Draußen sangen die Straßenjungen Spottlieder auf sie; keine Seele spendete ihr mit einem liebevollen Worte Trost.

Da rauschte gegen Abend dicht am Gitter ein Schwanenfittich, es war der jüngste der Brüder, er hatte die Schwester gefunden; und sie schluchzte laut vor Freude, obwohl sie wußte, daß die Nacht, die jetzt kam, möglicherweise die letzte war, die sie zu leben hatte; aber nun war ja die Arbeit auch fast vollbracht, und ihre Brüder waren hier.

Der Erzbischof kam, um die letzte Stunde bei ihr zu verbringen, das hatte er dem König versprochen, aber sie schüttelte den Kopf, bat ihn mit Blicken und Mienen, er möge gehen; in dieser Nacht mußte sie ja ihre Arbeit vollenden, sonst wäre alles nutzlos gewesen, alles, Schmerz, Tränen und die schlaflosen Nächte; der Erzbischof ging fort und gab ihr böse Worte, aber die arme Elisa wußte, sie war unschuldig, und setzte ihre Arbeit fort.

Die Mäuslein liefen auf dem Erdboden herum, sie schleppten die Nesseln bis vor ihre Füße, um immerhin ein wenig zu helfen, und die Drossel setzte sich neben das Gitter des Fensters und sang die ganze Nacht, so lustig sie konnte, damit sie den Mut nicht verlöre.

Es war noch im Morgengrauen, erst in einer Stunde würde die Sonne aufgehen, da standen die elf Brüder am Tor des Schlosses und forderten, vor den König geführt zu werden; das könne nicht geschehen, war die Antwort, es sei ja noch Nacht, der König schlafe und dürfe nicht geweckt werden. Sie baten, sie drohten, die Wache kam, ja, selbst der König trat heraus und fragte, was dies zu bedeuten habe; da kam im selben Augenblick die Sonne heraus, und es waren keine Brüder mehr zu sehen, aber über das Schloß flogen elf weiße Schwäne dahin.

Zum Stadttor hinaus strömte das ganze Volk, es wollte sehen, wie die Hexe verbrannt wurde. Ein elender Gaul zog den Karren, auf dem sie saß; man hatte ihr einen Kittel aus grobem Sackleinen angezogen; ihr wunderbares langes Haar hing aufgelöst um den schönen Kopf, ihre Wangen waren totenblaß, ihre Lippen bewegten sich sacht, während die Finger den grünen Flachs zwirnten; nicht einmal auf dem Wege zu ihrem Tod legte sie die angefangene Arbeit nieder, die zehn Panzerhemden lagen zu ihren Füßen, an dem elften strickte sie; der Pöbel höhnte ihrer.

„Seht die Hexe, wie sie murmelt! Kein Gesangbuch hat sie in Händen, nein, sie sitzt da mit ihrem leidigen Gaukelspiel, reißt es ihr fort und zerfetzt es in tausend Stücke!"

Und sie drängten sich alle um sie und wollten es zerreißen; da kamen elf weiße Schwäne geflogen, sie setzten sich auf dem Karren rund um sie herum und schlugen mit ihren großen Fittichen. Da wich der Haufe voller Grauen zurück.

„Dies ist ein Zeichen des Himmels! Sie ist sicher unschuldig!" flüsterten viele, aber sie wagten es nicht laut zu sagen.

Nun nahm der Henker sie bei der Hand, da warf sie schleunigst die elf Hemden über die Schwäne, und es standen elf wunderherrliche Prinzen da, aber der jüngste hatte einen Schwanenflügel an Stelle seines einen Armes, denn es fehlte ein Ärmel an seinem Panzerhemd, den hatte sie nicht fertigbekommen.

„Nun darf ich sprechen!" sagte sie. „Ich bin unschuldig!"

Und das Volk, welches sah, was da geschehen war, verneigte sich vor ihr wie vor einer Heiligen, aber sie sank den Brüdern leblos in die Arme, so hatten Spannung, Angst und Schmerz auf sie gewirkt.

„Ja, unschuldig ist sie!" sagte der älteste Bruder, und nun berichtete er alles, was geschehen war, und während er sprach, verbreitete sich ein Duft wie von Millionen Rosen, denn jeder Holzscheit auf dem Scheiterhaufen hatte Wurzeln geschlagen und Reiser getrieben, da stand ein duftender Strauch, ganz hoch und breit, mit roten Rosen daran; zuoberst saß eine Blüte, weiß und glänzend, die leuchtete wie ein Stern; die brach der König und heftete sie auf Elisas Brust, da erwachte sie mit Frieden und Glückseligkeit in ihrem Herzen.

Und die Kirchenglocken läuteten alle von selbst, und die Vögel kamen in großen Schwärmen; es war ein Hochzeitszug zum Schloß zurück, wie ihn noch kein König je gesehen hatte.

Der Paradiesgarten

Es war einmal ein Königssohn, keiner hatte so viele und so schöne Bücher wie er; alles, was in dieser Welt geschehen war, konnte er in ihnen lesen und auf prächtigen Bildern sehen. Über jedes Volk und jedes Land gaben sie Bescheid, wo aber der Paradiesgarten zu finden war, darüber stand da nicht ein Wort; und gerade der war es, an den er am meisten dachte.

Seine Großmutter hatte ihm erzählt, als er noch ganz klein war, aber mit der Schule anfangen sollte, daß jede Blume im Paradiesgarten der süßeste Kuchen sei, die Staubfäden der feinste Wein; auf einer stand Geschichte, auf einer anderen Geographie oder das Einmaleins, man brauchte nur Kuchen zu essen, dann konnte man seine Aufgabe; je mehr man aß, desto mehr nahm man an Geschichte, Geographie oder dem Einmaleins in sich auf.

Das glaubte er damals; als er aber größer wurde, mehr lernte und viel gescheiter wurde, erkannte er, daß es eine viel größere Herrlichkeit im Paradiesgarten geben müsse.

„Oh, weshalb hat Eva nur vom Baum der Erkenntnis gepflückt, weshalb aß Adam von der verbotenen Frucht! Das hätte ich sein sollen, dann wäre es nicht geschehen! Niemals wäre die Sünde in die Welt gekommen!"

Das sagte er damals, und das sagte er noch, als er siebzehn Jahre alt war! Der Paradiesgarten erfüllte sein ganzes Denken.

Eines Tages erging er sich im Wald; er war allein, denn daran hatte er die meiste Freude.

Der Abend kam, die Wolken zogen sich zusammen, es kam ein Regen, als wäre der ganze Himmel eine einzige Schleuse, aus der die Wasser stürzten; es war so finster, wie es sonst nur des Nachts im tiefsten Brunnen ist. Bald rutschte er im nassen Gras aus, bald fiel er über die glatten Steine, die aus dem Felsgrund aufragten. Alles troff von Wasser, der arme Prinz hatte keinen trockenen Faden mehr am Leibe. Er mußte über große Gesteinsblöcke klettern, wo das Wasser aus dem hohen Moose quoll. Er war nahe daran umzusinken, da vernahm er ein wunderliches Sausen, und vor sich sah er eine große, erleuchtete Höhle. Mittendrin loderte ein Feuer, daß man einen Hirsch daran braten konnte, und das wurde auch getan; der prachtvollste Hirsch mit seinen hohen Geweihspitzen stak auf einem Spieß und wurde zwischen zwei umgehauenen Tannenbäumen langsam herumgedreht. Eine ältliche Frau, groß und stark, als wäre sie ein verkleidetes Mannsbild, saß am Feuer und warf ein Stück Holz nach dem anderen hinein.

„Komm du nur näher!" sagte sie. „Setz dich ans Feuer, damit deine Kleider trocknen können!"

„Hier zieht es gewaltig!" sagte der Prinz und setzte sich auf den Erdboden.

„Das wird noch schlimmer, wenn meine Söhne nach Hause kommen!" antwortete die Frau. „Du bist hier in der Höhle der Winde, meine Söhne sind die vier Winde der Welt. Kannst du das verstehen?"

„Wo sind deine Söhne?" fragte der Prinz.

„Ja, ja es ist nicht leicht, eine Antwort zu geben, wenn man dumm gefragt wird!" sagte die Frau. „Meine Söhne sind selbständig, die spielen Treibeball mit den Wolken dort oben in der großen Stube!" und dann zeigte sie in die Luft.

„Ah, so!" sagte der Prinz. „Ihr sprecht im übrigen ziemlich barsch und seid nicht so sanft wie die Frauenzimmer, die ich sonst um mich sehe!"

„Ja, die haben wohl auch nichts weiter zu tun! Ich muß hart sein, wenn ich meine Jungen im Zaum halten will! Aber das kann ich, wenn sie auch steife Nacken haben! Siehst du die vier Säcke, die dort an der Wand hängen? Vor denen sind sie ebenso bange, wie du es vor der Rute hinterm Spiegel warst. Ich kann die Jungen zusammenbiegen, sage ich dir, und dann kommen sie in den Sack; da machen wir keine Umstände! Da sitzen sie dann und dürfen sich so lange nicht draußen herumtreiben, wie ich es für gut befinde. – Aber da haben wir den einen!"

Es war der Nordwind, der mit eisiger Kälte eintrat, große Hagelkörner hüpften über den Erdboden, und die Schneeflocken stöberten rundum. Er hatte Bärenfellhosen und ein ebensolches Wams an; eine Kappe aus Seehundsfell ging ihm ganz über die Ohren; lange Eiszapfen hingen ihm im Bart, und ein Hagelkorn nach dem anderen kullerte ihm von seinem Wamskragen herunter.

„Gehen Sie nicht gleich ans Feuer", sagte der Prinz. „Sie bekommen so leicht Frost im Gesicht und an den Händen!"

„Frost!" sagte der Nordwind und lachte ganz laut. „Frost! das ist just mein größtes Vergnügen! Was bist du denn aber für ein Spinnenbein? Wie kommst du in die Höhle der Winde?"

„Er ist mein Gast!" sagte die Alte, „und bist du mit dieser Erklärung nicht zufrieden, dann wirst du in den Sack gesteckt! Nun weißt du meine Meinung!"

Siehe da, das half, und der Nordwind berichtete, wo er herkam und wo er fast einen ganzen Monat lang gewesen war.

„Vom Polarmeer komme ich!" sagte er. „Ich bin auf der Bäreninsel gewesen, mit den russischen Walroßfängern. Ich habe oben auf der Ruderpinne gesessen und geschlafen, als sie vom Nordkap wegsegelten! Wenn ich zwischendurch ein wenig wach wurde, flog mir der Sturmvogel um die Beine! Das ist ein komischer Vogel, der macht einen schnellen Schlag mit den Flügeln, und dann hält er sie regungslos ausgestreckt und hat trotzdem genügend Geschwindigkeit!"

„Sei nun bloß nicht so weitschweifig!" sagte die Mutter der Winde. „Und dann bist du zur Bäreninsel gekommen!"

„Es ist wunderbar! Das ist ein Tanzboden, flach wie ein Teller! Halb geschmolzener Schnee mit Moos, scharfe Steine und die Gerippe von Walrossen und Eisbären lagen da herum, die sahen aus wie die Arme und Beine von Riesen, mit schimmeligem Grün bedeckt. Man sollte meinen, die Sonne habe nie auf sie geschienen. Ich blies ein bißchen in den Nebel hinein, damit man den Schuppen sehen konnte: es war ein Haus, aus Wrackteilen errichtet und mit Walroßhaut bespannt; die Fleischseite war nach außen gekehrt, die war ganz rot und grün; auf dem Dach saß ein lebendiger Eisbär und brummte. Ich ging zum Strand, sah mir die Vogelnester an, betrachtete die nackten Jungen, die schrien und den Rachen aufsperrten; da blies ich in die tausend Kehlen hinein, und sie lernten, den Schnabel zuzumachen. Ganz unten wälzten sich die Walrosse umeinander gleich lebendigen Eingeweiden oder Riesenmaden mit Schweinsköpfen und ellenlangen Zähnen!"

„Du erzählst gut, mein Sohn!" sagte die Mutter. „Mir läuft das Wasser im Munde zusammen, wenn ich dir zuhöre!"

„Dann ging es zum Fang! Die Harpune wurde dem Walroß in die Brust gepflanzt, so daß der dampfende Blutstrahl wie ein Springbrunnen hoch über das Eis spritzte. Da dachte ich auch an mein Spiel! Ich blies tüchtiger und ließ meine Segler – die felshohen Eisberge – die Schiffe einklemmen; hui, wie man pfiff und wie man schrie, aber ich pfiff lauter! Die toten Walroßleiber, Kisten und Tauwerk mußten sie aufs Eis schmeißen. Ich schüttelte das Schneegestöber über sie aus und ließ sie mit den eingeklemmten Fahrzeugen gen Süden treiben mitsamt der

Beute, damit sie dort Salzwasser zu kosten bekämen. Die kommen nie wieder zur Bäreninsel!"

„Dann hast du Böses getan!" sagte die Mutter der Winde.

„Was ich Gutes getan habe, können die anderen erzählen!" sagte er. „Aber da haben wir unseren Bruder aus dem Westen, den mag ich von allen am liebsten, er schmeckt nach der See und bringt eine gesegnete Kälte mit!"

„Ist es der kleine Zephir?" fragte der Prinz.

„Ja, gewiß ist es Zephir!" sagte die Alte. „Aber er ist durchaus nicht so klein. In alter Zeit war er ein hübscher Junge, aber das ist jetzt vorbei!"

Er sah aus wie ein Wilder, aber er hatte eine Klappmütze auf, um sich nicht weh zu tun. In der Hand hatte er eine Keule aus Mahagoni, die hatte er in den amerikanischen Mahagoniwäldern abgehauen. Das Feinste war gerade gut genug!

„Wo kommst du her?" fragte seine Mutter.

„Aus den Waldeinöden", sagte er, „wo die dornigen Lianen einen Zaun zwischen den Bäumen bilden, wo die Wasserschlange im nassen Gras liegt und die Menschen nicht nötig zu sein scheinen!"

„Was hast du da gemacht?"

„Ich habe mir den tiefen Fluß angesehen, sah, wie er vom Felsen niederstürzte, zu Staub wurde und zu den Wolken aufflog, um den Regenbogen zu tragen. Ich sah den wilden Büffel im Fluß schwimmen, aber die Strömung riß ihn mit sich; er trieb mit den Schwärmen der Wildenten, die in die Lüfte aufflogen, wo das Wasser hinabstürzte; der Büffel mußte hinab, das gefiel mir, und ich ließ es stürmen, daß die uralten Bäume abwärts schifften und ganz und gar zu Spänen wurden."

„Und weiter hast du nichts ausgerichtet?" fragte die Alte.

„Ich habe in den Savannen Kobolz geschossen, ich habe die wilden Pferde gestreichelt und Kokosnüsse geschüttelt! O gewiß, ich kann Geschichten erzählen! Aber man darf nicht alles sagen, was man weiß. Das kennst du ja, meine Alte!" und dann küßte er seine Mutter, daß sie beinahe hintenüber gefallen wäre; er war in der Tat ein wilder Bursche.

Nun kam der Südwind mit Turban und flatterndem Beduinenmantel.

„Hier drinnen ist es mächtig kalt!" sagte er und warf Kloben aufs Feuer. „Man kann merken, daß der Nordwind zuerst gekommen ist."

„Hier ist es so heiß, daß man einen Eisbären braten könnte!" sagte der Nordwind.

„Du bist selber ein Eisbär!" erwiderte der Südwind.

„Wollt ihr in den Sack gesteckt werden?" fragte die Alte. „Setz dich dort auf den Stein und erzähle, wo du gewesen ist."

„In Afrika, Frau Mutter!" erwiderte er. „Ich war mit den Hottentotten auf Löwenjagd im Kaffernland! Was da auf der Ebene für Gras wächst, grün wie die Olive! Dort tanzte das Gnu, und der Strauß lief um die Wette mit mir, aber ich bin doch schneller auf den Beinen. Ich kam in die Wüste mit dem gelben Sand; dort sieht es aus wie auf dem Meeresgrund. Ich traf eine Karawane! die schlachteten ihr letztes Kamel, um Wasser zum Trinken zu haben, aber was sie bekamen, war nur wenig. Die Sonne sengte von oben, und der Sand glühte von unten. Keine Grenze hatte die weite Wüste. Da habe ich mich in dem feinen, losen Sand getummelt und ihn zu großen Säulen aufgewirbelt, das war ein Tanz! Du hättest sehen sollen, wie bedrückt das Dromedar dastand, und der Kaufmann zog den Kaftan über den Kopf. Er warf sich vor mir nieder wie vor Allah, seinem Gott. Nun sind sie begraben, über ihnen allen steht eine Pyramide aus Sand, wenn ich die einmal fortwehe, dann wird die Sonne die weißen Gebeine bleichen, dann können die Reisenden sehen, hier sind früher schon Menschen gegangen; sonst würde man es in der Wüste nicht glauben!"

„Du hast also nur Böses getan!" sagte die Mutter. „Marsch in den Sack!" und ehe er sich's versah, hatte sie den Südwind um den Leib gepackt und in den Sack gesteckt, der kullerte auf dem Erdboden herum, aber sie setzte sich auf ihn, und nun mußte er stilliegen.

„Sie hat aber forsche Jungen!“ sagte der Prinz.

„Ja, schon“, erwiderte sie, „und zügeln kann ich sie! Da haben wir den vierten!“

Es war der Ostwind, er war wie ein Chinese gekleidet.

„Na, kommst du aus der Ecke!“ sagte die Mutter. „Ich dachte, du wärest im Paradiesgarten gewesen.“

„Dort fliege ich erst morgen hin!“ sagte der Ostwind. „Morgen sind es hundert Jahre her, seit ich dort war! Jetzt komme ich aus China, wo ich um den porzellanenen Turm getanzt bin, so daß alle Glocken klangen. Unten auf der Straße bekamen die Beamten Prügel; Bambusrohre wurden auf ihren Schultern zerschlissen, und da waren Leute vom ersten bis zum neunten Grade, die schrien: ‚Vielen Dank, mein väterlicher Wohltäter!‘ aber sie meinten es nicht, und ich läutete die Glocken und sang tsing-tsang-tsu!“

„Du bist ein Wildfang!“ sagte die Alte. „Es ist gut, daß du morgen in den Paradiesgarten kommst, es ist immer nützlich für deine Bildung! Trinke tüchtig aus der Quelle der Weisheit und bring eine kleine Flasche voll für mich mit nach Hause!“

„Das werde ich tun!“ sagte der Ostwind. „Aber weshalb hast du nun meinen Bruder aus dem Süden in den Sack gesteckt? Heraus mit ihm! Er soll mir vom Vogel Phönix erzählen; von dem Vogel möchte die Prinzessin im Paradiesgarten immer hören, wenn ich alle hundert Jahre dort Besuch mache. Binde den Sack auf! Dann bist du meine alte, liebste Mutter, und ich schenke dir zwei Taschen voll Tee, so grün und frisch, als hätte ich ihn an Ort und Stelle gepflückt!“

„Nun, wegen des Tees und weil du mein Lieblingskind bist, werde ich den Sack aufmachen!“ das tat sie, und der Südwind kroch heraus, aber er sah ganz beschämt aus, weil der fremde Prinz zugesehen hatte.

„Hier hast du ein Palmenblatt für die Prinzessin!“ sagte der Südwind. „Dies Blatt hat der alte Vogel Phönix, der einzige, den es auf der Welt gab, mir geschenkt; er hat mit dem Schnabel seine ganze Lebensbeschreibung hineingeritzt, die hundert Jahre, die er gelebt hat; nun kann sie es selber lesen. Ich habe gesehen, wie der Vogel Phönix selber sein Nest anzündete und darin saß und verbrannte, wie die Frau eines Hindu. Wie die dürren Reiser knisterten, da war ein Rauch und ein Duft! Zuletzt ging alles in Flammen auf, der alte Vogel Phönix wurde zu Asche, aber sein Ei lag glühend rot im Feuer, es platzte mit einem großen Knall, und das Junge flog heraus, nun ist dieses Herrscher über alle Vögel und der einzige Vogel Phönix in der Welt. Er hat ein Loch in das Palmenblatt gestochen, welches ich dir gab, das ist sein Gruß an die Prinzessin!"

„Laßt uns nun essen!" sagte die Mutter der Winde. Und nun setzten sich alle hin und aßen den gebratenen Hirsch, und der Prinz saß neben dem Ostwind, und deshalb freundeten sie sich rasch an.

„Höre, erzähl mir doch mal", sagte der Prinz, „was ist das für eine Prinzessin, von der hier soviel geredet wird, und wo liegt der Paradiesgarten?"

„Ho, ho!" sagte der Ostwind, „möchtest du hin? Ja, dann flieg nur morgen mit mir! Aber eins muß ich dir doch sagen, seit Adams und Evas Zeiten ist dort kein Mensch gewesen. Die kennst du doch sicher aus der biblischen Geschichte!"

„Ja gewiß!" sagte der Prinz.

„Damals, als sie vertrieben wurden, versank der Paradiesgarten in die Erde, aber er behielt seinen warmen Sonnenschein, seine milde Luft und all seine Herrlichkeit. Die Königin der Feen wohnt darin; dort liegt die Insel der Glückseligkeit, wo der Tod nie hinkommt, wo es köstlich ist! Setz dich morgen auf meinen Rücken, dann nehme ich dich mit; ich denke, es läßt sich wohl machen. Aber nun darfst du nicht mehr reden, denn ich möchte schlafen!"

Und dann schliefen sie allesamt.

Zu früher Stunde erwachte der Prinz und war nicht wenig verdutzt, daß er schon hoch oben über den Wolken war. Er saß auf dem Rücken des Ostwindes, der ihn ganz brav festhielt; sie waren so hoch in den Lüften, daß Wälder und Felder, Flüsse und Seen so aussahen wie auf einer großen erleuchteten Landkarte.

„Guten Morgen!“ sagte der Ostwind. „Du kannst aber ruhig noch ein bißchen schlafen, auf dem Flachland unter uns ist nicht viel zu sehen. Es sei denn, du hättest Lust, Kirchen zu zählen; sie stehen wie Kreidetupfen unten auf dem grünen Brett.“ Es waren Felder und Wiesen, die er das grüne Brett nannte.

„Es war unhöflich, daß ich mich von deiner Mutter und deinen Brüdern nicht verabschiedet habe!“ sagte der Prinz.

„Wenn man schläft, ist man entschuldigt!“ sagte der Ostwind, und dann flogen sie noch rascher dahin; man konnte es an den Wipfeln der Wälder hören, wenn sie darüber hinfuhren, alle Äste und Blätter raschelten; man konnte es am Meer und den Seen hören; denn wo sie flogen, türmten sich die Wogen höher, und die großen Schiffe tauchten tief ins Wasser ein, gleich schwimmenden Schwänen.

Gegen Abend, als es dunkel wurde, sah es ergötzlich aus über den großen Städten; dort unten brannten die Lichter, bald hier, bald dort; es war gerade so, wie wenn man ein Stück Papier verbrennt und die vielen kleinen Feuerfunken sieht, die wie Kinder sind, die aus der Schule kommen*. Und der Prinz klatschte in die Hände, aber der Ostwind sagte ihm, er solle das lassen und sich lieber festhalten, sonst könnte er leicht hinunterfallen und an einer Kirchturmspitze hängenbleiben.

Der Adler in den schwarzen Wäldern flog wahrlich leicht, aber der Ostwind flog leichter. Der Kosak auf seinem kleinen Pferd jagte über die Ebene, aber der Prinz jagte ganz anders dahin.

„Nun kannst du den Himalaja sehen!“ sagte der Ostwind. „Es ist das höchste Gebirge in Asien, bald müssen wir nun im Paradiesgarten sein!“ Dann hielten sie sich südlicher, und bald duftete es von Gewürzen und Blumen. Feigen und Granatäpfel wuchsen wild, und die wilde Weinrebe trug blaue und rote Trauben. Hier ließen sich die

* Ein im dänischen Volksmund gebräuchliches Bild: Gemeint ist, daß die Funken einer nach dem anderen verlöschen, wie die Kinder eines nach dem anderen die Schule verlassen (Anm. d. Übers.).

beiden zur Erde nieder und räkelten sich in dem weichen Gras, wo die Blumen dem Winde zunickten, als wollten sie sagen: „Aufs neue willkommen!"

„Sind wir jetzt im Paradiesgarten?" fragte der Prinz.

„O nein!" entgegnete der Ostwind, „aber bald kommen wir hin. Siehst du die Gebirgswand dort und die große Höhle, vor der die Weinranken wie große, grüne Gardinen niederhängen? Durch die müssen wir hindurch! Hülle dich in deinen Mantel, hier brennt die Sonne, aber ein Schritt, und es ist eisig kalt. Der Vogel, der an der Höhle vorüberstreicht, ist mit der einen Schwinge hier draußen im heißen Sommer und mit der anderen drinnen im kalten Winter!"

„So ist das der Weg zum Paradiesgarten?" fragte der Prinz.

Nun gingen sie in die Höhle hinein; hu! wie war es hier eisig kalt, aber es dauerte nicht lange. Der Ostwind breitete seine Flügel aus, und die leuchteten wie das hellste Feuer; nein, was für Höhlen! Die großen Gesteinsblöcke, von denen das Wasser niedertroff, hingen in den seltsamsten Gestalten über ihnen; bald war es so eng, daß sie auf Händen und Füßen kriechen mußten, bald so hoch und weiträumig wie im Freien. Hier sah es aus wie in einer Grabkapelle mit stummen Orgelpfeifen und zu Stein gewordenen Fahnen.

„Wir gehen wohl auf dem Weg des Todes zum Paradiesgarten?" fragte der Prinz, aber der Ostwind erwiderte kein Wort, zeigte nach vorn, und das herrlichste blaue Licht strahlte ihnen entgegen; die Steinblöcke über ihnen wurden mehr und mehr zu einem Nebel, der zuletzt so hell war wie eine weiße Wolke im Mondenschein. Nun waren sie in der schönsten milden Luft, so frisch wie auf den Bergen, so duftend wie von den Rosen des Tales.

Hier strömte ein Fluß dahin, so durchsichtig wie die Luft selber, und die Fische waren wie Silber und Gold; purpurrote Aale, die jedesmal, wenn sie sich krümmten, blaue Feuerfunken sprühten, schillerten unten im Wasser, und die breiten Wasserrosenblätter hatten die Farben des Regenbogens; die Blüte selbst war eine rotgelbe flammende Lohe, der das Wasser Nahrung gab, ebenso wie das Öl der Lampe das stete Brennen ermöglicht! Eine feste Brücke aus Marmor, aber so kunstvoll und fein durchbrochen, als wäre sie aus Spitzen und Glasperlen gemacht, führte über das Wasser zur Insel der Glückseligkeit, wo der Paradiesgarten blühte.

Der Ostwind hob den Prinzen auf seine Arme und trug ihn hinüber. Da sangen Blumen und Blätter die schönsten Lieder aus seiner Kindheit, aber so über die Maßen herrlich, wie keine menschliche Stimme singen kann.

Waren es Palmen oder riesige Wasserpflanzen, die hier wuchsen? So saftvolle und hohe Bäume hatte der Prinz nie zuvor geschaut. In langen Kränzen hingen die wundersamsten Schlingpflanzen herunter, wie sie nur am Rand der alten Heiligenbücher in Farben und Gold abgebildet sind oder sich dort durch die Anfangsbuchstaben winden. Es waren die seltsamsten Zusammensetzungen von Vögeln, Blumen und Schnörkeln. Im Grase dicht daneben stand ein Schwarm von Pfauen mit auseinandergebreiteten, glänzenden Schwanzfächern. O doch, es war wirklich so! Als der Prinz sie aber berührte, merkte er, daß es keine Tiere waren, sondern Pflanzen. Es waren die großen Ampferstauden, die hier wie herrliche Pfauenschweife glänzten. Löwe und Tiger sprangen gleich geschmeidigen Katzen zwischen den grünen Sträuchern umher, die wie die Blüten des Ölbaums dufteten, und der Löwe und der Tiger waren zahm, die wilde Holztaube, schimmernd wie die schönste Perle, klatschte mit ihren Flügeln dem Löwen auf die Mähne, und die Antilope, die sonst so scheu ist, stand da und nickte mit dem Kopf, als wollte sie auch gern mitspielen.

Nun kam die Fee des Paradieses; ihre Kleider glänzten wie die Sonne, und ihr Antlitz war mild wie das einer glücklichen Mutter, wenn sie sich so recht über ihr Kind freut. Sie war so jung und schön, und die lieblichsten Mädchen, jedes mit einem flimmernden Stern im Haar, begleiteten sie.

Der Ostwind überreichte ihr das beschriebene Blatt vom Vogel Phönix, und ihre Augen glänzten vor Freude; sie nahm den Prinzen bei der Hand und führte ihn in ihr Schloß, dessen Wände in solchen Farben prangten wie die prächtigsten Tulpenblätter, wenn man sie gegen die Sonne hält die Decke war selber eine große, strahlende Blüte, und je mehr man zu ihr hinaufstarrte, desto tiefer erschien ihr Kelch. Der Prinz trat ans Fenster und blickte durch eine der Scheiben, da sah er den Baum der Erkenntnis mit der

Schlange, und Adam und Eva standen dicht daneben. „Sind sie denn nicht vertrieben worden?" fragte er, und die Fee lächelte und erklärte ihm, daß die Zeit auf jede Scheibe ihr Bild in dieser Weise eingebrannt habe, aber nicht, wie man es sonst zu sehen pflegt, nein, es war Leben darin; die Blätter der Bäume regten sich, die Menschen kamen und gingen, wie in einem Spiegelbild. Und er blickte durch eine andere Scheibe, und da sah er Jakobs Traum, wo die Leiter bis in den Himmel ging und die Engel mit großen Fittichen auf und nieder schwebten. Ja, alles, was in dieser Welt geschehen war, lebte und bewegte sich auf den Fensterscheiben; so kunstvolle Gemälde vermochte nur die Zeit einzubrennen.

Die Fee lächelte und führte ihn in einen Saal, groß und hoch, dessen Wände sahen aus wie transparente Gemälde, und die Gesichter darauf waren eines immer schöner als das andere; das waren Millionen von Glücklichen, die lächelten und sangen, daß alles zu einer Melodie zusammenklang; die allerobersten waren so klein, daß sie kleiner als die kleinste Rosenknospe erschienen, wenn sie als ein Punkt aufs Papier gezeichnet wird. Und mitten im Saal stand ein großer Baum mit hängenden üppigen Zweigen; goldene Äpfel, große und kleine, hingen wie Apfelsinen zwischen den grünen Blättern. Das war der Baum der Erkenntnis, von dessen Frucht Adam und Eva gegessen hatten. Von jedem Blatt tropfte ein schimmernder roter Blutstropfen herab; es war, als weinte der Baum blutige Tränen.

„Komm, wir wollen ins Boot steigen!" sagte die Fee. „Draußen auf dem rauschenden Wasser wollen wir Erfrischungen zu uns nehmen! Das Boot wiegt sich, kommt jedoch nicht von der Stelle, aber alle Länder der Erde ziehen an unserem Auge vorbei." Und es war seltsam zu sehen, wie die ganze Küste sich bewegte. Da kamen die hohen, schneebedeckten Alpen mit Wolken und schwarzen Tannen, das Horn erklang mit tiefer Wehmut, und der Hirte jodelte so schön im Tal. Jetzt neigten die Bananenbäume ihre langen, hängenden Äste über das Boot, kohlschwarze Schwäne schwammen auf dem Wasser, und die seltsamsten Tiere und Pflanzen erschienen am Strande; das war Neu-Holland, der fünfte Erdteil, der mit Ausblick auf die blauen Berge vorüberzog. Man hörte den Gesang der Priester und sah den Tanz der Wilden zum Klang der Trommel und elfenbeinernen Tuba. Die Pyramiden Ägyptens, die bis in die Wolken ragten, umgestürzte Säulen und Sphinxe, halb unterm Sand begraben, segelten vorbei. Das Nordlicht flammte über den Gletschern des Nordens, es war ein Feuerwerk, das keiner nachmachen konnte. Der Prinz war ganz glückselig, ja, er sah hundertmal mehr, als was wir hier berichten.

„Und ich kann für immer hierbleiben?“ fragte er.

„Das hängt von dir selber ab!“ erwiderte die Fee. „Falls du dich nicht, so wie Adam, dazu verleiten läßt, das Verbotene zu tun, kannst du für immer bleiben!“

„Ich werde die Äpfel am Baum der Erkenntnis nicht anrühren!“ sagte der Prinz. „Hier gibt es Tausende von Früchten, schön wie jene!“

„Prüfe dich selbst, und bist du nicht stark genug, dann ziehe mit dem Ostwind, der dich herbrachte; er fliegt jetzt zurück und kommt erst nach hundert Jahren wieder; die Zeit wird dir an diesem Ort vergehen, als wären es nur hundert Stunden, aber für die Versuchung und Sünde ist dies eine lange Zeit. Jeden Abend, wenn ich von dir gehe, muß ich dir zurufen: ‚Komm mit!‘ Ich muß dir mit der Hand winken, aber bleibe zurück. Geh nicht mit, denn sonst wird dein Verlangen mit jedem Schritt größer: du kommst in den Saal, wo der Baum der Erkenntnis wächst; ich schlafe unter seinen duftenden, hängenden Ästen; du wirst dich über mich neigen, und ich muß lächeln; drückst du aber einen Kuß auf meinen Mund, dann versinkt das Paradies tief in die Erde, und es ist für dich verloren. Der scharfe Wüstenwind wird dich umbrausen, der kalte Regen von deinem Haare triefen. Leid und Mühsal werden dein Erbteil sein.“

„Ich bleibe hier!“ sagte der Prinz, und der Ostwind küßte ihn auf die Stirn und sagte: „Sei stark, dann sind wir nach hundert Jahren aufs neue hier vereint! Lebe wohl! Lebe wohl!“ Und der Ostwind entfaltete seine großen Flügel, sie leuchteten wie das flimmernde Getreide zur Erntezeit oder das Nordlicht im kalten Winter. „Lebe wohl! Lebe wohl!“ erklang es von Blumen und Bäumen. Störche und Pelikane flogen in Reihen wie flatternde Bänder und geleiteten ihn bis zur Grenze des Gartens.

„Nun beginnen unsere Tänze!“ sagte die Fee. „Zum Schluß, wenn ich mit dir tanze, wirst du, sobald die Sonne sinkt, sehen, daß ich dir zuwinke, du wirst hören, wie ich dir zurufe: ‚Komm mit!‘ Aber tue es nicht! Hundert Jahre lang muß ich es allabendlich wiederholen; jedesmal, wenn die Zeit um ist, gewinnst du mehr Kraft, zuletzt denkst du nicht mehr daran. Heute abend ist es das erstemal; nun habe ich dich gewarnt!“

Und die Fee führte ihn in einen großen Saal aus weißen, durchsichtigen Lilien, die gelben Staubfäden einer jeden waren eine kleine goldene Harfe, deren Saiten erklangen und wie Flöten tönten. Die schönsten Mädchen, schwebend und schlank, in wallenden Flor gekleidet, so daß man die herrlichen Gliedmaßen sah, schwebten in Tänzen dahin und sangen davon, wie herrlich es sei zu leben, daß sie nimmer sterben wollten und daß der Paradiesgarten ewig blühen möge.

Und die Sonne ging unter, der ganze Himmel war ein einziges Gold, das den Lilien den Schimmer der köstlichsten Rose verlieh, und der Prinz trank von dem schäumenden Wein, den die Mädchen ihm reichten, und er empfand eine Glückseligkeit wie nie zuvor; er sah, wie der Hintergrund des Saales sich öffnete; der Baum der Erkenntnis stand in einem Glanz, der sein Auge blendete; der Gesang von dort klang weich und wundersam, wie die Stimme seiner Mutter, und es war, als sänge sie: „Mein Kind! mein geliebtes Kind!“

Da winkte die Fee und rief gar liebreich: „Komm mit! Komm mit!“ Und er stürzte auf sie zu, vergaß sein Gelübde, vergaß es schon am ersten Abend, und sie winkte und lächelte. Der Duft, der würzige Duft ringsum wurde stärker, die Harfen ertönten viel wundersamer, und es war, als ob die Millionen von lächelnden Häuptern im Saale, in dem der Baum wuchs, nickten und sängen: „Alles muß man kennen! Der Mensch ist der Herr der Erde!“ Und es waren nun nicht mehr blutige Tränen, die von den Blättern am Baum der Erkenntnis niederfielen, es waren rote, funkelnde Sterne, wie ihm schien. „Komm mit! komm mit!“ erklangen die bebenden Töne, und mit jedem Schritt brannten des Prinzen Wangen heißer, sein Blut bewegte sich stärker. „Ich muß!“ sagte er. „Es ist doch keine Sünde, kann es nicht sein! Weshalb nicht der Schönheit und Freude folgen? Schlafen will ich sie sehen! Es ist doch nichts verloren, wenn ich sie nur nicht küsse, und das tue ich nicht, ich bin stark, ich habe einen festen Willen!“

Und die Fee warf ihr strahlendes Gewand ab, bog die Zweige zurück, und alsbald war sie dort drinnen verborgen.

„Noch habe ich nicht gesündigt“, sagte der Prinz, „und tue es auch nicht.“ Und dann bog er die Zweige zur Seite; da schlief sie schon, herrlich, wie nur die Fee im Paradiesgarten es sein kann; sie lächelte im Traum, er neigte sich über sie und sah Tränen an ihren Wimpern zittern.

„Weinst du meinetwegen?“ flüsterte er. „Weine nicht, du herrliches Weib! Nun begreife ich erst das Glück des Paradieses, es strömt durch mein Blut, durch mein Denken. Die Kraft des Cherubs und sein ewiges Leben spüre ich in meinem irdischen Leib, laß ewige Nacht um mich sein, eine Minute wie diese ist Reichtum genug!“ und er küßte die Träne von ihrem Auge, sein Mund berührte den ihren.

Da ertönte ein Donnerschlag, so tief und schrecklich, wie ihn keiner je zuvor vernommen hatte, und alles stürzte ein: die schöne Fee, das blühende Paradies versanken, es sank so tief, so tief, der Prinz sah es in die schwarze Nacht versinken; wie ein kleiner, flimmernder Stern glänzte es in weiter Ferne. Todeskälte rann durch seine Glieder, er schloß die Augen und lag lange da wie tot.

Der kalte Regen fiel auf sein Antlitz, der scharfe Wind umwehte seinen Kopf, da kehrten seine Gedanken zurück. „Was habe ich getan!“ seufzte er. „Ich habe gesündigt wie Adam! Gesündigt, so daß das Paradies tief hinabgesunken ist!“ und er öffnete die Augen, den Stern in weiter Ferne, den Stern, welcher funkelte wie das versunkene Paradies, sah er noch immer – es war der Morgenstern am Himmel.

Er richtete sich auf und war in dem großen Wald dicht bei der Höhle der Winde, und die Mutter der Winde saß an seiner Seite; sie sah zornig aus und hob ihren Arm hoch.

„Schon am ersten Abend!" sagte sie. „Das dachte ich mir! Ja, wärest du mein Junge, du kämest jetzt in den Sack!"

„Da kommt er hinein!" sagte der Tod; der war ein kräftiger alter Mann mit einer Sense in der Hand und mit großen schwarzen Flügeln. „In den Sarg wird er gelegt, aber nicht jetzt, ich zeichne ihn nur, laß ihn nun noch eine Weile in der Welt umherwandern, seine Sünde büßen, besser und besser werden! – Ich komme dereinst. Wenn er es dann am wenigsten erwartet, stecke ich ihn in den großen Sarg, stelle diesen auf meinen Kopf und fliege hinauf zu dem Stern; auch dort blüht der Paradiesgarten, und ist er gut und fromm, dann darf er dort eintreten; ist aber sein Denken böse und das Herz noch voller Sünde, dann versinkt er mit dem Sarge tiefer, als das Paradies gesunken ist, und alle tausend Jahre nur hole ich ihn wieder, auf daß er tiefer versinke oder auf dem Stern bleibe, dem funkelnden Stern dort oben!"

Der fliegende Koffer

Es war einmal ein Kaufmann, der war so reich, daß er die ganze Straße und fast noch eine kleine Gasse dazu mit Silbergeld hätte pflastern können; aber das tat er nicht, er wußte sein Geld auf andere Weise zu verwenden; gab er einen Schilling aus, erhielt er einen Taler zurück; so ein Kaufmann war er – und dann starb er.

Der Sohn bekam nun all das Geld, und er lebte lustig, ging jede Nacht zum Maskenfest, machte Papierdrachen aus den Reichstalerscheinen und warf die Goldmünzen an Stelle flacher Steine über die Wasserfläche, daß sie hopsten, so konnte das Geld schnell alle werden, und das wurde es; zuletzt besaß er nichts weiter als vier Schillinge und hatte keine andere Kleidung als ein Paar Pantoffeln und einen alten Schlafrock. Nun kümmerten sich seine Freunde nicht mehr um ihn, da sie ja nicht mehr mit ihm über die Straße gehen konnten, nur einer von ihnen, der ihm gut war, schickte ihm einen alten Koffer und sagte: „Pack ein!" Ja, das war ganz gut und schön, aber er hatte nichts einzupacken, so setzte er sich selber in den Koffer.

Das war ein absonderlicher Koffer. Sobald man auf das Schloß drückte, konnte der Koffer fliegen; das tat er, wupps, flog er mit ihm durch den Schornstein hinaus, hoch über die Wolken, immer weiter fort; es knackste im Boden, und er bekam große Angst, daß der Koffer entzweigehen könnte, dann hätte er nämlich einen ganz netten Sturz getan! Gott bewahre uns! Und nun kam er ins Türkenland. Den Koffer versteckte er im Wald unter den welken Blättern und ging alsdann in die Stadt; das konnte er ruhig tun, denn bei den Türken gingen ja alle, genau wie er, in Schlafrock und Pantoffeln. Da begegnete er einer Amme mit einem kleinen Kind. „Hör einmal, Türkenamme!" sagte er, „was ist das für ein großes Schloß hier nahe bei der Stadt, die Fenster liegen so hoch!"

„Dort wohnt des Königs Tochter!" sagte sie. „Es ist ihr geweissagt worden, daß sie durch einen Liebsten unglücklich würde, und darum darf niemand zu ihr, außer wenn der König und die Königin dabei sind."

„Danke!" sagte der Kaufmannssohn, und dann ging er in den Wald hinaus, setzte sich in seinen Koffer, flog auf das Dach und kroch durchs Fenster zur Prinzessin hinein.

Sie lag auf dem Sofa und schlief; sie war so lieblich, daß der Kaufmannssohn ihr einen Kuß geben mußte; sie erwachte und erschrak sehr, aber er sagte, er sei der Türkengott, der durch die Luft zu ihr gekommen sei, und das gefiel ihr gut.

So saßen sie denn beieinander, und er erzählte ihr Geschichten von ihren Augen: sie seien die schönsten dunklen Seen, und die Gedanken schwämmen darin gleich Meerjungfrauen; und er erzählte von ihrer Stirn: die sei ein Schneeberg mit den prächtigsten Sälen und Bildern, und er erzählte vom Storch, der die niedlichen kleinen Kinder bringe.

O ja, es waren schöne Geschichten! Dann hielt erum die Hand der Prinzessin an, und sie sagte sogleich ja.

„Aber Sie müssen am Sonnabend herkommen", sagte sie, „dann sind der König und die Königin bei mir zum Tee. Sie werden sehr stolz darauf sein, daß ich den Türkengott bekomme, aber sehen Sie zu, daß Sie ein wirklich schönes Märchen können, denn das lieben meine Eltern besonders;

meine Mutter möchte es moralisch und vornehm haben und mein Vater lustig, so daß man lachen kann!"

„Ja, ich bringe kein anderes Hochzeitsgeschenk mit als ein Märchen!" sagte er, und dann trennten sie sich, aber die Prinzessin schenkte ihm einen Säbel, der mit goldenen Münzen besetzt war, und vor allem die konnte er gut gebrauchen.

Nun flog er fort, kaufte sich einen neuen Schlafrock und saß draußen im Wald und dichtete ein Märchen; es mußte bis zum Sonnabend fertig sein, und das ist gar nicht so leicht.

Dann war er fertig, und dann war Sonnabend.

Der König, die Königin und der ganze Hof warteten mit Tee bei der Prinzessin. Er wurde ganz reizend empfangen!

„Würden Sie nun ein Märchen erzählen?" sagte die Königin, „eines, das tiefsinnig ist und belehrend!"

„Über das man aber doch lachen kann!" sagte der König.

„Ja, schon!" sagte er und erzählte: nun muß man aber gut zuhören!

„Es waren einmal ein Bund Schwefelhölzer, die waren ganz außerordentlich stolz darauf, weil sie von hoher Herkunft waren; ihr Stammbaum, das heißt die große Kiefer, von der jedes ein kleines Hölzchen war, war ein großer, alter Baum im Wald gewesen. Die Schwefelhölzer lagen jetzt auf dem Wandbrett zwischen einem Feuerzeug und einem alten eisernen Kochtopf, und denen erzählten sie aus ihrer Jugend. ‚Ja, als wir auf dem grünen Zweig waren', sagten sie, ‚da waren wir aber wirklich auf einem grünen Zweig! Jeden Morgen und Abend Diamanttee, das war der Tau, den ganzen Tag hatten wir Sonnenschein, wenn die Sonne schien, und all die kleinen Vögel mußten uns Geschichten erzählen. Wir konnten wohl merken, daß wir auch reich waren, denn die Laubbäume, die hatten nur im Sommer etwas an, aber unsere Familie konnte sich Sommer und Winter grüne Kleider leisten. Doch dann kamen die Holzhauer, das gab eine große Revolution, und unsere Familie wurde auseinandergerissen; der Stammherr bekam eine Stellung als Großmast auf einem prachtvollen Schiff, das um die ganze Erde segeln konnte, wenn es wollte, die anderen Äste kamen anderswohin, und wir haben nun den Beruf, der gemeinen Menge das Licht anzuzünden; deshalb sind wir vornehmen Leute hier in die Küche gekommen.‘

‚Ja, bei mir ist es nun anders!‘ sagte der eiserne Kochtopf, neben dem die Schwefelhölzer lagen. ‚Kaum daß ich ins Leben hinausgekommen war, wurde ich viele Male gescheuert und gekocht! Ich sorge für das Solide und bin genaugenommen der Erste hier im Hause. Meine einzige Freude ist, so nach Tisch rein und fein auf dem Wandbrett zu liegen und eine vernünftige Unterhaltung mit den Gefährten zu führen; wenn ich den Wassereimer ausnehme, der hin und wieder einmal auf den Hof hinunterkommt, so leben wir immer innerhalb unserer vier Wände. Unser einziger Überbringer von Neuigkeiten ist der Marktkorb, aber der redet so beunruhigend von der Regierung und dem Volk; ja, neulich war da eine alte Schüssel, die vor Schreck darüber herunterfiel und in Scherben ging! Sie hat eine frische Wesensart, müssen Sie wissen!‘

‚Nun redest du zuviel!‘ sagte das Feuerzeug, und der Stahl schlug gegen den Stein, daß die Funken stoben. ‚Wollen wir uns nicht einen lustigen Abend machen?‘

‚Ja, wir wollen uns darüber unterhalten, wer der Vornehmste ist!‘ sagten die Schwefelhölzer.

‚Nein, ich liebe es nicht, über mich selbst zu reden!‘ sagte die Tonschüssel. ‚Machen wir doch eine Abendunterhaltung! Ich fange an, ich werde so etwas erzählen, was jeder erlebt hat; da kann man sich so gut hineinversetzen, und es macht solchen Spaß: An der Ostsee mit den dänischen Buchen –!‘

‚Das ist ein wunderbarer Anfang!‘ sagten alle Teller. ‚Das wird bestimmt eine Geschichte, die ich mag!‘

‚Ja, dort verbrachte ich meine Jugend bei einer ruhigen Familie; die Möbel wurden gebohnert, der Fußboden geseift, alle vierzehn Tage wurden saubere Gardinen aufgehängt!‘

‚Wie interessant Sie erzählen!‘ sagte der Staubwedel. ‚Man kann sofort hören, daß es ein Frauenzimmer ist, welches erzählt; es geht so etwas Reinliches durch das Ganze!

,Ja, das fühlt man!' sagte der Wassereimer, und dann machte er vor Freude einen kleinen Satz, daß es auf dem Fußboden ,Klatsch' sagte.

Und die Schüssel fuhr fort zu erzählen, und das Ende war ebensogut wie der Anfang.

Die Teller rasselten alle vor Freude, und der Staubwedel holte grüne Petersilie aus dem Sandloch und bekränzte die Schüssel, denn er wußte, das ärgerte die anderen, und er dachte: ,Bekränz ich sie heut, so bekränzt sie mich morgen.'

,Nun möchte ich tanzen!' sagte die Feuerzange und tanzte; ja, du meine Güte, wie die das eine Bein heben konnte. Der alte Stuhlüberzug drüben in der Ecke platzte, als er das sah. ,Werde ich jetzt bekränzt?' sagte die Feuerzange, und das wurde sie.

,Es ist doch lauter Pöbel!' dachten die Schwefelhölzer.

Nun sollte die Teemaschine singen, aber sie sei zu erkältet, sagte sie, sie könne es nur, wenn sie ins Sieden komme; aber es war die reinste Vornehmheit; sie wollte nicht singen, außer wenn sie drinnen bei der Herrschaft auf dem Tische stand.

Am Fenster drüben steckte eine alte Schreibfeder, mit der die Magd zu schreiben pflegte; an der war nichts Bemerkenswertes, außer daß sie viel zu tief ins Tintenfaß getunkt worden war, aber damit tat sie sich nun groß. ,Will die Teemaschine nicht singen', sagte sie, ,dann soll sie es bleibenlassen! Draußen hängt in einem Käfig eine Nachtigall, die kann singen, die hat allerdings nichts gelernt, aber darüber wollen wir heute abend nichts Schlechtes reden.'

,Ich finde es höchst unpassend', sagte der Teekessel, der Küchensänger war und ein Halbbruder der Teemaschine, ,daß man sich so einen fremden Vogel anhören soll! Ist das patriotisch? Ich möchte das Urteil des Marktkorbes hören!'

,Ich ärgere mich nur!' sagte der Marktkorb. ,Ich ärgere mich dermaßen, wie man es sich gar nicht vorstellen kann! Ist das eine passende Art und Weise, den Abend zu verbringen, wäre es nicht richtiger, das ganze Haus auf den Kopf zu stellen? Jeder würde dann an seinen Platz kommen, und ich würde die ganze Kodille* anführen. Das wäre etwas anderes!'

‚Ja, laßt uns Krach machen!' sagten sie allesamt. Im selben Augenblick ging die Tür auf. Es war die Dienstmagd, und nun verhielten sie sich still. Keiner sagte einen Mucks; aber da war nicht ein Napf, der nicht gewußt hätte, was er tun könnte, und wie vornehm er war. ‚Ja, wenn ich gewollt hätte', dachte jeder ‚dann wäre das allerdings ein lustiger Abend geworden!'

Die Magd nahm die Schwefelhölzer und machte Feuer mit ihnen – Himmel, nein, wie die zischten und aufflammten.

‚Nun kann doch ein jeder sehen', dachten sie, ‚daß wir die Ersten sind! Welchen Glanz wir haben, welches Licht!' und dann waren sie schon abgebrannt."

„Das war ein schönes Märchen!" sagte die Königin. „Ich fühlte mich ganz und gar in die Küche zu den Schwefelhölzern versetzt, ja, nun sollst du unsere Tochter haben."

„Ja gewiß!" sagte der König, „du bekommst unsere Tochter am Montag!" denn jetzt sagten sie du zu ihm, da er mit zur Familie gehören würde.

Die Hochzeit war nun festgesetzt, und am Abend vorher wurde die ganze Stadt festlich erleuchtet; Wecken und Brezeln regneten durch die Luft aufs Volk nieder; die Straßenjungen standen auf den Zehenspitzen, riefen hurra und pfiffen durch die Finger; das war besonders großartig.

„Ja, ich muß wohl zusehen, daß ich auch etwas anstelle!" dachte der Kaufmannssohn, und dann kaufte er Raketen, Knallerbsen und all das Feuerwerk, das man sich denken kann, tat es in seinen Koffer und flog damit in die Luft hinauf.

Rrrutsch, wie das ging und wie das zischte!

Alle Türken sprangen dabei hoch, so daß die Pantoffeln ihnen um die Ohren flogen; eine solche Lufterscheinung hatten sie nie zuvor geschaut. Nun konnten sie wirklich sehen, daß es der Türkengott selber war, der die Prinzessin bekam.

Sobald der Kaufmannssohn mit seinem Koffer wieder in den Wald hinunterkam, dachte er: „Ich will doch in die

* Kartenspiel (Anmerkung d. Übers.).

Stadt hineingehen, um zu hören, wie es ausgesehen hat!" und das war ja ganz verständlich, daß er dazu Lust hatte.

Nein, wie die Leute erzählten! Ein jeder, den er danach fragte, hatte es auf seine Art gesehen, aber alle hatten es schön gefunden.

„Ich habe den Türkengott selber gesehen", sagte der eine, „er hatte Augen wie blinkende Sterne und einen Bart wie schäumende Wasser!"

„Er ist in einem feurigen Mantel geflogen", sagte ein anderer. „Die süßesten Engelskinder schauten aus den Falten hervor!"

O ja, es waren hübsche Dinge, die er da vernahm, und am nächsten Tage sollte er Hochzeit feiern.

Nun ging er zurück in den Wald, um sich in seinen Koffer zu setzen, aber wo war der? Der Koffer war verbrannt. Ein Funke vom Feuerwerk war übriggeblieben, der hatte das Feuer angezündet, und der Koffer lag in Asche. Der Kaufmannssohn konnte nicht mehr fliegen, nicht mehr zu seiner Braut kommen.

Sie stand den ganzen Tag auf dem Dach und wartete; sie wartet noch immer, er aber wandert um die Welt und erzählt Märchen, doch die sind nicht mehr so lustig wie das, welches er von den Schwefelhölzern erzählte.

Die Störche

Auf dem letzten Haus in einem kleinen Ort war ein Storchennest. Die Storchenmutter saß im Nest bei ihren vier kleinen Jungen, die den Kopf mit dem kleinen schwarzen Schnabel herausstreckten, der war nämlich noch nicht rot geworden. Ein Stückchen entfernt auf dem Dachfirst stand kerzengerade und steif der Storchenvater, er hatte das eine Bein unter sich hochgezogen, um doch wenigstens einige Mühe zu haben, wenn er Schildwache stand. Man hätte glauben können, er sei aus Holz geschnitzt, so still stand er da. „Es sieht gewiß sehr vornehm aus, daß meine Frau eine Schildwache beim Nest hat!“ dachte er. „Die können ja nicht wissen, daß ich ihr Mann bin, die glauben gewiß, ich bin dazu abkommandiert worden, hier zu stehen. Es sieht so forsch aus!“ und dann stand er weiter auf dem einen Bein.

Unten auf der Straße spielte ein ganzer Schwarm von Kindern, und als die die Störche sahen, sang einer der kecksten Jungen, und hinterher alle, den alten Vers von den Störchen, aber sie sangen ihn jetzt, wie er ihn wußte:

Storch, Storch, steh,
Sonst machen wir dir weh!
Deine Frau, die liegt fest
Mit vier großen Jungen im Nest.
Das erste wird gehängt,
Das zweite wird gesengt,
Das dritte wird erstochen,
Dem vierten werden alle Knochen gebrochen!

„Hör bloß, was die Jungen singen!" sagten die kleinen Storchenjungen. „Die sagen, wir werden gehängt und gesengt!"

„Kümmert euch nicht drum!" sagte die Storchenmutter. „Hört einfach nicht hin, dann macht es nichts!"

Aber die Jungen sangen immer weiter, und sie wiesen mit den Fingern auf die Störche; nur ein Junge, er hieß Peter, sagte, es sei schändlich, die Tiere zu ärgern, und wollte gar nicht mitmachen. Die Storchenmutter tröstete auch ihre Jungen: „Macht euch nichts draus!" sagte sie. „Seht nur, wie ruhig euer Vater dasteht, und noch dazu auf einem Bein!"

„Wir haben solche Angst!" sagten die Storchenjungen und duckten die Köpfe tief ins Nest hinein.

Am nächsten Tag, als die Kinder wieder beisammen waren, um zu spielen, und die Störche sahen, begannen sie mit ihrem Lied:

Das erste wird gehängt,
Das zweite wird gesengt . . .

„Werden wir wohl gehängt und versengt?" fragten die Storchenjungen.

„Nein, gewiß nicht!" sagte die Mutter, „ihr werdet fliegen lernen, ich werde schon mit euch üben! Dann fliegen wir auf die Wiese hinaus und machen den Fröschen einen Besuch, die verneigen sich im Wasser vor uns, die singen: ‚Koax koax!' und dann fressen wir sie auf, das kann sehr lustig sein!"

„Und was dann?“ fragten die Storchenjungen.

„Dann versammeln sich alle Störche, die es im ganzen Lande gibt, und dann beginnen die Herbstmanöver, da muß man gut fliegen, das ist von großer Wichtigkeit, denn wer nicht fliegen kann, den ersticht der General mit seinem Schnabel; deshalb paßt gut auf, daß ihr etwas lernt, wenn die Übung beginnt!“

„Dann werden wir ja doch erstochen, wie die Jungen gesagt haben! Und hör mal, jetzt sagen sie es wieder!“

„Hört auf mich und nicht auf sie!“ sagte die Storchenmutter. „Nach dem großen Manöver fliegen wir in die heißen Länder, oh, ganz weit von hier, über Berge und Wälder. Nach Ägypten fliegen wir, wo es dreieckige Steinhäuser gibt, die mit der Spitze bis über die Wolken ragen, die nennt man Pyramiden, und sie sind älter, als irgendein Storch sich vorstellen kann. Da ist ein Fluß, der läuft über, so daß das Land zu Schlamm wird. Man geht im Schlamm umher und ißt Frösche.“

„Oh!“ sagten alle Jungen.

„Ja, da ist es so schön! Man tut den ganzen Tag nichts anderes als essen, und während es uns so gut geht, ist in diesem Land nicht ein grünes Blättchen an den Bäumen; hier ist es so kalt, daß die Wolken kaputtfrieren und als kleine weiße Fetzen herunterfallen!“ es war der Schnee, den sie meinte, aber sie konnte es ja nicht deutlicher erklären.

„Frieren dann auch die bösen Jungen kaputt?“ fragten die Storchenjungen.

„Nein, kaputt frieren sie nicht. Aber sie sind nahe daran und müssen in der finsteren Stube sitzen und haben das Nachsehen; ihr könnt dagegen im fremden Land herumfliegen, wo es Blumen gibt und warmen Sonnenschein!“

Nun war schon einige Zeit vergangen, und die Storchenjungen waren so groß, daß sie im Nest stehen und weit umherblicken konnten, und der Storchenvater kam jeden Tag mit feinen Fröschen angeflogen, kleinen Nattern und all dem leckeren Storchenfutter, das er finden konnte. Oh, es sah lustig aus, wie er ihnen Kunststücke vormachte. Den Kopf legte er ganz bis zum Schwanz herum, mit dem

Schnabel klapperte er, als wäre dieser eine kleine Rassel, und dann erzählte er ihnen Geschichten, samt und sonders vom Sumpf.

„Hört, nun müßt ihr fliegen lernen!“ sagte eines Tages die Storchenmutter, und dann mußten sie alle vier auf den Dachfirst hinaus; oh, wie sie torkelten, wie sie mit den Flügeln das Gleichgewicht zu halten suchten und doch nahe daran waren herunterzufallen!

„Schaut nun her!“ sagte die Mutter. „So müßt ihr den Kopf halten! So müßt ihr die Beine setzen! Eins, zwei! Eins, zwei! das ist es, was euch in dieser Welt vorwärtsbringen wird!“ Dann flog sie ein Stückchen, und die Jungen, die machten einen schwerfälligen kleinen Hopser, bumms, da lagen sie, denn sie hatten einen schweren Rumpf.

„Ich mag nicht fliegen!“ sagte eines von den Jungen und krabbelte wieder ins Nest zurück, „ich mach mir nichts daraus, in die heißen Länder zu kommen!“

„Willst du denn hier erfrieren, wenn es Winter wird? Sollen die Jungens kommen und dich hängen und sengen und braten? Ich rufe sie jetzt!“

„O nein!“ sagte das Storchenjunge, und dann hüpfte es wieder auf das Dach, ebenso wie die anderen; am dritten Tag konnten sie richtig ein bißchen fliegen, und dann meinten sie, daß sie auch auf der Luft sitzen und rasten könnten; das wollten sie tun, aber bumms! da plumpsten sie hinunter, nun mußten sie die Flügel wieder bewegen. Jetzt kamen die Jungen unten auf der Straße herbei und sangen ihr Lied:

Storch, Storch, steh . . .

„Sollen wir hinunterfliegen und ihnen die Augen ausstechen?“ sagten die Storchenjungen.

„Nein, laßt das bleiben!“ sagte die Mutter. „Hört nur zu, was ich sage, das ist viel wichtiger! Eins, zwei, drei! jetzt fliegen wir rechtsum! Eins zwei drei! jetzt links um den Schornstein! – Seht ihr, das war sehr gut, der letzte Schlag mit den Flügeln war so hübsch und richtig, daß ihr morgen mit mir in den Sumpf kommen dürft. Da kommen mehrere nette Storchenfamilien mit ihren Kindern hin, zeigt nun mal, daß meine die besten sind. Und dann, daß ihr den Kopf schön hoch tragt, das sieht gut aus und verschafft Ansehen!"

„Sollen wir denn aber nicht an den unnützen Jungen Rache nehmen?" fragten die Storchenjungen.

„Laßt die schreien, soviel sie wollen! Ihr fliegt ja doch zu den Wolken empor, kommt ins Land der Pyramiden, wenn die frieren müssen und nicht ein grünes Blättchen haben und nicht einen süßen Apfel!"

„Ja, unsere Rache wollen wir aber haben!" flüsterten sie einander zu, und dann wurde weitergeübt.

Von allen Jungen auf der Straße sang keiner das Spottlied so oft wie der, der damit angefangen hatte, und das war ein ganz kleiner, er mochte nicht älter sein als sechs Jahre; die Storchenjungen dachten allerdings, er sei hundert Jahre alt, denn er war ja so viel größer als ihre Mutter und ihr Vater, und was wußten sie davon, wie alt Kinder und große Menschen sein mochten. Ihre ganze Rache war auf den Jungen gerichtet, er hatte ja zuerst angefangen, und er hörte gar nicht wieder auf. Die Storchenjungen ärgerten sich sehr, und je größer sie wurden, desto weniger wollten sie es dulden; die Mutter mußte ihnen zuletzt versprechen, daß sie schon noch ihre Rache bekämen, aber erst am letzten Tage, den sie hier im Lande zubrächten.

„Wir müssen ja zuerst sehen, wie ihr euch auf dem großen Manöver anstellt! Geht es schief, so daß der General euch den Schnabel in die Brust stößt, dann haben die Jungens ja doch recht, jedenfalls in gewissem Sinne. Wir wollen nun erst einmal sehen!"

„Ja, du wirst sehen!" sagten die Storchenjungen, und nun gaben sie sich gerade Mühe. Sie übten jeden Tag und flogen so hübsch und leicht, daß es eine Lust war.

Nun kam der Herbst; die Störche begannen sich zu versammeln, um in die heißen Länder zu fliegen, während wir Winter haben. Das war ein Manöver! Über Wälder und Städte mußten sie, nur um zu sehen, wie gut sie fliegen konnten, es war ja eine große Reise, die bevorstand. Die

Storchenjungen machten ihre Sache so hübsch, daß sie ein „Sehr gut mit Frosch und Schlange“ erhielten. Es war das allerbeste Zeugnis, und den Frosch und die Schlange konnten sie fressen, das taten sie auch.

„Jetzt wollen wir Rache nehmen!“ sagten sie.

„Ja gewiß!“ sagte die Storchenmutter. „Was ich mir ausgedacht habe, ist genau das Richtige. Ich weiß, wo der

Teich ist, in dem all die kleinen Menschenkinder liegen, bis der Storch kommt und sie für die Eltern holt. Die süßen Kindlein schlafen und träumen so schön, wie sie später nie mehr träumen können. Alle Eltern möchten gern so ein Kindlein haben, und alle Kinder möchten gern eine Schwester oder einen Bruder haben. Nun fliegen wir zu dem Teich hin und holen eines für all die Kinder, die das häßliche Lied nicht gesungen und die Störche nicht verspottet haben, doch die anderen Kinder bekommen keins!“

„Aber der, der mit dem Singen anfing, der schlimme, garstige Junge“, schrien die jungen Störche, „was machen wir mit dem?“

„In dem Teich liegt ein kleines totes Kind, das hat sich zu Tode geträumt, das holen wir für ihn, dann muß er weinen, weil wir ihm ein totes Brüderchen gebracht haben; aber dem guten Jungen – den habt ihr doch nicht vergessen, der gesagt hatte, es sei eine Schande, die Tiere zu verspotten? –, dem bringen wir beides, einen Bruder und eine Schwester, und da der Junge Peter heißt, so sollt ihr alle miteinander auch Peter heißen!"

Und wie sie sagte, so geschah es, und nun hießen alle Störche Peter, und so werden sie noch heute genannt.

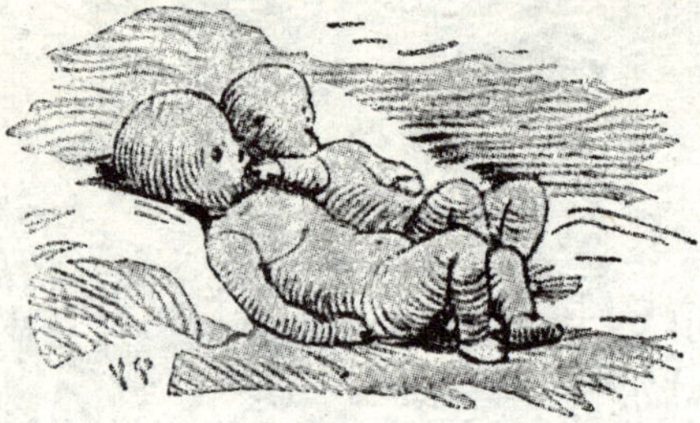

Das Metallschwein

Eine Geschichte

In der Stadt Florenz gibt es, nicht weit von der Piazza del Granduca, eine kleine Querstraße, ich glaube, sie heißt Porta rossa; hier liegt vor einer Art Bazar, wo Gemüse verkauft wird, ein künstlerisch bis ins einzelne ausgearbeitetes Metallschwein; frisches, klares Wasser rieselt aus der Schnauze des Tieres, das vom Alter ganz schwarzgrün ist, nur der Rüssel glänzt, als wäre er blankpoliert worden, und das haben die vielen hundert Kinder und Lazzaroni auch getan, die ihn mit den Händen anfassen und ihren Mund an den Rüssel des Tieres setzen, um zu trinken. Es ist ein richtiges kleines Gemälde, dieses wohlgeformte Tier von einem schönen, halbnackten Jungen umarmt zu sehen, der seinen frischen Mund an dessen Rüssel setzt.

Jeder, der nach Florenz kommt, findet sicherlich die Stelle, er braucht nur den ersten Bettler, den er erblickt, nach dem Metallschwein zu fragen, und er wird es finden.

Es war an einem Winterabend zu später Stunde, auf den Bergen lag Schnee, aber der Mond schien, und Mondschein in Italien gibt ein Licht, das ebenso hell ist wie ein dunkler

Wintertag im Norden, ja, es ist heller, denn die Luft schimmert, die Luft macht leicht, während im Norden das kalte, graue Bleidach uns zur Erde niederdrückt, zur kalten, nassen Erde, die einst lastend über unserem Sarg liegen wird.

Drüben im Schloßgarten des Herzogs, unter dem Dach der Pinie, wo zur Winterszeit Tausende von Rosen blühen, hatte den ganzen Tag hindurch ein kleiner, zerlumpter Junge gesessen, ein Junge, der das Abbild Italiens hätte sein können, so schön, so lachend und dennoch so leidend; er war hungrig und durstig, niemand gab ihm einen Schilling, und als es dunkelte und der Garten geschlossen werden sollte, jagte ihn der Pförtner weg. Lange stand er träumend auf der Brücke über den Arno und sah zu den Sternen empor, die im Wasser zwischen ihm und der prachtvollen Marmorbrücke Della Trinità glitzerten.

Er schlug den Weg zum Metallschwein ein, kniete halb nieder, schlang seine Arme um dessen Hals, setzte seinen kleinen Mund an dessen blanken Rüssel und trank in großen Zügen das frische Wasser. Dicht dabei lagen einige Salatblätter und ein paar Kastanien, die wurden sein Abendbrot. Es war nicht eine Menschenseele auf der Straße; er war ganz allein, er setzte sich auf den Rücken des Metallschweins, lehnte sich nach vorn über, so daß sein kleiner, lockiger Kopf auf dem des Tieres ruhte, und ehe er sich's noch versah, schlief er ein.

Es ward Mitternacht. Das Metallschwein bewegte sich, er hörte, wie es ganz deutlich sagte: „Du kleiner Junge, halt dich fest, denn jetzt laufe ich los!“ und dann lief es mit ihm los; es war ein sonderbarer Ritt. – Zuerst kamen sie auf die Piazza del Granduca, und das Metallpferd, das die Statue des Herzogs trug, wieherte laut; die bunten Wappen an dem alten Rathaus glänzten wie transparente Bilder, und der David des Michelangelo schwang seine Schleuder; es war ein seltsames Leben, das sich da rührte! Die erzenen Gruppen mit dem Perseus und dem Raub der Sabinerinnen standen nur allzu lebendig da; ihr Todesschrei hallte über den prächtigen, einsamen Platz.

Am Palazzo degli Uffizi, im Säulengang, wo der Adel sich während der Fastnacht zum Karnevalsfest versammelt, hielt das Metallschwein an.

„Halt dich fest!" sagte das Tier, „halt dich fest, denn nun geht es treppauf!" Der Kleine sagte noch immer kein Wort, halb bebte er, halb war er glückselig.

Sie betraten eine lange Galerie, er kannte sie wohl, er war hier schon gewesen; an den Wänden prangten Gemälde, hier standen Statuen und Büsten, alle im schönsten Licht, wie wenn es Tag wäre, aber am prächtigsten war es, als die Tür zu einem der Nebengemächer aufging; ja, an diese Herrlichkeit hier erinnerte sich der Kleine; doch lag in dieser Nacht alles in seinem schönsten Glanz.

Hier stand ein nacktes, herrliches Weib, so schön, wie nur die Natur und der größte Meister des Marmors es bilden konnten; sie bewegte die schönen Gliedmaßen, Delphine sprangen ihr um die Füße, Unsterblichkeit leuchtete aus ihren Augen. Die Welt nennt sie die Venus von Medici. Zu ihren beiden Seiten prangten Marmorbildnisse, deren Stein vom Leben des Geistes durchdrungen war; es waren nackte, herrliche Männer; der eine schärfte das Schwert, der Schleifer wird er genannt; die ringenden Gladiatoren bildeten die zweite Gruppe; das Schwert wurde geschärft, die Recken rangen um die Göttin der Schönheit.

Der Junge war wie geblendet von all dem Glanz; die Wände erstrahlten in lauter Farben, und alles dort war Leben und Bewegung. In doppelter Gestalt erschien das Bild der Venus, der irdischen Venus, so schwellend und feurig, wie Tizian sie an sein Herz genommen hatte. Es war seltsam anzusehen. Zwei wunderbare Frauen waren es; ihre schönen, unverhüllten Glieder streckten sie auf den weichen Pfühlen aus, ihre Brust hob sich, und der Kopf bewegte sich, so daß die reichen Locken über die runden Schultern fielen, während die dunklen Augen die glühenden Gedanken des Blutes aussprachen; aber keines von allen Bildern wagte doch ganz aus dem Rahmen herauszutreten. Selbst die Göttin der Schönheit, die Gladiatoren und der Schleifer blieben auf ihrem Platz, denn der Strahlenkranz, der von der Madonna, von Jesus und Johannes aufglänzte, bannte sie alle. Die heiligen Bilder waren nicht mehr Bilder, sie waren die Heiligen selber.

Welcher Glanz und welche Schönheit von Saal zu Saal! Und der Kleine sah alles; das Metallschwein ging ja Schritt für Schritt durch alle Pracht und Herrlichkeit. Ein Anblick ward durch den anderen verdrängt, ein Bild nur blieb dem Jungen richtig im Gedächtnis haften, und zwar vor allem wegen der fröhlichen, glücklichen Kinder, die darauf abgebildet waren, der Kleine hatte ihnen einmal bei Tageslicht zugenickt.

Viele laufen sicherlich leicht an diesem Bild vorüber, und dennoch umschließt es einen Schatz an Poesie; es ist Christus, der in die Unterwelt hinabsteigt, aber es sind nicht die Gemarterten, die man um ihn her sieht, nein, es sind die Heiden; der Florentiner Angiolo Bronzino hat dieses Bild gemalt; am herrlichsten ist bei den Kindern der Ausdruck der Gewißheit, in den Himmel zu kommen; zwei Kleine umarmen bereits einander, ein Kleiner streckt die Hand nach einem anderen unter ihm aus und zeigt auf sich selber, als ob er sagen wollte: „Ich fahre gen Himmel!" Alle älteren stehen ungewiß, hoffend dabei, oder sie verneigen sich demutsvoll betend vor dem Herrn Jesus.

Dies Bild betrachtete der Junge länger als irgendein anderes; das Metallschwein blieb still davor stehen; ein leiser Seufzer war zu vernehmen; kam er vom Bild oder aus der Brust des Tieres? Der Junge hob die Hand zu den lächelnden Kindern empor – da sauste das Tier mit ihm davon, fort durch die offene Vorhalle.

„Dank und Segen dir, du gutes Tier!" sagte der kleine Junge und streichelte das Metallschwein, das, bumms, bumms! mit ihm die Treppe hinabsprang.

„Gleichfalls Dank und Segen!" sagte das Metallschwein. „Ich habe dir geholfen, und du hast mir geholfen, denn nur mit einem unschuldigen Kind auf meinem Rücken gewinne ich Kräfte, um laufen zu können! Ja, siehst du, ich darf sogar unter den Strahl der Lampe vor dem Madonnenbild treten. Ich kann dich überallhin tragen, nur in die

Kirche nicht! Aber von draußen kann ich, wenn du bei mir bist, durch das offene Portal hineinschauen. Steig nicht von meinem Rücken herunter! Tust du das, dann liege ich tot da, so wie du mich tagsüber in der Porta rossa siehst."

„Ich bleibe bei dir, mein gutes Tier!" sagte der Kleine, und nun ging es in sausender Fahrt durch die Straßen von Florenz, hinaus zu dem Platz vor der Kirche Santa Croce.

Die große Flügeltür sprang auf, die Kerzen strahlten vom Altar drinnen durch die Kirche auf den einsamen Platz heraus.

Ein Grabmal im linken Seitengang strömte einen seltsamen Lichtschein aus. Tausende von beweglichen Sternen bildeten gleichsam eine Glorie um das Monument. Ein Wappenzeichen prangte auf dem Grab, eine rote Leiter auf blauem Grund, sie schien wie Feuer zu glühen. Es war das Grab Galileis, es ist ein schlichtes Monument, aber die rote Leiter auf dem blauen Grund ist ein bedeutsames Wappenzeichen, als wäre es das Zeichen der Kunst selbst, denn hier führt der Weg immer auf einer glühenden Leiter nach oben, aber zum Himmel. Alle Propheten des Geistes steigen zum Himmel hinan wie der Prophet Elias.

Auf dem Kirchengang rechts schien jedes Standbild auf den reichen Sarkophagen Leben bekommen zu haben. Hier stand Michelangelo, dort Dante mit dem Lorbeerkranz um die Stirn, Alfieri, Machiavelli; Seite an Seite ruhen hier diese Edlen, Italiens Stolz*. Es ist eine prächtige Kirche, viel schöner, wenn auch nicht so groß, als der Marmordom von Florenz.

* Gegenüber von Galileis Grab sieht man das von Michelangelo, auf dem Monument ist seine Büste angebracht und außerdem drei Gestalten: die Skulptur, die Malerei und die Architektur. Dicht daneben ist Dantes Grab (der Leichnam selbst befindet sich in Ravenna); auf dem Monument sieht man Italien, es weist auf Dantes riesige Statue, die Poesie weint um den Verlorenen. Ein paar Schritte weiter ist Alfieris Grabmonument, das mit Lorbeeren, Leier und Masken geziert ist; Italien weint an seinem Sarge. Machiavelli beschließt die Reihe dieser berühmten Großen.

Es war, als bewegten sich die marmornen Gewänder, als ob die großen Gestalten ihr Haupt noch höher höben und in die Nacht schauten, unter Gesang und Tönen, hinauf zu dem bunten, strahlenden Altar, wo weißgekleidete Knaben goldene Räuchergefäße schwenkten; der starke Duft strömte aus der Kirche auf den freien Platz hinaus.

Der Junge streckte seine Hand nach dem Lichterglanz aus, und im selben Augenblick sauste das Metallschwein von dannen; er mußte sich fest dagegenpressen, der Wind sauste ihm um die Ohren, er hörte, wie das Kirchenportal in den Angeln knarrte, als es sich schloß, aber gleichzeitig schien ihn das Bewußtsein zu verlassen, er spürte eine eisige Kälte – und schlug die Augen auf.

Es war Morgen, er war halb heruntergerutscht von dem Metallschwein, das stand, wo es zu stehen pflegte, auf der Porta rossa.

Furcht und Angst erfüllten den Jungen bei dem Gedanken an sie, die er Mutter nannte, sie, die ihn gestern ausgeschickt und ihm gesagt hatte, er müsse Geld heranschaffen, er hatte keins; hungrig war er und durstig! Noch einmal umschlang er den Hals des Metallschweins, gab ihm einen Kuß auf den Rüssel, nickte ihm zu und stapfte von dannen, in eine der engsten Straßen, gerade breit genug für einen hochbepackten Esel. Eine große, eisenbeschlagene Tür stand halb angelehnt, hier ging er eine gemauerte Treppe hinauf, mit unsauberen Wänden und einem glatten Seil als Geländer, und kam zu einem offenen Umgang, mit Lumpen behängt; von hier führte eine Treppe zum Hof hinab, von dessen Brunnen dicke Eisendrähte zu allen Stockwerken des Hauses gespannt waren, und an ihnen schwebten die Wassereimer hinab, einer neben dem anderen, während die Winde quietschte und der Eimer durch die Luft tänzelte, so daß das Wasser auf den Hof platschte. Abermals ging es auf einer verfallenen, gemauerten Treppe nach oben. Zwei Matrosen, es waren Russen, sprangen lustig herunter und hätten den armen Jungen beinahe umgerannt. Sie kamen von ihrem nächtlichen Gelage. Eine nicht mehr junge, aber üppige Weibsperson mit dickem, schwarzem

Haar folgte. „Was bringst du nach Hause?“ sagte sie zu dem Jungen.

„Sei nicht böse!“ bat er, „ich habe nichts bekommen, gar nichts!“ Und er griff nach dem Kleid der Mutter, als wollte er es küssen; sie traten in die Kammer, die wollen wir nicht beschreiben! Nur so viel sei gesagt, daß hier ein Henkelkrug mit einem Kohlenfeuer stand, ein Marito, wie er genannt wird, diesen nahm sie auf den Arm, wärmte sich die Finger und knuffte den Jungen mit dem Ellbogen. „Doch, natürlich hast du Geld!“ sagte sie.

Das Kind weinte, sie stieß mit dem Fuß nach ihm; es jammerte laut. „Bist du still, sonst zerschlag ich dir deinen brüllenden Schädel!“ und sie schwenkte den Feuertopf, den sie in der Hand hielt, der Junge duckte sich mit einem Schrei auf den Fußboden. Da trat die Nachbarsfrau zur Tür herein, auch sie hatte ihren Marito auf dem Arm. „Felicita! Was tust du mit dem Kind!“

„Es ist mein Kind!“ entgegnete Felicita. „Ich kann es ermorden, wenn ich will, und dich mit, Gianina!“ und sie schwenkte ihren Feuertopf; die andere hob ihren zur Abwehr hoch, und beide Töpfe prallten aufeinander, so daß Scherben, Feuer und Asche im Raum umherflogen; aber der Junge war im selben Augenblick auch schon aus der Tür, über den Hof und zum Hause hinaus. Das arme Kind rannte, bis es zuletzt keine Luft mehr bekam; vor Santa Croce hielt es inne, der Kirche, deren großes Portal sich ihm letzte Nacht aufgetan hatte, und es ging hinein. Alles strahlte; das Kind kniete am ersten Grabe rechts, es war das von Michelangelo, und bald schluchzte es laut. – Leute kamen und gingen. Die Messe wurde gelesen, niemand achtete des Jungen; nur ein ältlicher Bürger blieb stehen, sah ihn an – und ging dann fort, genau wie die anderen.

Hunger und Durst quälten den Kleinen, er war ganz kraftlos und krank, er kroch in einen Winkel zwischen der Mauer und dem Marmormonument und schlief ein. Es war schon Abend, als er wieder erwachte, weil jemand ihn schüttelte, er fuhr hoch, und derselbe alte Bürger stand vor ihm.

„Bist du krank? Wo ist dein Zuhause? Bist du den ganzen Tag hier gewesen?“ waren ein paar von den vielen Fragen, die der Alte ihm stellte; sie wurden beantwortet, und der alte Mann nahm ihn mit zu sich in ein kleines Haus nahebei in einer der Nebenstraßen; es war eine Handschuhmacherwerkstatt, in die sie eintraten; die Frau saß noch immer auf und nähte emsig, als sie kamen. Ein kleiner weißer Bologneser, so kurz geschoren, daß man die rosa Haut sah, sprang auf den Tisch und hüpfte vor dem kleinen Jungen hin und her.

„Die unschuldigen Seelen erkennen einander“, sagte die Frau und streichelte den Hund und den Jungen. Dieser bekam bei den guten Leuten zu essen und zu trinken, und sie sagten, er dürfe die Nacht über bleiben; am nächsten Tage wollte Vater Giuseppe mit der Mutter des Jungen reden. Er bekam ein kleines, armseliges Bett; aber das war von königlicher Pracht für ihn, der häufig auf hartem Steinfußboden schlafen mußte, er schlief so gut und träumte von den reichen Bildern und von dem Metallschwein.

Vater Giuseppe ging am nächsten Morgen fort, und das arme Kind war nicht froh darüber, denn es wußte, daß dieser Ausgang den Zweck hatte, es zu seiner Mutter zurückzubringen, und es weinte und küßte den kleinen munteren Hund, und die Frau nickte ihnen beiden zu.

Und was für einen Bescheid brachte Vater Giuseppe! Er sprach viel mit seiner Frau, und sie nickte und streichelte den Jungen. „Es ist ein schönes Kind!“ sagte sie, „es kann einmal ein guter Handschuhmacher werden, wie du einer warst! Und Finger hat er, so fein und gelenkig! Die Madonna hat ihn dazu bestimmt, Handschuhmacher zu werden!“

Und der Junge blieb dort im Hause, und die Frau lehrte ihn selber das Nähen; er aß gut, er schlief gut, er wurde fröhlich, und er fing an, Bellissima zu hänseln, so hieß der kleine Hund; die Frau drohte mit dem Finger und schalt und war böse! – Und das nahm sich der Junge zu Herzen, nachdenklich saß er in seiner kleinen Kammer; die ging auf die Straße hinaus, hier drinnen wurden Häute getrocknet; dicke Eisenstangen waren vor dem Fenster, er konnte nicht schlafen, das Metallschwein spukte ihm im Kopfe herum, und plötzlich hörte er es draußen: Klatsch, klatsch! O ja, das war es bestimmt! Er rannte ans Fenster, aber da war nichts zu sehen, es war schon vorbei.

„Hilf dem Signore den Farbenkasten tragen!" sagte die Frau am Morgen zu dem Jungen, als der junge Nachbar, der Maler, selber damit angeschleppt kam und mit einer großen, aufgerollten Leinewand dazu; und das Kind nahm den Kasten, ging hinter dem Maler her, und sie schlugen den Weg zur Galerie ein, gingen dieselbe Treppe hinauf, die er von jener Nacht her gut kannte, als er auf dem Metallschwein geritten war; er erkannte die Statuen und Gemälde, die herrliche marmorne Venus, und die, die in Farben lebten; er sah die Muttergottes wieder, Jesus und Johannes.

Nun blieben sie vor dem Gemälde von Bronzino stehen, auf dem Christus in die Unterwelt hinabsteigt und die Kinder ringsum in süßer Gewißheit des Himmels lächeln, das arme Kind lächelte auch, denn es war hier in seinem Himmel.

„Ja, geh nun heim!" sagte der Maler zu dem Kind, welches so lange stehengeblieben war, bis er seine Staffelei aufgestellt hatte.

„Darf ich Euch zusehen beim Malen?" sagte der Junge. „Darf ich sehen, wie Ihr das Bild hier auf die weiße Leinwand herüberbekommt?"

„Jetzt male ich nicht!" erwiderte der Mann und holte seine schwarze Kohle hervor, rasch bewegte sich die Hand, das Auge nahm Maß an dem großen Bild, und obwohl nur ein dünner Strich erschien, stand Christus dennoch schwebend da wie auf dem farbigen Bild.

„So geh doch endlich!" sagte der Maler, und der Junge wanderte still heimwärts, setzte sich auf den Tisch und – lernte Handschuhe nähen.

Aber den ganzen Tag waren seine Gedanken in dem Gemäldesaal, und darum stach er sich in den Finger, war ungeschickt, aber er hänselte auch nicht Bellissima. Als es Abend war und die Haustür gerade offenstand, schlich er hinaus; es war kalt, aber sternenklar, so schön und hell, und er wanderte durch die Straßen, auf denen es schon still war, und bald stand er vor dem Metallschwein, neigte sich darüber, gab ihm einen Kuß auf den blanken Rüssel, setzte sich auf seinen Rücken. „Du liebes Tier", sagte er, „wie ich mich nach dir gesehnt habe! Wir müssen heute nacht ausreiten!"

Das Metallschwein lag regungslos da, und der frische Strahl sprudelte aus seiner Schnauze. Der Kleine saß rittlings darauf, da zupfte ihn etwas an seinen Kleidern; er blickte zur Seite, es war Bellissima, die kleine, kahlgeschorene Bellissima war es. – Der Hund war mit aus dem Hause geschlüpft und war dem Kleinen nachgelaufen, ohne daß dieser es gemerkt hatte. Bellissima kläffte, als ob sie sagen wollte: Siehst du, da bin ich, weshalb setzt du dich da drauf? – Kein feuerspeiender Drache hätte ihn mehr entsetzen können als der kleine Hund an diesem Ort. Bellissima auf der Straße, und obendrein ohne angezogen zu sein, wie die alte Mutter es nannte! Was würde das geben! Der Hund kam zur Winterszeit nie hinaus, ohne daß man ihm ein kleines Lammfell überzog, das für ihn zugeschnitten und genäht worden war. Das Fell konnte mit einem roten Band um den Hals festgebunden werden, es war eine Schleife und eine Schelle daran, und ebenso wurde es unter dem Bauch zusammengebunden. Der Hund sah fast aus wie ein kleines Zicklein, wenn es zur Winterszeit in diesem Aufzug mit der Signora hinaustrippeln durfte. Bellissima war hier und nicht angezogen! Was würde das geben! Alle Phantasien waren fort, doch küßte der Junge das Metallschwein, er nahm Bellissima auf den Arm, das Tier zitterte vor Kälte, und deshalb rannte der Junge, so schnell er konnte.

„Womit rennst du da weg!" riefen zwei Gendarmen, denen er begegnete, und Bellissima bellte. „Wo hast du den hübschen Hund gestohlen?" fragten sie und nahmen ihm das Tier fort.

„Oh, gebt ihn mir wieder!" jammerte der Junge.

„Wenn du ihn nicht gestohlen hast, dann brauchst du zu Hause nur zu sagen, der Hund könne auf der Wache abgeholt werden!" und damit nannten sie die Straße und gingen mit Bellissima davon.

Das war eine Not und ein Jammer. Er wußte nicht, ob er in den Arno springen oder nach Hause gehen und alles gestehen sollte. Sie schlugen ihn bestimmt tot, dachte er. – „Aber ich möchte gern totgeschlagen werden! Ich möchte sterben, dann komme ich zu Jesus und der Madonna!" und er ging nach Hause, eigentlich, um totgeschlagen zu werden.

Die Tür war verschlossen, er konnte nicht an den Klopfer reichen, es war niemand auf der Straße, aber ein Stein war locker, und mit diesem donnerte er dagegen. „Wer ist da!" riefen sie drinnen.

„Ich bin es!" sagte er, „Bellissima ist weg! Schließt mir auf und schlagt mich dann tot!"

Der Schrecken war groß, vor allem bei der Frau, wegen der armen Bellissima. Sie sah sofort zur Wand, wo der Umhang des Hundes zu hängen pflegte, das kleine Lammfell hing da.

„Bellissima auf der Wache!“ schrie sie ganz laut. „Du böses Kind! Wie hast du ihn hinauslassen können! Er friert sich zu Tode! Das zarte Tier bei den groben Soldaten!“

Und der Vater mußte sofort losgehen – und die Frau jammerte – und der Junge weinte. – Alle Leute im Haus kamen herbei, auch der Maler; der nahm den Jungen zwischen die Knie, fragte ihn aus, und nach und nach erfuhr er die ganze Geschichte vom Metallschwein und von der Galerie – es war nicht leicht, daraus klug zu werden, der Maler tröstete den Kleinen, redete der Alten gut zu, aber sie war nicht eher zufrieden, als bis ihr Alter mit Bellissima kam, die unter Soldaten gewesen war; das war eine Freude, und der Maler streichelte den armen Jungen und schenkte ihm eine Handvoll Bilder.

Oh, das waren prächtige Blätter, komische Köpfe! Aber vor allen Dingen – das Metallschwein war dabei, wie es leibte und lebte! Oh, nichts konnte herrlicher sein! In ein paar Strichen stand es auf dem Papier, und selbst das Haus dahinter war angedeutet.

„Wer doch nur zeichnen und malen könnte! Dann könnte man die ganze Welt zu sich heranholen!“

Am nächsten Tag, sowie er einen Augenblick allein war, griff der Kleine nach dem Bleistift, und auf der weißen Seite eines Bildes versuchte er die Zeichnung vom Metallschwein wiederzugeben, und es gelang! – Ein wenig schief, ein wenig ungenau, ein Bein dick, ein anderes dünn, aber es war doch zu erkennen, er selber jubelte darüber! – Der Bleistift wollte nur nicht recht gerade laufen, wie er sollte, das merkte er wohl; aber am nächsten Tag stand ein neues Metallschwein neben dem anderen, und das war hundertmal besser; das dritte war so gut, daß jedermann es erkennen konnte.

Aber mit dem Handschuhnähen war es schlecht bestellt, es ging langsam mit den Botengängen; denn das Metallschwein hatte ihn nun darüber belehrt, daß alle Bilder zu Papier gebracht werden konnten; und die Stadt Florenz ist das reinste Bilderbuch, wenn man darin blättern will. Da gibt es auf der Piazza della Trinità eine schlanke Säule, und ganz oben steht die Göttin der Gerechtigkeit mit verbundenen Augen und der Waagschale; bald stand sie auf dem Papier, und es war des Handschuhmachers kleiner Junge, der sie da hingesetzt hatte. Die Bildersammlung schwoll an, aber es waren bis jetzt alles nur tote Dinge. Da hüpfte eines Tages Bellissima vor ihm hin und her. „Steh still!" sagte er, „dann wirst du hübsch werden und kommst mit in meine Bilder hinein!" Aber Bellissima wollte nicht stillstehen, ah, so mußte sie angebunden werden; Kopf und Schwanz wurden angebunden, der Hund bellte und sprang,

die Schnur mußte strammer angezogen werden, da kam Signora.

„Du gottloser Junge! das arme Tier!" war alles, was sie sagen konnte, und sie schubste den Jungen weg, stieß mit dem Fuß nach ihm und wies ihn aus dem Haus; er war der undankbarste Bösewicht, das gottloseste Kind! Und weinend küßte sie ihre kleine, halb erwürgte Bellissima.

Da kam gerade der Maler die Treppe herauf und – hier ist der Wendepunkt der Geschichte.

1834 war in der Academia delle arti in Florenz eine Ausstellung; zwei Gemälde, die nebeneinander ausgestellt waren, zogen viele Zuschauer an. Auf dem kleineren Gemälde war ein lustiger kleiner Junge dargestellt, der dasaß und zeichnete; als Modell hatte er einen kleinen weißen, besonders kurz geschorenen Mops, aber das Tier wollte nicht ruhig stehen und war daher mit Bindfaden festgebunden, und zwar am Kopf und am Schwanz; es lag eine Lebendigkeit und eine Wahrheit in dem Bild, die jedem ins Auge springen mußte. Man erzählte, der Maler sei ein junger Florentiner, der als kleines Kind von der Straße aufgelesen und bei einem alten Handschuhmacher aufgezogen worden sei, er habe sich das Zeichnen selber beigebracht; ein jetzt berühmter Maler habe dieses Talent entdeckt, als der Junge einmal weggejagt werden sollte, weil er den Liebling der Hausfrau, den kleinen Mops, angebunden und als Modell verwandt hatte.

Der Handschuhmacherlehrling war ein großer Maler geworden; das bewies dieses Bild, das bewies namentlich das größere daneben; hier war nur eine einzige Gestalt zu sehen, ein zerlumpter, schöner Junge, der auf der Straße saß und schlief; er lehnte sich an das Metallschwein auf der Porta rossa*. Alle Betrachter kannten die Stelle. Die Arme des Kindes ruhten auf dem Kopf des Schweins; der Kleine schlief ganz getrost, die Lampe am Madonnenbild warf ein starkes, wirkungsvolles Licht auf das bleiche, herrliche Antlitz des Kindes. Es war ein prachtvolles Bild; ein großer vergoldeter Rahmen umgab es, und an der einen Ecke des Rahmens hing ein Lorbeerkranz, aber zwischen die grünen Blätter schlang sich ein schwarzes Band, ein langer Trauerflor hing von ihm nieder.

Der junge Künstler war in diesen Tagen gestorben!

* Das Metallschwein ist ein Abguß; das Original ist antik und aus Marmor, es steht am Eingang zur Galerie im Palazzo degli Uffizi.

Der Freundschaftsbund

Jetzt fliegen wir fort vom dänischen Strand
Hin über endlose Weiten.
Wir kommen hinunter nach Griechenland,
Und Meer und Gebirg uns begleiten.

Der Zitronenbaum steht wie in gelbem Schein,
Die Frucht den Zweig niederbieget;
Wo die Distel wächst, ist marmorner Stein
Zu Bildern gehaun und gefüget.

Wo der Hirte sitzt mit seinem Hund,
Da lassen getrost wir uns nieder
Und hör'n ihn erzählen vom Freundschaftsbund.
Eine uralte Sitte kehrt wieder.

Unser Haus war aus Lehm, aber der Türrahmen war aus gerillten Marmorsäulen, die man dort gefunden hatte, wo das Haus errichtet wurde; das Dach reichte fast bis auf den Erdboden, es war jetzt schwarzbraun und häßlich, aber als es gedeckt wurde, da bestand es aus blühendem Oleander und frischen Lorbeerzweigen, aus den Bergen geholt. Es war eng um unser Haus herum, die Felswände ragten steil in die Höhe und hatten eine kahle schwarze Farbe; in der Höhe hingen oftmals Wolken um sie herum, gleich weißen lebenden Gestalten; nie habe ich hier einen Singvogel gehört, nie tanzten hier die Männer zu den Tönen der Sackpfeifen, aber die Stätte war heilig von alters her, der Name selber gemahnt daran, Delphi heißt sie! Die finsteren, ernsten Berge trugen alle Schnee, der höchste, der in der roten Abendsonnne am weitesten glänzte, war der Parnaß, der Bach dicht bei unserem Hause strömte von dort hernieder und war auch einst heilig, nun trübt der Esel mit seinen Hufen das Wasser, doch der Bach fließt weiter und wird wieder klar. Wie gut erinnere ich mich an jeden Fleck und seine heilige, tiefe Einsamkeit! In der Mitte der Hütte ward das Feuer entfacht, und wenn die heiße Asche hoch aufgeschichtet dalag und glühte, wurde das Brot darin gebacken; lag der Schnee rings um unsere Hütte, so daß sie fast verborgen war, dann schien meine Mutter am fröhlichsten zu sein, dann nahm sie meinen Kopf in ihre Hände, küßte meine Stirn und sang die Lieder, die sie sonst niemals sang; denn die Türken, unsere Herren, duldeten sie nicht; und sie sang: „Auf dem Gipfel des Olymp, in dem niedrigen Tannenwald, saß ein alter Hirsch, seine Augen waren schwer von Tränen; rote, ja grüne und hellblaue Tränen weinte er, und ein Rehbock kam vorbei: ‚Was fehlt dir denn, daß du so weinst, rote, grüne, ja hellblaue Tränen weinst?' – ‚Der Türke ist in unsere Stadt gekommen, er hat wilde Hunde für seine Jagd, eine gewaltige Meute!' – ‚Ich jage sie über die Inseln hinweg!' sagte der junge Rehbock. ‚Ich treibe sie über die Inseln ins tiefe Meer hinein!' – Aber ehe noch der Abend herankam, war der Rehbock getötet, und ehe die Nacht kam, war der

Hirsch gehetzt und tot!" – Und wenn meine Mutter so sang, wurden ihre Augen feucht, und in den langen Augenwimpern saß eine Träne, aber sie verbarg sie und wendete dann in der Asche unsere schwarzen Brote. Da ballte ich meine Hand und sagte: „Wir wollen den Türken erschlagen!" aber sie wiederholte die Stelle aus dem Lied: „Ich treibe sie über die Inseln ins tiefe Meer hinein! – Aber ehe noch der Abend herankam, war der Rehbock getötet, und ehe die Nacht kam, war der Hirsch gehetzt und tot!" Mehrere Tage und Nächte waren wir in unserer Hütte allein gewesen, da kam mein Vater; ich wußte, er brachte mir Muscheln aus dem Golf von Lepanto oder sogar ein Messer, scharf und blitzend. Er brachte uns diesmal ein Kind, ein kleines, nacktes Mädchen, das er unter seinem Schafpelz trug, sie war in ein Fell gebunden, und alles, was sie hatte, als sie ausgewickelt auf meiner Mutter Schoß lag, waren drei Silbermünzen, die in ihrem schwarzen Haar befestigt waren. Und der Vater erzählte von den Türken, die die Eltern des Kindes getötet hatten, er erzählte uns so viel, daß ich die ganze Nacht davon träumte; mein Vater selber war verwundet, Mutter verband seinen Arm, die Wunde ging tief; der dicke Schafpelz war von dem Blut steifgefroren. Das kleine Mädchen sollte meine Schwester sein, sie war so süß, so schimmernd rein! Die Augen meiner Mutter schauten nicht milder als die ihren! Anastasia, wie sie hieß, sollte meine Schwester sein, denn ihr Vater war meinem Vater verbrüdert, verbrüdert nach altem Brauch, den wir noch bewahren; sie hatten in der Jugend Brüderschaft geschlossen und das schönste und tugendhafteste Mädchen in der ganzen Gegend erwählt, sie für ihren Freundschaftsbund zu weihen; ich habe oft von dem hübschen, seltsamen Brauch gehört.

Nun war die Kleine meine Schwester; sie saß auf meinen Knien, ich brachte ihr Blumen und die Federn des Bergvogels, wir tranken gemeinsam von den Wassern des Parnaß, wir schliefen Kopf an Kopf unter dem Lorbeerdach der Hütte, während meine Mutter noch manchen Winter von den roten, den grünen und den hellblauen Tränen sang;

aber ich verstand noch nicht, daß es mein eigenes Volk war, dessen tausendfältiges Leid in diesen Tränen widergespiegelt war.

Eines Tages kamen drei fränkische Männer, anders gekleidet als wir; sie hatten ihre Betten und Zelte auf Pferden bei sich, und mehr als zwanzig Türken, alle mit Säbeln und Gewehren, begleiteten sie, denn sie waren die Freunde des Paschas und hatten einen Brief von ihm mit. Sie kamen nur, um sich unsere Berge anzuschauen, um in Schnee und Wolken den Parnaß zu besteigen und sich die seltsamen, schwarzen, steilen Felsen um unsere Hütte anzusehen. Sie konnten in der Hütte nicht untergebracht werden, und sie ertrugen auch den Rauch nicht, der unter der Decke zur niedrigen Tür hinauswallte; und sie stellten ihre Zelte auf dem engen Platz neben unserer Hütte auf und brieten Lämmer und Vögel, schenkten süße, starke Weine ein, aber die Türken durften nicht davon trinken.

Als sie aufbrachen, geleitete ich sie ein Stück des Weges, und meine kleine Schwester Anastasia hing, in ein Ziegenfell eingenäht, auf meinem Rücken. Einer der fränkischen Herren stellte mich gegen eine Felswand und zeichnete mich und sie, so lebendig, wie wir dastanden, wir sahen aus wie ein einziges Geschöpf; niemals hatte ich darüber nachgedacht, aber Anastasia und ich waren ja auch eins, immer lag sie auf meinen Knien oder hing auf meinem Rücken, und träumte ich, dann war sie in meinen Träumen.

Zwei Nächte darauf trafen andere Leute in unserer Hütte ein, sie waren mit Messern und Gewehren bewaffnet; es waren Albaner, beherzte Männer, wie meine Mutter sagte; sie blieben nur kurz da, meine Schwester Anastasia saß auf des einen Knie – als er fort war, hatte sie zwei und nicht drei Silbermünzen in ihrem Haar; sie taten Tabak in Papierstreifen und rauchten daran, und der älteste sprach vom Weg, den sie einschlagen sollten, und war seiner nicht sicher. „Spucke ich nach oben“, sagte er, „dann fällt es mir ins Gesicht, spucke ich nach unten, dann fällt es in meinen Bart!“ – Aber einen Weg mußte man wählen; sie gingen, und mein Vater ging mit; kurz darauf hörten wir Schüsse, es knallte abermals; Soldaten kamen zu unserer Hütte, sie nahmen meine Mutter, mich und Anastasia mit; die Räuber hätten bei uns Unterstützung gefunden, sagten sie, mein Vater sei mit ihnen gegangen, darum mußten wir fort; ich sah die Leichen der Räuber, ich sah meines Vaters Leiche, und ich weinte, bis ich einschlief. Als ich erwachte, waren wir im Gefängnis, aber die Stube war nicht armseliger als die in unserer eigenen Hütte, und ich bekam Zwiebeln und geharzten Wein, den sie aus dem geteerten Schlauch einschenkten, besser hatten wir es daheim auch nicht gehabt.

Wie lange wir gefangen saßen, weiß ich nicht; aber viele Nächte und Tage verstrichen. Als wir freikamen, war unser heiliges Osterfest, und ich trug Anastasia auf meinem Rücken, denn meine Mutter war krank; nur langsam konnte sie gehen, und es war weit, bis wir ans Meer gelangten, es war der Golf von Lepanto. – Wir traten in eine Kirche, die glänzte von Bildern auf goldenem Grund; Engel waren es, oh, wie schön, aber ich fand doch unsere kleine Anastasia genauso schön; mitten im Kirchenschiff stand ein Sarg voller Rosen, es sei der Herr Christus, der dort in Gestalt wunderbarer Blumen liege, sagte meine Mutter, und der Priester verkündete: „Christ ist erstanden!" Die Leute küßten sich alle, jeder hatte eine brennende Kerze in der Hand, ich selber bekam eine, die kleine Anastasia eine, die Sackpfeifen erklangen, die Männer tanzten Hand in Hand aus der Kirche, und draußen brieten die Frauen Osterlämmer; wir wurden eingeladen, ich saß am Feuer; ein Junge, älter als ich, faßte mich um den Hals, küßte mich und sagte: „Christ ist erstanden!" So lernten wir uns kennen, wir beiden, Aphtanides und ich.

Meine Mutter konnte Fischernetze knüpfen, das warf hier am Golf einen guten Verdienst ab, und wir blieben lange Zeit am Meer – dem schönen Meer, das wie Tränen schmeckte und in seinen Farben an die Tränen des Hirsches erinnerte, denn bald war es rot, bald grün und dann wieder blau.

Aphtanides verstand sich darauf, ein Boot zu steuern,

und ich saß mit meiner kleinen Anastasia in dem Boot, das über das Wasser fuhr, wie eine Wolke durch die Lüfte segelt; wenn die Sonne dann sank, wurden die blauen Berge noch dunkler, eine Bergkette guckte über die andere hinweg, und ganz in der Ferne ragte der Parnaß empor mit seinem Schnee, in der Abendsonne loderte der Berggipfel wie glühendes Eisen, es sah aus, als käme das Licht aus dem Innern, denn es glänzte lange in der blauen, flimmernden Luft, lange nachdem die Sonne fort war; die weißen Seevögel klatschten mit ihren Flügeln gegen den Wasserspiegel, sonst war es hier still wie bei Delphi zwischen den schwarzen Bergen; ich lag im Boot auf dem Rücken, Anastasia saß auf meiner Brust, und die Sterne droben leuchteten noch stärker als die Lampen in unserer Kirche; es waren dieselben Sterne, und sie standen ganz an derselben Stelle über mir, wie wenn ich bei Delphi draußen vor unserer Hütte saß. Mir war zuletzt so, als wäre ich noch dort! – Da platschte es im Wasser, und das Boot schaukelte stark – ich schrie laut, denn Anastasia war ins Wasser gefallen, aber Aphtanides war ebenso rasch, und bald hob er sie mir entgegen: wir zogen ihr die Kleider aus, wrangen das Wasser aus und zogen sie ihr dann wieder an; das gleiche tat Aphtanides mit den seinen, und wir blieben da draußen, bis die Sachen wieder trocken waren, und keiner wußte von unserer Angst um die kleine Pflegeschwester, an deren Leben Aphtanides ja nun teilhatte.

Es wurde Sommer. Die Sonne glühte so heiß, daß die Laubbäume welkten, ich dachte an unsere kühlen Berge, an das frische Wasser dort; meine Mutter hatte ebenfalls Sehnsucht, und eines Abends wanderten wir wieder zurück. Wie war es hier still und ruhig! Wir gingen durch den hohen Thymian, der noch immer duftete, obwohl die Sonne seine Blätter gedörrt hatte; nicht einem einzigen Schäfer begegneten wir, an keiner Hütte kamen wir vorbei, alles war still und verlassen, nur die Sternschnuppen sagten, daß droben im Himmel Leben war; ich weiß nicht, ob die klare blaue Luft von selber leuchtete oder ob es die Strahlen der Sterne waren – wir konnten gut die Umrisse aller Berge sehen; meine Mutter machte ein Feuer, briet die Zwiebeln, die sie mithatte, und ich und die kleine Schwester schliefen im Thymian, ohne den garstigen Smidraki* zu fürchten, dem die Lohe aus dem Halse steht, geschweige denn den Wolf und Schakal; meine Mutter saß ja bei uns, und das, meinte ich, war genug.

Wir kamen in unsere alte Heimat, aber die Hütte war ein Schutthaufen, sie mußte neu aufgebaut werden. Ein paar Frauen halfen meiner Mutter, und in wenigen Tagen waren die Mauern errichtet und ein neues Dach aus Oleander darübergelegt. Meine Mutter flocht aus Häuten und Rinde viele Hüllen für Flaschen, ich hütete die kleine Herde der Priester**. Anastasia und die kleinen Schildkröten waren meine Spielkameraden.

Eines Tages bekamen wir Besuch von dem lieben Aphtanides, er habe ein solches Verlangen, uns zu sehen, sagte er, und er blieb zwei volle Tage bei uns.

Einen Monat später kam er wieder und erzählte uns, er fahre mit einem Schiff nach Patras und Korfu, vorher müsse er uns Lebewohl sagen, er hatte einen großen Fisch für meine Mutter mit. Er wußte so viel zu erzählen, nicht nur von den Fischern am Golf von Lepanto, sondern von Königen und Helden, die einst in Griechenland geherrscht hatten, genauso wie jetzt die Türken.

Ich habe den Rosenstock knospen sehen und habe gesehen, wie nach Tagen und Wochen aus der Knospe eine entfaltete Blüte wurde; das geschah, noch ehe ich darüber nachzudenken begann, wie groß und schön und von welch glühendem Rot sie war; genauso ging es mir auch mit Anastasia. Sie war ein schönes, vollentwickeltes Mädchen, ich ein kräftiger Bursche; die Wolfsfelle auf meiner Mutter und Anastasias Bett habe ich selber dem Tier abgezogen, das durch meine Büchse fiel. Jahre waren vergangen.

* Nach dem griechischen Aberglauben entsteht dieses Ungeheuer aus den unaufgeschnittenen Mägen geschlachteter Schafe, die fortgeworfen werden.

** Ein Bauer, der lesen kann, wird oft Priester, und man nennt ihn den allerheiligsten Herrn; das einfache Volk küßt die Erde, wenn es ihm begegnet.

Da kam eines Abends Aphtanides, schlank wie eine Gerte, stark und braun; er küßte uns alle und wußte von dem weiten Meer zu erzählen, von Maltas Festungswerken und Ägyptens seltsamen Grabstätten; es klang wundersam, wie eine Legende der Priester; ich sah mit einer gewissen Ehrerbietung zu ihm auf.

„Wieviel du weißt!" sagte ich, „wie du erzählen kannst!"

„Du hast mir dennoch einst das Schönste erzählt!" sagte er. „Du hast mir etwas erzählt, was mir nie aus dem Gedächtnis entschwunden ist, von dem schönen alten Brauch des Freundschaftsbundes, dem Brauch, dem zu folgen ich wohl Lust hätte! Bruder, laß auch uns beide, wie dein und Anastasias Vater es taten, zur Kirche gehen, das schönste und unschuldigste Mädchen ist Anastasia, die Schwester, sie soll uns weihen! Niemand hat doch einen schöneren Brauch als wir Griechen!"

Anastasia wurde rot wie das frische Rosenblatt, meine Mutter küßte Aphtanides.

Eine Stunde Wegs von unserer Hütte entfernt, dort wo die Felsen mit Mutterboden bedeckt sind und einzelne Bäume Schatten spenden, lag die kleine Kirche; eine silberne Lampe hing vor dem Altar.

Ich hatte meine besten Kleider an, die weiße Fustanella fiel in reichen Falten über die Hüften hinab, das rote Wams saß eng und stramm, an der Quaste meines Fes war Silber, in meinem Gürtel steckten Messer und Pistolen. Aphtanides hatte seinen blauen Anzug an, wie ihn griechische Seeleute tragen, eine silberne Platte mit der Muttergottes hing auf seiner Brust, seine Schärpe war kostbar, wie sie nur die reichen Herren tragen können. Jedermann sah gewiß, wir beiden wollten zu einer Feier. Wir traten in die kleine einsame Kirche, durch deren Tür die Abendsonne auf die Ewige Lampe und die bunten Bilder auf goldenem Grunde schien. Wir knieten auf den Altarstufen nieder, und Anastasia stellte sich vor uns hin; ein langer, weißer Rock hing locker und leicht um ihre schönen Glieder; ihr weißer Hals und ihre Brust waren von einer Menge ineinander verketteter alter und neuer Münzen bedeckt, sie bildeten einen richtigen großen Umhang; ihr schwarzes Haar war auf dem Kopfe zu einem einzigen Knoten zusammengefaßt und wurde durch eine kleine Mütze aus Silber- und Goldmünzen zusammengehalten, die in den alten Tempeln gefunden worden waren; schöneren Schmuck besaß kein griechisches Mädchen. Ihr Antlitz leuchtete, ihre Augen waren wie zwei Sterne.

Wir sprachen alle drei leise unser Gebet, und sie fragte uns: „Wollt ihr Freunde sein im Leben und im Tode?" – Wir antworteten: „Ja." – „Wollt ihr beide, jeder für sich, was auch geschehen mag, euch erinnern: Mein Bruder ist ein Teil von mir! Mein Geheimnis ist das seine, mein Glück das seine! Aufopferung, Ausdauer, alles halte ich in meinem Innern für ihn bereit, wie für mich!" – Wir wiederholten unser Ja, und sie legte unsere Hände zusammen, küßte uns auf die Stirn, und wir beteten abermals leise. Da trat der Priester aus der Tür der Sakristei hervor, segnete uns alle drei, und ein Lied von den anderen allerheiligsten Herren erklang hinter dem Altar. Der ewige Freundschaftsbund war geschlossen. Als wir uns erhoben, sah ich meine Mutter an der Kirchentür tief und aus ganzem Herzen weinen.

Wie war es lustig in unserer kleinen Hütte und an den Quellen von Delphi! An dem Abend, bevor Aphtanides aufbrechen wollte, saßen er und ich nachdenklich auf dem Felsenhang, sein Arm war um meinen Leib geschlungen, der meine um seinen Hals, wir sprachen von Griechenlands Not, von Männern, auf die man sich verlassen konnte; jeder Gedanke in unserer Seele lag klar vor uns beide gebreitet, da ergriff ich seine Hand.

„Eines mußt du noch erfahren, eines, was bis zu dieser Stunde nur Gott und ich wissen; meine ganze Seele ist Liebe! Es ist eine Liebe, stärker als die zu meiner Mutter und zu dir!"

„Und wen liebst du?" fragte Aphtanides, und er wurde rot im Gesicht und am Hals.

„Ich liebe Anastasia!" sagte ich – und seine Hand bebte in der meinen, und er wurde leichenblaß, ich sah es, ich

begriff es, und ich glaube, auch meine Hand bebte, ich neigte mich zu ihm, küßte seine Stirn und flüsterte: „Ich habe es ihr nie gesagt! Sie liebt mich vielleicht nicht! – Bruder, denke daran, ich habe sie täglich gesehen, sie ist neben mir aufgewachsen, in meine Seele hineingewachsen!"

„Und dein soll sie sein!" sagte er. „Dein! – Ich kann dich nicht belügen und will es auch nicht. Ich liebe sie auch! – Aber morgen ziehe ich fort! Wir sehen uns in einem Jahr wieder, dann seid ihr verheiratet, nicht wahr? – Ich habe etwas Geld, es sei dein! Du mußt es annehmen, du wirst es annehmen!" Still wanderten wir über den Berg, es war spät am Abend, als wir vor meiner Mutter Hütte standen.

Anastasia leuchtete uns, als wir eintraten, meine Mutter war nicht da. Anastasia sah Aphtanides seltsam wehmütig an. „Morgen verläßt du uns!" sagte sie, „wie betrübt es mich!"

„Betrübt es dich?" sagte er, und mir war, als läge ein Schmerz darin, groß wie mein eigener; ich konnte nicht sprechen, aber er ergriff ihre Hand und sagte: „Unser Bruder dort liebt dich, bist du ihm gut? In seinem Schweigen gerade liegt seine Liebe!" – Und Anastasia zitterte und brach in Tränen aus, da sah ich nur sie, dachte nur an sie; ich schlang meinen Arm um ihren Leib und sagte: „Ja, ich liebe dich!“ Da drückte sie ihren Mund auf den meinen, ihre Hände lagen um meinen Hals; aber die Lampe war zu Boden gefallen, es war dunkel um uns her, wie in dem Herzen des lieben, armen Aphtanides.

Vor Tau und Tag stand er auf, küßte uns alle zum Abschied und zog von dannen. Meiner Mutter hatte er all sein Geld für uns gegeben. Anastasia ward meine Braut und einige Tage darauf mein Weib.

Eine Rose vom Grabe Homers

Alle Lieder des Orients singen von der Liebe der Nachtigall zur Rose; in den schweigenden, sternklaren Nächten bringt der geflügelte Sänger seiner duftenden Blüte ein Ständchen.

Nicht weit von Smyrna, unter den hohen Platanen, wo der Kaufmann seine beladenen Kamele dahintreibt, die stolz ihren langen Hals emporheben und schwerfällig über einen Boden gehen, der heilig ist, sah ich einen blühenden Rosenstrauch, wilde Tauben flogen zwischen den Zweigen der hohen Bäume ein und aus, und die Flügel der Tauben glänzten, wenn ein Sonnenstrahl darüberglitt, so als wären sie aus Perlmutter.

An dem Rosenstrauch war eine Blüte unter allen die schönste, und dieser sang die Nachtigall von dem Schmerz ihrer Liebe, aber die Rose war stumm, nicht ein Tautropfen lag wie eine mitleidige Träne auf ihren Blättern, sie neigte sich mit dem Zweig über einige große Steine.

„Hier ruht der größte Sänger der Welt!" sagte die Rose. „Über seinem Grabe will ich duften, über ihn will ich meine

Blütenblätter streuen, wenn der Sturm sie abreißt! Der Sänger der Ilias wurde Erde von dieser Erde, aus der ich sprieße! – Ich, eine Rose vom Grabe Homers, bin zu heilig, um für die armselige Nachtigall zu blühen!“

Und die Nachtigall sang sich zu Tode.

Der Kameltreiber kam mit seinen beladenen Kamelen und seinen schwarzen Sklaven, sein kleiner Sohn fand den toten Vogel, den kleinen Sänger beerdigte er in dem Grabe des großen Homer, und die Rose bebte im Winde. Der Abend kam, die Rose faltete ihre Blätter dichter zusammen und träumte, daß es ein schöner sonniger Tag war; eine Schar fremder fränkischer Männer kam, eine Pilgerfahrt hatten sie zum Grabe Homers gemacht; unter den Fremden war ein Sänger aus dem Norden, aus der Heimat der Nebel und des Nordlichts, er brach die Rose, preßte sie in einem Buch und führte sie so mit sich in einen anderen Erdteil, in sein fernes Vaterland. Und die Rose welkte vor Kummer und lag in dem engen Buch, das er in seinem Hause aufschlug, und er sagte: „Hier ist eine Rose vom Grabe Homers.“

Seht, das träumte die Blume, und sie erwachte und erschauerte im Wind; ein Tautropfen fiel von ihren Blättern auf das Grab des Sängers, und die Sonne ging auf, und die Rose erglühte schöner als je; der Tag wurde heiß, sie war in ihrem heißen Asien. Da erklangen Schritte, fremde Franken kamen, wie die Rose sie in ihrem Traum gesehen hatte, und unter den Fremden war ein Dichter aus dem Norden, er brach die Rose, preßte einen Kuß auf ihren frischen Mund und nahm sie mit in die Heimat der Nebel und des Nordlichts.

Gleich einer Mumie ruht nun der Blumenleichnam in seiner Ilias, und wie im Traume hört sie ihn das Buch aufschlagen und sagen: „Hier ist eine Rose vom Grabe Homers!“

Ole Luköie

In der ganzen Welt gibt es keinen, der so viele Geschichten weiß wie Ole Luköie! – Der kann wahrhaftig erzählen!

So gegen Abend, wenn die Kinder hübsch brav am Tisch sitzen oder auf ihrem Schemel, kommt Ole Luköie; er kommt ganz leise die Treppe herauf, denn er geht auf Strümpfen, er macht ganz sacht die Tür auf und pfft! da spritzt er den Kindern süße Milch in die Augen, ganz fein, ganz fein, aber doch immerhin so viel, daß sie die Augen nicht offenhalten können und ihn darum nicht sehen; er schleicht sich dicht hinter sie, pustet ihnen sanft ins Genick, und dann wird ihnen der Kopf schwer, o ja! Aber weh tut es nicht, denn Ole Luköie meint es gerade gut mit den Kindern, er will nichts weiter, als daß sie still sein sollen, und das sind sie am ehesten, wenn man sie zu Bett bringt, sie sollen still sein, damit er ihnen Geschichten erzählen kann.

Wenn die Kinder nun schlummern, setzt sich Ole Luköie aufs Bett; er ist gut angezogen, sein Rock ist aus Seide; aber es ist unmöglich zu sagen, was für eine Farbe er hat, denn er schimmert grün, rot und blau – wie Ole Luköie sich gerade dreht; unter jedem Arm hat er einen Regenschirm, einen mit Bildern darauf, und den stellt er über die guten Kinder, und dann träumen sie die ganze Nacht die schönsten Geschichten, und einen anderen Schirm hat er, auf dem ist gar nichts darauf, und den stellt er über die unartigen Kinder, dann schlafen sie ganz komisch, und morgens, wenn sie erwachen, haben sie nicht das kleinste bißchen geträumt.

Nun werden wir hören, wie Ole Luköie eine ganze Woche lang jeden Abend zu einem kleinen Jungen kam, der Hjalmar hieß, und was er diesem erzählte! Es sind im ganzen sieben Geschichten, denn die Woche hat sieben Tage.

Montag

„Höre mal her“, sagte Ole Luköie abends, als er Hjalmar ins Bett getrieben hatte, „nun werde ich es hier hübsch machen!“ Und da wurden alle Blumen in den Blumentöpfen zu großen Bäumen, die ihre langen Zweige unter der Decke und an den Wänden entlangstreckten, so daß die ganze Stube aussah wie die schönste Laube, und alle Zweige waren voller Blüten, und jede Blüte war schöner als eine Rose, roch so wunderbar, und wenn man sie aß, war sie süßer als Eingemachtes; die Früchte glänzten ganz

wie Gold, und dann gab es da Wecken, die strotzten von Rosinen, es war nicht zu beschreiben! Aber im selben Augenblick begann drüben in der Tischschublade, wo Hjalmars Schulbücher lagen, etwas ganz schrecklich zu jammern.

„Was ist denn das!" sagte Ole Luköie und ging an den Tisch und zog die Schublade auf. Es war die Tafel, in der es zwickte und drückte, denn in die Rechenaufgabe war eine falsche Zahl hineingekommen, so daß sie fast auseinanderfiel; der Griffel hüpfte und sprang an seinem Bindfaden, als wäre er ein kleiner Hund, er wollte der Rechenaufgabe helfen, aber er konnte nicht! – Und dann lag da Hjalmars Schreibheft, wie es in dessen Innerem jammerte, oh, es war ganz unheimlich anzuhören! Auf jeder Seite standen von oben nach unten alle großen Buchstaben, jeder mit einem kleinen daneben, eine ganze Reihe abwärts, es war das Muster; und neben diesen wieder standen Buchstaben, die meinten, sie sähen ebenso aus wie das Muster, denn die hatte Hjalmar geschrieben, die lagen beinahe so da, als wären sie über den Bleistiftstrich gefallen, auf dem sie stehen sollten.

„Seht, so müßt ihr stehen!" sagte das Muster. „Seht, so seitwärts mit einem kühnen Schwung!"

„Oh, wir möchten gern", sagten Hjalmars Buchstaben, „aber wir können nicht, uns ist so schlecht!"

„Dann kriegt ihr Kinderpulver!" sagte Ole Luköie.

„Ach nein!" riefen sie, und nun standen sie so aufrecht da, daß es eine Lust war.

„Ja, nun kommen wir nicht dazu, Geschichten zu erzählen!" sagte Ole Luköie. „Nun muß ich mit ihnen üben! Eins, zwei! Eins, zwei!" und dann übte er mit den Buchstaben, und sie standen so aufrecht da und so gesund, wie nur ein Muster stehen kann; als Ole Luköie aber gegangen war und Hjalmar morgens nach ihnen sah, da sahen sie genauso elend aus wie vorher.

Sobald Hjalmar im Bett war, berührte Ole Luköie mit seiner kleinen Zauberspritze alle Möbel in der Stube, und sogleich fingen sie an zu reden, und alle redeten sie von sich selber, ausgenommen der Spucknapf, der stand stumm da und ärgerte sich darüber, daß sie so eitel sein konnten und nur von sich selber redeten, nur an sich selber dachten und gar keinen Gedanken für ihn hatten, der doch so bescheiden in der Ecke stand und sich anspucken ließ.

Über der Kommode hing ein großes Gemälde in einem vergoldeten Rahmen, es war eine Landschaft, man sah hohe alte Bäume, Blumen im Gras und ein großes Wasser mit einem Fluß, der hinter dem Wald herumfloß, an vielen Schlössern vorbei, weit hinaus ins wilde Meer.

Ole Luköie berührte mit seiner Zauberspritze das Gemälde, und nun begannen die Vögel darin zu singen, die Zweige der Bäume bewegten sich, und die Wolken zogen ganz schnell dahin, man konnte ihren Schatten über der Landschaft sehen.

Jetzt hob Ole Luköie den kleinen Hjalmar zum Rahmen hinauf, und Hjalmar steckte die Beine in das Gemälde hinein, mitten ins hohe Gras, und da stand er; die Sonne schien zwischen den Ästen der Bäume auf ihn nieder. Er lief zu dem Wasser, setzte sich in ein kleines Boot, das dort lag; das war rot und weiß gestrichen, die Segel glänzten wie Silber, und sechs Schwäne, alle mit goldenen Kronen um den Hals und einem strahlenden blauen Stern auf dem Kopf, zogen das Boot an den grünen Wäldern vorüber, wo die Bäume von Räubern und Hexen erzählten und die Blumen von den süßen kleinen Elfen und dem, was die Schmetterlinge ihnen erzählt hatten.

Die schönsten Fische, mit Schuppen wie Silber und Gold, schwammen hinter dem Boot her, zwischendurch machten sie einen Satz, und dann machte es wieder „platsch" im Wasser, und die Vögel, rote und blaue, kleine und große, flogen in zwei langen Reihen hinterdrein, die Mücken tanzten, und der Maikäfer sagte: „Bumm, bumm!" Sie wollten allesamt Hjalmar begleiten, und jeder hatte eine Geschichte zu erzählen!

Das war aber eine Fahrt! Bald waren die Wälder ganz dicht und ganz finster, bald waren sie wie der schönste Garten mit Sonnenschein und Blumen, und es lagen dort große Schlösser aus Glas und aus Marmor; auf den Balkonen standen Prinzessinnen, und es waren alles kleine Mädchen, die Hjalmar gut kannte, er hatte schon mit ihnen gespielt. Sie streckten die Hände aus, und jede hatte das

reizendste Zuckerschweinchen in der Hand, das eine Kuchenfrau überhaupt zu verkaufen hatte, und Hjalmar faßte das eine Ende des Zuckerschweins an, als er vorüberfuhr, und die Prinzessin hielt ganz fest, und so bekam jedes ein Stückchen, sie das kleinste, Hjalmar das allergrößte! Bei jedem Schloß standen kleine Prinzen Schildwache, sie schulterten den goldenen Säbel und ließen es Rosinen und Zinnsoldaten regnen; das waren richtige Prinzen!

Bald fuhr Hjalmar durch Wälder, bald war es, als führe er durch große Säle oder mitten durch eine Stadt; er kam auch durch die, in der seine Kinderfrau wohnte, die ihn auf den Armen getragen hatte, als er ein ganz kleiner Junge war, und ihn so lieb gehabt hatte: und sie nickte und winkte und sang den hübschen kleinen Vers, den sie selber gemacht und Hjalmar geschickt hatte:

Ich denke an dich so manche Stund,
Mein liebster Hjalmar, in Bangen!
Ich habe geküßt deinen kleinen Mund,
Deine Stirn, deine roten Wangen.
Ich hörte dich lallen das erste Wort.
Ich mußte von dir scheiden.
Der Herrgott dich segne an jedem Ort,
Ein Engel mög dich begleiten.

Und alle Vögel sangen mit, die Blumen tanzten auf dem Stengel, und die alten Bäume nickten, so als erzählte Ole Luköie auch ihnen Geschichten.

Mittwoch

Nein, wie draußen der Regen niederströmte! Hjalmar konnte es im Schlafe hören! Und als Ole Luköie ein Fenster öffnete, stand das Wasser bis hinauf zum Fenstersims; draußen war ein richtiger See, aber das prächtigste Schiff lag am Haus.

„Willst du mitfahren, kleiner Hjalmar?" sagte Ole Luköie, „dann kannst du heute nacht in fremde Länder kommen und morgen wieder zurück sein!"

Und da stand Hjalmar mit einemmal in seinen Sonntagskleidern mitten auf dem prächtigen Schiff, und sogleich wurde das Wetter ganz wunderbar, und das Schiff fuhr durch die Straßen, kreuzte um die Kirche herum, und nun war alles eine große, wilde See. Sie fuhren so lange, daß kein Land mehr zu erblicken war, und sie sahen einen Schwarm Störche, die kamen auch von daheim und wollten in die heißen Länder; sie flogen einer hinter dem anderen und waren schon weit, sehr weit geflogen; einer von ihnen war so müde, daß seine Flügel ihn fast nicht länger tragen konnten, er war der allerletzte in der Reihe, und bald blieb er ein großes Stück zurück, schließlich sank er mit gebreiteten Schwingen tiefer und tiefer, er machte noch ein paar Schläge mit den Flügeln, aber es nützte nichts; nun berührten seine Füße das Tauwerk des Schiffes, nun rutschte er am Segel hinab, und bumms! da stand er auf Deck.

Nun nahm ihn der Matrose und steckte ihn in den Hühnerstall, zu Hühnern, Enten und Putern; der arme Storch stand ganz kleinlaut mitten unter ihnen.

„Sieh mal den!“ sagten alle Hühner.

Und der Truthahn plusterte sich auf, so dick wie er konnte, und fragte, wer er sei; und die Enten gingen rückwärts und stießen sich gegenseitig an: „Grabsch! grabsch!“

Und der Storch erzählte vom heißen Afrika, von den Pyramiden und vom Strauß, der gleich einem wilden Pferd durch die Wüste lief, aber die Enten verstanden nicht, was er sagte, und dann stießen sie sich gegenseitig an. „Da gibt's nur eine Meinung, der ist dumm!“

„Ja, gewiß ist er dumm!“ sagte der Truthahn, und dann kollerte er laut. Da schwieg der Storch ganz still und dachte an sein Afrika.

„Ihr habt aber ein Paar schöne dünne Beine!“ sagte der Puter. „Was kostet die Elle?“

„Lacht, lacht, lacht!“ grinsten alle Enten, aber der Storch tat so, als hörte er es gar nicht.

„Ihr könnt ruhig mitlachen!“ sagte der Puter zu ihm, „denn es war sehr witzig! Oder war es ihm vielleicht zu gemein? Ach! ach! der ist nicht vielseitig! Dann wollen wir weiter für uns allein interessant sein!“ und dann gackerten sie, und die Enten schnatterten: „Gick, gack! gick, gack!“ Es war unheimlich, wie komisch sie es selber fanden.

Aber Hjalmar ging zum Hühnerstall, machte die Tür auf, rief den Storch, und der hüpfte zu ihm aufs Deck heraus; nun hatte er sich ausgeruht, und es war fast, als nickte er Hjalmar zu, um ihm zu danken; darauf breitete er seine Schwingen aus und flog in die warmen Länder, aber die Hühner gackerten, die Enten schnatterten, und der Truthahn wurde ganz feuerrot auf dem Kopf.

„Morgen kochen wir Suppe von euch!“ sagte Hjalmar, und da wurde er wach und lag in seinem Bettchen. Es war doch eine wunderliche Reise, die Ole Luköie ihn diese Nacht hatte machen lassen!

Donnerstag

„Weißt du was“, sagte Ole Luköie, „krieg jetzt keine Angst! Hier siehst du eine kleine Maus!“ und dann streckte er ihm seine Hand hin mit dem leichten, niedlichen Tier. „Die ist gekommen, um dich zur Hochzeit einzuladen. Hier sind heute nacht zwei Mäuslein, die wollen in den Stand der Ehe eintreten. Die wohnen unter den Dielen in deiner Mutter Speisekammer, das soll eine sehr schöne Wohnung sein!“

„Wie kann ich denn aber durch das kleine Mauseloch im Fußboden kommen?“ fragte Hjalmar.

„Das ist meine Sache!“ sagte Ole Luköie. „Ich mach dich

schon klein!" Und dann berührte er Hjalmar mit seiner Zauberspritze, da wurde er sogleich kleiner und kleiner, zuletzt war er nicht einmal so groß wie ein Finger. „Nun kannst du dir die Sachen vom Zinnsoldaten borgen, ich denke, die werden passen, und eine Uniform sieht immer so flott aus, wenn man auf Gesellschaft geht."

„Ja sicher!" sagte Hjalmar, und dann war er im Nu wie der niedlichste Zinnsoldat gekleidet.

„Würden Sie vielleicht so gut sein und sich in den Fingerhut Ihrer Mutter setzen", sagte die kleine Maus, „dann werde ich die Ehre haben, Sie zu ziehen!"

„Gott, wollen das Fräulein sich selber die Mühe machen!" sagte Hjalmar, und dann fuhren sie zur Mäusehochzeit.

Zuerst kamen sie unter dem Fußboden in einen langen Gang, der gerade so hoch war, daß sie mit einem Fingerhut dort fahren konnten, und der ganze Gang war mit fauligem Holz festlich erleuchtet.

„Riecht es hier nicht schön?" sagte die Maus, die ihn zog. „Der ganze Gang ist mit Speckschwarte eingeschmiert worden. Feiner kann es nicht sein!"

Nun kamen sie in den Hochzeitssaal; hier standen zur Rechten all die kleinen Mäuseweibchen, und die zischelten und tuschelten, gerade als machten sie sich über sich selber lustig; zur Linken standen alle Mausemännchen und strichen sich mit der Pfote den Schnurrbart, aber mitten im Saal sah man das Brautpaar, das stand in einem ausgehöhlten Käsekanten und küßte sich erschrecklich viel vor aller Augen, denn sie waren ja verlobt, und jetzt sollten sie gleich Hochzeit halten.

Es kamen immer mehr Gäste; die Mäuse traten sich beinahe gegenseitig tot, und das Brautpaar hatte sich mitten in die Tür gestellt, so daß man weder hinaus- noch hereinkommen konnte. Die ganze Stube war genauso wie der Gang mit Speckschwarte eingeschmiert, das war die ganze Bewirtung, aber als Nachtisch wurde eine Erbse herumgezeigt, in die ein Mäuschen aus der Verwandtschaft die Namen des Brautpaares hineingebissen hatte, das heißt den ersten Buchstaben; das war etwas ganz Außerordentliches.

Alle Mäuse sagten, es sei eine wunderschöne Hochzeit gewesen, und sie hätten sich ausgezeichnet unterhalten.

Und dann fuhr Hjalmar wieder nach Hause; er war wirklich auf einer vornehmen Gesellschaft gewesen, aber er hatte sich auch tüchtig krümmen und kleinmachen und die Zinnsoldatenuniform anziehen müssen.

Freitag

„Es ist nicht zu glauben, wie viele es unter den älteren Leuten gibt, die gern meiner habhaft werden möchten!" sagte Ole Luköie. „Es sind besonders die, die etwas Böses getan haben. ‚Guter kleiner Ole', sagen sie zu mir, ‚wir kriegen kein Auge zu, und dann liegen wir die ganze Nacht und sehen alle unsere bösen Taten vor uns, die wie abscheuliche kleine Trolle auf dem Bettrand sitzen und uns mit heißem Wasser bespritzen. Willst du nicht kommen und sie wegjagen, damit wir gut schlafen können?' Und dann seufzen sie ganz tief: ‚Wir wollen auch wahrhaftig gern zahlen! Gute Nacht, Ole! das Geld liegt im Fenster!' aber ich tu's nicht um Geld", sagte Ole Luköie.

„Was haben wir nun heute nacht vor?" fragte Hjalmar.

„Ja, ich weiß nicht, ob du Lust hast, heute nacht schon wieder zur Hochzeit zu gehen, sie ist von anderer Art als die gestern. Die große Puppe deiner Schwester, die so aussieht wie ein Mannsbild und Hermann genannt wird, die heiratet die Puppe Bertha, außerdem hat die Puppe Geburtstag, und darum gibt es sehr viele Geschenke!"

„Ja, das kenne ich schon!" sagte Hjalmar. „Immer wenn die Puppen neue Kleider brauchen, dann läßt meine Schwester sie Geburtstag haben oder Hochzeit feiern! Das ist bestimmt hundertmal vorgekommen!"

„Ja, aber heute nacht ist Hochzeit Nummer hundertundeins, und wenn Hundertundeins vorbei ist, dann ist alles vorbei! Darum wird diese auch so unvergleichlich. Schau mal!"

Und Hjalmar blickte zum Tisch; dort stand das kleine

Papphaus mit Licht in den Fenstern, und alle Zinnsoldaten davor präsentierten das Gewehr. Das Brautpaar saß auf dem Fußboden und lehnte sich gegen das Tischbein, ganz nachdenklich, und dazu mochte es ja Grund haben. Aber Ole Luköie, in Großmutters schwarzem Rock, traute sie! Als die Trauung vorüber war, stimmten alle Möbel in der Stube folgendes hübsche Lied an, das vom Bleistift geschrieben worden war, es ging nach derselben Melodie wie der Zapfenstreich.

Unser Lied soll brausen wie ein Wind!
Beim Brautpaar wir in der Stube sind;
Sie stehen gerade wie ein Spind!
Aus Handschuhleder gemacht sie sind!
Hurra! für ihn und das holde Kind!
So singen wir fröhlich in Wetter und Wind!

Und nun erhielten sie Geschenke, aber sie hatten sich alle eßbaren Dinge verbeten, denn sie hatten genug an ihrer Liebe.

„Wollen wir nun in die Sommerfrische fahren oder ins Ausland?" fragte der Bräutigam, und dann wurden die Schwalbe, die so viel gereist war, und die alte Hofhenne, die fünfmal Küken ausgebrütet hatte, um Rat gefragt; und die

Schwalbe erzählte von den schönen warmen Ländern, wo die Weintrauben groß und schwer hingen, wo die Luft ganz milde war und die Berge Farben hatten, wie man sie hier gar nicht kennt.

„Die haben aber nicht unseren Grünkohl!“ sagte die Henne. „Ich war einen Sommer mit allen meinen Küken in der Sommerfrische, da war eine Kiesgrube, wo wir drin herumgehen und scharren konnten, und dann hatten wir Zugang zu einem Garten mit Grünkohl! Nein, wie war der grün! Ich kann mir was Schöneres nicht vorstellen!“

„Aber ein Kohlstrunk sieht aus wie der andere“, sagte die Schwalbe, „und dann ist hier oft so schlechtes Wetter!“

„Ja, daran ist man gewöhnt!“ sagte die Henne.

„Aber hier ist es kalt, es friert!“

„Das ist gut für den Kohl!“ sagte die Henne. „Außerdem kann es bei uns auch heiß sein! Hatten wir nicht vor vier Jahren einen Sommer, der fünf Wochen dauerte? Hier war es so heiß, man konnte kaum atmen! Und dann haben wir nicht all die giftigen Tiere, die sie dort haben! Und Räuber gibt's hier auch nicht! Der ist ein Lump, der unser Land nicht am schönsten findet! Der verdiente es wahrlich nicht, hier zu sein!“ und dann weinte die Henne. „Ich bin auch gereist! Ich bin zwölf Meilen in einem Kübel gefahren! Es ist gar kein Vergnügen zu reisen!“

„Ja, die Henne ist eine vernünftige Frau!“ sagte die Puppe Bertha. „Ich liebe es auch nicht, im Gebirge zu reisen, denn da geht's nur immer rauf und dann wieder runter! Nein, wir wollen zu der Kiesgrube hinausfahren und im Kohlgarten spazierengehen.“

Und dabei blieb es.

Sonnabend

„Krieg ich nun Geschichten erzählt?“ sagte der kleine Hjalmar, sobald Ole Luköie ihn im Bett hatte.

„Heute abend haben wir dafür keine Zeit!“ sagte Ole und spannte seinen schönsten Regenschirm über ihm aus. „Schau

dir nun diese Chinesen an!" und der ganze Regenschirm sah aus wie eine große chinesische Schale mit blauen Bäumen und spitzen Brücken mit kleinen Chinesen darauf, die da standen und mit dem Kopf nickten. „Wir müssen bis morgen die ganze Welt schön sauber machen", sagte Ole, „es ist ja doch ein Feiertag, es ist Sonntag. Ich muß auf den Kirchturm und sehen, ob die kleinen Kirchenwichtel die Glocken polieren, damit sie schön klingen; ich muß aufs Feld hinaus und sehen, ob die Winde den Staub von Gräsern und Blättern pusten; und was die größte Arbeit macht, ich muß alle Sterne herunternehmen, um sie zu polieren! Ich tue sie in meine Schürze, aber zuerst muß jeder numeriert werden, und die Löcher, in denen sie dort oben sitzen, müssen numeriert werden, damit sie wieder an ihren richtigen Platz kommen, sonst sitzen sie nicht fest, und wir bekommen zu viele Sternschnuppen, weil einer nach dem anderen herunterpurzelt!"

„Hören Sie mal, wissen Sie was, Herr Luköie", sagte ein altes Porträt, das an der Wand hing, wo Hjalmar schlief, „ich bin Hjalmars Urgroßvater; schönen Dank, daß Sie dem Jungen Geschichten erzählen, aber Sie dürfen ihm nicht seine Begriffe durcheinanderbringen. Die Sterne können nicht heruntergenommen und poliert werden! Die

Sterne sind Himmelskörper genau wie unsere Erde, und das ist just das Gute an ihnen!"

„Vielen Dank, du alter Urgroßvater!" sagte Ole Luköie. „Vielen Dank! Du bist ja das Haupt der Familie, du bist das Urhaupt! Aber ich bin älter als du! Ich bin ein alter Heide, die Römer und Griechen nannten mich den Traumgott! Ich habe in den vornehmsten Häusern verkehrt und verkehre da noch! Ich verstehe mit Kleinen wie mit Großen umzugehen! Nun kannst du erzählen!" und dann ging Ole Luköie und nahm den Regenschirm mit.

„Nun darf man offenbar nicht mehr seine Meinung sagen!" sagte das alte Porträt.

Und dann wurde Hjalmar wach.

Sonntag

„Guten Abend!" sagte Ole Luköie, und Hjalmar nickte, lief dann aber hin und drehte des Urgroßvaters Porträt zur Wand um, damit es nicht wieder mitredete, so wie gestern.

„Nun mußt du mir Geschichten erzählen, von den fünf grünen Erbsen, die in einer Erbsenschote wohnten, und

von Hahnenbein, der Hennenbein den Hof machte, und von der Stopfnadel, die so fein war, daß sie sich einbildete, sie wäre eine Nähnadel!"

„Man kann auch des Guten zuviel bekommen!" sagte Ole Luköie. „Ich möchte dir lieber etwas zeigen, weißt du! ich zeige dir mal meinen Bruder, der heißt auch Ole Luköie, aber er kommt nie öfter als einmal zu einem, und wenn er kommt, dann nimmt er einen mit auf sein Pferd und erzählt einem Geschichten; er weiß nur zwei: eine, die so unvergleichlich schön ist, daß niemand auf der Welt sie sich vorstellen kann, und eine, die so garstig und grausig ist – ja, das ist nicht zu beschreiben!" und dann hob Ole Luköie den kleinen Hjalmar zum Fenster hinauf und sagte: „Da siehst du meinen Bruder, den anderen Ole Luköie, man nennt ihn auch den Tod; siehst du, er sieht gar nicht so übel aus wie in den Bilderbüchern, wo er nur ein Knochengerippe ist! Nein, er hat Silberstickereien auf seinem Rock, es ist die schönste Husaren-Uniform! Ein Mantel aus schwarzem Sammet fliegt rückwärts über das Pferd hinweg! Sieh, wie er Galopp reitet!"

Und Hjalmar sah, wie dieser Ole Luköie von dannen ritt und junge wie alte Menschen auf sein Pferd nahm. Manche setzte er vorn drauf, und andere setzte er hinten drauf, aber immer fragte er erst: „Wie steht es mit dem Zeugnisheft?" – „Gut!" sagten sie alle. – „Ja, laßt mich mal selber sehen!" sagte er, und dann mußten sie ihm das Heft zeigen, und alle die, welche „Recht gut" hatten und „Sehr gut", kamen vorn aufs Pferd und bekamen die schöne Geschichte zu hören, aber die, welche „Ziemlich gut" und „Befriedigend" hatten, die mußten nach hinten und bekamen die garstige Geschichte zu hören; die zitterten und weinten, die wollten vom Pferd abspringen, konnten es aber gar nicht, denn sie wuchsen sofort daran fest.

„Aber der Tod ist ja der schönste Ole Luköie!" sagte Hjalmar, „vor ihm fürchte ich mich nicht!"

„Das darfst du auch nicht!" sagte Ole Luköie. „Sieh nur zu, daß du ein gutes Zeugnisheft hast!"

„Ja, das ist lehrreich!" murmelte des Urgroßvaters

Porträt. „Es nützt doch etwas, wenn man seine Meinung sagt!“ und nun war er zufrieden.

Seht ihr, das ist die Geschichte von Ole Luköie. Nun kann er dir heute abend selber noch mehr erzählen!

Der Rosenelf

Inmitten eines Gartens wuchs ein Rosenstrauch, der war ganz voller Rosen, und in einer davon, der schönsten von allen, wohnte ein Elf; er war so winzig klein, daß kein menschliches Auge ihn sehen konnte; hinter jedem Blatt in der Rose hatte er ein Schlafgemach; er war so wohlgestalt und hübsch, wie ein Kind nur sein konnte, und hatte Flügel an den Schultern, hinab bis zu den Füßen. Oh, es war ein Duft in seinen Zimmern, und wie hell und schön waren die Wände! Sie waren ja die feinen hellrosa Rosenblätter.

Den ganzen Tag über vergnügte er sich im warmen Sonnenschein, flog von Blüte zu Blüte, tänzelte auf den Flügeln des fliegenden Falters und maß aus, wie viele Schritte er gehen mußte, um alle Landstraßen und Pfade abzulaufen, die es auf einem einzigen Lindenblatt gab. Was er als Landstraßen und Pfade ansah, war das, was wir die Adern in dem Blatt nennen. Ja, für ihn waren es endlose Wege! Bevor er fertig wurde, ging die Sonne unter; er hatte auch so spät angefangen.

Es wurde sehr kalt, der Tau fiel, und der Wind wehte; jetzt war es wohl besser, nach Hause zu gehen; er eilte, so schnell er konnte, aber die Rose hatte sich geschlossen, er konnte nicht hineinkommen – nicht eine einzige Rose stand offen; der arme kleine Elf erschrak so sehr, er war noch nie nachts draußen gewesen, immer hatte er so süß hinter den wärmenden Rosenblättern geschlummert, oh, das war gewiß sein Tod!

Am anderen Ende des Gartens war eine natürliche Laube mit schönem Geißblatt, das wußte er, die Blüten sahen aus wie große, angemalte Hörner; in eine von diesen wollte er niedersteigen und bis morgen schlafen.

Dort flog er hin. Pscht! dort drinnen waren zwei Menschen, ein schöner junger Mann und die lieblichste Jungfrau; sie saßen nebeneinander und wünschten, daß sie sich bis in alle Ewigkeit nicht zu trennen brauchten; sie liebten sich sehr, viel mehr, als das beste Kind seinen Vater und seine Mutter lieben kann.

„Dennoch müssen wir uns trennen!" sagte der junge Mann. „Dein Bruder ist uns nicht wohlgesonnen, deswegen schickt er mich mit einem Auftrag so weit fort über Berge und Seen! Lebe wohl, meine süße Braut, denn das bist du doch!"

Und dann küßten sie sich, und das junge Mädchen weinte und schenkte ihm eine Rose; aber bevor sie ihm diese reichte, drückte sie einen Kuß darauf, so fest und innig, daß die Blüte sich öffnete; da flog der kleine Elf hinein und lehnte seinen Kopf gegen die feinen, duftenden Wände; aber er konnte gut hören, daß „Lebe wohl! Lebe wohl!" gesagt wurde, und er fühlte, daß die Rose auf der Brust des jungen Mannes ihren Platz bekam. Oh, wie das Herz da drinnen pochte! Der kleine Elf konnte gar nicht einschlafen, so pochte es.

Lange blieb die Rose nicht still auf der Brust liegen, der Mann holte sie hervor, und während er allein durch den dunklen Wald ging, küßte er die Blüte, ach, so oft und heftig, daß der kleine Elf beinahe zerdrückt worden wäre; er konnte durch das Blatt fühlen, wie die Lippen des Mannes glühten, und die Rose selber hatte sich geöffnet wie in der stärksten Mittagssonne.

Da kam ein anderer Mann, finster und zornig, es war der böse Bruder des schönen Mädchens; ein Messer, scharf und groß, holte er hervor, und während der andere die Rose küßte, erstach ihn der böse Mann, schnitt seinen Kopf ab und begrub ihn zusammen mit dem Rumpf in der weichen Erde unter dem Lindenbaum.

„Nun ist er vergessen und fort", dachte der böse Bruder; „er kehrt nie mehr zurück. Eine lange Reise sollte er machen, über Berge und Seen, da kann man leicht ums Leben kommen, und so ist es ihm ergangen. Er kommt nicht wieder, und mich wagt meine Schwester niemals nach ihm zu fragen."

Dann scharrte er mit dem Fuß welke Blätter über die aufgewühlte Erde und ging wieder heimwärts durch die finstere Nacht; aber er ging nicht allein, wie er meinte: der kleine Elf war bei ihm; der saß in einem welken, zusammengerollten Lindenblatt, das dem bösen Mann aufs Haar gefallen war, als er das Grab grub. Der Hut war nun darübergestülpt worden, es war so dunkel da drinnen, und der Elf zitterte vor Angst und Zorn über die abscheuliche Tat.

In der Morgenstunde kam der böse Mann nach Hause; er nahm seinen Hut ab und ging in das Schlafgemach der Schwester; dort lag das schöne Mädchen und träumte von dem, den sie so liebte und von dem sie meinte, er ginge über die Berge und durch Wälder; und der böse Bruder beugte sich über sie und lachte garstig, wie ein Teufel lachen kann; da fiel das welke Blatt aus seinem Haar auf die Bettdecke nieder, aber er merkte es nicht und ging hinaus, um selbst ein wenig am Morgen zu schlafen. Aber der Elf schlüpfte aus dem welken Blatt, lief in das Ohr des schlummernden Mädchens und erzählte ihr, wie in einem Traum, von dem schrecklichen Mord, beschrieb ihr den Ort, wo der Bruder ihn erschlagen und seinen Leichnam hingetan hatte, erzählte von der blühenden Linde daneben und sagte: „Damit du nicht denken sollst, ich hätte dir nur einen Traum erzählt, so wirst du auf deinem Bett ein welkes Blatt finden." Und das fand sie, als sie erwachte.

Oh, da weinte sie viele heiße Tränen! Und zu niemandem

durfte sie von ihrem Kummer sprechen. Das Fenster stand den ganzen Tag offen, der kleine Elf konnte leicht zu den Rosen im Garten hinausgelangen und zu all den anderen Blumen, aber er brachte es nicht übers Herz, die Betrübte zu verlassen. Im Fenster stand ein Strauch mit Monatsrosen, in eine von dessen Blüten setzte er sich und betrachtete das arme Mädchen. Ihr Bruder kam oftmals ins Gemach, und er war so lustig und böse, aber sie wagte kein Wort über ihr großes Herzeleid zu sagen.

Sobald es Nacht war, schlich sie sich aus dem Haus, ging in den Wald zu der Stelle, wo der Lindenbaum stand, scharrte die Blätter von der Erde weg, grub darin und fand sofort den, der getötet worden war; oh, wie sie weinte und zu dem Herrgott betete, daß sie doch bald sterben möge.

Gern wollte sie den Leichnam mit heimnehmen, aber das konnte sie nicht; so nahm sie den bleichen Kopf mit den geschlossenen Augen, küßte den kalten Mund und schüttelte die Erde aus seinem schönen Haar. „Den will ich zu eigen haben!" sagte sie, und nachdem sie Erde und Blätter auf den toten Körper gelegt hatte, nahm sie den Kopf und einen kleinen Zweig von dem Jasminstrauch, der im Walde blühte, dort wo er getötet worden war, mit nach Hause.

Sobald sie in ihrer Stube war, holte sie den größten Blumentopf, der zu finden war, in diesen legte sie den Kopf des Toten, tat Erde darauf und pflanzte alsdann den Jasminzweig in den Topf.

„Lebe wohl! Lebe wohl!" flüsterte der kleine Elf, er konnte es nicht mehr aushalten, all dies Leid zu sehen, und flog daher in den Garten hinaus zu seiner Rose; aber die war verblüht, es hingen nur noch einige fahle Blätter an der grünen Hagebutte.

„Ach, wie schnell geht es vorbei mit allem Schönen und Guten!" seufzte der Elf. Schließlich fand er wieder eine Rose, sie wurde sein Haus, hinter deren feinen, duftenden Blättern konnte er es sich heimisch machen.

Allmorgendlich flog er zu dem Fenster des armen Mädchens, und dort stand sie immer am Blumentopf und weinte; die heißen Tränen fielen auf den Jasminzweig, und während sie mit jedem Tag blasser und blasser wurde, ward der Zweig immer frischer und grüner, ein Schößling nach dem anderen trieb daraus hervor, es entstanden weiße Blütenknospen, und sie küßte sie, aber der böse Bruder schalt und fragte, ob sie töricht geworden sei; es mißfiel ihm, und er konnte nicht begreifen, weshalb sie immer über diesem Blumentopf weinte. Er wußte ja nicht, welche Augen sich geschlossen hatten und welche roten Lippen zu Erde geworden waren; und sie lehnte ihren Kopf gegen den Blumentopf, und der kleine Elf von der Rose fand sie so schlummernd; da kroch er in ihr Ohr, erzählte ihr von dem Abend in der Laube, von dem Duft der Rose und der Liebe der Elfen; sie träumte so süß, und während sie träumte, schwand das Leben dahin; sie war eines stillen Todes gestorben, sie war im Himmel bei dem, den sie liebte.

Und die Jasminblüten öffneten ihre großen, weißen Glocken, die dufteten so wundersam süß, anders konnten sie die Tote nicht beweinen.

Aber der böse Bruder sah sich den schönen blühenden Strauch an, nahm ihn als Erbstück mit und stellte ihn in sein Schlafgemach, dicht neben das Bett, denn er war so wunderbar anzusehen, und der Duft war ganz süß und würzig. Der kleine Rosenelf ging mit, flog von Blüte zu Blüte, in jeder wohnte ja eine kleine Seele, und diesen erzählte er von dem getöteten jungen Mann, dessen Kopf nun zu Erde unter der Erde geworden war, erzählte von dem bösen Bruder und der armen Schwester.

„Wir wissen es!“ sagten die Seelen in den Blüten, „wir wissen es! Sind wir nicht aus den Augen und Lippen des Erschlagenen emporgewachsen? Wir wissen es! wir wissen es!“ und dann nickten sie so seltsam mit dem Kopfe.

Der Rosenelf konnte sich keinen Vers daraus machen, wie sie so ruhig sein konnten, und er flog zu den Bienen hinaus, die Honig sammelten, erzählte ihnen die Geschichte von dem bösen Bruder, und die Bienen erzählten es ihrer Königin; die befahl, daß sie alle am nächsten Morgen den Mörder töten sollten.

Aber in der Nacht davor, es war die erste Nacht nach

dem Tode der Schwester, als der Bruder in seinem Bette dicht neben dem duftenden Jasminstrauch schlief, öffnete sich jeder Blütenkelch, und unsichtbar, aber mit giftigen Lanzen, stiegen die Blütenseelen heraus, und sie setzten sich zuerst in sein Ohr und erzählten ihm böse Träume, flogen alsdann auf seine Lippen und stachen ihn mit den giftigen Lanzen in die Zunge. „Nun haben wir den Toten gerächt!" sagten sie und kehrten wieder in die weißen Glocken des Jasmins zurück.

Als es Morgen wurde und das Fenster des Schlafgemachs mit einemmal aufgerissen wurde, stob der Rosenelf mit der Bienenkönigin und dem ganzen Bienenschwarm herein, um ihn zu töten.

Aber er war schon tot; um sein Bett herum standen Leute, und sie sagten: „Der Jasminduft hat ihn getötet!"

Da erkannte der Rosenelf die Rache der Blüten, und er erzählte es der Bienenkönigin, und sie schwärmte mit ihrem ganzen Schwarm um den Blumenkübel herum, die Bienen waren nicht zu vertreiben; da nahm ein Mann den Blumenkübel fort, und eine der Bienen stach ihn in die Hand, so daß er den Kübel fallen ließ, und der zerbrach.

Da sahen sie den weißen Totenschädel, und sie wußten, der Tote im Bett war ein Mörder.

Und die Bienenkönigin summte durch die Luft und sang von der Rache der Blumen und vom Rosenelf, und daß hinter dem kleinsten Blatt einer wohnt, der von dem Bösen erzählen und es rächen kann!

Der Schweineknecht

Es war einmal ein armer Prinz, der besaß ein Königreich, das war ganz klein, aber es war doch immerhin so groß, daß man damit heiraten konnte, und heiraten wollte er.

Es war allerdings ein wenig kühn von ihm, daß er zu der Tochter des Kaisers zu sagen wagte: „Willst du mich haben?“ aber das durfte er schon, denn sein Name war weit und breit berühmt, es gab Hunderte von Prinzessinnen, die „Ja, danke“ dazu gesagt hätten, aber wer weiß, ob sie's tat!

Nun werden wir hören.

Auf dem Grabe von des Prinzen Vater wuchs ein Rosenstrauch, oh, so ein schöner Rosenstrauch. Er blühte nur alle fünf Jahre und hatte dann nur eine einzige Blüte, aber das war eine Rose, die duftete so süß, daß man, wenn man an ihr roch, alle seine Sorgen und Kümmernisse vergaß, und dann hatte er eine Nachtigall, die konnte singen, als ob alle herrlichen Melodien in ihrer kleinen Kehle steckten. Diese Rose und diese Nachtigall sollte die Prinzessin bekommen; und darum kamen sie beide in große, silberne Behälter und wurden ihr dann zugeschickt.

Der Kaiser ließ sie vor sich her in den großen Saal tragen, wo die Prinzessin mit ihren Hofdamen war und „Besuch bekommen" spielte; sie taten nichts anderes; und als die Prinzessin die großen Behälter sah mit den Geschenken darin, klatschte sie vor Freude in die Hände.

„Wenn es bloß eine kleine Miezekatze wäre!" sagte sie – aber da kam die schöne Rose zum Vorschein.

„Nein, wie ist die reizend gemacht!" sagten alle Hofdamen.

„Die ist mehr als reizend!" sagte der Kaiser. „Die ist vornehm!"

Aber die Prinzessin befühlte sie, und dann war sie den Tränen nahe.

„Pfui, Papa!" sagte sie, „die ist nicht künstlich, das ist eine richtige!"

„Pfui!" sagten alle Hofleute, „das ist eine richtige!"

„Laßt uns erst einmal sehen, was in dem anderen Behälter ist, ehe wir böse werden!" meinte der Kaiser, und dann kam die Nachtigall zum Vorschein; sie sang nun so wunderbar, daß man zunächst einmal nichts Böses über sie sagen konnte.

„Superbe! charmant!" sagten die Hofdamen, denn sie sprachen alle Französisch, eine ärger als die andere.

„Wie mich dieser Vogel an die Spieldose der hochseligen Kaiserin erinnert!" sagte ein alter Kavalier; „ach ja, es ist ganz der gleiche Ton, der gleiche Vortrag!"

„Ja!" sagte der Kaiser, und dann weinte er wie ein kleines Kind.

„Ich will doch nicht hoffen, daß es eine richtige ist!" sagte die Prinzessin.

„Doch, es ist ein richtiger Vogel!" sagten die, welche ihn gebracht hatten.

„Ja, dann laßt den Vogel fliegen", sagte die Prinzessin, und sie wollte unter keinen Umständen gestatten, daß der Prinz käme.

Aber der ließ sich's nicht verdrießen; er schmierte sich das Gesicht braun und schwarz ein, drückte die Mütze tief in die Stirn und klopfte an.

„Guten Tag, Kaiser!" sagte er, „könnte ich nicht hier im Schloß in Dienst treten?"

„Ja, hier gibt es viele, die das möchten!" sagte der Kaiser. „Aber laß mal sehen! – Ich brauche einen, der die Schweine versorgen kann! Davon haben wir nämlich viele!"

Und so wurde der Prinz als kaiserlicher Schweineknecht eingestellt. Er bekam eine schlechte kleine Kammer unten neben dem Schweinekoben, und hier mußte er bleiben! Aber den ganzen Tag saß er und arbeitete, und als es Abend war, hatte er einen niedlichen kleinen Topf gemacht, an dem ringsherum Glöckchen saßen, und sobald der Topf kochte, klangen sie ganz wunderhübsch und spielten die alte Melodie:

„Ach, du lieber Augustin,
Alles ist weg, weg, weg!"

Das allerkunstvollste war jedoch, daß man, wenn man den Finger in den Dampf hielt, der aus dem Topf kam, sofort riechen konnte, was für Essen in einem jeden Herd, den es in der Stadt gab, gekocht wurde; seht, das war allerdings etwas anderes als eine Rose.

Nun kam die Prinzessin mit all ihren Hofdamen anspaziert, und als sie die Melodie hörte, blieb sie stehen und sah sehr erfreut aus; denn sie konnte auch „Ach, du lieber Augustin" spielen; das war das einzige, was sie konnte, aber das spielte sie mit einem Finger.

„Das kann ich ja auch!" sagte sie. „Dann muß es ein gebildeter Schweineknecht sein! Hört! geht hinein und fragt ihn, was dieses Instrument kostet."

Und nun mußte eine von den Hofdamen hineinlaufen, aber sie zog sich Holzschuhe an.

„Was willst du für den Topf haben?" sagte die Hofdame.

„Ich möchte zehn Küsse von der Prinzessin haben!" sagte der Schweineknecht.

„Der Herr bewahre uns!" sagten die Hofdamen.

„Ja, um weniger tu ich's nicht!" sagte der Schweineknecht.

„Nun, was hat er gesagt?" fragte die Prinzessin.

„Das kann ich wirklich nicht erzählen!“ sagte die Hofdame. „Es ist so grausig!“

„Dann kannst du flüstern!“ und dann flüsterte sie.

„Er ist ja unanständig!“ sagte die Prinzessin und ging sofort – aber als sie ein Stück gegangen war, da erklangen die Glöckchen gar lieblich:

„Ach, du lieber Augustin,
Alles ist weg, weg, weg!“

„Hört“, sagte die Prinzessin, „fragt ihn, ob er zehn Küsse von meinen Hofdamen haben möchte!“

„Nein danke!" sagte der Schweineknecht, „zehn Küsse von der Prinzessin, oder ich behalte den Topf."

„Wie ist das doch ärgerlich!" sagte die Prinzessin. „Aber dann müßt ihr euch davorstellen, damit es keiner sieht!"

Und die Hofdamen stellten sich alle davor, und dann breiteten sie ihre Kleider aus, und dann bekam der Schweineknecht die zehn Küsse, und sie bekam den Topf.

Nun, das war eine Freude! Den ganzen Abend und den ganzen Tag mußte der Topf kochen; es gab nicht einen Herd in der ganzen Stadt, von dem sie nicht wußten, was da gekocht wurde, ob es beim Kammerherrn war oder beim Schuster. Die Hofdamen tanzten herum und klatschten in die Hände.

„Wir wissen, wer Fruchtsuppe und Pfannkuchen ißt! Wir wissen, wer Grütze und Karbonade ißt! Wie ist das interessant!"

„Höchst interessant!" sagte die Oberhofmeisterin.

„Ja, aber haltet reinen Mund, denn ich bin des Kaisers Tochter!"

„Gott behüte!" sagten sie alle miteinander.

Der Schweineknecht, das heißt der Prinz – aber die wußten es ja nicht besser, als daß er ein richtiger Schweineknecht war –, ließ den Tag nicht hingehen, ohne etwas zu tun, und nun verfertigte er eine Schnarre, wenn man die herumschwenkte, ertönten alle Walzer, Hopser und Polkas, die man seit der Entstehung der Welt kannte.

„Das ist aber superbe!" sagte die Prinzessin, als sie vorüberging. „Ich habe nie eine hübschere Komposition vernommen! Hört! geht hinein und fragt ihn, wieviel das Instrument kostet; aber küssen tu ich ihn nicht!"

„Er will hundert Küsse von der Prinzessin haben!" sagte die Hofdame, die drinnen gewesen war, um zu fragen.

„Ich glaube, er ist toll!" sagte die Prinzessin, und dann ging sie; als sie aber ein Stückchen gegangen war, blieb sie stehen. „Man muß die Kunst fördern!" sagte sie. „Ich bin des Kaisers Tochter! Sagt ihm, er bekäme zehn Küsse, genau wie gestern, den Rest kann er sich bei meinen Hofdamen holen!"

„Ja, aber wir möchten so ungern!" sagten die Hofdamen.

„Das ist Unsinn!" sagte die Prinzessin. „Wenn ich ihn küssen kann, dann könnt ihr es auch! Bedenkt, ich gebe euch Kost und Lohn!" Und dann mußte die Hofdame wieder zu ihm hinein.

„Hundert Küsse von der Prinzessin", sagte er, „oder jeder behält das Seine!"

„Stellt euch davor!" sagte sie, und nun stellten alle Hofdamen sich davor, und dann küßte er.

„Was mag das da unten am Schweinekoben für ein Auflauf sein!" sagte der Kaiser, der auf den Balkon hinausgegangen war; er rieb sich die Augen und setzte die Brille auf. „Das sind ja die Hofdamen, die da ihr Wesen treiben. Ich muß wohl mal zu ihnen hinunter!" und dann zog er seine Pantoffeln hinten hoch, denn es waren Schuhe, die er heruntergetreten hatte.

Du liebe Zeit, wie er sich beeilte!

Sobald er auf den Hof hinunterkam, ging er ganz leise, und die Hofdamen hatten soviel damit zu tun, die Küsse zu zählen, damit es auch ehrlich zuginge und er nicht zu viele bekäme, aber auch nicht zu wenig; die merkten den Kaiser gar nicht. Der stellte sich auf die Zehenspitzen.

„Was ist das!" sagte er, als er sah, daß sie sich küßten, und dann haute er ihnen mit seinem Pantoffel eins auf den Kopf, gerade als der Schweineknecht den sechsundachtzigsten Kuß bekam. „Hinaus!" sagte der Kaiser, denn er war zornig, und sowohl die Prinzessin wie auch der Schweineknecht wurden aus seinem Kaiserreich ausgewiesen.

Da stand sie nun und weinte, der Schweineknecht schimpfte, und der Regen rauschte hernieder.

„Ach, ich elendes Menschenkind!" sagte die Prinzessin, „hätte ich doch den hübschen Prinzen genommen, ach, wie bin ich unglücklich!"

Und der Schweineknecht ging hinter einen Baum, wischte sich das Schwarze und Braune aus seinem Gesicht, zog die häßlichen Kleider aus und trat in seinem Prinzengewand hervor, so wunderbar, daß die Prinzessin einen Knicks machen mußte.

„Es ist so weit gekommen, daß ich dich verachte, du!" sagte er. „Einen ehrlichen Prinzen wolltest du nicht haben! Von der Rose und der Nachtigall verstandest du nichts, aber den Schweineknecht konntest du einer Spieldose wegen küssen! Nun kannst du sehen, wo du bleibst!"

Und dann ging er in sein Königreich hinein, machte die Tür zu und schob den Riegel davor, nun mochte sie ruhig da draußen stehen und singen:

„Ach du lieber Augustin,
Alles ist weg, weg, weg!"

Der Buchweizen

Sehr oft, wenn man nach einem Gewitter an einem Acker vorübergeht, auf dem Buchweizen wächst, sieht man, daß dieser ganz schwarz versengt ist; es ist, als wäre eine feurige Lohe darüber hinweggegangen, und der Bauersmann sagt dann: „Das hat er vom Blitzfeuer bekommen!" aber wieso hat er das bekommen? – Ich werde erzählen, was mir der Sperling erzählt hat, und der Sperling hat es von einem alten Weidenbaum gehört, der an einem Buchweizenfeld stand und da immer noch steht. Es ist so ein ehrwürdiger, großer Weidenbaum, aber runzelig und alt, er ist mittendurch gespalten, und in dem Spalt wachsen Gras und Brombeerranken. Der Baum steht vornübergeneigt, und die Äste hängen bis zur Erde nieder, als wären sie grünes, langes Haar.

Auf allen Feldern ringsum wuchs Getreide, Roggen wie auch Gerste und Hafer, ja, der herrliche Hafer, der, wenn er reif ist, so aussieht wie eine Menge kleiner, gelber Kanarienvögel an einem Zweig. Das Getreide stand so herrlich, und je schwerer es war, desto tiefer beugte es sich in frommer Demut.

Aber da war auch ein Acker mit Buchweizen, und dieser

Acker lag gerade vor dem alten Weidenbaum; der Buchweizen beugte sich gar nicht wie das übrige Getreide, der reckte sich stolz und steif in die Höhe.

„Ich bin ebenso reich wie das Korn", sagte er, „ich bin außerdem viel hübscher; meine Blüten sind schön wie die Blüten des Apfelbaums, es ist eine Lust, mich und die Meinen zu sehen; kennst du etwas Prächtigeres als uns, du alter Weidenbaum?"

Und der Weidenbaum nickte mit dem Kopf, so als wollte er sagen: „Doch, das tue ich wohl!" Aber der Buchweizen blähte sich vor lauter Hoffart und sagte: „Der dumme Baum, der ist so alt, daß ihm Gras auf dem Bauche wächst!"

Nun zog ein schreckliches Gewitter herauf; alle Blumen des Feldes falteten ihre Blätter zusammen oder neigten ihre feinen Köpfe, während der Sturm über sie hinwegfegte; aber der Buchweizen reckte sich in seinem Stolz.

„Beuge deinen Kopf wie wir!" sagten die Blumen.

„Das habe ich gar nicht nötig!" sagte der Buchweizen.

„Beuge deinen Kopf wie wir!" rief das Korn. „Jetzt kommt der Engel des Sturms angeflogen! Er hat Flügel, die von den Wolken bis auf die Erde niederreichen, und er schneidet dich mittendurch, ehe du ihn noch bitten kannst, er möge dir gnädig sein!"

„Ja, aber ich will mich nicht beugen!" sagte der Buchweizen.

„Schließe deine Blüten und beuge deine Blätter!" sagte der alte Weidenbaum, „schau nicht zum Blitz empor, wenn die Wolke birst, selbst die Menschen dürfen es nicht, denn im Blitz kann man in Gottes Himmel hineinsehen, doch dieser Anblick kann selbst die Menschen blenden, was würde dann nicht mit uns Gewächsen der Erde geschehen, wenn wir es wagten, wir, die wir viel geringer sind!"

„Viel geringer?" sagte der Buchweizen. „Nun will ich gerade in Gottes Himmel hineinsehen!" und das tat er aus Übermut und Stolz. Es war, als stünde die ganze Welt in feuriger Lohe, so blitzte es.

Als dann das Unwettter vorüber war, standen alle Blumen und alles Getreide in der stillen, reinen Luft, vom Regen erfrischt; aber der Buchweizen war durch den Blitz kohlschwarz versengt worden, er war jetzt ein totes, nutzloses Kraut auf dem Felde.

Und der alte Weidenbaum bewegte seine Äste im Wind, und es fielen große Wassertropfen von den grünen Blättern, als ob der Baum weinte, und die Sperlinge fragten: „Weshalb weinst du? Hier ist es so himmlisch. Sieh, wie die Sonne scheint, sieh, wie die Wolken ziehen, kannst du den Duft von Blumen und Büschen spüren? Weshalb weinst du, alter Weidenbaum?"

Und der Weidenbaum erzählte von dem Stolz des Buchweizens, von seinem Übermut und der Strafe; die folgt immer. Ich, der ich die Geschichte erzähle, habe sie von den Sperlingen gehört. – Sie haben sie mir eines Abends erzählt, als ich sie um ein Märchen bat.

Der Engel

„Jedesmal, wenn ein gutes Kind stirbt, kommt ein Engel Gottes auf die Erde nieder, nimmt das tote Kind in seine Arme, breitet die großen, weißen Flügel aus, fliegt überall dorthin, wo das Kind gern gewesen ist, und pflückt eine ganze Handvoll Blumen, die er zu Gott hinaufträgt, wo sie noch schöner blühen als auf Erden. Der liebe Gott drückt alle Blumen an sein Herz, aber die Blume, die ihm am liebsten ist, der gibt er einen Kuß, und dann erhält sie eine Stimme und kann in der großen Glückseligkeit mitsingen."

Seht, all dies erzählte mir ein Engel Gottes, als er gerade ein totes Kind zum Himmel hinauftrug, und das Kind hörte es wie im Traum; und sie flogen überall dorthin im Hause, wo das Kleine gespielt hatte, und sie kamen durch Gärten mit herrlichen Blumen.

„Welche wollen wir mitnehmen und im Himmel einpflanzen?" fragte der Engel.

Und da stand ein schlanker, herrlicher Rosenstrauch, aber eine böse Hand hatte den Stamm geknickt, so daß alle Zweige, voll von großen, halberschlossenen Knospen, ringsum welk herniederhingen.

„Der arme Strauch!" sagte das Kind, „nimm ihn mit, damit er droben bei Gott wieder blühen kann!"

Und der Engel nahm ihn mit, küßte aber das Kind dafür, und das Kleine öffnete halb seine Augen. Sie pflückten von den reichen Prachtblumen, nahmen aber auch die verachtete Ringelblume und das wilde Stiefmütterchen.

„Nun haben wir Blumen!" sagte das Kind, und der Engel nickte, aber sie flogen noch nicht zu Gott empor. Es war Nacht, es war ganz still, sie blieben in der großen Stadt, sie schwebten durch eine der engsten Straßen, wo ganze Haufen von Stroh, Asche und Gerümpel lagen, es war Umzugstag gewesen; hier lagen Scherben von Tellern, Gipsklumpen, Lumpen und alte Hutköpfe, lauter Dinge, die nicht schön aussahen.

Und der Engel zeigte inmitten all der Vergänglichkeit auf ein paar Scherben eines Blumentopfes und auf einen Klumpen Erde, der aus diesem herausgefallen war und von den Wurzeln einer großen verwelkten Feldblume zusammengehalten wurde, die nichts wert war und deshalb auf die Straße geworfen worden war.

„Die nehmen wir mit!" sagte der Engel. „Ich erzähle dir davon, während wir fliegen."

Und dann flogen sie, und der Engel erzählte.

„Dort unten in der engen Straße, in dem niedrigen Keller, wohnte ein armer, kranker Junge; von kleinauf war er immer bettlägerig gewesen; wenn es am allerbesten ging, konnte er auf Krücken ein paarmal in der kleinen Stube auf und nieder gehen, das war alles. Im Sommer fielen die Sonnenstrahlen an einigen Tagen für eine halbe Stunde in den Kellergang, und wenn dann der kleine Junge dort saß und sich von der warmen Sonne bescheinen ließ und das rote Blut durch seine feinen Finger sehen konnte, die er vors Gesicht hielt, dann hieß es: ‚Ja, heute ist er draußen gewesen!' – Er kannte den Wald in seinem schönsten Frühlingsgrün nur daher, daß des Nachbarn Sohn ihm den ersten Buchenzweig brachte, und den hielt er sich über den Kopf und träumte dann, er sei unter den Buchen, wo die Sonne schien und die Vögel sangen. An einem Frühlingstag brachte der Nachbarssohn ihm auch Feldblumen mit, und unter diesen war zufällig eine, die noch Wurzeln hatte, und deshalb wurde sie in einen Blumentopf gepflanzt und ins Fenster dicht neben dem Bett gestellt. Und die Blume war von einer glücklichen Hand gepflanzt worden, sie wuchs an, sie schoß neue Triebe und blühte Jahr um Jahr; sie wurde der schönste Garten für den Jungen, sein kleiner Schatz auf dieser Erde, er begoß sie und pflegte sie und sorgte dafür, daß sie jeden Sonnenstrahl bekam bis zu dem letzten, der über das niedrige Fenster hinwanderte; und die Blume selber wuchs in seine Träume hinein, denn sie blühte für ihn, verbreitete ihren Duft und ergötzte das Auge; ihr wandte er sich im Tode zu, als der Herrgott ihn rief. – Seit einem Jahr ist er nun bei Gott, ein Jahr hat die Blume vergessen im Fenster gestanden und ist verwelkt und darum beim Umzug auf den Kehricht der Straße geworfen worden. Und diese Blume ist es, die arme, welke Blume, die wir mit in den Strauß genommen haben, denn diese Blume hat mehr Freude verbreitet als die reichste Blüte im Garten einer Königin."

„Aber woher weißt du dies alles?" fragte das Kind, das der Engel zum Himmel hinauftrug.

„Ich weiß es!" sagte der Engel, „ich bin ja selbst der

kranke kleine Junge gewesen, der auf Krücken ging! Meine Blume werde ich doch erkennen!"

Und das Kind öffnete die Augen ganz und sah in das liebliche, heitere Gesicht des Engels, und im selben Augenblick waren sie in Gottes Himmel, wo Freude und Glückseligkeit herrschen. Und Gott drückte das tote Kind an sein Herz, und da bekam es Flügel wie der andere Engel und flog Hand in Hand mit ihm; und Gott drückte all die Blumen an sein Herz, aber die arme, welke Feldblume küßte er, und sie erhielt eine Stimme und sang mit allen Engeln, die Gott umschwebten, manche ganz nahe, andere in großen Kreisen um diese herum, immer weiter fort ins Unendliche, aber alle waren sie glücklich. Und alle sangen sie, groß und klein, das gute, liebe Kind und die arme Feldblume, die welk auf dem Kehricht gelegen hatte, unter allem Umzugsgerümpel in der engen, düsteren Straße.

Die Nachtigall

In China, das weißt du ja wohl, ist der Kaiser ein Chinese, und alle, die er um sich hat, sind Chinesen. Es ist jetzt viele Jahre her, aber eben darum ist es besser, die Geschichte zu hören, ehe sie vergessen wird! – Des Kaisers Schloß war das prächtigste auf der Welt, ganz und gar aus feinem Porzellan, sehr kostbar, aber sehr zerbrechlich; es war so gefährlich, daran zu rühren, daß man sich gehörig in acht nehmen mußte. Im Garten sah man die wunderlichsten Blumen, und an die allerprächtigsten waren silberne Glocken gebunden, die läuteten, damit man nicht vorüberging, ohne die Blume zu bemerken. Ja, alles war so ausgeklügelt im Garten des Kaisers, und er streckte sich so weit hin, daß selbst der Gärtner das Ende nicht kannte; ging man immer weiter, kam man in den schönsten Wald mit hohen Bäumen und tiefen Seen. Der Wald ging bis ans Meer, das blau und tief war, große Schiffe konnten ganz bis unter die Äste heransegeln, und in diesen wohnte eine Nachtigall, die so göttlich sang, daß selbst der arme Fischer, der auf soviel anderes zu achten hatte, still dalag und lauschte, wenn er nachts draußen war, um das Fischnetz einzuholen, und dann die Nachtigall hörte. „Herrgott, wie ist das schön!" sagte er, aber dann mußte er seiner Arbeit nachgehen und vergaß den Vogel; wenn dieser jedoch in der nächsten Nacht wieder sang und der Fischer dort hinauskam, sagte er das gleiche: „Herrgott, wie ist das doch schön!"

Aus allen Ländern der Erde kamen Leute zur Stadt des Kaisers gereist, und sie bewunderten sie, das Schloß und den Garten; aber wenn sie die Nachtigall hören durften, sagte einer wie der andere: „Die ist trotz allem das Beste!"

Und die Reisenden erzählten davon, wenn sie heimkamen, und die Gelehrten schrieben viele Bücher über die Stadt, das Schloß und den Garten, aber die Nachtigall vergaßen sie nicht, sie wurde allem vorangesetzt; und alle, die dichten konnten, schrieben die schönsten Gedichte, alle miteinander über die Nachtigall im Wald an der tiefen See.

Die Bücher gelangten um die ganze Welt, und einige kamen denn auch einmal bis zum Kaiser. Der saß auf seinem goldenen Thron, las und las, alle Augenblicke nickte er mit dem Kopf, denn er freute sich, all die prächtigen Beschreibungen von der Stadt, dem Schloß und dem Garten zu hören. „Aber die Nachtigall ist trotzdem das Allerbeste!" stand da geschrieben.

„Was ist das!" sagte der Kaiser, „die Nachtigall! die kenne ich ja gar nicht! Gibt es hier in meinem Kaiserreich solch einen Vogel, noch obendrein in meinem Garten! Davon habe ich nie etwas vernommen! So etwas muß man nun erst durch Lesen erfahren!"

Und dann rief er seinen Kavalier, der so vornehm war, daß er, wenn jemand, der geringer war als er, ihn anzureden oder nach etwas zu fragen wagte, nichts anderes erwiderte als „P!" und das bedeutet nichts.

„Hier soll es ja einen höchst bemerkenswerten Vogel geben, der Nachtigall heißt!" sagte der Kaiser. „Man sagt, der sei das Allerbeste in meinem großen Reich! Weshalb hat man mir nie etwas von ihm erzählt?"

„Ich habe nie zuvor davon gehört!" sagte der Kavalier, „der ist nie bei Hofe vorgestellt worden!"

„Ich will, daß er heute abend herkommt und mir vorsingt!" sagte der Kaiser. „Da weiß nun die ganze Welt, was ich habe, und ich weiß es nicht!"

„Ich habe nie zuvor davon gehört!" sagte der Kavalier, „ich werde ihn suchen, ich werde ihn finden!"

Aber wo war er zu finden? Der Kavalier lief die Treppen hinauf und hinunter, durch Säle und Flure, keiner von all denen, die er traf, hatte von der Nachtigall erzählen hören, und der Kavalier rannte wieder zum Kaiser und sagte, daß es wohl eine Fabel sein müßte, von denen erfunden, die Bücher schrieben. „Eure kaiserliche Majestät dürfen nicht glauben, was geschrieben wird! Das sind Erfindungen und etwas, was man die Schwarze Kunst nennt!"

„Aber das Buch, in dem ich es gelesen habe", sagte der Kaiser, „ist mir von dem großmächtigen Kaiser von Japan geschickt worden, und dann kann es keine Unwahrheit sein. Ich will die Nachtigall hören! Sie muß heute abend hier sein! Sie besitzt meine höchste Gnade! Und kommt sie nicht, dann kriegt der ganze Hof auf den Bauch geklopft, wenn er sein Abendbrot gegessen hat!"

„Tsing-pe!" sagte der Kavalier und lief abermals alle Treppen hinauf und hinunter, durch alle Säle und Gänge; und der halbe Hof rannte mit, denn sie wollten nicht gern auf den Bauch geklopft werden. Da hob ein Fragen an nach der merkwürdigen Nachtigall, die die ganze Welt kannte, aber keiner bei Hofe.

Endlich begegnete ihnen eine kleine, arme Magd aus der Küche. Sie sagte: „Ach Gott, die Nachtigall, die kenne ich gut! Ja, kann die aber singen! Jeden Abend darf ich meiner armen, kranken Mutter einige Reste von der Tafel mitbringen, sie wohnt unten am Strand, und wenn ich dann zurückgehe, müde bin und mich im Wald ausruhe, dann höre ich die Nachtigall singen! Mir treten dabei Tränen in die Augen, es ist ganz so, als ob meine Mutter mich küßt!"

„Kleine Küchenmagd!" sagte der Kavalier, „ich verschaffe Ihr eine feste Anstellung in der Küche und die Erlaubnis, den Kaiser essen zu sehen, falls Sie uns zur Nachtigall hinführen kann, denn die ist auf heute abend bestellt!"

Und nun zogen sie alle miteinander in den Wald, dorthin, wo die Nachtigall zu singen pflegte; der halbe Hof war mit dabei. Wie sie nun ganz schnell dahingingen, hub eine Kuh zu brüllen an.

„Oh!" sagten die Hofjunker, „da haben wir sie! Es steckt doch eine merkwürdige Kraft in solch einem kleinen Tier! Ich habe sie ganz bestimmt schon gehört!"

„Nein, das sind die Kühe, die brüllen!" sagte die kleine Küchenmagd, „wir sind noch weit von dem Ort entfernt!"

Jetzt quakten die Frösche im Sumpf.

„Köstlich!" sagte der chinesische Schloßpropst, „nun höre ich sie, es klingt genau wie kleine Kirchenglocken."

„Nein, das sind die Frösche!" sagte die kleine Küchenmagd. „Aber nun, glaube ich, werden wir sie bald hören!"

Da begann die Nachtigall zu singen.

„Das ist sie!" sagte die kleine Magd. „Hört! hört! Und da sitzt sie!" und dann zeigte sie auf einen kleinen, grauen Vogel oben in den Zweigen.

„Ist es möglich!" sagte der Kavalier. „So habe ich sie mir nun nicht vorgestellt! Wie sieht sie gewöhnlich aus! Die hat sicher ihre Farbe verloren, weil sie jetzt so viele vornehme Menschen vor sich sieht!"

„Kleine Nachtigall!" rief die kleine Küchenmagd ganz laut, „unser gnädiger Kaiser möchte so gern, daß du ihm etwas vorsingst!"

„Mit dem größten Vergnügen!" sagte die Nachtigall und sang, daß es eine Wonne war.

„Es hört sich an wie Glasglocken!" sagte der Kavalier. „Und seht die kleine Kehle, wie sie sich anstrengt! Es ist merkwürdig, daß wir sie nie zuvor gehört haben! Die wird einen großen succès bei Hofe haben!"

„Soll ich dem Kaiser noch einmal vorsingen?" sagte die Nachtigall, welche meinte, der Kaiser sei mit dabei.

„Meine vortreffliche kleine Nachtigall", sagte der Kavalier, „ich habe die große Freude, Sie zu einem Hoffest auf heute abend zu bestellen, wo Sie Seine hohe kaiserliche Gnaden mit Ihrem charmanten Gesange bezaubern werden!"

„Der klingt am besten im Grünen!" sagte die Nachtigall,

aber sie ging trotzdem gern mit, als sie hörte, der Kaiser wünsche es.

Im Schloß hatte man schlechterdings alles geschmückt! Wände und Fußböden, die aus Porzellan waren, schimmerten von Tausenden von goldenen Lampen. Die schönsten Blumen, die richtig läuten konnten, waren in den Fluren aufgestellt; da war ein Rennen und ein Zugwind, aber dann läuteten gerade alle Glöckchen, man konnte seine eigene Stimme nicht hören.

Mitten in dem großen Saal, wo der Kaiser saß, war eine goldene Stange aufgestellt, und auf dieser sollte die Nachtigall sitzen; der ganze Hof war da, und die kleine Küchenmagd hatte die Erlaubnis bekommen, hinter der Tür zu stehen, da sie jetzt den Titel einer richtigen Köchin hatte. Alle waren sie in ihrem feinsten Staat, und alle betrachteten sie den kleinen grauen Vogel, dem der Kaiser zunickte.

Und die Nachtigall sang so wunderbar, daß dem Kaiser Tränen in die Augen traten, die Tränen kullerten ihm über die Wangen hinunter, und da sang die Nachtigall noch schöner, es griff recht ans Herz; und der Kaiser freute sich sehr, und er sagte, die Nachtigall solle seinen goldenen Pantoffel haben und um den Hals tragen. Aber die Nachtigall dankte, sie hätte schon Lohn genug erhalten.

„Ich habe Tränen in den Augen des Kaisers gesehen, das ist mein reichster Schatz! Eines Kaisers Tränen haben eine wundersame Macht! Weiß Gott, ich bin genügend belohnt!“ und dann sang sie von neuem mit ihrer süßen, göttlichen Stimme.

„Das ist die reizendste Koketterie, die ich kenne!“ sagten die Damen ringsumher, und dann nahmen sie Wasser in den Mund, um zu gluckern, wenn jemand sie anredete; sie glaubten, sie seien dann auch eine Nachtigall; ja, die Lakaien und Kammermädchen ließen verkünden, daß sie auch zufrieden seien, und das will viel heißen, denn es denen recht zu machen, ist das allerschwierigste. O doch, die Nachtigall fand in der Tat allgemeinen Beifall.

Sie sollte nunmehr bei Hofe bleiben, ihren eigenen Käfig haben, dazu die Freiheit, zweimal bei Tag und einmal nachts spazierenzugehen. Sie bekam zwölf Diener mit, sie hatten alle ein seidenes Band um das Bein der Nachtigall geschlungen und hielten gut fest. So ein Spaziergang war gar kein Vergnügen.

Die ganze Stadt redete von dem auffallenden Vogel, und trafen sich zwei, dann sagte der eine nichts weiter als: „Nacht!" und der andere sagte: „Gall*!" und dann seufzten sie und verstanden einander, ja, elf Krämerkinder wurden nach ihr benannt, aber nicht eines davon hatte einen Ton im Leibe.

Eines Tages kam ein großes Paket beim Kaiser an, auf dem stand geschrieben: Nachtigall.

„Da haben wir nun ein neues Buch über unseren berühmten Vogel!" sagte der Kaiser; aber es war kein Buch, es war ein kleines Kunstwerk, das in einer Schachtel lag, eine künstliche Nachtigall, die der lebendigen gleich sein sollte, aber überall mit Diamanten, Rubinen und Saphiren besetzt war; sobald man den künstlichen Vogel aufzog, konnte er eines von den Stücken singen, die die richtige Nachtigall sang, und dann ging der Schwanz auf und nieder, und auf dem stand geschrieben: „Die Nachtigall des Kaisers von Japan ist armselig gegen die des Kaisers von China."

„Das ist wunderbar!" sagten sie alle, und derjenige, der den künstlichen Vogel gebracht hatte, erhielt sogleich den Titel Oberkaiserlicher Nachtigallenbringer.

„Nun müssen sie gemeinsam singen, das gibt aber ein Duett!"

Und nun mußten sie gemeinsam singen, aber es wollte nicht so recht gehen, denn die richtige Nachtigall sang auf ihre Weise, und die künstliche lief auf Walzen. „Die hat keine Schuld", sagte der Spielmeister, „sie hält den Takt besonders gut und ist ganz aus meiner Schule!" Nun sollte der künstliche Vogel allein singen. – Er gefiel ebenso gut wie der richtige, und dann war er ja auch noch viel hübscher anzuschauen, er glitzerte wie Armbänder und Blusennadeln.

* Im Dänischen ein Wortspiel, im Deutschen nicht wiederzugeben. „gall" gleich „gal", das im Dänischen „verrückt" bedeutet (Anmerkung d. Übers.).

Dreiunddreißigmal sang er ein und dasselbe Stück, und er wurde trotzdem nicht müde, die Leute hätten ihn gern noch einmal von vorn gehört, aber der Kaiser meinte, nun solle auch die lebendige Nachtigall ein wenig singen – aber wo war die? Niemand hatte es bemerkt, daß sie zum offenen Fenster hinausgeflogen war, hinaus in ihre grünen Wälder.

„Aber was soll denn das heißen!" sagte der Kaiser, und alle Hofleute schalten und fanden, die Nachtigall sei ein höchst undankbares Tier. „Den besten Vogel haben wir immerhin!" sagten sie, und dann mußte der künstliche Vogel abermals singen, und nun hörten sie dasselbe Stück zum vierunddreißigsten Male, aber sie konnten es noch nicht ganz, denn es war so schwer, und der Spielmeister lobte den Vogel über alle Maßen, ja, er versicherte, daß er besser sei als die richtige Nachtigall, nicht nur, was das Kleid anbetraf und die vielen wunderbaren Diamanten, sondern auch inwendig.

„Denn sehen Sie, meine Herrschaften, vor allem der Kaiser! Bei der richtigen Nachtigall kann man niemals berechnen, was da kommen mag, aber bei dem künstlichen Vogel liegt alles fest! So wird es und nicht anders! Man kann alles klarlegen, man kann ihn öffnen und die menschliche Erfindergabe zeigen, wie die Walzen liegen, wie sie laufen und wie eins sich aus dem anderen ergibt!"

„Das ist ganz meine Ansicht!" sagten sie alle miteinander, und der Spielmeister erhielt die Erlaubnis, den Vogel am nächsten Sonntag dem Volke vorzuführen; sie sollten ihn auch singen hören, sagte der Kaiser; und sie hörten ihn, und sie freuten sich so sehr, als hätten sie sich mit Tee einen angetrunken, denn das ist so ganz chinesisch, und alle sagten dann: „Oh!" und steckten den Finger, den man „Naschpott" nennt, in die Luft, und dann nickten sie; aber die armen Fischer, die die richtige Nachtigall gehört hatten, sagten: „Es klingt sehr hübsch, es ist auch ähnlich, aber irgend etwas fehlt da, ich weiß nicht was!"

Die richtige Nachtigall war des Landes verwiesen worden.

Der künstliche Vogel hatte seinen Platz auf einem seidenen Kissen dicht neben des Kaisers Bett; alle Geschenke, die er bekommen hatte, Gold und Edelsteine, lagen rings um ihn herum, und in der Betitelung war er zum „Hochkaiserlichen Nachttischsänger“ aufgestiegen, im Range Nummer Eins zur linken Seite, denn der Kaiser hielt die Seite für die vornehmste, an der das Herz saß, und das Herz sitzt links, auch bei einem Kaiser. Und der Spielmeister schrieb fünfundzwanzig Bände über den künstlichen Vogel; das war so gelehrt und so lang und voll von den allerschwersten chinesischen Wörtern, daß alle Leute sagten, sie hätten es gelesen und verstanden, denn sonst wären sie ja dumm gewesen, und man hätte ihnen auf den Bauch geklopft.

So verging ein ganzes Jahr; der Kaiser, der Hof und alle anderen Chinesen konnten jedes kleinste Gluckern im Gesang des künstlichen Vogels auswendig, aber gerade darum gefiel er ihnen am allerbesten; sie konnten selbst mitsingen, und das taten sie. Die Gassenjungen sangen: „Zizizi! Gluckgluckgluck!“ und der Kaiser sang es. O doch, es war bestimmt herrlich!

Aber eines Abends, als der künstliche Vogel im besten Singen war und der Kaiser im Bette lag und ihm zuhörte, sagte es drinnen im Vogel „klick!“ da war etwas gerissen! „Surrrr“, alle Räder liefen rundherum, und dann schwieg die Musik.

Der Kaiser sprang sogleich aus dem Bett und ließ seinen Leibarzt rufen, aber was konnte der ausrichten! Dann ließen sie den Uhrmacher holen, und nach vielem Reden und vielem Nachschauen bekam er den Vogel einigermaßen zurecht, aber er sagte, man müsse ihn sehr schonen, denn seine Zapfen seien abgenutzt, und es sei nicht möglich, sie zu ersetzen, so daß die Musik richtig liefe. Da herrschte nun große Betrübnis! Nur einmal jährlich wagte man es, den künstlichen Vogel singen zu lassen, und dann ging es auch nur mit knapper Not. Aber nun hielt der Spielmeister eine kleine Rede voll schwieriger Wörter und sagte, es sei ebenso gut wie vorher, und dann war es ebenso gut.

Es waren fünf Jahre vergangen, und das Land hatte einen wirklich großen Kummer, denn sie liebten im Grunde alle miteinander ihren Kaiser. Jetzt sei er krank und werde nicht mehr lange leben, sagte man; ein neuer Kaiser war schon gewählt, und das Volk stand draußen auf der Straße und fragte den Kavalier, wie es mit ihrem Kaiser stünde.

„P!" sagte er und schüttelte den Kopf.

Kalt und fahl lag der Kaiser in seinem großen, prächtigen Bett. Der ganze Hofstaat glaubte, er sei tot, und jeder einzelne rannte zu dem neuen Kaiser, um ihn zu begrüßen; die Kammerdiener liefen hinaus, um sich darüber zu unterhalten, und die Schloßmägde veranstalteten einen großen Kaffeeklatsch. Alle Säle und Gänge waren ringsum mit Tuch ausgelegt, damit man niemanden gehen hörte, und darum war es ganz still. Aber der Kaiser war noch nicht tot; steif und fahl lag er in dem prächtigen Bett mit den langen Samtvorhängen und den dicken goldenen Quasten; hoch oben stand ein Fenster offen, und der Mond schien zu dem Kaiser und dem künstlichen Vogel hinein.

Der arme Kaiser konnte fast keine Luft bekommen, es war, als säße etwas auf seiner Brust; er schlug die Augen auf, und da sah er, es war der Tod, der auf seiner Brust saß und sich des Kaisers goldene Krone aufgesetzt hatte und in der einen Hand den goldenen Säbel des Kaisers hielt, in der anderen seine prächtige Fahne; und ringsum aus den Falten der großen samtenen Bettvorhänge staken wunderliche Köpfe hervor, manche ganz garstig, andere so göttlich mild: es waren alle bösen und guten Taten des Kaisers, die auf ihn niederblickten, jetzt, da der Tod auf seinem Herzen saß.

„Weißt du das noch?" flüsterte eine nach der anderen. „Weißt du das noch?" und dann erzählten sie ihm so vieles, daß ihm der Schweiß auf der Stirn ausbrach.

„Das habe ich nie gewußt!" sagte der Kaiser. „Musik, Musik, die große, chinesische Trommel!" rief er, „damit ich all das, was sie sagen, nicht zu hören brauche!"

Und sie fuhren fort, und der Tod nickte bei allem, was gesagt wurde, genau wie ein Chinese.

„Musik! Musik!" schrie der Kaiser. „Du lieber kleiner goldener Vogel, singe doch, singe! Ich habe dir Gold und

Kostbarkeiten geschenkt, ich habe dir selbst meinen goldenen Pantoffel um den Hals gehängt, singe doch, singe!"

Aber der Vogel stand still, es war niemand da, ihn aufzuziehen, und dann sang er nicht; aber der Tod fuhr fort, den Kaiser mit seinen großen, leeren Augenhöhlen anzublicken, und es war so still, so schrecklich still.

Da ertönte im selben Augenblick nahe am Fenster der schönste Gesang; es war die kleine lebende Nachtigall, die auf dem Aste draußen saß; sie hatte von der Not ihres Kaisers vernommen und war daher gekommen, um ihm

Trost und Hoffnung zu singen; und je länger sie sang, desto bleicher wurden die Gestalten, das Blut in des Kaisers schwachem Leibe kam wieder in Fluß, und selbst der Tod lauschte und sagte: „Fahr fort, kleine Nachtigall! Fahr fort!“

„Ja, schenkst du mir den prächtigen goldenen Säbel? Schenkst du mir die reiche Fahne? Schenkst du mir des Kaisers Krone?“

Und der Tod schenkte für jedes Lied ein Kleinod, und die Nachtigall fuhr immer noch fort zu singen, und sie sang von dem stillen Friedhof, wo die weißen Rosen stehen, wo der Holunderstrauch duftet und wo das frische Gras von den Tränen der Hinterbliebenen begossen wird; da verlangte es den Tod nach seinem Garten, und er schwebte, wie ein kalter, weißer Nebel, zum Fenster hinaus.

„Danke, danke!“ sagte der Kaiser, „du himmlischer kleiner Vogel, ich kenne dich wohl! Dich habe ich aus meinen Landen verwiesen! Und dennoch hast du die bösen Gesichte von meinem Bett hinweggesungen, den Tod von meinem Herzen verwiesen! Wie soll ich es dir lohnen?“

„Du hast mich belohnt!“ sagte die Nachtigall. „Ich habe, als ich das erstemal sang, Tränen aus deinen Augen erhalten, das vergesse ich dir niemals! Es sind dies Juwelen, die eines Sängers Herzen wohltun! Aber nun schlafe und werde wieder gesund und stark! Ich werde dir vorsingen!“

Und sie sang – und der Kaiser schlummerte süß dabei, mild und wohltuend war der Schlaf.

Die Sonne schien durch die Fenster zu ihm herein, als er gestärkt und gesundet erwachte; keiner seiner Diener war bis jetzt zurückgekehrt, denn sie meinten, er wäre tot, aber die Nachtigall saß noch immer da und sang.

„Allezeit mußt du bei mir bleiben!“ sagte der Kaiser. „Du sollst nur singen, wann du selber magst, und den künstlichen Vogel schlage ich in tausend Stücke.“

„Tu das nicht!“ sagte die Nachtigall, „er hat soviel Gutes getan, wie er konnte! Behalte ihn wie immer! Ich kann nicht aufs Schloß übersiedeln, aber laß mich kommen, wenn ich selber Lust habe; dann werde ich abends auf dem Ast dort am Fenster sitzen und dir vorsingen, damit du fröhlich und nachdenklich zugleich wirst. Ich werde von den Glücklichen singen und von denen, die leiden. Ich werde von Gutem und Bösem singen, was dir ringsum verborgen gehalten wird! Der kleine Singvogel fliegt weit umher zu den armen Fischern, zum Dach des Bauern, zu jedem, der weit von dir und deinem Hof entfernt ist. Ich liebe dein Herz mehr als deine Krone, und dennoch liegt um die Krone ein Duft von etwas Heiligem! – Ich komme, ich singe dir vor! – Aber eins mußt du mir versprechen!"

„Alles!" sagte der Kaiser und stand da in seinem kaiserlichen Gewande, das er sich selber angezogen hatte, und hielt den Säbel, der schwer von Gold war, gegen sein Herz.

„Um eines bitte ich dich! Erzähle niemandem, daß du einen kleinen Vogel besitzt, der dir alles sagt, dann wird es noch besser gehen!"

Und nun flog die Nachtigall davon.

Die Diener kamen herein, um nach ihrem toten Kaiser zu sehen – o ja, da standen sie, und der Kaiser sagte: „Guten Morgen!"

Die Liebesleute

Der Kreisel und der Ball lagen zusammen in einer Schublade unter anderem Spielzeug, und da sagte der Kreisel zum Ball: „Wollen wir uns nicht verloben, da wir doch zusammen in der Schublade liegen?“ – Aber der Ball, der aus Saffian genäht war und sich ebensoviel einbildete wie ein feines Fräulein, wollte auf so etwas nicht antworten.

Am nächsten Tag kam der kleine Junge, dem das Spielzeug gehörte, er malte den Kreisel rot und gelb an und schlug einen Messingnagel mitten drauf; es sah ganz prächtig aus, wenn der Kreisel sich rundherum drehte.

„Schauen Sie mich an!“ sagte er zum Ball. „Was sagen Sie nun? Wollen wir uns nun nicht verloben? Wir passen so gut zusammen, Sie springen, und ich tanze! Glücklicher als wir beiden kann niemand werden!“

„So, das meinen Sie!“ sagte der Ball. „Sie wissen wohl nicht, daß mein Vater und meine Mutter Saffianpantoffeln waren und daß ich einen Korken im Leibe habe!“

„Ja, aber ich bin aus Mahagoni!“ sagte der Kreisel. „Und der Dorfschulze hat mich selber gedrechselt, er hat seine eigene Drehbank, und es hat ihm viel Spaß gemacht!“

„Ja, kann ich mich darauf verlassen?" sagte der Ball.

„Möge ich nie was mit der Peitsche bekommen, falls ich lüge!" antwortete der Kreisel.

„Sie sind sehr redegewandt!" sagte der Ball, „aber ich kann trotzdem nicht, ich bin so halb und halb mit einem Schwälberich verlobt! Jedesmal, wenn ich in die Höhe fliege, steckt er den Kopf aus dem Nest und sagt: ‚Will Sie? Will Sie?' und nun habe ich innerlich ja gesagt, und das ist so gut wie ein halbes Verlöbnis! Aber ich verspreche Ihnen, ich werde Sie nie vergessen!"

„Ja, das wird grad viel nützen!" sagte der Kreisel, und dann redeten sie nicht mehr miteinander.

Am nächsten Tage wurde der Ball hervorgeholt; der Kreisel sah, wie dieser hoch in die Luft schoß, genau wie ein Vogel, man konnte ihn zuletzt gar nicht mehr erkennen; jedesmal kam er wieder zurück, machte aber immer einen hohen Satz, wenn er die Erde berührte, und das war entweder vor Sehnsucht oder weil er einen Korken im Leibe hatte. Beim neuntenmal verschwand der Ball und kam nicht mehr wieder; und der Junge suchte und suchte, aber der Ball war weg.

„Ich weiß wohl, wo er ist!" seufzte der Kreisel, „der ist im Schwalbennest und mit dem Schwälberich verheiratet!"

Je mehr der Kreisel daran dachte, desto entzückter war er von dem Ball; eben weil er ihn nicht bekommen konnte, nahm die Liebe zu; daß der Ball einen anderen genommen hatte, war ja gerade das Besondere daran; und der Kreisel tanzte rundherum und schnurrte, aber immer dachte er an den Ball, der in seiner Vorstellung immer schöner wurde. So vergingen viele Jahre – und schließlich war es eine alte Liebe.

Und der Kreisel war nicht mehr jung! – Aber dann wurde er eines Tages ganz und gar vergoldet; noch nie hatte er so wunderbar ausgesehen; er war jetzt ein goldener Kreisel und hüpfte, daß es hinterher noch surrte. O ja, das war eine Sache! Aber mit einemmal hüpfte er zu hoch und – weg war er!

Man suchte und suchte, selbst unten im Keller, er war einfach nicht zu finden.

Wo war er?

Er war in den Müllkasten gehüpft, wo alles mögliche lag, Kohlstrünke, Kehricht und Erdklumpen, die von der Dachrinne gefallen waren.

„Nun liege ich aber wahrhaftig gut! Hier kann meine Vergoldung schnell abgehen! Und was sind das für Bettler, unter die ich geraten bin!" und dann schaute er verstohlen zu einem langen Kohlstrunk hinüber, der ganz und gar abgenagt war, und zu einem seltsam rundlichen Ding, das aussah wie ein alter Apfel – aber es war kein Apfel, es war ein alter Ball, der viele Jahre lang oben in der Dachrinne gelegen hatte und vom Wasser ganz aufgeweicht war.

„Gott sei Dank, da kommt doch einer unsersgleichen, mit dem man reden kann!" sagte der Ball und betrachtete den vergoldeten Kreisel. „Ich bin eigentlich aus Saffian, von Jungfernhänden genäht, und habe einen Korken im Leib, aber das kann mir keiner ansehen! Ich war im Begriff, mit einem Schwälberich Hochzeit zu machen, aber da fiel ich in die Dachrinne, und da habe ich fünf Jahre gelegen und Wasser gezogen! Das ist eine lange Zeit, können Sie glauben, für eine Jungfer!"

Aber der Kreisel sagte nichts, er dachte an seine alte Liebe, und je mehr er hörte, desto klarer wurde es ihm, daß sie es sei. Da kam die Dienstmagd und wollte den Müllkasten ausschütten. „Hallo, da ist der goldene Kreisel!" sagte sie.

Und der Kreisel kam in der Stube wieder zu hohen Ehren und Ansehen, aber von dem Ball hörte man nichts, und der Kreisel redete nie mehr von seiner alten Liebe; die geht vorbei, wenn die Liebste fünf Jahre lang in einer Wasserrinne gelegen und Wasser gezogen hat, ja, man erkennt sie überhaupt nicht wieder, wenn man ihr im Müllkasten begegnet.

Das hässliche Entenküken

Es war so herrlich draußen auf dem Lande, es war Sommer! Das Korn stand gelb, der Hafer grün, das Heu war unten auf den grünen Wiesen in Schobern aufgesetzt, und dort ging der Storch auf seinen langen, roten Beinen umher und redete ägyptisch, denn diese Sprache hatte er von seiner Mutter gelernt. Rings um Äcker und Wiesen lagen große Wälder, und mitten in den Wäldern tiefe Seen; o ja, es war wirklich herrlich dort draußen auf dem Lande. Dort lag mitten im Sonnenschein ein alter Herrensitz mit tiefen Kanälen drumherum, und von der Mauer bis zum Wasser hinab wuchsen große Huflattichblätter, die so hoch waren, daß kleine Kinder unter den größten aufgerichtet stehen konnten; dort drinnen war es ebenso wild wie im dichtesten Wald, und hier lag eine Ente auf ihrem Nest; sie wollte ihre kleinen Entenjungen ausbrüten, aber nun mochte sie schon bald nicht mehr, weil es so lange dauerte und sie selten Besuch bekam; die anderen Enten schwammen lieber in den Kanälen umher, als daß sie hinaufliefen und unter einem Huflattichblatt saßen, um mit ihr zu schnattern.

Endlich krachte ein Ei nach dem anderen. „Piep! piep!" sagte es, alle Eidotter waren lebendig geworden und steckten den Kopf heraus.

„Raab! raab!" sagte die Ente, und dann sputeten sie sich alle, sosehr sie konnten, und guckten sich unter den grünen Blättern nach allen Seiten um, und die Mutter ließ sie gucken, soviel sie wollten, denn Grün ist gut für die Augen.

„Wie ist die Welt doch groß", sagten alle Jungen; denn sie hatten jetzt allerdings eine ganze Menge mehr Platz als drinnen im Ei.

„Denkt ihr, das ist die ganze Welt?" sagte Mutter, „die geht noch viel weiter, ganz bis auf die andere Seite des Gartens, bis in den Acker des Pfarrers hinein! Aber da bin ich nie gewesen! – Ihr seid doch wohl alle da?" und dann erhob sie sich; „nein, ich habe nicht alle! Das größte Ei liegt da noch; wie lange soll das noch dauern! Jetzt habe ich bald genug!" und dann legte sie sich wieder drauf.

„Na, wie geht es?" sagte eine alte Ente, die kam, um einen Besuch zu machen.

„Es dauert so lange mit dem einen Ei!" sagte die Ente, welche brütete; „es will nicht entzweigehen! Aber nun mußt du dir die anderen ansehen! Es sind die süßesten Jungen, die ich gesehen habe! Sie gleichen alle ihrem Vater, dem Lumpen, er kommt nicht, mich zu besuchen."

„Zeig mir doch mal das Ei, das nicht platzen will!" sagte die Alte. „Du kannst mir glauben, das ist ein Putenei! So bin ich auch einmal an der Nase herumgeführt worden, und ich hatte meine Sorge und meine Not mit den Jungen, denn die sind ja bange vorm Wasser, mußt du wissen! Ich konnte sie nicht hineinkriegen! Ich schnatterte und schnappte zu, aber es nützte nichts! – Laß mich das Ei sehen! Doch, es ist ein Putenei! Laß du das nur liegen und bring den anderen Kindern das Schwimmen bei!"

„Ich will doch noch ein bißchen darauf liegen!" sagte die Ente. „Habe ich nun so lange gelegen, dann kommt es auf ein bißchen länger auch nicht an!"

„Bitte sehr!" sagte die alte Ente, und dann ging sie.

Endlich platzte das große Ei. „Piep! Piep!" sagte das

Junge und quoll heraus; es war sehr groß und garstig. Die Ente sah es sich an. „Das ist ja ein furchtbar großes Entenküken!" sagte sie; „keines von den anderen sieht so aus! Es sollte doch nicht etwa ein Putenküken sein? Nun, das werden wir bald heraus haben! Ins Wasser muß es, und wenn ich es selber hineinschubsen soll!"

Am nächsten Tag war ein herrliches, wunderbares Wetter; die Sonne schien auf all die grünen Huflattichstauden. Die Entenmutter mit ihrer ganzen Familie erschien unten am Kanal: platsch! sprang sie ins Wasser. „Raab! raab!" sagte sie, und ein Junges nach dem anderen plumpste hinterdrein; das Wasser schlug über ihren Köpfen zusammen, aber sie kamen gleich wieder hoch und schwammen ganz wunderschön; die Beine gingen von selber, und alle waren sie draußen, sogar das häßliche graue Junge schwamm mit.

„Nein, das ist kein Puter!" sagte sie. „Sieh mal, wie schön es seine Beine gebraucht, wie gerade es sich hält! Das ist mein eigenes Kind! Im Grunde ist es doch ganz hübsch, wenn man es sich richtig ansieht! Raab! raab! – Kommt jetzt mit, dann führe ich euch in die Welt hinaus und stelle euch auf dem Entenhof vor, aber bleibt immer dicht bei mir, daß keiner auf euch tritt, und nehmt euch vor der Katze in acht!"

Und dann kamen sie zum Entenhof. Dort drinnen war ein fürchterlicher Krach, denn zwei Familien rauften sich um einen Aalkopf, und dann erwischte ihn doch die Katze.

„Seht, so geht es in der Welt zu!" sagte die Entenmutter und leckte sich den Schnabel, denn sie hätte den Aalkopf auch gern gehabt. „Gebraucht nun die Beine!" sagte sie, „seht zu, daß ihr euch sputet, und knickst mit dem Hals vor der alten Ente da drüben! Sie ist die vornehmste von allen hier! Sie ist spanischer Herkunft, darum ist sie dick; und habt ihr gesehen, sie hat einen roten Lappen um das Bein! Das ist etwas ganz besonders Schönes und die größte Auszeichnung, die eine Ente bekommen kann, das bedeutet, daß man sie nicht hergeben möchte und daß sie von Tieren wie von Menschen erkannt werden soll! – Sputet euch – nicht die Füße nach innen setzen! Eine wohlerzogene Ente setzt die Füße weit nach außen, ebenso wie Vater und Mutter! Seht her! knickst nun mit dem Hals und sagt: ‚Raab!' "

Und das taten sie; aber die anderen Enten rundum betrachteten sie und sagten ganz laut: „Du liebe Zeit! Nun kriegen wir die Gesellschaft auch noch auf den Hals! Als ob wir nicht ohnehin schon genug wären! Und, pfui, wie das eine Junge nur aussieht! Das wollen wir hier aber nicht haben!" und gleich flog eine Ente zu ihm hin und zwackte es ins Genick.

„Laßt es!" sagte die Mutter, „es tut ja niemandem etwas!"

„Ja, aber es ist zu groß und zu absonderlich!" sagte die Ente, die gezwackt hatte, „und da muß es geduckt werden!"

„Sie hat aber hübsche Kinder!" sagte die alte Ente mit dem Lappen um das Bein. „Alles schöne Kinder, bis auf das eine, das ist nicht geraten! Ich wünschte, Sie könnte es noch einmal machen!"

„Das geht nicht, Euer Gnaden!" sagte die Entenmutter, „er ist nicht schön, aber er hat ein wahrhaft gutes Gemüt, und er schwimmt so wunderbar wie jedes von den anderen, ja, ich darf sagen, etwas besser! Ich denke, er wird schön werden, wenn er erst erwachsen ist oder mit der Zeit etwas kleiner wird! Er hat zu lange im Ei gelegen, und darum hat er nicht die richtige Figur bekommen!" und dann zupfte sie ihn am Genick und strich dem Burschen die Federn glatt. „Es ist außerdem ein Erpel", sagte sie, „und da tut es ja nicht soviel! Ich glaube, er wird ordentlich kräftig, er wird sich schon durchschlagen!"

„Die übrigen Entchen sind niedlich!" sagte die Alte. „Tut nun, als wärt Ihr zu Hause, und findet Ihr einen Aalkopf, dann könnt Ihr ihn mir bringen!"

Und dann waren sie wie zu Hause.

Aber das arme Entenküken, das zuletzt aus dem Ei gekrochen war und so garstig aussah, wurde gebissen, gestoßen und gehänselt, und zwar von den Enten ebensoviel wie von den Hühnern. „Er ist zu groß!" sagten sie alle, und der

Truthahn, der mit Sporen zur Welt gekommen war und deshalb meinte, er sei Kaiser, der blähte sich auf wie ein Schiff mit vollen Segeln, ging spornstreichs auf das Entenküken los, und dann kollerte er und wurde ganz rot am Kopf. Das arme Entenküken wußte nicht, wo es gehen oder stehen durfte, es war so traurig, weil es so häßlich aussah und dem ganzen Entenhof zum Gespött diente.

So ging es den ersten Tag, und danach wurde es schlimmer und schlimmer. Das arme Entenjunge wurde von allen gehetzt, sogar seine Geschwister waren ganz häßlich zu ihm, und sie sagten immer: „Wenn bloß die Katze dich holte, du altes Greuel!" und die Mutter sagte: „Ich wünschte, du wärest weit weg!" Und die Enten zwackten es, und die Hühner hackten es, und die Magd, die den Tieren Futter brachte, stieß mit dem Fuß nach ihm.

Da lief es und flog über den Zaun; die kleinen Vögel im Gebüsch flatterten erschrocken auf. „Das ist, weil ich so garstig bin", dachte das Entenjunge und schloß die Augen, lief aber trotzdem weiter! Da kam es in den großen Sumpf hinaus, wo die Wildenten hausten. Hier lag es die ganze Nacht, es war so müde und kummervoll.

Morgens flogen die Wildenten auf, und sie sahen sich den neuen Gefährten an. „Was bist du für einer?" fragten sie, und das Entenjunge wandte sich nach allen Seiten um und grüßte, so gut es konnte.

„Du bist ungemein garstig!" sagten die Wildenten, „aber das kann uns ja einerlei sein, wenn du nur nicht in unsere Familie einheiratest!" – Das Ärmste! Es dachte wahrhaftig nicht ans Heiraten; wenn es nur im Schilf liegen und ein bißchen Moorwasser trinken durfte.

Dort lag es zwei ganze Tage, dann kamen zwei Wildgänse oder richtiger, Wildganter, denn es waren zwei Männchen; es war noch gar nicht sehr lange her, seit sie aus dem Ei geschlüpft waren, und darum waren sie sehr vorlaut.

„Hör mal, Kamerad!" sagten sie. „Du bist so garstig, daß ich dich gut leiden mag! Willst du mitmachen und Zugvogel werden? Hier in der Nähe in einem anderen Sumpf sind einige nette, liebe Wildgänse, alles Fräuleins, die ‚raab' sagen können! Du hast die Aussicht, dort dein Glück zu machen, so garstig bist du!"

„Piff! paff!" ertönte es in diesem Augenblick über ihnen, und beide Wildganter fielen tot ins Schilf nieder, und das Wasser wurde blutrot. „Piff! paff!" ertönte es abermals, und ganze Scharen von Wildgänsen flogen aus dem Schilf auf, und dann knallte es wieder. Eine große Jagd fand statt; die Jäger lagen rings um das Moor herum, ja, manche saßen oben in den Bäumen, die weit über das Schilf hinwegragten; der blaue Dampf wallte wie Wolken zwischen den dunklen Bäumen dahin und hing weit über dem Wasser; durch den Schlamm kamen die Jagdhunde, klatsch, klatsch! Schilf und Binsen bogen sich nach allen Seiten auseinander, das war ein Schrecken für das arme Entchen; es drehte den Kopf nach hinten, um ihn unter den Flügel zu stecken, und gerade in dem Augenblick stand ein furchtbar großer Hund vor ihm, die Zunge hing ihm weit aus dem Hals, und die Augen schillerten ganz grausig; er senkte seinen Rachen über das Entchen, zeigte die scharfen Zähne – und platsch! ging er wieder, ohne es mitzunehmen.

„Oh, Gott sei Dank!" seufzte das Entenjunge, „ich bin so garstig, daß es nicht einmal den Hund danach verlangt hat, mich zu beißen!"

Und dann lag es ganz still, während die Schrotkörner im Schilf pfiffen und Schuß auf Schuß knallte.

Erst im Laufe des Tages wurde es still, aber das arme Junge wagte nicht aufzustehen, es wartete noch einige Stunden, bis es sich umsah, und dann eilte es aus dem Moor fort, so schnell es konnte; es rannte über Feld und Wiese, da war es sehr windig, so daß das Entenjunge nur mühsam vorwärts kam.

Gegen Abend gelangte es an ein ärmliches kleines Bauernhaus; das war so kümmerlich, daß es selber nicht wußte, nach welcher Seite es einstürzen sollte, und so blieb es denn stehen. Der Wind umbrauste das Entenjunge so sehr, daß es sich auf den Bürzel setzen mußte, um sich dagegen anzustemmen; und es wurde immer schlimmer. Da merkte es, daß sich die Tür von der einen Angel gelöst hatte und so schief hing, daß es durch den Spalt in die Stube schlüpfen konnte, und das tat es.

Hier wohnte eine alte Frau mit ihrer Katze und ihrem Huhn, und die Katze, die sie Söhneken nannte, konnte einen Buckel machen und spinnen, sie knisterte sogar, aber dann mußte man sie gegen den Strich streicheln; das Huhn hatte ganz kleine, kurze Beine, und daher wurde es Kikeri-Kurzbein genannt; es legte gut Eier, und die Frau liebte es so, als wäre es ihr eigenes Kind.

Am Morgen wurde das fremde Entenjunge sogleich

bemerkt, und der Kater begann zu spinnen und die Henne zu gackern.

„Was ist denn das?“ sagte die Frau und blickte sich um, aber sie hatte nicht sehr gute Augen, und daher meinte sie, das Entenjunge sei eine fette Ente, die sich verirrt hätte. „Das ist ja aber ein angenehmer Fang!“ sagte sie. „Nun bekomme ich Enteneier, wenn es bloß kein Erpel ist! Das müssen wir ausprobieren!“

Und nun wurde das Entenjunge für drei Wochen auf Probe angenommen, aber Eier kamen nicht. Und der Kater war Herr im Hause, und das Huhn war die gnädige Frau, und andauernd sagten sie: „Wir und die Welt!“ denn sie meinten, sie wären die eine Hälfte, und obendrein der allerbeste Teil davon. Das Entenjunge fand, man könne auch anderer Meinung sein, aber das duldete die Henne nicht.

„Kannst du Eier legen?“ fragte sie.

„Nein!“

„Ja, willst du dann deinen Mund halten!“

Und der Kater sagte: „Kannst du einen Buckel machen, spinnen und knistern?“

„Nein!“

„Ja, dann darfst du keine Meinung haben, wenn vernünftige Leute reden!“

Und das Entlein saß in der Ecke und war mißmutig; da mußte es an die frische Luft und an den Sonnenschein denken! Es bekam eine so wunderliche Lust, auf dem Wasser zu schwimmen; zuletzt konnte es nicht an sich halten, es mußte der Henne das erzählen.

„Was fällt dir denn ein?“ fragte sie. „Du hast nichts zu tun, darum kriegst du Schrullen! Leg Eier oder schnurre, dann gehen sie vorüber!“

„Aber es ist so herrlich, auf dem Wasser zu schwimmen!“ sagte das Entenjunge, „so herrlich, wenn man es über den Kopf bekommt und bis auf den Grund taucht!“

„Ja, das scheint ein großes Vergnügen zu sein“, sagte die Henne, „du bist sicher verrückt geworden! Frag den Kater – der ist das Klügste, was ich kenne –, ob er sich etwas daraus macht, auf dem Wasser zu schwimmen oder zu tauchen! Von mir will ich nicht reden. – Frag selbst unsere Herrschaft, die alte Frau, klüger als sie ist niemand auf der Welt! Meinst du, die hätte Lust zu schwimmen und Wasser über den Kopf zu bekommen?"

„Ihr versteht mich nicht!" sagte das Entenjunge.

„Ja, verstehen wir dich nicht, wer sollte dich dann verstehen! Du willst doch wohl nicht etwa klüger sein als der Kater und die Frau, von mir ganz zu schweigen! Stell dich nicht an, Kind, und danke du deinem Schöpfer für all das Gute, was man für dich getan hat! Bist du nicht in eine warme Stube gekommen und hast Gesellschaft, von der du etwas lernen kannst? Aber du bist ein Faselhans, und es macht keinen Spaß, mit dir zu verkehren! Mir kannst du glauben! Ich meine es gut mit dir, ich sage dir unangenehme Dinge, und daran kann man seine wahren Freunde erkennen! Sieh du nur zu, daß du Eier legst und schnurren oder knistern lernst!"

„Ich glaube, ich gehe in die weite Welt hinaus!" sagte das Entchen.

„Ja, tu das nur!" sagte das Huhn.

Und dann ging das Entchen; es schwamm auf dem Wasser, es tauchte unter, aber es wurde von allen Tieren seiner Häßlichkeit wegen übersehen.

Jetzt kam der Herbst, die Blätter im Wald wurden gelb und braun, der Wind bemächtigte sich ihrer, so daß sie tanzten, und oben in der Luft sah es kalt aus; die Wolken hingen schwer von Hagel und Schnee, und auf dem Zaun saß der Rabe und schrie vor lauter Kälte: „Au! au!" Ja, es konnte einen richtig frösteln, wenn man daran dachte; das arme Entenjunge hatte es wahrhaftig nicht schön.

Eines Abends – die Sonne ging so herrlich unter – kam ein ganzer Schwarm von wunderschönen großen Vögeln aus den Büschen, das Entenjunge hatte nie so schöne gesehen, sie waren ganz glänzend weiß, mit langen, biegsamen Hälsen; es waren Schwäne, sie stießen einen ganz seltsamen Laut aus, breiteten ihre prächtigen langen Fittiche aus und flogen aus den kalten Gegenden in wärmere Länder, an offene Seen! Sie stiegen so hoch, ganz hoch, und dem häßlichen kleinen Entenjungen wurde es ganz wundersam zumute; es drehte sich im Wasser um wie ein Rad, streckte den Hals nach ihnen aus, hoch in die Luft, und stieß einen Schrei aus, so seltsam, daß ihm selber ganz bange dabei wurde. Oh, es konnte die schönen Vögel nicht vergessen, die glücklichen Vögel, und sobald es sie nicht mehr erblicken konnte, tauchte es bis auf den Grund, und als es wieder hochkam, war es ganz außer Rand und Band. Es wußte nicht, wie die Vögel hießen, wußte nicht, wohin sie flogen, aber dennoch liebte es sie, wie es nie bisher jemanden geliebt hatte; es beneidete sie gar nicht, wie konnte es ihm in den Sinn kommen, sich eine solche Schönheit zu wünschen, es wäre froh gewesen, wenn wenigstens die Enten es unter sich geduldet hätten. – Das arme, häßliche Tier!

Und der Winter wurde kalt, so kalt! Das Entenjunge mußte herumschwimmen, um zu verhindern, daß das Wasser ganz zufror; aber jede Nacht wurde das Loch, in dem es schwamm, enger; es fror, daß es in der Eisrinde krachte; das Entenjunge mußte ständig die Beine regen, damit das Loch sich nicht schloß; zuletzt war es erschöpft, lag ganz still und fror im Eise fest.

Früh am Morgen kam ein Bauersmann, er sah es, ging hinaus und schlug mit seinem Holzschuh das Eis entzwei und trug das Entenjunge zu seiner Frau nach Hause. Dort wurde es ins Leben zurückgerufen.

Die Kinder wollten mit ihm spielen, aber das Entenjunge glaubte, sie wollten ihm ein Leid zufügen, und sauste vor Schrecken mitten in die Milchschüssel, so daß die Milch in die Stube schwappte; die Frau schrie und schlug die Hände über dem Kopf zusammen, und da flog es in die Schüssel, in der die Butter lag, und dann in die Mehltonne und wieder heraus. Na, wie das jetzt aussah! Die Frau schrie und schlug mit der Feuerzange nach ihm, und die Kinder purzelten eines über das andere, um das Entenjunge zu fangen, und sie lachten, und sie schrien! – Es war nur gut, daß die Tür offenstand, es schoß hinaus zwischen die Sträucher in den frischgefallenen Schnee – da lag es, wie tot.

Aber es wäre zu trostlos, wollte man von all der Not und dem Elend erzählen, das es in diesem harten Winter durchmachen mußte. – Es lag im Sumpf zwischen dem Schilf, als die Sonne wieder anfing, warm zu scheinen; die Lerchen sangen – es war ein schöner Frühling.

Da hob es mit einemmal seine Schwingen, sie rauschten stärker als früher und trugen es kräftig weiter; und eh es sich's so recht versah, war es in einem großen Garten, wo die Apfelbäume in Blüte standen, wo der Flieder duftete und an den langen, grünen Zweigen bis ganz zu den gewundenen Kanälen hinabhing! Oh, hier war es so schön, so frühlingsfrisch! Und gerade vor ihm aus dem Dickicht kamen drei wunderbare, weiße Schwäne; sie rauschten mit den Fittichen und schwammen leicht auf dem Wasser dahin. Das Entenjunge erkannte die prächtigen Tiere wieder und wurde von einer seltsamen Traurigkeit befallen.

„Ich möchte zu ihnen hinfliegen, den königlichen Vögeln! Und sie werden mich totstechen, weil ich, der ich so garstig bin, mich ihnen zu nähern wage! Aber das ist mir einerlei! Lieber von ihnen getötet als von den Enten gezwackt werden, von den Hühnern gehackt und von der Magd, die den Hühnerhof versorgt, gestoßen werden und im Winter Qualen leiden!" und es flog ins Wasser hinaus und schwamm den prächtigen Schwänen entgegen, diese sahen es und rauschten mit brausendem Gefieder auf das Entenjunge zu. „Tötet mich nur!" sagte das arme Tier und neigte den Kopf bis auf die Wasserfläche hinab und wartete auf den Tod – aber was sah es in dem klaren Wasser? Es sah unter sich sein eigenes Bild, aber es war nicht mehr ein unbeholfener, schwarzgrauer Vogel, garstig und scheußlich, es war selber ein Schwan.

Es macht nichts, daß man auf dem Entenhof geboren ist, wenn man nur in einem Schwanenei gelegen hat!

Es war richtig froh über all die Not und die Unbilden, die es durchgemacht hatte; nun konnte es sein Glück erst schätzen, all die Schönheit, die es grüßte. – Und die großen Schwäne schwammen rund um das Junge herum und streichelten es mit dem Schnabel.

In den Garten kamen einige kleine Kinder, die warfen Brot und Körner ins Wasser, und das Kleinste rief: „Da ist ein neuer!“ Und die anderen Kinder jubelten auch: „Ja, da ist ein neuer gekommen!“ und sie klatschten in die Hände und tanzten herum, holten die Eltern, und es wurde Brot und Kuchen ins Wasser geworfen, und alle sagten: „Der neue ist der hübscheste! So jung und so schön!“ Und die alten Schwäne verneigten sich vor ihm.

Da fühlte er sich ganz beschämt und steckte den Kopf unter die Fittiche, er wußte selber nicht warum! Er war viel zu glücklich, jedoch nicht stolz, denn ein gutes Herz wird niemals stolz! Er dachte daran, wie er verfolgt und verhöhnt worden war, und hörte nun alle sagen, daß er der schönste von allen schönen Vögeln wäre. Und der Flieder neigte seine Zweige bis zu ihm ins Wasser hinab, und die Sonne schien so warm und so gut, da brauste sein Gefieder, der schlanke Hals reckte sich, und aus tiefem Herzen jubelte er: „Soviel Glück habe ich mir nicht träumen lassen, als ich das häßliche Entenküken war!“

Der Tannenbaum

Draußen im Walde stand ein hübscher Tannenbaum, er hatte einen guten Platz, Sonne konnte er bekommen, Luft war genug da, und ringsum standen viele größere Gefährten, Tannen wie auch Kiefern; aber der kleine Tannenbaum war so sehr darauf versessen zu wachsen, er dachte nicht an die warme Sonne und die frische Luft, er kümmerte sich nicht um die Bauernkinder, die miteinander schwatzten, wenn sie herauskamen, um Erdbeeren oder Himbeeren zu pflücken; oft hatten sie einen ganzen Krug voll oder hatten Erdbeeren auf Halme aufgezogen, dann setzten sie sich neben das Bäumchen und sagten: „Nein! wie ist es niedlich klein!“ Das mochte der Baum gar nicht hören.

Ein Jahr später war er um einen ganzen Schoß größer geworden, und das Jahr darauf wieder um einen länger; denn einer Tanne kann man immer, je nach der Zahl der Schößlinge, die sie hat, ansehen, wie viele Jahre sie alt ist.

„Oh, wäre ich doch so ein großer Baum wie die anderen!“ seufzte der kleine Baum. „Dann könnte ich meine Äste weithin ausbreiten und mit der Spitze in die weite Welt hinausschauen! Die Vögel würden dann in meinen Zweigen nisten, und wenn es windig wäre, könnte ich ganz vornehm nicken, ebenso wie die anderen dort!"

Er hatte gar keine Freude am Sonnenschein, an den Vögeln oder den roten Wolken, die morgens und abends über ihn hinwegsegelten.

War es dann Winter und der Schnee lag ringsum funkelnd weiß, so kam oft ein Hase angehoppelt und setzte mir nichts dir nichts über das Bäumchen hinweg – oh, das war sehr ärgerlich! – Aber es vergingen zwei Winter, und im dritten war der Baum so groß, daß der Hase um ihn herumgehen mußte. Ach, wachsen, groß und alt werden, das ist doch das einzig Schöne in dieser Welt, dachte der Baum.

Im Herbst kamen immer die Holzfäller und fällten einige von den größten Bäumen; das geschah alljährlich, und die junge Tanne, die jetzt so gut wie erwachsen war, erbebte, denn die großen, prachtvollen Bäume fielen mit Krachen und Getöse zu Boden. Die Äste wurden ihnen abgehauen, sie sahen ganz kahl, lang und schmal aus, sie waren fast nicht wiederzuerkennen; aber dann wurden sie auf Wagen gelegt, und Pferde zogen sie aus dem Wald hinaus.

Wo kamen sie hin? Was stand ihnen bevor?

Im Frühling, als die Schwalbe und der Storch kamen, fragte der Baum sie: „Wißt ihr nicht, wo man sie hingeführt hat? Seid ihr ihnen nicht begegnet?"

Die Schwalben wußten nichts, aber der Storch sah nachdenklich aus, nickte mit dem Kopf und sagte: „Doch, ich glaube es! Ich bin vielen neuen Schiffen begegnet, als ich aus Ägypten fortflog; auf den Schiffen waren prächtige Mastbäume, ich glaube bestimmt, daß sie es waren, sie rochen nach Tanne; ich kann vielmals grüßen, sie ragen, sie ragen empor!"

„Oh, wäre ich doch auch groß genug, um über das Meer hinfliegen zu können! Wie ist es eigentlich, dies Meer, und wie sieht es aus?"

„Ach, das zu erklären ist zu umständlich!" sagte der Storch, und dann ging er.

„Freue dich deiner Jugend" sagten die Sonnenstrahlen; „freue dich über dein frisches Gedeihen, das junge Leben, das in dir ist!"

Und der Wind küßte den Baum, und der Tau vergoß Tränen deswegen, aber das verstand der Tannenbaum nicht.

Wenn die Weihnachtszeit nahte, wurden ganz junge Bäume gefällt, Bäume, die oft nicht einmal so groß oder so alt waren wie diese Tanne, die nicht ruhte noch rastete, sondern immer vorwärts wollte; diese jungen Bäume, und es waren gerade die allerschönsten, behielten immer ihre Zweige, sie wurden auf Wagen gelegt, und Pferde zogen sie aus dem Wald hinaus.

„Wo kommen die hin?" fragte die Tanne. „Sie sind nicht größer als ich, es war sogar einer dabei, der viel kleiner war; weshalb behielten sie alle ihre Zweige? Wo fahren sie hin?"

„Das wissen wir! das wissen wir!" zwitscherten die Sperlinge. „Wir haben unten im Ort durch die Scheiben geguckt! Wir wissen, wo sie hinfahren! Oh, sie kommen zur größten Pracht und Herrlichkeit, die man sich vorstellen kann! Wir haben durch die Fenster geguckt und gesehen, daß sie mitten in die warme Stube gepflanzt und mit den hübschesten Sachen geschmückt wurden, mit vergoldeten Äpfeln, Honigkuchen, Spielzeug und vielen hundert Kerzen!"

„Und dann . . .?" fragte die Tanne und bebte mit allen Zweigen. „Und dann? Was geschieht dann?"

„Ja, mehr haben wir nicht gesehen! Es war unvergleichlich!"

„Ob ich auf die Welt gekommen bin, um diesen glänzenden Weg zu gehen?" jubelte der Tannenbaum, „Das ist noch besser, als über das Meer zu fahren! Wie ich an Sehnsucht leide! Wäre es doch Weihnachten! Jetzt bin ich groß und hoch wie die anderen, die im letzten Jahr fortgebracht wurden! – Oh, wäre ich schon auf dem Wagen! Wäre ich doch in der warmen Stube mit all der Pracht und Herrlichkeit! Und dann . . .? Ja, dann kommt noch etwas Besseres, noch etwas Schöneres, weshalb würden sie mich sonst so schmücken? Da muß etwas noch Größeres kommen, etwas noch Herrlicheres ...! Aber was? Oh, ich leide! Ich sehne mich! Ich weiß selber nicht, was mit mir ist!"

„Freue dich an mir!" sagten die Luft und das Sonnenlicht. „Freue dich über deine frische Jugend draußen im Freien!"

Aber er freute sich gar nicht, er wuchs und wuchs, Winter und Sommer grünte er, dunkelgrün war er; Leute, die ihn sahen, sagten: „Das ist ein hübscher Baum!" und um die Weihnachtszeit wurde er als erster von allen gefällt. Die Axt hieb tief durch das Mark, der Baum stürzte mit Ächzen zu Boden, er spürte einen Schmerz, eine Kraftlosigkeit, er konnte gar nicht an irgendein Glück denken, er war so betrübt, sich von der Heimat trennen zu müssen, von dem Fleck, wo er aufgewachsen war; er wußte ja, er sah die lieben alten Gefährten, die kleinen Büsche und Blumen ringsum niemals wieder, ja, vielleicht nicht einmal die Vögel. Der Aufbruch war gar nicht so angenehm.

Der Baum kam erst wieder zu sich, als er auf dem Hofe zusammen mit den anderen Bäumen abgeladen wurde und einen Mann sagen hörte: „Der ist prächtig! Wir brauchen keinen weiter als nur diesen!"

Nun kamen zwei Diener in vollem Putz und trugen den Tannenbaum in einen großen, schönen Saal. Ringsum an den Wänden hingen Porträts, und neben dem großen Kachelofen standen große chinesische Vasen mit Löwen auf dem Deckel; hier gab es Schaukelstühle, seidene Sofas, große Tische voller Bilderbücher und Spielzeug für hundertmal hundert Reichstaler – das sagten jedenfalls die Kinder. Und der Tannenbaum wurde in einen großen Kübel mit Sand gestellt, aber niemand konnte sehen, daß es ein Kübel war, denn es wurde grüner Stoff herumgehängt, und er wurde auf eine große bunte Decke gestellt. Oh, wie der Baum bebte! Was würde nur geschehen? Die Diener und auch die Fräulein gingen herum und schmückten ihn. An einen Zweig hängten sie kleine Netze, aus buntem Papier geschnitten; jedes Netz war mit Zuckerwerk gefüllt; vergoldete Äpfel und Walnüsse hingen herab, als ob sie daran festgewachsen wären, und über hundert rote, blaue und weiße Lichtchen wurden an den Zweigen festgesteckt. Puppen, die wie leibhaftige Menschen aussahen – der Baum hatte so etwas nie gesehen –, schwebten in dem Grün, und zualleroberst auf der Spitze wurde ein großer Stern aus Rauschgold festgemacht; es war prächtig, ganz unbeschreiblich prächtig.

„Heute abend", sagten sie alle, „heute abend wird er strahlen!"

„Oh", dachte der Baum, „wäre es doch Abend! wären bloß die Lichter bald angezündet! Und was dann wohl geschieht! Ob dann Bäume aus dem Walde kommen und mich betrachten? Ob die Sperlinge an der Scheibe vorbeifliegen? Ob ich hier anwachse und Winter und Sommer geputzt stehe?"

O ja, der sollte was erleben! Aber ihm tat richtig die Rinde weh vor lauter Sehnsucht, und Rindenweh ist ebenso schlimm für einen Baum wie Kopfweh für uns andere.

Jetzt wurden die Lichter angezündet. Welch ein Glanz, welch eine Pracht, der Baum bebte davon an allen Zweigen, so daß eins von den Lichtern das Grün ansteckte; es brannte richtig.

„Hilf Himmel!" schrien die Fräulein und löschten in aller Eile.

Nun getraute der Baum sich nicht einmal zu beben. Oh, es war schrecklich! Er hatte große Angst, etwas von all seinem Prunk zu verlieren, er stand ganz benommen in all dem Glanz – und nun gingen beide Flügeltüren auf, und eine Menge Kinder stürzten herein, so als wollten sie den ganzen Baum umkippen; die älteren Leute kamen bedächtig hinterdrein, die Kleinen standen ganz stumm – aber nur einen Augenblick, dann jubelten sie wieder so, daß es hallte; sie tanzten um den Baum, und ein Geschenk nach dem anderen wurde heruntergeholt.

„Was tun sie da wohl?" dachte der Baum. „Was wird geschehen?" Und die Lichter brannten bis auf die Zweige herunter, und der Reihe nach, wie sie herunterbrannten, blies man sie aus, und dann wurde den Kindern erlaubt, den Baum zu plündern. Ach, sie stürzten sich auf ihn, daß es in allen Zweigen knackte; wäre er nicht mit der Spitze und dem goldenen Stern an der Decke festgemacht gewesen, dann wäre er umgefallen.

Die Kinder tanzten mit ihrem prächtigen Spielzeug herum, niemand sah den Baum an außer der alten Kinderfrau, die zwischen die Äste schaute, aber das tat sie nur, um nachzusehen, ob nicht noch eine Feige oder ein Apfel vergessen worden war.

„Eine Geschichte, eine Geschichte!" riefen die Kinder und zogen einen kleinen dicken Mann zum Baum, und er setzte sich darunter. „Weil wir dann nämlich im Grünen sind", sagte er, „und besonders dem Baum tut es gut, zuzuhören! Aber ich erzähle nur eine Geschichte. Wollt ihr die von Ivede-Avede hören oder die von Klumpe-Dumpe, der die Treppen hinunterfiel und trotzdem auf den Thron kam und die Prinzessin erhielt?"

„Ivede-Avede!" schrien einige, „Klumpe-Dumpe!" schrien andere; es war ein Rufen und Schreien, nur der Tannenbaum schwieg ganz still und dachte: „Soll ich gar nicht dabeisein, gar nichts tun?" Er war ja mit dabeigewesen, hatte getan, was er tun sollte.

Und der Mann erzählte von „Klumpe-Dumpe, der die Treppe hinunterfiel und doch auf den Thron kam und die Prinzessin erhielt". Und die Kinder klatschten in die Hände und riefen: „Erzähle! erzähle!" sie wollten auch „Ivede-Avede" hören, aber sie bekamen nur die von „Klumpe-Dumpe". Der Tannenbaum stand ganz still und nachdenklich da, nie hatten die Vögel draußen im Wald dergleichen erzählt. „Klumpe-Dumpe fiel die Treppe hinunter und bekam doch die Prinzessin! Ja ja, so geht es in der Welt zu!" dachte der Tannenbaum und glaubte, es sei wahr, weil der Mann, der es erzählte, so nett war. „Ja ja, wer kann es wissen! vielleicht falle ich auch die Treppe hinunter und bekomme eine Prinzessin!" Und er freute sich darauf, am nächsten Tag mit Lichtern und Spielzeug, Gold und Früchten geputzt zu werden.

„Morgen werde ich nicht zittern!" dachte er. „Ich werde mich so recht all meiner Herrlichkeit erfreuen. Morgen werde ich wieder die Geschichte von ‚Klumpe-Dumpe' hören und vielleicht die von ‚Ivede-Avede'." Und der Baum stand die ganze Nacht still und nachdenklich da.

Am Morgen kamen Hausknecht und Magd herein.

„Jetzt geht das Putzen von neuem los!" dachte der Baum, aber sie schleppten ihn aus der Stube, die Treppe hinauf, auf den Boden, und dort stellten sie ihn in eine dunkle Ecke, wo kein Licht hinschien. „Was soll das heißen?" dachte der Baum. „Was soll ich wohl hier machen? Was werde ich hier wohl zu hören bekommen?" Und er lehnte sich gegen die Mauer und stand da und dachte und dachte. – Und Zeit genug hatte er, denn es vergingen Tage und Nächte, keiner kam herauf; und kam wirklich mal jemand, dann nur, um einige große Kisten in die Ecke zu stellen. Der Baum stand ganz versteckt, man sollte meinen, er wäre völlig vergessen worden.

„Jetzt ist draußen Winter!" dachte der Baum. „Die Erde ist hart und mit Schnee bedeckt, die Menschen können mich nicht einpflanzen; deswegen soll ich wohl hier unter Dach stehen bis zum Frühling! Wie umsichtig! wie gütig sind doch die Menschen! – Wäre es hier nur nicht so dunkel und so schrecklich einsam! – Nicht einmal ein kleiner Hase! Das war doch so reizend draußen im Wald, wenn Schnee lag und der Hase vorüberhoppelte; ja, selbst als er über mich hinwegsprang, aber das mochte ich damals nicht. Hier oben ist es doch schrecklich einsam!"

„Pieps, pieps!" sagte in diesem Augenblick ein Mäuschen und schlüpfte hervor, und dann kam noch eine kleine Maus. Sie beschnupperten den Tannenbaum und huschten zwischen seinen Ästen hindurch.

„Es ist eine greuliche Kälte!" sagten die kleinen Mäuse. „Sonst ist hier gut sein! Nicht wahr, du alter Tannenbaum?"

„Ich bin gar nicht alt!" sagte der Tannenbaum; „es gibt viele, die viel älter sind als ich!"

„Wo kommst du her?" fragten die Mäuse, „und was weißt du?" Die waren aber wirklich neugierig. „Erzähle uns doch von dem schönsten Ort auf Erden! Bist du da gewesen? Bist du in der Speisekammer gewesen, wo Käse auf den Wandbrettern liegen und Schinken unter der Decke hängen, wo man auf Talglichtern tanzt und mager hineingeht und fett herauskommt?"

„Davon weiß ich nichts", sagte der Baum, „aber den Wald kenne ich, wo die Sonne scheint und wo die Vögel singen!" und dann erzählte er alles aus seiner Jugendzeit, und die kleinen Mäuse hatten nie zuvor Derartiges vernommen, und sie hörten genau zu und sagten: „Nein, wie viel hast du doch gesehen! Wie bist du glücklich gewesen!"

„Ich?" sagte der Tannenbaum und dachte über das nach, was er selber erzählte. „Ja, es waren im Grunde ganz vergnügliche Zeiten!" – Aber dann erzählte er vom Weihnachtsabend, als er mit Kuchen und Lichtern geschmückt war.

„Oh!" sagten die kleinen Mäuse, „wie bist du glücklich gewesen, du alter Tannenbaum!"

„Ich bin gar nicht alt!" sagte der Baum. „Ich bin erst in diesem Winter aus dem Walde gekommen, ich bin in meinem allerbesten Alter, ich bin nur etwas gedrungen von Wuchs!"

„Wie schön du erzählst!" sagten die kleinen Mäuse, und in der nächsten Nacht kamen sie mit vier anderen Mäuslein, die hören sollten, wie der Baum erzählte; und je mehr er erzählte, desto deutlicher kam ihm die Erinnerung an alles, und er fand: „Es waren doch ganz vergnügliche Zeiten! Aber sie können wiederkommen, sie können wiederkommen! Klumpe-Dumpe fiel die Treppe hinunter und bekam doch die Prinzessin, vielleicht kann ich auch eine Prinzessin bekommen." Und dann dachte der Tannenbaum an so eine kleine, niedliche Birke, die draußen im Walde stand, die war für den Tannenbaum eine wirklich schöne Prinzessin.

„Wer ist Klumpe-Dumpe?" fragten die kleinen Mäuse. Und dann erzählte der Tannenbaum das ganze Märchen, er hatte jedes einzelne Wort behalten. Es hätte nicht viel gefehlt, und die kleinen Mäuse wären vor lauter Vergnügen auf die Spitze des Baumes gesprungen. In der nächsten Nacht kamen immer mehr Mäuse, und am Sonntag sogar zwei Ratten; aber die sagten, die Geschichte sei nicht lustig, und das betrübte die kleinen Mäuse, denn nun gefiel sie ihnen auch nicht mehr so gut.

„Können Sie nur diese eine Geschichte?" fragten die Ratten.

„Nur die eine!" antwortete der Baum, „die hörte ich an meinem glücklichsten Abend, aber damals dachte ich nicht daran, wie glücklich ich war!"

„Es ist eine außerordentlich schlechte Geschichte! Kennen Sie keine mit Speck und Talglichtern? Keine Speisekammergeschichten?"

„Nein!" sagte der Baum.

„Ja, dann danken wir bestens!" erwiderten die Ratten und gingen nach Hause.

Die kleinen Mäuse blieben zuletzt auch weg, und da seufzte der Baum: „Es war doch ganz schön, als sie um mich herumsaßen, die geschwinden Mäuslein, und zuhörten, was ich erzählte! Nun ist das auch vorbei! – Aber ich werde darauf achthaben, daß ich mich vergnüge, wenn ich nun wieder hervorgeholt werde!"

Aber wann würde das sein? – O doch, eines Morgens kamen Leute und kramten auf dem Boden; die Kisten wurden weggeschoben, der Baum wurde hervorgezogen; sie warfen ihn allerdings ein wenig hart auf den Fußboden, aber schnell schleifte ihn ein Knecht zur Treppe, wo das Tageslicht schimmerte.

„Jetzt fängt das Leben wieder an!" dachte der Baum, er spürte die frische Luft, den ersten Sonnenstrahl. – Und nun war er draußen auf dem Hof, alles ging so geschwind, der Baum vergaß ganz, sich selber anzuschauen, es war ringsum so viel zu sehen. Der Hof grenzte an einen Garten, und da drinnen blühte alles; die Rosen hingen frisch und duftend über den kleinen Zaun, die Lindenbäume blühten, und die Schwalben flogen umher und sagten: „Quirre-wirre-witt, mein Mann ist gekommen!" aber den Tannenbaum, den meinten sie nicht.

„Nun werde ich leben!" jubelte er und breitete weit seine Zweige aus. Ach, die waren alle welk und gelb, er lag in der Ecke zwischen Unkraut und Nesseln. Der goldene Papierstern saß noch oben in der Spitze und blitzte im hellsten Sonnenschein.

Auf dem Hofe selber spielten ein paar von den lustigen Kindern, die zur Weihnachtszeit um den Baum getanzt waren und sich so über ihn gefreut hatten. Eins von den kleinsten kam herbeigerannt und riß den goldenen Stern ab.

„Seht doch, was hier noch an dem scheußlichen alten Weihnachtsbaum sitzt!" sagte es und trampelte auf den Zweigen herum, daß sie unter seinen Stiefeln knackten.

Und der Baum betrachtete die ganze Blumenpracht und die Frische im Garten, er betrachtete sich selber, und er wünschte, er wäre in seiner finsteren Ecke auf dem Boden geblieben; er dachte an seine frische Jugendzeit im Wald, an den lustigen Weihnachtsabend und an die kleinen Mäuse, die so fröhlich der Geschichte von Klumpe-Dumpe gelauscht hatten.

„Vorbei! vorbei!" sagte der arme Baum. „Hätte ich mich doch gefreut, als ich es noch konnte! Vorbei! vorbei!"

Und der Hausknecht kam und hackte den Baum in kleine Stücke, ein ganzer Stapel lag da; prächtig loderte er unter dem großen Braukessel, und der Baum seufzte so schwer, jeder Seufzer war wie ein kleiner Schuß. Darum kamen die Kinder, die gespielt hatten, angerannt und setzten sich vor das Feuer, schauten hinein und riefen: „Piff! paff!" Aber bei jedem Knall, der ein tiefer Seufzer war, dachte der Baum an einen Sommertag im Wald, eine Winternacht dort draußen, als die Sterne glänzten; er dachte an den Weihnachtsabend und an Klumpe-Dumpe, das einzige Märchen, das er gehört hatte und erzählen konnte – und dann war der Baum verbrannt.

Die Jungen spielten auf dem Hof, und der kleinste hatte auf der Brust den goldenen Stern, den der Baum an seinem glücklichsten Abend getragen hatte; nun war dieser zu Ende, und mit dem Baum war es zu Ende, und mit der Geschichte auch: zu Ende, zu Ende – und das sind alle Geschichten einmal!

Die Schneekönigin

Ein Märchen in sieben Geschichten

Erste Geschichte

Die vom Spiegel und den Splittern handelt

Hört her! nun fangen wir an. Wenn wir am Ende der Geschichte sind, wissen wir mehr, als wir jetzt wissen, denn es war ein böser Troll, es war einer der allerbösesten, es war der *Deibel.* Eines Tages war er so richtig guter Laune, denn er hatte einen Spiegel gemacht, der die Eigenschaft hatte, daß alles Gute und Schöne, das sich darin spiegelte, fast zu einem Nichts zusammenschrumpfte; was aber nichts taugte und sich übel ausnahm, trat besonders hervor und wurde noch übler. Die herrlichsten Landschaften sahen darin aus wie gekochter Spinat, und die besten Menschen wurden eklig oder standen auf dem Kopf, hatten keinen Bauch, die Gesichter waren so verzerrt, daß sie nicht zu erkennen waren, und hatte man eine Sommersprosse, dann konnte man sicher sein, daß sie über Nase und Mund hinlief. Es sei außerordentlich lustig, sagte der Deibel. Ging ein guter, frommer Gedanke einem Menschen durch den Sinn, dann erschien im Spiegel ein Grinsen, daß der Trollteufel über seine kunstvolle Erfindung lachen mußte. Alle, die in die Trollschule gingen, denn er hielt Trollschule ab, die erzählten weit und breit, daß ein Wunder geschehen sei; nun könne man erst sehen, meinten sie, wie die Welt und die Menschen wirklich seien. Sie rannten mit dem Spiegel herum, und zuletzt gab es kein Land und keinen Menschen mehr, der darin nicht verzerrt erschienen wäre. Nun wollten sie auch zum Himmel selber hinauffliegen, um sich über die Engel und „den lieben Gott" lustig zu machen. Je höher sie mit dem Spiegel kamen, desto stärker grinste dieser, sie konnten ihn kaum festhalten; immer höher flogen sie, immer näher kamen sie Gott und den Engeln; da zuckte der Spiegel so fürchterlich in seinem Grinsen, daß er ihnen aus den Händen rutschte und auf die Erde niederstürzte, wo er in hundert Millionen, Billionen und noch mehr Splitter zerbrach, und gerade jetzt richtete er viel größeres Unheil an als vorher, denn manche Splitter waren nicht einmal so groß wie ein Sandkorn, und diese flogen in der weiten Welt herum; und wo sie den Leuten in die Augen kamen, da blieben sie sitzen, und da sahen die Menschen alles verkehrt oder hatten nur einen Blick dafür, was an einer Sache schlecht war, denn jedes kleine Spiegelkörnchen hatte dieselben Kräfte behalten, wie sie der ganze Spiegel besessen hatte. Manche Menschen bekamen sogar eine große Spiegelscherbe ins Herz, und dann war es ganz schauerlich, das Herz wurde wie ein Eisklumpen. Manche Spiegelscherben waren so groß, daß sie als Fensterscheiben verwandt wurden, aber durch diese Scheiben sah man seine Freunde besser nicht an; andere Stücke kamen in Brillen, und dann ging es übel zu, wenn die Leute diese Brille aufsetzten, um richtig zu sehen und gerecht zu sein. Der Böse lachte, daß sein Bauch platzte, und das kitzelte so schön. Aber draußen flogen noch kleine Glassplitter in der Luft herum. Nun werden wir hören.

Zweite Geschichte

Ein kleiner Junge und ein kleines Mädchen

Drinnen in der großen Stadt, wo es so viele Häuser und Menschen gibt, daß nicht genügend Platz ist, damit alle Leute einen kleinen Garten haben können, und wo daher die meisten mit Blumen in Töpfen vorliebnehmen müssen, lebten zwei arme Kinder, die dennoch einen Garten hatten, der etwas größer war als ein Blumentopf. Sie waren nicht Geschwister, aber sie hatten sich ebenso lieb, als wären sie es. Die Eltern wohnten dicht nebeneinander; sie wohnten in zwei Dachkammern; dort, wo das Dach des einen Hauses an das des Nachbarhauses stieß und die Regenrinne zwischen den Dächern entlanglief, da ging in jedem Haus ein kleines Fenster nach draußen; man brauchte nur über die Rinne zu steigen, dann konnte man vom einen Fenster zum anderen kommen.

Jede der beiden Familien hatte draußen vor dem Fenster einen großen hölzernen Kasten, und in diesem wuchsen Küchenkräuter, die sie brauchten, und ein kleiner Rosenstrauch; in jedem Kasten war einer, die wuchsen ganz herrlich. Nun kamen die Eltern auf den Gedanken, die Kästen quer über die Rinne zu stellen, so daß sie von dem einen Fenster fast bis zum anderen reichten und ganz so wie zwei Blumenraine aussahen. Die Erbsenranken hingen über die Kästen nach unten, und die Rosensträucher trieben lange Zweige, rankten sich um die Fenster, neigten sich zueinander; es war beinahe wie eine Ehrenpforte aus Grün und aus Blüten. Da die Kästen sehr hoch waren und die Kinder wußten, daß sie nicht dort hinaufklettern durften, erhielten sie oftmals die Erlaubnis, zueinander hinauszusteigen, auf ihren kleinen Schemeln unter den Rosen zu sitzen, und dort spielten sie nun ganz prächtig.

Im Winter war diese Freude allerdings vorbei. Die Fenster waren oftmals ganz zugefroren, aber dann machten die Kinder Kupfermünzen am Ofen heiß, legten die heiße Münze auf die zugefrorene Scheibe, und dann entstand ein wunderbares Guckloch, ganz rund, ganz rund; dahinter schaute ein süßes, freundliches Auge hindurch, eins aus jedem Fenster; das waren der kleine Junge und das kleine Mädchen. Er hieß Kay, und sie hieß Gerda. Im Sommer konnten sie mit einem Sprung zueinander kommen, im Winter mußten sie erst die vielen Treppen hinuntergehen und die vielen Treppen hinauf; draußen stöberte der Schnee.

„Die weißen Bienen schwärmen!“ sagte die alte Großmutter.

„Haben sie auch eine Bienenkönigin?“ fragte der kleine Junge, denn er wußte, unter den richtigen Bienen gab es so eine.

„Das haben sie!“ sagte die Großmutter. „Sie fliegt dort, wo sie am dichtesten schwärmen! Sie ist die größte von allen, und nie bleibt sie ruhig auf der Erde, sie fliegt wieder hinauf in die schwarze Wolke. Manche Winternacht fliegt sie durch die Straßen der Stadt und schaut durch die Fenster, und dann frieren sie so seltsam zu und sehen ganz wie Blumen aus.“

„Ja, das habe ich gesehen!“ sagten beide Kinder, und dann wußten sie, es war wahr.

„Kann die Schneekönigin hier hereinkommen?“ fragte das kleine Mädchen.

„Laß sie nur kommen", sagte der Junge, „dann setze ich sie auf den heißen Ofen, und dann schmilzt sie."

Aber die Großmutter strich ihm über das Haar und erzählte andere Geschichten.

Abends, als der kleine Kay daheim war und halb ausgezogen, kletterte er auf die Stühle am Fenster und schaute durch das kleine Loch hinaus; draußen fielen ein paar Schneeflocken, und eine davon, die allergrößte, blieb auf dem Rande des einen Blumenkastens liegen; die Schneeflocke wurde immer größer, sie war zuletzt ein ganzes Frauenzimmer, mit den feinsten, weißen Schleiern angetan, die wie aus Millionen sternenähnlicher Flocken zusammengesetzt waren. Sie war so schön und fein, aber aus Eis, dem blendenden, glitzernden Eis, doch war sie lebendig; die Augen starrten wie zwei helle Sterne, aber es war keine Rast noch Ruhe in ihnen. Sie nickte zum Fenster hin und winkte mit der Hand. Der kleine Junge erschrak und sprang vom Stuhl herunter, da war es, als flöge draußen ein großer Vogel am Fenster vorbei.

Am nächsten Tag war klares Frostwetter – und dann kam Tauwetter – und dann kam der Frühling, die Sonne schien, das Grün sproß hervor, die Schwalben bauten ihr Nest, die Fenster wurden geöffnet, und die kleinen Kinder saßen wieder in ihrem Gärtchen hoch oben in der Dachrinne über den vielen Stockwerken.

Die Rosen blühten in diesem Sommer unbeschreiblich schön; das kleine Mädchen hatte ein Kirchenlied gelernt, und in dem kam etwas von Rosen vor, und bei diesen Rosen dachte sie an ihre eigenen; und sie sang es dem kleinen Jungen vor, und er sang mit:

„Im Tale blühen Rosen schön,
Laßt uns zu unserem Jesuskind gehn."

Und die Kleinen hielten einander an den Händen, küßten die Rosen und schauten in des Herrgotts hellen Sonnenschein und redeten mit ihm, als wäre das Jesuskind da. Was waren es für herrliche Sommertage, wie wundervoll war es, draußen zu sein bei den frischen Rosensträuchern, die schier nicht aufhören wollten zu blühen.

Kay und Gerda saßen da und besahen sich das Bilderbuch mit Tieren und Vögeln, da geschah es – die Uhr an dem großen Kirchturm schlug gerade fünf –, daß Kay sagte: „Au! mich hat was ins Herz gestochen, und nun habe ich etwas ins Auge bekommen!"

Das kleine Mädchen legte ihm den Arm um den Hals; er blinzelte mit den Augen; nein, es war nichts zu sehen.

„Ich glaube, es ist weg!" sagte er, aber weg war es nicht. Es war eben eins von jenen Glaskörnern, die von dem Spiegel abgesprungen waren, dem Trollspiegel, wir wissen ja noch, dem abscheulichen Glas, das alles Große und Gute, das sich darin spiegelte, klein und häßlich machte; aber das Böse und Schlechte trat so recht hervor, und jeder Fehler an einer Sache war sogleich zu merken. Der arme Kay, er hatte auch so ein Korn mitten ins Herz bekommen. Es sollte bald wie ein Eisklumpen werden. Jetzt tat es nicht mehr weh, aber es war da.

„Warum weinst du?" fragte er. „Dann siehst du häßlich aus! Mir fehlt ja nichts! – Pfui!" rief er ganz plötzlich. „Die Rose da ist von einer Raupe angenagt! Und schau, die da, die ist ja ganz schief! Im Grunde sind es doch gräßliche Rosen! Sie gleichen den Kästen, in denen sie stehen!" und dann stieß er mit dem Fuß heftig gegen den Kasten und riß die beiden Rosen ab.

„Kay, was tust du!" rief das kleine Mädchen; und als er ihr Erschrecken sah, riß er noch eine Rose ab und rannte dann zu seinem Fenster hinein und von der lieben kleinen Gerda fort.

Wenn sie späterhin mit dem Bilderbuch kam, sagte er, das sei für neugeborene Kinder, und erzählte die Großmutter Geschichten, kam er immer mit einem Aber – ja, und hatte er Gelegenheit dazu, dann ging er hinter ihr her, setzte sich die Brille auf und redete genau wie sie; es war ganz ähnlich, und dann lachten die Leute über ihn. Er konnte bald reden und gehen wie die Menschen in der ganzen Straße. Alles, was bei ihnen eigentümlich war und nicht schön, das wußte Kay nachzuahmen, und dann sagten die Leute: „Dieser Junge hat tatsächlich einen ausgezeichneten Verstand!“ Aber es war dieses Glas, das er ins Auge bekommen hatte, dieses Glas, das im Herzen saß; das war der Grund, weshalb er sogar die kleine Gerda aufzog, die ihn mit ganzer Seele liebte.

Seine Spiele wurden jetzt ganz anders als früher, sie waren so verständig; an einem Wintertag, als die Schneeflocken stöberten, kam er mit einem großen Brennglas, hielt seinen blauen Mantelzipfel hinaus und ließ die Schneeflocken darauffallen.

„Schau nun ins Glas, Gerda!“ sagte er, und die Schneeflocke wurde viel größer und sah aus wie eine prächtige Blume oder ein zehnzackiger Stern, es war wunderbar anzusehen.

„Siehst du, wie kunstvoll!“ sagte Kay. „Das ist viel interessanter als die wirklichen Blumen! Und es ist nicht ein einziger Fehler an ihnen, die sind ganz gerade, wenn sie nur nicht schmelzen!“

Kurz darauf kam Kay mit großen Handschuhen und seinem Schlitten auf dem Rücken, er schrie Gerda ins Ohr: „Ich darf auf den großen Platz fahren, wo die anderen spielen!“ und fort war er.

Dort auf dem Platz banden die kecksten Jungen oft ihren Schlitten an die Wagen der Bauern, und dann fuhren sie ein ganzes Stück mit. Das ging gar lustig dahin. Als sie gerade so schön spielten, kam ein großer Schlitten; der war ganz weiß gestrichen, und drinnen saß jemand, in einen zottigen weißen Pelz gehüllt und mit weißer, zottiger Mütze; der Schlitten fuhr zweimal um den Platz herum, und Kay band geschwind seinen kleinen Schlitten daran fest, und dann fuhr er mit. Es ging rascher und rascher, schnurstracks in die nächste Straße hinein; die Gestalt, die lenkte, wandte den Kopf und nickte Kay sehr freundlich zu, es war, als kennten sie einander; jedesmal, wenn Kay seinen kleinen Schlitten losmachen wollte, nickte der Betreffende wieder, und dann blieb Kay sitzen; sie fuhren geradeswegs zum Stadttor hinaus. Da begann der Schnee derart dicht zu fallen, daß der kleine Junge nicht die Hand vor Augen sehen konnte, während er dahinsauste; er ließ schnell die Leine fahren, um von dem großen Schlitten loszukommen, aber es nützte nichts, sein kleines Gefährt hing fest, und es ging in Windeseile weiter. Da rief er ganz laut, aber niemand hörte ihn, und der Schnee stöberte, und der Schlitten flog dahin; mitunter machte er einen Hopser, es war, als sauste Kay über Gräben und Zäune. Er hatte ordentlich Angst, er wollte sein Vaterunser beten, aber er konnte sich nur auf das große Einmaleins besinnen.

Die Schneeflocken wurden immer größer, zuletzt sahen sie aus wie große weiße Hühner; mit einemmal sprangen sie zur Seite, der große Schlitten hielt, und die Person, die ihn gelenkt hatte, richtete sich auf, der Pelz und die Mütze waren nichts als Schnee. Es war eine Dame, sehr groß und von stolzer Haltung und schimmernd weiß, es war die Schneekönigin.

„Wir sind gut vorwärts gekommen!" sagte sie. „Aber was soll denn das heißen, so zu frieren! Kriech unter meinen Bärenpelz!" und sie setzte ihn neben sich auf den Schlitten und schlug den Pelz um ihn; es war, als versänke er in einer Schneewehe.

„Frierst du noch?" fragte sie, und dann gab sie ihm einen Kuß auf die Stirn. Uh! der war kälter als Eis, der ging ihm tief ins Herz hinein, das ja ohnehin ein halber Eisklumpen war; ihm war, als müßte er sterben! – Aber nur einen Augenblick, dann tat es geradezu gut, er merkte nichts mehr von der Kälte ringsum.

„Mein Schlitten! vergiß nicht meinen Schlitten!" An den dachte er zuerst, und der wurde an eins der weißen Hühner angebunden, und das flog hinterdrein mit dem Schlitten auf dem Rücken. Die Schneekönigin gab Kay noch einen Kuß, und da hatte er die kleine Gerda und die Großmutter und alle daheim vergessen.

„Nun bekommst du keinen Kuß mehr!" sagte sie, „denn sonst würde ich dich totküssen!"

Kay sah sie an, sie war sehr schön, ein klügeres, herrlicheres Gesicht konnte er sich nicht vorstellen, jetzt schien sie nicht aus Eis zu sein wie damals, als sie vor dem Fenster saß und ihm zuwinkte; in seinen Augen war sie vollkommen, er empfand gar keine Furcht. Er erzählte ihr, daß er Kopfrechnen könne, und zwar mit Brüchen, die Quadratmeilen der Länder wisse und „wie viele Einwohner", und sie lächelte immer; da meinte er, es sei doch nicht genug, was er wußte, und er sah in den großen, großen Himmelsraum hinauf, und sie flog mit ihm, flog hoch hinauf auf die schwarze Wolke, und der Sturm sauste und brauste, es war, als sänge er alte Lieder. Sie flogen über Wälder und Seen, über Meere und Länder, unter ihnen fegte der kalte Wind dahin, die Wölfe heulten, der Schnee glitzerte, über ihn hinweg flogen die schwarzen, krächzenden Krähen, aber hoch oben schien der Mond so groß und hell, und diesen betrachtete Kay in der langen, langen Winternacht; tagsüber schlief er zu Füßen der Schneekönigin.

Dritte Geschichte

Der Blumengarten bei der Frau, die sich aufs Zaubern verstand

Aber wie erging es der kleinen Gerda, als Kay nicht mehr kam? Wo war er nur? – Niemand wußte es, niemand konnte Auskunft geben. Die Jungen erzählten nur, daß sie gesehen hätten, wie er seinen kleinen Schlitten an einem prächtigen großen festgebunden habe, der in die Straße hineingefahren sei und zum Stadttor hinaus. Niemand wußte, wo er war, viele Tränen flossen, die kleine Gerda weinte heftig und lange – dann sagte man, er sei tot, er sei in den Fluß gefallen, der dicht bei der Stadt vorbeifloß. Ach, es waren recht lange, dunkle Wintertage.

Nun kam der Lenz mit wärmerem Sonnenschein.

„Kay ist gestorben und verdorben!" sagte die kleine Gerda.

„Das glaube ich nicht!" sagte der Sonnenschein.

„Er ist gestorben und verdorben!" sagte sie zu den Schwalben.

„Das glauben wir nicht!“ erwiderten diese, und zuletzt glaubte die kleine Gerda es auch nicht.

„Ich ziehe meine neuen roten Schuhe an“, sagte sie eines Morgens, „die hat Kay nie gesehen, und dann will ich zum Fluß hinuntergehen und den fragen!“

Und es war ganz früh, sie küßte die alte Großmutter, die schlief, zog die roten Schuhe an und ging ganz allein durch das Tor zum Fluß hinunter.

„Ist es wahr, daß du meinen kleinen Gespielen geholt hast? Ich schenke dir meine roten Schuhe, falls du ihn mir wiedergibst!“

Und sie fand, die Wellen nickten so sonderbar; da zog sie ihre roten Schuhe aus, das Liebste, was sie besaß, und warf sie beide in den Fluß; aber sie fielen dicht am Ufer hinein, und die kleinen Wellen trugen sie sogleich wieder an Land zu ihr. Es war fast, als wollte der Fluß das Liebste, was sie besaß, nicht annehmen, da er ja den kleinen Kay nicht hatte; aber sie dachte, sie habe die Schuhe nicht weit genug hinausgeworfen, und nun kletterte sie in ein Boot, das im Schilf lag, sie ging ganz bis ans hinterste Ende und warf die Schuhe hinein; aber das Boot war nicht festgebunden, und durch die Bewegung, die sie machte, glitt es vom Land fort; sie merkte es und beeilte sich hinauszukommen, aber ehe sie zurück ans Ufer gelangen konnte, war das Boot schon mehr als eine Elle weit draußen, und nun fuhr es schneller dahin.

Da erschrak die kleine Gerda sehr und begann zu weinen, aber niemand außer den Sperlingen hörte sie, und die konnten sie nicht an Land zurückbringen, aber sie flogen am Ufer mit und sangen, als ob sie sie trösten wollten: „Hier sind wir! hier sind wir!“ Das Boot trieb mit der Strömung, die kleine Gerda saß ganz still in bloßen Strümpfen da; ihre kleinen roten Schuhe schwammen hinter ihr drein, aber die konnten das Boot nicht einholen, das schneller vorwärts kam.

Schön war es an beiden Ufern, wunderbare Blumen, alte Bäume und die Hänge voller Schafe und Kühe, aber kein Mensch war zu erblicken.

„Vielleicht trägt der Fluß mich zum kleinen Kay", dachte Gerda, und dann wurde sie hoffnungsvoller, stand auf und betrachtete viele Stunden lang die schönen, grünen Ufer; da kam sie an einen großen Kirschgarten, wo ein Häuschen stand mit seltsam roten und blauen Fenstern, übrigens hatte es ein Strohdach, und zwei hölzerne Soldaten standen davor, die vor denen, die vorüberfuhren, das Gewehr schulterten.

Gerda rief sie an, sie meinte, die seien lebendig, aber sie gaben natürlich keine Antwort; sie kam ganz dicht zu ihnen heran, der Fluß trieb das Boot geradeswegs auf das Ufer zu.

Gerda rief noch lauter, und da kam aus dem Haus eine alte, alte Frau, die sich auf einen Krückstock stützte; sie hatte einen großen Sonnenhut auf, und der war mit den schönsten Blumen bemalt.

„Du armes kleines Kind!" sagte die alte Frau; „wie bist du doch nur auf den großen, schnellen Strom hinausgeraten und in die weite Welt hinausgetrieben worden?" und dann ging die alte Frau ganz weit ins Wasser hinein, langte mit ihrem Krückstock nach dem Boot, zog es an Land und hob die kleine Gerda heraus.

Und Gerda war froh, aufs Trockene zu kommen, aber doch ein wenig furchtsam der fremden alten Frau gegenüber.

„Komm doch mal her und erzähle mir, wer du bist und wie du hierherkommst!“ sagte sie.

Und Gerda erzählte ihr alles, und die Alte schüttelte den Kopf und sagte: „Hm! hm!“ Und als Gerda ihr alles erzählt und sie gefragt hatte, ob sie nicht den kleinen Kay gesehen hätte, sagte die Frau, er sei nicht vorbeigekommen, aber er käme sicher, sie sollte nur nicht traurig sein, sondern ihre Kirschen kosten und ihre Blumen anschauen; die wären schöner als jedes Bilderbuch, die könnten alle eine ganze Geschichte erzählen. Dann nahm sie Gerda bei der Hand, sie gingen in das kleine Haus, und die alte Frau schloß die Tür ab.

Die Fenster saßen ganz hoch oben, und die Scheiben waren rot, blau und gelb; das Tageslicht schimmerte dort drinnen durch all die Farben ganz wunderlich, aber auf dem Tisch standen die schönsten Kirschen, und Gerda aß so viele, wie sie wollte, das durfte sie nämlich. Und während sie aß, kämmte ihr die alte Frau das Haar mit einem goldenen Kamm, und das Haar lockte sich und glänzte ganz herrlich gelb rings um das kleine, freundliche Gesicht, das so rund war und wie eine Rose aussah.

„Nach so einem niedlichen kleinen Mädchen habe ich mich richtig gesehnt!“ sagte die Alte. „Nun wirst du mal sehen, wie gut wir beiden uns vertragen werden!“ Und je länger sie Gerdas Haar kämmte, desto mehr vergaß Gerda ihren Pflegebruder Kay; denn die alte Frau verstand sich aufs Zaubern, aber eine böse Zauberin war sie nicht, sie zauberte nur ein bißchen zu ihrem Vergnügen, und nun wollte sie die kleine Gerda gern behalten. Deshalb ging sie in den Garten, bewegte ihren Krückstock über alle Rosensträucher hin, und wie schön sie auch blühten, versanken sie dennoch alle in der schwarzen Erde, und man konnte nicht sehen, wo sie gestanden hatten. Die Alte hatte Angst, daß Gerda, wenn sie die Rosen sähe, zuviel an ihre eigenen denken und sich dann an den kleinen Kay erinnern und weglaufen würde.

Nun führte sie Gerda in den Blumengarten. – Nein! welch ein Duft und was für eine Pracht! Alle erdenklichen

Blumen, und zwar aus jeder Jahreszeit, standen hier in ihrem prächtigsten Flor; kein Bilderbuch konnte bunter und schöner sein. Gerda hüpfte vor Freude und spielte, bis die Sonne hinter den hohen Kirschbäumen unterging, da bekam sie ein schönes Bett mit einem rotseidenen Oberbett, das war mit blauen Veilchen gefüllt, und sie schlief und träumte hier so schön wie eine Königin an ihrem Hochzeitstag.

Am nächsten Tage konnte sie wieder mit den Blumen im warmen Sonnenschein spielen – so vergingen viele Tage. Gerda kannte jede Blume, aber wie viele es da auch gab, so war ihr doch, als fehlte eine, aber welche, das wußte sie nicht. Da sitzt sie eines Tages da und schaut auf den Sonnenhut der alten Frau mit den gemalten Blumen, und gerade die schönste von ihnen war eine Rose. Die Alte hatte vergessen, sie vom Hut wegzumachen, als sie die anderen in die Erde zauberte. Aber so geht es, wenn man die Gedanken nicht beisammen hat. „Was!" sagte Gerda, „gibt es hier keine Rosen?" und sie rannte zwischen den Beeten umher, suchte und suchte, aber es waren keine zu finden; da setzte sie sich hin und weinte, aber ihre heißen Tränen fielen genau dahin, wo ein Rosenstrauch versunken war, und als die warmen Tränen die Erde netzten, sproß der Strauch mit einemmal auf, so herrlich wie damals, als er versunken war, und Gerda umarmte ihn, küßte die Rosen und dachte an die schönen Rosen daheim und gleichzeitig auch an den kleinen Kay.

„Oh, ich bin aber aufgehalten worden!" sagte das kleine Mädchen. „Ich wollte doch Kay suchen! – Wißt ihr nicht, wo er ist?" fragte sie die Rosen. „Glaubt ihr, er ist gestorben und verdorben?"

„Gestorben ist er nicht", sagten die Rosen. „Wir sind ja in der Erde gewesen, dort sind all die Toten, aber Kay war nicht da!"

„Ich danke euch vielmals!" sagte die kleine Gerda, und sie ging zu den anderen Blumen und blickte in deren Kelch und fragte: „Wißt ihr nicht, wo der kleine Kay ist?"

Aber jede Blume stand in der Sonne und träumte ihr

eigenes Märchen oder ihre Geschichte, davon bekam die kleine Gerda viele, sehr viele zu hören, aber keine wußte etwas von Kay.

Und was sagte denn die Feuerlilie?

„Hörst du die Trommel: bumm! bumm! Es sind zwei Töne, immer bumm! bumm! Hör nur das Klagelied der Frauen! Höre den Ruf der Priester! – In ihrem langen, roten Gewand steht die Hindufrau auf dem Scheiterhaufen, die Flammen schlagen über ihr und ihrem toten Mann zusammen; aber die Hindufrau denkt an den Lebenden hier im Kreis, an ihn, dessen Augen heißer brennen als die Flammen, an ihn, dessen Augen mit ihrem Feuer eher ihr Herz erreichen als die Flammen, die bald ihren Leib zu Asche verbrennen. Kann die Flamme des Herzens in den Flammen des Scheiterhaufens sterben?"

„Das verstehe ich überhaupt nicht!" sagte die kleine Gerda.

„Es ist mein Märchen!" sagte die Feuerlilie.

Was sagt die Winde?

„Über dem schmalen Gebirgspfad hängt eine alte Ritterburg; das dichte Immergrün wächst an den alten, roten Mauern empor, Blatt neben Blatt, um den Balkon herum, und dort steht ein schönes Mädchen; sie beugt sich über das Geländer und blickt den Weg hinab. Keine Rose hängt frischer am Zweig als sie, keine Apfelblüte, wenn der Wind sie vom Baum abweht, schwebt leichter als sie; wie raschelt das prächtige seidene Gewand! ‚Kommt er denn nicht?'"

„Ist es Kay, den du meinst?" fragte die kleine Gerda.

„Ich rede nur von meinem Märchen, meinem Traum", entgegnete die Winde.

Was sagt das kleine Schneeglöckchen?

„Zwischen den Bäumen hängt an Stricken das lange Brett, es ist eine Schaukel; zwei niedliche kleine Mädchen – die Kleider sind weiß wie Schnee, lange, grünseidene Bänder flattern von den Hüten – sitzen darauf und schaukeln; der Bruder, der größer ist als sie, steht auf der Schaukel, er hat den Arm um die Stricke gelegt, um sich festzuhalten, denn in der einen Hand hat er eine kleine Schale, in der anderen eine Tonpfeife, er macht Seifenblasen; die Schaukel schwingt hin und her, und die Blasen mit ihren herrlichen, wechselnden Farben fliegen davon; die letzte hängt noch am Pfeifenstiel und schwankt im Winde; die Schaukel schwingt hin und her. Der kleine schwarze Hund, so leicht wie die Blasen, erhebt sich auf die Hinterläufe und will mit auf die Schaukel hinauf; sie fliegt, der Hund plumpst herunter, kläfft und ist böse; er wird gehänselt*, die Blasen platzen – ein schwingendes Brett, ein zerfließendes Schaumbild ist mein Lied!"

„Es kann ja sein, daß es hübsch ist, was du erzählst, aber du erzählst es so trübselig und sagst gar nichts von Kay. Was sagen die Hyazinthen?"

„Es waren drei schöne Schwestern, ganz durchsichtig und fein; das Gewand der einen war rot, das der zweiten blau, das der dritten ganz weiß; Hand in Hand tanzten sie an dem stillen See im hellen Mondschein. Es waren keine Elfen, es waren Menschenkinder. Es duftete ganz süß, und die Mädchen entschwanden in den Wald; der Duft wurde stärker – drei Särge, in ihnen lagen die schönen Mädchen, glitten aus dem Dickicht des Waldes über den See; Glühwürmchen flogen schimmernd rund um sie herum, gleich kleinen schwebenden Kerzen. Schlafen die tanzenden Mädchen, oder sind sie tot? – Der Blumenduft sagt, sie seien Leichen; die Abendglocke läutet den Toten!"

„Du machst mich ganz traurig", sagte die kleine Gerda. „Du duftest so stark, ich muß an die toten Mädchen denken! Ach, ist der kleine Kay denn wirklich tot? Die Rosen sind unten in der Erde gewesen, und die sagen: nein!"

„Kling, klang!" läuteten die Glocken der Hyazinthen. „Wir läuten nicht für den kleinen Kay, den kennen wir nicht! Wir singen nur unser Lied, das einzige, das wir können!"

* Die dänische Vokabel hier, hänseln = gække, spielt auf die dänische Bezeichnung für Schneeglöckchen an, vintergæk, auch sommergæk. Unübersetzbares Wortspiel (Anmerkung d. Übers.).

Und Gerda ging zur Butterblume, die zwischen den blanken grünen Blättern hervorleuchtete.

„Du bist eine kleine helle Sonne!“ sagte Gerda. „Sag mir, ob du weißt, wo ich meinen Gespielen finden kann?“

Und die Butterblume leuchtete so wunderschön und blickte Gerda ebenfalls an. Welches Lied konnte wohl die Butterblume singen? Es handelte auch nicht von Kay.

„Auf einen kleinen Hof schien unseres Herrgotts Sonne am ersten Frühlingstag so warm; die Strahlen glitten an des Nachbarn weißer Wand herab, dicht daneben standen die ersten gelben Blumen, glänzendes Gold in den warmen Sonnenstrahlen; die alte Großmutter saß draußen auf ihrem Stuhl, die Enkeltochter, die arme, schöne Dienstmagd, kam von einem kurzen Besuch nach Hause; sie gab der Großmutter einen Kuß. Gold, das Gold des Herzens, lag in diesem liebevollen Kuß. Gold auf dem Mund, Gold auf dem Grund. Gold dort oben in der Morgenstund! Sieh, das ist meine kleine Geschichte!“ sagte die Butterblume.

„Meine arme alte Großmutter!“ seufzte Gerda. „Ja, sie sehnt sich wohl nach mir, ist traurig meinetwegen, ebenso wie sie es des kleinen Kay wegen war. Aber ich komme bald wieder heim, und dann bringe ich Kay mit. – Es hat keinen Zweck, daß ich die Blumen frage, die können nur ihr eigenes Lied, die geben mir keine Kunde!“ und dann band sie ihr Kleidchen hoch, damit sie schneller laufen konnte; aber die Narzisse schlug ihr um die Beine, als sie darüber wegsprang; da blieb sie stehen, betrachtete die lange, gelbe Blume und fragte: „Weißt du vielleicht etwas?“ und dann bückte sie sich zur Narzisse hinab. Und was sagte die?

„Ich kann mich selber sehen! ich kann mich selber sehen!“ sagte die Narzisse. „Oh, oh, wie ich rieche! – Oben in dem kleinen Giebelstübchen, halb angekleidet, steht eine kleine Tänzerin, sie steht mal auf einem Bein, mal auf beiden, sie gibt aller Welt Fußtritte, sie ist nichts als ein Augentrug. Sie gießt Wasser aus der Teekanne auf ein Kleidungsstück, das sie in der Hand hält, es ist das Mieder – Reinlichkeit ist eine gute Sache! Das weiße Kleid hängt am Haken, das ist auch in der Teekanne gewaschen und auf dem Dache getrocknet worden; das zieht sie an, den safrangelben Schal um den Hals, dann leuchtet das Kleid weißer. Das Bein in die Höhe, sieh, wie sie über einem Stengel aufragt! Ich kann mich selber sehen! ich kann mich selber sehen!"

„Daraus mache ich mir gar nichts!" sagte Gerda. „So etwas braucht man mir nicht zu erzählen!" und dann rannte sie ans Ende des Gartens.

Die Tür war geschlossen, aber sie rüttelte an dem verrosteten Haken, da ging er ab und die Tür sprang auf, und nun lief die kleine Gerda auf bloßen Füßen in die weite Welt hinaus. Sie blickte dreimal zurück, aber es kam niemand hinter ihr her; zuletzt konnte sie nicht mehr laufen und setzte sich auf einen großen Stein, und als sie in der Runde umherblickte, war der Sommer vorbei, es war spät im Herbst, das hatte man drinnen in dem schönen Garten gar nicht merken können, wo immer die Sonne schien und die Blumen aller Jahreszeiten blühten.

„Gott! wie habe ich mich verspätet!" sagte die kleine Gerda. „Es ist ja Herbst geworden! Dann darf ich nicht rasten!" und sie stand auf, um zu gehen.

Oh, wie weh und müde waren ihre kleinen Füße, und ringsum sah es kalt und unwirtlich aus; die langen Weidenblätter waren ganz gelb, und der Nebel tropfte als Wasser von ihnen nieder, ein Blatt nach dem anderen fiel, nur der Schlehdorn trug Früchte, sie waren sehr herb, und der Mund zog sich davon zusammen. Oh, wie war es grau und schwermütig in der weiten Welt.

Vierte Geschichte

Prinz und Prinzessin

Gerda mußte sich abermals ausruhen; da hüpfte dort auf dem Schnee, ihrem Platz gerade gegenüber, eine große Krähe herum, die hatte lange dagesessen, sie angesehen und mit dem Kopf gewackelt; nun sagte sie: „Krah! krah! –

’n Tag! ’n Tag!“ Besser konnte sie es nicht sagen, aber sie meinte es gut mit dem kleinen Mädchen und fragte, wohin in die weite Welt sie so allein denn gehen wolle. Das Wort „allein“ verstand Gerda sehr gut und fühlte so recht, wie viel darin lag, und dann erzählte sie der Krähe ihr ganzes Leben und fragte, ob sie Kay nicht gesehen habe.

Und die Krähe nickte ganz nachdenklich und sagte: „Das könnte sein! das könnte sein!“

„Wirklich, glaubst du?“ rief das kleine Mädchen und hätte die Krähe fast totgedrückt, so küßte sie sie.

„Vernünftig, vernünftig!“ sagte die Krähe. „Ich glaube, das kann der kleine Kay sein! Aber nun hat er dich sicher um der Prinzessin willen vergessen!“

„Wohnt er bei einer Prinzessin?“ fragte Gerda.

„Ja, höre zu!“ sagte die Krähe. „Aber es fällt mir schwer, deine Sprache zu sprechen. Verstehst du die Krähensprache*, dann werde ich besser erzählen!“

„Nein, die habe ich nicht gelernt!“ sagte Gerda. „Aber Großmutter konnte sie, und die P-Sprache konnte sie. Hätte ich die nur gelernt!“

„Macht nichts!“ sagte die Krähe. „Ich werde erzählen, so gut ich kann, aber schlecht wird es trotzdem sein!“ und dann erzählte sie, was sie wußte.

„In dem Königreich, in dem wir jetzt sitzen, wohnt eine Prinzessin, die ungemein klug ist, aber sie hat auch alle Zeitungen, die es in der Welt gibt, gelesen und wieder vergessen, so klug ist sie. Neulich sitzt sie auf dem Thron, und das ist gar nicht einmal so vergnüglich, sagt man, da fängt sie plötzlich an, ein Lied zu summen, und zwar gerade dies: ‚Weshalb sollte ich nicht heiraten!‘ – ‚Oh, das ist ein Gedanke‘, sagte sie, und dann wollte sie heiraten, aber sie wollte einen Mann haben, der zu antworten verstand, wenn man mit ihm sprach, einen, der nicht dastand und nur vornehm aussah, denn das ist sehr langweilig. Nun ließ sie alle Hofdamen zusammentrommeln, und als die hörten, was sie vorhatte, waren sie sehr erfreut. ‚Das gefällt mir

* Eine scherzhafte Kindersprache, wie etwa im Deutschen die „Erbsensprache“ (Anmerkung d. Übers.).

gut!' sagten sie, ‚an so etwas habe ich kürzlich auch gedacht!' – Du kannst glauben, jedes Wort, das ich sage, ist wahr!" sagte die Krähe. „Ich habe eine zahme Braut, die läuft frei im Schloß herum, und die hat mir alles erzählt!"

Seine Braut war natürlich auch eine Krähe, denn sucht die Krähe die Ehe, dann ist es immer mit einer Krähe.

„Die Zeitungen kamen gleich mit einem Rand aus Herzen und dem Namenszug der Prinzessin heraus; man konnte darin lesen, daß es jedem jungen Mann, der gut aussehe, freistünde, aufs Schloß zu gehen und mit der Prinzessin zu reden; und denjenigen, welcher so redete, daß man ihm anhören könne, er sei dort zu Hause, und der am besten spreche, den wolle die Prinzessin zum Manne nehmen! – Ja, ja!" sagte die Krähe, „du kannst mir glauben, es ist so wahr, wie ich hier sitze, die Leute strömten herbei, es war ein Gedränge und ein Laufen, aber es wurde nichts daraus, weder am ersten noch am zweiten Tag. Sie konnten allesamt gut reden, wenn sie draußen auf der Straße waren, aber sowie sie zum Schloßtor hereinkamen und die Garde in Silber sahen und die Treppen hinauf die Lakaien in Gold und die großen, erleuchteten Säle, waren sie fassungslos! Und standen sie vor dem Thron, wo die Prinzessin saß, dann wußten sie nichts weiter zu sagen als das letzte Wort, welches sie gesagt hatte; und das noch einmal zu hören, daraus machte sie sich nichts. Es war gerade, als wäre den Leuten da drinnen Schnupftabak auf den Bauch gestreut worden und als wären sie in tiefen Schlummer gesunken, bis sie wieder auf die Straße kamen, ja, dann konnten sie reden. Vom Stadttor bis zum Schloß standen sie in einer langen Reihe. Ich war selber drinnen, um es mir anzusehen!" sagte die Krähe. „Sie kriegten Hunger und auch Durst, aber vom Schloß bekamen sie nicht mal ein Glas lauwarmes Wasser. Zwar hatten manche von den schlauesten Butterbrote mitgenommen, aber sie gaben ihrem Nebenmann nichts ab, sie dachten bei sich: Mag er nur hungrig aussehen, dann nimmt die Prinzessin ihn nicht!"

„Aber Kay, der kleine Kay!" fragte Gerda. „Wann kommt er? War er unter den vielen?"

„Gemach! gemach! nun sind wir ja schon bei ihm angelangt! Es war am dritten Tag, da kam ein kleiner Kerl, ohne Pferd noch Wagen, ganz wohlgemut zum Schloß spaziert; seine Augen glänzten wie deine, er hatte herrliches langes Haar, aber sonst ärmliche Kleider!"

„Das war Kay!" jubelte Gerda. „Oh, dann habe ich ihn gefunden!" und sie klatschte in die Hände.

„Er hatte ein Ränzel auf dem Rücken!" sagte die Krähe.

„Nein, das war sicher sein Schlitten!" sagte Gerda, „denn mit dem Schlitten ist er weggegangen!"

„Das kann gut sein!" sagte die Krähe. „Ich habe nicht so genau hingesehen! Aber eins weiß ich von meiner zahmen Braut: als er zum Schloßtor hereinkam und die Leibgarde in Silber sah und die Treppen hinauf die Lakaien in Gold, bedrückte ihn das nicht im geringsten. Er nickte ihnen zu und sagte: ‚Es muß langweilig sein, auf der Treppe zu stehen, ich gehe lieber hinein!' Da strahlten die Säle von Kerzen wider; Geheimräte und Exzellenzen liefen auf bloßen Füßen und trugen goldene Schüsseln; es konnte einem wahrhaftig ganz feierlich zumute werden! Seine Stiefel knarrten unheimlich laut, aber Furcht bekam er deshalb nicht!"

„Das ist ganz bestimmt Kay!" sagte Gerda. „Ich weiß, er hatte neue Stiefel an, ich habe sie in Großmutters Stube knarren hören!"

„Ja, knarren taten sie!" sagte die Krähe. „Und wohlgemut ging er auf die Prinzessin zu, die auf einer Perle saß, so groß wie das Rad von einem Spinnrocken; und alle Hofdamen mit ihren Zofen und den Zofen der Zofen und alle Kavaliere mit ihren Bedienten und den Bedienten der Bedienten, die sich ihrerseits einen Knecht halten, standen rings im Kreis; und je näher sie der Tür standen, desto stolzer sahen sie aus. Den Knecht von dem Bedienten des Bedienten, der immer in Pantoffeln läuft, konnte man fast nicht ansehen, so stolz stand er an der Tür!"

„Das muß grausig sein!" sagte die kleine Gerda. „Und Kay hat doch sicher die Prinzessin bekommen?"

„Wäre ich nicht eine Krähe gewesen, dann hätte ich sie

genommen, und zwar ungeachtet dessen, daß ich verlobt bin. Er soll ebensogut geredet haben, wie ich rede, wenn ich die Krähensprache spreche, das habe ich von meiner zahmen Braut. Er war freimütig und reizend; er war gar nicht gekommen, um zu freien, einzig und allein nur, um sich von der Klugheit der Prinzessin zu überzeugen, und die fand er gut, und sie fand ihn wiederum gut!"

„Ja, bestimmt! das war Kay!" sagte Gerda. „Er war so klug, er konnte Kopfrechnen mit Brüchen! – Oh, möchtest du mich nicht aufs Schloß führen?"

„Ja, das ist leicht gesagt!" meinte die Krähe. „Aber wie sollen wir das machen? Ich werde darüber mit meiner zahmen Braut reden; sie kann uns sicher einen Rat geben; denn das will ich dir sagen, so ein kleines Mädchen wie du kriegt nie die Erlaubnis, auf gewöhnliche Art hineinzukommen!"

„Doch, die kriege ich schon!" sagte Gerda. „Wenn Kay hört, ich bin hier, kommt er gleich und holt mich!"

„Warte dort am Zauntritt auf mich!" sagte die Krähe, wackelte mit dem Kopf und flog davon.

Erst als es Abend war und dunkel, kam die Krähe wieder zurück. „Rar! rar!" sagte sie. „Ich soll dich vielmals von meiner zahmen Braut grüßen! Und hier ist ein kleines Brot für dich, das hat sie aus der Küche weggenommen, da ist Brot genug, und du bist sicher hungrig! – Es ist unmöglich, daß du ins Schloß hineinkommst, du hast ja nichts an den Füßen; die Garde in Silber und die Lakaien in Gold würden es nicht gestatten; aber weine nicht, du wirst da schon noch hinaufkommen. Meine Braut weiß eine kleine Hintertreppe, die führt ins Schlafgemach, und sie weiß, wo sie den Schlüssel findet!"

Und sie gingen in den Garten, in die große Allee, wo die Blätter alle abfielen, und als auf dem Schloß die Lichter gelöscht wurden, eines nach dem anderen, führte die Krähe die kleine Gerda zu der Hintertür, die angelehnt stand.

Oh, wie klopfte Gerda das Herz vor Angst und Sehnsucht! Es war fast, als hätte sie etwas Böses vor, und sie wollte ja nur erfahren, ob es der kleine Kay war; doch, er mußte es sein; sie vergegenwärtigte sich so lebhaft seine klugen Augen, sein langes Haar; sie konnte geradezu sehen, wie er lächelte, wie damals, als sie daheim unter den Rosen saßen. Er würde sich bestimmt freuen, sie zu sehen, zu hören, was für einen langen Weg sie um seinetwillen gegangen war, zu erfahren, wie betrübt sie alle zu Hause gewesen waren, als er nicht wiederkam. Oh, es war eine Furcht und eine Freude.

Nun waren sie auf der Treppe; auf einem Schrank brannte eine kleine Lampe; mitten auf der Treppe stand die zahme Krähe und drehte den Kopf nach allen Seiten und betrachtete Gerda, die einen Knicks machte, wie die Großmutter es sie gelehrt hatte.

„Mein Verlobter hat so hübsch von Ihnen gesprochen, mein kleines Fräulein!“ sagte die Krähe. „Ihre Vita, wie man es nennt, ist auch sehr rührend! – Würden Sie die Lampe nehmen, dann gehe ich vorauf. Wir gehen hier den geraden Weg, denn da treffen wir niemanden!“

„Mir ist so, als käme hier jemand gleich hinter mir her!“ sagte Gerda, und es rauschte an ihr vorbei; es war wie Schatten an der Wand, Pferde mit wehenden Mähnen und dünnen Beinen, Jägerburschen, Herren und Damen zu Pferde.

„Das sind nur die Träume!“ sagte die Krähe. „Sie kommen und holen die Gedanken der hohen Herrschaften zur Jagd ab, das ist nur gut, so können Sie sie besser im Bett betrachten. Aber ich möchte mir ausbitten, wenn Sie zu Ehren und Würden kommen, daß Sie dann ein dankbares Herz zeigen!“

„Darüber braucht man kein Wort zu verlieren!“ sagte die Krähe aus dem Walde.

Jetzt kamen sie in den ersten Saal, der war aus rosafarbenem Atlas mit künstlichen Blumen an den Wänden; hier rauschten schon die Träume an ihnen vorüber, aber sie huschten so schnell vorbei, daß Gerda die hohen Herrschaften nicht zu sehen bekam. Ein Saal war immer prächtiger als der andere; o ja, man konnte wirklich verblüfft sein, und nun waren sie im Schlafgemach. Die Decke hier drinnen glich einer großen Palme mit Blättern aus Glas, kostbarem Glas, und mitten im Raume hingen an einem dicken Stengel aus Gold zwei Betten, jedes sah aus wie eine Lilie; das eine war weiß, in dem schlief die Prinzessin, das zweite war rot, und in diesem sollte Gerda den kleinen Kay suchen. Sie bog eines der roten Blätter beiseite, und da sah sie einen braunen Hinterkopf. – Oh, es war Kay! – Sie rief ganz laut seinen Namen, hielt die Lampe über ihn – die Träume sprengten zu Pferde wieder in die Stube herein –, er erwachte, wandte den Kopf und – es war nicht der kleine Kay.

Der Prinz ähnelte ihm nur am Hinterkopf, aber jung und schön war er. Und aus dem weißen Lilienbett schaute die Prinzessin hervor und fragte, was denn sei. Da weinte die kleine Gerda und erzählte ihre ganze Geschichte und alles, was die Krähen für sie getan hatten.

„Du armes Kleines!“ sagten der Prinz und die Prinzessin, und sie lobten die Krähen und sagten, sie seien ihnen gar nicht böse, aber sie sollten es trotzdem nicht wieder tun. Immerhin sollten sie eine Belohnung haben.

„Wollt ihr frei von hinnen fliegen?“ fragte die Prinzessin. „Oder wollt ihr als Hofkrähen angestellt werden mit allem, was in der Küche abfällt?“

Und beide Krähen verbeugten sich und baten um feste Anstellung; denn sie dachten an ihr Alter und meinten: „Es wäre schön, wenn man auf seine alten Tage etwas hätte“, wie man so sagt.

Und der Prinz stieg aus dem Bett und ließ Gerda darin schlafen, und mehr konnte er nicht tun. Sie faltete ihre kleinen Hände und dachte: „Wie sind Menschen und Tiere doch gut!“ und dann schloß sie die Augen und schlief ganz herrlich. Wieder kamen alle Träume angeflogen, und dann sahen sie aus wie Gottes Engel, und sie zogen einen kleinen Schlitten, und auf diesem saß Kay und nickte; aber das Ganze war nur ein Traum, und daher war es auch wieder weg, sobald sie erwachte.

Am nächsten Tage wurde sie vom Scheitel bis zur Zehe in Samt und Seide gekleidet; es wurde ihr angeboten, im

Schloß zu bleiben und sich's wohlsein zu lassen, aber sie bat um nichts als einen kleinen Wagen mit einem Pferd davor und ein Paar kleine Stiefel, dann wollte sie wieder in die weite Welt hinausfahren und Kay suchen.

Und sie erhielt sowohl Stiefel wie auch einen Muff, sie wurde so fein ausgestattet; und als sie fort wollte, hielt vor der Tür eine neue Kutsche aus purem Golde; das Wappen des Prinzen und der Prinzessin glänzte daran wie ein Stern; Kutscher, Diener und Vorreiter, denn Vorreiter waren auch dabei, saßen da mit goldenen Kronen auf dem Kopf. Der Prinz und die Prinzessin halfen ihr selbst in den Wagen und wünschten ihr viel Glück. Die Waldkrähe, die nun geheiratet hatte, gab die ersten drei Meilen das Geleit; sie saß neben ihr, denn sie konnte es nicht vertragen, rückwärts zu fahren; die andere Krähe stand im Tor und klatschte mit den Flügeln, sie fuhr nicht mit, denn sie litt an Kopfweh, seit sie fest angestellt worden war und zuviel zu essen bekam. Innen war die Kutsche mit Zuckerbrezeln ausgeschlagen, und unter dem Sitz waren Früchte und Pfeffernüsse.

„Leb wohl! Leb wohl!" riefen der Prinz und die Prinzessin, und die kleine Gerda weinte, und die Krähe weinte. – So ging es die ersten Meilen; dann nahm auch die Krähe Abschied, und dieser Abschied war der schwerste; sie flog auf einen Baum und klatschte mit ihren schwarzen Flügeln, solange sie den Wagen sehen konnte, der wie der helle Sonnenschein glänzte.

Fünfte Geschichte

Das kleine Räubermädchen

Sie fuhren durch den finsteren Wald, aber die Kutsche leuchtete wie eine Flamme, das stach den Räubern in die Augen, das konnten sie nicht aushalten.

„Es ist Gold! es ist Gold!" riefen sie, stürzten hervor, packten die Pferde, erschlugen die kleinen Jockeys, den Kutscher und die Bediensteten und zerrten jetzt die kleine Gerda aus dem Wagen.

„Sie ist fett, sie ist niedlich, sie ist mit Nußkernen gemästet!" sagte das alte Räuberweib, das einen langen, struppigen Bart hatte und Augenbrauen, die ihr über die Augen hinabhingen. „Das ist ebenso gut wie ein kleines Mastlamm! Na, die wird aber schmecken!" und dann zog sie ihr blankes Messer, und das blitzte, daß es ganz grausig war.

„Au!" sagte das alte Weib im selben Augenblick, als sie gerade von ihrer eigenen kleinen Tochter, die auf ihrem Rücken hing und so wild und ungezogen war, daß es eine Lust war, ins Ohr gebissen wurde. „Du abscheulicher Balg!" sagte die Mutter und kam nicht dazu, Gerda zu schlachten.

„Sie soll mit mir spielen!" sagte das kleine Räubermädchen. „Sie muß mir ihren Muff schenken, ihr schönes Kleid, muß bei mir im Bett schlafen!" und dann biß sie wieder zu, so daß das Räuberweib in die Luft hopste und sich rundherum drehte. Und alle Räuber lachten und sagten: „Seht, wie die mit ihrem Balg tanzt!"

„Ich will in die Kutsche!" sagte das kleine Räubermädchen, und sie mußte unbedingt ihren Willen haben, denn sie war sehr verzogen und sehr eigensinnig. Sie und Gerda stiegen ein, und dann fuhren sie über Stock und Stein tiefer in den Wald hinein. Das kleine Räubermädchen war so groß wie Gerda, aber kräftiger, breitschultriger und von dunkler Hautfarbe; die Augen waren ganz schwarz, sie sahen fast traurig aus. Sie faßte die kleine Gerda um den Leib und sagte: „Die dürfen dich nicht schlachten, solange ich nicht böse auf dich werde! Du bist doch bestimmt eine Prinzessin?“

„Nein“, sagte die kleine Gerda und erzählte ihr alles, was sie erlebt hatte und wie lieb sie den kleinen Kay hatte.

Das Räubermädchen sah sie ganz ernsthaft an, nickte ein wenig mit dem Kopf und sagte: „Sie dürfen dich nicht schlachten, und selbst wenn ich böse auf dich werde, dann werde ich es schon selber tun!“ und dann trocknete sie Gerda die Tränen und steckte beide Hände in den schönen Muff, der ganz weich und ganz warm war.

Nun hielt die Kutsche an, sie waren mitten auf dem Hof eines Räuberschlosses; von oben bis unten klaffte ein großer Spalt darin, Raben und Krähen flogen aus den offenen Löchern, und die großen Bullenbeißer, die aussahen, als könnten sie jeder einen Menschen verschlingen, sprangen hoch in die Luft, aber sie bellten nicht, denn das war verboten.

In dem großen alten, verrußten Saal brannte mitten auf dem steinernen Fußboden ein großes Feuer; der Rauch zog unter der Decke hin und mußte selber zusehen, wie er hinauskam; in einem großen Braukessel kochte Suppe, und Hasen und auch Kaninchen wurden am Spieß gewendet.

„Du sollst heute nacht hier zusammen mit allen meinen Tieren bei mir schlafen!“ sagte das Räubermädchen. Sie bekamen zu essen und zu trinken und gingen dann in eine Ecke, wo Stroh und Decken lagen. Oben saßen auf Pfählen und Stangen fast hundert Tauben, die sämtlich zu schlafen schienen, sich aber doch ein wenig drehten, als die kleinen Mädchen kamen.

„Das sind alles meine“, sagte das kleine Räubermädchen und griff schnell nach einer der zunächst sitzenden, hielt sie an den Beinen fest und schüttelte sie, so daß die mit den Flügeln schlug. „Gib ihr einen Kuß!“ rief sie und klatschte Gerda mit der Taube ins Gesicht. „Da sitzen die Waldkanaillen!“ fuhr sie fort und zeigte auf eine Menge Stäbe, die hoch oben in der Mauer vor ein Loch genagelt waren. „Das sind Waldkanaillen, die beiden! Die fliegen sofort weg, falls man sie nicht ordentlich eingesperrt hat; und hier steht mein alter Schatz Bäh!" und sie zerrte am Geweih ein Rentier herbei, das einen blanken, kupfernen Ring um den Hals hatte und angebunden war. „Den müssen wir auch an die Kette legen, sonst rennt er uns davon. Jeden Abend kitzele ich ihn mit meinem scharfen Messer am Hals, davor hat er mächtige Angst!" und das kleine Mädchen zog ein langes Messer aus einem Spalt in der Mauer und fuhr damit dem Rentier über den Hals; das arme Tier schlug mit den Läufen aus, und das Räubermädchen lachte und zog Gerda alsdann mit sich auf das Lager nieder.

„Hast du das Messer bei dir, wenn du schläfst?" fragte Gerda und sah es etwas furchtsam an.

„Ich schlafe immer mit dem Messer!" sagte das kleine Räubermädchen. „Man weiß nie, was kommt. Aber erzähle mir nun noch einmal, was du mir vorhin von dem kleinen Kay erzählt hast und weshalb du in die weite Welt hinausgezogen bist." Und Gerda erzählte von vorn, und die Holztauben gurrten droben im Käfig, die anderen Tauben schlummerten. Das kleine Räubermädchen legte seinen Arm um Gerdas Hals, hatte das Messer in der anderen Hand und schlief, daß man es hören konnte; aber Gerda konnte kein Auge zutun, sie wußte nicht, ob sie leben oder sterben sollte. Die Räuber saßen rund um das Feuer, sangen und tranken, und das Räuberweib schoß Kobolz. Ach, es war für das kleine Mädchen ganz grauenhaft anzusehen.

Da sagten die Holztauben: „Kurre, kurre! wir haben den kleinen Kay gesehen. Ein weißes Huhn trug seinen Schlitten, er saß im Wagen der Schneekönigin, der niedrig über den Wald hinfuhr, als wir im Nest lagen; sie hauchte uns Junge an, und alle starben, außer uns beiden; kurre, kurre!"

„Was sagt ihr dort oben?" rief Gerda. „Wohin fuhr die Schneekönigin? Wißt ihr etwas darüber?"

„Sie fuhr sicherlich nach Lappland, denn dort liegt immer Schnee und Eis! Frag nur das Rentier, das am Strick angebunden ist."

„Dort liegt Eis und Schnee, dort ist es herrlich und schön!“ sagte das Rentier; „dort springt man in den großen, leuchtenden Tälern frei herum! Dort hat die Schneekönigin ihr Sommerzelt, aber ihr festes Schloß liegt oben nach dem Nordpol zu, auf der Insel, die Spitzbergen heißt!“

„O Kay, kleiner Kay!“ seufzte Gerda.

„Nun mußt du stille liegen!“ sagte das Räubermädchen, „sonst kriegst du das Messer in den Bauch!“

Morgens erzählte Gerda ihr alles, was die Holztauben gesagt hatten, und das kleine Räubermädchen sah ganz ernsthaft aus, nickte aber mit dem Kopf und sagte: „Na, meinetwegen! Weißt du, wo Lappland ist?“ fragte sie das Rentier.

„Wer könnte das besser wissen als ich!“ sagte das Tier, und die Augen schillerten ihm im Kopf. „Dort bin ich geboren, dort stamme ich her, dort bin ich über die Schneefelder gelaufen!“

„Höre zu!“ sagte das Räubermädchen zu Gerda. „Du siehst, daß alle unsere Mannsleute weg sind, aber Mutter ist noch da, und sie bleibt, aber gegen Morgen trinkt sie aus der großen Flasche und macht hinterher ein Nickerchen – dann werde ich etwas für dich tun!“ Nun sprang sie

aus dem Bett, flog der Mutter um den Hals, zupfte sie am Schnurrbart und sagte: „Mein lieber süßer Ziegenbock, guten Morgen!" Und die Mutter schnippste ihr unter die Nase, daß die rot und blau wurde, aber das war alles lauter Liebe.

Als dann die Mutter aus ihrer Flasche getrunken hatte und ein kleines Nickerchen machte, ging das Räubermädchen zum Rentier und sagte: „Ich habe eine seltsame Lust, dich noch viele Male mit dem scharfen Messer zu kitzeln, dann bist du nämlich so drollig; aber meinetwegen, ich werde deine Leine lösen und dir helfen, nach draußen zu kommen, damit du nach Lappland laufen kannst, aber du mußt die Beine in die Hand nehmen und mir dies kleine Mädchen zum Schloß der Schneekönigin bringen, wo ihr Gespiele ist. Du hast sicher gehört, was sie erzählt hat, denn sie hat laut genug gesprochen, und du hast gehorcht!"

Das Rentier sprang hoch in die Luft vor Freude. Das Räubermädchen hob die kleine Gerda hinauf und war so umsichtig, sie festzuschnallen, ja ihr sogar auch ein kleines Kissen zum Sitzen zu geben. „Meinetwegen", sagte sie, „hier hast du deine Pelzstiefel, denn es wird kalt werden, aber den Muff behalte ich, der ist viel zu hübsch! Immerhin darfst du nicht frieren. Hier hast du die großen Fausthandschuhe von meiner Mutter, die gehen dir bis zum Ellbogen; fahr hinein! nun siehst du an den Händen genauso aus wie meine eklige Mutter!"

Und Gerda weinte vor Freude.

„Ich kann es nicht leiden, wenn du greinst!" sagte das kleine Räubermädchen. „Jetzt mußt du gerade fröhlich aussehen! Und hier hast du zwei Brote und einen Schinken, dann kannst du nicht Hunger leiden!" Beides hatte sie hinten aufs Rentier gebunden; das kleine Räubermädchen öffnete die Tür, lockte alle großen Hunde herein, und dann zerschnitt sie mit ihrem Messer den Strick und sagte zu dem Rentier: „Lauf zu! paß aber gut auf das kleine Mädchen auf!"

Und Gerda streckte dem kleinen Räubermädchen die Hände mit den großen Fausthandschuhen hin und sagte

Lebewohl, und dann flog das Rentier über Stock und Stein, durch den großen Wald, über Moore und Steppen, so schnell es konnte. Die Wölfe heulten, und die Raben schrien. „Fix! fix!“ sagte es am Himmel. Es war fast, als niese er Blut.

„Das ist mein altes Nordlicht!“ sagte das Rentier. „Sieh, wie es leuchtet!“ und dann lief es noch schneller dahin, Tag und Nacht; die Brote wurden verspeist, der Schinken ebenfalls, und dann waren sie in Lappland.

Sechste Geschichte

Die Lappenfrau und die Finnenfrau

Sie hielten vor einem kleinen Haus; es war so kümmerlich; das Dach reichte bis auf die Erde, und die Tür war so niedrig, daß die Familie auf dem Bauche kriechen mußte, wenn sie hinaus oder hinein wollte. Hier war niemand daheim außer einer alten Lappenfrau, die dastand und bei einer Tranlampe Fisch briet; und das Rentier erzählte Gerdas ganze Geschichte, aber zuerst seine eigene, denn die fand es viel wichtiger, und Gerda war vor Kälte so elend, daß sie nicht sprechen konnte.

„Ach, ihr armen Geschöpfe!“ sagte die Lappenfrau, „da habt ihr's noch weit! Ihr müßt über hundert Meilen weiter nach Finnmarken hineinlaufen, denn dort ist die Schneekönigin zur Erholung hingefahren und steckt Abend für Abend blaues Nordlicht an. Ich schreibe ein paar Worte auf einen gedörrten Klippfisch, Papier habe ich nicht, den gebe ich euch mit für die Finnenfrau dort oben, sie kann euch besser Auskunft geben als ich!“

Und als Gerda sich nun aufgewärmt und zu essen und zu trinken bekommen hatte, schrieb die Lappenfrau ein paar Worte auf einen gedörrten Klippfisch, bat Gerda, ihn gut zu verwahren, schnallte sie abermals auf dem Rentier fest, und das sprang von dannen. „Fix! fix!“ machte es oben in der Luft, die ganze Nacht flammte das schönste blaue Nordlicht – und dann kamen sie nach Finnmarken und pochten an den Schornstein der Finnenfrau, denn die hatte nicht mal eine Tür.

Drinnen war eine Hitze, daß die Finnenfrau selber fast ganz nackt herumlief; klein war sie und ganz schmuddelig; sie machte der kleinen Gerda sogleich die Kleider auf, zog ihr die Fausthandschuhe und die Stiefel aus – denn sonst wäre es ihr zu heiß geworden –, legte dem Rentier ein Stück Eis auf den Kopf und las dann, was auf dem Klippfisch geschrieben stand; sie las es dreimal, und dann konnte sie es auswendig und steckte den Fisch in den Kochtopf, denn der konnte ja sehr schön gegessen werden, und sie ließ nie etwas umkommen.

Nun erzählte das Rentier zuerst seine Geschichte, dann die der kleinen Gerda, und die Finnenfrau blinzelte mit den klugen Augen, sagte aber nichts.

„Du bist so klug", sagte das Rentier, „ich weiß, du kannst alle Winde der Welt an einen Faden binden; wenn der Schiffer den einen Knoten aufmacht, bekommt er guten Wind, macht er den zweiten auf, dann ist der Wind scharf, und macht er den dritten und vierten auf, dann stürmt es, daß die Wälder umknicken. Möchtest du nicht dem kleinen Mädchen einen Trank geben, daß sie die Kraft von zwölf Männern bekommt und die Schneekönigin überwinden kann?"

„Die Kraft von zwölf Männern", sagte die Finnenfrau, „o ja, das reichte gerade aus!" Und dann ging sie an ein Wandbrett, nahm eine große, zusammengerollte Haut herunter, und die rollte sie auf; es waren absonderliche Buchstaben daraufgeschrieben, und die Finnenfrau las, daß das Wasser ihr von der Stirne troff.

Aber das Rentier bat abermals so herzlich für die kleine Gerda, und Gerda sah die Finnenfrau mit so bittenden Augen und unter Tränen an, daß diese wieder mit den ihren zu blinzeln begann und das Rentier in eine Ecke zog, wo sie mit ihm flüsterte, während es frisches Eis auf den Kopf bekam: „Der kleine Kay ist allerdings bei der Schneekönigin und findet dort alles nach seinem Herzen und seinem Wunsch und meint, es sei der beste Teil von der Welt;

aber das kommt daher, weil er einen Glassplitter ins Herz und ein Glaskörnchen ins Auge bekommen hat; die müssen zuerst heraus, sonst wird er nie mehr Mensch, und die Schneekönigin behält die Macht über ihn!"

„Aber kannst du nicht der kleinen Gerda etwas eingeben, so daß sie Macht über das alles bekommt?"

„Ich kann ihr keine größere Macht geben, als sie schon hat! Siehst du nicht, wie groß die ist? Siehst du nicht, wie Mensch und Tier ihr zu Diensten sein müssen, wie sie auf bloßen Füßen so gut in der Welt vorwärts gekommen ist? Sie darf von uns nicht ihre Macht erfahren, die sitzt in ihrem Herzen, die sitzt darin; sie ist ein liebes, unschuldiges Kind. Kann sie selber nicht zur Schneekönigin hineinkommen und dem kleinen Kay das Glas herausnehmen, dann können wir nicht helfen! Zwei Meilen von hier beginnt der Garten der Schneekönigin, dorthin kannst du das kleine Mädchen tragen, setze sie an dem großen Strauch ab, der mit seinen roten Beeren im Schnee steht, halt dich nicht lange mit Geschwätz auf und beeil dich, daß du hierher zurückkommst!" und dann hob die Finnenfrau die kleine Gerda auf das Rentier hinauf, das so schnell lief, wie es konnte.

„Oh, ich habe meine Stiefel nicht! Ich habe meine Fausthandschuhe nicht mitbekommen!" rief die kleine Gerda, das bekam sie in der schneidenden Kälte zu spüren, aber das Rentier durfte nicht anhalten, es lief, bis es zu dem großen Strauch mit den roten Beeren kam; dort setzte es Gerda ab, küßte sie auf den Mund, und nun rannen große, blanke Tränen über die Backen des Tieres, und dann lief es, so rasch wie es konnte, wieder zurück. Da stand die arme Gerda, ohne Stiefel, ohne Handschuhe, mitten in dem furchtbaren, eiskalten Finnmarken.

Sie lief vorwärts, so schnell sie konnte; da kam ein ganzes Regiment Schneeflocken an; aber die fielen nicht vom Himmel hernieder – der war ganz klar und flammte von Nordlicht –, die Schneeflocken liefen dicht am Erdboden dahin, und je näher sie kamen, desto größer wurden sie. Gerda erinnerte sich wohl, wie groß und kunstvoll sie ausgesehen hatten, damals als sie die Schneeflocken durch das Brennglas sah, aber hier waren sie noch sehr viel größer und fürchterlicher, sie waren lebendig, sie waren die Vorposten der Schneekönigin, sie hatten die seltsamsten Gestalten; manche sahen aus wie gräßliche große Igel, andere wie ganze Knäuel von Schlangen, die die Köpfe hervorsteckten, und andere wie kleine, dicke Bären, deren Haare weit abstanden, alle glänzend weiß, es waren alles lebendige Schneeflocken.

Da betete die kleine Gerda ihr Vaterunser, und die Kälte war so stark, daß sie ihren eigenen Atem sehen konnte, wie ein Dampf stand er ihr aus dem Mund; der Atem wurde dichter und dichter, und er wurde zu kleinen, lichten Engeln, die größer und größer wurden, sowie sie die Erde berührten; und alle hatten sie einen Helm auf dem Kopf und Speer und Schild in den Händen; es wurden ihrer mehr und mehr, und als Gerda ihr Vaterunser zu Ende gesprochen hatte, war eine ganze Heerschar um sie; sie hieben mit ihren Speeren auf die grausigen Schneeflocken ein, so daß sie in hundert Stücke zerschellten, und die kleine Gerda ging ganz sicher und mutig vorwärts. Die Engel streichelten ihre Füße und Hände, und nun fühlte sie weniger, wie kalt es war, und sie ging raschen Schrittes auf das Schloß der Schneekönigin zu.

Aber nun wollen wir erst einmal sehen, wie es Kay geht. Er dachte wahrlich nicht an die kleine Gerda und am allerwenigsten daran, daß sie draußen vorm Schloß stünde.

Siebente Geschichte

Was im Schloß der Schneekönigin geschah und was hinterher geschah

Die Wände des Schlosses bestanden aus stiebendem Schnee, und die Fenster und Türen aus den schneidenden Winden; hier gab es über hundert Säle, je nachdem wie der Schnee stob, der größte erstreckte sich über viele hundert Meilen, alle von dem starken Nordlicht erhellt, und sie waren so groß, so leer, so eisig kalt und gleißend. Nie gab es hier ein Vergnügen, nicht einmal so etwas wie einen kleinen Bärenball, wo der Sturm zum Tanz aufspielen und die Eisbären auf den Hinterbeinen gehen und feine Manieren zeigen konnten; niemals eine kleine Spielgesellschaft mit Maulschellen und Prankenklatschen; niemals ein ganz klein bißchen Kaffeeklatsch bei den weißen Fuchsfräulein; leer, groß und kalt war es in den Sälen der Schneekönigin. Das Nordlicht flammte so haargenau, daß man bis zu dem Punkt zählen konnte, an dem es am hellsten brannte oder am niedrigsten stand. Mitten in dem leeren, unendlichen Schneesaal lag ein zugefrorener See, der war in tausend Stücke zerborsten, aber jedes Stück war dem anderen vollkommen gleich, so daß das Ganze höchst kunstvoll war; und mitten darauf saß die Schneekönigin, wenn sie daheim war, und dann sagte sie, sie sitze im Spiegel des Verstandes und dies sei das einzige und beste auf der ganzen Welt.

Der kleine Kay war ganz blau vor Kälte, ja beinahe schwarz, aber er merkte es trotzdem nicht, denn sie hatte ihm ja den Frostschauer weggeküßt, und sein Herz war so gut wie ein Eisklumpen. Er schleppte allerlei scharfe, flache Eisstücke, die er auf alle mögliche Art und Weise zusammensetzte, denn er wollte etwas herausbekommen; es war genauso, wie wenn wir anderen kleine Holzplättchen nehmen und diese zu Figuren zusammensetzen, was man das chinesische Spiel nennt. Kay legte auch Figuren, die allerkunstvollsten, es war das Verstandes-Eisspiel, in seinen Augen waren die Figuren ganz ausgezeichnet und von allerhöchster Wichtigkeit; das kam von dem Glaskorn, das in seinem Auge saß! Er legte ganze Figuren, die ein geschriebenes Wort waren; aber nie konnte er herausfinden, wie er das Wort legen sollte, das er unbedingt legen wollte, das Wort „Ewigkeit", und die Schneekönigin hatte gesagt: „Kannst du mir die Figur herausbekommen, dann sollst du frei sein, und ich schenke dir die ganze Welt und ein Paar neue Schlittschuhe." Aber er konnte es nicht.

„Jetzt sause ich in die warmen Länder!" sagte die Schneekönigin. „Ich will hin und in die schwarzen Kessel schauen!" – das waren die feuerspeienden Berge, der Ätna und der Vesuv, wie man sie nennt –, „ich will sie ein bißchen weißen! Das gehört dazu, das tut den Zitronen und Weintrauben gut!" und dann flog die Schneekönigin fort, und Kay saß ganz allein in dem viele Meilen großen leeren Eissaal und schaute die Eisstücke an und dachte und dachte, so daß es in ihm knackte; ganz starr und still saß er da, man hätte meinen können, er sei erfroren.

In diesem Augenblick trat die kleine Gerda durch das große Tor, das die schneidenden Winde waren, ins Schloß; aber sie sprach ihr Abendgebet, und da legten sich die Winde, als wollten sie schlummern, und sie trat in die großen, leeren, kalten Säle – da sah sie Kay, sie erkannte ihn, sie flog ihm um den Hals, hielt ihn ganz fest und rief: „Kay! lieber kleiner Kay! nun habe ich dich doch gefunden!"

Aber er saß ganz still da, starr und kalt – da weinte die kleine Gerda heiße Tränen, sie fielen auf seine Brust, sie drangen in sein Herz ein, sie schmolzen den Eisklumpen und zehrten den kleinen Spiegelsplitter da drinnen auf; er sah sie an, und sie sang das Lied:

„Im Tale wachsen Rosen schön
Laßt uns zu unserem Jesuskind gehn."

Da brach Kay in Tränen aus; er weinte, daß ihm das Spiegelkörnchen aus den Augen purzelte, er erkannte das Mädchen und jubelte: „Gerda! liebe kleine Gerda! wo bist du denn nur so lange gewesen? Und wo bin ich gewesen?" und er blickte um sich. „Wie ist es hier kalt! Wie ist es hier leer und weit!" und er hielt sich an Gerda fest, und sie lachte und weinte vor Freude; es war so himmlisch schön, daß selbst die Eisstücke ringsum vor Freude tanzten, und als sie müde waren und sich hinlegten, da lagen sie genau in Form der Buchstaben, von denen die Schneekönigin gesagt hatte, er solle sie herausbekommen, dann wäre er frei, und sie wolle ihm die ganze Welt und ein Paar neue Schlittschuhe schenken.

Und Gerda küßte seine Wangen, und sie begannen zu blühen; und sie küßte seine Augen, und die leuchteten wie ihre; sie küßte seine Hände und Füße, und er ward frisch und gesund. Die Schneekönigin mochte ruhig nach Hause kommen, sein Lösebrief stand hier mit schimmernden Eisstücken geschrieben.

Und sie nahmen sich bei den Händen und wanderten aus dem großen Schloß hinaus; sie sprachen von der Großmutter und von den Rosen oben auf dem Dach; und wo sie gingen, da lagen die Winde ganz still, und die Sonne brach durch; und als sie den Strauch mit den roten Beeren erreichten, stand das Rentier da und wartete; es hatte ein zweites junges Ren bei sich, dessen Euter voll war, und das Ren gab den Kleinen seine warme Milch und küßte sie auf den Mund. Dann trugen sie Kay und Gerda zuerst zur Finnenfrau, wo sie sich in der heißen Hütte aufwärmten und über die Heimfahrt Bescheid erhielten, dann zur Lappenfrau, die ihnen neue Kleider genäht und ihren Schlitten instand gesetzt hatte.

Und das Rentier und das junge Ren liefen nebenher und begleiteten sie bis an die Landesgrenze, dort lugte das erste Grün hervor, dort nahmen sie Abschied vom Rentier und von der Lappenfrau. „Lebt wohl!" sagten sie alle. Und die ersten Vögelchen begannen zu zwitschern, der Wald hatte grüne Knospen, und heraus kam, auf einem prachtvollen Pferde reitend, das Gerda erkannte – es war vor die goldene Kutsche gespannt gewesen –, ein junges Mädchen mit einer leuchtend roten Mütze auf dem Kopf und Pistolen vor sich; es war das kleine Räubermädchen, das es leid war, zu Hause zu sitzen, und jetzt erst einmal nordwärts wollte und dann in eine andere Gegend, falls es ihr nicht gefiele. Das Mädchen erkannte Gerda sofort, und Gerda erkannte sie, es war eine Freude.

„Du bist mir ein schöner Bursche, dich so herumzutreiben!" sagte sie zu dem kleinen Kay. „Ich möchte mal wissen, ob du es verdienst, daß man deinetwegen bis ans Ende der Welt rennt!"

Aber Gerda streichelte ihre Wange und fragte nach Prinz und Prinzessin.

„Die sind in fremde Länder gereist!" sagte das Räubermädchen.

„Und die Krähe?" fragte die kleine Gerda.

„Ja, die Krähe ist tot!" erwiderte sie. „Die zahme Braut ist Witwe geworden und trägt ein Stück schwarze Wolle ums Bein; sie jammert erbärmlich, und es ist alles Unfug! – Aber erzähle mir nun, wie es dir ergangen ist und wie du ihn erwischt hast!"

Und Gerda und Kay erzählten beide.

„Und schnipp-schnapp-schnurre-basselurre!" sagte das Räubermädchen, gab ihnen beiden die Hand und versprach, wenn sie einmal durch ihre Stadt käme, dann wollte sie sie besuchen, und dann ritt sie in die weite Welt hinaus. Aber Kay und Gerda gingen Hand in Hand dahin, und während sie so gingen, wurde es herrlicher Frühling mit Blumen und Grün; die Kirchenglocken läuteten, und die beiden Kinder erkannten die hohen Türme, die große Stadt, es war die, in der sie wohnten, und sie gingen hinein und zu Großmutters Tür, die Treppe hinauf, in die Stube, wo alles an derselben Stelle stand wie früher, und die Uhr machte: „Tick! Tack!" und der Zeiger lief herum; aber als sie durch die Tür gingen, merkten sie, daß sie erwachsene Menschen geworden waren. Die Rosen in der Dachrinne blühten zu den offenen Fenstern herein, und da standen die kleinen Kinderstühle, und Kay und Gerda setzten sich jedes auf einen und hielten einander an den Händen, sie hatten die kalte, leere Herrlichkeit bei der Schneekönigin vergessen wie einen schweren Traum. Großmutter saß in Gottes hellem Sonnenschein und las laut aus der Bibel: „Und so ihr nicht werdet wie die Kinder, werdet ihr nicht in das Reich Gottes kommen!"

Und Kay und Gerda sahen einander in die Augen, und sie verstanden mit einemmal den alten Choral:

„Im Tale wachsen Rosen schön,
Laßt uns zu unserem Jesuskind gehn."

Da saßen sie, beide erwachsene Menschen und dennoch Kinder, Kinder im Herzen, und es war Sommer, warmer gesegneter Sommer.

Das Holunderweibchen

Es war einmal ein kleiner Junge, der war erkältet; er hatte sich nasse Füße geholt, niemand konnte begreifen, wo er sie herbekommen hatte, denn es war ganz trockenes Wetter. Nun zog seine Mutter ihn aus, brachte ihn zu Bett und ließ die Teemaschine hereinkommen, um ihm eine gute Tasse Holundertee zu machen, denn das wärmt! Im selben Augenblick kam der alte, drollige Mann zur Tür herein, der ganz oben im Haus wohnte und ganz allein lebte, denn er hatte weder Frau noch Kinder, hatte aber alle Kinder so gern und wußte so viele Märchen und Geschichten zu erzählen, daß es eine Lust war.

„Nun trinkst du deinen Tee!" sagte die Mutter, „vielleicht bekommst du dann ein Märchen erzählt."

„Ja, wenn man nur etwas Neues wüßte!" sagte der alte Mann und nickte freundlich. „Aber wo hat sich denn der Kleine die nassen Füße geholt?" fragte er.

„Ja, wo hat er sie her?" sagte die Mutter. „Das kann keiner begreifen."

„Krieg ich ein Märchen erzählt?" fragte der Junge.

„Ja, aber kannst du mir möglichst genau sagen – denn das muß ich erst wissen –, wie hoch der Rinnstein hier in der kleinen Straße ist, wo du zur Schule gehst?"

„Genau bis halb zu den Schäften rauf", sagte der Junge, „aber dann muß ich in das tiefe Loch treten!"

„Sieh mal an, da haben wir die nassen Füße her!" sagte der Alte. „Nun würde ich gern ein Märchen erzählen, aber ich weiß keins mehr!"

„Sie können im Handumdrehen eins machen!" sagte der kleine Junge. „Mutter sagt, aus allem, was Sie anschauen, kann ein Märchen werden, und aus allem, was Sie anrühren, können Sie eine Geschichte machen!"

„Ja, aber die Märchen und Geschichten taugen nichts! Nein, die richtigen, die kommen von selber, die klopfen an meine Stirn und sagen: ‚Da bin ich!'"

„Klopft es nicht bald?" fragte der kleine Junge, und die Mutter lachte, tat Holundertee in die Kanne und goß kochendes Wasser darauf.

„Erzählen Sie, erzählen Sie!"

„Ja, wenn von selber ein Märchen käme, aber so eins ist vornehm, das kommt nur, wenn es selber Lust hat! – Halt!" sagte er mit einemmal, „da haben wir es! Paß auf, da ist jetzt eins auf der Teekanne!"

Und der kleine Junge sah zur Teekanne hinüber, der Deckel hob sich mehr und mehr, und die Holunderblüten kamen ganz frisch und weiß hervor, sie trieben große und lange Zweige, selbst aus der Tülle breiteten sie sich nach allen Seiten aus und wurden immer größer, es war der schönste Holunderstrauch, ein ganzer Baum, er reichte bis zum Bett herüber und schob die Vorhänge beiseite; nein, wie es blühte und duftete! Und mitten im Baume saß eine alte, freundliche Frau mit einem sonderbaren Kleid, das war ganz grün, genau wie die Blätter des Holunderstrauchs, und mit großen weißen Holunderblüten besetzt, man konnte erst gar nicht sehen, ob es Stoff war oder lebendiges Grün und Blüten.

„Wie heißt die Frau?" fragte der kleine Junge.

„Ja, die Römer und Griechen", sagte der alte Mann, „die

nannten sie eine Dryade, aber das verstehen wir nicht; draußen in Nyboder hat man einen besseren Namen für sie, dort heißt sie ‚Holunderweibchen', und sie ist es nun, auf die du achtgeben sollst; hör nur her und schau den schönen Holunderbaum an.

Ein ebenso großer, blühender Baum steht draußen in Nyboder. Er wuchs auf einem kleinen, ärmlichen Hof in der Ecke; unter diesem Baum saßen eines Nachmittags im schönsten Sonnenschein zwei alte Leute, es waren ein alter, alter Seemann und seine alte, alte Frau, sie waren Urgroßeltern und wollten bald ihre goldene Hochzeit feiern, aber sie konnten sich nicht so recht auf das Datum besinnen; und das Holunderweibchen saß im Baum und sah mächtig vergnügt aus, geradeso wie hier. ‚Ich weiß genau, wann die goldene Hochzeit ist!' sagte sie, aber sie hörten sie nicht, sie sprachen von alten Zeiten.

‚Ja, weißt du noch', sagte der alte Seemann, ‚damals, als wir ganz kleine Kinder waren und herumliefen und spielten, es war genau auf demselben Hof, wo wir jetzt sitzen, und wir steckten Hölzchen in die Erde und machten einen Garten.'

‚Ja', sagte die alte Frau, ‚das weiß ich noch genau! Und wir begossen die Hölzchen, und eines davon war ein Holunderzweiglein, das schlug Wurzeln, trieb grüne Schößlinge und ist nun der große Baum geworden, unter dem wir alten Menschen sitzen.'

‚Ja gewiß!' sagte er. ‚Da drüben in der Ecke stand ein Wasserzuber, dort schwamm mein Fahrzeug, ich hatte es selber geschnitzt. Wie das segeln konnte! Aber ich sollte später wahrlich anders segeln lernen!'

‚Ja, aber zuerst gingen wir in die Schule und lernten etwas!' sagte sie, ‚und dann wurden wir eingesegnet; wir weinten beide, aber nachmittags gingen wir Hand in Hand auf den Runden Turm und sahen über Kopenhagen und das Meer in die Welt hinaus! Dann gingen wir nach Frederiksberg, wo der König und die Königin in ihren prächtigen Booten auf den Kanälen segelten.'

‚Aber ich sollte wahrlich anders in die Welt hinaussegeln, und obendrein noch viele Jahre lang, weit fortsegeln, auf großer Fahrt!'

,Ja, ich habe oftmals geweint um dich!' sagte sie. ,Ich dachte, du wärest gestorben und verdorben und lägest und schwapptest da unten in dem tiefen Wasser! Manche Nacht stand ich auf und sah nach, ob die Wetterfahne sich drehte; ja, sie drehte sich wohl, aber du kamst nicht! Ich weiß noch ganz genau, wie es eines Tages goß. Der Aschenmann kam dorthin, wo ich in Stellung war, ich ging mit dem Mülleimer hinunter und blieb an der Tür stehen – was war es für ein greuliches Wetter! Und wie ich da stand, war der Postbote neben mir und gab mir einen Brief, der war von dir; ja, wie war der umhergereist! Ich machte mich gleich drüber her und las; ich lachte und weinte, ich freute mich so! Da stand, du wärest in den heißen Ländern, wo die Kaffeebohnen wachsen! Was muß das für ein gesegnetes Land sein! Du erzähltest so viel, und ich sah es alles, während der Regen niederströmte und ich mit dem Mülleimer dastand. Im selben Augenblick kam einer und faßte mich um!'

,Ja, aber du gabst ihm tüchtig eins hinter die Ohren, so daß es laut klatschte.'

,Ich wußte doch nicht, daß du es warst! Du warst ebenso schnell gekommen wie dein Brief, und du warst so stattlich – das bist du aber noch. Du hattest ein großes, gelbseidenes Taschentuch einstecken und einen blanken Hut auf, du warst so fein. Gott, was war das für ein Wetter, und wie sah die Straße aus!'

,Dann heirateten wir!' sagte er. ,Erinnerst du dich? Und wie wir dann den ersten kleinen Jungen bekamen und dann Marie und Niels und Peter und Hans Christian?'

,Ja, und wie sie allesamt groß geworden sind und brave Menschen, die jedermann gern hat!'

,Und deren Kinder wieder, die haben Kinder bekommen!' sagte der alte Matrose; ,ja, das sind Kindeskindeskinder, die haben es in sich! – Es war doch, will mir scheinen, um diese Jahreszeit, daß wir Hochzeit feierten . . .'

,Ja, gerade heute ist der goldene Hochzeitstag!' sagte das

Holunderweibchen und steckte den Kopf zwischen den beiden Alten hindurch, und sie meinten, es wäre die Nachbarin, die nickte; sie sahen einander an und faßten sich bei den Händen; kurz darauf kamen Kinder und Kindeskinder; die wußten genau, daß es der goldene Hochzeitstag war, sie hatten schon heute morgen gratuliert, aber das hatten die Alten vergessen, während sie alles, was vor vielen Jahren geschehen war, sehr genau wußten; und der Holunder duftete so stark, und die Sonne, die eben untergehen wollte, schien den beiden Alten gerade ins Gesicht; sie hatten beide so rote Backen, und das kleinste von den Enkelkindern tanzte um sie herum und rief ganz glückselig, heute abend sollte ein richtiges Fest sein, sie bekämen warme Kartoffeln zum Abendbrot; und das Holunderweibchen nickte im Baum und rief mit all den anderen zusammen hurra."

„Aber das war doch kein Märchen!" sagte der kleine Junge, dem es erzählt worden war.

„Ja, das mußt du verstehen!" sagte der, welcher erzählte. „Aber wir wollen doch mal das Holunderweibchen fragen!"

„Das war kein Märchen", sagte das Holunderweibchen, „aber jetzt kommt es! Aus dem Wirklichen erwächst gerade das erstaunlichste Märchen; sonst könnte ja mein schöner Holunderstrauch nicht aus der Teekanne gesprossen sein." Und dann nahm sie den kleinen Jungen aus dem Bett, legte ihn an ihre Brust, und die Holunderzweige, voll von Blüten, schlugen um die beiden zusammen, sie saßen wie in der dichtesten Laube, und sie flog mit ihnen durch die Luft, es war über alle Maßen herrlich. Das Holunderweibchen war mit einemmal ein junges, wunderhübsches Mädchen geworden, aber das Kleid war noch von demselben grünen, weißgeblümten Stoff, wie das Holunderweibchen ihn getragen hatte; auf der Brust hatte sie eine richtige Holunderblüte und um ihr gelbes, lockiges Haar einen ganzen Kranz von Holunderblüten; ihre Augen waren ganz groß, ganz blau, oh, sie war so wunderbar anzuschauen! Sie und der Junge küßten sich, und nun waren sie gleichen Alters und von der gleichen Freude beseelt.

Sie gingen Hand in Hand aus der Laubhütte und standen nun in dem schönen Blumengarten des Hauses; neben dem frischen Rasenstück war des Vaters Stock an einem Pflock angebunden, für die Kleinen war der Stock lebendig; sobald sie sich rittlings daraufsetzten, verwandelte sich der glänzende Knauf in einen prächtig wiehernden Pferdekopf, die lange, schwarze Mähne flatterte, vier schlanke, kräftige Beine holten aus; das Tier war stark und feurig; im Galopp sausten sie um das Rasenstück herum, hussa! „Nun reiten wir viele Meilen fort!" sagte der Junge. „Wir reiten zu dem Gutshof, wo wir im vorigen Jahre waren!" und sie ritten und ritten rund um das Rasenstück herum; und immer rief das kleine Mädchen, das, wie wir wissen, niemand anders war als das Holunderweibchen: „Nun sind wir auf dem Lande! Siehst du das Bauernhaus mit dem großen Backofen? Der schaut aus wie ein riesengroßes Ei in der Hauswand nach der Straße hin; der Holunderbaum neigt seine Zweige darüber, und der Hahn macht einen Kratzfuß vor den Hennen, sieh, wie er sich brüstet! – Nun sind wir an der Kirche! Die liegt hoch auf dem Hügel unter den großen Eichen, deren eine halb eingegangen ist! – Nun sind wir bei der Schmiede, wo das Feuer lodert und die halbnackten Männer mit dem Hammer schlagen, daß die Funken weit umherstieben. Auf, auf – zu dem prächtigen Gutshof!" Und alles, was das kleine Mädchen, das hinten auf dem Stocke saß, sagte, das flog auch vorüber; der Junge sah es, und dennoch kamen sie nur um das Rasenstück herum. Dann spielten sie auf dem Seitenpfad und zeichneten einen kleinen Garten ins Erdreich, und sie nahm die Holunderblüte aus ihrem Haar, pflanzte sie ein, und die wuchs genauso, wie es bei den alten Leuten in Nyboder geschehen war, damals, als sie klein gewesen waren, und wovon oben schon erzählt wurde. Sie gingen Hand in Hand, ebenso wie die alten Leute es als Kinder getan hatten, aber nicht auf den Runden Turm hinauf oder zum Frederiksberg Have, nein, das kleine Mädchen faßte den Jungen um, und dann flogen sie in ganz Dänemark umher, und es war Frühling, und es wurde Sommer, und es war Herbst, und es wurde

Winter, und Tausende von Bildern spiegelten sich in den Augen und dem Herzen des Jungen wider, und immer sang das kleine Mädchen ihm vor: „Das wirst du nie vergessen!“ Und während des ganzen Fluges duftete der Holunder gar süß und köstlich; der Junge spürte zwar die Rosen und die frischen Buchen, aber der Holunder duftete noch wundersamer, denn seine Blüten hingen an dem Herzen des kleinen Mädchens, und an dieses lehnte er während des Fluges oftmals seinen Kopf.

„Hier ist es herrlich im Frühling!“ sagte das junge Mädchen, und sie standen in dem jüngst ausgeschlagenen Buchenwald, wo der grüne Waldmeister zu ihren Füßen duftete und die zartrosa Anemonen in dem Grün so wunderbar aussahen. „Oh, wäre es doch immer Frühling in dem duftenden dänischen Buchenwald!“

„Hier ist es im Sommer schön!“ sagte sie, und sie flogen an alten Herrensitzen aus der Ritterzeit vorbei, deren rote Mauern und Treppengiebel sich in den Kanälen spiegelten, in denen die Schwäne schwammen, und sie schauten die alten, kühlen Alleen hinauf. Auf dem Felde wogte das Korn, als ob es ein Meer wäre, die Gräben standen voll von roten und gelben Blumen, die Zäune von wildem Hopfen und blühender Winde. Und abends stieg der Mond rund und groß empor, die Heudiemen auf den Wiesen dufteten gar süß. „Das vergißt man nie!"

„Hier ist es im Herbst schön!" sagte das kleine Mädchen, und die Luft wurde doppelt so hoch und blau, der Wald bekam die herrlichsten Farben, rot, gelb und grün; die Jagdhunde schossen dahin, ganze Scharen von Vogelwild flogen kreischend über das Hünengrab, wo die Brombeerranken um die alten Steine hingen: das Meer war schwarzblau, die Segler weiß; und auf der Tenne saßen alte Frauen, Mädchen und Kinder und zupften Hopfen in einen großen Zuber. Die Jungen sangen Lieder, aber die Alten erzählten Märchen von Wichteln und Trollen. Besser konnte es gar nicht sein!

„Hier ist es im Winter schön!" sagte das kleine Mädchen, und alle Bäume waren vom Rauhreif überzogen, sie sahen aus wie weiße Korallen, der Schnee knirschte unter den Füßen, als hätte man ständig neue Stiefel an, und vom Himmel fiel eine Sternschnuppe nach der anderen. In der Stube wurde der Weihnachtsbaum angezündet, hier gab es Geschenke, und es herrschte Frohsinn; auf dem Lande ertönte die Fiedel in der Bauernstube, Apfelkrapfen gab es, soviel man wollte; selbst das ärmste Kind sagte: „Es ist doch im Winter so schön!"

Ja, es war schön; und das kleine Mädchen zeigte dem Jungen alles, und immer duftete der Holunder, und immer wehte die rote Flagge mit dem weißen Kreuz, die Flagge, unter welcher der alte Seemann aus Nyboder gesegelt war! – Und der Junge wurde ein Bursche, und er mußte in die weite Welt hinaus, weit fort in die warmen Länder, wo der Kaffee wächst; aber zum Abschied nahm das kleine Mädchen eine Holunderblüte von ihrer Brust und gab sie ihm zum Andenken, und die wurde ins Gesangbuch gelegt, und immer, wenn er in der Fremde das Buch aufschlug, war es gerade an der Stelle, wo die Erinnerungsblüte lag, und je mehr er sie ansah, desto frischer wurde sie; er spürte gleichsam den Duft der dänischen Wälder, und deutlich sah er zwischen den Blütenblättern das kleine Mädchen mit seinen hellen blauen Augen hervorschauen, und dann flüsterte sie: „Hier ist es schön im Frühling, im Sommer, im Herbst und Winter!" Und Hunderte von Bildern durchzogen seine Gedanken.

Auf diese Weise gingen viele Jahre dahin, und er war jetzt ein alter Mann und saß mit seiner alten Frau unter einem blühenden Baum; sie hielten einander an den Händen, genauso wie Urgroßvater und Urgroßmutter es draußen in Nyboder taten, und sie redeten ebenso wie jene von alten Zeiten und von der goldenen Hochzeit. Das kleine Mädchen mit den blauen Augen und mit den Holunderblüten im Haar saß oben im Baum, nickte ihnen beiden zu und sagte: „Heute ist der Tag der goldenen Hochzeit!" und dann nahm sie zwei Blüten aus ihrem Kranz, drückte einen Kuß darauf, und sie glänzten zuerst wie Silber, dann wie Gold, und als sie sie den alten Leuten auf den Kopf legte, wurde jede Blüte zu einer goldenen Krone; da saßen sie beide, wie ein König und eine Königin, unter dem duftenden Baum, der ganz und gar aussah wie ein Holunderbaum, und er erzählte seiner alten Frau die Geschichte vom Holunderweibchen, so wie man sie ihm erzählt hatte, als er ein kleiner Junge gewesen war; und sie fanden beide, daß so viel darin vorkam, was ihrer eigenen ähnlich war, und das gefiel ihnen am besten.

„Ja, so ist es!" sagte das kleine Mädchen im Baum. „Manche nennen mich Holunderweibchen, andere nennen mich Dryade, aber eigentlich heiße ich Erinnerung, ich bin es, die im Baume sitzt, der wächst und wächst, ich kann mich an alles erinnern, ich kann erzählen! Laß einmal sehen, ob du noch deine Blüte hast!"

Und der alte Mann schlug sein Gesangbuch auf, da lag die Holunderblüte, so frisch, als ob sie eben erst hineingelegt worden wäre, und die Erinnerung nickte, und die beiden Alten mit der goldenen Krone saßen in der roten Abendsonne; sie schlossen die Augen und – und – ja, da war das Märchen aus!

Der kleine Junge lag in seinem Bett, er wußte nicht, ob er geträumt hatte oder ob er es hatte erzählen hören; die Teekanne stand auf dem Tisch, aber es wuchs kein Holunderstrauch daraus hervor, und der alte Mann, der erzählt hatte, wollte gerade zur Tür hinausgehen, und das tat er.

„Wie war das schön!" sagte der kleine Junge. „Mutter, ich bin in den warmen Ländern gewesen!"

„Ja, das glaube ich gern!" sagte die Mutter. „Wenn man zwei volle Tassen Holundertee im Leibe hat, dann soll man wohl in die warmen Länder kommen!" und sie stopfte die Decke gut um ihn fest, damit er sich nicht erkältete. „Du hast sicher geschlafen, während ich dasaß und mich mit ihm stritt, ob es eine Geschichte war oder ein Märchen!"

„Und wo ist das Holunderweibchen?" fragte der Junge.

„Es ist in der Teekanne!" sagte die Mutter, „und da mag es bleiben!"

Die Stopfnadel

Es war einmal eine Stopfnadel, die hatte es so sehr mit der Feinheit, daß sie sich einbildete, sie sei eine Nähnadel.

„Paßt nun bloß auf, was ihr da haltet!“ sagte die Stopfnadel zu den Fingern, die sie herausholten. „Laßt mich nicht hinunterfallen! Falle ich auf den Fußboden, dann bin ich imstande, nie wiedergefunden zu werden, so fein bin ich!“

„Gemach! gemach!“ sagten die Finger, und dann faßten sie sie fest um den Leib.

„Seht, ich komme mit Gefolge!“ sagte die Stopfnadel, und dann zog sie einen langen Faden hinter sich her, der indes keinen Knoten hatte.

Die Finger steuerten die Nadel geradeswegs auf den Pantoffel der Köchin zu, dessen Oberleder geplatzt war, und nun sollte es zusammengenäht werden.

„Es ist eine unwürdige Arbeit!“ sagte die Stopfnadel. „Ich komme nie da durch! Ich zerbreche! ich zerbreche!“

und dann zerbrach sie. „Habe ich es nicht gesagt?“ sagte die Stopfnadel. „Ich bin zu fein!“

Nun ist sie nicht mehr zu gebrauchen, meinten die Finger, aber sie mußten trotzdem festhalten; die Köchin träufelte Siegellack auf die Nadel und steckte sie dann vorn an ihr Brusttuch.

„Seht, nun bin ich eine Busennadel!“ sagte die Stopfnadel. „Ich wußte doch, daß ich zu Ehren käme; wenn man etwas ist, wird immer etwas aus einem!“ und dann lachte sie innerlich, denn äußerlich kann man es einer Stopfnadel nie ansehen, daß sie lacht. Da saß sie nun ganz stolz, als führe sie in einer Kutsche, und hielt nach allen Seiten Ausschau.

„Darf ich die Ehre haben, Sie zu fragen, ob Sie aus Gold sind?“ fragte sie die Stecknadel, die ihre Nachbarin war. „Sie haben ein schönes Äußeres und Ihren eigenen Kopf, aber klein ist er! Sie müssen sehen, daß er noch wächst, denn nicht alle können am Hinterteil gelackt werden!“ Und dann richtete sich die Stopfnadel so hoch auf, daß sie aus dem Tuch herausrutschte und in den Ausguß fiel, den die Köchin gerade ausspülte.

„Nun gehen wir auf die Reise!“ sagte die Stopfnadel. „Wenn ich mich nur nicht verirre!“ Aber das tat sie.

„Ich bin zu fein für diese Welt!“ sagte sie, als sie im Rinnstein saß. „Ich war mir meiner selbst wohl bewußt, und das ist immer eine kleine Befriedigung!“ und dann hielt sich die Stopfnadel ganz gerade und büßte ihre gute Laune nicht ein.

Und über sie hinweg schwamm alles mögliche, Hölzer, Halme, Zeitungsfetzen. „Seht, wie die schwimmen!“ sagte die Stopfnadel. „Die wissen nicht, was unter ihnen piekt! Ich pieke, ich sitze hier! Seht, da schwimmt nun ein Stück Holz, das denkt an nichts anderes auf dieser Welt als an Holz, und das ist es selber; da schwimmt ein Halm, seht, wie der sich krümmt, seht, wie der sich dreht! Denk nicht soviel an dich selber, du könntest dich an den Pflastersteinen stoßen! – Da segelt eine Zeitung! – Vergessen ist, was in der steht, und dennoch bläht sie sich auf! – Ich sitze geduldig und still! Ich weiß, was ich bin, und das bleibe ich!"

Eines Tages glänzte etwas, ganz nahebei und wunderschön, und nun glaubte die Stopfnadel, es sei ein Diamant, aber es war ein Flaschenscherben, und da er glänzte, so redete die Stopfnadel ihn an und stellte sich als Busennadel vor! „Sie sind sicher ein Diamant?" – „Ja, so was Ähnliches bin ich!" Und nun meinte eines vom anderen, daß es ganz kostbar wäre, und dann unterhielten sie sich darüber, wie hoffärtig die Welt sei.

„Ja, ich habe in einer Schachtel bei einer Jungfer gewohnt", sagte die Stopfnadel, „und die Jungfer war Köchin; sie hatte an jeder Hand fünf Finger, aber etwas so Eingebildetes wie die fünf Finger habe ich nie erlebt, und dabei waren sie nur dazu da, mich zu halten, mich aus der Schachtel zu nehmen und mich in die Schachtel zu legen!"

„Hatten sie etwas Vornehmes an sich?" fragte der Flaschenscherben.

„Vornehmes!" sagte die Stopfnadel, „nein, Hochmut hatten sie an sich! Es waren fünf Brüder, alles geborene ‚Finger', sie standen aufrecht einer neben dem anderen, obwohl sie von verschiedener Länge waren; der äußerste von ihnen, der Däumling, war kurz und dick, der lief außer der Reihe, und außerdem hatte er nur einen Knick im Rücken, er konnte sich nur einmal verbeugen, aber er sagte, wenn er von einem Menschen abgehauen würde, dann wäre der ganze Mensch für den Kriegsdienst untauglich. Naschpott, der Zeigefinger, wurde in Süßes wie Saures gesteckt, zeigte auf Sonne und Mond und war derjenige, der aufdrückte, wenn sie schrieben; Langemann, der Mittelfinger, war der längste und guckte den anderen über den Kopf. Goldfeuer, der Ringfinger, lief mit einem goldenen Ring um den Bauch herum, und der kleine Finger, der Peer Spielmann hieß, tat gar nichts, und darauf war er stolz. Es war die reinste Prahlerei, dabei blieb es auch, und da stürzte ich mich in den Ausguß!

Siehe da, nun ist er befördert worden!" sagte die Stopfnadel, im selben Augenblick kam mehr Wasser in den Rinnstein, das trat über alle Ufer und riß den Glasscherben mit.

„Siehe da, nun ist er befördert worden!“ sagte die Stopfnadel. „Ich bleibe sitzen, ich bin zu fein, aber das ist mein Stolz, und der ist aller Ehren wert!“ und dann saß sie kerzengerade und dachte viel nach.

„Ich möchte fast meinen, ich sei von einem Sonnenstrahl geboren worden, so fein bin ich! Will es mir nicht auch so scheinen, als ob die Sonne mich immer unter Wasser suchte? Ach, ich bin so fein, daß meine Mutter mich nicht finden kann, hätte ich mein altes Auge*, das entzweigebrochen ist, dann, glaube ich, könnte ich weinen! – Wenn ich es auch nicht täte – weinen, das ist nicht fein!“

Eines Tages lagen ein paar Straßenjungen da und pantschten im Rinnstein herum, wo sie alte Nägel, Münzen und dergleichen fanden. Es war eine schöne Schweinerei, aber das war nun mal ihr Vergnügen.

„Au!“ sagte der eine, er hatte sich an der Stopfnadel gepiekt. „Das ist mir schon ein Bursche!“

„Ich bin kein Bursche, ich bin ein Fräulein!“ sagte die Stopfnadel, aber keiner hörte es; der Lack war von ihr abgegangen, und schwarz war sie geworden, aber schwarz macht schlank, und so glaubte sie denn, sie wäre noch feiner als vorher.

„Da kommt eine Eierschale angeschwommen!“ sagten die Jungen, und nun steckten sie die Stopfnadel in der Schale fest.

„Weiße Wände und selber schwarz“, sagte die Stopfnadel, „das ist kleidsam! So kann man mich doch sehen! – Wenn ich nur nicht seekrank werde, denn dann muß ich brechen!“ Aber sie wurde nicht seekrank, und sie mußte nicht brechen.

„Es ist gut gegen Seekrankheit, wenn man einen stählernen Magen hat und sich dann immer vor Augen führt, daß man etwas mehr ist als ein Mensch! Nun ist es vorüber! Je feiner man ist, desto mehr kann man aushalten.“

„Krach!“ sagte die Eierschale, eine Wagenfuhre ging über sie hinweg. „Huh, wie es kneift!“ sagte die Stopfnadel.

* Im Dänischen Nadelöhr = Nadelauge (Anm. d. Übers.).

„Nun werde ich doch seekrank! Ich muß brechen! ich muß brechen!“ Aber sie brach nicht, obwohl eine Wagenfuhre über sie hinwegging. Sie lag der Länge nach da – und da mag sie liegenbleiben!

Die Glocke

Abends in den engen Straßen der großen Stadt, wenn die Sonne sank und die Wolken oben zwischen den Schornsteinen wie Gold glänzten, hörte oftmals bald der eine, bald der andere einen seltsamen Ton, so ähnlich wie der Klang einer Kirchenglocke, aber er war nur einen Augenblick zu hören, denn es war solch ein Wagengeratter und solch ein Geschrei, und das stört. „Jetzt läutet die Abendglocke!“ sagte man, „jetzt geht die Sonne unter!“

Diejenigen, die vor die Stadt hinausgingen, wo die Häuser weiter auseinander lagen mit Gärten und kleinen Feldern dazwischen, sahen den Abendhimmel noch prächtiger und hörten den Klang der Glocke viel lauter; es war, als käme der Ton aus einer Kirche tief drinnen in dem stillen, duftenden Wald; und die Leute sahen dorthin, und ihnen wurde ganz feierlich zumute.

Nun verging geraume Zeit, der eine sagte zum anderen: „Ob dort draußen im Wald eine Kirche ist? Die Glocke hat wirklich einen seltsamen, schönen Klang. Sollten wir nicht hinausgehen und sie uns ein wenig näher anschauen?“ Und die reichen Leute fuhren, und die armen gingen, aber der Weg wurde ihnen so merkwürdig lang; und als sie zu einer ganzen Menge von Weidenbäumen kamen, die am Rande des Waldes standen, ließen sie sich dort nieder und blickten in die langen Zweige hinauf und meinten, daß sie so richtig im Grünen wären; der Konditor aus der Stadt kam heraus und schlug sein Zelt auf, und dann kam noch ein Konditor, und der hängte eine Glocke mitten über seinem Zelt auf, und zwar eine Glocke, die geteert war, um den Regen aushalten zu können, und der Klöppel fehlte. Wenn dann die Leute wieder heimkehrten, sagten sie, es sei so romantisch gewesen, und das war etwas, was man nicht alle Tage vorgesetzt bekam. Drei Personen versicherten, daß sie in den Wald eingedrungen wären, ganz bis dorthin, wo er zu Ende war, und immer hätten sie den wunderlichen Glockenton gehört, aber dort war es ihnen so gewesen, als käme er aus der Stadt. Der eine machte ein ganzes Lied darauf und sagte, die Glocke klänge wie die Stimme einer Mutter, die zu einem lieben, klugen Kinde spricht, keine Melodie wäre schöner als der Klang der Glocke.

Der Kaiser des Landes wurde auch darauf aufmerksam und versprach, daß derjenige, der entdecken könnte, woher der Klang käme, den Titel „Weltglöckner" erhalten sollte, und zwar auch dann, wenn es keine Glocke wäre.

Nun gingen denn viele in den Wald um der guten Stellung willen, aber nur einer war darunter, der eine Art Erklärung nach Hause brachte. Keiner war weit genug drinnen gewesen, und der nun auch nicht; aber er sagte dennoch, der Glockenklang käme von einer sehr großen Eule in einem hohlen Baum, das wäre so eine Weisheitseule, die unaufhörlich mit dem Kopf gegen den Baum schlüge; ob aber der Laut von ihrem Kopfe kam oder von dem hohlen Stamm, das konnte er noch nicht mit Bestimmtheit sagen. Und so wurde er denn als Weltglöckner angestellt und schrieb alljährlich eine kleine Abhandlung über die Eule; aber deshalb wußte er doch nicht mehr

Nun war gerade Konfirmationstag, der Pfarrer hatte so hübsch und innig gesprochen; die Konfirmanden waren sehr gerührt gewesen, es war ein wichtiger Tag für sie, sie wurden mit einemmal erwachsene Menschen und waren doch eben noch Kinder gewesen; die Kinderseele sollte nun gewissermaßen in eine verständigere Person hinüberfliegen. Es war herrlichster Sonnenschein, die Konfirmanden gingen zur Stadt hinaus, und aus dem Wald ertönte seltsam laut die große, unbekannte Glocke Sie hatten sogleich große Lust, dorthin zu gehen, und zwar alle bis auf drei. Die eine wollte nach Hause und ihr Ballkleid anprobieren, denn es waren gerade dieses Kleid und dieser Ball, denen sie es verdankte, daß sie gerade jetzt konfirmiert worden war, denn sonst wäre sie nicht mit aufgenommen worden. Der andere war ein armer Junge, der sich seinen Konfirmationsanzug und die Stiefel von dem Sohn des Wirts geliehen hatte, und die mußte er auf einen bestimmten Glockenschlag wieder abliefern. Der dritte sagte, er ginge nie an einen fremden Ort, wenn seine Eltern nicht mit dabei wären, und er sei immer ein braves Kind gewesen, und das wolle er weiter bleiben, selbst als Konfirmand, und darüber darf man sich nicht lustig machen! aber das taten sie.

Drei von ihnen gingen also nicht mit, die anderen trabten drauflos; die Sonne schien, und die Vögel sangen, und die Konfirmanden sangen mit und hielten einander an den Händen, denn sie waren ja noch nicht in Amt und Würden und waren alle Konfirmanden vor dem Herrgott.

Aber bald wurden zwei von den Kleinsten müde, und da kehrten die beiden wieder um und gingen in die Stadt zurück; zwei kleine Mädchen setzten sich hin und wanden Kränze, die gingen auch nicht weiter mit, und als die anderen bis zu den Weidenbäumen gekommen waren, wo der Konditor wohnte, da sagten sie: „Seht, jetzt sind wir hier draußen; die Glocke gibt es ja eigentlich gar nicht, die bildet man sich ja bloß ein!“

Da ertönte im selben Augenblick tief drinnen im Wald die Glocke so süß und feierlich, daß vier oder fünf sich entschlossen, doch etwas weiter in den Wald hineinzugehen. Der war so voll von dichtem Laub, es machte richtig Mühe, vorwärts zu kommen. Waldmeister und Anemonen wuchsen fast zu hoch, blühende Winden und Brombeerranken hingen in langen Girlanden von Baum zu Baum, wo die

Nachtigall sang und die Sonnenstrahlen spielten; oh, es war so herrlich, aber es war kein Weg für die Mädchen, sie hätten sich die Kleider zerrissen. Hier lagen große Felsblöcke, mit Moos in allen Farben bewachsen, das frische Quellwasser sprudelte hervor und machte so sonderbar: „Gluck, gluck!"

„Das sollte doch nicht etwa die Glocke sein!" sagte einer der Konfirmanden und legte sich nieder und horchte. „Das muß man aber wirklich studieren!" und dann blieb er da und ließ die anderen gehen.

Die kamen an ein Haus aus Rinde und Zweigen, ein großer Baum mit wilden Äpfeln neigte sich darüber, so als wollte er seinen ganzen Segen über das Dach ausschütten, auf welchem Rosen blühten; die langen Zweige zogen sich am Giebel hin, und darin hing eine kleine Glocke. Sollte es die sein, die man vernommen hatte? Ja, darüber waren sich alle einig, bis auf einen. Dieser meinte, die Glocke sei zu klein und fein, als daß sie so weithin zu hören wäre, wie sie sie gehört hätten, und es seien ganz andere Töne gewesen, die in solcher Weise ein Menschenherz anrühren könnten; der da sprach, war ein Königssohn, und da sagten die anderen: „So einer will nun immer klüger sein."

Da ließen sie ihn allein weitergehen, und je weiter er ging, desto mehr wurde seine Brust von der Waldeinsamkeit erfüllt; aber noch hörte er die kleine Glocke, mit der die anderen so zufrieden gewesen waren, und zwischendurch, wenn der Wind von dem Konditor herüberwehte, konnte er auch hören, wie dort beim Tee gesungen wurde; aber die tiefen Glockenklänge tönten doch lauter, es war fast, als ob eine Orgel dazu spielte, der Laut kam von links, von der Seite, auf welcher das Herz sitzt.

Jetzt raschelte es im Gebüsch, und da stand ein kleiner Junge vor dem Königssohn, ein Junge in Holzschuhen und mit einem Wams, so kurz, daß man richtig sehen konnte, was für lange Handgelenke er hatte. Sie kannten sich beide, der Junge war gerade derjenige von den Konfirmanden, der nicht hatte mitgehen können, weil er nach Hause mußte und Rock und Stiefel an den Sohn des Wirts abliefern sollte;

das hatte er getan und war nun in Holzpantinen und den ärmlichen Sachen allein losgelaufen, denn die Glocke tönte so laut, so tief, er mußte hinaus.

„Dann können wir ja zusammen gehen!“ sagte der Königssohn. Aber der arme Konfirmand in den Holzpantinen war sehr schüchtern, er zerrte an den kurzen Joppenärmeln und sagte, er fürchte, daß er nicht so schnell mitgehen könne; außerdem meinte er, die Glocke müsse rechts gesucht werden, denn das sei ja der Platz alles Großen und Herrlichen.

„Ja, dann treffen wir uns gar nicht!“ sagte der Königssohn und nickte dem armen Jungen zu, der in den dunkelsten, dichtesten Teil des Waldes hineinging, wo die Dornen seine ärmlichen Kleider entzweirissen und ihm Gesicht, Hände und Füße blutig kratzten. Der Königssohn bekam auch allerlei kräftige Schrammen ab, aber die Sonne schien doch immerhin auf seinen Weg, und er ist es, mit dem wir nun weitergehen, denn ein kecker Bursche war er.

„Die Glocke will und muß ich finden!“ sagte er, „und wenn ich bis ans Ende der Welt gehen muß!“

Die widerlichen Affen saßen oben auf den Bäumen und fletschten die Zähne. „Wollen wir ihn verhauen?" sagten sie; „wollen wir ihn verhauen? Er ist ein Königssohn!"

Aber er ging unverdrossen immer tiefer in den Wald hinein, wo die seltsamsten Blumen wuchsen. Hier standen weiße Sternlilien mit blutroten Staubfäden, himmelblaue Tulpen, die im Winde Funken sprühten, und Apfelbäume, deren Äpfel ganz und gar aussahen wie große, schillernde Seifenblasen; denkt bloß, wie die Bäume im Sonnenschein strahlen mußten. Rings um die schönsten grünen Wiesen, wo Hirsch und Hindin im Grase spielten, standen prächtige Eichen und Buchen, und war an einem der Bäume die Rinde geplatzt, dann wuchsen hier Gras und lange Ranken in der Ritze; es gab auch große Waldstücke mit stillen Binnenseen, auf denen weiße Schwäne schwammen und mit den Flügeln klatschten. Der Königssohn stand oftmals still und horchte, er meinte dann, es sei einer dieser tiefen Seen, aus dem die Glocke zu ihm herauftönte; aber dann merkte er doch, daß der Glockenton nicht von dorther kam, sondern von noch tiefer drinnen aus dem Walde.

Jetzt ging die Sonne unter, die Luft glühte rot wie Feuer; es wurde so still, so still im Wald, und er fiel auf die Knie nieder, sang sein Abendlied und sagte: „Niemals finde ich, was ich suche! Nun geht die Sonne unter, nun kommt die Nacht, die finstere Nacht; doch kann ich vielleicht noch einmal die runde, rote Sonne sehen, ehe sie ganz hinter der Erde versinkt; ich werde auf die Felsen dort steigen, die ragen so hoch empor wie die höchsten Bäume!"

Und er faßte in die Ranken und um die Wurzeln, kletterte an den nassen Steinen empor, wo die Wasserschlangen sich wanden, wo die Kröte ihn gleichsam anbellte – aber hinauf kam er, noch ehe die Sonne ganz fort war, von dieser Höhe aus gesehen. Oh, welche Pracht! Das Meer, das große herrliche Meer, das seine langen Wogen gegen die Küste wälzte, dehnte sich vor ihm aus, und die Sonne stand wie ein großer, schimmernder Altar dort draußen, wo Meer und Himmel sich begegnen, alles verschmolz in glühenden Farben, der Wald sang, und das Meer sang, und sein Herz sang mit; die ganze Natur war eine große, heilige Kirche, in der Bäume und segelnde Wolken die Pfeiler waren, Blumen und Gras die gewebte Samtdecke und der Himmel selbst die große Kuppel; dort oben erloschen die roten Farben, als die Sonne versank, aber Millionen von Sternen wurden angezündet, Millionen von diamantenen Lampen leuchteten nun, und der Königssohn breitete die Arme dem Himmel, dem Meer und dem Wald entgegen – und im selben Augenblick kam, vom rechten Seitenpfad her, mit den kurzen Ärmeln und in Holzpantinen, der arme Konfirmand Er war ebenso früh dorthin gekommen, auf seinem Wege dorthin gelangt, und sie liefen aufeinander zu und hielten sich bei den Händen in der großen Kirche der Natur und der Poesie, und über ihnen tönte die unsichtbare, heilige Glocke, die selige Geister umschwebten, im Tanz zu einem jubelnden Halleluja!

Grossmutter

Großmutter ist sehr alt, sie hat eine Menge Runzeln und ganz weißes Haar, aber ihre Augen, die glänzen wie zwei Sterne, ja, sie sind viel schöner, sie sind so mild, es ist so herrlich, in sie hineinzublicken. Und außerdem kann sie die schönsten Geschichten, und sie hat ein Kleid mit großen, großen Blumen, es ist eine dicke Seide, die raschelt. Großmutter weiß so viel, denn sie ist viel eher als Vater und Mutter auf der Welt gewesen, das ist ganz sicher. Großmutter hat ein Gesangbuch mit dicken Spangen aus Silber, und in dem liest sie oft; mittendrin liegt eine Rose, die ist ganz platt und trocken, sie ist nicht so schön wie die Rosen, die Großmutter in der Vase hat, und trotzdem lächelt sie sie auf das freundlichste an, ja, ihr treten Tränen in die Augen. Weshalb Großmutter wohl in dieser Weise die welke Rose in dem alten Buch anschaut? Weißt du es? Jedesmal, wenn Großmutters Tränen auf die Blüte fallen, da wird die Farbe frischer, da schwillt die Rose an, und die ganze Stube ist von Duft erfüllt, die Wände weichen zurück, als wären sie nur Nebel, und ringsum ist der grüne, herrliche Wald, zwischen dessen Laub die Sonne hindurchscheint, und

Großmutter – ja, die ist ganz jung, sie ist ein schönes Mädchen mit blonden Locken, mit roten, runden Wangen, schön und anmutig, keine Rose ist frischer, die Augen aber, die milden, herrlichen Augen, doch, das sind Großmutters Augen. Neben ihr sitzt ein Mann, sehr jung, kräftig und schön, er reicht ihr die Rose, und sie lächelt – so lächelt doch Großmutter nicht! –, doch, das Lächeln kommt. Er ist fort; viele Gedanken und viele Gestalten gehen vorüber; der schöne Mann ist fort, die Rose liegt im Gesangbuch, und Großmutter – ja, sie sitzt wieder da, als alte Frau, und blickt auf die verwelkte Rose, die im Buche liegt.

Nun ist Großmutter tot. – Sie saß im Lehnsessel und erzählte und erzählte, eine lange, lange schöne Geschichte. „Und nun ist sie aus“, sagte sie, „und ich bin ganz müde, laß mich nun ein wenig schlafen!“ Und dann legte sie sich zurück, und sie holte Atem, sie schlummerte; aber es wurde immer stiller, und ihr Gesicht war voller Frieden und Glück, es war fast, als ginge Sonnenschein darüber hin, und dann sagten sie, sie sei tot.

Sie wurde in den schwarzen Sarg gelegt, sie lag in das weiße Leinen gehüllt, sie war so schön, und dabei waren die Augen geschlossen, aber alle Runzeln waren fort, sie hatte ein Lächeln um den Mund; ihr Haar war ganz silberweiß, so ehrwürdig, man bekam gar keine Angst, wenn man die Tote anschaute, es war ja die liebe, seelengute Großmutter. Und das Gesangbuch wurde ihr unter den Kopf gelegt, das hatte sie selber verlangt, und die Rose lag in dem alten Buch; und dann wurde Großmutter begraben.

Auf dem Grab, dicht an der Kirchenmauer, pflanzten sie einen Rosenstrauch, und der stand voller Blüten, und die Nachtigall sang darin, und aus der Kirche hörte man die Orgel die schönsten Lieder spielen, die in dem Buch standen, das unter dem Kopf der Toten lag. Und der Mond schien auf das Grab; aber die Tote war nicht da; jedes Kind konnte nächtlicherweile ruhig hingehen und eine Rose dort an der Kirchhofsmauer pflücken. Ein Toter weiß mehr als wir Lebenden alle, der Tote weiß, welche Angst uns befallen würde, wenn wir das Seltsame erleben müßten, daß sie zu uns kämen; die Toten sind besser als wir alle, und darum kommen sie nicht. Über dem Sarg liegt Erde, in ihm drinnen ist Erde. Das Liederbuch mit seinen Seiten ist Staub, die Rose mit all ihren Erinnerungen ist zu Staub zerfallen; aber oben drüber blühen neue Rosen, oben drüber singt die Nachtigall, und die Orgel spielt; man denkt an die alte Großmutter mit den milden, ewig jungen Augen. Augen können niemals sterben! Unsere werden die Großmutter dermaleinst sehen, jung und schön, wie damals, als sie zum erstenmal die frische rote Rose küßte, die jetzt Staub im Grabe ist.

Elfenhügel

In den Ritzen eines alten Baumes huschten einige Eidechsen gar geschwind umher; sie konnten einander gut verstehen, denn sie sprachen die Eidechsensprache.

„Nein, wie es in dem alten Elfenhügel rummelt und brummelt!" sagte eine Eidechse. „Ich habe vor lauter Krach jetzt zwei Nächte kein Auge zugetan, ich hätte ebensogut Zahnweh haben können, dann schlafe ich nämlich auch nicht!"

„Da drinnen tut sich was!" sagte die zweite Eidechse, „im Hügel brodelt es bis zum ersten Hahnenschrei, da wird gehörig ausgelüftet, und die Elfen haben neue Tänze gelernt, bei denen sie stampfen. Da tut sich was!"

„Ja, ich sprach einen Regenwurm aus meinem Bekanntenkreis", sagte die dritte Eidechse, „der Regenwurm kam gerade aus dem Hügel, wo er Tag und Nacht in der Erde gewühlt hatte; der hatte allerlei gehört, sehen kann er ja nicht, das kümmerliche Tier, aber sich vorzufühlen und zu horchen, darauf versteht er sich. Man erwartet im Elfenhügel Besuch, vornehmen Besuch, aber wen, das wollte der Regenwurm nicht sagen, oder er wird es wohl nicht gewußt haben. Alle Irrlichter sind bestellt, um einen Fackelzug zu machen, wie man das nennt, und Silber und Gold, wovon es im Hügel genügend gibt, wird poliert und in den Mondschein hinausgestellt!"

„Wer kann der Besuch bloß sein!" sagten alle Eidechsen. „Was tut sich da bloß? Hört, wie es summt! Hört, wie es brummt!"

In diesem Augenblick tat sich der Elfenhügel auf, und ein altes Elfenmädchen, sie hatte keinen Rücken, war aber sonst sehr anständig angezogen, kam herausgetrippelt, sie war die Haushälterin des alten Elfenkönigs, sie war eine ganz entfernte Verwandte und hatte ein Bernsteinherz auf der Stirn. Ihre Beine gingen ganz geschwind! tripp! tripp! du meine Güte, wie die trippeln konnte, und zwar schnurstracks ins Moor hinunter zum Ziegenmelker.

„Sie werden zum Elfenhügel geladen, und zwar heute nacht!" sagte sie. „Würden Sie uns aber vielleicht vorher den großen Gefallen tun und das Einladen übernehmen? Sie müssen sich schon nützlich machen, da Sie selber keinen Haushalt haben! Wir bekommen einige hochvornehme Leute zu Besuch, Trolle, die allerlei zu sagen haben, und darum will der alte Elfenkönig zeigen, was er zu bieten hat."

„Wer soll geladen werden?" fragte der Ziegenmelker.

„Ja, zu dem großen Ball kann jedermann kommen, sogar Menschen, wenn sie nur im Schlafe reden können oder sonst ein bißchen von dem können, was in unsere Art schlägt. Aber zu dem ersten Festessen soll eine strenge Auswahl getroffen werden, wir wollen nur die Allervornehmsten dabeihaben. Ich habe mit dem Elfenkönig gestritten, denn ich bin der Meinung, wir können nicht einmal Gespenster einladen. Der Wassermann und seine Töchter müssen zuerst geladen werden, sie schätzen es zwar nicht sehr, aufs Trockene zu kommen, aber sie kriegen schon noch einen nassen Stein zum Sitzen oder etwas Besseres, und dann denke ich doch, sie sagen diesmal nicht ab. Alle alten Trolle erster Klasse mit Schwanz, den Neck und die Wichtel müssen wir einladen, und dann meine ich, wir können das Grabschwein, das Höllenpferd und das Kirchengespenst nicht übergehen; die gehören ja allerdings mit zur Geistlichkeit, die nicht von unserer Art ist, aber das ist nun mal deren Amt, sie sind uns nahe verwandt, und sie machen stets Besuch!"

„Sehr wohl!" sagte der Ziegenmelker und flog von dannen, um einzuladen.

Die Elfen tanzten schon auf dem Elfenhügel, und sie tanzten mit langen Schals, aus Nebel und Mondschein gewebt, und es sieht für die, die so etwas mögen, wunderhübsch aus. Mitten drinnen im Elfenhügel war der große Saal geputzt worden; der Fußboden war mit Mondschein gewaschen und die Wände waren mit Hexenfett abgerieben worden, so daß sie im Licht wie Tulpenblätter glänzten. In der Küche gab es Unmengen von Fröschen am Spieß, Natternhäute mit kleinen Kinderfingern darin und Salate aus Pilzsamen, nassen Mäuseschnauzen und Schierlingskraut, Bier vom Gebräu der Moorfrau, funkelnden Salpeterwein aus der Kellergruft, alles sehr gediegen; rostige Nägel und Kirchenfensterscheiben gab es zum Knabbern.

Der alte Elfenkönig ließ seine goldene Krone mit gestoßenem Griffel polieren, es waren Griffel vom Klassenersten, und es ist für den Elfenkönig sehr schwierig, Griffel vom Klassenersten zu bekommen! Im Schlafgemach hängte man Gardinen auf und befestigte sie mit Kuckucksspeichel. O ja, da herrschte ein gewaltiges Summen und Brummen.

„Nun wird hier mit Roßhaar und Schweineborsten ausgeräuchert, dann, glaube ich, habe ich das Meine getan!" sagte das alte Elfenmädchen.

„Liebster Vater!" sagte die kleinste der Töchter, „darf ich nun erfahren, wer der vornehme Besuch ist?"

„Na ja!" sagte er, „dann muß ich es wohl sagen! Zwei meiner Töchter müssen sich für eine Heirat bereit halten! Zwei werden sich wohl verheiraten. Der alte Troll oben aus Norwegen, der in dem alten Dovre-Fjell wohnt und viele Felsenschlösser aus Feldsteinen hat und ein Goldbergwerk, das besser ist, als man meinen sollte, kommt mit seinen beiden Jungen herunter, die wollen sich eine Frau aussuchen; der alte Troll ist so ein richtiger, alter ehrlicher norwegischer Mummelgreis, lustig und geradezu, ich kenne ihn von alters her, von damals, als wir Brüderschaft tranken, er war hier unten, um sich seine Frau zu holen, jetzt ist sie tot, sie war die Tochter des Steiluferkönigs auf Möen. Er nahm seine Frau auf Borg*, wie man sagt! Oh, was ich für eine Sehnsucht nach dem norwegischen Trollgreis habe! Die Jungen sollen ein paar ungezogene, hochnäsige Bengel sein, aber man kann ihnen ja vielleicht auch Unrecht tun, und sie werden sicher gut, wenn sie an die Leine gelegt werden. Seht nun zu, daß ihr die ein bißchen zurechtstutzt!"

„Und wann kommen sie?" fragte die eine Tochter.

„Das kommt auf Wind und Wetter an!" sagte der Elfenkönig. „Die reisen sparsam! Die kommen mit Schiffsgelegenheit herunter. Ich wünschte, sie wären über Schweden gereist, aber der Alte hat keine Neigungen nach dieser Seite. Er geht nicht mit der Zeit mit, und das mag ich nicht!"

In diesem Augenblick kamen zwei Irrlichter angehüpft, eins schneller als das andere, und darum war das eine zuerst da.

„Sie kommen! sie kommen!" riefen sie.

„Reich mir meine Krone und laß mich im Mondschein stehen!" sagte der Elfenkönig.

Die Töchter hoben die langen Schals auf und machten einen Knicks bis ganz zur Erde.

Da stand der Trollalte aus Dovre, mit einer Krone aus gehärteten Eiszapfen und polierten Tannenzapfen, im übrigen hatte er einen Bärenpelz an und Schlittenstiefel; die Söhne dagegen gingen mit bloßem Hals und ohne Hosenträger, denn das waren Kraftkerle.

„Ist das ein Hügel?" fragte der kleinere der Jungen und zeigte auf den Elfenhügel. „Das nennen wir oben in Norwegen ein Loch!"

* Im Original: Nahm seine Frau auf Kreide – bezieht sich auf die Kreidefelsen auf der Insel Möen. Unübersetzbares Wortspiel Anmerkung d. Übers.).

„Jungens!" sagte der Alte. „Loch geht nach innen, Hügel geht nach oben! habt ihr keine Augen im Kopf?"

Das einzige, was sie hier unten erstaunte, sagten sie, wäre, daß sie so ohne weiteres die Sprache verstehen könnten!

„Gebt nun bloß nicht an!" sagte der Alte. „Man könnte glauben, ihr seid noch nicht trocken hinter den Ohren!"

Und dann gingen sie in den Elfenhügel hinein, wo sich wahrlich eine feine Gesellschaft versammelt hatte, und zwar in einer Eile, man könnte glauben, die wären zusammengeweht worden, und reizend und nett war für jeden gesorgt. Das Meervolk saß in großen Wasserzubern bei Tisch, sie sagten, es wäre genauso wie zu Hause. Alle wahrten die Tischsitten bis auf die beiden kleinen norwegischen Trolle, die legten die Beine auf den Tisch, aber sie glaubten nun auch, daß ihnen alles wohlanstünde!

„Die Pfoten von der Schüssel!" sagte der alte Troll, und dann folgten sie, aber sie taten es dennoch nicht gleich. Ihre Tischdame kitzelten sie mit Tannenzapfen, die sie in der Tasche bei sich hatten, und dann zogen sie ihre Stiefel aus, um bequem zu sitzen, und reichten ihr die Stiefel, sie sollte sie mal halten, aber der Vater, der alte Dovre-Troll, der war nun wirklich ganz anders; der erzählte so schön von den stolzen norwegischen Fjellen und von Wasserfällen, die weißschäumend niederstürzten, mit einem Poltern wie Donnergrollen und Orgelklang; er erzählte vom Lachs, der die stürzenden Gewässer hinaufsprang, wenn der Neck auf der goldenen Harfe spielte. Er erzählte von den gleißenden Winternächten, wenn die Schlittenschellen läuteten und die Burschen mit brennenden Fackeln über das blanke Eis liefen, das so durchsichtig war, daß man sehen konnte, wie die Fische unter ihren Füßen Angst bekamen. O ja, der konnte erzählen, so daß man sah und hörte, was er sagte; es war, als ob die Sägemühlen liefen, als ob Burschen und Mädchen Lieder sängen und den Hallinger Tanz tanzten; hussa! ganz unversehens gab der Trollalte dem alten Elfenmädchen einen Onkelschmatz, das war ein ordentlicher Kuß, und dabei waren sie doch gar nicht verwandt.

Nun mußten die Elfenmädchen tanzen, und zwar einfach und im Stampfschritt, und das stand ihnen gut, dann kam der Kunsttanz oder, wie man es nannte: das Aus-dem-Tanze-Treten, du liebe Zeit, wie die die Beine schmeißen konnten, man wußte nicht, was oben und was unten war, man wußte nicht, was Arme und was Beine waren, es ging alles durcheinander wie Sägespäne, und dann wirbelten sie rund herum, daß dem Höllenpferd schlecht wurde und es die Tafel verlassen mußte.

„Brrr!“ sagte der Trollalte, „das ist Zeitvertreib mit Beinen! aber was können sie sonst noch außer tanzen, die Beine schmeißen und einen Wirbelwind machen?“

„Das wirst du erfahren!“ sagte der Elfenkönig, und dann rief er die jüngste von seinen Töchtern herbei; sie war so zart und hell wie Mondenschein, sie war die feinste von allen Schwestern; sie nahm ein weißes Stäbchen in den Mund, und dann war sie einfach weg, das war ihre Kunst.

Aber der Trollalte sagte, diese Kunst würde er bei seiner Frau nicht mögen, und er meinte, daß seine Jungen sie auch nicht mögen würden.

Die zweite konnte neben sich selber treten, ganz so, als hätte sie einen Schatten, und den hat nun das Trollvolk nicht.

Die dritte war von ganz anderer Art, sie hatte im Bräuhaus der Moorfrau gelernt, und sie war es, die Erlenwurzeln mit Johanniswürmchen zu spicken verstand.

„Sie wird eine gute Hausfrau werden!“ sagte der Trollalte, und dann zwinkerte er mit den Augen, denn er wollte nicht soviel trinken.

Nun kam das vierte Elfenmädchen, sie hatte eine große goldene Harfe, auf der sie spielen konnte, und als sie die erste Saite anschlug, hoben alle das linke Bein, denn das Trollvolk ist linksbeinig, und als sie die zweite Saite anschlug, mußten alle tun, was sie wollte.

„Das ist ein gefährliches Frauenzimmer!“ sagte der Trollalte, aber beide Söhne gingen aus dem Hügel hinaus, denn nun hatten sie es über.

„Und was kann die nächste Tochter?" fragte der Trollalte.

„Ich habe gelernt, die Norweger gern zu haben!" sagte sie, „und ich heirate nur, wenn ich nach Norwegen komme!"

Aber die kleinste unter den Schwestern flüsterte dem Trollalten zu: „Das ist nur, weil sie in einem norwegischen Lied gehört hat, daß, wenn die Welt untergeht, die norwegischen Felsen doch als Bautasteine stehen bleiben, und deshalb will sie da rauf, denn sie hat Furcht davor, unterzugehen."

„Ho, ho!" sagte der Trollalte, „da kommt's raus! Aber was kann die siebente und letzte?"

„Die sechste kommt vor der siebenten!" sagte der Elfenkönig, denn er konnte zählen, aber die sechste wollte nicht recht mit der Sprache heraus.

„Ich kann den Leuten nur die Wahrheit sagen!" sagte sie. „Aus mir macht sich keiner was, und ich habe genug damit zu tun, an meinem Leichenkleid zu nähen!"

Nun kam die siebente und letzte, und was konnte die? Ja, sie konnte Märchen erzählen, und zwar so viele, wie sie wollte.

„Hier sind alle meine fünf Finger!" sagte der Trollalte. „Erzähle mir von jedem eins!"

Und die Elfe faßte ihn ums Handgelenk, und er lachte, daß es in ihm gluckste, und als sie zum Goldfinger kam, der einen goldenen Ring um den Leib hatte, fast so, als wüßte er, daß es eine Verlobung geben würde, sagte der Trollalte: „Halt fest, was du hast, die Hand gehört dir! Dich will ich selber zur Frau haben!"

Und die Elfe sagte, daß der Goldfinger und der kleine Finger noch übrig wären!

„Die wollen wir zum Winter hören!" sagte der Trollalte. „Und von der Tanne wollen wir hören und von der Birke und von den Huldregaben und vom klirrenden Frost! Du wirst schon noch zum Erzählen kommen, denn das tut da oben noch keiner so recht! Und dann sitzen wir in der Steinstube, wo der Kienspan brennt, und trinken Met aus den goldenen Hörnern der alten norwegischen Könige; der Neck hat mir ein paar geschenkt! Und wenn wir dann sitzen, dann kommt der Hoftroll und macht Besuch, er singt dir alle Lieder der Sennerin vor! Das wird ein Spaß! Der Lachs springt den Wasserfall hinauf und schlägt gegen die steinerne Mauer, aber herein kommt er trotzdem nicht! – Ja, du kannst glauben, es ist schön in dem lieben, alten Norwegen! Aber wo sind die Bengels?"

Ja, wo waren die Bengels? Die rannten in der Gegend herum und pusteten die Irrlichter aus, die so brav ankamen, um einen Fackelzug zu machen.

„Ist das eine Art, so herumzutoben!" sagte der Trollalte. „Nun habe ich mir eine Mutter für euch genommen, nun könnt ihr euch eine von den Tanten nehmen!"

Aber die Jungen sagten, sie würden lieber eine Rede halten und Brüderschaft trinken, doch zum Heiraten hätten sie keine Lust. – Und dann hielten sie eine Rede, tranken Brüderschaft und machten die Nagelprobe, um zu zeigen, daß sie ausgetrunken hatten; zogen dann ihre Kleider aus und legten sich zum Schlafen auf den Tisch, denn schüchtern waren sie nicht. Aber der Trollalte tanzte mit seiner jungen Braut in der Stube herum und wechselte die Stiefel mit ihr, denn das ist feiner, als die Ringe zu wechseln.

„Nun kräht der Hahn!“ sagte das alte Elfenmädchen, das den Haushalt führte. „Nun müssen wir die Fensterläden schließen, damit die Sonne uns nicht verbrennt!“

Und dann schloß sich der Hügel.

Aber draußen liefen die Eidechsen an dem gespaltenen Baum auf und nieder, und die eine sagte zu der anderen: „Oh, der norwegische Trollalte gefiel mir aber gut!“

„Ich mag die Jungen lieber!“ sagte der Regenwurm, aber der konnte ja nicht sehen, das kümmerliche Tier.

Die roten Schuhe

Es war einmal ein kleines Mädchen, gar fein und wunderhübsch, aber im Sommer mußte sie immer mit bloßen Füßen laufen, denn sie war arm, und im Winter in großen Holzschuhen, so daß der kleine Spann ganz rot wurde, und zwar ganz gräßlich.

Mitten im Bauerndorf wohnte die alte Schustersfrau, sie saß und nähte, so gut sie es vermochte, aus alten roten Tuchstreifen ein Paar kleine Schuhe, ganz unförmig, aber es war gut gemeint, und die sollte das kleine Mädchen haben. Das kleine Mädchen hieß Karen.

Gerade an dem Tag, als ihre Mutter begraben wurde, bekam sie die roten Schuhe und hatte sie zum erstenmal an; es war nun allerdings nicht ganz das Rechte zum Trauern, aber sie hatte nun mal keine anderen, und dann ging sie mit den bloßen Füßen darin hinter dem armseligen Strohsarg her.

Da gerade kam ein großer, alter Wagen daher, und darin saß eine große, alte Frau, sie sah das kleine Mädchen an und hatte Mitleid mit ihr, und da sagte sie zum Pfarrer:

„Hören Sie, geben Sie mir das kleine Mädchen, dann will ich gut zu ihr sein!“

Und Karen glaubte, das sei alles wegen der roten Schuhe, aber die alte Dame sagte, die wären grauenhaft, und sie wurden verbrannt, aber Karen selber wurde sauber und nett angezogen; sie mußte lesen und nähen lernen, und die Leute sagten, sie sei reizend, aber der Spiegel sagte: „Du bist viel mehr als reizend, du bist schön!“

Da fuhr einmal die Königin durch das Land, und sie hatte ihre kleine Tochter bei sich, das war eine Prinzessin, und die Leute strömten zum Schloß, und Karen war auch dabei, und die kleine Prinzessin stand in feinen weißen Kleidern an einem Fenster und ließ sich beschauen; sie hatte weder eine Schleppe noch eine goldene Krone auf, aber wunderschöne, rote Saffianschuhe an; die waren aber sehr viel feiner als die, welche die Schustersfrau der kleinen Karen genäht hatte. Nichts auf der Welt war doch mit roten Schuhen zu vergleichen!

Nun war Karen so alt, daß sie eingesegnet werden sollte, neue Kleider bekam sie, und neue Schuhe sollte sie auch haben. Der reiche Schuhmacher drinnen in der Stadt nahm Maß von ihrem kleinen Fuß, es war zu Haus in seiner eigenen Stube, und hier standen große Glasschränke mit entzückenden Schuhen und blanken Stiefeln. Es sah wunderhübsch aus, aber die alte Dame sah nicht sehr gut, und darum hatte sie keinen Spaß daran; mitten unter den Schuhen standen ein Paar rote, genauso wie die, die die Prinzessin getragen hatte; wie waren die hübsch! Der Schuhmacher erzählte auch, die wären für ein Grafenkind genäht worden, aber sie hätten nicht gepaßt.

„Das ist sicher Glanzleder?“ sagte die alte Dame, „die glänzen!“

„Ja, die glänzen!“ sagte Karen; und sie paßten, und sie wurden gekauft; aber die alte Dame wußte nichts davon, daß sie rot waren, denn sie hätte es Karen niemals gestattet, daß sie zur Einsegnung in roten Schuhen ging, aber das tat sie nun.

Alle Menschen blickten auf ihre Füße, und als sie durch

das Kirchenschiff zur Chorschranke ging, meinte sie selber, daß die alten Bilder auf den Grabmälern, diese Porträts von Pastoren und Pastorenfrauen mit steifen Kragen und langen, schwarzen Kleidern, die Augen auf ihre roten Schuhe geheftet hätten, und nur an diese dachte sie, als der Pfarrer seine Hand auf ihren Kopf legte und von der heiligen Taufe sprach, von dem Bündnis mit Gott, und daß sie eine erwachsene Christin werden müsse, und die Orgel spielte ganz feierlich, die schönen Kinderstimmen sangen, und der alte Kantor sang, aber Karen dachte nur an die roten Schuhe.

Nachmittags erfuhr dann die alte Dame von allen Menschen, daß die Schuhe rot waren, und sie sagte, das sei abscheulich, es gehöre sich nicht, und Karen müsse von nun an, wenn sie in die Kirche gehe, immer schwarze Schuhe tragen, und wenn sie auch alt wären.

Am folgenden Sonntag war Abendmahl, und Karen schaute auf die schwarzen Schuhe, sie schaute auf die roten – und dann schaute sie noch einmal auf die roten und zog die roten an.

Es war herrliches, sonniges Wetter; Karen und die alte Dame gingen den Pfad durch das Korn entlang; hier war es ein wenig staubig.

An dem Kirchenportal stand ein alter Soldat mit einem Krückstock und einem sonderbar langen Bart, der war mehr rot als weiß, denn er war rot; und der Soldat bückte sich bis zum Erdboden hinunter und fragte die alte Dame, ob er ihre Schuhe abwischen dürfe. Und Karen streckte auch ihren kleinen Fuß hin. „Sieh mal an, was für schöne Tanzschuhe!" sagte der Soldat. „Sitzet fest, wenn ihr tanzt!" und dann klatschte er mit der Hand gegen die Sohlen.

Und die alte Dame gab dem Soldaten eine kleine Münze, und dann ging sie mit Karen in die Kirche.

Und alle Menschen hier drinnen sahen auf Karens rote Schuhe, und alle Bilder sahen auf sie nieder, und als Karen vor dem Altar kniete und den goldenen Kelch an den Mund setzte, dachte sie nur an die roten Schuhe, und es war, als schwämmen sie vor ihr im Kelch herum; und sie vergaß ihren Choral zu singen, sie vergaß ihr Vaterunser zu beten.

Nun gingen alle Leute aus der Kirche, und die alte Dame stieg in ihren Wagen. Karen hob ihren Fuß, um hinterherzusteigen, da sagte der alte Soldat, der dicht neben ihr stand: „Sieh mal an, was für schöne Tanzschuhe!“ Und Karen konnte nicht anders, sie mußte einige Tanzschritte machen, und als sie anfing, fuhren die Beine fort zu tanzen, es war fast, als hätten die Schuhe Gewalt über sie bekommen; sie tanzte um die Kirchenecke, sie konnte es nicht lassen, der Kutscher mußte hinterdreinlaufen und sie einfangen, und er hob sie in den Wagen hinein, aber die Füße hörten nicht auf zu tanzen, und dabei stieß sie die gute alte Dame ganz abscheulich. Endlich konnte man ihr die Schuhe ausziehen, und die Beine kamen zur Ruhe.

Daheim wurden die Schuhe oben in den Schrank gestellt, aber Karen konnte es nicht lassen, sie mußte sie immer anschauen.

Nun lag die alte Dame krank, man sagte, sie werde wohl sterben; gepflegt und gewartet mußte sie werden, und niemand war mehr dazu verpflichtet als Karen; aber in der Stadt war ein großer Ball, Karen war eingeladen – sie sah auf die alte Dame, die ja doch sterben mußte, sie sah auf die roten Schuhe, und sie fand, daß das keine so große Sünde wäre – sie zog die roten Schuhe an, das konnte sie ja auch ruhig tun – aber dann ging sie zum Ball, und dann begann sie zu tanzen.

Aber wenn sie nach rechts wollte, tanzten die Schuhe nach links, und wenn sie den Saal hinauftanzen wollte, dann tanzten die Schuhe den Saal hinunter, die Treppe hinunter, die Straße entlang und zum Stadttor hinaus. Tanzen tat sie, und tanzen mußte sie, bis in den finsteren Wald hinein.

Da glänzte es oben zwischen den Bäumen, und sie glaubte, es wäre der Mond, denn es war ein Gesicht, aber es war der alte Soldat mit dem roten Bart, er saß da und nickte: „Sieh mal an, was für schöne Tanzschuhe!“

Da grauste es ihr, und sie wollte die roten Schuhe abstreifen, aber sie saßen fest, und sie riß ihre Strümpfe herunter, aber die Schuhe waren an ihren Füßen angewachsen, und tanzen tat sie, und tanzen mußte sie, über Feld und Wiese, in Regen und Sonnenschein, bei Tag und bei Nacht, aber nachts war es am grausigsten.

Sie tanzte in den offenen Kirchhof hinein, aber die Toten dort tanzten nicht, die hatten etwas viel Besseres zu tun, als zu tanzen; sie wollte sich auf das Grab des Armen setzen, wo der bittere Rainfarn wuchs, aber für sie gab es weder Rast noch Ruhe, und als sie auf das offene Kirchenportal zutanzte, sah sie dort einen Engel in langem, weißem Gewande stehen, mit Flügeln, die ihm von der Schulter bis auf den Boden reichten, sein Antlitz war streng und ernst, und in der Hand hielt er ein Schwert, ganz breit und blank.

„Tanzen sollst du!" sagte er, „tanzen in deinen roten Schuhen, bis du blaß und kalt wirst! bis deine Haut einschrumpft wie an einem Knochengerippe! Tanzen sollst du von Tür zu Tür, und wo stolze, eitle Kinder wohnen, da wirst du anklopfen, damit sie dich hören und dich fürchten! Tanzen sollst du, tanzen!"

„Gnade!" rief Karen. Aber sie hörte nicht, was der Engel erwiderte, denn die Schuhe trugen sie durch das Tor, hinaus aufs freie Feld, über Weg und Steg, und immer mußte sie tanzen.

Eines Morgens tanzte sie in aller Frühe an einer Tür vorbei, die sie gut kannte; drinnen ertönte ein Choral, man trug einen Sarg heraus, der mit Blumen geschmückt war; da wußte sie, daß die alte Dame gestorben war, und sie fand, sie sei von allen verlassen und von Gottes Engel verflucht.

Tanzen tat sie, und tanzen mußte sie, tanzen durch die finstere Nacht. Die Schuhe trugen sie von dannen über Stock und Stein, und sie riß sich blutig; sie tanzte über die Heide zu einem kleinen, verlassenen Hause. Sie wußte, daß hier der Scharfrichter wohnte, und sie klopfte mit dem Finger an die Scheibe und sagte: „Komm heraus! komm heraus! – Ich kann nicht hineinkommen, denn ich tanze!"

Und der Scharfrichter sagte: „Du weißt wohl nicht, wer ich bin? Ich schlage bösen Menschen den Kopf ab, und ich kann fühlen, daß meine Axt zittert."

„Schlag mir nicht den Kopf ab!" sagte Karen, „sonst kann ich meine Sünde nicht büßen! Aber hacke mir die Füße mit den roten Schuhen ab!"

Und dann beichtete sie ihre ganze Sünde, und der Scharfrichter hieb ihr die Füße mit den roten Schuhen ab; aber die Schuhe tanzten mit den Füßen über die Felder in den tiefen Wald hinein.

Und er schnitzte Holzbeine für sie und Krücken, lehrte sie einen Choral, wie ihn die Sünder immer singen, und sie küßte die Hand, die die Axt geführt hatte, und ging über die Heide davon.

„Nun habe ich um der roten Schuhe willen genug gelitten!" sagte sie, nun will ich in die Kirche gehen, damit man mich sehen kann!" und sie ging schnellen Schrittes auf die Kirchentür zu, als sie aber dorthin kam, tanzten die roten Schuhe vor ihr her, und sie entsetzte sich und kehrte um.

Die ganze Woche über war sie traurig und weinte viele bittere Tränen, aber als der Sonntag kam, sagte sie: „So! nun habe ich genug gelitten und gerungen! Ich sollte meinen, ich sei ebensogut wie viele von denen, die dort drinnen in der Kirche sitzen und den Kopf hoch tragen!" und dann ging sie mutig hin; aber sie kam nicht weiter als bis zur Tür, da sah sie die roten Schuhe vor sich hertanzen, und sie entsetzte sich und kehrte um und bereute von ganzem Herzen ihre Sünde.

Und sie ging zum Pfarrhaus und bat, ob sie dort dienen dürfe, fleißig wolle sie sein und alles tun, was sie vermöchte, um den Lohn ginge es ihr nicht, nur daß sie ein Dach über den Kopf bekäme und bei guten Menschen sein dürfte. Und sie dauerte die Pfarrfrau, und die nahm sie in Dienst. Und Karen war fleißig, nachdenklich und versonnen. Still saß sie und hörte zu, wenn der Pfarrer abends aus der Bibel vorlas. Die Kleinen hatten sie alle sehr gern, aber wenn sie von Putz und Tand redeten und davon, daß sie so schön sein wollten wie eine Königin, dann schüttelte sie nur den Kopf.

Am folgenden Sonntag gingen sie alle zur Kirche, und sie fragten sie, ob sie mitwolle, aber sie blickte traurig, mit Tränen in den Augen, auf ihre Krücken, und da gingen die anderen, um Gottes Wort zu hören, aber sie ging allein in ihr Kämmerlein; es war nur so groß, daß ein Bett und ein Stuhl dort stehen konnten, und hier setzte sie sich mit

ihrem Gesangbuch hin; und während sie mit frommem Sinn darin las, trug der Wind die Orgeltöne von der Kirche zu ihr, und sie hob unter Tränen ihr Antlitz empor und sagte: „O Gott, hilf mir!"

Da schien die Sonne so hell, und vor ihr stand der Engel Gottes in dem weißen Gewande, derselbe, den sie in jener Nacht in der Kirchentür gesehen hatte, aber er hatte nicht mehr das scharfe Schwert in der Hand, sondern einen wunderbaren grünen Zweig, der voller Rosen war, und er berührte damit die Decke, und da hob die sich ganz hoch empor, und wo er etwas berührte, da glänzte ein goldener Stern, und er berührte die Wände, und sie weiteten sich, und sie sah die Orgel, die spielte, sie sah die alten Bilder mit Pastoren und Pastorenfrauen, die Gemeinde saß in den geschmückten Bänken und sang aus dem Gesangbuch. –

Denn die Kirche war selber zu dem armen Mädchen in das enge Kämmerlein gekommen, oder aber sie war dahingekommen; sie saß im Gestühl bei des Pfarrers Leuten, und als der Choral zu Ende war und sie aufblickten, nickten sie und sagten: „Das war recht, daß du gekommen bist, Karen!"

„Es war Gnade!" sagte sie.

Und die Orgel tönte, und die Kinderstimmen auf dem Chor erklangen gar weich und schön! Der helle Sonnenschein strömte ganz warm durch das Fenster bis zum Gestühl, wo Karen saß; ihr Herz ward so von Sonne erfüllt, von Frieden und Freude, daß es brach; ihre Seele schwebte auf den Sonnenstrahlen zu Gott empor, und dort gab es niemanden, der nach den roten Schuhen fragte.

Springinsfeld

Der Floh, der Heuschreck und der Hupfauf wollten einmal sehen, wer von ihnen am höchsten springen konnte, und so luden sie die ganze Welt, und wer sonst noch kommen wollte, ein, um sich die Herrlichkeit anzusehen, und sie waren drei tüchtige Springinsfelde, als sie mitsammen in die Stube traten.

„Ja, ich gebe demjenigen, der am höchsten springt, meine Tochter!" sagte der König. „Denn es wäre so armselig, wenn diese Personen um nichts springen sollten!"

Der Floh kam als erster dran, der hatte so angenehme Manieren und grüßte nach allen Seiten, denn er hatte Fräuleinblut in sich und war es gewöhnt, nur mit Menschen zu verkehren, und das macht nun einmal sehr viel aus.

Nun kam der Heuschreck, der war allerdings bedeutend dicker, aber er hatte trotzdem eine ganz gute Figur und trug eine grüne Uniform, und die war angeboren; außerdem sagte der Herr, daß er aus einer sehr alten Familie im Lande Ägypten sei und daß man ihn hierzulande hochschätze, er wäre soeben vom Felde geholt und in ein Kartenhaus gesteckt worden, das drei Stockwerke hätte, alles Herrenkarten, die die bunte Seite nach innen kehrten; da gäbe es Türen wie auch Fenster, und zwar der Herzdame aus dem Leibe geschnitten. „Ich singe so", sagte er, „daß sechzehn eingeborene Grillen, die von kleinauf gezirpt und trotzdem kein Kartenhaus bekommen hatten, sich so geärgert haben, als sie mich hörten, daß sie noch dünner wurden, als sie so schon waren!"

Beide, der Floh wie auch der Heuschreck, wiesen sich demnach gut über ihre Herkunft aus und sagten, sie trauten sich wohl zu, eine Prinzessin zu ehelichen.

Der Hupfauf sagte nichts, aber man sagte von ihm, er denke um so mehr, und als der Hofhund ihn nur mal beschnüffelte, stand er dafür ein, daß der Hupfauf aus guter Familie sei; der alte Ratsherr, der drei Orden bekommen hatte, wenn er stillschwiege, versicherte, er wüßte, daß der Hupfauf mit der Gabe der Weissagung ausgestattet sei, man könnte es seinem Rücken ansehen, ob es einen milden oder einen strengen Winter gebe, und das kann man nicht einmal an dessen Rücken sehen, der den Kalender schrieb.

„Ja, ich äußere mich nicht!" sagte der alte König. „Aber ich gehe nun immer so vor mich hin und denke mir das meine!"

Nun sollte der Sprung gemacht werden. Der Floh sprang so hoch, daß niemand ihn sehen konnte, und dann behaupteten sie, er wäre überhaupt nicht gesprungen, und das war wirklich gemein!

Der Heuschreck sprang nur halb so hoch, aber der sprang dem König mitten ins Gesicht, und da sagte dieser, das wäre widerlich.

Der Hupfauf stand lange Zeit still und überlegte, man glaubte zuletzt, er könnte gar nicht springen.

„Wenn dem nur nicht schlecht geworden ist!" sagte der Hofhund, und dann schnüffelte er wieder an ihm herum: wupps! sprang er mit einem kleinen, schrägen Satz auf den Schoß der Prinzessin, die auf einem niedrigen goldenen Schemel saß.

Da sagte der König: „Der höchste Sprung ist der, zu

meiner Tochter hinaufzuspringen, denn das ist gerade das Feine, aber um auf so etwas zu kommen, muß man Verstand haben, und der Hupfauf hat bewiesen, daß er Verstand hat. Der hat Grütze im Kopf!"

Und dann bekam er die Prinzessin.

„Ich bin aber am höchsten gesprungen", sagte der Floh. „Aber das ist auch einerlei! mag sie ruhig das Gänsegerippe mit Holz und Pech haben! Ich bin doch am höchsten gesprungen, aber dazu braucht's in dieser Welt Muskeln, damit sie einen sehen können!"

Und dann ging der Floh in fremden Kriegsdienst, wo er, wie man erzählte, gefallen ist.

Der Heuschreck setzte sich draußen in den Graben und dachte darüber nach, wie es eigentlich in der Welt zuginge, und der sagte auch: „Muskeln braucht's, Muskeln braucht's!" und dann sang er seine eigene trübselige Weise, und daher haben wir die Geschichte, die indessen sehr wohl erlogen sein kann, und wenn sie auch gedruckt wird.

Die Hirtin und der Schornsteinfeger

Hast du jemals einen richtigen alten hölzernen Schrank gesehen, ganz schwarz vom Alter und mit geschnitzten Schnörkeln und Blattwerk? Gerade so einer stand in einer Wohnstube, es war ein Erbstück von der Urgroßmutter, über und über mit geschnitzten Rosen und Tulpen bedeckt; es waren die sonderbarsten Schnörkel daran, und zwischen diesen steckten kleine Hirsche die Köpfe hervor mit vielen Geweihspitzen, aber in der Mitte des Schrankes war ein ganzer geschnitzter Mann, er war ungemein lächerlich anzusehen, und grinsen tat er, man konnte es nicht lachen nennen, er hatte Ziegenbockbeine, kleine Hörner an der Stirn und einen langen Bart. Die Kinder in der Stube nannten ihn immer den Ziegenbockbein-Oberunduntergeneralkriegskommandeursergeanten, denn der Name war schwer auszusprechen, und es gibt nicht viele, die diesen Titel bekommen; ihn schnitzen zu lassen, das war auch ein Einfall! Aber nun war er mal da! Immer schaute er auf den Tisch unter dem Spiegel, denn dort stand eine entzückende kleine Hirtin aus Porzellan; die Schuhe waren vergoldet, das

Kleid sehr hübsch mit einer roten Rose gerafft, und dann hatte sie einen goldenen Hut und einen Hirtenstab; sie war wunderbar! Dicht neben ihr stand ein kleiner Schornsteinfeger, so schwarz wie eine Kohle, aber übrigens auch aus Porzellan; er war ebenso sauber und fein wie jeder andere; daß er Schornsteinfeger war, das stellte er ja nur vor; der Porzellanmacher hätte ebensogut einen Prinzen aus ihm machen können, denn das war ein und dasselbe!

Da stand er so wunderhübsch mit seiner Leiter, und sein Gesicht war so weiß und rot wie das eines Mädchens, und das war eigentlich ein Fehler, denn ein wenig schwarz hätte es ruhig sein können. Er stand ganz dicht neben der Hirtin; sie waren beide hingestellt worden, wo sie standen, und da sie nun hingestellt waren, so hatten sie sich verlobt; sie paßten ja zusammen, sie waren junge Leute, sie waren aus dem gleichen Porzellan und beide gleicherweise zerbrechlich.

Dicht daneben stand noch eine Puppe, die war dreimal so groß, das war ein alter Chinese, der nicken konnte; der war ebenfalls aus Porzellan und sagte, er wäre der Großvater der kleinen Hirtin, aber das konnte er bestimmt nicht beweisen; er behauptete, er hätte Gewalt über sie, und deswegen hätte er dem Ziegenbockbein-Oberunduntergeneralkriegskommandeursergeanten zugenickt, der um die kleine Hirtin angehalten hatte.

„Da kriegst du einen Mann", sagte der alte Chinese, „einen Mann, von dem ich fast vermute, er ist aus Mahagoni, er kann dich zur Frau Ziegenbockbein-Oberunduntergeneralkriegskommandeursergeantin machen, der hat den ganzen Schrank voll Silber, abgesehen von dem, was er in den Geheimfächern hat!"

„Ich will nicht in den finsteren Schrank hinein!" sagte die kleine Hirtin. „Ich habe gehört, daß er da drinnen elf Porzellanfrauen hat!"

„Dann kannst du die zwölfte sein!" sagte der Chinese. „Heute nacht, sobald es in dem alten Schrank knackt, feiert ihr Hochzeit, so wahr ich ein Chinese bin!" und dann nickte er mit dem Kopf und schlummerte ein.

Aber die kleine Hirtin weinte und sah zu ihrem Herzallerliebsten hin, dem Porzellanschornsteinfeger.

„Ich glaube, ich muß dich bitten", sagte sie, „daß du mit mir in die weite Welt hinausgehst, denn hier können wir nicht bleiben!"

„Ich tue alles, was du willst!" sagte der kleine Schornsteinfeger. „Laß uns gleich gehen, ich denke wohl, daß ich dich mit meinem Handwerk ernähren kann!"

„Wären wir nur erst wohlbehalten vom Tisch herunter!" sagte sie. „Ich werde meines Lebens nicht froh, bis wir nicht in der weiten Welt draußen sind!"

Und er tröstete sie und zeigte, wie sie ihr Füßchen auf die geschnitzten Ecken und auf das vergoldete Blattwerk unten um das Tischbein setzen sollte, seine Leiter nahm er ebenfalls zu Hilfe, und dann waren sie unten auf dem Fußboden, als sie aber zu dem alten Schrank hinschauten, war da soviel Tumult; alle geschnitzten Hirsche steckten die Köpfe weiter hervor, warfen die Geweihe auf und drehten die Hälse; der Ziegenbockbein-Oberunduntergeneralkriegskommandeursergeant sprang hoch in die Luft und rief zu dem alten Chinesen hinüber: „Jetzt laufen sie weg! jetzt laufen sie weg!"

Da bekamen sie einen kleinen Schreck und sprangen flugs in die Schublade des Fenstertritts.

Hier lagen drei, vier Kartenspiele, die nicht vollständig waren, und ein kleines Puppentheater, das aufgestellt worden war, so gut es gehen wollte; hier wurde Theater gespielt, und alle Damen, sowohl Karo und Herz wie auch Treff und Pik, saßen in der ersten Reihe und fächelten sich mit ihren Tulpen, und hinter ihnen standen alle Buben und zeigten, daß sie Köpfchen hatten, sowohl oben wie unten, so wie es bei Spielkarten ist. Die Komödie handelte von zweien, die sich nicht kriegen konnten, und die Hirtin weinte darüber, denn es war gewissermaßen ihre eigene Geschichte.

„Das kann ich nicht ertragen!" sagte sie. „Ich muß aus der Schublade heraus!" Aber als sie auf dem Fußboden standen und zum Tisch hinaufschauten, da war der alte

Chinese aufgewacht und wackelte mit dem ganzen Körper, er war ja unten ein Klumpen!

„Nun kommt der alte Chinese!“ schrie die kleine Hirtin, und dann fiel sie auf ihre Porzellanknie nieder, so betrübt war sie.

„Mir kommt ein Gedanke!“ sagte der Schornsteinfeger, „sollen wir in den großen Potpourritopf hineinkriechen, der da in der Ecke steht? Dort könnten wir auf Rosen und Lavendel schlafen und ihm Salz in die Augen werfen, wenn er kommt.“

„Das reicht nicht!“ sagte sie. „Außerdem weiß ich, daß der alte Chinese und der Potpourritopf verlobt gewesen sind, und da bleibt immer ein bißchen Zuneigung zurück, wenn man in einem solchen Verhältnis zueinander gestanden hat! Nein, es bleibt uns nichts weiter übrig, als in die weite Welt hinauszugehen!“

„Hast du wirklich den Mut, mit mir in die weite Welt zu gehen?“ fragte der Schornsteinfeger. „Bedenkst du auch, wie groß die ist, und daß wir nie wieder zurückkommen können?“

„Das tue ich!“ sagte sie.

Und der Schornsteinfeger sah sie ganz fest an, und dann sagte er: „Mein Weg führt durch den Schornstein! Hast du wirklich den Mut, mit mir durch den Ofen zu kriechen, durch die Trommel und auch durch das Rohr? Dann kommen wir in den Schornstein hinaus, und dort kenne ich mich aus! Wir steigen so hoch hinauf, daß sie uns nicht erreichen können, und ganz zuoberst führt ein Loch in die weite Welt hinaus!“

Und er führte sie zur Ofentür.

„Da sieht es schwarz aus!“ sagte sie, aber sie ging dennoch mit ihm, sowohl durch die Trommel wie durch das Rohr, wo kohlrabenschwarze Nacht war.

„Nun sind wir im Schornstein!“ sagte er. „Und siehe! siehe! oben darüber glänzt der schönste Stern!“

Und es stand wirklich ein Stern am Himmel, der bis zu ihnen herunterglänzte, so als wollte er ihnen den Weg weisen. Und sie kletterten, und sie krochen, ein unheimlicher Weg war es, ganz hoch hinauf, ganz hoch; aber er hob sie und stützte sie, er hielt sie fest und zeigte die besten Stellen, wo sie ihre kleinen Porzellanfüße aufsetzen konnte, und dann gelangten sie bis ganz zum Schornsteinrand hinauf, und auf den setzten sie sich, denn sie waren wirklich müde, und das kann man auch verstehen.

Der Himmel mit all seinen Sternen war über ihnen, und alle Dächer der Stadt unter ihnen; sie sahen so weit, so weit in die Welt hinaus; die arme Hirtin hatte sie sich nie so

vorgestellt, sie lehnte sich mit ihrem kleinen Kopf an ihren Schornsteinfeger, und dann weinte sie, daß das Gold von ihrem Miederband absprang.

„Es ist viel zuviel!" sagte sie. „Das kann ich nicht ertragen! Die Welt ist viel zu groß! Wäre ich doch wieder auf dem kleinen Tisch unter dem Spiegel! Ich werde nie mehr froh werden, ehe ich nicht wieder dort bin! Nun habe ich dich in die weite Welt hinausbegleitet, nun kannst du mich ruhig wieder nach Hause begleiten, wenn du mich nur ein bißchen liebhast!"

Und der Schornsteinfeger redete ihr vernünftig zu, sprach von dem alten Chinesen und von dem Ziegenbockbein-Oberunduntergeneralkriegskommandeursergeanten, aber sie schluchzte so schrecklich und küßte ihren kleinen

Schornsteinfeger, daß ihm nichts weiter übrigblieb, als sich ihr zu fügen, wenn es auch verkehrt war.

Und dann stiegen sie mit großer Mühe wieder den Schornstein hinab, und sie krochen durch das Rohr und durch die Trommel, es war gar nicht angenehm, und dann standen sie in dem finsteren Ofen; da horchten sie hinter der Tür, um zu erfahren, wie es in der Stube stand. Dort war es ganz still; sie schauten hinaus – ach, da lag mitten in der Stube der alte Chinese, er war vom Tisch heruntergefallen, als er hinter ihnen her wollte, und lag nun da, in drei Stücke zerschellt; der ganze Rücken war in einem Stück abgegangen, und der Kopf war in eine Ecke gekullert; der Ziegenbockbein-Oberunduntergeneralkriegskommandeursergeant stand, wo er immer gestanden hatte, und dachte nach.

„Es ist schrecklich!" sagte die kleine Hirtin, „der alte Großvater ist entzweigegangen, und daran sind wir schuld! Das überlebe ich nie!" und dann rang sie ihre winzigen Händchen.

„Er kann noch genietet werden!" sagte der Schornsteinfeger. „Er kann sehr gut genietet werden! – Sei nun bloß nicht so heftig! Wenn man ihn am Rücken leimt und ihm eine gute Niete ins Genick setzt, dann ist er wieder so gut wie neu und kann uns mancherlei Unannehmlichkeiten bereiten!"

„Glaubst du?" sagte sie. Und dann kletterten sie wieder auf den Tisch, wo sie vorher gestanden hatten.

„Siehst du, so weit sind wir gekommen!" sagte der Schornsteinfeger. „Da hätten wir uns die ganze Mühe sparen können!"

„Wenn nur der alte Großvater erst genietet wäre!" sagte die Hirtin. „Ob das sehr teuer ist?"

Und genietet wurde er; die Familie ließ ihn am Rücken leimen, er bekam eine gute Niete durch den Hals, er war so gut wie neu, aber nicken konnte er nicht.

„Sie scheinen hochmütig geworden zu sein, seit Sie entzweigegangen sind!" sagte der Ziegenbockbein-Oberunduntergeneralkriegskommandeursergeant. „Ich finde aber nicht, daß man sich darauf so furchtbar viel zugute tun sollte! Krieg ich sie, oder krieg ich sie nicht?"

Und der Schornsteinfeger und die kleine Hirtin schauten den alten Chinesen so rührend an; sie hatten solche Furcht, daß er nicken könnte, aber er konnte nicht, und es war ihm unangenehm, einem Fremden zu erzählen, daß er ständig eine Niete im Halse hätte, und so blieben die Porzellanleute beisammen, und sie segneten Großvaters Niete und liebten einander, bis sie entzweigingen.

Holger Danske

In Dänemark gibt es ein altes Schloß, das heißt Kronborg, es liegt unmittelbar am Öresund, wo die großen Schiffe täglich zu Hunderten vorbeifahren, englische wie auch russische und preußische; und sie grüßen das alte Schloß mit Kanonen: „Bumm!“ und das Schloß antwortet wieder mit Kanonen: „Bumm!“ denn so sagen die Kanonen „Guten Tag! – Vielen Dank!“ – Im Winter fahren dort keine Schiffe, dann ist alles bis ganz zur schwedischen Küste hinüber Eis, aber es ist geradezu eine richtige Landstraße, dort weht die dänische Flagge und die schwedische Flagge, und Dänen und Schweden sagen zueinander: „Guten Tag! – Vielen Dank!“ Aber nicht mit Kanonen, nein, mit freundlichem Händedruck, und der eine holt Weizenbrot und Brezeln beim anderen, denn fremdes Essen schmeckt besser. Aber das Prachtstück vom Ganzen ist doch das alte Kronborg, und darunter sitzt im tiefen, dunklen Keller, wo niemand hinkommt, Holger Danske, er ist in Eisen und Stahl gekleidet und stützt seinen Kopf auf die starken Arme; sein langer Bart hängt über den Marmortisch, in dem er festgewachsen ist, der Ritter schläft und träumt, aber im Traume sieht er alles, was oben in Dänemark geschieht. An jedem Heiligabend kommt ein Engel Gottes und sagt ihm, daß das, was er geträumt habe, richtig sei und daß er ruhig weiterschlafen könne, denn Dänemark sei noch in keiner wirklichen Gefahr! Kommt es aber in so eine Gefahr, ja, dann wird sich der alte Holger Danske erheben, so daß der Tisch birst, wenn er den Bart herauszieht! Dann kommt er hervor und schlägt zu, daß es in allen Ländern der Welt zu hören ist.

All dies von Holger Danske erzählte ein alter Großvater seinem kleinen Enkelsohn, und der kleine Junge wußte: was Großvater sagte, das war die Wahrheit. Und während der Alte dasaß und erzählte, schnitzte er an einer großen hölzernen Figur, sie sollte Holger Danske vorstellen und vorn auf einem Schiff angebracht werden, denn der alte Großvater war Bildschnitzer, und das ist so ein Mann, der die Galionsfiguren für die Schiffe schnitzt, je nachdem wie das Schiff getauft werden soll, und hier hatte er Holger Danske geschnitzt, der ganz kerzengerade und stolz dastand mit seinem langen Bart und in der einen Hand den breiten Haudegen hielt, die andere aber auf das dänische Wappen stützte.

Und der alte Großvater erzählte so viel von merkwürdigen dänischen Männern und Frauen, daß der kleine Enkelsohn zuletzt meinte, nun wisse er ebensoviel, wie Holger Danske wissen mochte, der ja doch nur davon träumte; und als der Kleine in sein Bett kam, dachte er so viel daran, daß er sein Kinn ordentlich gegen die Bettdecke drückte und fand, nun habe er einen langen Bart, der darin festgewachsen sei.

Aber der alte Großvater blieb bei seiner Arbeit sitzen und schnitzte deren letzten Teil, es war das dänische Wappen; und nun war er fertig, und er sah sich das Ganze an, und er dachte an alles, was er gelesen und gehört und was er heute abend dem kleinen Jungen erzählt hatte; und er nickte und putzte seine Brille, setzte sie wieder auf und sagte: „Ja, zu meiner Zeit kommt Holger Danske bestimmt nicht! Aber der Junge da im Bett kann ihn vielleicht zu sehen bekommen und mit dabeisein, wenn es so richtig darauf ankommt!" und der alte Großvater nickte, und je mehr er seinen Holger Danske ansah, desto klarer wurde ihm, daß er da ein gutes Bildwerk gemacht hatte; ihm war fast so, als bekäme es Farbe und als glänzte der Harnisch wie Eisen und Stahl; die Herzen in dem dänischen Wappen wurden immer röter, und die Löwen sprangen umher mit goldenen Kronen auf den Köpfen.

„Es ist doch das schönste Wappen, das irgend jemand auf der Welt hat!" sagte der Alte. „Die Löwen bedeuten Kraft, und die Herzen bedeuten Milde und Liebe!" und er betrachtete den obersten Löwen und dachte an König Knud, der das große England mit Dänemarks Königsthron verknüpfte, und er betrachtete den zweiten Löwen und dachte an Valdemar, der Dänemark einte und die wendischen Lande überwand; er betrachtete den dritten Löwen und dachte an Margarethe, die Dänemark, Schweden und Norwegen vereinigte; als er aber die roten Herzen ansah, da glänzten sie noch stärker als zuvor, sie wurden zu Flammen, die sich bewegten, und seine Gedanken folgten jeder einzelnen.

Die erste Flamme führte ihn in ein enges, düsteres Gefängnis; dort saß eine Gefangene, eine wunderbare Frau, die Tochter Christians IV.: Eleonore Ulfeld; und die Flamme setzte sich wie eine Rose auf ihre Brust und blühte zusammen mit ihrem Herzen, dem Herzen der edelsten und besten aller dänischen Frauen.

„Ja, das ist ein Herz in Dänemarks Wappen!" sagte der alte Großvater.

Und seine Gedanken folgten der Flamme, die ihn aufs Meer hinausführte, wo die Kanonen donnerten, wo die Schiffe in Rauch gehüllt lagen; und die Flamme heftete sich gleich einem Ordensband an Hvitfeldts Brust, alldieweil er zur Rettung der Flotte sich und sein Schiff in die Luft sprengte.

Und die dritte Flamme führte ihn zu den elenden Hütten auf Grönland, wo der Pfarrer Hans Egede stand, mit Liebe in Worten und Taten, die Flamme war ein Stern auf seiner Brust, ein Herz im dänischen Wappen.

Und die Gedanken des alten Großvaters liefen vor der schwebenden Flamme her, denn sie wußten, wo die Flamme hin wollte. In der armseligen Hütte der Bauersfrau stand Frederik VI. und schrieb seinen Namen mit Kreide auf den Balken; die Flamme bebte auf seiner Brust, bebte in seinem Herzen; in der Hütte des Bauern wurde sein Herz zu einem Herzen in Dänemarks Wappen. Und der alte Großvater wischte sich die Augen, denn er hatte König Frederik mit dem silberweißen Haar und den ehrlichen blauen Augen gekannt und für ihn gelebt, und er faltete seine Hände und blickte still vor sich hin. Da kam die Schwiegertochter des alten Großvaters und sagte, es sei spät, nun solle er ausruhen, und der Abendbrottisch sei gedeckt.

„Aber das ist ja herrlich, was du da gemacht hast, Großvater!“ sagte sie. „Holger Danske und unser ganzes altes Wappen! – Es ist mir gerade, als hätte ich dies Gesicht schon früher gesehen!“

„Nein, das hast du sicher nicht!“ sagte der alte Großvater. „Aber ich habe es gesehen, und ich habe mich bestrebt, es in Holz zu schneiden, so wie ich mich seiner erinnere. Es war damals, als die Engländer auf der Reede lagen, der dänische zweite April, als wir zeigten, daß wir alte Dänen sind! Auf der ‚Danmark‘ – ich stand in der Eskadron von Steen Bille – hatte ich einen Nebenmann; es war, als fürchteten ihn die Kugeln! Lustig sang er alte Lieder und schoß und kämpfte, so als wäre er mehr als ein Mensch. Ich erinnere mich noch an sein Gesicht; aber woher er kam, wohin er ging, das weiß ich nicht, das weiß keiner. Ich habe oft denken müssen, es war sicher der alte Holger Danske selber, der von Kronborg heruntergeschwommen war und uns in der Stunde der Gefahr half; so stellte ich es mir vor, und dort steht sein Bild!“

Und es warf seinen großen Schatten über die Wand, sogar noch ein wenig über die Decke hin, es sah aus, als wäre es der richtige Holger Danske selber, der dahinten stand, denn der Schatten bewegte sich, doch konnte das auch daher kommen, daß die Flamme des Lichts nicht gleichmäßig brannte. Und die Schwiegertochter küßte den alten Großvater und führte ihn zu dem großen Lehnstuhl am Tisch, und sie und ihr Mann, der ja der Sohn des alten Großvaters war und Vater des kleinen Jungen, der im Bette lag, setzten sich hin und aßen ihr Abendbrot, und der alte Großvater sprach von den dänischen Löwen und den dänischen Herzen, von der Stärke und der Milde, und ganz deutlich erklärte er, daß es noch eine andere Stärke gebe als jene, die im Schwerte liegt, und er zeigte auf das Bord, wo alte Bücher standen, wo alle Komödien von Holberg standen, die sehr oft gelesen wurden, denn sie waren so lustig, man meinte geradezu, alle Personen darin aus alter Zeit zu kennen.

„Seht, er hat auch zu meißeln verstanden!" sagte der alte Großvater; „er hat das Verrückte und Unebene an den Leuten fortgemeißelt, soweit er konnte!" und der alte Großvater nickte dem Spiegel zu, wo der Kalender stand mit dem Runden Turm, und dann sagte er: „Tyge Brahe das war auch einer, der das Schwert gebrauchte; nicht um in Fleisch und Knochen zu hauen, sondern um einen klareren Weg hinauf zu den Sternen auszuhauen! – Und dann der, dessen Vater aus meinem Stande war, der Sohn des alten Bildschnitzers, den wir selber gesehen haben, mit dem weißen Haar und den starken Schultern, der, dessen Name in allen Ländern der Welt genannt wird! Ja, der konnte meißeln, ich kann nur schnitzen! O ja, Holger Danske kann auf vielerlei Arten kommen, so daß überall in der Welt Dänemarks Stärke vernommen wird! Wollen wir auf Bertels* Wohl trinken!"

Aber der kleine Junge im Bett sah deutlich das alte Kronborg am Öresund vor sich, den richtigen Holger Danske, der tief dort unten saß mit dem im Marmortisch festgewachsenen Bart und von allem träumte, was hier oben geschieht; Holger Danske träumte auch von der kleinen, armseligen Stube, wo der Bildschnitzer saß, er hörte alles, was da gesprochen wurde, und nickte im Traum und sagte:

* Thorvaldsen (Anmerkung d. Übers.).

„Ja, erinnere dich nur meiner, du dänisches Volk! Gedenket meiner! Ich komme in der Stunde der Not!"

Und außerhalb Kronborgs glänzte der lichte Tag, und der Wind trug die Klänge des Jagdhorns aus dem Nachbarlande herüber, die Schiffe fuhren vorbei und grüßten: „Bumm! bumm!" und von Kronborg kam Antwort: „Bumm! bumm!" Aber Holger Danske erwachte nicht, wie sehr sie auch schossen, denn es war ja nur ein: „Guten Tag! – Vielen Dank!" Da muß anders geschossen werden, wenn er erwachen soll; aber er wird schon erwachen, denn er ist ein ganzer Kerl, der Holger Danske!

Das kleine Mädchen mit den Schwefelhölzern

Es war ganz abscheulich kalt; es schneite, und es begann zu dunkeln und Abend zu werden; es war auch der letzte Abend im Jahr, der Altjahrsabend. In dieser Kälte und in dieser Dunkelheit ging ein kleines, armes Mädchen mit bloßem Kopf und nackten Füßen die Straße entlang; ja, sie hatte allerdings Pantoffeln angehabt, als sie von Hause fortging; aber was nützte das schon! die Pantoffeln waren sehr groß gewesen, ihre Mutter hatte sie zuletzt getragen, so groß waren sie, und die verlor die Kleine, als sie über die Straße eilte, weil zwei Wagen so schrecklich schnell vorbeifuhren; der eine Pantoffel war nicht zu finden, und mit dem anderen rannte ein Junge weg; er sagte, den könnte er als Wiege gebrauchen, wenn er selber Kinder bekäme.

Da ging nun das kleine Mädchen auf den nackten Füßchen dahin, die rot und blau vor Kälte waren; in einer alten Schürze trug sie eine Menge Schwefelhölzer, und ein Bund hielt sie in der Hand; den ganzen Tag über hatte ihr niemand etwas abgekauft; niemand hatte ihr einen kleinen Schilling geschenkt; hungrig und frierend ging sie weiter und sah ganz bedrückt aus, das arme kleine Ding! Die

Schneeflocken fielen auf ihr langes, blondes Haar, das sich so hübsch im Nacken lockte, aber an die Pracht dachte sie wahrlich nicht. Aus allen Fenstern glänzten die Lichter, und dann roch es auf der Straße so wunderbar nach Gänsebraten; es war ja Altjahrsabend, ja, daran mußte sie denken.

Drüben in einem Winkel zwischen zwei Häusern – das eine ragte etwas weiter in die Straße vor als das andere – setzte sie sich hin und kauerte sich zusammen; die Beine hatte sie unter sich hochgezogen, aber sie fror noch mehr, und nach Hause getraute sie sich nicht, sie hatte ja keine Schwefelhölzer verkauft, nicht einen einzigen Schilling bekommen, ihr Vater schlug sie dann, und kalt war es auch zu Hause, sie hatten nur eben das Dach über sich, und da pfiff der Wind hindurch, obwohl die größten Ritzen mit Stroh und Lappen verstopft worden waren. Ihre kleinen Hände waren fast abgestorben vor Kälte. Ach! ein Schwefelhölzchen würde guttun. Dürfte sie nur eines aus dem Bund herausziehen, es an der Wand anreißen und die Finger daran wärmen. Sie zog eines heraus, „ritsch!" wie das zischte, wie es brannte! Es war eine warme, helle Flamme, ganz wie ein Lichtchen, als sie die Hand darum legte; es war ein seltsames Licht! Dem kleinen Mädchen war es, als säße es vor einem großen, eisernen Ofen mit blanken Messingkugeln und einer Messingtrommel; das Feuer brannte ganz herrlich, wärmte so gut! Nein, was war das! – Die Kleine streckte schon die Füße aus, um auch diese aufzuwärmen – da erlosch die Flamme. Der Ofen verschwand – sie hatte einen kleinen Rest des ausgebrannten Schwefelholzes in der Hand.

Ein neues wurde angestrichen, es brannte, es leuchtete, und wo der Schein auf die Hauswand fiel, wurde diese durchsichtig wie ein Schleier; sie sah bis in die Stube hinein, wo der Tisch mit dem schimmernd weißen Tischtuch gedeckt stand, mit feinem Porzellan, und herrlich dampfte die gebratene Gans, mit Backpflaumen und Äpfeln gefüllt! Und was noch prächtiger war, die Gans hüpfte von der Platte, watschelte mit Gabel und Messer im Rücken durch das Zimmer; geradeswegs zu dem armen Mädchen kam sie gelaufen; da erlosch das Schwefelholz, und nur die dicke, kalte Hauswand war zu sehen.

Sie zündete ein neues an. Da saß sie unter dem schönsten Weihnachtsbaum; der war noch größer und noch prächtiger geschmückt als der, den sie bei dem reichen Kaufmann jetzt zu Weihnachten gesehen hatte; tausend Kerzen brannten an den grünen Zweigen, und bunte Bilder wie die, welche die Ladenfenster schmücken, blickten zu ihr nieder. Die Kleine streckte beide Hände hoch – da erlosch das Schwefelholz; die vielen Weihnachtslichter stiegen immer höher empor, sie sah, es waren nun die hellen Sterne, einer davon fiel nieder und hinterließ einen langen Feuerstreif am Himmel.

„Nun stirbt jemand!" sagte die Kleine, denn die alte Großmutter, die einzige, die gut zu ihr gewesen war, die jetzt aber tot war, hatte gesagt: Wenn ein Stern fällt, steigt eine Seele zu Gott hinauf.

Sie strich abermals ein Schwefelholz an der Hauswand an, das leuchtete weithin, und in seinem Glanze stand die alte Großmutter, so hell, so leuchtend, so mild und segensreich.

„Großmutter!" rief die Kleine. „Oh, nimm mich mit! Ich weiß, du bist fort, wenn das Schwefelholz ausgeht; fort, genauso wie der warme Ofen, der wunderbare Gänsebraten und der große, herrliche Weihnachtsbaum!" – und sie strich geschwind den ganzen Rest der Schwefelhölzer an, der im Bund war, sie wollte die Großmutter ganz festhalten; und die Schwefelhölzer leuchteten mit solchem Glanz, daß es heller war als am lichten Tag. Großmutter war nie zuvor so schön gewesen, so groß; sie hob das kleine Mädchen auf ihren Arm, und sie flogen in Glanz und Freude dahin, ganz hoch, ganz hoch; und da gab es keine Kälte, keinen Hunger, keine Angst – sie waren bei Gott!

Aber in der Ecke am Haus saß in der kalten Morgenstunde das kleine Mädchen mit roten Wangen, mit einem Lächeln um den Mund – tot, erfroren am letzten Abend des alten Jahres. Der Neujahrsmorgen ging über dem kleinen Leichnam auf, der mit den Schwefelhölzern dasaß, von denen fast ein Bund abgebrannt war. Sie hat sich aufwärmen wollen, sagte man; niemand wußte, was sie Schönes gesehen hatte, in welchem Glanz sie mit der alten Großmutter zur Neujahrsfreude eingegangen war!

Ein Bild vom Kastellwall

Es ist Herbst, wir stehen auf dem Kastellwall und blikken über das Meer auf die vielen Schiffe und die schwedische Küste, die im abendlichen Sonnenschein hoch aufragt; hinter uns fällt der Wall schroff ab; dort stehen prachtvolle Bäume, das gelbe Laub fällt von den Zweigen; dort unten liegen düstere Häuser mit Holzzäunen, und dahinter, wo die Schildwache steht, ist es eng und unheimlich, aber noch finsterer ist es hinter dem vergitterten Loch; dort sitzen gefangene Sklaven, die schlimmsten Verbrecher.

Ein Strahl der sinkenden Sonne fällt in die kahle Kammer. Die Sonne scheint auf Böse und auf Gute! Der finstere, barsche Gefangene schaut mit einem gehässigen Blick auf den kalten Sonnenstrahl. Ein kleiner Vogel fliegt gegen das Gitter. Der Vogel singt für Böse und Gute! Er singt ein kurzes „Kwiwitt!" bleibt aber sitzen, klatscht mit dem Flügel, zupft sich eine Feder aus, plustert die anderen Federn um den Hals auf – und der böse Mann in Ketten schaut sich das an; ein milderer Ausdruck geht über das häßliche Gesicht; ein Gedanke, den er sich selber nicht klarmacht, leuchtet in seiner Brust auf, der ist verwandt mit dem Sonnenstrahl vom Gitter, verwandt mit dem Duft der Veilchen, die im Frühling draußen so reichlich wachsen. Jetzt erschallt die Musik der Jäger, ganz wunderbar und laut. Der Vogel fliegt vom Gitter des Gefangenen fort, der Sonnenstrahl verschwindet, und es ist dunkel drinnen in der Kammer, dunkel im Herzen des bösen Mannes, aber die Sonne hat dennoch hineingeschienen, der Vogel hineingesungen.

Tönet fort, ihr schönen Jagdhornklänge! Der Abend ist mild, das Meer spiegelglatt und still.

Aus einem Fenster in Vartou

Nach dem grünen Wall zu, der ganz Kopenhagen umschließt, liegt ein großes, rotes Gebäude mit vielen Fenstern, in diesen wachsen Balsaminen und der Amberstrauch; drinnen sieht es ärmlich aus, und arme alte Leute wohnen dort. Es ist Vartou.

Seht! an den Fensterrahmen lehnt sich eine alte Magd, sie zupft das welke Blatt von der Balsamine und schaut auf den grünen Wall hinaus, wo lustige Kinder sich tummeln; woran denkt sie? Das Drama eines Lebens entrollt sich vor dem inneren Auge.

Die armen Kleinen, wie glücklich sie spielen! So rote Backen haben sie, so süße Augen, aber weder Schuhe noch Strümpfe haben sie an; sie tanzen auf dem grünen Wall, wo, wie die Sage erzählt, vor vielen Jahren, als das Erdreich dort sich immer mehr senkte, ein unschuldiges Kind mit Blumen und Spielzeug in das offene Grab gelockt wurde, das sie zumauerten, während das Kleine spielte und aß. Nun war der Wall fest und trug bald wunderbaren Rasen.

Die Kleinen kennen die Sage nicht, sonst würden sie das Kind noch immer dort unten unter der Erde weinen hören, und der Tau auf dem Gras würde ihnen wie brennende Tränen erscheinen. Sie kennen nicht die Geschichte von dem dänischen König, der, als der Feind draußen lag, hier vorüberritt und schwor, er wolle in seinem Nest sterben. Da kamen Frauen und Männer, sie gossen brühheißes Wasser auf die weißgekleideten Feinde, die durch den Schnee an der Außenseite des Walles hinaufkletterten.

Lustig spielen die armen Kleinen.

Spiele, du kleines Mädchen! Bald kommen die Jahre – ja, die herrlichen Jahre: die Konfirmanden schlendern Hand in Hand dahin, du gehst im weißen Kleide, es hat deine Mutter allerlei gekostet, und dennoch ist es aus einem größeren alten umgeändert worden! Du bekommst einen roten Schal, der hängt dir zu lang herunter, aber dann kann man sehen, wie groß er ist, viel zu groß! Du denkst an deinen Tand und an den lieben Gott. Herrlich ist ein Gang auf dem Wall! Und die Jahre vergehen mit vielen dunklen Tagen, aber auch mit jugendlichem Frohsinn, und du bekommst einen Freund, du weißt es nicht! Ihr begegnet euch; ihr schlendert im Vorfrühling auf dem Wall dahin, wenn am Bußtag alle Kirchenglocken läuten*. Man kann noch keine Veilchen finden, aber vor Schloß Rosenborg steht ein Baum mit den ersten grünen Knospen, dort bleibt ihr stehen. Alljährlich treibt der Baum grüne Reiser, das tut nicht das Herz in des Menschen Brust. Durch das ziehen mehr dunkle Wolken, als der Norden sie kennt. Armes Kind, deines Bräutigams Brautgemach wird der Sarg, und du wirst eine alte Jungfer; von Vartou blickst du hinter der Balsamine zu den spielenden Kindern hinaus, siehst deine Geschichte sich wiederholen.

Und dies Lebensdrama ist es gerade, das sich vor der alten Magd entrollt, die auf den Wall hinausblickt, wo die Sonne scheint, wo die Kinder mit roten Backen und ohne Schuhe und Strümpfe jubeln, wie alle anderen Vögel des Himmels.

* In Dänemark der vierte Freitag nach Ostern (Anm. d. Übers.).

Die alte Strassenlaterne

Hast du die Geschichte von der alten Straßenlaterne vernommen? Die ist gar nicht so sehr erfreulich, aber man kann sie immer wieder einmal hören. Es war so eine brave alte Straßenlaterne, die viele, viele Jahre Dienst getan hatte, aber jetzt sollte sie abgeschafft werden. Es war der letzte Abend, daß sie auf ihrer Stange saß und die Straße beleuchtete, und ihr war zumute wie einer alten Ballettschauspielerin, die an ihrem letzten Abend tanzt und weiß, daß sie morgen auf den Hausboden kommt. Die Laterne fürchtete sich sehr vor dem morgigen Tag, denn sie wußte, daß sie zum erstenmal aufs Rathaus und von den „Sechsunddreißig Männern" der Stadt in Augenschein genommen werden mußte, ob sie brauchbar oder unbrauchbar sei. Da sollte entschieden werden, ob sie in eine der Vorstädte hinausgeschickt werden und dort leuchten sollte oder aufs Land in eine Fabrik, vielleicht kam sie geradeswegs zu einem Eisengießer und wurde umgeschmolzen, da konnte ja nun wirklich alles mögliche aus ihr werden, aber es quälte sie, daß sie nicht wußte, ob sie dann die Erinnerung daran behielt, daß sie Straßenlaterne gewesen war. Wie immer es auch gehen mochte oder nicht gehen mochte, sie mußte sich von dem Wächter und seiner Frau trennen, die sie ganz als ihre Anverwandten betrachtete. Sie wurde Straßenlaterne, als er Wächter wurde. Die Frau war damals sehr fein, nur abends, wenn sie an der Laterne vorbeiging, sah sie zu ihr hin, aber nie am Tage. Jetzt dagegen, in den letzten Jahren, da sie alle drei alt geworden waren, der Wächter, die Frau und die Laterne, hatte die Frau sie auch gepflegt, die Lampe abgeputzt und Tran aufgefüllt. Ehrliche Leute waren es, dies Ehepaar, sie hatten die Laterne nicht um einen Tropfen betrogen. Es war der letzte Abend auf der Straße, und morgen mußte sie aufs Rathaus, das waren zwei düstere Vorstellungen für die Laterne, und da kann man sich wohl denken, wie sie brannte. Aber auch andere Gedanken gingen ihr durch den Kopf; sie hatte so viel gesehen, so vieles, was sie beleuchtet hatte, vielleicht ebensoviel wie die „Sechsunddreißig Männer", aber das sagte sie nicht, denn sie war eine brave alte Laterne, sie wollte keinen verletzen, am allerwenigsten ihre Obrigkeit. Sie erinnerte sich an so vieles, und zwischendurch flackerte die Flamme in ihr auf, es war, als hätte sie so ein Gefühl: „Ja, man erinnert sich auch meiner! Da war nun dieser hübsche junge Mann – ja, das ist viele Jahre her! Er kam mit einem Brief auf rosa Papier, so fein, so fein und mit Goldrand, er war so sauber geschrieben, es war eine Damenhand; er las ihn zweimal, und er küßte ihn, und er blickte mit seinen beiden Augen zu mir auf, die sagten: ‚Ich bin der glücklichste Mensch!' – Ja, nur er und ich wußten, was in dem ersten Brief der Braut stand. – Ich erinnere mich auch an zwei andere Augen, es ist seltsam, wie man mit den Gedanken springen kann! Hier in der Straße war ein prächtiges Leichenbegängnis, die junge, schöne Frau lag im Sarg auf dem samtenen Leichenwagen, da waren viele Blumen und Kränze, es leuchtete von so vielen Fackeln, daß ich darin ganz verlorenging; der ganze Bürgersteig war voll von Menschen, sie gingen alle mit im Leichenzug, als aber die Fackeln außer Sicht waren und ich mich umsah, stand da noch jemand am Pfahl und weinte, ich vergesse nie die beiden trauervollen Augen, die in mich hineinblickten!" –

So gingen viele Gedanken in der alten Straßenlaterne um, die heute abend zum letzten Male schien. Die Schildwache, die abgelöst wird, kennt doch ihren Nachfolger und kann ein paar Worte mit ihm reden, aber die Laterne kannte ihren nicht, und sie hätte ihm doch diesen oder jenen Wink geben können, wegen Regen und Sturm oder darüber, wie weit der Mondschein auf den Bürgersteig fiel und aus welcher Ecke der Wind wehte.

Auf dem Rinnsteinbrett standen dreie, die sich der Laterne vorgestellt hatten, alldieweil sie meinten, sie sei es, die das Amt vergebe; einer davon war ein Heringskopf, denn der leuchtet im Dunkeln, und der meinte, er könnte ja geradezu Tran sparen, wenn er auf den Laternenpfahl käme. Der zweite war ein Stück faules Holz, das auch leuchtet, und immerhin mehr als ein Klippfisch, das sagte es selber, außerdem war es das letzte Stück von einem Baum, der einstmals eine wahre Pracht im Wald gewesen war. Der dritte war ein Johanniskäfer; wo der hergekommen war, das begriff die Laterne nicht, aber der Käfer war da, und leuchten tat er auch, aber das faule Holz und der Heringskopf wollten darauf schwören, daß er nur zu bestimmten Zeiten leuchte und daß er darum nie in Betracht kommen könne.

Die alte Laterne sagte, keiner von ihnen leuchte genügend, um Straßenlaterne zu sein, aber das glaubte nun keiner von ihnen, und als sie hörten, daß die Laterne das Amt nicht selber vergab, sagten sie, das wäre sehr erfreulich, denn sie wäre ja auch viel zu hinfällig, als daß sie wählen könnte.

Im selben Augenblick kam der Wind von der Straßenecke, der fegte durch die Rauchkappe der alten Laterne und sagte zu ihr: „Was höre ich, du willst morgen weg? Ist es der letzte Abend, daß ich dich hier antreffe? Ja, dann kriegst du was geschenkt! Nun lüfte ich deinen Hirnkasten aus, so daß du nicht allein klar und deutlich behältst, was du gehört und gesehen hast, sondern, wenn in deiner Gegenwart etwas erzählt oder vorgelesen wird, so klar im Kopfe bist, daß du es auch siehst!“

„Ja, das ist ja allerlei!“ sagte die alte Straßenlaterne.

„Vielen Dank! wenn ich bloß nicht eingeschmolzen werde!“ –

„Das geschieht noch nicht“, sagte der Wind, „und nun puste ich dein Gedächtnis durch; kannst du mehr solche Geschenke bekommen, dann kannst du ein ganz vergnügliches Alter haben!“

„Wenn ich nur nicht eingeschmolzen werde!“ sagte die Laterne. „Oder kannst du mir dann auch das Gedächtnis erhalten?“

„Alte Laterne, sei vernünftig!“ sagte der Wind, und dann pustete er. Im selben Augenblick kam der Mond hervor. „Was schenken Sie?“ fragte der Wind.

„Ich schenke nichts!“ sagte er. „Ich bin ja im Abnehmen, und die Laternen haben mir niemals geleuchtet, sondern ich habe den Laternen geleuchtet.“ Und dann ging der Mond wieder hinter die Wolken, denn er wollte nicht belästigt werden. Da fiel genau auf die Rauchkappe ein Wassertropfen, der war wie ein Tropfen vom Dach, aber der Tropfen sagte, er käme aus den grauen Wolken und wäre ebenfalls ein Geschenk und vielleicht das allerbeste. „Ich dringe in dich ein, damit du die Fähigkeit bekommst, in einer einzigen Nacht, wenn du es dir wünschst, zu verrosten, so daß du ganz in dich zusammenfällst und zu Staub wirst.“ Aber das war nach der Meinung der Laterne ein schlechtes Geschenk, und das fand der Wind ebenfalls. „Gibt es kein besseres, gibt es kein besseres?“ brauste er, so laut er konnte; da fiel eine glänzende Sternschnuppe, die leuchtete in einer langen Spur.

„Was war das?“ rief der Heringskopf, „fiel da nicht eben ein Stern herunter? Ich glaube, der ist in die Laterne gefallen! – Aha, bewerben sich auch so Hochstehende um das Amt, da haben wir nichts mehr zu melden!“ und dann ging er, und die anderen ebenfalls; aber die alte Laterne leuchtete mit einemmal so wunderbar hell. „Das war ein schönes Geschenk!“ sagte sie. „Die hellen Sterne, an denen ich immer so sehr meine Freude gehabt habe und die so wunderbar leuchten, wie ich eigentlich nie habe leuchten können, obwohl es mein ganzes Trachten und Streben gewesen ist, die haben mich alte kümmerliche Laterne bemerkt und einen heruntergeschickt mit einem Geschenk für mich, das darin besteht, daß alles, woran ich mich selber erinnere und was ich ganz deutlich sehe, auch von denen gesehen werden wird, denen ich zugetan bin! Und das ist erst das wahre Vergnügen, denn kann man nicht mit anderen teilen, so ist es nur eine halbe Freude!"

„Es ist sehr anerkennenswert, so zu denken!" sagte der Wind. „Aber du scheinst nicht zu wissen, daß Wachslichter dazu gehören. Wenn in dir nicht ein Wachslicht angezündet wird, gibt es keinen, der etwas in dir sehen kann. Das haben die Sterne nicht bedacht, die denken, daß alles, was glänzt, mindestens ein Wachslicht in sich hat. Aber nun bin ich müde!" sagte der Wind, „nun will ich mich legen!" und dann legte er sich.

Am nächsten Tag – ja, den nächsten Tag können wir überspringen –, am nächsten Abend dann lag die Laterne im Lehnstuhl, und wo? Bei dem alten Wächter. Er hatte sich von den „Sechsunddreißig Männern" ausgebeten, die alte Laterne behalten zu dürfen; die haben ihn ausgelacht, als er darum bat, und dann haben sie sie ihm geschenkt, und nun lag die Laterne im Lehnstuhl dicht neben dem warmen Ofen, und es war tatsächlich so, als wäre sie dadurch größer geworden, sie füllte beinahe den ganzen Stuhl aus. Und die alten Leute saßen schon beim Abendbrot und warfen freundliche Blicke auf die alte Laterne, der sie gern auch einen Platz am Tisch gegeben hätten. Sie wohnten ja allerdings in einem Keller, zwei Ellen in die Erde hinein; man mußte durch einen gepflasterten Vorplatz, um in die Stube zu kommen, aber warm war es hier, denn an der Tür waren Filzstreifen angebracht; sauber und nett sah es hier aus; Vorhänge um den Bettplatz und an den kleinen Fenstern, auf deren oberem Sims zwei sonderbare Blumentöpfe standen; der Matrose Christian hatte sie aus Ostindien oder Westindien mitgebracht, es waren zwei Elefanten aus Ton, denen der Rücken fehlte, aber statt dessen wuchs aus der Erde, die man hineingetan hatte, in dem einen der schönste Schnittlauch, das war der Küchengarten der alten Leute, und in dem anderen eine große blühende Geranie, das war ihr Blumengarten. An der Wand hing ein großes, buntes Bild mit dem „Kongreß in Wien", da hatten sie alle Könige und Kaiser auf einmal! Eine Bornholmer Uhr mit schweren Bleigewichten machte „tick! tack!" und ging immer vor; aber das sei besser, als wenn sie nachginge, sagten die alten Leute. Sie aßen ihr Abendbrot, und die alte Straßenlaterne lag wie gesagt im Lehnstuhl dicht beim warmen Ofen. Für die Laterne war es so, als wäre die ganze Welt auf den Kopf gestellt. Als aber der alte Wächter sie sich ansah und davon sprach, was sie beide miteinander erlebt hatten, in Sturm und Regen, in den hellen, kurzen Sommernächten und wenn der Schnee stob, so daß es guttat, in das Kellerloch hinunterzukommen – da war für die alte Laterne alles wieder in Ordnung, sie sah es, als wäre es noch immer so, o ja, der Wind hatte wahrlich ihr Inneres gut aufgehellt.

Sie waren so fleißig und so tüchtig, die alten Leute, keine Stunde wurde einfach nur verdöst; sonntags nachmittags wurde irgendein Buch hervorgeholt, am liebsten eine Reisebeschreibung, und der alte Mann las vor über Afrika, über die großen Wälder und die Elefanten, die wild herumliefen, und die alte Frau hörte aufmerksam zu und schaute verstohlen zu den Tonelefanten hin, die Blumentöpfe waren! – „Ich kann es mir beinahe vorstellen!" sagte sie. Und die Laterne wünschte von ganzem Herzen, daß ein Wachslicht da wäre, das man anzünden und in sie hineinsetzen könnte, dann würde die alte Frau alles ganz greifbar sehen, so wie die Laterne es sah, die hohen Bäume, die dichten Zweige, die ineinander verschlungen waren, die nackten, schwarzen Menschen zu Pferde und ganze Scharen von Elefanten, die mit ihren breiten Füßen Schilf und Büsche niedertraten.

„Was nützen alle meine Fähigkeiten, wenn kein Wachslicht da ist!" seufzte die Laterne. „Die haben nur Tran und Unschlittkerzen, und das genügt nicht!"

Eines Tages kam ein ganzer Berg Wachslichtstümpfe in den Keller, die größten Stücke wurden verbrannt, und die kleineren benutzte die alte Frau dazu, ihren Faden damit zu wachsen, wenn sie nähte; Wachslichter waren da, aber die alten Leute kamen nicht auf den Gedanken, ein kleines Stück in die Laterne zu stecken.

„Hier stehe ich mit meinen seltenen Fähigkeiten!" sagte die Laterne. „Ich habe alles in mir drin, aber ich kann es nicht mit ihnen teilen! Sie wissen nicht, daß ich die weißen Wände in die schönsten Tapeten verwandeln kann, in reiche Wälder, in alles, was sie sich nur wünschen mögen! – Sie wissen es nicht!"

Die Laterne stand übrigens gescheuert und sauber in einer Ecke, wo sie immer ins Auge fiel; die Leute sagten allerdings, sie wäre alter Plunder, aber daraus machten sich die Alten nichts, sie liebten die Laterne.

Eines Tages, es war des alten Wächters Geburtstag, ging die alte Frau zur Laterne hin, lächelte ein wenig und sagte: „Ich möchte ihm eine Festbeleuchtung machen!" und die Laterne knarrte mit der Blechhaube, denn sie dachte: „Nun geht ihnen ein Licht auf!" aber es kam Tran hinein und kein Wachslicht, sie brannte den ganzen Abend, wußte aber nun, daß das Geschenk, welches die Sterne ihr gemacht hatten, das beste von allen Geschenken, für dies Leben ein toter Schatz sein würde. Da träumte sie – und wenn man solche Gaben hat, kann man wohl träumen –, daß die alten Leute gestorben wären und daß sie selber zu einem Eisengießer käme und eingeschmolzen werden sollte, sie fürchtete sich genauso wie damals, als sie aufs Rathaus sollte, um von den „Sechsunddreißig Männern" in Augenschein genommen zu werden, aber obgleich sie die Fähigkeit hatte, zu Rost und Staub zu zerfallen, wenn sie es sich wünschte, tat sie es dennoch nicht, und da kam sie in den Schmelzofen und wurde der schönste eiserne Leuchter, in den je ein Wachslicht gesteckt worden war; er hatte die Form eines Engels, der einen Strauß trug, und das Wachslicht wurde mitten in den Strauß gesetzt, und der Leuchter erhielt seinen Platz auf einem grünen Schreibtisch, und das Zimmer war so gemütlich, da standen viele Bücher, da hingen schöne Bilder, es war bei einem Dichter, und alles, was er dachte und schrieb, das wurde ringsum entrollt, die Stube wurde zu tiefen, dunklen Wäldern, zu sonnenbeschienenen

Wiesen, wo der Storch umherstolzierte, und zu einem Schiffsdeck hoch auf dem wogenden Meer!

„Was habe ich für eine Begabung!“ sagte die alte Laterne, als sie erwachte. „Es könnte mich beinahe danach verlangen, eingeschmolzen zu werden! – Doch nein, es darf nicht geschehen, solange die alten Leute am Leben sind! Sie sind mir zugetan um meiner Person willen! Sie haben mich ja an Kindes Statt, und sie haben mich gescheuert, und sie haben mir Tran gegeben! Und mir geht es ebenso gut wie dem ‚Kongreß‘, der so was Vornehmes ist!“

Und von Stund an hatte sie mehr innere Ruhe, und das verdiente die brave alte Straßenlaterne.

Die Nachbarsfamilien

Man sollte tatsächlich meinen, im Dorfteich wäre etwas los, aber da war nichts los! Alle Enten, die gerade so schön auf dem Wasser lagen – manche standen auf dem Kopf, das konnten sie nämlich –, setzten mit einemmal aufs Land hinauf; man konnte in dem nassen Lehm die Spuren von ihren Füßen sehen, und man konnte ein ganzes Ende weit hören, daß sie kreischten. Das Wasser kam tüchtig in Bewegung, und eben war es so blank wie Spiegelglas gewesen, man sah darin jeden Baum, jeden Strauch nahebei und das alte Bauernhaus mit den Löchern am Giebel und dem Schwalbennest, aber vor allem den großen Rosenstrauch, der voller Blüten war und von der Mauer fast bis übers Wasser hinweghing, in welchem das Ganze stand, genau wie auf einem Gemälde, aber alles auf dem Kopf; und als das Wasser unruhig wurde, lief eins ins andere, das ganze Bild war weg. Zwei Entenfedern, die von den Enten abfielen, welche aufflogen, wippten tüchtig auf und nieder, mit einemmal sausten sie ab, als wehte der Wind, aber es wehte kein Wind, und dann lagen sie still, und das Wasser wurde wieder spiegelglatt, man sah deutlich den Giebel mit dem Schwalbennest, und den Rosenstrauch sah man; jede Rose spiegelte sich, sie waren so schön, aber sie wußten es selber nicht, denn niemand hatte es ihnen erzählt. Die Sonne schien zwischen den feinen Blättern hindurch, die voller Duft waren; und es ist mit jeder Rose genauso wie mit uns, wenn wir so recht glückselig in Gedanken versunken sind.

„Wie ist es herrlich, auf der Welt zu sein!" sagte jede Rose. „Das einzige, was ich mir wünsche, wäre, daß ich die Sonne küssen könnte, weil sie so warm und hell ist. – Ja, die Rosen dort unten im Wasser möchte ich auch küssen! Sie gleichen uns so völlig; ich möchte die süßen jungen Vögel dort unten im Neste küssen; ja, oben über uns sind auch welche! Sie stecken die Köpfe heraus und piepsen ganz leise; sie haben gar kein Gefieder, so wie ihre Eltern. Es sind gute Nachbarn, die wir haben, sowohl die über uns wie die unter uns. Oh, wie ist es schön, auf der Welt zu sein!"

Die kleinen Vogeljungen oben und unten – ja, die unten waren ja nur das Abbild im Wasser – waren Sperlinge, Vater und Mutter waren Sperlinge; sie hatten das leere Schwalbennest vom vorigen Jahr genommen, in diesem lagen sie und taten, als ob sie zu Hause wären.

„Sind das junge Entenkinder, die da schwimmen?" fragten die Sperlingsjungen, als sie die Entenfedern auf dem Wasser schwimmen sahen.

„Stellt vernünftige Fragen, wenn ihr fragt!" sagte die Mutter; „seht ihr nicht, daß es Federn sind? Lebendiger Kleiderstoff, wie ich ihn habe und wie ihr ihn bekommt, aber unserer ist feiner! Hätten wir den nur hier oben im Nest, denn er wärmt! Ich möchte gar zu gerne wissen, warum die Enten so erschrocken sind! Da muß im Wasser irgend was gewesen sein, denn ich war es sicher nicht, wenn ich auch ein bißchen laut ‚piep!' zu euch sagte! Die dickköpfigen Rosen sollten es wissen, aber die wissen überhaupt nichts, die gucken sich nur selber an und riechen. Ich hab diese Nachbarn gründlich satt!"

„Hört die süßen kleinen Vögelchen da oben!" sagten die Rosen, „die fangen nun auch schon an und wollen singen! – Sie können nicht, aber das wird schon kommen! – Was muß das für ein Vergnügen sein! Es ist wirklich nett, solche lustigen Nachbarn zu haben!"

Im selben Augenblick kamen zwei Pferde im Galopp heran, die sollten getränkt werden; ein Bauernjunge saß auf dem einen, und er hatte alle seine Sachen ausgezogen bis auf seinen schwarzen Hut; der war ganz groß und breit. Der Junge pfiff, als wäre er ein kleiner Vogel, und ritt dann in den Dorfteich hinein, bis zu seiner tiefsten Stelle, und als er zum Rosenstrauch hinüberkam, pflückte er eine Rose ab und steckte sie sich an den Hut, nun meinte er, er sei fein geputzt, und ritt dann mit ihr fort. Die anderen Rosen blickten ihrer Schwester nach und fragten einander: „Wo ist sie hingereist?" aber das wußte keine.

„Ich möchte schon gern mal in die Welt hinaus!" sagte die eine zur anderen. „Abe : hier bei uns in unserem eigenen Grün ist es auch schön! Tagsüber ist die Sonne so warm, und nachts glänzt der Himmel noch schöner! Das können wir durch die vielen kleinen Löcher sehen, die in ihm sind!"

Es waren die Sterne, von denen sie meinten, sie wären Löcher, denn die Rosen wußten es nicht besser.

„Wir bringen Leben ins Haus!" sagte die Sperlingsmutter, „und Schwalbennester bringen Glück, sagen die Leute; darum freuen sie sich, daß sie uns hier haben! Aber die Nachbarn dort, so ein ganzer Rosenstrauch an der Hauswand hinauf, halten die Feuchtigkeit fest; ich denke, der kommt mal weg, dann kann dort doch wenigstens etwas Korn wachsen. Rosen sind nur zum Ansehen und zum Riechen da, oder höchstens, um sie sich an den Hut zu stecken. Jedes Jahr, das weiß ich von meiner Mutter, fallen sie ab, die Bauersfrau legt sie in Salz ein, sie kriegen einen französischen Namen, den ich nicht aussprechen kann und aus dem ich mir auch nichts mache; und dann werden sie aufs Feuer gelegt, wenn es gut riechen soll. Seht ihr, das ist deren Lebenslauf, die sind nur fürs Auge und für die Nase. Nun wißt ihr es!"

Als es Abend wurde und die Mücken in der warmen Luft tanzten und die Wolken so rot waren, kam die Nachtigall und sang den Rosen etwas vor: daß das Schöne in dieser Welt wie Sonnenschein sei und daß das Schöne immer lebe. Aber die Rosen meinten, die Nachtigall singe von sich selber, und das konnte man ja auch meinen. Es kam ihnen gar nicht in den Sinn, daß sie es waren, denen das Lied galt, aber freuen taten sie sich darüber und dachten darüber nach, ob nicht all die kleinen Sperlingsjungen auch Nachtigallen werden könnten.

„Ich habe genau verstanden, was der Vogel gesungen hat!" sagten die Sperlingsjungen. „Da war nur ein Wort, das ich nicht verstand: Was ist das Schöne?"

„Das ist nichts!" sagte die Sperlingsmutter, „das ist nur so was Äußerliches. Oben auf dem Gutshof, wo die Tauben ihr eigenes Haus haben und wo ihnen täglich Erbsen und Körner auf den Hof gestreut werden – ich habe bei ihnen gespeist, und das kann euch auch zuteil werden! Sage mir, mit wem du umgehst, dann werde ich dir sagen, wer du bist! –, da oben auf dem Gutshof gibt es zwei Vögel mit grünen Hälsen und einem Puschel auf dem Kopf; der Schwanz kann sich auseinanderfalten, so daß er wie ein großes Rad aussieht, und der hat alle Farben, so daß einem die Augen weh tun; Pfauen werden sie genannt, und die sind das Schöne; die sollten ein bißchen gerupft werden, dann sähen sie nicht anders aus als wir anderen. Ich hätte sie gehackt, wenn sie nicht so groß gewesen wären!"

„Ich werde sie hacken!" sagte das kleinste Sperlingsjunge, und das hatte noch keine Federn.

Im Bauernhaus wohnten zwei junge Leute; sie liebten einander sehr, sie waren sehr fleißig und tüchtig, es war ganz wunderhübsch bei ihnen. Sonntags morgens ging die junge Frau hinaus, holte eine ganze Handvoll von den schönsten Rosen, steckte sie in ein Wasserglas und stellte sie mitten auf die Truhe.

„Jetzt kann ich sehen, daß Sonntag ist!" sagte der Mann, küßte seine liebe Frau, und sie setzten sich hin, lasen zusammen im Gesangbuch, hielten einander an den Händen, und die Sonne schien zu den Fenstern herein auf die frischen Rosen und die jungen Leute.

„Ich habe es über, das mit anzusehen!" sagte die Mutter Sperling, die vom Nest aus bis in die Stube hineinschauen konnte; und dann flog sie weg.

Das gleiche tat sie am nächsten Sonntag, denn jeden Sonntag kamen frische Rosen in das Glas, und immer blühte der Rosenstrauch genauso schön; die jungen Sperlinge, die jetzt Federn bekommen hatten, wollten gern mitfliegen, aber die Mutter sagte: „Ihr bleibt!" und dann blieben sie. – Sie flog, aber wie sie nun auch geflogen sein mochte, mit einemmal hing sie in einer Vogelschlinge aus Roßhaar, die ein paar Jungen an einem Ast befestigt hatten. Die Roßhaare zogen sich um das Bein zusammen, oh, ganz fest, als ob es durchgeschnitten würde; es war eine Qual, es war eine Angst; die Jungen rannten gleich herbei und packten den Vogel, und sie packten schrecklich hart zu. „Es ist nichts weiter als ein Spatz!" sagten sie, aber sie ließen ihn trotzdem nicht fliegen, sie gingen mit ihm nach Hause, und jedesmal, wenn er piepste, hauten sie ihm eins auf den Schnabel.

Drinnen in dem Bauernhof stand ein alter Bursche, der konnte Seife für den Bart und für die Hände machen, Seife in Kugeln und Seife in Stücken. Es war so ein wandernder, lustiger Alter, und als er den Sperling sah, den die Jungen anbrachten und von dem sie sagten, sie machten sich gar nichts aus ihm, sagte er: „Wollen wir ihn schön machen?" Und der Sperlingsmutter schauderte es, als er das sagte. Und aus seinem Kasten, in dem die schönsten Farben lagen, holte er eine ganze Menge schimmerndes Blattgold heraus, und die Jungen mußten laufen und ein Ei beschaffen, und von dem nahm er das Weiße, und damit schmierte er den ganzen Vogel ein und klebte dann das Blattgold drauf, nun war die Sperlingsmutter vergoldet; aber sie dachte nicht an diese Pracht, sie schlotterte an allen Gliedern. Und der Seifenmann nahm einen roten Lappen, er riß ihn von dem Futter seiner alten Joppe ab, schnitt aus dem Lappen einen zackigen Hahnenkamm und klebte ihn dem Vogel auf den Kopf.

„Nun sollt ihr den goldenen Vogel fliegen sehen!" sagte er und ließ den Sperling los, der in furchtbarstem Entsetzen in den hellen Sonnenschein hinausflog. Nein, wie er glänzte! Alle Sperlinge, sogar eine große Krähe, und zwar keineswegs mehr jung, erschraken gewaltig bei dem Anblick, aber sie flogen trotzdem hinterdrein, denn sie wollten wissen, was das für ein vornehmer Vogel wäre.

„Woher? woher?" schrie die Krähe.

„Wart mal! wart mal!" sagten die Sperlinge. Aber er wollte nicht mal warten. In Angst und Grauen flog er heimwärts; er war nahe daran, zu Boden zu sinken, und immer kamen noch mehr Vögel herzu, große und kleine; manche flogen ganz dicht an ihn heran, um auf ihn einzupicken. „Seht den! seht den!" schrien sie alle miteinander.

„Seht den! seht den!" schrien die Jungen, als die Mutter ins Nest zurückkam. „Das ist bestimmt ein junger Pfau! Da sind all die Farben, die in die Augen stechen, wie Mutter gesagt hat! Piep! das ist das Schöne!" und dann hieben sie mit ihren kleinen Schnäbeln auf sie ein, daß es ihr nicht möglich war, hineinzukommen, und sie war so voller Entsetzen, daß sie nicht mehr „piep!" sagen konnte, geschweige denn: „Ich bin eure Mutter." Die anderen Vögel hackten nun alle nach ihr, so daß alle Federn abgingen, und blutüberströmt sank die Sperlingsmutter in den Rosenstrauch hinab.

„Das arme Tier!" sagten die Rosen. „Komm, wir verstecken dich! Lehne dein Köpfchen an uns!"

Die Sperlingsmutter breitete noch einmal die Flügel aus, preßte sie dann ganz fest wieder an sich und starb bei der Nachbarsfamilie, den frischen, schönen Rosen.

„Piep!" sagten die jungen Sperlinge im Nest, „ich kann gar nicht begreifen, wo Mutter bleibt! Das sollte doch nicht etwa eine List von ihr sein, daß wir uns nun selber versorgen müssen. Das Haus hat sie uns als Erbteil gelassen! Aber wer von uns soll es allein haben, wenn wir Familie bekommen."

„Ja, ich kann euch andere hier nicht brauchen, wenn ich mir Frau und Kinder zulege!" sagte das Kleinste.

„Ich kriege sicher mehr Frauen und Kinder als du!" sagte der zweite.

„Aber ich bin der Älteste!" sagte ein drittes. Sie gerieten sich alle miteinander in die Haare, sie klatschten mit den Flügeln, hieben mit den Schnäbeln, und bumms! wurde

eines nach dem anderen aus dem Nest geknufft. Da lagen sie, und wütend waren sie; den Kopf neigten sie ganz auf die eine Seite, und dann blinzelten sie mit dem Auge, das nach oben gekehrt war; das war nun ihre Art und Weise zu maulen.

Ein wenig fliegen konnten sie, und nun übten sie sich etwas mehr, und zuletzt kamen sie überein, daß sie, um sich wiedererkennen zu können, wenn sie sich irgendwo in der Welt begegneten, „piep!" sagen und dreimal mit dem linken Bein scharren wollten.

Das Junge, welches im Nest zurückblieb, machte sich so breit, wie es konnte, es war ja nun Hausbesitzer, aber lange dauerte es nicht. – Nachts lohte das rote Feuer durch die Scheiben, die Flammen schlugen unter dem Dach hervor, das trockene Reet ging in Flammen auf, das ganze Haus brannte ab und das Sperlingsjunge mit, indessen kamen die jungen Leute heil davon.

Als die Sonne am nächsten Morgen aufging und alles so frisch aussah wie nach einem sanften Nachtschlaf, standen von dem Bauernhaus nichts weiter als einige schwarze, verkohlte Balken, die sich gegen einen Schornstein lehnten, der sein eigener Herr war; es rauchte stark aus dem Trümmerhaufen, aber vor ihm stand frisch und blühend der unversehrte Rosenstrauch, der jeden Zweig und jede Blüte in dem stillen Wasser spiegelte.

„Nein, wie schön stehen die Rosen vor dem abgebrannten Haus!" rief ein Mann, der vorüberkam. „Das ist ja ein ganz reizendes Bildchen! Das muß ich haben!" und aus der Tasche holte der Mann ein kleines Buch mit weißen Seiten, und er nahm einen Bleistift zur Hand, denn er war Maler, und zeichnete dann den rauchenden Schutthaufen, die verkohlten Balken an dem schiefen Schornstein, denn der wurde immer schiefer, aber ganz vorn stand die große, blühende Rosenhecke, die war wirklich herrlich, und ihr allein war es ja auch zu verdanken, daß das Ganze gezeichnet wurde.

Im Laufe des Tages kamen zwei von den Sperlingen vorbei, die hier das Licht der Welt erblickt hatten. „Wo ist das Haus?" sagten sie, „wo ist das Nest? – Piep! alles ist abgebrannt, und unser starker Bruder ist mit verbrannt! Das hat er davon, daß er das Nest behielt. – Die Rosen sind gut davongekommen! die stehen immer noch mit roten Backen da. Die trauern wirklich nicht über das Unglück des

Nachbarn. Ja, ich rede nicht mit ihnen, und garstig ist es hier, das ist meine Meinung!" Dann flogen sie davon.

Im Herbst war einmal ein herrlicher, sonniger Tag, man hätte fast meinen können, man wäre mitten im Sommer. Auf dem Hof vor der großen Treppe bei Gutsbesitzers war es so trocken und reinlich, und da liefen die Tauben herum, schwarze und weiße und violette, sie glänzten im Sonnenschein, und die alten Taubenmütter plusterten sich auf und sagten zu den Jungen: „Bildet Gruppen! bildet Gruppen!" – dann machten sie nämlich mehr her.

„Was ist das kleine Graue, das da unter uns herumläuft?" fragte eine alte Taube, die Rot und Grün in den Augen hatte. „Arme Graue! arme Graue!" sagte sie.

„Das sind Spatzen! gutmütige Tiere! Wir haben immer in dem Ruf gestanden, fromm zu sein, und da wollen wir sie ruhig die Reste picken lassen! – Die reden nicht mit und kratzen so niedlich mit dem Bein!"

Ja, sie kratzten, dreimal kratzten sie mit dem linken Bein, aber sie sagten auch „Piep!" Und nun erkannten sie sich gegenseitig wieder, es waren drei Sperlinge von dem abgebrannten Haus.

„Hier ist das Essen außerordentlich gut!" sagten die Sperlinge.

Und die Tauben gingen umeinander herum, brüsteten sich und hatten ihre eigene Meinung darüber.

„Siehst du die Kropftaube?" sagte die eine zu der anderen, „und siehst du die da, wie die die Erbsen hinterschlingt? Sie kriegt zu viele! sie kriegt die besten! Gurr! gurr! Siehst du, wie kahl sie auf dem Schädel ist? Siehst du das liebe, das gehässige Vieh? Knurr, knurr!" und dann funkelten ihrer aller Augen rot vor Gehässigkeit. „Bildet Gruppen! bildet Gruppen! Arme Graue! arme Graue! Knurre, knurre, gurr!" ging es in einem fort, und so geht es noch nach tausend Jahren.

Die Sperlinge aßen gut, und sie hörten auch gut, ja, sie stellten sich sogar auch auf, aber es stand ihnen nicht; satt waren sie; dann ließen sie die Tauben stehen und teilten sich gegenseitig ihre Meinung über sie mit, hüpften dann unter dem Gartenzaun durch, und da die Tür zur Gartenstube offenstand, hüpfte der eine auf die Türschwelle, er war übersatt und daher mutig. „Piep!" sagte er, „das darf ich!" – „Piep!" sagte der zweite, „das darf ich auch und noch ein bißchen mehr!" und dann hüpfte er in die Stube. Es war niemand drinnen, das sah der dritte wohl, und dann flog er noch weiter in die Stube hinein und sagte: „Ganz hinein oder gar nicht! Das hier ist aber übrigens ein komisches Menschennest! Und was hier alles steht! Nein, was ist das?"

Dicht vor den Sperlingen blühten ja die Rosen, sie spiegelten sich dort im Wasser, und die verkohlten Balken lehnten gegen den Schornstein, der am Umstürzen war! – Nein, was war das bloß? Wie kam das in die Gutswohnstube?

Und alle drei Sperlinge wollten über Rosen und Schornstein hinwegfliegen, aber da flogen sie gegen eine glatte Wand; das Ganze war ein gemaltes Bild, ein großes, prachtvolles Stück, das der Maler nach seiner kleinen Zeichnung gemacht hatte.

„Piep!" sagten die Sperlinge, „das ist nichts! das sieht nur nach was aus! Piep! das ist das Schöne! Kannst du das begreifen? Ich kann es nämlich nicht!" und dann flogen sie davon, denn jetzt kamen Menschen in die Stube.

Nun vergingen Jahr und Tag, die Tauben hatten viele Male gegurrt, um nicht zu sagen geknurrt, die gehässigen Tiere! Die Sperlinge hatten im Winter gefroren und im Sommer flott gelebt; sie waren einer wie der andere verlobt oder verheiratet, oder wie man das nun nennen soll. Junge hatten sie auch, und die eigenen Jungen waren natürlich jeweils die schönsten und die klügsten; einer flog hierhin, und einer flog dorthin, und wenn sie sich trafen, dann erkannten sie sich an dem „Piep!" und drei Kratzern mit dem linken Bein. Die älteste von ihnen, das war nun so eine Alte, sie hatte kein Nest, und sie hatte keine Jungen; sie wollte so gern einmal in eine große Stadt, und da flog sie nach Kopenhagen.

Dort lag ein großes Haus in vielen Farben; es stand dicht neben dem Schloß und dem Kanal, wo Schiffe lagen mit Äpfeln und Töpferwaren. Die Fenster waren unten breiter als oben, und schauten die Spatzen da hinein, dann fanden sie, jede Stube sähe so aus, als blickten sie in eine Tulpe mit allen möglichen Farben und Schnörkeleien, und mitten in der Tulpe standen weiße Menschen; die waren aus Marmor, manche waren auch aus Gips, aber für Spatzenaugen kam das aufs selbe heraus. Oben auf dem Haus stand ein Wagen aus Metall mit Pferden aus Metall davor, und die Siegesgöttin, auch aus Metall, lenkte sie. Es war das Thorvaldsen-Museum.

„Wie es glänzt! wie es glänzt!" sagte das Sperlingsfräulein. „Das ist sicher das Schöne! Piep! hier ist es jedoch größer als ein Pfau!" sie hatte noch aus der Kindheit behalten, was das größte Schöne war, das die Mutter kannte. Und sie flog bis in den Hof hinunter; da war es auch ganz prächtig, da waren auf die Hauswände Palmen und Zweige gemalt, und mitten auf dem Hof stand ein großer blühender Rosenstrauch; der neigte seine frischen Zweige mit den vielen Rosen über ein Grab; und sie flog dorthin, denn da liefen mehr Spatzen herum, „piep!" und drei Kratzer mit dem linken Bein; den Gruß hatte sie in all den Jahren viele Male gemacht, und keiner hatte ihn verstanden, denn wer getrennt ist, trifft sich nicht alle Tage; der Gruß war zur Gewohnheit geworden, aber heute waren da zwei alte Spatzen und ein junger, die sagten „piep!" und kratzten mit dem linken Bein.

„Nein, sieh mal an, guten Tag, guten Tag!" es waren drei Alte aus dem Sperlingsnest und dann ein Kleiner von der Verwandtschaft. „Hier treffen wir uns also!" sagten sie. „Es ist ein vornehmer Ort, aber hier gibt's nicht viel zu fressen. Das ist das Schöne! Piep!"

Und es kamen viele Leute aus den Seitenkabinetten, wo die prachtvollen Marmorfiguren standen, und sie traten an das Grab, das den großen Meister barg, der die Marmorstandbilder gemacht hatte, und alle, die kamen, standen mit leuchtenden Gesichtern um Thorvaldsens Grab herum, und einzelne lasen die heruntergefallenen Rosenblätter auf und hoben sie sich auf. Es kamen Leute von weither; sie kamen aus dem großen England, aus Deutschland und aus Frankreich; die schönste Dame nahm eine von den Rosen und steckte sie an ihre Brust. Da meinten die Spatzen, die Rosen regierten hier, das ganze Haus wäre nur ihretwegen erbaut worden, und das, fanden sie, ginge wahrhaftig ein bißchen zu weit, aber da die Menschen alle soviel von den Rosen hermachten, wollten sie nicht zurückstehen. „Piep!" sagten sie, fegten den Erdboden mit ihrem Schwanz und schauten mit einem Auge zu den Rosen hin; lange taten sie das nicht, da waren sie auch schon sicher, daß sie alte Nachbarn waren; und das waren sie auch. Der Maler, der den Rosenstrauch an dem abgebrannten Haus gezeichnet hatte, hatte später im Jahr die Erlaubnis bekommen, ihn auszugraben, und ihn dann dem Baumeister geschenkt, denn keine Rose war herrlicher als diese; und der hatte den Rosenstrauch auf

Thorvaldsens Grab gepflanzt, wo er als Ebenbild des Schönen blühte und seine roten duftenden Blütenblätter verschenkte, damit sie als Erinnerung in ferne Lande getragen würden.

„Habt ihr hier drinnen in der Stadt eine Stellung bekommen?" fragten die Sperlinge. Und die Rosen nickten; sie erkannten die grauen Nachbarn wieder und freuten sich sehr, sie zu sehen.

„Wie ist es himmlisch, zu leben und zu blühen, alte

Freunde zu sehen und täglich sanfte Gesichter! Hier ist es so, als wäre jeder Tag ein hoher Feiertag!"

„Piep!" sagten die Sperlinge, „o ja, das sind die alten Nachbarn! Ihrer Herkunft vom Dorfteich erinnern wir uns! Piep! wie die zu Ehren gekommen sind! Ja, den Seinen gibt's der Herr im Schlaf. Und was an so einem roten Klecks Besonderes sein soll, weiß ich nicht! – Und da sitzt ja ein welkes Blatt, das kann ich nämlich sehen!"

Und dann zupften sie daran, so daß das Blatt abfiel, und der Strauch stand frischer und grüner da, und die Rosen dufteten im Sonnenschein auf Thorvaldsens Grab, dessen unsterblichem Namen sich ihre Schönheit zugesellte.

Der kleine Tuk

Ja, das war der kleine Tuk, er hieß eigentlich nicht Tuk, aber damals, als er noch nicht richtig sprechen konnte, nannte er sich selber Tuk; das sollte Carl heißen, und es ist gut, wenn man das weiß; er sollte auf seine Schwester Gustave aufpassen, die viel kleiner war als er, und dann sollte er auch seine Schulaufgaben machen, aber diese beiden Dinge gleichzeitig, das wollte nicht gehen. Der arme Junge hatte sein Schwesterchen auf dem Schoß und sang all die Lieder, die er kannte, und unterdessen schauten die Augen verstohlen ins Geographiebuch, das offen vor ihm lag; er sollte bis morgen alle Städte in der Provinz Seeland auswendig können und alles über sie wissen, was man wissen muß.

Nun kam seine Mutter nach Hause, denn sie war ausgewesen, und sie nahm die kleine Gustave; Tuk rannte ans Fenster und las, daß er sich fast die Augen aus dem Kopf las, denn es war schon fast dunkel, und es wurde dunkler, aber die Mutter hatte kein Geld, um Lichter zu kaufen.

„Da geht die alte Waschfrau aus der Gasse gegenüber!" sagte die Mutter, als sie aus dem Fenster schaute. „Sie kann sich kaum selber schleppen, und dann muß sie den Eimer vom Brunnen tragen; lauf du hinaus, Tukchen, und sei ein lieber Junge! Hilf der alten Frau!"

Und Tuk rannte auf der Stelle los und half, aber als er dann nach Hause kam, war es dunkler Abend, von Licht war gar keine Rede, er mußte ins Bett; es war eine alte Schlafbank; auf der schlief er, und hier dachte er an seine Geographieaufgabe: die Provinz Seeland und alles, was der Lehrer darüber erzählt hatte. Da hätte er aber lernen müssen, doch das konnte er nun nicht. Das Geographiebuch steckte er unter sein Kopfkissen, denn er hatte gehört, daß es sehr viel nützen sollte, wenn man die Aufgaben behalten wollte, aber darauf kann man sich nicht verlassen.

Dort lag er nun und dachte angestrengt nach, und mit einemmal war es so, als ob ihn jemand auf Auge und Mund küßte, er schlief und schlief trotzdem nicht; es war fast, als sähe er die freundlichen Augen der alten Waschfrau auf sich gerichtet, und sie sagte: „Es wäre aber ein großer Jammer, wenn du deine Aufgabe nicht könntest! Du hast mir geholfen, nun helfe ich dir, und der Herrgott wird es immer tun!"

Und da mit einemmal kribbelte und krabbelte das Buch unter Tukchens Kopf.

„Kikeriki! putt! putt!" es war ein Huhn, das ankam, und zwar aus der Stadt Kjöge. „Ich bin eins von den Kjöger Hühnern!" und dann erzählte es, wieviel Einwohner es da gäbe, und von der Schlacht, die da stattgefunden hätte, und die war nun gar nicht der Rede wert.

„Kribbel, krabbel, bumms!" da plumpste einer herunter; es war ein Vogel aus Holz, der jetzt ankam; es war der Papagei vom Vogelschießen in Præstö. Der sagte, da wären ebenso viele Einwohner, wie er Nägel im Leib hätte; und er war ein bißchen stolz: „Thorvaldsen hat bei mir um die Ecke gewohnt. Bumms! ich liege prächtig!"

Aber der kleine Tuk lag nicht, er war mit einem Male beritten. Im Galopp, im Galopp ging es dahin. Ein prächtig gekleideter Ritter mit schimmerndem Helm und wehendem Federbusch hatte ihn vor sich auf dem Pferd, und sie ritten durch den Wald in die alte Stadt Vording-

borg, und das war eine große, eine lebhafte Stadt; hohe Türme ragten auf der Königsburg empor, und die Lichter glänzten weithin durch die Fenster; drinnen war Gesang und Tanz; König Valdemar und stattliche junge Hoffräulein schritten im Tanze dahin. – Es wurde Morgen, und kaum ging die Sonne auf, da versanken die Stadt und das Königsschloß, ein Turm nach dem anderen, zuletzt stand nur noch ein einziger auf der Anhöhe, wo das Schloß gestanden hatte, und die Stadt war winzigklein und ganz arm, und die Schuljungen kamen mit ihren Büchern unter dem Arm und sagten: „Zweitausend Einwohner!" aber das war nicht richtig, so viele waren da nicht.

Und der kleine Tuk lag in seinem Bett, er meinte zu träumen und doch wieder nicht zu träumen; aber irgend jemand war dicht neben ihm.

„Tukchen! Tukchen!" wurde da gesagt; es war ein Seemann, ein ganz kleiner Kerl, als ob es ein Kadett wäre, aber es war kein Kadett. „Ich soll auch ganz besonders von Korsör grüßen, das ist eine Stadt, die ist im Werden! Das ist eine rührige Stadt, die hat Postwagen und Dampfschiff; einst behauptete man immer, sie sei scheußlich, aber das ist eine veraltete Ansicht. ‚Ich liege am Meer', sagt Korsör, ‚ich habe eine Landstraße und einen Stadtwald, und ich habe einen Dichter zur Welt gebracht, der war witzig, und das sind nicht alle. Ich habe ein Schiff um die ganze Erde schicken wollen, ich tat es nicht, hätte es aber tun können, und dann rieche ich so schön, dicht am Tor dort blühen die entzückendsten Rosen!'"

Der kleine Tuk sah sie, es wurde rot und grün vor seinen Augen, als aber die Farben zur Ruhe kamen, lag da ein ganzer bewaldeter Hang dicht am hellen Fjord; und oben lag eine prächtige alte Kirche mit zwei hohen, spitzen Kirchtürmen: aus dem Hange sprudelten Quellen in dicken Wasserstrahlen, daß es ordentlich plätscherte, und dicht daneben saß ein alter König mit einer goldenen Krone auf dem langen Haar; das war König Hroar bei den Quellen; dicht bei der Stadt Roeskilde, wie man sie jetzt nennt. Und den Hang hinauf in die alte Kirche gingen Hand in Hand alle Könige und Königinnen von Dänemark, alle mit einer goldenen Krone auf, und die Orgel spielte, und die Quellen rieselten. Der kleine Tuk sah alles, hörte alles. „Vergiß nicht die Stände!" sagte König Hroar.

Mit einemmal war dann alles wieder weg; ja, wo war es denn nur? Es war genauso, wie wenn man in einem Buch umblättert. Und jetzt stand da eine alte Frau, es war eine Jäterin, sie kam aus Sorö, wo Gras auf dem Marktplatz wächst. Sie trug ihre graue Leinenschürze, die ihr über Kopf und Rücken herabhing; die war ganz naß, es mußte geregnet haben. „Ja, das hat es!“ sagte sie, und dann konnte sie etwas Lustiges aus den Komödien von Holberg, und sie wußte von Valdemar und Absalon zu erzählen; aber mit einemmal, da schrumpfte sie zusammen, wackelte mit dem Kopf, es war, als wollte sie hüpfen. „Koax!“ sagte sie, „es ist naß, es ist naß, es ist grabesstill schön – in Sorö!“ Sie war unversehens ein Frosch geworden, „koax!“ und dann war sie wieder die alte Frau. „Man muß dem Wetter gemäß angezogen sein!“ sagte sie. „Es ist naß, es ist naß! Meine Stadt ist wie eine Flasche; wo der Korken sitzt, kommt man hinein, und da muß man wieder hinaus! Ich habe Welse gehabt, und jetzt habe ich frische, rotbäckige Jungen auf dem Boden der Flasche; dort lernen sie Weisheit: Griechisch! Griechisch! Hebräisch! Koax!“ es klang genauso, wie wenn die Frösche singen oder wie wenn man mit großen Stiefeln über Sumpfboden geht. Es war immer das gleiche Geräusch, ganz eintönig, ganz langweilig, so langweilig, daß der kleine Tuk einfach einschlief, und das war gesund für ihn.

Aber auch in diesen Schlaf hinein kam ein Traum, oder was es nun war: seine kleine Schwester Gustave mit den blauen Augen und dem blonden lockigen Haar war mit einemmal ein erwachsenes, schönes Mädchen, und sie konnte fliegen ohne Flügel, und sie flogen über Seeland dahin, über die grünen Wälder und das blaue Wasser.

„Hörst du den Hahn krähen, Tukchen? Kikeriki! Die Hühner fliegen von Kjöge auf! Du bekommst einen Hühnerhof, ganz, ganz groß, du wirst weder Hunger noch Not leiden! Den Vogel wirst du abschießen, wie man sagt, du wirst ein reicher und glücklicher Mann werden, dein Hof wird so hoch ragen wie König Valdemars Turm, und reich wird er ausgestattet sein mit Bildsäulen aus Marmor, wie jene von der Ecke in Præstö, du verstehst mich schon. Dein Name wird gepriesen werden und weithin über die Welt fliegen, wie das Schiff, das von Korsör ausfahren sollte, und in der Stadt Roeskilde – ‚Vergiß nicht die Stände!‘ sagte König Hroar –, dort wirst du gute und kluge Reden halten, Tukchen, und wenn du dann dereinst in dein Grab gelegt wirst, dann wirst du so still ruhen . . ."

„. . . als ob ich in Sorö läge!" sagte Tuk, und dann erwachte er; es war heller Morgen, er hatte nicht das geringste von seinem Traum behalten, aber das sollte er auch nicht, denn man darf nicht wissen, was kommt.

Und er hüpfte aus dem Bett und las in seinem Buch und konnte nun seine Aufgabe sofort. Und die alte Waschfrau steckte den Kopf zur Tür herein, nickte ihm zu und sagte: „Ich danke dir für gestern, du gesegnetes Kind! der Herrgott möge dir deinen besten Traum erfüllen!"

Der kleine Tuk wußte überhaupt nicht, was er geträumt hatte, aber seht ihr, das wußte der Herrgott!

Der Schatten

In den heißen Ländern, da kann die Sonne aber brennen! Die Leute werden so braun wie Mahagoni; ja, in den allerheißesten Ländern sind sie so verbrannt, daß sie Neger werden, aber es waren nur die heißen Länder, in die ein gelehrter Mann aus den kalten gekommen war; dort meinte er nun, er könnte herumlaufen wie daheim, o ja, das wurde ihm bald abgewöhnt. Er und alle vernünftigen Leute mußten drinnen bleiben, Fensterläden und Türen blieben den ganzen Tag geschlossen; es sah aus, als ob das ganze Haus schliefe oder als ob keiner zu Hause wäre. Die enge Straße mit den hohen Häusern, wo er wohnte, war nun auch so gebaut, daß der Sonnenschein von morgens bis abends darauf liegen mußte, es war wirklich nicht auszuhalten! – Der gelehrte Mann aus den kalten Ländern war ein junger Mann, ein kluger Mann, ihm war, als säße er in einem glühenden Ofen; das zehrte an ihm, er wurde ganz mager, sogar sein Schatten schrumpfte ein, der war zuletzt viel kleiner als daheim, die Sonne zehrte auch an dem. Sie lebten erst abends auf, wenn die Sonne weg war.

Es war richtig ein Vergnügen, das zu sehen; sobald das

Licht in die Stube gebracht wurde, reckte sich der Schatten ganz an der Wand hinauf, ja, sogar an der Decke entlang, so lang machte er sich, er mußte sich strecken, um zu Kräften zu kommen. Der Gelehrte ging auf den Balkon hinaus, um sich dort zu recken, und je mehr die Sterne in der schönen, klaren Luft hervortraten, desto mehr war ihm so, als erwachte er wieder zum Leben. Auf alle Balkone in der Gasse – und in den heißen Ländern hat jedes Fenster einen Balkon – kamen Leute heraus, denn Luft muß man haben, auch wenn man daran gewöhnt ist, Mahagoni zu sein! Es war oben und unten lebendig. Schuhmacher und Schneider, alle Leute zogen auf die Straße hinaus, Tische und Stühle wurden hinausgestellt, und das Licht brannte, ja, über tausend Lichter brannten, und einer redete, und ein anderer sang, und die Leute gingen spazieren, die Wagen fuhren, die Esel liefen vorbei: klingelinglingeling! sie hatten Glöckchen um; Leichen wurden unter Choralgesang bestattet, die Gassenjungen schossen mit Speiteufeln, und die Kirchenglocken läuteten, o ja, es ging wirklich unten auf der Straße lebhaft zu. Nur in einem Haus, genau dem gegenüber, wo der fremde Gelehrte wohnte, war es ganz still; und doch wohnte dort jemand, denn auf dem Balkon standen Blumen, sie wuchsen ganz herrlich in der Sonnenglut, und das könnten sie nicht, wenn sie nicht begossen würden, und irgend jemand mußte sie ja begießen; da mußten Leute sein. Die Tür da drüben wurde auch gegen Abend aufgemacht, aber es war dunkel drinnen, jedenfalls im vorderen Zimmer, aus dem Inneren des Hauses klang Musik heraus. Der fremde Gelehrte fand sie ganz unvergleichlich schön, aber es konnte ja nun auch sein, daß er es sich nur einbildete, denn er fand alles draußen in den heißen Ländern unvergleichlich schön, wenn nur die Sonne nicht gewesen wäre. Der Wirt des Fremden sagte, er wüßte nicht, wer das Haus gegenüber gemietet hätte, man sähe ja keinen Menschen; und was die Musik betraf, so fand er sie gräßlich langweilig. „Es hört sich so an, als säße einer da und übte ein Stück, mit dem er nicht zu Rande kommt, immer dasselbe Stück. ‚Ich werd schon damit fertig!‘ sagt er sicher, aber er wird nicht damit fertig, wie lange er auch spielt!“

Eines Nachts erwachte der Fremde, er schlief bei offener Balkontür, der Vorhang davor hob sich im Wind, und ihm schien es so, als käme ein seltsamer Glanz vom Balkon des Hauses gegenüber, die Blumen leuchteten alle wie Flammen in den herrlichsten Farben, und mitten unter den Blumen stand eine schlanke, entzückende Jungfrau, es war, als ob auch sie leuchtete; seine Augen waren richtig geblendet, er machte sie nun auch so furchtbar weit auf und kam eben aus dem Schlaf; mit einem Satz war er aus dem Bett, ganz leise trat er hinter den Vorhang, aber die Jungfrau war weg, der Glanz war weg; die Blumen leuchteten gar nicht, standen aber sehr schön da, wie immer; die Tür war angelehnt, und tief drinnen erklang die Musik so weich und schön, man konnte sich richtig in liebliche Gedanken verlieren. Es war aber doch wie Zauberei, und wer wohnte dort? Wo war der eigentliche Eingang? Im ganzen Erdgeschoß war ein Laden neben dem andern, und da konnten die Leute doch nicht immer durchgehen.

Eines Abends saß der Fremde draußen auf seinem Balkon, hinter ihm in der Stube brannte Licht, und so war es ja ganz natürlich, daß sein Schatten auf die Wand des gegenüberliegenden Hauses fiel; ja, da saß dieser unter den Blumen auf dem Balkon gegenüber, und wenn der Fremde sich bewegte, dann bewegte sich der Schatten auch, denn das macht er immer.

„Ich glaube, mein Schatten ist das einzig Lebendige, was man da drüben sieht!“ sagte der gelehrte Mann. „Siehe da, wie artig er unter den Blumen sitzt, die Tür halb offen, jetzt sollte der Schatten so schlau sein und hineingehen, sich umsehen und dann herkommen und mir erzählen, was er gesehen hat! Ja, du solltest dich nützlich machen!“ sagte er im Scherz. „Bitte, tritt ein! aha! gehst du?“ und dann nickte er dem Schatten zu, und der Schatten nickte wieder. „Ja, dann geh nur, aber geh mir nicht verloren!“ und der Fremde stand auf, und sein Schatten auf dem Balkon gegenüber stand auch auf; und der Fremde drehte sich um, und der Schatten drehte sich auch um; ja, falls jemand so richtig darauf geachtet hätte, dann hätte er deutlich sehen können, wie der Schatten durch die halb geöffnete Balkontür des Nachbarn ging, gerade als der Fremde in seine Stube ging und den langen Vorhang hinter sich zufallen ließ.

Am nächsten Morgen ging der gelehrte Mann aus, um Kaffee zu trinken und Zeitungen zu lesen. „Was ist das?" sagte er, als er in den Sonnenschein hinaustrat, „ich habe ja keinen Schatten! So ist er wirklich gestern abend fortgegangen und nicht wiedergekommen; das ist aber eine unangenehme Geschichte!"

Und es ärgerte ihn, aber nicht so sehr, weil der Schatten fort war, als vielmehr deshalb, weil er wußte, daß es eine Geschichte gab von einem Mann ohne Schatten, die kannten ja alle Leute daheim in den kalten Ländern; und kam nun der gelehrte Mann an und erzählte seine eigene, dann würde man sagen, er mache nur andere nach, und das hatte er nicht nötig. Er wollte daher gar nicht davon sprechen, und das war ein vernünftiger Gedanke.

Abends ging er wieder auf seinen Balkon, das Licht hatte er ganz richtig hinter sich gestellt, denn er wußte, der Schatten möchte immer seinen Herrn als Schutz haben, aber er konnte ihn nicht hervorlocken; er machte sich klein, er machte sich groß, aber da war kein Schatten, da kam keiner; er sagte: „Hm! hm!" aber es nützte nichts.

Ärgerlich war es, aber in den heißen Ländern wächst nun alles so geschwind, und nach Verlauf von acht Tagen merkte er zu seiner großen Freude, daß ihm von den Beinen aus ein neuer Schatten wuchs, wenn er in den Sonnenschein trat; die Wurzel mußte steckengeblieben sein. Nach drei Wochen hatte er einen ganz leidlichen Schatten, der, als er in die nördlichen Länder heimkehrte, auf der Reise immer weiter wuchs und zuletzt so lang und so groß war, daß die Hälfte genügt hätte.

Nun kam der gelehrte Mann nach Hause, und er schrieb Bücher darüber, was in der Welt wahr sei und was gut sei und was schön sei, und es vergingen Tage, und es vergingen Jahre; es vergingen viele Jahre.

Eines Abends sitzt er in seiner Stube, und da pocht es ganz sacht an die Tür.

„Herein!" sagt er, aber es kam niemand; da macht er auf, und vor ihm stand ein so ungemein hagerer Mensch, daß ihm ganz wunderlich zumute wurde. Übrigens war der Mensch besonders fein angezogen, es mußte ein vornehmer Mann sein.

„Mit wem habe ich die Ehre?" fragte der Gelehrte.

„Ja, dachte ich's mir nicht!" sagte der feine Mann, „daß Sie mich nicht wiedererkennen! So sehr bin ich Leib geworden, ich habe richtig Fleisch und Kleider bekommen. Sie haben gewiß nie gedacht, mich in so guter Verfassung zu sehen. Erkennen Sie Ihren alten Schatten nicht wieder? Ja, Sie haben sicher nicht geglaubt, daß ich jemals wiederkommen würde. Mir ist es besonders wohlergangen, seit ich zuletzt bei Ihnen war, ich bin in jeglicher Hinsicht sehr vermögend geworden! Muß ich mich vom Dienst freikaufen, so kann ich es!" und dann klapperte er mit einem ganzen Bündel kostbarer Siegel, die an der Uhr hingen, und er steckte seine Hand hinter die dicke goldene Kette, die er um den Hals trug; nein, wie alle Finger von Diamantringen glitzerten! Und es war alles miteinander echt.

„Nein, ich kann mich noch gar nicht fassen!" sagte der gelehrte Mann, „was ist das bloß alles!"

„Ja, etwas Alltägliches ist es nicht", sagte der Schatten, „aber Sie selber gehören ja auch nicht zum Alltäglichen, und ich, das wissen Sie ja, bin von Kindesbeinen an in Ihren Fußtapfen gegangen. Sobald Sie meinten, ich sei reif genug, um allein in die Welt hinauszugehen, ging ich meine eigenen Wege; ich lebe in den allerglänzendsten Verhältnissen, aber dann befiel mich so etwas Ähnliches wie Sehnsucht, Sie einmal wiederzusehen, bevor Sie sterben, Sie werden ja sterben! Ich wollte auch gern diese Länder wiedersehen, denn man liebt doch immerhin das Vaterland. – Ich weiß, Sie haben wieder einen neuen Schatten bekommen, habe ich dem oder Ihnen irgend etwas zu zahlen? Sie müssen dann nur so gut sein und es sagen."

„Nein, bist du es wirklich?" sagte der gelehrte Mann.

„Das ist ja höchst merkwürdig! Nie hätte ich geglaubt, daß der eigene Schatten als Mensch wiederkehren könnte!"

„Sagen Sie mir, was ich zu zahlen habe!" sagte der Schatten, „denn ich möchte ungern in jemandes Schuld stehen!"

„Wie kannst du so reden!" sagte der gelehrte Mann, „wie kann hier von Schuld die Rede sein! Fühle dich so frei wie jedermann, ich freue mich außerordentlich über dein Glück, setz dich, alter Freund! und erzähle mir nur ein wenig darüber, wie es so gekommen ist und was du drüben beim Nachbarn gegenüber, in den heißen Ländern, gesehen hast!"

„Ja, das werde ich Ihnen erzählen", sagte der Schatten und setzte sich, „aber dann müssen Sie mir auch versprechen, niemandem hier in der Stadt, wo Sie mich auch treffen mögen, zu erzählen, daß ich Ihr Schatten gewesen bin! Ich habe die Absicht, mich zu verloben; ich kann mehr als eine Familie ernähren!"

„Sei ganz unbesorgt", sagte der gelehrte Mann, „ich werde niemandem erzählen, wer du eigentlich bist; hier meine Hand drauf! Ich verspreche es: ein Mann, ein Wort!"

„Ein Wort, ein Schatten!" sagte der Schatten, und so mußte der ja sprechen.

Übrigens war es wirklich ganz merkwürdig, wie sehr er Mensch geworden war; ganz schwarz war er gekleidet und im allerfeinsten Tuch, mit Lackstiefeln und Hut, so einem, den man zusammenklappen kann, so daß er nur Kopf und Krempe ist, ganz zu schweigen von dem, was wir schon wissen, hier gab es Uhranhänger, eine goldene Halskette und Diamantringe; o ja, der Schatten war außerordentlich gut angezogen, und gerade das war es, was ihn so ganz zum Menschen machte.

„Nun werde ich erzählen!" sagte der Schatten, und dann stellte er seine Beine mit den Lackstiefeln so fest, wie er konnte, auf den Ärmel von des gelehrten Mannes neuem Schatten, der wie ein Pudel zu dessen Füßen lag, und das machte er nun entweder aus Hoffart oder vielleicht, weil er wollte, daß der andere daran hängenblieb; und der liegende Schatten verhielt sich ganz still und ruhig, um richtig zuhören zu können; der wollte sicher erfahren, wie man so einfach freikommen und sich zu seinem eigenen Herrn hinaufdienen konnte.

„Wissen Sie, wer im Hause gegenüber wohnte?“ sagte der Schatten, „es war das Herrlichste von allem, es war die Poesie! Ich war drei Wochen dort, und das hat die gleiche Wirkung, als ob man dreitausend Jahre lebte und alles läse, was gedichtet und geschrieben worden ist, das ist nun meine Ansicht, und die stimmt. Ich habe alles gesehen, und ich weiß alles!“

„Die Poesie!“ rief der gelehrte Mann, „ja, ja – sie ist oftmals ein Einsiedler in den großen Städten! die Poesie! Ja, ich habe sie einen einzigen, kurzen Augenblick gesehen, aber der Schlaf saß mir in den Augen! Sie stand auf dem Balkon und leuchtete, wie das Nordlicht leuchtet! Erzähle, erzähle! Du warst auf dem Balkon, du gingst zur Tür hinein und dann –!“

„Dann war ich im Vorgemach!“ sagte der Schatten. „Sie haben immer dagesessen und zum Vorgemach hinübergeschaut. Da war gar kein Licht, da herrschte ein gewisses Zwielicht, aber die eine Tür stand offen, der anderen gerade gegenüber in einer langen Reihe von Stuben und Sälen; und da war alles erleuchtet, ich wäre fast vom Licht getötet worden, wäre ich ganz bis zu der Jungfrau hingelangt; aber ich war besonnen, ich ließ mir Zeit, und das muß man tun!“

„Und was hast du da gesehen?“ fragte der gelehrte Mann.

„Ich sah alles, und ich werde es Ihnen erzählen, aber – es ist nicht etwa Stolz – als ein freier Mann und mit den Kenntnissen, die ich besitze, gar nicht zu reden von meiner guten Stellung, meinen vortrefflichen Lebensumständen, da hätte ich den großen Wunsch, daß Sie mich mit Sie anredeten!“

„Verzeihung!“ sagte der gelehrte Mann, „es ist eine alte Gewohnheit, die fest eingewurzelt ist! – Sie haben völlig recht! Und ich werde dran denken! Aber nun erzählen Sie mir alles, was Sie sahen!“

„Alles!" sagte der Schatten, „denn ich sah alles, und ich weiß alles."

„Wie sah es in den innersten Gemächern aus?" fragte der gelehrte Mann. „War es dort wie im frischen Wald? War es dort wie in einer heiligen Kirche? Waren die Säle wie der sternklare Himmel, wenn man auf den hohen Bergen steht?"

„Alles war dort!" sagte der Schatten. „Ich ging ja nicht ganz bis hinein, ich blieb im vordersten Zimmer, im Zwielicht, aber dort stand ich besonders gut, ich sah alles, und ich weiß alles! Ich bin am Hofe der Poesie gewesen, im Vorgemach!"

„Aber was sahen Sie? Gingen nicht durch die großen Säle alle Götter des Altertums? Kämpften dort nicht die alten Helden? Spielten niedliche Kinder dort und erzählten ihre Träume?"

„Ich sage Ihnen, ich war dort, und Sie verstehen, ich sah alles, was es dort zu sehen gab! Wären Sie da herübergekommen, dann wäre aus Ihnen nicht ein Mensch geworden, aber aus mir wurde einer! Und gleichzeitig lernte ich meine innerste Natur kennen, meine angeborene, die Verwandtschaft, die mich mit der Poesie verband. Ja, damals, als ich bei Ihnen war, dachte ich nicht darüber nach, aber immer, Sie wissen das, wenn die Sonne aufging und die Sonne sank, wurde ich so seltsam groß; im Mondschein war ich fast deutlicher zu sehen als Sie selber; ich verstand damals meine Natur nicht, im Vorgemach wurde sie mir erst klar! Ich wurde Mensch! – Gereift kam ich heraus, aber Sie waren nicht mehr in den heißen Ländern; ich schämte mich als Mensch, so herumzulaufen, wie ich es tat, ich brauchte dringend Stiefel, Kleider, die ganze Menschentünche, die einen Menschen kenntlich macht. – Ich schlug den Weg ein, ja, Ihnen sage ich es. Sie bringen es ja nicht in einem Buch, ich schlug den Weg ein zum Rock der Kuchenfrau, unter dem versteckte ich mich; die Frau dachte nicht darüber nach, wieviel sie versteckte; erst abends ging ich aus; ich lief im Mondschein auf der Gasse herum; ich reckte mich weit an der Mauer hoch, das kribbelt einem so schön auf dem Rücken! Ich lief hinauf und ich lief hinunter, schaute zu den höchsten Fenstern hinein, in den Saal und aufs Dach, ich schaute dorthin, wo kein Auge hingelangen kann, und ich sah, was kein anderer sah, was niemand sehen durfte! Im Grunde ist es eine gemeine Welt! Ich würde nicht Mensch sein mögen, wenn es nun mal nicht anerkannt wäre, daß da etwas dran ist! Ich sah das Unvorstellbarste bei den Frauen, bei den Männern, bei Eltern und bei den niedlichen, unvergleichlichen Kindern – ich sah", sagte der Schatten, „was kein Mensch erfahren durfte, was sie aber alle miteinander so gern erfahren möchten, das Schlechte beim Nachbarn. – Hätte ich eine Zeitung verfaßt, die wäre gelesen worden! Aber ich schrieb gleich an den Betreffenden selber, und nun entstand ein Entsetzen in allen Städten, in die ich kam. Sie bekamen furchtbare Angst vor mir! Und sie schätzten mich ganz außerordentlich. Die Professoren machten mich zum Professor, die Schneider schenkten mir neue Kleider, ich bin gut ausgestattet; der Münzmeister prägte Münzen für mich, und die Frauen sagten, ich wäre so schön! – Und so wurde ich der Mann, der ich bin! Und nun verabschiede ich mich; hier ist meine Karte, ich wohne auf der Sonnenseite und bin bei Regenwetter immer zu Hause!" und damit ging der Schatten.

„Das war wirklich sonderbar!" sagte der gelehrte Mann.

Jahr und Tag vergingen, da kam der Schatten wieder.

„Wie geht es?" fragte er.

„Ach!" sagte der gelehrte Mann, „ich schreibe über das Wahre und das Gute und das Schöne, aber keiner macht sich etwas draus, dergleichen zu hören, ich bin ganz verzweifelt, denn ich nehme es mir ziemlich zu Herzen!"

„Das tue ich aber nicht!" sagte der Schatten, „ich werde dick, und darauf kommt es gerade an! Ja, Sie verstehen nichts von der Welt. Sie werden krank davon. Sie müssen wegreisen! Ich mache im Sommer eine Reise; wollen Sie mit? Ich hätte ganz gerne einen Reisegefährten! Wollen Sie mitfahren, als Schatten? Es wird mir ein großes Vergnügen sein, Sie mitzunehmen, ich bezahle die Reise!"

„Das geht zu weit!" sagte der gelehrte Mann.

„Es kommt drauf an, wie man's nimmt!" sagte der Schatten. „Es wird Ihnen außerordentlich guttun zu reisen! Wollen Sie mein Schatten sein, dann haben Sie auf der Reise alles frei!"

„Das ist zuviel!" sagte der gelehrte Mann.

„Aber so ist nun mal die Welt!" sagte der Schatten, „und so wird sie bleiben!" und dann ging der Schatten.

Dem gelehrten Mann ging es gar nicht gut, Kummer und Plage begleiteten ihn, und was er von dem Wahren und dem Guten und dem Schönen sagte, das war für die meisten wie Perlen vor die Säue geworfen! – Er war zuletzt ganz krank.

„Sie sehen wirklich aus wie ein Schatten!" sagten die Leute zu ihm, und dem gelehrten Mann schauderte es, denn er dachte sich das Seine dabei.

„Sie sollten in ein Bad fahren!" sagte der Schatten, der ihn besuchen kam. „Es bleibt Ihnen gar nichts anderes übrig! Ich nehme Sie mit um unserer alten Bekanntschaft willen; ich bezahle die Reise, und Sie machen die Beschreibung und muntern mich unterwegs so ein bißchen auf; ich möchte in ein Bad, mein Bart wächst nicht, wie er sollte, das ist auch eine Krankheit, und einen Bart braucht man! Seien Sie nun vernünftig und nehmen Sie das Angebot an, wir reisen ja als Gefährten!"

Und dann reisten sie; der Schatten war nun Herr, und der Herr war nun Schatten; sie fuhren zusammen, sie ritten und gingen zusammen, nebeneinander her, vornweg und hinterdrein, ganz wie die Sonne stand; der Schatten verstand sich immer auf dem Platz des Herrn zu halten; und darüber dachte nun der gelehrte Mann nicht weiter nach, er war ein sehr guter Kerl und besonders mild und freundlich, und da sagte er eines Tages zum Schatten: „Da wir nunmehr Reisegefährten geworden sind, wie es der Fall ist, und wir gleichzeitig von Kind an zusammen aufgewachsen sind, sollen wir da nicht Brüderschaft trinken? das ist doch vertraulicher!"

„Meinen Sie!" sagte der Schatten, der ja nun der eigentliche Herr war. „Es ist sehr unumwunden und wohlmeinend gesagt, ich werde ebenso wohlmeinend und unumwunden sein. Sie, als gelehrter Mann, wissen sicherlich, wie sonderbar die Natur ist. Manche Menschen können es nicht vertragen, graues Papier anzufassen, dann wird ihnen übel; anderen geht es durch Mark und Bein, wenn man mit einem Nagel über eine Glasscheibe fährt; ich habe genauso ein Gefühl, wenn ich Sie du zu mir sagen höre, ich fühle mich gleichsam zu Boden gedrückt, auf Grund meiner ersten Stellung bei Ihnen. Sie sehen, es ist ein Gefühl, es ist kein Stolz; ich kann Sie nicht du zu mir sagen lassen, aber ich will gern du zu Ihnen sagen, dann ist die Hälfte getan!"

Und dann sagte der Schatten du zu seinem ehemaligen Herrn.

„Das ist wirklich allerhand", dachte der, „daß ich Sie sagen muß, und er sagt du!" aber nun mußte er aushalten.

Dann kamen sie in ein Bad, wo viele Fremde waren und unter diesen eine schöne Königstochter, die an der Krankheit litt, daß sie viel zu gut sah, und das war nun ziemlich beängstigend.

Gleich von vornherein merkte sie, daß der, welcher da angekommen war, ein ganz anderer Mensch war als all die anderen. „Er ist hier, damit sein Bart wächst, sagt man, aber ich sehe die wahre Ursache, er kann keinen Schatten werfen."

Neugierig war sie geworden; und dann fing sie gleich auf dem Spaziergang mit dem fremden Herrn eine Unterhaltung an. Als Königstochter brauchte sie nicht allzuviel Umstände zu machen, und darum sagte sie: „Sie leiden an der Krankheit, daß Sie keinen Schatten werfen können."

„Euer Königliche Hoheit müssen sich auf dem Wege der Besserung befinden!" sagte der Schatten. „Ich weiß, Ihr Übel ist, daß Sie allzu gut sehen, aber das hat sich gegeben, Sie sind geheilt, ich habe gerade einen ganz ungewöhnlichen Schatten! Sehen Sie nicht die Person, die immer mit mir zusammen ist? Andere Menschen haben einen gewöhnlichen Schatten, aber ich liebe das Gewöhnliche nicht. Man gibt seinem Diener vornehmeres Tuch für die Livree, als man selber trägt, und so habe ich meinen Schatten zu einem Menschen herausputzen lassen! Ja, Sie sehen, ich habe ihm sogar einen Schatten geschenkt. Das ist etwas sehr Kostspieliges, aber ich liebe es, etwas zu haben, was andere nicht haben!"

„Was?" dachte die Prinzessin, „sollte ich mich wirklich erholt haben? Dies Bad ist das erste in seiner Art! Das Wasser hat in unserer Zeit ganz wundersame Kräfte. Aber ich fahre nicht weg, denn jetzt wird es hier lustig; der Fremde gefällt mir außerordentlich. Wenn bloß sein Bart nicht wächst, dann reist er nämlich ab!"

Abends in dem großen Ballsaal tanzten die Königstochter und der Schatten zusammen. Sie war leicht, aber er war noch leichter, solch einen Tänzer hatte sie nie gehabt. Sie erzählte ihm, aus welchem Land sie komme, und er kannte das Land, er war dort gewesen, aber da war sie gerade nicht zu Hause gewesen; er hatte zu den Fenstern hineingeschaut, oben wie unten, er hatte das eine wie das andere gesehen, und so konnte er der Königstochter antworten und Andeutungen machen, so daß sie sehr erstaunt war; er mußte der weiseste Mann auf der ganzen Welt sein! Sie bekam solch eine Achtung vor dem, was er wußte, und als sie dann wieder tanzten, da verliebte sie sich in ihn, und das merkte der Schatten wohl, denn sie konnte fast durch ihn hindurchsehen. Dann tanzten sie noch einmal, und da war sie nahe daran, es zu sagen, aber sie besann sich doch, sie dachte an ihr Land und Reich und an die vielen Menschen, die sie regieren sollte. „Ein weiser Mann ist er", sagte sie bei sich, „das ist gut! Und wunderbar tanzen tut er, das ist auch gut, ob er aber gründliche Kenntnisse hat, das ist ebenso wichtig! Er muß examiniert werden." Und dann fing sie ganz allmählich an, ihn über einige der allerschwierigsten Dinge auszufragen, sie hätte selber nicht darauf antworten können; und der Schatten machte ein ganz sonderbares Gesicht.

„Darauf können Sie keine Antwort geben!" sagte die Königstochter.

„Das habe ich schon als Kind gewußt", sagte der Schatten, „ich glaube sogar, mein Schatten da drüben an der Tür kann das beantworten!"

„Ihr Schatten?“ sagte die Königstochter, „das wäre höchst merkwürdig!“

„Ja, ich sage nicht bestimmt, daß er es kann!“ sagte der Schatten, „aber ich möchte es annehmen, er hat mich nun so viele Jahre begleitet und zugehört – ich möchte es annehmen! Aber Euer Königliche Hoheit gestatten, wenn ich Sie darauf aufmerksam mache, daß er so stolz darauf ist, für einen Menschen gehalten zu werden, und wenn er in der richtigen Stimmung sein soll, und das muß er sein, um gut antworten zu können, dann muß er ganz wie ein Mensch behandelt werden.“

„Das gefällt mir gut!“ sagte die Königstochter.

Und dann ging sie zu dem gelehrten Mann an der Tür, und sie sprach mit ihm von Sonne und Mond und von den Menschen, über ihr Äußeres wie über ihr Inneres, und er antwortete sehr klug und gut.

„Was muß das für ein Mann sein, der einen so weisen Schatten hat!“ dachte sie. „Das wäre ein wahrer Segen für mein Volk und mein Reich, wenn ich ihn zu meinem Gemahl erwählte – ich tue es!“

Und sie wurden sich schnell einig, die Königstochter und der Schatten, aber keiner sollte etwas davon erfahren, bevor sie nicht in ihr eigenes Reich heimgekommen war.

„Keiner, nicht einmal mein Schatten!“ sagte der Schatten, und dabei hatte er nun so seine eigenen Gedanken!

Dann waren sie in dem Land, in dem die Königstochter regierte, wenn sie daheim war.

„Höre, mein guter Freund!“ sagte der Schatten zu dem gelehrten Mann, „nun bin ich so glücklich und mächtig geworden, wie man es nur werden kann, nun will ich auch für dich etwas Besonderes tun! Du wirst immer im Schlosse bei mir wohnen, mit mir in meinem königlichen Wagen fahren und hunderttausend Reichstaler jährlich beziehen; aber dann mußt du dich von jedermann Schatten nennen lassen; du darfst nicht erzählen, daß du jemals ein Mensch gewesen bist, und einmal im Jahr, wenn ich im Sonnenschein auf dem Balkon sitze und mich zeige, mußt du zu meinen Füßen liegen, wie es einem Schatten geziemt; ich muß dir erzählen, ich heirate die Königstochter! Heute abend wird die Hochzeit gefeiert."

„Nein, das ist zu toll!" sagte der gelehrte Mann, „das will ich nicht, das tue ich nicht; das heißt das ganze Land betrügen und die Königstochter dazu! Ich erzähle alles! daß ich ein Mensch bin und daß du der Schatten bist, du hast nur Kleider anbekommen!"

„Das glaubt dir keiner!" sagte der Schatten, „sei vernünftig, oder ich rufe die Wache!"

„Ich gehe schnurstracks zur Königstochter!" sagte der gelehrte Mann. „Aber ich gehe zuerst!" sagte der Schatten, „und du kommst in Haft!" – und das mußte er tun, denn die Schildwachen, die gehorchten dem, von dem sie wußten, daß die Königstochter ihn haben wollte.

„Du zitterst!" sagte die Königstochter, als der Schatten zu ihr hereinkam, „ist etwas vorgefallen? Du darfst heute abend nicht krank werden, da wir Hochzeit feiern!"

„Ich habe das Grausigste erlebt, das man erleben kann!" sagte der Schatten. „Denke dir – ja, so ein armes Schattenhirn kann nicht viel aushalten –, denk dir, mein Schatten ist verrückt geworden, er denkt, er wäre der Mensch und ich – denk dir nur –, ich wäre sein Schatten!"

„Das ist furchtbar!" sagte die Prinzessin, „er ist hoffentlich eingesperrt?"

„Das ist er! Ich fürchte, er erholt sich nie."

„Armer Schatten!" sagte die Prinzessin, „er ist sehr unglücklich; es ist wirklich eine gute Tat, wenn man ihn von dem bißchen Leben befreit, das er hat, und wenn ich so recht darüber nachdenke, so glaube ich, es wird notwendig sein, daß ihm in aller Stille der Garaus gemacht wird!"

„Das ist allerdings hart!" sagte der Schatten, „denn er war ein treuer Diener!" und dann stieß er sozusagen einen Seufzer aus.

„Sie sind ein edler Charakter!" sagte die Königstochter.

Am Abend war die ganze Stadt festlich beleuchtet, und die Kanonen gingen los: Bumm! und die Soldaten präsentierten das Gewehr. Das war eine Hochzeit! Die Königstochter und der Schatten traten auf den Balkon hinaus, um sich zu zeigen und noch ein Hurra zu bekommen.

Der gelehrte Mann hörte nichts von alledem, denn man hatte ihn umgebracht.

Das alte Haus

Drüben auf der anderen Seite der Straße stand ein altes, altes Haus, es war fast dreihundert Jahre alt, das konnte man auf dem Balken nachlesen, wo die Jahreszahl neben Tulpen und Hopfenranken eingeschnitzt war; da standen ganze Verse, in der Schreibweise der alten Zeit, und über jedem Fenster war in den Balken ein Gesicht geschnitzt, das eine Grimasse schnitt: das eine Stockwerk ragte ein ganzes Stück über das andere hinaus, und dicht unter dem Dach lief eine Rinne aus Blei entlang mit einem Drachenkopf daran; das Regenwasser sollte aus dem Rachen fließen, aber es floß aus dem Bauch, denn die Rinne hatte ein Loch.

Alle anderen Häuser in der Straße waren ganz neu und

sauber, mit großen Fensterscheiben und glatten Wänden, man konnte wohl sehen, die wollten nichts mit dem alten Haus zu schaffen haben; sie dachten sicher: „Wie lange soll das Gerümpel hier zur Schande für die Straße stehen? Dabei ragt der Erker so weit vor, daß keiner von unseren Fenstern aus sehen kann, was auf der anderen Seite los ist! Die Treppe ist so breit wie für ein Schloß und so hoch, als führte sie auf einen Kirchturm. Das Eisengeländer sieht ja aus wie die Pforte zu einer alten Grabstätte, und dann hat es Messingknäufe. Das ist peinlich!"

Gegenüber in der Straße standen neue und saubere Häuser, und die dachten wie die anderen, aber hier saß ein kleiner Junge am Fenster, mit frischen roten Wangen, mit hellen, strahlenden Augen, ihm gefiel nun das alte Haus am besten, und zwar im Sonnenschein wie im Mondenschein. Und er sah die Hauswand an, von der die Tünche abgeblättert war, dann konnte er dasitzen und sich die seltsamsten Bilder ausdenken, genau wie die Straße früher ausgesehen hatte mit Treppen, Erkern und spitzen Giebeln; er konnte Soldaten mit Hellebarden sehen und Dachrinnen, die am Haus entlangliefen als Drachen und Lindwürmer. – Das war so recht ein Haus zum Anschauen! Und da drüben wohnte ein alter Mann, der in Samthosen ging, einen Frack hatte mit großen Messingknöpfen daran und eine Perücke, der man es ansehen konnte, daß es eine richtige Perücke war. Jeden Morgen kam ein alter Knecht zu ihm, der aufräumte und Besorgungen machte, sonst war der alte Mann in den Plüschhosen ganz allein in dem alten Haus; mitunter kam er ans Fenster und schaute hinaus, und der kleine Junge nickte ihm zu, und der alte Mann nickte zurück, und dann waren sie miteinander bekannt, und dann waren sie befreundet, obwohl sie nie miteinander gesprochen hatten, aber das war doch auch ganz einerlei.

Der kleine Junge hörte seine Eltern sagen: „Dem alten Mann da drüben geht es sehr gut, aber er ist so schrecklich allein!"

Am nächsten Sonntag nahm der kleine Junge etwas und wickelte es in ein Stück Papier, stellte sich in die Haustür, und als derjenige vorüberkam, der die Besorgungen machte, sagte er zu ihm: „Höre mal! würdest du dem alten Mann da drüben dies von mir bringen? Ich habe zwei Zinnsoldaten, dies ist der eine; er soll ihn haben, denn ich weiß, daß er so schrecklich allein ist."

Und der alte Knecht sah wirklich erfreut aus, nickte und trug den Zinnsoldaten in das alte Haus hinüber. Darauf kam ein Bescheid, ob der kleine Junge nicht Lust hätte, selber herüberzukommen auf Besuch, und das erlaubten ihm seine Eltern, und so kam er in das alte Haus.

Und die Messingknäufe am Treppengeländer glänzten viel stärker als sonst, man sollte meinen, sie wären anläßlich des Besuches poliert worden, und es war, als ob die geschnitzten Trompeter – denn in die Tür waren Trompeter geschnitzt, die in den Tulpen standen – aus Leibeskräften bliesen, die Backen sahen viel dicker aus als sonst. O ja, die bliesen: „Tratteratra! der kleine Junge ist da! tratteratra!" – und dann ging die Tür auf. Der ganze Flur hing voll von alten Porträts, Rittern in Rüstungen und Damen in seidenen Kleidern; und die Rüstungen rasselten, und die seidenen Kleider raschelten! – Und dann kam eine Treppe, die führte ein ganzes Stück hinauf und ein kleines Stück hinunter – und dann war man auf einem Balkon, der allerdings sehr wackelig war, mit großen Löchern und langen Rissen, aber in ihnen wuchsen Gras und Blätter, denn der ganze Balkon draußen, der Hof und die Mauer hatten soviel Grünes, es sah aus wie ein Garten, aber es war nur ein Balkon. Hier standen alte Blumentöpfe, die ein Gesicht und Eselsohren hatten; die Blumen, die wuchsen einfach, wie sie wollten. In dem einen Topf flossen die Nelken über alle Ufer, das heißt zusammen mit dem Grün, ein Sproß neben dem anderen, und ganz deutlich sagte es: „Die Luft hat mich gestreichelt, die Sonne hat mich geküßt und mir eine kleine Blüte für den Sonntag versprochen, eine kleine Blüte für den Sonntag!"

Und dann kamen sie in ein kleines Gemach, wo die Wände mit Schweinsleder bezogen waren, und auf dem waren goldene Blumen aufgedruckt.

„Vergoldung vergeht,
Aber Schweinsleder besteht!“

sagten die Wände.

Und hier standen Sessel mit ganz hohen Rückenlehnen, über und über mit Schnitzereien bedeckt und mit Armlehnen an beiden Seiten. „Setz dich! setz dich!“ sagten sie. „Uh, wie es in mir ächzt! Nun kriege ich bestimmt die Gicht genau wie der alte Schrank! Gicht im Rücken, uh!“

Und dann kam der kleine Junge in die Wohnstube, wo der Erker war und wo der alte Mann saß.

„Vielen Dank für den Zinnsoldaten, mein Junge!“ sagte der alte Mann. „Und vielen Dank, daß du zu mir herüberkommst!“

„Dank! dank!“ oder „Knack! knack!“ machte es in allen Möbeln; es waren ihrer so viele, daß sie sich beinahe in die Quere kamen, als sie den kleinen Jungen sehen wollten.

Und mitten an der Wand hing das Porträt einer schönen Dame, die war so jung, so fröhlich, aber ganz wie in alten Zeiten gekleidet, mit Puder im Haar und mit Kleidern, die steif vom Körper abstanden; sie sagte weder „Danke!“ noch „Knack!“ sie sah nur mit ihren freundlichen Augen den kleinen Jungen an, der den alten Mann sofort fragte: „Wo hast du die her?“

„Drüben vom Trödler!“ sagte der alte Mann. „Da hängen so viele Bilder; keiner kennt sie oder macht sich etwas aus ihnen, denn die Leute sind allesamt begraben, aber in früheren Zeiten habe ich die da gekannt, und nun ist sie schon ein halbes Jahrhundert tot und begraben!“

Und unter dem Gemälde hing unter Glas ein Strauß welker Blumen; die waren sicher auch ein halbes Jahrhundert alt, so alt sahen sie aus. Und das Perpendikel der großen Uhr ging hin und her, und der Zeiger drehte sich, und alle in der Stube wurden noch älter, aber das merkten sie nicht.

„Zu Hause erzählen sie“, sagte der kleine Junge, „daß du so schrecklich allein bist!“

„Oh!“ sagte er, „die alten Gedanken mit allem, was sie

mit sich bringen, kommen auf Besuch zu mir, und nun kommst du doch auch! – Mir geht es sehr gut!"

Und nun nahm er ein Buch mit Bildern vom Wandbrett herunter, da gab es ganz lange Umzüge zu sehen, die seltsamsten Kutschen, wie man sie heutzutage nicht mehr sieht, Soldaten als Treffbuben und Bürger mit wehenden Fahnen; die Schneider hatten ihre eigene mit einer Schere drauf, die von zwei Löwen gehalten wurde, und die Schuhmacher ihre, ohne Stiefel, aber mit einem Adler, der zwei Köpfe hatte, denn bei den Schuhmachern muß alles so sein, daß sie sagen können: das ist ein Paar. – O ja, das war mal ein Bilderbuch!

Und der alte Mann ging in die andere Stube, um Süßigkeiten, Äpfel und Nüsse zu holen – da war es wirklich herrlich, da drüben in dem alten Haus.

„Ich kann es nicht aushalten!" sagte der Zinnsoldat, der auf der Truhe stand; „hier ist es so einsam und so trübselig; nein, wenn man Familienleben kennengelernt hat, kann man sich an dies hier nicht gewöhnen! Ich kann es nicht aushalten! der ganze Tag ist so lang, und der Abend ist noch länger! Hier ist es gar nicht so wie drüben bei dir, wo deine Eltern sich so heiter unterhielten und wo du und all ihr lieben Kinder so einen herrlichen Lärm machtet. Nein, wie ist es für den alten Mann einsam! Meinst du, er bekommt mal einen Kuß? Glaubst du, es werden ihm mal freundliche Blicke zugeworfen, oder er hat einen Weihnachtsbaum? Er kriegt gar nichts, bis auf die Beerdigung! - Ich kann es nicht aushalten!"

„Du darfst es nicht so schwer nehmen!" sagte der kleine Junge. „Ich finde es hier so schön, und die vielen alten Gedanken mit allem, was sie mit sich bringen, kommen ja hier auf Besuch!"

„Ja, die sehe ich nicht, und die kenne ich nicht!" sagte der Zinnsoldat, „ich kann es nicht aushalten!"

„Das mußt du!" sagte der kleine Junge.

Und der alte Mann kam mit dem heitersten Gesicht, den schönsten Süßigkeiten, Äpfeln und Nüssen, und da dachte der kleine Junge nicht mehr an den Zinnsoldaten.

Glücklich und fröhlich kam der kleine Junge nach Hause, und es vergingen Tage, und es vergingen Wochen, und es wurde zum alten Haus hinübergenickt und wieder zurückgenickt, und dann kam der kleine Junge wieder hin.

Und die geschnitzten Trompeter bliesen: „Tratteratra! der kleine Junge ist da! tratteratra!" Und Schwerter und Rüstungen auf den Ritterbildern rasselten, und die seidenen Kleider raschelten, das Schweinsleder redete, und die alten Sessel hatten Gicht im Rücken: „Au!" es war genauso wie beim erstenmal, denn dort drüben waren die Tage und die Stunden einander ganz gleich.

„Ich kann es nicht aushalten!" sagte der Zinnsoldat, „ich habe Zinn geweint! Hier ist es zu trostlos! Lieber möchte ich in den Krieg ziehen und Arme und Beine verlieren! das wäre doch eine Abwechslung. Ich kann es nicht aushalten! – Nun weiß ich, was es heißt, Besuch von seinen alten Gedanken zu haben mit allem, was sie mit sich bringen können! Ich habe Besuch von meinen gehabt, und du kannst mir glauben, auf die Dauer ist das keine Freude, ich war zuletzt drauf und dran, von der Truhe herunterzuspringen. Euch alle drüben im Haus sah ich ganz deutlich, als ob ihr wirklich hier wäret; es war wieder an dem Sonntagmorgen, du weißt schon! Ihr Kinder standet alle vor dem Tisch und sangt euern Choral, wie ihr ihn jeden Morgen singt; ihr standet andächtig mit gefalteten Händen, und die Eltern waren ebenso feierlich, und dann ging die Tür auf, und die kleine Schwester, Maria, die noch nicht zwei Jahre alt ist und die immer tanzt, wenn sie Musik oder Gesang hört, was es auch sein mag, wurde hereingebracht – das sollte gar nicht sein –, und dann fing sie an zu tanzen, konnte aber nicht in den Takt hineinkommen, denn die Töne waren so lang, und so stand sie zuerst auf dem einen Bein und streckte den Kopf ganz vor, und dann auf dem anderen Bein und streckte den Kopf ganz vor, aber es wollte nicht klappen. Ihr standet sehr ernst da, alle miteinander, obwohl es sicher schwer war, aber ich lachte insgeheim, und deshalb fiel ich vom Tisch herunter und bekam eine Beule, mit der ich noch immer herumlaufe, denn es war nicht richtig von mir zu lachen. Aber das Ganze kehrt in meinem Innern immer wieder, und alles, was ich so erlebt habe; und das sind sicher die alten Gedanken mit allem, was sie so mit sich bringen! – Sag mir, ob ihr sonntags immer noch singt? Erzähle mir ein bißchen von der kleinen Maria! Und wie geht es meinem Kameraden, dem anderen Zinnsoldaten? Ja, der kann wirklich von Glück sagen! ich kann es nicht aushalten!"

„Du bist verschenkt worden!" sagte der kleine Junge; „du mußt bleiben. Kannst du das nicht einsehen?"

Und der alte Mann kam mit einer Schublade an, in der es vieles zu sehen gab, sowohl Kreideschachteln wie Balsambüchsen und alte Karten, so groß und so vergoldet, wie man sie heute nie mehr sieht. Und große Schubläden wurden aufgemacht, und das Klavier wurde aufgemacht, das hatte auf der Innenseite des Deckels eine Landschaft, und es war ganz heiser, als der alte Mann darauf spielte; und dann summte er ein Lied.

„Ja, das konnte sie singen!" sagte er, und dann nickte er dem Porträt zu, das er bei dem Trödler gekauft hatte, und die Augen des alten Mannes leuchteten ganz hell.

„Ich will in den Krieg! ich will in den Krieg!" rief der Zinnsoldat, so laut er konnte, und stürzte sich auf den Fußboden hinab.

Ja, wo war er denn hin? Der alte Mann suchte, der kleine Junge suchte, weg war er, und weg blieb er. „Ich finde ihn schon!" sagte der Alte, aber er fand ihn nie! Der Fußboden war viel zu rissig und hatte viel zu viele Löcher – der Zinnsoldat war durch eine Ritze gefallen, und dort lag er in einer offenen Gruft.

Und der Tag verging, und der kleine Junge kam nach Hause, und die Woche verging, und es vergingen mehrere Wochen. Die Fenster waren ganz zugefroren; der kleine Junge mußte darauf hauchen, um ein Guckloch zu dem alten Haus hinüber zu haben, und dort war der Schnee in alle Schnörkel und Inschriften hineingestöbert, er lag bis hoch zur Treppe hinauf, so als wäre niemand zu Hause, und es war auch niemand zu Hause, der alte Mann war gestorben.

Abends hielt ein Wagen draußen, und in diesen setzte man seinen Sarg, er sollte auf dem Lande in seiner Familiengruft begraben werden. Dort fuhr er nun hin, aber niemand gab ihm das Geleit, alle seine Freunde waren ja tot. Und der kleine Junge warf dem Sarg eine Kußhand zu, als dieser davonfuhr.

Einige Tage darauf wurde das alte Haus versteigert, und der kleine Junge sah von seinem Fenster aus, was man alles wegtrug: die alten Ritter und die alten Damen, die Blumentöpfe mit langen Ohren, die alten Stühle und die alten Schränke, einiges kam dahin, und anderes kam dorthin; das Bildnis der Dame, das beim Trödler gefunden worden war, kam wieder zu dem Trödler, und dort blieb es für immer hängen, denn niemand kannte sie mehr, und niemand machte sich etwas aus dem alten Bild.

Im Frühjahr riß man das Haus selber ab, denn es sei nur Gerümpel, sagten die Leute. Man konnte von der Straße bis in die Stube mit dem schweinsledernen Bezug hineinsehen, der zerfetzt und zerrissen wurde; und das Grün auf dem Balkon hing ganz wild um die niederstürzenden Balken. – Und nun wurde aufgeräumt.

„Das hat sich gelohnt!“ sagten die Nachbarhäuser.

Und es wurde dort ein schönes Haus gebaut mit großen Fenstern und weißen, glatten Wänden, aber davor, dort, wo das alte Haus eigentlich gestanden hatte, wurde ein kleiner Garten angelegt, und an den Mauern des Nachbarhauses hinauf rankte sich wilder Wein; vor den Garten kam ein großes eisernes Gitter mit einem eisernen Tor, es sah prächtig aus, die Leute blieben stehen und schauten hinein. Und die Spatzen hängten sich zu Dutzenden in die Weinranken, schwatzten alle gleichzeitig, so gut sie konnten, aber nicht etwa von dem alten Haus, denn daran konnten sie sich nicht erinnern; es waren viele Jahre vergangen, aus dem kleinen Jungen war ein richtiger Mann geworden, ja ein tüchtiger Mann, an dem seine Eltern Freude hatten; und er hatte gerade geheiratet und war mit seiner kleinen Frau in das Haus mit dem Garten davor gezogen; und hier stand er neben ihr, als sie eine Feldblume einpflanzte, die sie so entzückend fand. Sie pflanzte sie mit ihrer kleinen Hand und klopfte die Erde mit den Fingern fest. – Au! was war das? Sie hatte sich gestochen. Da stak etwas Spitzes aus dem weichen Erdreich heraus.

Es war – ja denkt nur! –, es war der Zinnsoldat, derselbe,

der oben bei dem alten Mann verlorengegangen war, und der war zwischen Zimmerholz und Kies umhergeworfen worden und hatte zuletzt viele Jahre in der Erde gelegen.

Und die junge Frau wischte den Soldaten ab, zuerst mit einem grünen Blatt und dann mit ihrem feinen Taschentuch, das hatte einen so wunderbaren Duft! Und für den Zinnsoldaten war es so, als erwachte er aus tiefem Todesschlaf.

„Zeig doch mal!" sagte der junge Mann, lachte und schüttelte dann den Kopf. „Ja, der kann es allerdings nicht sein, aber er erinnert mich an eine Geschichte mit einem Zinnsoldaten, den ich besaß, als ich ein kleiner Junge war!" und dann erzählte er seiner Frau von dem alten Haus und dem alten Mann und von dem Zinnsoldaten, den er ihm hinübergeschickt hatte, weil er so schrecklich allein war, und er erzählte es genauso, wie es wirklich gewesen war, so daß der jungen Frau die Tränen in die Augen traten wegen des alten Hauses und des alten Mannes.

„Es kann doch sein, daß es derselbe Zinnsoldat ist!"

sagte sie, „ich will ihn aufbewahren und mir alles merken, was du mir erzählt hast; aber das Grab des alten Mannes mußt du mir zeigen!“

„Ja, das kenne ich nicht“, sagte er, „und keiner kennt es! Alle seine Freunde waren tot, niemand pflegte es, und ich war ja nur ein kleiner Junge!“

„Wie schrecklich allein muß er gewesen sein!“ sagte sie.

„Schrecklich allein!“ sagte der Zinnsoldat, „aber schön ist es, wenn man nicht vergessen wird.“

„Schön!“ rief etwas ganz in der Nähe, aber außer dem Zinnsoldaten sah keiner, daß es ein Fetzen von dem schweinsledernen Bezug war; der hatte keine Vergoldung mehr, er sah aus wie feuchte Erde, aber eine Meinung hatte er, und die sagte er:

„Vergoldung vergeht,
Aber Schweinsleder besteht!“

Das glaubte der Zinnsoldat aber nicht.

Der Wassertropfen

Du kennst doch wahrscheinlich ein Vergrößerungsglas, so ein rundes Brillenglas, in dem alles hundertmal größer aussieht, als es ist? Wenn man das nimmt und vors Auge hält und sich einen Wassertropfen draußen vom Teich ansieht, dann sieht man Tausende von seltsamen Tieren, die man sonst nie im Wasser sieht, aber sie sind da, und es ist richtig. Es sieht beinahe so aus wie ein ganzer Teller voller Krabben, die durcheinanderhüpfen, und die sind ganz räuberisch, sie reißen sich gegenseitig Arme und Beine, Ecken und Enden aus, und dennoch sind sie auf ihre Art fröhlich und zufrieden.

Nun war da einmal ein alter Mann, den alle Leute Kribbel-Krabbel nannten, so hieß er nämlich. Er wollte ewig und immer aus jeder Sache das Beste herausholen, und wenn es gar nicht gehen wollte, dann holte er es sich durch Zauberei.

Da sitzt er eines Tages mit dem Vergrößerungsglas vor dem Auge und sieht sich den Wassertropfen an, der draußen aus einer Wasserpfütze im Graben genommen worden war. Nein, wie es da kribbelte und krabbelte! All die Tausende von Tierchen hüpften und sprangen, zerrten eins am anderen und knabberten sich gegenseitig an.

„Ja, aber das ist doch abscheulich!" sagte der alte Kribbel-Krabbel. „Kann man sie nicht dazu bringen, in Ruhe und Frieden miteinander zu leben und jedem das Seine zu lassen?" und er überlegte und überlegte, aber es wollte nicht gehen, und da mußte er denn zaubern. „Ich muß ihnen Farbe geben, damit sie deutlich hervortreten!" sagte er, und dann goß er einen Tropfen von so etwas Ähnlichem wie Rotwein in den Wassertropfen, aber es war Hexenblut, die allerfeinste Sorte zu zwei Schilling; und nun wurden all diese sonderbaren Tiere am ganzen Körper rosa, es sah aus wie eine ganze Stadt von nackten Wilden.

„Was hast du da?" fragte ein anderer alter Troll, der keinen Namen hatte, und das war gerade das Feine an ihm.

„Ja, kannst du raten, was es ist", sagte Kribbel-Krabbel, „dann schenke ich es dir; aber es ist nicht so leicht zu raten, wenn man es nicht weiß!"

Und der Troll, der keinen Namen hatte, sah durch das Vergrößerungsglas. Es sah wirklich aus wie eine ganze Stadt, wo alle Menschen ohne Kleider herumliefen! Es war grausig, aber noch grausiger war es zu sehen, wie einer den anderen puffte und stieß, wie sie sich zwickten und zwackten, sich gegenseitig bissen und aneinander herumzerrten. Was zuunterst war, sollte nach oben, und was zuoberst war, sollte nach unten! „Sieh! sieh! sein Bein ist länger als meins! paff! weg damit! Da ist einer, der hat einen kleinen Pickel hinterm Ohr, einen kleinen harmlosen Pickel, aber der quält ihn, und dann mag er sich ruhig noch mehr quälen!" und sie hackten hinein, und sie zerrten ihn hervor, und sie fraßen ihn auf wegen des kleinen Pickels. Einer saß da so still wie ein Jungfräulein und wünschte sich nichts als Ruhe und Frieden, aber nun mußte die Jungfrau heraus, und sie zerrten an ihr, und sie rissen an ihr, und sie fraßen sie auf.

„Das ist ungemein lustig!" sagte der Troll.

„Ja, aber was denkst du denn, was das ist?" fragte Kribbel-Krabbel. „Kannst du es erraten?"

„Das ist doch leicht zu erkennen!“ sagte der andere, „das ist ja Kopenhagen oder eine andere Großstadt, die sind ja alle miteinander gleich. Eine große Stadt ist es!“

„Es ist Grabenwasser!“ sagte Kribbel-Krabbel.

Die glückliche Familie

Das größte grüne Blatt hierzulande, das ist doch ganz bestimmt ein Huflattichblatt; hält man es sich vor seinen kleinen Bauch, dann ist es wie eine ganze Schürze, und legt man es sich auf den Kopf, dann ist es im Regenwetter fast genauso gut wie ein Schirm, denn es ist so ungeheuer groß. Nie wächst eine Huflattichstaude allein, nein, wo eine wächst, da wachsen mehr, es ist eine einzige Pracht, und all die Pracht ist Schneckenfutter. Die großen weißen Schnekken, aus denen vornehme Leute in früherer Zeit Frikassee machen ließen – und dann aßen sie es und sagten: „Hum! wie das schmeckt!" denn sie glaubten nun mal, es schmecke so gut –, die lebten von Huflattichblättern, und darum wurde der Huflattich angebaut.

Nun war da einmal ein alter Gutshof, wo man keine Schnecken mehr aß, sie waren völlig ausgestorben, aber der Huflattich war nicht ausgestorben, der wuchs und wuchs über alle Wege und alle Beete, man konnte seiner überhaupt nicht mehr Herr werden, es war ein ganzer Huflattichwald, hier und da stand ein Apfel- oder Pflaumenbaum, sonst hätte man nie gedacht, daß es ein Garten war; alles war Huflattich – und dort drinnen wohnten die beiden letzten, uralten Schnecken.

Sie wußten selber nicht, wie alt sie waren, aber sie konnten sich sehr wohl daran erinnern, daß ihrer viel mehr gewesen waren, daß sie von einer Familie aus einem fremden Land stammten und daß der ganze Wald für sie und ihresgleichen angepflanzt worden war. Sie waren niemals draußen gewesen, aber sie wußten, daß es noch etwas in der Welt gab, was Gutshof hieß, und dort oben wurde man gekocht, und dann wurde man schwarz, und dann wurde man auf eine silberne Platte gelegt, was dann aber weiter geschah, das wußten sie nicht. Wie es übrigens war, wenn man gekocht wurde und auf einer silbernen Platte lag, konnten sie sich nicht ausmalen, aber es sollte schön sein und vor allem vornehm. Weder der Maikäfer noch die Kröte noch der Regenwurm, bei denen sie sich erkundigten, konnten Auskunft geben, keiner von ihnen war gekocht worden oder hatte auf einer silbernen Platte gelegen.

Die alten, weißen Schnecken waren die vornehmsten in der Welt, das wußten sie; der Wald war ihretwegen da, und der Gutshof war deswegen da, damit sie gekocht und auf eine silberne Platte gelegt werden konnten.

Sie lebten jetzt ganz für sich allein und glücklich, und da sie selber keine Kinder hatten, so hatten sie einen ganz gewöhnlichen kleinen Schneck zu sich genommen, den sie wie ein eigenes Kind großzogen, aber der Kleine wollte nicht wachsen, denn er war ein gewöhnlicher Schneck; aber die Alten, namentlich die Mutter, Mutter Schnecke, meinte, sie könne dennoch merken, daß der Schneckensohn zunehme, und sie bat den Vater, falls er es nicht sehen könne, ob er nicht mal an dem kleinen Schneckenhaus fühlen wolle, und dann fühlte er nach und fand, Mutter habe recht.

Eines Tages kam ein heftiger Regen.

„Hör nur, wie es gegen den Huflattich bullert!" sagte Vater Schneck.

„Da kommen auch Tropfen!" sagte Mutter Schnecke. „Die laufen ja am ganzen Stengel herunter! Du sollst mal sehen, hier wird's jetzt naß! Ich freue mich nur, daß wir unser gutes Haus haben und daß der Kleine seines hat! Für uns ist tatsächlich mehr getan worden als für alle anderen Geschöpfe; man kann doch sehen, daß wir in dieser Welt die Herrschaft sind! Wir haben von Geburt an ein Haus, und der Huflattichwald ist unsertwegen gesät worden! Ich möchte doch mal wissen, wie weit sich der ausdehnt, und was hinter ihm ist!"

„Hinter dem ist gar nichts!" sagte Vater Schneck. „Besser als bei uns kann es nirgendwo auf der Welt sein, und ich habe keinen einzigen Wunsch!"

„Doch", sagte Mutter, „ich würde wirklich gern auf den Gutshof kommen, gekocht und auf eine silberne Platte gelegt werden, das ist mit all unseren Vorfahren gemacht worden, und du kannst glauben, da ist was ganz Besonderes dran!"

„Der Gutshof ist am Ende eingefallen!" sagte Vater Schneck „oder der Huflattichwald ist darüber weg gewachsen, so daß die Menschen nicht rauskommen konnten. Es eilt ja auch nicht, aber du kannst nie die Zeit abwarten, und der Kleine fängt jetzt auch schon so an; kriecht er doch jetzt schon drei Tage lang an dem Stengel hoch, mir tut der Kopf weh, wenn ich zu ihm hinaufblicke!"

„Du darfst nicht schimpfen", sagte Mutter Schnecke, „er kriecht so bedächtig, wir werden bestimmt Freude an ihm haben, und etwas anderes, wofür wir leben können, haben wir Alten ja auch nicht! Aber hast du eins bedacht: wo bekommen wir eine Frau für ihn her? Meinst du nicht, daß tief drinnen im Huflattichwald noch einige unsersgleichen sein könnten?"

„Schwarze Schnecken sind da, glaube ich", sagte der Alte, „schwarze Schnecken ohne Haus, aber das ist ja so gewöhnlich, und die sind ziemlich eingebildet, aber wir könnten den Ameisen den Auftrag erteilen, die laufen hin und her, als hätten sie was zu tun, die wissen sicher eine Frau für unseren kleinen Schneck!"

„O ja, ich weiß die Allerschönste!" sagten die Ameisen, „aber ich fürchte, das geht nicht, sie ist nämlich Königin!"

„Das macht nichts!" sagten die Alten. „Hat sie ein Haus?"

„Sie hat ein Schloß!" sagten die Ameisen, „das schönste Ameisenschloß mit siebenhundert Gängen!"

„Danke!" sagte Mutter Schnecke, „unser Sohn soll nicht in einen Ameisenhaufen! Wißt ihr nichts Besseres, dann vergeben wir den Auftrag an die weißen Mücken, die fliegen weit umher in Regen und Sonnenschein, die kennen den Huflattichwald in- und auswendig."

„Wir haben eine Frau für ihn!" sagten die Mücken. „Hundert Menschenschritte von hier sitzt auf einem Stachelbeerstrauch eine kleine Schnecke mit Haus, die ist ganz einsam und alt genug, um heiraten zu können. Es ist nur hundert Menschenschritte weit!"

„Ja, laß sie zu ihm kommen!" sagten die Alten, „er hat einen Huflattichwald, sie hat nur einen Strauch!"

Und dann holten sie das kleine Schneckenfräulein. Es dauerte acht Tage, bis sie da war, aber das war gerade das Schöne daran, da konnte man sehen, sie war von ihrer Art.

Und dann feierten sie Hochzeit. Sechs Glühwürmchen leuchteten, so gut sie konnten; im übrigen verlief das Ganze sehr still, denn die alten Schneckenleute konnten Lärm und Toberei nicht vertragen! Aber eine schöne Rede wurde von Mutter Schnecke gehalten, Vater konnte nicht, er war so gerührt, und dann vererbten sie ihnen den ganzen Huflattichwald und sagten, was sie immer gesagt hatten: der wäre das Beste auf der Welt, und wenn sie rechtschaffen und brav lebten und sich vermehrten, dann kämen sie und ihre Kinder dereinst auf den Gutshof, würden schwarz gekocht und auf silberne Platten gelegt werden.

Und nachdem diese Rede gehalten war, krochen die Alten in ihre Häuser und kamen nie wieder zum Vorschein; sie schliefen. Das junge Schneckenpaar regierte im Wald und bekam viele Nachkommen, aber sie wurden niemals gekocht, und sie kamen nie auf die silberne Platte; daraus schlossen sie nun, daß der Gutshof zusammengefallen sein mußte und daß alle Menschen auf der Welt ausgestorben waren, und da niemand ihnen widersprach, war es ja wahr; und der Regen schlug gegen die Huflattichblätter, um ihretwegen Trommelmusik zu machen, und die Sonne schien, um dem Huflattichwald ihretwegen Farbe zu verleihen, und sie waren sehr glücklich, und die ganze Familie war glücklich, ja, das war sie.

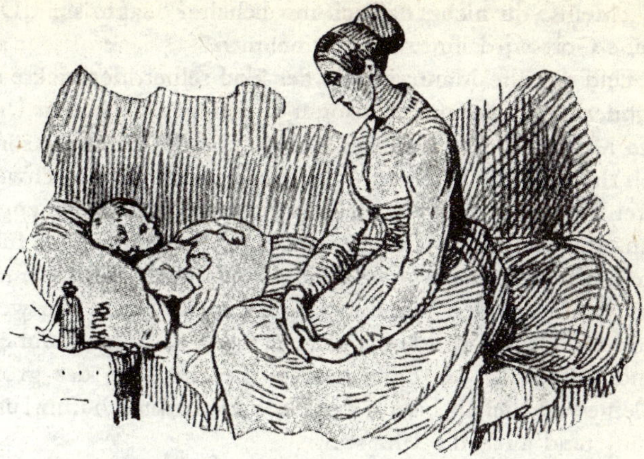

Die Geschichte einer Mutter

Eine Mutter saß bei ihrem kleinen Kind, sie war so traurig, hatte solche Angst, es würde sterben. Es war so bleich, die kleinen Augen waren geschlossen, es holte so leise Atem, und bisweilen tat es einen so tiefen Zug, als ob es seufzte; und die Mutter blickte die kleine Seele noch kummervoller an.

Da klopfte es an die Tür, und ein armer alter Mann kam herein, in so etwas Ähnliches wie eine große Pferdedecke gewickelt, denn die hält warm, und das hatte er nötig, denn es war ja kalter Winter; draußen lag alles voller Eis und Schnee, und der Wind wehte so heftig, daß er einem ins Gesicht schnitt.

Und da der alte Mann vor Kälte schlotterte und das Kindchen einen Augenblick schlief, stand die Mutter auf und stellte eine kleine Kanne mit Bier in den Ofen, um es für ihn zu wärmen, und der Mann saß da und schaukelte die Wiege, und die Mutter setzte sich auf den Stuhl dicht neben ihn, blickte auf ihr krankes Kind, das so tief Atem holte, und hob seine kleine Hand.

„Meinst du nicht, daß ich ihn behalte?" sagte sie. „Der liebe Gott wird ihn mir nicht nehmen!"

Und der alte Mann, es war der Tod selber, der nickte so sonderbar, es konnte ebensogut ja wie nein bedeuten. Und die Mutter blickte auf ihren Schoß, und die Tränen strömten ihr über die Wangen – der Kopf wurde ihr so schwer, drei Tage und drei Nächte lang hatte sie kein Auge zugetan, und nun schlief sie, aber nur einen Augenblick, da fuhr sie hoch und zitterte vor Kälte: „Was ist das!" sagte sie und sah sich nach allen Seiten um; aber der alte Mann war weg, und ihr kleines Kind war weg, er hatte es mitgenommen; und drüben in der Ecke rasselte die alte Uhr, das große Bleigewicht lief ab, bis auf den Fußboden runter, bumm! und nun stand auch die Uhr still.

Aber die arme Mutter rannte aus dem Haus und rief nach ihrem Kind.

Dort draußen, mitten im Schnee, saß eine Frau mit langen schwarzen Kleidern, und sie sagte: „Der Tod ist in deiner Stube gewesen, ich sah, wie er mit deinem kleinen Kind forteilte; er geht schneller als der Wind, er bringt niemals zurück, was er einmal genommen hat!"

„Sag mir nur, wo er entlanggegangen ist!" sagte die Mutter, „sag es mir, und ich werde ihn suchen!"

„Ich weiß den Weg!" sagte die Frau in den schwarzen Kleidern, „aber bevor ich es dir sage, mußt du mir erst alle Lieder singen, die du deinem Kinde vorgesungen hast! Ich habe sie so gern, ich habe sie schon gehört, ich bin die Nacht, ich sah deine Tränen, während du sie sangest!"

„Ich will sie alle, alle singen!" sagte die Mutter, „aber halte mich nicht auf, damit ich ihn einholen kann, damit ich mein Kind suchen kann!"

Aber die Nacht saß stumm und still, da rang die Mutter die Hände, sang und weinte, und es waren viele Lieder, aber noch mehr Tränen; und dann sagte die Nacht: „Geh nach rechts, in den dunklen Tannenwald hinein, dort sah ich den Tod mit deinem kleinen Kind entlanggehen!"

Tief drinnen im Walde gabelten sich die Wege, und sie wußte nicht mehr, wohin sie gehen mußte; da stand dort ein Dornenstrauch, an dem war weder Blatt noch Blüte, es war ja auch kalter Winter, und die Zweige waren mit Eis überzogen.

„Hast du nicht den Tod vorübergehen sehen mit meinem kleinen Kind?"

„Doch!" sagte der Dornenstrauch, „aber ich sage dir nicht, welchen Weg er ging, es sei denn, du wärmst mich erst an deinem Herzen auf; ich erfriere, ich werde zu lauter Eis!"

Und nun drückte sie den Dornenstrauch an ihre Brust, so fest, damit er sich ordentlich aufwärmen konnte, und die Dornen drangen ihr tief ins Fleisch, und ihr Blut quoll in großen Tropfen heraus, aber der Dornenstrauch trieb frische, grüne Blätter, und er bekam Blüten in der kalten Winternacht, so warm war es an einer betrübten Mutter Herzen; und der Dornenstrauch sagte ihr den Weg, den sie gehen sollte.

Da kam sie an einen großen See, wo es weder Schiff noch Boot gab. Der See war nicht genügend zugefroren, um sie tragen zu können, und auch nicht offen und nicht flach genug, als daß sie hätte hindurchwaten können, und hinüber mußte sie, wollte sie ihr Kind finden; so legte sie sich nieder, um den See auszutrinken, und das war ja für einen Menschen unmöglich; aber die betrübte Mutter dachte, es könnte dennoch ein Wunder geschehen.

„Nein, das geht auf keinen Fall!" sagte der See, „dann wollen wir beiden uns doch lieber einigen! Ich sammle gern Perlen, und deine Augen sind die beiden hellsten, die ich gesehen habe, willst du sie dir für mich ausweinen, dann trage ich dich zu dem großen Treibhaus hinüber, wo der Tod wohnt und die Blumen und Bäume pflegt; jedes von ihnen ist ein Menschenleben!"

„Oh, was gäbe ich nicht darum, wenn ich zu meinem Kind kommen könnte!" sagte die verweinte Mutter, und sie weinte noch mehr, und ihre Augen sanken bis auf den Grund des Sees und wurden zwei kostbare Perlen; aber der See hob die Mutter hoch, als säße sie in einer Schaukel, und sie flog in einem Schwung zum jenseitigen Ufer, wo ein meilenlanges seltsames Haus stand; man wußte nicht, ob es ein Berg war mit Wald und Höhlen oder ob es gezimmert war, aber die arme Mutter konnte es nicht sehen, sie hatte sich ja die Augen ausgeweint.

„Wo soll ich den Tod suchen, der mit meinem kleinen Kind fortgegangen ist?" sagte sie.

„Hierher ist er noch nicht gekommen!" sagte die alte Gräberfrau, die auf das große Treibhaus des Todes achtgeben sollte. „Wie hast du hierherfinden können, und wer hat dir geholfen?"

„Der Herrgott hat mir geholfen!" sagte sie, „er ist barmherzig, und das wirst du auch sein! Wo soll ich mein kleines Kind suchen!"

„Ja, ich kenne es nicht", sagte die Frau, „und du kannst ja nicht sehen! – Viele Blumen und Bäume sind heute nacht verwelkt, der Tod wird bald kommen und sie umpflanzen! Du weißt wohl, daß jeder Mensch seinen Lebensbaum oder seine Blume hat, je nachdem, wie jeder beschaffen ist; sie sehen aus wie andere Pflanzen, aber ihre Herzen klopfen; ein Kinderherz kann auch klopfen! Geh dem nach, vielleicht kannst du deines Kindes Herz erkennen; aber was schenkst du mir dafür, wenn ich dir sage, was du sonst noch tun sollst?"

„Ich habe nichts zu verschenken", sagte die betrübte Mutter, „aber ich will für dich bis ans Ende der Welt gehen."

„Ja, da habe ich nichts verloren!" sagte die Frau. „Aber du kannst mir dein langes, schwarzes Haar schenken, du weißt gewiß selber, daß es schön ist, und das gefällt mir! Du bekommst dafür mein weißes, das ist immerhin etwas!"

„Begehrst du nichts anderes", sagte sie, „das schenke ich dir mit Freuden!" Und sie schenkte ihr ihr schönes, schwarzes Haar und erhielt dafür das schneeweiße der Alten.

Und dann gingen sie in das große Treibhaus des Todes, wo Blumen und Bäume seltsam durcheinanderwuchsen. Hier standen feine Hyazinthen unter Glasglocken, und hier standen große, kraftstrotzende Päonien; hier wuchsen

Wasserpflanzen, manche ganz frisch, andere halb siech, und die Wasserschlangen legten sich auf sie, und schwarze Krebse kniffen sie in den Stengel. Dort standen prächtige Palmen, Eichen und Platanen, da wuchsen Petersilie und blühender Thymian; jeder Baum und jede Blume hatten ihren Namen, jedes von ihnen war ein Menschenleben, der Mensch lebte noch, einer in China, einer in Grönland, ringsum in der Welt. Da gab es große Bäume in kleinen Töpfen, die ganz verkümmert dastanden und den Topf schier sprengen wollten, da stand auch an vielen Stellen eine kleine, langweilige Blume in fetter Erde, mit Moos drumherum und verzärtelt und umhegt. Aber die betrübte Mutter neigte sich über die kleinsten Pflanzen alle und hörte, wie in ihnen das Menschenherz klopfte, und unter Millionen erkannte sie das ihres Kindes.

„Da ist es!" rief sie und streckte die Hand nach einem kleinen blauen Krokus aus, der ganz krank nach der einen Seite hinunterhing.

„Rühre die Blume nicht an!" sagte die alte Frau, „sondern stell dich hier hin, und wenn dann der Tod kommt, ich erwarte ihn jederzeit, dann laß nicht zu, daß er die Pflanze herausreißt, und drohe du ihm, du würdest es mit den anderen Pflanzen tun, dann bekommt er Angst! Er muß dem Herrgott Rechenschaft für sie geben, keine darf herausgerissen werden, ehe er nicht die Erlaubnis gibt."

Mit einemmal brauste es eiskalt durch den Saal, und die blinde Mutter konnte spüren, daß jetzt der Tod kam.

„Wie hast du hierherfinden können?" fragte er, „wie konntest du schneller herkommen als ich?"

„Ich bin eine Mutter!" sagte sie.

Und der Tod streckte seine lange Hand nach der feinen kleinen Blume aus, aber sie legte ihre Hände fest darum, ganz dicht und dennoch voller Angst, daß sie eines der Blätter berühren könnte. Da hauchte der Tod auf ihre Hände, und sie fühlte, es war kälter als der kalte Wind, und ihre Hände sanken matt hernieder.

„Du kannst doch nichts gegen mich ausrichten!" sagte der Tod.

„Aber das kann der Herrgott!“ sagte sie.

„Ich tue nur, was er will!“ sagte der Tod, „ich bin sein Gärtner! Ich nehme alle seine Blumen und Bäume und pflanze sie in den großen Paradiesgarten in dem unbekannten Land, aber wie sie dort gedeihen und wie es dort ist, das kann ich dir nicht so recht sagen!“

„Gib mir mein Kind zurück!“ sagte die Mutter und weinte und bat; mit einemmal griff sie mit jeder Hand um eine schöne Blume dicht neben ihr und rief dem Tode zu: „Ich reiße alle deine Blumen ab, denn ich bin voll Verzweiflung!“

„Rühre sie nicht an!“ sagte der Tod. „Du sagst, du seiest unglücklich, und nun willst du eine andere Mutter ebenso unglücklich machen!“

„Eine andere Mutter?“ sagte die arme Frau und ließ sogleich die beiden Blumen los.

„Da hast du deine Augen“, sagte der Tod, „ich habe sie aus dem See herausgefischt, sie schimmerten so stark; ich wußte nicht, daß es deine sind; nimm sie wieder, sie sind jetzt heller als vorher, blicke nun in den tiefen Brunnen hier neben dir hinab, ich werde die Namen der beiden Blumen nennen, die du herausreißen wolltest, und du siehst ihre ganze Zukunft, ihr ganzes Erdenleben, siehst, was du zerstören und vernichten wolltest!“

Und sie blickte in den Brunnen hinab; und es war eine Glückseligkeit, zu sehen, wie die eine ein Segen für die Welt wurde, zu sehen, wieviel Glück und Freude sich um sie herum entfaltete. Und sie sah das Leben der anderen, und es war Kummer und Not, Grauen und Elend.

„Beides ist Gottes Wille!“ sagte der Tod.

„Welche von ihnen ist die Blume des Unglücks und welche die des Segens?“ fragte sie.

„Das sage ich dir nicht“, sagte der Tod, „aber eins sollst du von mir erfahren, die eine Blume war die deines Kindes, es war deines Kindes Schicksal, was du sahest, deines eigenen Kindes Zukunft!“

Da schrie die Mutter vor Angst: „Welche von ihnen ist mein Kind? sag es mir! Erlöse das Unschuldige! erlöse mein Kind von all dem Elend! Trag es lieber fort! trag es hinein in das Reich Gottes! Vergiß meine Tränen, vergiß mein Flehen und alles, was ich gesagt und getan habe!"

„Ich verstehe dich nicht!" sagte der Tod. „Willst du dein Kind zurückhaben, oder soll ich mit ihm dorthin gehen, worüber du nichts weißt?"

Da rang die Mutter die Hände, fiel auf die Knie und betete zu Gott: „Erhöre mich nicht, wenn ich gegen deinen Willen bete, welcher der beste ist! erhöre mich nicht! erhöre mich nicht!"

Und sie neigte den Kopf auf ihren Schoß hernieder.

Und der Tod ging mit ihrem Kind in das unbekannte Land hinein.

Der Kragen

Es war einmal ein vornehmer Kavalier, dessen ganzer Hausrat waren ein Stiefelknecht und eine Haarbürste, aber er hatte den schönsten Kragen der Welt, und von diesem Kragen wollen wir eine Geschichte hören. Der war jetzt alt genug, um ans Heiraten zu denken, und da traf es sich so, daß er mit einem Strumpfband zusammen in die Wäsche kam.

„Nein!" sagte der Kragen, „nie habe ich doch etwas so Schlankes und Feines gesehen, so weich und so niedlich. Darf ich nach Ihrem Namen fragen?"

„Den sag ich nicht!" sagte das Strumpfband.

„Wo gehören Sie hin?" fragte der Kragen.

Aber das Strumpfband war sehr schüchtern und fand, es sei doch etwas sonderbar, darauf zu antworten.

„Sie sind sicher ein Miederband!" sagte der Kragen, „so ein inwendiges Miederband! Ich sehe schon, Sie sind zum Nutzen wie zum Putzen da, Jüngferchen!"

„Sie dürfen mich nicht anreden!" sagte das Strumpfband, „ich finde gar nicht, daß ich dazu Anlaß gegeben hätte!"

„Doch, wenn man so hübsch ist wie Sie!“ sagte der Kragen, „das ist Anlaß genug!“

„Kommen Sie nicht so nahe heran!“ sagte das Strumpfband. „Sie sehen aus wie ein rechtes Mannsbild!“

„Ich bin auch ein vornehmer Kavalier!“ sagte der Kragen, „ich besitze einen Stiefelknecht und eine Haarbürste!“ und das war gar nicht wahr, es war ja sein Herr, der die besaß, aber er schnitt auf.

„Kommen Sie nicht so nahe heran!“ sagte das Strumpfband, „das bin ich nicht gewöhnt!“

„Zimperliese!“ sagte der Kragen, und dann wurde er aus der Wäsche genommen, er wurde gestärkt, hing auf dem Stuhl im Sonnenschein und wurde dann aufs Bügelbrett gelegt; da kam das heiße Eisen.

„Beste Frau!“ sagte der Kragen, „kleine Witfrau! mir wird ganz heiß, ich werde ein anderer, ich gerate ganz aus den Fugen. Sie brennen ein Loch in mich hinein! uh! – ich bitte Sie um Ihre Hand!“

„Jammerlappen!“ sagte das Bügeleisen und fuhr stolz über den Kragen hinweg; denn es bildete sich ein, es sei ein Dampfkessel, der zur Eisenbahn kommen und Wagen ziehen würde.

„Jammerlappen!“ sagte es.

Der Kragen war an den Rändern ein wenig fusselig, und da kam die Papierschere und wollte die Fusseln abschneiden.

„Oh!“ sagte der Kragen, „Sie sind sicher Erste Tänzerin! Wie Sie die Beine schmeißen können! Etwas so Entzückendes habe ich noch nie gesehen! Das kann Ihnen kein Mensch nachmachen!“

„Das weiß ich!“ sagte die Schere.

„Sie verdienten es, Gräfin zu sein!“ sagte der Kragen. „Alles was ich habe, sind ein vornehmer Kavalier, ein Stiefelknecht und eine Haarbürste! Hätte ich doch bloß eine Grafschaft!“

„Er freit?“ sagte die Schere, denn sie wurde böse, und da schnitt sie gehörig zu, und nun war er abgesetzt.

„Ich muß wohl lieber um die Bürste anhalten! Es ist erstaunlich, daß Sie noch alle Ihre Haare haben, kleines Fräulein!" sagte der Kragen. „Haben Sie nie daran gedacht, sich zu verloben?"

„O doch, das können Sie glauben!" sagte die Haarbürste, „ich bin ja mit dem Stiefelknecht verlobt!"

„Verlobt!" sagte der Kragen; nun war keine mehr da, um die er freien konnte, und nun verachtete er das Freien.

Es verging lange Zeit, da kam der Kragen zum Papiermüller in die Kiste; hier war große Lumpengesellschaft, die feinen für sich, die groben für sich, so wie es sich gehört. Sie hatten alle viel zu erzählen, aber der Kragen am meisten, der war ein tüchtiger Aufschneider.

„Ich habe so fürchterlich viele Bräute gehabt!" sagte der Kragen, „ich wurde nicht in Frieden gelassen! Ich war aber auch ein vornehmer Kavalier, mit Stärke! Ich hatte einen Stiefelknecht und auch eine Bürste, die ich nie gebrauchte! – Sie hätten mich damals sehen müssen, mich sehen müssen, als man mich umgelegt hatte! Nie werde ich meine erste Braut vergessen, sie war ein Miederband, so fein, so weich und so niedlich, sie stürzte sich meinetwegen in einen Waschzuber! – Da war auch eine Witfrau, die glühte, aber ich ließ sie stehen und schwarz werden! Da war die Erste Tänzerin, sie versetzte mir den Riß, mit dem ich jetzt herumlaufe, sie war so stürmisch! Meine eigene Haarbürste war verliebt in mich, sie verlor aus Liebeskummer alle ihre Haare. Ja, ich habe viel dergleichen erlebt! Aber am meisten tut es mir um das Strumpfband leid – ich meine, das Miederband, das in den Waschzuber purzelte. Ich habe viel auf meinem Gewissen, es könnte mir guttun, wenn weißes Papier aus mir würde!"

Und so kam es, aus allen Lumpen wurde weißes Papier, aber aus dem Kragen wurde genau dies Stück weißes Papier, das wir hier sehen und auf das die Geschichte gedruckt worden ist, und das kam daher, weil der Kragen so fürchterlich mit all dem aufgeschnitten hatte, was nie gewesen war; und daran wollen wir denken, damit wir es nicht genauso machen, denn wir können tatsächlich nie wissen, ob wir nicht auch einmal in die Lumpenkiste kommen und weißes Papier aus uns gemacht wird und unsere ganze Geschichte auf uns draufgedruckt wird, sogar das Allergeheimste, und ob wir dann nicht selber herumlaufen und sie erzählen müssen, ebenso wie der Kragen.

Der Flachs

Der Flachs stand in Blüte. Er hat so schöne blaue Blüten, so weich wie die Flügel einer Motte und noch viel feiner. – Die Sonne beschien den Flachs, und die Regenwolken begossen ihn, und das tat ihm ebenso gut, wie es kleinen Kindern guttut, gewaschen zu werden und dann von der Mutter einen Kuß zu bekommen; sie werden ja davon viel schöner. Und das wurde der Flachs auch.

„Die Leute sagen, ich stehe ganz ausgezeichnet", sagte der Flachs, „und ich werde so schön hoch, aus mir wird ein prachtvolles Stück Leinen werden! Nein, wie bin ich glücklich! Ich bin bestimmt der Allerglücklichste von allen! Mir geht es so gut, und aus mir wird etwas! Wie der Sonnenschein mich aufheitert, und wie der Regen schmeckt und erfrischt! Ich bin unbeschreiblich glücklich, ich bin der Allerglücklichste!"

„Jaja!" sagten die Zaunlatten, „du kennst die Welt nicht, aber das tun wir, wir stecken voller Knorren!" und dann ächzten sie ganz jämmerlich:

„Schnipp schnapp schnurre,
Basselurre,
Das Lied ist aus!"

„Nein, das ist es nicht!“ sagte der Flachs, „morgen scheint die Sonne, der Regen tut so gut, ich kann hören, wie ich wachse, ich kann fühlen, ich setze Blüten an! ich bin der Allerglücklichste!“

Aber eines Tages kamen Leute und faßten den Flachs beim Schopf und zerrten ihn mit der Wurzel heraus, das tat weh; und er wurde ins Wasser gelegt, als ob man ihn ertränken wollte, und dann kam er über Feuer, als ob man ihn braten wollte, und das war greulich.

„Es kann einem nicht immer gut gehen!“ sagte der Flachs, „man muß Prüfungen durchmachen, dann weiß man etwas!“

Aber es wurde wahrlich schlimm. Der Flachs wurde geschlagen und gebrochen, geschwungen und gehechelt, ja, was wußte er schon, wie das hieß; er kam auf den Rocken, schnurr-rurr! es war nicht möglich, die Gedanken beisammenzuhalten.

„Ich bin außerordentlich glücklich gewesen!“ dachte er in all seiner Pein. „Man muß sich über das Gute freuen, das man genossen hat! Freuen, freuen, oh!“ und das sagte er noch, als er auf den Webstuhl kam – und dann wurde ein herrlich großes Stück Leinen aus ihm. Der ganze Flachs, jede einzelne Pflanze, wurde zu diesem einen Stück!

„Ja, aber das ist ja unvergleichlich! das hätte ich nie gedacht! Nein, was für ein Glück ich habe! O ja, die Zaunlatten, die wußten wirklich gut Bescheid mit ihrem

‚Schnipp, schnapp schnurre,
Basselurre!‘

Das Lied ist gar nicht aus! Jetzt fängt es gerade an! Es ist unvergleichlich! Ja, habe ich etwas erdulden müssen, so bin ich jetzt dafür auch etwas geworden; ich bin der Glücklichste von allen! – Ich bin so stark und so weich, so weiß und so lang! Das ist was anderes, als nur Pflanze zu sein, und wenn man auch Blüten hat! Man wird nicht gepflegt, und Wasser bekommt man nur, wenn es regnet. Jetzt werde ich bedient! Die Magd kehrt mich jeden Morgen um, und mit der Wasserkanne bekomme ich jeden Abend ein Regenbad; ja, die Pfarrersfrau hat selber eine Rede auf mich gehalten und gesagt, ich wäre das beste Stück im Kirchspiel. Glücklicher kann ich nicht werden!"

Nun kam das Leinen ins Haus, nun kam es unter die Schere. Wie man schnitt, wie man schnippelte, wie man mit Nähnadeln stach, denn das tat man! Das war kein Vergnügen. Aber das Leinen wurde zu zwölf Stücken Wäsche, von der Art, über die man nicht spricht, die aber alle Menschen haben müssen; es wurden zwölf Stück daraus.

„Nein, sieh mal an, jetzt bin ich erst etwas geworden! Soso, das also war meine Bestimmung! Ja, aber das ist ja ein Segen! Nun stifte ich Nutzen in der Welt, und darauf kommt es an, das ist die wahre Freude. Wir sind zwölf Stück geworden, aber wir sind dennoch alle ein und dasselbe, wir sind ein Dutzend! Welch ein unbeschreibliches Glück!"

Und Jahre vergingen – und länger hielten sie dann nicht.

„Einmal muß es ja vorbei sein!" sagte jedes Stück, „ich hätte ja gern noch ein bißchen länger gehalten, aber man darf nichts Unmögliches verlangen!" Und dann wurden sie in lauter Fetzen gerissen, sie meinten, es sei ganz und gar aus, denn sie wurden zerhackt und zerquetscht und gekocht, ja, sie wußten selber nicht was – und dann wurden sie zu herrlich feinem, weißem Papier!

„Nein, das ist eine Überraschung! und eine freudige Überraschung!" sagte das Papier; „nun bin ich feiner als früher, und nun wird auf mir geschrieben werden! Was kann da nicht alles geschrieben werden! Es ist doch ein unbeschreibliches Glück!" Und es wurden die allerschönsten Geschichten darauf geschrieben, und die Leute hörten, was da stand, und das war so richtig und gut, das machte die Menschen viel klüger und besser; es war ein großer Segen, der in Worten diesem Papier vergönnt wurde.

„Das ist mehr, als ich mir je träumen ließ, da ich eine kleine blaue Blume auf dem Felde war! Wie hätte ich mir vorstellen können, daß ich dermaleinst Freude und Kenntnisse unter die Menschen tragen würde. Ich kann es selber noch nicht begreifen! Aber das ist nun einmal wirklich so! Der Herrgott weiß, daß ich selber gar nichts getan habe als das, was ich nach meinem geringen Vermögen tun mußte, um zu leben! Und dann bringt er mich in dieser Weise vorwärts, von einer Freude zur anderen, von einer Ehre zur anderen; jedesmal, wenn ich denke: ‚Das Lied ist aus!‘ dann kommt noch etwas viel Höheres und Besseres; jetzt gehe ich sicher auf die Reise, werde um die ganze Welt geschickt, damit alle Menschen mich lesen können! Das ist ganz selbstverständlich! Früher hatte ich blaue Blüten, jetzt habe ich für jede Blüte die schönsten Gedanken! Ich bin der Allerglücklichste!“

Aber das Papier kam nicht auf die Reise, es kam zum Buchdrucker, und dort wurde alles, was darauf geschrieben stand, gedruckt und zu einem Buch, ja zu vielen hundert Büchern, denn dadurch konnten unendlich viel mehr Leute Nutzen und Freude davon haben, als wenn das eine Stück Papier, auf dem das Geschriebene stand, um die Welt gewandert und auf halbem Wege zerlesen worden wäre.

„Ja, das ist auch das Allervernünftigste!“ dachte das beschriebene Papier. „Das ist mir gar nicht eingefallen! Ich bleibe zu Hause und werde in Ehren gehalten genau wie ein alter Großvater! Ich bin es, auf das geschrieben worden ist, die Worte flossen von der Feder gleich in mich hinein. Ich bleibe, und die Bücher wandern weit herum! Nun kann doch wirklich etwas getan werden! Nein, wie bin ich froh, wie bin ich glücklich!“

Dann wurde das Papier zu einem Bündel zusammengeschnürt und auf das Wandbrett gelegt. „Es tut einem gut, wenn man sich auf seinen Taten ausruhen kann!“ sagte das Papier. „Es ist sehr richtig, daß man sich sammelt und zum Nachdenken kommt über das, was einem innewohnt. Jetzt erst weiß ich so richtig, was in mir drinsteht! Und sich selber zu erkennen, das ist der eigentliche Fortschritt. Was jetzt wohl kommen mag? Ein Fortschritt wird es sein, es geht immer vorwärts!“

Eines Tages wurde alles Papier auf die Esse gelegt, es

sollte verbrannt werden, denn es durfte nicht an den Krämer verkauft werden, damit dieser etwa Butter und Puderzucker darin einwickelte. Und alle Kinder aus dem Haus standen im Kreis herum, sie wollten sehen, wie es aufflammte, sie wollten in der Asche die vielen roten Feuerfunken sehen, die gleichsam fortlaufen und erlöschen, einer nach dem anderen, so geschwind – es sind die Kinder, die aus der Schule kommen, und der allerletzte Funke ist der Lehrer; oft meint man, er wäre gegangen, aber dann kommt er noch etwas später als die anderen.

Und das ganze Papier lag in einem Bündel auf dem Feuer. Uh! wie es aufloderte. „Uh!" sagte es, und in diesem Augenblick entstand eine große Flamme; sie reichte so hoch in die Luft, wie der Flachs nie seine kleine blaue Blüte hätte emporstrecken können, und leuchtete so, wie das weiße Leinen nie hätte leuchten können; die geschriebenen Buchstaben wurden einen Augenblick lang ganz rot, und alle Worte und Gedanken gingen in Flammen auf.

„Nun gehe ich bis zur Sonne hinauf!" sagte es drinnen in der Flamme, und es war, als sagten tausend Stimmen es wie eine einzige, und die Flamme schlug ganz oben aus dem Schornstein hinaus; und feiner als die Flamme, dem menschlichen Auge ganz unsichtbar, entschwebten winzigkleine Wesen, ebenso viele wie Blüten am Flachs gewesen waren. Sie waren noch leichter als die Flamme, die sie geboren hatte, und als diese erlosch und von dem Papier nur die schwarze Asche übrig war, tänzelten sie noch einmal darüber hin, und wo sie die Asche berührten, sah man ihre Fußspuren, es waren die roten Funken: Die Kinder kamen aus der Schule, und der Lehrer war der letzte! Es war ein Spaß, dem zuzuschauen, und die Kinder des Hauses standen vor der toten Asche und sangen:

„Schnipp, schnapp schnurre,
Basselurre!
Das Lied ist aus!"

Aber die unsichtbaren kleinen Wesen sagten jedes für sich: „Das Lied ist niemals aus! Das ist das Schönste an dem

Ganzen! Ich weiß es, und darum bin ich der Allerglücklichste!“

Aber das konnten die Kinder weder hören noch verstehen, und das sollen sie auch nicht, denn Kinder dürfen nicht alles wissen.

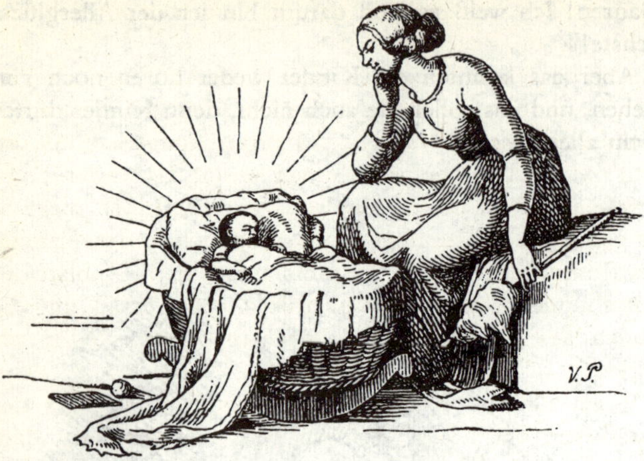

Vogel Phönix

Im Paradiesgarten, unter dem Baum der Erkenntnis, stand ein Rosenstrauch; hier, in der ersten Rose, kam ein Vogel zur Welt, sein Flug war wie der des Lichts, herrlich seine Farbe, wunderbar sein Gesang.

Als aber Eva die Frucht der Erkenntnis pflückte, als sie und Adam aus dem Paradiesgarten vertrieben wurden, fiel von dem Flammenschwert des Racheengels ein Funke in das Nest des Vogels und zündete es an. Der Vogel kam in den Flammen um, aber aus dem roten Ei flog ein neuer auf, der einzige, der immerdar einzige Vogel Phönix. Die Sage berichtet, daß er in Arabien nistet und daß er sich alle hundert Jahr in seinem Nest selber verbrennt und daß ein neuer Phönix, der einzige in der Welt, von dem roten Ei auffliegt.

Der Vogel umflattert uns, hurtig wie das Licht, schön an Farbe, mit herrlichem Gesang. Wenn die Mutter an der Wiege des Kindes sitzt, ist er neben dem Kopfkissen und schlägt mit den Flügeln einen Strahlenkranz um des Kindes Kopf. Er fliegt durch die Stube der Genügsamkeit, und drinnen ist Sonnenglanz, auf der armseligen Ziehkiste duftet es von Veilchen.

Aber der Vogel Phönix ist nicht allein Arabiens Vogel, er flattert im Scheine des Nordlichts über die Eisflächen Lapplands, er hüpft während des kurzen Sommers in Grönland zwischen den gelben Blumen herum. Unter den Kupferfelsen von Falun, in Englands Kohlengruben fliegt er als gepuderte Motte über das Gesangbuch in den Händen des frommen Arbeiters. Er fährt auf dem Blütenblatt der Lotosblume die heiligen Wasser des Ganges hinab, und die Augen des Hindumädchens leuchten, wenn sie ihn erblicken.

Vogel Phönix! Kennst du ihn nicht? Der Vogel des Paradieses, der heilige Schwan des Gesanges. Auf dem Thespiskarren saß er als schwatzhafter Rabe und schlug mit den schwarzen, hefebeschmierten Flügeln; über die Sängerharfe von Island strich der rote, klingende Schnabel des Schwans; auf Shakespeares Schulter saß er als Wotans Rabe und flüsterte ihm ins Ohr: Unsterblichkeit; er flog beim Sängerfest durch den Rittersaal auf der Wartburg.

Vogel Phönix! Kennst du ihn nicht? Er hat dir die Marseillaise gesungen, und du küßtest die Feder, die von seiner

Schwinge fiel; er kam im Glanz des Paradieses, und du wandtest dich vielleicht dem Sperling zu, der Rauschgold auf den Flügeln hatte.

Der Vogel des Paradieses! jedes Jahrhundert neu geboren, in Flammen zur Welt gekommen, in Flammen umgekommen; dein Bild, in Gold gefaßt, hängt in den Sälen der Reichen, du selber fliegst oftmals verirrt und einsam umher – eine Sage nur: der Vogel Phönix in Arabien.

Im Paradiesgarten, als du unter dem Baum der Erkenntnis zur Welt kamst, in der ersten Rose, küßte dich der Herrgott und gab dir deinen richtigen Namen – Poesie.

Eine Geschichte

Im Garten waren alle Apfelbäume ausgeschlagen, sie hatten sich mit dem Blühen beeilt, noch bevor sie grüne Blätter hatten, und auf dem Hofe waren alle Entenküken draußen und der Kater ebenfalls, er schleckte gehörig Sonnenschein, er schleckte ihn von seiner eigenen Pfote ab; und blickte man über die Felder, dann stand das Korn so unvergleichlich grün, und es erklang ein Zwitschern und Quirilieren von all den kleinen Vögeln, als wäre ein großes Fest, und man konnte eigentlich auch sagen, daß eines war, denn es war Sonntag, die Glocken läuteten, und die Leute gingen in ihren besten Kleidern in die Kirche und sahen so fröhlich aus; ja, über allem lag irgend etwas Fröhliches; es war fürwahr ein Tag so warm und so gesegnet, daß man wohl sagen konnte: „Der liebe Gott ist wirklich überaus gütig gegen uns Menschen!"

Aber drinnen in der Kirche stand der Pfarrer auf der

Kanzel und sprach sehr laut und sehr zornig; er sagte, die Menschen wären so gottlos und Gott würde sie dafür strafen, und wenn sie stürben, kämen die Bösen in die Hölle, wo sie ewig loderten, und er sagte, ihr Wurm stürbe nicht und ihr Feuer verlösche niemals; niemals würden sie Rast noch Ruhe finden. Es war grausig anzuhören, und er sagte es so überzeugend; er beschrieb ihnen die Hölle als eine stinkende Höhle, wo aller möglicher Unflat zusammenströmte, dort war kein Luftzug, nur die heiße Schwefelflamme, dort gab es keinen Boden, sie sanken und sanken tief in ein ewiges Schweigen hinab. Es war allein schon grausig, davon zu hören, aber der Pfarrer sprach noch dazu aus seinem Herzen, und alle Leute in der Kirche waren ganz entsetzt. Aber draußen sangen alle Vögelchen so fröhlich, und die Sonne schien so warm, es war, als sagte jede kleine Blume: „Gott ist so überaus gütig zu uns allen." Ja, dort draußen war es gar nicht so, wie der Pfarrer predigte.

Abends um die Schlafenszeit sah der Pfarrer seine Frau still und in sich gekehrt dasitzen.

„Was fehlt dir?" sagte er zu ihr.

„Ja, was fehlt mir", sagte sie, „mir fehlt, daß ich nicht recht meine Gedanken sammeln kann, daß mir die Rechnung von dem, was du sagtest, nicht recht aufgehen will, nämlich daß es so viele Gottlose gäbe und daß sie ewig brennen sollen; ewig, ach wie lange! – Ich bin nur ein sündiger Mensch, aber ich könnte es nicht übers Herz bringen, selbst den schlimmsten Sünder ewig brennen zu lassen, und wie sollte dann der liebe Gott es können, der so unendlich gütig ist und der weiß, wie das Böse von außen und von innen kommt. Nein, ich kann es mir nicht vorstellen, wenn du es auch sagst."

Es war Herbst, das Laub fiel von den Bäumen, der ernste, strenge Pfarrer saß am Bett eines Sterbenden, ein frommer gläubiger Mensch schloß seine Augen; es war die Pfarrersfrau.

„Wenn einer Frieden im Grabe findet und Gnade vor seinem Gott, dann bist du es!" sagte der Pfarrer, und er legte ihre Hände zusammen und sprach ein Gebet über der Toten.

Und sie wurde zu Grabe getragen: zwei schwere Tränen rollten über die Wangen des ernsten Mannes; und auf dem Pfarrhof war es still und leer, der Sonnenschein dort drinnen war erloschen, sie war von hinnen gegangen.

Es war Nacht, ein kalter Wind fuhr über den Kopf des Pfarrers hin, er schlug die Augen auf, und es war, als schiene der Mond in seine Stube, aber der Mond schien nicht; eine Gestalt war es, die vor seinem Bette stand; er sah den Geist seiner verstorbenen Frau, sie sah ihn so innig und betrübt an, es war, als wollte sie etwas sagen.

Und der Mann richtete sich halb auf, streckte die Arme nach ihr aus: „Selbst dir ist die ewige Ruhe nicht vergönnt? Du leidest? Du, die Beste, die Frömmste!“

Und die Tote neigte den Kopf zu einem Ja und legte die Hand auf die Brust.

„Und kann ich dir Ruhe im Grabe verschaffen?“

„Ja“, klang es an sein Ohr.

„Und wie?“

„Gib mir ein Haar, nur ein einziges Haar von dem Kopfe jenes Sünders, dessen Feuer nie erlöschen wird, jenes Sünders, den Gott zu ewiger Pein in die Hölle verstoßen wird!“

„Ja, so leicht mußt du erlöst werden können, du Reine, du Fromme!“ sagte er.

„Dann folge mir!“ sagte die Tote. „Es ist uns also vergönnt. An meiner Seite schwebst du dahin, wohin deine Gedanken begehren, den Menschen unsichtbar stehen wir in ihrem geheimsten Winkel, aber mit sicherer Hand mußt du auf den der ewigen Qual Anheimgefallenen zeigen, und vor dem Hahnenschrei muß er gefunden sein.“

Und schnell, wie vom Gedanken getragen, waren sie in der großen Stadt; und von den Häuserwänden leuchteten in feurigen Buchstaben die Namen der Todsünden: Hochmut, Geiz, Trunksucht, Wollust, kurz, der ganze siebenfarbige Bogen der Sünde.

„Ja, dort drinnen, wie ich es dachte, wie ich es wußte“,

sagte der Pfarrer, „beherbergen sie die dem ewigen Feuer Anheimgefallenen.“ Und sie standen vor dem prachtvoll erleuchteten Portal, wo die breite Treppe von Teppichen und Blumen prangte, und aus den festlichen Sälen erklang die Ballmusik. Der Herold stand da, in Seide und Samt, mit einem großen, silberbeschlagenen Stock.

„Unser Ball kann sich mit dem des Königs messen“, sagte er und wandte sich dem Auflauf auf der Straße zu; vom Scheitel bis zur Sohle verriet er deutlich seinen Gedanken: „Armes Gelichter, das durch das Tor hereingafft, gegen mich seid ihr alle miteinander kümmerliche Kreaturen!“

„Hoffart!“ sagte die Tote. „Siehst du ihn?“

„Ihn“, wiederholte der Pfarrer. „Ja, aber er ist ein Tor, nur ein Narr, und wird nicht zu ewigem Feuer und ewigen Qualen verdammt werden.“

„Nur ein Narr!“ klang es durch das ganze Haus der Hoffart, das waren sie dort alle.

Und sie flogen in die kahlen vier Wände des Geizigen hinein, wo, knochendürr, vor Kälte klappernd, hungrig und durstig der Greis sich mit jedem Gedanken an sein Geld klammerte; sie sahen, wie er von dem elenden Lager aufsprang, wie im Fieber, und einen lockeren Stein aus der Mauer nahm, wo sein Gold in einem Strumpfe verwahrt lag, er betastete seinen zerlumpten Rock, in den die Goldstücke eingenäht waren, und die feuchten Finger zitterten.

„Er ist krank, es ist Wahnsinn, ein freudloser Wahnsinn, von Angst und bösen Träumen umklammert.“

Und sie entfernten sich eiligen Schritts und standen vor der Pritsche des Verbrechers, wo in langer Reihe einer neben dem anderen schlief. Gleich einem wilden Tier fuhr einer aus dem Schlafe hoch, einen garstigen Schrei ausstoßend; er knuffte mit seinen spitzigen Ellbogen einen Kameraden in die Seite, und dieser wandte sich schlaftrunken um.

„Halts Maul, du Rindvieh, und schlafe! – jede Nacht kommst du . . .!“

„Jede Nacht!“ wiederholte der, „ja, jede Nacht kommt

er an, heult und würgt mich. Im Jähzorn habe ich irgend etwas getan, eine zornige Sinnesart ist mir angeboren, sie hat mich zum zweitenmal hierhergebracht; aber wenn ich Böses getan habe, so habe ich ja meine Strafe. Nur eins habe ich nicht gestanden. Als ich das letztemal hier rauskam und am Hof meines Bauern vorbeiging, da kochte irgend etwas in mir hoch – ich riß ein Zündholz an der Mauer an, es geriet ein wenig zu nahe ans Strohdach, alles brannte, die Hitze kam, genau wie ich in Hitze komme. Ich half Vieh und Hausrat retten. Kein Lebewesen verbrannte außer einem Taubenschwarm, der ins Feuer hineinflog, und dann der Kettenhund. An den hatte ich nicht gedacht. Man konnte ihn heulen hören – und dies Geheul höre ich noch immer, wenn ich schlafen möchte, und schlafe ich ein, dann kommt auch der Hund, so groß und struppig; er legt sich über mich, heult, drückt mich nieder, würgt mich. – So höre doch, was ich erzähle, schnarchen kannst du, die ganze Nacht schnarchen, und ich nicht einmal eine kurze Viertelstunde." Und das Blut schoß dem Hitzkopf in die Augen, er warf sich über den Kameraden und hieb ihm die geballte Faust ins Gesicht.

„Der böse Mads ist wieder toll geworden!" hieß es ringsum, und die anderen Lumpen packten ihn, rangen mit ihm, bogen ihn krumm, so daß der Kopf ihm zwischen den Beinen saß, dort banden sie ihn fest, das Blut wollte ihm schier aus den Augen und aus allen Poren spritzen.

„Ihr tötet ihn!" rief der Pfarrer, „der Unglückliche!" und als er gerade schirmend seine Hand über den Sünder ausstreckte, ihn, der schon hier zu hart duldete, wechselte die Szene; sie flogen durch reiche Säle und arme Hütten; Wollust, Neid, alle Todsünden schritten an ihnen vorüber, ein Engel des Gerichts trug ihre Sünden, ihre Verteidigung vor; es war zwar gering in den Augen Gottes, aber Gott liest in den Herzen, er kennt sie allzuhauf, das Böse, das von innen und von außen kommt, er, die Gnade, die unendliche Liebe. Des Pfarrers Hand bebte, er wagte nicht, sie auszustrecken, um ein Haar vom Kopfe des Sünders zu reißen. Und die Tränen stürzten ihm aus den Augen, wie die Wasser der Gnade und der Liebe, die das ewige Feuer der Hölle löschen.

Da krähte der Hahn.

„Barmherziger Gott! Mögest du ihr die Ruhe im Grabe schenken, die ich nicht habe einlösen können."

„Die habe ich jetzt", sagte die Tote, „es waren deine harten Worte, dein düsterer Menschenglaube an Gott und seine Geschöpfe, die mich zu dir trieben! Erkenne die Menschen, selbst im Bösen lebt ein Teil Gottes, ein Teil, der siegen und das Feuer der Hölle auslöschen wird."

Und ein Kuß wurde auf den Mund des Pfarrers gedrückt, es leuchtete um ihn her; Gottes helle Sonne schien in die Kammer, wo sein Eheweib, lebendig, mild und liebevoll, ihn aus einem Traum aufweckte, der ihm von Gott gesandt war.

Das stumme Buch

An der Landstraße im Walde lag ein einsamer Bauernhof, man kam gleich auf den Hofplatz; hier schien die Sonne, alle Fenster standen offen, ein Leben und Treiben war hier drinnen, aber auf dem Hof, in einer Laubhütte von blühendem Flieder, stand ein offener Sarg; der Tote war hier herausgestellt worden, an diesem Vormittag sollte er begraben werden; niemand stand dabei und betrachtete trauernd den Toten, niemand beweinte ihn, sein Antlitz war mit einem weißen Tuch bedeckt, und unter seinen Kopf war ein großes dickes Buch gelegt worden, dessen Seiten jeweils aus einem ganzen Bogen grauen Papiers bestanden, und zwischen diesen lagen, verwahrt und vergessen, welke Blumen, ein ganzes Herbarium, an verschiedenen Orten gesammelt; es sollte mit ins Grab kommen, das hatte er selbst verlangt. An jede Blume knüpfte sich ein Kapitel seines Lebens.

„Wer ist der Tote?" fragten wir, und die Antwort war: „Der alte Student aus Upsala! er soll einmal tüchtig gewesen sein, konnte die Sprachen der Gelehrten, konnte singen, ja auch Lieder dichten, hat man erzählt; aber dann kam da irgend etwas dazwischen, und dann warf er alle seine Gedanken und sich selbst dazu dem Branntwein an den Hals, und da seine Gesundheit hinterdreinfolgte, so kam er hier heraus aufs Land, wo jemand seine Kost bezahlte. Er war fromm wie ein Kind, wenn nur der Teufel ihn nicht ritt, dann wurde er nämlich heftig und rannte im Walde herum wie ein gehetztes Wild; konnten wir ihn dann aber nach Hause holen, konnten wir ihn dazu bringen, daß er sich dies Buch hier mit den getrockneten Pflanzen ansah, dann konnte er den ganzen Tag darüber sitzen und sich erst die eine Pflanze anschauen und dann wieder eine, und oftmals liefen ihm die Tränen über die Wangen; Gott weiß, was er dabei dachte! aber er bat darum, daß man ihm das Buch mit in den Sarg lege, und nun liegt es da, und binnen kurzem wird der Deckel zugenagelt, und er selber erhält seine süße Ruhe im Grabe."

Das Leichentuch wurde hochgehoben; auf dem Angesicht des Toten lag Friede, ein Sonnenstrahl fiel darauf; eine Schwalbe schoß in ihrem pfeilschnellen Flug in die Laube hinein und wandte sich im Fliegen, über des Toten Haupte zwitschernd.

Wie seltsam ist es doch – wir kennen es sicher alle –, wenn man alte Briefe aus seiner Jugend hervorholt und diese liest; da taucht gewissermaßen ein ganzes Leben empor mit all seinen Hoffnungen, all seinen Kümmernissen. Wie viele von den Menschen, mit denen wir zu jener Zeit so innig zusammenlebten, sind für uns jetzt gestorben, und dennoch leben sie, aber wir haben lange Zeit hindurch nicht an die gedacht, von denen wir meinten, wir würden immer an ihnen festhalten, Freud und Leid mit ihnen teilen.

Das welke Eichenblatt im Buche hier erinnert an den Freund, den Freund aus der Schulzeit, den Freund fürs Leben; er heftete dies Blatt im grünen Wald an die Studentenmütze, als der Bund fürs Leben geschlossen wurde. Wo lebt er jetzt? Das Blatt ist verwahrt worden, die Freundschaft vergessen! – Hier ist eine fremde Treibhauspflanze, zu zart für die Gärten des Nordens – es ist, als wäre noch immer Duft in diesen Blättern! *Sie* hat sie ihm geschenkt, das Fräulein aus dem adligen Garten. Hier ist die Wasserlilie, die er selbst gepflückt und mit heißen Zähren benetzt hat, die Wasserlilie vom Süßwassersee. Und hier ist eine Nessel, was erzählt deren Blatt? Was hatte er gedacht, als er sie pflückte, als er sie verwahrte? Hier ist eine Maiblume aus der Waldeinsamkeit; hier ein Geißblatt vom Blumentopf des Gasthauses, und hier der kahle, scharfe Grashalm!

Der blühende Flieder neigt seine frischen, duftenden Dolden über den Kopf des Toten, die Schwalbe fliegt abermals vorbei: „Kwiwitt! kwiwitt!" – Jetzt kommen die Männer mit Nagel und Hammer, der Deckel wird über den Toten gelegt, dort ruht sein Kopf auf dem stummen Buch. Verwahrt – vergessen!

Da ist ein Unterschied

Es war im Monat Mai, der Wind war noch kalt; aber der Frühling wäre da, sagten die Sträucher und Bäume, die Felder und Auen; es wimmelte von Blumen, und sogar bis zum Knick hinauf, und gerade dort trat der Frühlung in eigener Sache auf, er erzählte von dem kleinen Apfelbaum, da war ein einziger Zweig, so frisch, so blühend, übersät mit den feinen rosa Knospen, die sich eben öffnen wollten; er wußte sicher selbst, wie schön es war, denn das liegt im Blatt wie im Blut, und darum war er auch nicht überrascht, als der herrschaftliche Wagen auf dem Wege vor ihm anhielt und die junge Gräfin sagte, der Apfelzweig sei das Entzückendste, was man sich vorstellen könne, der sei der Frühling selber in seiner schönsten Offenbarung. Und der Zweig wurde abgebrochen, und sie hielt ihn in ihrer feinen Hand und beschattete ihn mit ihrem seidenen Sonnenschirm – und dann fuhren sie ins Schloß, das hohe Säle hatte und stattliche Stuben; helle weiße Gardinen wehten vor den offenen Fenstern, und wunderschöne Blumen standen in schimmernden, durchsichtigen Vasen, und in eine davon, sie war wie aus frischgefallenem Schnee herausgeschnitten, wurde der Apfelzweig gesteckt, zusammen mit frischen, hellen Buchenzweigen; es war eine Lust, ihn anzuschauen.

Und da wurde der Zweig stolz, und das war ja ganz menschlich!

Es kamen alle möglichen Leute durch die Stuben, und je nach ihrer Geltung durften sie ihre Bewunderung aussprechen, und manche sagten gar nichts, und manche sagten viel zuviel, und der Apfelzweig erkannte, da war ein Unterschied zwischen den Menschen ebenso wie zwischen den Pflanzen. „Manche Menschen sind zum Schmuck da und manche zum Nutzen, es gibt auch solche, die ganz zu entbehren wären!" meinte der Apfelzweig, und da er gerade ins offene Fenster gestellt worden war, von wo aus er in den Garten wie auch über die Felder blicken konnte, hatte er genügend Blumen und Pflanzen zum Betrachten und um darüber nachzudenken! Da standen reiche und arme, manche viel zu arm.

„Arme, mißachtete Pflanzen!" sagte der Apfelzweig, „da ist wahrlich ein Unterschied gemacht worden! Und wie müssen sie sich unglücklich fühlen, wenn sie fühlen können, so wie ich und meinesgleichen es können; da ist wahrlich ein Unterschied gemacht worden, aber der muß gemacht werden, sonst wären ja alle gleich!"

Und der Apfelzweig blickte fast mit Mitleid namentlich auf eine Art von Blumen, deren es eine Menge auf den Feldern und an den Gräben gibt; keiner wand sie zu einem Strauß zusammen, sie waren viel zu gewöhnlich, ja, man konnte sie sogar zwischen den Pflastersteinen finden, sie schossen hoch wie das ärgste Unkraut, und dann hatten sie den greulichen Namen „Des Teufels Milchbottich*".

„Arme mißachtete Pflanze!" sagte der Apfelzweig, „du kannst nichts dafür, daß du geworden bist, was du bist, daß du so gewöhnlich bist und daß du diesen häßlichen Namen bekommen hast, den du trägst! Aber es ist mit den Pflanzen wie mit den Menschen, ein Unterschied muß sein!"

* Leontodon (Anm. Andersens) = Löwenzahn (Anmerkung d. Übers.).

„Ein Unterschied!" sagte der Sonnenstrahl und küßte den blühenden Apfelzweig, er küßte aber auch des Teufels gelbe Milchbottiche draußen auf dem Felde, alle Brüder des Sonnenstrahls küßten sie – die armen Blumen wie die reichen.

Der Apfelzweig hatte sich nie über des Herrgotts unendliche Liebe zu allem, was da lebt und sich innerlich regt Gedanken gemacht, er hatte nie darüber nachgedacht, wieviel Schönes und Gutes verborgen liegen kann, ohne vergessen zu sein – doch das war ja auch ganz menschlich!

Der Sonnenstrahl, der Strahl des Lichts, wußte es besser: „Du kannst nicht weit sehen, du kannst nicht klar sehen! Wo ist die verschmähte Pflanze, die du besonders bedauerst?"

„Des Teufels Milchbottiche!" sagte der Apfelzweig. „Nie werden sie zu einem Strauß gebunden, sie werden mit Füßen getreten, es gibt zu viele davon, und wenn sie in Samen schießen, fliegen sie wie zerschnippelte Wolle über den Weg und bleiben den Leuten an den Kleidern hängen. Unkraut ist es! aber das muß es ja auch geben! – Ich bin wirklich sehr dankbar, daß ich nicht so bin wie jene!"

Und über das Feld kam eine ganze Schar von Kindern: das kleinste war indes so winzigklein, daß es von den übrigen getragen wurde; und als es ins Gras gesetzt wurde unter die gelben Blumen, lachte es laut vor Freude, strampelte mit den kleinen Beinen, wälzte sich herum, pflückte nur die gelben Blumen und küßte sie in süßer Unschuld. Die etwas größeren Kinder brachen die Blüten von dem hohlen Stengel ab und bogen diesen kreisrund zusammen, Glied um Glied, eine ganze Kette wurde draus; zuerst eine für den Hals, dann eine, die man sich über die Schulter und um den Leib hängen konnte, auf die Brust oder auf den Kopf; es war eine wahre Pracht von grünen Gliedern und Ketten; aber die größten Kinder nahmen behutsam die abgeblühte Pflanze, den Stengel, der die flockige, zusammengesetzte Samenkrone trug, diese lose, luftige Wollblume, die ein ganzes kleines Kunstwerk ist, wie aus feinsten Federn, Flocken oder Flaum; sie hielten sie vor den Mund, um sie auf einmal abzupusten; wer das könne, der bekomme neue Kleider, ehe noch das Jahr um sei, hatte die Großmutter gesagt.

Die verachtete Blume war ein wahrer Prophet bei dieser Gelegenheit.

„Siehst du!" sagte der Sonnenstrahl, „siehst du ihre Schönheit, siehst du ihre Macht?"

„Ja, unter Kindern!" sagte der Apfelzweig.

Und nun kam eine alte Frau aufs Feld hinaus und grub mit ihrem stumpfen Messer, das keinen Griff mehr hatte, um die Wurzel der Blume und zog sie heraus; von einigen Wurzeln wollte sie Kaffee kochen, für andere bekam sie Geld, wenn sie sie dem Apotheker als Heilmittel brachte.

„Schönheit ist doch etwas Höheres!" sagte der Apfelzweig. „Nur die Auserwählten kommen in das Reich des Schönen! Da ist ein Unterschied unter den Pflanzen, genauso wie es unter den Menschen Unterschiede gibt!"

Und der Sonnenstrahl sprach von Gottes unendlicher Liebe für alles Geschaffene und für alles, was Leben hat, und von der gleichmäßigen Verteilung von allem in Zeit und Ewigkeit!

„Ja, das meinen Sie nun!" sagte der Apfelzweig.

Und es kamen Leute in die Stube, und die junge Gräfin kam, die, welche den Apfelzweig so schön in die durchsichtige Vase gesetzt hatte, in der der Sonnenstrahl glänzte; und sie brachte eine Blume, oder was es nun war, unter drei, vier großen Blättern versteckt, die gleich einer Tüte um sie herumgelegt waren, damit kein Luftzug oder Windhauch ihr etwa Schaden zufügen konnte, und sie wurde so vorsichtig getragen, wie es dem feinen Apfelzweig nie widerfahren war. Ganz behutsam wurden nun die großen Blätter entfernt, und man sah die feine, flockige Samenkrone des gelben, mißachteten „Teufels Milchbottich". Sie war es, die die Gräfin so vorsichtig gepflückt hatte, so fürsorglich trug, damit keiner der feinen Federpfeile, die seine Nebelgestalt bilden und so lose sitzen, abgeweht würde. Unversehrt und herrlich hatte sie sie hergebracht; und sie bewunderte deren schöne Form, deren luftige Helle, deren ganze eigenartige Zusammensetzung, deren Schönheit, wenn der Wind sie verwehte.

„Seht nur, wie wunderbar schön der Herrgott sie gemacht hat!" sagte sie. „Ich will sie zusammen mit dem Apfelzweig malen; der ist nun in aller Augen so unendlich schön, aber auch diese armselige Blume hat, wenn auch auf andere Art, ebensoviel vom Herrgott empfangen; sie sind so verschieden und dennoch beide Kinder aus dem Reiche der Schönheit."

Und der Sonnenstrahl küßte die arme Blume, und er küßte den blühenden Apfelzweig, seine Blütenblätter schienen davon zu erröten.

Der alte Grabstein

In einem kleinen Marktflecken, bei einem Manne, der sein eigenes Haus hatte, saß die ganze Familie abends im Kreise beisammen, zu einer Jahreszeit, da man sagt: „Die Abende werden länger"; es war noch mild und warm; die Lampe war angezündet; die langen Vorhänge hingen vor den Fenstern, auf denen Blumentöpfe standen, und draußen war herrlicher Mondschein; davon redeten sie jedoch nicht, sie redeten von einem alten, großen Stein, der unten auf dem Hofe lag, dicht bei der Küchentür, wo die Mägde oft die gescheuerten Kupfersachen hinstellten, damit sie in der Sonne trockneten, und wo die Kinder zu spielen pflegten – es war eigentlich ein alter Grabstein.

„Ja", sagte der Hausvater, „ich glaube, er stammt von der alten, abgerissenen Klosterkirche; da wurden ja Kanzel, Epitaphien und Grabsteine verkauft; mein seliger Vater kaufte mehrere davon, sie wurden zum Pflastern zerschlagen, aber dieser Stein blieb übrig und liegt seitdem auf dem Hof."

„Man kann wohl sehen, daß es ein Grabstein ist", sagte das älteste der Kinder, „da ist noch immer ein Stundenglas zu erkennen und ein Stück von einem Engel, aber die Inschrift, die draufstand, die ist fast ganz verwischt, ausgenommen der Name Preben und ein großes S, das gleich dahinter steht, und ein wenig weiter unten ‚Marthe'; aber mehr kann man nicht erkennen, und so deutlich steht es auch nur da, wenn es geregnet hat oder wenn wir ihn abgewaschen haben."

„Herrgott, das ist der Leichenstein von Preben Svane und seiner Ehefrau!" sagte ein alter, alter Mann, er hätte dem Alter nach leicht der Großvater von allen in der Stube sein können. „Ja, dies Ehepaar war eines von den letzten, die auf dem alten Klosterfriedhof beerdigt wurden! Es war ein altes, rechtschaffenes Paar aus meiner Knabenzeit! Alle kannten sie, und alle liebten sie, sie waren das Alterskönigspaar hier im Ort! Die Leute erzählten von ihnen, sie besäßen über eine Tonne Gold, und trotzdem gingen sie schlicht gekleidet, im gröbsten Zeug, nur ihr Leinen war ganz schimmernd weiß. Sie waren ein schönes altes Paar, Preben und Marthe! Wenn sie auf der Bank saßen, die oben auf der hohen, steinernen Treppe des Hauses stand, über die die alte Linde ihre Äste neigte, und sie nickten freundlich und mild, dann wurde einem so richtig froh zumute. Sie waren so unbeschreiblich gut gegen die Armen; sie speisten sie, sie kleideten sie, und in all ihrer Wohltätigkeit lagen Vernunft und wahres Christentum. Zuerst starb die Frau! ich entsinne mich des Tages ganz genau! Ich war ein kleiner Junge und mit meinem Vater beim alten Preben drinnen, als sie gerade eingeschlafen war; der alte Mann saß ganz bewegt da, weinte wie ein Kind – die Leiche lag noch in der Schlafstube, dicht neben dem Platz, wo wir saßen –, und er sprach mit meinem Vater und ein paar Nachbarn darüber, wie einsam es jetzt werden würde, was für ein Segen sie gewesen war, wie viele Jahre sie mitsammen verlebt hatten und wie es gekommen war, daß sie einander kennenlernten und liebgewannen; ich war, wie gesagt, klein und stand dabei und hörte zu, aber ich war so seltsam erfüllt davon, dem alten Manne zuzuhören und zu sehen, wie er immer lebhafter wurde, rote Wangen bekam, als er von den Verlobungstagen sprach, wie entzückend sie gewesen war, wie viele kleine harmlose Umwege er gemacht hatte, um sich mit ihr zu treffen; und er sprach vom Hochzeitstag, seine Augen glänzten dabei, er lebte geradezu wieder in jener freudvollen Zeit, und dabei lag sie jetzt tot in der Schlafstube nebenan, eine alte Frau, und er war ein alter Mann und sprach von der Zeit des Hoffens! – Jaja, so geht es! Da war ich nur ein Kind, und jetzt bin ich alt, alt wie Preben Svane. Die Zeit vergeht, und alles wandelt sich! – Ich erinnere mich gut an ihren Begräbnistag, der alte Preben ging hinter dem Sarge. Ein paar Jahre vorher hatte das Ehepaar seinen Grabstein hauen lassen mit Inschrift und Namen, bis auf das Todesjahr; der Stein wurde abends hingefahren und auf das Grab gelegt – und das Jahr darauf wurde er wieder hochgenommen, und der alte Preben kam zu seiner Frau hinunter. Sie hatten keine Reichtümer hinterlassen, wie die Leute geglaubt und erzählt hatten, was da war, kam zu den Anverwandten, weit entfernten, von denen man nie etwas gewußt hatte. Das Fachwerkhaus mit der Bank auf der hohen steinernen Treppe unter der Linde wurde vom Magistrat abgerissen, denn es war viel zu baufällig, als daß sie es hätten stehenlassen können. Später, als es mit der Klosterkirche ebenso gemacht und der Friedhof eingeebnet wurde, kam Prebens und Marthes Grabstein, wie alles von dort, an den, der ihn haben wollte, und nun trifft es sich so, daß er nicht zerschlagen und verbraucht worden ist, sondern auf dem Hofe liegt als Spielplatz für die Kleinen und als Abstellplatz für die gescheuerten Küchensachen der Mägde. Die gepflasterte Straße führt jetzt über die Grabstätte des alten Preben und seiner Ehefrau hinweg; ihrer erinnert sich niemand mehr!"

Und der alte Mann, der dies erzählte, schüttelte wehmütig den Kopf. „Vergessen! – Alles wird vergessen!" sagte er.

Und dann unterhielt man sich in der Stube von anderen Dingen; aber der kleinste Junge da drinnen, ein Kind mit großen, ernsten Augen, kletterte auf den Stuhl hinter den Vorhängen und blickte auf den Hof hinunter, wo der Mond hell auf den großen Stein schien, der ihm sonst immer leer und platt vorgekommen war, der aber jetzt dalag wie eine ganze große Seite aus einem Geschichtenbuch. Alles, was der Junge von Preben und dessen Ehefrau vernommen hatte, lebte in diesem Stein; und er sah ihn an, und er sah zu dem hellen, klaren Mond empor, in die reine, hohe Luft, und es war gerade, als ob Gottes Antlitz auf die Erde niederleuchtete.

„Vergessen! – Alles wird vergessen!" hieß es drinnen in der Stube, und in diesem Augenblick küßte ein unsichtbarer Engel Brust und Stirn des Jungen und flüsterte leise: „Bewahre das dir geschenkte Samenkorn gut auf, bewahre es auf für die Zeit der Reife! Durch dich, mein Kind, soll die verwischte Inschrift, der verwitternde Grabstein mit hellen, goldenen Zügen künftigen Geschlechtern vor Augen stehen! Das alte Ehepaar wird wieder Arm in Arm durch die alten Straßen wandeln und lächelnd mit frischen roten Wangen auf der steinernen Treppe unter der Linde sitzen und arm und reich zunicken. Das Samenkorn aus dieser Stunde wird mit den Jahren zu einer blühenden Dichtung aufgehen. Das Gute und das Schöne wird nicht vergessen, es lebt in Sagen und Liedern."

Die herrlichste Rose der Welt

Es lebte einst eine mächtige Königin, in deren Garten gab es die schönsten Blumen für jede Jahreszeit und aus aller Herren Ländern, aber vor allem waren es die Rosen, die sie liebte, und darum hatte sie von diesen die verschiedensten Sorten, von der wilden Heckenrose mit den apfelduftenden grünen Blättern bis zur schönsten Rose der Provence, und sie wuchsen an den Schloßmauern, wanden sich um die Säulen und Fenstersimse, über die Wege und in allen Sälen an der Decke hin; und die Rosen wechselten in Duft, Gestalt und Farbe.

Aber Leid und Trauer wohnten hier drinnen; die Königin lag siech danieder, und die Ärzte verkündeten, daß sie sterben müsse.

„Es gibt indessen eine Rettung für sie!“ sagte der weiseste unter ihnen. „Bringt ihr die schönste Rose dieser Welt, die der Ausdruck der höchsten und reinsten Liebe ist; erblicken ihre Augen sie, bevor sie brechen, dann stirbt sie nicht.“

Und jung und alt kamen von überall her mit Rosen, den

schönsten, die in einem jeden Garten blühten, aber diese Rosen waren es nicht; die Blüte mußte vom Blumengarten der Liebe geholt werden; aber welche Rose dort war der Ausdruck der höchsten, der reinsten Liebe?

Und die Skalden sangen von der schönsten Rose der Welt, jeder nannte die seine. Und es erging Bescheid weit im Land umher an jedes Herz, das in Liebe schlug, es erging Bescheid an jeden Stand und jedes Alter.

„Niemand noch hat die Blume genannt!" sagte der Weise. „Niemand hat auf den Platz gezeigt, wo sie in ihrer Herrlichkeit erstand. Nicht die Rosen vom Sarge Romeos und Julias sind es oder von Valborgs Grab, obwohl diese Rosen immerdar in Sagen und Liedern duften werden, es sind nicht die Rosen, die von Winkelrieds blutigen Lanzen emporsprießen, aus dem Blut, das geheiligt aus der Brust des Helden im Tod fürs Vaterland hervorquillt, obwohl kein Tod süßer ist, keine Rose röter als das Blut, das dafür vergossen wird. Auch jene Wunderblume ist es nicht, für deren Pflege der Mann Jahre und Tage hindurch, in langen schlaflosen Nächten, in der einsamen Stube, sein gesundes Leben hingibt, die magische Rose der Wissenschaft!"

„Ich weiß, wo sie blüht", sagte eine glückselige Mutter, die mit ihrem zarten Kind ans Lager der Königin kam. „Ich weiß, wo man die schönste Rose der Welt finden kann! Die Rose, die der Ausdruck der höchsten und reinsten Liebe ist. Sie erblüht auf den errötenden Wangen meines süßen Kindes, wenn es, gestärkt vom Schlaf, die Augen aufschlägt und mir in seiner ganzen Liebe zulacht!"

„Schön ist die Rose, aber eine schönere gibt es!" sagte der Weise.

„Ja, eine viel schönere!" sagte eine der Frauen. „Ich habe sie gesehen, eine erhabenere, heiligere Rose blüht nirgends, aber sie war blaß wie die Blütenblätter der Teerose; auf den Wangen der Königin sah ich sie; sie hatte ihre königliche Krone abgelegt und ging selbst in der langen, leidvollen Nacht mit ihrem kranken Kind umher, weinte seinetwegen, küßte es und sprach ein Gebet zu Gott um seinetwillen, wie eine Mutter in der Stunde der Angst betet!"

„Heilig und wunderbar in ihrer Macht ist die weiße Rose der Trauer, aber dennoch ist es nicht diese!"

„Nein, die schönste Rose der Welt sah ich vor dem Altar des Herrn", sagte der fromme, alte Bischof. „Ich sah sie leuchten, wie das Antlitz eines Engels sich offenbart. Die jungen Mädchen gingen zum heiligen Abendmahl, erneuerten das Gelübde der Taufe, und auf den frischen Wangen erglühten Rosen und erblaßten Rosen; ein junges Mädchen war darunter; sie sah mit der ganzen Reinheit und Liebe ihrer Seele zu Gott empor; dies war der Ausdruck der reinsten und höchsten Liebe!"

„Gesegnet sei sie!" sagte der Weise, „jedoch hat keiner von euch bis jetzt die schönste Rose der Welt genannt."

Da trat ein Kind in die Stube, der kleine Sohn der Königin; die Tränen standen ihm in den Augen und lagen auf seinen Wangen; er brachte ein großes, aufgeschlagenes Buch mit, sein Einband war aus Sammet und hatte große silberne Schnallen.

„Mutter!“ sagte der Kleine, „oh, höre doch nur, was ich gelesen habe!“ und das Kind setzte sich ans Bett und las aus dem Buche von ihm, der sich selber dem Kreuzestod hingab, um die Menschen zu erlösen, selbst die ungeborenen Geschlechter. „‚Eine größere Liebe gibt es nicht!‘“

Und über die Wangen der Königin flog ein Rosenschimmer, ihre Augen wurden ganz groß, ganz klar, denn sie sah aus den Seiten des Buches die schönste Rose der Welt erstehen, das Ebenbild der einen, die aus Christi Blut am Holz des Kreuzes entsproß.

„Ich sehe sie!“ sagte sie. „Nimmer stirbt der, welcher diese Rose schaut, die herrlichste auf Erden!“

Die Geschichte des Jahres

Es war Ende Januar und ein fürchterlicher Schneesturm; der Schnee flog in stiebendem Wirbel durch Straßen und Gassen; die Fensterscheiben waren von außen ganz mit Schnee verklebt, von den Dächern stürzte er in Haufen nieder, und die Leute rannten in Windeseile dahin, sie liefen und flogen einander in die Arme, hielten sich einen Augenblick fest und hatten so lange einen Halt, Kutschen und Pferde waren wie mit Puder überstreut, die Bedienten standen mit dem Rücken zur Kutsche und fuhren rückwärts gegen den Wind, der Fußgänger hielt sich ständig im Windschutz des Wagens, der in dem tiefen Schnee nur langsam weiterrollte; und als der Sturm sich schließlich legte und an den Häusern entlang ein schmaler Steig freigeschaufelt wurde, blieben die Leute dennoch dort stehen, wo sie zusammentrafen; keiner von ihnen hatte Lust, den ersten Schritt zu tun, in den tiefen Schnee zu treten, damit der andere vorbeikommen könnte. Stumm standen sie da, bis endlich wie nach einem stillschweigenden Übereinkommen jeder von ihnen ein Bein preisgab und damit in den Schneehaufen trat.

Gegen Abend war es windstill, der Himmel sah aus, als wäre er gefegt und höher und durchsichtiger gemacht worden, die Sterne schienen funkelnagelneu zu sein, und manche waren ganz blau und hell – und es fror, daß es krachte; leicht konnte nun die oberste Schneeschicht so fest werden, daß sie gegen Morgen die Sperlinge trug; sie hüpften herum, bald oben, bald unten, wo geschaufelt worden war, aber viel Futter war nicht zu finden, und sie froren nicht wenig.

„Piep!" sagte einer zum anderen, „das nennt man nun das neue Jahr! das ist ja schlimmer als das alte! Dann hätten wir das ebensogut behalten können. Ich bin unzufrieden, und dazu habe ich allen Grund!"

„Ja, da sind nun die Menschen herumgelaufen und haben das neue Jahr mit Geknalle empfangen", sagte ein kleiner, verfrorener Spatz, „sie haben mit den Töpfen an die Türen geschlagen und waren ganz außer Rand und Band vor Freude, weil nun das alte Jahr fortging! Und ich war auch froh, denn ich dachte, nun bekämen wir warme Tage, aber daraus ist nichts geworden; es friert viel strenger als vorher; die Menschen haben sich in der Zeitrechnung geirrt!"

„Das haben sie!" sagte ein dritter, der alt war und einen weißen Scheitel hatte; „da haben sie nun etwas, was sie den Kalender nennen, das ist so ihre eigene Erfindung, und dann muß alles nach dem gehen, aber das tut es nicht. Wenn der Frühling kommt, dann fängt das Jahr an, das ist der Lauf der Natur, und nach dem richte ich mich!"

„Aber wann kommt der Frühling?" fragten die anderen.

„Der kommt, wenn der Storch kommt, aber mit dem ist es ganz unbestimmt, und hier drinnen in der Stadt gibt es niemanden, der etwas davon weiß, das wissen sie draußen auf dem Lande besser; wollen wir hinausfliegen und dort warten? Da ist man doch dem Frühling näher."

„Ja, das ist ganz gut und schön!" sagte einer von ihnen, der lange vor sich hingepiepst hatte, ohne eigentlich etwas zu sagen. „Aber ich habe hier in der Stadt manche Bequemlichkeiten, die ich da draußen entbehren werde, fürchte ich. Hier drüben in einem Haus wohnt eine Menschenfamilie, die sind auf den sehr vernünftigen Gedanken gekommen, drei, vier Blumentöpfe an der Wand zu befestigen mit der großen Öffnung nach innen und dem Boden nach außen, in den ist ein Loch geschlagen, das ist so groß, daß ich aus und ein fliegen kann; da haben wir unser Nest, mein Mann und ich, und da sind alle unsere Jungen flügge geworden. Die Menschenfamilie hat das Ganze natürlich deswegen eingerichtet, weil sie das Vergnügen haben wollte, uns zuzusehen, sonst hätten sie es nicht getan. Sie streuen Brotkrumen aus, auch zu ihrem Vergnügen, und wir können uns immerhin ernähren! Da ist sozusagen für einen gesorgt – und darum glaube ich, daß ich bleibe und daß mein Mann bleibt! Wenn wir auch sehr unzufrieden sind – aber wir bleiben!"

„Und wir fliegen aufs Land, um zu sehen, ob der Frühling nicht kommt!" und dann flogen sie los.

Und draußen auf dem Lande war ordentlich Winter; dort war es ein, zwei Grad kälter als drinnen in der Stadt. Der scharfe Wind fegte über die schneebedeckten Felder. Der Bauer saß in großen Fausthandschuhen auf seinem Schlitten und schlug sich die Arme um den Leib, um die Kälte aus ihnen zu vertreiben, die Peitsche lag auf den Knien, die mageren Gäule liefen, daß sie dampften, der Schnee knirschte, und die Spatzen hüpften in den Wagenspuren herum und froren. „Piep! wann kommt der Frühling? Es dauert so lange!"

„So lange!" tönte es von der höchsten, mit Schnee bedeckten Erdwelle über die Felder hinweg; und es konnte das Echo sein, das man hörte, aber es konnte auch sein, daß der sonderbare alte Mann redete, der dort ganz oben auf der Schneewehe in Wind und Wetter saß; er war ganz weiß, ganz wie ein Bauer in weißer Friesjoppe, mit langem weißem Haar, weißem Bart, ganz bleich und mit großen, hellen Augen.

„Wer ist der Alte da drüben?" fragten die Spatzen.

„Das weiß ich!" sagte ein alter Rabe, der auf dem Heckpfahl saß und sich immerhin dazu herabließ, zuzugeben, daß wir alle kleine Vögel vor dem Herrgott sind, und der sich daher auch mit den Spatzen einließ und eine Erklärung gab. „Ich weiß, wer der Alte ist. Es ist der Winter, der alte Mann vom vorigen Jahr, er ist nicht tot, wie der Kalender sagt, nein, er ist sogar der Vormund des kleinen Prinzen Lenz, der kommt. O ja, der Winter führt das Regiment. Hu! es knackt nicht wenig in euch, ihr Kleinen!"

„Ja, habe ich es nicht gesagt?" sagte der Kleinste, „dieser Kalender ist nur eine Menschenerfindung, der ist nicht der Natur angepaßt! Das hätten sie uns überlassen müssen, wir sind eben feiner veranlagt!"

Und es verging eine Woche, es vergingen fast zwei; der Wald war schwarz, der zugefrorene See lag so schwermütig da und sah aus wie geronnenes Blei; die Wolken, ja, es waren keine Wolken, es waren nasse, eiskalte Nebel, die auf das Land herabhingen; die großen, schwarzen Krähen flogen in Schwärmen ohne Schrei, es war, als schliefe alles.– Da huschte ein Sonnenstrahl über den See, und der schimmerte wie geschmolzenes Zinn. Die Schneeschicht über dem Erdreich und oben auf der Anhöhe glitzerte nicht wie sonst, aber die weiße Gestalt, der Winter selber, saß noch dort, den Blick ständig gen Süden gerichtet; er merkte gar nicht, daß die Schneedecke gleichsam in die Erde versank, daß hier und da ein kleiner, grasgrüner Fleck hervorkam, und dort wimmelte es dann von Spatzen.

„Twitt! Twitt! kommt jetzt der Frühling?"

„Der Frühling!" erscholl es über Feld und Wiesen und durch die schwarzbraunen Wälder, wo das Moos an den Baumstämmen in frischem Grün erglänzte; und durch die Lüfte kamen von Süden die beiden ersten Störche angeflogen; auf ihrem Rücken saßen zwei süße kleine Kinder, ein Junge und ein Mädchen; und die küßten die Erde zum Gruß, und wo sie ihre Füße aufsetzten, dort sprossen weiße Blumen unter dem Schnee hervor; Hand in Hand gingen sie zu dem alten Eismann hinauf, dem Winter, legten sich ihm an die Brust zu erneutem Gruß, und in derselben Minute waren alle drei verschwunden, und die ganze Landschaft war verschwunden; ein dichter, feuchter Nebel, ganz dick und schwer, hüllte alles ein. – Bald darauf wehte ein Wind, er sauste dahin, er kam mit heftigen Stößen und vertrieb den Nebel, die Sonne schien herrlich warm – der Winter selber war verschwunden, die wunderbaren Kinder des Frühlings saßen auf dem Thron des Jahres.

„Das nenne ich Neujahr!" sagten die Sperlinge. „Nun bekommen wir ja wohl unsere Rechte zurück und Ersatz für den strengen Winter!"

Wohin die beiden Kinder sich wandten, sprossen grüne Knospen an Büschen und Bäumen hervor, dort wurde das Gras höher, der Winterroggen von immer leuchtenderem Grün. Und überall streute das kleine Mädchen Blumen aus; sie hatte im Überfluß davon in ihrer Schürze, die schienen daraus hervorzuquellen, immer war sie voll, wie emsig das Mädchen sie auch verstreute – in ihrem Eifer schüttete sie einen ganzen Blütenschnee über Apfel- und Pfirsichbäume aus, so daß sie in voller Pracht dastanden, bevor sie noch richtig grüne Blätter hatten.

Und nun klatschte sie in die Hände, und der Junge klatschte, und da kamen die Vögel zum Vorschein, man wußte nicht woher, und alle zwitscherten und sagten: „Der Lenz ist gekommen!"

Es war wunderbar anzusehen. Und manch altes Mütterchen trat vor die Tür in den Sonnenschein, fröstelnd, sah über die gelben Blumen hin, die auf der ganzen Wiese prangten, genauso wie in ihrer Jugendzeit; die Welt wurde wieder jung, „es ist heute draußen einzig schön!" sagte sie.

Und der Wald war noch braungrün, Knospe bei Knospe, aber der Waldmeister war da, frisch und duftend, die Veilchen standen in einer Fülle, und da waren Anemonen, gelbe und lila Himmelsschlüsselchen, ja, in jedem Grashalm war Saft und Kraft, es war wirklich ein prachtvoller Teppich, auf dem man sitzen konnte, und da saß das junge Paar des Frühlings und hielt sich an den Händen und sang und lächelte und wuchs mehr und mehr heran.

Ein sanfter Regen fiel vom Himmel auf sie nieder, sie merkten es nicht, der Regentropfen und die Freudenträne wurden zu einem Tropfen. Braut und Bräutigam küßten einander, und in diesem Augenblick war der Wald ausgeschlagen. Als die Sonne aufging, waren alle Wälder grün!

Und Hand in Hand ging das Brautpaar unter dem frischen, niederhängenden Laubdach dahin, wo nur die Strahlen und Schlagschatten des Sonnenlichts die Farbe des Grüns abwandelten. Eine jungfräuliche Reinheit und ein erfrischender Duft waren in den feinen Blättern! Hell und voller Leben rieselten Fluß und Bach zwischen dem samtgrünen Schilf und über die bunten Steine dahin. „Die Hülle und Fülle ist es und wird es immer und ewig sein!“ sagte die ganze Natur. Und der Kuckuck sang, und die Lerche

schlug ihre Triller, das war der herrliche Frühling; die Weidenbäume dagegen hatten Wollhandschuhe um ihre Blüten, sie waren aber auch so schrecklich vorsichtig, und das war schade!

Und dann vergingen Tage, und es vergingen Wochen, die Wärme stürzte geradezu hernieder; heiße Luftwogen gingen durch das Getreide, das immer gelber wurde. Der weiße Lotus des Nordens breitete auf den Waldseen seine großen grünen Blätter über den Wasserspiegel aus, und die Fische suchten darunter Schatten; und auf der windgeschützten Seite des Waldes, wo die Sonne auf die Mauer des Bauernhauses brannte und die entfalteten Rosen tüchtig durchwärmte und wo die Kirschbäume voll saftiger, schwarzer, fast sonnenheißer Kirschen hingen, saß des Sommers schönes Weib, sie, die wir als Kind und als Braut gesehen haben; und sie schaute zu den heraufkommenden dunklen Wolken empor, die in Wellenform, gleich Bergen, schwarzblau und schwer, immer höher und höher heraufstiegen; von drei Seiten kamen sie; immer mehr einem umgekehrten, versteinerten Meer ähnlich, senkten sie sich auf den Wald, wo alles wie durch Zauberspuk verstummt war; jeder Luftzug hatte sich gelegt, jeder Vogel schwieg, hier herrschte Ernst, eine Erwartung in der ganzen Natur; aber auf Wegen und Pfaden eilten Fahrende, Reiter und Fußgänger dahin, um unter Dach zu kommen. – Da leuchtete es mit einemmal, als ob die Sonne hervorbräche, gleißend, blendend, alles verbrennend, und dann, in einem rollenden Krachen, kehrte die Dämmerung wieder; das Wasser stürzte in Strömen herab; es wurde Nacht, und es wurde Licht, es kam eine Stille, und es kam ein Grollen. Die jungen, braungefiederten Schilfhalme im Moor bewegten sich in langen Wogen, die Äste des Waldes waren von Wasserschwaden verborgen, das Dunkel kam, und das Licht kam, Stille und Grollen. Gras und Getreide lagen wie erschlagen, wie fortgespült, so als würden sie sich nie mehr aufrichten. – Plötzlich bestand der Regen nur noch aus einzelnen Tropfen, die Sonne schien, und von Halm und Blatt schimmerten die Wassertropfen gleich Perlen, die Vögel sangen, die Fische sprangen aus dem Fluß heraus, die Mücken tanzten, und draußen auf dem Stein in dem salzigen, aufgepeitschten Meerwasser saß der Sommer selber, der kräftige Mann mit den schwellenden Gliedern, mit triefnassem Haar – verjüngt durch das frische Bad, saß er im warmen Sonnenschein. Die ganze Natur ringsum war verjüngt, alles stand üppig, kräftig und schön; es war Sommer, warmer, herrlicher Sommer.

Und würzig und süß war der Duft, der von dem schwellenden Kleeacker aufstieg, die Bienen dort summten um die alte Thingstätte; Brombeerranken wanden sich um den Altarstein, der, vom Regen gewaschen, im Sonnenlicht glänzte; und dorthin flog die Bienenkönigin mit ihrem Schwarm und lagerte Wachs und Honig ab. Niemand sah es außer dem Sommer und seinem starken Weibe; für sie stand der Altartisch mit der Opfergabe der Natur gedeckt.

Und der Abendhimmel strahlte, als wäre er aus Gold, keine Kirchenkuppel hat solchen Reichtum, und der Mond glänzte zwischen Abendröte und Morgenröte. Es war Sommerszeit.

Und es vergingen Tage, und es vergingen Wochen. Die blanken Sensen der Ernteleute blitzten auf den Getreidefeldern, die Äste des Apfelbaumes bogen sich herab, mit roten und gelben Früchten daran; der Hopfen duftete wunderbar und hing in großen Dolden nieder, und unter den Haselsträuchern, wo die Nüsse in dicken Büscheln saßen, ruhten Mann und Weib, der Sommer mit seiner ernsten Frau.

„Welch ein Reichtum!“ sagte sie, „Segen ringsum, heimatlich und gut, und dennoch, ich weiß es selber nicht, ich sehne mich – nach Ruhe – Stille! ich weiß nicht das Wort dafür! – Nun pflügen sie schon wieder auf den Feldern! Mehr und immer mehr wollen die Menschen erringen! – Sieh nur, die Störche kommen in Schwärmen und gehen in einiger Entfernung hinter dem Pfluge her; der Vogel Ägyptens, der uns durch die Luft getragen hat! Weißt du noch, wie wir beide als Kinder hierher in die Länder des Nordens kamen? – Blumen brachten wir mit, schönen Sonnenschein und grüne Wälder, ihnen hat der Wind nun böse mitgespielt, sie werden braun und dunkel wie die Bäume des Südens, tragen aber nicht wie jene goldene Früchte!“

„Die möchtest du sehen?“ sagte der Sommer, „dann freue dich also!“ und er hob seinen Arm, und die Blätter des Waldes färbten sich rot und golden, eine Farbenpracht legte sich auf alle Wälder; die Heckenrose leuchtete mit feuerroten Hagebutten, die Holunderzweige hingen voll großer, schwerer, schwarzbrauner Beeren, die wilden Kastanien fielen reif aus den schwärzlichgrünen Schalen, und drinnen im Walde blühten die Veilchen zum zweitenmal.

Aber die Königin des Jahres wurde immer stiller, immer blasser. „Es geht ein kalter Wind!“ sagte sie, „die Nacht hat feuchte Nebel! – Ich sehne mich nach – dem Lande der Kindheit!“

Und sie sah die Störche davonfliegen, jeden einzelnen! und sie streckte die Hände nach ihnen aus. Sie sah in die Nester hinauf, die leer standen, und in einem davon wuchs die langstengelige Kornblume und in einem anderen der gelbe Hederich, so als wäre das Nest nur als Schutz und Wall für diese da; und die Spatzen zogen dort ein.

„Piep! wo ist die Herrschaft hin? Sie können es sicher nicht vertragen, daß der Wind um sie herumweht, und darum sind sie außer Landes gegangen! Glückliche Reise!“

Und immer gelber wurde das Laub des Waldes, und ein Blatt fiel aufs andere, die Stürme des Herbstes brausten, es war spät im Jahr. Und auf dem gelben Laub lag die Königin des Jahres und sah mit milden Augen zu den schimmernden Sternen hinauf, und ihr Gemahl stand bei ihr. Ein Windstoß wirbelte das Laub auf – es fiel wieder zurück, da war sie fort, nur ein Falter, der letzte des Jahres, flog durch die kalte Luft.

Und die feuchten Nebel kamen, der eisige Wind und die finsteren, langen Nächte. Der Gebieter des Jahres stand mit schneeweißem Haare da, aber er wußte es selber nicht, er meinte, es wären die Schneeflocken, die aus der Wolke niederflogen; eine dünne Schneeschicht lag über dem grünen Erdreich.

Und die Kirchenglocken läuteten zur Weihenacht.

„Die Geburtstagsglocken läuten!“ sagte der Gebieter des Jahres, „bald wird das neue Herrscherpaar geboren; und ich darf ausruhen wie sie! Ausruhen auf dem schimmernden Stern!“

Und in dem frischen, grünen Tannenwald, wo der Schnee lag, stand der Weihnachtsengel und weihte die jungen Bäume ein, die auf sein Fest gehen sollten.

„Freude in der Stube und unter den grünen Zweigen!“ sagte der alte Gebieter des Jahres, in wenigen Wochen war er zu einem schneeweißen Greise gealtert. „Die Stunde der Ruhe hat für mich geschlagen, das junge Paar des Jahres erhält nunmehr Krone und Zepter."

„Und dennoch ist die Macht dein!" sagte der Weihnachtsengel, „die Macht und nicht die Ruhe! Laß den Schnee wärmend auf dem jungen Korn liegen! Lerne es zu tragen, daß einem anderen gehuldigt wird und du dennoch der Herrscher bist, lerne es, vergessen zu sein und dennoch zu leben! Die Stunde deiner Freiheit ist gekommen, wenn der Lenz kommt!"

„Wann kommt der Lenz?" fragte der Winter.

„Der kommt, wenn der Storch kommt!"

Und mit weißen Locken und schneeweißem Bart saß der Winter eiskalt, alt und gebeugt, aber stark wie der winterliche Sturm und die Macht des Eises, hoch oben auf der Schneewehe der Anhöhe und schaute gen Süden, wie der Winter früher gesessen und geschaut hatte. – Das Eis ächzte, der Schnee knirschte, die Schlittschuhläufer schwebten über die blanken Seen, und Raben und Krähen hoben sich hübsch gegen den weißen Grund ab, kein Wind rührte sich. Und in der stillen Luft ballte der Winter die Hände, und das Eis zwischen den Küsten wurde klafterdick.

Da kamen die Sperlinge wieder aus der Stadt heraus und fragten: „Wer ist der alte Mann dort?" Und der Rabe saß wieder da oder ein Sohn von ihm, der ihm ganz gleich war, und sagte zu ihnen: „Es ist der Winter! der alte Mann vom vorigen Jahr. Er ist nicht tot, wie der Kalender sagt, sondern Vormund des kommenden Frühlings!"

„Wann kommt der Frühling?" sagten die Spatzen, „dann kommt unsere gute Zeit, und wir bekommen ein besseres Regiment! Das alte taugte nichts."

Und der Winter nickte in seinen stillen Gedanken dem blattlosen, schwarzen Walde zu, wo jeder Baum die schöne Form und Krümmung der Äste zeigte; und im winterlichen Schlummer senkten sich die eiskalten Nebel der Wolken herab – der Herrscher träumte von der Zeit seiner Jugend und seines Mannestums, und beim Tagesgrauen stand der ganze Wald herrlich im Rauhreif, das war der Sommertraum des Winters; der Sonnenschein ließ Rauhreif von den Zweigen rieseln.

„Wann kommt der Frühling?“ fragten die Spatzen.

„Der Frühling!“ schallte es wie ein Echo von den Anhöhen, wo der Schnee lag. Und die Sonne schien immer wärmer, der Schnee schmolz, die Vögel zwitscherten: „Der Frühling kommt!“

Und hoch durch die Lüfte kam der erste Storch, der zweite folgte; ein süßes Kind saß auf dem Rücken eines jeden, und sie schwebten auf das freie Feld nieder, und sie küßten die Erde, und sie küßten den stillen, alten Mann; und gleich Moses auf dem Berge schwand er dahin, vom Wolkendunst getragen.

Die Geschichte des Jahres ist aus.

„Ganz richtig!“ sagten die Sperlinge, „und es ist auch wunderschön, aber nach dem Kalender stimmt es nicht, und dann ist es verkehrt!“

Am allerletzten Tage

Der heiligste Tag hienieden von allen Tagen des Lebens ist der, an welchem wir sterben; das ist der letzte Tag, der Tag der heiligen, großen Verwandlung. Hast du richtig, ernsthaft über diese mächtige, gewisse letzte Stunde hier auf Erden nachgedacht?

Da war ein Mann, ein Strenggläubiger, wie man ihn nannte, ein Streiter für das Wort, das ihm Gesetz war, ein eifriger Diener eines eifrigen Gottes. Der Tod stand jetzt an seinem Lager. Der Tod mit dem strengen, himmlischen Antlitz.

„Die Stunde ist gekommen, du mußt mir folgen!" sagte der Tod und berührte mit seinem eiskalten Finger seine Füße, und sie erstarrten, der Tod berührte seine Stirn, darauf sein Herz, und da brach es, und die Seele folgte dem Todesengel.

Aber in den wenigen Sekunden vorher, während der Weihung vom Fuß bis zur Stirn und zum Herzen, ging gleich schweren, großen Meereswogen alles, was das Leben gebracht und geweckt hatte, über den Sterbenden hinweg. So sieht man mit einem Blick in die schwindelerregende Tiefe und umfaßt, wie in einem Gedankenblitz, den unermeßlichen Weg; so sieht man mit einem Blick, in einer Summe, das zahllose Sternengewimmel und erkennt Himmelskörper und Welten im weiten Raum.

In einem solchen Augenblick schaudert es den entsetzten Sünder, er hat nichts, an das er sich klammern kann, es ist, als sänke er in eine unendliche Leere hinab! Aber der Fromme lehnt seinen Kopf an Gott und gibt sich wie das Kind hin: „Dein Wille geschehe mit mir!"

Aber der Sterbende hatte nicht das Gemüt des Kindes, er fühlte, er war Mann; ihn schauderte nicht wie den Sünder, er wußte, er war ein Rechtgläubiger. Die Formen der Religion in all ihrer Strenge hatte er eingehalten; Millionen, das wußte er, mußten den breiten Weg in die Verdammnis gehen; mit Feuer und Schwert hätte er hier ihre Leiber vernichten können, wie ihre Seele es schon war und immer werden würde! Sein Weg führte nunmehr gen Himmel, wo die Gnade ihm das Tor öffnete, die Gnade, die verheißene.

Und die Seele ging mit dem Todesengel, aber noch einmal blickte sie zum Lager hin, wo das irdische Bild im weißen Leichenhemd lag, ein fremdes Abbild ihres Ichs. Und sie flogen, und sie gingen – in einer mächtigen Halle, wie es schien, und doch wie in einem Wald; die Natur war beschnitten, auseinandergezogen, hochgebunden und in Reihen aufgestellt, künstlich zurechtgemacht, wie die alten französischen Gärten; hier war Maskerade.

„Das ist das Menschenleben!" sagte der Todesengel.

Alle Gestalten sah man mehr oder weniger vermummt; es waren nicht immer gerade die edelsten oder mächtigsten, die in Sammet und Gold einhergingen, es waren nicht immer die niedersten und geringsten, die im Kleide der Armut gingen. Es war eine seltsame Maskerade, und namentlich war es ganz eigenartig zu sehen, wie sie alle unter ihrem Kleide sorgfältig etwas voreinander verbargen; aber der eine zerrte am anderen, damit es sichtbar würde, und da sah man den Kopf eines Tieres hervorschauen; bei einem war es ein grinsender Affe, bei einem anderen ein garstiger Ziegenbock, eine feuchtkalte Schlange oder ein matter Fisch.

Es war das Tier, das wir alle mit uns herumschleppen, das Tier, welches im Menschen festgewachsen ist, und es hüpfte, und es sprang und wollte hervor, und jeder hielt die Kleider fest darumgewickelt, aber die anderen zerrten sie weg und riefen: „Siehst du! sieh! das ist er! das ist sie!" und der eine legte die Erbärmlichkeit des anderen bloß.

„Und welches war das Tier bei mir?" fragte die wandernde Seele; und der Todesengel wies vor sich auf eine stolze Gestalt, und um deren Haupt erschien ein bunter Strahlenkranz mit schimmernden Farben, aber am Herzen des Mannes versteckten sich die Füße des Tieres, die Füße des Pfaus; die Glorie war nur der buntfarbene Schweif des Vogels.

Und während sie weiterwanderten, schrien große Vögel garstig von den Zweigen der Bäume; mit vernehmbaren Menschenstimmen schrien sie: „Du Todeswanderer, entsinnst du dich meiner?" – das waren all die bösen Gedanken und Begierden aus seinen Lebenstagen, die ihm zuriefen: „Entsinnst du dich meiner?"

Und die Seele schauderte es einen Augenblick, denn sie erkannte die Stimmen, die bösen Gedanken und Begierden, die gleich Gerichtszeugen auftraten.

„In unserem Fleisch, in unserer bösen Natur wohnt nichts Gutes!" sagte die Seele, „aber bei mir wurden die Gedanken nicht zu Taten, die Welt hat die böse Frucht nicht gesehen!" Und er beeilte sich noch mehr, um schnellstens dem garstigen Geschrei zu entrinnen, aber die großen, schwarzen Vögel umschwebten ihn in Kreisen und schrien und schrien, als sollte es die ganze Welt hören; und er sprang wie die gehetzte Hirschkuh, und mit jedem Schritt stieß er sich den Fuß an scharfen Flintsteinen, und sie zerschnitten ihm die Füße, und das tat ihm weh. „Wo kommen diese scharfen Steine her? Gleich welkem Laub liegen sie überall auf dem Boden!"

„Das ist jedes unvorsichtige Wort, das du fallenließest

und das das Herz deines Nächsten viel tiefer verletzte, als die Steine jetzt deinen Fuß verletzen!"

„Darüber habe ich nicht nachgedacht!" sagte die Seele.

„Richtet nicht, auf daß ihr nicht gerichtet werdet!" erklang es durch die Lüfte.

„Alle haben wir gesündigt!" sagte die Seele und richtete sich wieder auf. „Ich habe das Gesetz und das Evangelium eingehalten, ich habe getan, was ich konnte, ich bin nicht wie jene."

Und sie standen am Himmelstor, und der Engel, der Wächter des Eingangs, fragte: „Wer bist du? Sage mir deinen Glauben und zeige ihn mir in deinen Taten!"

„Ich habe streng alle Gebote befolgt! ich habe mich vor den Augen der Welt gedemütigt, ich habe das Böse und die Bösen gehaßt und verfolgt, die, welche den breiten Weg in die ewige Verdammnis gehen, und ich will es noch jetzt tun, mit Feuer und mit Schwert, falls ich es vermag!"

„Du bist also einer von Mahomets Anhängern!" sagte der Engel.

„Ich? – Nimmermehr!"

„Wer zum Schwerte greift, wird durch das Schwert umkommen, sagt der Sohn! Seinen Glauben hast du nicht. Bist du vielleicht ein Sohn Israels, welcher mit Moses spricht: Aug um Auge, Zahn um Zahn? ein Sohn Israels, dessen eifriger Gott nur deines Volkes Gott ist?"

„Ich bin ein Christ!"

„Das erkenne ich an deinem Glauben und an deinen Taten nicht. Christi Lehre ist Versöhnung, Liebe und Gnade!"

„Gnade!" ertönte es durch den unendlichen Raum, und die Tore des Himmels taten sich auf, und die Seele schwebte auf die offene Herrlichkeit zu.

Aber das Licht, das herausflutete, war so blendend, so durchdringend, daß die Seele zurückwich wie vor einem gezückten Schwert; und die Töne klangen so weich und so ergreifend, keine irdische Zunge könnte es schildern, und die Seele erbebte und neigte sich tiefer und immer tiefer, aber die himmlische Helle drang in sie hinein, und da fühlte und empfand sie, was sie nie zuvor so gefühlt hatte, die

Bürde ihrer Hoffart, ihrer Härte und Sünde. Es wurde so hell in ihrem Innern.

„Was ich in der Welt Gutes getan habe, das tat ich, weil ich nicht anders konnte, aber das Böse – das stammte von mir selber!"

Und die Seele fühlte sich von dem reinen, himmlischen Licht geblendet, ohnmächtig sank sie, so schien es, tief hinab, in sich selber eingerollt, zu Boden gedrückt, unreif für das Himmelreich, und im Gedanken an den strengen, den gerechten Gott wagte sie nicht zu stammeln: „Gnade!"

Und da kam die Gnade, die nicht erwartete Gnade.

Gottes Himmel war in dem unendlichen Weltenraum, Gottes Liebe durchströmte ihn in unerschöpflicher Fülle.

„Herrlich, herrlich, liebevoll und ewig mögest du werden, Menschenseele!" erscholl es und sang es. Und alle, alle werden wir am letzten Tag unseres Erdenlebens wie diese Seele hier vor dem Glanz und der Herrlichkeit des Himmelreiches erbeben, uns tief neigen, demütig niedersinken und dennoch, von seiner Liebe, seiner Gnade getragen, emporgehalten, schwebend in neuen Bahnen, geläutert, edler und besser, uns der Herrlichkeit des Lichtes immer mehr nähern und durch ihn gestärkt in die ewige Helle hinaufzusteigen vermögen.

Es ist wahrhaftig wahr

„Es ist eine furchtbare Geschichte!" sagte ein Huhn, und zwar drüben am anderen Ende des Dorfes, wo die Geschichte nicht passiert war. „Da ist eine furchtbare Geschichte im Hühnerstall passiert! Ich traue mich nicht, heute nacht allein zu schlafen! Es ist gut, daß wir zu vielen auf der Stange beisammensitzen!" – Und dann erzählte es, daß sich den anderen Hühnern die Federn sträubten und dem Hahn der Kamm herunterklappte. Das ist wahrhaftig wahr!

Aber wir wollen mit dem Anfang anfangen, und der war am anderen Ende des Dorfes in einem Hühnerstall. Die Sonne ging unter, und die Hühner flogen auf; eines von ihnen – es hatte weißes Gefieder und kurze Beine, legte seine vorgeschriebenen Eier und war als Huhn in jeder Weise respektabel – putzte sich, als es auf die Stange kam, mit dem Schnabel, und da fiel eine kleine Feder von ihm ab.

„Die wär weg!" sagte die Henne, „je mehr ich mich putze, desto schöner werde ich wohl werden!" Und das war bloß im Scherz gesprochen, denn sie war der muntere

Geist unter den Hühnern, im übrigen, wie gesagt, sehr respektabel; und dann schlief sie ein.

Dunkel war es rundum, ein Huhn saß neben dem anderen, und die Henne, die ihr zunächst saß, schlief nicht; sie hörte und hörte doch nicht, wie man es in dieser Welt ja tun muß, um in Ruhe und Frieden leben zu können; aber ihrer anderen Nachbarin mußte sie es doch sagen: „Hast du gehört, was da erzählt wurde? Ich nenne keine Namen, aber da ist eine Henne, die sich putzt, um gut auszusehen! Wäre ich Hahn, ich würde sie verachten!"

Und den Hühnern gerade gegenüber saß die Eule mit Eulenmann und Eulenkindern; in der Familie hatte man scharfe Ohren, sie hörten jedes Wort, welches die Nachbarhenne sagte, und sie kullerten mit den Augen, und Mutter Eule fächelte mit den Flügeln: „Hört gar nicht hin! aber ihr habt vermutlich gehört, was da gesprochen wurde? Ich hörte es mit meinen eigenen Ohren, und man muß viel mit anhören, bevor sie abfallen! Da ist eine unter den Hennen, die hat in solchem Maße vergessen, was sich für eine Henne schickt, daß sie dasitzt und sich alle Federn auszupft und den Hahn zugucken läßt!"

„Prenez garde aux enfants!" sagte Vater Eule, „das ist nichts für die Kinder!"

„Ich will es doch der Nachbarin Eule gegenüber erzählen! Sie ist im Umgang eine so achtbare Eule!" und dann flog Mutter los.

„Huhu! uhuh!" heulten die beiden, und zwar mitten in den Taubenschlag des Nachbarn gegenüber zu den Tauben hinein. „Habt ihr das gehört? habt ihr das gehört? uhuh! da ist eine Henne, die hat sich wegen des Hahns alle Federn ausgerupft! die wird erfrieren, wenn sie nicht schon erfroren ist, uhuh!"

„Wo? Wo?" gurrten die Tauben!

„Auf dem Hofe des Nachbarn gegenüber! Ich habe es sozusagen selber gesehen! Es ist eigentlich unschicklich, solch eine Geschichte zu erzählen! aber es ist wahrhaftig wahr!"

„Glaube, glaube jedes einzige Wort, liebe Taube!" sagten

die Tauben untereinander und gurrten in ihren Hühnerhof hinunter: „Da ist eine Henne, ja, manche sagen, da wären zwei, die sich alle Federn ausgerupft haben, weil sie nicht aussehen wollten wie die anderen, und sie wollten dadurch die Aufmerksamkeit des Hahns erregen. Das ist ein gewagtes Spiel, man kann sich erkälten und am Fieber sterben, und sie sind beide gestorben!"

„Wacht auf! wacht auf!" krähte der Hahn und flog auf den Bretterzaun, der Schlaf saß ihm noch in den Augen, aber er krähte trotzdem: „Da sind drei Hennen aus unglücklicher Liebe zu einem Hahn gestorben! die hatten sich alle Federn ausgerupft! Das ist eine böse Geschichte, ich will sie nicht bei mir behalten, gebt sie weiter!"

„Gebt sie weiter!" pfiffen die Fledermäuse, und die Hühner gackerten, und die Hähne krähten: „Gebt sie weiter! gebt sie weiter!" Und nun flog die Geschichte von einem Hühnerstall zum anderen und zuletzt zu dem Orte zurück, von dem sie eigentlich ausgegangen war.

„Da sind fünf Hühner", hieß es, „die sich sämtlich die Federn ausgerupft haben, um zu zeigen, welche von ihnen aus Liebeskummer, des Hahnes wegen, am magersten geworden war, und dann haben sie sich gegenseitig blutig gehackt und sind tot heruntergefallen, zur Schmach und

Schande ihrer Familie und zum großen Nachteil für den Besitzer!"

Und die Henne, die die lose sitzende kleine Feder verloren hatte, erkannte ihre eigene Geschichte natürlich nicht wieder, und da sie eine respektable Henne war, so sagte sie: „Ich verachte diese Hühner! aber von der Sorte gibt es mehr! Dergleichen darf man nicht verschweigen, und ich möchte das Meine dazu tun, daß diese Geschichte in die Zeitung kommt, dann geht sie durchs ganze Land; das haben diese Hühner verdient und ihre Angehörigen ebenfalls!"

Und es kam in die Zeitung, und es wurde gedruckt, und das ist wahrhaftig wahr: aus einer kleinen Feder können leicht fünf Hühner werden!

Das Schwanennest

Zwischen der Ostsee und der Nordsee liegt ein altes Schwanennest, und das heißt Dänemark; in diesem wurden und werden noch immer Schwäne geboren, deren Namen niemals sterben werden.

Im Altertum flog eine Schar von Schwänen von hier über die Alpen zu den grünen Ebenen Mai-Lands, wo es herrlich zu leben war; die Schwanenschar hieß die Langobarden.

Eine andere Schar, mit schimmerndem Gefieder und treuen Augen, schwebte nach Byzanz hinunter, setzte sich hier um den Kaiserthron und breitete ihre großen, weißen Schwingen gleich Schilden aus, um ihn zu beschirmen. Sie erhielten den Namen Waräger.

Von Frankreichs Küsten ertönte ein Angstschrei der blutrünstigen Schwäne wegen, die mit Feuer unter den Flügeln aus dem Norden kamen, und das Volk betete: „Befreie uns, Gott, von den wilden Normannen!“

Auf Englands frischgrünem Rasen am offenen Strand

stand der dänische Schwan mit dreifacher Krone auf dem Haupte, sein goldenes Zepter streckte er hin über das Land.

In die Knie knickten die Heiden an Pommerns Küsten, und die dänischen Schwäne kamen mit der Fahne des Kreuzes und mit gezücktem Schwert.

Das war in uralten Zeiten! sagst du.

Auch vor nicht allzu langer Zeit wurden mächtige Schwäne gesehen, die vom Nest ausflogen.

Es leuchtete durch die Lüfte, es leuchtete über die Lande der Welt, der Schwan zerteilte mit seinem starken Flügelschlag den verhüllenden Nebel, und der Sternenhimmel wurde sichtbarer, es war, als käme er der Erde näher; das war der Schwan Tycho Brahe.

„Ja, damals!“ sagst du, „aber in heutiger Zeit!“ Da sahen wir Schwan neben Schwan in herrlichem Fluge. Einer ließ seinen Fittich über die Saiten der goldenen Harfe streichen, und es scholl über den Norden, Norwegens Fjelle hoben sich höher zum Sonnenlicht des Altertums empor; es rauschte in Tanne und Birke; die Götter des Nordens, Helden und edle Frauen erschienen auf dem tiefen, dunklen Waldboden.

Wir sahen einen Schwan mit dem Fittich gegen den Marmorfels schlagen, daß er barst und die im Stein gebannten Gestalten der Schönheit in den hellichten Tag hinausschritten, und die Menschen in den Landen ringsum hoben die Köpfe, um diese riesigen Gestalten zu sehen.

Wir sahen einen dritten Schwan den Gedankenfaden spinnen, den Draht, der nunmehr von Land zu Land gelegt wird, um die ganze Erde herum, auf daß das Wort mit der Geschwindigkeit des Blitzes durch die Lande fliege.

Der Herrgott liebt das alte Schwanennest zwischen Ostsee und Nordsee. Mögen getrost riesige Vögel durch die Lüfte kommen, es zu zerreißen. „Es wird nicht geschehen!“ Selbst die ungefiederten Jungen stellen sich in einem Kreis auf dem Nestrand auf, das haben wir gesehen, sie lassen sich die junge Brust zerfleischen, so daß ihr Blut strömt, sie schlagen mit Schnabel und Krallen.

Jahrhunderte werden fürder vergehen, Schwäne vom

Nest auffliegen, ringsum auf der Welt gehört und gesehen werden, ehe die Zeit kommt, daß im Geist und in Wahrheit gesagt werden kann: „Dies ist der letzte Schwan, der letzte Gesang aus dem Schwanennest!"

Ein heiteres Gemüt

Von meinem Vater ist mir das beste Erbteil vermacht worden, ich habe ein heiteres Gemüt mitbekommen. Und wer war mein Vater? Ja, das hat nun nichts mit dem Gemüt zu tun! Er war lebhaft und wohlgenährt, dick und rund, sein Äußeres und Inneres standen ganz im Widerspruch zu seinem Amt. Und was für ein Amt, was für eine Stellung hatte er in der menschlichen Gesellschaft? Ja, wenn man es am Anfang eines Buches niederschriebe und druckte, dann wäre es verständlich, wenn manche, sobald sie es läsen, das Buch beiseite legten und sagten: Das sieht mir gar zu unheimlich aus, davon will ich nichts wissen. Und doch war mein Vater weder Schinder noch Scharfrichter, im Gegenteil, sein Amt führte ihn oftmals an die Spitze der allerehrenwertesten Männer der Stadt, und er war dort ganz in seinem Recht, ganz an seinem Platz; er mußte vornweg sein, vor dem Bischof, vor Prinzen von Geblüt – und er war vornweg – er war Kutscher eines Leichenwagens.

Nun ist es gesagt! und eins kann ich versichern, wenn man meinen Vater dort hoch oben sitzen sah, vorn auf dem

Omnibus des Todes, mit seinem langen, weiten schwarzen Mantel um, auf dem Kopf den schwarzen Dreispitz mit den Fransen, und wenn man dazu sein Gesicht sah, das ganz genauso war, wie man die Sonne zeichnet, rund und lachend, dann konnte man nicht an Leid und Grab denken; das Gesicht sagte: „Es macht nichts, dort ist es viel besser, als man glaubt!"

Seht, von ihm habe ich mein heiteres Gemüt und die Gewohnheit, regelmäßig auf den Friedhof hinauszugehen; und das ist sehr vergnüglich, wenn man nur mit einem heiteren Gemüt dorthin geht – und dann halte ich die Adressenzeitung, wie er es auch getan hat.

Ich bin nicht ganz jung – ich habe weder Frau noch Kinder oder eine Bibliothek, aber, wie gesagt, ich halte die Adressenzeitung, die genügt mir, sie ist für mich die beste Zeitung, und das war sie auch für meinen Vater; sie hat viele Vorteile und bringt alles, was ein Mensch wissen muß: wer in den Kirchen predigt und wer in den neuen Büchern predigt! wo man ein Haus bekommt, Gesinde, Kleider und Nahrung, wer „ausverkauft" und wer selber ausscheidet, und dann erfährt man von soviel Wohltätigkeit und sieht so viele harmlose Verse, die keinen Schaden tun! Eheschließungen, die man wünscht, und Stelldicheine, auf die man sich einläßt oder nicht einläßt; alles einfach und natürlich! Man kann in der Tat sehr glücklich leben und sich begraben lassen, wenn man die Adressenzeitung hält – und dann hat man an seinem Lebensende so schön viel Papier, daß man weich darauf liegt, falls man es nicht schätzt, auf Hobelspänen zu liegen.

Die Adressenzeitung und der Friedhof, das sind und waren immer meine beiden anregendsten Ausflüge, meine beiden köstlichsten Badeanstalten für das heitere Gemüt.

In die Adressenzeitung kann nun jeder selber hineinkommen; aber folgt mir auf den Friedhof, laßt uns dorthin gehen, wenn die Sonne scheint und die Bäume grün sind; laßt uns zwischen den Gräbern dahingehen! Jedes einzelne ist wie ein geschlossenes Buch mit dem Rücken nach oben, man kann den Titel lesen, welcher sagt, was das Buch enthält, und dennoch gar nichts sagt; aber ich weiß Bescheid, kenne es von meinem Vater und von mir selber. Ich habe es in meinem Gräberbuch, und das ist ein Buch, das habe ich selber gemacht, zu eigenem Nutz und Frommen; dort liegen sie alle miteinander, und noch einige mehr!

Nun sind wir auf dem Friedhof.

Hier, hinter dem weißgestrichenen Holzgitter, wo einstmals ein Rosenstrauch stand – nun ist er fort, aber ein wenig Immergrün vom Grabe des Nachbarn streckt seinen grünen Finger dort hinein, um doch ein wenig aufzuputzen –, ruht ein sehr unglücklicher Mann, und dennoch, als er lebte, stand er sich gut, wie man sagt, hatte sein gutes Auskommen und noch ein wenig mehr, aber er nahm die Welt zu schwer, das heißt die Kunst. Saß er einen Abend im Theater, um mit ganzer Seele zu genießen, dann war er ganz außer sich, wenn nur der Maschinenmeister beide Kinnbacken des Mondes zu stark beleuchtete oder die Luftsoffitte vor der Kulisse hing, während sie dahinter hängen sollte, oder wenn eine Palme auf Amager zu stehen kam, ein Kaktus in Tirol und Buchen hoch oben in Norwegen! – Kann das nicht ganz schnurz sein? Wer denkt denn über so etwas nach! Es ist doch Theater, und daran soll man sich ergötzen. – Mal klatschte das Publikum zuviel, mal klatschte es zuwenig. „Das Holz ist feucht", sagte er, „es will heute abend nicht zünden!" und dann drehte er sich um, er wollte sich ansehen, was für Leute es waren, und dann sah er, sie lachten im verkehrten Augenblick, lachten an Stellen, wo sie nicht lachen durften, und darüber ärgerte er sich und litt darunter und war ein unglückseliger Mensch, und nun liegt er im Grabe.

Hier ruht ein sehr glücklicher Mann, das heißt ein sehr vornehmer Mann von hoher Herkunft, und das war sein Glück, denn sonst wäre nie etwas aus ihm geworden, aber es ist eben alles in der Natur so weise eingerichtet, daß es eine Freude ist, daran zu denken. Er lief herum mit Stickereien vorn und hinten und war in die große Stube gesetzt worden, so wie man den kostbaren, perlengestickten Glockenzug anbringt, der immer eine gute, dicke Schnur auf seiner

Rückseite hat, die den Dienst verrichtet; er hatte auch eine gute, dicke Schnur im Rücken, einen Vertreter im Amt, der den Dienst verrichtete und ihn noch immer verrichtet hinter einem anderen, neuen gestickten Glockenzug. Alles ist fürwahr so weise eingerichtet, daß man mit Recht heiteren Gemüts sein kann.

Hier ruht – ja, das ist nun ungemein traurig! –, hier ruht ein Mann, der siebenundsechzig Jahre lang die Absicht gehabt hat, einen guten Einfall zu haben; er lebte einzig und allein dafür, einen guten Einfall zu haben und von sich zu geben, und dann hatte er – nach seiner eigenen Überzeugung – wirklich einen und freute sich so sehr, daß er mittendrin starb, vor Freude darüber, daß er einen bekommen hatte, und niemand hatte etwas davon, niemand vernahm den guten Einfall. Ich kann mir nun vorstellen, daß er nicht einmal in seinem Grabe des guten Einfalls wegen Ruhe hat, denn gesetzt den Fall, es ist ein Einfall, der zum Frühstück ausgesprochen werden muß, wenn er seine Wirkung nicht verfehlen soll, und er als Toter nach der allgemeinen Ansicht nur um Mitternacht damit ankommen kann, dann paßt der Einfall nicht in die Tageszeit, niemand lacht, und er kann mit seinem guten Einfall wieder ins Grab gehen. Das ist ein trübseliges Grab.

Hier ruht eine sehr geizige Madam; als sie noch lebte, stand sie nachts auf und miaute, damit die Nachbarn meinen sollten, sie hielte sich eine Katze; so geizig war sie!

Hier ruht ein Fräulein aus guter Familie! Immer mußte sie in Gesellschaften ihre Stimme erschallen lassen, und dann sang sie: „Mi manca la voce!" dies war die einzige Wahrheit in ihrem Leben!

Hier ruht eine Jungfrau von etwas anderer Art! Wenn der Kanarienvogel des Herzens anfängt laut zu schreien, dann steckt die Vernunft die Finger in die Ohren. Schön-Jungfrau stand im Strahlenkranz des Ehestands! – Es ist eine alltägliche Geschichte, aber es ist fein ausgedrückt. Lasset die Toten ruhen!

Hier ruht eine Witfrau, die Schwanengesang im Mund und Eulengalle im Herzen hatte. Sie machte in den Familien Jagd auf die Mängel des lieben Nächsten, ebenso wie in alter Zeit „Der Polizeifreund“ umherging, um eine Rinnsteinbohle zu suchen, die nicht vorhanden war.

Hier ist ein Erbbegräbnis; die Glieder dieser Familie hielten eins wie das andere in ihrer Meinung derart zusammen, daß, wenn die ganze Welt und die Zeitung sagten: „So ist es!“ und der kleine Sohn dann aus der Schule kam und sagte: „Ich habe es aber so gehört!“ seine Ansicht die einzig richtige war, denn er gehörte zur Familie. Und es ist wahrhaftig wahr, wenn es der Zufall wollte, daß der Hofhahn der Familie um Mitternacht krähte, dann war es Morgen, wenn auch der Wächter und alle Uhren der Stadt verkündeten, daß es Mitternacht sei.

Der große Goethe beendet seinen *Faust* mit der Bemerkung: „Kann fortgesetzt werden“, das kann unser Gang hier zum Friedhof auch; hier gehe ich so oft her! Macht dieser oder jener von meinen Freunden oder Nichtfreunden mir das Leben zu sauer, dann gehe ich hierher, suche einen Rasenplatz auf und weihe ihn ihm oder ihr, wen ich nun begraben möchte, und dann begrabe ich sie sogleich, dann liegen sie da, tot und machtlos, bis sie als neue und bessere Menschen zurückkehren. Ihr Leben und ihren Wandel, von mir aus gesehen, schreibe ich in mein Gräberbuch, und so sollten es alle Menschen machen, sich nicht ärgern, wenn jemand es ihnen zu toll treibt, sondern ihn sofort begraben, an ihrem heiteren Gemüt und der Adressenzeitung festhalten, diesem vom Volke selbst geschriebenen Blatt, oftmals mit geführter Feder.

Ist die Zeit da, daß ich selbst mit meiner Lebensgeschichte im Grabe eingebunden werden muß, dann setzt als Inschrift darauf:

„Ein heiteres Gemüt!“

Das ist meine Geschichte.

Herzeleid

Es ist eigentlich eine Geschichte in zwei Teilen, die wir hier bringen; der erste Teil könnte ruhig wegfallen – aber er gibt einige Vorkenntnisse, und die sind nützlich!

Wir hielten uns auf einem Gutshof im Innern des Landes auf, und da traf es sich, daß die Herrschaft dort für einen Tag fortfuhr. Nun kam vom nächsten Marktflecken eine Frau, die hatte ihren Mops mit, und sie kam, wie sie sagte, weil man Aktien für ihre Gerberei zeichnen sollte. Ihre Papiere hatte sie bei sich, und wir rieten ihr, sie in einen Umschlag zu stecken und die Adresse des Gutsherrn draufzuschreiben: „Generalkriegskommissar, Ritter, et cetera."

Sie hörte uns zu, sie nahm die Feder, hielt inne und bat uns, die Anschrift zu wiederholen, aber langsam. Wir taten es, und sie schrieb; aber mitten in dem „Generalkriegs ..." stockte sie, seufzte und sagte: „Ich bin nur ein Frauenzimmer!" Den Mops hatte sie auf den Fußboden gesetzt, während sie schrieb, und der knurrte; er war ja auch zu seinem Vergnügen und aus Gesundheitsgründen mitgenommen worden, und dann müßte man nicht auf den Fußboden gesetzt werden. Platte Nase und Speckrücken waren seine äußeren Kennzeichen.

„Er beißt nicht!“ sagte die Frau, „er hat keine Zähne. Er gehört sozusagen zur Familie, ist treu und gehässig, aber dazu wird er von meinen Enkeln aufgestachelt; die spielen Hochzeit, und dann wollen sie, er soll Brautjungfer sein, und das strengt ihn an, die alte Haut!“

Und sie ließ ihre Papiere da und nahm den Mops auf den Arm. Das ist der erste Teil – der indessen zu entbehren wäre!

Der Mops starb! – das ist der zweite Teil.

Es war etwa eine Woche später; wir kamen ins Städtchen und stiegen in einem Gasthaus ab. Unsere Fenster gingen auf den Hof hinaus, der durch einen Bretterzaun in zwei Hälften geteilt war; auf der einen hingen Felle und Häute, rohe und gelohte; hier stand alles Zubehör zu einer Gerberei, und die gehörte der Witwe. – Der Mops war diesen Morgen gestorben und hier auf dem Hof begraben worden; die Enkel der Witwe, das heißt der Gerberswitwe, denn der Mops war nicht verheiratet gewesen, klopften das Grab fest, und es war ein schönes Grab, es mußte ein Vergnügen sein, darin zu liegen.

Das Grab war mit Tonscherben umzäunt und mit Sand bestreut; obendrauf hatten sie eine halbe Bierflasche gesetzt mit dem Hals nach oben, und das war gar nicht allegorisch.

Die Kinder tanzten um das Grab, und der älteste Junge, ein praktischer Jüngling von sieben Jahren, schlug vor, man solle eine Besichtigung des Mopsgrabes veranstalten, und zwar für die ganze Gasse; als Eintritt sollte ein Hosenträgerknopf entrichtet werden, so einen hatte jeder Junge, und das konnten sie auch für die kleinen Mädchen mitliefern; und dieser Vorschlag wurde einstimmig angenommen.

Und alle Kinder aus der Gasse und auch aus der Hintergasse kamen und zahlten ihren Knopf; es gab viele, die an diesem Nachmittag nur mit einem Hosenträger herumlaufen mußten, aber dafür hatte man das Grab des Mopses gesehen, und das war wirklich viel wert.

Aber außerhalb des Gerberhofes, dicht an der Pforte dort, stand ein kleines zerlumptes Mädelchen, so reizend anzusehen, mit den schönsten Locken und Augen, so hell und blau, daß es eine Lust war; sie sagte kein Wort, sie weinte auch nicht, machte aber den Hals so lang, wie sie konnte, sobald die Pforte aufging. Sie wußte ja, sie besaß keinen Knopf und blieb daher betrübt draußen stehen, stand dort, bis sie alle fertig mit Anschauen und fortgegangen waren; da hockte sie sich hin, schlug die braunen Händchen vors Gesicht und brach in Tränen aus; sie allein hatte das Grab des Mopses nicht gesehen. Das war Herzeleid und ein großes, wie es sonst nur der Erwachsene empfindet.

Wir sahen es von oben, und von oben gesehen – ja, da konnten wir darüber lächeln, wie über so viele Kümmernisse, die uns und andere treffen! – Das ist die Geschichte, und wer sie nicht versteht, kann Aktien auf die Gerberei der Witwe zeichnen.

Alles, wo es hingehört

Es ist über hundert Jahre her!

Da lag hinter dem Wald an dem großen Binnensee ein alter Herrensitz, und rings um ihn herum waren tiefe Gräben, in denen Rohrkolben, Schilf und Binsen wuchsen. Dicht neben der Brücke zum Einfahrtstor stand eine alte Weide, die sich über das Röhricht neigte.

Drüben vom Hohlweg erschollen Hörner und Pferdegetrappel, und darum beeilte sich die kleine Gänsemagd, die Gänse von der Brücke zu treiben, ehe die Jagdgesellschaft angaloppiert käme; die kam mit solcher Geschwindigkeit, daß das Mädchen schleunigst auf einen der hohen Steine an der Brücke springen mußte, um nicht umgeritten zu werden. Ein halbes Kind war sie noch, fein und zart, aber mit einem lieben Ausdruck im Gesicht und zwei guten, hellen Augen; aber dessen achtete der Gutsherr nicht; in der rasenden Schnelligkeit, mit der er kam, kehrte er die Peitsche in seiner Hand um, und aus roher Lust stieß er sie dem Mädchen mit dem Stiel gegen die Brust, so daß sie hintenüber fiel.

„Alles, wo es hingehört!" rief er, „in den Dreck mit dir!" und dann lachte er, es sollte nämlich sehr witzig sein, und die anderen lachten ebenfalls; die ganze Gesellschaft machte viel Geschrei und Lärm, und die Jagdhunde bellten, es war schon richtig:

„Reiche Vögel kommen angerauscht!"

Gott weiß, wie reich er überhaupt war.

Die arme Gänsemagd griff um sich, als sie fiel, und bekam einen der niederhängenden Weidenzweige zu fassen; mit dessen Hilfe hielt sie sich über dem Schlamm, und sowie Herrschaft und Hunde durchs Tor entschwunden waren, mühte sie sich herauszukommen, aber der Zweig brach an der Spitze ab, und die Gänsemagd fiel schwer ins Röhricht zurück, als im selben Augenblick eine kräftige Hand von oben sie ergriff. Es war ein wandernder Sockenhändler, der von weitem zugesehen hatte und sich beeilte, um ihr zu Hilfe zu kommen.

„Alles, wo es hingehört!" sagte er im Spaß, den Gutsherrn nachmachend, und zog sie aufs Trockene herauf; den abgebrochenen Zweig stellte er dorthin, wo er abgebrochen war, aber „alles, wo es hingehört", das geht nicht immer! Und darum steckte er den Zweig in die weiche Erde. „Wachse an, wenn du kannst, und werde denen da oben auf dem Hof eine schöne Flöte!" Er gönnte dem Gutsherrn und den Seinen einen tüchtigen Spießrutenlauf; und dann ging er auf den Gutshof, aber nicht in den großen Saal, dazu war er zu gering! Er ging zum Gesinde in die Leutestube, und sie sahen sich seine Ware an und feilschten; aber oben von der Festtafel ertönten Geschrei und Gekreisch, und das sollte Gesang sein, sie konnten es nicht besser. Gelächter und Hundegekläff erschollen, hier war ein großes Schwelgen und Prassen; Wein und altes Bier schäumten in Gläsern und Bechern, und die Leibhunde fraßen auch; das eine oder andere von den Viechern bekam einen Kuß von den Junkern, nachdem ihm vorher mit den langen Behängen die Schnauze abgewischt worden war. Der Sockenhändler wurde mit seinen Waren nach oben gerufen, aber nur, damit sie ihren Spaß mit ihm treiben konnten. Der Wein war in die Köpfe eingezogen und der Verstand hinaus. Sie gossen Bier für ihn in eine Socke, damit er mittrinken könne, aber geschwind! Es war wirklich ganz besonders schlau und zum Lachen. Ganze Triften von Vieh, Bauern und Bauernhöfen wurden auf eine Karte gesetzt und verloren.

„Alles, wo es hingehört!" sagte der Händler, als er dem Sodom und Gomorrha, wie er es nannte, heil wieder entronnen war. „Die freie Landstraße, da gehöre ich hin, dort oben behagt es mir gar nicht so recht." Und die kleine Gänsemagd nickte ihm vom Hecktor aus zu.

Und es vergingen Tage, und es vergingen Wochen, und es zeigte sich, daß der abgebrochene Weidenast, den der Sockenhändler am Wassergraben eingepflanzt hatte, noch immer frisch und grün war, ja, daß er neue Schößlinge trieb; die kleine Gänsemagd sah, daß er Wurzel geschlagen haben mußte, und sie freute sich von ganzem Herzen darüber, sie fand, es sei ihr Baum.

Ja, mit diesem ging es vorwärts, aber mit allem anderen auf dem Hof ging es durch Zechen und Spielen mächtig bergab, das sind zwei Rollen, auf denen nicht gut stehen ist.

Es waren keine sechs Jahre vergangen, da wanderte der Gutsherr mit Sack und Stock als armer Mann vom Hofe, und dieser wurde von einem reichen Sockenhändler erworben, und das war eben jener, mit dem man Spott und Hohn getrieben und dem man Bier in einer Socke gereicht hatte; aber Ehrlichkeit und Regsamkeit führen günstigen Wind mit sich, und nunmehr war der Sockenhändler Herr auf dem Gut; aber von Stund an gab es hier kein Kartenspiel mehr. „Es ist eine böse Lektüre", sagte er, „es kommt daher, daß der Teufel, als er zum erstenmal die Bibel sah, sie nachmachen wollte; seine sollte genauso sein, und da erfand er das Kartenspiel!"

Der neue Gutsherr nahm sich eine Frau, und wer war das? Es war die kleine Gänsemagd, die immer ordentlich, fromm und gut gewesen war; und in den neuen Kleidern sah sie so fein und schön aus, als ob sie von Geburt eine fürnehme Jungfrau wäre. Wie ging das zu? Ja, die Geschichte ist zu lang für unsere geschäftige Zeit, aber es *ging* zu, und das Wichtigste kommt hinterher.

Behaglich und schön war es auf dem alten Hof, Mutter selbst stand der Hauswirtschaft vor und Vater der außerhalb des Hauses; es war, als strömte der Segen nieder, und wo Wohlstand ist, dort kommt Wohlstand hinzu. Der alte

Gutshof wurde neu verputzt und gestrichen, die Gräben gesäubert und Obstbäume gepflanzt; freundlich und gut sah es dort aus, und der Stubenfußboden war blank wie ein Spickbrett. In dem großen Saal saß an Winterabenden die Hausfrau mit all ihren Mägden und spann Wolle und Flachs; und jeden Sonntagabend wurde laut aus der Bibel vorgelesen, und zwar vom Justizrat selber, denn er war Justizrat* geworden, der Sockenhändler, aber das war schon in sehr hohem Alter. Die Kinder wuchsen heran – es kamen Kinder –, und alle wurden gut ausgebildet, doch sie hatten nicht alle einen guten Kopf, so wie es in jeder Familie ist.

Aber der Weidenzweig draußen war ein ganzer prachtvoller Baum geworden, der frei und unbeschnitten dastand. „Es ist unser Stammbaum!" sagten die alten Leute, und dieser Baum solle in Achtung und Ehren gehalten werden! sagten sie zu den Kindern, auch zu denen, die keinen guten Kopf hatten.

Und jetzt waren hundert Jahre vergangen.

Es war zu unserer Zeit; der See war Sumpf geworden, und der alte Gutshof war wie ausgetilgt; dort lag ein länglicher Wassertümpel mit etwas Steinumrahmung an den Seiten, das waren die Überreste der tiefen Gräben, und hier stand noch ein prächtiger alter Baum, der seine Äste niederhängen ließ, das war der Stammbaum; er stand da und bewies, wie schön ein Weidenbaum sein kann, wenn er nur sich selber überlassen bleibt. Allerdings war der Stamm in der Mitte gespalten, von der Wurzel bis hinauf zur Krone, der Sturm hatte ihn ein wenig gedreht, aber er stand noch, und aus allen Ritzen und Spalten, in die Wind und Wetter Humus hineingetragen hatten, wuchsen Gras und Blumen! Namentlich ganz oben, wo sich die großen Äste teilten, war geradezu ein ganzer hängender kleiner Garten aus Himbeeren und Vogelmiere entstanden, ja, sogar ein winzig kleiner Ebereschenstrauch hatte hier Wurzel geschlagen und stand gar schlank und fein oben mitten in dem alten Weidenbaum, der sich im schwarzen Wasser spiegelte, wenn der Wind das Entengrün in einer Ecke des Wassertümpels zusammengetrieben hatte. – Ein kleiner Pfad über die Fronäcker führte dicht daran vorbei.

Oben auf der Anhöhe am Wald, mit schöner Aussicht, lag ein neues Gutshaus, prachtvoll und groß, mit so hellen

* In jenen Zeiten in Dänemark ein Titel, der verdienten Männern vom Staate verliehen wurde, ohne daß sie etwas mit dem Rechtswesen zu tun zu haben brauchten (Anm. d. Übers.).

Fensterscheiben, daß man meinen sollte, es wären gar keine da. Die große Treppe zur Haustür sah aus, als stünde eine Laube darauf aus Rosen und großblättrigen Pflanzen. Die Rasenfläche war von so reinem Grün, als würde jeder Halm morgens und abends nachgesehen. Im Saale hingen kostbare Gemälde, und hier standen mit Seide und Sammet überzogene Sessel und Sofas, die fast auf ihren eigenen Beinen gehen konnten. Tische mit blanken Marmorplatten und Bücher in Saffian und mit Goldschnitt . . . o ja, es waren wahrlich reiche Leute, die hier wohnten, es waren vornehme Leute, hier wohnten Barons.

Eines paßte hier zum anderen. „Alles, wo es hingehört!" sagten sie auch, und daher waren all die Gemälde, die einstmals auf dem alten Hof zur Zierde und zum Schmuck gedient hatten, jetzt in den Gang zur Knechtskammer gehängt worden; richtiger Trödel war es, namentlich zwei alte Porträts, das eine ein Mann im rosa Frack und mit einer Perücke, das andere eine Dame mit gepudertem, hochfrisiertem Haar und mit einer Rose in der Hand, aber eins wie das andere mit einem großen Kranz von Weidenzweigen umrahmt. In den beiden Bildern waren lauter runde Löcher, und das kam daher, weil die kleinen Barone immer mit ihren Flitzbögen auf die beiden alten Leute schossen. Es waren der Justizrat und die Justizrätin, die, von denen die ganze Familie abstammte.

„Aber sie gehören nicht richtig zu unserer Familie!" sagte einer von den kleinen Baronen. „Er war Sockenhändler und sie eine Gänsemagd. Die waren nicht so wie Papa und Mama!"

Die Bilder waren schlechter Plunder, und man sagte: „Alles, wo es hingehört!" und so kamen Urgroßvater und Urgroßmutter auf den Gang zur Knechtskammer.

Der Sohn des Pfarrers war dort auf dem Gut Hauslehrer; er ging eines Tages mit den kleinen Baronen und deren ältester Schwester, die kürzlich eingesegnet worden war, spazieren, und sie kamen den Steig entlang zum alten Weidenbaum; und wie sie so dahingingen, pflückte sie einen Strauß von den Blumen des Feldes. „Alles, wo es hingehört", und es wurde etwas sehr Schönes daraus. Unterdessen hörte sie jedoch gut zu, was gesprochen wurde, und sie hatte ihre große Freude daran, den Pfarrerssohn von den Naturkräften und den großen Männern und Frauen der Geschichte erzählen zu hören; sie war ein gerades, liebenswertes Wesen, von edler Seele und Denkungsart und mit einem Herzen, das so recht alles von Gott Geschaffene in sich aufnehmen konnte.

Sie blieben unter der alten Weide stehen; der kleinste der Barone wollte so gern eine Flöte geschnitten haben, wie man sie ihm früher von anderen Weiden gemacht hatte, und der Pfarrerssohn brach einen Zweig ab.

„Ach, tun Sie's nicht!" sagte die junge Baronesse; aber nun war es getan. „Es ist doch unser alter, berühmter Baum! ich liebe ihn so sehr! Ja, deshalb lacht man mich zu Haus auch aus, aber das ist einerlei! Es gibt eine Sage von dem Baum . . .!"

Und nun erzählte sie alles, was wir von dem Baum gehört haben, von dem alten Gut, von der Gänsemagd und dem Sockenhändler, die sich hier kennenlernten und die Stammeltern der vornehmen Familie und der jungen Baronesse wurden.

„Sie wollten sich nicht adeln lassen, die braven alten Leute!" sagte sie. „Sie hatten das Sprichwort: ‚Alles, wo es hingehört!' und sie fanden nicht, daß sie dahin gehörten, wenn sie sich um Geld in den Adelsstand erheben ließen. Ihr Sohn erst, mein Großvater, war es, der Baron wurde, er soll von großer Gelehrsamkeit gewesen sein, hochangesehen und beliebt bei Prinzen und Prinzessinnen, er war bei allen ihren Festlichkeiten mit dabei. Ihn schätzen die zu Hause am meisten, aber ich weiß nicht recht, das alte Paar hat für mich etwas an sich, das mein Herz zu ihnen hinzieht! Es muß so gemütlich, so patriarchalisch auf dem alten Hof gewesen sein, wo die Hausfrau saß und mit all ihren Mägden spann und der alte Herr aus der Bibel vorlas!"

„Es sind prächtige Leute gewesen, vernünftige Leute!" sagte der Pfarrerssohn; und dann waren sie mitten in einem Gespräch über „adlig" und „bürgerlich", und es war fast, als ob der Pfarrerssohn nicht zum Bürgertum gehörte, so eifrig redete er darüber, was es hieße, von Adel zu sein.

„Es ist ein Glück, zu einem Geschlecht zu gehören, das sich ausgezeichnet hat! gleichsam einen Keim des Blutes in sich zu haben, der zur Tüchtigkeit treibt. Wunderbar ist es, einen Familiennamen zu tragen, der den Zugang zu den ersten Familien erschließt. Adel bedeutet edel, es ist die goldene Münze, die den Stempel dessen bekommen hat, was sie wert ist. Es ist die Melodie der Zeit – und viele Poeten stimmen sie natürlich an –, daß alles, was von Adel ist, schlecht und dumm sein soll, bei den Armen jedoch, je tiefer man hinabsteige, glänze es um so heller. Der Meinung bin ich aber nicht, denn es ist völlig falsch, ganz und gar falsch. In den höheren Ständen gibt es viele ergreifend schöne Züge; meine Mutter hat mir von einem Fall erzählt, und ich könnte mehr anführen. Sie war zu Besuch in einem vornehmen Haus in der Stadt, ihre Mutter, meine Großmutter, hatte, glaube ich, als Amme die gnädige Frau gestillt. Meine Mutter stand mit dem alten hochadligen Herrn in der Stube; da sah er, daß unten auf dem Hof eine alte Frau auf Krücken daherkam; jeden Sonntag kam sie und erhielt ein paar Schillinge. ‚Da ist die arme Alte', sagte der Herr, ‚ihr wird das Gehen so schwer!' – und ehe meine Mutter etwas begriff, war er aus der Tür und die Treppen hinunter; er, die siebzigjährige alte Exzellenz, war selbst zu der armen Frau hinuntergegangen, um ihr den mühseligen Weg nach oben zu ersparen, den sie wegen des Almosens, um das sie kam, machen mußte. Es ist ja nur ein ganz kleiner Zug, aber wie das ‚Scherflein der Witwe' ist er ein Klang aus dem Herzensgrund, ein Klang der menschlichen Natur; und dorthin sollte der Dichter weisen, in heutiger Zeit sollte er gerade davon singen, das tut wohl, es mildert und versöhnt! Wo aber ein Menschenwesen, weil es von Geblüt ist und einen Stammbaum hat, wie die arabischen Pferde auf den Hinterbeinen steht und auf der Straße wiehert und in der Stube sagt: ‚Hier sind Leute von der Straße gewesen!' wenn ein Bürgerlicher drinnen gewesen ist, dort ist der Adel in Fäulnis übergegangen, zu einer Maske geworden von

jener Art, wie Thespis sie sich machte, und man belustigt sich über die Person und wirft sie der Satire in die Arme."

So lautete die Rede des Pfarrerssohnes, sie war ein wenig lang, aber nun war die Flöte geschnitten.

Auf dem Gut war große Gesellschaft, viele Gäste aus der Umgegend und aus der Hauptstadt, Damen, mit und ohne Geschmack gekleidet. Der große Saal war ganz voll von Menschen. Die Pfarrer der Umgegend standen ehrfurchtsvoll in einer Ecke beisammen, es sah aus, als fände ein Begräbnis statt, dabei war es ein Vergnügen, aber das war noch nicht losgegangen.

Großes Konzert sollte stattfinden, und daher hatte der kleine Baron seine Weidenflöte mitgebracht, aber er konnte die Luft nicht durchziehen, das konnte Papa auch nicht, und daher taugte sie nichts.

Da gab es Musik und Gesang, von jener Art, die am vergnüglichsten für die Ausübenden ist, übrigens wunderhübsch.

„Sie sind auch ein Virtuose?" sagte ein Kavalier, der nichts als das Kind seiner Eltern war, zu dem Pfarrer. „Sie blasen die Flöte, Sie schneiden sie selbst. Es ist das Genie, welches herrscht – sitzet zur Rechten – Gott behüte! Ich gehe durchaus mit der Zeit mit, das muß man. Nicht wahr, Sie werden uns alle mit dem kleinen Instrument entzücken?" und dann reichte er ihm die kleine Flöte, die aus dem Weidenbaum unten am Wassertümpel geschnitzt war, und laut und geräuschvoll verkündete er, der Hauslehrer wolle ihnen ein Solo auf der Flöte darbieten.

Man wollte sich über ihn lustig machen, das war leicht zu erkennen, und daher wollte der Hauslehrer nicht blasen, obwohl er durchaus konnte, aber sie drangen in ihn, sie nötigten ihn, und da nahm er die Flöte und setzte sie an den Mund.

Es war eine wundersame Flöte! Ein Ton erklang, so lang anhaltend wie von einer Dampflokomotive, ja, viel stärker; er erscholl über den ganzen Hof, den Garten und den Wald, meilenweit ins Land hinaus, und mit dem Ton kam ein Sturm, der brauste: „Alles, wo es hingehört!" Und da flog Papa, wie vom Winde entführt, zum Gut hinaus und mitten hinein ins Haus des Stallknechts, und der Stallknecht flog hinauf – nicht in die große Stube, dort konnte er nicht hinkommen, nein, hinauf in die Dienerkammer, unter die feine Dienerschaft, die seidene Strümpfe trug, und die stolzen Diener waren wie vom Krampf befallen, weil eine so minderwertige Person sich mit an ihren Tisch zu setzen wagte.

Aber im großen Saal flog die junge Baronesse an das oberste Ende der Tafel, der Platz war ihrer würdig, aber der Pfarrerssohn bekam seinen Platz neben ihr, und da saßen die beiden, als wären sie ein Brautpaar. Ein alter Graf aus der ältesten Familie des Landes blieb ungeschoren an seinem Ehrenplatze sitzen; denn die Flöte war gerecht, und das muß man sein. Der witzige Kavalier, der das Flötenspiel verschuldet hatte, der nichts als das Kind seiner Eltern war, flog kopfüber mitten unter die Hühner, aber nicht allein.

Eine ganze Meile ins Land hinein ertönte die Flöte, und man erfuhr von großen Ereignissen. Eine reiche Großkaufmannsfamilie, die vierelang fuhr, wurde ganz und gar aus dem Wagen hinausgeweht und bekam nicht einmal den Platz hinten; zwei reiche Bauern, die in unserer Zeit über ihr eigenes Kornfeld hinausgewachsen waren, flogen in den Schlammgraben; es war eine gefährliche Flöte; zum Glück platzte sie beim ersten Ton, und das war gut, nun kam sie wieder in die Tasche: „Alles, wo es hingehört!"

Am nächsten Tage sprach man nicht von dem Ereignis, daher hat man die Redensart: „die Pfeife einstecken!" Alles war auch wieder in seinem alten Gleis, nur daß die beiden alten Bilder, der Sockenhändler und die Gänsemagd, oben im großen Saale hingen, dort waren sie an die Wand hinaufgeflogen; und da einer der wirklichen Kunstkenner sagte, sie seien von Meisterhand gemalt, blieben sie hängen und wurden instand gesetzt, man hatte ja bisher nicht gewußt, daß sie etwas wert waren, und wie hätte man das wissen sollen. Nun hingen sie am Ehrenplatz. „Alles, wo es hingehört!" und da kam es hin! Die Ewigkeit ist lang, länger als diese Geschichte!

Der Wichtel beim Fettkrämer

Es war einmal ein richtiger Student, er wohnte unterm Dach und besaß nichts; und es war einmal ein richtiger Fettkrämer, er wohnte im Erdgeschoß und besaß das ganze Haus, und an ihn hielt sich der Wichtel, denn hier bekam er jeden Weihnachtsabend eine Schüssel Grütze mit einem großen Klecks Butter drin! Das konnte der Fettkrämer sich leisten; und der Wichtel blieb im Laden, und das war sehr lehrreich.

Eines Abends kam der Student durch die Hintertür herein, um sich Lichter und Käse zu kaufen; er hatte keinen zum Schicken, und daher ging er selber; er erhielt, was er verlangte, er bezahlte es, und der Fettkrämer und seine Alte nickten ihm ein „Guten Abend" zu, und die Alte war eine Frau, die mehr konnte als nicken, sie hatte Redetalent! Der Student nickte wieder und blieb dann stehen und las, was auf dem Stück Papier stand, das um den Käse gewickelt worden war. Es war eine Buchseite, aus einem alten Buch herausgerissen, das man nicht hätte entzweireißen dürfen, ein altes Buch, voller Poesie.

„Da liegt mehr davon!" sagte der Krämer, „ich habe einer alten Frau ein paar Kaffeebohnen dafür geschenkt; wenn Sie mir acht Schillinge geben, dann können Sie den Rest haben!"

„Danke", sagte der Student, „geben Sie mir's an Stelle des Käses! Ich kann das Butterbrot ohne was drauf essen. Es wäre eine Sünde, wenn das ganze Buch kurz und klein gerissen würde. Sie sind ein prächtiger Mann, ein praktischer Mann, aber von Poesie verstehen Sie nicht mehr als der Bottich da!"

Und das zu sagen, war ungezogen, vor allem gegen den Bottich, aber der Fettkrämer lachte, und der Student lachte, es war ja eigentlich so halb und halb aus Spaß gesagt. Aber der Wichtel ärgerte sich, daß man so etwas zu einem Fettkrämer zu sagen wagte, der Hauswirt war und die beste Butter verkaufte.

Als es Nacht wurde, der Laden geschlossen war und alle zu Bett gegangen waren, bis auf den Studenten, ging der Wichtel zur Frau hinein und nahm ihr das Mundwerk ab, das brauchte sie nicht, wenn sie schlief, und wo in der Stube er es immer einem Gegenstand aufsetzte, da erhielt dieser die Sprache, konnte seine Gedanken und Gefühle genauso gut ausdrücken wie die Frau, aber das Mundwerk konnte nur einer zur Zeit haben, und das war ein rechter Segen, denn sonst hätten sie alle gleichzeitig geredet.

Und der Wichtel setzte dem Bottich, in dem die alten Zeitungen lagen, das Mundwerk auf. „Ist es wirklich wahr", fragte er, „daß Sie nicht wissen, was Poesie ist?"

„Doch, das weiß ich", sagte der Bottich, „das ist so was, was unterm Strich in den Zeitungen steht und ausgeschnitten wird! Ich sollte meinen, daß ich mehr davon in mir habe als der Student, und ich bin nur ein geringer Bottich im Vergleich zum Krämer!"

Und der Wichtel setzte das Mundwerk auf die Kaffeemühle, nein, wie die ging! Und er setzte es dem Butterfaß auf und der Geldlade – alle waren derselben Ansicht wie der Bottich, und worüber sich die meisten einig sind, das muß man respektieren.

„Jetzt werd ich's dem Studenten aber geben!" und dann ging der Wichtel ganz leise die Hintertreppe hinauf bis zur Dachkammer, wo der Student wohnte. Drinnen war Licht, und der Wichtel guckte durchs Schlüsselloch und sah, daß der Student in dem zerfetzten Buch aus dem Laden las. Aber wie war es dort drinnen hell! Vom Buche glänzte ein lichter Strahl auf, der zu einem Stamm wurde, einem mächtigen Baum, der hoch emporragte und seine Äste weit über den Studenten ausbreitete. Jedes Blatt war ganz frisch und jede Blüte ein wunderhübscher Mädchenkopf, manche mit ganz dunklen und glänzenden Augen, andere mit blauen und wunderbar hellen. Die Früchte waren jede ein glitzernder Stern, und dann sang und klang es wunderbar schön!

Nein, eine solche Herrlichkeit hätte sich der kleine Wichtel nie vorstellen können, geschweige denn sie sehen und davon vernehmen können. Und da blieb er denn auf den Zehenspitzen stehen, schaute und schaute, bis das Licht dort drinnen gelöscht wurde; der Student blies zwar seine Lampe aus und ging ins Bett, aber der kleine Wichtel stand trotzdem noch länger da, denn der Gesang erklang noch immer so weich und süß, ein entzückendes Wiegenlied für den Studenten, der sich zur Ruhe legte.

„Hier ist es großartig!" sagte der kleine Wichtel, „das hätte ich nicht erwartet! Ich glaube, ich bleibe beim Studenten!" und er überlegte – und überlegte mit Verstand, und dann seufzte er: „Der Student hat keine Grütze!" und dann ging er – ja, dann ging er wieder zum Fettkrämer hinunter; und es war gut, daß er kam, denn der Bottich hatte das Mundwerk der Alten fast aufgebraucht, indem er von einer Seite alles aussprach, was er in sich hatte, und nun war er eben dabei, sich umzudrehen, um von der anderen Seite dasselbe von sich zu geben, als der Wichtel kam und der Alten das Mundwerk wiederbrachte; aber der ganze Laden, von der Geldlade bis zum Kleinholz, hatte von jetzt ab dieselbe Meinung wie der Bottich, und sie achteten ihn in solchem Maße und trauten ihm derartig viel zu, daß sie, wenn der

Fettkrämer von nun an aus seiner Abendausgabe der *Nachrichten* Kunst- und Theaterbesprechungen vorlas, glaubten, die kämen von dem Bottich.

Aber der kleine Wichtel saß von nun an nicht mehr ruhig dabei und hörte all der Weisheit und Vernunft da unten zu, nein, sobald das Licht aus der Dachkammer schimmerte, war es, als wären die Strahlen dicke Ankertrossen, die ihn nach oben zogen, und er mußte hin und durchs Schlüsselloch gucken, und dort war er von einer Erhabenheit umrauscht, die wir angesichts des wogenden Meeres empfinden, wenn Gott im Sturm darüber hingeht, und er brach in Tränen aus, er wußte selber nicht, weshalb er weinte, aber in diesem Weinen lag etwas so Köstliches! Wie unvergleichlich schön mußte es sein, mit dem Studenten unter dem Baume zu sitzen, aber das konnte nicht sein – er war froh über das Schlüsselloch. Dort stand er noch immer auf dem kalten Flur, als der Herbstwind durch die Bodenluke blies und es so kalt, so kalt wurde, aber das spürte der Kleine erst, als das Licht drinnen in der Bodenkammer ausging und die Klänge im Winde verhallten. Huh! nun fror er und kroch wieder in seinen warmen Winkel; hier war es angenehm und mollig! Und als die Weihnachtsgrütze mit dem großen Klecks Butter kam – ja, da war der Fettkrämer der Beste!

Aber mitten in der Nacht erwachte der Wichtel durch ein fürchterliches Gepolter an den Fensterläden. Leute donnerten von draußen dagegen; der Wächter pfiff, es war ein großes Feuer ausgebrochen; die ganze Straße stand in hellen Flammen. War es hier im Hause oder beim Nachbarn? Es war ein einziges Entsetzen! Die Krämeralte war so bestürzt, daß sie ihre goldenen Ohrringe abnahm und in die Tasche ihres Kleides steckte, um wenigstens etwas zu retten, der Fettkrämer lief, seine Obligationen zu holen, und die Dienstmagd lief nach ihrem seidenen Umhang, den konnte die sich leisten; jeder wollte das Beste retten, und das wollte auch der kleine Wichtel, und mit ein paar Sätzen war er die Treppe hinauf und drinnen beim Studenten, der ganz ruhig am offenen Fenster stand und sich das Feuer anschaute, das im Nachbarhause wütete. Der kleine Wichtel ergriff das wundervolle Buch auf dem Tisch, steckte es in seine rote Mütze und hielt diese mit beiden Händen fest, der beste Schatz des Hauses war gerettet! Und dann rannte er los, ganz bis aufs Dach hinaus, ganz den Schornstein hinauf, und dort saß er, von dem brennenden Haus gegenüber beglänzt, und hielt mit beiden Händen seine rote Mütze fest, in welcher der Schatz lag. Jetzt erkannte er seine Gesinnung, zu wem er eigentlich gehörte; als aber das Feuer gelöscht und er wieder besonnener war – ja: „Ich werde mich zwischen beiden teilen!" sagte er, „ich kann der Grütze wegen den Fettkrämer nicht einfach aufgeben!" Und das war durchaus menschlich! – Wir anderen gehen auch zum Fettkrämer – der Grütze wegen.

In Jahrtausenden

Ja, in Jahrtausenden werden sie auf den Flügeln des Dampfes durch die Lüfte über das Weltmeer daherkommen! Die jungen Bewohner Amerikas besuchen das alte Europa. Sie kommen zu den Denkmälern und den zu jener Zeit versinkenden Stätten, so wie wir Heutige zu den zerfallenden Herrlichkeiten Südasiens ziehen.

In Jahrtausenden kommen sie!

Die Themse, die Donau, der Rhein fließen noch immer dahin; der Montblanc steht da mit seiner schneeigen Zinne, das Nordlicht flammt über den Ländern des Nordens, aber die Geschlechter sind eins nach dem anderen zu Staub geworden, die Reihen der Mächtigen des Augenblicks sind vergessen, wie jene, die jetzt im Hünengrab schlummern, wo der wohlhabende Mehlhändler, auf dessen Grund und Boden es liegt, sich eine Bank zurechtzimmert, auf der er sitzen und über den flachen, wogenden Getreideacker schauen kann.

„Nach Europa!" heißt es unter dem jungen Geschlecht Amerikas, „ins Land der Väter, das herrliche Land der Erinnerungen und der Phantasie, nach Europa!"

Das Luftschiff kommt; es ist von Reisenden überfüllt, denn die Fahrt geht schneller als zur See; der elektromagnetische Draht unter dem Weltmeer hat schon telegraphiert, wie groß die Luftkarawane ist. Schon ist Europa zu sehen, es ist die Küste von Irland, die man erblickt, aber die Fahrgäste schlafen noch; sie möchten erst geweckt werden, wenn sie über England sind; dort betreten sie Europas Erde im Lande Shakespeares, wie es bei den Söhnen des Geistes heißt; das Land der Politik, der Maschinen, nennen es andere.

Hier wird ein ganzer Tag Aufenthalt gemacht, so viel Zeit hat das betriebsame Geschlecht für das große England und Schottland übrig.

Die Reise geht weiter durch den Kanaltunnel nach Frankreich, dem Lande Karls des Großen und Napoleons, Molière wird erwähnt, die Gelehrten sprechen von klassischer

und romantischer Schule im fernen Altertum, und es wird über Helden, Skalden und Gelehrte gejubelt, die unsere Zeit noch nicht kennt, die aber auf Europas Krater geboren werden sollen: in Paris.

Der Luftdampfer fliegt über das Land hinweg, von dem Columbus auszog, wo Cortez geboren wurde und wo Calderon Dramen in wogenden Versen sang; wunderbare schwarzäugige Frauen wohnen in den blühenden Tälern, und in uralten Liedern wird des Cid und der Alhambra gedacht.

Durch die Luft über das Meer nach Italien, über die Stelle hinweg, wo das alte, ewige Rom lag; es ist zerstört, die Campagna eine Wüste; von der Peterskirche wird noch ein einsam stehender Rest eines Gemäuers gezeigt, aber seine Echtheit wird angezweifelt.

Nach Griechenland, um in dem üppigen Hotel auf dem Gipfel des Olymp zu übernachten, damit man dagewesen ist; die Fahrt geht weiter dem Bosporus zu, wo man einige Stunden Rast machen und sich die Stelle ansehen will, wo einst Byzanz gelegen hat; arme Fischer hängen ihre Netze aus, wo nach der Sage der Garten des Harems zur Zeit der Türken lag.

Überreste riesiger Städte an der kraftvollen Donau, Städte, die unsere Zeit nicht gekannt hat, werden überflogen, aber hier und da – an den reichen Gedenkstätten, an jenen, die kommen, jenen, die die Zeit gebiert –, hier und da geht die Luftkarawane nieder und steigt von neuem auf.

Dort unten liegt Deutschland – das einst von dem dichtesten Netz von Eisenbahnen und Kanälen durchzogen war – die Länder, in denen Luther sprach, Goethe sang und wo Mozart zu seiner Zeit das Zepter der Töne schwang! Große Namen glänzen in Wissenschaft und Kunst, Namen, die wir nicht kennen. Einen Tag Aufenthalt in Deutschland und einen Tag für den Norden, für die Heimat Örsteds und Linnés, und für Norwegen, das Land der alten Helden und der jungen Norweger. Island wird auf der Heimfahrt erledigt; die Geisire brodeln nicht mehr, die Hekla ist erloschen, aber als ewige steinerne Tafel der Saga ragt die starke Felseninsel aus dem brausenden Meer empor!

„In Europa gibt es vieles zu sehen!“ sagt der junge Amerikaner; „und wir haben es in acht Tagen gesehen; und es ist zu schaffen, wie der große Reisende“ – ein Name wird genannt, der zu ihren Zeitgenossen zählt – „es in seinem berühmten Werk gezeigt hat: ‚In acht Tagen durch Europa.‘“

Unterm Weidenbaum

Unten um Kjöge herum ist die Gegend sehr kahl; das Städtchen liegt ja allerdings am Strand, und da ist es immer schön, aber es könnte doch schöner sein, als es dort ist: ringsum flache Felder, und bis zum Wald ist es weit; wenn man aber irgendwo richtig beheimatet ist, dann findet man dennoch immer etwas Schönes, etwas, wonach man sich am schönsten Ort der Welt später sehnen kann! Und das müssen wir auch sagen, am Rande von Kjöge, wo ein paar armselige Gärten sich bis zu einem Flüßchen hinunter erstrekken, das auf den Strand mündet, kann es zur Sommerszeit ganz entzückend sein, und das fanden namentlich die beiden kleinen Nachbarskinder, Knud und Johanne, die hier spielten und unter den Stachelbeersträuchern hindurchkrochen, um sich zu besuchen. In dem einen Garten stand ein Holunderstrauch, in dem anderen eine alte Weide, und besonders unter dieser spielten die Kinder so gern, und das durften sie, obwohl der Baum ganz dicht am Bache stand, wo sie leicht ins Wasser fallen konnten, aber der Herrgott hat ein Auge auf die Kleinen, sonst sähe es böse aus; sie waren aber auch sehr vorsichtig, ja, der Junge war eine solche Memme, was das Wasser anbetraf, daß es nicht möglich war, ihn im Sommer mit zum Strand zu bekommen, wo doch die anderen Kinder so gern herumplantschten; er wurde deswegen auch ausgelacht, und das mußte er hinnehmen; aber dann träumte die kleine Johanne vom Nachbarn, daß sie auf einem Schiff in der Kjögebucht segelte, und Knud liefe bis zu ihr hinaus, das Wasser reichte ihm zuerst bis zum Hals, und dann ging es ihm bis ganz über den Kopf; und von dem Augenblick an, da Knud diesen Traum hörte, duldete er es nicht mehr, daß man ihn eine Memme nannte, wenn es sich ums Wasser handelte, sondern wies nur auf Johannes Traum hin; der war sein Stolz, aber ins Wasser ging er nicht.

Die armen Eltern kamen regelmäßig zusammen, und Knud und Johanne spielten in den Gärten und auf der Landstraße, an deren Gräben entlang eine ganze Reihe Weidenbäume standen, und sie waren nicht schön, sie waren an den Kronen so gestutzt, aber sie standen ja auch nicht zum Schmucke hier, sondern um Nutzen zu stiften; viel schöner war die alte Weide im Garten, und unter dieser saßen sie so manches liebe Mal, wie man sagt.

In Kjöge selbst liegt ein großer Marktplatz, und wenn Jahrmarkt war, dann standen hier ganze Straßen von Zelten mit seidenen Bändern, Stiefeln und allem möglichen; es war ein Gedränge und für gewöhnlich Regenwetter, und dann roch man den Dunst von Bauernjoppen, aber auch den schönsten Duft von Honigkuchen, da gab es eine ganze Bude voll davon, und was das prächtigste war: der Mann, der sie verkaufte, mietete sich zum Jahrmarkt immer bei den Eltern des kleinen Knud ein, und da fiel natürlich auch ein kleiner Honigkuchen ab, von dem Johanne auch ihr Teil bekam; was aber beinahe noch mehr war, der Honigkuchenhändler konnte Geschichten erzählen, und zwar fast von jedem Dinge, sogar von seinen Honigkuchen; ja, von diesen erzählte er eines Abends eine Geschichte, die einen so tiefen Eindruck auf die beiden Kinder machte, daß sie sie später nie vergaßen; und da ist es wohl das beste, wir hören sie uns auch an, zumal sie kurz ist.

„Auf dem Ladentisch lagen zwei Honigkuchen", sagte er, „der eine hatte die Gestalt eines Mannes mit Hut, der zweite die einer Jungfer ohne Hut, aber mit einem Flecken Rauschgold auf dem Kopf; sie hatten das Gesicht auf der Seite, die nach oben gekehrt war, und von da sollte man sie sehen, nicht von der Rückseite, da soll man einen Menschen nie ansehen. Das Mannsbild hatte eine Bittermandel auf der linken Seite, das war sein Herz, die Jungfer war dagegen nichts als Honigkuchen. Sie lagen als Proben auf dem Ladentisch, sie lagen dort lange, und dann verliebten sie sich ineinander, aber keiner sagte es dem anderen, und das muß man tun, wenn es zu etwas führen soll.

‚Er ist ein Mannsbild, er muß das erste Wort sagen', dachte sie, wäre aber dennoch erfreut gewesen, wenn sie gewußt hätte, ob ihre Liebe erwidert wurde.

Er war nun allerdings insgeheim gefräßiger, und das sind Mannsleute immer; er träumte, er wäre ein lebendiger Gassenjunge und besäße vier Schillinge, dann kaufte er die Jungfer und äße sie.

Und sie lagen Tage und Wochen auf dem Ladentisch und wurden trocken, und die Gedanken des Honigkuchenfräuleins wurden feiner und weiblicher: ‚Es genügt mir, daß ich auf demselben Tisch mit ihm gelegen habe!' dachte sie, und dann brach sie in der Mitte durch.

‚Hätte sie von meiner Liebe gewußt, dann hätte sie sicher länger gehalten!' dachte er.

Und das ist die Geschichte, und hier sind die beiden!" sagte der Kuchenhändler. „Sie sind bemerkenswert durch ihren Lebenslauf und die stumme Liebe, die nie zu etwas führt. Seht ihr, da habt ihr sie!" und dann schenkte er Johanne den Mann, der heil war, und Knud bekam das durchgebrochene Fräulein; aber sie waren von der Geschichte so beeindruckt, daß sie es nicht übers Herz brachten, das Liebespaar aufzuessen.

Am nächsten Tage gingen sie mit ihnen auf den Kirchhof in Kjöge, wo die Kirchenmauer mit dem schönsten Efeugrün überzogen ist, das Winter und Sommer wie ein reicher Teppich daran niederhängt; und sie stellten die Honigkuchen im Grünen in die Sonne und erzählten einem

Schwarm anderer Kinder die Geschichte von der stummen Liebe, die nichts taugte, das heißt die Liebe, denn die Geschichte war süß, das fanden sie alle, und als sie wieder das Honigkuchenpaar ansahen, ja, da hatte ein großer Junge, der dabei war, die geknickte Jungfer gegessen, und das hatte er aus Bosheit getan; die Kinder weinten darüber, und nachher – und das taten sie sicherlich, damit das arme Mannsbild nicht allein in der Welt sein sollte –, da aßen sie das auch, aber die Geschichte vergaßen sie niemals.

Immer waren die Kinder zusammen, unterm Holunderstrauch und unter dem Weidenbaum, und das kleine Mädchen sang mit silberglockenheller Stimme die entzückendsten Lieder; Knud hatte nicht das kleinste bißchen Stimme, aber er wußte die Worte, und das ist immerhin etwas. Die Leute in Kjöge, sogar die Frau vom Krämerladen, standen still und hörten Johanne zu. „Das kleine Ding hat eine süße Stimme!" sagten sie.

Es waren herrliche Tage, aber sie dauerten nicht ewig. Die Nachbarn kamen auseinander; die Mutter des kleinen Mädchens starb, der Vater wollte in Kopenhagen wieder heiraten, und dort konnte er sich ernähren; er sollte irgendwo Bote sein, das sollte eine sehr einträgliche Stellung sein. Und die Nachbarn trennten sich unter Tränen, und vor allem die Kinder weinten; aber die Alten versprachen, sich wenigstens einmal im Jahr zu schreiben. Und Knud kam in die Schusterlehre, sie konnten ja den langen Jungen nicht noch weiter faulenzen lassen. Und dann wurde er eingesegnet!

Oh, wie gern wäre er an diesem hohen Feiertag in Kopenhagen gewesen und hätte die kleine Johanne gesehen, aber er kam nicht hin, niemals war er dort gewesen, obwohl es nur fünf Meilen von Kjöge entfernt liegt; aber die Türme hatte Knud bei klarer Witterung über der Bucht sehen können, und am Einsegnungstage sah er deutlich das goldene Kreuz auf der Frauenkirche leuchten.

Ach, wieviel er an Johanne dachte! Ob sie sich noch seiner erinnerte? Doch! – Um die Weihnachtszeit kam ein Brief von ihrem Vater an Knuds Eltern, es ginge ihnen sehr gut in Kopenhagen, und Johanne würde ein großes Glück zuteil werden durch ihre schöne Stimme; sie wäre am Komödienhaus angekommen, in dem gesungen werde; und ein wenig Geld erhielte sie schon dafür, und von diesem schicke sie den lieben Nachbarsleuten in Kjöge einen ganzen Reichstaler, um ihnen am Heiligabend eine Freude zu machen; sie sollten auf ihr Wohl eins trinken, und das hatte sie selbst eigenhändig in einer Nachschrift hinzugefügt, und in dieser stand: „Freundlichen Gruß an Knud!"

Sie weinten alle miteinander, und dabei war das ganze doch so erfreulich, aber sie weinten eben aus Freude. Täglich hatte er an Johanne gedacht, und nun sah er, daß sie auch an ihn dachte, und je näher der Tag kam, daß er Geselle werden sollte, desto klarer war es ihm, daß er Johanne sehr liebte und daß sie seine kleine Frau werden sollte, und dann spielte ein Lächeln um seinen Mund, und er zog noch geschwinder den Pechdraht durch, während das Bein sich gegen den Spannriemen stemmte; er stach sich mit dem Pfriem tief in den Finger, aber das machte nichts. Er würde wahrlich nicht stumm bleiben, wie die beiden Honigkuchen, die Geschichte war ihm eine gute Lehre.

Und dann wurde er Geselle, und der Ranzen wurde geschnürt. Nun kam er doch endlich, zum erstenmal in seinem Leben, nach Kopenhagen, und er hatte dort schon einen Meister. Na, Johanne würde aber überrascht sein und sich freuen. Sie war jetzt siebzehn Jahre alt und er neunzehn.

Er wollte schon in Kjöge einen goldenen Ring für sie kaufen, aber dann ließ er es, er bekam sicher einen viel schöneren in Kopenhagen; und nun wurde von den Alten Abschied genommen, und um die Herbsteszeit ging er durch Regen und Wind zu Fuß geschwind dahin; die Blätter fielen von den Bäumen; bis auf die Haut durchnäßt kam er im großen Kopenhagen und bei seinem neuen Meister an.

Am ersten Sonntag wollte er Johannes Vater besuchen. Die neuen Gesellenkleider wurden angezogen und der neue Hut aus Kjöge aufgesetzt, der stand Knud so gut, bis dahin hatte er immer eine Mütze getragen. Und er fand das Haus, das er suchte, und stieg die vielen Treppen hinauf; es konnte einem ganz schwindelig werden, weil die Menschen hier in der betriebsamen Stadt so übereinandergestapelt waren.

Recht wohlhabend sah es drinnen in der Stube aus, und Johannes Vater empfing ihn freundlich; der Frau war er ja fremd, aber sie reichte ihm die Hand und goß ihm Kaffee ein.

„Johanne wird sich freuen, dich zu sehen!“ sagte der Vater. „Du bist ja ein ganz schmucker Bursche geworden! Ja, nun sollst du sie mal sehen! ja, das ist ein Mädchen, an der ich meine Freude habe und künftig noch mehr haben werde, mit Gottes Beistand! Sie hat ihre eigene Stube, und für die zahlt sie uns Miete!" und der Vater klopfte selber sehr höflich an ihre Tür, als ob er ein fremder Mann wäre, und dann traten sie ein – nein, wie war es hier hübsch!

Es gab bestimmt in ganz Kjöge keine solche Stube, die Königin konnte keine reizendere haben! Da lag ein Teppich, da hingen Gardinen bis zur Erde nieder, da stand ein richtiger Plüschsessel, und überall waren Blumen und Bilder, und da war ein Spiegel, in den man beinahe hineingelaufen wäre, er war so groß wie eine Tür. Knud sah das alles auf einmal und sah dennoch nur Johanne, sie war ein erwachsenes Mädchen; ganz anders, als Knud sie sich vorgestellt hatte, aber viel schöner; es gab nicht eine einzige Jungfer in Kjöge wie sie, und wie war sie fein! Aber wie seltsam fremd sah sie Knud an, jedoch nur einen Augenblick, dann flog sie auf ihn zu, fast als wollte sie ihm einen Kuß geben, sie tat es nicht, war aber nahe daran. O ja, sie freute sich tatsächlich, ihren Kindheitsgespielen zu sehen! Standen ihr doch die Tränen in den Augen, und dann hatte sie so viel zu fragen und zu erzählen, angefangen von Knuds Eltern bis zum Holunderstrauch und Weidenbaum, und die nannte sie Holunderweibchen und Weidenvater, als wären es Menschen, aber dafür konnte man sie doch auch halten, so wie die Honigkuchen; von denen sprach sie auch, von ihrer stummen Liebe, wie sie auf dem Verkaufstisch gelegen hatten und entzweigingen, und dann lachte sie herzlich – aber in Knuds Wangen brannte das Blut, und sein Herz schlug rascher als sonst! – Nein, sie war überhaupt nicht großspurig geworden! Ihr war es auch zu verdanken, das merkte er wohl, daß ihre Eltern ihn aufforderten, den ganzen Abend dazubleiben, und sie schenkte den Tee ein, und sie reichte ihm selbst eine Tasse, und hinterher nahm sie ein Buch und las ihnen laut vor, und Knud war es so, als ob gerade das, was sie las, von seiner Liebe handelte, es paßte so ganz und gar zu allen seinen Gedanken; und dann sang sie ein einfaches Lied, aber durch sie wurde eine ganze Geschichte daraus, es war, als strömte ihr eigenes Herz davon über. O ja, sie liebte Knud bestimmt. Die Tränen liefen ihm die Backen hinunter, er konnte nichts dafür, und er konnte nicht ein einziges Wort sprechen, er fand sich selber sehr dumm, und dennoch drückte sie ihm die Hand und sagte: „Du hast ein gutes Herz, Knud! bleib immer, wie du bist!"

Es war ein unvergleichlich schöner Abend, danach konnte man überhaupt nicht einschlafen, und Knud schlief dann auch nicht. Beim Abschied hatte Johannes Vater gesagt: „Ja, nun wirst du uns doch wohl nicht ganz vergessen! Laß nun nicht den ganzen Winter vergehen, ehe du uns wieder besuchst!" da konnte er ja ruhig am nächsten Sonntag hingehen! und das wollte er tun. Aber allabendlich, wenn die Arbeit getan war, und sie arbeiteten noch bei Licht, ging Knud in die Stadt, er ging durch die Straße, wo Johanne wohnte, sah zu ihrem Fenster hinauf, dort war fast immer Licht, und eines Abends sah er ganz deutlich den Schatten ihres Gesichts auf dem Vorhang; es war ein schöner Abend! Der Frau vom Meister gefiel es nicht, daß er abends immer auf der Walze war, wie sie es nannte, und sie schüttelte den Kopf, aber der Meister lachte. „Er ist ein junger Mensch!“ sagte er.

„Am Sonntag sehen wir uns wieder, und ich sage es ihr, wie sehr ich an sie denke und daß sie meine kleine Frau werden müsse! Ich bin allerdings nur ein armer Schustergeselle, aber ich kann Meister werden, zum mindesten Freimeister, ich werde arbeiten und streben! Ja, ich sage es ihr, die stumme Liebe führt zu nichts, das habe ich von den Honigkuchen gelernt!“

Und der Sonntag kam, und Knud kam, aber wie traf es sich schlecht! Sie wollten alle ausgehen, sie mußten es ihm sagen. Johanne drückte seine Hand und fragte: „Bist du im Theater gewesen? Dort mußt du einmal hingehen! Ich singe Mittwoch, und wenn du dann Zeit hast, dann schicke ich dir ein Billett; mein Vater weiß, wo dein Meister wohnt!“

Wie liebevoll war das von ihr! und Mittwoch mittag kam auch ein versiegeltes Papier ohne Worte, nur das Billett lag darin, und abends ging Knud zum erstenmal in seinem Leben ins Theater, und was sah er? – Ja, er sah Johanne, so schön, so anmutig; sie heiratete allerdings einen fremden Menschen, aber es war nur Komödie, etwas, was sie spielten, das wußte Knud, sonst hätte sie es wohl auch nicht über sich gebracht, ihm ein Billett zu senden, damit er das mit ansehen sollte; und alle Leute klatschten und riefen laut, und Knud rief hurra!

Selbst der König lächelte Johanne zu, so als freute er sich ebenfalls über sie. Gott, wie fühlte Knud sich winzig klein, aber er liebte sie so innig, und sie hatte ihn doch auch lieb, und der Mann muß das erste Wort sagen, so dachte ja die Honigkuchenjungfer; in der kleinen Geschichte steckte viel drin.

Sobald der Sonntag da war, ging Knud hin; seine Gedanken waren so feierlich gestimmt wie beim Abendmahl. Johanne war allein und empfing ihn, es konnte nicht passender sein.

„Gut, daß du kommst!“ sagte sie, „ich hätte beinahe Vater zu dir geschickt, aber dann hatte ich so ein Gefühl, als würdest du heute abend wohl kommen; denn ich muß dir erzählen, ich reise am Freitag nach Frankreich, das muß ich tun, damit etwas wirklich Tüchtiges aus mir wird!“

Es war Knud so, als drehte sich die ganze Stube, als sollte sein Herz brechen, aber es traten keine Tränen in seine Augen, wenn es auch deutlich zu erkennen war, wie traurig er wurde; Johanne sah es, und sie war nahe daran, zu weinen. „Du ehrliche, treue Seele!“ sagte sie, und das löste Knud die Zunge, und er sagte ihr, wie innig lieb er sie habe, und daß sie seine kleine Frau werden müsse; und als er das ausgesprochen hatte, sah er, wie Johanne leichenblaß wurde, sie ließ seine Hand los und sagte ernst und traurig: „Mach dich selbst und mich nicht unglücklich, Knud! Ich werde dir immer eine gute Schwester sein, auf die du zählen kannst! aber mehr auch nicht!“ und sie strich ihm mit ihrer weichen Hand über die heiße Stirn. „Gott gibt uns Kraft zu vielem, wenn man nur selber will!“

In diesem Augenblick trat ihre Stiefmutter ein.

„Knud ist ganz außer sich, weil ich fortgehe!“ sagte sie; „sei nun ein Mann!“ und dann klopfte sie ihm auf die Schulter, es war, als hätten sie nur von der Reise gesprochen und von nichts anderem. „Kind!“ sagte sie; „nun mußt du lieb und vernünftig sein, wie unterm Weidenbaum, als wir beide Kinder waren!“

Und es war Knud so, als wäre ein Stück der Welt zerbrochen, seine Gedanken waren wie ein loser Faden, der willenlos im Winde flattert. Er blieb, er wußte nicht, ob sie ihn darum gebeten hatten, aber freundlich und gütig waren sie, und Johanne schenkte ihm Tee ein, und sie sang, es war nicht der altvertraute Klang und dennoch so unvergleichlich schön, es war zum Herzzerreißen, und dann trennten sie sich; Knud reichte ihr nicht die Hand, aber sie ergriff die seine und sagte: „Du wirst doch deiner Schwester die Hand zum Abschied geben, mein alter Gespiele!“ und sie lächelte unter Tränen, die liefen ihr über die Wangen, und sie wiederholte: „Gespiele – Bruder!“ Ach ja, als ob das etwas nützte! – Das war der Abschied.

Sie fuhr mit einem Schiff nach Frankreich, Knud lief durch die schmutzigen Kopenhagener Straßen. Die anderen Gesellen in der Werkstatt fragten ihn, warum er so herumrenne und worüber er nachgrübele; er solle mit ihnen ausgehen, er sei ja doch ein junges Blut.

Und sie gingen zusammen auf den Tanzboden; und hier gab es viele hübsche Mädchen, aber allerdings keine solche wie Johanne, und dort, wo er meinte, er werde sie vergessen, da stand sie gerade leibhaftig vor seinem inneren Auge: „Gott gibt uns Kraft zu vielem, wenn man nur selber will!“ hatte sie gesagt; und es zog eine Andacht in sein Gemüt ein, er faltete die Hände – und die Violinen spielten, und die Jungfern tanzten im Kreis; er erschrak richtig, er fand, er war an einem Ort, an den er Johanne nicht führen durfte, und sie war mit ihm in seinem Herzen. Und dann ging er nach draußen, er lief durch die Straßen, ging an dem Haus vorbei, wo sie gewohnt hatte, dort war es dunkel, es war überall dunkel, leer und einsam: die Welt ging ihren Weg und Knud den seinen.

Und es wurde Winter, und die Gewässer froren zu, es war, als rüstete sich alles zum Begräbnis.

Aber als das Frühjahr kam und das erste Dampfschiff ging, da befiel ihn eine solche Sehnsucht, fortzukommen, fort in die weite Welt hinaus, aber nicht zu sehr in die Nähe von Frankreich.

Und da schnürte er seinen Ranzen und wanderte weit nach Deutschland hinein, von Stadt zu Stadt, ohne Rast noch Ruh; erst als er in die alte, prachtvolle Stadt Nürnberg kam, war es, als fiele die Unstetheit ein wenig von ihm ab, er vermochte zu bleiben.

Es ist eine wunderliche alte Stadt, wie aus einer Bilderchronik ausgeschnitten. Die Straßen laufen, wie sie selber wollen, die Häuser schätzen es nicht, in gerader Reihe zu stehen; Erker mit kleinen Türmen, Schnörkeln und Bildsäulen springen über den Bürgersteig vor, und hoch oben unter den seltsam ineinandergeschachtelten Dächern ragen bis mitten über die Straße Dachtraufen hinaus, die wie Drachen und Hunde mit langen Leibern geformt sind.

Hier auf dem Marktplatz stand Knud mit dem Ranzen auf dem Rücken; er stand an einem der alten Springbrunnen, an dem die herrlichen erzenen Figuren, biblische und historische, zwischen den sprudelnden Wasserstrahlen stehen. Eine hübsche Dienstmagd holte gerade Wasser, sie gab Knud einen Labetrunk; und da sie eine ganze Handvoll Rosen hatte, schenkte sie ihm auch eine von diesen, und das erschien ihm als ein gutes Vorzeichen.

Aus der Kirche nebenan brauste die Orgel zu ihm heraus, das klang so heimatlich, ebenso wie von der Kirche in Kjöge, und er betrat den großen Dom; die Sonne fiel durch die gemalten Scheiben zwischen die hohen, schlanken Säulen; seine Gedanken waren voller Andacht, sein Gemüt voller Stille.

Und er suchte und fand einen guten Meister in Nürnberg, und bei diesem blieb er und lernte die Sprache des Landes.

Die alten Gräben rund um die Stadt sind in kleine Nutzgärten umgewandelt, aber die hohen Mauern stehen noch mit ihren dicken Türmen; der Seiler dreht seine Seile auf dem hölzernen Umgang an der Innenseite der Mauer, und hier wachsen ringsum aus Rissen und Löchern Holundersträucher, die ihre Zweige über die kleinen, niedrigen Häuser hängen lassen, und in einem davon wohnte der Meister, bei dem Knud arbeitete; über das kleine Dachfenster, hinter dem er schlief, neigte der Holunder seine Zweige.

Hier wohnte er einen Sommer und einen Winter, aber als der Frühling kam, war es hier nicht auszuhalten, der Holunder stand in Blüte, und es duftete so heimatlich, es war, als wäre er im Garten in Kjöge – und da zog Knud von seinem Meister fort und zu einem anderen etwas weiter drinnen in der Stadt, wo es keine Holundersträucher gab.

Die Werkstatt, in die er kam, lag dicht an einer der alten, steinernen Brücken über einer immer brausenden, niedrigen

Wassermühle; draußen war nur ein reißender Fluß, eingezwängt zwischen Häusern, die alle mit alten, brüchigen Balkons behangen waren, es sah aus, als wollten sie sie ins Wasser hinunterschütteln. Hier wuchs kein Holunder, hier gab es nicht einmal einen Blumentopf mit ein bißchen Grün darin, aber gerade gegenüber stand ein großer, alter Weidenbaum, der aussah, als hielte er sich an dem Haus dort fest, um nicht von der Strömung mitgerissen zu werden; der streckte seine Äste über den Fluß, genauso wie die Weide in dem Garten am Kjögebach.

O ja, er war wahrlich von Holunderweibchen zu Weidenvater gezogen, der Baum hier, namentlich an Mondscheinabenden, hatte etwas, was ihm das Gefühl eingab:

„dänisch zu sein
bei Mondenschein!"

aber der Mondschein war es gar nicht, der das bewirkte, nein, es war der alte Weidenbaum.

Er konnte es nicht aushalten, und weshalb nicht? Frage die Weide, frage den blühenden Holunder! – Und da sagte er dem Meister Lebewohl und Nürnberg ebenfalls und zog weiter.

Zu keinem sprach er von Johanne; in sein Inneres verschloß er sein Leid, und der Geschichte von den Honigkuchen legte er eine seltsame Bedeutung bei; jetzt verstand er, weshalb der Mann von den beiden eine bittere Mandel an der linken Seite hatte, er hatte selber einen bitteren Geschmack davon bekommen, und Johanne, die immer so mild und freundlich gewesen war, sie war nur Honigkuchen. Es war, als kniffe ihn der Riemen seines Ranzens, so daß es ihm schwer wurde, Luft zu holen, er lockerte ihn, aber es nützte nichts. Die Welt um ihn her war nur halb, die andere Hälfte trug er in sich, so war es!

Erst als er die hohen Berge sah, wurde die Welt für ihn größer, seine Gedanken wandten sich seiner Umgebung zu, ihm traten Tränen in die Augen. Die Alpen kamen ihm vor wie die zusammengefalteten Flügel der Erde; als ob diese sie nun erhöbe, die großen Federn mit bunten Bildern von schwarzen Wäldern, rauschenden Gewässern, Wolken und Schneemassen ausbreitete! „Am Jüngsten Tag erhebt die Erde die großen Fittiche, fliegt zu Gott und birst wie eine Blase in seinen lichten Strahlen! Oh, wenn der Jüngste Tag doch käme!" seufzte er.

Still wanderte er durch das Land, das ihm wie ein grasbewachsener Obstgarten vorkam; von den hölzernen Altanen der Häuser nickten ihm die klöppelnden Mädchen zu, die Berggipfel glühten in der roten Abendsonne, und als er die grünen Seen zwischen den dunklen Bäumen erblickte, da dachte er an den Strand der Kjögebucht; und in seiner Brust war Wehmut, aber kein Schmerz.

Dort wo der Rhein wie eine einzige lange Woge heranrollt, niederstürzt, zersprüht und in schneeweiße, helle Wolkenmassen verwandelt wird – als würden hier die Wolken erschaffen, der Regenbogen flattert wie ein loses Band darüber hin –, da dachte er an die Wassermühle bei Kjöge, wo das Wasser rauschte und zersprühte.

Gern wäre er in der stillen Rheinstadt geblieben, aber hier gab es soviel Holunder und so viele Weidenbäume – und so zog er weiter; über die hohen, mächtigen Berge, durch Felsschründe und auf Straßen dahin, die gleich Schwalbennestern an der Steinwand klebten. Das Wasser brauste in der Tiefe, die Wolken lagen unter ihm; über blanke Disteln, Alpenrosen und Schnee ging er in der warmen Sommersonne dahin – und nun sagte er den Ländern des Nordens Lebewohl und stieg hinunter zu Kastanienbäumen, zwischen Weingärten und Maisfeldern. Die Berge waren eine Mauer zwischen ihm und allen Erinnerungen, und so sollte es sein.

Dort vor ihm lag eine große, prächtige Stadt, Mailand hieß sie, und hier fand er einen deutschen Meister, der ihm Arbeit gab; es war ein altes, rechtschaffenes Ehepaar, in dessen Werkstatt er gekommen war. Und sie gewannen den kleinen Gesellen lieb, der wenig sprach, um so mehr arbeitete und fromm und christlich war. Es war auch, als hätte Gott die schwere Last von seinem Herzen genommen.

Seine größte Lust war es, ab und zu einmal auf die gewaltige Marmorkirche hinaufzusteigen, sie schien ihm wie aus Schnee von daheim erschaffen, der zu Bildern geformt war, zu spitzen Türmen, blumengeschmückten offenen Hallen; aus jedem Winkel, von jeder Spitze und jedem Bogen lächelten die weißen Bildsäulen zu ihm nieder. Oben drüber sah er den blauen Himmel, unter sich die Stadt und die weithin sich dehnende grüne lombardische Tiefebene und nach Norden zu die hohen Berge mit dem ewigen Schnee – da dachte er an die Kirche von Kjöge mit den Efeuranken an den roten Mauern, aber er sehnte sich nicht dorthin; hier hinter den Bergen wollte er begraben werden.

Ein Jahr lang hatte er hier gelebt, es war drei Jahre her, seit er die Heimat verlassen hatte; da führte ihn der Meister in die Stadt, nicht in die Arena, um die Kunstreiter zu sehen, nein, in die große Oper, und diesen Saal zu sehen lohnte sich ebenfalls. Auf sieben Rängen hingen hier seidene Gardinen, und vom Parkett bis zur Decke in schwindelnder Höhe saßen die feinsten Damen mit Blumensträußen in den Händen, als wollten sie auf einen Ball gehen, und die Herren waren im feinsten Anzug und viele mit Silber und mit Gold geschmückt. Es war so hell wie im hellsten Sonnenschein, und dann brauste die Musik so stark und wunderbar, es war prachtvoller als das Theater in Kopenhagen, aber dort war immerhin Johanne gewesen, und hier – ja, es war wie Zauberei, der Vorhang ging hoch, und auch hier stand Johanne in Gold und Seide mit einer goldenen Krone auf dem Kopfe; sie sang, wie nur ein Engel Gottes singen kann; sie trat so weit nach vorn, wie sie konnte, sie lächelte, wie nur Johanne lächeln konnte; sie sah genau zu Knud hin.

Der arme Knud ergriff des Meisters Hand und rief laut: „Johanne!" aber man konnte es nicht hören, die Musikanten spielten so laut drauflos; und der Meister nickte dazu: „Ja, gewiß, sie heißt Johanne!" und dann nahm er ein gedrucktes Blatt und zeigte, daß dort ihr Name stand, ihr ganzer Name.

Nein, es war kein Traum! Und alle Menschen jubelten ihr zu und warfen Blumen und Kränze zu ihr hinauf, und

immer, wenn sie ging, riefen sie von neuem nach ihr, sie kam und ging und kam abermals.

Draußen auf der Straße scharten sich die Menschen um ihren Wagen, und sie zogen ihn, und Knud war am allerweitesten vorn und am allerfröhlichsten, und als sie zu ihrem prächtig erleuchteten Hause kamen, stand Knud dicht am Wagenschlag, der aufging, und sie trat heraus, und das Licht schien auf ihr liebliches Antlitz, und sie lächelte und dankte so freundlich, und sie war so gerührt; und Knud blickte ihr mitten ins Gesicht, aber sie erkannte ihn nicht. Ein Herr mit einem Stern auf der Brust reichte ihr den Arm – sie seien verlobt, sagte man.

Und da ging Knud nach Hause und schnürte seinen Ranzen; er wollte, er mußte heim zum Holunder und zur Weide – ach, unter dem Weidenbaum! In einer Stunde kann man ein ganzes Menschendasein durchleben!

Sie baten ihn zu bleiben; keine Worte konnten ihn zurückhalten; sie sagten ihm, es ginge auf den Winter zu und in den Bergen fiele Schnee; aber in der Spur des langsam fahrenden Wagens – diesem mußte ja der Weg gebahnt werden – konnte er gehen, mit dem Ranzen auf dem Rükken, auf seinen Stock gestützt.

Und er ging auf das Gebirge zu, stieg es hinauf und wieder hinunter; er war entkräftet und konnte noch keinen Ort, kein Haus sehen; er wanderte gen Norden. Die Sterne über ihm wurden angezündet, seine Füße wankten, sein Kopf schwindelte ihm; tief drunten im Tale wurden auch Sterne angezündet, es war, als dehnte sich der Himmel auch unter ihm weit aus. Er fühlte sich krank. Der Sterne dort unten wurden mehr und mehr, sie wurden immer heller, sie bewegten sich hierhin und dorthin. Es war ein kleiner Ort, dessen Lichter glitzerten, und als er das erkannt hatte, raffte er seine letzten Kräfte zusammen und erreichte dort eine ärmliche Herberge.

Eine ganze Nacht und einen Tag blieb er hier, denn sein Körper bedurfte der Ruhe und Pflege. Im Tale herrschten Tauwetter und Nässe. Eines Morgens in der Frühe kam ein Leiermann, der spielte eine Melodie aus Dänemark, und da konnte Knud es nicht länger aushalten – er ging tagelang, viele Tage lang, mit einer Eile, als gälte es heimzukommen, ehe sie dort alle gestorben wären; aber zu niemandem sprach er von seiner Sehnsucht, niemand hätte geglaubt, daß er ein Herzeleid hatte, das tiefste, welches man haben kann, das ist nichts für die Welt, es ist nicht vergnüglich, das ist nicht einmal etwas für die Freunde, und er hatte keine Freunde! Fremd ging er im fremden Land dahin, heimwärts, gen Norden. In dem einzigen Brief von zu Hause, den die Eltern vor Jahr und Tag geschrieben hatten, stand: „Du bist nicht richtig dänisch wie wir anderen daheim! Wir sind es so über alle Maßen! Du liebst nur die Fremde!“ Die Eltern mochten es schreiben – ja, sie kannten ihn ja!

Es war Abend, er ging auf der offenen Landstraße dahin, es begann zu frieren; das Land selber wurde immer flacher, hier waren Felder und Wiesen; dort an der Straße stand ein großer Weidenbaum; alles sah so heimatlich, so dänisch aus! Er setzte sich unter die Weide, er fühlte sich so müde, er beugte den Kopf hinab, seine Augen schlossen sich zum Schlaf, aber er fühlte und spürte, wie die Weide ihre Äste zu ihm niedersenkte, der Baum schien ein alter, gewaltiger Mann zu sein, es war Weidenvater selbst, der ihn in seine Arme nahm und ihn, den müden Sohn, ins dänische Land heimtrug, an den freien, fahlen Strand, in die Stadt Kjöge, zum Garten der Kindheit. Ja, es war der Weidenbaum aus Kjöge selber, der in die Welt hinausgezogen war, um ihn zu suchen und zu finden, und nun hatte er ihn gefunden und in den kleinen Garten am Bach gebracht, und hier stand Johanne in all ihrer Pracht, mit der goldenen Krone auf dem Kopf, so wie er sie zuletzt gesehen hatte, und rief: „Willkommen!“

Und dicht vor ihnen standen zwei seltsame Gestalten, aber sie sahen viel menschlicher aus als in der Kindheit, sie hatten sich auch verändert; es waren die beiden Honigkuchen, das Mannsbild und das Frauenzimmer; sie kehrten ihm die Vorderseite zu und sahen gut aus.

„Danke!“ sagten sie beide zu Knud; „du hast uns die Zunge gelöst! Du hast uns gelehrt, daß man freimütig seine Gedanken aussprechen soll, sonst führt es zu nichts! Und nun hat es zu was geführt – wir sind verlobt!“

Und dann gingen sie Hand in Hand durch die Straßen von Kjöge, und sie sahen auf der Rückseite sehr anständig aus, man konnte ihnen nichts nachsagen! Und sie gingen geradeswegs auf die Kirche von Kjöge zu, und Knud und Johanne folgten hinterdrein; die gingen ebenfalls Hand in Hand, und die Kirche stand wie zuvor mit roten Mauern und schönem Efeugrün da, und das große Portal der Kirche öffnete sich auf beiden Seiten, und die Orgel brauste, und das Mannsbild und das Frauenzimmer gingen beide durch das Kirchenschiff. „Die Herrschaft zuerst!“ sagten sie, „die Brautleute der Honigkuchen!“ und dann traten sie beide auf die Seite, um Knud und Johanne Platz zu machen, und die knieten dort oben, und sie neigte ihren Kopf über sein Gesicht, und aus ihren Augen rollten eiskalte Tränen, es war das Eis um ihr Herz, das durch seine starke Liebe schmolz, und sie fielen auf seine glühenden Wangen, und – er erwachte davon und saß unter dem alten Weidenbaum im fremden Land an einem winterlich kalten Abend; aus den Wolken fielen eisige Hagelkörner herab, die gegen sein Gesicht peitschten.

„Es war der schönste Traum meines Lebens!“ sagte er, „und es war ein Traum. Gott, laß mich ihn noch einmal träumen!“ und er schloß die Augen, er schlief ein, er träumte.

Am frühen Morgen fiel Schnee, der wirbelte über seine Füße hinweg, er schlummerte. Die Dörfler gingen in die Kirche; dort saß ein Handwerksbursche, er war tot, erfroren – unter dem Weidenbaum.

Fünf aus einer Erbsenschote

In einer Erbsenschote saßen fünf Erbsen, sie waren grün, und die Schote war grün, und so glaubten sie, die ganze Welt sei grün, und das war völlig richtig! Die Schote wuchs, und die Erbsen wuchsen; sie richteten sich die Wohnung entsprechend ein; in einer geraden Reihe saßen sie. Die Sonne schien draußen und erwärmte die Schote, der Regen machte sie durchsichtig; es war hier heimelig und schön, hell am Tage und dunkel des Nachts, so wie es sein mußte, und die Erbsen wurden größer und dachten immer mehr nach, wie sie da so saßen, denn irgend etwas mußten sie ja tun.

„Soll ich immer hier sitzen bleiben!" sagten sie. „Wenn ich nur nicht zu hart davon werde, daß ich so lange sitze. Ist mir nicht so, als wäre draußen irgend was? Ich habe so ein Gefühl!"

Und Wochen vergingen; die Erbsen wurden gelb, und die Schote wurde gelb. „Die ganze Welt wird gelb!" sagten sie, und das durften sie auch ruhig sagen.

Da verspürten sie ein Rütteln in der Schote; die wurde abgerissen, sie geriet in Menschenhände und kam in eine Joppentasche mit anderen vollen Erbsenschoten. „Nun wird bald geöffnet werden!“ sagten sie, und darauf warteten sie.

„Nun bin ich gespannt, wer von uns es am weitesten bringt!“ sagte die kleinste Erbse. „Ja, nun wird es sich bald herausstellen.“

„Komme, was kommen mag!“ sagte die größte.

„Knack!“ da platzte die Schote, und alle fünf Erbsen kullerten in den hellen Sonnenschein hinaus; sie lagen in einer Kinderhand, ein kleiner Junge hielt sie und sagte, das wären wirklich gute Erbsen für seine Holunderbüchse; und sogleich kam die eine Erbse in die Büchse und wurde abgeschossen.

„Jetzt fliege ich in die weite Welt hinaus! fang mich, wenn du kannst!“ und dann war sie weg.

„Ich“, sagte die zweite, „fliege bis in die Sonne hinein, das ist eine richtige Erbsenschote, die paßt gerade für mich!“

Weg war sie.

„Ich schlafe, wo ich hinkomme“, sagten die beiden nächsten, „aber wir werden schon vorwärts kullern!“ und dann kullerten sie zuerst auf den Fußboden, ehe sie in die Fliederbüchse kamen, aber hinein kamen sie. „Wir bringen es am weitesten!“

„Komme, was da mag!“ sagte die letzte und wurde in die Luft abgeschossen, und sie flog auf das alte Brett unter dem Giebelfenster, mitten in eine Ritze hinein, wo Moos und weiche Erde war, da flog sie hin; und das Moos schloß sich um sie; da lag sie gut verwahrt, aber von unserem Herrgott nicht vergessen.

„Komme, was da mag!“ sagte sie.

In der Dachkammer wohnte eine arme Frau, die tagsüber ausging, um Öfen zu putzen, ja, auch Holz zu sägen und schwere Arbeit zu tun, denn Kräfte besaß sie, und fleißig war sie, aber sie blieb so arm wie je, und daheim in der kleinen Kammer lag ihre halberwachsene einzige Tochter, die war fein und zart; ein ganzes Jahr hatte sie zu Bett gelegen und schien weder leben noch sterben zu können.

„Sie geht zu ihrer kleinen Schwester!“ sagte die Frau. „Ich hatte die zwei Kinder, es war für mich schwer genug, die beiden zu versorgen, aber dann teilte der Herrgott mit mir und nahm das eine zu sich; nun hätte ich gern das zweite behalten, das ich noch habe, aber er will anscheinend nicht, daß sie getrennt sein sollen, und sie geht zu ihrer kleinen Schwester hinauf!“

Aber das kranke Mädchen blieb; es lag den ganzen Tag still und geduldig da, während die Mutter fort war, um etwas zu verdienen.

Es war um die Frühlingszeit, und zu früher Morgenstunde, als die Mutter eben zur Arbeit gehen wollte, schien die Sonne so schön durch das Fenster auf den Fußboden, und das kleine Mädchen sah auf die unterste Fensterscheibe.

„Was ist das Grüne, was da neben der Scheibe hervorguckt? Es bewegt sich im Wind!“

Und die Mutter ging zum Fenster und öffnete es einen Spalt weit. „Oh!“ sagte sie, „das ist tatsächlich eine kleine Erbse, die mit ihren grünen Blättern da hervorkeimt. Wie ist sie da in den Spalt hineingeraten? Da hast du ja einen kleinen Garten, den du dir ansehen kannst!“

Und das Bett der Kranken wurde näher ans Fenster gerückt, wo sie die keimende Erbse sehen konnte, und die Mutter ging zur Arbeit.

„Mutter, ich glaube, ich werde gesund!“ sagte abends das kleine Mädchen. „Die Sonne hat heute so warm zu mir hereingeschienen. Die kleine Erbse gedeiht so gut! Und ich werde bestimmt auch gesund werden und aufstehen und in den Sonnenschein hinauskommen!“

„Möge es so kommen!“ sagte die Mutter, aber sie glaubte nicht, daß es der Fall sein würde; jedoch an den grünen Keimling, der dem Kind diese Lebensfreude geschenkt hatte, steckte sie einen Stock, damit der Wind ihn nicht knicke; sie befestigte einen Bindfaden am Brett und oben an dem Fensterrahmen, damit die Erbsenranke etwas hätte, woran sie sich anlehnen und hochranken konnte,

wenn sie größer wurde, und das tat sie; man konnte täglich sehen, wie sie wuchs.

„Nein, die setzt ja Blüten an!" sagte die Frau eines Morgens, und nun schöpfte sie auch Hoffnung und glaubte, daß das kranke kleine Mädchen gesund werden könnte; es kam ihr zum Bewußtsein, daß das Kind in der letzten Zeit lebhafter gesprochen hatte, die letzten Tage hatte es sich morgens selbst im Bett aufgerichtet und dagesessen und mit strahlenden Augen seinen kleinen Erbsengarten aus einer einzigen Erbse angeschaut. Eine Woche später war die Kranke zum erstenmal über eine Stunde auf. Glückselig saß sie im warmen Sonnenschein; das Fenster war geöffnet, und draußen stand eine voll entfaltete weißrosa Erbsenblüte. Das kleine Mädchen neigte den Kopf und küßte ganz zart die feinen Blütenblätter. Dieser Tag war wie ein Festtag.

„Der Herrgott hat sie selber gepflanzt und sie wachsen lassen, um dir damit Hoffnung und Freude zu schenken, mein einziges Kind, und mir auch!" sagte die frohe Mutter und lächelte der Blüte zu, als wäre sie ein guter, von Gott gesandter Engel.

Nun aber die übrigen Erbsen! – Ja, die, welche in die weite Welt hinausflog – „Fang mich, wenn du kannst!" –, fiel in die Regenrinne und kam in einen Taubenkropf, und da lag sie dann wie Jonas im Walfisch. Die beiden Faulenzer brachten es genauso weit, sie wurden von den Tauben gefressen, und das bedeutet, daß man handfesten Nutzen stiftet; die vierte aber, die zur Sonne hinauf wollte – die fiel in den Rinnstein und lag Tage und Wochen hier in dem schlammigen Wasser, wo sie richtig aufquoll.

„Ich werde so schön dick!“ sagte die Erbse. „Ich platze noch, und ich glaube, weiter kann es keine Erbse bringen, noch hat es je eine weiter gebracht. Ich bin die bemerkenswerteste von den fünfen aus der Erbsenschote!“

Und der Rinnstein pflichtete ihr bei.

Aber das junge Mädchen am Dachfenster hatte leuchtende Augen, den Schimmer der Gesundheit auf den Wangen, und sie faltete die feinen Hände über der Erbsenblüte und dankte dem Herrgott dafür.

„Ich halte an meiner Erbse fest!“ sagte der Rinnstein.

Ein Blatt vom Himmel

Hoch droben in der dünnen, klaren Luft flog ein Engel mit einer Blume vom himmlischen Garten, und als er einen Kuß auf die Blüte drückte, ging ein winzig kleines Blättchen ab, und es fiel auf die sumpfige Erde mitten im Wald, und allsogleich schlug es Wurzel und trieb mitten unter den anderen Gewächsen Schößlinge.

„Das ist doch aber ein komischer Steckling, der da!“ sagten die anderen, und keiner wollte sich so recht mit ihm abgeben, weder Distel noch Brennessel.

„Das ist sicher eine Art Gartenpflanze!“ sagten sie und feixten, und so machte man sich über die „Gartenpflanze“ lustig; aber sie wuchs und wuchs wie keines von den anderen und trieb ihre Zweige weithin in langen Ranken.

„Wo willst du hin?“ sagten die hohen Disteln, die an jedem Blatt Dornen haben; „du machst dich ja schön breit! das ist doch keine Art! wir können hier nicht stehen und dich tragen!“

Der Winter kam, der Schnee lag auf der Pflanze, aber die Schneeschicht erhielt von ihr einen Glanz, als wäre sie von unten her vom Sonnenlicht durchstrahlt. Im Frühling stand da ein blühendes Gewächs, wunderschön wie kein anderes im Walde.

Da kam der botanische Professor, der ein Zeugnis darüber besaß, daß es mit ihm seine Richtigkeit hatte, er sah sich die Pflanze an, er biß hinein, aber sie stand nicht in seiner Pflanzenlehre; es war ihm unmöglich festzustellen, zu welcher Klasse sie gehörte.

„Es ist eine Entartung!" sagte er. „Ich kenne sie nicht, sie ist nicht im System aufgeführt!"

„Nicht im System aufgeführt!" sagten Disteln und Nesseln.

Die großen Bäume ringsum hörten, was gesagt wurde, und auch sie sahen, daß es kein Strauch von ihrer Art war; aber sie sagten nichts, weder Böses noch Gutes, und das ist immer das Sicherste, wenn man dumm ist.

Da kam ein armes, unschuldiges Mädchen durch den Wald gegangen; ihr Herz war rein, ihr Verstand groß durch den Glauben, all ihr Erbe in dieser Welt war eine alte Bibel, aber von deren Seiten sprach Gottes Stimme zu ihr: „Wollen die Menschen dir übel, denke an die Geschichte von Joseph: ‚Sie dachten Böses in ihren Herzen, aber Gott gedachte es zum besten zu kehren.' Leidest du Unrecht, wirst du verkannt und verhöhnt, so erinnere dich seiner, des Reinsten und Besten, seiner, den sie verspotteten und an das Holz des Kreuzes nagelten, wo er betete: ‚Vater, vergib ihnen, denn sie wissen nicht, was sie tun!' "

Sie hielt auf ihrem Wege vor der wunderbaren Pflanze an, deren grüne Blätter so süß und erquickend dufteten und deren Blüten in dem hellen Sonnenschein ein ganzes Farbenfeuerwerk zu sein schienen; und es tönte von jeder einzelnen auf, als berge sie den tiefen Brunnen der Melodien, der in Jahrtausenden nicht ausgeschöpft wird. In frommer Andacht blickte sie auf all diese Herrlichkeit Gottes; sie bog einen der Zweige herab, um die Blüte richtig zu betrachten, und atmete ihren Duft ein, und es leuchtete in ihrem Gemüt, es tat ihrem Herzen so wohl; gern hätte sie eine Blüte besessen, aber sie brachte es nicht über sich, eine zu brechen, dann würde sie ja bald bei ihr welken; und sie nahm nur ein einziges von den grünen Blättern, nahm es mit nach Hause, legte es in ihre Bibel, und da blieb es frisch, immer frisch, und welkte nicht.

Zwischen den Seiten der Bibel lag es verwahrt; mit der Bibel wurde es unter den Kopf des jungen Mädchens gelegt, als sie Wochen später in ihrem Sarge lag, mit dem heiligen Ernst des Todes auf dem frommen Gesicht, als ob es im irdischen Staub eingezeichnet wäre, daß sie jetzt vor ihrem Gott stehe.

Aber draußen im Walde blühte die wunderbare Pflanze, sie sah bald aus wie ein ganzer Baum, und alle Zugvögel kamen und verneigten sich vor ihr, vor allem die Schwalbe und der Storch.

„Das ist ausländische Afferei!" sagten Distel und Klette, „so könnten wir daheim uns doch nie benehmen!"

Und die schwarzen Waldschnecken spuckten den Baum an.

Da kam der Schweinehirt, er zog Disteln und Ranken heraus, um von dem Grün Asche zu brennen; der ganze wunderbare Baum mitsamt den Wurzeln geriet mit in sein Bündel. „Der wird auch nützlich sein!" sagte er, und schon war es getan.

Aber seit Jahren litt der König des Landes an tiefster Schwermut; er war fleißig und arbeitsam, es nützte nichts; ihm wurden tiefsinnige Schriften vorgelesen, und es wurden die allerleichtesten vorgelesen, die man auftreiben konnte, es nützte nichts. Da kam Bescheid von einem der weisesten Männer der Welt, man hatte sich an ihn gewandt, und er teilte ihnen mit, daß es ein sicheres Mittel gebe, den Leidenden zu laben und zu heilen. „In des Königs eigenem Reiche wächst im Wald eine Pflanze himmlischen Ursprungs, so und so sieht sie aus, man kann sie nicht verfehlen!" – und hier folgte eine Zeichnung von der Pflanze, sie war leicht zu erkennen! – „Sie grünt Winter und Sommer; nehmt daher allabendlich ein frisches Blatt davon und legt es dem König auf die Stirn, dann erleuchtet es seinen Geist, und ein schöner Traum zur Nacht wird ihn für den kommenden Tag stärken!"

Das war nun ja deutlich genug, und alle Doctores und der botanische Professor gingen in den Wald hinaus. – Ja, wo aber war die Pflanze?

„Ich hab sie sicher mit in mein Bündel gekriegt!" sagte der Schweinehirt, „sie ist längst zu Asche geworden, aber ich habe es ja nicht gewußt!"

„Nicht gewußt!" sagten sie alle. „Unwissenheit! Unwissenheit! wie bist du groß!" und diese Worte konnte sich der Schweinehirt merken, ihn und niemand anders meinten sie.

Kein Blatt war zu finden, das einzige lag im Sarg der Toten, und davon wußte niemand etwas.

Und der König selbst kam in seinem Mißmut in den Wald hinaus an jene Stelle. „Hier hat der Baum gestanden!" sagte er, „es ist ein heiliger Ort!"

Und der Flecken Erde wurde mit einem goldenen Gitter umzäunt, und es wurde eine Schildwache aufgestellt, und zwar Tag und Nacht.

Der botanische Professor schrieb eine Abhandlung über die himmlische Pflanze, und darum wurde er vergoldet, und das war ihm eine große Freude; und die Vergoldung stand ihm und seiner Familie gut, und das ist das Erfreulichste an der ganzen Geschichte, denn das Gewächs war fort, und der König war mißmutig und traurig. „Aber das war er ja sowieso schon!" sagte die Schildwache.

„Sie taugte nichts"

Der Stadtschulze stand am offenen Fenster; er hatte ein Manschettenhemd an mit einer Nadel in der Halskrause und war außerordentlich fein rasiert, eigene Arbeit; er hatte sich jedoch aus Versehen ein wenig geschnitten, aber über den Riß war ein Stück Zeitungspapier geklebt worden.

„Du, Kleiner, hör mal!" rief er.

Und der Kleine war niemand anders als der Sohn der Waschfrau, der eben vorüberging und ehrerbietig seine Mütze abnahm; deren Schirm hatte in der Mitte einen Knick, und sie war so eingerichtet, daß sie in die Tasche gesteckt werden konnte. In den armseligen, aber sauberen und besonders fein geflickten Sachen und mit dicken Holzpantinen an, stand der Junge ehrerbietig da, als stünde er vor dem König selber.

„Du bist ein guter Junge", sagte der Stadtschulze, „du bist ein höflicher Junge! Deine Mutter spült wohl unten am Bach Wäsche; da gehst du jetzt also mit dem da hinunter, was du in der Tasche hast. Es ist eine böse Sache mit deiner Mutter! Wieviel hast du mit?"

„Eine halbe Flasche", sagte der Junge mit erschrockener, halblauter Stimme.

„Und heute morgen hat sie ebensoviel gekriegt", fuhr der Mann fort.

„Nein, das war gestern!" entgegnete der Junge.

„Zwei Halbe machen ein Ganzes! Sie taugt nichts! Es ist trostlos mit dieser Sorte von Leuten! – Sag deiner Mutter, sie sollte sich was schämen! und werde du niemals ein Trunkenbold, aber das wirst du sicher! – Armes Kind! Geh jetzt!"

Und der Junge ging; die Mütze behielt er in der Hand, und der Wind blies durch sein blondes Haar, so daß es in langen Zotteln hochwehte. Er ging über die Straße, in die Gasse hinein, zum Bach hinunter, wo die Mutter draußen im Wasser am Waschbrett stand und das dicke Leinen mit dem Bleuel schlug. Das Wasser hatte Strömung, denn die Schleusen der Wassermühle waren offen, das Laken wurde vom Strom ergriffen und riß beinahe das Waschbrett um; die Waschfrau mußte sich dagegenstemmen.

„Es fehlt nicht viel, und ich segle davon!" sagte sie, „es ist gut, daß du kommst, denn ich kann es brauchen, daß meinen Kräften ein bißchen nachgeholfen wird! Es ist kalt hier draußen im Wasser; sechs Stunden habe ich hier gestanden. Hast du mir was mitgebracht?"

Der Junge holte die Flasche heraus, und die Mutter setzte sie an den Mund und trank einen Schluck.

„Oh, wie tut das gut! wie das wärmt! Es ist ebenso gut wie warmes Essen, und es ist nicht so teuer! Trinke, mein Junge! Du siehst so blaß aus, dich friert in den dünnen Sachen! Es ist ja auch Herbst. Huh! das Wasser ist kalt! wenn ich bloß nicht krank werde! aber das werd ich schon nicht! Gib mir noch einen Schluck und trinke auch, aber nur einen kleinen Tropfen, du darfst es dir nicht angewöhnen, mein armes Kind!"

Und sie ging um den Steg herum, auf dem der Junge stand, und trat ans Ufer; das Wasser troff von der Schilfmatte, die sie um den Leib hatte, das Wasser rann ihr aus dem Rock.

„Ich schufte und schinde mich, daß das Blut mir beinahe aus den Nagelwurzeln spritzt! Aber es ist einerlei, wenn ich dich nur ehrlich und anständig durchbringen kann, mein liebes Kind!"

Im selben Augenblick kam eine etwas ältere Frau heran, ärmlich und dürftig angezogen, sie humpelte auf dem einen Bein und hatte eine riesig große falsche Locke über dem einen Auge, es sollte unter der Locke verborgen werden, aber die hob den Fehler eher hervor. Es war eine Freundin der Waschfrau, die „Maren Humpel mit der Locke" nannten die Nachbarn sie.

„Du Arme, wie du schuftest und rackerst und in dem kalten Wasser stehst! Du hast ein bißchen zum Aufwärmen wahrlich nötig, und dennoch hält man sich über den Tropfen auf, den du trinkst!" und im Nu war der Waschfrau die ganze Rede des Stadtschulzen an den Jungen weitererzählt; denn Maren hatte alles mit angehört, und sie hatte sich darüber geärgert, daß er mit dem Kind so über dessen eigene Mutter sprach und über den Tropfen, den sie sich leistete, während der Stadtschulze gerade ein großes Mittagessen veranstaltete mit Wein flaschenweise! „Feine Weine und starke Weine! Bei vielen ein bißchen über den Durst! Aber das nennt man nicht trinken! Die taugen was, aber du taugst nichts!"

„So, er hat mit dir geredet, Kind!" sagte die Waschfrau, und ihre Lippen bewegten sich zitternd: „Du hast eine Mutter, die nichts taugt! Vielleicht hat er recht! aber dem Kind hätte er das nicht sagen sollen! Jedoch, von dem Haus muß ich vieles dulden!"

„Ihr habt doch dort im Haus gedient, als die Eltern des Stadtschulzen noch lebten und dort wohnten; das ist viele Jahre her! Da sind seither viele Scheffel Salz gegessen worden, da kann man schon Durst bekommen!" und Maren lachte. „Heute ist große Mittagsgesellschaft beim Stadtschulzen, die sollte eigentlich abgesagt werden, aber nun war es ihnen zu spät geworden, und das Essen war fertig. Ich hab es vom Hausknecht. Da ist vor einer Stunde ein Brief gekommen, daß der jüngere Bruder in Kopenhagen gestorben ist!"

„Gestorben!“ rief die Waschfrau aus und wurde leichenblaß.

„Nicht doch!“ sagte die Frau; „Ihr laßt es Euch zu nahe gehen! Nun, Ihr kanntet ihn ja aus der Zeit, als Ihr im Hause dientet.“

„Ist er gestorben? Er war der beste, der gütigste Mensch! der Herrgott bekommt nicht viele seinesgleichen!“ und die Tränen liefen ihr die Wangen herunter. „Oh, mein Gott! mir dreht sich alles im Kreise! Das kommt davon, weil ich die Flasche ausgetrunken habe! ich habe es nicht vertragen! mir ist so übel!“ Und sie hielt sich am Zaun fest.

„Herrgott, Ihr seid ganz krank, Mutter!“ sagte die Frau. „Seht bloß zu, daß es vorübergeht! – Nein, Ihr seid richtig krank! es ist das beste, ich bringe Euch nach Hause!“

„Aber die Wäsche da!“

„Das werd ich schon besorgen! Nehmt meinen Arm! Der Junge kann hierbleiben und so lange aufpassen, dann komme ich und wasche den Rest; es ist ja nur noch ein kleines bißchen!“

Und die Waschfrau schwankte auf den Beinen.

„Ich habe zu lange in dem kalten Wasser gestanden! Ich habe seit heute morgen keinen Bissen gegessen! Ich habe Fieber! Oh, Herr Jesus! helft mir nach Hause! Mein armes Kind!“ – und sie weinte.

Der Junge weinte und saß bald allein am Bach neben der nassen Wäsche. Die beiden Frauen gingen langsam, die Waschfrau taumelnd, die Gasse entlang, die Straße hinauf, vorbei an des Stadtschulzen Haus, und vor diesem sank sie aufs Pflaster nieder. Leute kamen herbei.

Maren Humpel lief ins Haus hinein um Hilfe. Der Stadtschulze mit seinen Gästen blickte aus den Fenstern.

„Es ist die Waschfrau!“ sagte er, „sie hat ein wenig über den Durst getrunken; sie taugt nichts! Es ist schade um den hübschen Jungen, den sie hat. Ich habe wahrhaftig viel für das Kind übrig. Die Mutter taugt nichts!“

Und sie kam wieder zu sich und wurde in ihre armselige Behausung geführt, wo sie ins Bett gebracht wurde. Die brave Maren ging, um eine Schale warmes Bier mit Butter und Zucker zuzubereiten, das war die Medizin, von der sie meinte, es sei die beste; und dann ging sie zum Waschplatz, spülte sehr schlecht, aber recht, zog eigentlich nur die nasse Wäsche aufs Trockene und legte sie in einen Kasten.

Abends saß sie in der ärmlichen Stube bei der Waschfrau. Von der Köchin des Stadtschulzen hatte sie ein paar Zukkerkartoffeln und ein wunderbar fettes Stück Schinken für die Kranke bekommen, daran taten sich der Junge und Maren gütlich; die Kranke erfreute sich am Geruch, er sei so nahrhaft, sagte sie.

Und der Junge kam ins Bett, ins selbe Bett, in dem die Mutter schlief, aber er hatte seinen Platz quer zu ihren Füßen, unter einem alten Teppich, aus blauen und roten Streifen zusammengenäht.

Und es wurde etwas besser mit der Waschfrau; das heiße Bier hatte sie gestärkt, und der Geruch des feinen Essens tat gut.

„Danke, du gute Seele!" sagte sie zu Maren, „ich werde dir auch alles erzählen, wenn der Junge schläft! ich glaube, er tut es schon! Wie süß und lieb sieht er aus, mit den geschlossenen Augen! Er weiß nicht, wie es um seine Mutter steht. Möge Gott der Herr es ihn nie durchmachen lassen! – Ich habe beim Kammerrat, den Eltern des Stadtschulzen, gedient, da traf es sich, daß der jüngste von den Söhnen heimkam, der Student; damals war ich jung, wild und toll, aber anständig, das kann ich vor dem Angesicht des Herrn bezeugen!" sagte die Waschfrau. „Der Student war so lustig und fröhlich, so gütig! Jede Faser an ihm war rechtschaffen und gut! Einen besseren Menschen hat es auf Erden nicht gegeben. Es war der Sohn des Hauses, und ich nur eine Dienstmagd, aber wir gewannen uns lieb, in Zucht und Ehren! Ein Kuß ist jedoch keine Sünde, wenn man sich richtig liebt. Und er sagte es seiner Mutter; sie war für ihn hier auf Erden der Herrgott! Und sie war so klug, so liebevoll und liebenswert! – Er fuhr weg, und seinen goldenen Ring steckte er mir an den Finger. Als er weit fort war, da rief mich meine Dame zu sich herein; ernst und doch so freundlich stand sie vor mir, sprach, wie der Herrgott es hätte tun können; sie führte mir den Abstand zwischen ihm und mir vor Augen, geistig und dem Range nach. ‚Jetzt sieht er nur, wie gut du aussiehst, aber das Aussehen verschwindet! Du hast keine Bildung genossen so wie er, ihr seid einander nicht gleich in der Welt des Geistes, und darin liegt das Unglück. Ich achte den Armen', sagte sie, ‚bei Gott kann er vielleicht einen höheren Platz erhalten als mancher Reiche, aber man darf hier auf Erden nicht in ein falsches Gleis geraten, wenn man vorwärts fährt, sonst stürzt der Wagen um, und ihr beiden würdet stürzen! Ich weiß, daß ein braver Mann, ein Handwerker, um deine Hand gebeten hat, es ist Erik Handschuhmacher, er ist Witwer, hat keine Kinder, steht sich gut; denk darüber nach!' Jedes Wort, das sie sagte, ging mir wie ein Messer durchs Herz, aber die Frau hatte recht! und das drückte mich nieder und belastete mich! Ich küßte ihre Hand und weinte bittere Tränen, und ich weinte noch mehr, als ich in meiner Kammer war und mich auf mein Bett legte. Es war eine schwere Nacht, die nun folgte, der Herrgott weiß, wie ich litt und kämpfte. Dann ging ich am Sonntag zum Tisch des Herrn, um eine Erleuchtung zu bekommen. Und es war wie eine Fügung: als ich aus der Kirche kam, traf ich Erik Handschuhmacher. Nun war kein Zweifel mehr in mir, wir paßten in Stellung und Lebensverhältnissen zueinander, ja, er war sogar ein wohlhabender Mann, und da ging ich schnurstracks auf ihn zu, ergriff seine Hand und sagte: ‚Steht dir der Sinn noch immer nach mir?' – ‚Ja, für immer und ewig!' sagte er. – ‚Willst du ein Mädchen haben, das dich achtet und ehrt, dich aber nicht liebt? – aber das kann ja noch kommen!' – ‚Das wird kommen!' sagte er, und dann reichten wir uns die Hand. Ich ging nach Hause zu meiner Dame, den goldenen Ring, den der Sohn mir geschenkt hatte, trug ich auf meiner bloßen Brust, ich konnte ihn tagsüber nicht an den Finger stecken, sondern nur immer abends, wenn ich ins Bett ging. Ich küßte den Ring, so daß mein Mund davon blutete, und dann übergab ich ihn meiner Dame und sagte, in der nächsten Woche würden ich und der

Handschuhmacher von der Kanzel aufgeboten werden. Da nahm mich meine Dame in die Arme und küßte mich – sie sagte nicht, daß ich nichts taugte, aber damals war ich vielleicht auch besser, weil ich noch nicht soviel von den Widrigkeiten der Welt erfahren hatte. Und dann fand die Hochzeit zu Lichtmeß statt; und im ersten Jahr ging es gut, wir hielten einen Gesellen und einen Lehrling, und du, Maren, dientest bei uns."

„Oh, Ihr wart eine rührende Dienstherrin!" sagte Maren, „nie werde ich vergessen, wie freundlich Ihr und Euer Mann gewesen seid!"

„Es waren die guten Jahre, als du bei uns warst! Kinder hatten wir damals nicht. Den Studenten sah ich nie mehr! – Doch, ich sah ihn, aber er sah mich nicht! Er kam zur Beerdigung seiner Mutter her. Ich sah ihn am Grabe stehen, er war ganz kreidebleich und so traurig, aber das war um der Mutter willen. Als später der Vater starb, war er in der Fremde und kam nicht her, und er ist auch später nicht hier gewesen. Nie hat er geheiratet, das weiß ich; er war Anwalt, glaube ich! – An mich erinnerte er sich nicht, und wenn er mich gesehen hat, dann hat er mich trotzdem sicher nicht erkannt, so garstig wie ich aussehe. Und das ist ja auch gut so!"

Und sie sprach von den schweren Zeiten ihrer Heimsuchungen, wie das Unglück gleichsam über sie hereingebrochen war. Sie besaßen fünfhundert Reichstaler, und da dort in der Straße ein Haus für zweihundert zu bekommen war und es sich lohnte, es abzureißen und ein neues zu bauen, so wurde das Haus gekauft. Maurer und Zimmermann machten einen Kostenanschlag, daß es weitere tausendundzwanzig Taler kosten würde. Kredit hatte Erik Handschuhmacher, das Geld konnte er in Kopenhagen als Anleihe aufnehmen, aber der Schiffer, der es bringen sollte, erlitt Schiffbruch und das Geld mit ihm.

„Zu der Zeit brachte ich meinen lieben Jungen zur Welt, der hier schläft. – Vater war schwer und lange krank; dreiviertel Jahr lang mußte ich ihn an- und auskleiden. Es ging völlig abwärts mit uns, wir borgten und borgten; alle unsere Kleider gingen dabei drauf, und Vater starb! Ich habe gerackert und hab mich geschunden, habe gekämpft und habe mich abgemüht um des Kindes willen, Treppen gescheuert, Wäsche gewaschen, grobe und feine, aber der Herrgott will nicht, daß es mir besser geht! Doch er wird mich sicher erlösen und für den Jungen sorgen."

Und dann schlief sie ein.

Gegen Morgen fühlte sie sich gekräftigt und stark genug, wie sie meinte, um wieder an ihre Arbeit zu gehen. Sie war eben in das kalte Wasser hinausgetreten, da befiel sie ein Schüttelfrost, eine Ohnmacht; krampfhaft tastete sie mit der Hand vorwärts, machte einen Schritt aufs Ufer zu und fiel hin. Der Kopf lag auf dem Trocknen, aber die Füße lagen im Bach draußen, ihre Holzschuhe, mit denen sie auf dem Grund gestanden hatte – in jedem stak ein Heuwisch –, trieben mit der Strömung davon; hier wurde sie von Maren gefunden, die mit Kaffee zu ihr kam.

Vom Stadtschulzen war ein Bote zu ihr nach Hause geschickt worden, sie solle sofort zu ihm kommen, er hätte ihr etwas mitzuteilen. Es war zu spät. Ein Barbier war zum Aderlaß geholt worden; die Waschfrau war tot.

„Sie hat sich zu Tode getrunken!" sagte der Stadtschulze.

In dem Brief, der die Mitteilung vom Tode des Bruders brachte, war der Inhalt des Testaments wiedergegeben worden, und darin stand, daß der Handschuhmacherswitwe, die einst bei seinen Eltern gedient habe, sechshundert Reichstaler vermacht seien. Das Geld solle, wie es am tunlichsten sei, ihr und ihrem Kind in größeren oder kleineren Summen ausgezahlt werden.

„Da ist irgend was zwischen meinem Bruder und ihr gewesen!" sagte der Stadtschulze. „Nur gut, daß sie weg ist; jetzt bekommt der Junge das Ganze, und ich werde ihn zu braven Leuten geben, er kann ein guter Handwerker werden!" und diese Worte waren von Gottes Segen begleitet.

Und der Stadtschulze rief den Jungen zu sich, versprach, für ihn zu sorgen, und sagte ihm, wie gut es wäre, daß seine Mutter gestorben sei, sie taugte nichts!

Zum Friedhof wurde sie gebracht, zum Armenfriedhof.

Maren pflanzte einen kleinen Rosenstrauch auf das Grab, der Junge stand dabei.

„Meine liebe Mutter!“ sagte er, und die Tränen strömten. „Ist es wahr, daß sie nichts taugte?“

„Doch, sie taugte etwas!“ sagte die alte Magd und sah zum Himmel auf. „Ich weiß es aus vielen Jahren und von der letzten Nacht. Ich sage dir, sie taugte etwas! Und unser Herrgott im himmlischen Reich sagt es auch, so laß die Welt nur sagen: ‚Sie taugte nichts!‘ “

Die letzte Perle

Es war ein reiches Haus, ein glückliches Haus; alle dort, Herrschaft und Gesinde, auch die Freunde, waren glückselig und froh, heute war ein Erbe geboren, ein Sohn; und Mutter und Kind waren wohlauf.

Die Lampe in der gemütlichen Schlafstube war halb zugedeckt; schwere seidene Vorhänge aus kostbaren Stoffen waren dicht vor die Fenster gezogen. Der Teppich war dick und weich, wie Moos, alles war so, daß man einnicken konnte, schlafen, sich wunderbar ausruhen konnte, und das tat auch die Wartefrau, sie schlief, und das durfte sie; alles war hier schön und gut. Der Schutzgeist des Hauses stand am Kopfende des Bettes; über das Kind an der Mutter Brust breitete sich gleichsam ein Netz von glitzernden Sternen, so reich, ein jeder war eine Perle des Glücks. Die guten Feen des Lebens, sie alle hatten dem Neugeborenen ihre Gaben dargebracht! Hier funkelten Gesundheit, Reichtum, Glück, Liebe, kurzum alles, was die Menschen sich hienieden wünschen mochten.

„Alles ist dargebracht und hingegeben!" sagte der Schutzgeist.

„Nein!" erklang ganz nahe eine Stimme, es war der gute Engel des Kindes. „Eine Fee hat ihre Gabe noch nicht dargebracht, sie bringt sie aber, wird sie dereinst bringen, und wenn Jahre darüber vergehen sollten. Die letzte Perle fehlt!"

„Fehlt! hier darf nichts fehlen, und ist es wirklich so, dann wollen wir sie suchen, die mächtige Fee, wir wollen zu ihr gehen!"

„Sie kommt, sie kommt dereinst! Ihre Perle ist nötig, damit der Kranz zusammengefügt werden kann!"

„Wo wohnt sie? Wo ist ihre Heimat? Sag es mir, ich gehe und hole die Perle!"

„So sei es!" sagte der gute Engel des Kindes. „Ich führe dich zu ihr, wo immer wir sie auch suchen müssen! Sie hat keine bleibende Stätte, sie kommt ins Schloß des Kaisers und zu dem ärmsten Bauern, an keinem Menschen geht sie spurlos vorüber, ihnen allen bringt sie ihre Gabe, ob diese eine Welt ist oder ein Spielzeug! Auch diesem Kind muß sie begegnen. Du denkst, die Zeit ist ebenso lang, aber nicht ebenso nützlich, nun wohl, wir gehen und holen die Perle, die letzte Perle in diesem Reichtum!"

Und Hand in Hand schwebten sie zu dem Ort, wo in dieser Stunde die Fee zu Hause war.

Es war ein großes Haus mit dunklen Gängen, leeren Stuben, und es war seltsam still; eine Reihe Fenster standen offen, so daß die rauhe Luft ordentlich hereinströmen konnte; die langen, weißen, herabhängenden Vorhänge bewegten sich im Luftzug.

Mitten im Raume stand ein offener Sarg, und darin ruhte der Leichnam einer Frau, in ihren besten Jahren noch; die schönsten frischen Rosen lagen über sie hingestreut, so daß nur die feinen, gefalteten Hände sichtbar waren und das im Tode verklärte, edle Antlitz mit dem hohen, edlen Ernst der Weihe in Gott.

Am Sarge standen Mann und Kinder, es war eine ganze Schar; das Kleinste saß auf des Vaters Arm, sie sagten ein letztesmal Lebewohl; und der Mann küßte ihre Hand, die jetzt wie ein welkes Blatt war und ehedem mit Kraft und Liebe sie alle umsorgt hatte. Heiße, schwere Tränen fielen in großen Tropfen auf den Boden; aber es wurde kein Wort gesprochen. Das Schweigen hier schloß eine Welt von Schmerz ein. Und still, schluchzend gingen sie fort.

Hier stand eine Kerze, die Flamme bewegte sich im Wind und leckte mit ihrer langen, roten Zunge empor. Fremde Leute kamen, sie legten den Deckel über die Tote, sie hämmerten die Nägel fest, stark hallten die Hammerschläge durch die Stuben und Flure des Hauses, sie hallten in den Herzen, welche bluteten.

„Wo führst du mich hin?" fragte der Schutzgeist, „hier wohnt keine Fee, deren Perle zu den besten Gaben des Lebens gehört!"

„An diesem Orte wohnt sie, hier in dieser heiligen Stunde", sagte der Schutzengel und zeigte in die Ecke, und dort, wo zu ihren Lebzeiten die Mutter unter Blumen und Bildern gesessen hatte, wo sie als segnende Fee des Hauses Mann, Kindern und Freunden liebevoll zugenickt hatte, als Sonnenstrahl des Hauses Freude verbreitet hatte und Zusammenhalt und Herz des Ganzen gewesen war, dort saß jetzt eine fremde Frau in langem, wallendem Gewande, das

Leid war es, hier die Herrscherin, nunmehr die Mutter an der Toten Statt. In ihren Schoß rollte eine glühendheiße Träne nieder, sie wurde eine Perle; diese schimmerte in allen Farben des Regenbogens, und der Engel nahm sie auf, und die Perle leuchtete wie ein Stern in siebenfarbigem Glanze.

„Die Perle des Leids, die letzte, die man nicht missen kann! durch sie werden Glanz und Macht der anderen gesteigert. Siehst du den Schimmer des Regenbogens hier, der Erde und Himmel miteinander verbindet? Mit jedem von unseren Lieben, die von uns gehen, haben wir einen Freund mehr im Himmel, nach dem es uns verlangt. In der irdischen Nacht blicken wir zu den Sternen empor, hinauf zur Vollendung! Betrachte die Perle des Leids, in ihr liegen die Flügel der Psyche, sie tragen uns von hinnen!“

Zwei Jungfern

Hast du jemals eine Jungfer gesehen? Das heißt, was die Steinsetzer eine Jungfer nennen. Eine, mit der man das Pflaster feststampft. Sie ist ganz aus Holz, unten breit mit einem eisernen Ring herum und oben schmal mit Stöcken daran, das sind ihre Arme.

Drinnen auf dem Bauhof standen zwei solche Jungfern, sie standen unter Schaufeln, Klaftermaßen und Schubkarren, und es ging das Gerücht, daß die „Jungfer" nicht mehr „Jungfer" genannt werden sollte, sondern vielmehr „Stempel", und das ist die neueste und einzig richtige Bezeichnung in der Steinsetzersprache für das, was wir alle in alten Zeiten eine Jungfer nannten.

Nun gibt es unter uns Menschen etwas, was man „emanzipierte Frauenzimmer" nennt, zu diesen zählt man Institutsleiterinnen, Hebammen, Tänzerinnen, die von Amts wegen auf einem Bein stehen können, Modehändlerinnen und Wartefrauen, und dieser Reihe „Emanzipierter" schlossen sich auch die beiden Jungfern aus dem Bauhof an; sie waren Jungfern beim Straßenbauamt, und sie wollten unter gar keinen Umständen ihren alten, guten Namen aufgeben und sich „Stempel" nennen lassen.

„Jungfer ist ein menschlicher Name", sagten sie, „aber Stempel ist eine Sache, und wir lassen uns nicht eine Sache nennen, das ist dasselbe, als würde man beschimpft."

„Mein Verlobter ist imstande, mit mir zu brechen!" sagte die Jüngere, die mit einem Rammbock verlobt war, das ist so eine große Maschine, die Pfähle einrammt und all das im Groben tut, was die Jungfer im Feinen verrichtet. „Er will mich als Jungfer haben, aber als Stempel vielleicht nicht, und ich kann mich daher nicht umtaufen lassen!"

„Ja, eher lasse ich mir beide Arme abbrechen!" sagte die Ältere.

Der Schubkarren war jedoch anderer Meinung, und der Schubkarren war jemand, er betrachtete sich als eine Viertelkutsche, da er auf einem Rade lief.

„Ich muß Ihnen aber doch eins sagen: Jungfer genannt zu werden ist ziemlich gewöhnlich und nicht annähernd so fein wie Stempel; wenn man nämlich diesen Namen führt, dann kommt man in eine Reihe mit den Petschaften, und denken Sie doch nur an das Petschaft des Gesetzes, das besiegelt ja das Gesetz. An Ihrer Stelle würde ich die Jungfer aufgeben!"

„Niemals! dazu bin ich zu alt!" sagte die Ältere.

„Sie scheinen nicht zu kennen, was man die ‚europäische Notwendigkeit' nennt!" sagte das ehrliche alte Klaftermaß. „Man muß sich beschränken, sich unterordnen, sich der Zeit und Notwendigkeit fügen, und kommt ein Gesetz heraus, daß die Jungfer Stempel genannt werden muß, dann muß sie Stempel genannt werden. Ein jegliches Ding hat sein Klaftermaß!"

„Dann möchte ich mich doch lieber Fräulein nennen lassen, wenn es durchaus sein muß", sagte die Jüngere, „Fräulein schmeckt doch immer ein wenig nach Jungfer!"

„Ich laß mich aber lieber zu Kleinholz zerhacken!" sagte die alte Jungfer.

Nun ging es an die Arbeit; die Jungfern fuhren, sie wurden auf den Schubkarren gelegt, und das war immerhin eine feine Behandlung, aber Stempel wurden sie genannt.

„Jung . . .!“ sagten sie, als sie auf das Pflaster stampften; „Jung . . .!“ und sie waren eben dabei, das Wort „Jungfer“ ganz zu Ende zu sprechen, aber sie stockten, sie schluckten es herunter, denn sie fanden, sie sollten nicht einmal antworten. Aber untereinander redeten sie sich immer mit dem Namen Jungfer an und priesen die gute alte Zeit, als man jegliches Ding bei seinem rechten Namen nannte und Jungfer genannt wurde, wenn man eine Jungfer war; und das blieben sie beide, denn der Rammbock, die große Maschine, brach tatsächlich mit der Jüngeren, mit einem Stempel wollte er sich nicht einlassen.

Am äussersten Meer

Zwei große Fahrzeuge waren hoch hinauf zum Nordpol geschickt worden, damit sie dort die Grenze zwischen Land und Meer suchten und auskundschafteten, wie weit die Menschen dort vordringen konnten. Schon Jahr und Tag hatten sie hier oben in Nebel und Eis gekreuzt und große Mühen auf sich nehmen müssen; nun hatte der Winter eingesetzt, die Sonne war fort; viele, viele Wochen lang sollte hier eine einzige lange Nacht herrschen; alles rundum war eine große Eisfläche; an dieser waren die Schiffe festgemacht, der Schnee lag hoch, und aus dem Schnee selber hatte man wabenförmige Häuser errichtet, einige so groß wie unsere Hünengräber, andere nur gerade so groß, daß sie zwei oder vier Mann aufnehmen konnten; aber dunkel war es nicht, das Nordlicht leuchtete rot und blau, es war ein ständiges, großartiges Feuerwerk, und der Schnee leuchtete, die Nacht hier war eine einzige flammende Dämmerung; in der hellsten Zeit kamen Scharen von Eingeborenen seltsam anzuschauen in ihrer zottigen Pelzkleidung, auf Schlitten, die aus Eisstücken zusammengesetzt waren; sie brachten Felle in großen Stapeln, und die Schneehütten erhielten dadurch warme Teppiche; Felle wurden Decken und Oberbett, die sich die Matrosen unter der Schneekuppel auf die Lager legten, während es draußen klirrend fror, so wie wir es in unserer strengsten Winterzeit nicht kennen. Bei uns herrschten noch herbstliche Tage, daran mußten die dort oben denken; sie dachten an den Sonnenschein im Haus und auf dem rötlichgelben Laub, das an den Bäumen hing. Die Uhr zeigte die abendliche Stunde und Schlafenszeit an, und in einer der Schneehütten legten sich schon zwei zur Ruhe nieder; der Jüngere hatte seinen besten, reichsten Schatz von zu Hause mit, den die Großmutter ihm vor der Abreise geschenkt hatte, es war die Bibel. Allnächtlich lag diese unter seinem Kopfkissen, er wußte aus den Kindertagen, was darin stand; täglich las er ein Stück, und auf seinem Lager kamen ihm oftmals so trostvoll die heiligen Worte in den Sinn: „Nähme ich Flügel der Morgenröte und bliebe am äußersten Meer, so würde mich doch deine Hand daselbst führen und deine Rechte mich halten!“ – und unter den Worten der Wahrheit und des Glaubens schloß er die Augen, der Schlaf kam, und der Traum kam, die Offenbarung des Geistes in Gott; die Seele war lebendig während der Ruhe des Leibes, er spürte es, es war wie die Melodien alter lieber, wohlbekannter Lieder; es wehte eine sanfte, sommerwarme Luft, und von seinem Lager aus sah er es über sich glänzen, so als würde die Schneekuppel von außen durchstrahlt; er hob den Kopf, das strahlende Weiß waren nicht Wände oder Decke, es waren die großen Fittiche an den Schultern eines Engels, und er blickte zu dessen sanftem, leuchtendem Antlitz auf. Den Seiten der Bibel entstieg der Engel, wie dem Kelch einer Lilie, breitete seine Arme weit aus, und die Wände der Schneehütte versanken ringsum gleich einem luftig leichten Nebelschleier; die grünen Felder und Hügel der Heimat mit den rotbraunen Wäldern lagen ringsum im stillen Sonnenschein eines schönen Herbsttages; das Storchennest stand leer, aber noch hingen

Äpfel an dem Holzapfelbaum, obwohl die Blätter abgefallen waren; die roten Hagebutten leuchteten, und der Star pfiff in dem kleinen grünen Käfig über dem Fenster des Bauernhauses, das seine engste Heimat war; der Star pfiff, wie man es ihn gelehrt hatte, und die Großmutter hängte Vogelmiere um den Käfig, wie der Enkel es immer getan hatte; und die Tochter des Schmieds, so jung und so schön, stand am Brunnen und zog Wasser herauf, nickte der Großmutter zu, und Großmutter winkte, zeigte einen Brief, der weit hergekommen war; an diesem Morgen war er aus den kalten Ländern eingetroffen, hoch droben vom Nordpol, wo der Enkel war – in Gottes Hand. Und sie lachten, und sie weinten, und er, unter Eis und Schnee, dort in der Welt des Geistes, unter den Fittichen des Engels, sah und hörte alles, lachte mit ihnen und weinte mit ihnen. Und aus dem Briefe wurden die Worte der Bibel selber laut vorgelesen: „. . . am äußersten Meer seine Rechte mich halten wird!“ – Wie herrlicher Choralgesang ertönte es ringsum, und der Engel ließ seine Fittiche wie einen Schleier auf den Schlafenden hinabsinken – der Traum war zu Ende, es war finster in der Schneehütte, aber die Bibel lag unter seinem Kopf, Glaube und Hoffnung lagen in seinem Herzen; Gott war mit dabei, und die Heimat war mit dabei – „am äußersten Meer“.

Das Sparschwein

In der Kinderstube gab es so viel Spielzeug; hoch oben auf dem Schrank stand die Sparbüchse, sie war aus Ton, in Gestalt eines Schweines, sie hatte einen natürlichen Spalt auf dem Rücken, und der Spalt war mit einem Messer vergrößert worden, damit auch Silbertaler hineingingen, und zwei waren hineingegangen, außer vielen anderen Geldstücken. Das Sparschwein war so gepfropft voll, daß es nicht mehr klappern konnte, und das ist das Höchste, wozu es ein Sparschwein bringen kann. Da stand es nun oben auf dem Schrank und sah auf alles in der Stube hinab, es wußte wohl, daß es mit dem, was es im Bauch hatte, das Ganze kaufen konnte, und das ist wirklich ein gutes Gefühl.

Daran dachten die anderen auch, wenn sie es auch nicht sagten, man hatte ja anderes, worüber man reden konnte. Die Kommodenschublade stand ein wenig offen, und dort richtete sich eine große Puppe auf, ein wenig alt war sie und am Hals genietet; sie sah nach draußen und sagte: „Wollen wir jetzt Menschen spielen? Das ist doch immerhin etwas!" und da entstand Bewegung, selbst die Gemälde an den Wänden drehten sich um, sie zeigten, daß sie auch eine Rückseite hatten, aber es geschah nicht, weil sie widersprechen wollten.

Es war mitten in der Nacht, der Mond schien durchs Fenster, und die Beleuchtung gab's umsonst. Nun sollte das Spiel beginnen, und alles war eingeladen, selbst der Kinderwagen, der jedoch zum gröberen Spielzeug gehörte. „Einer ist so gut wie der andere!" sagte er, „wir können nicht alle von Adel sein! Manche müssen auch von Nutzen sein, wie man so sagt!"

Das Sparschwein war das einzige, das die Einladung schriftlich erhielt, es stand zu hoch, so daß die Puppe meinte, es könne die mündliche Einladung nicht hören, und es gab auch keine Antwort, ob es käme, denn es kam nicht; sollte es mit dabeisein, mußte es von zu Hause aus zugucken, das sollten sie sich gesagt sein lassen, und das taten sie.

Das kleine Puppentheater wurde von vornherein so aufgestellt, daß das Sparschwein mitten hineinschauen konnte; sie wollten mit dem Schauspiel anfangen, und dann wollte man Tee reichen und Verstandesübungen machen, und mit diesen begannen sie sofort; das Schaukelpferd sprach von Training und Vollblut, der Kinderwagen von Eisenbahnen und Dampfkraft – das war ja alles etwas, was zu ihrem Fach gehörte und wo sie mitreden konnten. Die Stubenuhr sprach von Politik – tik – tik! Die wußte, was die Glocke geschlagen hatte, sagte aber, sie ginge nicht richtig. Der Spazierstock tat sich auf seine Zwinge und den silbernen Knauf etwas zugute, er war ja oben und unten beschlagen; auf dem Sofa lagen zwei gestickte Kissen, sie waren wunderhübsch und dumm – und nun konnte das Schauspiel beginnen.

Alle saßen da und schauten zu, und man wurde aufgefordert, zu schnalzen, zu knallen und zu klappern, ganz wie es einem Freude machte. Aber die Reitpeitsche sagte, sie knalle nie für die Alten, sondern nur für die noch nicht Verlobten.

„Ich knalle bei allem!" sagte die Knallerbse. „Irgendwo muß man ja sein!" sagte der Spucknapf, so etwa dachte man, wenn man im Theater war. Das Stück taugte nichts, aber es wurde gut gespielt; alle Spieler kehrten die angemalte Seite nach außen: sie waren nur von einer Seite zu betrachten, nicht von der Kehrseite; und alle spielten ausgezeichnet, ganz vorn vor der Bühne, der Faden war zu lang an ihnen, aber dafür waren sie dann besser zu sehen. Die geleimte Puppe war so begeistert, daß die geleimte Stelle aufplatzte, und das Sparschwein war auf seine Weise so begeistert, daß es beschloß, für einen von ihnen etwas zu tun, ihn in seinem Testament zu bedenken, in der Weise, daß er mit ihm in der offenen Gruft liegen sollte, wenn die Zeit gekommen sein würde.

Es war ein wahrer Genuß, daher gab man den Tee auf und blieb bei der Verstandesübung, das nannte man Menschen spielen, und darin lag keine Bosheit, denn sie spielten nur – und jeder dachte an sich und daran, was das Sparschwein dachte, und das Sparschwein dachte am weitesten in die Zukunft, es dachte ja an Testament und Begräbnis – und wann war es wohl so weit – immer früher, als man es erwartet. – Knack! da fiel es vom Schrank – lag auf dem Fußboden, in tausend Scherben, während die Münzen hüpften und tanzten; die kleinsten drehten sich im Kreise, die großen rollten umher, namentlich der eine Silbertaler, er wollte mal richtig in die Welt hinaus. Und hinaus kam er, und hinaus kamen sie alle, und die Scherben von dem Sparschwein kamen in den Müllkasten, aber auf dem Schranke stand am nächsten Tag ein neues Sparschwein aus Ton, es war noch kein Schilling darin, darum konnte es auch nicht klappern, darin glich es dem anderen, es war immerhin ein Anfang – und mit dem wollen wir schließen!

Ib und die kleine Christine

Nahe dem Gudenfluß, in den Wäldern um Silkeborg, erhebt sich ein Landrücken gleich einem großen Wall, der wird „Aasen“ genannt, und dort unterhalb gen Westen lag, ja liegt noch immer ein kleines Bauernhaus mit kargem Land; der Sand schimmert durch das dünne Roggen- und Gerstenfeld. Es ist jetzt eine Reihe von Jahren her; die Leute, die dort wohnten, betrieben ihre kleine Landwirtschaft, hatten außerdem drei Schafe, ein Schwein und zwei Ochsen; kurzum, sie hatten ihr leidliches Auskommen, wenn man es nimmt, wie's einem gegeben wird, ja, sie hätten es wohl auch so weit bringen können, sich ein Pferdegespann zu leisten, aber sie sagten wie die anderen Bauern drüben: „Das Pferd frißt sich selber auf!“ – es verzehrt den Nutzen, den es bringt. Jeppe-Jaens bebaute im Sommer sein Stück Land, im Winter war er ein tüchtiger Holzschuhmacher. Er hatte dann auch einen Gehilfen, einen Mann, der es verstand, Holzschuhe zu schnitzen, die ebenso kräftig wie auch leicht waren und Fasson hatten; Löffel und Kellen schnitzten sie; das warf allerlei ab, man konnte Jeppe-Jaens nicht zu den armen Leuten rechnen.

Derkleine Ib, der siebenjährige Junge, das einzige Kind des Hauses, saß dabei und schaute zu, schnitzte an einem Stückchen Holz, schnitt sich auch in die Finger; aber eines Tages hatte er zwei Stück Holz so zurechtgeschnitten, daß sie aussahen wie kleine Holzschuhe; er sagte, die sollte die kleine Christine geschenkt bekommen, und das war das Töchterchen des Prahmschiffers; sie war fein und liebreizend, wie ein Herrschaftskind; hätte sie Kleider besessen, wie sie ihrer Gestalt angemessen waren, so hätte niemand vermutet, daß sie von der Heidetorfhütte in Seishede stammte. Dort drüben wohnte ihr Vater, der Witwer war und sich davon ernährte, daß er mit dem Leichter Brennholz aus dem Wald zum Aalwehr nach Silkeborg fuhr, ja, von dort aus oftmals weiter bis nach Randers hinauf. Er hatte niemanden, der auf die kleine Christine aufpassen konnte, sie war ein Jahr jünger als Ib, und daher war sie fast immer bei ihm, auf dem Prahm und mitten im Heidekraut und unter den Preiselbeerbüschen; mußte er dann unbedingt nach Randers hinauf, ja, dann kam die kleine Christine zu Jeppe-Jaensens hinüber.

Ib und Christinchen vertrugen sich gut, sowohl beim Spiel wie am Eßnapf; sie wirtschafteten herum, und sie gruben, sie kletterten und liefen umher, und eines Tages wagten sie sich ganz allein fast bis auf den Aasen hinauf und ein Stück in den Wald hinein, und hier fanden sie Schnepfeneier, das war ein großes Ereignis.

Ib war noch nie drüben auf der Seisheide gewesen, war nie mit dem Leichter den Gudenfluß hinauf durch die Seen gefahren, aber jetzt war es so weit: Er war vom Prahmschiffer eingeladen worden, und am Abend vorher ging er mit ihm zusammen nach Hause.

Auf den hoch aufgepackten Holzkloben im Prahm saßen früh am Morgen die beiden Kinder und aßen Brot und Himbeeren. Der Prahmführer und sein Gehilfe stakten sich vorwärts, es ging mit der Strömung in schneller Fahrt den Fluß hinab, durch die Seen, die durch Wald und Schilf schier zugesperrt wurden, aber immer gab es doch einen Durchlaß, auch wenn die alten Bäume sich ganz darüberneigten und die Eichen abgeschälte Äste vorstreckten, so als hätten sie aufgekrempelte Ärmel und wollten ihre knorrigen, nackten Arme zeigen! Alte Erlen, die die Strömung an der Böschung gelockert hatte, hielten sich mit ihren Wurzeln am Boden fest und sahen aus wie kleine Waldinseln; Wasserrosen schaukelten auf dem Wasser; es war eine wunderbare Fahrt! Und nun kam man zum Aalwehr, wo das Wasser durch die Schleusen brauste; da gab es für Ib und Christine etwas zu sehen!

Damals waren hier unten weder eine Fabrik noch ein Ort, hier stand nur der alte Zuchthof, und der Bestand dort war nicht groß, das niederstürzende Wasser in der Schleuse und der Schrei der Wildente waren damals das einzige, immer

wiederkehrende Leben hier. – Als nun die Holzkloben umgeladen waren, kaufte sich Christines Vater ein großes Bund Aale und ein geschlachtetes Ferkel, und alles wurde in einem Korb achtern in den Leichter gestellt. Jetzt ging es stromauf, aber der Wind kam von hinten, und als sie ein Segel setzten, war es genauso, als hätten sie zwei Pferde vorgespannt.

Als sie mit dem Prahm so weit drinnen in den Wäldern waren, daß der Mann, der im Prahm mithalf, von hier aus nur ein kurzes Stück nach Hause hatte, gingen er und Christines Vater an Land, geboten aber den Kindern, sich ruhig zu verhalten und vorsichtig zu sein; aber das taten sie nicht lange, sie mußten einmal in den Korb hineinschauen, in dem die Aale und das Schwein lagen, und das Schweinchen mußten sie hochnehmen und halten, und als sie es beide halten wollten, ließen sie es fallen, und noch dazu ins Wasser hinein; da trieb es mit der Strömung, und das war ein furchtbares Ereignis.

Ib sprang ans Ufer und rannte ein Stückchen weiter, da kam auch Christine. „Nimm mich mit!" rief sie, und nun waren sie schnell drinnen im Gesträuch, sie sahen bald weder den Prahm noch den Fluß; ein kleines Stück rannten sie weiter, dann fiel Christine hin und weinte; Ib hob sie auf.

„Komm mit!" sagte er. „Das Haus liegt da drüben!" aber es lag nicht da drüben. Sie gingen und gingen, über welkes Laub und dürre abgefallene Äste, die unter ihren kleinen Füßen knackten; nun hörten sie ein lautes Rufen – sie standen still und lauschten; ein Adler schrie, es war ein häßlicher Schrei, sie erschraken sehr, aber vor ihnen, im Walde drinnen, standen die schönsten Blaubeeren, eine unglaubliche Menge; es war viel zu einladend, als daß sie nicht hätten bleiben sollen, und sie blieben, und sie aßen und wurden ganz blau um Mund und Wangen. Jetzt hörten sie abermals ein Rufen.

„Wir kriegen Haue wegen des Schweins!" sagte Christine.

„Komm, wir gehen zu uns nach Hause!" sagte Ib; „es ist hier im Wald!" und sie gingen; sie kamen an einen Fahrweg, aber nach Hause führte der nicht, dunkel wurde es, und bange waren sie. Die wundersame Stille ringsum wurde durch den garstigen Schrei der großen Waldohreule und die Stimmen von Vögeln unterbrochen, die sie nicht kannten; schließlich saßen sie beide in einem Gebüsch fest, Christine weinte, und Ib weinte, und als sie eine Weile so geweint hatten, legten sie sich ins Laub und schlummerten ein.

Die Sonne stand hoch, als sie erwachten; sie froren, aber oben auf dem Hügel dicht vor ihnen schien die Sonne zwischen den Bäumen hindurch, dort konnten sie sich aufwärmen, und von dort, meinte Ib, müßten sie das Haus seiner Eltern sehen können; aber sie waren weit entfernt davon in einem ganz anderen Teil des Waldes. Sie kletterten bis oben auf die Anhöhe hinauf und standen am Uferhang eines hellen, durchsichtigen Sees; die Fischschwärme waren von der Sonne beleuchtet; es kam ihnen so unerwartet, was sie hier sahen, und dicht neben ihnen stand ein großer Haselstrauch voller Nüsse, ja volle sieben Büschel; und sie pflückten, und sie knackten und holten die feinen Kerne heraus, die schon angefangen hatten, sich zu bilden – und dann kam noch eine Überraschung, ein Schrecken. Aus dem Gebüsch trat eine große alte Frau hervor, ihr Gesicht war ganz braun und ihr Haar ganz blank und schwarz; das Weiße in ihren Augen schimmerte wie bei einem Mohren; sie trug ein Bündel auf dem Rücken und einen Knotenstock in der Hand; es war eine Zigeunerin. Die Kinder verstanden zuerst nicht, was sie sagte; und sie holte drei große Nüsse aus der Tasche, in jeder von ihnen lägen die schönsten Dinge verborgen, sagte sie, es wären Wunschnüsse.

Ib blickte sie an, sie war so freundlich, und dann nahm er sich zusammen und fragte, ob er die Nüsse haben dürfe, und die Frau schenkte sie ihm und pflückte sich eine ganze Tasche voll von denen am Strauch.

Und Ib und Christine sahen mit großen Augen die drei Wunschnüsse an.

„Ist in der hier ein Wagen mit Pferden drin?“ fragte Ib.

„Da ist eine goldene Kutsche mit goldenen Pferden drin!“ sagte die Frau.

„Dann schenk mir die!“ sagte die kleine Christine, und Ib gab sie ihr, und die Frau knotete die Nuß in Christines Halstuch ein.

„Ist in der hier so ein hübsches kleines Halstuch drin wie das, das Christine da hat?“ fragte Ib.

„Da sind zehn Halstücher drin!“ sagte die Frau, „da sind feine Kleider, Strümpfe und ein Hut drin!“

„Dann möchte ich die auch haben!“ sagte Christine, und der kleine Ib schenkte ihr auch die zweite Nuß; die dritte war eine kleine schwarze.

„Die darfst du behalten!“ sagte Christine, „und die ist auch schön.“

„Und was ist in der drin?“ fragte Ib.

„Das Allerbeste für dich!“ sagte die Zigeunerin.

Und Ib hielt die Nuß fest. Die Frau versprach ihnen, sie auf den richtigen Weg nach Hause zu bringen, und sie gingen, aber allerdings in genau entgegengesetzter Richtung, als sie hätten gehen müssen, aber deswegen darf man die Frau nicht beschuldigen, daß sie Kinder stehlen wollte.

In dem Urwald begegneten sie dem Waldhüter Chraen, er kannte Ib, und mit seiner Hilfe kamen Ib und die kleine Christine nach Hause, wo man große Angst um sie hatte, und es wurde ihnen verziehen, obwohl sie beide ordentlich eins mit der Rute verdient hatten, erstens, weil sie das Ferkel hatten ins Wasser fallen lassen, und dann, weil sie weggelaufen waren.

Christine kam auf die Heide zurück, und Ib blieb in dem kleinen Waldhaus; das erste, was er abends dort tat, war, die Nuß hervorzuholen, die „das Allerbeste“ in sich barg; er legte sie zwischen die Tür und den Türrahmen, machte die Tür dann zu, die Nuß brach auf, aber da war keine Spur von einem Kern darin zu sehen, die war wie mit Schnupftabak oder Erde gefüllt, die war vom Wurm gestochen worden, wie man es nennt.

„Ja, das hätte ich mir ja denken können!“ meinte Ib, „wie sollte wohl da drinnen in der kleinen Nuß Platz für das Allerbeste sein? Christine kriegt weder feine Kleider noch eine goldene Kutsche von ihren beiden Nüssen!“

Und der Winter kam, und das neue Jahr kam.

Und es vergingen mehrere Jahre. Nun sollte Ib in den Konfirmandenunterricht gehen, und der Pfarrer wohnte weit weg. Um diese Zeit kam eines Tages der Prahmschiffer und erzählte Ibs Eltern, daß die kleine Christine nun fortkäme und ihr Brot verdienen sollte, und welch ein Glück es für sie wäre, daß sie in gute Hände käme und Stellung bei so braven Leuten gefunden hätte; denkt nur, sie kam zu den reichen Wirtsleuten in der Gegend von Herning, weiter westwärts, dort sollte sie der Hausfrau zur Hand gehen und später, wenn sie sich gut machte und dort konfirmiert war, wollten sie sie behalten.

Und Ib und Christine nahmen Abschied voneinander: sie wurden die Brautleute genannt; und sie zeigte ihm beim Abschied, daß sie noch immer die beiden Nüsse besaß, die sie von ihm bekommen hatte, als sie sich im Wald verirrt hatten, und sie sagte, daß sie in ihrer Kleidertruhe die kleinen Holzschuhe aufbewahrt hätte, die er als Junge geschnitzt und ihr geschenkt hatte. Und dann trennten sie sich.

Ib wurde eingesegnet, aber er blieb im Hause seiner Mutter, denn er war ein tüchtiger Holzschuhmacher, und er versah im Sommer gut die kleine Landwirtschaft; seine Mutter hatte dafür nur ihn, Ibs Vater war gestorben.

Nur selten, und zwar nur durch einen Postkutscher oder einen Aalbauern, hörte man von Christine: es gehe ihr gut bei den reichen Gastwirtsleuten, und als sie eingesegnet worden war, schrieb sie einen Brief an den Vater mit einem Gruß an Ib und dessen Mutter; im Brief stand etwas von sechs neuen Hemden und einem wunderschönen Kleid, die Christine vom Brotgeber und der Hausfrau bekommen hatte. Das waren ja nun wirklich gute Nachrichten.

Im folgenden Frühjahr klopfte es eines schönen Tages an Ibs und seiner Mutter Tür, es war der Prahmschiffer mit Christine; sie war für einen Tag zu Besuch gekommen; da war gerade eine Fahrgelegenheit nach Them und wieder zurück gewesen, und die hatten sie benutzt. Hübsch war sie, wie ein feines Fräulein, und nette Kleider hatte sie; sie waren gut genäht, und sie paßten zu ihr. In vollem Staat stand sie da, und Ib trug die alten Werktagssachen. Er konnte die Sprache gar nicht wiederfinden; zwar nahm er ihre Hand, hielt sie ganz fest, freute sich innig, aber den Mund konnte er nicht aufbekommen, das konnte die kleine Christine, sie redete, sie konnte erzählen, und sie küßte Ib mitten auf den Mund.

„Kennst du mich denn nicht?“ sagte sie; aber selbst als die beiden allein waren und er noch dastand und ihre Hand hielt, war alles, was er sagen konnte: „Du bist eine feine Dame geworden! Und ich sehe so strubbelig aus! Wie oft habe ich an dich gedacht, Christine! und an alte Zeiten!"

Und sie gingen Arm in Arm auf den Aasen hinauf und blickten über den Gudenfluß nach Seishede hinüber, zu den großen mit Heidekraut bewachsenen Erdwellen, aber Ib sagte nichts; als sie sich dann jedoch trennten, war er mit sich darüber im reinen, daß Christine seine Frau werden müsse, sie waren ja von klein auf Brautleute genannt worden, er fand, sie waren ein verlobtes Paar, wenn auch keiner von ihnen es ausgesprochen hatte.

Nur wenige Stunden konnten sie noch zusammen sein, denn sie mußte wieder nach Them, von wo am nächsten Morgen früh der Wagen westwärts zurückfuhr. Der Vater und Ib begleiteten sie nach Them, es war heller Mondschein, und als sie dort ankamen und Ib noch immer Christines Hand festhielt, konnte er sie nicht loslassen, seine Augen waren so klar, aber der Worte fielen nur wenige, doch jedes einzelne kam vom Herzen. „Bist du es jetzt nicht zu fein gewohnt", sagte er, „und kannst du dich damit begnügen, mit mir als Ehemann in unserer Mutter Haus zu leben, dann werden wir beide einmal Mann und Frau! – Aber wir können ja noch etwas warten!"

„Ja, nun wollen wir mal erst sehen, Ib!" sagte sie; und dann drückte sie seine Hand, und er küßte sie auf den Mund. „Ich verlasse mich auf dich, Ib!" sagte Christine, „und ich glaube, ich habe dich lieb! aber laß mich erst mal drüber schlafen!"

Und so gingen sie auseinander. Und Ib erzählte dem Prahmschiffer, daß er und Christine so gut wie verlobt seien, und der Prahmschiffer fand, es sei so, wie er es sich immer gedacht hatte; und er ging mit Ib nach Hause und schlief dort bei ihm in seinem Bett, und es wurde nicht mehr von der Verlobung gesprochen.

Ein Jahr war vergangen; zwei Briefe waren zwischen Ib und Christine gewechselt worden. „Getreu bis in den Tod!" stand da als Unterschrift. Eines Tages trat der Prahmschiffer bei Ib ein, er hätte einen Gruß für ihn von Christine; was er sonst noch zu berichten hatte, kam ein bißchen langsam heraus, aber es war dies, daß es Christine gut gehe, überaus gut, sie war ja ein schönes Mädchen, geachtet und beliebt.

Der Sohn des Gastwirts war auf Besuch zu Hause gewesen; er war bei irgend etwas Großem in Kopenhagen angestellt, in einem Kontor; ihm gefiel Christine wohl, sie fand ihn ebenfalls nach ihrem Sinn, seine Eltern waren auch nicht abgeneigt, aber nun lag es Christine doch sehr auf der Seele, daß Ib sicher soviel an sie dachte, und da hatte sie die Absicht, das Glück von sich zu weisen, sagte der Prahmschiffer.

Ib sagte zunächst kein Wort, aber er wurde so weiß wie ein Laken, schüttelte ein wenig den Kopf, und dann sagte er: „Christine darf ihr Glück nicht von sich weisen!"

„Schreib ihr ein paar Worte!" sagte der Prahmschiffer.

Und Ib tat das auch, aber er konnte die Worte nicht so recht zusammensetzen, wie er wollte, und er strich aus, und er zerriß – aber am Morgen war ein Brief an die kleine Christine zustande gekommen, und hier ist er!

Den Brief, den Du an Deinen Vater geschrieben hast, den habe ich gelesen und ersehe daraus, daß es Dir in jeder Hinsicht wohlergeht und daß Du es noch besser bekommen kannst! Frag Dein Herz, Christine! und denke gut darüber nach, was Du auf Dich nimmst, wenn Du mich heiratest! Was ich habe, ist nur wenig. Denk nicht an mich und wie es mir geht, sondern denk an Deinen eigenen Vorteil! An mich bist Du durch kein Versprechen gebunden, und hast Du mir in Deinem Herzen eins gegeben, dann entbinde ich Dich davon. Alle Freuden der Welt mögen Dir beschieden werden, Christinchen! Der Herrgott hat sicher einen Trost für mein Herz!

Immer von Herzen Dein Freund Ib.

Und der Brief wurde abgeschickt, und Christine erhielt ihn.

Um Sankt Martin wurde sie von der Kanzel aufgeboten, in der Kirche in der Heide und drüben in Kopenhagen, wo der Bräutigam war, und dort hinüber reiste sie mit ihrer Herrin, da der Bräutigam wegen seiner vielen Geschäfte nicht bis ganz nach Jütland herüberkommen konnte. Christine war laut Verabredung mit ihrem Vater im Dorfe Funder zusammengetroffen, durch das der Weg führte und das für ihn der günstigste Treffpunkt war; dort nahmen die beiden Abschied voneinander. Darüber fielen auch ein paar Worte, aber Ib äußerte sich nicht dazu; er sei so nachdenklich geworden, sagte seine alte Mutter; ja, nachdenklich war er, und deshalb fielen ihm die drei Nüsse ein, die er als Kind von der Zigeunerin erhalten und von denen er Christine zwei geschenkt hatte, es waren Wunschnüsse gewesen, in einer von den ihren lagen eine goldene Kutsche und Pferde dazu, in der anderen die schönsten Kleider; das war eingetroffen! All diese Herrlichkeit erhielt sie nun drüben im königlichen Kopenhagen! Für ihre Person ging alles in Erfüllung! Für Ib war in der Nuß nur die schwarze Erde gewesen. „Das Allerbeste" für ihn, hatte die Zigeunerin gesagt – indes, auch dies ging in Erfüllung! Die schwarze Erde war das Beste für ihn. Nun verstand er ganz genau, was die Frau gemeint hatte: Die schwarze Erde, der Schutz des Grabes, das war für ihn das Allerbeste!

Und Jahre vergingen – nicht viele, aber Ib fand, es waren lange Jahre; die alten Gastwirtsleute starben, einer kurz nach dem anderen; der ganze Wohlstand, viele tausend Reichstaler, fiel an den Sohn. Ja, nun konnte Christine eine goldene Kutsche und feine Kleider in Hülle und Fülle bekommen.

In den zwei langen Jahren, die nun folgten, kam kein Brief von Christine, und als der Vater dann einen bekam, war er gar nicht in Wohlstand und Freude geschrieben. Die arme Christine! weder sie noch ihr Mann hatten es verstanden, mit ihrem Reichtum hauszuhalten, er ging dahin, wie er gekommen war, es war kein Segen darin, denn sie wollten es selber nicht.

Und die Heide stand in Blüte, und die Heide verdorrte; der Schnee hatte viele Winter hindurch über Seishede gefegt, über den Aasen, wo Ib im Windschutz wohnte; die Frühlingssonne schien, und Ib steckte den Pflug ins Erdreich, plötzlich schurrte dieser, wie er glaubte, über einen Flintstein, da stak so etwas wie ein großer, schwarzer Hobelspan aus der Erde, und als Ib ihn anfaßte, merkte er, daß es

Metall war, und wo der Pflug hineingeschnitten hatte, glänzte es ganz hell. Es war ein schwerer, großer goldener Armreif aus der heidnischen Vorzeit; hier war das Hünengrab eingeebnet, sein kostbarer Schmuck gefunden worden. Ib zeigte ihn dem Pfarrer, der erzählte ihm, was für eine herrliche Sache es sei, und von ihm ging Ib damit zum Amtmann, der darüber nach Kopenhagen berichtete und Ib riet, den kostbaren Fund selber zu überbringen.

„Du hast das Beste, was du nur finden konntest, in der Erde gefunden!" sagte der Amtmann.

„Das Beste!" dachte Ib. „Das Allerbeste für mich – und in der Erde! dann hatte das Zigeunerweib also auch mit mir recht, wenn *das* das Beste war!"

Und Ib fuhr mit der Schmacke von Aarhus ins königliche Kopenhagen; es war wie eine Reise über das Weltmeer für ihn, der er nur über den Gudenfluß gesetzt war. Und Ib kam nach Kopenhagen.

Der Wert des gefundenen Goldes wurde ihm ausbezahlt, es war eine große Summe, sechshundert Reichstaler. Dort in dem großen, verwirrenden Kopenhagen ging der Ib aus dem Wald bei Seishede umher.

Es war gerade der Abend, bevor er mit einem Schiffer nach Aarhus zurück wollte, als er sich in den Straßen verirrte, in eine ganz andere Gegend gelangte als die, in die er wollte, und er war über die Knippelsbro nach Christianshavn gekommen anstatt zum Wall bei Vesterport! Er steuerte ganz richtig gen Westen, aber nicht dorthin, wo er hin mußte. Auf der Straße war nicht eine Menschenseele zu sehen. Da kam ein kleines Mädchen aus einem ärmlichen Haus; Ib fragte sie nach dem Weg, den er suchte; sie stutzte, blickte zu ihm auf und brach in heftiges Weinen aus. Nun richtete er die Frage an sie, was ihr fehle; sie sagte etwas, was er nicht verstand, und da sie beide gerade unter einer Laterne standen und deren Licht ihr ins Gesicht schien, wurde ihm ganz seltsam zumute, denn es war die kleine Christine, wie sie leibte und lebte, ganz wie er sich ihrer aus ihrer Kindheit erinnerte.

Und er ging mit dem kleinen Mädchen in das ärmliche

Haus hinein, die schmale, ausgetretene Treppe hinauf, bis zu einer kleinen, schrägen Kammer oben unterm Dach. Hier drinnen war die Luft schwer und stickig, es brannte kein Licht; drüben in der Ecke seufzte jemand und holte mühsam Atem. Ib riß ein Schwefelholz an. Es war die Mutter des Kindes, die in dem armseligen Bette lag.

„Kann ich Euch nicht irgendwie helfen?" sagte Ib. „Die Kleine nahm mich mit, aber ich bin selber fremd hier in der Stadt. Sind hier keine Nachbarn oder sonst jemand, den ich rufen kann?" und er hob ihren Kopf.

Es war Christine aus Seishede.

Jahrelang war daheim in Jütland ihr Name nicht gefallen, er hätte Ibs stille Gedankengänge aufgewühlt, und was das Gerücht und die Wahrheit zu berichten hatten, daß das viele Geld, welches ihr Mann von seinen Eltern geerbt, ihn übermütig und haltlos gemacht hatte, war ja auch nichts Gutes; seine feste Stellung hatte er aufgegeben, war ein halbes Jahr lang in fremde Länder gereist, war zurückgekehrt und hatte Schulden gemacht und war umhergeschweift; der Wagen neigte sich mehr und mehr auf die Seite, und zuletzt kippte er um. Die vielen lustigen Freunde von seiner Tafel sagten über ihn, daß er es nicht anders verdiene, als wie es ihm erginge, er hätte ja wie toll gelebt! – Seine Leiche fand man eines Morgens im Kanal des Schloßgartens.

Christine trug den Tod in sich; ihr jüngstes Kindchen, nur wenige Wochen alt, im Wohlstand getragen, im Elend geboren, lag schon in der Grube, und nun war es mit Christine so weit, daß sie todkrank daniederlag, verlassen, in einer elenden Kammer, so elend, daß sie sie in ihren Jugendjahren in Seishede hätte ertragen können; aber jetzt, da sie Besseres gewohnt war, empfand sie deren Elend erst so richtig. Es war ihr ältestes Kind, auch eine kleine Christine, die mit ihr Not und Hunger litt und die Ib mit heraufgenommen hatte.

„Ich fürchte, ich sterbe und lasse das arme Kind allein zurück!" stieß sie stöhnend hervor, „wo in aller Welt soll sie dann hin!" – Mehr konnte sie nicht sagen.

Und Ib zündete wieder ein Schwefelholz an und fand einen Lichtstumpf, der brannte und beleuchtete die elende Kammer.

Und Ib schaute das kleine Mädchen an und dachte an Christine in ihrer Jugend; um Christines willen konnte er gütig zu diesem Kinde sein, das er nicht kannte. Die Sterbende blickte ihn an, ihre Augen wurden immer größer! Erkannte sie ihn? Er wußte es nicht, nicht ein Wort hörte er sie sagen.

Und es war im Wald am Gudenfluß, nahe Seishede; die Luft war grau, die Heide stand ohne Blüten, der Weststurm fegte das gelbe Laub aus dem Wald in den Fluß und über die Heide, wo das Grassodenhaus stand, in dem fremde Leute wohnten; aber unterhalb des Aasen, gut hinter hohen Bäumen geschützt, stand das kleine Haus, getüncht und gestrichen; in der Stube drinnen brannte im Ofen der Sumpftorf, in der Stube war Sonnenschein, er strahlte aus zwei Kinderaugen, der Lerchentriller des Frühlings tönte von dem roten, lachenden Mund, wenn er sprach, hier war Leben und Frohsinn, hier war die kleine Christine; sie saß auf Ibs Knien; Ib war ihr Vater und

Mutter, die waren fort, wie der Traum dem Kind wie dem Erwachsenen entgleitet. Ib saß in dem sauberen, schmucken Haus, ein wohlhabender Mann; die Mutter des kleinen Mädchens lag auf dem Armenfriedhof im königlichen Kopenhagen.

Ib hatte Geld in der Truhe, sagte man, Gold aus der Erde, und er hatte ja auch die kleine Christine.

Tölpel-Hans

Eine alte Geschichte neu erzählt

Draußen auf dem Lande lag ein alter Hof, und auf diesem saß ein alter Gutsherr, der hatte zwei Söhne, die so viel Witz hatten, daß die Hälfte genügt hätte; sie wollten um des Königs Tochter freien, und das durften sie, denn sie hatte kundtun lassen, daß sie den zum Manne nehmen wolle, der nach ihrer Meinung am gewandtesten im Reden wäre.

Die beiden bereiteten sich nun acht Tage lang vor, mehr Zeit hatten sie nicht dazu, aber das genügte auch, denn sie hatten Vorkenntnisse, und die sind nützlich. Der eine konnte das ganze lateinische Lexikon auswendig sowie drei Jahrgänge der Stadtzeitung, und zwar vorwärts wie rückwärts; der zweite hatte sich alle Zunftartikel einverleibt und was jeder Zunftmeister wissen mußte; dann könnte er über den Staat mitreden, meinte er, außerdem verstand er sich auf die Kunst, Hosenträger zu besticken, denn er war fein und hatte geschickte Finger.

„Ich kriege die Königstochter!“ sagten sie beide, und dann schenkte der Vater jedem von ihnen ein schönes Pferd; der, welcher das Lexikon und die Zeitungen auswendig konnte, bekam einen kohlschwarzen Rappen, der, welcher klug wie ein Zunftmeister war und stickte, bekam einen milchweißen Schimmel, und dann schmierten sie sich die Mundwinkel mit Lebertran ein, damit sie geschmeidiger würden. Alles Gesinde war unten auf dem Hof, um zuzusehen, wie sie sich aufs Pferd schwangen; in diesem Augenblick kam der dritte Bruder, denn sie waren drei, aber den dritten zog man gar nicht in Betracht als Bruder, denn er hatte keine solche Gelehrsamkeit wie die beiden anderen Brüder, und er ward Tölpel-Hans genannt.

„Wo wollt ihr hin, da ihr im Sonntagsstaat seid?" fragte er.

„Zum Hofe, um uns die Königstochter zu erreden! Hast du nicht gehört, was im ganzen Land ausgetrommelt wird?" und dann erzählten sie es ihm.

„Himmel, nein, da muß ich aber mit!" sagte Tölpel-Hans, und die Brüder lachten ihn aus und ritten davon.

„Vater, gib mir ein Pferd!" rief Tölpel-Hans. „Ich kriege solche Lust zum Heiraten. Nimmt sie mich, dann nimmt sie mich! Und nimmt sie mich nicht, dann nehm ich sie trotzdem!"

„Das ist ja Unsinn!" sagte der Vater, „dir geb ich kein Pferd, du kannst ja nicht reden! Nein, die Brüder, das sind Prachtkerle!"

„Darf ich kein Pferd haben", sagte Tölpel-Hans, „dann nehm ich den Ziegenbock, das ist meiner, und der kann mich gut tragen!" und dann setzte er sich rittlings auf den Ziegenbock, stieß ihm die Hacken in die Seiten und jagte auf der Landstraße dahin. Hui! wie das ging. „Hier komme ich!" sagte Tölpel-Hans, und dann sang er, daß es weithin gellte.

Aber die Brüder ritten ganz still vorauf; sie sprachen kein Wort, sie mußten sich all die guten Einfälle überlegen, die sie anbringen wollten, denn es sollte nun mal ganz fein ausgeklügelt sein.

„Hallihallo!" rief Tölpel-Hans, „hier komme ich! Seht, was ich auf der Landstraße gefunden habe!" und dann zeigte er ihnen eine tote Krähe, die er gefunden hatte.

„Tölpel!“ sagten sie, „was willst du mit der!“

„Die will ich der Königstochter verehren!“

„Ja, tu das nur!“ sagten sie, lachten und ritten weiter.

„Hallihallo! hier komme ich! Seht, was ich gefunden habe, das findet man nicht alle Tage auf der Landstraße!“

Und die Brüder drehten sich abermals um und wollten sehen, was es wäre. „Tölpel!“ sagten sie, „das ist ja ein alter Holzschuh, von dem das Oberteil abgegangen ist! Soll die Königstochter den auch haben?“

„Das soll sie!“ sagte Tölpel-Hans; und die Brüder lachten, und sie ritten, und sie kamen weit voran.

„Hallihallo! hier bin ich!“ rief Tölpel-Hans; „nein, nun wird es schlimmer und schlimmer! Hallihallo! es ist unbeschreiblich!“

„Was hast du jetzt gefunden?“ sagten die Brüder.

„Oh!“ sagte Tölpel-Hans, „es ist gar nicht zu sagen! wie wird sie sich freuen, die Königstochter!“

„Uh!“ sagten die Brüder, „das ist ja Modder, der gerade aus dem Graben kommt!“

„Ja, das ist es!“ sagte Tölpel-Hans, „und er ist von der feinsten Sorte, man kann ihn nicht festhalten!“ und dann füllte er die Taschen damit.

Aber die Brüder ritten, was das Zeug hergab, und so kamen sie eine ganze Stunde früher an und hielten am Stadttor, und hier erhielten die Freier Nummern, in der Reihenfolge, wie sie ankamen, und wurden in Reihen aufgestellt, sechs in jeder Abteilung, und so dicht, daß sie nicht die Arme bewegen konnten, und das war allerdings sehr gut, denn sonst hätten sie sich gegenseitig die Rücken aufgeschlitzt, bloß weil der eine vor dem anderen stand.

Alle übrigen Einwohner des Landes standen um das Schloß herum, bis ganz an die Fenster heran, um zuzusehen, wie die Königstochter die Freier empfing, und kaum daß einer von ihnen in die Stube trat, verschlug es ihm die Rede.

„Taugt nichts!“ sagte die Königstochter. „Weg!“

Nun kam der Bruder dran, der das Lexikon auswendig konnte, aber das hatte er ganz und gar vergessen, weil er in Reih und Glied stehen mußte, und der Fußboden knarrte, und die Decke war aus Spiegelglas, so daß er sich selber auf dem Kopf stehen sah, und an jedem Fenster standen drei Schreiber und ein Zunftmeister, die jeder für sich alles aufschrieben, was gesagt wurde, damit es gleich in die Zeitung kommen und für zwei Schillinge an der Ecke verkauft werden konnte. Es war schrecklich, und dann hatte man so stark geheizt, daß der Ofen glühend rot war!

„Hier drinnen ist aber eine mächtige Hitze!" sagte der Freier.

„Das ist, weil mein Vater heute junge Hähnchen brät!" sagte die Königstochter.

Bäh! da stand er nun, diese Rede hatte er nicht erwartet; kein Wort wußte er zu sagen, denn er wollte gern etwas Lustiges sagen. Bäh!

„Taugt nichts!" sagte die Königstochter, „weg!" Und dann mußte er fort. Nun kam der zweite Bruder.

„Hier ist eine fürchterliche Hitze!" sagte er.

„Ja, wir braten heute junge Hähnchen!" sagte die Königstochter.

„Wie be – was?" sagte er, und alle Schreiber schrieben: Wie be – was?

„Taugt nichts!" sagte die Königstochter. „Weg!"

Nun kam Tölpel-Hans, er ritt auf dem Ziegenbock mir nichts, dir nichts in die Stube hinein. „Das ist ja eine glühende Hitze!" sagte er.

„Ja, weil ich junge Hähnchen brate!" sagte die Königstochter.

„Das paßt ja gut!" sagte Tölpel-Hans, „dann kann ich mir wohl eine Krähe mitbraten?"

„Das können Sie sehr gut!" sagte die Königstochter, „haben Sie aber was, worin Sie sie braten können, denn ich habe weder Topf noch Pfanne!"

„Aber ich!" sagte Tölpel-Hans. „Hier ist ein Kochgerät mit zinnernem Henkel!" und dann zog er den alten Holzschuh hervor und legte die Krähe mitten hinein.

„Das reicht für eine ganze Mahlzeit!" sagte die Königstochter, „aber wo kriege ich Tunke her?"

„Die hab ich in der Tasche!“ sagte Tölpel-Hans. „Ich habe so viel, daß ich ein bißchen vergeuden kann!“ und dann schüttete er etwas Modder aus der Tasche aus.

„Das gefällt mir!“ sagte die Königstochter, „du kannst doch antworten, und du kannst reden, und dich will ich zum Mann haben! Aber weißt du, daß jedes Wort, was wir sagen und gesagt haben, aufgeschrieben wird und morgen in die Zeitung kommt? An jedem Fenster siehst du drei Schreiber und einen alten Zunftmeister stehen, und der Zunftmeister ist der Schlimmste, denn er kann nichts verstehen!“ und das sagte sie nur, um ihm Angst einzujagen. Und die Schreiber wieherten alle und spritzten einen Tintenklecks auf den Fußboden.

„Das scheint die Herrschaft zu sein!“ sagte Tölpel-Hans, „dann muß ich dem Zunftmeister das Beste geben!“ und nun stülpte er seine Taschen um und schmiß ihm den Modder ins Gesicht.

„Das hast du fein gemacht!“ sagte die Königstochter, „das hätte ich nicht gekonnt! Aber ich werde es schon noch lernen!“

Und so wurde Tölpel-Hans König, bekam eine Frau und eine Krone und saß auf einem Thron, und das haben wir aus der Zeitung des Zunftmeisters – und auf die ist kein Verlaß!

Der Ehre Dornenpfad

Es gibt ein altes Märchen: „Der Ehre Dornenpfad, von einem Schützen namens Bryde, der zwar zu großen Ehren und Würden kam, aber nur nach langem Ungemach und nach vielen Fährnissen des Lebens." Manch einer unter uns hat es als Kind sicherlich gehört, vielleicht als älterer Mensch gelesen und an seinen eigenen, unbemerkten Dornenpfad denken müssen und an das „viele Ungemach". Märchen und Wirklichkeit liegen so nahe beieinander, aber das Märchen hat seine harmonische Auflösung hienieden. Die Wirklichkeit stellt es meistens über das Erdenleben hinweg in Zeit und Ewigkeit hinein.

Die Weltgeschichte ist eine Laterna magica, die uns in Lichtbildern auf dem schwarzen Grund der Gegenwart zeigt, wie die Wohltäter der Menschheit, die Märtyrer der Klugheit, den Dornenpfad der Ehre wandeln.

Aus allen Zeiten, aus allen Ländern treten diese Glanzbilder hervor, jedes nur für einen Augenblick, dennoch steht es für ein ganzes Leben, eine Lebenszeit mit ihrem Kampf und Sieg; laßt uns hier und da einzelne in der Märtyrerschar betrachten, die nicht abgeschlossen wird, ehe die Erde nicht den Atem aushaucht!

Wir sehen ein überfülltes Amphitheater, Aristophanes' *Wolken* schicken Ströme von Spott und Munterkeit in das Gewimmel hinaus; von der Bühne herab wird der an Geist und Leib hervorragendste Mann Athens lächerlich gemacht, der für das Volk ein Schild gegen die dreißig Tyrannen gewesen war: Sokrates, er, der im Getümmel der Schlacht Alkibiades und Xenophon errettete, er, dessen Geist sich über die Götter des Altertums hinwegschwang, er ist hier selbst zugegen; er hat sich von der Zuschauerbank erhoben und sich vorn hingestellt, damit die lachenden Athener sehen können, ob er und sein eigenes Zerrbild auf der Bühne sich auch wirklich ähnlich sind; dort steht er hochaufgerichtet vor ihnen, hoch erhoben über sie alle.

Du, saftiger, grüner, giftiger Schierling, und nicht der Ölbaum, sei das Zeichen Athens!

Sieben Städte stritten darum, Homers Geburtsort zu sein, das heißt, nachdem er gestorben war – schaut ihn an zu seinen Lebzeiten! Da geht er durch diese Städte, seine Verse vortragend, um leben zu können; der Gedanke an den morgigen Tag läßt sein Haar ergrauen! Er, der mächtigste Seher, ist blind und einsam, der scharfe Dorn reißt den Mantel des Dichterkönigs in Fetzen.

Seine Gesänge leben noch heute, und durch diese allein leben Götter und Helden des Altertums.

Bild auf Bild tritt hervor, vom Morgenland und vom Abendland, so fern voneinander in Ort und Zeit und dennoch das gleiche Stück von der Ehre Dornenpfad, wo die Distel erst Blüten treibt, wenn das Grab geschmückt werden soll.

Unter den Palmen kommen Kamele an, reich mit Indigo und anderen kostbaren Schätzen beladen; sie werden ihm vom Herrscher des Landes gesandt, ihm, dessen Lieder eine Freude fürs Volk, eine Ehre für das Land sind; er, den Mißgunst und Lüge außer Landes vertrieben, er ist gefunden – die Karawane nähert sich dem kleinen Ort, wo er eine Freistatt fand; eine ärmliche Leiche wird zum Tor hinausgetragen, sie hält die Karawane auf. Der Tote ist gerade der, den sie suchen: Firdusi – zu Ende ist der Ehre Dornenpfad!

Der Afrikaner mit den groben Zügen, den dicken Lippen, dem schwarzen Wollhaar sitzt auf der Marmortreppe des Palastes in der portugiesischen Hauptstadt und bettelt – es ist der getreue Sklave des Camoens, ohne ihn und die Kupfermünzen, die ihm zugeworfen werden, müßte sein Herr, der Sänger der *Lusiade*, verhungern.

Heute steht ein kostbares Monument auf dem Grabe des Camoens.

Wieder ein Bild!

Hinter eisernen Gittern erscheint ein Mann, totenblaß, mit einem langen, verfilzten Bart. „Ich habe eine Erfindung gemacht, die größte seit Jahrhunderten!" ruft er, „und man hält mich seit mehr als zwanzig Jahren hier eingesperrt!" – „Wer ist er?" – „Ein Wahnsinniger!" sagt der Irrenwärter; „worauf ein Mensch doch alles verfallen kann! Er glaubt, man könnte sich durch Dampf vorwärts bewegen." Salomon de Caus, der Entdecker der Dampfkraft, dessen unklare Worte der Ahnung von einem Richelieu nicht verstanden wurden und der im Tollhaus eingesperrt stirbt.

Hier steht Columbus, den einstmals die Straßenjungen verfolgten und verspotteten, weil er eine neue Welt entdecken wollte – er hat sie entdeckt! Die Glocken des Jubels ertönen bei seiner siegreichen Heimkehr, aber die Glocken des Neides ertönen bald lauter; der Weltentdecker, er, der das amerikanische Goldland aus dem Meere hob und es seinem König schenkte, wird durch eiserne Ketten belohnt, die er mit in den Sarg haben will, sie zeugen von der Welt und von dem Urteil der Zeitgenossen.

Bild drängt sich an Bild, reich ist der Ehre Dornenpfad.

In finsterer Nacht sitzt hier der, welcher die Höhe der Mondberge ausmaß, der, welcher in den Weltenraum vorstieß bis zu Planeten und Sternen, er, der Gewaltige, der den Geist in der Natur hörte und sah, der spürte, daß die Erde sich unter ihm drehte: Galilei. Blind und taub sitzt er in den Jahren des Alters, auf die Dornen des Leidens gespießt in der Qual der Verleugnung, kaum kräftig genug, um seinen Fuß heben zu können, mit dem er einstmals im Seelenschmerz, als die Worte der Wahrheit ausgelöscht wurden, auf die Erde aufstampfte und ausrief: „Und sie bewegt sich doch!“

Hier steht eine Frau mit kindlichem Gemüt, Begeisterung und Glauben – das Banner trägt sie vor dem kämpfenden Heere her, und sie bringt ihrem Vaterland Sieg und Ret-

tung. Der Jubel erklingt – und der Scheiterhaufen wird angezündet: Jeanne d'Arc, die Hexe, wird verbrannt. Ja, ein späteres Jahrhundert bespeit die weiße Lilie: Voltaire, der Satyr des Verstandes, besingt „La pucelle“.

Auf dem Thing zu Viborg verbrennt der dänische Adel die Gesetze des Königs – sie leuchten in der Lohe, beleuchten Zeit und Gesetzgeber, werfen einen Strahlenschein in den finsteren Gefängnisturm, wo er sitzt, grauhaarig, gebeugt, mit dem Finger Furchen in den steinernen Tisch einritzend, er, einstmals der Herrscher über drei Königreiche, der volkstümliche Gebieter, Freund des Bürgers und Bauern: Christian II. Jener mit dem harten Sinn in einer harten Zeit. Feinde schrieben seine Geschichte. Siebenundzwanzig Jahre im Gefängnis, daran wollen wir denken, wenn wir uns seiner Blutschuld erinnern.

Von Dänemark segelt ein Schiff ab, ein Mann steht am

hohen Mast, er sieht zum letztenmal die Insel Hveen: Tycho Brahe, der den Namen Dänemarks zu den Sternen erhob und dafür mit Kränkungen und Verunglimpfungen belohnt wurde – er zieht in fremde Lande. „Der Himmel ist überall, was brauche ich mehr!" das sind seine Worte; da segelt er von dannen, unser berühmtester Mann, geehrt und frei im fremden Lande.

„Ach frei! und wenn auch nur um dieses Leibes unerträglicher Schmerzen willen!" seufzt es durch die Zeiten bis zu uns. Welch ein Bild! – Griffenfeldt, ein dänischer Prometheus, an die Felseninsel von Munkholm geschmiedet.

Wir sind in Amerika an einem der großen Flüsse, eine Menschenmenge hat sich versammelt, ein Schiff soll gegen Wind und Wetter segeln können, soll eine Macht darstellen wider die Elemente: Robert Fulton heißt der, welcher glaubt, es zu können. Das Schiff beginnt seine Fahrt; plötzlich steht es still – der Haufe lacht, pfeift und zischt, sein eigener Vater zischt mit den anderen: „Hochmut! Tollheit! Ein Lohn nach Verdienst! Hinter Schloß und Riegel gehört der verrückte Kerl!" – Da bricht ein kleiner Nagel ab, der für einen Augenblick die Maschine zum Stocken brachte, die Räder drehen sich, die Schaufeln stoßen den Widerstand des Wassers weg, das Schiff fährt! Des Dampfes Weberspule verwandelt zwischen den Ländern der Erde Stunden in Minuten.

Menschheit! begreifst du die Seligkeit im Augenblick eines solchen Bewußtseins, dieses Verständnis des Geistes für seine Mission, in dem Augenblick, da alle Stiche vom Dornenpfad der Ehre – auch die selbstverschuldeten – sich in Heilkraft, Gesundheit, Stärke und Klarheit auflösen, die Disharmonie wird zur Harmonie, die Menschen sehen die Offenbarung von Gottes Gnade, dem einzelnen erwiesen und ihnen allen durch ihn dargebracht!

Der Ehre Dornenpfad erscheint dann wie ein Strahlenkranz um die Erde; glückselig, zum Wanderer hier auserkoren zu sein und ohne eigenes Verdienst den Baumeistern der Brücke zwischen dem Menschengeschlecht und Gott zugesellt zu werden.

Auf gewaltigen Fittichen schwebt der Geist der Geschichte durch die Zeiten und zeigt – zum Ansporn und Trost, zu nachdenklich stimmender Milde – in leuchtenden Bildern auf nachtschwarzem Grund der Ehre Dornenpfad, der nicht wie im Märchen in Glanz und Freude hier auf Erden endet, sondern darüber hinaus in Zeit und Ewigkeit weist.

Das Judenmädchen

In der Armenschule war unter den anderen kleinen Kindern ein kleines Judenmädchen, gar aufgeweckt und gut, die tüchtigste von allen; aber an einer der Unterrichtsstunden konnte sie nicht teilnehmen, das war die Religionsstunde; sie ging ja in eine christliche Schule.

Das Geographiebuch durfte sie vor sich liegen haben und darin lesen oder ihre Rechenaufgabe lösen, aber das war schnell getan, und die Schularbeiten waren fertig; es lag zwar ein aufgeschlagenes Buch vor ihr, aber sie las nicht darin, sie saß da und hörte zu, und bald merkte der Lehrer, daß sie bei der Sache war wie fast keines von den anderen.

„Lies in deinem Buch!" sagte er freundlich und ernst, aber sie sah ihn mit ihren schwarzen, strahlenden Augen an, und als er sie auch herannahm, konnte sie richtiger antworten als alle anderen. Sie hatte gehört, verstanden und behalten.

Ihr Vater war ein armer, braver Mann; er hatte sich bei der Einschulung des Kindes ausbedungen, daß sie nicht im christlichen Glauben unterrichtet würde; sie in dieser Unterrichtsstunde wegzuschicken, hätte vielleicht Ärgernis erregen, Gedanken und Gefühle bei den anderen Kleinen in der Schule hervorrufen können, und so blieb sie, aber es konnte so nicht länger gehen.

Der Lehrer ging zum Vater, sagte ihm, daß er entweder seine Tochter aus der Schule nehmen oder sie Christin werden lassen müsse. „Ich kann es nicht ertragen, diese brennenden Augen, diese Innigkeit, ja, diesen Seelendurst nach dem Worte des Evangeliums mit anzusehen!" sagte der Lehrer.

Und der Vater brach in Tränen aus: „Ich weiß selber nur wenig über unsere eigene Religion, aber ihre Mutter war eine Tochter Israels, fest und stark in ihrem Glauben, ihr gab ich auf ihrem Sterbebett das Versprechen, daß unser Kind niemals christlich getauft werden würde; ich muß mein Versprechen halten, es ist für mich wie ein Bündnis mit Gott."

Und das kleine Judenmädchen wurde aus der Schule der Christen herausgenommen.

Jahre waren vergangen.

Drüben in einem von Jütlands kleinsten Marktflecken diente in einem einfachen bürgerlichen Haus ein armes Mädchen mosaischen Glaubens, es war Sara; ihr Haar war schwarz wie Ebenholz, ihre Augen ganz dunkel und dennoch voller Glanz und Licht, wie sie den Töchtern des Orients eigentümlich sind; der Ausdruck war bei dem erwachsenen Mädchen noch derselbe wie bei dem Kind, als es auf der Schulbank saß und mit nachdenklichem Blick zuhörte.

Jeden Sonntag ertönten aus der Kirche die Orgel und der Gesang der Gemeinde, es tönte über die Straße ins Haus hinein, wo das Judenmädchen bei seiner Arbeit stand, fleißig und treu in seinem Amt. „Gedenke des Sabbats und halte ihn heilig!" war ihr Gesetz, aber ihr Sabbat war bei den Christen Werktag, und sie konnte ihn nur in ihrem Herzen heilighalten, und ihrer Meinung nach genügte das nicht. Aber was sind Tag und Stunde vor Gott! Dieser Gedanke war in ihrer Seele erwacht, und am Sonntag der Christen war die Stunde der Andacht ungestörter; erreichten dann Orgelklang und Choralgesang sie in der Küche hinter der Aufwaschwanne, dann wurde selbst dieser Ort heilig und still. Das Alte Testament, ihres Volkes Schatz und Besitz, las sie dann, und nur das, denn was ihr Vater ihr und dem Lehrer gesagt hatte, als sie aus der Schule genommen wurde, lag tief in ihrem Gemüt, das Versprechen, das ihrer sterbenden Mutter gegeben worden war, daß Sara keine Christin werden dürfe, nicht den Glauben der Väter verlassen dürfe. Das Neue Testament war für sie ein verschlossenes Buch und sollte es bleiben, und doch wußte sie so viel davon, es leuchtete in ihren Kindheitserinnerungen. Eines Abends, als sie in einer Ecke der Stube saß, hörte sie ihren Brotherrn laut lesen, und sie durfte wohl zuhören, es waren nicht die Evangelien, nein, es wurde aus einem alten Geschichtenbuch vorgelesen, dem konnte sie ruhig lauschen; es handelte von einem ungarischen Ritter, der von einem türkischen Pascha gefangengenommen wurde; dieser ließ ihn zusammen mit den Ochsen vor den Pflug spannen, mit Peitschenschlägen antreiben und unbeschreiblich schmähen und schmachten.

Die Frau des Ritters verkaufte all ihren Schmuck, verpfändete Burg und Ländereien, seine Freunde brachten große Summen auf, denn das Lösegeld, das verlangt wurde, war ganz unglaublich hoch, aber es wurde erlegt, und er wurde aus Sklaverei und Schmach befreit; krank und leidend gelangte er in seine Heimat. Aber bald wurde allenthalben gegen den Feind des Christentums aufgerufen; der Kranke hörte davon und hatte nun weder Rast noch Ruhe, er ließ sich auf sein Streitroß hinaufheben, das Blut kehrte in seine Wangen zurück, die Kräfte schienen wiederzukommen, und er zog zum Siege aus. Eben jener Pascha, der ihn hatte vor den Pflug spannen, schmähen und leiden lassen, wurde nun sein Gefangener, und er führte ihn heim ins Burgverlies, aber schon in der ersten Stunde dort kam der Ritter und fragte seinen Gefangenen: „Was meinst du wohl, was dich erwartet?“

„Ich weiß es!“ entgegnete der Türke, „Vergeltung!“

„Ja, die Vergeltung des Christen!“ sagte der Ritter, „das Christentum befiehlt uns, unseren Feinden zu vergeben, unseren Nächsten zu lieben. Gott ist die Liebe! Ziehe in Frieden in deine Heimat und zu deinen Angehörigen, werde mild und gütig gegen die, welche leiden!“

Da brach der Gefangene in Tränen aus: „Wie hätte ich mir vorstellen können, daß solches möglich wäre! Pein und Qual schienen mir gewiß, und ich nahm ein Gift, das mich in wenigen Stunden töten wird. Ich muß sterben, es gibt keine Rettung, aber ehe ich sterbe, verkündige mir die Lehre, die eine solche Liebe und Gnade enthält, sie ist groß und göttlich! Laß mich in ihr sterben, sterben als Christ!“ Und seine Bitte wurde ihm gewährt.

So lautete die Legende, die Geschichte, die vorgelesen wurde; sie alle hörten sie an und folgten ihr, aber am glühendsten war sie, die in der Ecke saß, die Dienstmagd Sara, das Judenmädchen, davon erfüllt und berührt; große, schwere Tränen standen in den leuchtenden, kohlschwarzen Augen; da saß jene mit dem Kindergemüt, wie sie einstmals auf der Schulbank gesessen und die Größe des Evangeliums vernommen hatte. Die Tränen rannen ihr über die Wangen.

„Laß mein Kind keine Christin werden!“ waren die letzten Worte der Mutter auf dem Sterbebett gewesen, es tönte durch ihre Seele und ihr Herz mit den Worten des Gebots: „Du sollst Vater und Mutter ehren!“

„Ich bin ja nicht Christin geworden! Man nennt mich das Judenmädchen; das sagten die Jungen des Nachbarn letzten Sonntag im Spott, als ich vor der offenen Kirchentür stand und dort hineinschaute, wo die Kerzen auf dem Altar brannten und die Gemeinde sang. Von der Schulzeit her und bis auf diesen Tag war und ist eine Macht im Christentum, die ganz wie ein Sonnenstrahl, und wenn ich selbst meine Augen vor ihm verschlösse, dennoch bis ins Herz hineinscheint; aber, Mutter, ich werde dich in deinem Grabe nicht betrüben! Ich werde das Versprechen halten, welches unser Vater dir gab! Ich werde nicht die christliche Bibel lesen, ich habe ja den Gott meiner Väter, an den ich mein Haupt lehnen kann.“

Und Jahre vergingen.

Der Brotherr starb, die Brotherrin war in bedrängten Verhältnissen, man mußte auf die Dienstmagd verzichten, aber Sara ging nicht fort, sie war die Hilfe in der Not, sie hielt das Ganze zusammen; sie arbeitete bis tief in die Nacht, schaffte Brot ins Haus durch ihrer Hände Arbeit; es gab keine nahen Verwandten, die sich der Familie annahmen, die Frau wurde täglich schwächer und mußte monatelang das Bett hüten. Sara wachte, pflegte, arbeitete, freundlich und fromm, ein Segen für das arme Haus.

„Dort drüben liegt die Bibel!" sagte die Kranke, „lies mir an diesem langen Abend ein wenig vor, es verlangt mich so innig danach, Gottes Wort zu hören."

Und Sara neigte den Kopf; die Hände falteten sich um die Bibel, die sie aufschlug und aus der sie der Kranken vorlas; oftmals brachen Tränen hervor, aber die Augen wurden klarer, und in ihrer Seele wurde es heller: „Mutter, dein Kind wird nicht die Taufe der Christen empfangen, in ihrer Gemeinschaft nicht genannt werden, das hast du gefordert, an dem werde ich festhalten, darüber sind wir uns auf dieser Erde einig, aber droben über ihr – ist die Einigkeit in Gott größer: ‚Er begleitet uns über den Tod hinaus!' – ‚Er besucht die Erde, und wenn er sie durstig gemacht hat, macht er sie sehr reich!' – Ich verstehe es! ich selber weiß nicht, wie es kam! Es kam durch ihn, in ihm: Christus!"

Und sie zitterte beim Nennen des heiligen Namens, eine Taufe von lohendem Feuer durchströmte sie stärker, als der Leib ertragen konnte, und er beugte sich nieder, kraftloser als der der Kranken, bei der sie wachte.

„Arme Sara!" sagte man, „sie hat sich durch die Arbeit und das Wachen überanstrengt."

Man trug sie in die Krankenstube der Armen, hier starb sie, von hier aus wurde sie begraben, aber nicht auf dem Friedhof der Christen, das war nicht der Platz für das Judenmädchen, nein, außerhalb des Friedhofs, dicht an der Mauer, erhielt sie ihr Grab.

Und Gottes Sonne, die auf die Gräber der Christen schien,

sie schien auch auf das Grab des Judenmädchens vor der Mauer, und der Choralgesang, der auf dem Friedhof der Christen ertönte, klang auch über ihr Grab hin; auch zu diesem hinaus gelangte die Verkündigung: „Auferstehung in Christo!“ in ihm, dem Herrn, der zu den Jüngern sagte: „Johannes hat euch mit Wasser getauft, aber ich werde euch mit dem Heiligen Geiste taufen!“

In der engen, winkeligen Straße zwischen mehreren ärmlichen Häusern stand ein Haus so schmal und so hoch, aus Fachwerk errichtet, das sich an allen Ecken und Enden verzogen hatte; arme Leute wohnten hier, und am ärmsten sah es in der Dachkammer aus, wo außerhalb des kleinen Fensters ein alter, verbogener Vogelkäfig hing, der nicht einmal einen richtigen Wassernapf hatte, sondern nur einen umgekehrten Flaschenhals, mit einem Korken unten und mit Wasser gefüllt. Ein altes Fräulein stand am offenen Fenster, sie hatte gerade den Käfig mit Vogelmiere geschmückt; drinnen hüpfte ein kleiner Hänfling von einer Sprosse zur anderen und sang, daß es nur so schallte.

„Ja, du hast leicht singen!" sagte der Flaschenhals, ja, er sagte es nicht so, wie wir es sagen können, denn ein Flaschenhals kann nicht reden, aber er dachte es so bei sich, wie wenn wir Menschen Selbstgespräche führen. „Ja, du hast leicht singen! Du, der du alle deine heilen Gliedmaßen hast. Du solltest in meiner Lage sein, dein Unterteil verloren zu haben und nur Hals und Mund zu besitzen und noch dazu mit einem Korken drin, so wie ich, dann würdest du nicht singen. Aber es ist doch gut, daß wenigstens einer fröhlich ist! Ich habe keine Veranlassung zu singen, und ich kann es auch nicht! Das konnte ich damals, als ich eine ganze Flasche war und wenn man mich mit einem Korken rieb; ich wurde die richtige Lerche genannt, die große Lerche*! Und als ich dann mit Kürschnermeisters auf dem Ausflug war und

* „Lerche" heißt im Dänischen die Branntweinflasche (Anmerkung d. Übers.).

die Tochter sich verlobte – ja, daran erinnere ich mich, als wäre es gestern gewesen! Ich habe viel erlebt, wenn ich es recht bedenke! Ich bin in Feuer und Wasser gewesen, unten in der schwarzen Erde und höher oben als die meisten, und nun schwebe ich außerhalb des Vogelbauers in Luft und Sonnenschein! Es könnte sich wohl der Mühe lohnen, meine Geschichte zu hören, aber ich spreche nicht laut darüber, ich kann nämlich nicht!“

Und dann erzählte er für sich, oder vergegenwärtigte sich selber seine Geschichte, die wirklich seltsam war, und der kleine Vogel sang voller Lust sein Lied, und unten auf der Straße fuhr man und ging man, jeder dachte an das Seine oder dachte gar nicht, aber das tat der Flaschenhals.

Er erinnerte sich an den lodernden Schmelzofen in der Fabrik, wo er ins Leben geblasen wurde; er erinnerte sich noch, daß er ganz heiß gewesen war, in den brodelnden Ofen, den Ort seiner Entstehung, hineingesehen und eine solche Lust verspürt hatte, sogleich wieder mitten hineinzuspringen, daß er aber nach und nach, je mehr er abkühlte, sich dort, wo er war, recht wohlfühlte; er stand in einer Reihe mit einem ganzen Regiment von Brüdern und Schwestern, alle aus demselben Ofen, aber manche waren zu Sektflaschen geblasen worden, andere zu Bierflaschen, und das macht einen Unterschied! Späterhin draußen in der Welt kann allerdings eine Bierflasche die köstlichsten Lacrimae Christi enthalten und eine Sektflasche mit Pech gefüllt sein, aber wozu man geboren ist, das sieht man doch an der Figur, Adel bleibt Adel, selbst mit Pech im Leibe.

Alle Flaschen wurden schnell eingepackt und unsere Flasche auch; damals dachte sie nicht daran, daß sie mal als Flaschenhals enden, sich zu einem Vogeltrinknapf hinaufdienen würde, was immerhin ein rechtschaffenes Dasein ist, da ist man doch etwas! Sie sah das Tageslicht erst wieder, als sie mit den anderen Kameraden zusammen im Keller des Weinhändlers ausgepackt und zum erstenmal gespült wurde; es war ein komisches Gefühl. Sie lag jetzt ohne Korken und leer da, fühlte sich so sonderbar verlegen, sie vermißte etwas, wußte aber selber nicht, was sie vermißte.

Jetzt wurde sie mit einem guten, herrlichen Wein gefüllt, sie erhielt einen Korken und wurde zugelackt, außen wurde draufgeklebt: „Erste Sorte“, es war gerade, als hätte sie die beste Examenszensur bekommen, aber der Wein war auch gut, und die Flasche war gut; ist man jung, dann ist man Lyriker! Es sang und klang in ihr von dem, was sie gar nicht kannte: von den grünen, sonnenbeschienenen Bergen, wo der Wein wächst, wo die munteren Mädchen und lustigen Burschen singen und sich herzen; o ja, es ist schön zu leben! Von diesem allen sang und klang es drinnen in der Flasche, genauso wie in den jungen Poeten, die oftmals auch nichts davon wissen.

Eines Morgens wurde sie gekauft. Der Lehrjunge des Kürschners sollte eine Flasche Wein von der besten Sorte bringen, und sie wurde in den Vorratskorb gepackt neben Schinken, Käse und Wurst; da lag die schönste Butter, das feinste Brot; des Kürschners Tochter packte selber ein; sie war so jung, so schön; die braunen Augen lachten, um den Mund lag ein Lächeln, das ebensoviel erzählte wie die Augen; sie hatte feine, weiche Hände, die waren so weiß, doch waren Hals und Brust noch weißer, man sah sofort, daß sie eines der hübschesten Mädchen der Stadt war und doch noch nicht verlobt.

Und der Vorratskorb stand auf ihrem Schoß, als die Familie in den Wald fuhr; der Flaschenhals guckte zwischen den Zipfeln der weißen Tischdecke hervor; an dem Korken war roter Lack, und der sah dem jungen Mädchen mitten ins Gesicht; der blickte auch den jungen Steuermann an, der neben ihr saß; er war ein Kindheitsgespiele, der Sohn des Porträtmalers; sein Steuermannsexamen hatte er kürzlich so tüchtig und mit Ehren gemacht und sollte morgen mit dem Schiff aufbrechen, weit fort in fremde Länder; davon war viel beim Einpacken geredet worden, und während davon geredet wurde, war in den Augen und um den Mund der hübschen Kürschnermeisterstochter nicht gerade viel Freude zu bemerken.

Die beiden jungen Leute gingen in den grünen Wald, sie sprachen miteinander – wovon sprachen sie? Ja, das hörte die Flasche nicht, sie stand im Vorratskorb. Es dauerte erstaunlich lange, bis der hervorgeholt wurde, aber als es so weit war, waren auch erfreuliche Dinge geschehen, alle Augen lachten, auch die Tochter des Kürschners lachte, aber sie redete weniger, und ihre Wangen glühten wie zwei rote Rosen.

Vater nahm die volle Flasche und den Korkenzieher zur Hand. Ja, es ist seltsam, so das erstemal aufgezogen zu

werden! Der Flaschenhals hat seither nie diesen feierlichen Augenblick vergessen können, es hat ordentlich „Schwipp" in ihm gesagt, als der Kork herauskam, und dann gluckerte es, als der Wein in die Gläser floß.

„Ein Prosit den Verlobten!" sagte Vater, und jedes Glas wurde bis auf die Neige geleert, und der junge Steuermann küßte seine schöne Braut.

„Glück und Segen!" sagten die beiden Alten. Und der junge Mann füllte noch einmal die Gläser. „Heimkehr und Hochzeit heute in einem Jahre!" rief er, und als die Gläser geleert waren, nahm er die Flasche, hob sie hoch empor: „Du hast den schönsten Tag meines Lebens mitgemacht, du sollst keinem anderen mehr dienen!"

Und er warf sie hoch in die Luft. Da dachte am wenigsten des Kürschners Tochter daran, daß sie sie noch einmal würde fliegen sehen, aber das sollte so kommen; jetzt fiel die Flasche in das dichte Röhricht am kleinen Waldsee; der

Flaschenhals erinnerte sich noch ganz deutlich, wie sie dalag und nachdachte. „Ich habe ihnen Wein gegeben, und sie geben mir Sumpfwasser, aber es war gut gemeint!" Sie konnte die Verlobten und den fröhlichen Alten nicht mehr sehen, aber sie hörte sie noch lange jubilieren und singen. Dann kamen zwei kleine Bauernjungen, schauten ins Röhricht, sahen die Flasche und nahmen sie mit, die war jetzt versorgt.

Daheim in der Waldhütte, wo die Jungen wohnten, hatte ihr ältester Bruder, der Seemann war, sich gestern von ihnen verabschiedet, da er auf eine größere Fahrt ging; die Mutter stand jetzt da und packte dies und jenes ein, das Vater heute abend mit in die Stadt nehmen sollte, wo er den Sohn vor der Abreise noch einmal sehen und ihm seinen und Mutters Gruß überbringen sollte. Eine kleine Flasche mit Kräuterbranntwein war ins Paket gelegt worden, jetzt kamen die Jungen mit einer größeren, kräftigeren Flasche an, die sie gefunden hatten; in die ging mehr hinein als in die kleine, und es war gerade so ein guter Schnaps für einen verdorbenen Magen; da war Hypericum drin. Es war nicht der rote Wein wie vorher, den die Flasche bekam, sie bekam die bitteren Tropfen, aber die sind auch gut – für den Magen. Die neue Flasche sollte mit und nicht die kleine; und so kam die Flasche abermals auf die Reise, sie kam an Bord zu Peter Jensen, und der war auf demselben Schiff, auf dem der junge Steuermann fuhr, aber er bekam die Flasche nicht zu sehen und hätte sie auch nicht wiedererkannt oder etwa gedacht: Es ist dieselbe, aus der wir auf die Verlobung und Heimkehr getrunken haben.

Da war wahrlich kein Wein mehr drin, aber etwas ebenso Gutes; sie wurde auch immer, wenn Peter Jensen sie hervorholte, von den Kameraden „der Apotheker" genannt; der schenkte die gute Medizin ein, die gut war für den Magen; und sie nützte so lange, wie ein Tropfen in der Flasche war. Es war eine vergnügliche Zeit, und die Flasche sang, wenn man sie mit dem Korken rieb, sie erhielt darum den Namen der großen Lerche, „Peter Jensens Lerche".

Es verging eine lange Zeit, sie stand leer in einer Ecke,

als es geschah – ja, ob es auf der Ausreise war oder auf der Heimreise, wußte die Flasche nicht so genau, sie war nicht an Land gewesen –, da kam ein Sturm auf; große Seen rollten schwarz und schwer herbei, sie hoben und schlenderten das Schiff hin und her; der Mast brach, ein Brecher hieb eine Planke durch, die Pumpen nützten nichts mehr; es war stockdunkle Nacht; das Schiff sank, aber in letzter Minute schrieb der junge Steuermann auf ein Stück Papier: „In Jesu Namen! wir gehen unter!" er schrieb den Namen seiner Braut, den seinen und den des Schiffes, steckte den Zettel in eine leere Flasche, die da herumstand, drückte den Korken fest hinein und warf die Flasche in das tosende Meer; er wußte nicht, daß es die Flasche war, aus der ihm und seiner Braut der Trunk der Freude und Hoffnung eingeschenkt worden war. Jetzt schaukelte sie auf den Wogen mit Gruß und Todeskunde.

Das Schiff sank, die Mannschaft versank, die Flasche flog wie ein Vogel, sie hatte ja ein Herz in ihrem Innern, einen Liebesbrief. Und die Sonne ging auf, und die Sonne ging unter, für die Flasche sah es so aus wie der rote, glühende Ofen aus ihrer Anfangszeit, sie hatte das Verlangen, wieder dort hineinzufliegen. Sie erlebte Meeresstille und neue Stürme, sie stieß nicht gegen Felsen, wurde von keinem Hai verschlungen; länger als ein Jahr trieb sie dahin, bald gen Norden, bald gen Süden, je nachdem wohin die Strömungen sie trugen. Im übrigen war sie ihr eigener Herr, aber davon kann man auch genug bekommen.

Das beschriebene Blatt, das letzte Lebewohl vom Bräutigam an die Braut würde nur Leid bringen, kam es einmal in die richtigen Hände, aber wo waren diese Hände, die so weiß geschimmert hatten, als sie das Tischtuch in dem frischen Gras ausbreiteten, in dem grünen Wald, am Tage der Verlobung? Wo war die Tochter des Kürschners hin? Ja, wo war das Land, und welches Land lag wohl am nächsten? Das wußte die Flasche nicht; sie trieb dahin und dorthin und hatte schließlich auch das Dahintreiben über, es war nicht ihre Bestimmung, aber sie trieb dennoch weiter, bis sie endlich Land erreichte, ein fremdes Land. Sie verstand

kein Wort von dem, was da gesprochen wurde, es war nicht die Sprache, die sie bisher hatte sprechen hören, und es geht einem vieles verloren, wenn man die Sprache nicht versteht.

Die Flasche wurde gefunden und betrachtet; der Zettel drinnen wurde bemerkt, herausgenommen, gewendet und gedreht, aber man verstand nicht, was da aufgeschrieben stand; sie verstanden zwar, daß die Flasche über Bord geworfen worden war und daß auf dem Papier etwas davon stand; aber was stand da? das war die große Frage – und der Zettel wurde wieder in die Flasche gesteckt und diese in einen großen Schrank gestellt, in einer großen Stube in einem großen Haus.

Jedesmal, wenn Gäste kamen, wurde der Zettel herausgeholt, gewendet und gedreht, so daß das Geschriebene, es war nur mit Bleistift geschrieben, immer unleserlicher wurde; zuletzt konnte niemand mehr erkennen, daß es Buchstaben waren. Und die Flasche stand noch ein Jahr in dem Schrank, kam dann auf den Boden und war schließlich unter Staub und Spinnweben versteckt; da dachte sie an bessere Tage, als sie in dem lichtgrünen Wald roten Wein einschenkte und als sie auf den Wogen schaukelte und ein Geheimnis zu tragen hatte, einen Brief, einen Abschiedsseufzer.

Und nun stand sie zwanzig Jahre lang auf dem Boden; sie hätte da noch länger stehen können, wenn nicht das Haus umgebaut worden wäre. Das Dach wurde abgerissen, die

Flasche entdeckt und über sie geredet, aber sie verstand die Sprache nicht; die lernt man nicht, wenn man auf dem Boden steht, und wenn es zwanzig Jahre sind. „Wäre ich unten in der Stube geblieben", meinte sie allerdings, „dann hätte ich sie sicher gelernt!"

Sie wurde nun gewaschen und gespült, sie hatte es wahrhaftig nötig; sie fühlte sich ganz hell und durchsichtig, sie war auf ihre alten Tage wieder jung geworden, aber der Zettel, den sie in sich getragen hatte, der war dabei draufgegangen.

Jetzt wurde die Flasche mit Samen gefüllt, sie kannte dergleichen nicht; sie wurde zugekorkt und gut eingepackt, sie sah kein bißchen Licht, geschweige denn Sonne und Mond, und irgend etwas sollte man doch sehen, wenn man auf Reisen geht, meinte die Flasche, aber sie sah nichts, immerhin tat sie das Wichtigste – sie reiste und kam dort an, wo sie hin sollte, sie wurde ausgepackt.

„Was die da draußen im Ausland sich für Mühe damit gemacht haben!" wurde gesagt, „und nun hat sie wohl trotzdem einen Sprung bekommen!" aber sie hatte keinen Sprung. Die Flasche verstand jedes Wörtchen, das gesprochen wurde; es war die Sprache, die sie am Schmelzofen und beim Weinhändler und im Wald und auf dem Schiff gehört hatte, die einzige, richtige gute alte Sprache, eine, die man verstehen konnte; die Flasche war in ihr Land zurückgekehrt, sie erhielt einen Willkommensgruß! Sie war ihnen vor lauter Freude beinahe aus den Händen gerutscht, sie merkte kaum, daß der Korken herausgenommen und sie selber ausgeschüttet und in den Keller gestellt wurde, um dort aufbewahrt und vergessen zu werden; die Heimat ist am besten, selbst im Keller! Es fiel ihr niemals ein, darüber nachzudenken, wie lange sie dort lag, sie lag gut, und zwar Jahre hindurch, dann kamen eines Tages Leute herunter, nahmen die Flaschen mit, und diese auch.

Draußen im Garten war groß geschmückt worden; brennende Lampen hingen in Girlanden, Papierlaternen strahlten wie große Tulpen in einem Transparent; es war auch ein herrlicher Abend, das Wetter still und klar, die Sterne schimmerten so leuchtend, und der neue Mond war angezündet, eigentlich sah man den ganzen runden Mond wie eine blaugraue Kugel mit goldenem halben Rand, das sah gut aus, für gute Augen.

Auf den Nebenwegen war auch etwas illuminiert, jedenfalls so viel, daß man sehen konnte, wenn man dort entlangging; hier waren in den Hecken Flaschen aufgestellt, jede mit einem Licht darin; dort stand auch die Flasche, die wir kennen, die, die einmal als Flaschenhals enden sollte, als Vogeltrinknapf; sie fand in diesem Augenblick alles hier so unvergleichlich schön, sie war wieder im Grünen, war wieder bei Freude und Festlichkeit zugegen, vernahm Gesang und Musik, das Surren und Summen der vielen Menschen, namentlich von dem Ende des Gartens, wo die Lampen brannten und die Papierlaternen ihre Farben zeigten. Sie selber stand zwar an einem abgelegenen Weg, aber gerade das war dem Nachdenken günstig, die Flasche stand und trug ihr Licht, stand hier zum Nutzen und zur Freude, und das ist das Richtige; in einer solchen Stunde vergißt man zwanzig Jahre auf dem Hausboden – und es tut gut, zu vergessen.

Dicht an ihr vorbei ging ein einzelnes Paar Arm in Arm, wie das Brautpaar draußen im Wald: der Steuermann und die Tochter des Kürschners; es war der Flasche so, als erlebte sie das gleiche noch einmal. Im Garten gingen Gäste umher, und es waren Leute da, die die Gäste und die Ausschmückung anschauen durften, und unter diesen war ein altes Fräulein, ohne Anverwandte, wenn auch nicht ohne Freunde, die dachte gerade an dasselbe wie die Flasche, sie dachte an den grünen Wald und an ein junges Brautpaar, das sie sehr viel anging, sie war ein Teil davon, sie war die eine Hälfte, es war ihre glücklichste Stunde gewesen, und die vergißt man nie, und wenn man ein noch so altes Fräulein wird. Aber sie erkannte die Flasche nicht, und die erkannte sie nicht, so geht man in dieser Welt aneinander vorbei – bis man sich wieder begegnet, und das taten die beiden, sie waren ja zusammen in dieselbe Stadt gekommen.

Die Flasche kam vom Garten zum Weinhändler, wurde

wieder mit Wein gefüllt und an den Luftschiffer verkauft, der am nächsten Sonntag mit dem Ballon aufsteigen wollte. Hier drängten sich die Menschen, um zuzuschauen, es gab Regimentsmusik und viel Trubel, die Flasche sah es von ihrem Korb aus, in dem sie neben einem lebenden Kaninchen lag, das ganz verzagt war, da es wußte, es sollte mit aufsteigen, um mit dem Fallschirm abzuspringen; die Flasche wußte nichts vom Oben oder Unten; sie sah, daß der Ballon so groß, so groß anschwoll und daß er sich, als er nicht größer werden konnte, immer mehr in die Luft erhob und ganz unruhig wurde; die Taue, die ihn hielten, schnitt man durch, und er schwebte mit dem Luftschiffer, dem Korb, der Flasche und dem Kaninchen empor; die Musik erscholl, und alle Menschen riefen hurra!

„Es ist komisch, so in die Lüfte zu steigen!" dachte die Flasche, „es ist eine neue Art von Segeln; da oben kann man wenigstens nicht auf Grund geraten!"

Und viele tausend Menschen blickten dem Ballon nach, und das alte Fräulein blickte ihm auch nach; sie stand an ihrem offenen Giebelfenster, wo das Bauer mit dem kleinen Hänfling hing, der damals kein Wasserglas hatte, sondern sich mit einer Tasse begnügen mußte. Im Fenster selber stand eine Myrthe, die etwas beiseite gerückt worden war, damit sie nicht hinausgestoßen würde, wenn das alte Fräulein sich vorbeugte, um zu sehen; und sie sah im Ballon deutlich den Luftschiffer, der das Kaninchen mit dem Fallschirm hinabließ und danach auf das Wohl aller Menschen trank und dann die Flasche hoch in die Luft warf; das alte Fräulein kam nicht auf den Gedanken, daß sie gerade diese Flasche am Tag der Freude im grünen Wald für sich selber und ihren Freund hatte hoch in die Luft fliegen sehen, damals in ihrer Jugend.

Die Flasche hatte keine Zeit zum Nachdenken, es kam ihr so unerwartet, mit einemmal auf dem Höhepunkt ihres Lebens zu sein. Türme und Dächer lagen tief da unten, die Menschen sahen winzig klein aus.

Nun fiel sie, und zwar mit einer Geschwindigkeit, die mit der des Kaninchens nicht zu vergleichen war; die Flasche schlug Purzelbäume in der Luft, sie fühlte sich so jung, so ausgelassen, sie war halbtrunken vom Wein, aber nicht lange. Welch eine Reise! Die Sonne schien auf die Flasche, alle Menschen folgten ihr mit den Augen, der Ballon war schon weit weg, und bald war auch die Flasche weg, die fiel auf ein Dach herunter, und da ging sie entzwei, aber die Scherben hatten eine solche Geschwindigkeit mitbekommen, daß sie nicht liegenbleiben konnten, sie hüpften und sie kullerten, bis sie auf den Hof herniederfielen und hier in noch kleineren Stücken liegenblieben, nur der Flaschenhals hielt, und er war wie mit einem Diamanten abgeschnitten.

„Der wäre gut als Vogeltrinknapf zu gebrauchen!" sagte der Krämer im Keller, aber er hatte selber weder Vogel noch Käfig, und es ging zu weit, sich diese anzuschaffen, weil er jetzt den Flaschenhals hatte, der als Napf zu brauchen war; das alte Fräulein in der Dachkammer konnte Verwendung dafür haben, und so kam der Flaschenhals dort hinauf, bekam einen Korken, und was früher oben war, das kam jetzt nach unten, wie es häufig bei Veränderungen vorkommt, er wurde mit frischem Wasser gefüllt und vor dem Käfig des kleinen Vogels aufgehängt, welcher sang, daß es schallte.

„Ja, du hast leicht singen!" so sagte der Flaschenhals; und er war ja doch etwas Besonderes, er war im Ballon gewesen – mehr wußte man nicht von seiner Geschichte. Jetzt hing er als Vogelnapf hier, konnte die Leute unten auf der Straße rattern und schnattern hören, die Rede des alten Fräuleins drinnen in der Kammer vernehmen: es war gerade Besuch da, eine gleichaltrige Freundin, sie unterhielten sich – nicht über den Flaschenhals, sondern über den Myrthenbaum am Fenster.

„Du darfst auf keinen Fall zwei Reichstaler für den Hochzeitsstrauß deiner Tochter hinauswerfen!" sagte das alte Fräulein, „du kannst bei mir einen feinen haben, voller Blüten! Siehst du, wie schön der Baum steht? Ja, es ist sogar ein Ableger von dem Myrthenbaum, den du mir einen Tag nach meiner Verlobung geschenkt hattest, der, von dem ich mir selber ein Jahr später meinen Hochzeitsstrauß nehmen sollte, aber der Tag kam nie! Die Augen schlossen sich, die mir in diesem Leben zur Freude und zum Segen hatten leuchten sollen. Auf dem Meeresgrunde schläft er süß, der liebe Engel! – Der Baum ist alt geworden, aber ich bin noch älter geworden, und als der Baum allmählich einging, nahm ich den letzten frischen Zweig, steckte ihn in die Erde, und der Zweig ist nun ein so großer Baum geworden und wird zuletzt nun doch Brautschmuck, wird deiner Tochter Hochzeitsstrauß!"

In den Augen des alten Fräuleins standen Tränen; sie sprach von ihrem Jugendfreund, von der Verlobung im Walde; sie dachte daran, wie sie auf ihrer beider Wohl getrunken hatten, dachte an den ersten Kuß – aber das sagte sie nicht, sie war ja ein altes Fräulein, sie dachte an so vieles, aber daran dachte sie gar nicht, daß dicht vor ihrem Fenster noch eine Erinnerung aus jener Zeit war: der Hals jener Flasche, die „schwipp" sagte, als der Korken zum Prosit knallte. Aber der Flaschenhals erkannte sie auch nicht, denn er hörte gar nicht zu, was sie erzählte – weil er einzig und allein an sich selber dachte.

Der Stein der Weisen

Du kennst doch die Geschichte von Holger Danske; die wollen wir dir nicht erzählen, sondern fragen, ob du dich noch daran erinnerst, daß „Holger Danske das große Indienland nach Osten zu bis zum Ende der Welt gewann, bis zu dem Baum, welcher der Baum der Sonne heißt", wie Christen Pedersen sagt; kennst du Christen Pedersen? es tut nichts zur Sache, wenn du ihn nicht kennst. Holger Danske verlieh dort dem Priester Jon Macht und Würden über Indienland. Kennst du den Priester Jon? Ja, das tut auch nichts zur Sache, wenn du den nicht kennst, denn er kommt in dieser Geschichte gar nicht vor; du sollst hier etwas vom Baum der Sonne hören „im Indienland nach Osten zu am Ende der Welt", wie die es damals zu wissen glaubten, die Geographie noch nicht so gelernt haben wie wir; aber das tut nun auch gar nichts zur Sache.

Der Baum der Sonne war ein prächtiger Baum, wie wir nie einen gesehen haben und wie du auch nie einen sehen wirst; die Krone lud mehrere Meilen in der Runde aus, sie war eigentlich ein ganzer Wald, jeder ihrer kleinsten Zweige war wieder ein ganzer Baum; hier gab es Palmen, Buchen, Pinien, Platanen; ja, alle Arten von Bäumen, die es ringsum in der Welt gibt, sprossen hier als kleine Zweige an den großen Ästen hervor, und diese selber mit ihren Krümmungen und Knorren bildeten gleichsam Täler und Höhen, sie waren mit einem sammetweichen Grün bekleidet, das von Blüten überquoll; jeder Ast war wie eine ausgedehnte, blühende Wiese oder der entzückendste Garten; die Sonne schien hier mit wunderbaren Strahlen herab, es war ja der Baum der Sonne, und die Vögel kamen hier von allen Ecken und Enden der Welt zusammen, die Vögel aus den Urwäldern des fernen Amerika, aus den Rosengärten von Damaskus, aus der Waldwüste des inneren Afrika, wo Elefant und Löwe sich einbilden, daß sie allein regieren; die Polarvögel kamen, und der Storch und die Schwalbe kamen natürlich auch; aber die Vögel waren nicht die einzigen Lebewesen, die hierherkamen, der Hirsch, das Eichkätzchen, die Antilope und Hunderte von anderen Tieren, voller Leichtigkeit und Schönheit, waren hier beheimatet; die Baumkrone war ja ein großer, duftender Garten, und in ihrem Innern, wo die allergrößten Äste sich gleich grünen Höhenzügen ausstreckten, lag ein Schloß aus Kristall mit Ausblick auf alle Länder der Erde; jeder Turm ragte wie eine Lilie auf, man konnte durch den Stengel nach oben gehen, denn drinnen war eine Treppe, du kannst es also verstehen, man konnte auf die Blätter hinaustreten, das waren Balkons, und ganz oben in der Blüte selber war der schönste, strahlendste kreisrunde Saal, der kein anderes Dach über sich hatte als den blauen Himmel mit Sonne oder Sternen; ebenso herrlich, auf andere Art, war es unten in den weiten Sälen des Schlosses, hier spiegelte sich die ganze Welt ringsum an den Wänden wider; man konnte alles sehen, was geschah, so daß man gar nicht die Zeitung zu lesen brauchte, und die hatten sie hier auch gar nicht. Alles war in lebenden Bildern zu sehen, könnte man doch nur hinfahren und es sich anschauen oder hätte man wenigstens Lust dazu; denn was zuviel ist, ist zuviel, selbst für den weisesten Mann, und hier wohnte der weiseste Mann. Sein Name ist so schwer auszusprechen, du kannst ihn nicht aussprechen, und darum tut es auch nichts zur Sache. Er wußte alles, was ein Mensch wissen kann und auf Erden jemals wissen wird; jede Erfindung, die gemacht worden war oder gemacht werden würde, aber auch nicht mehr, denn alles hat eine Grenze. Der weise König Salomo war nur halb so klug, und der war immerhin sehr klug; er herrschte über die Naturkräfte, über mächtige Geister, ja, selbst der Tod mußte ihm allmorgendlich Kunde geben und eine Liste derer bringen, die an diesem Tage sterben sollten, aber König Salomo mußte selber auch sterben, und dieser Gedanke war es, der den Forscher, den mächtigen Herrn auf dem Schloß im Baum der Sonne, oft seltsam stark erfüllte. Auch er, wie hoch er an Weisheit auch über den Menschen stand, mußte dereinst sterben, das wußte er, seine Kinder mußten sterben; wie das Laub im Walde würden sie hinsinken und zu Staub werden. Das Menschengeschlecht sah er das Leben aushauchen wie die Blätter am Baum, und neue kamen an deren Start, aber die Blätter, die fielen, wuchsen nie wieder, sie gingen in Staub über, in andere Pflanzenteile. Was geschah mit den Menschen, wenn der Todesengel kam? Was war das: sterben? Der Leib löste sich auf, und die Seele – ja, was war die? Was wurde aus ihr? Wo ging sie hin? „Zum ewigen Leben", sagte der Trost in der Religion; aber wie war der Übergang? Wo lebte man und wie? „Im Himmel droben!" sagten die Frommen, „dort gehen wir hinauf!" – „Dort hinauf!" wiederholte der Weise und blickte zur Sonne und zu den Sternen empor. „Dort hinauf!" und er sah von der runden Kugel der Erde aus, daß Oben und Unten ein und dasselbe war, je nachdem, wo man auf der schwebenden Kugel stand; und stieg er so hoch empor, wie die höchsten Berge der Erde ihre Gipfel erhoben, da wurde die Luft, die wir unten klar und durchsichtig nennen, „der reine Himmel", ein kohlschwarzes Dunkel, straff wie ein Tuch, und die Sonne sah glühend aus ohne Strahlen, unsere Erde lag in einen orangefarbenen Nebel gehüllt. Begrenzt war alles für das leibliche Auge, auch der Seele verschlossen, wie gering war unser Wissen, selbst der Weiseste wußte nur wenig von dem, was für uns am wichtigsten ist.

In der geheimen Kammer des Schlosses lag der größte Schatz der Erde: „Das Buch der Wahrheit". Seite für Seite las er es. Es war ein Buch, in dem jeder Mensch zu lesen vermag, aber nur stückweise, die Schrift zittert vor manchem Auge, so daß es nicht imstande ist, die Worte zu entziffern; auf einzelnen Seiten wird die Schrift oft so blaß, sie verschwindet fast, so daß man nur eine leere Seite sieht; je weiser man ist, desto mehr kann man lesen, und der Weiseste liest das allermeiste; er konnte außerdem das Sternenlicht einfangen, das Sonnenlicht, das Licht verborgener Kräfte und das Licht des Geistes, durch diesen verstärkten Glanz auf den Seiten trat für ihn die Schrift noch mehr hervor, aber bei dem Abschnitt im Buche, dessen Überschrift „Das Leben nach dem Tode" heißt, war kein Tüpfelchen zu sehen. Das machte ihn traurig – sollte er nicht imstande sein, hienieden ein Licht zu finden, das ihm sichtbar machte, was darüber im Buch der Wahrheit stand?

Wie der weise König Salomo verstand er die Sprache der Tiere, er hörte ihren Gesang und ihre Rede, aber dadurch wurde er nicht klüger; er erkannte die Kräfte in Pflanzen und Metallen, Kräfte, um Krankheiten zu bannen, den Tod zu bannen, aber nicht, ihn zunichte zu machen. In allem Geschaffenen, das ihm erreichbar war, suchte er das Licht zu finden, das die Gewißheit von einem ewigen Leben bestrahlen konnte, aber er fand es nicht, das Buch der Wahrheit lag vor ihm wie unbeschriebene Seiten. Das Christentum zeigte ihm in der Bibel die Worte der Verheißung von einem ewigen Leben, aber er wollte es in seinem Buche lesen, und in diesem sah er nichts.

Fünf Kinder hatte er, vier Söhne, gebildet, wie der weiseste Vater seine Kinder bilden kann, und eine Tochter, schön, sanft und klug, aber blind, doch schien ihr dies kein Gebrechen zu sein; Vater und Brüder sahen für sie, und die Innerlichkeit war ihr Auge.

Nie waren die Söhne weiter von den Sälen des Schlosses entfernt gewesen, als die Äste des Baumes sich streckten, die Schwester noch weniger, sie waren glückliche Kinder im Hause der Kindheit, im Lande der Kindheit, in dem wunderbaren, duftenden Baum der Sonne. Wie alle Kinder liebten sie es sehr, wenn man ihnen etwas erzählte; und der Vater erzählte ihnen viel, was andere Kinder nicht verstanden hätten, aber diese waren nun auch ebenso klug wie bei uns die meisten alten Menschen; er erklärte ihnen, was sie in lebenden Bildern an den Wänden des Schlosses sahen, das Tun der Menschen und den Lauf der Ereignisse in allen Ländern der Erde, und oftmals wünschten sich die Söhne, draußen mit dabeizusein und teilzunehmen an all den großen Taten, und der Vater erzählte ihnen dann, daß es schwer und bitter in der Welt zugehe, sie sei nicht ganz so, wie sie sie von ihrer wunderschönen Kinderwelt aus sähen. Er erzählte ihnen von dem Schönen, Wahren und Guten, sagte, diese drei Dinge hielten die Welt zusammen und würden unter dem Druck, den sie zu dulden hätten, zu einem Edelsteine, heller als das Wasser des Diamanten; sein Glanz habe Wert vor Gott, er überstrahle alles und sei eigentlich das, was man „den Stein der Weisen“ nenne. Er sagte ihnen, daß man, ebenso wie man durch die Schöpfung zur Gewißheit über Gott gelange, durch die Menschen selber Gewißheit darüber erhalte, daß es einen solchen Edelstein gebe; mehr konnte er über ihn nicht sagen, mehr wußte er nicht. Diese Erzählung würden andere Kinder schwerlich verstehen, aber diese verstanden sie, und später folgen die anderen schon noch nach.

Sie fragten den Vater nach dem Schönen, Wahren und Guten aus, und er erklärte es ihnen, erzählte ihnen so viel, sagte auch, als Gott den Menschen aus Erde erschaffen habe, habe er seinem Geschöpf fünf Küsse gegeben, einen Feuerkuß, einen Herzenskuß, innige Herrgottsküsse, und diese seien es, die wir jetzt die fünf Sinne nennen; durch sie werde das Schöne, Wahre und Gute erkannt, vernommen und verstanden, durch sie werde es geschätzt, beschirmt und gefördert; fünf Sinnesgaben seien verliehen worden, im Äußeren und im Inneren, Wurzel und Wipfel, Leib und Seele.

Darüber dachten nunmehr die Kinder viel nach, Tag und Nacht ging es ihnen im Kopfe herum; da träumte der älteste der Brüder einen wunderschönen Traum, und sonderbar, der zweite Bruder träumte ihn auch, und der dritte träumte ihn und der vierte, jeder für sich träumte ganz das gleiche; er träumte, daß er in die Welt hinauszöge und den Stein der Weisen fände; wie eine leuchtende Flamme auf seiner Stirn erstrahlte der Stein, als der Bruder im Morgenlicht auf seinem pfeilschnellen Roß über die sammetgrünen Wiesen im Garten der Heimat zurückritt in das väterliche Schloß, und der Edelstein warf ein so himmlisches Licht, einen so hellen Glanz auf die Seiten des Buches, daß sichtbar wurde, was dort über das Leben jenseits des Grabes geschrieben stand. Die Schwester träumte nicht davon, in die weite Welt hinauszukommen, es kam ihr nicht in den Sinn, ihre Welt war das Haus ihres Vaters.

„Ich reite in die weite Welt hinaus!" sagte der Älteste; „ergründen muß ich doch ihr Treiben und mich unter den Menschen umtun; nur das Gute und das Wahre will ich, durch diese beiden behüte ich das Schöne. Viel wird anders werden, wenn ich mit dabei bin!" Ja, er dachte kühn und groß, wie wir alle es daheim in der Ofenecke tun, bevor wir in die Welt hinauskommen und Regen und Wind und den Dornenstrauch kennenlernen.

Die fünf Sinne, nach innen und nach außen, waren bei ihm wie bei den anderen Brüdern außerordentlich entwickelt, aber jeder von ihnen hatte einen Sinn, der an Kraft und Entwicklung alle anderen übertraf; beim Ältesten war es das Gesicht, das vor allem sollte ihm zugute kommen. Er besäße Augen für alle Zeiten, sagte er, Augen für alle Völker, Augen, die in die Erde hineinschauen könnten, wo die Schätze lägen, und bis in die Brust der Menschen hinein, als wäre nur eine Glasscheibe davor – das heißt, er sah mehr, als wir der Wange ansehen können, die errötet und erblaßt, dem Auge, welches weint oder lacht. Hirsch und Antilope folgten ihm westwärts bis zur Grenze, und dort kamen die wilden Schwäne und flogen gen Nordwesten, denen folgte er, und nun war er weit in der Welt draußen, weit weg vom

Lande des Vaters, das sich „nach Osten zu bis ans Ende der Welt“ erstreckte.

Na, wie der die Augen aufsperrte! Dort gab es viel zu sehen, und es ist immer etwas anderes, den Ort und die Sache selbst zu sehen als auf Bildern, und wenn diese noch so gut sind, und sie waren außerordentlich gut, die daheim auf seines Vaters Schloß. Es fehlte nicht viel, und ihm wären im ersten Augenblick die Augen aus dem Kopf gefallen, vor Staunen über all den Plunder, all den Fastnachtsfirlefanz, der als das Schöne hervorgehoben war, aber sie fielen ihm nicht heraus, er hatte eine andere Verwendung für sie.

Gründlich und ehrlich wollte er beim Erkennen des Schönen, Wahren und Guten vorgehen, aber wie war es damit bestellt? Er sah, wie meistens das Häßliche den Strauß erhielt, wo das Schöne ihn haben sollte, das Gute wurde oft nicht bemerkt, und die Mittelmäßigkeit wurde beklatscht und nicht ausgepfiffen. Die Leute blickten auf den Namen und nicht auf das Verdienst, blickten auf den Rock und nicht auf den Mann, auf den Beruf und nicht auf die Berufung. Anders konnte es eben nicht sein.

„Ja, ich muß nun wohl ordentlich eingreifen!“ dachte er, und er griff ein; als er aber das Wahre suchte, kam der Teufel, welcher der Vater der Lüge ist und die Lüge selber; nur zu gern hätte er dem Seher gleich beide Augen ausgeschlagen, aber das war zu grob; der Teufel geht feiner vor, er ließ ihn das Wahre suchen und es sich anschauen, und das Gute dazu, aber während er es anschaute, blies ihm der Teufel einen Splitter ins Auge, in beide Augen, einen Splitter nach dem anderen, das bekam dem Augenlicht nicht gut, selbst dem besten Augenlicht nicht; der Teufel blähte nun den Splitter auf, bis er ein Balken war, und nun war es mit den Augen vorbei; da stand nun der Seher als blinder Mann mitten in der weiten Welt, und auf die war kein Verlaß; er gab seine gute Meinung über sie und über sich selber auf, und wenn man sowohl die Welt wie sich selber aufgibt, ja, dann ist es aus mit einem.

„Aus!“ sangen die wilden Schwäne, die über das Meer dahinflogen, gen Osten; „aus!“ sangen die Schwalben, die gen Osten zum Baum der Sonne flogen, und das waren für die daheim keine guten Nachrichten.

„Es scheint dem ‚Seher‘ schlecht ergangen zu sein!“ sagte der zweite Bruder, „aber dem ‚Hörer‘ mag es ja besser ergehen!“ Es war das Gehör, welches bei ihm besonders geschärft war, er konnte das Gras wachsen hören, so weit hatte er es gebracht.

Er nahm herzlich Abschied, ritt mit guten Fähigkeiten und guten Vorsätzen von dannen. Die Schwalben begleiteten ihn, und er begleitete die Schwäne, und dann war er weit von der Heimat entfernt draußen in der weiten Welt.

Man kann nun auch zuviel von einer guten Sache haben, das mußte er erfahren, sein Gehör war zu fein, er hörte ja das Gras wachsen, aber dann hörte er auch jedes Menschenherz in Freude und in Schmerz schlagen, es war für ihn so, als wäre die ganze Welt eine einzige große Uhrmacherwerkstatt, wo alle Uhren „tik, tik!“ machten, alle Turmuhren „bim! bam!“ schlugen, nein, es war nicht zu ertragen! Aber er hielt die Ohren steif, solange er konnte; zuletzt wurde es zuviel für einen einzelnen Menschen mit all diesem Getöse und Geschrei; da kamen Straßenjungen an von sechzig Jahren, das Alter macht's ja nicht; die brüllten laut, es war eher zum Lachen, aber dann kam der Klatsch, der tuschelte durch alle Häuser, Gassen und Straßen, ganz unverblümt; die Lüge war geräuschvoll und spielte Herrschaft, die Narrenschelle klingelte und sagte, sie sei eine Kirchenglocke, das wurde dem Hörer zu toll, er steckte die Finger in beide Ohren – aber er hörte immer noch den falschen Gesang und bösen Klang, Klatsch und Tratsch; zäh vertretene Behauptungen, keinen sauren Hering wert, flatterten an der Zunge, so daß es in der guten Gesellschaft „knack, knack!" sagte. Da waren Töne und Geräusche, Gepolter und Geknalle, äußerlich und innerlich, behüte! Es war nicht auszuhalten, es war zu toll! Er steckte den Finger tiefer in beide Ohren, immer tiefer, und da platzte das Trommelfell, nun hörte er nichts mehr, auch nicht das Schöne, Wahre und Gute, da doch das Gehör die Brücke zu seinem Denken sein sollte, und er wurde still und mißtrauisch, glaubte niemandem, glaubte sich zuletzt selber nicht, und das ist ein großes Unglück; er würde den mächtigen Edelstein nicht finden und heimbringen, und er gab es auf und sich selber ebenfalls, und das war nun das Allerschlimmste. Die Vögel, die gen Osten flogen, führten die Kunde davon mit sich, bis sie des Vaters Schloß im Baum der Sonne erreichte; ein Brief kam nicht, es ging ja auch keine Post.

„Jetzt will ich es versuchen!" sagte der dritte, „ich habe eine feine Nase!" und das war nicht gerade fein ausgedrückt, aber so redete er, und man mußte ihn nehmen, wie er war, er war das heitere Gemüt, und er war Poet, ein richtiger Poet, er konnte von dem singen, was er nicht sagen konnte. Er machte sich über vieles Gedanken, lange vor den anderen. „Ich rieche Lunte!" sagte er, und es war auch der Geruchssinn, der bei ihm in hohem Maße entwickelt war und dem er im Reich des Schönen einen großen Platz einräumte; „Der eine liebt den Apfelduft und der andere Stallduft!" sagte er, „jede Duftregion im Reiche des Schönen hat ihr Publikum. Manche fühlen sich in Kneipenluft bei dem schwelenden Docht des Talglichts heimisch, wo der Gestank von Schnaps sich mit dem von schlechtem Tabak mischt; andere sitzen lieber im stickigen Jasminduft oder reiben sich mit dem starken Nelkenöl ein, das kann man riechen. Manche suchen die frische Meeresbrise, den scharfen Wind oder steigen auf den hohen Berggipfel und blicken über das geschäftige Treiben in der Tiefe!" ja, das sagte er; es war, als wäre er früher schon draußen in der Welt gewesen, hätte unter Menschen gelebt und kennte sie, aber er hatte diese Klugheit in sich, es war der Poet in ihm, das, was der Herrgott ihm als Gabe in die Wiege gelegt hatte.

Nun nahm er Abschied von dem väterlichen Haus im Baum der Sonne, er schritt durch die Herrlichkeit der Heimat, aber draußen setzte er sich auf den Vogel Strauß, der schneller läuft als ein Roß, und als er später die wilden Schwäne sah, schwang er sich auf den Rücken des stärksten; er liebte die Veränderung sehr, und nun flog er über das Meer in fremde Länder mit großen Wäldern, tiefen Seen, riesigen Bergen und stolzen Städten, und wohin er kam, war es, als ginge ein Sonnenstrahl über die Gegend; jede Blume, jeder Strauch duftete stärker im Gefühl dessen, daß ihnen ein Freund nahe war, ein Beschützer, der sie schätzte und verstand, ja, der verkümmerte Rosenstrauch hob seine Zweige, entfaltete seine Blätter und trug die entzückendste Rose, ein jeder konnte sie sehen, sogar die schwarze, feuchte Waldschnecke bemerkte ihre Schönheit.

„Ich will der Blume mein Zeichen aufdrücken!" sagte die Schnecke, „nun habe ich sie angespien, mehr kann ich nicht tun!"

„So ergeht es sicher dem Schönen in der Welt!" sagte der Poet, und er sang ein Lied davon, sang es auf seine Art, aber niemand hörte zu; darum gab er dem Trommler zwei Schillinge und eine Pfauenfeder, und dann richtete der das Lied für Trommel ein und trommelte es in der Stadt aus, in allen Straßen und Gassen; da hörten die Leute es und sagten, sie verstünden es, es sei so tief! Und nun konnte der Poet mehr Lieder singen, und er sang von dem Schönen, dem Wahren und dem Guten, und sie hörten davon in der Kneipe, wo das Talglicht blakte, sie hörten es auf der frischen Kleewiese, im Wald und auf offener See; es schien, als sollte dieser Bruder mehr vom Glück begünstigt sein als die beiden anderen; aber das konnte der Teufel nicht leiden, und da kam er sofort mit Königspulver und Weihrauch und allem Räucherwerk der Ehre, das es geben mochte und das der Teufel zu destillieren versteht; das allerstärkste Räucherwerk, das all die übrigen erstickte und selbst einem Engel ganz schwindlig machen konnte, wie leicht erst einem armen Poeten; der Teufel weiß schon, wie er solche Leute nehmen muß! Er nahm den Poeten mit Weihrauch, so daß der ganz benommen war, seine Sendung, sein väterliches Haus vergaß – alles, sich selber dazu; er ging in Rauch und Räucherwerk auf.

Alle Vögelchen, als sie es hörten, trauerten und sangen drei Tage lang nicht. Die schwarze Waldschnecke wurde noch schwärzer, nicht vor Trauer, sondern vor Neid. „Ich war es", sagte sie, „die man hätte beweihräuchern müssen, denn ich war es, die ihm die Idee zu seinem berühmtesten Lied eingegeben hat, das für Trommel, über den Lauf der Welt! Ich war es, die auf die Rose gespien hat, dafür kann ich Zeugen beibringen."

Aber daheim im Lande Indien ertönte keine Kunde davon; alle Vögelchen trauerten ja und schwiegen drei Tage lang, und als die Trauerzeit um war, ja, da war die Trauer so heftig gewesen, daß sie vergessen hatten, um wen sie getrauert hatten. So kann es gehen!

„Nun muß ich wohl mal in die Welt hinaus und verlorengehen wie die anderen!" sagte der vierte Bruder. Der hatte ein ebenso heiteres Gemüt wie der vorhergehende, aber er war kein Poet, und da hatte er gerade allen Grund, heiter zu sein; die beiden hatten Frohsinn ins Schloß gebracht; nun ging der letzte Frohsinn drauf. Das Gesicht und das Gehör sind von den Menschen immer als die beiden wichtigsten Sinne angesehen worden, die man sich vor allem stark und scharf wünscht, die drei anderen Sinne werden als weniger wesentlich betrachtet, aber der Ansicht war dieser Sohn keineswegs, er hatte besonders den Geschmack in der ganzen Bedeutung entwickelt, die man ihm beilegt, und der hat eine große Macht und führt ein gewaltiges Regiment. Er regiert das, was durch den Mund und was durch den Geist geht, deshalb kostete der Sohn von dem, was in Topf und Pfanne war, in Flasche und Faß; das sei der grobe Teil seines Amtes, sagte er; jeder Mensch sei für ihn eine Pfanne, in der es brutzele, jedes Land eine ungeheure Küche, geistig genommen, das sei das Feine, und nun wolle er ausziehen, um das Feine kennenzulernen.

„Vielleicht ist das Glück mir eher hold als meinen Brüdern!" sagte er. „Ich breche auf! Aber wie soll ich mich fortbewegen! Sind die Luftballons entdeckt?" fragte er seinen Vater, der ja über alle Entdeckungen Bescheid wußte, die gemacht waren oder gemacht werden würden. Aber die Luftballons waren noch nicht entdeckt, auch die Dampfschiffe und Eisenbahnen nicht. „Nun, dann nehme ich einen Luftballon!" sagte er, „mein Vater weiß, wie die gemacht und gelenkt werden müssen, das lerne ich! Niemand kennt die Erfindung, und dann denken sie, es sei eine Lufterscheinung; wenn ich den Ballon ausgebraucht habe, verbrenne ich ihn, darum mußt du mir ein paar Stück von der künftigen Erfindung mitgeben, die man chemische Schwefelhölzer nennt."

All dies erhielt er, und dann flog er davon, und die Vögel begleiteten ihn weiter, als sie die übrigen Brüder begleitet hatten, sie wollten doch mal sehen, wie es mit diesem Fluge ausginge, und immer kamen noch mehr hinzu, denn sie waren neugierig, sie meinten ja, es wäre ein neuer Vogel, der da flog; o ja, er bekam wahrlich Begleitung! Die Luft wurde schwarz von Vögeln, sie kamen wie eine große Wolke, wie der Heuschreckenschwarm über das Land Ägypten, und nun war er draußen in der weiten Welt.

„Ich habe einen guten Freund und Helfershelfer an dem Ostwind gehabt", sagte er.

„Am Ostwind und Westwind, meinst du!" sagten die Winde, „wir haben uns abgewechselt, sonst wärest du nicht nach Nordwesten gekommen!"

Aber er hörte nicht, was die Winde sagten, und das tut ja auch nichts zur Sache. Die Vögel flogen nun auch nicht weiter mit; als ihrer am meisten waren, wurden ein paar von ihnen der Reise müde. Sie sagten, es sei zuviel von der Sache hergemacht worden. Er würde eingebildet werden. „Es lohnt sich nicht, deswegen mitzufliegen, es ist nichts! es ist abgeschmackt!" und so blieben sie zurück, sie blieben alle zurück; das Ganze war ja nichts.

Und der Ballon senkte sich auf eine der größten Städte hinab; hier ging der Luftschiffer an der höchsten Stelle nieder, das war die Kirchturmspitze. Der Ballon stieg wieder in die Lüfte empor, das sollte er nicht; wo er blieb, wußte keiner so recht, aber es tut nichts zur Sache, er war nicht erfunden.

Da saß der Luftschiffer nun auf der obersten Spitze des Kirchturms, die Vögel flogen nicht zu ihm heran, sie hatten genug von ihm, und er von ihnen. Alle Schornsteine der Stadt rauchten und dufteten.

„Das sind Altäre, für dich errichtet!" sagte der Wind; er wollte ihm nämlich etwas Angenehmes sagen. Ganz kühn saß er da und blickte auf die Leute in den Straßen hinab; da ging einer, der war stolz auf seinen Geldbeutel, einer war stolz auf seinen Schlüssel, ungeachtet dessen, daß er nichts aufzuschließen hatte; einer war stolz auf seinen Frack, in dem die Motten waren, und einer stolz auf seinen Körper, in dem der Wurm saß.

„Eitelkeit! Ja, ich muß wohl bald einmal hinunter, um in dem Kochtopf umzurühren und zu kosten!" sagte er; „aber hier möchte ich doch noch ein bißchen sitzen bleiben, der Wind kitzelt mir so schön den Rücken, das ist eine große Annehmlichkeit. Ich bleibe hier sitzen, solange dieser Wind weht. Ich möchte ein bißchen Ruhe haben; es tut gut, morgens lange im Bett zu liegen, wenn man viel zu tun hat, sagt der Faule; aber Faulheit ist die Wurzel allen Übels, und Übles gibt es in unserer Familie nicht, das sage ich, und das sagt jeder Sohn auf der Straße! Ich bleibe sitzen, solange dieser Wind weht, das schmeckt mir!"

Und er blieb sitzen, aber er saß auf dem Wetterhahn der Turmspitze, der sich mit ihm drehte und drehte, so daß er meinte, es sei ständig derselbe Wind; er blieb sitzen, und da mochte er lange sitzen bleiben und schmecken.

Aber im Lande Indien, im Schloß auf dem Baum der Sonne war es leer und still geworden, nachdem die Brüder, einer nach dem anderen, fortgezogen waren.

„Es ist ihnen nicht gut ergangen!" sagte der Vater; „nie werden sie den leuchtenden Edelstein heimbringen; den gibt es nicht für mich, sie sind fort, gestorben!" und er neigte sich über das Buch der Wahrheit, starrte auf die

Seite, wo er über das Leben nach dem Tode lesen sollte, aber da war für ihn nichts zu sehen und zu erfahren.

Die blinde Tochter war sein Trost und seine Freude; sie schloß sich ganz innig und liebevoll an ihn an; um seiner Freude und seines Glücks willen wünschte sie, daß das kostbare Kleinod gefunden und heimgebracht werde. In Leid und Sehnsucht gedachte sie der Brüder, wo waren sie? Wo lebten sie? sie wünschte so innig, sie könnte von ihnen träumen, aber es war seltsam, nicht einmal im Traume konnte sie mit ihnen vereint werden. Endlich, eines Nachts, träumte sie, daß der Brüder Stimmen sie erreichten, sie riefen, sie schrien draußen aus der weiten Welt, und sie mußte dort hinaus, weit, weit fort, und dennoch vermeinte sie, dort noch immer in ihres Vaters Haus zu sein, die Brüder traf sie nicht, aber sie fühlte, daß es in ihrer Hand wie Feuer brannte, es schmerzte jedoch nicht, sie hielt den leuchtenden

Edelstein und brachte ihn ihrem Vater. Als sie erwachte, glaubte sie zuerst, sie halte ihn noch in der Hand; sie hielt aber die Hand um ihren Spinnrocken gekrampft. In den langen Nächten hatte sie unablässig gesponnen, auf der Spindel war ein Faden, feiner als das Gespinst der Spinne;

Menschenaugen konnten den einzelnen Faden nicht entdecken; sie hatte ihn mit ihren Tränen benetzt, und er war stark wie eine Ankertrosse. Sie erhob sich, ihr Entschluß war gefaßt, der Traum mußte verwirklicht werden. Es war Nacht, ihr Vater schlief, sie küßte seine Hand, nahm dann ihre Spindel und knüpfte das Ende des Fadens an ihres Vaters Haus fest, sonst würde sie, die Blinde, ja nie wieder heimfinden können; an dem Faden konnte sie sich halten, auf den verließ sie sich und nicht auf sich selbst und andere. Sie pflückte vier Blätter vom Baum der Sonne, die wollte sie Wind und Wetter geben, daß sie sie ihren Brüdern brächten, als Brief und Gruß, falls sie ihnen nicht dort draußen in der weiten Welt begegnen sollte. Wie würde es ihm wohl dort ergehen, dem armen, blinden Kind! Aber sie hatte ja den unsichtbaren Faden, an dem sie sich halten konnte; vor all den anderen war eine Gabe ihr eigen: die Innerlichkeit, und kraft dieser schien sie Augen ganz bis in die Fingerspitzen und Ohren bis ins Herz hinein zu haben.

Und nun ging sie in die wirre, polternde, seltsame Welt hinaus, und wo sie auch hinkam, wurde der Himmel sonnenhell, sie konnte den warmen Strahl spüren, der Regenbogen spannte sich von der schwarzen Wolke über die blaue Luft hinweg; sie hörte den Gesang der Vögel, sie spürte den Duft der Orangen- und Apfelgärten so stark, daß sie meinte, ihn schmecken zu können. Weiche Töne und herrlicher Gesang drangen an ihr Ohr, aber auch Heulen und Schreien; seltsam widerstreitend lauteten Gedanken und Urteile. Bis in die Winkel des Herzens hinein ertönten der Herzensklang und der Geistesklang der Menschen; es brauste im Chor:

„Unser irdisch Leben ist Regen und Wind,
Eine Nacht, in der wir weinen.“

Aber es erklang auch das Lied:

„Unsere Tage lauter Rosen sind,
Darin Sonne und Freude scheinen.“

Und bitter klang es:

„Ein jeder denkt an sich allein,
Die Wahrheit ist uns gegeben."

Da ertönte zur Antwort:

„Es strömt die Liebe aus und ein
Durch unser irdisches Leben."

Sie konnte die Worte ja hören:

„Wie winzig ist das Ganze hier,
Und alles hat zwei Seiten."

Aber sie vernahm auch dies:

„Viel Gutes, Großes schauen wir
Und lassen uns davon leiten."

Und es sang ringsum im brausenden Chor:

„Gelächter, Hohn und kalter Spott,
Das war's, was wir bekamen!"

Da klang es drinnen im Herzen des blinden Mädchens auf:

„Bleib du dir treu, halt fest an Gott,
Sein Wille geschehe, Amen!"

Und wo sie im Kreise von Männern und Frauen, bei alt und jung, hervortrat, leuchtete in der Seele die Erkenntnis des Wahren, Guten und Schönen auf; überall, wohin sie kam, in der Werkstatt des Künstlers, in dem reichen, festlichen Salon und in der Fabrik mit den kreisenden Rädern, überall war es, als käme der Sonnenstrahl, als erklänge die Saite, als dufteten die Blumen und als fiele der erfrischende Tautropfen auf das verschmachtende Blatt.

Aber das konnte sich der Teufel nicht gefallen lassen; er hat eben den Verstand von mehr als zehntausend Menschen, und da kam er auf den Gedanken, sich selber zu helfen. Er ging in den Sumpf hinaus, holte Blasen von dem fauligen Wasser, ließ ein siebenfaches Echo von den Worten der Lüge über sie hindröhnen, denn das klang stärker; er stößelte bezahlte Ehrengesänge und verlogene Leichenpredigten, so viele er finden konnte, zu Pulver, kochte sie in Tränen, die die Mißgunst vergossen hatte, streute Schminke darüber, von der welken Wange einer alten Jungfer abgekratzt, und schuf hieraus ein Mädchen, an Gestalt und Bewegung ganz dem blinden, gütigen Mädchen gleich; den „sanften Engel der Innerlichkeit" nannten die Menschen sie, und nun war des Teufels Spiel im Gange. Die Welt wußte nicht, welche von beiden die Rechte war, und wie sollte die Welt das wissen!

„Bleib du dir treu, halt fest an Gott,
Sein Wille geschehe, Amen!"

sang das blinde Mädchen in voller Zuversicht. Die vier grünen Blätter vom Baum der Sonne gab sie Wind und Wetter, daß sie sie als Brief und Gruß zu ihren Brüdern brächten,

und sie war gewiß, daß alles sich erfüllte, ja, auch das würde in Erfüllung gehen, daß das Kleinod gefunden wurde, welches alle irdische Herrlichkeit überstrahlte; von der Stirn der Menschheit würde es bis zu des Vaters Hause strahlen.

„Bis zu meines Vaters Haus!" wiederholte sie, „ja, auf

Erden ist des Kleinods Stätte, und ich bringe mehr als die Gewißheit dessen; seine Glut verspüre ich, es schwillt in meiner geschlossenen Hand mehr und mehr an. Jedes kleine Körnchen Wahrheit, und sei es noch so fein, das der scharfe Wind mit sich führte und trug, habe ich aufgefangen und aufbewahrt; ich ließ es vom Duft alles Schönen durchdringen, in der Welt gibt es so viel davon, selbst für den Blinden; ich nahm den Klang vom Herzschlag des gütigen Menschen und legte ihn hinein; Staubkörner sind das ganze nur, was ich bringe, aber dennoch der Staub des gesuchten Edelsteins in reicher Fülle, meine ganze Hand habe ich voll davon!" und sie streckte sie – dem Vater hin. Sie war in der Heimat; mit Gedankenschnelle war sie dorthin gelangt, da sie den unsichtbaren Faden zu des Vaters Haus nicht losgelassen hatte.

Die bösen Mächte brausten mit dem Getöse des Orkans über den Baum der Sonne, drangen mit einem Windstoß durch die offene Tür in die geheime Kammer ein.

„Es verweht!" rief der Vater und griff um die Hand, die sie geöffnet hatte.

„Nein!" rief sie in sicherer Gewißheit, „es kann nicht verwehen! Ich verspüre den Strahl, wie er mich bis in die Seele wärmt."

Und der Vater sah eine leuchtende Flamme, wo der funkelnde Staub aus ihrer Hand über die weißen Seiten des Buches hinwirbelte, die von der Gewißheit eines ewigen Lebens berichten sollten; in blendendem Glanze stand dort etwas geschrieben, ein einziges, sichtbares Wort nur, das eine Wort: „Glaube".

Und wieder waren die vier Brüder bei ihnen; Sehnsucht nach der Heimat hatte sie ergriffen und sie geführt, als das grüne Blatt auf ihre Brust fiel; sie waren gekommen, die Zugvögel folgten und Hirsch, Antilope und alle Tiere des Waldes; sie wollten auch an der Freude teilnehmen, und weshalb sollten die Tiere das nicht tun, wenn sie konnten?

Und wie wir es oftmals beobachtet haben, wenn der Sonnenstrahl durch ein Loch in der Tür in die stauberfüllte Stube fällt, daß sich dann eine blinkende Staubsäule dreht, ebenso, wenn auch nicht so plump und armselig – selbst der Regenbogen ist schwer und nicht stark genug in den Farben gegen den Anblick, der hier zutage trat –, ebenso erhob sich von der Seite des Buches, von dem leuchtenden Worte Glaube jedes Körnchen Wahrheit mit dem Glanz des Schönen, mit dem Klang des Guten, stärker strahlend als die Feuersäule in jener Nacht, als Moses und das Volk Israel zum Lande Kanaan zogen; vom Wort Glaube führte die Brücke der Hoffnung zur Alliebe ins Unendliche hinein.

Suppe von einem Wurstspeiler*

I

„Suppe von einem Wurstspeiler"

„Das Mittagessen gestern war ausgezeichnet!" sagte eine alte Mäusedame zu einer, die bei dem Festschmaus nicht dabeigewesen war. „Ich saß auf dem Platz Nummer einundzwanzig neben dem alten Mäusekönig; das ist gar nicht einmal so schlecht! Soll ich Ihnen nun die Gerichte schildern, sie waren sehr gut zusammengestellt! Verschimmeltes Brot, Speckschwarte, Talglichter und Wurst – und dann das gleiche wieder von vorn; das war genauso, als hätten wir zwei Mahlzeiten bekommen. Es herrschte eine angenehme Stimmung und gemütliches Gebabbel, wie im Familienkreis; es wurde nicht das kleinste Bißchen übriggelassen, außer den Wurstspeilern; über die unterhielten wir uns dann. Und da kam die Rede darauf, daß man von einem Wurstspeiler Suppe kochen könne; gehört hatte ja jeder davon, aber keiner hatte diese Suppe gekostet, ganz zu schweigen davon, daß man sich darauf verstanden hätte, sie zu machen. Es

* Uralte dänische Redensart: Viel Geschrei und wenig Wolle, viel Lärm um nichts usw. (Anmerkung d. Übers.).

wurde sehr hübsch auf das Wohl des Erfinders getrunken, er verdiente es, Armenvorsteher zu sein! War das nicht witzig? Und der alte Mäusekönig erhob sich und versprach, daß diejenige unter den jungen Mäusen, die die erwähnte Suppe am wohlschmeckendsten zubereiten könne, seine Königin werden solle. Sie sollten genau ein Jahr Zeit haben."

„Das ist gar nicht mal so dumm!" sagte die andere Maus; „aber wie macht man diese Suppe?"

„Ja, wie macht man die! Danach fragten sie auch, alle Mäusedamen, die jungen und die alten. Alle wollten gern Königin sein, aber ungern wollten sie die Mühe auf sich nehmen und in die weite Welt hinausgehen, um es zu lernen, und das wäre sicher notwendig! Aber es ist ja auch nicht jedem gegeben, die Angehörigen und die alten Irrgänge zu verlassen; draußen läuft einem nicht jeden Tag eine Käserinde über den Weg, und man riecht auch nicht immer Speckschwarte, nein, man muß am Ende sogar Hunger leiden, ja, vielleicht wird man auch bei lebendigem Leibe von einer Katze aufgefressen!"

Diese Gedanken waren es wohl auch, die die meisten abschreckten, auf Erkundungsfahrt zu ziehen; zur Abreise meldeten sich nur vier Mäuse, jung und behende, aber arm; sie wollten jede in eine andere der vier Himmelsrichtungen gehen, nun kam es darauf an, welche vom Glück begleitet war; jede nahm einen Wurstspeiler mit, damit sie nicht vergaßen, weshalb sie ausgezogen waren; der sollte ihr Wanderstab sein.

Anfang Mai zogen sie von dannen, und Anfang Mai, im Jahr darauf, kamen sie zurück, aber nur drei von ihnen, die vierte meldete sich nicht, ließ nichts von sich hören, und nun war der Tag der Entscheidung da.

„Immer muß doch der schönsten Freude etwas Trauriges anhängen!" sagte der Mäusekönig, gab aber den Befehl, alle Mäuse im Umkreis von vielen Meilen einzuladen; sie sollten sich in der Küche versammeln; die drei Reisemäuse standen in einer Reihe und für sich; für die vierte, die fehlte, war ein mit schwarzem Flor umwundener Wurstspeiler aufgestellt worden. Keiner durfte seine Meinung sagen, bevor die drei nicht gesprochen und der Mäusekönig nicht gesagt hatte, was weiterhin gesagt werden sollte. Nun werden wir hören!

2

Was die erste kleine Maus auf der Reise gesehen und gelernt hatte

„Als ich in die weite Welt hinauszog", sagte das Mäuschen, „glaubte ich wie so viele meines Alters, daß ich die Weisheit der ganzen Welt verschlungen hätte, aber das hat man nicht, es gehören Jahre dazu, bis das der Fall ist. Ich ging sogleich zur See; ich fuhr mit einem Schiff, das nordwärts wollte; ich hatte gehört, daß auf dem Meer der Koch wissen muß, wie er sich selber hilft, aber es ist ein Leichtes, sich selber zu helfen, wenn man reichlich Speckseiten, Gepökeltes und stockiges Mehl hat; man lebt köstlich! aber man lernt nicht, wie man Suppe von einem Wurstspeiler zustande bringt. Wir fuhren viele Tage und Nächte, das Schiff schlingerte, und es war ziemlich naß. Als wir dann hinkamen, wo wir hin wollten, verließ ich das Fahrzeug; es war hoch oben im Norden.

Es ist sonderbar, von seinen eigenen Irrgängen daheim fortzuziehen, mit einem Schiff zu fahren, das auch so eine Art Irrgang ist, und plötzlich über hundert Meilen weg zu sein und in einem fremden Land zu stehen. Da gab es tiefe Wälder mit Tannen und Birken, sie dufteten sehr stark! Ich liebe das nicht! Die wilden Pflanzen rochen so würzig, ich nieste, ich dachte an Wurst. Da waren große Waldseen, das Wasser sah von nahem ganz hell aus, aber aus der Entfernung schwarz wie Tinte; hier schwammen weiße Schwäne, ich hielt sie für Schaum, so still lagen sie da, aber ich sah sie fliegen, und ich sah sie laufen, da erkannte ich sie wieder; sie gehören zum Geschlecht der Gänse, das sieht man leicht am Gang, niemand kann seine Familienzugehörigkeit verleugnen! Ich hielt mich zu meinesgleichen, ich schloß mich den Wald- und Feldmäusen an, die übrigens ungeheuer wenig wissen, namentlich was die Bewirtung anbetrifft, und

die war es ja, deretwegen ich ins Ausland ging. Daß es denkbar wäre, Suppe von einem Wurstspeiler zu kochen, war für sie eine so außergewöhnliche Vorstellung, daß das sofort durch den ganzen Wald ging, daß aber diese Aufgabe gelöst werden könne, hielten sie für unmöglich; ich selber dachte am wenigsten daran, daß ich hier, und obendrein noch in derselben Nacht, in die Zubereitung eingeweiht würde. Es war Mittsommer, daher dufte der Wald so kräftig, sagten sie, daher seien die Pflanzen so würzig, die Seen so hell und dennoch so dunkel mit den weißen Schwänen drauf. Am Waldrande, zwischen drei, vier Häusern, war eine Stange aufgestellt, hoch wie ein Großmast, und an der Spitze hingen Kränze und Bänder, das war der Maibaum; Mädchen und Burschen tanzten drumherum und sangen dazu um die Wette mit der Fiedel des Spielmanns. Es ging bei Sonnenuntergang und im Mondenschein lustig zu, aber ich ging nicht mit, was sollte eine kleine Maus auf einem Waldball! Ich saß im weichen Moos und hielt meinen Wurstspeiler fest. Der Mond schien vor allem auf eine Stelle, wo ein Baum stand mit einem Moos, so fein, ja, ich darf sagen, so fein wie das Fell des Mäusekönigs, aber es hatte eine Farbe, so grün, daß es eine Wohltat für die Augen war. Da kamen mit einemmal die entzückendsten kleinen Personen anmarschiert, so groß, daß sie mir nur bis ans Knie reichten, sie sahen aus wie Menschen, aber sie waren besser proportioniert, sie nannten sich Elfen und trugen feine Kleider aus Blütenblättern mit Fliegen- und Mückenflügelbesatz, gar nicht so übel. Es war zuerst so, als suchten sie etwas, ich wußte nicht was, aber dann kamen ein paar zu mir hin, der vornehmste unter ihnen zeigte auf meinen Wurstspeiler und sagte: ‚So einen brauchen wir gerade! Der ist richtig zugeschnitten, der ist ausgezeichnet!' und er begeisterte sich immer mehr, während er sich meinen Wanderstab ansah.

‚Leihen gern, aber nicht behalten!'

‚Nicht behalten!' sagten sie alle, griffen um den Wurstspeiler, den ich losließ, und sie tänzelten damit zu dem feinen Moosplatz hin, richteten den Wurstspeiler dort auf, mitten im Grünen. Sie wollten auch einen Maibaum haben, und der, den sie jetzt hatten, der war ja auch das Richtige für sie, wie dafür geschnitten. Nun wurde er geschmückt; ja, jetzt sah er aber nach etwas aus!

Kleine Spinnen spannen goldene Fäden um ihn, hängten wehende Schleier und Fahnen auf, so fein gewebt, im Mondenschein so schneeweiß gebleicht, daß meine Augen geblendet waren; sie nahmen Farben von den Flügeln der Schmetterlinge und ließen sie auf die weißen Tücher rieseln, und da schimmerten Blumen und Diamanten, ich erkannte meinen Wurstspeiler nicht mehr wieder; dieser Maibaum hatte auf der Welt nicht seinesgleichen. Und nun erst kam die richtige große Elfengesellschaft, die hatten gar keine Kleider an, feiner ging es nimmer, und ich wurde eingeladen, mir die Pracht anzusehen, aber aus der Entfernung, denn ich war ihnen zu groß.

Nun begann ein Spiel! Es war, als erklängen Tausende von gläsernen Glocken, ganz voll und laut; ich dachte, es wären die Schwäne, die da sangen, ja, mir war, als könnte ich auch Gauch und Drossel hören, es war zuletzt so, als sänge der ganze Wald mit, da waren Kinderstimmen, Glokkenklang und Vogelsang, die entzückendsten Melodien, und all diese Herrlichkeit tönte aus dem Maibaum der Elfen heraus, der war das reinste Glockenspiel, und das war mein Wurstspeiler. Nie hätte ich doch gedacht, daß aus dem so viel herauskommen könnte, aber es kommt sicher darauf an, wem er in die Hände fällt. Ich war wirklich ganz gerührt; ich weinte, wie eine kleine Maus nur weinen kann, vor lauter Freude.

Die Nacht war viel zu kurz! Aber sie ist um diese Zeit dort oben nicht länger. Bei Tagesanbruch kam ein Luftzug, der Wasserspiegel auf dem Waldsee kräuselte sich, all die feinen, schwebenden Schleier und Fahnen flogen in die Höhe; die schaukelnden Lauben aus Spinnenweben, Hängebrücken und Balustraden, wie sie nun gleich heißen, die von Blatt zu Blatt gezogen waren, flogen davon wie nichts; sechs Elfen kamen und brachten mir meinen Wurstspeiler zurück und fragten zugleich, ob ich einen Wunsch hätte, den sie mir erfüllen könnten; da bat ich sie, mir zu sagen, wie man Suppe von einem Wurstspeiler kocht.

‚Wie wir es angestellt haben!‘ sagte der vornehmste Elf und lachte, ‚ja, das hast du ja eben gesehen! Du hast wohl deinen Wurstspeiler kaum wiedererkannt!‘

‚Ach, so meinen Sie es!‘ sagte ich und erzählte rund heraus, weshalb ich auf Reisen sei und was man zu Hause davon erwartete. ‚Welchen Nutzen', fragte ich, ‚haben der Mäusekönig und unser ganzes gewaltiges Reich davon, daß ich diese Wunderherrlichkeit gesehen habe! Ich kann sie nicht aus dem Wurstspeiler schütteln und sagen: Seht, hier ist der Speiler, jetzt kommt die Suppe! Es wäre ja doch nur so etwas wie ein Gericht, wenn man bereits satt wäre!'

Da tauchte der Elf seinen kleinen Finger in ein blaues Veilchen und sagte zu mir: ‚Paß auf! ich bestreiche deinen Wanderstab, und wenn du dann zum Schloß des Mäusekönigs heimkehrst, dann berühre mit dem Stab die warme Brust deines Königs, dann sprießen um den ganzen Stab herum Veilchen auf, und noch dazu im kältesten Winter. Sieh, hier bekommst du immerhin etwas mit nach Hause und noch ein bißchen als Zugabe!'"

Aber ehe noch das Mäuschen sagte, was dies bißchen war, hielt es seinen Stab an die Brust des Königs, und wirklich, der schönste Blumenstrauß sproß hervor, der duftete so stark, daß der Mäusekönig befahl, die Mäuse, die der Esse am nächsten stünden, sollten sofort ihre Schwänze ins Feuer stecken, damit man ein bißchen sengerigen Geruch bekäme, denn dieser Veilchenduft sei nicht auszuhalten, der gehöre nicht zu den Dingen, die man schätze.

„Aber was war die Zugabe, von der du sprachst?" fragte der Mäusekönig.

„Ja", sagte die kleine Maus, „das ist das, was man wohl den Clou nennt!" und dann drehte sie den Wurstspeiler um, und da waren die Blumen weg, sie hatte nur den kahlen Speiler, und den hob sie hoch, als wäre er ein Taktstock.

„‚Veilchen sind fürs Auge, für den Geruch und das Gefühl', sagte der Elf zu mir, ‚aber da gibt's noch außerdem etwas fürs Ohr und für die Zunge!'" Und nun schlug sie den Takt; da kam Musik, nicht wie sie im Walde beim Fest der Elfen ertönte, nein, wie man sie in der Küche zu hören bekommt! Na, das war ein Getöse! Es kam ganz plötzlich, wie wenn der Wind durch alle Ofenrohre braust, Kessel und Töpfe kochten über, die Feuerzange dröhnte gegen den Messingkessel, und dann mit einemmal wurde es still; man vernahm das leise Singen des Teekessels, ganz wundersam, man wußte gar nicht, ob er aufhörte oder anfing; und der kleine Topf kochte, und der große Topf kochte, der eine kümmerte sich nicht um den anderen, es war, als dächte der Topf an gar nichts. Und die kleine Maus schwang ihren Taktstock immer wilder – die Töpfe schäumten, brodelten, kochten über, der Wind brauste, die Esse pfiff – hu ha! es wurde so furchtbar, daß die kleine Maus sogar den Stock fallen ließ.

„Das ist eine gewaltige Suppe!" sagte der alte Mäusekönig, „kommt jetzt nicht das Gericht?"

„Das war alles!" sagte das Mäuschen und knickste.

„Alles! ja, dann wollen wir mal hören, was die nächste zu erzählen hat!" sagte der Mäusekönig.

3

Was die zweite kleine Maus zu erzählen wußte

„Ich bin in der Schloßbibliothek geboren!" sagte die zweite Maus, „ich und mehrere von meinen Angehörigen dort haben nie das Glück gehabt, ins Eßzimmer zu kommen, geschweige denn in die Speisekammer; erst als ich auf Reisen war und nun heute hier sah ich eine Küche. Wir leiden wirklich ein wenig Hunger in der Bibliothek, aber wir haben uns viele Kenntnisse erworben. Dort hinauf zu uns gelangte das Gerücht von dem königlichen Preis, der dafür ausgesetzt worden sei, Suppe von einem Wurstspeiler zu machen, und nun kam meine alte Großmutter an und zog ein Manuskript hervor, sie konnte es nicht lesen, aber sie hatte es vorlesen hören, darin stand: ‚Ist man ein Dichter, dann kann man Suppe von einem Wurstspeiler kochen.' Sie fragte mich, ob ich Dichter sei. Ich wies das zurück, und sie sagte, dann müsse ich zusehen, daß ich es würde; aber was wird dazu verlangt, fragte ich, denn das herauszubekommen, war für mich ebenso schwer, wie die Suppe zu kochen; aber Großmutter hatte bei Vorlesungen zugehört; sie sagte, drei Hauptsachen seien notwendig: ‚Verstand, Phantasie und Gefühl! kannst du die in dich hineinbringen, dann bist du

Dichter, und dann wirst du das mit dem Wurstspeiler schon noch schaffen.'

Und dann ging ich gen Westen in die weite Welt hinaus, um Dichter zu werden.

Verstand, das wußte ich, ist bei jeder Sache das Wichtigste, die beiden anderen Dinge genießen nicht diese Achtung! So ging ich also zuerst aus, den Verstand zu suchen; ja, wo wohnt der? Geh zur Ameise und werde weise! hat ein großer König im Judenland gesagt, das wußte ich aus der Bibliothek, und ich machte nicht eher halt, als bis ich an den ersten großen Ameisenhaufen kam, hier legte ich mich auf die Lauer, um weise zu werden.

Sie sind ein sehr achtunggebietendes Volk, die Ameisen, die sind lauter Verstand, alles bei ihnen ist wie eine richtig angelegte Rechenaufgabe, alles geht auf. Arbeiten und Eier legen, sagen sie, heißt in der Zeit leben und für die Nachwelt sorgen, und das tun sie. Sie setzen sich zusammen aus den sauberen Ameisen und aus den schmierigen; der Rang besteht in einer Nummer, die Ameisenkönigin ist Nummer eins, und ihre Meinung ist die einzig richtige, sie hat alle Weisheit verschlungen, und das zu erfahren, war für mich wichtig. Sie sagte sehr viel, es war so klug, daß ich fand, es wäre dumm. Sie sagte, ihr Haufen wäre das Höchste in dieser Welt, aber dicht neben dem Haufen stand ein Baum, der war höher, viel höher, das konnte nicht widerlegt werden, und daher sprach man nicht darüber; eines Abends hatte sich eine Ameise dorthin verirrt, war den Stamm hinaufgekrabbelt, nicht einmal bis zur Krone, aber dennoch höher hinauf, als je eine Ameise gekommen war, und als sie kehrtmachte und nach Hause kam, erzählte sie im Haufen von etwas viel Höherem da draußen, aber das empfanden alle Ameisen als beleidigend für die ganze Gemeinschaft, und so wurde die Ameise zum Maulkorb und zu dauernder Einsamkeit verurteilt; aber kurze Zeit darauf kam eine andere Ameise zu dem Baum und machte die gleiche Reise und dieselbe Entdeckung, und sie sprach darüber, wie man sagte, mit Bedacht und andeutungsweise, und da sie obendrein auch noch eine geachtete Ameise war, eine von den sauberen, so glaubte man ihr, und als sie starb, setzte man ihr eine Eierschale als Gedenkstein, denn die Wissenschaften achteten sie. Ich sah", sagte die kleine Maus, „daß die Ameisen ständig mit ihren Eiern auf dem Rücken herumliefen; eine ließ ihres fallen, sie strengte sich sehr an, es wieder aufzunehmen, aber es wollte nicht gelingen, da kamen zwei andere und halfen nach Kräften, so daß sie nahe daran waren, ihre eigenen Eier zu verlieren, aber dann ließen sie es auf der Stelle wieder sein, denn jeder ist sich selbst der Nächste; und die Ameisenkönigin sagte dazu, hier seien Herz und Verstand bewiesen worden. ‚Diese beiden Eigenschaften stellen uns Ameisen unter den Vernunftwesen obenan. Der Verstand soll und muß überwiegen, und ich habe den größten!' Und dann richtete sie sich auf den hintersten Beinen auf, sie war so leicht zu erkennen – ich konnte mich nicht irren; und ich verschlang sie. Geh zur Ameise und werde weise! Nun hatte ich die Königin!

Ich ging nun näher an den erwähnten hohen Baum heran, es war eine Eiche, sie hatte einen hohen Stamm, eine gewaltige Krone und war sehr alt; ich wußte, hier wohnte ein lebendes Wesen, eine Frau, Dryade ist sie geheißen, sie wird mit dem Baum geboren und stirbt mit ihm; ich hatte auf der Bibliothek davon gehört; nun sah ich so einen Baum, sah so ein Eichenmädchen; sie stieß einen fürchterlichen Schrei aus, als sie mich so aus der Nähe sah; sie war, wie alle Frauenzimmer, sehr bange vor Mäusen, aber sie hatte nun auch mehr Anlaß dazu als die anderen, denn ich konnte den Baum durchnagen, und davon war ja ihr Leben abhängig. Ich sprach freundlich und innig auf sie ein, machte ihr Mut, und sie nahm mich auf ihre feine Hand, und als sie erfuhr, weshalb ich in die weite Welt hinausgezogen war, versprach sie, daß ich vielleicht schon am selben Abend einen der beiden Schätze erhalten würde, nach denen ich noch suchte. Sie erzählte mir, daß Phantasus ihr sehr guter Freund sei, daß er so schön sei wie der Liebesgott und daß er manches Mal hier unter den laubigen Zweigen des Baumes, der dann noch stärker über ihnen beiden rausche, der Ruhe pflege; er nenne sie seine Dryade, sagte sie, den Baum seinen Baum, die knorrige, mächtige, wunderschöne Eiche sei ganz nach seinem Sinn, die Wurzeln breiteten sich tief und fest unten im Erdreich aus, der Stamm und die Krone erhöben sich hoch in die freie Luft und kennten den stöbernden Schnee, die scharfen Winde und den warmen Sonnenschein, wie man sie kennen muß. Ja, so sprach sie: ‚Die Vögel singen dort oben und erzählen von den fremden Ländern! Und auf dem einzigen verdorrten Ast hat der Storch sein Nest gebaut, es ist ein hübscher Schmuck, und man erfährt ein wenig vom Land der Pyramiden. All dies mag Phantasus gern, es ist ihm nicht einmal genug, ich muß ihm selber vom Leben im Wald erzählen, aus der Zeit, als ich klein und der Baum zart war, so daß eine Nessel ihn verbergen konnte, bis heute, da er so groß und gewaltig geworden ist. Setz du dich nun da unter den Waldmeister und paß gut auf, ich werde, wenn Phantasus kommt, schon eine Gelegenheit finden, ihn in die Flügel zu kneifen und ihm eine kleine Feder auszuzupfen, nimm sie, kein Dichter hat je eine bessere erhalten – dann hast du genug!‘

Und Phantasus kam, die Feder wurde ausgerissen, und ich ergriff sie“, sagte die kleine Maus, „ich hielt sie ins Wasser, bis sie weich wurde! Sie war zunächst noch schwer zu verdauen, aber ich habe sie doch aufgenagt! Es ist gar nicht leicht, sich zum Dichter hinaufzunagen, da gibt es so vieles, was man herunterschlucken muß. Nun hatte ich immerhin die beiden, Verstand und Phantasie, und kraft ihrer wußte ich nun, das dritte Ding war auf der Bibliothek zu finden, da ein großer Mann gesagt und geschrieben hatte, daß es Romane gebe, die allein dafür da seien, die Menschen von den überflüssigen Tränen zu befreien, also etwas Ähnliches sind wie ein Schwamm, der die Gefühle in sich aufsaugt. Mir fielen ein paar von diesen Büchern ein, sie hatten mir immer ganz appetitlich ausgesehen, sie waren so zerlesen, so fleckig, sie mußten einen unendlichen Tränenstrom in sich aufgenommen haben.

Ich ging heim in die Bibliothek, fraß sofort ungefähr einen ganzen Roman, das heißt, das Weiche, das Eigentliche, die Rinde dagegen, den Einband, ließ ich liegen. Als ich nun den Roman verdaut hatte und noch einen dazu, spürte ich schon, wie es sich in mir rührte, ich fraß ein bißchen von dem dritten, und da war ich Dichter, das sagte ich zu mir selber, und das sagte ich auch den anderen; ich hatte Kopfweh, Schmerzen in den Eingeweiden, ich entsinne mich nicht mehr all der Schmerzen, die ich hatte; ich dachte nun

darüber nach, welche Geschichten mit einem Wurstholz in Verbindung zu bringen wären, und nun kamen mir so viele Hölzer in den Sinn, die Ameisenkönigin hat einen ungewöhnlichen Verstand gehabt; ich erinnerte mich an den Mann, der ein weißes Stäbchen in den Mund nahm, dann waren er wie auch das Stäbchen unsichtbar; ich dachte an Holzköpfe, hölzerne Kerle, Holzäpfel und an den Nagel zu unserm Sarg. Alle meine Gedanken gingen in Holz auf! Und darüber muß man dichten können, wenn man ein Dichter ist, und das bin ich, das habe ich mir mühsam erarbeitet! Ich werde Ihnen auf diese Weise an jedem Tag der Woche mit einem Holz, einer Geschichte aufwarten können, – ja, das ist meine Suppe!"

„Nun wollen wir die dritte hören!" sagte der Mäusekönig.

„Piep! piep!" sagte es an der Küchentür, und eine kleine Maus, die vierte von ihnen, jene, die sie für tot gehalten hatten, flitzte herein; sie rannte den Wurstspeiler mit dem schwarzen Flor um, sie war Tag und Nacht gerannt, sie war auf der Eisenbahn, mit Güterzügen gefahren, je nachdem, wie sie Gelegenheit hatte, und dennoch wäre sie beinahe zu spät gekommen; sie drängelte sich vor, sah strubbelig aus, hatte ihren Wurstspeiler verloren, aber nicht die Sprache, sie redete sofort, so als hätte man nur auf sie gewartet, wollte nur sie hören, als ginge alles andere auf der Welt die Welt nichts an; sie sprach sofort, sprach sich aus; sie kam so unerwartet, daß niemand Zeit hatte, sich über sie und ihre Rede zu ereifern, während sie sprach. Nun werden wir hören!

4

Was die vierte Maus, die vor der dritten sprach, zu erzählen hatte

„Ich ging gleich in die größte Stadt", sagte sie, „den Namen habe ich nicht behalten, ich behalte Namen nicht gut. Ich kam von der Eisenbahn mit beschlagnahmten Gütern aufs Rathaus, und dort lief ich zum Gefangenenwärter; er sprach von seinen Gefangenen, namentlich von einem, der unbedachte Dinge gesagt hatte, und das hatte viel böses Blut gemacht. ‚Es ist alles weiter nichts als Suppe von einem Wurstspeiler!' sagte er, ‚aber die Suppe kann ihm an den Kragen gehen!' Dadurch bekam ich Interesse für den Gefangenen", sagte die kleine Maus, „und ich nahm die Gelegenheit wahr und schlüpfte zu ihm hinein; hinter geschlossenen Türen gibt es immer ein Mauseloch! Er sah blaß aus, hatte einen großen Bart und große glänzende Augen. Die Lampe blakte, und die Wände waren daran gewöhnt, sie wurden nicht schwärzer davon. Der Gefangene ritzte Bilder und auch Verse hinein, mit Weiß auf Schwarz, ich habe sie nicht gelesen. Ich glaube, er langweilte sich; ich war ein willkommener Gast. Er lockte mich mit Brotkrumen zu sich heran, mit Pfeifen und mit sanften Worten; er freute sich so über mich; ich bekam Zutrauen zu ihm, und so freundeten wir uns an. Er teilte Brot und Wasser mit mir, schenkte mir Käse und Wurst; ich lebte großartig, aber vor allem war es doch die gute Gesellschaft, muß ich schon sagen, die mich festhielt. Er ließ mich über seine Hand und seinen Arm laufen, bis ganz nach oben im Ärmel; er ließ mich in seinen Bart kriechen, nannte mich seine kleine Freundin; ich gewann ihn richtig lieb; dergleichen ist bestimmt gegenseitig! Ich vergaß, was ich in der weiten Welt draußen wollte, vergaß meinen Wurstspeiler in einer Ritze des Fußbodens, da liegt er noch. Ich wollte bleiben, wo ich war; wenn ich weggegangen wäre, dann hätte ja der arme Gefangene gar niemanden gehabt, und das ist zu wenig in dieser Welt! Ich blieb, er blieb nicht! er sprach ein letztesmal so traurig mit mir, schenkte mir doppelt soviel Brot und Käserinde, warf mir eine Kußhand zu; er ging und kam nie wieder. Ich kenne seine Geschichte nicht. ‚Suppe von einem Wurstspeiler!' sagte der Gefängniswärter, und zu ihm ging ich, aber ihm hätte ich nicht trauen dürfen; zwar nahm er mich auf die Hand, aber er steckte mich in einen Käfig, in die Tretmühle; das ist zuviel! Man läuft und läuft, kommt nicht weiter und wird nur ausgelacht!

Das Enkelkind des Gefangenenwärters war ein reizendes kleines Ding, mit goldgelbem, lockigem Haar, fröhlichen Augen und einem lachenden Mund. ‚Armes Mäuschen!' sagte sie, guckte in meinen abscheulichen Käfig, zog den eisernen Haken heraus – und ich sprang auf das Fenstersims und auf die Dachrinne hinaus. Frei, frei! allein nur daran dachte ich und nicht an das Ziel der Reise!

Es war dunkel, es war zu nächtlicher Stunde, ich fand in einem alten Turm ein Obdach; hier wohnten ein Wächter und eine Eule; ich traute keinem von beiden, am wenigsten der Eule; sie gleicht einer Katze und hat den großen Fehler, daß sie Mäuse frißt; aber man kann sich irren, und das tat ich; sie war eine achtbare, überaus gebildete alte Eule, sie wußte mehr als der Wächter und ebensoviel wie ich; die Eulenjungen beschwerten sich über jede Kleinigkeit. ‚Kocht keine Suppe von einem Wurstspeiler!' sagte sie, es war das Allerbitterste, was sie hier sagen konnte, sie war ihrer eigenen Familie so innig zugetan. Ich bekam ein solches Zutrauen zu ihr, daß ich von der Ritze aus, wo ich saß, ‚Piep' sagte; dies Zutrauen gefiel ihr, und sie versicherte mir, daß ich unter ihren Schutz gestellt sei; kein Tier sollte mir etwas antun dürfen, das wollte sie im Winter selbst besorgen, wenn das Futter knapp würde.

Sie war in jeder Beziehung klug; sie bewies mir, daß der Wächter ohne Horn, das lose an ihm hing, nicht heulen könne; ‚er bildet sich so fürchterlich viel darauf ein, meint, er sei Eule im Turm! Großartig soll es sein und ist doch so wenig! Suppe von einem Wurstspeiler!‘ Ich bat sie, sie

möchte mir das Rezept geben, und nun erklärte sie es mir: ‚Suppe von einem Wurstspeiler ist nur eine menschliche Redensart und auf verschiedene Art und Weise zu verstehen, und jeder meint, seine wäre die richtige; aber das Ganze ist eigentlich nichts!‘

‚Nichts!‘ sagte ich. Das war ein Schlag für mich! Die Wahrheit ist nicht immer angenehm, aber die Wahrheit ist das Höchste! das sagte auch die alte Eule. Ich dachte darüber nach und sah ein: wenn ich das Höchste brächte, dann brächte ich viel mehr als Suppe von einem Wurstspeiler.

Und da eilte ich von dannen, um noch zur rechten Zeit nach Hause zu kommen und das Höchste und Beste zu bringen: die Wahrheit. Die Mäuse sind ein aufgeklärtes Volk, und der Mäusekönig steht über ihnen allen. Er ist in der Lage, mich zur Königin zu machen, um der Wahrheit willen."

„Deine Wahrheit ist eine Lüge!" sagte die Maus, die noch nicht hatte sprechen dürfen. „Ich kann die Suppe kochen, und das werde ich tun!"

5

Wie sie gekocht wurde

„Ich bin nicht gereist", sagte die vierte Maus, „ich blieb im Lande, das ist das einzig Wahre! Man braucht nicht zu reisen, man kann alles ebensogut hier haben. Ich blieb! ich habe das Meine nicht von übernatürlichen Wesen gelernt, es mir nicht angefressen, habe nicht mit Eulen gesprochen. Ich habe das Meine aus eigenem Denken. Möchten Sie nun bitte den Kessel aufsetzen, mit Wasser gefüllt, bis an den Rand! Machen Sie Feuer darunter! Lassen Sie es brennen, bringen Sie das Wasser zum Kochen, es muß tüchtig sieden! Werfen Sie nun den Speiler hinein! Würde der Mäusekönig darauf die Freundlichkeit haben, den Schwanz in das tüchtig siedende Wasser zu stecken und umzurühren! Je länger Er rührt, desto kräftiger wird die Suppe; es kostet nichts! es bedarf keiner Zutaten – es muß nur umgerührt werden!"

„Kann das nicht ein anderer machen?" fragte der Mäusekönig.

„Nein", sagte die Maus, „diese Kraft ist nur im Schwanz des Mäusekönigs!"

Und das Wasser siedete tüchtig, und der Mäusekönig stellte sich dicht daneben, es war fast gefährlich, und er streckte den Schwanz aus, wie es die Mäuse in der Milchkammer tun, wenn sie die Sahne von einer Schüssel abschöpfen und darauf den Schwanz ablecken, aber er bekam seinen nur in den heißen Dampf, da sprang er sogleich herunter.

„Natürlich, du bist meine Königin!“ sagte er. „Mit der Suppe wollen wir bis zu unserer goldenen Hochzeit warten, dann haben die Armen in meinem Reich etwas, worauf sie sich freuen können, und obendrein noch eine Vorfreude!“

Und dann feierten sie Hochzeit; aber einige von den Mäusen sagten, als sie nach Hause kamen: „Man kann das doch nicht Suppe von einem Wurstspeiler nennen, es war eher Suppe von einem Mäuseschwanz!“ – Dies und jenes von dem, was erzählt worden war, fanden sie ganz gut wiedergegeben, aber im großen und ganzen hätte es anders sein können! „Ich hätte es nun so und so erzählt!“

Das war die Kritik, und die ist immer so klug – hinterher.

Und diese Geschichte wanderte um die ganze Welt, die Ansichten darüber waren geteilt, aber die Geschichte selber blieb ganz; und das ist das richtigste, im Großen wie im Kleinen, an der Suppe von einem Wurstspeiler; man darf nur keinen Dank dafür erwarten!

Des Hagestolzen Nachtmütze

In Kopenhagen gibt es eine Straße, die den sonderbaren Namen „Hyskenstræde" trägt, und weshalb heißt sie so, und was hat es zu bedeuten? Es soll deutsch sein, aber da tut man dem Deutschen unrecht: „Häuschen" müßte man sagen, und das bedeutet: kleine Häuser; jene Häuschen damals waren nichts viel anderes als Holzbuden, und zwar viele Jahre lang, fast so, wie wir sie auf den Jahrmärkten aufgestellt sehen; ja, ein wenig größer vielleicht und mit Fenstern, aber die Scheiben waren aus Horn oder Schweinsblase, denn zu jener Zeit war es zu teuer, Glasscheiben in allen Häusern zu haben, aber es liegt auch so weit in der Vergangenheit zurück, daß der Urgroßvater vom Urgroßvater, wenn er davon erzählte, es auch „in alter Zeit" nannte; es ist mehrere hundert Jahre her.

Die reichen Kaufleute in Bremen und Lübeck trieben Handel in Kopenhagen; sie selber kamen nicht herauf, sie schickten ihre Gehilfen, und die wohnten in den Holzbuden in der „Straße der Häuschen" und trieben Handel mit Bier und Gewürzen. Es war wirklich herrlich, das deutsche Bier, und es gab so viele Sorten, Bremer, Prysinger, Emser Bier – ja, Braunschweiger Mumme, und dann all die Gewürze, wie Safran, Anis, Ingwer und namentlich Pfeffer; ja, das war nun hier das wichtigste, und daher erhielten die deutschen Kaufherrnvertreter in Dänemark den Namen Pfeffergesellen, und es war so, daß sie sich zu Hause verpflichten mußten, hier oben nicht zu heiraten; viele von ihnen wurden sehr alt; sie mußten für sich allein sorgen, allein wirtschaften, selber ihr Feuer löschen, falls sie welches hatten; manche wurden so richtig einsame alte Männer, mit eigenen Gedanken und eigenen Gewohnheiten; nach ihnen heißt heutzutage jedes unverheiratete Mannsbild, das ein einigermaßen gesetztes Alter erreicht hat, ein „Pfeffergeselle"; all dies muß man wissen, um die Geschichte verstehen zu können.

Viele treiben ihren Scherz mit dem Pfeffergesellen, dem Hagestolzen, sie sagen, er solle eine Nachtmütze aufsetzen, sie über die Augen ziehen und zu Bett gehen.

„Säge, säge Holz!
O weh, du Hagestolz –
Die Mütze ist dein Schatz zur Nacht,
Und keiner dir dein Licht anmacht!"

Ja, so singt man von ihnen! Man verspottet den Junggesellen und seine Nachtmütze – eben weil man so wenig von ihm und ihr weiß – ach, die Nachtmütze sollte man sich nie wünschen! Und weshalb nicht? Ja, höre nur!

Die Häuschenstraße dort drüben hatte in allerfrühester Zeit kein Pflaster, die Menschen traten von einem Loch ins andere, wie in einem ausgefahrenen Hohlweg, und eng war es hier: die Buden standen dicht nebeneinander und sich so nahe gegenüber, daß zur Sommerszeit oftmals ein Seil von einer Bude zur anderen gespannt war, und dann roch es dazwischen so würzig nach Pfeffer, Safran und Ingwer. Hinter dem Ladentisch standen nicht viele junge Burschen, nein, es waren meistens alte Kerle, und die waren nun keineswegs, wie wir es uns vorstellen, mit einer Perücke oder Nachtmütze versehen, mit Samthosen, Weste und Rock, bis ganz obenhin zugeknöpft, nein, so ging der Urgroßvater vom Urgroßvater angezogen, und so ist er gemalt worden, die Hagestolze konnten es sich nicht leisten, sich malen zu lassen, und dabei würde es sich lohnen, jetzt

ein Bild von einem von ihnen zu besitzen, so wie er dort hinter dem Ladentisch stand oder an Feiertagen zur Kirche trottete. Der Hut hatte eine breite Krempe und einen hohen Kopf, und oft steckte einer der jüngsten Gehilfen eine Feder an den seinen; das wollene Hemd war unter einem heruntergeklappten Leinenkragen verborgen, die enganliegende Joppe war fest zugeknöpft, der Umhang lag lose darüber, und die Hosen gingen bis in die Schuhe mit den breiten Spitzen hinein, denn Socken trugen sie nicht. Im Gürtel steckten das Speisemesser und der Löffel, ja, da steckte noch ein großes Messer, mit dem sie sich verteidigten, und dafür hatte man in jenen Zeiten oft Verwendung. Genauso ging an Festtagen der alte Anton gekleidet, einer der ältesten Hagestolze der Häuschen, er hatte nur nicht den Hut mit dem hohen Kopf, sondern eine Kapuze und unter dieser eine gestrickte Mütze, eine richtige Nachtmütze, an die hatte er sich so ganz und gar gewöhnt, die hatte er immer auf dem Kopf, und er besaß sogar zwei davon; er war richtig etwas zum Malen, er war ganz spindeldürr, ganz runzelig um Mund und Augen, hatte lange, knochige Finger und graue, buschige Augenbrauen; über dem linken Auge hing ein ganzes Haarbüschel, schön war es sicher nicht, aber er war dadurch leicht zu erkennen; man wußte von ihm, daß er aus Bremen war, und trotzdem kam er eigentlich nicht von dort, dort wohnte sein Herr; er selber war aus Thüringen, aus der Stadt Eisenach, dicht unterhalb der Wartburg; davon sprach der alte Anton nicht viel, aber um so mehr dachte er daran.

Die alten Gehilfen in der Straße kamen nicht oft zusammen, jeder blieb in seinem Laden, der abends zeitig zugemacht wurde, und dann sah es dort düster aus, nur ein schwacher Lichtschein fiel durch die kleine hörnerne Scheibe auf dem Dach, unter dem, meistens auf seinem Bett, der alte Mann mit seinem deutschen Gesangbuch saß und sein Abendlied sang, oder er war bis in die tiefe Nacht auf und beschäftigte sich mit diesem oder jenem; ersprießlich war es bestimmt nicht; als Fremder in einem fremden Land, das ist ein bitteres Los! Man geht niemanden etwas an, außer daß man ihnen im Wege ist.

Oft, wenn draußen richtig finstere Nacht war mit Regen und Wind, konnte es hier recht unheimlich und verlassen sein; Laternen sah man nicht, außer einer einzigen sehr kleinen, die am einen Ende der Straße vor dem Bildnis der Heiligen Jungfrau hing, das auf die Mauer gemalt war. Man hörte das Wasser ganz nahebei vor der Schloßinsel, auf die das andere Ende der Straße zulief, ordentlich gegen das Gebälk schwappen und platschen. Solche Abende waren lang und einsam, wenn man sich nicht etwas vornahm: auspacken und einpacken, Tüten machen und Waagschalen polieren ist nicht jeden Tag nötig, aber dann nimmt man etwas anderes zur Hand, und das tat der alte Anton, er besserte selbst seine Sachen aus, flickte seine

Schuhe; wenn er dann endlich ins Bett ging, ja, dann behielt er, seiner Gewohnheit getreu, die Nachtmütze auf, zog sie noch ein wenig tiefer herunter, schob sie dann aber bald wieder hoch, um nachzusehen, ob das Licht auch gut gelöscht war, er fühlte nach, kniff den Docht zusammen, und dann legte er sich wieder hin, auf die andere Seite, und zog die Nachtmütze wieder herunter; aber oft kam ihm dann sogleich der Gedanke, ob wohl in dem kleinen Kohlenbecken unten jede Kohle ganz ausgebrannt war, ausgemacht, wie es sich gehört, ein kleiner Funke könnte doch vielleicht zurückgeblieben sein, der könnte Feuer anzünden und Unheil stiften; und dann stieg er aus dem Bett, kletterte die Leiter hinunter, Treppe konnte man sie nicht nennen, und wenn er dann zu dem Kohlenbecken kam, war kein Fünkchen zu sehen, und er konnte wieder umkehren; aber oft kam er nur halb bis nach oben, er war nicht sicher, ob die eiserne Sperrstange vor der Tür saß und die Haspen vor den Läden; ja, so mußte er auf den dünnen Beinen wieder hinunter; er fror, die Zähne schlugen ihm aufeinander, als er ins Bett kroch, denn die Kälte kommt erst so richtig, wenn sie weiß, sie wird vertrieben. Er zog das Deckbett noch weiter hoch, die Nachtmütze noch mehr über die Augen herunter und kehrte nunmehr die Gedanken vom Handel und der Mühsal des Tages ab, aber das schaffte kein Behagen, denn nun kamen die alten Erinnerungen und hängten ihre Gardinen auf, und die haben mitunter Stecknadeln, an denen man sich sticht; au! sagt man; und stechen sie in das blutige Fleisch und pieken, dann können einem davon Tränen in die Augen treten, und das war auch

oft bei dem alten Anton der Fall, es kamen heiße Tränen, die hellsten Perlen; sie fielen auf das Deckbett oder auf den Fußboden, und dann hörte es sich an, als risse eine Schmerzenssaite, so herzensweh; die Tränen verdunsteten sicher, sie lohten zu einer Flamme auf; aber sie beleuchteten ihm dann ein Lebensbild, welches nie aus seinem Herzen schwand; wischte er sich dann die Augen mit der Nachtmütze trocken, ja, dann verschwammen Träne und Bild, aber deren Quelle war und blieb, sie lag in seinem Herzen. Die Bilder kamen nicht, wie sie in der Wirklichkeit aufeinandergefolgt waren, zumeist kamen die schmerzlichsten, auch die wehmütigfrohen leuchteten auf, aber gerade diese warfen heute die kräftigsten Schatten.

„Wunderbar ist der dänische Buchenwald!" sagte man, aber wunderbarer ragte für Anton der Buchenwald in der Gegend um die Wartburg auf; riesiger und ehrwürdiger erschienen ihm die alten Eichen oben um die stolze Ritterburg, wo die Schlingpflanzen über die steinernen Blöcke des Felsens herabhingen; süßer dufteten die Blüten der Apfelbäume dort als im dänischen Land; ganz lebhaft fühlte und spürte er es noch: eine Träne rann, tönte und leuchtete: er sah deutlich in ihr zwei kleine Kinder spielen, einen Knaben und ein Mädchen; der Junge hatte rote Wangen, gelbes, lockiges Haar, ehrliche blaue Augen, es war der Sohn des reichen Krämers, der kleine Anton, er selbst; das kleine Mädchen hatte braune Augen und schwarzes Haar, keck und klug sah sie aus, es war die Tochter des Bürgermeisters, Molly. Die beiden spielten mit einem Apfel, sie schüttelten ihn und horchten, wie die Kerne drinnen klapperten; sie schnitten den Apfel in der Mitte durch und bekamen jeder ein Stück; sie teilten die Kerne unter sich und aßen sie auf bis auf einen, der sollte in die Erde gesteckt werden, meinte das kleine Mädchen.

„Du sollst mal sehen, was da herauskommt, da kommt etwas, was du dir gar nicht vorstellen kannst, da kommt ein ganzer Apfelbaum heraus, aber noch nicht gleich!"

Und sie steckten den Kern in einen Blumentopf; beide waren dabei sehr eifrig; der Junge bohrte mit dem Finger ein Loch in die Erde, das kleine Mädchen legte den Kern hinein, und beide deckten Erde drüber.

„Nun darfst du ihn nicht etwa morgen hervorholen und nachsehen, ob er Wurzeln bekommen hat", sagte sie, „das darf man nicht! Das habe ich mit meinen Blumen so gemacht, nur zweimal, ich wollte nachsehen, ob sie anwuchsen, damals wußte ich es nicht besser, und die Blumen starben!"

Der Blumentopf blieb bei Anton stehen, und jeden Morgen, den ganzen Winter über, sah er nach ihm, aber da war nur die schwarze Erde zu erblicken; jetzt kam das Frühjahr, die Sonne schien ganz warm, da keimten in dem Blumentopf zwei grüne Blättchen hervor.

„Das sind Molly und ich!" sagte Anton, „das ist süß, das ist entzückend!"

Bald kam ein drittes Blatt; wen sollte das vorstellen? Ja, es kam eines und noch eines! Tag für Tag und Woche für Woche wurde sie größer und größer, aus der Pflanze wurde ein ganzer Baum. Und alles dies spiegelte sich in einer einzigen Träne wider, die zerdrückt wurde und verging; aber sie konnte aus dem Quell zurückkommen – aus des alten Anton Herzen.

In der Nähe von Eisenach streckt sich eine Reihe von steinigen Bergen hin, einer wölbt sich vor und hat weder Baum noch Strauch oder Gras; er heißt der Venusberg; dort drinnen lebt Frau Venus, ein Götzenweib aus heidnischer Zeit, Frau Holle wurde sie genannt, das wußte und weiß noch heute jedes Kind in Eisenach; sie hatte den edlen Ritter Tannhäuser zu sich hereingelockt, den Minnesänger vom Sängerkreis auf der Wartburg.

Die kleine Molly und Anton standen oft am Berg, und einmal sagte sie: „Traust du dich, anzuklopfen und zu sagen: ‚Frau Holle! Frau Holle! mach auf, hier ist Tannhäuser!'" aber das getraute Anton sich nicht; Molly getraute es sich; jedoch sagte sie nur die Worte: „Frau Holle! Frau Holle!" laut und deutlich; das übrige sprach sie so in den Wind hinein, so undeutlich, daß Anton überzeugt war, sie

habe nichts Richtiges gesagt; so keck sah sie aus, so keck, wie manchmal, wenn sie mit anderen kleinen Mädchen im Garten mit ihm zusammentraf und wenn sie ihn dann alle küssen wollten, gerade weil er nicht geküßt werden mochte und um sich schlug; sie allein wagte es.

„Ich darf ihn küssen!" sagte sie stolz und faßte ihn um den Hals; das war ihre Eitelkeit, und Anton fand sich drein, dachte gar nicht darüber nach. Wie war sie entzückend, wie war sie keck! Frau Holle im Berge sollte auch so schön sein, aber diese Schönheit, hatte man erzählt, sei die verführerische Schönheit des Bösen; die höchste Schönheit dagegen war so, wie man sie bei der heiligen Elisabeth fand, der Schutzheiligen des Landes, der frommen, thüringischen Fürstin, deren gute Taten durch Sage und Legende hier mancher Ort verherrlichte; in der Kapelle hing ihr Bildnis, von silbernen Lampen umgeben – ihr jedoch glich Molly gar nicht.

Der Apfelbaum, den die beiden Kinder gesät hatten, wuchs von Jahr zu Jahr; er wurde so groß, daß er ins Freie ausgepflanzt werden mußte, in den Garten, wo der Tau fiel, wo die Sonne warm schien, und er bekam Kräfte, um damit durch den Winter zu kommen, und nach dem harten Druck des Winters war es geradezu, als ob er aus Freude im Frühling Blüten ansetzte; im Herbst hatten sie zwei Äpfel, einen für Molly, einen für Anton; weniger durfte es aber auch nicht sein.

Der Baum hatte sich beeilt, Molly wuchs wie der Baum, sie war frisch wie eine Apfelblüte; aber lange sollte Anton die Blüte nicht anschauen dürfen. Alles wechselt, alles wandelt sich! Mollys Vater verließ die alte Heimat, und Molly ging mit, weit fort – ja, in heutiger Zeit ist es durch den Dampf eine Reise von nur wenigen Stunden, aber damals brauchte man mehr als eine Nacht und einen Tag dazu, um von Eisenach so weit nach Osten zu gelangen, ganz an den äußersten Rand von Thüringen, in die Stadt, die noch heute Weimar heißt.

Und Molly weinte, und Anton weinte – all die Tränen, ja, sie flossen jetzt in einer einzigen Träne zusammen, und die hatte das rote, schöne Licht der Freude. Molly hatte zu ihm gesagt, sie habe ihn lieber als alle Herrlichkeiten in Weimar.

Es verging ein Jahr, es vergingen zwei, drei, und in der ganzen Zeit kamen zwei Briefe, den einen brachte der Fuhrmann, den zweiten hatte ein Reisender mit; es war eine lange, beschwerliche Straße, die sich an Städten und Dörfern vorbeiwand.

Wie oft hatten Anton und Molly zusammen die Geschichte von Tristan und Isolde gehört, und wie oft hatte er dabei an sich und Molly gedacht, obwohl der Name Tristan bedeuten sollte, daß „er ihnen in Leid geboren ward", und das paßte nicht auf Anton, ihm würde es auch nie wie Tristan in den Sinn kommen, daß „sie mich vergessen hat"! Aber Isolde vergaß ja auch nicht ihren Herzensfreund, und als sie beide gestorben waren und jeder auf seiner Seite der Kirche begraben war, da wuchsen die Linden von den Gräbern über das Kirchendach hinweg und stießen blühend aneinander; Anton fand es so schön und dennoch so traurig – aber mit ihm und Molly konnte es nicht traurig werden, und dann pfiff er ein Lied von dem Minnesänger Walther von der Vogelweide:

„Unter der Linden an der Heide –"

Und vor allem hieß es so schön darin:

„Vor dem Walde in einem Tal,
Tandaradei!
Schöne sang die Nachtigall!"

Dies Lied kam ihm immer in den Sinn, er sang und pfiff es in der hellen Mondnacht, als er zu Pferd in dem tiefen Hohlweg von dannen ritt, um nach Weimar zu reisen und Molly zu besuchen; er wollte unerwartet kommen, und er kam unerwartet.

Ein Willkommen wurde ihm zuteil, Wein im Becher bis zum Rand, muntere Gesellschaft, vornehme Gesellschaft, eine gemütliche Stube und ein gutes Bett, und dennoch war es gar nicht so, wie er es sich vorgestellt und erträumt hatte; er verstand sich selber nicht, verstand die anderen nicht;

aber wir können es verstehen! Man kann im Hause sein, in der Familie und trotzdem nicht Wurzeln schlagen, man unterhält sich, wie man sich in einer Postkutsche unterhält, kennt einander, wie man sich in einer Postkutsche kennt, stört sich gegenseitig, wünscht, man wäre fort oder unser guter Nachbar wäre fort. Ja, so etwa empfand es Anton.

„Ich bin ein ehrliches Mädchen", sagte Molly zu ihm, „ich möchte es dir sagen! Viel hat sich verändert, seit wir als Kinder zusammen waren, es ist anders um uns herum und in unserm Innern, Gewohnheit und Wille haben keine Gewalt über unser Herz! Anton! ich will dich mir nicht zum Feinde machen, jetzt, da ich bald weit fort von hier sein werde – glaube mir, ich bin dir wohlgesonnen, aber geliebt, wie ich jetzt weiß, daß man einen anderen Menschen lieben kann, habe ich dich nie! – Damit mußt du dich abfinden! – Leb wohl, Anton!"

Und Anton sagte auch Lebewohl; es kam nicht eine Träne in seine Augen, aber er spürte es, er war nicht mehr Mollys Freund. Die glühende ebenso wie die eisigkalte Eisenstange sengt uns die Haut an der Lippe, und wir haben die gleiche Empfindung, wenn wir sie küssen; und er küßte ebenso stark in Liebe wie in Haß.

Keine vierundzwanzig Stunden brauchte Anton, um nach Eisenach zurückzukehren, aber das Pferd, das er ritt, das ritt er auch zuschanden.

„Was hat das zu sagen!" meinte er, „ich bin zerstört, und ich will alles zerstören, was mich an sie erinnern kann: Frau Holle, Frau Venus, du heidnisches Weib! – Den Apfelbaum will ich knicken und zerbrechen, ihn mit der Wurzel ausreißen; nie soll er mehr blühen und Frucht tragen!"

Aber der Baum wurde nicht vernichtet, er selber war vernichtet und lag mit Fieber im Bett. Was konnte ihn wieder aufrichten? Es wurde ihm eine Medizin eingegeben, die es konnte, die bitterste, die es gibt, die, welche den kranken Leib und die sich sträubende Seele aufrüttelte; Antons Vater war nicht mehr der reiche Kaufmann. Die schweren Tage, die Tage der Heimsuchung standen vor der Tür; das Unglück stürzte herein; gleich großen Seen brach es in das einstmals reiche Haus. Der Vater wurde ein armer Mann, Leid und Unglück lähmten ihn; da hatte Anton an anderes zu denken als an Liebeskummer und daß er auf Molly böse sein müsse; er mußte nun Vater und Mutter im Hause sein, er mußte ordnen, helfen, tüchtig zupacken, selbst in die weite Welt hinausziehen und sein Brot verdienen.

Nach Bremen kam er, erlebte Not und schwere Tage, und die machen den Sinn hart oder weich, oftmals viel zu weich. Wie ganz anders waren doch die Welt und die Menschen dort, als er es sich in der Kinderzeit vorgestellt hatte! Was bedeuteten ihm nun die Lieder der Minnesänger: Klingklang! Leeres Getön! Ja, so dachte er bisweilen, aber zu anderen Zeiten erklangen die Lieder tief in seiner Seele, und ihm wurde fromm zumute.

„Gottes Wille ist der beste!" sagte er dann, „wie war es gut, daß der Herrgott es so einrichtete und Molly nicht ihr Herz an mich hängte, wozu hätte es führen sollen, nun, da das Glück sich also gewandelt hat! Sie hat mich verlassen, ehe sie wußte oder daran dachte, welcher Umschwung seit den Tagen des Wohlstands bei mir eingetreten ist. Das war des Herrn Gnade gegen mich. Alles hat sich aufs beste gefügt! Alles geschieht weise! Sie konnte nichts dafür; und ich bin ihr so bitter feind gewesen!"

Und die Jahre vergingen; Antons Vater war gestorben, Fremde wohnten im väterlichen Haus; Anton sollte es jedoch wiedersehen, sein reicher Brotherr schickte ihn auf geschäftliche Reisen, und da kam er durch seine Geburtsstadt Eisenach. Die alte Wartburg stand unverändert droben auf dem Felsen, mit „Mönch und Nonne" im Gesteinsblock; die riesigen Eichen schufen denselben Rahmen zu dem Ganzen, wie in der Kindheit. Der Venusberg schimmerte kahlgrau im Tal hervor. Gern hätte Anton gesagt: „Frau Holle, Frau Holle! öffne den Berg! Dann bliebe ich doch dort in der Heimaterde!"

Es war ein sündiger Gedanke, und Anton schlug das Kreuz; da sang ein Vögelchen aus dem Gesträuch, und das alte Minnelied fiel ihm ein:

„Vor dem Walde in einem Tal,
Tandaradei,
Schöne sang die Nachtigall!“

Er erinnerte sich an so vieles hier in der Stadt seiner Kindheit, die er unter Tränen wiedersah. Das Vaterhaus stand da wie immer, aber der Garten war verändert worden, ein Feldweg führte über die eine Ecke des alten Gartengrundstücks, und der Apfelbaum, den er dann doch nicht vernichtet hatte, stand noch da, aber außerhalb des Gartens, jenseits des Weges, doch beschien die Sonne ihn wie früher, und der Tau fiel auf ihn wie früher, er trug reiche Frucht, so daß sich die Zweige zur Erde bogen.

„Er gedeiht!“ sagte er, „der kann es!“

Einer seiner großen Äste war jedoch geknickt, mutwillige Hände hatten es getan, der Baum stand ja an offener Straße.

„Man bricht seine Blüten, ohne ihm Dank zu sagen, man stiehlt von der Frucht und knickt die Äste; hier kann man sagen – falls man von einem Baum so sprechen kann wie von einem Menschen –: das ist ihm nicht an seiner Wiege gesungen worden, daß er so dastehen würde. Seine Geschichte fing so wunderhübsch an, und was ist dabei herausgekommen? Verlassen und vergessen, ein Gartenbaum am Graben, an Feld und Straße! Da steht er ohne Schutz, zerrauft und geknickt! Er geht zwar nicht davon ein, aber mit den Jahren werden der Blüten weniger, Früchte gibt es gar keine, und zuletzt – ja, dann ist die Geschichte aus!“

So dachte Anton dort unter dem Baum, das dachte er so manche Nacht in der kleinen, einsamen Kammer im Holzhaus in der Fremde, in der Häuschenstraße in Kopenhagen, wo sein reicher Herr, der Kaufherr in Bremen, ihn hingeschickt hatte, unter der Bedingung, daß er nicht heirate.

„Heiraten! ho, ho!“ lachte er so tief und sonderbar.

Der Winter war frühzeitig gekommen, es war scharfer Frost; draußen ging ein Schneesturm, daß jeder, der konnte, in seinen vier Wänden blieb; daher bemerkten auch Antons Nachbarn von gegenüber nicht, daß sein Laden zwei ganze Tage nicht aufgemacht worden war, daß er selber sich gar nicht zeigte. Wer ging in dem Wetter hinaus, wenn er es lassen konnte?

Es waren trübe, dunkle Tage, und im Laden, dessen Scheiben ja nicht aus Glas waren, herrschte nur Dämmerlicht und pechrabenschwarze Nacht. Der alte Anton hatte zwei Tage lang sein Bett gar nicht verlassen, er hatte nicht die Kraft dazu; das harte Wetter draußen hatte er lange in seinen Gliedern gespürt. Verlassen lag der alte Hagestolz da und konnte sich selber nicht helfen, kaum zum Wasserkrug, den er ans Bett gestellt hatte, konnte er die Hand ausstrecken, und der letzte Tropfen war auch getrunken. Es war kein Fieber, keine Krankheit, es war das Alter, das ihn lähmte. Um ihn war es fast wie ewige Nacht, dort oben, wo er lag. Eine kleine Spinne, die er nicht sehen konnte, spann zufrieden und emsig ihr Gewebe über ihn hinweg, so als sollte dort doch immerhin ein wenig neuer, frischer Trauerflor wehen, falls der Alte seine Augen schlösse.

Die Zeit war so lang und einschläfernd leer; Tränen hatte er nicht, Schmerz auch nicht; Molly war gar nicht in seinen Gedanken; er hatte ein Gefühl, als wäre die Welt mit ihrem Getümmel gar nicht mehr die seine, als läge er außerhalb, keiner gedachte seiner. Einen Augenblick meinte er Hunger zu verspüren, auch Durst – ja, er verspürte ihn! Aber niemand kam, ihn zu erquicken, niemand würde kommen. Er dachte an jene, die verschmachteten, ihm fiel ein, wie die heilige Elisabeth, als sie hier auf Erden lebte – sie, die Heilige seiner engeren Heimat und Kindheit, die edle Herzogin von Thüringen, die hochvornehme Frau –, selbst in den ärmsten Winkel hinunterstieg und dem Kranken Hoffnung und Labe reichte. Ihre frommen Taten leuchteten in seinem Sinn, er dachte daran, wie sie kam und Worte des Trostes zu jenen sprach, welche litten, die Wunden der Leidenden wusch und den Hungernden Nahrung brachte, obwohl ihr strenger Gatte ihr deswegen zürnte. Er erinnerte sich an die Sage von ihr, wie sie mit dem vollbepackten Korb ankam, in welchem Wein und Essen waren, und wie ihr Gemahl, der ihre Schritte bewachte, vortrat und im Zorne fragte, was sie dort trage, und sie vor Angst ant-

wortete: Es sind Rosen, die ich im Garten gepflückt habe Er zerrte das Tuch herunter, und dem frommen Weibe war ein Wunder widerfahren, der Wein und das Brot, alles im Korbe war in Rosen verwandelt.

So lebte die Heilige in des alten Anton Gedanken, so stand sie leibhaftig vor seinem matten Auge, vor seinem Bett in der dürftigen Holzbude im dänischen Land. Er entblößte sein Haupt, sah ihr in die sanften Augen, und alles ringsum ward zu Glanz und Rosen, ja, diese breiteten sich aus mit ihrem Duft, einen eigentümlich schönen Apfelduft verspürte er, ein blühender Apfelbaum war es, das sah er jetzt, der wölbte sich über ihm, es war der Baum, den er mit Molly als kleinen Kern in die Erde gesteckt hatte.

Und der Baum ließ seine duftenden Blütenblätter auf seine heiße Stirn herabrieseln und kühlte sie; sie fielen auf seine verschmachtenden Lippen, und es war wie stärkender Wein und Brot, sie fielen auf seine Brust, und er fühlte sich so leicht, im Schlummer geborgen.

„Nun schlafe ich!" flüsterte er leise: „der Schlaf tut wohl! Morgen bin ich genesen und wieder richtig wohlauf! Wunderbar! wunderbar! Den Apfelbaum, in Liebe gepflanzt, sehe ich in Herrlichkeit!"

Und er schlief.

Am nächsten Tag, es war der dritte Tag, daß der Laden geschlossen war, der Schnee stob nicht mehr, besuchte der Nachbar von gegenüber den alten Anton, der gar nicht zum Vorschein kam. Er lag ausgestreckt tot da, seine alte Nachtmütze zwischen den Händen pressend. Die bekam er nicht im Sarge auf, er hatte ja noch eine, rein und weiß.

Wo waren nun die Tränen, die er vergossen hatte? Wo waren die Perlen? In der Nachtmütze blieben sie – die echten gehen in der Wäsche nicht heraus – mit der Mütze wurden sie verwahrt und vergessen – die alten Gedanken, die alten Träume, ja, sie blieben noch in des Hagestolzen Nachtmütze. Wünsche sie dir nicht! Deine Stirn würde sie viel zu sehr erhitzen, deinen Puls heftiger pochen lassen, Träume bringen, als wären sie Wirklichkeit; das erfuhr der erste, der sie aufsetzte, und das war immerhin ein halbes Jahrhundert später, und zwar der Bürgermeister selber, der mit Frau und elf Kindern wohlgeborgen innerhalb seiner vier Wände saß; er träumte sogleich von unglücklicher Liebe, Bankrott und karger Kost.

„Hu! wie diese Nachtmütze wärmt!" sagte er und riß sie herunter, und da rollte eine Perle heraus und noch eine Perle, die tönten und schimmerten. „Das ist die Gicht!" sagte der Bürgermeister, „es flimmert mir vor den Augen!"

Es waren Tränen, vor einem halben Jahrhundert geweint, von dem alten Anton aus Eisenach geweint.

Wer auch späterhin diese Nachtmütze aufsetzte, hatte tatsächlich Erscheinungen und Träume, seine eigene Geschichte wurde zu Antons Geschichte, sie wurde ein ganzes Märchen, sie wurde zu vielen, die können die anderen erzählen, jetzt haben wir das erste erzählt, und mit dieser sagen wir als letztes Wort: Wünsche dir niemals des Hagestolzen Nachtmütze.

„Etwas“

„Ich will etwas werden!“ sagte der älteste von fünf Brüdern, „ich will hier auf der Welt von Nutzen sein; mag die Stellung noch so gering sein, wenn das, was ich ausrichte, nur gut ist, dann ist es etwas. Ich will Ziegelsteine machen, die kann man nicht entbehren! Dann habe ich doch immerhin etwas gemacht!“

„Aber viel zu wenig!“ sagte der zweite Bruder, „das, was du machst, ist so gut wie nichts; das ist Handlangerarbeit, die kann von der Maschine ausgeführt werden. Nein, dann lieber Maurer werden, das ist doch immerhin etwas, das will ich werden. Das ist ein Stand! Durch den kommt man in die Zünfte, wird Bürger, hat seine eigene Fahne und sein eigenes Wirtshaus; ja, geht es gut, so kann ich Gesellen halten, werde Meister genannt, und meine Frau wird Meisterin; das ist etwas!“

„Das ist gar nichts!“ sagte der dritte, „das liegt außerhalb der oberen Klassen, und es gibt viele Klassen in einer Stadt, weit über der des Meisters! Du kannst ein braver Mann sein, aber du bist als Meister doch immer nur ‚gewöhnlich', wie man es nennt! Nein, da weiß ich etwas Besseres! Ich will Baumeister werden, ins Künstlerische übergehen, ins Denkerische, mich zu den Höherstehenden im Reich des Geistes erheben; zwar muß ich von unten anfangen, ja, ich kann es ebensogut rundheraus sagen: ich muß als Zimmerlehrling anfangen, mit der Schirmmütze herumlaufen, obwohl ich es gewöhnt bin, einen seidenen Hut zu tragen, muß den gewöhnlichen Gesellen Bier und Schnaps holen, und sie sagen du zu mir, es ist empörend! Aber ich werde mir einbilden, das Ganze wäre eine Maskerade, Narrenfreiheit! Morgen – das heißt, wenn ich Geselle bin – gehe ich meinen eigenen Weg, die anderen kümmern mich nicht! Ich gehe auf die Akademie, lerne zeichnen, werde Architekt genannt – das ist etwas! das ist viel! Ich kann Hochedler und Wohlgeborener werden, ja, ein bißchen mehr noch vorn wie hinten, ich baue und baue, genauso wie die anderen vor mir! Das ist immer etwas, worauf man sich verlassen kann! das Ganze ist etwas!"

„Aber aus dem Etwas mache ich mir nichts!" sagte der vierte, „ich will nicht im Kielwasser schwimmen, nicht ein Abklatsch werden, ich will ein Genie werden, tüchtiger als ihr alle miteinander! Ich schaffe einen neuen Stil, gebe die Idee für ein Bauwerk, dem Klima und Material des Landes, der jeweiligen Nationalität, der Entwicklung unseres Zeitalters angepaßt, und dann noch ein Stockwerk obendrauf für mein eigenes Genie!"

„Wenn aber nun das Klima und das Material nichts taugen", sagte der fünfte, „das wird schlimm werden, denn es wirkt darauf ein! Die Nationalität kann auch leicht so übertrieben werden, daß sie lächerlich wird, die Entwicklung des Zeitalters kann mit dir durchgehen, so wie die Jugend oftmals durchgeht. Ich sehe schon, von euch wird keiner eigentlich etwas, wie sehr ihr es auch selber glaubt! Aber macht, was ihr wollt, ich will es euch nicht nachtun, ich stelle mich abseits, ich mäkele dann über das, was ihr vorhabt! An jeder Sache ist immer irgend etwas falsch, das werde ich herauspflücken und kritisieren, das ist etwas!"

Und das tat er, und die Leute sagten von dem fünften:

„An dem ist bestimmt etwas dran! Er hat einen guten Kopf! Doch er tut *nichts*!“ – Aber auf Grund dessen war er *etwas*.

Seht, das ist nur eine kleine Geschichte, und dennoch ist sie nie zu Ende, solange die Welt steht.

Aber wurde denn nichts weiter aus den fünf Brüdern? Das war ja gar nichts! Hört weiter zu, es ist das reinste Märchen!

Der älteste Bruder, der Ziegelsteine machte, erlebte es, daß aus jedem Stein, wenn er fertig war, ein kleiner Schilling rollte, nur aus Kupfer, aber viele kleine Kupferschillinge, übereinandergelegt, werden zu einem blanken Taler, und wo man damit anklopft, beim Bäcker, Schlachter, Schneider, ja bei ihnen allen, da fliegt die Tür auf, und man bekommt, was man braucht; seht, das warfen die Ziegelsteine ab; manche gingen zwar kaputt oder brachen in der Mitte durch, aber für die war auch Verwendung.

Oben auf dem Deich wollte Mutter Margrethe, die arme Frau, sich so gern ein Häuschen mauern; sie bekam alle Steinbrocken und dann noch ein paar heile Steine, denn ein gutes Herz hatte der älteste Bruder, wenn er es im Beruf auch nicht weiterbrachte, als Ziegelsteine zu machen. Die arme Frau baute sich selbst ihr Haus; eng war es, das eine Fenster saß schief, die Tür war viel zu niedrig, und das Reetdach hätte besser gedeckt sein können, aber Schutz und Schirm bot es, und man konnte weit übers Meer sehen, dessen Gewalt durch den Deich gebrochen wurde; die salzigen Tropfen spritzten über das Haus hinweg, das noch stand, als der, welcher die Ziegelsteine verfertigt hatte, gestorben und verdorben war.

Der zweite Bruder, ja, der konnte allerdings ganz anders mauern, er hatte es ja auch von Grund auf gelernt. Als das Gesellenstück abgeliefert war, schnürte er seinen Ranzen und sang das Lied der Handwerker:

Ich wandre fürbaß mit frohem Mut,
In der Fremde ich heimatlich baue.
Mein Handwerk, das ist mein Geld und mein Gut,
Meiner jungen Kraft ich vertraue.

Einst kehr ich zurück ins Vaterland,
Dem hab ich mein Wort gegeben.
Hurra! der fleißige Handwerkerstand
Kommt immer leicht durch im Leben!

Und das tat er. Als er zurückkehrte und Meister wurde, errichtete er drinnen in der Stadt Haus bei Haus, eine ganze Straße; als sie stand, sich gut ausnahm und der Stadt Ansehen verschaffte, bauten die Häuser ein Häuschen für ihn, das sein Eigentum sein sollte; aber wie konnten die Häuser bauen? Ja, frag sie, und sie geben keine Antwort, aber die Leute antworten und sagen: „Ja, gewiß hat die Straße ihm sein Haus gebaut!" Klein war es und mit einem Lehmfußboden, aber da er mit seiner Braut darüber hintanzte, wurde der Fußboden blank und poliert, und aus jedem Stein in der Wand sproß eine Blüte hervor, die war so gut wie ein kostbarer Bezug. Es war ein reizendes Haus und ein glückseliges Ehepaar. Die Zunftfahne wehte draußen, und Gesellen und Lehrjunge riefen hurra! o ja, das war etwas! Und dann starb er, das war auch etwas!

Nun kam der Architekt, der dritte Bruder, der zuerst Zimmermannslehrling gewesen war, eine Schirmmütze getragen und Besorgungen gemacht hatte, aber von der Akademie zum Baumeister emporgeklettert war, „Hochedler und Wohlgeborener"! Ja, hatten die Häuser in der Straße für den Bruder, der Maurermeister gewesen war, ein Haus gebaut, so erhielt nunmehr die Straße ihren Namen nach diesem, und das schönste Haus in der Straße wurde das seine, das war etwas, und er war etwas – und zwar mit einem langen Titel vorn wie hinten; seine Kinder wurden vornehme Kinder genannt, und als er starb, war seine Witwe eine Witwe von Stand – das ist etwas! Und sein Name stand nach wie vor an der Straßenecke und war in aller Munde, als Straßenname – ja, das war etwas!

Nun kam das Genie, der vierte Bruder, der etwas Neues erfinden wollte, etwas ganz Besonderes und ein Stockwerk obendrauf, aber das stürzte ihm zusammen, und er fiel herunter und brach sich das Genick – aber er bekam ein schönes Begräbnis mit Zunftfahne und Musik, Blumen in der Zeitung und auf der Straße über das Pflaster hin, und drei Grabreden wurden auf ihn gehalten, eine immer länger als die andere, und sie hätten ihn gefreut, denn er liebte es sehr, wenn von ihm die Rede war; es kam ein Gedenkstein aufs Grab, nur ein Stockwerk hoch, aber das ist immerhin etwas!

Nun war er tot wie die drei anderen Brüder, aber der letzte, der, welcher mäkelte, überlebte sie alle, und das war ja auch durchaus richtig, so hatte er nämlich das letzte Wort, und es war für ihn von großer Wichtigkeit, das letzte Wort zu haben. Er hatte ja den guten Kopf! sagten die Leute. Nun schlug auch ihm die Stunde, er starb und kam ans Himmelstor. Hier kommt man immer zu zweit an! Hier stand er mit einer anderen Seele, die auch gern hinein wollte, und das war gerade die alte Mutter Margrethe vom Deichhaus.

„Das ist sicher wegen des Kontrasts, daß ich und diese kümmerliche Seele gleichzeitig hier ankommen müssen!" sagte der Mäkler. „Na, wer ist Sie? Mutterchen! Will Sie auch hier hinein?" fragte er.

Und die alte Frau knickste, so gut sie konnte, sie meinte, es sei Sankt Petrus selber, der hier sprach. „Ich bin eine Arme, ohne irgendwelche Angehörigen, die alte Margrethe vom Deichhaus!"

„Na, was hat Sie dort unten getan und ausgerichtet?"

„Ich hab wahrhaftig nicht das kleinste Etwas ausgerichtet in dieser Welt! Gar nichts, was mir hier Einlaß verschaffen könnte! Es ist ein Werk der wahren Gnade, wenn ich durch diese Tür hinein darf!"

„Wie hat Sie diese Welt verlassen?" fragte er, um von etwas zu reden, da es ihn langweilte, dazustehen und zu warten.

„Ja, wie ich sie verließ, das weiß ich nicht! Krank und elend war ich ja in den letzten Jahren, und dann hab ich es wohl nicht vertragen können, aus dem Bett zu klettern und in Frost und Kälte da hinauszugehen. Es ist ja ein harter Winter, aber nun habe ich es doch überwunden. Es war ein paar Tage windstill, aber bitterlich kalt, wie Euer Hochehrwürden sicher wissen; das Eis erstreckte sich vom Strande so weit nach draußen, wie man sehen konnte; alle Leute aus der Stadt wanderten aufs Eis hinaus; da fand etwas statt, was sie Schlittschuhlaufen nennen, und Tanz, glaube ich, draußen spielte laut Musik, und man konnte dort auch etwas verzehren; ich konnte es ganz bis zu mir hin hören, wo

ich in meiner ärmlichen Stube lag. Da war es so gegen Abend, der Mond war aufgegangen, aber er war noch nicht zu Kräften gekommen, ich konnte von meinem Bett aus durchs Fenster bis weit über den Strand hinschauen, und dort, genau am Rande zwischen Himmel und Meer, kam eine seltsame weiße Wolke herauf; ich lag da und beobachtete sie, sah den schwarzen Punkt in der Mitte, der immer größer wurde; und da wußte ich, was das zu bedeuten hatte; ich bin alt und erfahren, selbst wenn man dieses Anzeichen auch nicht häufig sieht. Ich kannte es, und mich kam ein Grausen an! Ich habe zweimal in meinem Leben dies kommen sehen und wußte, es würde einen furchtbaren Sturm mit Springflut geben, der würde die armen Menschen dort draußen überraschen, die jetzt tranken und hopsten und jubilierten; jung und alt, die ganze Stadt war ja dort draußen, wer sollte sie warnen, wenn dort niemand sah und erkannte, was ich nun erkannte. Ich bekam eine solche Angst, ich wurde wieder ganz lebendig, wie seit langem nicht! Ich fuhr aus dem Bett und ans Fenster, weiter kam ich nicht; das Fenster kriegte ich immerhin auf, ich konnte die Menschen dort draußen auf dem Eis laufen und springen sehen, die schmucken Fahnen sehen, hören, wie die Jungen hurra riefen und Mädchen und Burschen sangen, es ging lustig zu, aber immer höher stieg die weiße Wolke mit dem schwarzen Loch darin; ich rief, so laut ich konnte,

aber keiner hörte mich, ich war zu weit weg. Bald würde das Unwetter losbrechen, das Eis bersten, und alle dort draußen würden ohne Erbarmen ins Wasser fallen Hören konnten sie mich nicht, zu ihnen hinauszukommen, das schaffte ich nicht; könnte ich sie doch nur an Land holen! Da gab mir der Herrgott den Gedanken ein, ich sollte mein Bett anzünden, lieber das Haus abbrennen lassen, als daß die vielen dort draußen so jämmerlich umkämen. Es gelang mir, das Licht anzuzünden, ich sah die rote Flamme – ja, ich kam noch aus der Tür, aber da blieb ich liegen, ich konnte nicht mehr; die Flamme züngelte nach mir und aus dem Fenster heraus zum Dach empor; sie sahen sie von draußen, und sie rannten alle, sosehr sie konnten, um mir armem Wesen zu helfen, mir, von der sie glaubten, ich müsse drinnen verbrennen; es gab nicht einen, der nicht loslief; ich hörte, wie sie kamen, aber ich hörte auch, wie es mit einemmal in der Luft brauste, ich hörte es krachen wie von dumpfen Kanonenschüssen, die Springflut hob das Eis, das jetzt barst; aber zum Deich gelangten sie, wo die Funken über mich hinwegflogen; ich bekam sie alle in Sicherheit; aber ich habe die Kälte und den Schrecken nicht vertragen können, und so bin ich denn hier heraufgekommen zur Himmelstür; man sagte, so einer armen Person wie mir würde auch aufgetan! Und nun habe ich ja dort unten auf dem Deich kein Haus mehr, aber das verschafft mir hier noch keinen Zugang."

Da tat sich das Himmelstor auf, und der Engel führte die alte Frau hinein; sie verlor einen Strohhalm draußen, einen von den Halmen, die in ihrem Bett gelegen hatten, das sie anzündete, um die vielen zu erretten, und der war in reines Gold verwandelt worden, aber in ein Gold, das sproß und sich in den schönsten Schnörkeln rankte.

„Siehe, das hat die arme Frau gebracht!" sagte der Engel. „Was bringst du denn? Ja, ich weiß wohl, du hast nichts ausgerichtet, nicht einmal einen Ziegelstein gemacht; könntest du nun bloß zurückgehen und wenigstens so einen anbringen; der würde bestimmt nichts taugen, wenn du ihn gemacht hättest, wäre er aber doch mit dem besten Willen

gemacht, das wäre immerhin etwas; aber du kannst nicht zurückgehen, und ich kann nichts für dich tun!"

Da tat die arme Seele, die Frau vom Deichhaus, Fürbitte für ihn: „Sein Bruder hat all die Steine und Steinbrocken gemacht und mir geschenkt, aus denen ich mein armseliges Haus zusammengemauert habe, das war mächtig viel für mich arme Person! Könnten nun nicht all die Brocken und Stücke zusammen als ein Ziegelstein für ihn gelten? Es ist eine barmherzige Tat gewesen! Nun hat er sie nötig, und hier ist doch die Barmherzigkeit zu Hause!"

„Dein Bruder, der, den du den geringsten nanntest", sagte der Engel, „der, dessen Schaffen in all seiner Ehrlichkeit dir am unwürdigsten erschien, schenkt dir sein Scherflein vom Himmelreich. Du sollst nicht fortgewiesen werden, es soll dir verstattet sein, hier draußen vor der Tür zu stehen und zu versuchen, über dein Leben dort unten nachzudenken und ihm womöglich aufzuhelfen, aber herein kommst du nicht, ehe du nicht an guten Taten – etwas ausgerichtet hast!"

„Das hätte ich besser sagen können!" dachte der Mäkler, aber er sagte es nicht laut, und das war immerhin schon etwas.

Des alten Eichbaums letzter Traum

Ein Weihnachtsmärchen

Im Walde stand hoch auf dem Steilufer am offenen Meer so ein richtiger alter Eichbaum, er war gerade dreihundertfünfundsechzig Jahre alt, aber diese lange Zeit war für den Baum nicht mehr als für uns Menschen ebenso viele Tage; wir wachen am Tag, schlafen nachts und haben dann unsere Träume; mit dem Baum ist es etwas anders, der Baum wacht während der drei Jahreszeiten, erst zur Winterszeit hält er seinen Schlaf, der Winter ist seine Schlafenszeit, der ist seine Nacht nach dem langen Tag, welcher Frühling, Sommer und Herbst genannt wird.

Manch warmen Sommertag hat die Eintagsfliege seinen Wipfel umtanzt, gelebt, geschwebt und sich glücklich gefühlt, und ruhte dann das kleine Geschöpf für einen Augenblick in stiller Glückseligkeit auf einem der großen, jungen Eichenblätter aus, dann sagte der Baum immer: „Armes Kleines! dein ganzes Leben ist nur ein einziger Tag! Wie kurz nur! Es ist so traurig!“

„Traurig!“ erwiderte dann immer die Eintagsfliege, „was meinst du damit? Alles ist doch so unvergleichlich hell, so warm und wunderbar, und ich bin so froh!“

„Aber nur für einen Tag, und dann ist alles vorbei!"

„Vorbei!" sagte die Eintagsfliege. „Was ist vorbei? Bist du auch vorbei?"

„Nein, ich lebe vielleicht Tausende von deinen Tagen, und mein Tag ist so lang wie ganze Jahreszeiten! Es ist eine so lange Zeit, daß du es gar nicht ausrechnen kannst!"

„Nein, denn ich verstehe dich nicht! Du hast Tausende von meinen Tagen, aber ich habe Tausende von Augenblicken, in denen ich froh und glücklich sein kann! Hört alle Herrlichkeit dieser Welt auf, wenn du stirbst?"

„Nein", sagte der Baum, „die besteht sicher länger, unendlich viel länger, als ich es mir vorstellen kann!"

„Aber dann haben wir ja gleich viel, nur daß wir jeder anders rechnen!"

Und die Eintagsfliege tänzelte und schwebte durch die Luft, freute sich über ihre feinen, kunstvollen Flügel, ihren Flor und Samt, freute sich an der warmen Luft, die so würzig war vom Duft des Kleeackers und der wilden Rosen, des Holunders und des Geißblatts im Knick, ganz zu schweigen vom Waldmeister, dem Himmelschlüsselchen und der wilden Krauseminze; es war ein Duft so stark, daß es der Eintagsfliege war, als hätte sie einen kleinen Rausch davon. Der Tag war lang und herrlich, voller Wonne und süßer Empfindungen, und wenn die Sonne dann sank, fühlte die kleine Fliege sich so angenehm müde von all der Fröhlichkeit. Die Flügel wollten sie nicht länger tragen, und ganz sacht schwebte sie auf den weichen, schwanken Grashalm nieder, nickte mit dem Kopf, soviel er nicken konnte, und schlief dann ganz frohgemut ein, das war der Tod.

„Arme kleine Eintagsfliege!" sagte der Eichbaum, „das war doch ein zu kurzes Leben!"

Und jedweden Sommertag wiederholten sich der gleiche Tanz, die gleiche Rede und Antwort und das gleiche Entschlafen; all dies wiederholte sich für ganze Geschlechter von Eintagsfliegen, und alle waren sie gleicherweise glücklich, gleich froh. Der Eichbaum stand wach an seinem Frühlingsmorgen, Sommermittag und Herbstabend, nun war bald Schlafenszeit, seine Nacht, der Winter sollte kommen.

Schon sangen die Stürme: „Gute Nacht, gute Nacht! Hier fiel ein Blatt, dort fiel ein Blatt! Wir pflücken, wir pflücken! Sieh zu, daß du schlafen kannst! Wir singen dich in Schlaf, wir schütteln dich in Schlaf, aber, nicht wahr, es tut den alten Zweigen wohl! Sie ächzen davon vor lauter Wonne! Schlafe süß, schlafe süß! Es ist deine dreihundertfünfundsechzigste Nacht, eigentlich bist du erst ein neugeborenes Kind! Schlafe süß! Die Wolke läßt Schnee niederrieseln, ein ganzes Laken wird daraus, ein wärmendes Deckbett um deine Füße! Schlaf gut und träume süß!"

Und der Eichbaum war all seines Laubes entkleidet, um für den ganzen langen Winter zur Ruhe zu gehen und manchen Traum zu träumen, immer etwas Erlebtes, ebenso wie die Träume der Menschen.

Er war auch einstmals klein gewesen, ja, eine Eichel war seine Wiege gewesen; nach menschlicher Zeitrechnung lebte er jetzt im vierten Jahrhundert; er war der größte und höchste Baum im Walde, mit seinem Wipfel ragte er hoch über alle anderen Bäume hinaus und wurde weithin auf See gesehen, er war ein Seezeichen; er dachte gar nicht darüber nach, wie viele Augen ihn suchten. Hoch droben in seiner grünen Krone nisteten die Holztauben, und hier rief der Kuckuck, und im Herbst, wenn die Blätter aussahen wie gehämmerte Kupferplatten, kamen die Zugvögel und rasteten hier, ehe sie über die See weiterflogen; aber jetzt war es Winter, der Baum stand ohne Blätter, man konnte richtig sehen, wie knorrig und krumm die Äste sich ausstreckten; Krähen und Dohlen kamen und setzten sich abwechselnd darauf und sprachen von den strengen Zeiten, die bevorstünden, und wie schwer es sei, im Winter Futter zu finden.

Es war gerade in der heiligen Weihnachtszeit, da hatte der Baum seinen schönsten Traum; den wollen wir hören.

Der Baum hatte das deutliche Gefühl, daß es eine festliche Zeit war, er meinte ringsum alle Kirchenglocken läuten zu hören, und dazu war es wie an einem schönen Sommertag, mild und warm; er breitete ganz frisch und grün seine riesige Krone aus, die Sonnenstrahlen schimmerten zwischen Blättern und Zweigen, die Luft war vom Duft der Pflanzen und Sträucher erfüllt; buntfarbene Falter spielten „Fangen", und die Eintagsfliegen tanzten, als wäre alles nur dazu da, daß sie tanzen und sich ergötzen konnten. Alles, was der Baum Jahre hindurch erlebt und um sich her gesehen hatte, zog vorüber wie ein richtiger Festzug. Er sah aus alten Zeiten Ritter und Frauen hoch zu Roß, mit der Feder am Hut und dem Falken auf der Hand, durch den Wald heranreiten; das Jagdhorn erscholl, und die Hunde schlugen an; er sah feindliche Soldaten, mit blinkenden Waffen und bunten Röcken, mit Spießen und Hellebarden, ihre Zelte aufschlagen und wieder abreißen; das Wachtfeuer loderte, und unter den ausladenden Ästen des Baumes wurde gesungen und geschlafen; er sah Liebende in stillem Glück sich hier im Mondschein treffen und von ihren Namen den ersten Buchstaben in die graugrüne Rinde ritzen. Zither und Äolsharfe waren einstmals, ja, es lagen Jahre dazwischen, in den Ästen der Eiche von reisenden, munteren Gesellen aufgehängt worden, nun hingen sie wieder da, nun tönten sie wieder so hold. Die Holztauben gurrten, als wollten sie erzählen, was der Baum dabei empfunden hatte, und der Kuckuck rief, wie viele Sommertage der Baum noch leben würde.

Da war ihm, als durchrieselte ihn ein neuer Lebensstrom bis in die kleinsten Wurzeln hinab und in die am höchsten ragenden Zweige hinauf, ganz bis in die Blätter hinein; der Baum spürte, wie er sich dadurch dehnte, ja, er spürte mit den Wurzeln, daß auch unten im Erdreich Leben und Wärme war; er spürte, wie er an Kraft zunahm, immer höher emporwuchs; der Stamm trieb in die Höhe, es gab keinen Stillstand, er wuchs mehr und immer mehr, die Krone wurde schwellender, breitete sich aus, hob sich – und in dem Maße, wie der Baum wuchs, nahm auch sein Wohlbefinden zu, seine beglückende Sehnsucht, immer höher hinaufzugelangen, bis hinauf zu der leuchtenden, warmen Sonne.

Schon war er weit über die Wolken hinausgewachsen, die

gleich dunklen Zugvogelschwärmen oder Scharen von großen weißen Schwänen unter ihm dahinzogen.

Und jedes Blatt des Baumes konnte sehen, als hätte es Augen zum Sehen; die Sterne wurden am Tage sichtbar und glänzten; jeder einzelne blitzte wie ein Augenpaar, so freundlich, so hell; sie erinnerten an wohlbekannte, liebevolle Augen, Kinderaugen, die Augen von Liebenden, wenn sie sich unterm Baum trafen.

Es war ein holder Augenblick, so wonnevoll! Und dennoch, in all der Wonne empfand er ein Sehnen und ein Verlangen danach, daß all die anderen Bäume des Waldes dort unten, alle Sträucher, Pflanzen und Blumen sich mit ihm erheben und diesen Glanz und diese Freude fühlen und empfinden könnten. Der riesige Eichbaum, im Traum all seiner Herrlichkeit, war nicht ganz glücklich, wenn er nicht alle mit dabei hatte, groß und klein, und dies Gefühl durchbebte Äste und Blätter so innig, so stark, als wären sie eines Menschen Brust.

Die Krone des Baumes bewegte sich, als suchte und vermißte sie etwas, er blickte zurück, und da spürte er den Duft von Waldmeister und bald einen noch stärkeren Duft von Geißblatt und Veilchen, er meinte zu hören, wie der Kuckuck ihm Antwort gab.

Ja, zwischen den Wolken guckten die grünen Wipfel des Waldes hervor, er sah unter sich die anderen Bäume wachsen und sich gleich ihm erheben; Sträucher und Pflanzen schossen hoch empor; einzelne rissen sich mit der Wurzel los und flogen hurtiger. Die Birke war am schnellsten; gleich einem weißen Blitzstrahl knisterte ihr schlanker Stamm in die Höhe, die Zweige wogten wie grüne Schleier und Fahnen; die ganze waldige Natur, sogar die braungefiederten Schilfrohre, wuchsen mit, und die Vögel folgten singend, und auf dem Halm, der gleich einem langen, grünseidenen Band lose flatterte und flog, saß die Grille und spielte mit dem Flügel auf ihrem Schienbein; die Maikäfer brummelten, und die Bienen summten, jeder Vogel sang, wie ihm der Schnabel gewachsen war, alles war Gesang und Frohsinn bis in den Himmel hinein.

„Aber die kleine blaue Blume am Wasser, die muß ebenfalls mit!“ sagte der Eichbaum; „und die rote Glockenblume! und das kleine Gänseblümchen!“ – Ja, die Eiche wollte sie allesamt mit dabei haben.

„Wir sind da! wir sind da!“ sang und klang es.

„Aber der schöne Waldmeister vom vorigen Sommer – und im Jahre davor war hier eine Flut von Maiglöckchen! – und der Holzapfelbaum, wie stand er wunderbar – und all die Waldespracht der vergangenen Jahre, der vielen Jahre! Hätte sie doch jetzt gelebt und wäre jetzt entstanden, dann hätte sie doch auch mit dabeisein können!“

„Wir sind dabei! wir sind dabei!“ sang und klang es noch weiter oben, es war, als wären sie voraufgeflogen.

„Nein, es ist ganz unglaublich schön!“ jubelte die alte Eiche. „Ich habe sie alle bei mir, klein und groß! Nicht einer ist vergessen worden! Wie ist doch all diese Glückseligkeit möglich und vorstellbar!“

„In Gottes Himmel ist sie möglich und vorstellbar!“ tönte es.

Und der Baum, der immer wuchs, spürte, wie seine Wurzeln sich von der Erde lösten.

„Das ist nun das Allerbeste!“ sagte der Baum, „jetzt halten mich keinerlei Bande mehr! Ich kann zum Allerhöchsten in Licht und Glanz hinauffliegen! Und alle Lieben habe ich dabei, klein und groß! Alle sind dabei!“

„Alle!“

Das war des Eichbaums Traum, und während er träumte, toste in der heiligen Weihnacht ein heftiger Sturm über Land und Meer; die See wälzte schwere Wogen auf den Strand, der Baum ächzte, knarrte und wurde mit der Wurzel ausgerissen, als er gerade träumte, daß seine Wurzeln sich lösten. Er stürzte. Seine dreihundertfünfundsechzig Jahre waren nun wie für die Eintagsfliege ein Tag.

Am Weihnachtsmorgen, als die Sonne hervorkam, hatte der Sturm sich gelegt; alle Kirchenglocken läuteten festlich, und aus jedem Schornstein, selbst dem kleinsten auf dem Dach des Kätners, stieg der Rauch bläulich auf wie vom Altar beim Fest der Druiden der Opferrauch des Dankes.

Das Meer wurde immer stiller und stiller, und auf einem großen Schiff da draußen, das in der Nacht das schwere Unwetter wohl überstanden hatte, wurden nun alle Flaggen gehißt, weihnachtlich und hübsch.

„Der Baum ist fort! Der alte Eichbaum, unser Seezeichen an Land!" sagten die Seeleute. „Er ist in dieser Sturmnacht gestürzt! Wer soll den nun ersetzen; das kann keiner!"

Eine solche Grabrede, kurz, aber gut gemeint, erhielt der Baum, der lang ausgestreckt auf der Schneedecke am Strande lag; und über ihn hinweg tönte Choralgesang vom Schiffe, das Lied von der Freude in der Weihenacht und der Erlösung der Menschenseelen in Christo und vom ewigen Leben:

„Singe laut, o Gottes Kind!
Halleluja, da wir sind
In Wonne ohnegleichen!
Halleluja, halleluja!"

So ertönte der alte Choral, und jeder einzelne dort draußen auf dem Schiff fühlte sich auf seine Weise durch ihn und das Gebet erhoben, ganz so wie der alte Baum erhoben wurde durch seinen letzten, seinen schönsten Traum in der Weihenacht.

Da war ein Mann, der hatte einige neue Verse für das Abc-Buch geschrieben; so immer zwei Zeilen für jeden Buchstaben, genauso wie in dem alten Abc; er fand, man sollte einmal etwas Neues haben, die alten Verse wären so abgenutzt, und er mochte seine eigenen nun immer so gern. Das neue Abc lag bis jetzt nur geschrieben vor, und es war neben das alte gedruckte in den großen Bücherschrank gestellt worden, in dem so viele gelehrte und kurzweilige Bücher standen, aber das alte Abc wollte offenbar nicht des neuen Nachbar sein und war darum vom Brett gesprungen und hatte gleichzeitig dem neuen einen Schubs gegeben, so daß es auch auf dem Fußboden lag, und seine losen Blätter lagen noch dazu ringsumher verstreut. Das alte Abc kehrte die erste Seite nach oben, und die ist seine wichtigste; da stehen alle Buchstaben, die großen und die kleinen. Diese

Seite hat nun alles, wovon all die anderen Bücher leben, das Alphabet, die Buchstaben, die doch die Welt regieren; eine furchtbare Macht haben sie! Es kommt einzig und allein darauf an, wie zu stehen ihnen befohlen wird; sie können Leben schenken, töten, erfreuen und betrüben. Einzeln aufgestellt bedeuten sie nichts, aber in Reih und Glied – ja, als der Herrgott sie seinen Gedanken unterwarf, ahnten wir mehr, als wir zu tragen imstande waren, wir beugten uns tief hinab, aber die Buchstaben vermochten es zu tragen.

Da lagen sie nun und schauten nach oben! Und der Hahn in dem großen A prangte mit roten, blauen und grünen Federn; er brüstete sich, denn er wußte, was die Buchstaben bedeuteten und daß er das einzig Lebendige in ihnen war.

Als das alte Abc-Buch herunterfiel, klatschte er mit den Flügeln, flog hinaus und setzte sich auf eine Kante des Bücherschranks, putzte sich mit dem Schnabel das Gefieder und krähte, daß es nur so schmetterte. Jedes Buch im Schrank, das sonst Tag und Nacht wie in einem Halbschlaf stand, wenn es nicht gebraucht wurde, hörte den Trompetenstoß – und dann sprach der Hahn laut und vernehmlich von dem Unrecht, das dem ehrwürdigen alten Abc-Buch angetan worden war.

„Alles soll nun immer neu sein, anders sein!“ sagte er, „alles soll so fortschrittlich sein, die Kinder sind so gescheit, daß sie nun lesen können, bevor sie die Buchstaben kennen. ‚Die sollen ein bißchen was Neues haben!‘ sagte der, welcher die neuen Abc-Verse gemacht hat, die dort auf dem Fußboden verstreut liegen. Ich kenne sie! Mehr als zehnmal habe ich gehört, wie er sie laut vor sich hingelesen hat, es war so eine Freude für ihn! Nein, darf ich um meine eigenen bitten, die guten alten mit Xanthus, und die Bilder, die dazugehören; für die will ich kämpfen, für die will ich krähen; jedes Buch im Schrank kennt sie wohl! Nun lese ich die neuen geschriebenen vor; lese sie in aller Gemächlichkeit! Seien wir uns dann darüber einig, daß sie nichts taugen!

A. Amme

Die Amme geht in Sonntagstracht,
Ein fremdes Kind ihr freundlich lacht.

B. Bauer

Ein Bauer litt oft viele Pein,
Jetzt will er gern der Erste sein.

Diesen Vers finde ich nun ganz besonders platt!" sagte der Hahn, „aber ich lese weiter!

C. Columbus

Columbus fuhr gen Westen bloß,
Und – schwupp – war die Erde doppelt so groß.

D. Dänemark

Von Dänemark heißt es weit und breit,
Daß Gott es schützet allezeit.

Das werden nun viele sehr schön finden!" sagte der Hahn, „aber das tue ich nicht! ich finde hier gar nichts schön! – Weiter!

E. Elefant

Der Elefant mit schwerem Schritt
Reißt Sträucher und auch Bäume mit.

F. Finsternis

Die Finsternis der Mond durchdringt,
Der oftmals uns vom Schlaf abbringt.

G. Gras

Das Gras, ob grün, ob Heu es ist,
Das Pferd, der Ochs zu gerne frißt.

H. Hurra

Wie oft kann ein Hurra auf Erden
Ein unbedachtes Wörtchen werden.

Wie soll nun ein Kind das verstehen?" sagte der Hahn, „auf dem Titelblatt steht allerdings: ‚Abc-Buch für groß und klein', aber die Großen haben etwas anderes zu tun, als Abc-Verse zu lesen, und die Kleinen können es nicht verstehen! Alles hat doch eine Grenze! Weiter!

J. Jugend

Jugend ist die schönste Zeit,
Das Leben scheint wie Ewigkeit.

Das soll wohl philosophisch sein!" sagte der Hahn.

„K. Kuh, Kalb

Vom Stier die Frau, das ist die Kuh,
Das Kalb kommt auch einmal dazu.

Wie soll man nun Kindern diese Verwandtschaft erklären?

L. Löwe, Lorgnette

Der wilde Löwe hat keine Lorgnette,
Die hat der zahme im numrierten Parkette.

M. Morgensonne

Die goldene Morgensonn aufgeht,
Der Hahn denkt, sie tut es, weil er kräht.

Nun wird man grob!" sagte der Hahn; „aber ich bin immerhin in guter Gesellschaft, mit der Sonne zusammen! Weiter!

N. Neger

Der Neger ist ein schwarzer Mann,
Den niemals weiß man waschen kann.

O. Olivenblatt

Olivenblatt das beste war,
Die Taube bracht's dem Frieden dar.

P. Pol

Die Pole im Süden oder Norden
Sind uns noch nicht bekannt geworden.

Q. Quaken

Quaken, das ist der Frösche Gesang,
Sie tun's den ganzen Abend lang.

R. Runder Turm

Den ‚Runden Turm' kennt alle Welt,
Weil er so denkt, er wohl gefällt.

S. Schwein

Das Schwein ist ein gar nützlich Tier.
Ißt du zuviel, dann schadet's dir.

Gestatten Sie jetzt, daß ich krähe!" sagte der Hahn, „es zehrt an den Kräften, wenn man so viel liest! Man muß Luft holen!" – und dann krähte er, daß es schmetterte wie eine Messingtrompete, und es war ein großer Genuß, das mit anzuhören – für den Hahn. „Weiter!

T. Teekanne, Teekessel

Die Teekanne summt für uns so traut,
Der Teekessel kann es genauso laut.

U. Uhr

Wenn auch die Uhr sehr pünktlich ist,
Sie doch die Ewigkeit nicht mißt.

Das soll nun sehr tief sein!" sagte der Hahn, „aber ich kann dem nicht bis ganz auf den Grund kommen!

V. Vieh

Besitzt du Vieh, hast du Ansehn.
Doch bist du eins, ist's weniger schön.

W. Waschbär

Der Waschbär wäscht erst seinen Kram.
Alsdann schmeckt's ihm ganz wonnesam.

X. Xanthippe

Hier ist ihm nichts Neues eingefallen!

Im Meer des Ehstands gibt's eine Klippe,
Sokrates nannte sie Xanthippe.

Er mußte unbedingt Xanthippe nehmen. Xanthus ist aber besser!

Y. Yggdrasil

Unterm Yggdrasil-Baum war der Götter Hort.
Der Baum ist tot, und die Götter sind fort.

Jetzt sind wir bald am Ende!" sagte der Hahn, „das ist immerhin ein Trost. Weiter vorwärts!

Z. Zephir

Auf dänisch der Zephir von Westen weht
Und eisig durch Mark und Bein dir geht.

Hier hört's auf! Aber es ist noch nicht überstanden! Jetzt soll es gedruckt werden! Und dann soll es gelesen werden! Das soll einem zugemutet werden an Stelle der würdigen alten Buchstabenverse in meinem Buch! Was sagen die Versammelten, gelehrte und ungelehrte, einzelne und gesammelte Werke? Was meint der Bücherschrank? Ich habe gesprochen – nun können die anderen handeln!"

Und die Bücher standen da, und der Schrank stand da, aber der Hahn flog wieder in sein großes A zurück und blickte stolz um sich. „Ich habe gut gesprochen, ich habe gut gekräht! Das macht das neue Abc-Buch mir nicht nach! Das stirbt sicher! Es ist tot! Es hat keinen Hahn!"

Zweiter Band

Des Schlammkönigs Tochter

Die Störche erzählen ihren Kleinen so viele Märchen, alle vom Sumpf und vom Moor; die sind für gewöhnlich ihrem Alter und Fassungsvermögen angepaßt; die kleinsten Jungen sind zufrieden, wenn man zu ihnen sagt: „Kribbel, krabbel, blupp, blupp!“ das finden sie ausgezeichnet, aber die älteren möchten einen tieferen Sinn dabei haben oder zum mindesten etwas über die Familie. Von den beiden ältesten und längsten Märchen, die sich bei den Störchen erhalten haben, kennen wir alle das eine, das von Moses, der, nachdem er von seiner Mutter auf den Fluten des Nils ausgesetzt worden war, von der Königstochter gefunden wurde, eine gute Erziehung erhielt und ein großer Mann wurde, von dem die Nachwelt nicht weiß, wo er begraben liegt. Das ist ganz das Übliche!

Das zweite Märchen ist noch nicht bekannt, vielleicht, weil es sozusagen aus dem Inland stammt. Das Märchen ist tausend Jahre lang von einer Storchenmutter auf die andere überkommen, und jede hat es immer besser und besser erzählt, und wir erzählen es jetzt am allerbesten.

Das erste Storchenpaar, das damit ankam und das Ganze erlebte, hatte seinen Sommeraufenthalt auf dem Blockhaus des Wikings oben am Wildmoor in Vendsyssel; es liegt im Kreise Hjöring in Jütland, oben in der Nähe von Skagen, wenn wir nun unser Wissen zeigen wollen; es ist noch immer ein ungeheures Moor, man kann darüber in den Beschreibungen jenes Kreises lesen. Hier war früher Meeresboden, der hat sich aber gehoben, wie da steht; das Moor erstreckt sich meilenweit, auf allen Seiten von feuchten Wiesen und Bebemooren umgeben, mit Torfmooren, Sumpfheidelbeeren und verkrüppelten Bäumen; fast immer liegt ein Dunst darüber, und vor siebzig Jahren gab es hier noch Wölfe; es trägt seinen Namen „Wildmoor“ zu Recht, und man kann sich vorstellen, wie unwegsam es hier vor tausend Jahren gewesen ist, wie viele Sümpfe und Seen es gegeben hat! Ja, im einzelnen sah man damals hier, was man noch heute sieht: das Schilfrohr war genauso hoch, hatte die gleichen langen Blätter und veilchenbraune Federbüschel, wie es sie heute noch trägt, die Birke zeigte ihre weiße Rinde und hatte feine, lose hängende Blätter genau wie heute, und was die Lebewesen anbetrifft, die hier beheimatet waren, ja, die Fliege trug ihr Schleierkleid im gleichen Schnitt wie jetzt, die Leibfarben des Storchs waren Weiß mit Schwarz und roten Strümpfen, dagegen hatten die Menschen zu jener Zeit einen anderen Rockschnitt als heutzutage, aber jedem von ihnen, ob Leibeigener oder Jäger, wer immer es auch war, der aufs Wibbelwabbel hinausgeriet, erging es vor tausend Jahren genauso, wie es noch immer denen ergeht, die hierherkommen; sie plumpsten hinein und sanken in die Tiefe zum Schlammkönig, wie sie ihn nannten, der dort unten über das große Sumpfreich regierte. Moorkönig wurde er auch genannt, aber uns gefällt es besser, Schlammkönig zu sagen; und so nannten die Störche ihn auch. Sehr wenig weiß man über seine Regierung, aber das ist vielleicht besser so.

In der Nähe des Moores, dicht am Limfjord, lag das

Blockhaus des Wikings mit ausgemauertem Keller, mit Turm und drei Stockwerken; ganz oben auf dem Dach hatte der Storch sein Nest gebaut, Mutter Storch lag auf den Eiern und war überzeugt, daß sie geraten würden.

Eines Abends blieb Vater Storch etwas lange aus, und als er heimkam, sah er zerzaust und abgehetzt aus.

„Ich muß dir etwas ganz Entsetzliches erzählen!" sagte er zu Mutter Storch.

„Laß das!" sagte sie, „denk dran, ich liege auf Eiern, ich könnte Schaden davontragen, und das wirkt sich auf die Eier aus!"

„Du mußt es erfahren!" sagte er. „Sie ist hierhergekommen, die Tochter von unserem Hauswirt in Ägypten! Sie hat die Reise hierherauf gewagt! Und weg ist sie!"

„Die, die aus der Familie der Feen stammt? Erzähl doch mal! Du weißt, ich kann es nicht vertragen zu warten in der Zeit, wenn ich liege!"

„Siehst du, Mutter! sie hat doch an das geglaubt, was der Doktor sagte, wie du mir erzählt hattest; sie hat daran geglaubt, daß die Sumpfblume hier oben ihrem kranken Vater helfen könnte, und sie ist im Federkleid mit den beiden anderen Federkleidprinzessinnen zusammen geflogen, die alljährlich hier in den Norden müssen, um Bäder zu nehmen und sich zu verjüngen! Sie ist gekommen, und sie ist weg!"

„Du machst es so weitschweifig!" sagte die Storchenmutter, „die Eier könnten sich erkälten! Ich kann es nicht vertragen, wenn ich in Spannung bin!"

„Ich habe aufgepaßt!" sagte Vater Storch, „und heute abend, als ich im Röhricht war, wo das Bebemoor mich tragen kann, da kamen drei Schwäne, an deren Bögen war etwas, das mir sagte: Paß auf, das ist nicht ganz Schwan, das ist nur Schwanengefieder! Du hast es im Gefühl, Mutter! genau wie ich, du weißt, was das Richtige ist!"

„Ja gewiß!" sagte sie, „aber nun erzähle von der Prinzessin! Ich hab genug vom Schwanengefieder!"

„Hier mitten im Moor, du weißt es, gibt es so was wie einen See", sagte Vater Storch, „du kannst ein Stück davon sehen, wenn du dich ein bißchen aufrichtest; dort oben dicht beim Schilf und dem grünen Wibbelwabbel lag ein großer Erlenstumpf; auf den setzten sich die drei Schwäne,

schlugen mit den Flügeln und schauten sich um; einer davon warf sein Schwanengefieder ab, und ich erkannte in ihr unsere Hausprinzessin aus Ägypten wieder; sie saß jetzt da und hatte keinen anderen Mantel um als ihr langes, schwarzes Haar; ich hörte, wie sie die beiden anderen bat, gut auf das Gefieder achtzugeben, wenn sie unter Wasser tauchte, um die Blume zu pflücken, die sie zu sehen meinte. Sie nickten und flogen auf, hoben das lose Federkleid hoch; sieh mal an, dachte ich, was die wohl damit wollen, und sie fragte sie offenbar sogleich dasselbe, und eine Antwort bekam sie, mit eigenen Augen sah sie, die beiden flogen mit ihrem Federkleid in die Lüfte. ‚Tauche du nur!‘ riefen sie, ‚nie wirst du mehr im Schwanenkleide fliegen, nie wirst du Ägypten wiedersehen! Sitz du nur im Wildmoor!‘ und dann rissen sie ihr Federkleid in hundert Fetzen, so daß die Federn überall herumflogen, als sei es Schneegestöber, und fort flogen die beiden bösen Prinzessinnen!“

„Das ist entsetzlich!“ sagte Mutter Storch, „ich kann es nicht vertragen, das zu hören! Erzähl mir, was dann geschah!“

„Die Prinzessin jammerte und weinte! Die Tränen rollten auf den Erlenstumpf hinunter, und da bewegte dieser sich, denn es war der Schlammkönig selber, der im Moor wohnt. Ich sah, wie der Stumpf sich umdrehte, und dann war es kein Stumpf mehr, lange, schwammige Äste reckten sich empor, genau wie Arme; da erschrak das arme Kind und rannte fort, über das schwankende Bebemoor, aber das kann mich nicht tragen, wieviel weniger sie, sie sank sofort ein, und der Erlenstumpf ging mit in die Tiefe, er war es nämlich, der zog; jetzt kamen große schwarze Blasen hoch, und dann war keine Spur mehr übrig. Jetzt ist sie im Wildmoor begraben, nie kommt sie mit einer Blume ins Land Ägypten. Du hättest es nicht ertragen, das mit anzusehen, Mutter!“

„So was dürftest du mir in dieser Zeit gar nicht erzählen! Die Eier könnten darunter leiden! – Die Prinzessin wird schon durchkommen! Die kriegt leicht Hilfe! Wäre ich das gewesen oder du, einer der unseren, dann wäre es vorbei gewesen!“

„Ich möchte doch jeden Tag mal nachsehen!“ sagte Vater Storch, und das tat er.

Es verging eine lange Zeit.

Da sah er eines Tages, daß tief aus dem Grunde ein grüner Stengel hervorsproß, und als er die Wasserfläche erreicht hatte, wuchs ein Blatt darauf, breiter und immer breiter wurde es; dicht daneben entstand eine Knospe, und als der Storch eines Morgens in der Frühe darüber hinwegflog, öffnete sich durch die starken Sonnenstrahlen die Blütenknospe, und in ihrer Mitte lag ein liebliches Kind, ein kleines Mädchen, fast so, als wäre es aus dem Bad gestiegen; sie glich der Prinzessin aus Ägypten in solchem Maße, daß der Storch zuerst glaubte, sie sei es, die so klein geworden war, aber als er nachdachte, kam es ihm wahrscheinlicher vor, daß es ihr und des Schlammkönigs Kind sei; darum lag es in der Wasserrose.

„Da kann es doch nicht liegenbleiben", dachte der Storch, „in meinem Nest sind wir schon so viele! Aber da fällt mir etwas ein! Die Wikingerfrau hat keine Kinder, oft hat sie sich was Kleines gewünscht, mir schreibt man es ja zu, daß ich die Kleinen bringe, nun will ich es doch einmal ernstlich tun! Ich fliege mit dem Kind zur Wikingerfrau; da wird eitel Freude herrschen!"

Und der Storch ergriff das kleine Mädchen, flog zum Blockhaus, stach mit dem Schnabel ein Loch in die Blasenscheibe, legte der Wikingerfrau das Kind an die Brust, flog dann zu Mutter Storch und erzählte davon, und die Jungen hörten zu; sie waren groß genug dafür.

„Siehst du, die Prinzessin ist nicht tot! Sie hat das Kleine hier heraufgeschickt, und nun ist es untergebracht!"

„Das habe ich ja von Anfang an gesagt!" sagte Mutter Storch, „denk jetzt ein bißchen an deine eigenen Kinder! Es ist bald Zeit zum Reisen; es fängt schon an, mir ab und zu unter den Flügeln zu kribbeln! Der Kuckuck und die Nachtigall sind schon fort, und die Wachteln reden davon, wie ich höre, daß wir bald günstigen Wind haben werden! Unsere Jungen werden beim Manöver sicher gut abschneiden, wenn ich sie recht kenne!"

Na, die Wikingerfrau war aber froh, als sie morgens aufwachte und an ihrer Brust das kleine, süße Kind fand; sie küßte und streichelte es, aber es schrie fürchterlich und zappelte mit Armen und Beinen, es schien durchaus nicht erfreut zu sein; schließlich weinte es sich in Schlaf, und wie es da so lag, war es das Schönste, das man sich vorstellen kann. Die Wikingerfrau war so froh, ihr war so leicht zumute, so zuversichtlich, ihr ahnte jetzt, daß ihr Gemahl mit allen seinen Mannen nun sicher ebenso unerwartet kommen würde wie das Kleine, und sie und das ganze Haus hatten alle Hände voll zu tun, damit alles instand wäre. Die langen, farbigen Tapeten, die sie und die Mägde selber mit Bildern von ihren Götzen gewoben hatten, Odin, Thor und Freyja, wie sie hießen, wurden aufgehängt, die Leibeigenen mußten die alten Schilder scheuern, die man als Zierat benutzte, Pfühle wurden auf die Bänke gelegt, und trockenes Brennholz wurde auf die Feuerstelle mitten in der Halle geschichtet, damit das Feuer sofort angezündet werden konnte. Die Wikingerfrau legte selbst mit Hand an, so daß sie gegen Abend ziemlich müde war und gut schlief.

Als sie gegen Morgen aufwachte, war sie zutiefst erschrocken, denn das kleine Kind war ganz und gar verschwunden; sie sprang aus dem Bett, zündete einen Kienspan an und blickte sich um, und da lag dort, wo sie im Bett ihre Füße ausstreckte, nicht das Kindchen, sondern ein großer garstiger Lurch; sie schüttelte sich vor Ekel, sie nahm eine dicke Stange und wollte den Frosch töten, aber der sah sie mit so sonderbar traurigen Augen an, daß sie nicht zuschlagen konnte. Noch einmal schaute sie sich um, der

Frosch ließ ein feines, jammervolles Quaken hören, sie fuhr dabei zusammen und sprang vom Bett aus zur Fensterluke hin, die stieß sie auf; im selben Augenblick kam die Sonne hervor, warf ihre Strahlen bis aufs Bett und auf den großen Lurch, und es war mit einemmal, als zöge sich der breite Mund des Ungeheuers zusammen und würde klein und rot, die Gliedmaßen streckten sich und erhielten die reizendste Form, es war ihr eigenes kleines, süßes Kind, das da lag, und kein garstiger Frosch.

„Was ist das nur?" sagte sie. „Habe ich einen bösen Traum gehabt! Es ist ja mein allerliebstes, süßes Elfenkind, das dort liegt!" und sie küßte es und drückte es an ihr Herz, aber es kratzte und biß um sich genau wie ein wildes Kätzchen.

An diesem Tage kam der Wikingerherr nicht, auch nicht am nächsten, obgleich er unterwegs war, aber er hatte den Wind gegen sich, der ging in südlicher Richtung für die Störche. Was des einen Vorteil, ist des anderen Schaden.

Nach ein paar Tagen und Nächten war es der Wikingerfrau klar, was für eine Bewandtnis es mit ihrem Kindchen hatte, es lastete ja ein furchtbarer Zauber auf ihm. Tagsüber war es entzückend wie ein kleiner Lichtelf, hatte aber ein böses, wildes Wesen, nachts dagegen war es ein garstiger Lurch, still und winselnd, mit leidvollen Augen; hier wechselten sich zwei Naturen ab, sowohl äußerlich wie innerlich; es kam daher, daß das kleine Mädchen, welches der Storch gebracht hatte, am Tage das Äußere seiner richtigen Mutter besaß, aber zur selben Zeit das Gemüt seines Vaters; nachts dagegen wurde seine Verwandtschaft mit ihm in seiner Körpergestalt sichtbar, dagegen strahlte nunmehr in seinem Innern der Mutter Sinn und Herz auf. Wer sollte nun die durch Zauberei ausgeübte Macht brechen? Die Wikingerfrau hatte Angst und Kummer deswegen, und dennoch hing ihr Herz an dem armen Geschöpf, von dessen Zustand sie meinte ihrem Gemahl nichts erzählen zu dürfen; wenn er nun bald heimkam, dann würde er sicher, wie es Sitte und Brauch war, das arme Kind auf die Landstraße legen, damit der erste beste es mitnehmen könnte. Das brachte die gutherzige Wikingerfrau nicht über sich, er sollte nur bei Tageslicht das Kind zu sehen bekommen.

Eines Morgens früh rauschten die Storchenflügel über das Dach hin; hier hatten nächtlicherweile über hundert Storchenpaare nach dem großen Manöver Rast gemacht, nun flogen sie auf, um südwärts zu ziehen.

„Alle Mann fertig!" hieß es, „Frau und auch die Kinder!"

„Ich bin so leicht!" sagten die jungen Störche, „es kribbelt und krabbelt in mir bis in die Beine hinein, als ob wir voll lebendiger Frösche wären! Wie ist es herrlich, ins Ausland zu reisen!"

„Haltet euch an den Schwarm!" sagten Vater und Mutter, „und laßt das viele Geklapper, es schadet der Brust!"

Und sie flogen los.

In derselben Stunde ertönte die Lure über die Heide, der Wiking war mit allen seinen Mannen gelandet; sie kehrten mit reicher Beute von der gallischen Küste heim, wo die Bewohner Bretlands in ihrer Angst sangen: „Befrei uns von den wilden Normannen!"

Na, jetzt zogen Leben und Frohsinn in die Wikingerburg am Wildmoor ein! Das Metfaß wurde in die Halle gestellt, das Feuer angefacht, und Pferde wurden geschlachtet; hier sollte tüchtig gebrutzelt werden. Der Opferpriester besprengte die Leibeigenen zur Weihe mit dem heißen Pferdeblut; das Feuer knisterte, der Rauch zog unter der Decke hin, der Ruß tropfte von den Balken, aber daran war man gewöhnt. Gäste waren geladen, und sie erhielten schöne Geschenke, vergessen waren Ränke und Arglist; es wurde getrunken, und man warf sich gegenseitig die abgenagten Knochen ins Gesicht, das war ein Zeichen von guter Stimmung. Der Skalde – es war so eine Art Spielmann, der aber auch zugleich Krieger war – war mit dabeigewesen und wußte, wovon er sang: er sang ihnen ein Lied, darin sie von all ihren kriegerischen Taten und Besonderheiten hörten; jeder Vers hatte denselben Kehrreim: „Das Vieh stirbt, die Freunde sterben, endlich stirbt man selbst; doch nimmer mag ihm der Nachruhm sterben, welcher sich guten gewann!" und dann hieben sie alle auf die

Schilde und hämmerten mit dem Messer oder einem Bratenknochen auf die Tischplatte, daß es weithin zu hören war.

Die Wikingerfrau saß auf der Querbank in der offenen Festhalle, sie trug ein seidenes Kleid, goldene Armbänder und große Bernsteinperlen; sie war in ihrem besten Schmuck, und der Sänger erwähnte auch sie in seinem Lied, sprach von dem goldenen Schatz, den sie ihrem reichen Gemahl gebracht hatte, und dieser freute sich richtig über das schöne Kind, er hatte es nur am Tage in all seiner Schönheit gesehen; die Wildheit, die es an sich hatte, gefiel ihm gut; sie konnte, sagte er, eine treffliche Walküre werden, die ihren Recken bezwang; sie würde nicht mit der Wimper zucken, wenn eine geübte Hand im Scherz mit dem scharfen Schwert ihr die Augenbrauen abhiebe.

Das Metfaß wurde geleert, ein neues aufgefahren, ja, es wurde wacker getrunken, es waren Leute, die ein reichlich Maß vertragen konnten. Es gab ein Sprichwort aus jener Zeit: „Das Vieh weiß, wann es von der Weide gehen muß, aber ein unkluger Mann kennt nicht seines Magens Maß." Ja, das wußte man, aber eines weiß man, und ein zweites tut man! Man wußte auch: „Der Freund ist eine Last, bleibt er zu lang beim anderen zu Gast!" aber man blieb dennoch da, Fleisch und Met sind gute Dinge! Es ging lustig zu, und zur Nacht schliefen die Leibeigenen in der heißen Asche, tunkten die Finger in den fetten Ruß und leckten sie ab. Es war eine prächtige Zeit!

Noch einmal in diesem Jahr zog der Wiking aus, ungeachtet der Herbststürme, die sich erhoben; er fuhr mit seinen Mannen an die Küste von Bretland, es war ja „nur übers Wasser", sagte er, und seine Gemahlin blieb mit ihrem kleinen Mädchen zurück, und es war in der Tat so, daß die Pflegemutter den armen Lurch mit den frommen Augen und den tiefen Seufzern beinahe lieber hatte als das schöne Ding, das kratzte und um sich biß.

Der klamme, feuchte Herbstnebel „Ohnemund", der die Blätter abnagt, legte sich über Wald und Heide, „Vogel Ohnefeder", wie man den Schnee nannte, flog dicht an dicht daher, der Winter war im Anmarsch; die Sperlinge belegten das Storchennest mit Beschlag und hielten sich in ihrer Weise über die abwesende Herrschaft auf; diese aber, das Storchenpaar mit allen Jungen, ja, wo war es nun?

Die Störche waren jetzt im ägyptischen Land, wo die Sonne heiß schien, wie bei uns an einem schönen Sommertag, die Tamarinden und Akazien blühten ringsum, Mohammeds Mond gleißte von den Tempelkuppeln; auf den schlanken Türmen saß manch ein Storchenpaar und hielt Rast nach der langen Reise; ganze große Schwärme hatten auf den riesigen Säulen und zerbrochenen Tempelbögen und vergessenen Stätten ihre Nester, eins neben dem anderen; die Dattelpalme wölbte ihr Schirmdach hoch empor, als wollte sie Sonnenschirm sein. Die weißlichgrauen Pyramiden hoben sich gleich Schattenrissen in der hellen Luft gegen die Wüste ab, wo der Strauß zeigte, daß er seine Beine gebrauchen konnte, und der Löwe mit großen, klugen Augen dasaß und die marmorne Sphinx ansah, die halb im Sand begraben lag. Die Wasser des Nils waren zurückgetreten, das ganze Flußbett wimmelte von Fröschen, und das war nun für die Storchenfamilie der allerköstlichste Anblick in diesem Land. Die Jungen meinten, es sei ein Augentrug, so unvergleichlich fanden sie das Ganze.

„So ist es hier, und so geht es uns immer in unserem heißen Land!“ sagte Mutter Storch, und den Kleinen kribbelte es im Bauch.

„Kriegen wir noch mehr zu sehen?“ sagten sie, „müssen wir viel, viel weiter ins Land hinein?“

„Da ist nichts weiter zu sehen!“ sagte Mutter Storch; „am

fruchtbaren Rand entlang liegt nur Urwald, wo die Bäume ineinanderwachsen und durch stachelige Schlingpflanzen ineinander verklettet sind, nur der Elefant mit seinen plumpen Füßen kann sich dort einen Pfad bahnen; die Schlangen sind für uns zu groß und die Eidechsen zu fix. Wollt ihr in die Wüste, dann bekommt ihr nur Sand in die Augen, wenn es fein zugeht, und geht es gröblich zu, geratet ihr in eine Windhose aus lauter Sand; nein, hier ist es am besten! Hier gibt es Frösche und Heuschrecken! Hier bleibe ich und ihr auch!“

Und sie blieben: die Alten saßen in ihrem Nest auf dem schlanken Minarett, ruhten sich aus und hatten doch soviel damit zu tun, das Gefieder glattzustreichen und mit dem Schnabel die roten Strümpfe zu reiben; dann reckten sie den Hals, grüßten gravitätisch und hoben den Kopf mit der hohen Stirn und den feinen, glatten Federn, und ihre braunen Augen glänzten so klug. Die weiblichen Jungen stelzten zwischen den saftigen Schilfhalmen umher, schauten verstohlen nach den anderen jungen Störchen aus, machten Bekanntschaften und verschlangen bei jedem dritten Schritt einen Frosch oder ließen eine kleine Schlange aus dem Schnabel baumeln, das wirkte gut, meinten sie, und es mundete. Die männlichen Storchenjungen suchten Händel, schlugen sich gegenseitig mit den Flügeln, hieben mit den Schnäbeln, ja, stachen einander blutig, und dann verlobte sich der eine und verlobte sich der andere, die Störche mit den Störchinnen, das war es ja, wofür sie lebten; und sie bauten Nester und gerieten dann wieder in Streitigkeiten, denn in den heißen Ländern sind sie nun alle so aufbrausend, aber lustig war es und vor allem den Alten eine große Freude; den eigenen Kindern steht alles! Jeden Tag war hier eitel Sonnenschein, jeden Tag hatte man überreichlich zu fressen, man konnte nur ans Vergnügen denken. – Aber drinnen in dem reichen Schloß bei dem ägyptischen Hauswirt, wie sie ihn nannten, hatte das Vergnügen keine Heimstatt.

Der reiche, mächtige Herr lag auf der Ruhebank, steif an allen Gliedern, ausgestreckt wie eine Mumie mitten in dem großen Saal mit den buntbemalten Wänden; es war, als läge er in einer Tulpe. Anverwandte und Diener umstanden ihn, tot war er nicht, daß er lebte, konnte man auch nicht richtig sagen; die rettende Sumpfblume aus den nördlichen Ländern, die von jener, die ihn am meisten liebte, gesucht und gepflückt werden sollte, würde niemals herbeigebracht werden. Seine junge, schöne Tochter, die im Schwanenkleid über Land und Meer geflogen war, hoch gen Norden, sollte nimmermehr zurückkehren. „Sie ist gestorben und verdorben!" hatten die beiden heimgekehrten Schwanenjungfrauen gemeldet; sie hatten eine ganze Geschichte darüber zusammengedichtet, die erzählten sie.

„Wir flogen alle drei hoch in der Luft dahin, da sah uns ein Jäger und schoß seinen Pfeil ab; der traf unsere junge Freundin, und langsam, ihr Abschiedslied singend, sank sie gleich einem sterbenden Schwan mitten über dem Waldsee hinab; dort am Ufer unter einer duftenden Hängebirke begruben wir sie! Indes, wir haben Rache geübt; wir hefteten Feuer unter die Flügel jener Schwalbe, die unter dem Reetdach des Jägers nistete, es fing Feuer, das Haus ging in Flammen auf, er verbrannte, es leuchtete über den See bis zu der hängenden Birke, wo sie jetzt zu Erde in der Erde geworden ist; nimmer kehrt sie ins ägyptische Land zurück!"

Und dann weinten sie beide, und Vater Storch, als er es damals hörte, klapperte mit dem Schnabel, daß es weithin hallte.

„Lüge und Erfindung!" sagte er. „Ich hätte nicht übel Lust, ihnen den Schnabel tief in die Brust zu stoßen!"

„Und ihn abzubrechen!" sagte Mutter Storch, „dann würdest du fein aussehen! Denke zuerst an dich selber und an deine Familie, alles andere ist Nebensache!"

„Ich werde mich jedenfalls morgen auf den Rand der offenen Kuppel setzen, wenn alle Gelehrten und Weisen sich versammeln, um von dem Kranken zu reden; vielleicht kommen sie dann der Wahrheit etwas näher!"

Und die Gelehrten und Weisen kamen zusammen und redeten viel, ein langes und ein breites, aus dem der Storch sich keinen Vers machen konnte – und für den Kranken kam auch nichts dabei heraus noch für die Tochter im Wildmoor; aber deshalb können wir ruhig ein bißchen zuhören, man muß ja so vieles mit anhören.

Aber dann ist es richtig, auch das zu hören und zu erfahren, was voraufgegangen war, dann können wir der Geschichte besser folgen, zum mindesten ebensogut wie Vater Storch.

„Liebe erzeugt Leben! Die größte Liebe erzeugt das höchste Leben! Nur durch Liebe ist Rettung für sein Leben zu erhoffen!“ war gesagt worden, und das war überaus klug und gut gesagt, versicherten die Gelehrten.

„Das ist ein schöner Gedanke!“ sagte Vater Storch sofort.

„Ich verstehe ihn nicht so ganz!“ sagte Mutter Storch, „und das ist nicht meine Schuld, sondern die des Gedankens, aber das ist ja wohl auch ganz gleich, ich habe an andere Dinge zu denken!“

Und nun hatten die Gelehrten von der Liebe zwischen diesem und jenem geredet, den Unterschiedlichkeiten, die es gab, der Liebe von jungen Leuten zueinander und der zwischen Eltern und Kindern sowie der zwischen dem Licht und den Pflanzen – wie der Sonnenstrahl den Schlamm küßt, und wie der Keim dadurch hervorkommt –, es wurde so weitschweifig und gelehrt dargelegt, daß es Vater Storch unmöglich war, zu folgen, geschweige denn es zu wiederholen; er war dadurch ganz nachdenklich geworden, schloß halb die Augen und stand danach einen ganzen Tag lang auf einem Bein; die Gelehrsamkeit ward für ihn eine zu schwere Bürde.

Eins jedoch begriff Vater Storch, er hatte sowohl kleine Leute wie die Allervornehmsten aus tiefstem Herzen sagen hören, es sei für viele Tausende und auch für das Land ein großes Unglück, daß dieser Mann krank daniederliege und nicht gesunden könne; Freude und Segen würde es bringen, wenn er seine Gesundheit zurückerlangen könnte. „Aber wo wächst seine Gesundheitsblume?“ danach hatten sie alle gefragt, die gelehrten Schriften gefragt, die glitzernden Sterne, Wetter und Wind; auf allen Umwegen, die es gab, hatten sie sich erkundigt, und schließlich hatten die Gelehrten und Weisen wie gesagt eins herausbekommen: „Liebe erzeugt Leben, die Liebe zum Vater“, und da sagten sie mehr, als sie selber begriffen; sie wiederholten es und schrieben es als Rezept auf: „Liebe erzeugt Leben“, wie aber die ganze Sache nach dem Rezept zusammengerührt werden sollte, ja, da blieb man stecken. Zuletzt waren sie sich darüber einig, daß die Hilfe von der Prinzessin kommen müsse, von ihr, die aus ganzer Seele und von ganzem Herzen diesen Vater liebte. Man kam zuletzt auch auf den Gedanken, wie es einzurichten wäre, ja, es war nun über Jahr und Tag her, sie sollte sich nachts, wenn der zunehmende Mond wieder untergegangen wäre, zur Marmorsphinx am Wüstenrand begeben, am Sockel den Sand von der Tür wegfegen und durch den langen Gang hineingehen, der mitten in eine der großen Pyramiden hineinführte, wo einer von den mächtigen Königen aus dem Altertum, von Pracht und Herrlichkeit umgeben, in seiner Mumienhülle lag; hier sollte sie ihren Kopf an den Toten lehnen, dann würde ihr offenbart werden, wo für ihren Vater Leben und Rettung zu finden seien.

All das hatte sie ausgeführt, und sie hatte im Traum erfahren, daß sie von dem tiefen Sumpf oben im dänischen Land, der Ort war ganz genau bezeichnet worden, die Lotusblume heimbringen sollte, nachdem diese in der Tiefe des Wassers ihre Brust berührt hätte, dann würde er gerettet werden.

Und darum flog sie im Schwanenkleid aus dem Lande Ägypten zum Wildmoor hinauf. Seht, dies alles wußten Vater Storch und Mutter Storch, und nun wissen wir es genauer, als wir es vorher wußten. Wir wissen, daß der Schlammkönig sie zu sich herunterzog, wissen, daß sie für die in der Heimat gestorben und verdorben war; nur der Weiseste von allen sagte noch, genau wie Mutter Storch: „Sie wird schon durchkommen!“ und darauf wollten sie nun warten, denn etwas Besseres fiel ihnen nicht ein.

„Ich glaube, ich stiebitze den beiden bösen Prinzessinnen das Schwanenkleid!“ sagte Vater Storch, „dann können sie auf alle Fälle nicht zum Wildmoor kommen, um Böses zu tun; die Schwanenkleider selber bewahre ich da oben auf, bis man sie mal braucht!"

„Wo oben bewahrst du sie auf?" fragte Mutter Storch.

„In unserem Nest am Wildmoor!" sagte er. „Ich und unsere jüngsten Kinder, wir lösen uns beim Tragen gegenseitig ab, und wenn sie uns zu lästig werden, dann gibt es unterwegs genügend Stellen, wo wir sie bis zum nächsten Zuge verbergen können. Ein Schwanengefieder wäre wohl auch genug für sie, aber zwei sind besser; es ist gut, wenn man in einem nördlichen Land viel Reisekleidung bei sich hat!"

„Es wird dir nicht gedankt werden!" sagte Mutter Storch, „aber du bist ja der Herr im Hause! Ich habe nichts zu sagen außer in der Brutzeit!"

In der Wikingerburg am Wildmoor, wohin die Störche im Frühling flogen, hatte das kleine Mädchen einen Namen bekommen; Helga hatten sie sie genannt, aber dieser Name war viel zu weich für eine Wesensart, wie sie diese schönste Gestalt hier hatte; von Monat zu Monat kam es mehr zum Vorschein, und mit den Jahren – ja, während die Störche immer die gleiche Reise machten, im Herbst zum Nil, im Frühling zum Wildmoor – wurde aus dem kleinen Kind ein großes Mädchen, und ehe man es sich versah, war sie sechzehn Jahre alt und die schönste Jungfrau; herrlich die Schale, aber hart und schroff der Kern, wilder als die meisten in dieser harten, dunklen Zeit.

Es war ihr eine Wonne, mit ihren weißen Händen das dampfende Blut des geschlachteten Opferpferdes zu verspritzen; sie biß aus Wildheit dem schwarzen Hahn, den der Opferpriester schlachten sollte, den Hals durch, und zu ihrer Pflegemutter sagte sie in vollem Ernst: „Käme dein Feind und würfe einen Strick um die Balkenköpfe des Daches und höbe er es über deiner Kammer hoch, während du schliefest, ich würde dich nicht wecken, selbst wenn ich könnte! Ich würde es nicht hören, so saust mir noch immer das Blut in dem Ohr, auf das du mir vor Jahren einen Backenstreich versetzt hast, du! Ich vergesse nichts!"

Aber der Wiking glaubte diesen Worten nicht, er war ebenso wie die anderen von ihrer Schönheit betört; er wußte nichts davon, wie bei Jung-Helga Gemüt und Aussehen wechselten. Ohne Sattel saß sie wie auf dem Rosse festgewachsen, das in vollem Galopp dahinjagte, und sie sprang nicht ab, wenn es sich mit den anderen bösartigen Pferden biß. In all ihren Kleidern warf sie sich oftmals vom Steilufer in die starke Strömung des Fjords und schwamm dem Wiking entgegen, wenn sein Schiff Land ansteuerte. Von ihrem wunderbaren, langen Haar schnitt sie die längste Locke ab und flocht sich daraus eine Sehne für ihren Bogen.

„Selbst getan ist wohlgetan!“ sagte sie.

Die Wikingerfrau war zwar der Zeit und Sitte entsprechend von starkem Willen und Wesen, aber mit der Tochter verglichen, war sie ein schwaches, ängstliches Weib, sie wußte ja, daß über dem entsetzlichen Kind ein Zauber lag.

Es war, als gefiele sich Helga, so recht aus böser Freude, etwas zu häufig darin, wenn die Mutter auf dem Söller stand oder auf den Hof hinaustrat, sich auf den Brunnenrand zu setzen, mit Armen und Beinen auszuschlagen und sich darauf in das enge, tiefe Loch hineinplumpsen zu lassen, in dem sie mit ihrer Froschnatur auf- und niedertauchte und aus dem sie heraufstieg, als wäre sie eine Katze, um dann von Wasser triefend in die Halle zu treten, so daß die grünen Blätter, die über den Fußboden gestreut waren, sich in der nassen Flut umdrehten.

Doch gab es eines, was Jung-Helga bändigte, das war die Abenddämmerung; in dieser wurde sie still und schien nachdenklich zu sein, ließ sich rufen und führen; da schien ein inneres Gefühl sie zur Mutter hinzuziehen, und wenn die Sonne sank und der Wandel innen und außen vor sich ging, saß sie still da, trübselig, zur Froschgestalt zusammengeschrumpft, der Körper war zwar jetzt viel größer als bei diesem Tiere sonst, aber gerade dadurch um so grausiger; sie sah aus wie ein erbarmungswürdiger Zwerg mit Froschkopf und Schwimmhäuten zwischen den Fingern. In den Augen, mit denen sie sehen konnte, lag etwas so Trauri-

ges, eine Stimme hatte sie nicht, nur ein hohles Quaken ganz wie bei einem Kind, das im Traume schluchzt; dann konnte die Wikingerfrau sie auf den Schoß nehmen, sie vergaß die garstige Gestalt, sah nur die betrübten Augen und sagte mehr als einmal: „Ich möchte fast wünschen, du wärest immer mein stummes Froschkind; du bist schrecklicher anzuschauen, wenn die Schönheit nach außen gekehrt ist!"

Und sie zeichnete Runen gegen Zauber und Siechtum, warf sie auf die Bejammernswerte, aber es zeigte sich keine Besserung.

„Man sollte nicht meinen, daß sie einmal so klein gewesen ist und in einer Wasserrose gelegen hat!" sagte Vater Storch; „jetzt ist sie ein ganzer Mensch und ihrer ägyptischen Mutter wie aus dem Gesicht geschnitten; von ihr haben wir später nie wieder etwas gesehen! Sie ist nicht durchgekommen, wie du und die Gelehrtesten meinten. Ich bin nun jahraus, jahrein kreuz und quer über das Wildmoor geflogen, aber sie hat nie ein Zeichen von sich gegeben! Ja, eins kann ich dir erzählen, in den Jahren, da ich einige Tage vor dir hierherkam, um das Nest auszubessern und dies und jenes instand zu setzen, bin ich eine ganze Nacht, als ob ich eine Eule wäre oder eine Fledermaus, unablässig über das offene Wasser geflogen, aber ohne jeden Erfolg!

Ebenso ist es mit den beiden Schwanenkleidern, die ich und die Jungen vom Lande des Nils heraufschleppten; es war mühselig genug, drei Reisen brauchten wir, um sie mitzubekommen. Nun haben sie viele Jahre auf dem Boden des Nestes gelegen, und gibt es hier einmal eine Feuersbrunst, brennt das Blockhaus ab, dann sind sie eben weg!"

„Und unser gutes Nest ist weg!" sagte Mutter Storch. „An das denkst du weniger als an das Federzeugs und deine Sumpfprinzessin! Du solltest einmal zu ihr hinuntergehen und im Schlamm bleiben! Deiner Familie bist du ein schlechter Vater, das habe ich gesagt, seit ich das erstemal auf den Eiern saß. Wenn wir oder unsere Kinder nur nicht eines schönen Tages einen Pfeil von dem verrückten Wikingermädchen in unsere Schwingen kriegen! Sie weiß ja nicht, was sie tut. Wir sind schließlich ein wenig länger hier beheimatet als sie, das sollte sie bedenken; wir vergessen nie unsere Verpflichtungen, wir erlegen jährlich unsere Abgaben, eine Feder, ein Ei und ein Junges, wie das Recht es gebeut. Denkst du, ich hätte Lust, wenn sie im Freien ist, da hinunterzugehen, wie in früheren Zeiten und wie ich es in Ägypten tue, wo ich halb auf du und du mit den Leuten stehe und, ohne mir etwas zu vergeben, ihnen in die Töpfe gucke? Nein, ich sitze hier oben und ärgere mich über sie – das Frauenzimmer! – Und über dich ärgere ich mich außerdem! Du hättest sie nur in der Wasserrose liegenlassen sollen, dann wäre sie weggewesen!"

„Du bist viel achtbarer als deine Rede!" sagte Vater Storch; „ich kenne dich doch besser, als du dich selber kennst!"

Und dann machte er einen Hüpfer, zwei schwere Flügelschläge, streckte die Beine nach hinten und flog, segelte von dannen, ohne die Schwingen zu bewegen, er war ein ganzes Stück entfernt, da griff er kräftig aus, die Sonne schien auf die weißen Federn, Hals und Kopf waren nach vorn gestreckt! Schwung und Schnelligkeit waren in seiner Bewegung. „Er ist doch immer noch der Schönste von allen!" sagte Mutter Storch, „aber ich sag's ihm nicht!"

In diesem Herbst kam der Wiking früh mit Beute und Gefangenen nach Hause; unter den letzteren war ein junger, christlicher Priester, einer jener Männer, die die Götter der nordischen Länder verfolgten. Oftmals in der letzten Zeit war in Halle und Frauengemächern von dem neuen Glauben gesprochen worden, der sich in allen Ländern südwärts weithin verbreitete, ja, durch den heiligen Ansgarius sogar bis nach Hedeby an der Schlei gelangt war; selbst Jung-Helga hatte von dem Glauben an den weißen Christ vernommen, der sich aus Liebe zu den Menschen hingegeben hatte, um sie zu erlösen; ihr war es, wie man sagt, zum einen Ohr hinein- und zum anderen hinausgegangen, für das Wort Liebe schien sie nur ein Empfinden zu haben, wenn sie sich in der jammervollen Froschgestalt in der verschlossenen Kammer zusammenkauerte; aber die Wikingerfrau hatte gelauscht und sich durch die Sagen und Erzählungen seltsam ergriffen gefühlt, die von dem Sohn eines einzigen, wahren Gottes umgingen.

Die Männer, wenn sie von ihren Fahrten heimkehrten, hatten von den prächtigen Tempeln erzählt, aus zugehauenen, kostbaren Steinen, für ihn errichtet, dessen Botschaft Liebe war; ein paar schwere, goldene Schalen, kunstvoll gehämmert und aus reinstem Golde, waren heimgeführt worden, an jeder hing ein eigentümlich würziger Duft, es waren Räuchergefäße, wie sie die christlichen Priester vor dem Altar schwenkten, wo niemals Blut vergossen wurde, sondern der Wein und das geweihte Brot in das Blut dessen verwandelt wurden, der sich den noch ungeborenen Geschlechtern geopfert hatte.

In den tiefen, ausgemauerten Keller des Blockhauses war der gefangene junge Christenpriester geworfen worden, an Händen und Füßen mit Baststricken gefesselt; schön war er, „wie Baldur anzuschauen!“ sagte die Wikingerfrau, und sie war bewegt ob seiner Not, aber Jung-Helga begehrte, daß ein Strick durch seine Kniekehlen gezogen und er den wilden Ochsen an den Schwanz gebunden werden sollte.

„Dann würde ich die Hunde losmachen! Hui! von dannen ginge es über Moor und Sumpf, zur Heide hin! Das wäre lustig anzusehen, lustiger noch, ihm auf die Fahrt das Geleit zu geben!"

Doch diesen Tod wollte der Wiking ihn nicht erleiden lassen, sondern er sollte, als Leugner und Verfolger der hohen Götter, am morgigen Tag auf dem Blutstein im Hain geopfert werden, es geschah zum erstenmal, daß hier ein Mensch geopfert wurde.

Jung-Helga bat, ob sie die Götterbildnisse und das Volk mit seinem Blute besprengen dürfe; sie wetzte ihr blankes Messer, und als einer der großen, reißenden Hunde, von denen es genügend auf dem Hofe gab, ihr über die Füße lief, stach sie ihm das Messer in die Flanke. „Ich will es nur ausprobieren!" sagte sie, und die Wikingerfrau sah das wilde, bösartige Mädchen traurig an, und als die Nacht kam, und die Schönheit der Tochter an Leib und Seele sich verwandelte, sprach sie mit ihr in den warmen Worten des Leides und aus ihrer betrübten Seele.

Der garstige Lurch mit dem Leib des Trolls stand vor ihr und heftete seine braunen, leidvollen Augen auf sie, hörte zu und schien mit der Vernunft des Menschen zu begreifen.

„Nie, nicht einmal meinem Gemahl gegenüber, ist es mir über die Lippen gekommen, wie ich zwiefach durch dich leide!" sagte die Wikingerfrau; „es ist mehr Jammer in meinem Herzen über dich, als ich selber glaubte! Groß ist einer Mutter Liebe; aber nie ist Liebe in dein Gemüt eingezogen! Dein Herz ist wie ein kalter Schlammklumpen! Woher bist du denn nur in mein Haus gekommen!"

Da erzitterte die bejammernswerte Gestalt gar wunderlich, es war, als berührten diese Worte ein unsichtbares Band zwischen Leib und Seele, große Tränen traten ihr in die Augen.

„Für dich wird die harte Zeit noch kommen!" sagte die Wikingerfrau, „grausig wird sie auch für mich werden! Besser wäre es gewesen, wenn du als Kind auf der Landstraße ausgesetzt worden wärest und die Kälte der Nacht dich in den Tod gewiegt hätte!" Und die Wikingerfrau vergoß heiße Tränen und ging zornig und traurig fort, hinter den losen Fellvorhang, der über dem Balken hing und die Stube teilte.

Allein im Winkel saß der zusammengeschrumpfte Lurch; kein Laut war zu hören, aber nach kurzer Zeit stieg in seinem Innern ein halberstickter Seufzer auf; es war, als würde in Schmerzen ein Leben im tiefstem Herzensgrund geboren. Er machte einen Schritt vorwärts, lauschte, ging noch einen Schritt weiter und griff nun mit den unbeholfenen Händen um die schwere Stange, die vor die Tür geschoben war; leise schob er sie zurück, leise zog er den Pflock heraus, der durch die Klinke gesteckt war; er ergriff die brennende Lampe, die vorn in der Kammer stand; es war, als schenkte ein starker Wille ihm Kräfte; er zog den eisernen Bolzen aus der versperrten Falltür, schlich zu dem Gefangenen hinunter; der schlief; er berührte ihn mit seiner kalten, klammen Hand, und als der Gefangene erwachte und die häßliche Gestalt erblickte, schauderte es ihn wie vor einer bösen Erscheinung. Der Lurch zog sein Messer heraus, zerschnitt die Fesseln des Gefangenen und winkte ihm, er möge ihm folgen.

Er sprach heilige Namen aus, machte das Zeichen des Kreuzes, und da die Gestalt unverändert dastand, sprach er die Worte der Bibel: „Selig der, welcher verständig gegen den Geringen handelt; der Herr wird ihn erretten an einem bösen Tag! – Wer bist du? Woher dies Äußere des Tieres und dennoch voll von den Taten der Barmherzigkeit?"

Die Lurchgestalt winkte ihm und führte ihn hinter verbergenden Decken einen einsamen Gang entlang, hinaus in den Stall, zeigte auf ein Pferd, er schwang sich darauf, aber auch sie setzte sich vorn drauf und hielt sich an der Mähne des Tieres fest. Der Gefangene verstand sie, und in schnellem Trab ritten sie auf einem Wege, den er nie gefunden hätte, auf die offene Heide hinaus.

Er vergaß ihre häßliche Gestalt, die Gnade und Barmherzigkeit des Herrn wirkte durch das Untier, das spürte er; er sprach fromme Gebete und stimmte heilige Gesänge an; da erzitterte sie, war es die Macht des Gebets oder des Gesanges, was hier seine Wirkung ausübte, oder war es der Kälteschauer vor dem Morgen, der bald kommen würde? Was war es nur, was sie spürte? Sie richtete sich hoch auf, wollte das Pferd anhalten und abspringen; aber der christliche Priester hielt sie mit aller Kraft fest, sang laut einen Choral, als vermöge der den Zauber zu brechen, der sie in die häßliche Froschgestalt bannte, und das Roß jagte wilder dahin, der Himmel rötete sich, der erste Sonnenstrahl drang durch die Wolke, und bei der hellen Lichtflut trat die Verwandlung ein, sie war die junge Schöne mit dem dämonisch bösen Gemüt; er hielt das schönste junge Weib in seinen Armen und entsetzte sich darüber, sprang vom Pferd, brachte es zum Stehen, weil er glaubte, einem neuen, zerstörenden Zauber zu begegnen; aber Jung-Helga war ebenfalls mit einem Sprung auf der Erde, das kurze Kinderkleid ging ihr nur bis zu den Knien; sie riß das scharfe Messer aus ihrem Gürtel und stürzte sich auf den Überraschten.

„Wenn ich dich nur erst habe!" rief sie, „wenn ich dich erst habe – das Messer werde ich in dich hineinstoßen! Du bist ja fahl wie Heu! Leibeigener, der du bist! Du Milchgesicht!"

Sie drang auf ihn ein; sie fochten einen schweren Ringkampf aus, aber es war, als verliehe eine unsichtbare Macht dem christlichen Manne Kraft; er hielt sie fest, und die alte Eiche dicht daneben kam ihm zu Hilfe, es war, als stellte sie sich mit ihren halb aus dem Erdreich gelösten Wurzeln den Füßen des Mädchens in den Weg, die sich darin verfingen. Gleich daneben sprudelte ein Quell, der Mann besprenkelte ihr mit der frischen Feuchte Brust und Gesicht, gebot dem unreinen Geist auszufahren und segnete sie nach christlichem Brauch, aber das Wasser der Taufe hat dort keine Macht, wo nicht der Quell des Glaubens auch von innen strömt.

Und dennoch war er auch hier der Starke; ja, mehr als die Stärke des Mannes gegen die streitenden bösen Mächte lag in seinem Tun, er bannte sie gleichsam, das Mädchen ließ die Arme sinken, sah mit erstaunten Blicken und erblassenden Wangen diesem Manne zu, der ein mächtiger Zauberer zu sein schien, stark in geheimen Künsten und Beschwörungen; er las dunkle Worte, zeichnete geheime Runen in die Luft! Nicht vor der blitzenden Axt oder dem scharfen Messer, wenn er es vor ihren Augen geschwenkt hätte, würde ihr Auge gezuckt haben, aber es tat es, als er das Zeichen des Kreuzes auf ihrer Stirn und Brust beschrieb; und sie saß nunmehr wie ein zahmer Vogel da, das Haupt auf die Brust geneigt.

Da sprach er mild zu ihr von dem Liebeswerk, das sie in dieser Nacht an ihm vollbracht hatte, als sie in der häßlichen Froschgestalt gekommen war, seine Fesseln gelöst und ihn zu Licht und Leben hinausgeführt hatte; sie sei auch gefesselt, mit schwereren Banden gefesselt, als er es gewesen sei, sagte er, aber auch sie sollte, und zwar durch ihn, zu Licht und Leben gelangen. Nach Hedeby, zum heiligen Ansgarius, wolle er sie bringen; dort, in der christlichen Stadt, werde die Verwünschung aufgehoben werden; aber nicht vorn auf dem Pferde, selbst wenn sie gutwillig dort säße, dürfe er sie mit sich führen.

„Hinten auf dem Pferde mußt du sitzen, nicht vor mir! Der Zauber deiner Schönheit hat eine Macht, die ist vom

Bösen, ich fürchte sie – und dennoch ist der Sieg in Christo mein!"

Er beugte seine Knie, betete sehr fromm und innig! Es war, als würde der stumme Wald dadurch zu einer heiligen Kirche geweiht; die Vögel begannen zu singen, als gehörten sie mit zur neuen Gemeinde, die wilde Krauseminze

duftete, als wollte sie Ambra und Weihrauch ersetzen; laut verkündete er die Worte der Heiligen Schrift: „Das Volk, das in Finsternis saß, hat ein großes Licht gesehn, und die da saßen am Ort und Schatten des Todes, denen ist ein Licht aufgegangen!"

Und er sprach von der Sehnsucht der Allnatur, und während er sprach, stand das Pferd, das sie im wilden Lauf dahingetragen hatte, still und zerrte an den dichten Brombeerranken, so daß reife, saftige Beeren in Jung-Helgas Hand niederfielen, sich selbst zur Labe anbietend.

Sie ließ sich geduldig auf den Rücken des Pferdes heben, saß dort wie eine Schlafwandlerin, die nicht wacht und dennoch nicht wandelt. Der christliche Mann band zwei Äste mit einem Baststrick zusammen, so daß sie ein Kreuz bildeten, das hielt er hoch in seiner Hand, und so ritten sie durch den Wald, der wurde immer dichter, der Weg immer enger oder war gar kein Weg mehr. Der Schlehdorn stand wie eine Wegschranke davor, man mußte um ihn herumreiten; die Quelle wurde nicht zu einem sprudelnden Bach, sondern zum stillstehenden Sumpf, man mußte um ihn herumreiten. In der frischen Waldluft war Kraft und Erquickung, eine nicht geringere Kraft lag in den Worten der Milde, die vom Glauben und von christlicher Liebe widerklangen, in dem innigen Drang, die Überwältigte dem Licht und Leben zuzuführen.

Der stete Tropfen, sagt man ja, höhlt den harten Stein, die Meereswogen schleifen mit der Zeit die abgesplitterten, kantigen Felsblöcke glatt, der Tau der Gnade, der für Jung-Helga bereitgehalten war, höhlte das Harte, schliff das Scharfe rund; zwar war es nicht zu merken, sie wußte es selber nicht, was weiß der Keim im Erdreich angesichts der erquickenden Feuchte und des warmen Sonnenstrahls, daß er in sich Wachstum und Blüte birgt.

Wie der Gesang der Mutter sich unmerklich im Gemüt niederschlägt und das Kind die einzelnen Wörter nachlallt, ohne sie zu verstehen, diese sich aber später im Gedanken sammeln und mit der Zeit klarer werden, so wirkte auch hier das Wort, welches schöpferisch zu sein vermag.

Sie ritten aus dem Wald hinaus, über die Heide, wieder durch unwegsame Wälder, da stießen sie gegen Abend auf Räuber.

„Wo hast du das hübsche Kind gestohlen!“ riefen sie, hielten das Pferd an, rissen die beiden Reiter herab, denn ihrer waren viel an Zahl. Der Priester hatte keine andere Waffe als das Messer, das er Jung-Helga abgenommen hatte, mit diesem stieß er um sich, einer der Räuber schwang

seine Axt, aber der junge Christ machte einen glücklichen Satz zur Seite, sonst wäre er getroffen worden. Jetzt fuhr die Schneide der Axt tief in des Pferdes Hals, so daß das Blut herausströmte und das Tier zu Boden stürzte; da schoß Jung-Helga, wie aus ihrer langen, tiefen Gedankenruhe geweckt, auf das röchelnde Tier zu und warf sich darüber; der christliche Priester stellte sich zu ihrem Schutz vor sie hin, aber einer der Räuber schwang seinen schweren eisernen Hammer gegen dessen Stirn, so daß sie zerschmettert wurde und Blut und Hirn weit umherspritzten, tot fiel er zu Boden.

Die Räuber packten Jung-Helga an ihrem weißen Arm, im selben Augenblick ging die Sonne unter, der letzte Sonnenstrahl erlosch, und sie war in einen häßlichen Lurch verwandelt; das weißgrüne Maul zog sich über das halbe Gesicht; die Arme wurden dünn und glitschig, eine breite Hand mit Schwimmhäuten entfaltete sich fächerförmig – da ließen die Räuber voller Entsetzen von ihr ab; sie stand als häßliches Ungeheuer mitten unter ihnen, und der Froschnatur gemäß hüpfte sie hoch in die Luft, höher, als sie selber groß war, und verschwand im Dickicht; da merkten die Räuber, es war Lokes böse List oder seine geheime Zauberkunst, und entsetzt eilten sie von hinnen.

Der Vollmond war schon aufgegangen, bald verbreitete er Glanz und Licht, und aus dem Gestrüpp kroch im jammervollen Kleid des Frosches Jung-Helga; sie blieb an der Leiche des christlichen Priesters und vor ihrem toten Roß stehen, sie sah sie mit Augen an, die zu weinen schienen; der Froschkopf stieß ein Quaken aus, wie wenn ein Kind in Tränen ausbricht. Sie warf sich bald auf den einen und bald auf den anderen, nahm Wasser in die Hand, die durch die Schwimmhaut größer und hohler geworden war, und besprenkelte sie damit. Tot waren sie, tot würden sie bleiben! Sie begriff es. Bald könnten die wilden Tiere kommen und ihre Leiber fressen; nein, das durfte nicht sein! Daher grub sie in die Erde ein Loch, so tief sie es vermochte; ein Grab wollte sie ihnen machen, aber sie hatte zum Graben nichts als einen harten Baumast und ihre beiden Hände, zwischen deren Fingern sich jedoch die Schwimmhaut spannte, sie platzte, das Blut floß. Helga sah ein, daß die Arbeit ihr nicht glücken würde; da nahm sie Wasser und wusch des Toten Antlitz ab, bedeckte es mit frischen, grünen Blättern, trug große Zweige herbei und legte sie über ihn, streute Laub dazwischen; alsdann nahm sie die schwersten Steine, die sie zu heben vermochte, legte diese auf die toten Körper und verstopfte die Lücken mit Moos, nun meinte sie, der Grabhügel sei fest und sicher, aber bei dieser schweren Arbeit war die Nacht weitergeschritten, die Sonne brach hervor – und Jung-Helga stand in all ihrer Schönheit da, mit blutenden Händen und zum erstenmal mit Tränen auf den errötenden, jungfräulichen Wangen.

Da geschah es während der Verwandlung, als rängen zwei Naturen in ihrem Innern; sie erzitterte, blickte sich um, als erwachte sie aus einem beängstigenden Traum, stürzte zu der schlanken Buche hin, hielt sich daran fest, um doch eine Stütze zu haben, und im Nu kletterte sie wie eine Katze auf die Spitze des Baumes und klammerte sich hier an; sie saß dort wie ein verängstigtes Eichkätzchen, saß den lieben langen Tag in der tiefen Waldeinsamkeit, wo alles still und tot ist, wie man sagt! Tot, ja, zwei Falter flogen im Spiel oder Kampf umeinander herum; in der Nähe waren ein paar Ameisenhaufen, jeder hatte Hunderte von emsigen Geschöpfen, die aus und ein krabbelten; in der Luft tänzelten unzählige Mücken, ein Schwarm neben dem anderen; Scharen sirrender Fliegen jagten vorbei, „des Herrgotts Hühner“, die kleinen Marienkäfer, Wasserjungfern und andere fliegende Tierchen; der Regenwurm kroch aus dem feuchten Erdreich hervor, die Maulwürfe warfen ihre Hügel auf; im übrigen war es still, ausgestorben ringsum, ausgestorben, wie man es nennt und nicht anders versteht. Niemand bemerkte Jung-Helga außer den Eichelhähern, die schreiend den Baumwipfel umflogen, in dem sie saß; sie hüpften in dreister Neugierde an den Zweigen entlang auf sie zu; das Zucken ihrer Augenlider genügte, um sie wieder wegzujagen – aber sie wurden nicht klüger aus ihr und sie aus sich selber auch nicht.

Als der Abend näher kam und die Sonne allmählich unterging, rief die Verwandlung sie zu neuer Tätigkeit auf; sie ließ sich am Stamm hinabgleiten, und kaum war der letzte Sonnenstrahl erloschen, da stand sie in der eingeschrumpften Gestalt des Frosches da, mit zerrissenen Schwimmhäuten an den Händen, aber die Augen strahlten jetzt in einem Schönheitsglanz, den sie vorher in der Gestalt der Schönheit selber kaum besessen hatten; es waren die sanftesten, frömmsten Mädchenaugen, die hinter der Froschmaske hervorleuchteten, sie zeugten von dem tiefen Gemüt, dem menschlichen Herzen; und die schönen Augen brachen in Tränen aus, sie vergossen die schweren Tränen eines erleichterten Herzens.

An dem aufgeschütteten Grabe lag noch das Kreuz aus Ästen, das mit Baststricken zusammengefügt worden war, die letzte Arbeit dessen, der jetzt gestorben und verdorben war; Jung-Helga hob es auf, der Gedanke kam von selbst, sie steckte es zwischen den Steinen über ihm und dem erschlagenen Pferd ins Erdreich; in der Wehmut des Gedenkens brachen die Tränen hervor, und in dieser Herzensstimmung ritzte sie das gleiche Zeichen rund um das Grab in den Boden, es umhegte es so zierlich – und während sie mit beiden Händen das Zeichen des Kreuzes zeichnete, fiel die Schwimmhaut wie ein zerrissener Handschuh ab, und als sie sich im sprudelnden Quell wusch und erstaunt auf ihre feinen, weißen Hände blickte, machte sie abermals das Zeichen des Kreuzes in der Luft zwischen sich und dem Toten, da zitterten ihre Lippen, da bewegte sich ihre Zunge, und jener Name, den sie auf dem Ritt durch den

Wald am meisten hatte singen und aussprechen hören, kam vernehmbar aus ihrem Munde, sie sagte: „Jesus Christus!"

Da fiel die Froschhaut ab, sie war die junge Schönheit; jedoch der Kopf neigte sich müde, die Glieder bedurften der Ruhe – sie schlief.

Aber der Schlaf währte nur kurz; gegen Mitternacht wurde sie geweckt; vor ihr stand das tote Pferd, strahlend, voller Leben; es leuchtete aus den Augen und aus dem verletzten Hals; dicht daneben erschien der getötete christliche Priester; „schöner als Baldur!" würde die Wikingerfrau gesagt haben, und doch kam er wie in Feuerlohen.

Ernst lag in den großen, freundlichen Augen, ein Urteil der Gerechtigkeit; der Blick war so durchdringend, daß er der Geprüften bis in den tiefsten Winkel des Herzens leuchtete. Jung-Helga erschauerte darunter, und ihr Gedächtnis

wurde geweckt mit einer Kraft wie am Jüngsten Tage. Alles, was ihr an Gutem widerfahren war, jedes liebevolle Wort, das zu ihr gesprochen worden war, wurde gleichsam lebendig; sie erkannte, es war die Liebe, die ihr in den Tagen der Prüfung, in denen Geschöpfe aus Seele und Schlamm gieren und streben, hienieden Kraft verliehen hatte. Sie erkannte, daß sie nur dem Ansporn der Stimmungen gefolgt war und selber nichts aus sich getan hatte; alles war ihr geschenkt worden, alles war gleichsam gelenkt worden; sie beugte sich, gering, demütig, beschämt, dem, der jede Falte des Herzens entziffern kann; und in diesem Augenblick verspürte sie, wie in einem Blitz von der läuternden Flamme, die Lohe des Heiligen Geistes.

„Du Tochter des Schlammes!" sagte der christliche Priester; „aus dem Schlamm, aus der Erde bist du gekommen – aus der Erde sollst du wiederauferstehen! Der Sonnenstrahl in dir geht, sich des Körpers bewußt, an seinen Ursprung zurück, der Strahl, nicht von dem Sonnenkörper, sondern der Strahl von Gott! Keine Seele wird verlorengehen, aber lange währt das Zeitliche, das die Flucht des Lebens ins Ewige ist. Ich komme aus dem Lande der Toten; auch du wirst einstmals durch die tiefen Täler in das leuchtende Bergland ziehen, wo die Barmherzigkeit und die Vollkommenheit wohnen. Ich führe dich noch nicht nach Hedeby zur Christentaufe, zuerst mußt du den Wasserschild über dem tiefen Moorgrund sprengen, die lebendige Wurzel deines Lebens und deiner Wiege heraufziehen, deine Aufgabe vollbringen, ehe die Weihe kommen darf."

Und er hob sie aufs Pferd, reichte ihr ein goldenes Räuchergefäß wie jenes, das sie schon früher in der Wikingerburg gesehen hatte, es stieg ein Duft daraus auf so süß und stark. Die offene Wunde auf der Stirn des Erschlagenen leuchtete wie ein strahlendes Diadem; das Kreuz nahm er vom Grab, hob es hoch empor, und nun ging es dahin durch die Lüfte, über den rauschenden Wald, über die Hünengräber, wo die Recken begraben lagen, auf ihren erschlagenen Rossen sitzend; und die riesigen Gestalten richteten sich auf, ritten aus und hielten auf der Kuppe des Grabhügels; im Mondschein strahlte um ihre Stirn der breite Goldreif mit dem goldenen Knoten, der Mantel flatterte im Wind. Der Lindwurm, der über Schätzen brütete, hob den Kopf und sah ihnen nach. Das Volk der Zwerge schaute hinter Hügeln und Pflugfurchen hervor, sie liefen durcheinander mit roten, blauen und grünen Lichtern, ein Gewimmel, das aussah wie die Asche von verbranntem Papier.

Über Wald und Heide, Bäche und Sümpfe flogen sie, dem Wildmoor entgegen; über diesem schwebten sie in weiten Kreisen dahin. Der christliche Priester hob das Kreuz hoch, es glänzte wie Gold, und von seinen Lippen ertönte der Meßgesang; Jung-Helga sang ihn mit, wie das Kind das Lied seiner Mutter mitsingt; sie schwang das Räuchergefäß, es stieg ein Altarduft auf, so stark, so wundertätig, daß Schilf und Rohr des Sumpfes dadurch erblühten; alle Keimlinge schossen aus dem tiefen Grunde auf, alles, was Leben hatte, hob sich empor, eine Flut von Wasserlilien breitete sich aus, wie ein gewirkter Blütenteppich, und auf diesem lag ein schlafendes Weib, jung und herrlich schön, Jung-Helga meinte sich selber zu sehen, ihr Spiegelbild in dem stillen Wasser; es war ihre Mutter, die sie sah, des Schlammkönigs Weib, die Prinzessin von den Wassern des Nils.

Der tote christliche Priester gebot, daß die Schläferin aufs Pferd gehoben werde, aber dies brach unter der Bürde zusammen, als wäre sein Leib nur ein Leichentuch, das im Winde flatterte, aber das Zeichen des Kreuzes stärkte das Luftphantom, und alle drei ritten auf festen Grund hinauf.

Da krähte der Hahn in der Wikingerburg, und die Gesichte lösten sich in Nebel auf, der vom Wind auseinandergeweht wurde, aber Mutter und Tochter standen sich gegenüber.

„Bin ich es selber, die ich im tiefen Wasser sehe?" sagte die Mutter.

„Bin ich es selber, die ich im blanken Schilde sehe!" rief die Tochter aus, und sie gingen aufeinander zu, lagen Brust an Brust, Arm in Arm, am stärksten schlug der Mutter Herz, und sie verstand es.

„Mein Kind! du Blüte meines eigenen Herzens! mein Lotus aus den tiefen Wassern!"

Und sie umarmte ihr Kind und weinte; die Tränen waren für Jung-Helga eine neue Taufe des Lebens, der Liebe.

„Im Schwanenkleide kam ich her und warf es ab!" sagte die Mutter. „Ich sank durch den weichenden Sumpf, tief hinab in den Schlamm des Moores, der sich wie eine Mauer um mich schloß; aber bald spürte ich eine frischere Strömung; eine Kraft zog mich tiefer, immer tiefer hinab, ich fühlte den Druck des Schlafes auf meinen Augenlidern, ich schlief ein, ich träumte – ich meinte, ich läge wieder in der Pyramide Ägyptens, aber vor mir stand noch der schwankende Erlenstumpf, der mich auf der Sumpfebene erschreckt hatte, ich betrachtete die Risse in der Rinde, und sie leuchteten in Farben auf und wurden zu Hieroglyphen, es war die Hülle der Mumie, die ich vor mir hatte, sie barst, und heraus trat der tausendjährige Gebieter, die Mumiengestalt, schwarz wie Pech, schwarzglänzend wie die Waldschnecke oder der fette, schwarze Schlamm, der Schlammkönig oder die Mumie der Pyramide, ich wußte es nicht. Er umschlang mich mit seinen Armen, und mir war, als müßte ich sterben. Ich fühlte erst wieder Leben, als es auf meiner Brust warm wurde und dort ein Vögelchen mit den Flügeln flatterte, zwitscherte und sang. Er flog von meiner Brust hoch, hinauf zu der finsteren, schweren Decke, aber ein langes, grünes Band hielt es noch an mich gefesselt; ich hörte und begriff die Töne seiner Sehnsucht: Freiheit! Sonnenschein! zum Vater! – da gedachte ich meines Vaters im sonnigen Land der Heimat, meines Lebens, meiner Liebe! Und ich löste das Band, ließ ihn fortfliegen – heim zum Vater. Seit jener Stunde habe ich nicht mehr geträumt, ich schlief einen Schlaf, fürwahr so schwer und lang, bis in diesem Augenblick Töne und Düfte mich hoben und mich erlösten!"

Das grüne Band von der Mutter Herzen bis zum Flügel des Vogels, wo flatterte es nun, wo war es hingeworfen worden? Nur der Storch hatte es gesehen; das Band war der grüne Stengel, die Schleife die leuchtende Blüte, die Wiege des Kindes, das nun an Schönheit gewonnen hatte und wieder an der Mutter Herzen ruhte.

Und wie sie dort eng umschlungen standen, flog Vater Storch in Kreisen über ihnen, eilte alsdann zu seinem Nest, holte die dort seit Jahren aufbewahrten Federkleider, warf

jeder der beiden eins hinunter, und es schloß sich um sie, und sie hoben sich in die Lüfte hinauf als weiße Schwäne.

„Wir wollen miteinander reden!“ sagte Vater Storch, „nun verstehen wir unser beider Sprache, wenn auch der Schnabel bei dem einen Vogel anders zugeschnitten ist als bei dem anderen; es trifft sich so glücklich, wie es nur kann, daß ihr heute nacht kommt, morgen wären wir weggewesen, Mutter, ich und die Jungen! Wir fliegen gen Süden! Ja, seht mich nur an! Ich bin ja ein alter Freund des Nillandes, und Mutter ebenfalls, bei ihr sitzt's mehr im Herzen als im Klappern. Sie hat immer gemeint, die Prinzessin würde schon durchkommen; ich und die Kinder haben die Schwanenkleider hierhergetragen! Na, ich freue mich mächtig! Und was ist es für ein Glück, daß ich noch hier bin; wenn der Tag graut, dann ziehen wir von dannen! Große Storchengesellschaft! Wir fliegen vorauf, fliegt nur hinterdrein, dann könnt ihr den Weg nicht verfehlen; ich und die Jungen werden schon noch ein Auge auf euch haben!"

„Und die Lotusblüte, die ich mitbringen sollte", sagte die ägyptische Prinzessin, „die fliegt im Schwanenkleid an meiner Seite! Meine Herzensblume habe ich mit, so hat sich das Rätsel aufgelöst! Heimwärts, heimwärts!"

Aber Helga sagte, sie könnte das dänische Land nicht verlassen, ehe sie nicht noch einmal ihre Pflegemutter, die liebevolle Wikingerfrau, gesehen hätte. In Helgas Gedächtnis erblühte jede schöne Erinnerung, jedes liebevolle Wort, jede Träne, die die Pflegemutter vergossen hatte, und fast war es in diesem Augenblicke so, als liebte sie diese Mutter am meisten.

„Ja, wir müssen zum Wikingerhof!" sagte Vater Storch, „dort warten ja Mutter und die Jungen! Wie werden sie die Köpfe wenden und die Klapper erschallen lassen! Ja, Mutter sagt allerdings nicht soviel! Kurz und bündig ist sie, und dabei meint sie es viel besser! Ich werde es gleich mal knattern lassen, damit sie hören können, daß wir kommen!"

Und dann knatterte der Vater Storch mit dem Schnabel, und er und die Schwäne flogen zur Wikingerburg.

Dort drinnen lag alles noch in tiefem Schlaf; erst zu später nächtlicher Stunde war die Wikingerfrau zur Ruhe gekommen; sie lag in Ängsten wegen Jung-Helga, die jetzt drei Tage und drei Nächte verschwunden war, zusammen mit dem christlichen Priester; sie mußte ihm geholfen haben, fortzukommen, es war ihr Pferd, das im Stall vermißt wurde; welche Macht hatte dies alles zuwege gebracht? Die Wikingerfrau dachte an die Wundertaten, von denen vernommen wurde, daß sie durch den weißen Christ vollbracht wurden und durch jene, die an ihn glaubten und ihm folgten. Die wechselnden Gedanken erhielten Gestalt im Traumleben, es wollte ihr scheinen, als säße sie noch wach, nachdenklich auf ihrem Lager, und draußen brütete die Finsternis Der Sturm kam, sie hörte das Rollen des Meeres in West und in Ost, von der Nordsee und den Wassern des Kattegatts; die ungeheure Schlange, die die Erde auf dem Meeresgrund umspannte, zuckte in Krämpfen; es ging auf die

Nacht der Götter zu, das Ragnarök, wie das Heidenvolk die Stunde des Jüngsten Gerichts nannte, da alles vergehen sollte, selbst die erhabenen Götter. Das Gjallarhorn erscholl, und über den Regenbogen ritten die Götter dahin, in Stahl gekleidet, um den letzten Kampf zu bestehen; vor ihnen flogen die flügelbekleideten Walküren dahin, den Zug beschlossen die Gestalten der toten Kämpen; die ganze Luft leuchtete um sie herum vom blitzenden Nordlicht, aber die Finsternis war die Siegerin. Es war eine erschreckende Stunde.

Und dicht neben der verängstigten Wikingerfrau saß auf dem Erdboden Jung-Helga in der häßlichen Gestalt des Frosches, auch sie bebte und drängte sich dicht an die Pflegemutter, die sie auf ihren Schoß nahm und liebend umfing, wie häßlich das Lurchgewand auch zu sein schien. Die Luft tönte wider von Schwerter- und Keulenhieben, von schwirrenden Pfeilen, als ginge ein stürmischer Hagelschauer über sie hinweg. Die Stunde war gekommen, da Erde und Himmel bersten, die Gestirne stürzen, alles in Surts Feuer zugrunde gehen sollte, aber eine neue Erde, ein neuer Himmel würden kommen, das wußte sie, das Korn würde wogen, wo das Meer jetzt über den unfruchtbaren Sandboden dahinrollte, der unausprechliche Gott würde gebieten, und zu ihm stieg Baldur empor, der milde, liebreiche, erlöst aus dem Reiche der Toten – er kam, die Wikingerfrau sah ihn, sie erkannte sein Antlitz – es war der christliche Priester.

„Weißer Christ!“ rief sie laut, und bei Nennung des Namens drückte sie einen Kuß auf die Stirn ihres häßlichen Froschkindes; da fiel die Froschhaut, und Jung-Helga stand da in all ihrer Schönheit, sanft wie niemals zuvor und mit strahlenden Augen; sie küßte die Hände der Pflegemutter, segnete sie um all der Fürsorge und Liebe willen, die sie ihr in den Tagen der Drangsal und Heimsuchung hatte angedeihen lassen; dankte ihr für die Gedanken, die sie in ihr geweckt und angeregt hatte, dankte ihr für die Nennung des Namens, den sie wiederholte: Weißer Christ! Und Jung-Helga erhob sich als ein riesiger Schwan, die Flügel breiteten sich weit aus, mit einem Brausen, wie wenn die Schar der Zugvögel von dannen fliegt.

Die Wikingerfrau erwachte davon, und draußen erklang noch immer derselbe starke Flügelschlag – es war, das wußte sie, um die Zeit, da die Störche fortzogen, und sie hörte sie; noch einmal wollte sie sie vor ihrem Aufbruch sehen und Abschied von ihnen nehmen! Sie stand auf, ging auf den Söller hinaus, und da sah sie auf dem Dachfirst des Nebenhauses einen Storch neben dem anderen stehen, und rings um den Hof, über die hohen Bäume flogen Scharen in großen Bögen, aber gerade vor ihr auf dem Brunnenrand, wo Jung-Helga so oft gesessen und sie mit ihrer Wildheit erschreckt hatte, saßen jetzt zwei Schwäne und blickten sie mit klugen Augen an; und sie erinnerte sich an ihren Traum, sie war noch ganz davon erfüllt, genau wie von etwas Wirklichem, sie dachte an Jung-Helga in Schwanengestalt, sie dachte an den christlichen Priester, und mit einemmal wurde ihr so seltsam froh ums Herz.

Die Schwäne klatschten mit den Flügeln, krümmten ihre Hälse, so als wollten auch sie ihr einen Gruß entbieten; und die Wikingerfrau breitete ihre Arme nach ihnen aus, als ob sie es verstünde, lächelte unter Tränen und mancherlei Gedanken.

Da erhoben sich mit Flügelrauschen und Klappern alle Störche in die Lüfte, zur Reise gen Süden.

„Wir warten nicht auf die Schwäne!" sagte Mutter Storch, „wollen sie mit, müssen sie kommen! Wir können nicht hierbleiben, bis die Brachvögel reisen! Es hat doch etwas Schönes an sich, so familienweise zu reisen, nicht wie Buchfinken und Kampfhähne, bei denen die Männchen für sich fliegen und die Weibchen für sich, das ist, wenn man es richtig nimmt, nicht anständig! Und was haben die Schwäne für einen Flügelschlag?"

„Jeder fliegt auf seine Art!" sagte Vater Storch, „die Schwäne fliegen schräg, die Kraniche im Dreieck und die Brachvögel in Schlangenlinie!"

„Rede nicht von Schlangen, wenn wir hier oben fliegen!" sagte Mutter Storch, „da kriegen die Jungen Gelüste, die nicht zu befriedigen sind!"

„Sind das die hohen Berge da unten, von denen ich hörte?" fragte Helga im Schwanenkleide.

„Es sind Gewitterwolken, die unter uns dahintreiben!" sagte die Mutter.

„Was sind das für weiße Wolken, die sich so hoch erheben?" fragte Helga.

„Das sind die Berge mit ewigem Schnee, die du siehst!" sagte die Mutter, und sie flogen über die Alpen, dem erblauenden Mittelmeer entgegen.

„Das Land Afrika! Der Strand Ägyptens!" jubelte in der Schwanengestalt die Tochter des Nils, als sie hoch aus den Lüften gleich einem weißlichgelben, wellenförmigen Streifen ihre Heimat erspähte.

Auch die Vögel sahen ihn und beschleunigten ihren Flug.

„Ich rieche Nilschlamm und feuchte Frösche!" sagte Mutter Storch, „es kribbelt in mir! Ja, jetzt werdet ihr etwas zu kosten bekommen, und ihr solltet den Marabu sehen, den Ibis und die Kraniche! Sie gehören alle zur Familie, sind aber nicht annähernd so schön wie wir; sie haben ein vornehmes Gehabe, namentlich der Ibis; er ist eben von den Ägyptern so verwöhnt worden, sie machen eine Mumie aus ihm, stopfen ihn mit Würzkräutern aus. Ich möchte lieber mit lebendigen Fröschen gestopft werden, das wollt ihr auch, und das werdet ihr! Lieber etwas in den Wanst, solange man lebt, als zur Zierde dienen, wenn man tot ist! Das ist meine Meinung, und die ist immer richtig!"

„Jetzt sind die Störche gekommen!" sagte man in dem reichen Haus am Ufer des Nils, wo in der offenen Halle auf weichen, mit Leopardenfellen bedeckten Pfühlen der königliche Herr ausgestreckt lag, nicht lebendig, auch nicht tot, auf die Lotusblüte aus dem tiefen Sumpf im Norden hoffend. Anverwandte und Gesinde standen um ihn herum.

Und in die Halle hinein flogen zwei prächtige weiße Schwäne, sie waren mit den Störchen gekommen; sie warfen das blendende Federkleid ab, und dort standen zwei wunderschöne Frauen, einander gleichend wie zwei Tautropfen; sie neigten sich über den bleichen, hinsiechenden alten Mann, sie warfen ihr langes Haar zurück, und als Jung-Helga sich über den Großvater beugte, stieg die Röte in seine Wangen, seine Augen erhielten Glanz, es kam Leben in die erstarrten Glieder. Der Alte erhob sich gesund und verjüngt; Tochter und Enkeltochter hielten ihn in ihren Armen wie zum freudigen Morgengruß nach einem langen, schweren Traum.

Und es herrschte Freude am ganzen Hof und im Storchennest dazu, aber dort war es doch vor allem des guten Futters, der vielen, wimmelnden Frösche wegen; und während die Gelehrten schnell und obenhin die Geschichte von den beiden Prinzessinnen und der Heilblume aufzeichneten, die ein großes Ereignis und ein Segen für Haus und Land war, erzählten die Storcheneltern sie ihrer Familie auf ihre Art, aber erst, als sie alle satt waren, sonst hatten sie ja anderes zu tun als Geschichten anzuhören.

„Nun wirst du wohl was werden!" flüsterte Mutter Storch. „Das ist nicht mehr als recht und billig!"

„Und was sollte ich werden?" sagte Vater Storch, „und was habe ich getan? Nichts!"

„Du hast mehr getan als all die anderen! Ohne dich und die Kinder hätten die beiden Prinzessinnen Ägypten nie wiedergesehen und den Alten nicht gesund machen können. Du wirst etwas! Du kriegst bestimmt den Doktorgrad, und unsere Kinder werden späterhin damit geboren, und deren Kinder ebenfalls und so weiter! Du siehst auch schon aus wie ein ägyptischer Doktor – in meinen Augen!"

Die Gelehrten und Weisen entwickelten den Grundgedanken, wie sie es nannten, der sich durch das ganze Ereignis zog: „Liebe erzeugt Leben!" Diesem gaben sie verschiedenartige Erklärungen: „Der warme Sonnenstrahl war Ägyptens Prinzessin, sie stieg zum Schlammkönig hinab, und ihrer beider Begegnung entsproß die Blüte –"

„Ich kann die Worte nicht so richtig wiederholen!" sagte Vater Storch, der vom Dach aus zugehört hatte und im Nest davon erzählen sollte. „Es war so verzwickt, was sie sagten, es war so klug, daß sie sogleich im Range stiegen und Gaben erhielten, selbst der Mundkoch erhielt einen Orden – das war sicher für die Suppe!"

„Und was hast du bekommen?“ fragte Mutter Storch, „die sollten doch den Wichtigsten nicht vergessen, und das bist du! Die Gelehrten haben bei der ganzen Sache nur geklappert! Aber du kommst wohl noch!“

In später Nacht, als der Frieden des Schlafs auf dem neuen, glücklichen Hause ruhte, gab es jemanden, der noch wachte, und das war nicht Vater Storch, ungeachtet dessen, daß er auf einem Bein im Neste aufrecht stand und Schildwacht schlief, nein, Jung-Helga wachte, beugte sich über den Balkon und sah hinauf in den hellen Himmel mit den großen, flimmernden Sternen, größer und reiner an Glanz, als sie sie im Norden gesehen hatte, und dennoch dieselben. Sie dachte an die Wikingerfrau am Wildmoor, an die sanften Augen der Pflegemutter, die Tränen, die sie des armen Froschkindes wegen geweint hatte, das jetzt in Glanz und Sternenpracht an den Wassern des Nils in köstlicher Frühlingsluft stand. Sie dachte an die Liebe in der Brust des heidnischen Weibes, die Liebe, die sie einem jämmerlichen Geschöpf erwiesen hatte, das in Menschengestalt ein böses Tier und in Tiergestalt abscheulich anzusehen und anzufassen war. Sie blickte auf die leuchtenden Sterne und dachte an den Glanz auf der Stirn des Toten, als sie über Wald und Sumpf hinflogen; es erklangen Töne in ihrer Erinnerung, Worte, die sie hatte aussprechen hören, als sie von dannen ritten und sie überwältigt dasaß, Worte von dem großen Ursprung der Liebe, der höchsten Liebe, die alle Geschlechter umfing.

Ja, was war nicht gegeben, gewonnen, erreicht! Jung-Helgas Denken umspannte, bei Tag, bei Nacht, die ganze Summe ihres Glücks und stand angesichts ihrer wie das Kind, das sich schnellstens vom Spender zur Spende hinwendet, zu all den herrlichen Gaben; sie ging gleichsam auf in der zunehmenden Glückseligkeit, die kommen konnte, kommen würde; sie war ja durch Wundertaten zu immer größerer Freude, zu immer größerem Glück emporgetragen worden, und hierin verlor sie sich eines Tages so völlig, daß sie nicht mehr an den Spender dachte. Es war die Keckheit jugendlichen Mutes, die sich hier so unbekümmert äußerte! Ihre Augen leuchteten davon, aber urplötzlich wurde sie durch ein heftiges Lärmen unten auf dem Hofe aus ihren Gedanken herausgerissen. Da sah sie zwei riesige Strauße eiligst in engen Kreisen herumlaufen; nie zuvor hatte sie dieses Tier, so groß wie ein Vogel, so plump und schwerfällig, gesehen, die Flügel sahen aus, als wären sie gestutzt, der Vogel selbst sah aus, als sei ihm Unglimpf angetan worden, und sie fragte, was mit ihm geschehen sei, und zum erstenmal hörte sie die Sage, die die Ägypter vom Strauß erzählen.

Herrlich war sein Geschlecht einstmals gewesen, seine Fittiche waren groß und stark; da sagten eines Abends die riesigen Vögel des Waldes zu ihm: „Bruder! wollen wir morgen, wenn Gott es so will, zum Flusse fliegen und trinken?“ Und der Strauß antwortete: „Ich will es!“ Als es tagte, flogen sie von dannen, zuerst hoch hinauf der Sonne zu, dem Auge Gottes, immer höher und höher hinauf, der Strauß allen anderen vorauf; er flog stolz dem Licht entgegen; er vertraute auf seine Kraft und nicht auf den Spender; er sagte nicht: „Wenn Gott will!“ Da zog der Racheengel den Schleier von der Flammenlodernden, und im Nu waren die Fittiche des Vogels versengt, er fiel elendiglich zur Erde nieder. Er und sein Geschlecht vermögen sich nie mehr in die Lüfte zu erheben; er flieht voller Schrecken, stürmt im Kreis in dem engen Raum herum; eine Mahnung ist er für uns Menschen, bei all unserem Denken, bei all unserem Tun zu sagen: „Wenn Gott will!“

Und Helga neigte nachdenklich das Haupt, schaute auf den jagenden Strauß, sah seine Angst, sah seine törichte Freude beim Anblick seines eigenen großen Schattens auf der weißen, sonnenbeschienenen Mauer. Und in Gemüt und Denken schlug der Ernst tief Wurzel. Ein Leben so reich, im Zeichen des Glückes, war gegeben, gewonnen – was würde geschehen, was würde noch kommen? Das Beste: „Wenn Gott will!“

Im frühen Frühjahr, als die Störche wieder gen Norden zogen, nahm Jung-Helga ihren goldenen Armreif, ritzte ihren Namen hinein, winkte Vater Storch herbei, legte ihm den goldenen Reif um den Hals und bat ihn, diesen der Wikingerfrau zu bringen, die daraus ersehen würde, daß die Pflegetochter lebte, glücklich war und ihrer gedachte.

„Es ist schwierig, den umzuhaben!" dachte der Storch, als der Reif um den Hals gelegt wurde; „aber Gold und Ehren soll man nicht auf die Landstraße werfen! Der Storch bringt Glück, das werden sie dort oben erfahren!"

„Du legst Gold, und ich lege Eier!" sagte Mutter Storch, „aber du legst nur einmal, ich tue es Jahr um Jahr! Aber eine Anerkennung bekommt keiner von uns! Das ist kränkend!"

„Man hat das eigene Bewußtsein, Mutter!" sagte Vater Storch.

„Das kannst du dir nicht umhängen!" sagte Mutter Storch, „das bringt dir weder günstigen Wind noch Futter!"

Und dann flogen sie von dannen.

Die kleine Nachtigall, die im Tamarindenstrauch sang, wollte auch bald gen Norden ziehen; dort oben am Wildmoor hatte Jung-Helga sie oftmals gehört; eine Kunde wollte sie ihr mitgeben, sie konnte die Sprache der Vögel sprechen, seit sie im Schwanenkleid geflogen war, sie hatte seither oftmals mit Storch und Schwalbe gesprochen, die Nachtigall würde sie verstehen; und sie bat sie, zum Buchenwald auf der jütischen Halbinsel zu fliegen, wo das Grab aus Stein und Ästen errichtet war, sie bat sie, allen kleinen Vögeln zu sagen, sie möchten das Grab wohl hüten und ein Lied und wieder ein Lied singen.

Und die Nachtigall flog von dannen – und die Zeit flog dahin!

Der Adler stand auf der Pyramide und sah im Herbst einen prächtigen Zug mit reich beladenen Kamelen vorüberziehen, mit kostbar gekleideten, bewaffneten Männern auf schnaubenden arabischen Pferden, weiß wie Silber schimmernd und mit roten, bebenden Nüstern, mit großer, schwellender Mähne, die um die schlanken Beine niederhing. Reiche Gäste, ein königlicher Prinz aus dem Lande

Arabiens, schön, wie ein Prinz sein soll, zog in das stolze Haus ein, dessen Storchennest jetzt leer stand; die dort oben wohnten, waren ja in einem nördlichen Land, aber bald würden sie zurückkehren. – Und an diesem Tage gerade kamen sie, als hier ein Überschwang an Freude und Frohsinn herrschte. Hier ward die Hochzeit festlich begangen, und Jung-Helga war die Braut, mit Seide und Juwelen angetan; der Bräutigam war der junge Prinz aus dem Lande Arabien; sie saßen zuoberst an der Tafel zwischen Mutter und Großvater.

Aber sie blickte nicht auf die braune, männliche Wange des Bräutigams, auf der sich der schwarze Bart kräuselte, sie sah nicht in seine feurigen, dunklen Augen, die sich auf sie hefteten, sie sah hinaus, hinauf zu dem blitzenden, funkelnden Stern, der vom Himmel herniederstrahlte.

Da rauschte es von starken Flügelschlägen draußen in den Lüften, die Störche kehrten zurück; und das alte Storchenpaar, wie müde es von der Reise auch sein mochte und sosehr es der Ruhe wohl bedurfte, flog dennoch sogleich auf das Geländer der Veranda hinab, sie wußten, was für ein Fest es war. Sie hatten schon an der Landesgrenze davon vernommen, daß Jung-Helga sie auf die Mauer hatte malen lassen, sie gehörten mit zu ihrer Geschichte.

„Das ist ein sehr hübscher Gedanke!" sagte Vater Storch.

„Das ist sehr wenig!" sagte Mutter Storch, „weniger hätte es nicht gut sein können."

Und als Helga sie sah, erhob sie sich und ging zu ihnen auf die Veranda hinaus, um ihnen über den Rücken zu fahren. Das alte Storchenpaar knickste mit den Hälsen, und die jüngsten Kinder sahen zu und fühlten sich geehrt.

Und Helga blickte zu dem leuchtenden Stern empor, der immer heller erstrahlte; und zwischen ihm und ihr bewegte sich eine Gestalt, reiner noch als die Luft und dadurch sichtbar, sie schwebte ganz nahe an sie heran, es war der tote christliche Priester, auch er kam auf ihr Hochzeitsfest, er kam vom Himmelreich.

„Der Glanz und die Herrlichkeit droben übertreffen alles, was die Erde kennt!" sagte er.

Und Jung-Helga bat so weich, so innig, wie sie nie zuvor gebeten hatte, daß sie, nur eine einzige Minute, hineinsehen dürfe, nur einen einzigen Blick ins Himmelreich werfen dürfe, auf Gottvater.

Und er hob sie hinauf zu Glanz und Herrlichkeit, in eine Flut von Tönen und Gedanken; nicht nur außen um sie her leuchtete und tönte es, sondern auch in ihrem Innern. Worte können es nicht schildern.

„Jetzt müssen wir zurück, man vermißt dich!“ sagte er.

„Nur noch einen Blick!“ bat sie; „nur eine einzige, kurze Minute!“

„Wir müssen auf die Erde zurück, alle Gäste gehen fort!“

„Nur einen Blick! den letzten!“

Und Jung-Helga stand wieder auf der Veranda – aber draußen waren alle Flammen gelöscht, alle Kerzen im Brautsaal waren fort, die Störche waren fort, keine Gäste zu sehen, kein Bräutigam, alles wie weggeweht in drei kurzen Minuten.

Da verspürte Helga Angst, ging durch die leere, große Halle, ins erste Gemach hinein; hier schliefen fremde Soldaten, sie öffnete die Seitentür, die in ihre Stube führte, und während sie meinte, dort zu stehen, stand sie draußen im Garten – so war es doch hier vorher nicht gewesen; rötlich glänzte der Himmel, der Tag graute.

Drei Minuten im Himmel nur, und eine ganze Erdennacht war vergangen!

Da erblickte sie die Störche; sie rief ihnen zu, sprach in ihrer Sprache, und Vater Storch wandte den Kopf, lauschte und kam näher heran.

„Du sprichst unsere Sprache!" sagte er. „Was willst du? Weshalb kommst du hierher, du fremdes Weib?"

„Ich bin es doch! Helga! Kennst du mich nicht? Vor drei Minuten sprachen wir zusammen, dort drüben auf der Veranda."

„Das ist ein Irrtum!" sagte der Storch; „das hast du alles geträumt!"

„Nein, nein!" sagte sie und erinnerte ihn an die Wikingerburg und an das Wildmoor, die Reise hierher ...!

Da kniff Vater Storch die Augen zusammen: „Das ist ja eine alte Geschichte, die ich aus der Zeit meines Ururgroßvaters gehört habe! Ja, allerdings war hier in Ägypten eine

solche Prinzessin vom dänischen Land, aber sie verschwand an ihrem Hochzeitsabend vor vielen hundert Jahren und kehrte nie zurück! Das kannst du selber alles hier auf dem Monument im Garten lesen; da sind ja Schwäne und auch Störche eingemeißelt, und ganz oben stehst du selber in weißem Marmor."

So war es. Jung-Helga sah es, begriff es und sank auf die Knie nieder.

Die Sonne ging strahlend auf, und wie in alten Zeiten durch ihre Strahlen die Froschhaut abgefallen und die schöne Gestalt zum Vorschein gekommen war, so erhob sich nunmehr durch die Taufe des Lichts eine Schönheitsgestalt, heller, reiner als die Luft, ein Lichtstrahl – zum Vater empor.

Der Leib zerfiel zu Staub; dort, wo sie gestanden hatte, lag eine verwelkte Lotusblüte.

„Der Schluß der Geschichte ist neu!" sagte Vater Storch; „den hatte ich nun gar nicht erwartet! Aber er gefällt mir ganz gut!"

„Was die Kinder wohl dazu sagen werden?" fragte Mutter Storch.

„Ja, das ist allerdings das wichtigste!" sagte Vater Storch.

Die Schnelläufer

Es war ein Preis ausgesetzt, ja, zweie waren ausgesetzt, der kleine und der große, für die größte Geschwindigkeit, nicht bei einem Lauf, sondern so fürs Laufen das ganze Jahr hindurch.

„Ich bekam den ersten Preis!" sagte der Hase; „Gerechtigkeit muß doch sein, wenn die eigenen Anverwandten und gute Freunde im Rat sitzen; aber daß der Schneck den zweiten Preis bekommen hat, empfand ich beinahe als beleidigend mir gegenüber!"

„Nein", versicherte der Heckpfahl, der bei der Preisverteilung Zeuge gewesen war, „Fleiß und guter Wille müssen auch berücksichtigt werden, das ist von mehreren achtbaren Personen geltend gemacht worden, und das habe ich auch verstanden. Der Schneck hat allerdings ein halbes Jahr gebraucht, um über die Türschwelle zu kommen, aber er hat sich bei der Eile, mit der er es immerhin bewerkstelligen mußte, den Schenkel gebrochen. Er hat einzig und allein für seinen Lauf gelebt, und er lief mitsamt dem Haus! All dies ist lobenswert! Und darum bekam er den zweiten Preis!"

„Ich hätte doch auch in Betracht gezogen werden können!" sagte die Schwalbe; „schneller im Fliegen und Wenden als ich hat sich, glaube ich, keiner gezeigt, und wo bin ich nicht überall gewesen: weit, weit, weit!"

„Ja, das ist Ihr Unglück!" sagte der Heckpfahl; „Sie treiben sich zuviel herum! Sie müssen immer auf und davon, aus dem Land fort, wenn hier der Frost einsetzt; Sie haben keine Vaterlandsliebe! Sie können nicht in Betracht kommen!"

„Wenn ich nun aber den ganzen Winter drüben im Sumpf läge?" sagte die Schwalbe, „die ganze Zeit verschliefe, käme ich dann in Betracht?"

„Bringen Sie ein Attest von der Moorfrau, daß Sie die Hälfte der Zeit im Vaterland verschlafen haben, dann kommen Sie in Betracht!"

„Ich hätte eigentlich den ersten Preis verdient und nicht den zweiten!" sagte der Schneck. „Eins weiß ich doch, der Hase ist nur aus Feigheit gelaufen, immer wenn er dachte, es wäre Gefahr im Verzuge; ich dagegen habe mir das Laufen zur Lebensaufgabe gemacht und bin im Dienst zum Krüppel geworden! Wenn jemand den ersten Preis verdient haben sollte, wäre ich es wohl! Aber ich mache keinen Wind davon, das verachte ich!"

Und dann spuckte er.

„Ich werde in Wort und Tat dafür einstehen, daß jeder Preis, zum mindesten was meine Stimme dabei betrifft, in gerechter Erwägung verliehen worden ist!" sagte das alte Vermessungszeichen im Wald, welches Mitglied der vereinigten Preisrichter war. „Ich gehe immer mit Ordnung, Überlegung und Berechnung vor. Bereits siebenmal habe ich schon die Ehre gehabt, bei der Preisverleihung dabeizusein; aber erst heute habe ich meinen Willen durchsetzen können. Ich bin bei jeder Verteilung von etwas Bestimmtem ausgegangen. Ich habe immer beim ersten Preis die Buchstaben vorn im Alphabet genommen und beim zweiten Preis die von hinten. Und wollen Sie nun aufmerken, wenn man von vorn anfängt: Der achte Buchstabe von A ist H, da haben wir den Hasen, und so stimmte ich also beim ersten Preis für den Hasen, und der achte Buchstabe von hinten – das Æ zähle ich nicht mit, das hat so einen ungehörigen Laut, das Ungehörige übergehe ich immer – ist dann das S; darum stimmte ich beim zweiten Preis für den Schneck. Das nächste Mal wird es das I für den ersten und das R für den zweiten sein! – Jedes Ding muß seine Ordnung haben! Man muß doch irgend etwas haben, an das man sich halten kann!"

„Ich hätte nun für mich selber gestimmt, wenn ich nicht unter den Richtern gewesen wäre", sagte der Maulesel, der auch mit zu den Preisrichtern gehörte. „Man muß nicht nur

in Betracht ziehen, wie schnell man vorwärts kommt, sondern auch, was sonst noch für Eigenschaften vorhanden sein könnten, so etwa der Umstand, wieviel man zieht; das wollte ich jedoch diesmal nicht hervorheben, auch nicht die Klugheit des Hasen bei seinem Lauf, seine Schläue, daß er mit einemmal einen Sprung zur Seite macht, um die Leute in die Irre zu führen und von der Stelle weg, wo er sich verkrochen hat; nein, es gibt noch etwas, was viele beobachten und was auch nicht unbeachtet gelassen werden darf, und das ist das, was man das Schöne nennt; darauf habe ich hier mein Augenmerk gehabt, ich habe auf die schönen, wohlgeformten Ohren des Hasen gesehen, es ist ein Vergnügen,

zu sehen, wie lang die sind! Mir war, als sähe ich mich selber, da ich klein war, und so gab ich ihm meine Stimme!"

„Pscht!" sagte die Fliege, „ja, ich will keine Rede halten, ich will nur etwas sagen! Eins weiß ich, ich habe mehr als einen Hasen überholt. Neulich brach ich einem der jüngsten die Hinterläufe; ich saß auf der Lokomotive vor dem Eisenbahnzug, das tue ich oft, dann merkt man am besten seine eigene Schnelligkeit. Ein junger Hase lief lange vor etwas her, er ahnte nicht, daß ich da war; zuletzt mußte er abbiegen, aber da wurden die Hinterläufe von der Lokomotive überfahren, denn ich saß darauf. Der Hase blieb liegen, ich fuhr weiter. Das heißt doch wohl, soviel wie ihn besiegt haben. Aber ich habe den Preis nicht nötig!"

„Ich finde eigentlich" – dachte die wilde Rose, aber sie sagte es nicht laut, es ist nicht ihre Art, sich zu äußern, obwohl es ganz gut gewesen wäre, wenn sie es getan hätte –, „ich finde eigentlich, der Sonnenstrahl hätte den ersten Ehrenpreis haben müssen und den zweiten dazu! Der fliegt im Nu den unermeßlichen Weg von der Sonne zu uns herab und kommt mit einer Kraft, daß die ganze Natur dadurch erwacht; er besitzt eine Schönheit, daß wir Rosen alle davon erröten und duften! Die hohe, preisrichterliche Obrigkeit scheint ihn gar nicht bemerkt zu haben! Wäre ich Sonnenstrahl, ich gäbe jedem einen Sonnenstich – aber das würde sie nur verrückt machen, das können sie auch ohne das werden! Ich sage nichts!" dachte die wilde Rose; „Frieden im Walde! Herrlich ist es, zu blühen, zu duften und sich zu erquicken, in Sage und Lied zu leben! Der Sonnenstrahl überlebt uns doch alle miteinander!"

„Was ist der erste Preis?" fragte der Regenwurm, der verschlafen hatte und jetzt erst herbeikam.

„Freier Zutritt zu einem Kohlgarten!" sagte der Maulesel; „ich habe den Preis vorgeschlagen! Der Hase mußte und sollte ihn haben, und da nahm ich, als denkendes und tätiges Mitglied, vernünftigerweise Rücksicht auf die Zweckdienlichkeit des Preises für den, der ihn haben sollte; nun ist der Hase versorgt. Der Schneck erhält die Erlaubnis, auf dem Steinwall zu sitzen und Moos und Sonnenschein zu naschen, und ist weiterhin als einer der ersten Preisrichter im Schnellauf aufgenommen. Es ist so gut, wenn man in einem Komitee, wie die Menschen es nennen, einen vom Fach dabei hat! Ich muß sagen, ich erhoffe viel von der Zukunft, wir haben schon so gut angefangen!"

Das Glockentief

„Ding-dang! ding-dang!“ tönt es aus dem Glockentief im Odense-Bach. Was ist das für ein Bach? Jedes Kind in der Stadt Odense kennt ihn, er fließt unterhalb der Gärten dahin, von der Schleuse bis zur Wassermühle unter den Holzbrücken. Im Bach wachsen gelbe Mummeln, braungefiedertes Schilfrohr und die schwarzen, samtartigen Rohrkolben, ganz hoch und ganz groß; alte, schrundige Weidenbäume, krumm und verwachsen, hängen auf dem Ufer von Munkemose und bei der Wiese des Bleichers weit ins Wasser hinein, aber gegenüber liegt Garten neben Garten, einer immer anders als der andere, bald mit wunderschönen Blumen und Lauben, glatt und sauber, ganz wie kleiner Puppentand, bald haben sie nur Kohl, oder es ist überhaupt kein Garten zu erkennen, denn die großen Holundersträucher breiten sich darüber aus und hängen weit über das strömende Wasser hinweg, das hier und da tiefer ist, als man mit dem Ruder reichen kann. Auf der Höhe des alten Fräuleinklosters ist die tiefste Stelle, sie wird das Glockentief genannt, und hier wohnt der Wassermann; er schläft tagsüber, wenn die Sonne durch das Wasser scheint, kommt aber in sternhellen Nächten und bei Mondenschein hervor. Er ist sehr alt; Großmutter hat von ihrer Großmutter über ihn erzählen hören, sagt sie, er führt ein einsames Leben, hat niemanden, mit dem er reden kann, außer der großen, alten Kirchenglocke. Die hing einstmals im Kirchturm, ja, jetzt ist keine Spur mehr davon übrig, weder vom Turm noch von der Kirche, die den Namen Sankt Albani trug.

„Ding-dang! ding-dang!" tönte die Glocke, als der Turm stand, und eines Abends, als die Sonne unterging und die Glocke im heftigsten Schwingen war, riß sie sich los und flog durch die Luft; das blanke Erz leuchtete glühend in den roten Strahlen.

„Ding-dang! ding-dang! jetzt gehe ich zu Bett!" sang die Glocke und flog in den Odense-Bach hinaus, wo er am tiefsten ist, und daher wird diese Stelle heute das Glockentief genannt; aber dort fand sie weder Schlaf noch Frieden! Beim Wassermann klingt und läutet sie, so daß es zuweilen durch das Wasser bis hierherauf zu hören ist, und viele Leute sagen, es bedeute: jetzt stirbt einer, aber deswegen ist es nicht, nein, sie läutet und erzählt dem Wassermann Geschichten, der nun nicht mehr allein ist.

Und was erzählt die Glocke? Sie ist so alt, so alt, wird gesagt, sie war schon lange da, bevor Großmutters Großmutter geboren wurde, und dennoch ist sie dem Alter nach ein Kind gegen den Wassermann, der ein alter, ein stiller, ein sonderbarer Kauz ist mit Aalhauthosen und einem Rock aus Fischschuppen mit goldenen Mummeln dran als Knöpfen, Schilf um den Kopf und Entengrün im Bart, und das ist nicht gerade schön.

Um zu wiederholen, was die Glocke erzählt, brauchte man Jahr und Tag; die erzählt von vorn und von hinten, oft und immer wieder dasselbe, bald kurz, bald lang, wie es sie gelüstet; sie erzählt von alten Zeiten, den harten, den dunklen Zeiten.

„In die Kirche von Sankt Albani dort oben in den Turm, wo die Glocke hing, kam der Mönch, er war jung und auch schön, aber in seine Gedanken verloren wie kein anderer; er blickte von der Luke über den Odense-Bach, als dieser ein breites Bett hatte und der Sumpf ein See war, er blickte über ihn und den grünen Wall hinweg, den ‚Nonnenhügel' drüben, wo das Kloster lag, wo das Licht aus der Zelle der Nonne schien; er hatte sie gut gekannt – und er mußte daran denken, und sein Herz schlug heftig dabei: Ding-dang! ding-dang!"

Ja, so erzählt die Glocke.

„Da kam des Bischofs blöder Bursch, und wenn ich, die Glocke, die ich aus Erz gegossen bin, hart und schwer, schwankte und schwang, hätte ich seine Stirn zermalmen können; er setzte sich unter mich und spielte mit zwei Stecken, als wären sie ein Saitenspiel, und er sang dazu: ‚Nun darf ich laut singen, was ich sonst nicht flüstern darf, von allem singen, was hinter Schloß und Riegel verborgen ist! Da ist es kalt und naß! Die Ratten fressen sie bei lebendigem Leibe! Niemand weiß darum, niemand hört davon! Auch jetzt nicht, denn die Glocke läutet ganz laut: Dingdang! ding-dang!'

Es war einmal ein König, Knud ward er genannt, er verbeugte sich vor Bischof und Mönch, aber als er den Vendsysselern zu nahe trat mit schweren Steuern und harten Worten, nahmen sie Waffen und Stangen, jagten ihn davon, als wäre er ein Stück Wild; er suchte Zuflucht in der Kirche, versperrte Tür und Tor; die gewalttätige Schar lag draußen, ich vernahm davon: Elstern und Krähen und auch die Dohle wurden durch Schreien und Kreischen scheu gemacht; sie flogen in den Turm hinein und wieder hinaus, sie blickten auf die Menge dort unten, sie blickten auch zu den Fenstern der Kirche hinein und schrien laut heraus, was sie sahen. König Knud lag vor dem Altar und betete, seine Brüder Erik und Benedikte standen als Wache mit gezücktem Schwerte dabei, aber des Königs Diener, der falsche

Blake, verriet seinen Herrn; sie wußten draußen, wo er zu treffen war, und einer warf einen Stein durch die Scheibe, und der König lag tot hingestreckt! Ein Schreien und Rufen stieg auf von dem wilden Haufen und dem Schwarm der Vögel, und ich rief mit, ich sang und ich klang: Ding-dang! ding-dang!

Die Kirchenglocke hängt hoch, blickt weit umher, erhält Besuch von den Vögeln und versteht ihre Sprache, zu ihr braust der Wind herein durch Luken und Schallöcher, aus jedem Spalt, und der Wind weiß alles, er hat es von der Luft, und die umschließt alles, was lebt, sie dringt in die Lungen der Menschen ein, erfährt alles, was laut wird, hört jedes Wort und jeden Seufzer! Die Luft weiß es, der Wind erzählt es, die Kirchenglocke versteht ihre Sprache und läutet es in die ganze Welt hinaus: Ding-dang! ding-dang!

Aber es wurde mir zuviel, dies alles zu hören und zu erfahren, ich vermochte es nicht hinauszuläuten! Ich wurde so müde, ich wurde so schwer, daß der Balken brach und ich in die flimmernde Luft hinausflog, hinunter, wo der Bach am tiefsten ist, wo der Wassermann wohnt, einsam und allein, und dort erzähle ich jahraus, jahrein, was ich gehört habe und was ich weiß: Ding-dang! ding-dang!"

So tönt es aus dem Glockentief im Odense-Bach, das hat Mutters Mutter erzählt.

Aber unser Schullehrer sagt: „Es gibt keine Glocke, die da unten läuten kann, denn sie kann einfach nicht! – Und es gibt keinen Wassermann dort unten, denn es gibt keinen Wassermann!" und wenn alle Kirchenglocken so lustig erklingen, dann sagt er, daß es nicht die Glocken seien, sondern eigentlich die Luft, welche klinge; die Luft ist es, die den Laut erzeugt – das sagte auch Großmutter, daß die Glocke das gesagt hätte, darin sind sie sich einig, und dann ist es richtig! „Sei achtsam, sei achtsam, sei gut auf der Hut!" sagen sie beide.

Die Luft weiß alles! Die ist um uns, die ist in uns, sie spricht von unserem Denken und Tun, und sie spricht länger davon als die Glocke unten im Tief des Odense-Baches, wo der Wassermann wohnt, sie spricht davon zu dem großen Himmelstief, weit, weithin, ewig und immer, wo die Glocken des Himmels erklingen: Ding-dang! ding-dang!

Der böse Fürst

Eine Sage

Es war einmal ein böser und übermütiger Fürst, dessen ganzes Denken darauf gerichtet war, alle Länder der Erde zu erringen und durch seinen Namen Schrecken zu verbreiten; er jagte mit Feuer und Schwert herbei; seine Soldaten trampelten das Korn auf den Feldern nieder, sie zündeten das Haus des Bauern an, so daß die rote Flamme die Blätter von den Bäumen leckte und die Frucht gebraten an den schwarzen, versengten Ästen hing. Manch arme Mutter verkroch sich mit ihrem nackten Säugling hinter der rauchenden Hauswand, und die Soldaten suchten sie und fanden sie und das Kind, dann begann ihre teuflische Freude; böse Geister konnten nicht schlimmer handeln; aber der Fürst fand gerade, es ginge, wie es sollte; Tag für Tag wuchs seine Macht, sein Name ward von allen gefürchtet, und das Glück folgte ihm bei all seinem Tun. Aus den eroberten Städten entführte er Gold und große Schätze; in seiner Königsstadt wurde ein Reichtum aufgestapelt, dessengleichen es an keinem anderen Orte gab. Nun ließ er prächtige Schlösser erbauen, Kirchen und Säulengänge, und jeder, der diese Herrlichkeit sah, sagte: „Welch ein großer Fürst!" sie dachten nicht an die Not, die er über die anderen Länder gebracht hatte, sie hörten nicht die Seufzer und den Jammer, der aus den niedergebrannten Städten aufklang.

Der Fürst betrachtete sein Gold, betrachtete seine prächtigen Bauwerke und dachte dann wie die Menge: „Welch ein großer Fürst! Aber ich muß mehr haben! viel mehr! Keine Macht darf der meinen gleich geheißen werden, geschweige denn größer als meine!" Und er zog in den Krieg gegen alle seine Nachbarn, und er besiegte sie alle. Die überwundenen Könige ließ er mit goldenen Ketten an seinen Wagen fesseln, wenn er durch die Straßen fuhr; und saß er an der Tafel, dann mußten sie zu seinen und der Hofschranzen Füßen liegen und die Brotbrocken nehmen, die man ihnen zuwarf.

Nun ließ der Fürst seine Bildsäule auf den Märkten und in den königlichen Schlössern aufstellen, ja, er wollte, daß sie in den Kirchen vor dem Altar des Herrn stünde; aber die Priester sagten: „Fürst, du bist groß, aber Gott ist größer, wir wagen es nicht."

„Nun wohl", sagte der böse Fürst, „dann bezwinge ich auch Gott!" und in seines Herzens Übermut und Torheit ließ er ein kunstvolles Schiff erbauen, mit dem er durch die Luft fahren konnte; es war bunt wie der Schweif des Pfauen und schien mit Tausenden von Augen besteckt, aber jedes Auge war ein Büchsenlauf; der Fürst saß mitten im Schiff, er brauchte nur auf eine Feder zu drücken, da flogen Tausende von Kugeln heraus, und die Büchsen waren wieder geladen wie vorher. Hunderte von starken Adlern wurden vor das Schiff gespannt, und so flog er der Sonne zu. Die Erde lag tief unten; zunächst wirkte sie mit ihren Bergen und Wäldern nur wie ein umgepflügter Acker, wo aus den umgebrochenen Erdschollen das Grün hervorschaute, danach ähnelte sie der flachen Landkarte, und bald war sie gänzlich in Nebel und Wolken verborgen. Höher und höher flogen die Adler in die Lüfte; da schickte Gott einen einzigen seiner unzähligen Engel aus, und der böse Fürst ließ tausend Kugeln auf ihn los, aber die Kugeln fielen gleich Hagelkörnern von den schimmernden Flügeln des Engels ab; ein Blutstropfen, nur ein einziger, tropfte von der weißen Flügelfeder, und dieser Tropfen fiel auf das Schiff, in dem der Fürst saß; der Tropfen brannte sich ein, lastete auf dem Schiff wie tausend Zentner Blei und riß es in rasender Geschwindigkeit zur Erde nieder; die starken Fittiche der Adler brachen, der Wind brauste um des Fürsten Kopf, und die Wolken ringsum – die waren ja aus den gebrandschatzten Städten geschaffen – verwandelten sich in drohende Gestalten, in meilenlange Krebse, die ihre starken Klauen nach ihm ausstreckten, in rollende Felsblöcke und feuerspeiende Drachen; halbtot lag er auf dem Schiff, das zuletzt im dichten Astwerk des Waldes hängenblieb.

„Ich will Gott besiegen!“ sagte er, „ich habe es geschworen, mein Wille geschehe!“ und er ließ sieben Jahre lang kunstvolle Schiffe erbauen, mit denen man durch die Lüfte fliegen konnte, er ließ Blitzstrahlen aus dem härtesten Stahl schmieden; denn er wollte die Festung des Himmels sprengen. Aus allen Landen sammelte er große Kriegsheere, sie bedeckten einen Umkreis von mehreren Meilen, als er sie Mann neben Mann aufstellen ließ. Sie bestiegen die kunstvollen Schiffe, der König seinerseits näherte sich dem seinen, da schickte Gott einen Mückenschwarm aus, einen einzigen kleinen Mückenschwarm, der surrte um den König herum und stach ihn in Gesicht und Hände; der König zückte im Zorn sein Schwert, schlug aber nur in die leere Luft, die Mücken konnte er nicht treffen. Da befahl er, man solle ihm kostbare Decken bringen, diese mußte man um ihn herumwickeln, da konnte keine Mücke mit ihrem Stachel hindurchdringen, und man tat, wie er befahl: aber eine einzige kleine Mücke setzte sich auf die innerste Decke, die ihm am nächsten war, sie kroch in des Königs Ohr und stach ihn hinein: es brannte wie Feuer, das Gift zog ins Gehirn hinauf, er riß sich los, zerrte die Decken herunter, zerriß seine Kleider und tanzte nackt vor den rohen, wüsten Soldaten, die nun den tollen Fürsten verspotteten, der Gott stürmen wollte und so schnell von einer einzigen kleinen Mücke bezwungen worden war.

Der Wind erzählt von Valdemar Daae und seinen Töchtern

Wenn der Wind über das Gras hinläuft, dann kräuselt es sich wie ein Gewässer, läuft er über das Getreide, dann wogt es wie eine See, das ist der Tanz des Windes; aber hör ihn erzählen: er singt drauflos, und anders klingt es in den Bäumen des Waldes als durch die Schallöcher im Gemäuer, durch Spalten und Ritzen. Siehst du, wie der Wind dort oben die Wolken jagt, als ob sie eine Schafherde wären! Hörst du, wie der Wind hier unten durch das offene Tor heult, als ob er der Wächter wäre und ins Horn bliese? Seltsam saust er in den Schornstein hinab und hinein in den Kamin; das Feuer lodert und knistert dabei, leuchtet weit in die Stube hinein, und hier ist es so traulich und behaglich zu sitzen und zuzuhören. Laßt den Wind nur erzählen! Er weiß Märchen und Geschichten, viel mehr als wir alle miteinander. Hört nun, was er erzählt.

„Hui-ii-naus! fahre hin!" – das ist der Kehrreim des Liedes.

„Am Großen Belt liegt ein alter Hof mit dicken, roten Mauern!" erzählt der Wind, „ich kenne jeden Stein, ich habe sie schon früher gesehen, als sie in der Burg des Marsk Stig auf der Landzunge gesessen hatten; die mußte niedergerissen werden! Die Steine kamen wieder hoch und wurden zu einer neuen Mauer, einem neuen Hof, anderswo, es war das Gut Borreby, wie es noch heute steht.

Ich habe die hochadligen Männer und Frauen gesehen und gekannt, die wechselnden Geschlechter, die dort drinnen lebten, jetzt erzähle ich von Valdemar Daae und seinen Töchtern!

Er trug seine Stirn so stolz, er war königlichen Geblüts! Er konnte mehr als einen Hirsch jagen und einen Becher leeren – was, das würde sich schon herausstellen, sagte er selber.

Seine Gemahlin schritt aufrecht in golddurchwirktem Gewand über den blanken, getäfelten Fußboden; die Tapeten waren prächtig, die Möbel kostbar, sie waren kunstvoll geschnitzt. Silber und Gold hatte sie ins Haus mitgebracht; deutsches Bier lag im Keller, als dort noch etwas lag; schwarze, feurige Rosse wieherten im Stall; es war reich dort drinnen auf dem Gutshof von Borreby, als der Reichtum herrschte.

Und Kinder waren da; drei feine Jungfräulein, Ide, Johanne und Anna Dorthea; ich weiß noch immer die Namen.

Es waren reiche Leute, es waren vornehme Leute, geboren in Herrlichkeit und darin aufgewachsen! Hui-ii-naus! fahre hin!" sang der Wind, und dann erzählte er weiter.

„Hier sah ich nicht, wie auf anderen alten Höfen, die hochgeborene Frau mit ihren Mägden im Saale sitzen und den Spinnrocken drehen, sie spielte auf der klingenden Laute und sang dazu, jedoch nicht immer die alten dänischen Lieder, sondern Weisen in einer fremden Sprache. Hier war ein Leben, hier gab es Gastereien, hierher kamen vornehme Gäste von nah und fern, die Musik erklang, die Becher klangen, ich konnte sie nicht übertönen!" sagte der Wind. „Hier herrschte Hochmut mit Prunk und Gepränge, Herrschaftlichkeit, aber nicht der Herrgott!

Da war es an einem Maienabend", sagte der Wind, „ich kam vom Westen, hatte Schiffe an Westjütlands Küste zu Wracks zerschellen sehen, war über die Heide und die waldige grüne Küste gejagt, über die Insel Fünen und kam nun über den Großen Belt, ganz außer Atem stürmte ich daher.

An Seelands Küste, in der Nähe von Borreby, wo noch immer herrlicher Eichwald steht, legte ich mich zur Ruhe nieder.

Die jungen Burschen aus der Gegend kamen hier heraus und sammelten Reiser und Zweige, die größten und dürrsten, die sie finden konnten. Sie brachten sie ins Dorf, schichteten sie übereinander, fachten ein Feuer an, und Mädchen und Burschen tanzten mit Gesang drumherum.

Ich lag still", sagte der Wind, „aber ganz sacht berührte ich einen Zweig, einen, der von dem schönsten Burschen hingelegt worden war; sein Holz flammte auf, flammte am höchsten; er war der Auserwählte, erhielt den Ehrennamen, wurde Maikönig, erwählte sich als erster unter den Mädchen seine kleine Königin; hier herrschten Freude und Frohsinn, in anderem Maß als auf dem reichen Borreby.

Und auf den Hof kam in goldener Kutsche mit sechs Pferden die hohe Frau mit ihren drei Töchtern gefahren, so feine, so junge, so liebliche Blumen: Rose, Lilie und die blasse Hyazinthe. Die Mutter ihrerseits war eine prunkvolle Tulpe, sie grüßte nicht einen aus der ganzen Schar, die ihr Spiel unterbrach und knickste und unterwürfig tat, man sollte meinen, der Stengel der Dame sei aus Glas.

Rose, Lilie und die blasse Hyazinthe, ja, ich sah sie alle drei! Wessen Maikönigin sie wohl dermaleinst werden sollten, dachte ich; ihr Maikönig wird ein stolzer Ritter sein, vielleicht ein Prinz! Hui-ii-naus! fahre hin! fahre hin!

Ja, das Gefährt sauste mit ihnen dahin, und die Bauern sausten im Tanze herum. Der Sommer wurde in Borreby eingeritten, in Tjæreby, ja, in allen Dörfern ringsum*.

Nachts aber, als ich mich erhob", sagte der Wind, „legte sich die hochfürnehme Frau hin, um nie wieder aufzustehen;

* Alte dänische Sitte: die jungen Burschen reiten in den Wald, brechen frisch ausgeschlagene Zweige und bringen sie ins Dorf, zum Zeichen, daß der Sommer angefangen hat (Anmerkung d. Übers.).

es fiel sie so an, wie es alle Menschen anfällt, das ist nichts Neues. Valdemar Daae stand ernst und nachdenklich ein Weilchen dabei; der stolzeste Baum kann niedergebogen werden, ohne zu zerknicken, sagte es in ihm; die Töchter weinten, und auf dem Hofe wischten sich alle die Augen, aber Frau Daae war dahingefahren – und ich fuhr dahin! Hui-ii-naus!" sagte der Wind.

„Ich kam wieder, ich kam oftmals wieder, kam über die Insel Fünen und die Wasser des Belts, ließ mich am Strande von Borreby nieder vor dem prächtigen Eichwald; hier horstete der Fischadler, hier nisteten die Holztauben, die blauen Raben und selbst der schwarze Storch. Es war zeitig im Jahr, manche hatten Eier und andere hatten Junge. Nein, wie sie flogen, wie sie schrien! Axtschläge waren zu hören, Schlag auf Schlag; der Wald sollte gefällt werden, Valdemar Daae wollte ein kostbares Schiff bauen, ein Kriegsschiff mit drei Vordecks, das der König sicher kaufen würde, und deshalb fiel der Wald, das Seezeichen der Schiffer, die Behausung der Vögel. Der Würger flog erschrocken auf, sein

Nest wurde zerstört; der Fischadler und alle Vögel des Waldes verloren ihre Heimat, sie flogen wie irr umher und schrien vor Angst und Zorn, ich konnte sie aber verstehen. Krähen und Dohlen riefen laut im Spott: ‚Aus dem Nest! aus dem Nest! Rasch! rasch!‘

Und mitten im Wald, bei der Schar der Arbeiter, standen Valdemar Daae und seine drei Töchter, und alle miteinander lachten sie über das wilde Geschrei der Vögel, aber seine jüngste Tochter, Anna Dorthea, spürte Mitleid in ihrem Herzen, und als sie einen halb abgestorbenen Baum fällen wollten, auf dessen kahlem Geäst der schwarze Storch horstete und die kleinen Jungen die Köpfe heraussteckten, legte sie Fürbitte für ihn ein, bat mit Tränen in den Augen, und da durfte der Baum stehenbleiben mit dem Horst des schwarzen Storchs. Es war nicht der Rede wert.

Da wurde geschlagen, da wurde gesägt – ein Schiff mit drei Vordecks wurde gebaut. Der Baumeister selbst war aus einfachem Haus, aber wie ein Edler sah er aus; Augen und Stirn verrieten, wie klug er war, und Valdemar Daae hörte ihm gern zu, wenn er erzählte, die kleine Ide ebenfalls, die älteste, fünfzehnjährige Tochter; und während er dem Vater das Schiff baute, erbaute er für sich selber ein Traumschloß, darin er und Klein-Ide als Mann und Frau sitzen sollten, und es wäre auch so gekommen, wäre dies Schloß aus gemauerten Steinen gewesen, mit Wällen und Gräben, Wald und Garten. Aber bei all seiner Klugheit war der Meister doch nur ein armer Schlucker, und was soll ein Sperling beim Kranichstanz? Hui-ii-naus! – ich flog davon, und er flog davon, denn er durfte nicht bleiben, und Klein-Ide kam darüber hinweg, denn sie mußte darüber hinwegkommen.

Im Stalle wieherten die Rappen, sehenswert waren sie, und man sah sie sich an. Der Admiral war vom Könige selber entsandt worden, um sich das neue Kriegsschiff anzusehen und über den Kauf zu verhandeln, er sprach voller Bewunderung von den feurigen Rossen; ich hörte es genau“, sagte der Wind; „ich ging mit den Herren zusammen durch die offene Tür und streute Strohhalme gleich Goldbarren vor ihre Füße. Gold wollte Valdemar Daae haben, der Admiral wollte die Rappen haben, drum pries er sie so, aber das wurde nicht verstanden, und so wurde das Schiff auch nicht gekauft, es lag auf dem Strand und prunkte, mit Planken verkleidet, eine Arche Noah, die nie aufs Wasser kommen sollte. Hui-ii-naus! fahre hin! fahre hin! und das war ein Jammer.

Zur Winterszeit, wenn die Felder mit Schnee bedeckt waren, das Treibeis den Belt anfüllte und ich es auf den Strand hinaufschob", sagte der Wind, „kamen Raben und Krähen, eine schwärzer als die andere, große Scharen; sie setzten sich auf das verlassene, das tote, das einsame Schiff am Strand und schrien heiser vom Wald, der nicht mehr war, von den vielen kostbaren Vogelnestern, die zerstört worden waren, von den obdachlosen Alten, den obdachlosen Kleinen, und all dies nur wegen des großen Gerümpels, des stolzen Fahrzeugs, das nie in See gehen sollte.

Ich wirbelte den Schnee auf; der lag gleich großen Brechern hoch um das Schiff herum und darüber weg! Ich ließ ihm durch meine Stimme verkünden, was ein Sturm zu sagen hatte! Ich weiß, ich habe das Meine dazu getan, daß es Schiffskenntnisse bekam. Hui-ii-naus! fahre hin!

Und der Winter ging dahin, Winter und Sommer, sie kamen und gingen, wie ich komme und gehe, wie der Schnee stiebt, wie die Apfelblüte stiebt und das Laub fällt; fahre hin, fahre hin, fahre hin, fahre hin, auch ihr Menschen!

Aber noch waren die Töchter jung, Klein-Ide so schön wie eine Rose anzusehen, wie damals, als der Schiffsbauer sie sah. Oft griff ich in ihr langes, braunes Haar, wenn sie nachdenklich am Apfelbaum im Garten stand und nicht merkte, wie ich ihr Blüten aufs Haar rieseln ließ, das sich auflöste, und sie schaute auf die rote Sonne und den goldenen Himmelsgrund zwischen den dunklen Bäumen und Sträuchern des Gartens.

Ihre Schwester war wie eine Lilie, leuchtend und kerzengerade, Johanne; sie war stolz und hochmütig, schien wie die Mutter aus Glas zu sein. Sie liebte es, in den großen

Saal zu gehen, wo die Bilder der Sippe hingen; die Frauen waren in Samt und Seide gemalt mit einem perlenbestickten, winzig kleinen Hut auf dem geflochtenen Haar; es waren schöne Frauen! Ihre Männer sah man in Stahl oder in einem kostbaren Mantel mit Eichkätzchenfutter und dem blauen gefältelten Kragen; das Schwert war um die Schenkel geschnallt und nicht um die Lende. Wo würde wohl Johannes Bild einst an der Wand hängen, und wie sah er aus, der adelige Gatte? Ja, daran dachte sie, davon redete sie leise mit sich, ich hörte es, wenn ich durch den langen Flur in den Saal hineinfegte und dort wieder umkehrte.

Anna Dorthea, die blasse Hyazinthe, erst ein vierzehnjähriges Kind, war still und versonnen; die großen wasserblauen Augen blickten nachdenklich drein, aber das Kinderlächeln saß um den Mund, ich konnte es nicht wegpusten, und das wollte ich auch nicht.

Ich traf sie im Garten, auf dem Feldweg und auf den Fronäckern, sie sammelte Kräuter und Blumen, von denen sie wußte, daß ihr Vater sie für die Getränke und Tropfen gebrauchen konnte, die er zu destillieren verstand; Valdemar Daae war hochmütig und trutzig, aber er konnte auch viel und wußte sehr viel; das merkte man wohl, es wurde darüber gemunkelt; das Feuer brannte in seinem Kamin selbst in der Sommerszeit; die Tür zum Gemach war verschlossen; das währte Tage und Nächte, aber er sprach nicht viel darüber; die Kräfte der Natur muß man in der Stille wirken lassen, bald würde er das Beste gefunden haben – das rote Gold.

Darum dampfte es aus dem Kamin, darum knisterte und flammte es; ja, ich war dabei!“ erzählte der Wind, „laß fahren dahin! sang ich durch den Schornstein. Rauch wird es geben, Schmauch, Brodem und Asche! Du wirst noch selber verbrennen! Hui-ii-naus! laß fahren! laß fahren! Aber Valdemar Daae ließ es nicht fahren.

Die prächtigen Rosse im Stall – wo blieben sie? Das alte Silber und Gold in Schränken und Läden, die Kühe auf den Weiden, Haus und Hof? Ja, sie mußten schmelzen! im Goldtiegel schmelzen, und es kam dennoch kein Gold.

Es wurde leer in Tenne und Vorratshaus, im Keller und auf dem Boden. Weniger Menschen, mehr Mäuse. Eine Scheibe brach, eine knackte, ich brauchte nicht durch die Türen hineinzugehen", sagte der Wind. „Wo der Schornstein raucht, brutzelt das Mahl, der Schornstein rauchte, der schluckte alle Mahlzeiten, um des roten Goldes willen.

Ich blies durch das Burgtor, wie ein Türmer, der das Horn bläst, aber da war kein Türmer", sagte der Wind; „ich drehte den Wetterhahn der Turmspitze, er kreischte, als schnarchte der Türmer auf dem Turm, aber da gab es keinen Türmer; da gab es Ratten und Mäuse; Armut deckte den Tisch, Armut saß im Kleiderschrank und im Vorratsschrank, die Tür fiel aus den Angeln, Spalten und Ritzen öffneten sich; ich ging aus, und ich ging ein", sagte der Wind, „deshalb weiß ich Bescheid.

In Rauch und Asche, in Sorge und schlafloser Nacht wurde das Haar am Bart und um die Stirne grau, die Haut fahl und gelb, die Augen so gierig auf das Gold, das ersehnte Gold.

Ich blies ihm Rauch und Asche ins Gesicht und in den Bart; Schulden kamen an Stelle von Gold. Ich sang in den zerbrochenen Scheiben und offenen Ritzen, blies über die Schlafbank der Töchter, deren Kleider verblichen, blankgewetzt waren, denn sie mußten noch lange halten. Das war diesen Kindern nicht an der Wiege gesungen worden! Herrenleben wurde zu kümmerlichem Leben! Ich war es, der im Schloß am lautesten sang!" sagte der Wind. „Ich ließ sie einschneien, das wärmt, wie man sagt; Brennholz hatten sie nicht, der Wald, wo sie es hätten holen sollen, war gefällt. Es war klirrender Frost; ich schwang mich durch Schalllöcher und Flure, über Giebel und Mauern, um geschmeidig zu bleiben; dort drinnen lagen sie im Bett, der Kälte wegen, die adligen Töchter; der Vater kroch unter die Felldecke. Nichts zu beißen, nichts zu brennen, das ist Herrenleben! Hui-ii-naus! laß fahren! – Aber gerade das konnte Herr Daae nicht.

‚Auf Regen folgt Sonnenschein', sagte er, ‚auf Drangsal folgen gute Zeiten; aber sie lassen auf sich warten! Jetzt ist der Hof ein Schuldschein! Jetzt ist der Jüngste Tag – und nun kommt das Gold! Zu Ostern!‘

Ich hörte ihn in die Netze der Spinnen murmeln. ‚Du tüchtige kleine Weberin! Du lehrst mich, auszuhalten! Wird dein Gespinst zerrissen, beginnst du von vorn und vollendest es! Abermals entzwei – und unverdrossen fängst du von neuem an, von vorn! von vorn! Das eben muß man tun! Und das wird belohnt.‘

Es war Ostermorgen, die Glocken klangen, die Sonne spielte am Himmel. In Fieberhitze hatte er gewacht, gekocht und gekühlt, gemischt und abgeschieden. Ich hörte ihn stöhnen wie eine verzweifelte Seele, ich hörte ihn beten, ich spürte, wie er den Atem anhielt. Die Lampe war ausgegangen, er merkte es nicht; ich blies in die Kohlenglut, die leuchtete ihm in sein kreidebleiches Gesicht, es erhielt einen farbigen Schimmer, die Augen in den tiefen Höhlen waren zusammengekniffen – aber nun wurden sie immer größer, als wollten sie herausspringen.

Sieh da das alchimistische Glas! Es blinkt darin! Es ist glühend, rein und schwer! Er hob es mit zitternden Händen hoch, er rief mit lallender Zunge: ‚Gold! Gold!‘ ihm schwindelte dabei, ich hätte ihn umwehen können“, sagte der Wind, „aber ich blies nur auf die glühenden Kohlen, begleitete ihn durch die Tür bis dorthin, wo die Töchter froren. Sein Gewand war mit Asche bedeckt, die hing in seinem Bart und in seinem verfilzten Haar. Er richtete sich ganz hoch auf, hob seinen reichen Schatz in dem spröden Glas: ‚Gefunden! gewonnen! – Gold!‘ rief er, hielt das Glas in die Höhe, das in den Sonnenstrahlen blinkte; und die Hand zitterte, und das alchimistische Glas fiel zu Boden und zersprang in tausend Stücke; zerplatzt war die letzte Blase seines Glückstraums. Hui-ii-naus! fahre hin! – Und ich fuhr vom Hofe des Goldmachers.

Spät im Jahr, während der kurzen Tage dort oben, wenn der Nebel mit seinen Wischlappen kommt und nasse Tropfen über die roten Beeren und die blattlosen Zweige auswringt, geriet ich in muntere Stimmung, lüftete aus, fegte den Himmel sauber und zerknickte morsche Äste, und das ist keine große Arbeit, aber sie muß getan werden. Es wurde auch auf andere Art dort auf dem Hof von Borreby bei Valdemar Daae ausgefegt. Sein Feind Ovel Ramel aus Basnæs war da mit dem erworbenen Schuldschein über Hof und Hausrat. Ich trommelte an die zerbrochenen Scheiben, knallte mit den verfallenen Türen, pfiff durch Ritzen und Spalten: Hui-ii-naus – Herrn Ovel sollte die Lust vergehen, dortzubleiben. Ide und Anna Dorthea weinten bittere Tränen; Johanne stand aufrecht und bleich, biß sich in den Daumen, so daß er blutete, als ob das was nützte! Ovel Ramel gestattete Herrn Daae, auf Lebenszeit auf dem Hofe zu bleiben, dies Angebot wurde ihm aber nicht gedankt; ich horchte genau hin; ich sah den Herrn ohne Besitz sein Haupt noch stolzer heben, es zurückwerfen, und ich brauste tüchtig durch den Hof und in den alten Linden, so daß der dickste Ast brach, und der war nicht morsch; er lag vor dem Tor wie ein Besen, falls einer auskehren wollte, und da wurde gekehrt; ich dachte es mir schon.

Es war ein bitterer Tag, eine lange Zeit, um auszuhalten, aber der Sinn war hart, der Nacken war starr.

Nichts gehörte ihnen zu eigen, außer den Kleidern am Leibe; doch – das alchimistische Glas, das kürzlich gekauft und mit den Abfällen gefüllt worden war, die man vom Erdboden zusammengekratzt hatte; dem Schatz, der viel verhieß, aber nichts hielt. Valdemar Daae verwahrte ihn auf seiner bloßen Brust, nahm seinen Knotenstock in die Hand, und der einstmals so reiche Herr verließ mit seinen drei Töchtern den Hof von Borreby. Ich wehte ihm kalt über seine heißen Wangen, ich streichelte seinen grauen Bart und sein langes weißes Haar, ich sang, wie es mir gegeben ist: Hui-ii-naus! fahre hin! fahre hin! – Das war das Ende der reichen Herrlichkeit.

Ide und Anna Dorthea schritten ihm zur Seite dahin; Johanne wandte sich im Tor um, was sollte das nun, das Glück würde sich dennoch nicht wenden. Sie blickte auf die roten Steine der Mauer von Marsk Stigs Burg, dachte sie an seine Töchter?

‚Die Älteste nahm die Jüngste bei der Hand,
Und sie zogen weithin durch die Welt!'

Dachte sie an dies Lied? Hier waren sie drei – der Vater war dabei! Sie gingen die Straße entlang, wo sie mit der Kutsche gefahren waren, sie machten einen Bittgang mit dem Vater, zur Gemarkung von Smidstrup zu der Lehmhütte, die für zehn Mark im Jahre gemietet worden war, dem neuen Herrensitz mit leeren Wänden und leeren Schüsseln. Krähen und Dohlen flogen über sie hinweg und schrien wie zum Spott: ‚Aus dem Nest! aus dem Nest! Rasch! rasch!' wie die Vögel im Walde von Borreby geschrien hatten, als die Bäume gefällt wurden.

Herr Daae und seine Töchter vernahmen es wohl; ich blies ihnen um die Ohren, es war nicht nötig, daß sie es mit anhörten.

So zogen sie in die Lehmhütte in der Gemarkung Smidstrup ein, und ich fuhr dahin über Sumpf und Feld, durch kahle Hecken und gerupfte Wälder, zu offenen Meeren, anderen Ländern – hui-ii-naus! fahre hin! fahre hin! und das Jahr um Jahr."

Wie erging es Waldemar Daae, wie erging es seinen Töchtern? Der Wind erzählt: „Die letzte von ihnen, die ich sah, ja, zum letztenmal, das war Anna Dorthea, die blasse Hyazinthe – jetzt war sie alt und gebeugt, es war ein halbes Jahrhundert später. Sie lebte am längsten, sie wußte von allem.

Drüben auf der Heide, bei der Stadt Viborg, lag des Dompropsts neuer, stattlicher Besitz, aus roten Steinen und mit Treppengiebeln; der Rauch quoll fett aus dem Schornstein heraus. Die sanfte Hausfrau und die holden Töchter saßen im Erker und blickten über den hängenden Bocksdorn des Gartens hinweg auf die braune Heide; wonach hielten sie Ausschau? Sie schauten nach dem Storchennest dort draußen auf dem baufälligen Haus. Das Dach war mit Moos und Hauslauch gedeckt, soweit ein Dach da war; was vor allem deckte, war das Storchennest, und das war das einzige, wofür etwas getan wurde, der Storch hielt es instand.

Es war ein Haus zum Anschauen, nicht zum Anfassen; ich mußte behutsam damit umgehen", sagte der Wind. „Dem Storch zuliebe durfte das Haus stehenbleiben, es war sonst ein Schreckgespenst auf der Heide. Den Storch wollte der Dompropst nicht vertreiben, so mochte die Hütte bleiben und die Arme weiter darinnen wohnen; das hatte sie dem ägyptischen Vogel zu verdanken – oder war es ein Dank, weil sie einstmals für das Nest seines schwarzen wilden Bruders im Walde von Borreby Fürbitte getan hatte? Damals war sie, die Ärmste, ein junges Kind, eine feine, blasse Hyazinthe im adeligen Blumengarten. Sie erinnerte sich an alles: Anna Dorthea.

‚Oh! oh!' – ja, die Menschen können seufzen, so wie der Wind es in Schilf und Röhricht kann –, ‚oh! keine Glocken läuteten über deinem Grab, Valdemar Daae! Die armen Schulknaben sangen nicht, als Borrebys einstiger Herr in die Grube gelegt wurde! Oh! alles hat dennoch ein Ende, auch Elend! Schwester Ide wurde eines Bauern Eheweib; das war für unseren Vater die härteste Heimsuchung! Der Tochtermann, ein jämmerlicher Leibeigener, den der Herr auf der harten Bohle reiten lassen konnte. Nun wird er doch unter der Erde sein? Und du auch, Ide? – O ja! o ja! es ist dennoch nicht vorbei, ich armes Weib! ich armes Weib! Erlöse mich doch, du reicher Christ!'

Das war Anna Dortheas Bitte in dem elenden Haus, das um des Storches willen stehenbleiben durfte.

Der gesündesten unter den Schwestern nahm ich mich an", sagte der Wind, „sie lag, wie sie sich gebettet hatte! Sie kam als armer Knecht zu einem Schiffer und ließ sich bei ihm anheuern; wortkarg war sie, mit mürrischer Miene, aber willig in ihrer Arbeit; nur klettern konnte sie nicht – da fegte ich sie über Bord, ehe einer merkte, daß sie ein Weibsbild war, und das war doch wohlgetan", sagte der Wind.

„Es war an einem Ostermorgen, wie damals, als Valdemar Daae meinte, er habe das rote Gold gefunden, da hörte ich unter dem Storchennest zwischen den wackeligen Wänden Choralgesang, Anna Dortheas letztes Lied.

Da waren keine Fensterscheiben, da war nur ein Loch in der Wand; die Sonne kam, gleich einem Goldklumpen, und setzte sich hinein; das war ein Glanz! Ihr Auge brach, ihr Herze brach! Das hätten sie auch getan, wenn die Sonne nicht an jenem Morgen auf sie geschienen hätte.

Der Storch gab ihr ein Dach über dem Kopf bis zu ihrem Tod! Ich sang an ihrem Grabe!" sagte der Wind; „ich habe an ihres Vaters Grabe gesungen, ich weiß, wo es ist und wo ihr Grab ist, das weiß sonst keiner.

Neue Zeiten, andere Zeiten! Alte Landstraßen werden zu umzäunten Feldern, gepflegte Gräber werden vielbefahrene Straßen – und bald kommt der Dampf mit seiner Wagenkette und braust über die Gräber hinweg, vergessen wie die Namen, hui-ii-naus! fahre hin!

Das ist die Geschichte von Valdemar Daae und seinen Töchtern. Erzählt sie besser, ihr anderen, wenn ihr könnt!" sagte der Wind und drehte sich.

Weg war er.

Das Mädchen, das aufs Brot trat

Du hast sicher von dem Mädchen gehört, das aufs Brot trat, um sich nicht die Schuhe schmutzig zu machen, und wie übel es ihr daraufhin erging. Das ist verbrieft und verbürgt.

Sie war ein armes Kind, stolz und hochmütig, in ihr war ein schlechter Kern, wie man sagt. Als ganz kleines Ding hatte sie ihre Freude daran, Fliegen zu fangen, ihnen die Flügel auszureißen und Kriechtiere aus ihnen zu machen. Sie nahm den Maikäfer und den Mistkäfer, steckte sie auf eine Nadel, hielt alsdann ein grünes Blatt oder einen kleinen Fetzen Papier gegen ihre Beine, und das arme Tier klammerte sich daran fest, drehte und wand sich, um von der Nadel loszukommen.

„Jetzt liest der Maikäfer!" sagte die kleine Inger, „sieh nur, wie er die Seite umwendet!"

Als sie heranwuchs, wurde sie eher schlimmer als besser, aber schön war sie, und das war ihr Unglück, sonst hätte sie sicher mehr Knüffe bekommen, als es der Fall war.

„Für diesen Kopf braucht's eine scharfe Lauge!" sagte ihre eigene Mutter. „Du hast mir als Kind oft auf die Schürze getreten, ich fürchte, daß du mir als Erwachsene oft aufs Herz treten wirst."

Und das tat sie fürwahr.

Jetzt kam sie aufs Land hinaus, um bei vornehmen Leuten zu dienen, sie hielten sie wie ihr eigenes Kind, und als solches wurde sie gekleidet, hübsch sah sie aus, und ihr Hochmut nahm zu.

Ein Jahr lang war sie draußen gewesen, da sagte ihre Herrschaft zu ihr: „Du solltest doch einmal deine Eltern besuchen, Ingerchen!"

Sie ging auch hin, aber nur, um sich zu zeigen; sie sollten sehen, wie fein sie geworden war; als sie aber ans Dorfgatter kam und die Mädchen und jungen Burschen am Dorfteich schwatzen sah, während ihre Mutter dort zufällig auf einem Steine saß und sich mit einem Bündel Brennholz ausruhte, das sie im Wald gesammelt hatte, machte Inger kehrt, sie schämte sich, daß sie, die so fein angezogen war, so eine zerlumpte Frau, die Brennholz sammelte, zur Mutter haben sollte. Es reute sie gar nicht, daß sie umkehrte, sie war nur ärgerlich.

Nun verging abermals ein halbes Jahr.

„Du solltest doch einmal heimgehen und deine alten Eltern besuchen, Ingerchen!“ sagte ihre Herrin. „Hier hast du ein großes Weißbrot, das kannst du ihnen mitnehmen; sie werden sich freuen, dich zu sehen.“

Und Inger zog ihr bestes Kleid an und ihre neuen Schuhe, und sie hob ihre Röcke hoch und ging ganz vorsichtig, um an den Füßen fein sauber zu bleiben, und daraus konnte man ihr ja keinen Vorwurf machen; als sie aber dorthin kam, wo der Steig über sumpfigen Boden führte und ein ganzes Stück Wegs Wasser und Matsch war, warf sie das Brot in den Matsch, um darauf zu treten und trokkenen Fußes hinüberzugelangen, aber als sie mit dem einen Fuß auf dem Brot stand und den anderen hob, sank das Brot immer tiefer mit ihr, sie verschwand ganz und gar, und es war nichts zu sehen als ein schwarzer, brodelnder Sumpf.

Das ist die Geschichte.

Wo kam sie hin? Sie kam zur Moorfrau hinunter, welche braut. Die Moorfrau ist die Tante der Elfenmädchen väterlicherseits, die sind hinreichend bekannt, es sind Lieder über sie gemacht worden, und sie sind gemalt worden, aber von der Moorfrau wissen die Leute nur, daß sie braut, wenn die Wiesen im Sommer dampfen. In ihre Brauerei hinunter versank nun Inger, und da kann man es nicht lange aushalten. Die Schlammgrube ist ein lichtes Prunkgemach gegen die Brauerei der Moorfrau! jeder Bottich stinkt, daß die Menschen davon in Ohnmacht fallen müßten, und dann stehen die Bottiche fest übereinander, und gibt es irgendwo zwischen ihnen eine kleine Lücke, wo man sich hindurchquetschen könnte, so kann man es trotzdem nicht wegen all der feuchten Kröten und fetten Nattern, die hier ineinander verfilzt liegen; hier hinab sank die kleine Inger; all das ekelhafte, lebendige Gefilz war so eisig kalt, daß sie an allen Gliedmaßen schlotterte, ja, sie erstarrte mehr und mehr dadurch. An dem Brot hing sie fest, und es zog sie, ebenso wie ein Bernsteinknopf einen kleinen Halm anzieht.

Die Moorfrau war zu Hause, die Brauerei wurde an die-

sem Tag vom Teufel und seiner Großmutter besichtigt, und die ist ein altes, sehr giftiges Frauenzimmer, das niemals müßig ist; sie geht nie aus, ohne ihre Handarbeit mitzunehmen, die hatte sie auch hier. Sie nähte Lederstücke zurecht, die den Menschen in die Schuhe gelegt wurden und sie unstet machten, so daß sie keine Rast noch Ruhe hatten; sie stickte Lügen und häkelte unbedachte Worte, die man hatte fallenlassen, allen zum Schaden und Verdruß. O ja, sie konnte nähen, sticken und häkeln, die alte Urgroßmutter!

Sie sah Inger, hielt nun ihre Brille vor die Augen und sah sie noch einmal an: „Das Mädchen hat Anlagen!" sagte sie, „ich bitte sie mir aus zum Andenken an den Besuch hier! Sie kann einen passenden Sockel im Vorgemach meines Ururenkels abgeben."

Und sie erhielt sie. So kam die kleine Inger in die Hölle. Dort fahren die Leute nicht immer schnurstracks hinunter, aber sie können auf Umwegen hinkommen, wenn sie Anlagen haben.

Das war ein Vorgemach von unendlicher Ausdehnung; es wurde einem schwindlig, wenn man dort nach vorn blickte, und schwindlig, wenn man zurückblickte; und dann stand hier eine Schar von Verschmachtenden, die darauf warteten, daß das Tor der Gnade geöffnet werden sollte; sie konnten lange warten! Große fette, watschelnde Spinnen spannen tausendjährige Netze um ihre Füße, und dieses Gespinst klemmte wie Fußschrauben und hielt wie kupferne Ketten; und zudem war eine ewige Unruhe in jeder Seele, eine peinigende Unruhe. Der Geizkragen stand hier und hatte den Schlüssel zu seinem Geldkasten vergessen, und er wußte, daß er steckte. Ja, es führte zu weit, wollte man alle Arten von Pein und Qual aufzählen, die hier durchlitten wurden. Inger empfand es als etwas Grauenhaftes, hier als Sockel zu stehen; sie war gleichsam unten am Brot festgeschraubt.

„Das hat man davon, wenn man an den Füßen sauber sein will!" sagte sie zu sich selber. „Sieh nur, wie sie mich anglotzen!" O ja, sie blickten alle zu ihr hin; ihre bösen Gelüste funkelten ihnen aus den Augen und sprachen ohne Worte aus ihren Mundwinkeln, sie waren furchtbar anzusehen.

„Mich anzusehen, muß ein Vergnügen sein!" dachte die kleine Inger, „ich habe ein schönes Gesicht und gute Kleider an!" und nun verdrehte sie die Augen, das Genick war zu steif dazu. Nein, wie war sie im Bräuhaus der Moorfrau besudelt worden, das hatte sie nicht bedacht. Die Kleider waren wie mit einem einzigen, großen Schleimklecks bespritzt; eine Natter hatte sich in ihr Haar gehängt und klatschte ihr am Nacken herunter, und aus jeder Falte ihres Kleides schaute eine Kröte heraus, die wie ein engbrüstiger Mops bellte. Es war sehr unangenehm. „Aber die anderen hier unten sehen doch auch furchtbar aus!" tröstete sie sich selber.

Am schlimmsten von allem war ihr jedoch der entsetzliche Hunger, den sie verspürte; konnte sie sich denn gar nicht bücken und sich ein Stück von dem Brot abschneiden, auf dem sie stand? Nein, der Rücken war steif geworden,

Arme und Hände waren steif geworden, ihr ganzer Körper war wie eine Bildsäule aus Stein, nur die Augen konnte sie im Kopfe drehen, ganz rundherum drehen, so daß sie nach hinten sehen konnten, und das war ein abscheulicher Anblick. Und dann kamen die Fliegen, sie krochen ihr über die Augen, hin und her, sie blinzelte mit den Augen, aber die Fliegen flogen nicht weg, denn sie konnten nicht, die Flügel waren ihnen ausgerissen worden, sie waren Kriechtiere geworden; es war eine Qual, und dann der Hunger, ja, zuletzt war ihr, als ob ihre Eingeweide sich selber auffräßen und sie wurde im Innern so leer, so schauerlich leer.

„Wenn das noch lange so weitergeht, dann halte ich es nicht aus!" sagte sie, sie mußte aber aushalten, und es ging so weiter.

Da fiel eine heiße Träne auf ihren Kopf, die rollte ihr über Gesicht und Brust bis hinab aufsBrot, es fiel noch eine Träne, es fielen eine Menge. Wer weinte über die kleine Inger? Hatte sie nicht oben auf der Erde eine Mutter? Die Tränen der Betrübnis, die eine Mutter über ihr Kind weint, erreichen es immer, aber sie erlösen nicht, sie brennen, sie machen die Qual nur größer. Und dann dieser unerträgliche Hunger, und daß man nicht an das Brot heran konnte, auf das sie mit dem Fuße trat! Sie hatte schließlich eine Empfindung, daß alles in ihr sich selber aufgegessen haben mußte, sie war wie ein dünnes, hohles Rohr, das jedes Geräusch in sich einsog; sie hörte deutlich alles, was oben auf der Erde sie betraf, und was sie hörte, war böse und hart. Ihre Mutter weinte zwar aus tiefstem Herzen und war traurig, sagte aber dazu: „Hochmut kommt vor dem Fall! Es war dein Unglück, Inger! Wie hast du deine Mutter betrübt!"

Ihre Mutter und alle dort oben wußten von ihrer Sünde, daß sie aufs Brot getreten hatte, eingesunken und verschwunden war; der Kuhhirt hatte es erzählt, er hatte es selbst vom Hang aus gesehen.

„Wie hast du deine Mutter betrübt, Inger!" sagte die Mutter; „ja, ich hatte es mir ja gedacht!"

„Wäre ich doch nie geboren worden!" dachte Inger dann,

„das wäre viel besser für mich gewesen. Es hat jetzt keinen Zweck, daß meine Mutter greint."

Sie hörte, wie ihre Herrschaft, die herzensguten Leute, die wie Eltern gegen sie gewesen waren, sprach: „Sie war ein sündiges Kind! Sie hat die Gabe des Herrgotts nicht geachtet, sondern mit Füßen getreten, es wird ihr sauer werden, die Tür der Gnade zu öffnen."

„Sie hätten mich mehr züchtigen sollen!" dachte Inger, „mir die Mucken austreiben sollen, falls ich welche hatte."

Sie hörte, daß ein ganzes Lied auf sie gemacht wurde:

„Das hochmütige Mädchen, das aufs Brot trat, um saubere Schuhe zu haben", und es wurde im ganzen Land gesungen.

„Daß man das immer wieder zu hören bekommt! Deswegen so viel leiden muß!" dachte Inger, „die anderen müßten wirklich auch für ihre Sünden gestraft werden! Ja, dann gäbe es allerlei zu strafen! Uh, wie ich gepeinigt werde!"

Und ihr Sinn wurde noch härter als ihre Schale.

„Hier unten in dieser Gesellschaft wird man doch nicht besser! Und ich will nicht besser sein! Sieh, wie die Mund und Nase aufsperren!"

Und ihr Gemüt war zornig und böse auf alle Menschen.

„Jetzt haben sie doch da oben was zu reden! – Uh, wie ich gepeinigt werde!"

Und sie hörte, wie man den Kindern ihre Geschichte erzählte, und die Kleinen nannten sie die gottlose Inger. „Sie war so abscheulich!" sagten sie, „so garstig, sie müßte tüchtig gepeinigt werden!"

Immer führten Kinder harte Worte über sie im Munde.

Eines Tages jedoch, als Groll und Hunger in ihrer hohlen Schale nagten und sie hörte, wie einem unschuldigen Kinde gegenüber ihr Name fiel und ihm ihre Geschichte erzählt wurde – es war ein kleines Mädchen –, merkte sie, wie das Kleine bei der Geschichte von der hochmütigen, putzsüchtigen Inger in Tränen ausbrach.

„Kommt sie denn nie wieder herauf?" fragte das kleine Mädchen.

Und es wurde geantwortet: „Sie kommt nie wieder herauf!"

„Wenn sie nun aber Abbitte tut und es nie wieder tun will?"

„Aber sie tut nicht Abbitte!" sagte man.

„Ich möchte so gern, daß sie es täte!" sagte das kleine Mädchen und war ganz untröstlich. „Ich gebe meinen Puppenschrank dafür her, wenn sie heraufkommen darf! Es ist so grausig für die arme Inger!"

Und diese Worte gelangten bis in Ingers Herz hinein, sie taten ihr irgendwie gut; es war das erstemal, daß jemand sagte: „Arme Inger!" und nicht das geringste über ihre Fehler hinzufügte; ein kleines, unschuldiges Kind weinte und bat für sie, es wurde ihr ganz seltsam zumute dabei, sie hätte gern selber geweint, aber sie konnte nicht weinen, und das war auch eine Qual.

Während die Jahre droben vergingen – unten gab es keine Veränderung –, hörte sie seltener einen Laut von dort oben, es wurde weniger über sie gesprochen; da vernahm sie eines Tages einen Seufzer: „Inger! Inger! wie hast du mich betrübt! ich habe es ja gesagt!" Es war ihre Mutter, die starb.

Bisweilen hörte sie ihren Namen von der alten Herrschaft nennen, und die mildesten Worte, die die Herrin sagte, waren: „Ob ich dich jemals wiedersehe, Inger! Man weiß nicht, wo man hinkommt!"

Aber Inger verstand natürlich, daß ihre brave Herrin nie dorthin kam, wo sie war.

So verging abermals eine Zeit, lang und bitter.

Da hörte Inger von neuem ihren Namen nennen und sah über sich etwas schimmern gleich zwei klaren Sternen; es waren zwei freundliche Augen, die sich auf Erden schlossen. Soviele Jahre waren seit damals vergangen, als das kleine Mädchen so trostlos wegen der „armen Inger" weinte, daß dieses Kind eine alte Frau geworden war, die nun der Herrgott zu sich rufen wollte, und gerade in dieser Stunde, als die Gedanken an die Summe des ganzen Lebens in ihr aufstiegen, fiel es ihr auch ein, wie sie als kleines Kind so bitterlich hatte weinen müssen, als sie Ingers Geschichte hörte; diese Zeit und dieser Eindruck standen der alten Frau in ihrer Todesstunde so lebendig vor Augen, daß sie ganz laut ausrief: „Herr mein Gott, ob ich nicht auch wie Inger oftmals auf die Gabe deines Segens getreten habe, ohne daran zu denken, ob ich nicht auch Hochmut in meinem Herzen gehabt habe, aber du hast mich in deiner Gnade nicht sinken lassen, sondern mich gehalten! Laß mich in meiner letzten Stunde nicht aus deinen Händen!"

Und die Augen der Alten schlossen sich, und die Augen der Seele wurden dem Verhüllten aufgetan, und da Inger so lebendig in ihren letzten Gedanken gewesen war, sah sie das Mädchen, sah, wie tief es hinabgezogen worden war, und bei diesem Anblick brach die Fromme in Tränen aus, im Himmelreich stand sie wie als Kind und weinte um die arme Inger; diese Tränen und diese Bitten hallten gleich einem Echo in die hohle, leere Schale hinab, die die gefesselte, gequälte Seele umschloß, und sie wurde überwältigt von dieser nie erwarteten Liebe von oben: ein Engel Gottes weinte um sie! Weshalb wurde ihr dies vergönnt? Die gequälte Seele sammelte in Gedanken gleichsam jede Tat des Erdenlebens, die sie verübt hatte, und sie erschauerte in Tränen, wie Inger sie nie hätte vergießen können; Trauer über sich selber erfüllte sie, ihr war, als könnte das Tor der Gnade sich für sie nie auftun, und wie sie dies in Zerknirschung erkannte, fiel im selben Augenblick ein heller Strahl in den Abgrund hinein, der Strahl hatte eine Kraft, stärker als der Sonnenstrahl, der den Schneemann auftaut, den die Jungen auf dem Hofe bauen; und dann, viel schneller als die

Schneeflocke, die auf den warmen Mund des Kindes fällt und zum Tropfen zerschmilzt, löste sich Ingers versteinerte Gestalt in Dunst auf, ein kleiner Vogel schwang sich im Zickzack des Blitzes zur Menschenwelt hinauf, aber furchtsam und scheu war er gegen alles ringsum, er schämte sich vor sich selber und vor allen Lebewesen und suchte eilends in einem finsteren Loche Zuflucht, das er in der verfallenen Mauer fand; hier saß er und kauerte sich zusammen, am ganzen Leibe zitternd, keinen Laut konnte er von sich geben, er hatte keine Stimme; er saß lange Zeit so da, ehe er in Ruhe all die Herrlichkeit draußen sehen und empfinden konnte; ja, eine Herrlichkeit war es: die Luft war so frisch und mild, der Mond schien so hell, die Bäume und Sträucher dufteten; und dazu war es so lauschig dort, wo er saß, sein Federkleid war so rein und fein. Nein, wie war doch alles Geschaffene in Liebe und Herrlichkeit hervorgebracht! Die Gedanken alle, die sich in der Brust des Vogels regten, wollten sich freisingen, aber der Vogel vermochte es nicht, gern hätte er gesungen wie im Lenz der Kuckuck und die Nachtigall. Der Herrgott, der auch den lautlosen Lobgesang des Wurms vernimmt, hörte hier den Lobgesang, der in Gedankenakkorden emporstieg, so wie der Psalm in Davids Brust erklang, ehe er Wort und Melodie erhielt.

Tage und Wochen lang wuchsen und schwollen diese lautlosen Gesänge an, sie mußten zum Ausbruch kommen beim ersten Flügelschlag zu einer guten Tat, eine solche mußte vollbracht werden!

Jetzt kam das heilige Weihnachtsfest. Der Bauer stellte dicht an der Mauer eine Stange auf und befestigte eine ungedroschene Hafergarbe daran, auf daß die Vögel des Himmels auch ein fröhliches Weihnachten und eine frohe Mahlzeit in dieser Zeit des Erlösers hätten.

Und am Weihnachtsmorgen ging die Sonne auf und schien auf die Hafergarbe, und all die zwitschernden Vögel umflogen die Futterstange, da erklang es auch von der Mauer: „Piep! piep!“ Der überquellende Gedanke wurde

zu einem Ton, das leise Piepsen ward ein ganzer Freudenhymnus, der Gedanke an eine gute Tat war geweckt, und der Vogel flog aus seinem Versteck; im Reich des Himmels wußte man sehr wohl, was für ein Vogel das war.

Der Winter setzte ernstlich ein, die Gewässer waren mit dickem Eis bedeckt, die Vögel und die Tiere des Waldes waren in großer Futternot. Der kleine Vogel flog auf die Landstraße, und in den Schlittenspuren suchte er hier und da ein Korn und fand es auch, vor den Gasthäusern fand er ein paar Brotkrumen, davon fraß er nur ein einziges, rief aber all die anderen ausgehungerten Sperlinge herbei, daß sie hier Nahrung finden könnten. Er flog über die Ortschaften, spähte überall umher, und wo eine liebevolle Hand an einem Fenster Brot für die Vögel ausgestreut hatte, fraß er selber nur eine einzige Krume und überließ alles den anderen.

Im Laufe des Winters hatte der Vogel so viele Brotkrumen gesammelt und verschenkt, daß sie zusammen jenes ganze Brot ausmachten, auf das die kleine Inger getreten hatte, um sich ihre Schuhe nicht schmutzig zu machen, und als die letzte Brotkrume gefunden und verschenkt worden war, wurden die grauen Flügel des Vogels weiß und breiteten sich aus.

„Da fliegt eine Seeschwalbe über den See!" sagten die Kinder, die den weißen Vogel sahen; jetzt tauchte er in den See, jetzt stieg er in den hellen Sonnenschein empor, er flimmerte, es war nicht möglich zu sehen, wo er blieb; sie sagten, er sei geradeswegs in die Sonne hineingeflogen.

Der Türmer Ole

„In der Welt geht es auf und ab und ab und auf! Jetzt kann ich nicht höher gelangen!“ sagte der Türmer Ole. „Auf und ab und ab und auf, das müssen die meisten erfahren; im Grunde werden wir zuletzt alle Türmer; seht das Leben und die Dinge von oben an!“

So sprach Ole auf dem Turm, mein Freund, der alte Wächter, ein drolliger, redseliger Bursche, der alles zu sagen schien und dennoch so viel Ernstes auf dem Grunde seines Herzens bewahrte; ja, er stammte von feinen Leuten ab, es gab welche, die sagten, er wäre der Sohn eines Konferenzrats oder hätte es sein können; studiert hatte er, war Hilfslehrer gewesen, Hilfsküster, aber was nützte das schon! Da wohnte er beim Küster, sollte alles im Hause frei haben; damals war er noch jung und schön, wie man sagt: er wollte seine Stiefel mit Wichse putzen, aber der Küster wollte ihm nur Fett geben, und darüber gerieten sie in Streit; der eine sprach von Geiz, der andere von Eitelkeit, die Wichse wurde der schwarze Boden der Feindschaft, und dann trennten sie sich; was er aber vom Küster verlangte, das verlangte er auch von der Welt: Wichse, und er bekam immer nur Fett; so kehrte er allen Menschen den Rücken und wurde Einsiedler, aber eine Einsiedelei mit Broterwerb mitten in einer großen Stadt gibt es nur auf dem Kirchturm, dort stieg er hinauf und rauchte auf seinem einsamen Gang seine Pfeife; er blickte nieder, und er blickte hinauf, dachte nach und erzählte in seiner Art, was er sah und nicht sah, was er in Büchern las und in seinem Innern. Ich lieh ihm oftmals Lesestoff, gute Bücher; und an denen, mit denen man umgeht, wird man erkannt. Englische Gouvernantenromane liebe er nicht, sagte er, auch nicht die französischen, die aus Zugwind und Rosenstengeln gebraut seien, nein, Lebensbeschreibungen wollte er, Bücher über die Wunder der Natur. Ich besuchte ihn mindestens einmal im Jahr, für gewöhnlich gleich nach Neujahr, er hatte dann immer dies oder jenes, an das sich seine Gedanken über den Jahreswechsel knüpften.

Ich werde von zwei Besuchen erzählen und seine eigenen Worte wiedergeben, soweit ich es kann.

Erster Besuch

Unter jenen Büchern, die ich Ole zuletzt geliehen hatte, war ein Buch über die Kieselsteine, das ihn besonders erfreut und erfüllt hatte.

„Ja, das sind rechte Jubelgreise, diese Kieselsteine!" sagte er, „und an denen geht man gedankenlos vorbei! Das habe ich selbst auf dem Feld und am Strand getan, wo sie zu Haufen liegen. Da läuft man auf den Pflastersteinen herum, diesen Überresten aus der allerältesten Vorzeit! Das habe ich selbst getan. Jetzt hat jeder Pflasterstein meine Hochachtung! Vielen Dank für dies Buch, es hat mich ausgefüllt, alte Gedanken und Gewohnheiten beiseite geschoben, mich begierig gemacht, mehr dergleichen zu lesen, der Roman der Erde ist doch der merkwürdigste von allen Romanen! Schade, daß man die ersten Teile nicht lesen kann, da sie in einer Sprache abgefaßt sind, die wir nicht gelernt haben; man muß in den Erdschichten lesen, in den Kieselsteinen, in allen Erdperioden, und die handelnden Personen treten dann erst im sechsten Teil auf, Herr Adam und Frau Eva, es ist für viele Leser etwas spät, die möchten sie gleich dabei haben, mir ist es einerlei. Es ist ein Roman, höchst abenteuerlich, und wir kommen alle miteinander darin vor. Wir kribbeln und krabbeln und bleiben am selben Platz, aber die Kugel dreht sich, ohne daß das Weltmeer über uns hinwegschwappt; die Kruste, auf der wir gehen, hält zusammen, wir fallen nicht hindurch; und dann ist es eine Geschichte, die über Millionen von Jahren reicht und ständig weitergeht. Vielen Dank für das Buch von den Kieselsteinen! Das sind Burschen, die könnten etwas erzählen, wenn sie reden könnten! Ist es nicht lustig, so hin und wieder einmal zu einem Nichts zu werden, wenn man so hoch oben sitzt wie ich, und dann daran gemahnt zu werden, daß wir alle, sogar mit Wichse, nur Minutenameisen auf dem Erdenhügel sind, auch wenn wir Ameisen mit Ordensbändern sind, Ameisen, die gehen und sitzen können. Man kommt sich so peinlich jung vor neben diesen Millionen Jahre alten, ehrwürdigen Kieselsteinen. Ich las am Altjahrsabend in einem Buch und war so sehr darin vertieft, daß ich vergaß, meinem gewohnten Vergnügen in der Neujahrsnacht, dem ‚wilden Heer nach Amager‘, zuzusehen! Ja, das werden Sie kaum kennen!

Der Ritt der Hexen auf dem Besenstiel ist hinreichend bekannt, der findet in der Johannisnacht statt und geht zum Blocksberg, aber wir haben auch das wilde Heer, das ist ein einheimisches und heutiges, es zieht in der Neujahrsnacht nach Amager hinaus. Alle schlechten Poeten, Poetinnen, Spielleute, Zeitungsschreiber und in der Öffentlichkeit stehenden Personen der Kunst, die nichts taugen, reiten in der Neujahrsnacht durch die Luft nach Amager hinaus; sie sitzen rittlings auf ihrem Pinsel oder ihrem Federkiel, die Stahlfeder kann sie nicht tragen, die ist zu steif. Ich sehe es, wie gesagt, in jeder Neujahrsnacht; die meisten von ihnen könnte ich mit Namen nennen, aber es ist besser, man legt sich nicht mit ihnen an; sie mögen es nicht, daß die Leute etwas von ihrem Amagerausflug auf dem Federkiel erfahren. Ich habe eine Art Nichte, die ist Fischfrau und liefert drei geachteten Zeitungen Schimpfwörter, wie sie erzählt; sie ist selber als geladener Gast draußen gewesen, sie wurde hinausgetragen, sie hält sich selber keine Schreibfeder und kann nicht reiten. Sie hat es erzählt. Die Hälfte von dem, was sie sagt, ist gelogen, aber schon die Hälfte genügt. Als sie da draußen war, fingen sie mit Singen an, jeder von den Gästen hatte sein Lied gemacht, und jeder sang seines, denn das war das beste; es kam auf eins heraus, es war dieselbe ‚Melodei‘. Dann marschierten in kleinen Kameradschaften diejenigen auf, die nur mit dem Mundwerk wirkten, da waren die Glockenspiele, die immer abwechselnd singen, dann kamen die kleinen Trommler, die in den Familien herumtrommeln. Bekanntschaften wurden gemacht mit denen, die schreiben, ohne den Namen drunterzusetzen, das heißt in diesem Fall, wo Stiefelfett als Wichse ausgegeben wird; da war der Henker mit seinem

Knecht, und der Knecht war der schärfere, sonst hätte man ihn nicht bemerkt; da war der gute Abfallmann, der den Eimer umkehrt und ihn ‚gut, sehr gut, ausgezeichnet!' nennt. Mitten in diesem ganzen Vergnügen, denn das mußte es ja sein, schoß aus der Grube ein Stengel empor, ein Baum, eine ungeheure Blüte, ein großer Pilz, ein ganzes Dach, das war die Schlaraffenstange der geehrten Versammlung,

die alles trug, was sie im alten Jahr der Welt geschenkt hatten; aus dieser stoben Funken gleich Flammen, das waren all die geborgten Gedanken und Ideen, die sie benutzt hatten, die sich jetzt lösten und loszischten gleich einem ganzen Feuerwerk. Da wurde ‚Feuer, Wasser, Kohle' gespielt, und die kleinen Poeten spielten: ‚das Herz fängt Feuer'; die Witzbolde machten Kalauer, weniger tat's nicht. Die Witze dröhnten, als schlüge man leere Töpfe gegen Türen oder Töpfe mit Torfasche. Es war äußerst vergnüglich! sagte die Nichte; eigentlich sagte sie noch eine ganze Menge mehr, was sehr maliziös, aber ulkig war! Ich sage es nicht weiter, man soll ein guter Mensch sein und kein Nörgler! Sie werden indessen einsehen, wenn man wie ich so gut über das Fest dort draußen Bescheid weiß, ist es dann nicht begreiflich, daß ich in jeder Neujahrsnacht zuzusehen versuche, wie das wilde Heer von dannen jagt? Vermisse ich in einem Jahr einzelne, dann sind neue hinzugekommen, aber in diesem Jahre habe ich es verabsäumt, mir die Gäste anzusehen, ich rollte auf den Kieselsteinen davon, rollte durch Millionen von Jahren und sah, wie die losen Steine oben in den nördlichen Ländern polterten, sah sie auf Eisschollen, lange bevor die Arche Noah gebaut wurde, dahintreiben, sah sie auf den Grund sinken und auf einer Sandbank wieder zum Vorschein kommen, die aus dem Wasser herausguckte und sagte: ‚Dies soll Seeland sein!' Ich sah, wie sie der Sitz für Vogelarten wurden, die wir nicht kennen, Sitz wilder Häuptlinge, die wir auch nicht kennen, bis die Axt in ein paar von den Steinen Runenzeichen ritzte, die nun in die Zeitrechnung eingehen, aber ich war ganz aus ihr herausgekommen, zu einem Nichts geworden. Da fielen drei, vier herrliche Sternschnuppen, die brachten Licht, die Gedanken bekamen einen anderen Schwung; Sie wissen doch, was eine Sternschnuppe ist? Das wissen die gelehrten Leute im allgemeinen nicht! Ich habe nun meine eigenen Gedanken darüber, und ich gehe von folgendem aus: Wie oft wird nicht im geheimen ein Dank und Segen jedem gewährt, der etwas Schönes und Gutes gewirkt hat, oftmals

ist der Dank tonlos, aber er fällt nicht zu Boden! Ich denke mir, er wird vom Sonnenschein aufgefangen, und der Sonnenstrahl trägt den still empfundenen, geheimen Dank zu dem Wohltäter, ist es ein ganzes Volk, das im Verlauf der Zeiten seinen Dank ausschickt, ja, dann kommt der Dank gleich einem Strauß, fällt gleich einer Sternschnuppe auf das Grab des Wohltäters. Ich mache mir richtig ein Vergnügen daraus, wenn ich eine Sternschnuppe sehe – namentlich in der Neujahrsnacht –, herauszubekommen, wem dieser Dankesstrauß nun gelten mag. Kürzlich ging eine leuchtende Sternschnuppe im Südwesten nieder: ein inniger Dank an viele, viele! Wem mochte er gelten? Sie fiel bestimmt, dachte ich, auf den Hang an der Flensburger Förde, wo der Danebrog über den Gräbern von Schleppegrell, Læssöe und deren Kameraden weht. Eine fiel mitten im Lande nieder, die fiel auf Sorö, ein Strauß auf Holbergs Sarg, ein Dank im vergangenen Jahr von so vielen, ein Dank für die herrlichen Komödien!

Es ist ein großer Gedanke, ein froher Gedanke, wenn man weiß, daß Sternschnuppen auf unser Grab niedergehen können, auf meines werden sie zwar nicht fallen, nicht ein Sonnenstrahl bringt mir einen Dank, denn hier gibt es nichts zu danken; ich bringe es nicht zu Wichse", sagte Ole, „mein Los in dieser Welt ist Stiefelfett."

Zweiter Besuch

Es war an einem Neujahrstag, als ich auf den Turm hinaufstieg. Ole sprach von dem Glas, das beim Übergang vom alten Tropfen zum neuen Tropfen, wie er das Jahr nannte, geleert wurde. Da bekam ich seine Geschichte von den Gläsern zu hören, und darin lag wirklich so mancher Gedanke.

„Wenn die Uhr in der Neujahrsnacht zwölf geschlagen hat, erheben sich die Leute am Tisch mit ihren vollen Gläsern und heißen das neue Jahr mit einem Trunk willkommen. Man beginnt das Jahr mit dem Glas in der Hand, das ist ein guter Anfang für Trinker; man beginnt das Jahr damit, ins Bett zu gehen, das ist ein guter Anfang für die Faulheit; der Schlaf wird im Laufe des Jahres sicher eine große Rolle spielen, die Gläser ebenfalls. Wissen Sie, was in den Gläsern wohnt?" fragte er. „Ja, Gesundheit, Freude und Ausgelassenheit wohnen in ihnen! Verdruß und das bittere Unglück wohnen in ihnen! Wenn ich die Gläser aufzähle, spreche ich natürlich von dem jeweiligen Wert der einzelnen Gläser für die verschiedenen Menschen.

Siehst du, das erste Glas, das ist das Glas der Gesundheit! In ihm wächst die Pflanze der Gesundheit, steck sie in den Deckenbalken, und am Jahresende kannst du dann unterm Baume der Gesundheit sitzen.

Nimmst du das zweite Glas – ja, aus diesem fliegt ein kleiner Vogel, der zwitschert harmlos fröhlich, so daß die Menschen lauschen und vielleicht mitsingen: Das Leben ist schön! Wir wollen nicht den Kopf hängen lassen! Frohgemut vorwärts!

Aus dem dritten Glas erhebt sich ein kleiner Bursche mit Flügeln, ein Engelskind kann man ihn gerade nicht nennen, denn er hat Wichtelblut und Wichtelsinn, nicht um einen zu ärgern, sondern um seinen Schabernack zu treiben; er setzt sich uns hinters Ohr und flüstert uns einen lustigen Einfall zu; er legt sich uns in die Herzgrube und verbreitet dort Wärme, so daß man ausgelassen wird oder, nach dem Urteil anderer Köpfe, Geist hat.

Im vierten Glas ist weder Pflanze, Vogel noch Bürschlein zu finden, dies ist für den Verstand der Gedankenstrich, und über diesen Strich darf man nie gehen.

Wird nun das fünfte Glas getrunken, dann weinst du über dich selber, wirst so unwahrscheinlich komisch gerührt, oder es geht jetzt richtig los; aus dem Glas springt mit einem Knall Prinz Karneval, sprudelnd und außer Rand und Band; er zieht dich mit sich, du vergißt deine Würde, wenn du eine hast! Du vergißt mehr, als du vergessen sollst und vergessen darfst. Alles ist Tanz, Gesang und Klang; die Masken zerren dich mit, die Töchter des Teufels, in Schleier und Seide, kommen mit aufgelöstem Haar und herrlichen Gliedern – reiße dich los, falls du kannst!

Das sechste Glas! – ja, in ihm sitzt der Satan selber, ein kleiner, gutangezogener, beredter, sympathischer, höchst angenehmer Mann, der dich so völlig versteht, dir in allem recht gibt, sich ganz in deine Lage versetzen kann! Er kommt mit der Laterne, um dich zu sich nach Haus zu führen. Es gibt eine alte Legende von dem Heiligen, der eine der sieben Todsünden wählen sollte, und er wählte, wie er meinte, die geringste, die Trunkenheit, und in dieser beging er all die anderen sechs Sünden. Mensch und Teufel mischen ihr Blut, das ist das sechste Glas, und dann sprießen alle bösen Keime in uns; jeder einzelne wächst mit einer Kraft empor wie das biblische Senfkorn, wird groß wie ein Baum, breitet sich über die ganze Welt aus, und die meisten haben nichts weiter vor sich, als in den Schmelzofen zu kommen und umgegossen zu werden.

Das ist die Geschichte der Gläser!“ sagte der Türmer Ole, „und die kann mit Wichse wie auch mit Stiefelfett gereicht werden! Ich reiche sie mit beidem.“

Das war der zweite Besuch bei Ole, willst du von weiteren hören, dann müssen die Besuche fortgesetzt werden.

Anne Lisbeth

Anne Lisbeth war wie Milch und Blut, jung und heiter, hübsch anzusehen, die Zähne blitzten weiß, die Augen so hell; ihr Fuß war leicht beim Tanz und der Sinn noch leichter! Was kam dabei heraus? „Das greuliche Kind!" – Ja, hübsch war es nicht! Es wurde zur Frau des Grabenarbeiters gegeben, Anne Lisbeth kam aufs gräfliche Schloß, saß im prächtigen Gemach mit Kleidern aus Seide und Samt; kein Wind durfte sie anwehen, niemand ihr ein hartes Wort geben, denn das schadete ihr, und das sollte sie nicht erdulden müssen. Sie stillte das Grafenkind, es war fein wie ein Prinz, schön wie ein Engel, wie sie dieses Kind liebte! Ihr eigenes, ja, das hatte ein Obdach, war im Haus des Grabenarbeiters, wo nicht der Kessel, wohl aber der Mund überkochte, und meistens war kein Mensch zu Hause, der Junge schrie – aber was ich nicht weiß, macht mich nicht heiß –, er schrie sich in Schlaf, und im Schlaf verspürt man keinen Hunger und Durst, der Schlaf ist eine sehr gute Erfindung; im Laufe der Jahre – ja, mit der Zeit schießt das Unkraut in die Höhe, sagt man – schoß Anne Lisbeths Junge in die Höhe, und dennoch war er gedrungen von

Wuchs, erzählte man; aber er gehörte ganz zur Familie, sie hatten Geld dafür bekommen, Anne Lisbeth war ihn ganz und gar los, sie war eine städtische Madame geworden, hatte es warm und gut bei sich und trug einen Hut, wenn sie ausging, aber nie ging sie zu dem Grabenarbeiter, es war weit von der Stadt entfernt, und sie hatte da auch nichts zu suchen, der Junge gehörte ihnen, und essen, das konnte er, und gar nicht knapp, erzählte man; seine Kost sollte er sich verdienen, und so hütete er Mads Jensens rote Kuh, er konnte sehr gut Hütedienste tun und mit anpacken.

Der Kettenhund auf der Bleiche des Guts sitzt stolz im Sonnenschein auf seiner Hütte und bellt jeden an, der vorbeikommt, bei Regenwetter verkriecht er sich nach drinnen, liegt trocken und warm. Anne Lisbeths Junge saß im Sonnenschein am Graben, schnitt einen Tüderpflock zurecht, im Frühling hatte er drei Erdbeerpflanzen in Blüte gesehen, die würden sicher Frucht tragen, es war sein glücklichster Gedanke, aber es kamen keine Beeren. Er saß in Regen und Sturm draußen, wurde naß bis auf die Haut, der scharfe

Wind trocknete ihm die Sachen am Leibe; kam er aufs Gut, wurde er geknufft und gestoßen, er sei garstig und häßlich, sagten Mägde und Knechte, das war er gewöhnt – niemals geliebt!

Wie erging es Anne Lisbeths Jungen? Wie sollte es ihm ergehen? Sein Los war: „Niemals geliebt.“

Vom Land wurde er über Bord geworfen, stach auf einem kümmerlichen Fahrzeug in See, saß am Steuer, während der Schiffer trank; schmutzig und garstig war er, verfroren und gierig, man sollte meinen, er wäre nie satt geworden, und das war er auch nicht.

Es war spät im Jahr, rauhes, nasses, windiges Wetter, der Wind blies kalt durch die dicken Sachen, namentlich auf See, und da fuhr ein kümmerliches Fahrzeug vor einem Segel mit nur zwei Mann an Bord, ja, nur einem und einem halben, kann man auch sagen, das waren der Schiffer und sein Schiffsjunge. Trübe war es den ganzen Tag gewesen, jetzt wurde es finsterer, eine schneidende Kälte herrschte. Der Schiffer nahm sich einen Schnaps, der konnte von innen wärmen; die Flasche war alt und das Glas ebenfalls, oben war es heil, aber der Fuß war abgebrochen, und es hatte statt dessen einen geschnitzten, blauangestrichenen Holzklotz, auf dem es stehen konnte. Ein Schnaps tat gut, zwei taten besser, meinte der Schiffer. Der Junge saß am

Ruder, das er mit seinen harten, teerbeschmutzten Händen festhielt; häßlich war er, das Haar war struppig, eingeschüchtert und geduckt war er, er war der Sohn des Grabenarbeiters, im Kirchenbuch war er als Anne Lisbeths Kind aufgeführt.

Der Wind wehte auf seine Weise, das Fahrzeug fuhr auf seine! Das Segel blähte sich, der Wind griff hinein, sie machten sausende Fahrt, rauh, naß ringsum, aber noch mehr konnte kommen – Halt! – Was war das? Was stieß, was sprang, was griff an das Fahrzeug? Es legte sich um! Kam ein Wolkenbruch, rollte ein Brecher heran? – Der Junge am Ruder schrie laut: „In Jesu Namen!“ Das Fahrzeug war auf einen riesigen Stein auf dem Meeresgrunde gestoßen und sank wie ein alter Schuh im Dorfteich; versank mit Mann und Maus, wie man sagt; und da waren Mäuse, aber nur anderthalb Mann: der Schiffer und der Junge des Grabenarbeiters. Niemand sah es, außer den schreienden Möwen und den Fischen dort unten, ja, und die sahen es nicht einmal richtig, denn die flitzten erschrocken auseinander, als das Wasser in das sinkende Fahrzeug donnerte; kaum einen Faden unter Wasser saß es fest; begraben waren die beiden; begraben, vergessen! Nur das Glas mit dem blauangemalten Holzklotz als Fuß sank nicht, der Holzklotz schwamm oben; das Glas trieb weiter, brach ab und wurde an den Strand gespült – wann und wo? Ja, es war ja nichts weiter! Nun hatte es ausgedient, und es war geliebt worden; nicht so Anne Lisbeths Junge! Jedoch im Himmelreich wird keine Seele mehr sagen können: „Niemals geliebt!“

Anne Lisbeth war in der Stadt, und zwar schon viele Jahre, wurde Madame genannt und trug den Kopf besonders hoch, wenn sie von alten Zeiten redete, der gräflichen Zeit, als sie in der Kutsche fuhr und mit Gräfinnen und Baroninnen reden konnte. Ihr süßes Grafenkind war ein

reizendes Engelskind, die liebevollste Seele, der Junge hatte sie liebgehabt, und sie hatte ihn liebgehabt. Sie hatten sich geküßt und sich gestreichelt, er war ihre Freude, das halbe Leben für sie. Nun war er groß, war vierzehn Jahre alt, war klug und schön; sie hatte ihn nicht gesehen, seit sie ihn auf den Armen getragen hatte; auch war sie viele Jahre lang nicht auf dem gräflichen Schloß gewesen, es war eine ganze Reise bis dorthin.

„Ich muß mich mal kurz entschließen!“ sagte Anne Lisbeth, „ich muß zu meinem Goldkind, zu meinem süßen Grafenkind! Ja er sehnt sich gewiß auch nach mir, denkt an mich, hat mich lieb wie damals, als er mit seinen Engelsärmchen an meinem Hals hing und ‚An-Lis!‘ sagte, es war wie eine Violine, ja, ich muß mich mal kurz entschließen und ihn wiedersehen.“

Sie fuhr mit dem Kälberwagen, sie ging zu Fuß, sie kam zum gräflichen Schloß, es war groß und prächtig wie je, außen der Garten wie früher, aber die Leute im Haus waren alle fremd, und nicht einer von ihnen wußte etwas von Anne Lisbeth, sie wußten nicht, was sie hier einmal vorgestellt hatte, das würde die Gräfin ihnen sicher sagen, auch ihr lieber Junge; wie sehnte sie sich nach ihm!

Nun war Anne Lisbeth da; lange mußte sie warten, und Wartezeit wird einem lang! Bevor die Herrschaft zu Tische ging, wurde sie zur Gräfin hereingerufen und sehr nett behandelt. Ihren süßen Jungen sollte sie nach Tisch sehen, da wurde sie wieder hereingerufen.

Wie war er groß geworden, lang und dünn, aber die entzückendsten Augen hatte er und den Engelsmund! Er schaute sie an, sagte aber kein Wort. Er erkannte sie sicher nicht. Er drehte sich um, wollte wieder gehen, aber da ergriff sie seine Hand, drückte sie an ihren Mund. „Na ja, schon gut!“ sagte er, und dann ging er aus dem Zimmer, er, das Andenken ihrer Liebe, er, den sie geliebt hatte und am meisten liebte, er, ihr Stolz hienieden.

Anne Lisbeth trat vors Schloß und ging auf der offenen Landstraße davon, ihr war so trübselig zumute; er war ihr so fremd entgegengetreten, hatte keinen Gedanken an sie verwandt, kein Wort, er, den sie einstmals bei Tag und bei Nacht getragen hatte und immer im Herzen trug.

Da flog ein großer, schwarzer Rabe vor ihr über den Weg, schrie und schrie noch einmal. „Ei weh!“ sagte sie, „was bist du für ein Unglücksvogel!“

Sie kam am Haus des Grabenarbeiters vorbei; die Frau stand in der Tür, und dann unterhielten sie sich.

„Du bist aber gut beieinander!“ sagte die Frau des Grabenarbeiters, „du bist dick und fett! Dir geht es gut!“

„Na ja, schon!“ sagte Anne Lisbeth.

„Das Fahrzeug ist nun mit ihnen untergegangen!“ sagte die Frau des Grabenarbeiters. „Sie sind beide ertrunken, Lars Schiffer und der Junge. Jetzt haben sie Ruhe. Ich hätte doch gemeint, der Junge würde mir mal mit einem Schilling helfen können, dich hat er nun nichts mehr gekostet, Anne Lisbeth!“

„Sind sie ertrunken!“ sagte Anne Lisbeth, und dann redeten sie nicht mehr von der Sache. Anne Lisbeth war so traurig, weil ihr Grafenkind keine Lust gehabt hatte, mit ihr zu reden, mit ihr, die sie ihn so liebte und sich auf den weiten Weg gemacht hatte, um hierherzukommen; das hatte auch Geld gekostet, die Freude, die sie gehabt hatte, war nicht groß, aber darüber verlor sie hier kein Wort, sie wollte sich das Herz nicht erleichtern und zu der Frau des Grabenarbeiters darüber reden, die könnte ja glauben, sie, Anne Lisbeth, sei bei Grafens nicht mehr wohlangesehen. Da schrie der Rabe von neuem über ihr.

„Das schwarze Greuel", sagte Anne Lisbeth, „hat mir heute schon genug Angst eingejagt!"

Sie hatte Kaffeebohnen und Zichorie mitgebracht, es würde eine Aufmerksamkeit gegenüber der Frau des Grabenarbeiters sein, wenn sie ihr die gab, damit sie eine Schale Kaffee machen könnte, Anne Lisbeth könnte eine Tasse mittrinken; und die Frau des Grabenarbeiters kochte welchen, und Anne Lisbeth setzte sich auf einen Stuhl, und da schlief sie ein; da träumte sie von dem, von dem sie nie

zuvor geträumt hatte, das war schon seltsam: sie träumte von ihrem eigenen Kind, das in diesem Haus gehungert und geschrien hatte, ganz und gar vernachlässigt worden

war und nun im tiefen Meere lag, der Herrgott mochte wissen wo. Sie träumte, daß sie saß, wo sie saß, und daß die Frau des Grabenarbeiters draußen war, um Kaffee zu machen, sie konnte die Bohnen riechen, und in der Tür stand so ein wunderschönes Wesen, es war genauso schön wie das Grafenkind, und der Kleine sagte: „Die Welt geht jetzt unter! Halte dich an mir fest, denn du bist doch schließlich meine Mutter! Du hast einen Engel im Himmelreich! Halte dich an mir fest!“

Und dann griff er nach ihr, aber da ertönte ein gewaltiges Poltern, das war sicherlich die Welt, die auseinanderplatzte, und der Engel stieg empor und hielt sie an ihrem Hemdärmel fest, so fest, schien ihr, daß sie vom Erdboden hochgehoben wurde, aber irgend etwas hängte sich so schwer an ihre Beine, es lag auf ihrem Rücken, es war, als klammerten sich hundert Frauen an sie an, und sie sagten: „Wenn du erlöst wirst, müssen wir es auch werden! Hängt euch an! hängt euch an!" und dann hängten sie sich alle miteinander an sie: es war zuviel. „Ritsch-ratsch!" machte es, der Ärmel zerriß, und Anne Lisbeth stürzte entsetzlich, so daß sie davon erwachte – und nahe daran war, mit dem Stuhl umzufallen, auf dem sie saß, der Kopf war ihr so dumpf, daß sie sich gar nicht erinnern konnte, was sie geträumt hatte, aber etwas Schlechtes war es gewesen.

Dann wurde der Kaffee getrunken, dann wurde geredet, und dann ging Anne Lisbeth zum nächsten Ort, wo sie den Fuhrmann treffen wollte, um noch am selben Abend mit ihm in ihren Heimatort zu fahren, die Nacht durch; als sie aber zum Fuhrmann kam, sagte er, sie könnten nicht vor dem nächsten Abend losfahren, sie dachte nun darüber nach, was es sie kosten würde, wenn sie bliebe, überschlug die Länge des Weges und rechnete aus, wenn sie am Strand entlang ginge und nicht die Fahrstraße, dann wäre es fast zwei Meilen kürzer; es war ja schönes Wetter und sicher Vollmond, und so wollte Anne Lisbeth laufen; am nächsten Tage könnte sie daheim sein.

Die Sonne war gesunken, die Abendglocken läuteten noch – nein, es waren nicht die Glocken, es waren Peder Oxes Frösche, die in den Sumpflöchern quakten. Jetzt verstummten sie, alles war still, keinen Vogel hörte man, sie waren alle zur Ruhe gegangen, und die Eule war sicher nicht daheim; lautlos war es im Wald und am Strand, wo sie entlangging, sie hörte ihre eigenen Schritte im Sand, keine Welle plätscherte, alles draußen über der Tiefe des Wassers war ohne Laut; stumm waren sie alle dort unten, die Lebenden und die Toten.

Anne Lisbeth ging dahin und dachte an gar nichts, wie man sagt, sie war fern von ihren Gedanken, aber die Gedanken waren nicht fern von ihr, sie sind niemals fern von uns, sie liegen nur wie in einem Halbschlummer, sowohl die lebendigen, die sich zur Ruhe begeben haben, als auch die, die sich noch nicht gerührt haben. Aber die Gedanken kommen schon noch hervor, sie können sich im Herzen rühren, sich in unserem Kopfe rühren oder uns überfallen.

„Gute Tat trägt segensreiche Frucht!" steht geschrieben; „in der Sünde ist Tod!" steht auch geschrieben! Viel steht geschrieben, viel ist gesagt worden, man weiß es nicht, man behält es nicht, so erging es Anne Lisbeth; aber es kann einem plötzlich klarwerden, es kann kommen!

Alle Laster, alle Tugenden liegen in unseren Herzen! In deinem, in meinem! Sie liegen dort als kleine, unsichtbare Körner; da kommt von außen ein Sonnenstrahl, die Berührung einer bösen Hand, du biegst um die Ecke, nach rechts oder links, ja, das kann entscheidend sein, und das kleine Samenkorn wird geschüttelt, es schwillt dadurch an, es wird gesprengt und ergießt seine Säfte in dein ganzes Blut, und nun bist du ausgeliefert. Es sind beängstigende Gedanken, die hat man nicht, wenn man im Halbschlaf dahingeht, aber sie sind in Aufruhr: Anne Lisbeth ging wie in einem Halbschlaf, die Gedanken waren in Aufruhr! Von Lichtmeß bis Lichtmeß ist dem Herzen viel angekreidet worden, es ist die Rechnung eines Jahres, vieles ist vergessen, Sünden in Worten und Gedanken gegen Gott, unseren Nächsten und unser eigenes Gewissen; wir denken nicht darüber nach; das tat auch Anne Lisbeth nicht, sie hatte nichts Böses gegen Recht und Gesetz des Landes verübt, sie war durchaus wohlangesehen, gutartig und ehrbar, das wußte sie. Und wie sie nun so am Strand dahinging – was lag denn da? Sie blieb stehen; was war da angeschwemmt? Ein alter Männerhut lag da. Wo der wohl über Bord gegangen war. Sie ging näher heran, blieb stehen und sah ihn sich an – ja! was lag denn da noch! Sie erschrak richtig; aber da war kein Grund zum Erschrecken, es war Tang und Schilf, das um einen großen, länglichen Stein gewickelt war, das Ganze sah aus wie ein richtiger Mensch, es war nur Schilf und Tang, aber erschrocken war sie, und während sie weiterging, kam ihr so vieles ins Gedächtnis zurück, was sie als Kind gehört hatte, all der Aberglaube von dem „Strandgeist", dem Geist der Unbestatteten, die auf dem verlassenen Strand angespült waren. Die „Wasserleiche", der tote Leib, der tat nichts, aber sein Wiedergänger, der Strandgeist, folgte dem einsamen Wanderer, hängte sich an ihn und verlangte, daß man ihn auf den Kirchhof trage, damit er in christlicher Erde begraben werde. „Häng dich an! häng dich an!“ sagte er; und als Anne Lisbeth diese Worte bei sich wiederholte, stand ihr mit einemmal ihr ganzer Traum wieder vor Augen, so lebendig, wie die Mütter sich mit diesem Ausruf an sie angeklammert hatten: „Hängt euch an! hängt euch an!“ als die Welt unterging, ihr Hemdärmel zerriß und sie ihrem Kind entglitt, das in der Stunde des Jüngsten Gerichts sie hatte oben halten wollen. Ihr Kind, ihr eigenes, leibliches Kind, das sie nie geliebt, ja, an das sie nicht einmal gedacht hatte, dieses Kind war jetzt auf dem Grunde des Meeres, es konnte als Strandgeist kommen und rufen: „Häng dich an! häng dich an! Bring mich in christliche Erde!“ und als sie daran dachte, stach die Angst sie in die Ferse, so daß sie schneller ausschritt; die Furcht kam wie eine kalte, klamme Hand und legte sich ihr in die Herzgrube, so daß ihr fast übel wurde, und wie sie jetzt übers Meer hinwegschaute, wurde es dort dicker und dichter; ein schwerer Nebel kam heran und legte sich um Strauch und Baum, die ein wunderliches Aussehen bekamen. Sie drehte sich um und wollte nach dem Mond sehen, der hinter ihr stand, der sah aus wie eine fahle Scheibe ohne Strahlen, es war, als hätte sich etwas schwer auf alle ihre Glieder gelegt: Hängt euch an! hängt euch an! dachte sie, und als sie sich von neuem umdrehte und nach dem Mond sah, war ihr, als wäre sein weißes Antlitz dicht neben ihr, und der Nebel hing ihr wie ein Leintuch über die Schultern hinab: „Hängt euch an! Bring mich in christliche Erde!“ vermeinte sie einen Ton zu hören und hörte ihn auch, so hohl, so seltsam, er kam nicht von den Fröschen im Sumpf, weder von Raben noch von Krähen, denn die sah sie ja nicht. „Begrab mich! begrab mich!“ klang es vernehmlich! Ja, das war der Strandgeist ihres Kindes, das auf dem Grund des Meeres lag, es hatte keinen Frieden, bevor es nicht zum Kirchhof getragen und das Grab in christlicher Erde geschaufelt worden war. Dorthin wollte sie gehen, dort wollte sie graben, sie ging in die Richtung, in der die Kirche lag, und da war ihr, als würde die Bürde leichter, sie verschwand, und sie wollte nun wieder umkehren und auf dem kürzesten Wege heimwärts gehen, aber da drückte es sie von neuem: „Hängt euch an! hängt euch an!“ es klang wie das Quaken der Frösche, es klang wie ein klagender Vogel, es klang ganz deutlich: „Begrab mich! begrab mich!“

Der Nebel war kalt und klamm, ihre Hand und ihr Gesicht waren kalt und klamm vor Grauen; von außen her preßte es sie, in ihrem Innern entstand ein unendlicher Raum für Gedanken, die ihr nie zuvor gekommen waren.

Hier im Norden kann der Buchenwald in einer einzigen Frühlingsnacht ausschlagen, in seiner jungen, lichten Pracht im Sonnenschein des Tages stehen, in einer einzigen Sekunde kann in uns der Same sündhafter Gedanken, Worte und Taten aufgehen und sich entfalten, der in unser bisheriges Leben hineingesenkt worden ist; er geht auf und entfaltet sich in einer einzigen Sekunde, wenn das Gewissen erwacht; und der Herrgott weckt es, wenn wir es am wenigsten erwarten; da gibt es dann nichts zu entschuldigen, die Tat steht da und legt Zeugnis ab, die Gedanken erhalten Worte, und die Worte erklingen vernehmlich über die Welt hin. Wir entsetzen uns über das, was wir in uns getragen und nicht erstickt haben, entsetzen uns über das, was wir in Übermut und Gedankenlosigkeit ausgestreut haben. Das Herz trägt in seinen geheimen Fächern alle Tugenden, aber auch alle Laster, und sie können selbst auf dem unfruchtbarsten Boden gedeihen.

Anne Lisbeth dachte all das in ihrem Innern, was wir hier in Worten ausgedrückt haben, sie war davon überwältigt, sie sank zur Erde nieder, kroch auf ihr ein Stück weiter. „Begrab mich! begrab mich!“ sagte es, und am liebsten wäre sie selber begraben gewesen, falls das Grab ewiges Vergessen von allem bedeutete. Es war die ernste Stunde der Erweckung, mit Grauen und Angst. Der Aberglaube ergoß sich heiß und kalt in ihr Blut; so vieles, wovon sie nie hatte reden mögen, kam ihr in den Sinn. Geräuschlos, wie der Schatten einer Wolke im hellen Mondschein, huschte eine Erscheinung an ihr vorüber, sie hatte schon früher davon gehört. Dicht an ihr vorbei sprengten vier schnaubende

Rosse, Feuer loderte ihnen aus Augen und Nüstern, sie zogen eine glühende Kutsche, in dieser saß der böse Herr, der vor mehr als hundert Jahren in dieser Gegend gehaust hatte. Allmitternächtlich, hieß es, fahre er auf seinen Gutshof und kehre sogleich wieder um; er war nicht weiß, wie man es von den Toten erzählt, nein, er war schwarz wie Kohle, eine ausgebrannte Kohle. Er nickte Anne Lisbeth zu und winkte: „Häng dich an! häng dich an! Dann kannst du wieder im gräflichen Wagen fahren und dein Kind vergessen!"

Noch eiliger lief sie dahin, und sie kam an den Kirchhof; aber die schwarzen Kreuze und die schwarzen Raben flossen vor ihren Augen ineinander, die Raben schrien, wie der Rabe heute geschrien hatte, jedoch verstand sie nun, was er sagte: „Ich bin die Rabenmutter! ich bin die Rabenmutter!" sagte jeder einzelne, und Anne Lisbeth wußte, dieser Name galt auch ihr, sie würde vielleicht in so einen schwarzen Vogel verwandelt werden und unaufhörlich schreien müssen, was der schrie, wenn sie das Grab nicht schaufelte.

Und sie warf sich auf die Erde nieder, und sie grub mit den Händen ein Grab in der harten Erde, so daß das Blut ihr aus den Nägeln spritzte.

„Begrab mich! begrab mich!" tönte es ohne Unterlaß, sie fürchtete den Hahnenschrei und den ersten roten Streifen im Osten, dann kamen die, ehe ihre Arbeit beendet war, dann war sie verloren. Und der Hahn krähte, und im Osten begann es hell zu werden – das Grab war nur halb gegraben, eine eisige Hand strich ihr über den Kopf und das Gesicht bis zu der Stelle, wo das Herz saß. „Halbes Grab nur!" seufzte es und entschwebte, hinab auf den Grund des Meeres, ja, es war der Strandgeist; Anne Lisbeth sank vernichtet und betäubt zu Boden, sie hatte keinen Gedanken noch irgendeine Empfindung.

Es war hellichter Tag, als sie wieder zu sich kam, zwei Männer hoben sie hoch; sie lag nicht auf dem Friedhof, sondern unten am Strand, und dort hatte sie vor sich ein tiefes Loch in den Strand gegraben und sich an einem zerbrochenen Glas, dessen scharfer Stiel in einem blaugestrichenen

Holzfuß steckte, die Finger geschnitten, so daß sie bluteten. Anne Lisbeth war krank; das Gewissen hatte die Karten des Aberglaubens gemischt, sie ausgebreitet, und es ergab sich, daß sie von nun an nur eine halbe Seele besaß, die andere Hälfte hatte ihr Kind mit sich hinab auf den Meeresgrund genommen; nimmer würde sie sich zur Gnade des Himmels erheben können, ehe sie nicht die zweite Hälfte wiederhätte, die in dem tiefen Wasser festgehalten wurde; Anne Lisbeth kam nach Hause zurück, sie war nicht mehr

der Mensch, der sie vorher gewesen war; ihre Gedanken waren verwirrt wie das Garn, das sich verwirrt, einen Faden nur hatte sie in Händen, es war der, daß sie den Strandgeist auf den Kirchhof tragen und dort ein Grab graben müsse, um dadurch ihre ganze Seele zurückzugewinnen.

Manche Nacht wurde sie in ihrem Hause vermißt, und immer fand man sie dann am Strand, wo sie auf den Strandgeist wartete; so verging ein ganzes Jahr, da verschwand sie wieder eines Nachts, war aber nicht zu finden; der ganze darauffolgende Tag verging mit vergeblichem Suchen.

Gegen Abend, als der Küster in die Kirche kam, um zum Sonnenuntergang zu läuten, sah er vor dem Altar Anne Lisbeth liegen; hier war sie vom frühen Morgen an gewesen, ihre Kräfte waren fast erschöpft, aber ihre Augen leuchteten, ihr Gesicht hatte einen rot überhauchten Schein; die letzten Sonnenstrahlen glänzten auf ihr, strahlten über den Altartisch auf die blanken Spangen der Bibel, die aufgeschlagen lag bei den Worten des Propheten Joel: „Zerreißet eure Herzen und nicht eure Kleider, bekehret euch zu dem Herrn eurem Gott!" – „Das war aber nun so ganz zufällig!" sagte man, wie so vieles zufällig ist.

In Anne Lisbeths Antlitz, das die Sonne beleuchtete, konnte man Frieden und Gnade lesen. Ihr sei so wohl! sagte sie. Nun habe sie ihre Ruhe gefunden! Heute nacht sei der Strandgeist, ihr eigenes Kind, bei ihr gewesen und habe gesagt: Du hast nur ein halbes Grab – für mich – gegraben, aber du hast nun Jahr und Tag mich ganz in deinem Herzen begraben, und dort hütet eine Mutter ihr Kind am besten! Und dann hatte es ihr ihre verlorene halbe Seele zurückgegeben und sie hier in die Kirche geführt.

„Nun bin ich in Gottes Haus!" sagte sie, „und in ihm ist man selig!"

Als die Sonne ganz untergegangen war, war Anne Lisbeths Seele ganz oben, wo es keine Furcht gibt, wenn man hienieden ausgelitten hat, und ausgelitten hatte Anne Lisbeth.

Kindergeschwätz

Bei Großkaufmanns drinnen war große Kindergesellschaft, reicher Leute Kinder und vornehmer Leute Kinder; der Großkaufmann stand sich gut, war ein Mann mit Bildung; er hatte einmal das Abiturium gemacht, dazu wurde er von seinem braven Vater angehalten, der ganz zu Anfang Viehhändler gewesen war, aber ehrlich und eifrig; das hatte Geld eingebracht, das der Großkaufmann später noch mehrte; Verstand hatte er und Herz dazu, aber davon wurde weniger gesprochen als von seinem vielen Geld.

Vornehme Leute gingen bei ihm aus und ein, sowohl von Geblüt, wie man es nannte, als auch von Geist, wie man es nannte, solche, die beides hatten, und solche, die keins von beiden hatten. Jetzt war dort Kindergesellschaft, kindliche Unterhaltung, und Kinder reden frei von der Leber weg.

Da war ein reizendes kleines Mädchen, aber sie war so schrecklich stolz, das hatten die Hausangestellten in sie hineingeküßt, nicht die Eltern, die waren viel zu vernünftig dazu; ihr Vater war Kammerjunker, und sie wußte, das war etwas furchtbar Hohes.

„Ich bin ein Kammerkind!" sagte sie. Sie hätte ja nun auch ebensogut ein Kellerkind sein können, man kann selber für das eine oder das andre gleich viel, und dann erzählte sie den anderen Kindern, sie sei „geboren", und sagte, wenn man nicht geboren sei, dann könne man nichts werden; das Lernen nütze einem nichts, und wenn man noch so fleißig wäre; wenn man nicht geboren sei, könne man nichts werden.

„Und die, deren Namen auf ‚sen' endigen", sagte sie, „aus denen kann nun im ganzen Leben nichts werden! Man muß die Arme in die Seiten stemmen und diese ‚-sen! -sen!' allesamt weit von sich abhalten." Und dann stemmte sie ihre kleinen, hübschen Arme in die Seite, machte den Ellenbogen spitz, um zu zeigen, wie man es machen sollte; und die Ärmchen waren ganz reizend. Niedlich war sie!

Aber des Großkaufmanns Töchterchen wurde ganz zornig; ihr Vater hieß Madsen, und dieser Name endete auf „sen", das wußte sie, und dann sagte sie so stolz, wie sie überhaupt konnte: „Aber mein Vater kann für hundert Reichstaler Kandiszucker kaufen und einen Bonbonregen machen! Kann dein Vater das?"

„Ja, aber mein Vater", sagte das Töchterchen eines Schriftstellers, „kann deinen Vater und deinen Vater und alle Vaters in die Zeitung setzen! Alle Menschen sind bange vor ihm, sagt Mutter, denn es ist mein Vater, der in der Zeitung regiert."

Und das kleine Mädchen reckte sich dabei empor, als ob sie eine richtige Prinzessin wäre, die den Kopf hoch tragen muß.

Aber hinter der angelehnten Tür stand ein armer Junge und schaute durch den Spalt. Der Kleine durfte nicht einmal mit in die Stube kommen, so gering war er; er hatte der Köchin den Spieß gedreht und nun Erlaubnis bekommen, hinter der Tür hervor zu den geputzten Kindern hineinzuschauen, die sich ergötzten, und das war für ihn sehr viel.

„Wer doch mit zu denen gehörte!“ dachte er, und dann hörte er, was gesprochen wurde, das war allerdings so, daß man darüber mißmutig werden konnte. Nicht einen Schilling hatten die Eltern daheim, den sie hätten auf die hohe Kante legen können, und eine Zeitung zu halten, das konnten sie sich auch nicht leisten, geschweige denn eine schreiben, und das Allerschlimmste kam noch hinzu, seines Vaters Name, und demnach auch sein Name, endete durchaus auf „sen“! Aus ihm konnte daher nie im Leben etwas werden. Es war so traurig! Aber geboren war er, so schien es ihm, richtig geboren! Das war nicht anders möglich.

Seht, das war jener Abend!

Es vergingen viele Jahre, und in deren Verlauf werden Kinder zu erwachsenen Menschen.

In der Stadt stand ein prächtiges Haus, das war voll von Herrlichkeiten, alle Leute wollten es sehen, selbst Leute von außerhalb der Stadt kamen, um es sich anzusehen, welches von jenen Kindern, von denen wir erzählt haben, konnte wohl dieses Haus das seine nennen? Ja, das ist leicht zu erraten! Nein, so leicht ist es nun doch nicht. Das Haus gehörte dem armen kleinen Jungen; aus ihm war etwas geworden, obwohl sein Name auf „sen“ endigte – Thorvaldsen.

Und die drei anderen Kinder? – Die Kinder des Blutes, des Geldes und des geistigen Hochmuts, ja, eins steht dem anderen in nichts nach, sie stehen alle auf gleicher Stufe – aus ihnen wurde etwas Gutes und Ordentliches, in ihnen steckte ein guter Kern; was sie damals gedacht und gesagt hatten, war nur – Kindergeschwätz.

Ein Stück Perlenschnur

1

Die Eisenbahn in Dänemark geht bis jetzt nur von Kopenhagen bis Korsör, sie ist ein Stück von der Perlenschnur, von der Europa einen Reichtum besitzt; dort sind die kostbarsten Perlen Paris, London, Wien, Neapel; manch einer hebt jedoch nicht diese großen Städte als seine schönste Perle hervor, sondern weist statt dessen auf einen kleinen, unbeachteten Ort hin, die Heimat des Vaterhauses; dort wohnen die Lieben; ja, oftmals ist es nur ein vereinzelter Hof, ein kleines Haus, zwischen grünen Hecken versteckt, ein Punkt, der vorüberfliegt, während der Zug vorbeisaust.

Wie viele Perlen sind auf der Schnur von Kopenhagen bis Korsör? Wir wollen uns sechs ansehen, auf die die meisten ihr Augenmerk richten mögen, alte Erinnerungen und die Poesie selber verleihen diesen Perlen einen Glanz, so daß sie in unser Bewußtsein hineinstrahlen.

Nahe am Hügel, wo das Schloß Frederiks VI. liegt, Oehlenschlägers Vaterhaus, schimmert im Schutz des Waldes von Söndermarken eine dieser Perlen, man nannte sie „Philemons und Baucis' Hütte", das heißt: das Haus zweier liebenswerter Alter. Hier lebte Rahbeck mit seiner Ehefrau Camma; hier unter ihrem gastlichen Dach versammelten sich ein Menschenalter hindurch alle Tüchtigen des Geistes aus dem betriebsamen Kopenhagen, hier war eine Heimstatt des Geistes – und jetzt! Sagt nicht: „Ach, wie verändert!" – nein, hier hat der Geist noch immer seine Heimstatt, es ist das Treibhaus der siechenden Pflanze! Die Blütenknospe, nicht kräftig genug, um sich zu entfalten, bewahrt dennoch verborgen alle Ansätze für Blatt und Samen. Hier scheint die Sonne des Geistes in ein umfriedetes Haus des Geistes, sie erheitert und erweckt Leben. Die Welt ringsum strahlt durch die Augen in die unerforschliche Tiefe der Seele: die Heimstatt des Schwachsinnigen, von Menschenliebe umschwebt, ist eine geheiligte Stätte, ein Treibhaus für die siechende Pflanze, die dermaleinst in Gottes Blumengarten umgepflanzt werden und dort blühen soll. Die Schwächsten im Geiste sind jetzt hier versammelt, wo einstmals die Größten und Stärksten sich trafen, Gedanken austauschten und emporgehoben wurden – hoch lodert noch immer die Flamme der Seelen in „Philemons und Baucis' Hütte".

Die Stadt der Königsgräber bei Hroars Quell, das alte Roeskilde, liegt vor uns; der schlanke, spitze Turm der Kirche ragt über die niedrige Stadt hinaus und spiegelt sich im Isefjord; ein Grab nur wollen wir hier suchen, es im Glanz der Perle betrachten; es ist nicht das der mächtigen Unions-Königin Margrethe – nein, drinnen auf dem Kirchhof, an dessen weißer Mauer wir dicht vorübersausen, liegt das Grab, ein schlichter Stein ist darübergelegt, der Beherrscher der Orgel, der Erneuerer der dänischen Romanze ruht hier; zu Melodien in unserer Seele wurden die alten Sagen, wir hörten, wo „die klaren Wogen rollen", „es wohnte ein König in Leire!" – Roeskilde, die Stadt der Königsgräber, in deiner Perle wollen wir das geringe Grab anschauen, in dessen Stein die Leier eingemeißelt ist und der Name Weyse.

Jetzt kommen wir nach Sigersted bei Ringsted; das Bachbett ist flach; das gelbe Korn wächst dort, wo Hagbarths Schiff anlegte, nicht weit von Signes Jungfrauenkemenaten. Wer kennte nicht die Sage von Hagbarth, der an der Eiche hing, und Klein-Signes Gemach, das in Flammen stand, die Sage von der mächtigen Liebe.

„Schönes Sorö, umkränzt von Wald!" dein stiller Klosterort hat einen Ausblick zwischen den bemoosten Bäumen bekommen; mit jugendlichem Blick schaut es von der Akademie über den See auf die Weltstraße, hört den Drachen der Lokomotive schnaufen, wenn er durch den Wald fliegt. Sorö, du Perle der Dichtung, das du Holbergs Staub verwahrst! Gleich einem mächtigen weißen Schwan am tiefen Waldsee liegt dein Schloß der Gelehrsamkeit, und dicht daneben – und dorthin strebt unser Blick – schimmert, wie die weiße Sternblume auf dem Waldgrunde, ein kleines Haus, fromme Lieder erklingen von dort durch das Land, Worte werden dort drinnen gesprochen, selbst der Bauer lauscht ihnen und erkennt darin Dänemarks entschwundene Zeiten wieder. Der grüne Wald und der Gesang der Vögel gehören zusammen, so auch die Namen Sorö und Ingemann.

Nach Slagelse! Was spiegelt sich hier im Glanz der Perle? Verschwunden ist das Kloster Antvorskov, verschwunden sind die reichen Säle des Schlosses, selbst sein einsamer, verlassener Flügel; doch steht noch ein altes Wahrzeichen, erneuert und abermals erneuert, ein hölzernes Kreuz auf der Anhöhe dort, wo in der Zeit der Legende der heilige Anders, der Priester von Slagelse, erwachte, in einer einzigen Nacht von Jerusalem hierhergetragen.

Korsör – hier wurdest du geboren, der du uns

„Scherz mit Ernst gemischt
In Liedern von Knud Sjællandsfar"

schenktest. Du Meister in Wort und Witz! Die verfallenden alten Wälle der verlassenen Festung sind hier nunmehr der letzte sichtbare Zeuge deiner Jugendheimat; wenn die Sonne untergeht, weisen ihre Schatten auf den Platz, wo dein Geburtshaus stand; von diesen Wällen, die auf die Anhöhe von Sprogöe schauen, sahest du, als du klein warst, „den Mond hinter die Insel gleiten" und besangest sie, so daß sie unsterblich wurde, wie du späterhin die Schweizer Berge besungen hast, du, der du in den Irrgarten der Welt hinauszogst und fandest:

„Nirgends blühen die Rosen so reich,
Nirgends sind die Dornen so gut,
Nirgends sind die Daunen so weich
Wie dort, wo die kindliche Unschuld geruht.“

Du holder Sänger des Humors! Wir winden dir einen Kranz von Waldmeister, werfen ihn in den See, und die Woge wird ihn zur Kieler Förde tragen, an deren Küste dein Staub zur Ruhe bestattet ist*; er bringt einen Gruß vom jungen Geschlecht, einen Gruß von der Geburtsstadt Korsör – wo die Perlenschnur aufhört.

2

„Es ist wirklich ein Stück Perlenschnur von Kopenhagen bis Korsör“, sagte Großmutter, die mit angehört hatte, was wir eben gerade lasen. „Für mich ist es eine Perlenschnur, und das wurde sie für mich schon vor mehr als vierzig Jahren“, sagte sie. „Da hatten wir keine Dampfmaschinen, wir brauchten Tage für den Weg, für den ihr jetzt nur Stunden braucht. Das war 1815; da war ich einundzwanzig Jahre alt; es ist ein herrliches Alter! Aber so in den Sechzigern, das ist auch ein herrliches Alter, so gesegnet! – In meiner Jugend, ja, da war es eine viel größere Seltenheit als jetzt, nach Kopenhagen zu kommen, in die Stadt aller Städte, wie wir meinten. Meine Eltern wollten nach zwanzig Jahren wieder einmal einen Besuch dort machen, ich sollte mitkommen; von dieser Reise hatten wir jahrelang gesprochen, und nun sollte sie wirklich vor sich gehen! Ich fand, ein ganz neues Leben sollte beginnen, und in gewissem Sinne begann für mich auch ein neues Leben.

Es wurde genäht, und es wurde gepackt, und als wir schließlich aufbrechen wollten, ja, wie viele gute Freunde kamen da an, um sich von uns zu verabschieden! Es war eine große Reise, die wir vorhatten! Im Laufe des Vormittags fuhren wir in dem holsteinischen Wagen meiner Eltern aus Odense ab. Bekannte nickten die ganze Straße ent-

* Baggesen (Anmerkung d. Übers.).

lang aus den Fenstern, bis wir fast aus dem Sankt Jörgens-Tor hinaus waren. Das Wetter war herrlich, die Vögel sangen, alles atmete Frohsinn, man vergaß, daß es ein beschwerlicher, langer Weg bis nach Nyborg war; gegen Abend kamen wir dort an; die Post traf erst im Laufe der Nacht ein, und vorher ging das Fährschiff nicht ab; wir stiegen nun an Bord; da lag vor uns das große Wasser, so weit wir sehen konnten, ganz spiegelglatt. Wir legten uns in unseren Kleidern zum Schlafen nieder. Als ich morgens aufwachte und an Deck ging, war in keiner Richtung auch nur das allergeringste zu sehen, einen solchen Nebel hatten wir. Ich hörte die Hähne krähen, merkte, daß die Sonne aufging und die Glocken läuteten; wo wir wohl waren? Der Nebel lichtete sich, und wir lagen wahrhaftig noch dicht vor Nyborg. Im Laufe des Tages kam endlich ein bißchen Wind auf, aber Gegenwind; wir kreuzten und kreuzten, und schließlich hatten wir das Glück, kurz nach elf Uhr abends Korsör zu erreichen, da hatten wir zweiundzwanzig Stunden für die vier Meilen gebraucht.

Es tat gut, an Land zu kommen; aber dunkel war es, die Laternen brannten überall schlecht, und mir war alles so wildfremd, nie war ich in einer anderen Stadt als Odense gewesen.

‚Schau, hier ist Baggesen geboren', sagte mein Vater, ‚und hier hat Birckner gelebt.'

Da war es mir, als würde die alte Stadt mit den kleinen Häusern auf einmal heller und größer; wir waren außerdem so froh, festen Boden unter den Füßen zu haben; schlafen konnte ich in der Nacht nicht viel nach allem, was ich schon gesehen und erlebt hatte, seit ich vorgestern von zu Hause aufgebrochen war.

Am nächsten Morgen mußten wir zeitig aufstehen, wir hatten einen schlimmen Weg vor uns mit furchtbaren Anhöhen und vielen Löchern, bis wir Slagelse erreichten, und auf der anderen Seite war es sicher nicht viel besser, und wir wollten zeitig zum Krebshaus kommen, damit wir von dort noch bei Tage in Sorö eintrafen und Möllers Emil besuchen konnten, wie wir ihn nannten, ja, das war euer Großvater, mein seliger Mann, der Propst, der war Student in Sorö und gerade mit seinem zweiten Examen fertig.

Wir kamen nach der Mittagsstunde im Krebshaus an, es war ein feines Lokal, das beste Gasthaus auf der ganzen Reise und die entzückendste Gegend, ja, das müßt ihr doch alle zugeben, daß sie das jetzt noch ist. Hier war eine tüchtige Wirtin, Madame Planbek, alles im Hause war wie ein blankgescheuertes Spickbrett. An der Wand hing unter Glas und Rahmen Baggesens Brief an sie, der war wahrhaftig sehenswert! Für mich war er etwas sehr Merkwürdiges. – Dann gingen wir nach Sorö hinauf und trafen dort Emil; ihr könnt glauben, der hat sich gefreut, uns zu sehen, und wir haben uns gefreut, ihn zu sehen, er war so gütig und aufmerksam. Mit ihm zusammen sahen wir uns dann die Kirche mit Absalons Grab und Holbergs Sarkophag an; wir besahen uns die alten Mönchsinschriften, und wir fuhren über den See zum ‚Parnaß', der schönste Abend, dessen ich mich erinnere! Ich fand wirklich, sollte man irgendwo auf der Welt dichten können, dann müßte es in Sorö sein, in diesem Frieden und dieser Schönheit der Natur. Dann gingen wir im Mondenschein den Philosophenweg entlang, wie sie ihn nannten, den wunderbaren, einsamen Weg am See und am Flommen entlang, wie sie die seichten Wiesen dort nennen, auf die Landstraße zum Krebshaus hinaus; Emil blieb da und aß mit uns, Vater und Mutter fanden, er sei so klug geworden und sehe so gut aus. Er stellte uns in Aussicht, daß er binnen fünf Tagen bei seinen Angehörigen in Kopenhagen und mit uns zusammen sein würde; es war ja Pfingsten. Die Stunden in Sorö und im Krebshaus gehören zu den schönsten Perlen meines Lebens. –

Am nächsten Morgen fuhren wir sehr früh weiter, wir hatten einen langen Weg vor uns, bis wir Roeskilde erreichten, und dort mußten wir so rechtzeitig sein, daß die Kirche besichtigt werden und Vater gegen Abend einen alten Schulkameraden besuchen konnte; es kam auch so, und dann übernachteten wir in Roeskilde, und am folgenden Tag, aber erst gegen Mittag – denn den schlimmsten, den ausgefahrensten Weg hatten wir noch vor uns – kamen

wir nach Kopenhagen. Wir hatten ungefähr drei Tage von Korsör bis Kopenhagen gebraucht, jetzt macht ihr denselben Weg in drei Stunden. Die Perlen sind nicht kostbarer geworden, das können sie nicht; aber die Schnur ist neu und wunderbar geworden. Ich blieb mit meinen Eltern drei Wochen in Kopenhagen. Mit Emil waren wir dort ganze achtzehn Tage zusammen, und als wir nach Fünen zurückfuhren, da brachte er uns von Kopenhagen bis ganz nach Korsör; dort verlobten wir uns, bevor wir uns trennten; also könnt ihr sicher verstehen, daß auch ich die Strecke von Kopenhagen bis Korsör ein Stück Perlenschnur nenne.

Später, als Emil eine Pfarrstelle in Assens bekam, heirateten wir; wir haben oftmals von der Kopenhagener Reise gesprochen, und daß wir sie wieder einmal machen wollten, aber dann kam zuerst eure Mutter, und die bekam dann Geschwister, und da gab es viel zu besorgen und wahrzunehmen, und als jetzt Vater zum Propst befördert wurde, ja, alles war eitel Segen und Freude, aber nach Kopenhagen kamen wir nicht. Nie bin ich wieder hingekommen, wie oft wir auch die Absicht gehabt und davon gesprochen hatten, und jetzt bin ich zu alt geworden, habe nicht mehr die Kraft, mit der Eisenbahn zu fahren; aber freuen tue ich mich über die Eisenbahn; es ist ein Segen, daß man sie hat! So kommt ihr doch schneller zu mir! Heute ist Odense ja nicht mehr viel weiter von Kopenhagen entfernt als in meiner Jugend von Nyborg! Ihr könnt jetzt in eben der Zeit nach Italien brausen, die wir brauchten, um nach Kopenhagen zu fahren! Ja, das ist was! – Dennoch bleibe ich sitzen, ich lasse die anderen reisen; lasse sie zu mir kommen; aber ihr solltet trotzdem nicht lächeln, weil ich so stille sitze, ich habe eine viel größere Reise vor mir als ihr, eine viel schnellere als die mit der Eisenbahn; wenn der Herrgott es will, reise ich zu Großvater hinauf, und wenn ihr dann euer Werk getan und euch an dieser wunderschönen Welt erfreut habt, dann weiß ich, daß ihr zu uns heraufkommt, und sprechen wir dann von den Tagen unseres Erdenlebens, glaubt mir, Kinder! ich sage auch dort wie jetzt: ‚Von Kopenhagen nach Korsör, ja, das ist wahrhaftig ein Stück Perlenschnur.‘“

Schreibfeder und Tintenfass

In eines Dichters Stube hieß es einmal, als man sein Tintenfaß betrachtete, das auf dem Tische stand: „Es ist doch merkwürdig, was alles aus diesem Tintenfaß herauskommen kann! Was nun wohl das Nächste sein wird? Ja, es ist merkwürdig!"

„Das ist es", sagte das Tintenfaß. „Es ist unbegreiflich! Das habe ich ja immer gesagt!" sagte es zur Schreibfeder und zu allem, was auf dem Tische ihm noch zuhören konnte. „Es ist merkwürdig, was alles aus mir herauskommen kann! Ja, es ist fast unglaublich! Und ich weiß wirklich selber nicht, was das Nächste sein wird, wenn der Mensch anfängt, aus mir zu schöpfen. Ein Tropfen von mir, der genügt für eine halbe Seite Papier, und was kann auf der nicht alles stehen! Ich bin etwas ganz Merkwürdiges! Von mir gehen alle Werke des Dichters aus! Diese lebendigen Menschen, die die Leute zu kennen meinen, diese innigen Gefühle, diese heitere Laune, diese entzückenden Naturschilderungen; ich begreife es selber nicht, denn ich kenne die Natur nicht, aber es ist nun einmal in mir! Von mir ging und geht diese Heerschar schwebender, anmutsvoller Mädchen aus, die kecken Ritter auf schnaubenden Rossen, Peer Döver und Kirsten Kimer*! Ja, ich weiß es selber nicht! ich versichere Ihnen, ich denke nicht darüber nach."

„Da haben Sie recht!" sagte die Schreibfeder; „Sie denken überhaupt nicht, wenn Sie nämlich denken würden, dann würde es Ihnen klar sein, daß Sie nur Flüssigkeit geben! Sie geben das Nasse, damit ich das, was ich in mir habe, das, was ich niederschreibe, aussprechen und auf dem Papier sichtbar machen kann. Die Feder ist es, die schreibt! Daran zweifelt kein Mensch, und die meisten Menschen haben nun ebensoviel Ahnung von der Poesie wie ein altes Tintenfaß."

„Sie haben nur geringe Erfahrung!" sagte das Tintenfaß. „Sie sind ja erst eine knappe Woche im Dienst und schon halb verschlissen. Bilden Sie sich ein, Sie wären der Dichter? Sie sind nur Gesinde, und viele von der Art habe ich gehabt, bevor Sie kamen, und zwar aus der Gänsefamilie wie von englischem Fabrikat! Ich kenne Gänsefedern und auch Stahlfedern! Viele habe ich in Dienst gehabt, und ich werde noch viele weitere haben, wenn der Mensch, der für mich die Bewegungen macht, kommt und niederschreibt, was er aus meinem Inneren herausholen kann. Ich wüßte wirklich zu gern, was er nun als Nächstes aus mir heraushebt."

„Tintenkübel!" sagte die Feder.

Spät am Abend kam der Dichter nach Hause, er war im Konzert gewesen, hatte einen ausgezeichneten Geiger gehört und war von dessen unvergleichlichem Spiel ganz erfüllt und berückt. Es war eine erstaunliche Flut von Tönen gewesen, die jener aus dem Instrument herausgeholt hatte: bald klang es wie sprudelnde Wassertropfen, Perlen über Perlen, bald wie zwitschernde Vögel im Chor, so als brauste der Sturm durch einen Tannenwald; er meinte sein eigenes

* Holzfiguren an der Uhr des Doms zu Roeskilde, um 1500 (Anmerkung d. Übers.).

Herz weinen zu hören, aber als Melodie, wie sie in der herrlichen Stimme einer Frau zu vernehmen ist. Es war so gewesen, als hätten nicht nur die Saiten der Violine geklungen, sondern auch der Steg, ja, Wirbel und Resonanzboden; es war etwas Außerordentliches! Und schwierig war es gewesen, hatte aber ausgesehen wie ein Spiel, als liefe der Bogen nur hin und her über die Saiten, man sollte meinen, ein jeder könnte das nachmachen. Die Violine tönte von selbst, der Bogen spielte von selbst, die beiden machten das Ganze, man vergaß den Meister, der sie führte, ihnen Leben und Seele gab; den Meister vergaß man – aber an ihn dachte der Dichter, ihn erwähnte er und schrieb unterdes seine Gedanken nieder.

„Wie töricht, wenn Bogen und Geige sich auf ihr Tun etwas einbilden würden, und dennoch tun wir Menschen es so oft, der Dichter, der Künstler, der Erfinder in den Wissenschaften, der Feldherr; wir bilden uns auf unser Tun etwas ein – und sind doch alle nur die Instrumente, auf denen der Herrgott spielt; ihm allein sei die Ehre! Wir haben nichts, worauf wir uns etwas einbilden könnten!“

Ja, das schrieb der Dichter nieder, schrieb es als eine Parabel und nannte es „Der Meister und die Instrumente“.

„Da haben Sie aber Ihr Fett gekriegt, mein Herr!“ sagte die Feder zum Tintenfaß, als die beiden wieder allein waren. „Sie haben ihn wohl vorlesen hören, was ich hingeschrieben habe?“

„Ja, was ich Ihnen zu schreiben ermöglichte“, sagte das Tintenfaß. „Es war ja ein Hieb auf Sie wegen Ihrer Überheblichkeit! Sie verstehen ja nicht einmal, daß man sich über Sie lustig macht! Ich habe Ihnen einen Hieb aus meinem Inneren versetzt! Ich muß doch meine eigene Boshaftigkeit kennen.“

„Tintenspucker!“ sagte die Feder.

„Schreibstecken!“ sagte das Tintenfaß.

Und beide waren sich bewußt, daß sie eine gute Antwort gegeben hatten, und es ist angenehm, wenn man das Bewußtsein hat, eine gute Antwort gegeben zu haben, da kann man drauf schlafen, und sie schliefen drauf; aber der

Dichter schlief nicht; die Gedanken strömten herbei wie die Töne aus der Geige, rollten wie Perlen, brausten wie der Sturm durch den Wald; er verspürte sein eigenes Herz darin, er verspürte einen Schimmer von dem ewigen Meister.

Ihm allein gebührt die Ehre!

Das Kind im Grabe

Es herrschte Trauer im Hause, es herrschte Trauer in den Herzen, das jüngste Kind, ein vierjähriger Junge, der einzige Sohn, die Freude der Eltern und die Hoffnung auf die Zukunft, war gestorben; wohl hatten sie zwei ältere Töchter, die älteste sollte gerade in diesem Jahr eingesegnet werden, beides herzensgute, liebe Mädchen, aber das Kind, das man verliert, ist immer das liebste; und dies war das jüngste und ein Sohn. Es war eine schwere Heimsuchung. Die Schwestern trauerten, wie junge Herzen trauern, namentlich durch den Schmerz der Eltern ergriffen, den Vater hatte das große Leid gebeugt, aber die Mutter war überwältigt davon. Tag und Nacht war sie bei dem kranken Kind gewesen, hatte es gepflegt, es hochgehoben und getragen; sie hatte gefühlt und gespürt, es war ein Teil ihrer selbst, sie konnte sich gar nicht denken, daß es tot war, daß es in den Sarg gelegt und ins Grab gesenkt werden sollte: Gott konnte ihr dies Kind nicht nehmen, meinte sie, und da es dennoch geschah und eine Gewißheit war, sagte sie in ihrem wehen Schmerz: „Gott hat es nicht gewußt! Er hat herzlose Diener hier auf Erden, sie handeln, wie es sie gelüstet, sie hören nicht auf die Gebete einer Mutter."

Sie wandte sich in ihrem Schmerz vom Herrgott ab, und da kamen düstere Gedanken, Gedanken des Todes, des ewigen Todes, daß der Mensch zu Erde in der Erde werde und daß dann alles vorbei wäre. In einem solchen Gedanken lag für sie nichts, an das sie sich klammern konnte, sondern sie versank in dem bodenlosen Nichts der Verzweiflung.

In den schwermütigsten Stunden konnte sie nicht mehr weinen; sie dachte nicht an die jungen Töchter, die sie hatte, die Tränen des Mannes fielen auf ihre Stirn nieder, sie blickte nicht zu ihm auf; ihre Gedanken waren bei dem toten Kind, ihr ganzes Leben und Trachten war nur dem einen hingegeben: sich jede Erinnerung an das Kind, jedes seiner unschuldigen, kindlichen Worte zurückzurufen.

Der Tag der Beerdigung kam, in den vorhergehenden Nächten hatte sie nicht geschlafen, am Morgen übermannte sie die Müdigkeit, und sie fand ein wenig Ruhe, während der Sarg in eine entlegene Stube getragen wurde, wo der Deckel geschlossen werden sollte, damit sie die Hammerschläge nicht hörte.

Als sie erwachte, aufstand und ihr Kind sehen wollte, sagte der Mann unter Tränen zu ihr: „Wir haben den Sarg geschlossen; es mußte sein!"

„Wenn Gott hart gegen mich ist", rief sie aus, „weshalb sollten die Menschen dann besser sein!" und sie schluchzte und weinte.

Der Sarg wurde zu Grabe getragen, die trostlose Mutter saß bei ihren Töchtern, sie blickte sie an, ohne sie zu sehen, ihr Denken hatte nichts mehr mit der Familie zu schaffen, sie gab sich dem Leid hin, und das trieb sie umher, wie die See das Schiff treibt, welches Ruder und Steuer eingebüßt hat. So verging der Tag des Begräbnisses, und es folgten weitere Tage mit demselben eintönigen, schwermütigen Schmerz. Mit feuchten Augen und traurigen Blicken schauten die Trauernden daheim sie an, sie hörte nicht ihren Trost, was konnten sie auch sagen, sie waren zu traurig dazu.

Es war, als kennte sie den Schlaf nicht mehr, und dieser allein wäre ihr der beste Freund gewesen, würde den Körper gestärkt und Ruhe in die Seele gesenkt haben; sie brachten sie dazu, sich ins Bett zu legen, sie lag auch still wie eine Schlafende. Eines Nachts, als der Mann auf ihren Atem lauschte und ganz sicher meinte, sie habe Ruhe und Erleichterung gefunden, faltete er die Hände, betete und schlief alsbald gesund und fest, so merkte er nicht, wie sie aufstand, sich in ihre Kleider hüllte und leise das Haus verließ, um dorthin zu gehen, wo ihre Gedanken sich Tag und Nacht aufhielten, zum Grabe, das ihr Kind umschloß. Sie ging durch den Garten des Hauses, aufs Feld hinaus, wo der Fußsteig außen um die Stadt zum Kirchhof führte; niemand sah sie, sie sah niemanden.

Es war wunderbar sternklar, die Luft noch so mild, es war Anfang September. Sie kam auf den Kirchhof, zu dem kleinen Grab, es war wie ein einziger Blütenstrauß, er duftete, sie setzte sich nieder und beugte den Kopf aufs Grab hinab, als könnte sie durch die dicke Erdschicht hindurch ihren kleinen Jungen sehen, an dessen Lächeln sie sich so lebhaft erinnerte; der liebe Ausdruck in den Augen, selbst auf dem Krankenlager, konnte ja niemals vergessen werden, wie sprechend war sein Blick dort gewesen, wenn sie sich über ihn neigte und seine feine Hand aufnahm, die er selbst nicht zu heben vermochte. Wie sie an seinem Bett gesessen hatte, so saß sie jetzt an seinem Grab, aber hier ließ sie den Tränen freien Lauf, sie fielen auf das Grab nieder.

„Du möchtest zu deinem Kind hinab!“ sagte eine Stimme ganz in der Nähe, die klang ganz klar, ganz tief, die tönte in ihr Herz hinein, sie blickte hoch, und da stand neben ihr ein Mann, in einen großen Trauermantel gehüllt, mit einer Kapuze über dem Kopf, aber sie sah unter dieser in sein Gesicht, es war streng, aber dennoch vertrauenerweckend, seine Augen strahlten, als wäre er jugendlichen Alters.

„Zu meinem Kind hinab!“ wiederholte sie, und es klang eine Bitte der Verzweiflung hindurch.

„Wagst du es, mir zu folgen?“ fragte die Gestalt. „Ich bin der Tod!“

Und sie nickte zustimmend; da war es mit einemmal, als ob alle Sterne in der Höhe mit dem Glanz des Vollmonds leuchteten, sie sah die bunte Farbenpracht der Blumen auf dem Grab, die Erddecke hier gab weich und sacht nach

gleich einem schwebenden Tuch, sie sank, und die Gestalt breitete ihren schwarzen Mantel um sie, es wurde Nacht, die Nacht des Todes, sie sank tiefer hinab, als die Grabschaufel eindringt, der Kirchhof lag wie ein Dach über ihrem Kopfe.

Der Zipfel des Mantels glitt zur Seite, sie stand in einer riesigen Halle, de sich groß und freundlich weitete; ringsum herrschte Dämmerung, aber vor sich hielt sie im selben

Augenblick, dicht an ihr Herz gedrückt, ihr Kind, das ihr in einer Schönheit zulächelte, größer als je zuvor; sie stieß einen Schrei aus, doch war er nicht zu hören, denn ganz nahe und dann wieder weit entfernt und wieder ganz nahe erklang eine schwellende, wundersam brausende Musik, nie zuvor hatten so seligstimmende Töne ihr Ohr erreicht, sie erklangen jenseits des nachtschwarzen, dichten Vorhangs, der die Halle von dem großen Ewigkeitslande trennte.

„Meine liebe Mutter! meine einzige Mutter!" hörte sie ihr Kind sagen. Es war die bekannte, geliebte Stimme; und

ein Kuß folgte auf den anderen in unendlicher Glückseligkeit; und das Kind zeigte auf den dunklen Vorhang.

„So schön ist es oben auf der Erde nicht! Siehst du, Mutter! Siehst du sie alle? Das ist Glückseligkeit!"

Aber die Mutter sah nichts; dort, wo das Kind hinzeigte, sah sie nichts außer der schwarzen Nacht; sie sah mit irdischen Augen, sah nicht auf dieselbe Weise wie das Kind, welches Gott zu sich gerufen hatte, sie hörte die Klänge, die Töne, aber sie vernahm nicht das Wort, das sie zu glauben hatte.

„Jetzt kann ich fliegen, Mutter!" sagte das Kind, „mit all den anderen fröhlichen Kindern ganz bis zu Gott hinfliegen; ich möchte es so gern, wenn du aber weinst, so wie du jetzt weinst, kann ich nicht von dir loskommen, und ich möchte so gern! Darf ich denn nicht? Du kommst ja in ganz kurzer Zeit auch dort hinein zu mir, liebe Mutter!"

„O bleib, o bleib!" sagte sie, „nur noch einen Augenblick! Ein einziges Mal noch muß ich dich ansehen, dich küssen, dich fest in meinen Armen halten!"

Und sie küßte und hielt fest. Da erklang ihr Name von oben; so klagend waren diese Laute; was war das nur?

„Kannst du hören?" sagte das Kind, „das ist Vater, der dich ruft!"

Und wieder, nach wenigen Sekunden, ertönte tiefes Seufzen wie von Kindern, die weinen.

„Das sind meine Schwestern!" sagte das Kind, „Mutter, du hast sie doch nicht vergessen?"

Und sie erinnerte sich der Zurückgebliebenen, eine Angst befiel sie, sie sah vor sich hin, und immer schwebten Gestalten vorüber, sie meinte manche zu kennen, sie schwebten durch die Halle des Todes, auf den dunklen Vorhang zu, und dahinter verschwanden sie. Ob wohl ihr Mann, ihre Töchter hier unten erschienen? Nein, ihre Rufe, ihre Seufzer erklangen noch von dort oben; fast hätte sie sie um des Toten willen ganz vergessen.

„Mutter, jetzt läuten die Glocken des Himmelreichs!" sagte das Kind. „Mutter, jetzt geht die Sonne auf!"

Und ein übermächtiges Licht strömte auf sie zu – das

Kind war fort, und sie wurde emporgehoben; es wurde kalt um sie her, sie hob den Kopf und sah, daß sie auf dem Kirchhof lag, auf ihres Kindes Grab; aber Gott war im Traum ihrem Fuß eine Stütze geworden, ein Licht für ihren Geist, sie beugte die Knie und betete.

„Vergib mir, Herr mein Gott, daß ich eine ewige Seele von ihrem Flug hatte zurückhalten wollen und daß ich meine Pflichten gegen die Lebenden vergessen konnte, die du mir hier geschenkt hast!" Und bei diesen Worten war es, als fände ihr Herz Erleichterung. Da kam die Sonne hervor, ein kleiner Vogel sang über ihrem Kopf, und die Kirchenglocken läuteten zur Morgenandacht. Es wurde ringsum so feierlich, so feierlich wie in ihrem Herzen! Sie erkannte ihren Gott, sie erkannte ihre Pflichten, und voller Sehnsucht eilte sie in ihr Haus zurück. Sie neigte sich über den Mann, ihre warmen, innigen Küsse weckten ihn, und sie sprachen die Worte des Herzens, der Innerlichkeit, und sie war stark und sanft, wie die Gattin es sein muß, von ihr kam der Quell des Trostes: „Gottes Wille ist immer der beste!"

Und der Mann fragte sie: „Woher hast du ganz plötzlich diese Kraft erhalten, dies trostvolle Herz?"

Und sie küßte ihn und küßte ihre beiden Kinder.

„Ich bekam es von Gott, durch das Kind im Grabe."

Der Hofhahn und der Wetterhahn

Da waren zwei Hähne, einer auf dem Mist und einer auf dem Dach, beide hochmütig; aber wer leistete am meisten? Sag uns deine Meinung – wir behalten trotzdem unsere eigene.

Der Hühnerhof war durch einen Bretterzaun von einem anderen Hof getrennt, in dem ein Komposthaufen lag, und auf diesem wuchs eine große Gurke, die sich wohl bewußt war, ein Mistbeetgewächs zu sein.

„Das ist man von Geburt!“ sagte es in ihr; „nicht alle können als Gurken geboren werden, es muß auch andere lebende Arten geben! Die Hühner, die Enten und der ganze Bestand des Nachbarhofes sind auch Geschöpfe. Zum Hofhahn auf dem Bretterzaun blicke ich freilich auf, er ist wirklich von weit größerer Wichtigkeit als der Wetterhahn, der so hochgestellt ist und nicht einmal kreischen, geschweige denn krähen kann! Er hat weder Hennen noch Küken, er denkt nur an sich und schwitzt Grünspan! Nein, der Hofhahn, das ist ein Hahn! Ihn den Tritt machen zu sehen, das ist ein Tanz! Ihn krähen zu hören, das ist Musik! Wo er hinkommt, da erfährt man, was ein Trompeter ist! Wenn er hier hereinkäme, wenn er mich mit Blatt und Stengel auffräße, wenn ich in seinen Leib einginge, es wäre ein seliger Tod!" sagte die Gurke.

Zur Nacht kam ein fürchterliches Gewitter auf; Hennen, Küken und auch der Hahn suchten Zuflucht; der Bretterzaun zwischen den Höfen wurde umgeweht, so daß es laut polterte; Dachziegel fielen herunter, aber der Wetterhahn saß fest, er drehte sich nicht einmal, er konnte nicht, und dennoch war er jung, neu gegossen, aber bedächtig und gesetzt; er war alt geboren, glich nicht den flatternden Vögeln des Himmels, den Sperlingen und Schwalben, die verachtete er, „die Piepvögel, gering an Größe und gewöhnlich." Die Tauben seien groß, blank und schimmerten wie Perlmutter, sähen aus wie eine Art Wetterhahn, aber sie seien dick und dumm, ihr ganzes Denken liefe darauf hinaus, wie man etwas in den Wanst kriegte, sagte der Wetterhahn, langweilig im Umgang seien sie. Die Zugvögel hatten auch Besuch gemacht, von fremden Landen erzählt, von Luftkarawanen und fürchterlichen Räubergeschichten mit den Raubvögeln, das erstemal war es neu und interessant, aber später, das wußte der Wetterhahn, wiederholten sie sich, es war immer dasselbe, und das ist langweilig! Sie waren langweilig, und alles war langweilig, keiner war für den Umgang mit ihm geeignet, jeder war fad und abgeschmackt.

„Die Welt ist nichts wert!" sagte er. „Unfug das Ganze!"

Der Wetterhahn war blasiert, wie man es nennt, und das hätte ihn bestimmt in den Augen der Gurke interessant gemacht, hätte sie es gewußt, aber sie blickte nur zu dem Hofhahn auf, und jetzt war er bei ihr drinnen auf dem Hofe.

Der Bretterzaun war umgeweht worden, aber Blitz und Donner waren vorüber.

„Was sagt ihr zu dem Krähen?" sagte der Hofhahn zu Hennen und Küken. „Es war etwas roh, es fehlte an Eleganz."

Und Hennen und Küken traten auf den Komposthaufen, der Hahn kam im Reiterschritt daher.

„Gartenpflanze!“ sagte er zu der Gurke, und durch dies eine Wort hörte sie seine ganze umfassende Bildung hindurch und vergaß, daß er auf sie einhackte und sie fraß.

„Seliger Tod!“

Und die Hennen kamen, und die Küken kamen, und wenn eins rennt, dann rennt das andere auch, und sie gluckten, und sie piepsten, und sie blickten auf den Hahn, sie waren stolz auf ihn, er war ihresgleichen.

„Kikeriki!“ krähte er, „die Küken werden bald große Hühner, wenn ich es im Hühnerhof der Welt sage.“

Und Hennen und Küken gluckten und piepsten dazu.

Und der Hahn verkündete eine große Neuigkeit.

„Ein Hahn kann ein Ei legen! Und wißt ihr, was in dem Ei liegt? Ein Basilisk liegt drin! Dessen Anblick kann niemand ertragen! Das wissen die Menschen, und nun wißt ihr es auch, wißt, was mir innewohnt! wißt, was für ein Allerhühnerhofsbursche ich bin!“

Und dann klatschte der Hofhahn mit den Flügeln, spreizte den Kamm und krähte abermals; und alle Hennen und all die kleinen Küken erschauerten, aber sie waren fürchterlich stolz darauf, daß einer der Ihren so ein Allerhühnerhofsbursche war; sie gluckten und sie piepsten, so daß der Wetterhahn es hören mußte, und er hörte es, aber deshalb rührte er sich doch nicht.

„Unfug das Ganze!“ sagte es innen im Wetterhahn. „Der Hofhahn legt niemals Eier, und ich habe keine Lust! Wenn ich wollte, könnte ich sehr wohl ein Windei legen! Aber die Welt ist kein Windei wert! Unfug das Ganze! Nun habe ich nicht einmal mehr Lust zu sitzen!“

Und dann brach der Wetterhahn ab, aber er tötete den Hofhahn nicht, „obwohl es beabsichtigt gewesen war!“ sagten die Hennen; und was sagt die Moral?

„Es ist immerhin besser, zu krähen, als blasiert zu sein und abzubrechen.“

„SCHÖN!“

Der Bildhauer Alfred – ja, du kennst ihn doch? Wir kennen ihn alle –, er bekam die goldene Medaille, fuhr nach Italien und kam wieder nach Hause; damals war er jung, ja, das ist er doch noch, aber immerhin doch ein Dutzend Jahre älter als damals.

Er kam nach Hause, kam zu Besuch in ein Städtchen auf Seeland, die ganze Stadt wußte von dem Fremden, wußte, wer er war; seinetwegen gab eine der reichsten Familien eine Gesellschaft, alles, was etwas war oder etwas hatte, war geladen, es war ein Ereignis, die Stadt wußte es ohne Trommel; Handwerksburschen und kleiner Leute Kinder, auch einige Eltern standen draußen und schauten zu den herabgelassenen, erleuchteten Vorhängen hinauf, der Wächter konnte so tun, als gäbe er eine Gesellschaft, so viele Leute standen um ihn herum; es schmeckte nach Vergnügen, und drinnen war tatsächlich das Vergnügen zu Gast, dort war Herr Alfred, der Bildhauer.

Er sprach, er erzählte, und alle hörten ihm mit Freude, mit Salbung zu, aber niemand so sehr wie eine ältere Witwe aus dem Beamtenstand, und sie war bezüglich all dessen, was Herr Alfred sagte, ein unbeschriebenes graues Papier, das alles Gesagte sofort aufsog und um mehr bat, höchst empfänglich, unglaublich unwissend, ein weiblicher Kaspar Hauser.

„Rom möchte ich zu gern sehen!“ sagte sie, „es muß eine wunderhübsche Stadt sein mit all den vielen Fremden, die dort hinkommen, beschreiben Sie uns doch Rom! Wie sieht es denn dort aus, wenn man zum Tor hineingeht?“

„Das ist nicht so leicht zu beschreiben!“ sagte der junge Bildhauer. „Da ist ein großer Platz; mitten darauf steht ein Obelisk, der viertausend Jahre alt ist.“

„Ein Organist!“ rief die Dame aus, sie hatte nie zuvor das Wort Obelisk gehört; manche waren dem Lachen nahe, der Bildhauer ebenfalls, aber das Lächeln, welches erschien, verlor sich in Betrachtung, denn er sah dicht neben der Dame in ein Paar große, meerblaue Augen, es war die Tochter von der, welche redete, und wenn man eine solche Tochter hat, kann man nicht einfältig sein. Die Mutter war ein sprudelnder Fragenquell, die Tochter die Schönheitsnajade des Quells, die dazugehörte. Wie war sie schön! Sie war eine Augenweide für einen Bildhauer, aber nichts zum Reden, und sie redete nicht, oder jedenfalls sehr wenig.

„Hat der Papst eine große Familie?“ fragte die Dame.

Und der junge Mann antwortete auf die Frage, wie sie besser hätte gestellt sein können: „Nein, er ist aus keiner großen Familie!“

„Das meine ich nicht!“ sagte die Dame; „ich meine, hat er Frau und Kinder?“

„Der Papst darf nicht heiraten!“ antwortete er.

„Das gefällt mir nicht!“ sagte die Dame.

Sie hätte wirklich gescheiter fragen und sprechen können, hätte sie aber nicht so gefragt und gesprochen, wie sie es tat, ob dann die Tochter sich wohl so an ihre Schulter gelehnt und mit diesem fast rührenden Lächeln dagesessen hätte?

Und Herr Alfred sprach, erzählte von der Farbenpracht

Italiens, den blauen Bergen, dem blauen Mittelmeer, dem Blau des Südens, einer Schönheit, die im Norden nur von den blauen Augen der nordischen Frau übertroffen werde. Und das war hier als Anspielung gesagt, aber die, auf die es gemünzt war, sie ließ es sich nicht anmerken, daß sie es verstand; und das war ja nun auch schön!

„Italien!" seufzten manche, „reisen!" seufzten andere. „Schön! schön!"

„Ja, wenn ich nun die fünfzigtausend Reichstaler in der Lotterie gewinne", sagte die Witwe, „dann reisen wir! Ich und meine Tochter, und Sie, Herr Alfred, werden uns führen! Wir reisen alle drei! Und ein paar andere gute Freunde mit uns!" und dann nickte sie ihnen allen fröhlich zu, jeder mochte ja ruhig glauben, ich bin es, der mitkommt. „Nach Italien fahren wir! Aber wir wollen nicht dorthin, wo es Räuber gibt, wir bleiben in Rom und auf den großen Landstraßen, wo man sicher ist."

Und die Tochter stieß einen kleinen Seufzer aus; wie viel kann nicht in einem kleinen Seufzer liegen oder in ihn hineingelegt werden; der junge Mann legte viel hinein; die beiden blauen Augen, die ihm diesen Abend erhellten, bargen Schätze, Schätze des Geistes und des Herzens, reich wie alle Herrlichkeiten Roms, und als er die Gesellschaft verließ – ja, da war er weg – weg in das Fräulein.

Von allen Häusern war das Haus der Witfrau dasjenige, welches Herr Alfred, der Bildhauer, besuchte; man war sich darüber klar, daß es nicht um der Mutter willen sein konnte, ungeachtet dessen, daß er und sie immer die Sprecher gewesen waren, es mußte der Tochter wegen sein, daß er hinging. Kala wurde sie genannt, sie hieß Karen Malene, die beiden Namen waren zu dem einen Namen Kala zusammengezogen worden; schön war sie, aber ein wenig verschlafen, sagten dieser und jener; sie pflegte morgens ziemlich lange im Bett zu liegen.

„Das ist sie von Kind auf gewöhnt!" sagte die Mutter, „sie ist immer ein Venuskind gewesen, und die werden so leicht müde. Sie liegt ein bißchen lange im Bett, aber davon hat sie ihre klaren Augen."

Welch eine Macht lag doch in diesen klaren Augen, diesen meerblauen Wassern! Diesem stillen Wasser mit dem tiefen Grund! Das spürte der junge Mann, er saß auf diesem tiefen Grund fest. Er redete und erzählte, und Mama fragte immer genauso lebhaft, unbefangen und frisch, wie bei der ersten Begegnung.

Es war eine Freude, Herrn Alfred erzählen zu hören; er erzählte von Neapel, von den Wanderungen auf den Vesuv und zeigte dazu bunte Bilder von einigen Ausbrüchen. Und die Witwe hatte nie zuvor davon gehört oder Überlegungen darüber angestellt.

„Hilf Himmel!" sagte sie, „das ist ja aber ein feuerspukkender Berg, kann niemand dabei zu Schaden kommen?"

„Ganze Städte sind zugrunde gegangen!" entgegnete er, „Pompeji und Herkulaneum!"

„Aber die unglücklichen Menschen! Und das haben Sie alles selber gesehen?"

„Nein, keinen von den Ausbrüchen, die ich hier in Bildern habe, aber ich werde Ihnen eine Zeichnung von mir selber zeigen, von einem Ausbruch, den ich gesehen habe."

Und er holte eine Skizze hervor, mit Bleistift gezeichnet, und Mama, die in Betrachtung der stark farbigen Bilder versunken saß, sah die blasse Bleistiftskizze an und rief vor Überraschung aus: „Bei Ihnen hat er weiß gespien!"

Einen Augenblick lang wurde es finster in Herrn Alfreds Hochachtung für Mama, aber bald, im Glanze Kalas, begriff er, daß ihre Mutter keinen Farbensinn hatte, das war alles, sie hatte das Beste, das Allerschönste, sie hatte Kala.

Und mit Kala verlobte sich Alfred, es war ja begreiflich; und die Verlobung stand im Lokalblatt. Mama holte sich dreißig Exemplare davon, um die Stelle auszuschneiden und Briefen an Freunde und Bekannte beizulegen. Und die Verlobten waren glücklich, und die Schwiegermama ebenfalls, sie war jetzt in gewissem Sinne mit Thorvaldsen verwandt.

„Sie sind doch seine Fortsetzung!" sagte sie.

Und Alfred fand, sie sage etwas Geistreiches. Kala sagte nichts, aber ihre Augen leuchteten, das Lächeln spielte um ihren Mund, jede Bewegung war schön; und schön war sie, das konnte man nicht zu oft sagen.

Alfred machte eine Büste von Kala und von der Schwiegermama; sie saßen ihm, und sie sahen zu, wie er mit dem Finger den weichen Ton glattstrich und knetete.

„Das ist wohl unsertwegen“, sagte Schwiegermama, „daß Sie diese gemeine Arbeit selbst tun und das nicht Ihren Bedienten zusammenklecksen lassen!“

„Es ist gerade erforderlich, daß ich es in Ton forme!“ sagte er.

„Ja, Sie sind nun immer so außerordentlich galant!“ sagte Mama, und Kala drückte still seine Hand, an der der Ton saß.

Und er entwickelte ihnen beiden die Herrlichkeit der Natur im Geschaffenen, wie das Lebendige über dem Toten stehe, die Pflanze über dem Mineral, das Tier über der Pflanze, der Mensch über dem Tier; wie Geist und Schönheit sich durch die Form offenbarten und daß der Bildhauer der irdischen Gestalt das Herrlichste in deren Offenbarung verliehe.

Kala stand stumm dabei, seinen ausgesprochenen Gedanken erwägend, Schwiegermama gestand: „Es ist schwer, da zu folgen! Aber ich komme langsam mit den Gedanken hinterdrein, und die schwirren davon, aber ich halte sie fest."

Und die Schönheit hielt ihn fest, sie erfüllte ihn, bezauberte und beherrschte ihn. Die Schönheit leuchtete aus Kalas ganzer Gestalt, aus ihrem Blick, aus den Mundwinkeln, selbst aus der Bewegung der Finger; das äußerte Alfred, und er, der Bildhauer, verstand etwas davon, er sprach nur von ihr, dachte nur an sie, die beiden wurden eins, und auf diese Weise sprach sie auch viel, denn er sprach besonders viel.

Das war der Verlobungstag, jetzt kam die Hochzeit mit Brautjungfern und Hochzeitsgeschenken, und diese wurden in der Hochzeitsrede erwähnt.

Schwiegermama hatte im Hochzeitshause am Tischende Thorvaldsens Büste aufgestellt, mit einem Schlafrock umgetan, er sollte Gast sein, das war ihre Idee; es wurden Lieder gesungen, und es wurde auf aller Wohl getrunken, es war eine fröhliche Hochzeit, ein schönes Paar: „Pygmalion bekam seine Galathea", hieß es in einem der Lieder. „Das ist so eine Mythologie!" sagte Schwiegermama.

Am folgenden Tage fuhr das junge Paar nach Kopenhagen, um dort sein Heim zu gründen, Schwiegermama begleitete es, um sich des Groben anzunehmen, wie sie sagte, das heißt, den Haushalt zu führen. Kala sollte im Puppenschrank sitzen! Alles war neu, blitzeblank und schön! Da saßen sie alle drei – und Alfred, ja, um ein Sprichwort zu gebrauchen, das beleuchtet, wie er saß, er saß wie die Maus im Speck.

Die Zauberkraft der Form hatte ihn betört, er hatte das Futteral angesehen und nicht, was in dem Futteral steckte, und das ist von Übel, von großem Übel im Ehestand; geht die Hülle aus den Fugen und fällt das Flittergold ab, dann bereut man den Handel. In großer Gesellschaft ist es höchst unangenehm, wenn man merkt, daß man seine beiden Hosenträgerknöpfe verloren hat, und weiß, daß man sich nicht auf seine Schnalle verlassen kann, denn man hat keine

Schnalle, aber noch schlimmer ist es, wenn man in großer Gesellschaft merkt, daß Frau und Schwiegermama dumme Reden führen, und man sich dann nicht auf sich selber verlassen kann, daß einem ein witziger Gedanke kommt, der die Dummheit übertönt.

Oft saß das junge Ehepaar Hand in Hand, und er sprach, und sie flocht ein Wort mit ein, dieselbe Melodie, dieselben zwei, drei Glockentöne. Es war wie ein geistiger Luftzug, wenn Sophie, eine der Freundinnen, kam.

Sophie war keineswegs schön; ja, sie hatte kein Gebrechen, zwar war sie ein bißchen schief, sagte Kala, aber das war nur so viel, daß die Freundinnen es sehen konnten; sie war ein sehr vernünftiges Mädchen, jedoch kam es ihr nicht in den Sinn, daß sie hier gefährlich werden könnte. Sie war ein erfrischender Hauch im Puppenschrank, und frische Luft braucht man, das sahen sie alle miteinander ein; gelüftet werden mußte, und nun sollten sie an die Luft geführt werden, Schwiegermama und das junge Ehepaar reisten nach Italien.

„Gott sei Dank! wir sind wieder daheim in unseren vier Wänden!“ sagten Mutter und Tochter, als sie nach einem Jahr mit Alfred zurückkehrten.

„Es ist kein Vergnügen zu reisen!“ sagte Schwiegermama; „es ist eigentlich langweilig! Entschuldigt, daß ich es sage. Ich habe mich gelangweilt, obwohl ich meine Kinder bei mir hatte, und Reisen ist teuer! sehr teuer! All die Galerien, die man sich ansehen muß! All die Dinge, hinter denen man herrennen muß! Man muß es ja aber notgedrungen tun, weil man ausgefragt wird, wenn man nach Hause kommt; und dann muß man sich trotzdem noch sagen lassen, das und das wäre das Schönste, und gerade das hat man vergessen, sich anzusehen. Mich haben diese ewigen Madonnen auf die Dauer gelangweilt, man wird selber ganz zur Madonna.“

„Und was für ein Essen man bekommt!“ sagte Kala.

„Nicht ein einziges Mal eine anständige Fleischbrühe!“ sagte Mama. „Es ist schlecht bestellt mit der Kochkunst dort!“

Und Kala war von der Reise sehr müde, fortwährend müde, das war das schlimmste. Sophie kam ganz zu ihnen ins Haus, und sie machte sich nützlich.

Das müsse man zugeben, sagte Schwiegermama, Sophie verstehe etwas vom Hauswesen und Kunstwesen und alledem, was sie sich ihrer Vermögenslage nach nicht leisten konnte, und außerdem war sie auch noch sehr achtbar und von Herzen treu; das bewies sie so richtig, als Kala krank lag und immer mehr abnahm.

Wo das Futteral alles ist, da muß das Futteral durchhalten, sonst ist es mit dem Futteral aus – und es war aus mit dem Futteral – Kala starb.

„Sie war schön!“ sagte die Mutter, „sie war wirklich was anderes als die Antiken, die sind so ramponiert! Kala war heil, und das muß eine Schönheit sein.“

Alfred weinte, und die Mutter weinte, und sie liefen beide in Schwarz herum, Mama stand Schwarz besonders gut, und sie ging am längsten in Schwarz, trug am längsten Schwarz, und für sie kam noch ein Kummer hinzu, Alfred heiratete wieder, nahm Sophie, die äußerlich gar nichts hermachte.

„Er fällt vom einen Extrem ins andere“, sagte Schwiegermama, „ist vom Schönsten zum Häßlichsten übergegangen, er hat seine erste Frau vergessen können. Die Männer haben keine Ausdauer! Mein Mann war anders! Er starb auch vor mir.“

„Pygmalion bekam seine Galathea!“ sagte Alfred, „ja, das stand im Hochzeitslied; ich hatte mich auch wirklich in die schöne Statue verliebt, die in meinen Armen Leben erhielt: aber die verwandte Seele, die der Himmel uns sendet, einen seiner Engel, die mit uns fühlen, mit uns denken, uns erheben können, wenn wir niedergebeugt werden, den habe ich jetzt erst gefunden und errungen. Du, Sophie! bist nicht als Schönheit zu mir gekommen, nicht im Strahlenglanz – aber wohl gütig, hübscher, als nötig ist! Die Hauptsache ist die Hauptsache! Du kamst und lehrtest den Bildhauer, daß sein Werk nur Ton ist, Staub, nur ein Abdruck von dem inneren Kern, den wir suchen müssen. Arme Kala! unser Erdenleben war wie ein Reiseleben! Dort oben, wo man sich in Sympathie zusammenfindet, sind wir uns vielleicht halb fremd."

„Das ist nicht sehr liebevoll gesprochen", sagte Sophie, „das war nicht christlich! Droben, wo man keine Ehen schließt, sondern wo, wie du sagst, die Seelen sich in Sympathie begegnen, dort, wo alles Herrliche sich entfaltet und steigert, wird ihre Seele vielleicht so kraftvoll erklingen. daß sie die meine übertönt, und du – du wirst dann wieder, wie in deiner ersten Verliebtheit, ausrufen: Schön, schön!"

Eine Geschichte aus den Dünen

Es ist eine Geschichte aus den Dünen in Jütland, aber sie beginnt nicht da drüben, nein, weit fort, im Süden, in Spanien; das Meer ist die Straße zwischen den Ländern; versetze dich dorthin, nach Spanien! Dort ist es warm, und dort ist es schön; dort wachsen die feuerroten Granatblüten zwischen den dunklen Lorbeerbäumen; von den Bergen fächelt ein erfrischender Wind über die Orangengärten und die prächtigen maurischen Hallen mit den goldenen Kuppeln und den bunten Wänden hinweg; durch die Straßen ziehen Kinder in Prozessionen mit Kerzen und wehenden Fahnen, und über ihnen erhebt sich so hoch und hell der Himmel mit glitzernden Sternen; Gesang und Kastagnetten ertönen, Burschen und Mädchen schwingen sich im Tanz unter den blühenden Akazienbäumen, während der Bettler auf dem ausgehauenen Marmorstein sitzt, sich an der saftigen Wassermelone erquickt und das Leben verdöst; das Ganze ist wie ein herrlicher Traum, und sich ihm hinzugeben – ja, das taten zwei jungvermählte Leute, und ihnen waren auch alle irdischen Güter verliehen: Gesundheit, ein heiteres Gemüt, Reichtum und Ehren.

„Wir sind so glücklich, wie man es nur sein kann", sagten sie aus der vollen Überzeugung ihres Herzens; jedoch könnten sie noch eine Stufe höher im Glücke steigen, und das wäre der Fall, wenn Gott ihnen ein Kind gewährte, einen Sohn, der ihnen an Leib und Seele ähnlich wäre.

Das glückliche Kind würde mit Jubel begrüßt werden, die höchste Sorgfalt und Liebe finden, all das Wohlbefinden, das Reichtum und vermögende Verwandte schaffen können.

Wie ein Fest verstrichen die Tage für sie.

„Das Leben ist ein Gnadengeschenk der Liebe, beinahe unfaßbar groß", sagte die junge Frau, „und diese Fülle der Glückseligkeit soll in dem anderen Leben wachsen können und bis in die Ewigkeit hinein – ich kann diesen Gedanken nicht fassen."

„Und er ist wahrlich auch menschlicher Übermut", sagte der Mann. „Es ist im Grunde ein furchtbarer Stolz, zu glauben, daß man ewig lebt – daß man wie Gott werde! Das waren ja auch die Worte der Schlange, und sie war die Herrin der Lüge."

„Du zweifelst doch nicht etwa an einem Leben nach diesem?" fragte die junge Gattin, und es war, als huschte zum erstenmal ein Schatten durch ihrer beider sonniges Gedankenreich.

„Der Glaube verheißt es, die Priester sagen es!" sagte der junge Mann, „aber gerade in all meinem Glück fühle und erkenne ich, daß es ein Stolz ist, ein Gedanke des Übermuts, ein zweites Leben nach diesem zu fordern, eine fortgesetzte Glückseligkeit – ist uns nicht hier in diesem Dasein so viel gewährt, daß wir zufrieden sein können und sein sollten?"

„Ja, uns ist es gewährt worden", sagte die junge Frau, „aber wie vielen Tausenden wurde dies Leben nicht zu einer schweren Prüfung, wie viele sind nicht gewissermaßen in die Welt hineingeworfen worden, in Armut, Schande, Krankheit und Unglück! Nein, gäbe es nicht ein Leben nach diesem, dann wäre alles auf dieser Welt zu ungleich verteilt; dann wäre Gott nicht der gerechte Gott."

„Der Bettler hier unten hat Freuden, die für ihn ebenso groß sind, wie der König sie auf seinem reichen Schlosse hat", sagte der junge Mann, „und meinst du nicht, daß das Arbeitstier, das geprügelt wird, hungert und sich zu Tode schindet, ein Empfinden für seine schweren Erdentage besitzt? Das könnte doch auch ein anderes Leben fordern, es ein Unrecht nennen, daß es nicht auf eine höhere Stufe der Schöpfung gestellt wurde."

„Im Himmelreich gibt es viele Wohnungen, hat Christus gesagt", entgegnete die junge Frau, „das Himmelreich ist das Unendliche, wie Gottes Liebe es ist – auch das Tier ist ein Geschöpf, und kein Leben, glaube ich, geht verloren, sondern wird all der Glückseligkeit teilhaftig werden, die es nur empfangen kann und die ihm genug ist."

„Aber mir ist nun diese Welt genug", sagte der Mann und schlang seine Arme um seine schöne, liebenswerte Frau, rauchte seine Zigarette auf dem offenen Altan, wo die erfrischende Luft voll war von dem Duft der Orangen und Nelken; Musik und Kastagnetten erklangen unten auf der Straße, die Sterne blitzten hoch droben, und zwei Augen, voller Liebe, die Augen seiner Frau, sahen ihn mit dem ewigen Leben der Liebe an.

„Für eine solche Minute", sagte er, „lohnt es sich wohl, geboren zu sein, sie zu empfinden und – zu verschwinden!" er lächelte, die Frau hob mit mildem Vorwurf die Hand – und das Gewölk war wieder weg, sie waren viel zu glücklich.

Und alles schien sich für sie so zu fügen, daß es in Ehre, Freude und Wohlbefinden vorwärtsgehen würde, es kam ein Wechsel, aber nur des Ortes, und nicht im Erringen und Genießen der Freude und Wonne des Lebens. Der junge Mann wurde von seinem König als Gesandter an den kaiserlichen Hof in Rußland geschickt, es war ein Ehrenamt, seine Geburt und seine Kenntnisse gaben ihm ein Recht darauf; ein großes Vermögen besaß er, seine junge Frau hatte ihm ein nicht geringeres eingebracht, sie war die Tochter des reichsten, angesehensten Kaufmanns. Eines von dessen größten und besten Schiffen sollte gerade in diesem

Jahr nach Stockholm ausfahren, es sollte die lieben Kinder, Tochter und Schwiegersohn, nach Petersburg bringen, und es wurde an Bord alles königlich eingerichtet; weiche Teppiche für die Füße, Seide und Herrlichkeit ringsum.

Es gibt ein altes Heldenlied, das sicher alle Dänen kennen, es heißt „Des Königs Sohn von Engelland"; er fährt auch auf so einem kostbaren Schiff, in seinen Anker ist das rote Gold eingelegt, und in jedes Tau sind seidene Fäden eingedreht, an dies Schiff mußte man denken, als man das aus Spanien sah, hier war die gleiche Pracht, der gleiche Abschiedsgedanke:

„Gott laß uns all in Freuden wiedersehen!"

Und der Wind blies kräftig von der spanischen Küste fort, der Abschied war nur kurz; in wenigen Wochen mußten sie das Ziel ihrer Reise erreichen können; aber als sie ein weites Stück draußen waren, legte sich der Wind, das Meer wurde spiegelblank und ruhig, das Wasser gleißte, die Sterne am Himmel gleißten, es waren gleichsam Festabende in der reichen Kajüte.

Zuletzt wünschte man sich doch, daß es windig werden und ein günstiger Wind aufkommen möge, aber er kam nicht; kam er einmal, dann war es immer Gegenwind, so vergingen Wochen, ja zwei ganze Monate, erst dann ward der Wind günstig, er kam aus Südwesten, sie waren mitten zwischen Schottland und Jütland, und der Wind frischte auf, ganz so wie in dem alten Lied vom ‚Königssohn aus Engelland':

Da kam ein Wetter, finstre Wolken schwer,
Sie fanden weder Land noch Schutz noch Wehr,
So warfen sie denn Anker auf dem Meer,
Jedoch der Sturm wirft sie in Dänemark auf Land.

Das ist nun lange her. König Christian VII. saß auf dem dänischen Thron und war damals ein junger Mann; viel ist geschehen seit jener Zeit, viel hat sich gewandelt und geändert; Seen und Sümpfe sind fruchtbare Wiesen, Heide ist bebautes Ackerland geworden, und im Windschutz wachsen am Hause des Westjüten Apfelbäume und Rosen, aber man muß sie suchen, denn sie verkriechen sich vor den scharfen Westwinden und suchen Schutz. Man kann sich dort drüben so recht in die alte Zeit zurückversetzen, weiter zurück als bis zu Christians VII. Regierung; wie damals in Jütland, so dehnt sich noch immer die braune Heide mit ihren Hünengräbern meilenweit aus, mit ihren Luftspiegelungen, ihren holprigen und sandigen Wegen kreuz und quer; westwärts, wo große Bachläufe in die Fjorde einmünden, ziehen sich Wiese und Sumpf hin, von hohen Dünen abgegrenzt, die sich gleich einer Gebirgskette mit sägeförmigen Spitzen zum Meer erheben, sie werden nur durch hohe Lehmhänge unterbrochen, von denen die See Jahr um Jahr Riesenhappen abbeißt, so daß Böschungen und Steilufer stürzen, wie von einem Erdbeben erschüttert. So sieht es bis auf den heutigen Tag noch aus, so war es vor all den vielen Jahren, als die beiden Glücklichen dort draußen auf dem reichen Schiffe fuhren.

Es war Ende September, es war ein Sonntag und sonniges Wetter, das Geläute der Kirchenglocken am Nissumfjord entlang verschmolz ineinander, die Kirchen dort standen wie ausgehauene Feldsteine, jede einzelne ein Stück Fels; die Nordsee kann über sie hinwegrollen, und sie würden stehen bleiben; den meisten fehlte der Turm, die Glocken hingen dann zwischen zwei Balken unter freiem Himmel. Der Gottesdienst war zu Ende, die Gemeinde ging vom Gotteshaus auf den Kirchhof, auf dem es damals wie heute weder Baum noch Strauch gab, keine gepflanzte Blume und keinen Kranz auf dem Grab; bucklige Hügel zeigen an, wo die Toten begraben sind, ein scharfes Gras, vom Winde gepeitscht, wächst überall auf dem Kirchhof; ganz selten einmal hat ein Grab vielleicht ein Denkmal, das heißt einen verrottenden Baumstamm, in Form eines Sarges zurechtgehauen; das Baumstück ist aus dem Wald des Westens geholt: dem wilden Meer; dort wachsen für den Küstenbewohner die zugehauenen Balken, Bretter und Bäume, die die Brandung an Land treibt, Wind und Meeresdunst lassen das aufgestellte Baumstück schnell verrotten; ein solcher Überrest lag hier auf einem Kindergrab, und an dieses trat eine der Frauen, die aus der Kirche kamen; sie stand still, blickte auf das halb auseinandergefallene Holzstück; gleich darauf trat ihr Mann zu ihr; sie sprachen kein Wort, er nahm sie bei der Hand, und sie gingen vom Grabe fort in die braune Heide hinaus, über Sumpfland und auf die Dünen zu; lange gingen sie schweigend dahin.

„Es war heute eine gute Predigt", sagte der Mann, „hätte man nicht den Herrgott, dann hätte man gar nichts."

„Ja", erwiderte die Frau, „er erfreut und er betrübt! Dazu hat er das Recht! Morgen wäre unser kleiner Junge fünf Jahre alt geworden, hätten wir ihn behalten dürfen."

„Es führt zu nichts, daß du trauerst", sagte der Mann. „Er ist gut davon gekommen! Er ist ja dort, wo wir hinkommen möchten, darum beten wir ja."

Und dann sprachen sie nichts mehr und gingen auf ihr Haus zwischen den Dünen zu; plötzlich erhob sich von einer der Dünen, auf der der Strandhafer den Sand nicht so festhielt, eine mächtige Staubwolke, es war ein Windstoß, der sich in die Düne hineinbohrte und die feinen Sandteilchen hochwirbelte; es kam noch ein Windstoß, so daß die auf ausgespannten Leinen hängenden Fische gegen die Hauswand klatschten, und wieder war alles still; die Sonne glühte heiß.

Mann und Frau gingen ins Haus und waren schnell aus den Sonntagskleidern, eilten alsdann über die Dünen, die dalagen gleich ungeheuren, plötzlich in ihrer Bewegung erstarrten Sandwogen; Rohrgras und die blaugrünen, scharfen Halme des Strandhafers brachten etwas farbige Abwechslung in den weißen Sand. Ein paar Nachbarn kamen dazu, sie waren einander behilflich, die Boote höher auf den Strand heraufzuziehen, der Wind wurde stärker, er war schneidend kalt, und als sie über die Dünen zurückgingen, fegten ihnen Sand und scharfe kleine Steine ins Gesicht. Die Wellen zeigten weiße Spitzen, und der Wind schnitt den obersten Kamm ab, so daß es weithin spritzte.

Es wurde Abend, da erklang ein schwellendes Rauschen in der Luft, heulend, klagend, gleich einer Heerschar verzweifelter Geister, es übertönte das Grollen des Meeres, obgleich das Fischerhaus so dicht daran lag. Der Sand flog gegen die Scheiben, und zwischendurch kam einmal ein Stoß, als erbebte das Haus in seinen Grundfesten. Es war finster, aber gegen Mitternacht würde der Mond aufgehen.

Die Luft wurde klarer, aber der Sturm tobte mit aller Gewalt über das tiefe schwärzliche Meer. Die Fischersleute waren schon längst ins Bett gegangen, aber in diesem Unwetter war es unmöglich, ein Auge zuzumachen; da pochte es an die Scheibe, die Tür ging auf, und irgend jemand sagte: „Auf der äußersten Sandbank sitzt ein Fahrzeug auf Grund!" Mit einem Sprung waren die Fischersleute aus dem Bett und in den Kleidern.

Der Mond war aufgegangen; es wäre zum Sehen hell genug gewesen, wenn man die Augen vor dem Flugsand hätte offenhalten können; es war ein Sturm, daß man sich dagegen anstemmen mußte, und nur mit großer Mühe, zwischen den Windstößen vorwärts kriechend, kam man über die Dünen, und hier flog gleich Schwanendaunen der salzige Gischt und Schaum vom Meere, das wie ein grollender, kochender Wasserfall auf die Küste rollte, in der Luft herum. Man mußte wahrlich ein geübtes Auge haben, wollte man das Fahrzeug dort draußen so schnell finden; es war ein prachtvoller Zweimaster; er wurde nun über die Sandbank hinweggehoben, drei, vier Kabellängen außerhalb der gewöhnlichen Brandung, er trieb aufs Land zu, lief auf die zweite Sandbank auf und saß fest. Unmöglich war es, Hilfe zu bringen, die See war zu heftig, sie schlug gegen das Fahrzeug und darüber weg. Man meinte, die Notschreie zu hören, die Rufe in Todesnot, man sah die emsige, zwecklose Tätigkeit. Jetzt kam ein Brecher, der gleich einem zermalmenden Felsblock auf den Bugspriet niederfiel, und dieser war fort, der Achtersteven hob sich hoch über das Wasser. Zwei Menschen sprangen zusammen in die See, sie verschwanden – ein kurzer Augenblick –, und eine der größten Wogen, die gegen die Düne anrollten, warf einen Körper an den Strand – eine Frau war es, eine Leiche, wie man annahm; ein paar von den Frauen am Strand mühten sich mit ihr ab und meinten, noch Leben in ihr zu bemerken, sie wurde über die Dünen ins Fischerhaus gebracht. Wie war sie schön und fein, sicherlich eine vornehme Dame.

Sie legten sie in das ärmliche Bett; da gab es keinen leinenen Faden, sondern ein wollenes Laken, in das man sich einwickelte, und das hielt gut warm.

Das Leben kehrte in sie zurück, aber im Fieber, sie wußte gar nicht, was geschehen war oder wo sie sich befand, und das war ja nur gut, denn alles, was ihr teuer war, das lag auf dem Meeresgrund, es erging ihnen dort draußen, wie es das Heldenlied vom ‚Königssohn von Engelland' gesungen hatte:

„Ein großer Jammer war's, mit anzusehen,
Man sah das Schiff in tausend Stücke gehen."

Wrackreste und Holzsplitter wurden an Land gespült, sie war die einzige Überlebende von allen. Noch immer toste der Wind heulend über die Küste, für ein paar Augenblicke hatte sie Ruhe, aber bald kamen Schmerzen und Schreie, sie schlug ihre beiden wunderschönen Augen auf, sprach ein paar Worte, aber niemand konnte sie verstehen.

Und da, nach allem, was sie gelitten und durchgemacht hatte, hielt sie in ihren Armen ein neugeborenes Kind; es hätte in einem Prunkbett ruhen sollen, mit seidenen Gardinen, in dem reichen Haus; es hätte mit Jubel willkommen geheißen sein sollen, zu einem Leben, reich an den Gütern der Erde, und nun hatte der Herrgott es in diesem ärmlichen Winkel zur Welt kommen lassen; nicht einmal einen Kuß erhielt es von seiner Mutter.

Die Fischersfrau legte das Kind an die Mutterbrust, und es lag an einem Herzen, das nicht mehr schlug, sie war tot. Das Kind, welches in Reichtum und Glück großgezogen werden sollte, war in eine Welt hineingeworfen, vom Meer auf die Dünen geworfen worden, auf daß es das Los und die schweren Tage des Armen kennenlernen sollte.

Und immer kommt uns hier das alte Lied in den Sinn:

Dem Königssohn die Träne über die Wange rann,
Um Christi willen, ich kam vor Bovbjerg an!
Nun geht's mir schlecht, die Gefahr ist groß;
In Herrn Bugges Kreis wär mir's besser ergangen,
Weder Ritter noch Knapp hätten mich aufgehangen.

Etwas südlich vom Nissumfjord, auf dem Strand, den Herr Bugge einmal den seinen genannt hatte, war das Schiff gestrandet; die harten, unmenschlichen Zeiten, da die Bewohner der Westküste, wie man erzählt, an den Gestrandeten Böses verübten, waren längst vorüber; Liebe und Herzensgüte, Opferbereitschaft für die Schiffbrüchigen fand man hier, wie sie in heutiger Zeit in den edelsten Zügen leuchten; die sterbende Mutter und das elende Kind hätten

Fürsorge und Pflege bekommen, wo immer der Sturm sie hingeweht hätte, aber nirgendwo herzlicher als bei der armen Fischersfrau, die noch gestern schwermütigen Herzens am Grabe gestanden hatte, das ihr Kind barg, welches heute sein fünftes Lebensjahr vollendet hätte, wenn Gott es ihm vergönnt hätte, am Leben zu bleiben.

Niemand wußte, wer das fremde tote Weib war oder woher sie kam. Die Überreste und Splitter des Schiffes ließen nichts darüber verlauten.

In Spanien, in dem reichen Hause, trafen niemals Briefe oder eine Kunde über die Tochter oder den Schwiegersohn ein; sie waren an ihrem Bestimmungsort nicht angekommen; starke Stürme hatten in den letzten Wochen getobt; man wartete monatelang. „Völliger Schiffbruch; alle umgekommen!" das wußten sie.

Aber im Fischerhause bei den Huusbydünen hatten sie jetzt ein kleines Bürschlein.

Wo Gott zweien das tägliche Brot beschert, findet der dritte wohl auch noch ein wenig für eine Mahlzeit; und nahe am Meer gibt es sicher ein Gericht Fische für einen hungrigen Mund. Jörgen wurde der Kleine genannt.

„Er ist sicher ein Judenkind", sagte man, „er sieht so schwarz aus!" – „Er kann auch Italiener oder Spanier sein!" sagte der Pfarrer. Diese drei Völker schienen der Fischersfrau auf eins hinauszulaufen, und sie tröstete sich damit, daß das Kind christlich getauft war. Der Junge gedieh, das adelige Blut blieb warm und bekam Kräfte durch die karge Kost, er wuchs in dem geringen Haus heran; die dänische Sprache wurde seine Sprache, so wie der Westjüte sie spricht. Der Granatkern aus Spaniens Erdreich wurde zu einer Strandhaferpflanze an der Westküste Jütlands, so weit kann ein Mensch es bringen! An dies Zuhause klammerte er sich mit den einjährigen Wurzeln seines Lebens. Hunger und Kälte, Bedrängnis und Not des armen Mannes sollte er erfahren, aber auch die Freuden des Armen.

Die Kinderzeit hat für jeden ihre Lichtpunkte, die später durch das ganze Leben weiterstrahlen. Wie reich war er nicht an Freuden und Spielen! Der ganze Strand, meilenweit, lag voller Spielzeug: ein Mosaik von Geröll, rot wie Korallen, gelb wie Bernstein, und weiß, abgerundet, als ob es Vogeleier wären; in allen Farben, und alle vom Meere geschliffen und geglättet. Selbst das windgedörrte Fischskelett, die windgedörrten Wasserpflanzen, der Tang, schimmernd weiß, lang und schmal wie Leinenbänder, zwischen den Steinen flatternd, alles war zu Spiel und Lust fürs Auge und fürs Denken da; und der Junge war ein aufgewecktes Kind,

viele und große Fähigkeiten lagen in ihm verborgen. Wie gut behielt er Geschichten und Lieder, die er hörte. Und geschickt mit den Fingern war er: aus Steinen und Schalen setzte er ganze Fahrzeuge und Bilder zusammen, mit denen man die Stube schmücken konnte; er könne ganz seltsam seine Einfälle in ein Stück Holz schnitzen, sagte seine Pflegemutter, und der Junge wäre doch noch klein; schön klang seine Stimme, Melodien flossen ihm schnell über die Zunge. In dieser Brust waren viele Saiten gespannt, sie hätten in die Welt hinausklingen können, wäre er an einen anderen Platz gestellt worden als ins Fischerhaus an der Nordsee.

Eines Tages strandete hier ein Schiff, eine Kiste mit seltenen Blumenzwiebeln trieb an Land; man nahm sich welche und steckte sie in den Kochtopf, man glaubte, man könne sie essen, andere lagen im Sand und verfaulten am Strand, sie konnten ihre Bestimmung nicht erfüllen: die Farbenpracht zu entfalten, die Herrlichkeit, die in ihnen lag – würde es Jörgen besser ergehen? Mit den Blumenzwiebeln war es schnell vorbei, er hatte noch Jahre der Prüfungen vor sich.

Es wurde weder ihm noch einem von den anderen da drüben bewußt, wie einsam und eintönig der Tag verging, es gab vollauf zu tun, zu hören und zu sehen. Allein das Meer war ein großes Lehrbuch, jeden Tag bot es eine neue Seite dar, Meeresstille, Dünung, harten Wind und Sturm, die Strandungen waren Höhepunkte; der Kirchgang galt als Festbesuch, jedoch gab es daheim im Fischerhaus einen Besuch, der besonders willkommen war, er wurde zweimal im Jahre wiederholt, das war der Besuch des Onkels, des Bruders der Mutter, des Aalbauern aus Fjaltring, oben in der Nähe von Bovbjerg; er kam mit einem rotgestrichenen Wagen voller Aale, der Wagen war geschlossen wie ein Sarg und mit blauen und weißen Tulpen bemalt, er wurde von zwei falben Ochsen gezogen, und Jörgen erhielt die Erlaubnis, sie zu lenken.

Der Aalbauer war der helle Kopf, der muntere Gast, er brachte ein Lägel voll Branntwein mit, jeder bekam einen Schnaps oder auch eine Kaffeetasse voll, falls es an Gläsern fehlte, selbst Jörgen, wie klein er auch war, erhielt einen Fingerhut voll, es war, um den fetten Aal festzuhalten, sagte der Aalbauer und erzählte dann immer dieselbe Geschichte, und wenn man über sie lachte, erzählte er sie denselben Leuten gleich noch einmal; das tun alle redseligen Personen, und da Jörgen während seines Heranwachsens und bis in seine Mannesjahre hinein diese Geschichte erzählte und ihre Redeweise anwandte, so wollen wir sie hören.

„Draußen im Bach standen die Aale, und Mutter Aal sagte zu ihren Töchtern, als sie darum baten, ob sie allein einen kleinen Spaziergang den Bach hinauf machen dürften: ‚Geht nicht zu weit! Leicht kann der garstige Aalstecher kommen und euch alle miteinander holen!‘ – aber sie gingen zu weit, und von acht Töchtern kamen nur drei wieder zu Mutter Aal zurück; und sie jammerten: ‚Wir waren nur ein bißchen vor die Tür gegangen, da kam der garstige Aalstecher und stach unsere fünf Schwestern tot!‘ – ‚Die werden schon wiederkommen!‘ sagte Mutter Aal. – ‚Nein!‘, sagten die Töchter, ‚denn er hat ihnen die Haut abgezogen, hat sie zerschnitten und gebraten.' – ‚Die werden schon wiederkommen!' sagte Mutter Aal. – ‚Ja, aber er hat sie gefressen!' – ‚Die werden schon wiederkommen!' sagte Mutter Aal ‚Aber dann hat er obendrein noch Branntwein getrunken', sagten die Töchter. – ‚Oh, au! dann kommen sie niemals wieder!' heulte Mutter Aal. ‚Branntwein begräbt den Aal!'

Und deshalb muß man immer seinen Branntweinschnaps zu diesem Gericht trinken!" sagte der Aalbauer.

Und diese Geschichte wurde zum goldenen Faden, zum Faden der Heiterkeit in Jörgens Leben. Auch er wollte gern ein bißchen vor die Tür, „ein bißchen den Bach hinauf", das heißt mit dem Fahrzeug in die Welt hinaus, und Mutter sagte wie die Aalmutter: „Es gibt viele böse Menschen, Aalstecher!" aber ein wenig über die Dünen hinaus, nur ein wenig in die Heide mußte er denn doch; und das sollte ihm auch beschieden sein. Vier fröhliche Tage, die hellsten in seinem ganzen kindlichen Leben, brachen an; alle Herrlichkeit Jütlands, die Freude und Sonne der Heimat lagen darin; er sollte zu einem Schmause – allerdings war es ein Leichenschmaus.

Ein wohlhabender Anverwandter der Fischerfamilie war gestorben; der Hof lag drinnen im Lande, „ostwärts, einen Strich gen Norden", wie es hieß. Vater und Mutter wollten hin, und Jörgen kam mit. Von den Dünen kamen sie über Heide und Sumpfland zu der grünen Wiese, durch die der Skærumbach sich seinen Weg bahnt, der Bach mit den vielen Aalen, wo Mutter Aal mit ihren Töchtern wohnte, mit denen, die die bösen Menschen abstachen und entzweischnitten; jedoch hatten die Menschen oftmals nicht besser an ihren Mitmenschen gehandelt; auch Herr Ritter Bugge, der in dem alten Lied erwähnt wird, wurde von bösen Menschen ermordet, und wenn man ihm auch viel Gutes nachsagte, so wollte er doch einmal den Baumeister töten, der ihm das Schloß mit Türmen und dicken Mauern gerade dort erbaute, wo Jörgen mit seinen Pflegeeltern stand, wo der Skærumbach in den Nissumfjord einmündet. Der Wallhügel ist noch immer zu sehen, die roten Mauerreste ringsum. Hier hatte Ritter Bugge, als der Baumeister aufgebrochen war, zu seinem Knappen gesagt: „Lauf hinterher und sag ihm: Meister, der Turm wankt! Dreht er sich um, dann töte ihn und nimm ihm das Geld ab, das er von mir bekam, dreht er sich aber nicht um, dann laß ihn in Frieden ziehen!" Und der Knappe gehorchte, und der Baumeister entgegnete: „Der Turm wankt nicht, aber einstmals wird aus Westen ein Mann in einem blauen Mantel kommen, der wird ihn zum Wanken bringen!" und das geschah hundert Jahre danach, da brach die Nordsee ein, und der Turm stürzte um, aber der Besitzer des Hofes, Predbjörn Gyldenstjerne, baute sich weiter oben, wo die Wiese aufhört, einen neuen Hof, und der steht heute noch, das ist Nörre-Vosberg.

Dort kamen Jörgen und seine Pflegeeltern vorbei, von jedem Plätzchen hier drüben hatte man ihm an den langen Winterabenden erzählt, jetzt sah er den Hof mit seinen doppelten Gräben, seinen Bäumen und Sträuchern, dem Wall, von Farnen überwuchert, der sich dazwischen erhob; aber am schönsten waren die hohen Linden, sie reichten bis zum Dachfirst hinauf und erfüllten die Luft mit dem süßesten Duft. Nach Nordwesten zu, in einer Ecke des Gartens, stand ein großer Strauch mit Blüten, wie Winterschnee auf dem Sommergrün; es war ein Holunderstrauch, der erste, den Jörgen so hatte blühen sehen; der und die Lindenbäume blieben ihm für alle Zeiten im Gedächtnis haften: Dänemarks Duft und Schönheit, die die Kinderseele fürs Alter bewahrte.

Die Reise ging sogleich weiter und nun bequemer, denn gleich hinter Nörre-Vosberg, wo der Holunder in Blüte stand, durfte er fahren, sie begegneten anderen Gästen, die zum Beerdigungsfest wollten, und die nahmen sie im Wagen mit, allerdings mußten sie alle drei hinten auf einer kleinen hölzernen Kiste mit eisernen Beschlägen sitzen, aber es war doch immer besser, als zu laufen, meinten sie. Die Fahrt ging über die bucklige Heide; die Zugochsen blieben hin und wieder stehen, wenn ein frischer Grasfleck zwischen dem Heidekraut auftauchte, die Sonne schien warm, und seltsam war es, weit draußen einen wogenden Dampf zu sehen, der dennoch klarer war als die Luft, man sah quer hindurch, es war, als ob die Lichtstrahlen über der Heide wirbelten und tänzelten.

„Das ist Loke, der seine Schafherde treibt", sagte man, und dieser Ausspruch genügte Jörgen, ihm war es, als führe er mitten in das Märchenland hinein, und er war dennoch in der Wirklichkeit. Wie war es hier still!

Weitgedehnt und groß lag die Heide da, aber wie ein richtiger kostbarer Teppich anzuschauen; das Heidekraut blühte, die zypressengrünen Wacholdersträucher und frischen Eichentriebe wurden gleich Sträußen im Heidekraut der Heide sichtbar; hier wäre man am liebsten herumgetobt, wären nur die giftigen Kreuzottern nicht gewesen, von denen redete man und von den vielen Wölfen, die es hier gegeben hatte, weshalb der Bezirk auch den Namen Wolfsburg trug. Der Alte, welcher lenkte, erzählte aus seines Vaters Zeiten, wie die Pferde hier draußen oft einen harten

Strauß mit den jetzt ausgerotteten wilden Tieren auszufechten hatten und wie, als er eines Morgens hier herauskam, eines der Pferde auf einem Wolf herumtrampelte, den es getötet hatte, aber das Fleisch war dem Pferde ganz von den Beinen weggefetzt.

Viel zu schnell ging die Fahrt über die bucklige Heide und durch den tiefen Sand. Sie hielten vorm Trauerhaus an, wo es voll war von Gästen, drinnen wie draußen; Wagen stand neben Wagen, Pferde und Ochsen grasten auf dem mageren Stück Weide; große Sanddünen, genau wie daheim an der Nordsee, erhoben sich hinter dem Anwesen und zogen sich weit und breit hin! Wie waren die hierhergekommen, drei Meilen ins Land hinein, und ebenso hoch und riesig wie die am Strande? Der Wind hatte sie hochgehoben und versetzt, sie hatten auch ihre Geschichte.

Es wurden Choräle gesungen, geweint wurde auch, ein paar Alte taten es, sonst fand Jörgen alles recht ergötzlich, hier gab es Essen und Trinken die Hülle und Fülle, die schönsten, fettesten Aale, und hinterher soll man einen Schnaps trinken; „der hält den Aal nieder!“ hatte der Aalbauer gesagt, und seine Worte wurden hier wahrlich beherzigt.

Jörgen war drinnen, und Jörgen war draußen; am dritten Tage fühlte er sich hier daheim wie im Fischerhaus und in den Dünen, wo er alle seine bisherigen Jahre verlebt hatte. Hier auf der Heide war es aber im Gegensatz zu den Dünen reich, hier wimmelte es von Heidekraut, Krähenbeeren und Blaubeeren, sie quollen so groß und so süß hervor, man konnte sie richtig mit dem Fuß zerquetschen, so daß das Heidekraut vom roten Safte troff.

Hier lag ein Hünengrab, hier ein zweites; Rauchsäulen stiegen in die stille Luft empor, es sei Heidebrand, sagte man, er leuchtete so wunderbar in der Abendstunde.

Der vierte Tag brach an, und nun war der Leichenschmaus zu Ende – sie mußten von den Landdünen zu den Stranddünen zurück.

„Unsere sind doch die richtigen“, sagte Vater, „diese haben keine Macht.“

Und es wurde davon gesprochen, wie sie hierhergekommen waren, und das war alles sehr verständlich. Am Strande war eine Leiche gefunden worden, die Bauern hatten sie auf dem Kirchhof begraben, da begann der Sandsturm, das Meer brach gewaltig ein, ein kluger Mann im Sprengel riet, das Grab zu öffnen und nachzusehen, ob der Beerdigte nicht daläge und an seinem Daumen lutschte, dann war es nämlich ein Wassermann, den man begraben hatte, und das Meer würde sich aufmachen, um ihn zu holen; das Grab wurde geöffnet, er lag da und lutschte an seinem Daumen, und da legten sie ihn schnell auf einen Karren, zwei Ochsen wurden vorgespannt, und wie von Bremsen gestochen, fuhren sie mit ihm über Heide und Sumpf ins Meer hinaus, da hörte der Sandsturm auf, aber die Dünen liegen noch da. All dies hörte und bewahrte Jörgen aus den glücklichsten Tagen seiner Kinderzeit im Gedächtnis: den Tagen des Leichenschmauses.

Herrlich war es, hinauszukommen, neue Gegenden und neue Menschen zu sehen, und er sollte weiter herumkommen. Er war keine vierzehn Jahre alt, noch ein Kind; er ging mit einem Fahrzeug in See, kam hinaus und lernte kennen, was die Welt zu bieten hat; er erlebte böses Wetter, harte See, böses Gemüt und harte Menschen; er wurde Kajütenjunge! Geringe Kost, kalte Nächte, Prügel und Faustschläge fielen ab, da kochte irgend etwas in seinem hochadligen Blut auf, so daß ihm böse Worte aus dem Munde schäumten, aber es war wohl doch das klügste, sie wieder zurückzunehmen, und das war ein Gefühl, wie für den Aal, wenn er gehäutet, zerschnitten und in die Pfanne gelegt wird.

„Ich komme wieder", sagte etwas in ihm. Die spanische Küste, das Vaterland seiner Eltern, die Stadt selbst, wo sie in Wohlstand und Glück gelebt hatten, bekam er zu sehen, aber er wußte nichts von Heimat und Verwandtschaft, die Familie wußte von ihm noch weniger.

Der arme Schiffsjunge erhielt auch keine Erlaubnis, an Land zu gehen; am letzten Tag jedoch, da das Schiff hier lag, kam er an Land; es mußten Einkäufe gemacht werden, und er mußte sie an Bord schleppen.

Da stand Jörgen in seinen schäbigen Kleidern, sie sahen aus, als wären sie im Graben gewaschen und im Schornstein getrocknet worden; zum erstenmal sah er, der Dünenbewohner, eine große Stadt. Wie waren die Häuser doch hoch, die Straßen schmal, wie wimmelten sie von Menschen! Manche drängelten sich hier, manche dort, es war wie ein einziger Mahlstrom von Städtern und Bauern, Mönchen und Soldaten; hier war ein Kreischen, Schreien, ein Glöckchengebimmel von Eseln und Mauleseln, die Kirchenglocken läuteten ebenfalls; es ertönten Gesang und Musik, Hämmern und Klopfen, denn jeder Beruf hatte seine Werkstatt in der Tür oder auf der Straße, und dann glühte die Sonne so heiß, die Luft war dick, es war genauso, als wäre man in einen Backofen voller Mistkäfer, Maikäfer, Bienen und Fliegen gekommen, es summte und es schwirrte; Jörgen wußte nicht, wo er ging, noch wo er stand. Da sah er gerade vor sich das riesige Portal des Domes, die Kerzen strahlten aus den halbdunklen Gewölben, und ein Duft von Weihrauch drang heraus. Selbst der ärmste Bettler in Lumpen wagte sich die Treppe hinauf und hinein. Der Matrose, mit dem Jörgen ging, nahm den Weg durch die Kirche, und Jörgen stand in dem Heiligtum. Bunte Bilder strahlten auf goldenem Grund. Die Gottesmutter mit dem Jesuskind stand auf dem Altar unter Blumen und Kerzen; Priester in Festtagsgewändern sangen, und schöne, geputzte Chorknaben schwangen silberne Weihrauchgefäße; es war eine Herrlichkeit, eine Pracht, dies zu sehen, es durchströmte Jörgens Seele, überwältigte ihn; die Kirche seiner Eltern, ihr Glaube umschlossen ihn und schlugen einen Akkord in seiner Seele an, so daß ihm Tränen in die Augen traten.

Von der Kirche ging es zum Markte, er hatte ein ganz Teil Küchen- und Eßwaren zu schleppen; der Weg war nicht kurz, müde wurde er, und da ruhte er sich vor einem großen, prächtigen Haus aus, das Marmorsäulen hatte, Statuen und breite Treppen; er stützte seine Last hier gegen die Mauer; da kam ein livrierter Pförtner, hob seinen silberbeschlagenen Stock und jagte ihn fort, ihn – das Enkelkind des Hauses, aber das wußte dort keiner; am allerwenigsten er selbst.

Und dann kam er an Bord, wurde geknufft und bekam harte Worte, wenig Schlaf und viel Arbeit – so hatte er denn das erfahren! Und es soll gut sein, in der Jugend Böses zu erdulden, sagt man – ja, wenn dann das Alter nur schön wird.

Seine Fahrenszeit war um, das Schiff lag wieder am Ringkjöbingfjord, er kam an Land und nach Haus zu den Huusbydünen, aber Mutter war gestorben, während er auf Fahrt gewesen war.

Nun folgte ein strenger Winter; Schneestürme tosten über Meer und Land, man konnte kaum weiterkommen. Wie unterschiedlich war es doch in dieser Welt verteilt! So eine eisige Kälte und ein stöbernder Schnee hier, während im Lande Spanien eine glühende Sonnenhitze herrschte, ja, viel zu stark, und dennoch, wenn es hier zu Hause einen Tag richtig frostklar war und Jörgen die Schwäne in großen Schwärmen vom Meer über den Nissumfjord auf Nörre-Vosberg zufliegen sah, dann meinte er, daß man hier dennoch am besten atmen könne, und hier herrschte auch Schönheit des Sommers; in Gedanken sah er dann die Heide blühen und von reifen, saftigen Beeren überquellen; die Linden und der Holunder bei Nörre-Vosberg standen in Blüte; dort mußte er noch einmal hin.

Es ging auf den Frühling zu, der Fischfang begann, Jörgen half, er war im letzten Jahre gewachsen und flink in seiner Arbeit; Leben war in ihm, schwimmen konnte er, Wasser treten, sich dort draußen drehen und tummeln, oftmals wurde er gewarnt, er solle sich vor den Makrelenschwärmen in acht nehmen; sie holen den besten Schwimmer, ziehen ihn unter die Wasserfläche, fressen ihn, und dann ist er weg, aber das wurde nicht Jörgens Los.

Beim Nachbarn in den Dünen war ein Junge, Morten, mit ihm verstand Jörgen sich gut, und sie nahmen beide Heuer auf einem Schiff nach Norwegen, fuhren auch nach Holland, und die beiden hatten niemals Streit miteinander; aber das kann es ja leicht einmal geben, und ist man etwas heftig von Natur, dann gebärdet man sich nur zu leicht ein wenig heftig, das tat Jörgen einmal, als sie an Bord sich um nichts und wieder nichts in die Haare gerieten; sie saßen gerade hinter dem Kajütenverdeck und aßen aus einem Tonnapf, den sie zwischen sich hatten, Jörgen hielt sein Taschenmesser in der Hand, zückte es gegen Morten, wurde aber im selben Augenblick kreidebleich und bekam einen garstigen Blick. Und Morten sagte nur: „So so, du bist also so einer, der das Messer zieht!"

Kaum war es gesagt, da war Jörgens Hand auch schon wieder unten, er sprach kein Wort, aß sein Essen und ging an seine Beschäftigung; als sie von der Arbeit kamen, ging er zu Morten hin und sagte: „Schlag mir nur ruhig ins Gesicht! Ich habe es verdient! Es ist, als hätte ich einen Kessel in mir, der überkocht."

„Laß schon gut sein!" sagte Morten, und darauf waren sie fast doppelt so gute Freunde; ja, als sie späterhin in das jütische Land zu den Dünen zurückkamen und erzählten, was so geschehen war, kam auch das zur Sprache; Jörgen konnte überkochen, aber er war trotz allem ein ehrlicher Kessel. „Ein Jüte ist er ja nicht! Einen Jüten kann man ihn nicht nennen*!" und das war von Morten allerdings witzig gesagt.

* Doppeldeutig: „Jüten" sind auch gedörrte Schollen (Anmerkung d. Übers.).

Jung und gesund waren sie beide, gut gewachsen und mit starken Gliedmaßen, aber Jörgen war der Gewandtere.

Oben in Norwegen ziehen die Bauern auf die Sennen und führen das Vieh zum Weiden auf die Höhen, an Jütlands Westküste hat man drinnen in den Dünen Hütten errichtet, aus Wrackteilen zusammengezimmert und mit Heidetorf und Heidekrautsoden gedeckt, Schlafstellen ziehen sich in der ganzen Stube an den Wänden hin, und hier schlafen und wohnen im frühen Frühling die Fischersleute; jeder hat sein „Ködermädchen", wie sie genannt wird, und ihr Amt ist es, Köder auf den Haken zu ziehen, die Fischer beim Landen mit heißem Bier zu empfangen und ihnen Essen zu bereiten, wenn sie müde heimkehren. Die Ködermädchen schleppen die Fische vom Boot herbei, schneiden sie auf und haben viel zu tun.

Jörgen, sein Vater, zwei andere Fischer und ihre Ködermädchen hatten eine Hütte gemeinsam; Morten wohnte dicht daneben.

Nun war eines der Mädchen darunter, Else, die hatte Jörgen gekannt, seit sie klein war, die beiden verstanden sich sehr gut, sie waren in vielen Dingen gleichen Sinnes, im Aussehen aber gerade Gegensätze; er hatte eine braune Hautfarbe, und sie war weiß und hatte flachsblondes Haar; ihre Augen waren so blau wie das Meerwasser im Sonnenschein.

Eines Tages, als sie zusammen gingen und Jörgen sie an der Hand hielt, so richtig innig und fest, sagte sie zu ihm: „Jörgen, ich habe etwas auf dem Herzen! Laß mich dein Ködermädchen sein, denn du bist mir wie ein Bruder, aber Morten, der mich angeheuert hat, wir beide sind versprochen – aber es hat keinen Zweck, den anderen etwas davon zu sagen!"

Und für Jörgen war es so, als käme der Dünensand unter ihm in Bewegung, er sagte kein Wort, sondern nickte nur, und das bedeutet dasselbe wie ja; mehr brauchte es nicht; aber er spürte mit einemmal in seinem Herzen, daß er Morten nicht ausstehen konnte; und je länger er darüber nachdachte – so hatte er nie zuvor an Else gedacht –, desto klarer wurde es ihm, daß Morten ihm das einzige gestohlen hatte, was er liebte, und das war wahrhaftig die Else, jetzt war es ihm sonnenklar geworden.

Ist die See einigermaßen bewegt, und kehren die Fischer mit ihrem Boot zurück, dann seht sie einmal über die Sandbänke setzen; einer der Leute steht vorn hochaufgerichtet, die anderen geben genau auf ihn acht, sitzen an den Riemen, die sie vor der Sandbank auswärts bewegen, bis er ihnen ein Zeichen gibt, daß jetzt die große Welle kommt, die das Boot hinüberhebt, und es wird so hochgehoben, daß man vom Land aus seinen Kiel sieht, im nächsten Augenblick ist das ganze Fahrzeug von den Seen vor ihm verborgen, weder Boot noch Leute noch Mast sind zu erblicken, man sollte meinen, das Meer habe sie verschlungen, einen Augenblick darauf kommt das Boot zum Vorschein, als wäre es ein riesiges Seetier, das auf die Woge hinaufgeklettert ist, die Riemen bewegen sich, als ob es dessen rührige Beine wären; bei der zweiten und dritten Sandbank geht es genau wie bei der ersten, und nun springen die Fischer ins Wasser, ziehen das Boot an Land, jeder Wellenschlag hilft ihnen und hebt es ein tüchtiges Stück weiter hinauf, bis sie es aus der Brandung heraus haben.

Ein falscher Befehl außerhalb der Sandbank, ein Zaudern, und sie erleiden Schiffbruch.

„Dann wäre es mit mir vorbei und mit Morten ebenfalls!" Dieser Gedanke kam Jörgen draußen auf See, wo sein Pflegevater gerade ernstlich krank geworden war. Das Fieber lähmte ihn; es war kurz vor der äußersten Bank, Jörgen sprang nach vorn.

„Vater, laß mich!" sagte er, und sein Blick schweifte über Morten und über die Seen hinweg, aber als die Riemen sich unter dem starken Zugriff bewegten und die größte Welle kam, sah er in seines Vaters blasses Gesicht und – konnte seiner bösen Eingebung nicht folgen. Das Boot kam heil über die Sandbänke und an Land, aber der böse Gedanke lag ihm im Blut, es sträubte sich jede kleine Faser der Bitterkeit in ihm, die sich in seiner Erinnerung aus der Kameradenzeit in ihm aufgerauht hatte; er konnte jedoch keinen Strick daraus drehen, und so ließ er es sein. Morten hatte ihn zunichte gemacht, das fühlte er, und das genügte ja, um ihm Haß entgegenzubringen. Einige von den Fischern bemerkten es, nur Morten nicht, er war genauso wie immer, hilfsbereit und redselig, vom letzteren ein wenig zuviel.

Jörgens Pflegevater mußte das Bett hüten, es wurde das Sterbelager, er starb eine Woche darauf – und nun erbte Jörgen das Haus drüben hinter den Dünen, ein ärmliches Haus nur, aber es war doch immerhin etwas, so viel hatte Morten nicht.

„Nun nimmst du wohl keine Heuer mehr, Jörgen, sondern bleibst für immer bei uns?“ sagte einer der alten Fischer.

Dies lag nicht in Jörgens Absicht, er gedachte sich wieder ein wenig in der Welt umzusehen. Der Aalbauer aus Fjaltring hatte einen Onkel oben in Gammel-Skagen, der war Fischer, aber außerdem auch ein wohlhabender Kaufmann, der ein Fahrzeug hatte; er sollte so ein reizender, alter Mann sein, in seinem Dienst zu stehen, mochte sich vielleicht lohnen. Gammel-Skagen liegt am nördlichsten Ende von Jütland, so weit von den Huusbydünen entfernt, wie man in diesem Land nur kommen konnte, und das mag es gewesen sein, was Jörgen am meisten zusagte, er wollte nicht einmal bis zu Elses und Mortens Hochzeit bleiben, die in zwei Wochen stattfinden sollte.

Es wäre unklug, fortzugehen, meinte der alte Fischer, nun hätte Jörgen ein Haus, Else wäre wohl eher dazu geneigt, ihn zu nehmen.

Jörgen antwortete darauf sehr kurz angebunden, es war nicht leicht, seine Rede zu verstehen, aber der Alte führte Else zu ihm; sie sagte nicht viel, aber eins sagte sie: „Du hast ein Haus! Das will überlegt sein!“

Und Jörgen überlegte viel.

Das Meer hat schwere Seen, das menschliche Herz hat noch schwerere, durch Jörgens Kopf und Gemüt gingen viele Gedanken, starke und schwache, und er fragte Else: „Wenn nun Morten ein Haus hätte, so gut wie meines, wen von uns würdest du dann lieber nehmen?“

„Aber Morten hat keins und kriegt auch keins.“

„Aber wir stellen uns nun vor, er kriegte eins!“

„Ja, dann nähme ich wohl Morten, denn so ist es nun mal mit mir bestellt. Aber davon kann man nicht leben.“

Und Jörgen überlegte eine ganze Nacht. In ihm war irgend etwas, er konnte sich selber keine Rechenschaft darüber ablegen, aber er hatte einen Gedanken, der stärker war als seine Liebe zu Else; und so ging er zu Morten, und was er dort sagte und tat, hatte er sich wohl überlegt, er überließ ihm zu den günstigsten Bedingungen das Haus, er selber wollte Heuer nehmen, der Sinn stand ihm so sehr danach. Und Else küßte ihn mitten auf den Mund, als sie das hörte, denn sie liebte ja Morten am meisten.

Früh am Morgen wollte Jörgen aufbrechen. Am vorhergehenden Abend, es war schon spät, wandelte ihn die Lust an, Morten noch einmal zu besuchen, er ging, und zwischen den Dünen begegnete er dem alten Fischer, dem die Abreise nicht gefiel, Morten müsse ja wohl einen Entenschnabel, in die Hosen eingenäht, bei sich tragen, sagte er, da die Mädchen so arg in ihn verliebt seien. Jörgen ging über die Bemerkung hinweg, verabschiedete sich und ging zu dem Haus, wo Morten wohnte; er hörte drinnen lautes Reden, Morten war nicht allein; Jörgen schwankte, mit Else gerade wollte er am wenigsten zusammentreffen, und wenn er es sich recht überlegte, so wollte er auch nicht, daß Morten ihm noch einmal danken sollte, und da kehrte er denn wieder um.

Am nächsten Morgen, vor Tag, schnürte er sein Bündel, nahm seinen Mundvorrat und ging die Dünen hinab auf den Strand zu; hier war es leichter, voranzukommen als auf dem schwierigen, sandigen Weg, außerdem war der Weg kürzer, denn er wollte zuerst nach Fjaltring, bei Bovbjerg, wo der Aalbauer wohnte, dem er einen Besuch versprochen hatte.

Das Meer lag glatt und blau da, Schalen und Muscheln lagen herum, sein Kinderspielzeug knirschte ihm unter den Füßen. – Wie er so dahinging, bekam er Nasenbluten, es war nur eine Kleinigkeit, aber die kann auch von Wichtigkeit sein, ein paar große Blutstropfen fielen auf seinen Ärmel; er wusch sie ab, brachte das Blut zum Stocken, und ihm war es fast so, als hätte der Blutverlust seinen Kopf und sein Gemüt erleichtert. Im Sande blühte ein wenig Meerkohl, er brach einen Zweig ab und steckte ihn sich an den Hut; frei und fröhlich wollte er sein; es ging in die weite Welt hinaus, „vor die Tür, ein bißchen den Bach hinauf!" wie die

Aalkinder es wollten. „Nehmt euch vor den bösen Menschen in acht, sie stechen euch, ziehen euch die Haut ab, schneiden euch entzwei und legen euch in die Pfanne!" wiederholte er bei sich und lachte darüber, er würde wohl mit heiler Haut durch die Welt kommen; guter Mut ist ein guter Schutz.

Die Sonne stand schon hoch oben, als er sich der schmalen Einfahrt von der Nordsee in den Nissumfjord näherte; er blickte zurück und bemerkte ein ganzes Stück entfernt zwei zu Pferde, andere folgten, sie beeilten sich, ihn ging das nichts an.

Das Fährboot lag auf der anderen Seite der Einfahrt; Jörgen rief, bis es kam, und stieg dann an Bord, aber ehe er mit dem Fährschiffer noch halbwegs drüben war, kamen die Männer, die sich so sehr beeilt hatten, sie riefen, sie drohten und nannten den Namen der Obrigkeit. Jörgen verstand nicht, was es zu bedeuten hatte, meinte aber, es sei das beste, umzukehren; er ergriff selbst den einen Riemen und ruderte zurück; im selben Augenblick sprangen die Leute ins Boot, und ehe er es sich noch versah, schlangen sie ihm einen Strick um die Hände.

„Deine böse Tat wird dich das Leben kosten", sagten sie; „gut, daß wir dich erwischt haben."

Es war nicht mehr und nicht weniger als ein Mord, den begangen zu haben sie ihn beschuldigten. Morten war mit einem Messer im Hals aufgefunden worden; einer der Fischer hatte Jörgen am Vortage abends spät getroffen, als er zu Morten ging; es war nicht das erstemal, daß Jörgen das Messer gegen ihn erhoben hatte, das wußte man; er mußte der Mörder sein, es handelte sich jetzt darum, ihn hinter Schloß und Riegel zu bringen; Ringkjöbing war der rechte Ort, aber der Weg war lang, der Wind genau westlich, keine halbe Stunde brauchten sie, um über den Fjord zum Skærumbach überzusetzen, und von dort hatten sie nur eine Viertelmeile bis Nörre-Vosberg, einer starken Burg mit Wällen und Gräben. Im Boot war ein Bruder des Großknechts von da drüben, er meinte, sie würden wohl die Erlaubnis bekommen, Jörgen bis auf weiteres dort in das Loch zu stecken, in dem die Zigeunerin Langemargrethe bis zu ihrer Hinrichtung gesessen hatte.

Jörgens Verteidigung wurde nicht angehört, ein paar Blutstropfen auf seinem Hemd sprachen sicherer gegen ihn; seiner Unschuld war er sich bewußt, und da es hier zu keiner Rechtfertigung kommen konnte, ergab er sich in sein Schicksal.

Sie stiegen gerade dort an dem alten Wall an Land, wo Ritter Bugges Hof gestanden hatte, hier, wo Jörgen mit seinen Pflegeeltern zum Schmaus entlanggewandert war, dem Leichenschmaus, jene vier glückseligsten, lichtesten

Kindertage. Er wurde wieder denselben Weg über die Wiese nach Nörre-Vosberg geführt, und hier stand der Holunderstrauch in voller Blüte, die hohen Linden dufteten, er meinte, er sei erst gestern hiergewesen.

Im westlichen Flügel des Hofes befindet sich ein Einstieg unter der hohen Treppe, hier kommt man in einen niedrigen, gewölbten Keller, und von hier aus war Langemargrethe zum Richtplatz geführt worden; sie hatte fünf Kinderherzen gefressen und daran geglaubt, daß sie, wenn sie zwei mehr bekommen hätte, hätte fliegen und sich unsichtbar machen können. In der Mauer war ein kleines, fensterloses, enges Luftloch; die duftenden Linden draußen vermochten kein bißchen Erfrischung hineinzuschicken, alles hier drinnen war klamm und dumpf; nur eine Pritsche stand hier, aber ein gutes Gewissen ist ein sanftes Ruhekissen, ja, da mochte Jörgen wohl weich liegen.

Die dicke Bohlentür war versperrt, eine eiserne Stange davorgeschoben worden, aber der Alb des Aberglaubens kriecht durch ein Schlüsselloch, auf dem Herrensitz wie im Fischerhaus, um wieviel leichter hier, wo Jörgen nun saß und an Langemargrethe und ihre Untaten dachte; ihre letzten Gedanken hatten diesen Raum erfüllt, in der Nacht vor der Hinrichtung; ihm fiel all der Zauberspuk ein, der hier in alten Zeiten sein Wesen getrieben hatte, als der Herr Swanwedel hier hauste, und es war nur zu wohlbekannt, daß noch heute der Kettenhund, der auf der Brücke stand, allmorgendlich über dem Geländer an seiner Kette aufgehängt gefunden wurde. All dies erfüllte und durchschauerte Jörgen, jedoch ein Sonnenstrahl von draußen leuchtete zu ihm herein, und das war die Erinnerung an den blühenden Holunder und die Lindenbäume.

Lange saß er nicht hier, er wurde nach Ringkjöbing geführt, wo die Gefangenschaft ebenso scharf war.

Jene Zeiten waren nicht wie die unsrigen; der Arme hatte es schwer. Es war noch nicht verwunden worden, daß Bauernhöfe und Bauerndörfer in neuen Gütern aufgingen, und unter diesem Regiment wurden Kutscher und Diener Kreisrichter, die den Armen um eines geringen Vergehens willen zum Verlust von Haus und Hof und zum Stäupen verurteilen konnten; noch immer gab es den einen oder anderen von ihnen; und in dem jütischen Land, weit vom königlichen Kopenhagen und den aufgeklärten, wohlgesonnenen Lenkern entfernt, wurde das Gesetz oftmals gehandhabt, wie es sich gerade ergab; das Geringste war noch, daß sich die Haft für Jörgen in die Länge zog.

Bitterkalt war es dort, wo er saß, wann würde es ein Ende haben? Schuldlos war er in Verdruß und Elend gestürzt worden, das war sein Los! Wie es ihm in dieser Welt beschieden sein mochte, darüber nachzudenken hatte er jetzt Zeit; weshalb war er in diese Lage geraten? Ja, das würde sich in „einem zweiten Leben" aufklären, das unser ganz gewiß harrte! Dieser Glaube hatte sich in ihm festgesetzt, während jener Jahre in der ärmlichen Hütte; was in Spaniens Fülle und Sonnenschein den Gedanken seines Vaters nicht eingeleuchtet hatte, wurde für ihn in Kälte und Finsternis ein Licht des Trostes, Gottes Gnadengeschenk, und das wird nie zur Enttäuschung.

Nun kündigten sich die Frühjahrsstürme an. Das Grollen der Nordsee hört man meilenweit ins Land hinein, aber erst wenn der Sturm sich gelegt hat; es klingt, wie wenn schwere Wagen zu Hunderten über einen harten, unterhöhlten Weg fahren; Jörgen vernahm es drinnen in seinem Gefängnis, und das war eine Abwechslung; keine alten Melodien konnten tiefer ins Herz eindringen als diese Geräusche; das rollende Meer, das freie Meer, auf dem man durch die Welt getragen wurde, mit den Winden dahinflog, und wo man auch hinkam, man hatte sein eigenes Haus bei sich, ebenso wie die Schnecke das ihre; man stand immer auf eigenem, immer auf dem Boden der Heimat, selbst in fremden Landen.

Wie lauschte er auf das tiefe Rollen, wie rollte der Geist Erinnerungen auf! „Frei, frei! glückselig, frei zu sein, selbst ohne Sohlen an den Schuhen und mit geflicktem Werghemd!" Es kam wohl vor, daß es dabei in ihm aufloderte, und er schlug mit der geballten Faust gegen die Mauer.

Wochen, Monate, ein ganzes Jahr war vergangen, da ergriff man einen Schurken, Niels Tyv, den „Roßtäuscher" nannte man ihn auch, und da – kamen bessere Zeiten, es wurde offenbar, welches Unrecht Jörgen erlitten hatte.

Nördlich vom Ringkjöbingfjord bei einem Häusler, der auch eine Gastwirtschaft hatte, waren an dem Nachmittag vor Jörgens Aufbruch aus der Heimat, und bevor der Mord geschah, Niels Tyv und Morten zusammengetroffen, es wurden ein paar Gläser getrunken, und die sollten wohl einem Manne nicht gleich zu Kopfe steigen, aber sie lösten Morten wohl doch die Zunge ein wenig zu sehr, er redete groß und breit davon, daß er einen Hof erworben hätte und heiraten wollte, und als Niels nach dem Geld dafür fragte, schlug sich Morten prahlerisch auf die Tasche: „Das ist da, wo es hingehört", erwiderte er.

Diese Großtuerei kostete ihn das Leben; als er gegangen war, folgte Niels ihm und jagte ihm das Messer in den Hals, um sich das Geld zu holen, das es nicht gab.

Dies wurde weitläufig auseinandergepflückt, uns genügt es indessen zu erfahren, daß Jörgen auf freien Fuß gesetzt wurde, aber was erhielt er als Ersatz für alles, was er seit Jahr und Tag erlitten hatte, in Gefangenschaft, in Kälte, von den Menschen verstoßen? Ja, es wurde ihm gesagt, es sei ein Glück, daß er unschuldig wäre, nun könnte er gehen. Der Bürgermeister gab ihm zehn Mark als Reisegeld, und mehrere Bürger der Stadt gaben ihm Bier und gutes Essen, es gab auch gute Menschen! Nicht alle „stechen, ziehen die Haut ab und legen in die Pfanne"! Aber das beste an allem war, daß Kaufmann Brönne aus Skagen, der, bei dem Jörgen vor einem ganzen Jahr hatte Heuer nehmen wollen, gerade in diesen Tagen in Ringkjöbing zu tun hatte; er hörte von der ganzen Sache, Herz hatte er, er begriff und fühlte, was Jörgen gelitten haben mußte, nun wollte er ihm ein wenig Gutes tun und noch etwas mehr, ihn spüren lassen, daß es auch gute Menschen gebe.

Vom Gefängnis ging es jetzt in die Freiheit, ins Himmelreich, zu Liebe und Herzensgüte, ja, das sollte man auch erfahren; kein Lebensbecher ist nur Wermut, das konnte kein guter Mensch einem Menschenkinde einschenken, sollte dann Gott, die Alliebe, es können?

„Laß dies alles nun begraben und vergessen sein!“ sagte Kaufmann Brönne, „wir machen einen ganz dicken Strich unter das letzte Jahr. Den Kalender verbrennen wir, und in zwei Tagen fahren wir in das friedliche, liebe und vergnügte Skagen; eine entlegene Ecke des Landes ist es, sagt man; eine herrliche Ofenecke ist es, mit offenem Fenster in die weite Welt hinaus.“

Das war eine Reise! das war ein Atmen! Von der kalten Gefängnisluft in den warmen Sonnenschein hinauszukommen. Die Heide blühte, es war ein überströmender Flor, und der Hirtenjunge saß auf dem Hünengrab und blies auf der Flöte, die er sich aus einem Schafsknochen geschnitzt hatte. Die Fata Morgana, die schöne Luftspiegelung der Wüste, mit hängenden Gärten und schwimmenden Wäldern, tauchte auf, und das sonderbar leichte Luftbeben, von dem man sagt, es sei Loke, der seine Herde treibt.

Zum Limfjord ging die Reise über das Land der Vendler, nach Skagen hinauf, von wo aus die Männer mit den langen Bärten, die Langobarden, ausgewandert waren, als in der Hungerzeit unter König Snio alle Kinder und Alten getötet werden sollten, aber das edle Weib Gambaruk, das hier oben irdische Güter besaß, schlug vor, man sollte die Jungen lieber außer Landes ziehen lassen; davon wußte Jörgen, so gelehrt war er, und kannte er auch nicht das Land der Langobarden hinter den hohen Alpen, so wußte er dennoch, wie es dort aussehen mußte, er war ja selber als Junge im Süden gewesen, im spanischen Land: er entsann sich der dort aufgestapelten Obstberge, der roten Granatapfelblüten, des Summens, Brummens und Klingens der Glocken in dem großen Bienenkorb der Stadt, aber am schönsten ist es doch im heimatlichen Land, und Jörgens Heimat war Dänemark.

Schließlich gelangten sie dann nach „Vendilskaga“, wie Skagen in alten norwegischen und isländischen Schriften genannt wird. Meilenweit, mit Dünen und Ackerland dazwischen, erstreckt und erstreckte sich schon damals Gammel-Skagen, Vester- und Österby bis zum Leuchtturm nahe „Grenen*“; die Häuser und Gehöfte lagen wie noch heute zwischen zusammengefegten, immer wechselnden Sandhügeln verstreut, eine Wüstenlandschaft, wo der Wind sich in dem lockeren Sande tummelt und wo Möwen, Seeschwalben und die wilden Schwäne zu hören sind, daß es einem ins Trommelfell schneidet. Südwestlich, eine Meile von „Grenen“ entfernt, liegt Höien oder Gammel-Skagen, hier wohnte Kaufmann Brönne, hier sollte Jörgen jetzt leben. Der Hof war geteert, die kleinen Außengebäude hatten jedes ein umgekehrtes Boot als Dach, Wrackreste waren zu einem Schweinestall zusammengenagelt, Umzäunung gab es keine, es gab ja nichts, was man einzäunen mußte, aber in langen Reihen hingen an Leinen, eine über der anderen, aufgeschnittene Fische, die im Winde dörren sollten. Der ganze Strand war mit verfaulenden Heringen übersät, das Schleppnetz kam ja kaum ins Wasser, da wurde der Hering auch schon fuderweise an Land gezogen, es gab zu viele davon, man schmiß sie wieder ins Meer oder ließ sie liegen und verfaulen.

Frau und Tochter des Kaufmanns, ja, auch seine Leute kamen jubelnd herbei, als der Vater zurückkehrte, da gab es ein Händeschütteln, ein Schreien und Schwatzen, und was hatte doch die Tochter für ein liebes Gesicht und für freundliche Augen!

Drinnen im Haus war es gemütlich und weiträumig; Schüsseln mit Fisch wurden auf den Tisch gestellt, Rotzungen, die ein König ein Prachtessen hätte nennen können; Wein von Skagens Weinbergen, dem großen Meer, die Trauben rollten gekeltert an Land, und zwar in Fässern und Flaschen.

Als Mutter und Tochter später erfuhren, wer Jörgen war und wie unschuldig und schwer er hatte leiden müssen, leuchteten ihm ihre Augen noch freundlicher zu, und am freundlichsten leuchteten die der Tochter, der holden Jungfer Clara. Er fand in Gammel-Skagen ein freundliches Zu-

* Gren = Ast, der oberste Zipfel von Jütland (Anm. d. Ü.).

hause, es tat dem Herzen wohl, und Jörgens Herz hatte ja viel ausgestanden, auch die bittere See der Liebe, sie härtet ab, oder sie macht weicher, Jörgens Herz war noch immer so weich, es war so jung, es war ein freier Platz darin; es war deshalb sicher ein großes Glück, daß Jungfer Clara zufällig gerade in drei Wochen mit dem Schiff nach Christianssand in Norwegen wollte, um eine Tante zu besuchen und den ganzen Winter dort zu bleiben.

Am Sonntag vor der Abreise waren sie alle in der Kirche zum Abendmahl; groß und ansehnlich war die Kirche, Schotten und Holländer hatten sie vor mehreren Jahrhunderten gebaut, ein Stück von dem Platz entfernt, wo jetzt der Ort lag; ein wenig baufällig war sie geworden, und der Weg hinauf und hinab durch den tiefen Sand war sehr mühsam, doch nahm man es gern auf sich, um ins Gotteshaus zu gelangen, Choräle zu singen und eine Predigt zu hören. Der Sand lag bis über die Ringmauer des Kirchhofs hinweg, aber die Gräber drinnen hielt man noch frei vom Flugsand.

Es war die größte Kirche nördlich des Limfjords. Jungfrau Maria, mit der goldenen Krone auf dem Haupt und dem Jesuskind auf dem Arm, stand wie leibhaftig auf dem Altarbild. Im Chor sah man die geschnitzten heiligen Apostel und zuoberst auf der Mauer Porträts von Skagens alten Bürgermeistern und Räten mit ihren Hauszeichen; die Kanzel war ebenfalls geschnitzt. Die Sonne schien gar ermunternd in die Kirche hinein auf den blanken Messingkronleuchter und das kleine Schiff, das von der Decke herabhing.

Jörgen war von einem frommen, kindlichreinen Gefühl überwältigt, wie damals in seiner Kindheit, als er in der reichen Kirche in Spanien stand, aber hier war er sich voll bewußt, daß er mit zur Gemeinde gehörte.

Nach der Predigt war Abendmahl, er erhielt mit den anderen zusammen Brot und Wein gereicht, und es traf sich so, daß er gerade neben Jungfer Clara niederkniete; seine Gedanken waren indessen so ganz Gott und der frommen Handlung zugewandt, daß er erst, als man sich erhob, bemerkte, wer seine Nachbarin gewesen war; er sah die heißen Tränen über ihre Wangen rinnen.

Zwei Tage später reiste sie nach Norwegen ab, und Jörgen machte sich nun auf dem Hofe nützlich, ging auf Fischfang, und es gab Fische zu fangen, damals mehr als heutzutage. Die Makrelenschwärme glitzerten in den dunklen Nächten und zeigten an, wo sie des Wegs gezogen kamen, der Knurrhahn knurrte, und der Tintenfisch gab jämmerliche Schreie von sich, wenn er gejagt wurde, die Fische sind nicht so stumm, wie man sagt, Jörgen war es viel eher, er verschloß vieles in sich, aber einmal würde es wohl auch herauskommen.

Jeden Sonntag, wenn er in der Kirche saß und seine Augen an dem Bildnis der Mutter Maria auf dem Altarbild haften blieben, ruhten sie auch eine Weile auf dem Fleck, wo Jungfer Clara neben ihm niedergekniet war, und er dachte an sie, wie herzensgut sie zu ihm gewesen war.

Der Herbst kam mit Schmuddelwetter und Tauschnee, das Wasser stand in Skagen auf den Straßen und schwappte hin und her, der Sand konnte nicht all das viele Wasser schlucken, man mußte waten, wenn nicht gar mit dem Boote fahren; die Stürme warfen ein Fahrzeug nach dem anderen auf die todbringenden Sandbänke, es kamen Schneestürme und Sandstürme, der Sand wirbelte um die Häuser, so daß die Leute oben durch den Schornstein nach draußen klettern mußten; mollig und schön war es drinnen in der Stube, Heidetorf und Wrackstücke knisterten und krachten, und Kaufmann Brönne las laut aus einer alten Chronik vor, las vom Prinzen Amlet von Dänemark, der aus England kommend hier drüben bei Bovbjerg landete und eine Schlacht führte; bei Ramme lag sein Grab, nur wenige Meilen von dort entfernt, wo der Aalbauer wohnte; Hünengräber zu Hunderten erhoben sich auf der Heide, ein großer Kirchhof, Kaufmann Brönne war selbst an Amlets Grabe gewesen; es wurde von alten Zeiten gesprochen, von den Nachbarn, den Engländern und Schotten, und Jörgen sang dann das Lied vom ‚Königssohn von Engelland', von dem prachtvollen Schiff, wie es ausgerüstet war:

Gold über Gold von Bord zu Bord.
Drauf stand geschrieben Gottes Wort.
Und am Vordersteven sah man ein Bild,
Den Königssohn, im Arme die Jungfrau mild.

Besonders diesen Vers sang Jörgen ganz innig, seine Augen leuchteten davon, sie waren ja aber auch von Haus aus richtig schwarz und leuchtend.

Es wurde gesungen, und es wurde vorgelesen, hier herrschte Wohlstand im Hause, Familienleben bis zu den Haustieren hinunter, und alles war gut gehalten; da schimmerte die Reihe von gescheuerten Zinntellern, und unter der Decke hingen Würste und Schinken, Wintervorrat die Hülle und Fülle; ja, wir können dergleichen noch heute drüben auf den vielen reichen Bauernhöfen an der Westküste sehen, reiche Vorräte, schmucke Stuben, Klugheit und heitere Laune, und in heutiger Zeit sind sie zu Kräften gekommen; Gastlichkeit wird dort geübt wie in des Arabers Zelt.

Jörgen hatte nie wieder eine so fröhliche Zeit erlebt, seit er als Kind die vier Tage zum Begräbnisschmaus gewesen

war, und dennoch war Jungfer Clara fort, nur nicht aus dem Sinn und der Rede.

Im April sollte ein Schiff nach Norwegen abgehen. Jörgen sollte dann mitfahren. Jetzt war seine gute Laune wahrlich wieder zurückgekehrt, und in guter Verfassung sei er auch, sagte Mutter Brönne, es sei eine Freude, ihn anzuschauen.

„Und dich auch", sagte der alte Kaufmann. „Jörgen hat die Winterabende belebt und unsere Mutter ebenfalls; du bist in diesem Jahre jünger geworden, du siehst hübsch und liebreizend aus! Du warst aber auch das schönste Mädchen in ganz Viborg, und das will etwas heißen, denn immer habe ich die Mädchen dort am schönsten gefunden."

Jörgen äußerte nichts dazu, es schickte sich nicht, aber er dachte an eine aus Skagen, und zu ihr segelte er hinauf, das Fahrzeug legte in Christianssand an, er kam mit steifer Brise in einem halben Tag hinauf.

Eines Morgens früh ging Kaufmann Brönne zum Leuchtturm hinaus, der weit von Gammel-Skagen entfernt in der Nähe von „Grenen" liegt; die Kohlen auf der Drehscheibe dort oben waren längst gelöscht worden, die Sonne stand schon hoch, als er auf den Turm hinaufkam; eine ganze Meile von der äußersten Spitze des Landes aus erstreckten sich Sandbänke unter Wasser nach draußen; an deren Ende erschienen heute viele Schiffe, und unter ihnen meinte er mit dem Fernglas die „Karen Brönne" zu erkennen, so hieß das Fahrzeug, und ganz richtig, es kam angesegelt; Clara und Jörgen waren an Bord. Leucht- und Kirchturm von Skagen erschienen ihnen als ein Reiher und ein Schwan auf dem blauen Wasser. Clara saß an der Reling und sah die Dünen ganz allmählich auftauchen; ja, hielt sich der Wind, dann konnten sie innerhalb einer Stunde die Heimat erreichen; so nahe waren sie ihr und der Freude – so nahe waren sie dem Tod und seiner Angst.

Da barst eine Planke im Schiff, das Wasser drang ein, es wurde gedichtet und gepumpt, alle Segel wurden gesetzt, die Notflagge gehißt; sie waren noch eine ganze Meile weit draußen, Fischerboote wurden sichtbar, aber noch weit entfernt, der Wind wehte zum Land hin, der Seegang, den sie hatten, half auch nach, aber nicht genügend, das Fahrzeug sank. Jörgen schlang seinen rechten Arm fest um Clara.

Mit welch einem Blick sah sie ihm aber ins Auge, als er sich im Namen des Herrn mit ihr zusammen ins Meer stürzte; sie stieß einen Schrei aus, aber sie konnte sicher sein, er würde sie nicht loslassen.

Was das Heldenlied sang:

„Und am Vordersteven sah man ein Bild,
Den Königssohn, im Arme die Jungfrau mild"

das paßte jetzt in der Stunde der Gefahr und der Angst auf Jörgen; jetzt gereichte es ihm zum Vorteil, daß er ein tüchtiger Schwimmer war, er arbeitete sich mit den Füßen und einer Hand vorwärts, mit der anderen hielt er das junge Mädchen fest, er lag auf dem Wasser, trat mit den Füßen, machte alle Bewegungen, die er kannte und wußte, damit er genügend Kräfte hätte, um an Land zu gelangen. Er spürte, wie sie einen Seufzer ausstieß, er fühlte, wie ein zuckender Krampf sie durchrann, und immer fester hielt er sie; eine vereinzelte See spülte über sie hinweg, eine Strömung hob sie jedoch, das Wasser war so tief, so klar, einen Augenblick meinte er, den glitzernden Makrelenschwarm dort unten zu erkennen, oder war es der Leviathan selber, der sie verschlingen wollte; die Wolken warfen Schatten auf das Wasser, und wieder kamen glitzernde Sonnenstrahlen; schreiende Vögel in großen Scharen flitzten über sie hinweg, und die Wildenten, die sich schwerfällig und verschlafen auf dem Wasser treiben ließen, flogen vor dem Schwimmer erschrocken auf; aber seine Kräfte nahmen ab, er fühlte es; vom Land war er noch ein paar Kabellängen entfernt, doch die Hilfe kam, ein Boot näherte sich – aber unter Wasser stand, er sah es deutlich, eine weiße, starrende Gestalt – eine See hob ihn hoch, die Gestalt kam näher – er verspürte einen Stoß, es wurde Nacht, alles verschwand vor ihm.

Auf der Sandbank lag das Wrack eines Schiffes, das Meer ging darüber weg, die weiße Galionsfigur stützte sich auf einen Anker, das scharfe Eisen ragte genau bis zur Wasseroberfläche hinauf. Jörgen war dagegen gestoßen, die Strö-

mung hatte ihn mit gesteigerter Kraft vorwärtsgetrieben; bewußtlos sank er mit seiner Last hinab, aber die nächste See hob ihn und das junge Mädchen von neuem hoch.

Die Fischer ergriffen sie und holten sie ins Boot, das Blut strömte Jörgen über das Gesicht, er war wie tot, aber das Mädchen hielt er so fest umklammert, daß sie sie seinem Arm und seiner Hand entwinden mußten; totenblaß, leblos und ausgestreckt lag sie dort im Boot, das auf Skagens Gren lossteuerte.

Alle Mittel wurden angewandt, um Clara ins Leben zurückzurufen, sie war tot; lange war er dort draußen mit einer Leiche im Arme geschwommen, hatte für eine Tote gearbeitet und seine Kräfte hergegeben.

Jörgen atmete noch, ihn trugen sie in das nächste Haus hinter den Dünen; eine Art Feldscher, der am Orte war, übrigens auch Schmied und kleiner Krämer, verband Jörgen, bis am nächsten Tag der Arzt aus Hjörring geholt wurde.

Das Gehirn des Kranken war in Mitleidenschaft gezogen, er bekam Tobsuchtsanfälle, stieß wilde Schreie aus, aber am dritten Tag versank er in einen todesähnlichen Schlaf, das Leben schien nur an einem Faden zu hängen, und daß er zerreißen möge, sagte der Arzt, wäre das Beste, was man Jörgen wünschen könnte.

„Laßt uns zum Herrgott beten, daß er erlöst wird! Er wird nie wieder ein Mensch."

Aber das Leben gab ihn nicht her, der Faden wollte nicht zerreißen, wohl aber die Erinnerung, alle Bande des Geistes waren durchgeschnitten, das war das Schaurige, ein lebendiger Leib war übrig, ein Leib, der die Gesundheit wiedererlangen sollte.

Jörgen blieb in Kaufmann Brönnes Haus.

„Er hat ja seine tödliche Krankheit bekommen, weil er unser Kind retten wollte", sagte der alte Mann, „er ist nun unser Sohn."

Blöde nannte man Jörgen, aber das war nicht der richtige Ausdruck, er war wie ein Instrument, bei dem die Saiten gelockert sind und nicht mehr erklingen können – nur hin und wieder einen Augenblick, wenige Minuten, erhielten sie eine Spannkraft, und sie klangen – alte Melodien klangen, einzelne Takte; Bilder entrollten sich und verschwanden – er saß wieder da und starrte vor sich hin, ohne Gedanken; wir dürfen glauben, daß er nicht litt; die dunklen Augen büßten wiederum all ihren Glanz ein, ein schwarzes, behauchtes Glas schienen sie zu sein.

„Armer, blöder Jörgen!" sagte man.

Das war er nun, der unter seiner Mutter Herzen einem Erdenleben entgegengetragen wurde, reich und glücklich, so daß es „ein Übermut, ein furchtbarer Stolz" war, ein Leben nach diesem zu wünschen, geschweige daran zu glauben. All die großen Eigenschaften der Seele also vergeudet? Nur harte Tage, Schmerz und Enttäuschung waren ihm zuteil geworden; eine Prachtzwiebel war er gewesen, aus seinem reichen Erdreich gerissen und auf den Sand geschleudert, um zu verfaulen! Das in Gott geschaffene Bildnis hatte keinen höheren Wert? Nur ein Spiel der Zufälle war und ist das Ganze? Nein! der Gott der Alliebe mußte und würde ihm einen Ersatz in einem zweiten Leben gewähren für alles, was er hier erlitt und entbehrte. „Der Herr ist barmherzig, und seine Güte währet ewiglich!" Diese Worte aus Davids Psalm sprach in Glauben und Zuversicht die Ehefrau des frommen, alten Kaufmanns aus, und sie betete aus ganzem Herzen, daß der Herrgott Jörgen bald erlösen möge, auf daß er zur „Gnade Gottes", zum ewigen Leben eingehen könne.

Auf dem Kirchhof, wo der Sand über die Mauer wirbelte, lag Clara begraben; es schien, als schenkte Jörgen dem keinen Gedanken, es gehörte nicht zu seinem Denkbereich, der wurde nur in Wrackteilen aus einer Vergangenheit emporgehoben Jeden Sonntag begleitete er die Familie in die Kirche und saß still mit gedankenleerem Blicke da; eines Tages während des Chorals stieß er einen Seufzer aus, seine Augen leuchteten, sie waren auf den Altar gerichtet, auf die Stelle, wo er vor Jahr und Tag mit seiner toten Freundin niedergekniet war, er nannte ihren Namen und wurde weiß wie ein Leintuch, Tränen rannen ihm über die Wangen.

Man geleitete ihn aus der Kirche, und er sagte ihnen, er fühle sich wohl, er finde nicht, daß ihm etwas gefehlt habe; er hatte keine Erinnerung daran, der von Gott Geprüfte, Verworfene. – Und Gott, unser Schöpfer, ist weise und alliebend, wer wird daran zweifeln? Unser Herz und unser Verstand erkennen es, die Bibel bestätigt es: „Seine Güte währet ewiglich."

In Spanien, wo zwischen Orangen und Lorbeer um die maurischen goldenen Kuppeln warme Luftströmungen wallten, wo Gesang und Kastagnetten erklangen, saß in dem prachtvollen Haus ein kinderloser Greis, der reichste Kaufmann; durch die Straßen zogen Kinder in Prozession mit Kerzen und wehenden Fahnen. Wie viel von seinem Reichtum hätte er nicht hergegeben, um noch seine Kinder, seine Tochter oder deren Kind bei sich zu haben, das vielleicht nie das Licht dieser Welt erblickt hatte, und wie dann das der Ewigkeit, des Paradieses? „Armes Kind!"

Ja, armes Kind! eben Kind und dennoch an die dreißig Jahre alt – so alt war Jörgen dort in Gammel-Skagen geworden.

Der Flugsand hatte sich auf die Gräber des Kirchhofs gelegt, ganz hoch um die Kirchenmauer herum, aber hier, bei den Voraufgegangenen, bei Verwandten und Lieben, wollten und mußten die Toten bestattet werden. Kaufmann Brönne und seine Frau ruhten hier bei ihren Kindern unter dem weißen Sand.

Es war zeitig im Jahr, die Zeit der Stürme; die Dünen flogen, das Meer warf hohe Wellen, die Vögel sausten schreiend in großen Scharen, wie Wolken vor dem Sturm, über die Dünen; auf den Sandbänken von Skagens Gren bis zu den Huusbydünen lag ein gestrandetes Schiff neben dem anderen.

Eines Nachmittags, Jörgen saß allein in der Stube, hellte sich sein Geist auf, ihn ergriff ein Gefühl der Unrast, wie es ihn so oft in seinen jungen Jahren in die Dünen und auf die Heide hinausgetrieben hatte.

„Heim! heim!" sagte er; niemand hörte ihn; er ging aus dem Hause, in die Dünen hinein, der Sand und kleine Steine prasselten ihm ins Gesicht, stoben in Wirbeln um ihn her auf. Er ging auf die Kirche zu; der Sand lag bis zur Mauer hinauf und halb über die Fenster, aber auf dem Pfad davor war der Sand weggefegt worden, die Kirchentür war nicht abgeschlossen und leicht zu öffnen; Jörgen ging hinein.

Der Wind toste heulend über die Stadt Skagen hin; es war ein Orkan wie seit Menschengedenken nicht, ein fürchterliches Unwetter, aber Jörgen war in Gottes Haus, und während es draußen finstere Nacht war, leuchtete es in ihm, es war das Licht der Seele, das nie erlöschen wird; der schwere Stein, der in seinem Kopfe lag – er spürte es – sprang mit einem Knall. Ihm war, als spielte die Orgel, aber das waren der Sturm und das tosende Meer; er setzte sich ins Kirchengestühl, und die Lichter wurden angezündet, Licht neben Licht, in einem solchen Reichtum, wie er es nur im spanischen Land gesehen hatte, und alle Bilder der alten Ratsherren und Bürgermeister wurden lebendig, sie traten aus der Wand, wo sie Jahre gestanden hatten, sie setzten sich in den Chor; die Tore und Türen der Kirche taten sich auf, und herein traten alle Toten, festlich gekleidet, wie zu ihrer Zeit, sie kamen zum Klang einer schönen Musik und setzten sich auf die Bänke; da tönte der Choralgesang wie ein brausendes Meer, und seine alten Pflegeeltern von den Huusbydünen waren hier, und der alte Kaufmann Brönne und seine Frau, und neben ihnen, gleich neben Jörgen, saß ihre freundliche, liebwerte Tochter; sie reichte Jörgen die Hand, und sie traten zum Altar, wo sie ehedem gekniet hatten, und der Pfarrer tat ihre Hände zusammen, weihte sie für ein Leben in Liebe. – Da brauste der Schall der Posaunen, seltsam voll von Sehnsucht und Wonne wie eine Kinderstimme, er schwoll zum Orgelklang an, zu einem Orkan von vollen, erhebenden Tönen, selig anzuhören und dennoch imstande, die Steine des Grabes zu sprengen.

Und das Schiff, das im Chor hing, senkte sich auf die beiden nieder, es wurde so groß, so prachtvoll, mit seidenen Segeln und vergoldeten Rahen, die Anker waren von rotem Golde, und in jede Trosse war Seide gedreht, wie in dem alten Liede stand. Und das Brautpaar stieg an Bord, und die ganze Gemeinde der Kirche folgte ihm, und hier war Platz und Herrlichkeit für sie alle. Und die Wände und Bögen der Kirche blühten wie der Holunder und die duftenden Linden, sanft fächelten Zweige und Blätter; sie neigten sich, gingen auseinander, und das Schiff wurde emporgehoben und segelte mit ihnen durch das Meer, durch die Luft, jedes Kirchenlicht war ein kleiner Stern, und die Winde stimmten einen Choral an, und alle sangen mit: „In Liebe zur Herrlichkeit!“ – „Kein Leben wird verloren sein!“ – „Holdselig froh! Halleluja!“

Und diese Worte waren auch seine letzten auf dieser Welt, das Band, welches die unsterbliche Seele festhielt, riß – nur ein toter Leib lag in der finsteren Kirche, über die der Sturm hinbrauste und die er mit Flugsand umwirbelte.

Am nächsten Morgen war Sonntag, die Gemeinde und der Pfarrer kamen zum Gottesdienst. Der Weg hierher war mühsam gewesen, es war fast nicht vorwärtszukommen im Sand, und jetzt, als sie da waren, war eine große Sanddüne vor der Kirchentür zusammengefegt worden. Und der Pfarrer sprach ein kurzes Gebet, sagte, Gott habe das Tor zu diesem seinem Hause geschlossen, sie müßten nun anderwärts hingehen und ihm ein neues errichten.

Dann sangen sie einen Choral und wanderten heimwärts.

Jörgen war weder im Orte Skagen noch zwischen den Dünen zu finden, wo sie auch suchten; die den Sand hinaufrollenden Seen hätten ihn mit sich gerissen, hieß es.

Sein Leib lag in dem größten Sarkophag bestattet, in der Kirche selber; Gott hatte im Sturm Erde auf den Sarg werfen lassen, die schwere Sandschicht lag dort und liegt da noch.

Der Flugsand hat die riesigen Gewölbe bedeckt. Sanddorn und wilde Rosen wachsen über die Kirche hinweg, wo der Wanderer jetzt zu ihrem Turm hinschreitet, der aus dem Sand aufragt, ein riesiger Leichenstein auf dem Grabe, meilenweit zu sehen; kein König erhielt einen prächtigeren! Niemand stört die Ruhe des Toten, niemand wußte es oder weiß es bis jetzt – mir hat der Sturm in den Dünen davon gesungen.

Der Marionettenspieler

Auf dem Dampfschiff war ein ältlicher Mann mit einem so fröhlichen Gesicht, daß er, wenn es nicht trog, der glücklichste Mensch auf Erden sein mußte. Das sei er auch, sagte er; ich hörte es aus seinem eigenen Munde; er war Däne, war mein Landsmann und reisender Theaterdirektor. Die ganze Truppe hatte er bei sich, sie lag in einer Kiste; er war Marionettenspieler. Seine angeborene Heiterkeit, sagte er, sei von einem polytechnischen Kandidaten geläutert worden, und durch dies Experiment sei er vollkommen glücklich geworden. Ich verstand ihn nicht sogleich, aber da setzte er mir die ganze Geschichte klar auseinander, und hier ist sie.

„Es war in Slagelse", sagte er, „ich gab im Postgasthaus eine Vorstellung und hatte ein brillantes Haus und brillantes Publikum, ganz und gar unkonfirmiert bis auf ein paar alte Weibspersonen. Da kommt auf einmal ein schwarz gekleideter Mensch von studentischem Aussehen, er setzt sich dazu und lacht genau an den richtigen Stellen, klatscht völlig richtig, es war ein ungewöhnlicher Zuschauer! Ich mußte erfahren, wer er war, und ich hörte, es sei ein Kandidat von der polytechnischen Lehranstalt, ausgeschickt, um

Leute in der Provinz zu belehren. Um acht Uhr war meine Vorstellung aus, Kinder müssen ja früh ins Bett, und man muß an die Bequemlichkeit des Publikums denken. Um neun Uhr begann der Kandidat mit seinen Vorlesungen und Experimenten, und nun war ich sein Zuhörer. Es war merkwürdig, das zu sehen und zu hören. Das meiste ging über meinen Kopf hinweg und in den des Pfarrers hinein, wie man sagt, aber ein Gedanke drängte sich mir auf: können wir Menschen dergleichen erfinden, dann müssen wir auch länger aushalten können, als bis wir in die Erde gesteckt werden. Die Wunder, die er vollführte, waren nur klein und dennoch alle ganz einfach, mitten aus der Natur. Zur Zeit von Moses und den Propheten müßte so ein polytechnischer Kandidat einer der Weisen des Landes geworden sein, und im Mittelalter wäre er verbrannt worden. Ich schlief die ganze Nacht nicht, und als ich am nächsten Abend eine Vorstellung gab und der Kandidat wieder da war, kam ich ordentlich in Stimmung. Ich habe von einem Schauspieler gehört, daß er in Liebhaberrollen nur an eine einzige unter den Zuschauern dachte, für sie spielte er und vergaß das ganze übrige Haus; der polytechnische Kandidat, das war meine ‚sie', mein einziger Zuschauer, für den allein ich spielte. Als die Vorstellung zu Ende war, wurden alle Marionetten hervorgerufen, und ich wurde von dem polytechnischen Kandidaten zu einem Glase Wein bei ihm eingeladen; er sprach von meiner Komödie, und ich sprach von seiner Wissenschaft, und ich glaube, wir hatten an beidem das gleiche Vergnügen, aber ich führte dennoch das Wort, denn in seiner Rede war so vieles, worüber er selber keine Rechenschaft ablegen konnte, wie nun zum Beispiel, daß ein Stück Eisen, welches durch eine Spirale fällt, magnetisch wird, ja was ist das: der Geist kommt über das Eisen, aber wo kommt er her? Es ist genauso wie mit den Menschen dieser Welt, denke ich, der Herrgott läßt sie durch die Spirale der Zeit plumpsen, und der Geist kommt über sie, und dann steht da ein Napoleon, ein Luther oder eine ähnliche Figur. Die ganze Welt ist eine Kette von Wundertaten, sagte der Kandidat, aber wir sind so sehr an sie gewöhnt, daß wir sie alltäglich nennen. Und er sprach, und er erklärte, es war zuletzt so, als höbe er mir meine Hirnschale hoch, und ich gestand ehrlich, wenn ich nicht schon ein alter Mann wäre, dann würde ich sofort auf die polytechnische Anstalt gehen und lernen, die Welt in allen Stücken zu ergründen, und ungeachtet dessen, daß ich einer der glücklichsten Menschen sei. ‚Einer der glücklichsten!' sagte er, und es war, als schmeckte er gewissermaßen daran. ‚Sind Sie glücklich?' fragte er. – ‚Ja', sagte ich, ‚glücklich bin ich, und willkommen bin ich allerorten, wo ich mit meiner Gesellschaft hinkomme. Es gibt allerdings einen Wunsch, der mich zwischendurch einmal anfällt wie ein Kobold, ein Alb, der meine Heiterkeit reitet, das ist: Theaterdirektor einer lebendigen Truppe zu werden, einer richtigen, aus Menschen bestehenden Gesellschaft.' – ‚Sie wünschen sich, daß Ihre Marionetten lebendig würden, Sie wünschen, daß sie richtige Schauspieler würden', sagte er, ‚und daß Sie selber der Direktor wären, dann würden Sie vollkommen glücklich sein, glauben Sie?' Er glaubte es nun nicht, aber ich glaubte es, und wir redeten hin, und wir redeten her, und dann waren wir in unseren Meinungen immer gleich weit voneinander entfernt, aber mit den Gläsern stießen wir an, und der Wein war sehr gut, aber es war ein Zauberzeug drin, denn sonst wäre an der ganzen Geschichte nichts weiter, als daß ich einen Rausch bekommen hätte. Das war es nicht, ich behielt einen klaren Kopf. Die Sonne schien gleichsam in der Stube, sie leuchtete aus dem Antlitz des polytechnischen Kandidaten, und ich mußte an die alten Götter in ihrer ewigen Jugend denken, als sie in der Welt umhergingen; und das sagte ich ihm, und da lächelte er, und ich hätte drauf schwören mögen, daß er ein verkleideter Gott war oder einer von dessen Verwandten – und er war es, mein höchster Wunsch sollte erfüllt, die Marionetten lebendig werden und ich Direktor von Menschen. Wir tranken eins drauf; er packte alle meine Puppen in die hölzerne Kiste, band sie mir auf dem Rücken fest, und dann ließ er mich durch eine Spirale plumpsen; ich höre noch, wie ich plumpste, ich lag auf dem Fußboden, das ist gewißlich wahr, und die ganze Gesellschaft sprang aus der Kiste, der Geist war über sie alle gekommen, alle Marionetten waren ausgezeichnete Künstler geworden, das sagten sie selber, und ich war Direktor; alles war für die erste Vorstellung bereit; die ganze Gesellschaft wollte mit mir reden, und das Publikum auch. Die Tänzerin sagte, wenn sie nicht auf einem Bein stünde, dann fiele das Haus zusammen, sie wäre das Haupt von dem Ganzen und wollte als solches behandelt werden. Die Puppe, die die Kaiserin spielte, wollte auch außerhalb der Bühne als Kaiserin behandelt werden, denn sonst käme sie aus der Übung; der, welcher dazu benutzt wurde, mit einem Brief hereinzukommen, machte sich ebenso wichtig wie der erste Liebhaber, denn die Kleinen wären in einem künstlerischen Ganzen von genau derselben Wichtigkeit wie die Großen, sagte er. Dann verlangte der Held, seine ganze Rolle sollte nur in Abgangsrepliken bestehen, denn die wurden beklatscht; die Primadonna wollte nur bei rotem Lichte spielen, denn das stünde ihr – sie wollte nicht in blauem auf-

treten. Es war, wie wenn Fliegen in einer Flasche sind, und ich war mittendrin in der Flasche, ich war Direktor. Mir blieb die Luft weg, ich wußte nicht, wo mir der Kopf stand, ich fühlte mich so elend, wie ein Mensch sich nur fühlen kann, es war ein neues Menschengeschlecht, in das ich ge-

raten war, ich wünschte, ich hätte sie alle miteinander wieder in der Kiste und wäre niemals Direktor geworden. Ich sagte ihnen frei heraus, daß sie im Grunde doch alle Marionetten wären, und da brachten sie mich um. – Ich lag im Bett in meiner Stube, wie ich von dem polytechnischen Kandidaten bis dorthin gekommen war, mag er wissen, ich weiß es nicht. Der Mond schien auf den Fußboden, wo die Puppenkiste umgekippt lag und alle Puppen weit herum verstreut waren, kleine und große, die ganze Bande; aber ich war nicht faul, aus dem Bett schoß ich, und in die Kiste kamen sie alle miteinander, manche kopfüber und manche mit den Beinen zuerst; ich knallte den Deckel zu und setzte mich selber obendrauf; das war ein Anblick für Götter. Können Sie es vor sich sehen, ich kann es sehen. ‚Nun bleibt ihr da', sagte ich, ‚und nie wieder wünsche ich, daß ihr von Fleisch und Blut wäret!' Mir war so leicht zumute, ich war der glücklichste Mensch; der polytechnische Kandidat hatte mich geläutert; ich saß in reinster Glückseligkeit da und schlief auf der Kiste ein, und morgens – es war eigentlich mittags, aber ich schlief an dem Morgen erstaunlich lange – saß ich noch da, glücklich, alldieweil ich gelernt hatte, daß mein bisher einziger Wunsch dumm gewesen war; ich erkundigte mich nach dem polytechnischen Kandidaten, aber der war weg, ebenso wie die griechischen und römischen Götter. Und seit jener Zeit bin ich der glücklichste Mensch. Ich bin ein glücklicher Direktor, meine Truppe zetert nicht, das Publikum auch nicht, es ergötzt sich aus Herzensgrund; frei kann ich selber alle meine Stücke zusammenschustern. Ich nehme von allen Komödien das Beste, was ich finde, und niemand ärgert sich darüber. Stücke, die heute von den großen Theatern mißachtet werden, zu denen das Publikum aber vor dreißig Jahren hinrannte und über die es dann schluchzte, die nehme ich jetzt vor, ich gebe sie für die Kleinen, und die Kleinen, die schluchzen genauso wie Vater und Mutter geschluchzt haben; ich gebe *Johanna Montfaucon* und *Dyveke*, aber gekürzt, denn die Kleinen mögen das lange Liebesgefasel nicht, sie wollen: unglücklich, aber rasch. Nun habe ich Dänemark die Kreuz und die Quer bereist, kenne alle Menschen und werde wiedererkannt; jetzt bin ich nach Schweden gegangen, und habe ich hier Erfolg und verdiene gut, dann werde ich Skandinavier, sonst nicht, das kann ich Ihnen sagen, der Sie mein Landsmann sind."

Und ich, als Landsmann, erzählte es natürlich sofort weiter, nur um zu erzählen.

Zwei Brüder

Auf einer der dänischen Inseln, wo alte Thingstätten sich in den Getreidefeldern erheben und riesige Bäume in den Buchenwäldern, liegt eine kleine Stadt mit roten Dächern auf den niedrigen Häusern; in einem der Häuser wurden auf der Esse über glühenden Kohlen und Dämpfen seltsame Dinge vorgenommen; es wurde in Gläsern gekocht, es wurde gemischt und destilliert, Pflanzen wurden in den Mörsern zerstoßen; ein älterer Mann stand dem Ganzen vor.

„Man muß das Rechte gut verwalten!" sagte er, „ja, das Rechte, das Richtige, die Wahrheit in jedem erschaffenen Teile muß man kennen und sich an sie halten."

Drinnen in der Stube bei der braven Hausfrau saßen zwei von den Söhnen, noch klein, aber erwachsen im Denken. Über Fug und Recht hatte die Mutter auch immer mit ihnen gesprochen, darüber, daß man sich an die Wahrheit halten müsse, sie sei das Antlitz Gottes in dieser Welt.

Der älteste der Jungen sah schalkhaft und keck aus, seine Wonne war es, über die Kräfte der Natur zu lesen, über Sonne und Sterne, kein Märchen fand er herrlicher. Oh, wie glücklich wäre man, wenn man auf Entdeckungsreisen gehen könnte oder wenn man herausbekäme, wie die Flügel des Vogels nachzumachen wären, so daß man fliegen könnte! Ja, das hieß, das Richtige finden! Vater hatte recht, und Mutter hatte recht; die Wahrheit hielt die Welt zusammen.

Der jüngere Bruder war stiller und versenkte sich ganz in seine Bücher; las er über Jakob, der sich in ein Ziegenfell hüllte, um Esau zu gleichen und sich dadurch das Recht des Erstgeborenen zu erschleichen, dann ballte er im Groll seine kleine Hand, zornig auf den Betrüger; las er von Tyrannen und all dem Unrecht und der Bosheit, die in der Welt verübt wurden, dann standen ihm Tränen in den Augen. Der Gedanke an das Rechte, die Wahrheit, die siegen würde und müßte, erfüllte ihn übermächtig. Eines Abends – der Kleine war schon im Bett, aber die Vorhänge waren noch nicht drumherum zugezogen, das Licht schimmerte zu ihm herein – lag er da mit seinem Buch und mußte unbedingt die Geschichte von Sidon auslesen.

Und die Gedanken erhoben und trugen ihn so seltsam weit hinweg; es war, als würde das Bett ein ganzes Schiff vor vollen Segeln; träumte er, oder was war das? Er glitt über wogende Wasser, die großen Seen der Zeit, er hörte Solons Stimme, verständlich und dennoch in fremder Zunge ertönte der dänische Wahlspruch: „Auf dem Gesetz soll man ein Land gründen!“

Und der Genius des Menschengeschlechts stand in der armen Stube, neigte sich über das Bett und drückte einen Kuß auf des Knaben Stirn: „Werde stark in Ehren und stark im Lebenskampf! Mit Wahrheit in deiner Brust fliege zum Lande der Wahrheit!“

Der ältere Bruder war noch nicht im Bett, er stand am Fenster, sah auf die Nebel, die von der Wiese aufstiegen; es waren nicht die Elfenmädchen, die dort tanzten, das hatte allerdings eine alte Magd ihm gesagt, aber er wußte es besser, es waren Dämpfe, wärmer als die Luft, und dann stiegen sie empor. Eine Sternschnuppe leuchtete, und die Gedanken des Knaben flogen im selben Augenblick von den Dünsten der Erde bis ganz hinauf zu dem leuchtenden Meteor. Des Himmels Gestirne flimmerten, es war, als hingen lange goldene Fäden von ihnen zur Erde nieder.

„Fliege mit mir!“ sang und klang es bis ins Herz des Knaben hinein; und der riesige Genius der Geschlechter, hurtiger als der Vogel, als der Pfeil, als alles Irdische, was fliegen kann, trug ihn in den Raum hinaus, wo Strahlen von Stern zu Stern die Himmelskörper aneinanderketteten; unsere Erde drehte sich in der dünnen Luft, Stadt schien dicht neben Stadt zu liegen. Durch die Sphären erscholl es: „Was ist nahe, was ist fern, wenn des Geistes mächtiger Genius dich emporhebt!“

Und abermals stand der Kleine am Fenster und blickte hinaus, der jüngere Bruder lag in seinem Bett, Mutter nannte sie bei ihren Namen: „Anders und Hans Christian!“

Dänemark kennt sie, die Welt kennt die beiden – die Gebrüder Örsted.

Die alte Kirchenglocke

(Geschrieben für *Schillers Album*)

Im deutschen Lande Württemberg, wo die Akazien an der Landstraße so herrlich blühen und die Apfel- und Birnenbäume im Herbst von reichem Segen strotzen, liegt eine kleine Stadt, Marbach; es ist eine ganz unscheinbare Ortschaft, aber schön liegt sie am Neckar, der an Städten, alten Ritterburgen und grünen Weinbergen vorübereilt, um seine Wasser mit dem stolzen Rhein zu mischen.

Es war spät im Jahr, das Weinlaub hatte sich rot verfärbt, Regenschauer fielen herab, und der kalte Wind nahm zu; es war nicht eben die munterste Zeit für die Armen; es kamen finstere Tage, und noch finsterer war es drinnen in den alten Häuschen. Eines davon lag mit dem Giebel zur Straße, mit niedrigen Fenstern, arm und gering von Aussehen, und das war die Familie ja auch, die hier wohnte, aber brav und fleißig; dazu mit Gottesfurcht in der Schatzkammer des Herzens. Noch ein Kind würde der Herrgott ihnen bald bescheren; es war die Stunde, da die Mutter in Schmerzen und Not lag, da ertönte vom Kirchturm Glokkenklang zu ihr herein, so tief, so festlich, es war eine Feierstunde, und der Ton der Glocke erfüllte die Betende mit Andacht und Glauben; die Gedanken erhoben sich so innig zu Gott, und in derselben Stunde gebar sie ihren kleinen Sohn und fühlte sich so unendlich froh. Die Glocke im Turm schien ihre Freude über Stadt und Land hinauszuläuten. Zwei helle Kinderaugen blickten sie an, und das Haar des Kleinen glänzte, als wäre es vergoldet; das Kind wurde mit Glockenklang in der Welt empfangen an jenem dunklen Novembertag; Mutter und Vater küßten es, und in ihre Bibel schrieben sie: „Gott schenkte uns am zehnten November 1759 einen Sohn", und später wurde hinzugefügt, daß er in der Taufe die Namen „Johan Christoph Friedrich" erhielt.

Was wurde aus dem kleinen Kerlchen, dem armen Knaben aus dem winzigen Marbach? Ja, das wußte damals niemand, nicht einmal die alte Kirchenglocke, wie hoch sie auch hing, die als erste für ihn gedröhnt und gesungen hatte, für ihn, der später das schöne *Lied von der Glocke* schuf.

Und der Kleine wuchs heran, und die Welt wuchs für ihn, zwar zogen die Eltern an einen anderen Ort, aber liebe Freunde blieben in dem kleinen Marbach zurück, und darum kamen auch Mutter und Sohn eines Tages dort zu Besuch; der Junge war erst sechs Jahre alt, aber er wußte schon ein ganz Teil von der Bibel und den frommen Liedern, er hatte schon manchen Abend von seinem kleinen Rohrstuhl aus den Vater Gellerts Fabeln und aus dem *Messias* vorlesen hören; heiße Tränen hatten er und die zwei Jahre ältere Schwester beim Vorlesen über den vergossen, der den Kreuzestod erlitt zu unser aller Erlösung.

Beim ersten Besuch in Marbach hatte der Ort sich nicht weiter verändert, es war ja auch nicht so sehr lange her, seit sie fortgezogen waren; die Häuser standen wie früher da, mit spitzen Giebeln, schiefen Mauern und niedrigen Fenstern; auf dem Kirchhof waren neue Gräber hinzugekommen, und dort, ganz dicht an der Mauer, stand jetzt unten im Gras die alte Glocke, sie war von ihrer Höhe heruntergestürzt, hatte einen Riß bekommen und konnte nicht mehr läuten, eine neue war an ihre Stelle gekommen.

Mutter und Sohn waren auf den Kirchhof getreten, sie standen vor der alten Glocke, und die Mutter erzählte ihrem kleinen Jungen, wie diese Glocke jahrhundertelang ihren Dienst getan, zur Kindtaufe, zur Hochzeitsfreude und zum Begräbnis geläutet hatte; sie hatte von Festesfreude und dem Grauen der Feuersbrunst gekündet; ja, die Glocke sang von einem ganzen Menschenleben. Und nie vergaß das Kind, was die Mutter erzählte, es tönte in seiner Brust, bis er als Mann laut davon singen mußte. Und die Mutter erzählte ihm, wie diese alte Kirchenglocke ihr Trost und Freude in der Stunde ihrer Angst geläutet hatte, wie sie gehallt und gesungen hatte, als ihr kleiner Knabe ihr geschenkt wurde. Und das Kind blickte fast mit Andacht auf die große alte Glocke, es beugte sich hinunter und küßte sie, wie alt, gesprungen und verschmäht sie hier zwischen Gras und Nesseln auch stand.

Im Gedächtnis blieb sie dem kleinen Knaben haften, der in Armut in die Höhe schoß; lang und mager, mit rötlichem Haar, Sommersprossen im Gesicht, ja, so sah er aus, aber zwei helle Augen wie das tiefe Wasser besaß er. Wie erging es ihm? Es ging ihm gut, ungewöhnlich gut! Er war durch höchste Gnade in die militärische Schule aufgenommen worden, in die Abteilung, wo die Kinder der feineren Leute gingen, und das war eine Ehre, ein Glück; er trug Stiefeletten, steife Halsbinde und gepuderte Perücke. Gelehrsamkeit wurde ihm zuteil, und die wurde mit „Marsch!" – „Halt!" – „Geradeaus!" eingebleut. Dabei kam gewiß etwas heraus.

Die alte Kirchenglocke, fortgetan und vergessen, würde wohl eines Tages in den Schmelzofen kommen, was wurde dann aus ihr? Ja, das war unmöglich zu sagen, und es war auch nicht möglich zu sagen, was aus der Glocke drinnen in der jungen Brust werden würde, dort drinnen war ein Erz, das hallte, das mußte in die weite Welt hinausklingen, und je enger es hinter den Mauern der Schule wurde, und je betäubender das „Marsch!" – „Halt!" – „Geradeaus!" ertönte, desto kräftiger klang es in der Brust des jungen Gesellen, und er sang es im Kreise der Kameraden, und der Klang tönte über die Landesgrenze hinaus; aber dafür hatte er nicht Schule, Kleidung und Kost erhalten; die Nummer hatte er für den Zahn, der er in dem großen Uhrwerk sein sollte, zu dem wir alle gehören, um greifbaren Nutzen zu stiften. Wie wenig verstehen wir uns selber, wie sollten dann die anderen, selbst die besten, uns immer verstehen! Aber gerade durch den Druck wird der Edelstein geschaffen. Der Druck war hier da, ob im Laufe der Zeit die Welt den Edelstein erkennen würde?

In der Hauptstadt des Landesherrn war großes Fest. Tausende von Lampen brannten, Raketen strahlten auf; an diesen Glanz erinnert man sich noch durch ihn, der damals in Tränen und Schmerz unerkannt fremden Boden zu gewinnen suchte; er mußte aus dem Vaterland fort, von der Mutter, von allen seinen Lieben, oder in der Flut der Gewöhnlichkeit untergehen.

Der alten Glocke ging es gut, sie stand im Schutze der Kirchenmauer von Marbach, fortgetan, vergessen! Der Wind fuhr darüber hin und hätte von dem erzählen können, bei dessen Geburt die Glocke läutete, erzählen können, wie kalt er über ihn hinweggeweht war, als er jüngst erschöpft von Müdigkeit im Wald des Nachbarlandes hingesunken war, wo sein ganzer Reichtum und seine Zukunftshoffnung nur beschriebene Blätter des *Fiesko* waren; der Wind hätte von den einzigen Beschützern erzählen können, alles zwar Künstler, die sich beim Vorlesen des Stückes wegschlichen und Kegel spielten. Der Wind konnte von dem blassen Flüchtling berichten, der Wochen, Monate in dem armen Wirtshaus lebte, wo der Wirt lärmte und trank, wo rohe Lustigkeit herrschte, während er von den Idealen sang. Schwere Tage, düstere Tage! Selbst muß das Herz erleiden und erproben, wovon es singen will.

Düstere Tage, kalte Nächte gingen über die alte Glocke hinweg; sie verspürte es nicht, aber die Glocke in der Brust des Menschen verspürt ihre bedrängte Zeit. Wie erging es dem jungen Mann? Wie erging es der alten Glocke? Ja, die Glocke kam weit fort, weiter, als sie droben vom Turm aus hätte gehört werden können; der junge Mann, ja, die Glocke in seiner Brust tönte weiter, als sein Fuß wandern und seine Augen sehen konnten, sie hallte und hallt noch immer über das Weltmeer hinweg, um die ganze Erde. Hört aber zuerst von der Glocke! Sie kam von Marbach fort, verkauft wurde sie als altes Kupfer und sollte drinnen im bayrischen Land in den Schmelzofen. Wie kam sie dahin und wann? Ja, das muß die Glocke selber erzählen, wenn sie kann, das ist von keiner so großen Wichtigkeit; aber sicher ist, sie kam in Bayerns Königsstadt; viele Jahre waren vergangen, seit sie vom Turm heruntergestürzt war, jetzt sollte sie eingeschmolzen werden, sollte zum Guß eines großen Ruhmesdenkmals mit verwandt werden, für eine große Gestalt des deutschen Volkes und Landes. Hört nun, wie es sich traf, seltsam und wunderbar geht es doch in dieser Welt zu!

Oben in Dänemark, auf einer der grünen Inseln, wo die Buche wächst und wo es viele Hünengräber gibt, lebte ein ganz armer Junge, der in Holzschuhen gelaufen war und seinem Vater, der auf einer Werft Schnitzer gewesen war, in einem alten Tuch Essen gebracht hatte; das arme Kind war seines Landes Stolz geworden, er meißelte Herrlichkeiten in Marmor, so daß die Welt sich darüber verwunderte, und er war es gerade, der den Ehrenauftrag erhalten hatte, die Gestalt der Größe und Schönheit in Ton zu formen, damit sie in Erz gegossen werden könnte, das Bildnis von ihm, dessen Namen der Vater in seine Bibel geschrieben hatte: Johan Christoph Friedrich.

Und das Erz floß glühend in die Form, die alte Kirchenglocke – ja, niemand dachte an deren Heimat und ihr erstorbenes Klingen, die Glocke floß mit in die Form und bildete Kopf und Brust der Statue, so wie sie heute in Stuttgart vor dem alten Schloß enthüllt steht, auf dem Platz, wo er, den sie darstellt, als lebendiger Mensch umherging, im

Kampf und im Streben, bedrückt durch die Welt um ihn herum, er, der Knabe aus Marbach, der Schüler der Karlsschule, der Flüchtling, Deutschlands großer, unsterblicher Dichter, der von dem Befreier der Schweiz und Frankreichs gottbeseelter Jungfrau sang.

Es war ein herrlicher, sonniger Tag, Fahnen wehten von Türmen und Dächern im königlichen Stuttgart, die Kirchenglocken läuteten zu Fest und Freude, nur eine Glocke war stumm, sie leuchtete im hellen Sonnenschein, leuchtete von Antlitz und Brust der Ruhmesgestalt; es war gerade hundert Jahre her seit jenem Tag, da die Glocke im Turm zu Marbach Freude und Trost für die leidende Mutter läutete, die ihr Kind gebar, arm im ärmlichen Haus, dereinst ein reicher Mann, dessen Schätze die Welt segnet; er, der Dichter des edlen Frauenherzens, der Sänger des Großen und Herrlichen, Johan Christoph Friedrich Schiller.

Es war klirrender Frost, sternklares Wetter, windstill. „Bumms!" da hauten sie mit einem Topf gegen die Tür, „Paff!" da schossen sie das neue Jahr ein; es war Altjahrsabend; jetzt schlug die Uhr zwölf.

„Tatterata!" da kam die Post. Die große Postkutsche hielt außerhalb des Stadttors, sie brachte zwölf Personen, mehr hatten dort nicht Platz, alle Plätze waren besetzt.

„Hurra! Hurra!" wurde drinnen in den Häusern gesungen, wo die Leute Altjahrsabend feierten und sich gerade eben mit gefüllten Gläsern erhoben hatten und auf das neue Jahr tranken.

„Gesundheit und Glück im neuen Jahr!" sagten sie, „eine kleine Frau! Viel Geld! Schluß mit dem Ärger!"

Ja, das wünschte man sich gegenseitig, und es wurde angestoßen und – die Post hielt vor dem Stadttor mit den fremden Gästen, den zwölf Reisenden.

Was waren das für Leute? Sie hatten Paß und Reisegepäck mit, ja, Geschenke für dich und mich und alle Menschen in der Stadt. Wer waren diese Besucher? Was wollten sie und was brachten sie?

„Guten Morgen!" sagten sie zur Schildwache am Tor.

„Guten Morgen!" sagte die, denn die Uhr hatte ja zwölf geschlagen.

„Ihr Name? Ihr Stand?" fragte die Schildwache den, der als erster aus dem Wagen stieg.

„Sehen Sie sich den Paß an!" sagte der Mann. „Ich bin ich!" Er war auch ein Mordskerl, in Bärenpelz und Schneestiefeln. „Ich bin der Mann, auf den gar viele ihre Hoffnung setzen. Komm morgen, dann wirst du ein Neujahr erleben! Ich werfe Schillinge und Taler unter die Menge, mache Geschenke, ja, ich gebe Bälle, ganze einunddreißig Bälle, mehr Nächte habe ich nicht zu verschenken. Meine Schiffe sind eingefroren, aber in meinem Kontor ist es warm. Ich bin Großkaufmann und heiße Januar. Ich habe nur Rechnungen mit."

Dann kam der nächste, er war ein Spaßmacher, er war

Direktor der Komödien, Maskenfeste und jeglichen Vergnügens, auf das man verfallen kann. Sein Reisegepäck war eine große Tonne.

„Aus der schlagen wir zur Fastnacht mehr als nur den Kater heraus*", sagte er. „Ich möchte andere ergötzen und mich selber dazu, denn ich habe von der ganzen Familie die kürzeste Zeit zu leben; ich werde nur achtundzwanzig! Ja, vielleicht schaltet man einen Tag ein; aber das tut nichts zur Sache. Hurra!"

„Sie dürfen nicht so laut schreien", sagte die Schildwache.

„Doch, natürlich darf ich das", sagte der Mann, „ich bin Prinz Karneval und reise unter dem Namen Februarius."

Jetzt kam der dritte; er sah aus wie das reinste Fasten, hielt sich aber kerzengerade, denn er war mit den „vierzig Rittern" verwandt und war Wetterprophet; aber das macht nicht fett, daher pries er die Fastenzeit. Sein Schmuck war ein Büschel Veilchen im Knopfloch, aber sie waren sehr klein.

„März, marsch!" rief der vierte und puffte den dritten. „März, marsch! hinein in die Wache, hier gibt's Punsch! Ich kann ihn riechen!" aber das war nicht wahr, er wollte ihn zum Aprilnarren machen, damit begann der vierte Bursche. Er sah aus, als wäre er ziemlich forsch; sicher tat er nicht allzuviel, hielt aber viele Feiertage ab. „Mit der Stimmung geht es auf und ab!" sagte er, „Regen und Sonnenschein, Einziehen und Ausziehen! Ich bin auch Umzugstagkommissarius, ich bin Leichen- und Hochzeitsbitter, ich kann lachen und weinen. Ich habe Sommerkleider im Koffer, aber es wäre sehr verkehrt, sie zu benutzen. Hier bin ich! Zum Staat trage ich seidene Strümpfe und einen Muff."

Jetzt kam eine Dame aus dem Wagen.

„Fräulein Mai!" sagte sie. In Sommerkleidung mit Gum-

* Ein alter, jetzt verschwundener Fastnachtsbrauch in Dänemark, bei dem eine Tonne über der Straße aufgehängt wurde, in die man eine Katze steckte. Wer mit einem Schlag ein Loch in die Tonne machen konnte, so daß die Katze hinauszuschlüpfen vermochte, war Fastnachtskönig (Anm. d. Übers.).

mischuhen an; sie trug ein buchenblattgrünes seidenes Kleid, Anemonen im Haar, und außerdem duftete sie so sehr nach Waldmeister, daß die Schildwache niesen mußte. „Gesundheit!" sagte sie, das war ihre Begrüßung. Sie war reizend! und Sängerin war sie; nicht in den Theatern, sondern drinnen im Walde; nicht in den Zelten, nein, im frischen, grünen Wald ging sie umher und sang zu ihrem eigenen Vergnügen; sie hatte in ihrem Nähbeutel Christian Winthers *Holzschnitte* bei sich, denn die sind wie der Buchenwald selbst, und *Kleine Gedichte von Richardt*, die sind genau wie der Waldmeister.

„Jetzt kommt die Gnädige, die junge Gnädige!" riefen sie drinnen im Wagen, und dann kam die Dame, jung und fein, stolz und reizend. Sie war dazu geboren, „Siebenschläfer" zu sein, das konnte man gleich sehen. Sie hielt am längsten Tag des Jahres einen Festschmaus ab, damit man Zeit hätte, die vielen Gerichte zu verspeisen; sie konnte es sich leisten, im eigenen Wagen zu fahren, kam aber trotzdem mit der Post wie die anderen, sie wollte dadurch zeigen, daß sie nicht hochmütig war; allein reiste sie auch nicht, sie wurde von ihrem jüngeren Bruder begleitet, Julius.

Er war gut bei Schick, sommerlich gekleidet und trug einen Panamahut. Nur wenig Gepäck führte er mit, es sei so lästig in der Hitze. Er hatte nur eine Badekappe und Schwimmhose; das ist nicht viel.

Jetzt kam die Mutter, Madame August, Obsthändlerin en gros, Besitzerin vieler Fischkästen, Landwirtin in großer Krinoline; sie war fett und warm, nahm an allem teil, ging selbst mit den Bierfäßchen zu den Leuten auf dem Felde. „Im Schweiße seines Angesichts sein Brot essen, das soll man", sagte sie, „das steht in der Bibel; hinterher kann man Waldbälle und Erntefeste abhalten!" Sie war Mutter.

Jetzt kam wieder eine Mannsperson, Maler von Beruf, der Farbmeister, das sollte der Wald erfahren, die Blätter mußten die Farbe wechseln, aber schön, wenn er es wollte; rot, gelb, braun sollte der Wald bald aussehen. Der Meister pfiff wie der schwarze Star, war ein tüchtiger Arbeiter und hängte die bräunlichgrüne Hopfenranke um seinen Bier-

krug, das war ein Schmuck, und für Schmuck hatte er einen Blick. Hier stand er nun mit seinem Farbtopf, der war sein ganzes Reisegepäck.

Jetzt kam der Gutsherr, der dachte an den Monat des Säens, an das Pflügen und die Bearbeitung des Bodens, ja auch ein wenig an die Freuden der Jagd; er hatte Hund und Gewehr bei sich, er hatte Nüsse in seiner Tasche, knick, knack! Schrecklich viel Gepäck hatte er mit und einen englischen Pflug; er redete von Landwirtschaft, aber man konnte nicht allzuviel verstehen vor lauter Husten und Keuchen – es war der November, der kam.

Er hatte einen Schnupfen, einen heftigen Schnupfen, so daß er ein Laken benutzte und kein Taschentuch, und dennoch müsse er die Mägde in das neue Gedinge einführen! sagte er, aber die Erkältung würde wohl vorübergehen, wenn er erst Holz hackte, und das würde er tun, denn er war Holzsägemeister für die Zunft. Die Abende brachte er damit zu, Schlittschuhe zu schnitzen, er wußte, in wenigen Wochen schon würde man für dieses ergötzliche Schuhzeug Verwendung haben.

Jetzt kam die letzte, das alte Mütterchen mit dem Kohlenbecken; sie fror, aber ihre Augen strahlten wie zwei helle Sterne. Sie hatte einen Blumentopf mit einem kleinen Tannenbaum im Arm. „Den will ich pflegen und hüten, damit er zum Weihnachtsabend groß wird, vom Fußboden bis an die Decke reicht und mit brennenden Lichtern, vergoldeten Äpfeln und ausgeschnittenen Figuren dasteht. Das Kohlenbecken wärmt wie ein Ofen, ich hole das Märchenbuch aus der Tasche und lese vor, so daß alle Kinder in der Stube still werden, aber die Puppen am Baume werden lebendig, und der kleine Wachsengel ganz oben auf dem Baum bebt mit den Flügeln aus Rauschgold, fliegt von dem grünen Wipfel herab und küßt groß und klein drinnen in der Stube, ja auch die armen Kinder, die draußen vor der Tür stehen und das Weihnachtslied von dem Stern von Bethlehem singen."

„Und nun kann die Kutsche weiterfahren", sagte die Schildwache, „jetzt haben wir das Dutzend beisammen. Laßt einen neuen Reisewagen vorfahren!"

„Laß zuerst die zwölf ordnungsgemäß zu mir herein!" sagte der Hauptmann vom Dienst. „Einen zur Zeit! Den Paß behalte ich; er gilt für jeden einen Monat lang; wenn der vorüber ist, werde ich draufschreiben, wie jeder einzelne sich betragen hat. Bitte sehr, Herr Januar, wollen Sie die Güte haben, einzutreten."

Und dann ging der hinein.

Wenn ein Jahr um ist, werde ich dir sagen, was die zwölf dir, mir und uns allen gebracht haben. Jetzt weiß ich es nicht, und sie wissen es wohl auch selber nicht – denn es ist eine sonderbare Zeit, in der wir leben.

Der Mistkäfer

Des Kaisers Roß bekam goldene Hufeisen; goldene Hufeisen an jeden Huf.

Weshalb bekam es goldene Hufeisen?

Es war das schönste Tier, hatte feine Beine, gar kluge Augen und eine Mähne, die ihm wie ein seidener Schleier um den Hals hing. Es hatte seinen Herrn in Pulverdampf und Kugelregen getragen, hatte die Kugeln schwirren und pfeifen hören; es hatte um sich gebissen, um sich geschlagen, mitgekämpft, als die Feinde vordrangen; war mit seinem Kaiser in einem Sprung über das Pferd des gestürzten Feindes hinweggesetzt, hatte seines Kaisers Krone aus rotem Golde gerettet, seines Kaisers Leben gerettet, das mehr wert war als das rote Gold, und darum bekam des Kaisers Roß goldene Hufeisen, goldene Hufeisen an jeden Huf.

Und der Mistkäfer kroch hervor.

„Zuerst die Großen, dann die Kleinen", sagte der, „es ist aber nicht die Größe, die es macht." Und dann streckte er seine dünnen Beine vor.

„Was willst du?" fragte der Schmied.

„Goldene Hufeisen!" antwortete der Mistkäfer.

„Du bist nicht ganz richtig im Kopf", sagte der Schmied, „du willst auch goldene Hufeisen haben?"

„Goldene Hufeisen!" sagte der Mistkäfer. „Bin ich nicht ebenso gut wie das große Vieh, das Bedienung haben muß, gestriegelt, gepflegt wird, Essen und Trinken bekommt? Gehöre ich nicht auch zu des Kaisers Stall?"

„Aber weswegen bekommt das Pferd goldene Hufeisen?" fragte der Schmied, „kannst du das nicht verstehen?"

„Verstehen? Ich verstehe, daß es eine Geringschätzung mir gegenüber ist", sagte der Mistkäfer, „es ist eine Kränkung – und nun gehe ich deshalb in die weite Welt hinaus."

„Lauf los!" sagte der Schmied.

„Grober Geselle!" sagte der Mistkäfer, und dann ging er nach draußen, flog ein Stückchen, und da war er in einem reizenden kleinen Blumengarten, wo es nach Rosen und Lavendel duftete.

„Ist es hier nicht schön?" sagte einer der kleinen Marienkäfer, die mit schwarzen Tupfen auf den roten, schilderstarken Flügeln umherflogen. „Wie es hier süß riecht, und wie wunderbar es hier ist!"

„Ich bin Besseres gewöhnt", sagte der Mistkäfer, „nennt ihr das wunderbar? Hier gibt es ja nicht einmal einen Misthaufen."

Und dann ging er weiter, in den Schatten einer großen Levkoje; auf dieser kroch eine Kohlraupe herum.

„Wie ist die Welt doch schön!" sagte die Kohlraupe, „die Sonne ist so warm! Alles ist so fröhlich! Und wenn ich einmal einschlafe und sterbe, wie man es nennt, dann wache ich auf und bin ein Schmetterling."

„Das denkst du dir so!" sagte der Mistkäfer. „Jetzt fliegen wir als Schmetterling umher! Ich komme aus des Kaisers Stall, aber niemand dort, nicht einmal des Kaisers Leibroß, das immerhin mit meinen abgelegten goldenen Hufeisen herumläuft, bildet sich dergleichen ein. Flügel bekommen! Fliegen! ja, jetzt fliegen wir!" Und dann flog der Mistkäfer. „Ich möchte mich nicht ärgern, aber ich ärgere mich trotzdem."

Dann plumpste er auf einen großen Rasenplatz hinunter; hier lag er ein Weilchen, dann schlief er ein.

Himmel, was für ein Regenschauer stürzte herab! Der Mistkäfer erwachte von dem Geplatsche und wollte schnell in die Erde hinein, konnte aber nicht: er kippte um, er schwamm auf dem Bauch und auf dem Rücken, an Fliegen war nicht zu denken, er kam bestimmt niemals lebendig von dieser Stelle weg; er lag, wo er lag, und blieb liegen.

Als der Regen ein wenig nachließ und der Mistkäfer sich das Wasser aus den Augen gezwinkert hatte, sah er undeutlich etwas Weißes, es war Leinen auf der Bleiche; er gelangte dorthin und kroch in eine Falte des nassen Leinens; es war zwar nicht so, wie wenn man in dem warmen Haufen im Stalle lag; aber etwas Besseres gab es hier nun nicht, und so blieb er einen ganzen Tag und eine ganze Nacht da, und auch das Regenwetter blieb. In früher Morgenstunde kam der Mistkäfer zum Vorschein; er war sehr ärgerlich über das Klima.

Auf dem Leinen saßen zwei Frösche; ihre hellen Augen glänzten vor lauter Freude. „Es ist ein gesegnetes Wetter!" sagte der eine. „Wie es erfrischt! Und das Leinen hält das Wasser so schön fest! Es kribbelt mir in den Hinterläufen, so als müßte ich schwimmen."

„Ich möchte wirklich wissen", sagte der zweite, „ob die Schwalbe, die weit umherfliegt, ob die auf ihren vielen Reisen ins Ausland ein besseres Klima als das unsere angetroffen hat; so einen Regen und so eine Nässe! Es ist gerade, als läge man in einem nassen Graben! Ist man dessen nicht froh, dann liebt man wahrlich sein Vaterland nicht."

„Ihr seid wohl niemals in des Kaisers Ställen gewesen?" fragte der Mistkäfer. „Da ist das Nasse zugleich warm und würzig! Das bin ich gewöhnt; das ist mein Klima, aber das kann man nicht mit auf die Reise nehmen. Gibt es hier im Garten kein Mistbeet, wo Standespersonen wie ich einkehren und sich wie zu Hause fühlen können?"

Aber die Frösche verstanden ihn nicht oder wollten ihn nicht verstehen.

„Ich frage nie ein zweites Mal", sagte der Mistkäfer, als er dreimal gefragt hatte, ohne Antwort zu bekommen.

Dann ging er ein Stückchen weiter, da lag ein Topfscher-

ben; der sollte dort nicht liegen, aber wie er da lag, gewährte er Obdach. Hier wohnten mehrere Ohrwurmfamilien; sie beanspruchten nicht viel Platz, sondern nur Geselligkeit; die Weibchen sind besonders zur Mutterliebe befähigt, daher hielt auch eine jede ihr Kind für das schönste und klügste.

„Unser Sohn hat sich verlobt!" sagte eine Mutter, „die süße Unschuld! sein höchstes Ziel ist, einmal einem Pfarrer ins Ohr zu kriechen. Er ist so kindlich lieb, und die Verlobung bewahrt ihn vor Ausschweifungen; das ist für eine Mutter so erfreulich."

„Unser Sohn", sagte eine zweite Mutter, „ist eben aus dem Ei gekrochen und hat sich sofort bemerkbar gemacht; er sprüht inwendig, er läuft sich die Hörner ab. Das ist eine ungeheure Freude für eine Mutter! Nicht wahr, Herr Mistkäfer?" Sie erkannten den Gast an seinen Merkmalen.

„Sie haben beide recht", sagte der Mistkäfer, und dann wurde er in die Stube heraufgebeten, soweit er unter dem Topfscherben vorwärts kommen konnte.

„Nun müssen Sie auch meinen kleinen Ohrwurm sehen", sagten eine dritte und eine vierte Mutter, „die Kinder sind zu süß und so drollig! Sie sind niemals unartig, außer wenn sie Leibweh haben, aber das bekommt man so leicht in ihrem Alter."

Und so sprach jede Mutter von ihren Kindern, und die Kinder redeten mit und benutzten die kleine Gabel, die sie am Schwanz hatten, um den Mistkäfer am Schnauzbart zu ziehen.

„Die kommen aber auch auf die komischsten Dinge, die kleinen Schelme!" sagten die Mütter und dampften vor Mutterliebe, aber das langweilte den Mistkäfer, und dann fragte er, ob es von hier bis zum Mistbeet noch weit sei.

„Es ist weit draußen in der Welt, jenseits vom Graben", sagte der Ohrwurm, „so weit geht, hoffe ich, niemals eins von meinen Kindern fort, das wäre nämlich mein Tod."

„Ich möchte versuchen, so weit zu gehen", sagte der Mistkäfer und ging, ohne sich zu verabschieden; das ist am höflichsten.

Am Graben traf er mehrere von seiner Sippe, alles Mistkäfer.

„Hier wohnen wir!" sagten sie. „Wir haben es ganz schön warm! Dürfen wir Sie nicht ins Fette hinunterbitten! Die Reise hat Sie sicherlich angestrengt!"

„Das stimmt", sagte der Mistkäfer. „Ich habe beim Regen auf Leinen gelegen, und Reinlichkeit nimmt mich besonders mit; ich habe auch Gicht im Flügelgelenk bekommen, als ich unter einem Topfscherben im Zug stand. Es ist wirklich ein Labsal, wieder einmal zu seinesgleichen zu kommen."

„Sie kommen wahrscheinlich vom Mistbeet", fragte der Älteste.

„Höher hinauf", sagte der Mistkäfer. „Ich komme aus des Kaisers Stall, wo ich mit goldenen Hufeisen zur Welt gekommen bin; ich reise in geheimem Auftrag, über den Sie mich nicht ausforschen dürfen, denn ich sage nichts."

Und dann stieg der Mistkäfer in den fetten Schlamm hinab; hier saßen drei junge Mistkäferweibchen, die kicherten, denn sie wußten nicht, was sie sagen sollten.

„Sie sind nicht verlobt", sagte die Mutter, und dann kicherten sie wieder, aber das war vor Verlegenheit.

„Ich habe in des Kaisers Ställen keine schöneren gesehen", sagte der reisende Mistkäfer.

„Verderben Sie mir nicht meine Mädels! Und sprechen Sie nicht mit ihnen, es sei denn, Sie haben ehrliche Absichten! Aber die haben Sie, und ich gebe Ihnen meinen Segen."

„Hurra!" sagten die anderen alle, und nun war der Mistkäfer verlobt. Zuerst Verlobung, dann Hochzeit, man hatte ja keinen Grund, zu warten.

Der nächste Tag verlief sehr gut, der folgende schleppte sich hin, aber am dritten mußte man doch an die Versorgung der Frau und möglicherweise an die der Kleinen denken.

„Ich habe mich überraschen lassen!" sagte er, „dann muß ich sie wohl meinerseits auch überraschen."

Und das tat er. Weg war er; den ganzen Tag über weg, weg die ganze Nacht – und die Frau saß als Witwe da. Die anderen Mistkäfer sagten, es sei ein richtiger Landstreicher gewesen, den sie in die Familie aufgenommen hätten; nun hätten sie die Frau auf dem Hals.

„Dann mag sie wieder als Jungfrau gehen“, sagte die Mutter, „und als mein Kind gelten. Pfui, der elende Schuft, der sie verlassen hat.“

Er war unterdes auf Reisen, war auf einem Kohlblatt über den Graben gesegelt; gegen Morgen kamen zwei Menschen, die sahen den Mistkäfer, hoben ihn auf, wandten und drehten ihn, und sie waren beide sehr gelehrt, vor allem der Knabe. „‚Allah sieht den schwarzen Mistkäfer in dem schwarzen Gestein auf dem schwarzen Berg!‘ steht es nicht so im Koran?“ fragte er, und er übersetzte den Namen des Mistkäfers ins Lateinische, erklärte dessen Art und Natur. Der ältere Gelehrte war dagegen, daß er mit nach Hause genommen werden sollte, sie hätten dort ebenso gute Exemplare, sagte er, und solche Rede fand der Mistkäfer nicht höflich, daher flog er ihm von der Hand, flog ein ganzes Stück, seine Flügel waren getrocknet, und dann gelangte er zum Treibhaus, wo er mit größter Bequemlichkeit, da die eine Scheibe hochgeschoben war, hineinschlüpfen und sich in den frischen Dung eingraben konnte.

„Hier ist es köstlich“, sagte er.

Bald schlief er ein und träumte, des Kaisers Roß sei gestürzt und Herr Mistkäfer habe das eine goldene Hufeisen bekommen und zwei seien ihm noch versprochen worden. Das war eine Annehmlichkeit, und als der Mistkäfer dann aufwachte, kroch er hervor und schaute sich um. Welch eine Pracht hier im Treibhaus! Große Fächerpalmen breiteten sich in der Höhe aus, die Sonne machte sie durchsichtig, und unter ihnen quoll eine Fülle von Grün hervor, Blumen leuchteten dazwischen auf, rot wie Feuer, gelb wie Bernstein und weiß wie frischgefallener Schnee.

„Es ist eine unvergleichliche Pflanzenpracht! Wie die munden wird, wenn sie in Fäulnis übergeht!“ sagte der Mistkäfer. „Es ist eine gute Speisekammer; hier wohnen bestimmt Verwandte; ich werde Nachforschungen anstellen, sehen, ob ich welche finde, mit denen ich verkehren kann. Stolz bin ich, das ist mein Stolz!“ Und dann ging er los und dachte an seinen Traum von dem toten Pferd und den goldenen Hufeisen, die er errungen hatte.

Da griff mit einemmal eine Hand um den Mistkäfer, er wurde gedrückt, gewendet und gedreht.

Des Gärtners kleiner Sohn und ein Kamerad waren im Treibhaus, die hatten den Mistkäfer gesehen und wollten sich einen Spaß mit ihm machen; in ein Weinblatt gelegt,

kam er in eine warme Hosentasche, er kribbelte und krabbelte, die Hand des Jungen drückte dann ein bißchen zu, der Junge ging schnell zu dem großen See am Ende des Gartens, hier wurde der Mistkäfer in einen alten, geplatzten Holzschuh gesetzt, von dem der Spann abgegangen war; ein Stock wurde daran als Mast befestigt; und an diesen wurde der Mistkäfer mit einem Wollfaden angebunden; jetzt war er Schiffer und sollte segeln.

Es war ein sehr großer See, dem Mistkäfer kam er wie ein Weltmeer vor, und er war so erstaunt, daß er auf den Rükken fiel und mit den Beinen zappelte.

Der Holzschuh segelte, das Wasser hatte Strömung, wenn aber das Fahrzeug ein wenig zu weit hinausgeriet, dann krempelte der eine Junge sogleich seine Hosen hoch und ging hinein, um es zu holen, als es aber wieder davontrieb, wurden die Jungen gerufen, dringend gerufen, und sie eilten von dannen und ließen den Holzschuh Holzschuh sein; der trieb, und zwar immer mehr vom Land weg, immer weiter hinaus, es war schauerlich für den Mistkäfer; fliegen konnte er nicht, er war an den Mast festgebunden.

Er erhielt Besuch von einer Fliege.

„Wir haben herrliches Wetter“, sagte die Fliege. „Hier kann ich mich ausruhen! Hier kann ich mich sonnen. Sie haben es sehr behaglich!“

„Sie reden, wie Sie's verstehen! Sehen Sie nicht, daß ich festgebunden bin.“

„Ich bin nicht festgebunden“, sagte die Fliege, und dann flog sie weg.

„Jetzt kenne ich die Welt! Es ist eine gemeine Welt! Ich bin der einzig Rechtschaffene darin! Erst schlägt man mir goldene Hufeisen ab, dann muß ich auf nassem Leinen schlafen, im Zugwind stehen, und schließlich hängen sie mir eine Frau an den Hals. Tue ich dann einen munteren Schritt in die Welt hinein und sehe mich um, wie es anderen ergeht und wie es mir gehen müßte, dann kommt ein Menschenbalg und legt mich auf dem wilden Meere fest an die Kette. Und unterdessen läuft des Kaisers Roß mit goldenen Hufeisen herum! Das wurmt mich am meisten; aber Anteilnahme kann man in dieser Welt nicht erwarten! Mein Lebenslauf ist sehr interessant, aber was nützt das schon, wenn keiner ihn kennt! Die Welt verdient es auch nicht, ihn zu kennen, sonst hätte sie mir in des Kaisers Stall goldene Hufeisen gegeben, als das Leibroß beschlagen wurde und die Beine ausstreckte. Hätte ich goldene Hufeisen bekommen, dann hätte ich dem Stall Ehre gemacht, nun hat er mich verloren, und die Welt hat mich verloren, alles ist aus!“

Aber es war noch nicht alles aus, es kam ein Boot an mit ein paar jungen Mädchen.

„Da segelt ein Holzschuh“, sagte die eine.

„Da ist ein Tierchen darin festgebunden“, sagte die andere.

Sie waren jetzt neben dem Holzschuh, sie holten ihn herauf, und eines der Mädchen nahm eine kleine Schere, schnitt den Wollfaden durch, ohne den Mistkäfer zu beschädigen, und als sie an Land kamen, setzte sie ihn ins Gras.

„Krieche, krieche! Fliege, fliege! wenn du kannst!“ sagte sie. „Freiheit ist eine schöne Sache.“

Und der Mistkäfer flog ins offene Fenster eines großen

Gebäudes hinein, und dort sank er müde auf die feine, weiche, lange Mähne von des Kaisers Leibroß nieder, das im Stall stand, in dem es und der Mistkäfer beheimatet waren; er krallte sich in der Mähne fest und saß ein Weilchen da und erholte sich. „Hier sitze ich auf des Kaisers Leibroß! Sitze da wie ein Reiter! Was sage ich da! Ja, jetzt wird es mir klar! es ist eine gute Idee, und sie ist richtig. Weshalb bekam das Pferd goldene Hufeisen? Danach fragte er mich auch, der Schmied. Jetzt sehe ich es ein! meinetwegen bekam das Pferd goldene Hufeisen."

Und nun war der Mistkäfer guter Laune.

„Man bekommt auf Reisen einen klaren Kopf", sagte er.

Die Sonne schien zu ihm herein, schien sehr schön. „Die Welt ist gar nicht einmal so übel!" sagte der Mistkäfer, „man muß sie nur zu nehmen wissen!" Die Welt war schön, denn des Kaisers Leibroß hatte goldene Hufeisen anbekommen, weil der Mistkäfer sein Reiter sein sollte.

„Nun will ich zu den anderen Käfern hinunterklettern und erzählen, wie viel man für mich getan hat; ich werde von all den Annehmlichkeiten erzählen, die ich auf der Auslandsreise genossen habe, und ich will sagen, daß ich jetzt so lange zu Hause bleibe, bis das Pferd seine goldenen Hufeisen abgelaufen hat."

Was Vadder tut, ist immer das Richtige

Jetzt werde ich dir eine Geschichte erzählen, die ich gehört habe, als ich klein war, und jedesmal, wenn ich seitdem darüber nachgedacht habe, fand ich sie schöner; denn es geht mit den Geschichten wie mit vielen Menschen, sie werden mit dem Alter schöner und schöner, und das ist so vergnüglich!

Du bist doch draußen auf dem Lande gewesen? Du hast ein richtiges altes Bauernhaus mit Strohdach gesehen; Moos und Pflanzen wachsen dort von selber; auf dem Dachfirst ist ein Storchennest, den Storch kann man nicht missen, die Mauern sind schief, die Fenster niedrig, ja, es gibt nur ein einziges, das zu öffnen ist; der Backofen wölbt sich vor wie ein kleiner, dicker Bauch, und der Holunderstrauch hängt über den Zaun, wo unter dem knorrigen Weidenbaum ein kleiner Wassertümpel mit einer Ente oder Entenküken liegt. Ja, und dann ist da ein Kettenhund, der all und jeden anbellt.

Genau so ein Bauernhaus lag draußen auf dem Lande, und darin wohnten zwei Leute, Bauersmann und Bauersfrau. Wie wenig sie auch hatten, konnten sie trotzdem ein Stück entbehren, es war ein Pferd, das am Straßengraben stand und weidete. Vater ritt auf ihm zur Stadt, der Nachbar lieh es sich aus, und Vater wurde für den Gefallen wieder ein

Gefallen getan, aber es war für sie doch wohl vorteilhafter, wenn sie das Pferd verkauften oder es gegen dies oder jenes eintauschten, was ihnen eben von größerem Nutzen sein konnte. Aber was sollte das sein?

„Das wirst du, Vadder, am besten wissen!" sagte die Frau. „Jetzt ist in der Stadt Markt, reite du hin, mach das Pferd zu Geld oder mache einen guten Tausch! Wie du es machst, so ist es immer richtig. Reite zum Jahrmarkt!"

Und dann knüpfte sie ihm sein Halstuch um, denn das konnte sie doch besser als er; sie band ihm eine doppelte Schleife, das sah flott aus, und dann putzte sie seinen Hut mit der flachen Hand ab, und sie küßte ihn auf seinen warmen Mund, und dann ritt er auf dem Pferde davon, das verkauft oder eingetauscht werden sollte. ja, O Vadder wußte es!

Die Sonne glühte, es waren keine Wolken am Himmel! Der Weg war staubig, hier waren so viele Marktleute zu Wagen und zu Pferde und auf ihren eigenen Beinen unterwegs. Es war eine Sonnenglut, und auf der Straße gab es nirgendwo Schatten.

Da ging einer und trieb eine Kuh, die war so wunderfein, wie eine Kuh nur sein kann. „Die gibt sicher schöne Milch!" dachte der Bauersmann, wenn man die kriegte, wäre das ein ganz guter Tausch. „Weißt du was, du da mit der Kuh!" sagte er, „wollen wir beiden uns nicht mal ein bißchen unterhalten? Siehst du, ein Pferd, glaube ich, kostet mehr als eine Kuh, aber das macht nichts! Ich habe mehr Nutzen von der Kuh; wollen wir tauschen?"

„Ja sicher!" sagte der Mann mit der Kuh, und dann tauschten sie.

Nun war das getan, und nun hätte der Bauersmann umkehren können, er hatte ja erledigt, was er wollte, aber da er nun einmal die Absicht hatte, auf den Markt zu gehen, so wollte er auf den Markt gehen, nur um ihn sich anzusehen; und so ging er denn mit seiner Kuh dahin. Er schritt schnell aus, und die Kuh schritt schnell aus, und da gingen sie bald neben einem Manne her, der ein Schaf führte. Es war ein gutes Schaf, in guter Verfassung und mit viel Wolle.

„Das hätte ich gern!“ dachte der Bauer. „Das würde an unserem Grabenrand genügend Weide haben, und zum Winter könnte man es zu sich in die Stube nehmen. Im Grunde wäre es richtiger für uns, Schafe zu halten, als Kühe zu halten. – Wollen wir tauschen?“

Ja, das wollte der Mann, dem das Schaf gehörte, allerdings, und so wurde der Tausch gemacht, und der Bauersmann ging mit seinem Schaf die Landstraße entlang. Dort am Zauntritt sah er einen Mann mit einer großen Gans unter dem Arm.

„Du hast da aber eine schwere Gans!“ sagte der Bauersmann, „die hat Federn und auch Fett! Die würde sich am Pflock neben unserem Wassertümpel hübsch ausnehmen! Dann könnte Mutter alle Abfälle für sie sammeln! Sie hat oft gesagt: ‚Hätten wir doch nur eine Gans!‘ jetzt könnte sie ja eine kriegen – und sie soll sie haben! Willst du tauschen? Ich geb dir das Schaf für die Gans und einen schönen Dank dazu!“

Ja, das wollte der andere allerdings, und so tauschten sie; der Bauersmann kriegte die Gans. Dicht vor der Stadt war er, das Gedränge auf der Straße nahm zu, es war ein Gewühl von Mensch und Tier; sie gingen auf der Straße und im Graben bis zum Kartoffelfeld des Schlagbaumwärters heran, wo dessen Huhn angepflöckt stand, damit es nicht vor Schrecken davonlaufen und wegkommen würde. Es war ein Huhn mit einem kurzen Hinterteil, es blinzelte mit einem Auge, sah gut aus. „Tuck, tuck!“ sagte es; was es sich dabei dachte, kann ich nicht sagen, aber der Bauersmann dachte, als er es sah: Das ist die schönste Henne, die ich bis jetzt gesehen habe, sie ist schöner als die Glucke vom Pfarrer, die hätte ich zu gern! Ein Huhn findet immer ein Korn, das kann sich beinahe selber versorgen! Ich glaube, es ist ein guter Tausch, wenn ich das für die Gans bekäme. „Wollen wir tauschen?“ fragte er. „Tauschen?“ sagte der andere, „ja, das wäre nun gar nicht so übel!“ und dann tauschten sie. Der Schrankenwärter bekam die Gans, der Bauersmann die Henne.

Nun hatte er auf der Reise zur Stadt eine Menge erledigt;

und heiß war es, und müde war er. Einen Schnaps und einen Bissen Brot hatte er nötig; da war er am Gasthaus, dort wollte er hinein; aber der Hausknecht wollte hinaus, er stieß gerade in der Tür auf ihn, und der Knecht hatte einen Sack, der war mit irgend etwas zum Platzen gefüllt.

„Was hast du da?“ fragte der Bauersmann.

„Faule Äpfel!“ erwiderte der Knecht, „einen ganzen Sack voll für die Schweine.“

„Das ist aber eine unheimliche Menge! Ich wünschte, Mutter könnte das sehen! Wir hatten im vorigen Jahr nur einen einzigen Apfel an dem alten Baum beim Torfschuppen! Dieser Apfel sollte aufbewahrt werden, und der lag auf der Ziehkiste*, bis er platzte. Das ist immerhin Wohlstand! sagte unsere Mutter, hier könnte sie aber erst Wohlstand sehen! Ja, das würde ich ihr gönnen.“

„Ja, was gebt Ihr?“ fragte der Knecht.

„Geben? Ich gebe mein Huhn in Tausch“, und dann gab er sein Huhn in Tausch, bekam die Äpfel und ging in die Wirtsstube, gleich bis zum Schanktisch hin, seinen Sack mit den Äpfeln stellte er gegen den Ofen, und es war geheizt, das bedachte er nicht. Viele Gäste waren hier in der Stube, Pferdehändler, Ochsenhändler und zwei Engländer, und die sind so reich, daß ihre Taschen von Goldgeld platzen; die schließen Wetten ab, jetzt hör bloß mal!

„Sussss! Susss!“ was war das für ein Geräusch am Ofen? Die Äpfel fingen an zu brutzeln.

„Was ist das?“ Ja, das sollten sie nun schnell erfahren! die ganze Geschichte: vom Pferd, das gegen eine Kuh getauscht worden war, bis hinunter zu den faulen Äpfeln.

„Na! Du kriegst aber einen Rüffel von Mutter, wenn du nach Hause kommst!“ sagten die Engländer, „die wird einen schönen Krach machen!“

„Einen Kuß kriege ich und keinen Rüffel!“ sagte der Bauer, „unsere Mutter sagt bestimmt: was Vadder tut, ist das Richtige!“

* Großes Möbelstück mit Schubladen, Vorläufer der kleineren Kommode (Anmerkung d. Übers.).

„Wollen wir wetten!“ sagten sie, „Tonnen voller Goldstücke! Hundert Pfund sind ein Zentner!“

„Es genügt, wenn ihr den Scheffel vollmacht!“ sagte der Bauersmann, „ich kann nur den Scheffel mit Äpfeln und mich selber und Mutter dagegen setzen, aber das ist dann mehr als gestrichen voll, das ist ein gehäuftes Maß!“

„Topp! Topp!“ sagten sie, und schon war die Wette abgeschlossen.

Der Wagen des Gastwirts fuhr vor, die Engländer kamen darauf, der Bauersmann kam darauf, die faulen Äpfel kamen darauf, und so kamen sie zu des Bauern Haus.

„Guten Abend, Mutter!“

„Schönen guten Abend, Vadder!“

„Jetzt hab ich einen Tausch gemacht!“

„Ja, du verstehst es!“ sagte die Frau, umarmte ihn und vergaß den Sack wie auch die Gäste.

„Ich habe das Pferd gegen eine Kuh eingetauscht!"

„Gottlob, dann haben wir Milch!" sagte die Frau, „nun können wir Milchbrei essen, Butter und Käse auf den Tisch stellen. Das ist ein prächtiger Tausch!"

„Ja, aber die Kuh habe ich wieder gegen ein Schaf eingetauscht!"

„Das ist auch bestimmt besser!" sagte die Frau, „du bist immer so umsichtig; für ein Schaf haben wir reichlich Weideland. Nun haben wir Schafmilch und Schafkäse und wollene Strümpfe, ja, wollene Nachthemden! Die gibt die Kuh nicht! Die verliert die Haare! Du bist wirklich ein umsichtiger Mann!"

„Aber das Schaf habe ich gegen eine Gans eingetauscht!"

„Kriegen wir in diesem Jahr wirklich eine Martinsgans, Vadderchen? Du denkst doch immer daran, mir eine Freude zu machen! Es ist ein goldiger Einfall von dir! Die Gans kann man am Strick anbinden, die kann bis zum Martinstag noch fetter werden!"

„Aber die Gans habe ich gegen ein Huhn eingetauscht!" sagte der Mann.

„Ein Huhn! das ist ein guter Tausch", sagte die Frau, „das Huhn legt Eier, das brütet, wir kriegen Küken, wir kriegen einen Hühnerhof! Das habe ich mir gerade so sehr gewünscht!"

„Ja, aber das Huhn habe ich gegen einen Sack voll fauler Äpfel getauscht!"

„Jetzt muß ich dir aber einen Kuß geben!" sagte die Frau, „ich danke dir, mein einzig lieber Mann! Jetzt werde ich dir etwas erzählen. Als du weg warst, hatte ich mir vorgenommen, dir ein richtig gutes Gericht zu machen: Eierpfannkuchen mit Schnittlauch. Die Eier hatte ich, mir fehlte der Schnittlauch. Da ging ich zur Frau vom Schulmeister rüber; da haben sie Schnittlauch, das weiß ich, aber die Frau ist geizig, die alte Zicke! Ich bat sie, ob sie mir etwas Schnittlauch borgen könnte! ‚Borgen?' sagte sie. ‚Nichts wächst in unserem Garten, nicht einmal ein fauler Apfel! nicht einmal den kann ich Ihr borgen!' Jetzt kann ich ihr zehn Stück borgen, ja, einen ganzen Sack voll! Das ist ein

Hauptspaß, Vadder!" und dann küßte sie ihn mitten auf den Mund.

„Das gefällt uns!" sagten die Engländer. „Immer bergab und immer gleich fröhlich! Das ist wahrlich das Geld wert!" und dann zahlten sie einen Zentner Goldstücke an den Bauersmann, der einen Kuß bekam und keinen Rüffel.

O ja, es lohnt sich immer, wenn die Frau einsieht und erklärt, Vadder ist der Klügste, und was er tut, ist immer das Richtige.

Seht, das ist nun eine Geschichte! Die hab ich als kleiner Junge gehört, und nun hast du sie auch gehört und weißt, was Vadder tut, ist immer das Richtige.

„Es kracht und knackt in mir, so wunderbar kalt ist es!“ sagte der Schneemann, „der Wind kann wirklich schneiden, so daß man davon lebendig wird! Und wie die Gafferin da gafft!“ Es war die Sonne, die er meinte; sie war gerade im Begriff, unterzugehen. „Sie wird mich nicht dazu bringen, daß ich blinzle, ich werde die Brocken schon noch festhalten.“

Es waren zwei große, dreieckige Ziegelsteinbrocken, die er als Augen hatte; der Mund war ein Stück von einer alten Harke, darum hatte er Zähne.

Er war unter Hurrarufen von den Jungen in die Welt gesetzt, vom Schellenklang und Peitschenknallen der Schlitten begrüßt worden.

Die Sonne ging unter, der Vollmond ging auf, rund und groß, hell und herrlich in der blauen Luft.

„Da hätten wir sie aus einer anderen Ecke wieder“, sagte der Schneemann. Er meinte, es wäre die Sonne, die wieder zum Vorschein käme. „Ich habe ihr das Gaffen abgewöhnt! Nun mag sie da hängen und leuchten, da kann ich mich selber sehen. Wüßte ich nur, wie man es anstellt, sich weiterzubewegen! Ich möchte mich so gern weiterbewegen! Wenn ich das könnte, würde ich jetzt aufs Eis hinunterlaufen und schliddern, wie ich es von den Jungen gesehen habe; aber ich weiß nicht, wie man läuft.“

„Weg! weg!“ kläffte der alte Kettenhund; er war ein bißchen heiser, das war er schon, als er noch Stubenhund gewesen war und unterm Ofen lag. „Die Sonne wird dir das Laufen schon beibringen! Das hab ich bei deinem Vorgänger im vorigen Jahr gesehen und bei seinem Vorgänger: Weg! weg! und weg sind sie alle.“

„Ich verstehe dich nicht, Kamerad!“ sagte der Schneemann; „die da oben soll mir das Laufen beibringen?“ er meinte den Mond; „ja, sie ist allerdings vorhin weggelaufen, als ich sie starr anguckte, jetzt schleicht sie aus einer anderen Ecke wieder herbei.“

„Du hast keine Ahnung“, sagte der Kettenhund, „aber

du bist ja auch eben erst zusammengebackt worden! Was du jetzt siehst, heißt Mond, die weggegangen ist, das war die Sonne, sie kommt morgen wieder, sie wird dich schon lehren, in den Wallgraben hinunterzulaufen. Wir kriegen bald anderes Wetter, ich kann es an meinem linken Hinterlauf merken, in dem zuckt es. Wir kriegen Witterungswechsel."

„Ich verstehe ihn nicht", sagte der Schneemann, „aber ich habe das Gefühl, als wäre es etwas Unangenehmes, was er sagt. Die da vorhin gaffte und unterging und die er die Sonne nennt, die ist auch nicht meine Freundin, das habe ich im Gefühl."

„Weg! weg!“ kläffte der Kettenhund, drehte sich dreimal um sich selber und legte sich dann in seine Hütte, um zu schlafen.

Es trat wirklich Witterungswechsel ein. Ein Nebel, ganz dick und klamm, legte sich am Morgen über die ganze Gegend; bei Morgengrauen kam ein Wind auf; der war so eisig, der Frost packte tüchtig zu, aber welch ein Anblick war es, als die Sonne aufging! Alle Bäume und Sträucher waren von Rauhreif überzogen; es sah wie ein ganzer Wald von weißen Korallen aus, es sah aus, als wären alle Äste mit strahlendweißen Blüten überschüttet. Die unendlich vielen und feinen Verästelungen, die man im Sommer der vielen Blätter wegen nicht sehen kann, kamen jetzt alle zum Vorschein; es war wie ein Spitzengewebe und so schimmernd weiß, als strömte ein weißer Glanz von jedem Zweig aus. Die Hängebirke bewegte sich im Wind, es war Leben in ihr wie in den Bäumen zur Sommerszeit; die Schönheit war unvergleichlich! Und als die Sonne dann schien, nein, wie das Ganze funkelte, als wäre es mit Diamantenstaub überpudert, und auf der Schneeschicht des Erdbodens glitzerten die großen Diamanten, oder man konnte auch glauben, daß unzählige winzig kleine Lichtchen brannten, noch weißer als der weiße Schnee.

„Es ist unbeschreiblich schön“, sagte ein junges Mädchen, das mit einem jungen Mann zusammen in den Garten hinaustrat und dicht vor dem Schneemann stehenblieb, wo sie die gleißenden Bäume betrachteten. „Einen schöneren Anblick hat man auch im Sommer nicht!“ sagte sie, und ihre Augen strahlten.

„Und so einen Burschen wie den da hat man schon gar nicht“, sagte der junge Mann und zeigte auf den Schneemann. „Der ist großartig.“

Das junge Mädchen lachte, nickte dem Schneemann zu und tanzte alsdann mit ihrem Freund über den Schnee, der unter ihnen knirschte, als liefen sie auf Stärke.

„Wer waren die beiden?“ fragte der Schneemann den Kettenhund; „du bist älter am Platz als ich, kennst du die?“

„Das tue ich!“ sagte der Kettenhund. „Sie hat mich doch

gestreichelt, und er hat mir einen Knochen geschenkt; die beiße ich nicht."

„Aber was machen sie hier?" fragte der Schneemann.

„Verrrlobt sind sie!" sagte der Kettenhund. „Die wollen in die Hundehütte ziehen und zusammen Knochen knabbern. Weg! weg!"

„Haben die beiden ebensoviel zu bedeuten wie du und ich?" fragte der Schneemann.

„Die gehören ja zur Herrschaft", sagte der Kettenhund; „es ist tatsächlich sehr wenig, was man so weiß, wenn man von gestern ist; das merke ich an dir! Ich habe Alter und Kenntnisse, ich kenne alle hier im Haus! Und ich habe eine Zeit gekannt, da lag ich nicht hier in der Kälte und an der Kette; weg! weg!"

„Die Kälte ist schön!" sagte der Schneemann. „Erzähle, erzähle! Aber du darfst nicht mit der Kette rasseln, dann knackt es nämlich in mir."

„Weg! weg!“ kläffte der Kettenhund. „Ein Welp bin ich gewesen; klein und niedlich, sagte man, da lag ich dort in dem Haus auf einem Plüschsessel, lag auf dem Schoß der höchsten Herrschaft, wurde auf die Schnauze geküßt, und meine Pfoten wurden mit einem gestickten Taschentuch abgewischt; ich hieß ‚der Süßeste‘, ‚Wackelbeinchen‘, aber dann wurde ich ihnen zu groß; da verschenkten sie mich an die Haushälterin; ich kam in den Keller hinunter! Du kannst von dem Platz, wo du stehst, da reingucken, du kannst in die Kammer gucken, wo ich Herrschaft gewe-

sen bin; das war ich nämlich bei der Haushälterin. Es war allerdings ein schlechterer Ort als oben, aber hier war es angenehmer; ich wurde nicht von Kindern gedrückt und herumgeschleppt wie oben. Ich hatte ebenso gutes Futter wie früher und viel mehr! Ich hatte mein eigenes Kissen, und dann war da ein Ofen, der ist um diese Zeit das Schönste auf der Welt! Ich kroch darunter, so daß ich ganz weg war. Oh, von diesem Ofen träume ich noch heute; weg! weg!“

„Sieht ein Ofen so schön aus?“ fragte der Schneemann. „Sieht er mir ähnlich?“

„Der ist genau das Gegenteil von dir! Kohlschwarz ist er! Hat einen langen Hals mit Messingtrommel. Der frißt Holz, so daß ihm das Feuer aus dem Maul sprüht. Man muß dicht bei ihm bleiben, ganz dicht bei ihm und unter ihm, das ist eine große Annehmlichkeit! Du mußt ihn durchs Fenster sehen können, von dem Platz, wo du stehst!"

Und der Schneemann guckte, und tatsächlich sah er einen schwarzpolierten Gegenstand mit Messingtrommel; das Feuer glänzte unten heraus. Dem Schneemann ward es ganz sonderbar zumute; er hatte eine Empfindung, über die er sich selber keine Rechenschaft ablegen konnte; es kam etwas über ihn, was er nicht kannte, was aber alle Menschen kennen, sofern sie nicht Schneemänner sind.

„Und weshalb hast du sie verlassen?" sagte der Schneemann. Er fühlte, es mußte ein weibliches Wesen sein. „Wie konntest du einen solchen Ort verlassen?"

„Dazu war ich wohl gezwungen", sagte der Kettenhund, „sie haben mich rausgeschmissen und legten mich hier an die Kette. Ich hatte den jüngsten jungen Herrn ins Bein gebissen, er stieß nämlich den Knochen weg, an dem ich nagte; und Bein um Bein, denke ich! Das haben sie aber übelgenommen, und seit der Zeit liege ich an der Kette und habe meine klare Stimme eingebüßt, hör doch, wie heiser ich bin: weg! weg! da war's dann aus."

Der Schneemann hörte nicht mehr zu; er schaute noch immer in das Kellergeschoß zu der Haushälterin hinein, bis in die Stube, wo der Ofen auf seinen vier eisernen Beinen stand und so groß wirkte wie der Schneemann selber.

„Es knarrt so sonderbar in mir", sagte er. „Ob ich denn nie da hineinkommen kann? Es ist ein harmloser Wunsch, und unsere harmlosen Wünsche müßten doch eigentlich erfüllt werden. Es ist mein höchster Wunsch, mein einziger Wunsch, und es wäre fast ungerecht, wenn er nicht befriedigt werden würde. Ich muß hinein, ich muß mich an ihn anlehnen, und wenn ich auch das Fenster einschlagen sollte."

„Da kommst du nie hinein", sagte der Kettenhund, „und kommst du an den Ofen, dann bist du weg! weg!"

„Ich bin so gut wie weg", sagte der Schneemann, „ich glaube, ich breche entzwei!"

Den ganzen Tag über stand der Schneemann da und schaute durchs Fenster; in der Dämmerstunde sah die Stube noch einladender aus; vom Ofen glänzte es so freundlich, wie nicht einmal der Mond glänzt und auch die Sonne nicht, nein, wie nur der Ofen glänzen kann, wenn etwas in ihm ist! Sobald die Tür aufging, züngelte die Flamme heraus, das war eine Angewohnheit bei ihm; es glühte ordentlich rot in des Schneemanns weißem Gesicht, es leuchtete rot auf seiner Brust.

„Ich kann es nicht aushalten", sagte er. „Wie gut es ihr steht, wenn sie die Zunge herausstreckt!"

Die Nacht war sehr lang, aber nicht für den Schneemann, er stand in seine eigenen schönen Gedanken versunken, und die froren, daß sie ächzten.

Am nächsten Morgen waren die Kellerfenster zugefroren, sie trugen die schönsten Eisblumen, die ein Schneemann nur verlangen konnte, aber sie verbargen den Ofen. Die Scheiben wollten nicht auftauen, er konnte ihn nicht sehen. Es ächzte, es knirschte, es war ganz ein Frostwetter, wie es einem Schneemann Freude machen mußte, aber er war nicht froh; er hätte sich so glücklich fühlen müssen und können, aber er war nicht glücklich, er hatte Ofensehnsucht.

„Das ist für einen Schneemann eine böse Seuche", sagte der Kettenhund; „ich habe diese Seuche auch ein wenig, aber ich habe sie überstanden; weg! weg! – jetzt kriegen wir Witterungsumschlag."

Und es kam ein Witterungsumschlag, es kam Tauwetter.

Das Tauwetter nahm zu, der Schneemann nahm ab. Er sagte nichts, er klagte nicht, und das ist das richtige Zeichen.

Eines Morgens stürzte er zusammen. Dort, wo er gestanden hatte, stak so etwas wie ein Besenstiel, um den herum hatten die Jungen ihn aufgebaut.

„Jetzt kann ich das mit seiner Sehnsucht verstehen", sagte der Kettenhund, „der Schneemann hat einen Schürhaken im Leibe gehabt; und der war es, der den Aufruhr in ihm verursacht hat, jetzt ist es überstanden; weg! weg!"

Und bald war auch der Winter überstanden.

„Weg! weg!" kläffte der Kettenhund; aber die kleinen Mädchen auf dem Hofe sangen:

„Sprieße, Waldmeister, frisch und grün!
Häng, Weide, deine wollenen Handschuhe hin.
Kommt, Kuckuck, Lerche, singt, wir erwarten
Schon Ende Februar Frühling im Garten!
Ich singe mit, kuckuck, kwiwitt, o Wonne!
Komm und bescheine uns oft, liebe Sonne!“

Dann denkt keiner mehr an den Schneemann.

Auf dem Entenhof

Es kam eine Ente aus Portugal, manche sagten, aus Spanien, das ist einerlei, sie wurde die Portugiesische genannt, sie legte Eier, wurde geschlachtet und aufgetragen; das ist ihr Lebenslauf. Alle, die aus ihren Eiern auskrochen, wurden die Portugiesischen genannt, und das hatte etwas zu bedeuten; jetzt war von diesem ganzen Geschlecht nur eine einzige auf dem Entenhof übrig, einem Hof, zu dem auch die Hühner Zugang hatten und wo der Hahn mit unendlichem Hochmut auftrat.

„Er kränkt mich mit seinem heftigen Gekrähe“, sagte die Portugiesische. „Aber schön ist er, das kann man nicht abstreiten, wenn er auch kein Erpel ist. Mäßigen sollte er sich, aber sich zu mäßigen, das ist eine Kunst, das zeugt von höherer Bildung, die haben die kleinen Singvögel oben auf der Linde des Nachbargartens; wie entzückend die singen! Es liegt so etwas Rührendes in ihrem Gesang; ich nenne es Portugal! Hätte ich so einen kleinen Singvogel, ich würde ihm eine Mutter sein, liebevoll und gütig, das liegt mir im Blut, in meinem portugiesischen.“

Und wie sie gerade so sprach, kam ein kleiner Singvogel kopfüber oben vom Dach herunter. Die Katze war hinter ihm her, aber der Vogel kam mit einem gebrochenen Flügel davon und fiel in den Entenhof hinunter.

„Das sieht dem Kater ähnlich, diesem Schurken!“ sagte die Portugiesische; „ich kenne ihn aus der Zeit, als ich selber Küken hatte! Daß so ein Kerl auf der Welt sein und auf den Dächern rumlaufen darf! So etwas kommt, glaube ich, in Portugal nicht vor.“

Und der kleine Singvogel dauerte sie, und die anderen Enten, die nicht portugiesisch waren, dauerte er ebenfalls.

„Das kleine Vieh“, sagten sie, und dann kam die eine, und dann kam die andere. „Zwar singen wir selber nicht“, sagten sie, „aber wir haben einen inneren Resonanzboden oder etwas Ähnliches; das fühlen wir, wenn wir auch nicht davon sprechen.“

„Dann will ich darüber sprechen“, sagte die Portugiesische, „und ich will etwas für ihn tun, denn die Verpflichtung hat man!“ und dann stieg sie in den Wassertrog und platschte im Wasser, so daß sie den kleinen Singvogel in dem Schauer, den er bekam, beinahe ertränkt hätte, aber es war gut gemeint. „Es ist eine gute Tat“, sagte sie, „da können die anderen zusehen und sich ein Beispiel daran nehmen.“

„Piep!“ sagte das Vögelchen, sein einer Flügel war gebrochen; es wurde ihm schwer, sich zu schütteln, aber es verstand so gut das wohlgemeinte Platschen. „Sie sind so herzensgut, meine Dame!“ sagte es, wollte aber nicht gern noch mehr abkriegen.

„Ich habe nie so richtig über meine Gesinnung nachgedacht“, sagte die Portugiesische, „aber eins weiß ich, ich liebe alle meine Mitgeschöpfe, bis auf den Kater, aber das kann wohl keiner von mir verlangen! Er hat zwei von den Meinen gefressen; aber tun Sie nun so, als wären Sie hier zu Hause, das kann man! Ich komme selber aus einer fremden Gegend, wie Sie wohl meiner Haltung und meinem Gefieder ansehen werden; mein Gatte ist Einheimischer, hat nicht mein Blut, aber ich bin nicht überheblich! Wenn jemand hier drinnen Sie versteht, dann darf ich wohl sagen, daß ich das tue.“

„Sie hat Portulak im Kropf“, sagte ein kleines, gewöhnliches Entenküken, das witzig war, und die anderen Gewöhnlichen fanden dies „Portulak“ ausgezeichnet, es klang wie Portugal; und sie stießen sich gegenseitig an und sagten: „Raab!“ Es war so unbeschreiblich witzig! Und dann machten sie sich an den kleinen Singvogel heran.

„Die Portugiesische hat zwar Talent zum Reden“, sagten sie. „Es liegt uns nicht, so große Worte in den Schnabel zu nehmen, aber wir nehmen ebensoviel Anteil; tun wir nichts für Sie, dann behalten wir es still für uns; und das finden wir am hübschesten!“

„Sie haben eine reizende Stimme“, sagte eine der Ältesten. „Es muß ein schönes Gefühl sein, so viele zu erfreuen, wie Sie es tun; zwar verstehe ich ganz und gar nichts davon! Daher halte ich meinen Mund, und das ist immer besser, als Ihnen etwas Dummes zu sagen, wie so viele andere es tun.“

„Plagt ihn nicht!“ sagte die Portugiesische, „er braucht Ruhe und Pflege. Singvögelchen, soll ich Sie wieder ein bißchen bespritzen?“

„Ach nein, lassen Sie mich trocken bleiben!“ bat er.

„Die Wasserkur ist das einzige, was mir hilft“, sagte die Portugiesische; „Zerstreuung ist auch etwas Gutes! Jetzt kommen bald die Nachbarhühner und machen einen Besuch, da sind zwei chinesische Hühner, die tragen Mamelucken, haben eine große Bildung, und sie sind eingeführt worden, dadurch steigen sie in meiner Achtung.“

Und die Hühner kamen, und der Hahn kam, er war heute so höflich, daß er nicht grob wurde.

„Sie sind ein richtiger Singvogel“, sagte er, „und Sie machen aus Ihrer kleinen Stimme alles, was man aus so einer kleinen Stimme machen kann. Aber etwas mehr Lokomotive muß man haben, damit jedermann hören kann, daß man männlichen Geschlechts ist.“

Die beiden Chinesischen standen beim Anblick des Singvogels begeistert da, er sah so zerzaust aus von dem Schauer, den er bekommen hatte, daß sie fanden, er ähnele einem chinesischen Küken. „Er ist süß!“ und dann machten sie sich an ihn heran; sie redeten mit Flüsterstimme und P-Laut in vornehmem Chinesisch.

„Wir gehören aber zu Ihrer Art. Die Enten, sogar die Portugiesische, gehören zu den Schwimmvögeln, wie Sie sicher bemerkt haben. Uns kennen Sie noch nicht, aber wie viele kennen uns schon oder machen sich die Mühe! Niemand, nicht einmal unter den Hühnern, obgleich wir dazu geboren sind, höher zu sitzen als die meisten anderen. Das ist nun aber einerlei, wir gehen still für uns unter den anderen umher, deren Grundsätze nicht die unseren sind, wir sehen nämlich nur auf die guten Seiten und reden nur vom Guten, obwohl es schwer zu finden ist, wo es nicht vorhanden ist. Mit Ausnahme von uns beiden und dem Hahn gibt es keinen im Hühnerstall, der begabt wäre, und dabei ehrbar! Dies kann man von den Bewohnern des Entenhofes nicht sagen. Wir warnen Sie, kleiner Singvogel! Trauen Sie der da mit dem Stummelschwanz nicht, sie ist heimtückisch! Die Gesprenkelte da, mit dem schiefen Spiegel an den Flügeln, die ist streitsüchtig und läßt keinem je das letzte Wort, und dabei hat sie doch immer unrecht! – Die fette Ente redet über alle schlecht, und das ist unserer Natur zuwider, kann man nichts Gutes sagen, dann muß man seinen Mund halten. Die Portugiesische ist die einzige, die ein wenig Bildung hat, und mit der man verkehren kann, aber sie ist leidenschaftlich und redet zu viel von Portugal."

„Was haben die beiden Chinesischen nur soviel zu tuscheln!" sagten zwei von den Enten, „mich langweilen sie; ich habe nie mit ihnen geredet."

Jetzt kam der Enterich. Er meinte, der Singvogel wäre ein Sperling. „Ja, ich kann keinen Unterschied sehen", sagte er, „und das ist doch auch gehupft wie gesprungen! Er gehört zu der Musik, und gehört man dazu, nun, dann gehört man eben dazu!"

„Kümmern Sie sich nie um das, was er sagt!" flüsterte die Portugiesische. „Er ist in Geschäften achtbar, und Geschäfte gehen allem voran. Aber jetzt begebe ich mich zur Ruhe; man ist es sich selber schuldig, daß man schön fett wird, bis man mit Äpfeln und Pflaumen balsamiert werden soll."

Und dann legte sie sich in die Sonne, blinzelte mit dem

einen Auge; sie lag so gut, sie war so gut, und nun schlief sie so gut. Der kleine Singvogel zupfte an seinem gebrochenen Flügel und legte sich ganz dicht neben seine Beschützerin, die Sonne schien warm und wunderbar, hier war es gut sein.

Die Nachbarhühner liefen herum und scharrten, sie waren im Grunde einzig und allein des Futters wegen gekommen; die Chinesischen gingen zuerst fort, und danach die anderen; das witzige Entenküken sagte von der Portugiesischen, daß die Alte bald „kükisch" würde, und dann lachten die anderen Enten: „Kükisch! er ist unglaublich witzig!" und dann wiederholten sie den Witz von vorhin: „Portulak!" das war sehr ulkig; und dann legten sie sich hin.

Sie lagen ein Weilchen, da wurde mit einemmal etwas Schlabberkram in den Entenhof geworfen, es klatschte, daß der ganze schlafende Bestand hochfuhr und mit den Flügeln flatterte; die Portugiesische erwachte ebenfalls, kippte auf die Seite und quetschte den kleinen Singvogel ganz fürchterlich.

„Piep!" sagte der, „Sie haben so hart zugetreten, Madame!"

„Warum liegen Sie mir im Weg", sagte sie, „Sie dürfen nicht so empfindlich sein! Ich habe auch Nerven, aber ich habe niemals Piep gesagt."

„Seien Sie nicht böse!" sagte der kleine Vogel, „dies Piep rutschte mir so heraus!"

Die Portugiesische hörte nicht darauf, sondern machte sich über den Schlabberkram her und hielt eine gute Mahlzeit; als diese beendet war und sie sich hinlegte, kam der kleine Singvogel an und wollte sich Liebkind machen.

„Tireli, tireli!
Deinem Herzen ich bringe
Ein Lied, das ich singe,
Weit, weithin es klinge."

„Ich muß nach dem Essen ruhen", sagte sie. „Sie müssen sich hier drinnen an die Hausregeln halten! Jetzt schlafe ich."

Der kleine Singvogel war völlig verblüfft, denn er meinte es so gut. Als die Dame später wach wurde, stand er vor ihr mit einem kleinen Korn, das er gefunden hatte; er legte es vor sie hin; aber sie hatte nicht sehr gut geschlafen, und da war sie natürlich gnadderig.

„Das können Sie einem Küken geben“, sagte sie; „stehen Sie nicht da und hängen so an mir herum!“

„Aber Sie sind böse auf mich“, sagte er. „Was hab ich verbrochen?“ – „Verbrochen!“ sagte die Portugiesische, „der Ausdruck ist nicht gerade sehr fein, darauf möchte ich Sie aufmerksam machen.“

„Gestern schien hier die Sonne“, sagte der kleine Vogel, „heute ist es hier dunkel und trübe! Ich bin ganz furchtbar betrübt.“

„Sie haben von Zeitrechnung offenbar keine Ahnung“, sagte die Portugiesische, „der Tag ist noch nicht vorbei, stellen Sie sich doch nicht so dumm an!“

„Sie sehen mich so böse an, wie die beiden schlimmen Augen mich ansahen, als ich hier in den Hof herunterfiel.“

„Unverschämtheit!“ sagte die Portugiesische, „Sie wollen mich mit dem Kater vergleichen, diesem Raubtier! Kein Tropfen böses Blut ist in mir; ich habe mich Ihrer angenommen, und gutes Benehmen werde ich Ihnen beibringen.“

Und dann biß sie dem Singvogel den Kopf ab, der lag tot da.

„Was ist denn das?“ sagte sie; „konnte er das nicht aushalten! Ja, dann war er allerdings nichts für diese Welt! Ich bin wie eine Mutter zu ihm gewesen, das weiß ich! Denn ein Herz habe ich.“

Und der Hahn vom Nachbarn steckte den Kopf zum Hof herein und krähte mit der Kraft einer Lokomotive.

„Sie bringen einen um mit dem Gekrähe“, sagte sie; „es ist alles Ihre Schuld; er hatte den Kopf verloren, und ich bin nahe daran, meinen zu verlieren.“

„Er nimmt nicht viel Platz weg, wie er da liegt“, sagte der Hahn.

„Reden Sie mit Achtung von ihm!“ sagte die Portugiesische, „er hatte Stimme, er hatte Gesang in sich und eine hohe Bildung! Liebevoll und weich war er, und das gehört sich für die Tiere wie für die sogenannten Menschen."

Und alle Enten scharten sich um den kleinen toten Singvogel; die Enten sind sehr leidenschaftlich, entweder empfinden sie Neid oder Mitleid, und da es hier nichts zu beneiden gab, waren sie voller Mitleid, das waren die beiden chinesischen Hühner ebenfalls.

„Solch einen Singvogel bekommen wir niemals wieder! Er war beinahe ein Chinese", und sie weinten, daß es weithin gluckste, und alle Hühner gluckten, aber die Enten liefen mit den rötesten Augen herum.

„Herz haben wir", sagten sie, „das kann uns nun niemand absprechen."

„Herz!" sagte die Portugiesische, „ja, das haben wir – fast ebensoviel wie in Portugal!"

„Nun wollen wir aber daran denken, daß wir was in den Kropf kriegen!" sagte der Erpel. „Das ist wichtiger! Geht von der Musik wirklich eins drauf, so haben wir noch allemal genug davon!"

Die Muse des neuen Jahrhunderts

Die Muse des neuen Jahrhunderts, wie die Kinder unserer Kindeskinder oder vielleicht ein noch ferneres Geschlecht sie kennen wird, nicht aber wir, wann offenbart sie sich? Wie sieht sie aus? Was singt sie? Welche Saiten der Seele wird sie berühren? Zu welchem Höhepunkt wird sie ihr Zeitalter emporheben?

So viele Fragen in unserer geschäftigen Zeit, da die Poesie einem beinahe im Wege ist und da man genau weiß, daß das viele „Unsterbliche", was Gegenwartspoeten schreiben, künftig vielleicht nur als Kohleinschriften auf den Gefängnismauern existiert, von vereinzelten Neugierigen gesehen und gelesen.

Die Poesie muß mit zugreifen, zum mindesten das Vorladen besorgen in den Parteikämpfen, bei denen Blut oder Tinte fließt.

Das sei einseitiges Denken, sagen viele; die Poesie ist in unserer Zeit nicht vergessen.

Nein, es gibt noch Menschen, die an ihrem „blauen Montag" den Drang nach Poesie verspüren und dann ganz bestimmt, wenn sie dies geistige Knurren in den betreffenden edleren Teilen spüren, in die Buchhandlung schicken und für ganze vier Schillinge Poesie kaufen, die bestempfohlene; manche lassen sich's auch mit der genügen, die sie als Zugabe erhalten, oder sind befriedigt, wenn sie eine Ecke vom Einwickelpapier des Gemüseladens lesen; die ist billiger, und in unserer geschäftigen Zeit muß auf die Billigkeit Rücksicht genommen werden. Der Drang nach dem, was wir haben, ist vorhanden, und das genügt! Zukunftspoesie ebenso wie Zukunftsmusik gehören zu den Donquichotterien; von diesen zu sprechen ist das gleiche, als spräche man von Reiseentdeckungen auf dem Uranus.

Die Zeit ist zu kurz und zu kostbar für Phantasiespiele, und was ist – wenn wir mal ganz vernünftig reden wollen –, was ist Poesie? Diese klingenden Ergüsse von Gefühlen und Gedanken, das sind nur Schwingungen und Bewegungen der Nerven. Alle Begeisterung, Freude, Schmerz, alles, selbst das materielle Streben, sind, wie die Gelehrten uns sagen, nur Nervenschwingungen. Wir sind alle, jeder einzelne – ein Saitenspiel.

Aber wer greift in diese Saiten? Wer bringt sie zum Schwingen und Zittern? Der Geist, der Geist der unsichtbaren Gottheit, der durch sie seine Bewegung, seine Stimmung erklingen läßt, und diese wird von den anderen Saitenspielen verstanden, so daß sie dadurch in zusammenschmelzenden Tönen erklingen und in den starken Dissonanzen des Gegensatzes. So war es, so wird es sein, beim Vormarsch der großen Menschheit im Bewußtsein der Freiheit.

Jedes Jahrhundert, jedes Jahrtausend kann man auch sagen, hat seinen Ausdruck von Größe in der Poesie; im zu Ende gehenden Zeitraum geboren, tritt sie hervor und herrscht im neuen, im kommenden Zeitraum.

Inmitten unserer geschäftigen, von Maschinen brausenden Zeit ist sie also schon geboren, sie, die Muse des neuen Jahrhunderts. Unseren Gruß entbieten wir ihr! Sie hört ihn oder liest ihn dereinst, vielleicht unter den Kohleinschriften, von denen wir soeben sprachen.

Ihre Wiegenkufen reichten vom äußersten Punkt, den der menschliche Fuß bei den Untersuchungen am Nordpol betrat, bis ganz dahin, wo das lebendige Auge in die „schwarzen Kohlensäcke" des Polarhimmels blickt. Wir hörten die Schaukelstangen nicht vor dem Klappern der Maschinen, dem Pfeifen der Lokomotive, dem Sprengen wirklicher Felsen und der alten Fesseln des Geistes.

In der Fabrik unserer heutigen großen Zeit ist sie geboren, wo der Dampf seine Kraft geltend macht, wo Meister Blutlos und seine Gesellen sich Tag und Nacht schinden.

Sie besitzt das große, liebevolle Herz des Weibes, mit der Flamme der Vestalin und dem Feuer der Leidenschaft. Sie erhielt das blitzende Licht des Verstandes, in allen durch die Jahrtausende wechselnden Farben des Prismas, die nach der Modefarbe gewertet werden. Das mächtige Schwanenkleid der Phantasie ist ihre Pracht und ihre Stärke, die Wissen-

schaft hat es gewoben, die „Urkräfte“ verliehen ihr Schwungkraft.

Sie ist väterlicherseits ein Kind aus dem Volke, gesund an Gemüt und Denken, mit Ernst im Auge, Humor auf den Lippen. Die Mutter ist die hochwohlgeborene Akademieschülerin, Tochter des Emigranten mit den goldenen Erinnerungen aus dem Rokoko. Die Muse des neuen Jahrhunderts hat in sich Blut und Seele von beiden.

Herrliche Patengeschenke wurden ihr in die Wiege gelegt. In Mengen wurden als Bonbons die verhüllten Rätsel der Natur mit der Auflösung über sie hingestreut; die Taucherglocke hat wunderbare „Nippes“ aus der Tiefe des Meeres vor uns ausgeschüttet. Die Himmelskarte, dieser aufgehängte Stille Ozean mit den Myriaden von Inseln, jede eine Welt, wurde im Druck als Wiegendecke über sie gelegt. Die Sonne malt ihr Bilder; die Photographie muß ihr das Spielzeug schenken.

Ihre Amme hat ihr von Eivind Skaldespiller und Firdûsi gesungen, von den Minnesängern und was Heine knabenhaft übermütig aus seiner wirklichen Dichterseele sang. Viel, zu viel hat ihre Amme ihr erzählt; sie kennt die Edda, die grauenerregenden Sagas der Mutter der alten Urgroßmutter, wo der Fluch mit blutigen Flügeln rauscht. All die Geschichten des Orients aus *Tausendundeine Nacht* hat sie in einer Viertelstunde gehört.

Die Muse des neuen Jahrhunderts ist noch ein Kind, doch ist sie der Wiege entwachsen, sie ist voller Willen, ohne zu wissen, was sie will.

Noch spielt sie in ihrer großen Kinderstube, wo es Kunstschätze und Rokoko in Hülle und Fülle gibt. Die griechische Tragödie und das römische Lustspiel stehen hier in Marmor gemeißelt; die Volkslieder der Nationen hängen gleich gedörrten Pflanzen an der Wand, ein Kuß nur, und sie schwellen in Frische und Duft. Sie ist in ewigen Akkorden von den Gedanken Beethovens, Glucks, Mozarts und all der großen Meister der Töne umbraust. Auf dem Bücherbrett stehen so viele, die seinerzeit unsterblich waren, und hier ist viel Platz für viele andere, deren Namen wir durch den Telegraphendraht der Unsterblichkeit erklingen hören, die aber mit dem Telegramm sterben.

Entsetzlich viel hat sie gelesen, viel zuviel, sie ist ja in unserer Zeit geboren, arg viel muß wieder vergessen werden, und die Muse wird es zu vergessen wissen.

Sie denkt nicht an ihren Gesang, der im neuen Jahrtausend fortleben wird, wie Moses' Dichtungen leben und Bidpais goldgekrönte Fabel von des Fuchsen List und Glück. Sie denkt nicht an ihre Sendung, ihre tönende Zukunft, sie spielt noch, unter dem Kampf von Nationen, der die Luft erschüttert und Klangfiguren von Federkielen und

Kanonen schafft, die Kreuz und die Quer, Runen, die schwer zu deuten sind.

Sie trägt einen Garibaldihut, liest unterdes ihren Shakespeare und denkt für einen kurzen Augenblick, er kann noch aufgeführt werden, wenn ich groß werde. Calderon ruht im Sarkophag seiner Werke mit der Inschrift des Ruhms. Holberg, ja, die Muse ist Kosmopolitin, sie hat ihn in einen Band mit Molière, Plautus und Aristophanes geheftet, liest aber meistens Molière.

Sie ist frei von der Unruhe, die die Gemsen der Alpen treibt, und dennoch trachtet ihre Seele nach dem Salz des Lebens, wie die Gemsen nach dem des Berges; in ihrem Herzen ist eine Ruhe wie in den uralten Sagen der Hebräer, dieser Stimme von Nomaden auf den grünen Ebenen in stillen, sternhellen Nächten, und dennoch schwillt im Gesange das Herz stärker als bei dem begeisterten Krieger von Thessaliens Gebirge im griechischen Altertum.

Wie steht es mit ihrem Christentum? – Sie hat das große und das kleine Einmaleins der Philosophie gelernt; die Urstoffe haben einen ihrer Milchzähne abgebrochen, aber sie hat wieder neue bekommen, in die Frucht der Erkenntnis biß sie schon in der Wiege, aß und wurde klug – so daß „Unsterblichkeit" vor ihr aufblitzte als der genialste Gedanke der Menschheit.

Wann bricht das neue Jahrhundert der Poesie an? Wann gibt sich die Muse zu erkennen? Wann wird man sie anhören?

An einem wunderschönen Lenzmorgen kommt sie auf dem Drachen der Lokomotive durch Tunnel und über Viadukte gebraust, oder sie kommt über das weiche, starke Meer auf dem schnaubenden Delphin oder durch die Luft auf dem Vogel Rock von Montgolfier und senkt sich auf das Land hinab, von dem aus ihre göttliche Stimme zum erstenmal das Menschengeschlecht grüßen wird. Wo? Wird es vom Fund des Columbus sein, dem Lande der Freiheit, wo die Eingeborenen ein gehetztes Wild wurden und die Afrikaner Arbeitstiere, dem Land, aus dem wir das Lied von „Hiawatha" hörten? Wird es vom Erdteil der Antipoden sein, dem Goldklumpen in der Südsee, dem Land der Gegensätze, wo unsere Nacht Tag ist und schwarze Schwäne in Mimosenwäldern singen? Oder aus dem Land, wo die Memnonsäule klang und klingt, wir aber die Sphinx des Gesanges in der Wüste nicht verstanden? Wird es von der Steinkohleninsel sein, wo Shakespeare seit Elisabeths Zeiten Herrscher ist? Aus Tycho Brahes Heimat, wo er nicht geduldet wurde, oder aus dem Märchenland Kalifornien, wo der Wellingtonbaum als König der Erdenwälder seine Krone emporhebt?

Wann wird der Stern leuchten, der Stern auf der Stirne der Muse, die Blüte, in deren Blätter der Ausdruck des Jahrhunderts vom Schönen in Form, Farbe und Duft eingeschrieben ist?

„Wie lautet das Programm der neuen Muse?" fragen die kundigen Reichstagsmänner unserer Zeit. „Was will sie?"

Frag lieber, was sie nicht will!

Als Wiedergänger der entschwundenen Zeit will sie nicht auftreten! Sie will keine Dramen aus den abgelegten Herrlichkeiten der Bühne zusammenschustern oder durch die blendenden Draperien der Lyrik Mängel in der dramatischen Architektur verdecken! Ihr Flug vor uns her wird sein wie vom Thespiskarren zum marmornen Amphitheater. Sie zerschlägt nicht die gesunde menschliche Rede, um sie dann wieder zu einem kunstvollen Glockenspiel zusammenzukleistern, mit einschmeichelndem Klang aus den Turnieren der Troubadoure. Sie wird nicht das Versmaß als adlig hinstellen und die Prosa als bürgerlich! Ebenbürtig sind sich beide in Klang, Fülle und Kraft. Sie wird nicht aus den Sagablöcken Islands die alten Götter herausmeißeln! Sie sind tot, in der neuen Zeit ist keine Neigung für sie da, keine Verwandtschaft! Sie wird es ihren Zeitgenossen nicht zumuten, ihre Gedanken in französischen Romankneipen einzumieten! Sie wird nicht mit dem Chloroform der „Alltagsgeschichten" betäuben! Ein Lebenselixier wird sie bringen! Ihr Gesang in Versen und Prosa wird kurz, klar, reich sein! Der Herzschlag der Nationalitäten – jeder ist nur ein einziger Buchstabe in dem großen Alphabet der Entwicklung, aber jeden Buchstaben nimmt sie mit der gleichen Liebe her – stellt sie zu Worten zusammen und windet die Worte zu Rhythmen für den Hymnus ihrer eigenen Zeit.

Und wann wird sich die Zeit erfüllen?

Es dauert lange für uns, die wir noch hier sind, es ist kurz für die, die voraufflogen.

Bald fällt die chinesische Mauer; Europas Eisenbahnen erreichen das versperrte Kulturarchiv Asiens – die beiden Kulturströmungen begegnen sich! Dann vielleicht braust der Wasserfall mit seinem tiefen Klang, wir Alten der Gegenwart würden erzittern bei den lauten Tönen und darin ein Ragnarök erleben, den Sturz der alten Götter, würden vergessen, daß hienieden Zeiten und Völker verschwinden müssen und nur ein kleines Bild von jedem, eingeschlossen in die Kapsel des Wortes, als Lotusblüte auf dem Strome der Ewigkeit schwimmt und uns erzählt, daß sie alle Fleisch von unserem Fleische waren und sind, in verschiedenartigem Gewande; das Bildnis der Juden erstrahlt aus der Bibel, das der Griechen aus der Ilias und der Odyssee, und das unsere . . .? Fragt die Muse des neuen Jahrhunderts im Ragnarök, wenn das neue Gimle* sich in Verklärung und Einsicht erhebt.

Alle Macht des Dampfes, aller Druck der Gegenwart sind Hebel! Meister Blutlos und seine emsigen Gesellen, die die mächtigen Herrscher unserer Zeit zu sein scheinen, sind nur Diener, schwarze Sklaven, die die Königshalle schmücken, die Schätze herbeitragen, die Tische decken zu dem großen Fest, wo die Muse mit der Unschuld des Kindes, der Begeisterung des jungen Weibes und der Ruhe und Erfahrung der Matrone die wunderbare Lampe der Dichtung hochhebt, dies reiche, volle Menschenherz mit der Gottesflamme.

Sei gegrüßt, du Muse der Poesie im neuen Jahrhundert! Unser Gruß steigt empor und wird vernommen, wie der Gedankenhymnus der Würmer vernommen wird, des Wurms, der unter dem Pflugeisen mitten durchgeschnitten

* Nach der Edda die neue Götterwohnung nach der Götterdämmerung (Anmerkung d. Übers.).

wird, wenn ein neuer Lenz leuchtet und der Pflug Furchen zieht, uns Würmer zerschneidet, auf daß der Segen für ein künftiges neues Geschlecht gedeihen kann.

Sei gegrüßt, du Muse des neuen Jahrhunderts!

Die Eisjungfrau

1

Der kleine Rudy

Wir wollen einmal die Schweiz besuchen, uns in dem herrlichen Gebirgsland umsehen, wo die Wälder an den steilen Felswänden emporklettern; wir wollen auf die blendend weißen Schneefelder hinaufsteigen und wieder zu den grünen Wiesen hinabgehen, wo Flüsse und Bäche dahinrauschen, als fürchteten sie, daß sie das Meer nicht rechtzeitig erreichen und verschwinden könnten. Die Sonne glüht im tiefen Tal, sie glüht auch oben auf den schweren Schneemassen, so daß diese im Laufe der Jahre zu schimmernden Eisblökken zusammenschrumpfen und rollende Lawinen werden, hochgetürmte Gletscher. Zwei davon liegen in den breiten Felsenschluchten unter dem Schreckhorn und dem Wetterhorn bei dem kleinen Gebirgsort Grindelwald; merkwürdig sind sie anzuschauen, und daher kommen zur Sommerszeit viele Fremde aus aller Herren Ländern hierher; sie kommen über die hohen, schneebedeckten Berge, sie kommen unten aus den tiefen Tälern, und dann müssen sie viele Stunden steigen, und während sie steigen, senkt sich das Tal immer tiefer hinab, sie sehen hinein, als erblickten sie es von einem Luftballon aus. Oben hängen oftmals die Wolken gleich dicken, schweren Rauchvorhängen um die Bergspitzen, während unten im Tal, wo die vielen braunen Holzhäuser verstreut liegen, noch ein Sonnenstrahl glänzt und einen Flecken in strahlendem Grün hervorhebt, als wäre er transparent. Das Wasser braust, murmelt und rauscht dort unten, das Wasser rieselt und singt dort oben, es sieht dort aus wie über den Felsen hinabflatternde silberne Bänder.

Zu beiden Seiten des Weges hierherauf liegen Blockhäuser, jedes Haus hat seinen kleinen Kartoffelacker, und der ist eine Notwendigkeit, denn hier gibt es viele Münder im Haus, hier sind Haufen von Kindern, und die können ganz gut futtern; aus allen Häusern strömen sie heraus, umdrängen die Reisenden, ob diese zu Fuß kommen oder mit dem Wagen; der ganze Kinderschwarm treibt Handel; die Kleinen bieten wunderhübsch geschnitzte Holzhäuser, wie man sie hier in den Bergen sieht, feil und verkaufen sie. Ob Regen oder Sonnenschein, das Kindergewimmel kommt mit seinen Waren herbei.

Vor einigen zwanzig Jahren stand hier immer wieder einmal, aber stets etwas abseits von den anderen Kindern, ein kleiner Junge, der auch verkaufen wollte; er stand mit einem so ernsthaften Gesicht da und hielt mit beiden Händen seinen Spankorb so fest, als wolle er ihn am liebsten nicht hergeben; aber gerade dieser Ernst und daß der Bursche so klein war, bewirkte, daß gerade er bemerkt wurde, ja, er wurde gerufen, und oft machte er das beste Geschäft, er wußte selbst nicht wieso. Weiter oben am Berg wohnte sein Großvater, der die feinen, reizenden Häuser schnitzte, und dort oben in der Stube stand ein alter Schrank, voll von solchen Schnitzereien; da gab es Nußknacker, Messer, Gabeln und Schachteln mit wunderhübschem Blattwerk und springenden Gemsen; da war alles, was Kinderaugen erfreuen konnte, aber der Kleine, Rudy hieß er, schaute mit mehr Lust und Verlangen nach dem alten Gewehr unter dem Balken; das würde er einmal bekommen, hatte der Großvater gesagt, aber erst mußte er groß und stark genug sein, um es handhaben zu können.

So klein der Junge war, wurde er trotzdem dazu angestellt, die Ziegen zu hüten, und falls das den guten Hirten ausmacht, daß man mit ihnen klettern kann, ja, dann war Rudy ein guter Hirte; er kletterte sogar ein wenig höher hinauf, er liebte es, hoch oben in den Bäumen Vogelnester zu sammeln, verwegen und kühn war er, aber lächeln sah man ihn nur, wenn er an dem brausenden Wasserfall stand oder wenn er eine Lawine zu Tal donnern hörte. Nie spielte er mit den anderen Kindern; er traf nur mit ihnen zusammen, wenn sein Großvater ihn hinunterschickte, um Geschäfte zu machen, und das mochte Rudy nicht besonders gern, mehr Lust hatte er, allein auf den Bergen herumzukraxeln oder bei Großvater zu sitzen und ihn von alten Zeiten und von dem Volksstamm unten bei Meiringen erzählen zu hören, wo er her war; dieser Volksstamm war nicht vom Anbeginn der Zeiten dort gewesen, sagte Großvater, sie waren eingewandert; hoch oben aus dem Norden waren sie gekommen, und dort wohnte das Geschlecht, und wurde Schweden genannt. Das zu wissen, bedeutete große Klugheit, und Rudy wußte es, aber er wurde noch klüger durch anderen guten Umgang, und das war der Tierbestand des Hauses. Da war ein großer Hund, Ajola, ein Erbteil von Rudys Vater, und da war ein Kater; dieser vor allem hatte viel für Rudy zu bedeuten, von dem hatte er das Klettern gelernt.

„Komm mit aufs Dach hinaus!“ hatte der Kater gesagt, und zwar ganz deutlich und verständlich, denn wenn man Kind ist und noch nicht sprechen kann, kann man ausgezeichnet Hühner und Enten, Katzen und Hunde verstehen, sie reden für uns ebenso verständlich wie Vater und Mutter, man muß nur wirklich klein sein; selbst Großvaters Stock kann dann wiehern, ein Pferd werden, mit Kopf, Beinen und Schweif. Manchen Kindern geht dies Verständnis später verloren als anderen, und von diesen sagt man, sie seien weit zurück, seien arg späte Kinder. Man sagt so viel!

„Komm mit, Rudychen, aufs Dach hinaus!“ war mit das erste, was der Kater sagte, und Rudy verstand es. „Das ist alles Einbildung mit dem Hinunterfallen; man fällt nicht, wenn man es nicht selber fürchtet. Komm, setz deine eine Pfote so, deine andere so! Greife mit den vorderen Pfoten so vor dich! Hab Augen im Kopf und sei gelenkig in den Gliedern! Kommt ein Spalt, dann springe und halte dich fest, so mach ich es!“

Und das tat Rudy auch; deshalb saß er so häufig auf dem Dachfirst bei dem Kater, er saß mit ihm im Baumwipfel, ja hoch oben am Felsrand, wo der Kater nicht hinkam.

„Höher! höher!“ sagten Bäume und Sträucher. „Siehst du, wie wir nach oben kraxeln! Wie hoch wir kommen, wie wir uns festhalten, selbst an der äußersten schmalen Felsspitze!“

Und Rudy gelangte den Berg hinauf, oft ehe noch die Sonne dort hingelangte, und dort bekam er seinen Morgentrunk, die frische, stärkende Gebirgsluft, den Trunk, den nur der Herrgott bereiten kann, und die Menschen können das Rezept studieren, und da steht geschrieben: den frischen Duft von den Pflanzen des Berges und der Krauseminze und dem Thymian des Tals. Alles, was schwer ist, saugen die hängenden Wolken auf, und dann kämmt der Wind sie an den Tannenwäldern entlang, der Hauch des Duftes wird Luft, leicht und frisch, immer frischer; die war Rudys Morgentrunk.

Die Sonnenstrahlen, die segenbringenden Töchter der Sonne, küßten seine Wangen, und der Schwindel stand lauernd daneben, wagte sich aber nicht näher heran, und die Schwalben unten von Großvaters Hause – es gab dort nicht weniger als sieben Nester – flogen zu ihm und den Ziegen hinauf und sangen: „Wir und ihr! und ihr und wir!“ Grüße brachten sie von zu Hause, sogar von den beiden

Hühnern, den einzigen Vögeln in der Stube, mit denen Rudy sich doch nicht einließ.

So klein wie er war, so war er schon gereist und gar nicht wenig für so einen kleinen Knirps; geboren war er drüben im Kanton Wallis und hierher über das Gebirge getragen worden; kürzlich hatte er zu Fuß den nahegelegenen Staubbach besucht, der wie ein Silberschleier in der Luft vor der schneebekleideten, blendendweißen Jungfrau niederwallt. Und in Grindelwald war er an dem großen Gletscher gewesen, aber das war eine traurige Geschichte, hier fand seine Mutter den Tod, dort sei dem Rudychen, sagte ihr Vater, die Kinderfröhlichkeit ausgetrieben worden. Als der Junge noch kein Jahr war, lachte er mehr, als er weinte, hatte Mutter geschrieben, aber seit er in der Eisspalte gesessen hatte, war er ganz anderen Gemüts geworden. Großvater erzählte sonst nicht viel darüber, aber auf dem ganzen Berg wußte man Bescheid.

Rudys Vater war, wie wir wissen, Postkutscher gewesen; der große Hund in der Stube hatte ihn immer auf der Fahrt über den Simplon zum Genfer See hinunter begleitet. Im Rhonetal, im Kanton Wallis, wohnten noch jetzt Rudys Verwandte väterlicherseits, der Bruder des Vaters war ein tüchtiger Gemsjäger und ein bekannter Führer; Rudy war erst ein Jahr alt, als er seinen Vater verlor, und die Mutter wollte nun gern mit ihrem kleinen Kind nach Hause zu ihren Anverwandten im Berner Oberland; einige Wegstunden von Grindelwald lebte ihr Vater; er schnitzte in Holz und verdiente sich dadurch so viel, daß er sich durchschlagen konnte. Im Monat Juni ging sie, ihr kleines Kind auf dem Arm, zusammen mit zwei Gemsjägern heimwärts über den Gemmi, um nach Grindelwald zu gelangen. Schon hatten sie das längste Stück Wegs hinter sich, waren über den Höhenrücken auf das Schneefeld gelangt, sahen schon ihr heimatliches Tal mit all seinen wohlbekannten, verstreut liegenden Holzhäusern, es war nur noch eine Schwierigkeit zu überwinden, über die Höhe des einen großen Gletschers zu gehen. Der Schnee war frisch gefallen und verbarg eine Spalte, die nicht gerade bis zum tiefen Grund hinabreichte, wo das Wasser rauschte, aber immerhin doch tiefer hinab als mannshoch; die junge Frau, die ihr Kind trug, rutschte, versank und war weg, man hörte nicht einen Schrei, keinen Seufzer, aber man hörte ein kleines Kind weinen. Es verging mehr als eine Stunde, ehe ihre beiden Begleiter vom nächsten Haus weiter unten Seile und Stangen geholt hatten, mit denen sie womöglich helfen konnten, und nach großen Mühen wurden aus der Eisspalte zwei Leichen heraufgeholt, so schien es. Alle Mittel wurden angewandt, und es gelang, das kleine Kind ins Leben zurückzurufen, aber nicht die Mutter; und so kam es, daß der alte Großvater einen Tochtersohn ins Haus bekam anstatt einer Tochter, den Kleinen, der mehr gelacht als geweint hatte, aber das schien ihm nun abgewöhnt worden zu sein, dieser Wandel war sicher in der Gletscherspalte vor sich gegangen, in der kalten, seltsamen Eiswelt, wo die Seelen der Verdammten bis zum Jüngsten Tag eingeschlossen sind, wie der Schweizer Bauer glaubt.

Einem brausenden Wasser nicht unähnlich, das vereist und zu grünen Glasblöcken zusammengepreßt ist, liegt der Gletscher da, große Eisstücke, eins auf das andere gewälzt; dort unten in der Tiefe braust der reißende Strom aus geschmolzenem Eis und Schnee dahin; tiefe Höhlen, gewaltige Schluchten tun sich dort unten auf, es ist ein wunderherrlicher Glaspalast, und in ihm wohnt die Eisjungfrau, die Gletscherkönigin. Sie, die Mordende, die Zerschmetternde, ist zur Hälfte ein Kind der Luft, halb des Flusses mächtige Herrscherin, darum vermag sie sich mit der Schnelligkeit der Gemse auf die oberste Zinne des Schneeberges zu erheben, wo sich die kühnsten Bergsteiger Stufen ins Eis hauen müssen, um dem Fuße Halt zu bieten; sie segelt auf dem dünnen Tannenzweig den reißenden Fluß hinab, springt hier von Felsblock zu Felsblock, umflattert von ihren langen, schneeweißen Haaren und ihrem blaugrünen Gewand, das wie das Wasser der tiefen Schweizer Seen glänzt.

„Zerschmettern, festhalten! Mein ist die Macht!“ sagt sie. „Einen prächtigen Jungen hat man mir gestohlen, einen

Jungen, den ich küßte, aber nicht zu Tode küßte. Er ist wieder unter den Menschen, er hütet die Ziegen im Gebirge, klettert immer nach oben, immer nach oben, fort von den anderen, nicht von mir! Mein ist er, ich hole ihn!"

Und sie bat den Schwindel, sich ihrer Sache anzunehmen; in der Sommerszeit war es der Eisjungfrau zu stickig im

Grünen, wo die Krauseminze gedeiht; und der Schwindel hob sich und duckte sich; dort kam einer, dort kamen drei; der Schwindel hat viele Brüder, eine ganze Schar; und die

Eisjungfrau erwählte den stärksten unter den vielen, die sowohl drinnen wie draußen gebieten. Sie sitzen auf dem Treppengeländer und auf dem Geländer des Turms, sie laufen wie ein Eichhörnchen am Felsrand entlang, sie springen hinaus und treten Luft, wie der Schwimmer Wasser tritt, und locken ihr Opfer heraus und in den Abgrund herab. Der Schwindel und die Eisjungfrau, beide greifen sie nach den Menschen, wie der Polyp nach allem greift, was sich um ihn her bewegt, der Schwindel sollte Rudy ergreifen.

„Ja, greif ihn mir mal!" sagte der Schwindel, „ich vermag es nicht! Der Kater, der Bösewicht, hat ihn seine Künste gelehrt! Dies Menschenkind besitzt eine Macht, die mich wegstößt; ich kann den kleinen Wicht nicht erreichen, wenn er am Ast über dem Abgrund hängt und ich ihn am liebsten unter den Fußsohlen kitzeln würde oder ihn in die Luft untertauchen möchte! Ich kann es nicht!"

„Wir können es", sagte die Eisjungfrau, „du oder ich! ich! ich!"

„Nein, nein!" tönte es zu ihnen herüber, als wäre es ein Gebirgsecho der Kirchenglocken, aber es war Gesang, es war Rede, es war ein zusammenfließender Chor von anderen Naturgeistern, freundlichen, liebreichen und guten, den Töchtern der Sonne; die lagern sich allabendlich auf den Bergzinnen im Kreis, entfalten ihre rosenfarbenen Schwingen, die, je mehr die Sonne sinkt, immer röter flammen, die hohen Alpen erglühen, die Menschen nennen es Alpenglühen; wenn die Sonne dann fort ist, ziehen sie in die Berggipfel hinein, in den weißen Schnee, schlummern hier, bis die Sonne aufgeht, dann kommen sie wieder hervor. Besonders lieben sie die Blumen, die Schmetterlinge und die Menschen, und unter diesen hatten sie sich besonders den kleinen Rudy auserkoren.

„Ihr fangt ihn nicht! Ihr fangt ihn nicht!" sagten sie.

„Größere und Stärkere habe ich gefangen und behalten!" sagte die Eisjungfrau.

Da sangen die Töchter der Sonne ein Lied vom Wandersmann, dem der Wirbelwind den Mantel wegriß und in stürmendem Flug entführte; „die Hülle nahm der Wind mit, aber nicht den Mann; ihn könnt ihr, Kinder der Kraft, greifen, aber nicht halten; er ist stärker, er ist luftiger als selbst wir! Er steigt höher als die Sonne, unsere Mutter! Er kennt das Zauberwort, welches Wind und Wasser bannt, so daß sie ihm dienen und gehorchen müssen. Ihr löst das schwere, drückende Gewicht, und er steigt höher empor."

So wunderbar tönte der glockenähnliche Chor.

Und allmorgendlich schienen die Sonnenstrahlen zu dem kleinen, einzigen Fenster in Großvaters Haus hinein, hinein zu dem stillen Kind; die Töchter der Sonnenstrahlen küßten es, sie wollten die Eisküsse auftauen, aufwärmen, endlich einmal fortnehmen, die die königliche Jungfrau der Gletscher ihm gegeben hatte, als er auf seiner toten Mutter Schoß in der tiefen Eisspalte lag und dort, wie durch ein Wunder, gerettet wurde.

2

Eine Reise in die neue Heimat

Und nun war Rudy acht Jahre alt; sein Onkel im Rhonetal, jenseits des Gebirges, wollte den Jungen zu sich nehmen; dort könnte er besser ausgebildet werden und vorwärtskommen; das sah auch Großvater ein und ließ ihn daher ziehen.

Rudy sollte aufbrechen. Es gab noch andere, von denen er sich verabschieden mußte, als Großvater, da war zunächst Ajola, der alte Hund.

„Dein Vater war Postkutscher, und ich war Posthund", sagte Ajola. „Wir sind hinauf- und hinuntergefahren, ich kenne die Hunde und auch die Menschen jenseits der Berge. Viel zu reden, war bei mir nicht Sitte, aber jetzt, da wir sicher nicht mehr viel Zeit haben, noch miteinander zu reden, möchte ich ein wenig mehr sprechen als sonst; ich werde dir eine Geschichte erzählen, auf der ich immer herumgekaut habe; ich kann sie nicht verstehen, und das kannst du auch nicht, aber das mag nun auch einerlei sein, denn eins habe ich immerhin herausgekriegt, so ganz richtig ist es nicht verteilt in der Welt, weder für Hunde noch für Menschen; nicht alle sind dazu erschaffen, auf einem Schoß zu liegen oder Milch zu schlabbern; ich bin es nicht gewöhnt, aber ich habe einen jungen Hund gesehen, der fuhr mit der Postkutsche und hatte dort einen Menschenplatz, die Dame, die seine Herrschaft war oder deren Herrschaft er war, hatte eine Milchflasche bei sich, aus der sie ihm zu trinken gab; Zuckerbrot kriegte er, mochte es aber nicht einmal fressen,

schnupperte bloß daran, und dann fraß sie es selbst; ich rannte durch den Matsch neben der Kutsche her, hungrig wie ein Hund nur sein kann, ich kaute auf meinen eigenen Gedanken herum, das war nicht in der Ordnung – aber es gibt sicher vieles, was nicht in der Ordnung ist! Mögest du auf den Schoß genommen werden und mit der Kutsche fahren, aber das kann man sich nicht selber einrichten, ich habe es nicht gekonnt, weder durch Bellen noch durch Gähnen."

So lautete Ajolas Rede, und Rudy legte ihm den Arm um den Hals und gab ihm einen Kuß mitten auf seine feuchte Schnauze, und dann nahm er den Kater in die Arme, aber der krümmte sich.

„Du wirst mir zu stark, und gegen dich will ich die Krallen nicht gebrauchen! Klettere du nur über das Gebirge, ich habe dich ja klettern gelehrt! Denke nie, daß du hinunterfällst, dann hältst du dich bestimmt oben!" Und dann lief der Kater davon, er wollte Rudy nicht zeigen, daß der Kummer ihm aus den Augen leuchtete.

Die Hühner liefen in der Stube herum, eins hatte seinen

Schwanz verloren; ein Reisender, der Jäger sein wollte, hatte den Schwanz abgeschossen, da der Kerl das Huhn für einen Raubvogel hielt.

„Rudy will übers Gebirge", sagte das eine Huhn.

„Er hat es immer so eilig", sagte das zweite, „und ich liebe es nicht, Abschied zu nehmen!" und dann trippelten sie beide davon.

Den Ziegen sagte er auch Lebewohl, und die riefen: „Mit! mit! mäh!" und das war so traurig.

Unter den Leuten der Gegend gab es zwei tüchtige Führer, die gerade übers Gebirge wollten, sie wollten auf der anderen Seite beim Gemmi hinunter, mit denen ging Rudy, und zwar zu Fuß. Es war ein mühsamer Marsch für so einen kleinen Burschen, aber Kräfte besaß er und einen Mut, der nicht ermüdete.

Die Schwalben flogen ein Stückchen mit: „Wir und ihr! und ihr und wir!" sangen sie. Der Weg führte über die reißende Lütschine, die in vielen kleinen Rinnsalen aus der schwarzen Spalte des Grindelwaldgletschers hervorstürzte. Lose Baumstämme und Steinblöcke dienten hier als Brücke; jetzt waren sie drüben beim Erlengehölz und begannen den Berg hinanzusteigen, dicht neben der Stelle, wo der Gletscher sich von der Bergseite abgelöst hatte, und dann traten sie auf den Gletscher hinaus, über Eisblöcke hinweg und um diese herum; Rudy mußte ein bißchen kriechen, ein bißchen laufen; seine Augen glänzten vor lauter Freude, und dann trat er mit seinen eisenbeschlagenen Bergstiefeln so fest auf, als müßte er Spuren hinterlassen, wo er gegangen war. Das schwarze Gerölle, das der Bergstrom über den Gletscher ausgegossen hatte, verlieh diesem ein verkalktes Aussehen, aber das bläulichgrüne, glasartige Eis schimmerte dennoch hindurch; die kleinen Teiche, von aufgetürmten Eisblöcken eingedämmt, mußte man umgehen, und auf dieser Wanderung kam man einem großen Gesteinsblock zu nahe, der schwankend auf dem Rand einer Eisspalte lag, der Stein kam aus dem Gleichgewicht, stürzte, rollte und ließ das Echo unten aus den hohlen, tiefen Gängen des Gletschers hallen.

Aufwärts, immer aufwärts ging es; der Gletscher selbst dehnte sich nach oben aus wie ein Fluß wild aufgetürmter Eismassen, zwischen steilen Felsen eingezwängt. Rudy dachte einen Augenblick an das, was ihm erzählt worden war, daß er mit seiner Mutter unten in einer von diesen Kälte atmenden Spalten gelegen hatte, aber bald waren solche Gedanken wieder weg, es war für ihn eine Geschichte wie irgendeine der vielen, die er vernommen hatte. Hin und wieder einmal, wenn die Männer meinten, das Steigen sei für den kleinen Gesellen zu schwierig, reichten sie ihm die Hand, aber er war nicht müde, und auf dem glatten Eis stand er fest wie eine Gemse. Jetzt kamen sie über Felsgrund, bald gingen sie zwischen moosfreien Steinen, bald zwischen niedrigen Tannen und wieder auf die grüne Grasfläche hinaus, immer wechselnd, immer neu; ringsum erhoben sich Schneeberge, deren Namen er wie jedes Kind hier kannte: die Jungfrau, der Mönch und der Eiger. Rudy war nie zuvor so hoch gewesen, nie zuvor hatte er das ausgedehnte Schneemeer betreten; es lag da mit den regungslosen Schneewogen, von denen der Wind vereinzelte Flokken hochwehte, wie er den Gischt von den Meereswellen hochweht. Gletscher neben Gletscher, sie halten einander, wenn man es so ausdrücken kann, an den Händen, jeder ist ein Glaspalast für die Eisjungfrau, deren Macht und Wille es ist, zu fangen und zu begraben. Die Sonne glühte heiß, der Schnee leuchtete so blendend und war wie mit weißlichblauen, funkelnden Diamantenblitzen übersät. Zahllose Insekten, vor allem Falter und Bienen, lagen haufenweise tot im Schnee, sie hatten sich zu hoch nach oben gewagt, oder der Wind hatte sie hergetragen, bis sie in dieser Kälte das Leben aushauchten. Um das Wetterhorn hing gleichsam ein feingekämmter schwarzer Wollballen, eine drohende Wolke; sie senkte sich herab, prall gefüllt mit dem, was sie in sich barg, einen Föhn, gewalttätig in seiner Macht, wenn er losbrach. Der Eindruck von dieser ganzen Wanderung, das Nachtquartier hier oben und der Weg weiter, die tiefen Bergschluchten, wo das Wasser die Gesteinsblöcke durchgenagt hatte, in einem Zeitraum, so lang, daß einem schwindlig wurde, blieb für immer in Rudys Gedächtnis haften.

Ein verlassener Steinbau jenseits des Schneemeeres gewährte Schutz und Obdach für die Nacht; hier fanden sie Holzkohle und Tannenzweige; das Feuer war schnell entfacht, das Nachtlager bereitet, so gut man konnte, die Männer setzten sich um das Feuer, rauchten ihren Tabak und tranken das heiße, würzige Getränk, das sie selber zubereitet hatten; Rudy erhielt seinen Anteil, und es wurde von den geheimnisvollen Wesen des Alpenlandes gesprochen, von den seltsamen Riesenschlangen in den tiefen Seen, von dem Nachtvolk, dem Gespensterheer, das die Schlafenden durch die Luft zu der wundersamen, schwimmenden Stadt Venedig trug; von dem wilden Hirten, der seine schwarzen Schafe über die Weide trieb – hatte man sie nicht gesehen, so hatte man immerhin den Klang ihrer Glocken gehört, das unheimliche Blöken der Herde. Rudy lauschte mit Neugierde, aber ohne jegliche Furcht, die kannte er nicht, und während er lauschte, meinte er das spukhafte, hohle Blöken zu hören; ja! es wurde immer vernehmlicher, die Männer hörten es auch, hielten in ihrer Unterhaltung inne, lauschten und sagten zu Rudy, er dürfe nicht einschlafen.

Es war ein Föhn, der aufkam, der heftige Sturmwind, der sich von den Bergen ins Tal niederwirft und in seiner Heftigkeit Bäume knickt, als wären sie Schilfrohr, die Blockhäuser vom einen Ufer des Flusses auf das andere hinüberbefördert, so wie wir Schachfiguren versetzen.

Eine Stunde war vergangen, als sie zu Rudy sagten, nun wäre es überstanden, nun könnte er schlafen, und müde vom Marsch schlief er, wie auf höheren Befehl.

Früh am nächsten Morgen brachen sie auf. Die Sonne beschien an diesem Tag Berge, die Rudy neu waren, neue Gletscher und Schneefelder; sie waren in den Kanton Wallis gekommen und waren jenseits des Bergrückens, den man von Grindelwald aus sah, aber noch weit von der neuen Heimat entfernt. Andere Gebirgsschluchten, andere Weideflächen, Wälder und Bergpfade enthüllten sich, andere Häuser, andere Menschen zeigten sich, aber was sah er für Menschen, Verunstaltete waren es, unheimlich fette weißgelbe Gesichter, der Hals ein schweres, häßliches Stück Fleisch, das wie ein Beutel herabhing; es waren Kretins, siech schleppten sie sich vorwärts und sahen mit dummen Augen den Fremden entgegen, die da kamen; die Frauen sahen am entsetzlichsten aus. Waren das die Menschen in der neuen Heimat?

3
Der Onkel

Im Hause des Onkels, in das Rudy kam, sahen die Menschen gottlob so aus, wie Rudy sie zu sehen gewohnt war; hier war nur ein einziger Kretin, ein armer, blöder Wicht, eines jener armen Geschöpfe, die in ihrer Armut und Verlassenheit immer reihum in die Familien im Kanton Wallis kamen und in jedem Hause zwei Monate blieben, der arme Saperli war gerade da, als Rudy kam.

Der Onkel war noch immer ein kräftiger Jäger, er verstand außerdem das Böttcherhandwerk; seine Frau war eine kleine, lebhafte Person mit einem Vogelgesicht, mit Augen wie die eines Adlers, der Hals war lang und ganz flaumig.

Alles war für Rudy neu, Kleidung, Sitten und Gebräuche, sogar die Sprache, aber diese würde das Kinderohr schnell verstehen lernen. Wohlhabend sah es hier aus im Verhältnis zum Hause des Großvaters. Die Stube, in der sie wohnten, war größer, die Wände prangten von Gemsenhörnern und blankpolierten Büchsen, über der Tür hing das Bildnis der Muttergottes; frische Alpenrosen und eine brennende Lampe standen davor.

Der Onkel war, wie gesagt, einer der tüchtigsten Gemsjäger der Gegend und dazu der geübteste und beste Führer. Hier im Haus sollte Rudy nun das verwöhnte Kind werden, allerdings gab es hier schon eines, das war ein alter, blinder, tauber Jagdhund, der zu nichts mehr nutze war, aber früher war er es einmal gewesen, man bewahrte die Tüchtigkeit des Tieres aus früheren Jahren im Gedächtnis, und daher gehörte es jetzt mit zur Familie und sollte gute Tage haben.

Rudy streichelte den Hund, der aber ließ sich nicht mehr mit Fremden ein, und ein solcher war Rudy ja noch, aber nicht lange; er schlug bald Wurzel im Haus und in den Herzen.

„Hier im Kanton Wallis ist es nicht so schlimm“, sagte der Onkel, „Gemsen haben wir, die sterben nicht so schnell aus wie der Steinbock; viel besser ist es hier als in alter Zeit; wie viel hier auch zu deren Preis gesagt wird, die unsere ist dennoch besser, hier ist ein Loch in den Beutel gekommen, ein Luftzug in unser eingeschlossenes Tal. Es kommt immer etwas Besseres, wenn das alte Überlebte fällt!“ sagte er, und wurde der Onkel so richtig redselig, dann erzählte er aus seiner Kindheit, bis zurück in die beste Zeit seines Vaters, als Wallis das war, was er einen zugeschnürten Beutel nannte mit viel zu vielen kranken Leuten, bejammernswerten Kretins. „Aber die französischen Soldaten kamen, sie waren die rechten Doktoren, die schlugen bald die Krankheit tot und die Menschen dazu. Schlagen konnten die Franzmänner, mancherlei Arten von Schlachten schlagen, und die Mädchen konnten auch schlagen!“ und dann nickte der Onkel seiner Frau zu, die Französin war, und lachte. „Die Franzosen konnten ins Gestein schlagen, daß es dröhnte! Die Simplonstraße haben sie in die Felsen geschlagen, dort einen Weg gehauen, so daß ich jetzt zu einem dreijährigen Kinde sagen kann, geh du nach Italien hinunter! Bleib nur immer auf der Landstraße! und das Kind findet nach Italien hinein, wenn es auf der Landstraße bleibt.“ Und dann sang der Onkel ein französisches Lied und brachte ein Hurra auf Napoleon Bonaparte aus.

Hier hörte Rudy zum ersten Male von Frankreich, von Lyon, der großen Stadt an der Rhone, und dort war der Onkel gewesen.

In wenigen Jahren nur würde Rudy sicher ein tüchtiger Gemsjäger sein, Anlagen dazu hätte er, sagte der Onkel, und er lehrte ihn, eine Büchse zu halten, zu zielen und sie abzudrücken; er nahm ihn in der Jagdzeit mit auf die Berge, ließ ihn von dem warmen Gemsenblut trinken, um dem Jäger den Schwindel zu nehmen; er lehrte ihn, zu welcher

Zeit an den verschiedenen Gebirgswänden die Lawinen niedergehen würden, um die Mittagszeit oder gegen Abend, je nachdem, wie die Sonnenstrahlen dort auftrafen; er lehrte ihn, ja recht auf die Gemsen achtzugeben und ihnen das Springen abzugucken, so daß man auf die Beine fiel und feststand, und gab es dort in der Felsspalte keine Fußstütze, dann mußte man sehen, daß man sich mit den Ellbogen aufstützte, sich mit den Muskeln anklammerte, die man in Schenkeln und Waden hatte; selbst das Genick konnte sich festkrallen, wenn es nötig war. Die Gemsen waren klug, stellten ihre Vorposten aus, aber der Jäger mußte klüger sein, um ihren Nasen aus dem Weg zu gehen; er konnte sie täuschen, seine Joppe und seinen Hut auf den Gebirgsstock hängen, und die Gemse hielt die Joppe für den Mann. Diesen Spaß machte sich der Onkel eines Tages, als er mit Rudy auf Jagd war.

Der Bergpfad war schmal, ja, es gab fast keinen, eine schmale Kante war es, dicht neben dem schwindelnden Abgrund. Hier lag der Schnee halb getaut, der Stein bröckelte ab, wenn man darauftrat, der Onkel legte sich daher nieder, so lang wie er war, und kroch vorwärts. Jeder wegbrechende Stein fiel, stieß auf, sprang und rollte von neuem, machte viele Sprünge von Felswand zu Felswand, ehe er in der schwarzen Tiefe zur Ruhe kam. Hundert Schritte hinter dem Onkel stand Rudy auf dem äußersten festen Felsbuckel, und er sah in der Luft, über den Onkel hinschwebend, einen riesigen Lämmergeier herankommen, der mit seinem Flügelschlag das kriechende Gewürm in den Abgrund werfen wollte, um Aas aus ihm zu machen. Der Onkel hatte nur Augen für die Gemse, die mit ihrem jungen Zicklein jenseits der Schlucht zum Vorschein kam; Rudy hielt sein Augenmerk auf den Vogel gerichtet, erkannte, was der wollte, und daher hatte er die Hand an der Büchse, um abzudrücken; da stieß sich die Gemse zu einem Sprung ab, der Onkel schoß, und das Tier ward von der tötenden Kugel getroffen, aber das Zicklein war auf und davon, als wäre es ein ganzes Leben lang in Flucht und Gefahr erprobt und geübt. Der ungeheure Vogel bog geschwind ab, durch den Knall vergrämt; der Onkel wußte nichts von der Gefahr, erfuhr erst durch Rudy davon.

Wie sie nun in bester Stimmung auf dem Heimwege waren und der Onkel ein Liedchen aus seiner Knabenzeit pfiff, vernahmen sie nicht sehr entfernt ein eigentümliches Geräusch; sie schauten nach allen Seiten aus, sie blickten nach oben, und dort in der Höhe, auf dem abschüssigen Felsabsatz, hob sich die Schneedecke, sie wogte, wie wenn der Wind unter ein ausgebreitetes Leinentuch fährt. Die Spitzen der Wellen brachen, als wären sie berstende Marmorplatten, und lösten sich in schäumende, stürzende Wasser auf, dröhnend wie gedämpftes Donnergrollen; es war eine Lawine, die herniederkam, nicht über Rudy und den Onkel, aber nahe bei ihnen, viel zu nahe.

„Halt dich fest, Rudy!" rief er. „Fest, mit aller Kraft!"

Und Rudy griff um den Baumstamm dicht neben ihm; der Onkel kletterte über ihm in die Äste des Baums und hielt sich fest, während die Lawine viele Klafter von ihnen entfernt niederrollte, aber der Luftdruck, die Sturmflossen, die von ihr abstanden, knickte und zerbrach ringsum

Bäume und Büsche, als wären sie nur dürres Schilfrohr, und schleuderte sie weit herum. Rudy lag gegen den Erdboden gepreßt; der Baumstamm, an dem er sich festhielt, war wie mittendurch gesägt und die Krone ein ganzes Stück fortgeschleudert worden; dort, zwischen den geknickten Ästen, lag mit zerschmettertem Kopf der Onkel, seine Hand war noch warm, das Gesicht aber nicht zu erkennen. Rudy stand blaß und zitternd dabei; es war der erste Schrecken in seinem Leben, die erste Minute des Grauens, die er kennenlernte.

Er kam mit der Todesbotschaft am späten Abend zu dem Hause zurück, das jetzt ein Trauerhaus war. Die Ehefrau stand ohne Worte, ohne Tränen da, und erst als die Leiche gebracht wurde, kam der Schmerz zum Ausbruch. Der arme Kretin kroch in sein Bett, man sah ihn den ganzen Tag nicht, gegen Abend kam er zu Rudy.

„Schreib Brief für mich! Saperli kann nicht schreiben! Saperli kann den Brief auf die Post tragen!"

„Einen Brief von dir?" fragte Rudy. „Und an wen?"

„An den Herrn Christ!"

„Wen meinst du damit?"

Und der Halbblöde, wie man den Kretin nannte, sah Rudy mit einem rührenden Blick an, faltete seine Hände und sagte dann feierlich und fromm: „Jesus Christus! Saperli will ihm Brief schicken, ihn bitten, daß Saperli tot sein soll und nicht Mann hier im Haus."

Und Rudy drückte ihm die Hand. „Der Brief kommt dort nicht an! Der Brief bringt ihn uns nicht zurück."

Schwierig war es für Rudy, ihm das Unmögliche klarzumachen.

„Nun bist du die Stütze des Hauses", sagte die Pflegemutter, und Rudy wurde es.

4

*Babette**

Wer ist der beste Schütze im Kanton Wallis? Ja, das wußten die Gemsen: „Nimm dich vor Rudy in acht!" konnten sie sagen. „Wer ist der schönste Schütze?" – „Ja, das ist Rudy!" sagten die Mädchen, aber sie sagten nicht: „Nimm dich in acht vor Rudy!" das sagten nicht einmal die ernsthaften Mütter; denn er nickte denen ebenso freundlich zu wie den jungen Mädchen, er war so keck und fröhlich, seine Wangen waren braun, seine Zähne von frischem Weiß, und die Augen glänzten kohlschwarz, ein schöner Bursche war er und erst zwanzig Jahre alt. Das Eiswasser war ihm nicht zu eisig, wenn er schwamm; er konnte sich wie ein Fisch im Wasser drehen und klettern wie kein anderer, konnte sich wie eine Schnecke an der Felswand anklammern, er hatte gute Muskeln und Sehnen; das bewies er auch beim Springen, zuerst hatte der Kater es ihn gelehrt und später die Gemsen. Der beste Führer, dem man sich anvertrauen konnte, war Rudy, er würde sich dadurch ein ganzes Vermögen verdienen können; das Böttcherhandwerk, das der Onkel ihn ebenfalls gelehrt hatte, war nicht nach seinem Sinn, seine Lust, sein Verlangen war es, Gemsen zu schießen; das brachte auch Geld ein. Rudy war eine gute Partie, wie man sagte, wenn er nur nicht über seinen Stand hinausblickte. Er war ein Tänzer, von dem die Mädchen träumten, an den diese und jene im Wachen dachte.

„Mich hat er beim Tanze geküßt!" sagte Schullehrers Anette zu ihrer liebsten Freundin, aber das hätte sie nicht sagen sollen, selbst nicht zu ihrer liebsten Freundin. Dergleichen kann man schwer bei sich behalten, es ist wie Sand in einem löcherigen Beutel, er läuft hinaus; wie anständig und brav Rudy auch war, bald wußte man trotzdem, daß er beim Tanzen küßte, und doch hatte er die, die er am liebsten küssen wollte, gar nicht geküßt.

„Ihr sollt mal sehen!" sagte ein alter Jäger, „er hat die

* In der kritischen Ausgabe fehlt die Überschrift (A. d. Ü.).

Anette geküßt, mit A hat er angefangen, er wird sicher das ganze Alphabet durchküssen."

Ein Kuß bei einem Tanz war bis jetzt alles, was der Klatsch über Rudy wußte, aber er hatte Anette geküßt, und sie war gar nicht die Blume seines Herzens.

Unten bei Bex, zwischen den großen Nußbäumen, dicht an einem kleinen reißenden Gebirgsbach, wohnte der reiche Müller; das Wohnhaus war ein großer Bau von drei Stockwerken mit kleinen Türmen, mit Schindeln gedeckt und mit Blechplatten ausgelegt, die im Sonnen- wie Mondenschein blinkten; der erste Turm hatte als Windfahne einen blitzenden Pfeil, der durch einen Apfel gebohrt war, das sollte auf Tells Pfeilschuß anspielen. Die Mühle machte einen wohlhabenden und schmucken Eindruck, ließ sich zeichnen und auch beschreiben, aber des Müllers Tochter ließ sich nicht zeichnen und beschreiben, das hätte zum mindesten Rudy gesagt, und dennoch war ihr Bild in seinem Herzen; ihre beiden Augen strahlten dort drinnen, so daß es eine wahre Feuersbrunst war; sie war ganz urplötzlich ausgebrochen, so wie jede Feuersbrunst, und das seltsamste daran war, daß des Müllers Tochter, die wunderhübsche Babette, keine Ahnung davon hatte, sie und Rudy hatten nie auch nur zwei Worte miteinander gewechselt.

Der Müller war reich, dieser Reichtum hatte zur Folge, daß Babette sehr hoch saß, wollte man sie erreichen; aber nichts sitzt so hoch, sagte Rudy bei sich selber, daß man nicht hinaufgelangen kann; man muß klettern, und man fällt nicht hinunter, wenn man es nicht selber denkt. Diese Weisheit hatte er von daheim.

Nun traf es sich so, daß Rudy etwas in Bex zu tun hatte, es war eine ganze Reise bis dorthin, die Eisenbahn war hier noch nicht gebaut. Vom Rhonegletscher, am Fuße des Simplon entlang, erstreckt sich zwischen vielen und wechselnden Bergeshöhen das breite Walliser Tal mit seinem riesigen Strom, der Rhone, die oft anschwillt und über Felder und Straßen hinflutet, alles zerstörend. Zwischen den Ortschaften Sion und Sankt Maurice macht das Tal eine Biegung, krümmt sich wie ein Ellbogen und wird unterhalb von Maurice so eng, daß es nur für das Flußbett und den schmalen Fahrweg Platz hat. Ein alter Turm, die Schildwache für den Kanton Wallis, der hier zu Ende ist, steht an der Bergwand und blickt über die gemauerte Brücke zum Zollhaus auf der anderen Seite; hier beginnt der Kanton Vaud, und der nächste Ort, nicht weit davon gelegen, ist Bex. Hier drüben, mit jedem Schritt, den man vorwärts tut, fließt alles in Fülle und Fruchtbarkeit über, man ist wie in einem Garten von Kastanien und Nußbäumen; hier und da schauen Zypressen und Granatblüten heraus; südlich heiß ist es hier, als wäre man nach Italien hineingekommen.

Rudy gelangte nach Bex, erledigte seine Sache, blickte sich um, aber keinen Müllergesellen bekam er zu Gesicht, geschweige denn Babette. Das war nicht, wie es sein sollte.

Es wurde Abend, die Luft war voll von dem Duft des wilden Thymians und der blühenden Linden; um die waldig grünen Berge lag gleichsam ein schimmernder, luftig blauer Schleier, eine Stille herrschte allüberall, nicht die des Schlummers, nicht die des Todes, nein, es war, als hielte die ganze Natur den Atem zurück, als fühlte sie sich vor dem blauen Himmelsraum aufgebaut, damit ihr Bild photographiert werden könnte. Hier und da zwischen den Bäumen, über den grünen Feldern, standen Stangen für den Telegraphendraht, der durch das stille Tal gezogen worden war; an einer von diesen lehnte ein Gegenstand, so reglos, daß man meinen konnte, es sei ein abgestorbener Baumstumpf, aber es war Rudy, der hier so still stand wie die ganze Umgebung in diesem Augenblick; er schlief nicht, war noch weniger tot, aber wie durch den Telegraphendraht oftmals große Weltereignisse fliegen, Lebensmomente von Bedeutung für den einzelnen, ohne daß der Draht es durch ein Zittern oder einen Ton verriete, so zog durch Rudys Gedanken mächtig, überwältigend das Glück seines Lebens hindurch, sein steter Gedanke von nun an. Seine Augen waren auf einen Punkt zwischen dem Laub geheftet, auf ein Licht in der Wohnstube des Müllers, wo Babette wohnte. So still, wie Rudy dastand, hätte man meinen können, er zielte, um eine Gemse zu schießen, aber er selber war in diesem Augenblick der Gemse gleich, die minutenlang dastehen kann, als wäre sie aus dem Berg gemeißelt, und die plötzlich, während ein Stein hinabrollt, ihren Sprung macht und von dannen jagt; und genau das tat Rudy; ein Gedanke rollte dahin.

„Niemals aufgeben!" sagte er. „Besuch in der Mühle! Guten Abend dem Müller, guten Tag der Babette. Man fällt nicht, wenn man es nicht selber denkt! Babette muß mich doch einmal sehen, soll ich ihr Mann werden."

Und Rudy lachte, war guten Mutes und ging zur Mühle; er wußte, was er wollte, er wollte Babette haben.

Der Strom mit dem weißlichgelben Wasser brauste dahin, die Weiden und Linden hingen über das eilende Wasser hinab; Rudy ging den Fußsteig entlang, und wie es in dem alten Kinderlied heißt:

„. . . zu des Müllers Haus,
Aber niemand war zu sehn,
Nur das Kätzchen sah er stehn!"

Die Stubenkatze stand auf der Treppe, machte einen Buckel und sagte „Miau!" aber Rudy kümmerte sich nicht um die Rede; er klopfte an; niemand hörte, niemand öffnete. „Miau!" sagte die Katze. Wäre Rudy klein gewesen, dann hätte er die Sprache der Tiere verstanden und gehört, daß die Katze sagte: „Hier ist niemand daheim!" Nun mußte er zur Mühle hinübergehen und sich erkundigen; dort erhielt er auch Auskunft. Der Hausherr sei verreist, weit fort in Interlaken, „inter lacus, zwischen den Seen", wie der Schullehrer, Anettes Vater, im Unterricht erklärt hatte. Weit dort hinten war der Müller, und Babette ebenfalls; dort war großes Schützenfest, es begann morgen und dauerte acht volle Tage. Die Schweizer aus allen deutschen Kantonen kamen dorthin.

Armer Rudy, konnte man sagen, er war nicht zu dem glücklichsten Zeitpunkt nach Bex gekommen, er konnte wieder umkehren, und das tat er, nahm den Weg über Sankt Maurice und Sion in sein eigenes Tal zu seinen eigenen Bergen, aber verzagt war er nicht. Als die Sonne am nächsten Morgen aufging, war seine Stimmung schon lange oben, sie war niemals unten gewesen.

„Babette ist in Interlaken, viele Tagereisen entfernt“, sagte er zu sich selber. „Es ist ein langer Weg bis dorthin, will man die große Landstraße gehen, aber es ist nicht so weit, wenn man übers Gebirge abschneidet, und das ist gerade der Weg für einen Gemsjäger; diesen Weg bin ich schon früher gegangen, dort drüben ist meine Heimat, wo ich als Kind bei dem Großvater war; und Schützenfest feiern sie in Interlaken! Dort will ich der Erste sein, und das will ich auch bei Babette sein, wenn ich erst ihre Bekanntschaft gemacht habe.“

Mit seinem leichten Ranzen, in dem der Sonntagsrock lag, mit Gewehr und Jagdtasche ging Rudy ins Gebirge hinauf, den kurzen Weg, der indessen doch ziemlich weit war, aber das Schützenfest hatte ja erst heute begonnen und dauerte länger als bis zum Sonntag; während dieser ganzen Zeit blieben, hatte man gesagt, der Müller und Babette bei ihren Verwandten in Interlaken. Rudy ging über den Gemmi, er wollte bei Grindelwald hinunter.

Gesund und fröhlich schritt er aus, bergauf in der frischen, der leichten, der stärkenden Gebirgsluft. Das Tal sank tiefer hinab, der Gesichtskreis wurde weiter; hier ein Schneegipfel, dort ein Schneegipfel, und bald die funkelnd weiße Alpenkette. Rudy kannte jeden Schneeberg; er ging auf das Schreckhorn zu, das hob seinen weißbepuderten steinernen Finger hoch in die blaue Luft hinauf.

Er war endlich über den Höhenrücken gelangt, die Almen zogen sich bis in die Täler der Heimat hinab; die Luft war leicht, der Sinn war leicht; Berg und Tal standen in einer Fülle von Blumen und Grün, das Herz war voll von dem Gedanken der Jugend: Man wird niemals alt, man stirbt nie; leben, herrschen, genießen! Frei wie ein Vogel, leicht wie ein Vogel war er. Und die Schwalben flogen vorbei und sangen wie in der Kindheit: „Wir und ihr! und ihr und wir!“ Alles war Flug und Freude.

Dort unten lag die samtgrüne Wiese, mit braunen Holzhäusern bestreut, die Lütschine rauschte und brauste. Er sah den Gletscher mit dessen glasgrünen Rändern in dem schmutzigen Schnee, die tiefen Spalten, den oberen und unteren Gletscher sah er. Die Glocken klangen von der Kirche zu ihm herüber, als wollten sie „Willkommen in der Heimat" läuten; sein Herz klopfte stärker, weitete sich so sehr aus, daß Babette dort drinnen einen Augenblick weg war, so groß wurde sein Herz, so sehr von Erinnerungen erfüllt.

Er ging wieder auf dem Wege dahin, wo er als kleiner Knirps mit den anderen Kindern am Grabenrand gestanden und geschnitzte Holzhäuser verkauft hatte. Dort oben hinter den Tannen lag noch immer des Großvaters Haus, Fremde wohnten dort. Kinder kamen auf dem Weg angelaufen, sie wollten etwas verkaufen, eines davon reichte eine Alpenrose hin, Rudy nahm sie als ein gutes Vorzeichen und dachte an Babette. Bald war er unten auf der Brücke, wo die beiden Lütschinen zusammenflossen, die Laubbäume wurden zahlreicher, die Nußbäume spendeten Schatten. Jetzt sah er wehende Flaggen, das weiße Kreuz im roten Tuch, wie es der Schweizer und der Däne haben; und vor ihm lag Interlaken.

Das war nun eine Prachtstadt wie keine zweite, fand Rudy. Eine Schweizer Stadt im Sonntagsgewand; sie war nicht wie die anderen Marktflecken ein Haufen gewichtiger Steinhäuser, schwerfällig, fremd und vornehm, nein! Hier sah es aus, als ob die Holzhäuser oben vom Gebirge an dem klaren, pfeilschnellen Fluß entlang in das grüne Tal hinuntergerannt wären und sich in Reih und Glied aufgestellt hätten, ein wenig vor und ein wenig zurück, um eine Straße zu bilden; und die prächtigste von allen Straßen, ja, die war erst entstanden, nachdem Rudy als kleines Kind zuletzt hier gewesen war; sie schien dadurch zustande gekommen zu sein, daß all die reizenden Holzhäuser, die Großvater geschnitzt hatte und von denen der Schrank daheim voll war, sich hier aufgestellt hatten und aus eigener Kraft größer geworden waren wie die alten, ältesten Kastanienbäume. Jedes Haus war ein Hotel, wie man es nannte, mit geschnitztem hölzernem Zierat um Fenster und Balkone, vorspringenden Dächern, so schmuck und fein, und vor jedem Haus lag ein ganzer Blumengarten bis zu der breiten, makadamisierten Landstraße hin; an dieser entlang, nur auf einer Seite, standen die Häuser, sie hätten sonst die frische grüne Wiese gegenüber verdeckt, wo die Kühe mit Glocken umhergingen, die klangen wie auf den Matten in der Höhe. Die Wiesen waren von hohen Bergen umgeben, die gerade gegenüber gleichsam beiseite traten, damit man die funkelnde, schneebedeckte Jungfrau ordentlich sehen konnte, den Berg, der von allen Schweizer Bergen die schönste Form hat.

Welch eine Menge geputzter Herren und Damen aus fremden Ländern, welch ein Gewimmel von Landbewohnern aus den verschiedenen Kantonen! Die Schützen trugen ihre Schußzahlen in einem Kranz um den Hut. Hier gab es Musik und Gesang, Leierkästen und Blasinstrumente, Rufen und Lärmen. Häuser und Brücken waren mit Versen und Emblemen geschmückt; Flaggen und Wimpel wehten, aus den Büchsen knallte Schuß auf Schuß, das war in Rudys Ohren die beste Musik, er vergaß bei alledem völlig Babette, um derentwillen er doch hergekommen war.

Die Schützen drängten sich zum Scheibenschießen, Rudy war bald unter ihnen und der tüchtigste, der erfolgreichste; immer traf er mitten ins Schwarze.

„Wer ist nur der fremde, blutjunge Jäger?" fragte man. „Er spricht das Französisch, wie man es im Kanton Wallis spricht! Er verständigt sich auch recht gut in unserem Deutsch!" sagten manche. „Als Kind soll er hier in der Gegend bei Grindelwald gelebt haben!" wußte einer von ihnen.

In dem Burschen war Leben, seine Augen leuchteten, sein Blick und sein Arm waren sicher, darum traf er. Der Erfolg macht Mut, und Mut hatte Rudy ja immer gehabt; bald hatte er hier schon einen ganzen Kreis von Freunden um sich, er wurde geehrt, ihm wurde gehuldigt, Babette war ihm fast ganz aus dem Sinn entschwunden. Da schlug ihm eine schwere Hand auf die Schulter, und eine grobe Stimme redete ihn in französischer Sprache an.

„Ihr seid aus dem Kanton Wallis?"

Rudy wandte sich um und erblickte ein rotes, vergnügtes Gesicht, einen dicken Menschen, es war der reiche Müller aus Bex; er verbarg mit seinem massigen Körper die feine, wunderliebliche Babette, die jedoch bald mit den strahlenden dunklen Augen hervorschaute. Der reiche Müller tat sich etwas darauf zugute, daß es ein Jäger aus seinem Kanton war, der die besten Schüsse machte und der Geehrte war. Rudy war wirklich ein Glückspilz; weswegen er ausgezogen war, was er aber hier am Orte fast vergessen hatte, das suchte ihn auf.

Wo man weit von der Heimat entfernt Leute von zu Hause trifft, da kennt man sich, da spricht man miteinander. Rudy war beim Schützenfest durch seine Schüsse der Erste, ebenso wie der Müller daheim in Bex kraft seines Geldes und seiner guten Mühle der Erste war; und nun drückten die beiden Männer einander die Hand, das hatten sie nie zuvor getan; auch Babette nahm Rudy so treuherzig bei der Hand, und er drückte die ihre ebenfalls und sah sie an, so daß sie ganz rot dabei wurde.

Der Müller sprach von dem langen Weg, den sie bis hierher gefahren waren, von den vielen großen Orten, die sie gesehen hatten, es war eine richtige Reise; sie waren mit dem Dampfschiff gefahren, mit der Eisenbahn und mit der Post.

„Ich habe den kürzeren Weg genommen", sagte Rudy. „Ich bin übers Gebirge gelaufen; kein Weg ist so hoch, daß man ihn nicht gehen könnte."

„Aber auch den Hals brechen kann", sagte der Müller. „Und Ihr seht mir gerade so aus, als solltet Ihr Euch mal den Hals brechen, so verwegen wie Ihr seid."

„Man fällt nicht, wenn man es selber nicht denkt!" sagte Rudy.

Und die Verwandten des Müllers in Interlaken, bei denen der Müller und Babette zu Besuch waren, forderten Rudy auf, zu ihnen hereinzuschauen, er stammte ja aus demselben Kanton wie ihre Verwandten. Das war für Rudy ein gutes Angebot, das Glück war ihm hold, wie es immer demjenigen hold ist, der auf sich selber baut und daran denkt: „Der

Herrgott schenkt uns die Nüsse, aber er knackt sie nicht für uns."

Und Rudy saß bei des Müllers Verwandten, als gehöre er zur Familie, und dort wurde auf das Wohl des besten Schützen getrunken, und Babette stieß mit an, und Rudy dankte für den Trinkspruch.

In der Abendstunde wandelten sie alle auf dem schönen Weg an den reizenden Hotels unter den alten Nußbäumen entlang, und hier war eine solche Volksmenge, ein Gedränge, daß Rudy Babette den Arm anbieten mußte. Er freue sich so, daß er Leute aus Vaud getroffen habe, sagte er. Vaud und Wallis seien gute Nachbarkantone. Er sprach seine Freude so innig aus, daß Babette fand, sie müsse ihm dafür die Hand drücken. Sie gingen fast wie zwei alte Bekannte dahin, und unterhaltsam war sie, das kleine, anmutige Persönchen; es stand ihr wunderhübsch, fand Rudy, in der Kleidung der fremden Damen das Lächerliche und Übertriebene hervorzuheben und die Art und Weise, wie sie gingen; und es geschah gar nicht, um sich lustig zu machen, denn es konnten durchaus rechtschaffene Menschen sein, ja, rührend und liebenswert, das wußte Babette, sie hatte eine Patentante, das war so eine vornehme Dame aus England. Vor achtzehn Jahren, als Babette getauft wurde, war diese in Bex; sie hatte Babette die kostbare Brosche geschenkt, die sie an der Brust trug. Zweimal hatte die Patentante einen Brief geschrieben, und in diesem Jahre hatten sie sie hier in Interlaken mit ihren Töchtern treffen sollen, die beide alte Fräulein waren, so um die dreißig, sagte Babette – sie war ja erst achtzehn.

Das niedliche Mündchen stand keinen Augenblick still, und alles, was Babette sagte, erschien Rudy so, als wären es Dinge von höchster Bedeutung, und er erzählte seinerseits, was er zu erzählen hatte, er erzählte, wie oft er in Bex gewesen war, wie gut er die Mühle kannte und wie oft er Babette gesehen hatte, aber sie habe ihn vermutlich niemals bemerkt, und als er jetzt zuletzt zur Mühle gekommen sei, und zwar mit mancherlei Absichten, über die er nicht sprechen könne, seien sie und ihr Vater fortgewesen, sehr weit fort, aber doch nicht so weit, daß er nicht über die Mauer hätte klettern können, durch die der Weg so weit wurde.

Ja, das sagte er, und er sagte so vieles; er sagte, wie gut sie ihm gefiele – und daß er ihretwegen gekommen sei und nicht wegen des Schützenfestes.

Babette wurde ganz still; es war fast zu viel, was er ihr zu tragen auferlegte.

Und während sie dahingingen, sank die Sonne hinter der hohen Felswand, die Jungfrau stand in einer Pracht und einem Glanz, von dem waldiggrünen Kranz der nahen Berge umgeben. Die Menschen standen alle still und blickten hinüber; auch Rudy und Babette betrachteten all diese Großartigkeit.

„Nirgendwo ist es schöner als hier!" sagte Babette.

„Nirgendwo!" sagte Rudy und schaute Babette an.

„Morgen muß ich fort!" sagte er kurz darauf.

„Besuche uns in Bex!" sagte Babette flüsternd, „es wird meinem Vater Freude machen."

5

Auf dem Heimwege

Oh, wie viel hatte Rudy zu tragen, als er am nächsten Tag über die hohen Berge heimging! Ja, er hatte drei silberne Becher, zwei ausgezeichnete Büchsen und eine Kaffeekanne aus Silber, die konnte man brauchen, wenn man einen Hausstand gründen wollte; das war indessen nicht das Gewichtigste, etwas Gewichtigeres, Mächtigeres trug er, oder es trug ihn, heim über die hohen Berge. Aber das Wetter war rauh, trübe, regnerisch und dumpf; die Wolken senkten sich gleich Trauerfloren über die Bergeshöhen und hüllten die flimmernden Berggipfel ein. Aus der Waldestiefe ertönten die letzten Axtschläge, und am Berghang rollten Baumstämme hinab, aus der Höhe wie Stöcke anzuschauen, aber aus der Nähe wie schwere Mastbäume. Die Lütschine ließ brausend ihren eintönigen Akkord hören, der Wind sauste, die Wolken segelten dahin. Dicht vor Rudy ging

plötzlich ein junges Mädchen daher, er hatte sie nicht bemerkt, bis sie ganz dicht bei ihm war; auch sie wollte übers Gebirge. Ihre Augen hatten eine eigentümliche Kraft, man mußte in sie hineinblicken, sie waren so seltsam glasklar, so tief, unergründlich.

„Hast du einen Schatz?" fragte Rudy; all sein Denken war von dem einen erfüllt: einen Schatz zu haben.

„Ich habe keinen!" sagte sie und lachte, aber es war gerade, als spräche sie nicht die Wahrheit. „Wir wollen aber keinen Umweg machen!" fuhr sie fort. „Wir müssen uns mehr links halten, das ist kürzer!"

„Ja, damit wir in eine Eisspalte stürzen!" sagte Rudy. „Weißt du keinen besseren Weg und willst Führerin sein?"

„Ich kenne gerade den Weg!" sagte sie, „und ich habe meine Gedanken beisammen. Deine sind sicher unten im Tal; hier oben muß man an die Eisjungfrau denken, sie ist den Menschen nicht gut, sagen die Menschen."

„Ich fürchte sie nicht“, sagte Rudy, „sie mußte mich herausgeben, als ich ein Kind war, ich werde ihr sicher entwischen, nun da ich älter bin.“

Und die Dunkelheit nahm zu, der Regen fiel, der Schnee kam, er gleißte, er blendete.

„Reich mir deine Hand, dann helfe ich dir beim Steigen!“ sagte das Mädchen, und sie berührte ihn mit eiskalten Fingern.

„Du mir helfen!“ sagte Rudy. „Bis jetzt bedurfte ich noch keiner weiblichen Hilfe zum Klettern!“ und er schritt schneller aus, von ihr fort; das Schneegestöber umgab ihn wie ein Vorhang, der Wind brauste, und hinter sich hörte er das Mädchen lachen und singen; es klang so sonderbar. Das war sicher irgendwelche Zauberei im Dienste der Eisjungfrau; Rudy hatte davon gehört, als er in seiner Kindheit hier oben auf seiner Wanderung übers Gebirge nächtigte.

Der Schnee rieselte schwächer, die Wolke lag unter ihm; er blickte zurück, es war niemand mehr zu sehen, aber er hörte Gelächter und Jodler, und es klang gar nicht so, als käme es von einem Menschen.

Als Rudy endlich den obersten Teil des Berges erreichte, wo der Gebirgssteig ins Rhonetal hinabführt, sah er in dem klaren, blauen Luftstreif nach Chamouny zu zwei helle Sterne, sie leuchteten so funkelnd, und er dachte an Babette, an sich selbst und sein Glück, und ihm wurde heiß bei diesem Gedanken.

6

Der Besuch in der Mühle

„Herrschaftliche Sachen bringst du ins Haus!“ sagte die alte Pflegemutter, und ihre seltsamen Adleraugen blitzten, sie bewegte den mageren Hals noch schneller in seltsamen Verdrehungen. „Das Glück ist mit dir, Rudy! Ich muß dir einen Kuß geben, mein guter Junge!“

Und Rudy ließ sich küssen, aber es war seinem Gesicht anzusehen, daß er sich in die Umstände schickte, in die kleinen, häuslichen Mühen. „Wie siehst du schön aus, Rudy!“ sagte die alte Frau.

„Mach mich nicht eingebildet!“ sagte Rudy und lachte, er freute sich aber doch.

„Ich sage es noch einmal“, sagte die alte Frau, „das Glück ist mit dir!“

„Ja, das glaube ich dir!“ sagte er und dachte an Babette.

Nie hatte er sich so nach dem tiefen Tale gesehnt wie jetzt.

„Sie müssen nach Hause gekommen sein!“ sagte er bei sich. „Es ist schon zwei Tage über die Zeit, daß sie zurückkommen wollten. Ich muß nach Bex!“

Und Rudy kam nach Bex, und Müllers waren daheim. Gut wurde er aufgenommen, und Grüße wurden ihm ausgerichtet, von den Verwandten in Interlaken. Babette sagte nicht viel, sie war so schweigsam geworden, aber die Augen waren beredt, das war Rudy auch völlig genug. Der Müller, der sonst das Wort zu führen pflegte – er war es gewohnt, daß man immer über seine Einfälle und Wortspiele lachte, er war ja der reiche Müller –, schien lieber zuzuhören, wie Rudy von Jagdabenteuern, Anstrengungen und Gefahren erzählte, die die Gemsjäger auf den hohen Bergzinnen zu bestehen hatten, und wie man über die unsicheren Schneewächten hinwegklettern mußte, die Wind und Wetter an die Felskante festkitten, wie man auf den kühnen Brücken dahinkriechen mußte, die das Schneegestöber über die tiefen Abgründe gebaut hatte. Rudy sah so keck aus, seine Augen glänzten, während er vom Jägerleben erzählte, von der Klugheit der Gemsen und ihren kühnen Sprüngen, von dem starken Föhn und den rollenden Lawinen; er merkte wohl, daß er mit jeder neuen Beschreibung den Müller mehr und mehr für sich einnahm, und was diesen am meisten fesselte, das war die Erzählung von den Lämmergeiern und den kühnen Königsadlern.

Nicht weit von hier im Kanton Wallis gab es einen Adlerhorst, ganz schlau unter dem vorspringenden Felsrand angelegt; dort oben war ein Junges, das holte man sich nicht! Ein Engländer hatte Rudy vor einigen Tagen eine ganze

Handvoll Gold geboten, wenn er ihm das Junge lebend brächte, aber „alles hat eine Grenze", sagte Rudy, „das Adlerjunge dort kann man nicht holen, es wäre Wahnsinn, sich auf dergleichen einzulassen."

Und der Wein floß, und die Rede floß, aber der Abend war viel zu kurz, fand Rudy, und dennoch war Mitternacht vorüber, als er von diesem ersten Besuch in der Mühle wegging.

Die Lichter schimmerten noch eine kurze Weile durch das Fenster und zwischen den grünen Zweigen hindurch; durch die offene Dachluke kam die Stubenkatze heraus, und in der Dachrinne kam die Küchenkatze herangekrochen.

„Weißt du das Neueste von der Mühle?" sagte die Stubenkatze. „Hier im Hause hat sich eine heimlich verlobt! Vater weiß es noch nicht; Rudy und Babette haben sich den ganzen Abend gegenseitig unterm Tisch auf die Pfoten getreten; mich haben sie zweimal getreten, aber ich habe trotzdem nicht miaut, das hätte ja Aufsehen gemacht!"

„Ich hätte das aber getan!" sagte die Küchenkatze.

„Was sich in der Küche schickt, das schickt sich nicht in der Stube!" sagte die Stubenkatze. „Ich wüßte jetzt gar zu gern, was der Müller sagt, wenn er von der Verlobung hört!"

Ja, was würde der Müller sagen, das hätte Rudy auch gar zu gern gewußt, aber lange darauf warten, es zu erfahren, das konnte er nicht; und darum, als der Omnibus nur wenige

Tage später über die Rhonebrücke zwischen Wallis und Vaud ratterte, saß Rudy drin, guten Mutes wie immer, und mit schönen Hoffnungen auf ein Jawort noch am selben Abend.

Und als dann der Abend kam und der Omnibus denselben Weg zurückfuhr, ja, da saß Rudy auch drin, fuhr denselben Weg zurück, aber in der Mühle trug die Stubenkatze Neuigkeiten herum.

„Weißt du es schon, du aus der Küche? Der Müller weiß jetzt alles. Das hat ja ein schönes Ende genommen! Rudy kam gegen Abend her, und er und Babette hatten viel zu flüstern und zu tuscheln, sie standen auf dem Flur vor der Stube des Müllers. Ich lag zu ihren Füßen, aber sie hatten weder Augen noch Ohren für mich. ‚Ich gehe schnurstracks zu deinem Vater hinein!' sagte Rudy, ‚es ist eine ehrliche Sache.' – ‚Soll ich mit dir gehen?' sagte Babette, ‚das flößt dir Mut ein!' – ‚Ich habe Mut genug!' sagte Rudy, ‚wenn du aber dabei bist, dann muß er freundlich dreinschauen, ob er will oder nicht!' Und dann sind sie hineingegangen. Rudy hat mich fürchterlich auf den Schwanz getreten! Rudy ist furchtbar tolpatschig! Ich habe miaut, aber weder er noch Babette hatten Ohren, um zu hören. Sie öffneten die Tür, gingen beide hinein, ich vornweg; aber ich sprang auf eine Stuhllehne, ich konnte nicht wissen, wie weit Rudy ausschlagen würde. Aber der Müller schlug aus! Das war ein kräftiger Schlag! Hinaus aus der Tür, hinauf ins Gebirge zu den Gemsen! Auf die kann Rudy jetzt zielen und nicht etwa auf unsere kleine Babette."

„Aber was wurde denn da gesagt?" fragte die Küchenkatze.

„Gesagt? – Da wurde alles gesagt, was sie so sagen, wenn sie auf Freite sind: ‚Ich liebe sie, und sie liebt mich! Und wenn für einen Milch im Eimer ist, dann ist auch für zweie Milch im Eimer!' – ‚Aber sie sitzt zu hoch für dich!' sagte der Müller, ‚sie sitzt auf Grütze, auf goldener Grütze, das weißt du ja! An sie kommst du nicht heran!' – ‚Nichts sitzt zu hoch, man kann herankommen, wenn man nur will!' sagte Rudy; er geht zu forsch drauflos. ‚Aber an das

Adlerjunge kannst du doch nicht herankommen, sagtest du neulich! Babette sitzt höher!' – ,Ich hole sie beide!' sagte Rudy. – ,Ja, ich werde sie dir geben, wenn du mir das lebende Adlerjunge bringst!' sagte der Müller und lachte, daß ihm das Wasser aus den Augen lief. ,Aber nun danke ich dir für den Besuch, Rudy! Komm morgen wieder, dann ist keiner zu Hause! Auf Wiedersehen, Rudy!' Und Babette sagte ebenfalls auf Wiedersehen, so kläglich wie ein junges Kätzchen, das seine Mutter nicht sehen kann. ,Ein Mann, ein Wort!' sagte Rudy. ,Weine nicht, Babette, ich bringe den jungen Adler!' – ,Ich hoffe, du brichst dir das Genick!' sagte der Müller, ,dann hört wenigstens dein Gerenne hier auf!' Das nenne ich ausschlagen! Nun ist Rudy weg, und Babette sitzt und weint, aber der Müller singt deutsch, das hat er auf der Reise gelernt! Ich will mir nun keine Sorgen darüber machen, das hat keinen Zweck!"

„Aber das sieht immerhin nach was aus!" sagte die Küchenkatze.

7
Der Adlerhorst

Vom Gebirgspfad erklang das Jodeln so lustig und kräftig, es ließ auf gute Laune und fröhlichen Mut schließen; es war Rudy; er ging zu seinem Freunde Vesinand.

„Du mußt mir helfen! Wir nehmen Ragli mit, ich muß den jungen Adler oben am Felsrand holen!"

„Möchtest du nicht lieber die schwarze Seite vom Mond holen, das ist sicher ebenso leicht!" sagte Vesinand. „Du bist ja mächtig in Stimmung!"

„Ja, denn ich habe die Absicht, Hochzeit zu feiern! Aber jetzt, im Ernst, du sollst erfahren, wie die Dinge für mich stehen!"

Und bald wußten Vesinand und Ragli, was Rudy wollte.

„Du bist ein Wagehals!" sagten sie. „Das geht nicht! Du brichst dir das Genick!"

„Man fällt nicht hinunter, wenn man es selber nicht denkt!" sagte Rudy.

Um Mitternacht brachen sie auf mit Stangen, Leitern und Stricken; der Weg führte zwischen Gestrüpp und Sträuchern hindurch, über Gerölle, ständig aufwärts, aufwärts in der finsteren Nacht. Unten rauschte das Wasser, oben rieselte das Wasser, feuchtes Gewölk segelte durch die Lüfte. Die Jäger gelangten an den schroffen Felsrand, finsterer wurde es hier, die Felswände stießen fast zusammen, und nur hoch droben über dem schmalen Spalt schimmerte die Luft; dicht neben ihnen, unter ihnen gähnte tiefer Abgrund mit einem brausenden Gewässer. Still saßen sie alle drei, sie wollten das Morgengrauen abwarten, dann flog der Adler aus dem Horst, der mußte zuerst geschossen werden, ehe man daran denken konnte, das Junge zu holen. Rudy saß in der Hocke, so still, als wäre er ein Stück von dem Stein, auf dem er saß, das Gewehr hatte er vor sich im Anschlag, die Augen waren unverwandt auf die oberste Spalte gerichtet, unter deren überhängendem Felsen der Adlerhorst versteckt lag. Die drei Jäger warteten lange.

Jetzt ertönte hoch über ihnen ein knackendes, brausendes

Geräusch; es wurde finster von etwas Großem, Schwebendem. Zwei Büchsenläufe zielten, als die schwarze Adlergestalt vom Horst aufflog; ein Schuß fiel; die gebreiteten Fittiche bewegten sich einen Augenblick, und darauf senkte sich der Vogel langsam, als müsse er durch seine Größe und seine ausgebreiteten Flügel die ganze Schlucht ausfüllen und die Jäger in seinem Sturz mit sich reißen. Der Adler stürzte in die Tiefe; es knackte in Baumästen und Büschen, die beim Sturz des Vogels zerknickten.

Und nun begann ein geschäftiges Treiben; drei von den längsten Leitern wurden zusammengeseilt, die mußten bis nach oben reichen; sie wurden am äußersten Rand der Schlucht aufgestellt, aber sie reichten nicht bis hinauf; und die Felswand war ein weites Stück aufwärts, bis dort, wo der Horst im Schutze des obersten vorspringenden Felsbuckels verborgen lag, glatt wie eine Mauer. Nach kurzer Beratung war man sich darin einig, daß es das beste wäre, von oben zwei zusammengeseilte Leitern in die Spalte hinabzulassen und dann zuzusehen, daß man diese mit den dreien verband, die schon unten aufgestellt waren. Mit großer Mühe konnte man die beiden Leitern hoch hinaufschleppen und dort die Stricke festmachen; die Leitern wurden über den vorspringenden Fels hinweggeschoben und hingen nunmehr frei schwebend mitten über dem Abgrund; Rudy saß dort schon auf der untersten Sprosse. Es war ein eiskalter Morgen, die Nebelwolken stiegen aus der schwarzen Schlucht nach oben. Rudy saß dort draußen wie eine Fliege auf dem wippenden Strohhalm, den ein Vogel beim Nestbau auf den Rand des hohen Fabrikschornsteins hat fallen lassen, aber die Fliege kann wegfliegen, wenn der Halm hinunterfällt, Rudy konnte sich nur den Hals brechen. Der Wind umbrauste ihn, und unten im Abgrund brauste das eilige Wasser von dem geschmolzenen Gletscher, dem Palast der Eisjungfrau.

Nun brachte er die Leiter in schwingende Bewegung, wie die Spinne, die von ihrem langen, schwebenden Faden aus sich an etwas festkrallen will, und als Rudy zum vierten Male die Spitze der von unten aufgerichteten, zusammengeseilten Leitern berührte, hatte er sie erwischt, sie wurden mit sicherer und starker Hand zusammengefügt, aber sie schlenkerten, als hätten sie ausgeleierte Angeln.

Wie ein schwankendes Rohr wirkten die fünf langen Leitern, die zum Horst hinaufreichten, senkrecht an die Felswand gelehnt; doch jetzt kam das Gefährlichste, jetzt hieß

es klettern, wie die Katze klettern kann, aber Rudy konnte es auch, die Katze hatte es ihn gelehrt; er verspürte den Schwindel nicht, der hinter ihm Luft trat und seine Polypenarme nach ihm ausstreckte. Jetzt stand er auf der obersten Sprosse der Leiter und merkte, noch nicht einmal von hier aus reichte er so hoch, daß er in den Horst hineinschauen konnte, nur mit der Hand konnte er hinauflangen; er fühlte erst nach, wie fest die dicken, ineinander verflochtenen Zweige saßen, die den untersten Teil des Horstes bildeten, und als er sich eines dicken Zweiges versichert hatte, der nicht nachgab, schwang er sich von der Leiter auf den Zweig hinauf und kam nun mit der Brust und dem Kopf über den Horst, aber hier schlug ihm ein würgender Gestank von Aas entgegen; in Fäulnis übergegangene Lämmer, Gemsen und Vögel lagen hier zerfleischt. Der Schwindel, der seiner nicht habhaft zu werden vermochte, blies ihm die giftigen Dünste ins Gesicht, damit sie ihn betäubten, und unten in der schwarzen, gähnenden Tiefe auf dem dahineilenden Wasser saß die Eisjungfrau selber mit ihrem langen, weißgrünen Haar und starrte mit Todesaugen, als ob es zwei Büchsenläufe wären.

„Jetzt fange ich dich!"

In einem Winkel des Adlerhorstes sah er groß und gewaltig den jungen Adler sitzen, der noch nicht flügge war. Rudy heftete seine Augen auf ihn, hielt sich mit der ganzen Kraft seiner einen Hand fest und warf mit der anderen Hand die Schlinge um den jungen Adler; lebendigen Leibes war er gefangen: seine Beine wurden durch den Strick zusammengeschnürt, und Rudy warf die Schlinge mit dem Vogel über die Schulter, so daß das Tier ein ganzes Stück tiefer hing als er selber, während er sich an einem herabhängenden Seil festhielt, bis die Fußspitze wieder die oberste Sprosse der Leiter erreicht hatte.

„Halte fest! Denke nicht, daß du fällst, dann fällst du nicht!" es war die alte Lehre, und die befolgte er, hielt fest, kletterte, war sicher, daß er nicht fiel, und er fiel nicht.

Jetzt erklang ein Gejodel, so kräftig und fröhlich. Rudy stand mit seinem jungen Adler auf dem festen Felsgrund.

8

Was die Stubenkatze Neues erzählen konnte

„Hier ist das Verlangte!" sagte Rudy, der beim Müller in Bex eintrat und einen großen Korb ins Zimmer stellte, das Tuch abnahm, und da glotzten zwei gelbe, schwarzumrandete Seher hervor, so funkelnd, so wild, so als wollten sie sich, wohin sie auch blickten, einbrennen und festbeißen; der kurze, kräftige Schnabel war zum Bisse weit aufgerissen, der Hals war rot und flaumig.

„Der junge Adler!" rief der Müller. Babette stieß einen Schrei aus und sprang beiseite, konnte aber ihre Augen weder von Rudy noch von dem Adlerjungen abwenden.

„Du läßt dich nicht kopfscheu machen!" sagte der Müller.

„Und Ihr haltet immer Wort!" sagte Rudy, „jeder hat seine Eigenart!"

„Aber wie kam es, daß du dir nicht den Hals gebrochen hast?" fragte der Müller.

„Weil ich festgehalten habe!" entgegnete Rudy, „und das tue ich noch, ich halte fest an Babette!"

„Sieh erst zu, daß du sie hast!" sagte der Müller und lachte; und das waren gute Zeichen, das wußte Babette.

„Wir wollen den Adler aus dem Korb nehmen, es sieht gefährlich aus, wie er glotzt! Wo hast du ihn erwischt?"

Und Rudy mußte berichten, und der Müller machte Augen, die größer und immer größer wurden.

„Mit deinem Mut und deinem Glück kannst du drei Frauen versorgen!" sagte der Müller.

„Danke! danke!" rief Rudy.

„Ja, die Babette, die hast du aber noch nicht!" sagte der Müller und schlug im Scherz dem jungen Alpenjäger auf die Schulter.

„Weißt du schon das Neueste aus der Mühle?" sagte die Stubenkatze zur Küchenkatze. „Rudy hat uns den jungen Adler gebracht und nimmt Babette dafür in Tausch. Sie haben sich geküßt und den Vater zusehen lassen! Das ist doch so gut wie eine Verlobung; der Alte hat nicht ausgeschlagen, er hat die Krallen eingezogen, ein Mittagsschläfchen gehalten und die beiden dasitzen und schmusen lassen; die haben so viel zu erzählen, die werden bis Weihnachten nicht fertig!"

Und sie wurden auch bis Weihnachten nicht fertig. Der Wind wirbelte das braune Laub hoch, der Schnee stob im Tal wie auf den hohen Bergen; die Eisjungfrau saß in ihrem stolzen Schloß, das sich zur Winterszeit weiter ausdehnt;

die Felswände waren mit einer Eisschicht überzogen, und armdicke, elefantenschwere Eiszapfen hingen dort, wo im Sommer der Gebirgsstrom seinen Wasserschleier wogen läßt; Girlanden von phantastischen Eiskristalien glitzerten an den mit Schnee überpuderten Tannen. Die Eisjungfrau ritt auf dem brausenden Wind über die tiefsten Täler. Die Schneedecke war bis nach Bex hinuntergelegt worden, sie konnte dort hinkommen und Rudy im Hause beobachten, er war dort öfter, als es seine Art war, er saß bei Babette. Zum Sommer sollte die Hochzeit stattfinden; es klang ihnen häufig in den Ohren, so oft sprachen Freunde davon. Dort war eitel Sonnenschein, die herrlichste Alpenrose glühte, die muntere, lachende Babette, schön wie der anbrechende Frühling, der Frühling, der alle Vögel von der Sommerszeit singen ließ, vom Hochzeitstag.

„Wie die beiden dasitzen und nicht voneinander lassen können!“ sagte die Stubenkatze. „Jetzt hab ich das Miauen satt!“

9
Die Eisjungfrau

Der Frühling hatte seine saftiggrüne Girlande aus Nuß- und Kastanienbäumen entfaltet, sie bauschte sich besonders von der Brücke bei Sankt Maurice bis zum Ufer des Genfer Sees an der Rhone entlang, die mit heftiger Geschwindigkeit von ihrer Quelle unter dem grünen Gletscher dahinjagte, dem Eispalast, wo die Eisjungfrau wohnt, wo sie sich von dem scharfen Wind auf das oberste Schneefeld tragen läßt und in dem starken Sonnenlicht auf den zusammengewehten Polstern ausstreckt; hier saß sie und schaute mit scharfem Blick in die tiefen Täler hinab, wo die Menschen, wie Ameisen auf einem von der Sonne beschienenen Stein, sich emsig bewegten.

„Geisteskräfte, wie die Kinder der Sonne euch nennen!“ sagte die Eisjungfrau, „Gewürm seid ihr! Ein rollender Schneeball, und ihr und eure Häuser und Orte seid zermalmt und ausgetilgt!“ Und sie hob ihr stolzes Haupt höher

und sah mit todesblitzenden Augen weit um sich und tief hinab. Aber aus dem Tal ertönte ein Grollen, das Sprengen von Felsen, Menschenwerk; Weg und Tunnel für Eisenbahnen wurden angelegt.

„Die spielen Maulwurf!" sagte sie; „sie graben Gänge, deshalb hört man Geräusche wie von Flintenschüssen. Verlege ich meine Schlösser, dann braust es stärker als Donnergrollen."

Aus dem Tale stieg Rauch auf, der sich vorwärts bewegte wie ein wehender Schleier, ein flatternder Federbusch von der Lokomotive, die auf der jüngst eröffneten Strecke die Wagen zog, diese sich windende Schlange, deren Glieder die einzelnen aneinandergereihten Wagen waren. Pfeilschnell schoß sie dahin.

„Die da unten spielen die Herren, die Geisteskräfte!"

sagte die Eisjungfrau. „Die Kräfte der Naturmächte sind dennoch die führenden!“ und sie lachte, sie sang, und es dröhnte im Tal.

„Jetzt ist eine Lawine heruntergegangen!“ sagten die Menschen dort unten.

Aber die Kinder der Sonne sangen noch lauter vom menschlichen Gedanken, welcher gebietet, welcher das Meer unterjocht, Berge versetzt, Täler füllt; vom menschlichen Gedanken, welcher Herr über die Naturgewalten ist. In derselben Stunde kam über die Schneefelder, wo die Eisjungfrau saß, gerade eine Gesellschaft von Reisenden gegangen; sie hatten sich gegenseitig mit Seilen festgebunden, um auf der glatten Eisfläche an den tiefen Abgründen gewissermaßen ein größerer Körper zu sein.

„Gewürm!“ sagte sie. „Ihr wollt die Herren der Naturmächte sein!“ und sie wandte sich von ihnen ab und blickte spöttisch ins tiefe Tal hinab, wo der Eisenbahnzug vorbeibrauste.

„Da sitzen sie, diese Gedanken! Sie sitzen in der Gewalt der Kräfte! Ich sehe sie alle! – Einer sitzt stolz wie ein König, allein! Da sitzen sie in einem Haufen beisammen! Da schläft die Hälfte! Und wenn der Dampfdrache anhält, steigen sie aus, gehen ihres Weges. Die Gedanken gehen in die Welt hinaus!“ Und sie lachte.

„Da ist wieder eine Lawine heruntergegangen!“ sagten die drunten im Tal.

„Uns erwischt sie nicht!“ sagten zwei auf dem Rücken des Dampfdrachens, „zwei Seelen und ein Gedanke“, wie es heißt. Es waren Rudy und Babette; auch der Müller war dabei.

„Als Gepäck!“ sagte er. „Ich bin mit dabei als Gebrauchsgegenstand!“

„Da sitzen die beiden!“ sagte die Eisjungfrau. „Manche Gemse habe ich zerschmettert, Millionen von Alpenrosen habe ich geknickt und gebrochen, nicht einmal die Wurzel blieb zurück! Ich lösche sie aus! Die Gedanken! Die Geisteskräfte!“ Und sie lachte.

„Da ist wieder eine Lawine heruntergegangen!“ sagten die unten im Tal.

10
Die Patin

In Montreux, einer der nächsten Städte, die zusammen mit Clarens, Vernex und Crin die Girlande um den nordöstlichen Teil des Genfer Sees bildet, wohnte Babettes Patentante, die vornehme englische Dame, mit ihren Töchtern und einem jungen Verwandten; sie waren kürzlich angekommen, der Müller hatte jedoch schon einen Besuch bei ihnen gemacht, Babettes Verlobung verkündet und von Rudy und dem jungen Adler erzählt, dem Besuch in Interlaken, kurzum, die ganze Geschichte, und die hatte in höchstem Grade Freude erweckt und für Rudy und für Babette und auch für den Müller eingenommen; sie sollten doch auf jeden Fall alle drei kommen, und deshalb kamen sie. Babette sollte ihre Patin sehen, die Patin sollte Babette sehen.

Bei dem Städtchen Villeneuve, am Ende des Genfer Sees, lag das Dampfschiff, das von dort in einer halben Stunde Fahrzeit nach Vernex gelangt, genau unterhalb Montreux. Es ist eine von Dichtern besungene Küste; hier, unter den Nußbäumen an dem tiefen, blaugrünen See, saß Byron und schrieb seine melodischen Verse von dem Gefangenen in dem düsteren Felsenschloß Chillon. Hier, wo Clarens sich mit seinen Trauerweiden im Wasser spiegelt, wandelte Rousseau einher, von Héloïse träumend. Die Rhone strömt unterhalb von Savoyens hohen schneebedeckten Bergen dahin, hier, nicht weit von ihrer Mündung in den See, liegt eine kleine Insel, ja, sie ist so klein, daß sie von der Küste aus wie ein Fahrzeug dort draußen erscheint. Es ist ein Felsen, den vor hundert Jahren eine Dame mit Steinen einfassen, mit Erde belegen und mit drei Akazien bepflanzen ließ, sie überschatten nun die ganze Insel. Babette war überaus entzückt von dem kleinen Fleck, der schien ihr das Hübscheste an der ganzen Wasserfahrt zu sein, dort müßte man hin, dort sollte man hin, dort mußte es unbeschreiblich schön sein, meinte sie. Aber das Dampfschiff fuhr vorüber und legte, wie es sollte, bei Vernex an.

Die kleine Gesellschaft wanderte von hier aus zwischen den weißen, sonnenbeschienenen Mauern hinauf, die die Weingärten vor der kleinen Gebirgsstadt Montreux umgeben, wo Feigenbäume des Bauern Haus beschatten, Lorbeeren und Zypressen in den Gärten stehen. Auf halbem Wege nach oben lag die Pension, wo die Patin wohnte.

Der Empfang war sehr herzlich. Die Patin war eine große, freundliche Frau mit einem rundlichen, lächelnden Gesicht; als Kind mußte sie ein wahrhaft raphaelischer Engelskopf gewesen sein, aber jetzt war sie ein alter Engelskopf, um den sich das silberweiße Haar reich lockte. Die Töchter waren ansehnlich, fein, lang und schlank. Der junge Vetter, der sie begleitete und vom Scheitel bis zur Sohle ganz in Weiß gekleidet war, mit vergoldetem Haar und einem vergoldeten Backenbart, so groß, daß er hätte auf drei Gentlemen verteilt werden können, erwies der kleinen Babette sogleich die allergrößte Aufmerksamkeit.

Reich eingebundene Bücher, Notenhefte und Zeichnungen lagen über den ganzen Tisch verstreut, die Balkontür stand nach dem herrlichen, weithin sich dehnenden See offen, der so blank und still war, daß die Berge Savoyens mit Städtchen, Wäldern und Schneegipfeln sich umgekehrt darin spiegelten.

Rudy, der sonst immer keck, lebensfrisch und unbefangen war, fühlte sich gar nicht wohl in seiner Haut, wie man sagt; er bewegte sich hier so, als liefe er auf Erbsen über einen glatten Fußboden. Wie zäh die Zeit auch dahinschlich! Sie schien auf der Stelle zu treten, und nun sollte man einen Spaziergang machen! Das ging ebenso langweilig vonstatten; zwei Schritte vor und einen zurück mußte Rudy machen, um mit den anderen Schritt zu halten. Nach Chillon hinunter, dem alten, düsteren Schloß auf der Felsinsel, gingen sie, um sich den Marterpfahl und die Todeszellen anzusehen, verrostete Ketten an der Felswand, eine steinerne Pritsche für die zum Tode Verurteilten, Falltüren, durch die die Unglücklichen gestürzt waren, um mitten in der Brandung auf eisernen Stacheln aufgespießt zu werden. Das nannte man nun ein Vergnügen, sich so etwas anzusehen.

Ein Richtplatz war es, durch Byrons Lied in die Welt der Poesie erhoben. Rudy vergegenwärtigte sich den Richtplatz ganz deutlich; er lehnte sich gegen die großen Simse des Fensters und sah in das tiefe, blaugrüne Wasser hinab und hinüber zu der kleinen, verlassenen Insel mit den drei Akazien; dort wünschte er sich hin, der ganzen schwatzenden Gesellschaft ledig; aber Babette war besonders heiterer Stimmung. Sie hätte sich unbeschreiblich gut unterhalten, sagte sie später; den Vetter fände sie vollkommen.

„Ja, ein vollkommener Schwätzer!" sagte Rudy; und es war das erstemal, daß Rudy etwas sagte, was ihr nicht behagte. Der Engländer hatte ihr ein Büchlein geschenkt zur Erinnerung an Chillon, es war Byrons Dichtung *Der Gefangene von Chillon*, in die französische Sprache übersetzt, damit Babette es lesen könnte.

„Das Buch mag ja gut sein", sagte Rudy, „aber der geleckte Bursche, der dir's geschenkt hat, hat mir nicht gefallen."

„Er sah aus wie ein Mehlsack ohne Mehl", sagte der Müller und lachte über seinen Witz. Rudy lachte mit und sagte, das sei gut und richtig ausgedrückt.

11
Der Vetter

Als Rudy ein paar Tage später zum Besuch in die Mühle kam, fand er den jungen Engländer dort vor; Babette tischte ihm gerade gekochte Forellen auf, die sie bestimmt selber mit Petersilie geschmückt hatte, damit sie sich schön ausnähmen. Es bedurfte dessen gar nicht. Was wollte der Engländer hier? Was sollte er hier? Sich von Babette bewirten und einschenken lassen? Rudy war eifersüchtig, und das machte Babette Spaß; es ergötzte sie, alle Seiten seines Herzens kennenzulernen, die starken und die schwachen. Die Liebe war bis jetzt noch ein Spiel, und sie spielte mit Rudys ganzem Herzen, und dennoch, das muß man sagen, er war ihr Glück, ihr ganzer Lebensinhalt, das Beste und

Herrlichste in dieser Welt, aber je finsterer er dreinblickte, desto mehr lachten ihre Augen, sie hätte liebend gern den blonden Engländer mit dem vergoldeten Backenbart küssen mögen, wenn sie dadurch erreichte, daß Rudy wütend weglief, das zeigte ihr ja gerade, wie sie von ihm geliebt wurde. Aber es war nicht recht, nicht klug von Babettchen, doch war sie ja erst neunzehn Jahre alt. Sie dachte nicht darüber nach, dachte noch weniger darüber nach, wie ihr Benehmen gedeutet werden könnte, von dem jungen Engländer lustiger und leichter, als es sich für des Müllers ehrbare, kürzlich verlobte Tochter geziemte.

Wo die Landstraße von Bex unter der schneebedeckten Felshöhe dahinläuft, die in der Sprache des Landes Diablerets heißt, lag die Mühle, nicht weit von einem reißenden Gießbach, der weißgrau war wie geschlagenes Seifenwasser; dieser trieb nicht die Mühle; dagegen wurde das große Mühlrad von einem kleineren Bach getrieben, der auf dem anderen Flußufer vom Felsen herabstürzte und durch eine Steinsetzung unter der Straße infolge seiner Kraft und Geschwindigkeit anschwoll und dann in einem geschlossenen Holzbecken, einer breiten Rinne, über den reißenden Fluß hinweglief. Die Rinne führte so reichlich Wasser, daß es überfloß und dadurch ein nasser, schlüpfriger Weg für denjenigen entstand, dem es in den Sinn kommen sollte, auf ihm schneller zur Mühle gelangen zu wollen, und dies kam einem jungen Mann in den Sinn, dem Engländer; weißgekleidet wie ein Müllergeselle kletterte er in der Abendstunde hier herum, von dem Licht geleitet, das aus Babettes Kammer schimmerte; klettern hatte er nicht gelernt, und beinahe wäre er kopfüber in den Fluß gesaust, kam aber mit nassen Ärmeln und bespritzten Hosen davon; schlammfeucht und beschmiert kam er unter Babettes Fenstern an, wo er in den alten Lindenbaum hinaufkletterte und dort die Eule nachahmte, einen anderen Vogel konnte er nicht nachmachen. Babette hörte es und schaute durch die dünnen Vorhänge, als sie aber den weißen Mann erblickte und sich wohl dachte, wer er wäre, schlug ihr das Herzchen vor Schrecken, aber auch vor Zorn. Sie löschte schleunigst die Lampe, fühlte nach, ob alle Fensterhaspen übergehakt waren, und dann ließ sie ihn heulen und brüllen.

Es wäre schrecklich gewesen, wenn Rudy jetzt hier in der Mühle gewesen wäre, aber Rudy war nicht in der Mühle, nein, es war viel schlimmer, er war gerade hier unter ihrem Fenster. Es wurde laut gesprochen, zornige Worte; eine Prügelei würde es geben, vielleicht einen Totschlag.

Babette öffnete vor Schrecken das Fenster, rief Rudy beim Namen, bat ihn, doch zu gehen, sie dulde es nicht, daß er bliebe, sagte sie.

„Du duldest es nicht, daß ich bleibe!“ rief er aus, „es ist also eine Verabredung! Du erwartest gute Freunde, bessere als mich! Du solltest dich schämen, Babette!“

„Du bist abscheulich!“ sagte Babette. „Ich hasse dich!“ und nun weinte sie. „Geh! Geh!“

„Das habe ich nicht verdient!“ sagte er, und er ging, seine Wangen brannten wie Feuer, sein Herz war wie Feuer.

Babette warf sich aufs Bett und weinte.

„So sehr wie ich dich liebe, Rudy! Und du kannst schlecht von mir denken!“

Und sie war böse, sehr böse, und das war gut für sie, sonst wäre sie tief traurig gewesen; jetzt konnte sie einschlafen und den stärkenden Schlaf der Jugend finden.

12
Böse Mächte

Rudy verließ Bex, ging heimwärts, schlug den Weg über die Berge hinauf ein, in die frische, kühlende Luft, wo der Schnee lag, wo die Eisjungfrau herrschte. Die Laubbäume standen tief drunten, als wären sie nur Kartoffelkraut, Tanne und Strauch wurden kleiner, die Alpenrosen wuchsen neben dem Schnee, von dem noch vereinzelte Fladen lagen, wie Leinen auf der Bleiche. Dort stand eine blaue Enzianblüte, er zerquetschte sie mit seinem Gewehrkolben.

Weiter oben tauchten zwei Gemsen auf, Rudys Augen bekamen Glanz, die Gedanken neuen Auftrieb; aber er war nicht nahe genug, um sicher zu treffen; höher stieg er hinauf, wo nur stachliges Gras zwischen den Gesteinsblöcken wuchs; die Gemsen standen ruhig auf dem Schneefeld; schnell eilte er dahin; die Nebelwolken senkten sich um ihn nieder, und plötzlich stand er vor der steilen Felswand, der Regen begann niederzuströmen.

Er verspürte brennenden Durst, Hitze im Kopf, Kälte in allen seinen Gliedmaßen; er griff nach seiner Jagdflasche, aber die war leer, er hatte nicht an sie gedacht, als er auf die Berge hinaufstürmte. Nie war er krank gewesen, aber jetzt hatte er das Gefühl, es zu sein; müde war er, hatte nicht übel Lust, sich niederzuwerfen und zu schlafen, aber alles troff von Wasser, er versuchte sich aufzuraffen; seltsam flimmerte alles vor seinen Augen, aber da sah er plötzlich, was er bisher noch nie gesehen hatte, ein frischgezimmertes, niedriges Haus, das sich gegen den Fels lehnte, und in der Tür stand ein junges Mädchen, er meinte, es sei Schullehrers Anette, die er einmal beim Tanze geküßt hatte, aber es war nicht Anette, und doch hatte er sie schon einmal gesehen, vielleicht bei Grindelwald, an jenem Abend, als er vom Schützenfest in Interlaken heimkam.

„Wo kommst du her?“ fragte er.

„Ich bin daheim!“ sagte sie. „Ich hüte meine Herde!“

„Deine Herde, wo weidet die? Hier gibt es nur Schnee und Felsen!“

„Du kennst dich aber aus!“ sagte sie und lachte. „Hier hinten, etwas weiter unten, liegt eine wunderschöne Weide! Dort laufen meine Ziegen! Ich hüte sie gut! Nicht eine kommt mir abhanden, was mein ist, bleibt mein!“

„Du bist keck!“ sagte Rudy.

„Du auch!“ erwiderte sie.

„Hast du Milch, dann gib mir davon! Ich habe ganz unerträglichen Durst!“

„Ich habe etwas Besseres als Milch!“ sagte sie, „das sollst du haben! Gestern kamen hier Reisende mit ihrem Führer entlang, sie haben eine halbe Flasche Wein vergessen, wie du sicher nie einen ähnlichen gekostet hast; sie haben ihn sich nicht geholt, ich trinke ihn nicht, trinke du!“

Und sie brachte den Wein herbei, goß diesen in einen hölzernen Napf und reichte ihn Rudy.

„Der ist gut!“ sagte er. „Noch nie habe ich einen so wärmenden, so feurigen Wein gekostet!“ und seine Augen strahlten, sie erhielten ein Leben, eine Glut, als ob alle Kümmernisse und aller Druck wie fortgeweht wären; die sprudelnde, frische Menschennatur regte sich in ihm.

„Aber du bist ja doch Schullehrers Anette!“ rief er aus. „Schenk mir einen Kuß!“

„Ja, schenk mir den schönen Ring, den du am Finger trägst!“

„Meinen Verlobungsring?“

„Eben den!“ sagte das Mädchen und goß Wein in die Schale, setzte ihm diese an die Lippen, und er trank. Es strömte eine Lebensfreude in sein Blut, die ganze Welt war sein, meinte er, warum sich plagen! Alles ist dazu da, daß wir es genießen, daß wir glückselig werden! Der Strom des Lebens ist der Strom der Freude, von ihm mitgerissen zu werden, sich von ihm tragen zu lassen, das ist Glückseligkeit. Er sah das junge Mädchen an, es war Anette und doch nicht Anette, noch weniger jenes Zauberphantom, wie er die genannt hatte, die er bei Grindelwald traf; das Mädchen hier auf dem Berge war frisch wie der jüngst gefallene Schnee, schwellend wie die Alpenrose und leicht wie ein Zicklein; jedoch immerhin aus Adams Rippe erschaffen,

Mensch wie Rudy. Und er schlang seine Arme um sie, sah in ihre wundersam hellen Augen, nur eine Sekunde dauerte es, und in dieser – ja, erkläre es uns, fasse es in Worte für uns, war es das Leben des Geistes oder des Todes, was ihn

erfüllte – wurde er erhoben oder sank er hinab in den tiefen, tötenden Eisschlund, tiefer, immer tiefer hinab; er sah die Eiswände wie blaugrünes Glas; unendliche Spalten gähnten ringsum auf, und das Wasser tropfte, klingend wie ein Glockenspiel und so licht wie Perlen, in blauweißen Flammen leuchtend, die Eisjungfrau gab ihm einen Kuß, der seine Rückenwirbel bis in die Stirn hinein durcheiste, er stieß einen Schmerzensschrei aus, riß sich los, taumelte und fiel, es wurde Nacht vor seinen Augen, aber er öffnete sie wieder. Böse Mächte hatten ihr Spiel getrieben.

Fort war das Alpenmädchen, fort die schirmende Hütte, das Wasser troff an der kahlen Felswand herab, ringsum lag Schnee; Rudy schlotterte vor Kälte, er war bis auf die Haut durchweicht, und sein Ring war fort, der Verlobungsring, den Babette ihm geschenkt hatte. Sein Gewehr lag im Schnee neben ihm, er nahm es auf, wollte abdrücken, es versagte. Nasse Wolken lagen gleich festen Schneemassen in der Spalte, der Schwindel saß dort und lauerte auf die kraftlose Beute, und unter ihm hallte es in der tiefen Schrunde, als ob ein Felsblock stürzte, alles zermalmte und wegrisse, was ihn im Sturz aufhalten wollte.

Aber in der Mühle saß Babette und weinte; Rudy war seit sechs Tagen nicht dagewesen; und dabei war er im Unrecht, er mußte sie um Verzeihung bitten, denn sie liebte ihn von ganzem Herzen.

13
Im Müllerhaus

„Mit diesen Menschen gibt's immer entsetzlich viel Ärger", sagte die Stubenkatze zur Küchenkatze. „Nun ist es zwischen Babette und Rudy wieder aus. Sie weint, und er denkt sicher nicht mehr an sie."

„Das gefällt mir nicht", sagte die Küchenkatze.

„Mir auch nicht", sagte die Stubenkatze „aber ich mach mir darüber keine Gedanken! Babette kann sich ja mit dem roten Backenbart verloben! Er ist aber auch nicht mehr hier gewesen, seit er aufs Dach raufwollte."

Böse Mächte treiben ihr Spiel, außen und in unserem Innern; das hatte Rudy verspürt, und darüber hatte er nachgedacht; was war um ihn her und in ihm vor sich gegangen, dort droben auf dem Berge? Waren es Erscheinungen gewesen oder ein Fiebertraum, nie zuvor hatte er Fieber oder Krankheit gekannt. Einen Blick in sich selber hatte er getan, als er Babette verurteilte. Er dachte an die wilde Jagd in seinem Herzen, den heißen Föhn, der jüngst losgebrochen war. Konnte er Babette alles beichten, jeden Gedanken, der in der Stunde der Versuchung bei ihm zur Tat werden konnte? Ihren Ring hatte er verloren, und gerade durch diesen Verlust hatte sie ihn zurückgewonnen. Konnte sie ihm beichten? Es war, als sollte das Herz ihm zerspringen, wenn er an sie dachte; da stiegen so viele Erinnerungen auf; er sah Babette leibhaftig, lachend, ein übermütiges Kind; manch liebevolles Wort, das sie aus der Fülle ihres Herzens gesagt hatte, flog gleich einem Sonnenfunken in seine Brust, und bald war hier drinnen lauter Sonnenschein für Babette.

Sie mußte ihm beichten können, und sie würde es tun.

Er kam in die Mühle; es kam zu einer Beichte, es begann mit einem Kuß und endete damit, daß Rudy der Sünder war, sein großer Fehler war es, daß er an Babettes Treue hatte zweifeln können, das war fast abscheulich von ihm! Solches Mißtrauen, solche Heftigkeit konnte sie beide ins Unglück bringen. Ja, ganz sicher! und darum hielt Babette ihm eine kleine Predigt, die machte ihr selber Spaß, und die stand ihr so reizend, doch in einem hatte Rudy recht, der Verwandte der Patentante war ein Schwätzer! Sie wollte das Buch verbrennen, das er ihr verehrt hatte, und nicht das kleinste bißchen besitzen, was sie an ihn erinnern könnte.

„Jetzt ist es überstanden!“ sagte die Stubenkatze. „Rudy ist wieder hier, und sie verstehen sich, und es sei das größte Glück, sagen sie.“

„Ich habe heute nacht“, sagte die Küchenkatze, „die Ratten sagen hören, das größte Glück wäre, Talglichte zu fressen und verdorbenen Speck in Hülle und Fülle vor sich zu haben. Wem soll man nun glauben, den Ratten oder den Verlobten?“

„Keinem von beiden!“ sagte die Stubenkatze. „Das ist immer das sicherste.“

Das größte Glück für Rudy und Babette sollte gerade angehen, den schönsten Tag, wie man ihn nennt, hatten sie vor sich, den Hochzeitstag.

Aber nicht in der Kirche von Bex, nicht im Hause des

Müllers sollte die Hochzeit stattfinden; die Patin wollte, daß die Hochzeit bei ihr gefeiert würde und daß die Trauung in der hübschen kleinen Kirche in Montreux stattfände. Der Müller bestand darauf, daß diesem Verlangen nachgegeben werde; er allein wußte, was die Patin für die Jungverheirateten geplant hatte; sie sollten von ihr ein Hochzeitsgeschenk erhalten, das eine solche kleine Nachgiebigkeit wohl wert sein konnte. Der Tag war festgesetzt. Schon am Abend vorher wollten sie nach Villeneuve fahren, um morgens mit dem Schiff so rechtzeitig nach Montreux überzusetzen, daß die Töchter der Patin die Braut schmücken konnten.

„Dann wird hier im Hause sicher nachträglich noch ein-

mal Hochzeit gefeiert", sagte die Stubenkatze. „Sonst gebe ich nicht ein Miau für das Ganze."

„Hier gibt's einen Schmaus!" sagte die Küchenkatze, „Enten sind geschlachtet worden, Tauben erwürgt, und ein ganzes Reh hängt an der Wand. Mich juckt's in den Zähnen, wenn ich es nur sehe! Morgen geht nun die Reise los."

Ja, morgen! – An diesem Abend saßen Rudy und Babette zum letztenmal als Verlobte in der Mühle.

Draußen war Alpenglühen, die Abendglocke läutete, die Töchter der Sonnenstrahlen sangen: „Das Beste geschieht!"

14

Erscheinungen in der Nacht

Die Sonne war untergegangen, die Wolken senkten sich ins Rhonetal zwischen den hohen Bergen hinab, der Wind kam aus Süden, ein afrikanischer Wind; über die hohen Alpen wehte er, ein Föhn, der die Wolken zerriß, und als der Wind dahingefegt war, wurde es für einen Augenblick ganz still; die zerrissenen Wolken hingen in phantastischen Gebilden zwischen den bewaldeten Bergen über dem eilig strömenden Rhonefluß; sie hingen da in Gestalten wie die Seetiere der Urwelt, wie der schwebende Adler der Lüfte und wie die hüpfenden Frösche im Sumpf; sie senkten sich auf den reißenden Strom nieder, sie segelten auf ihm dahin und segelten dennoch in der Luft. Der Strom führte eine mit der Wurzel ausgerissene Tanne mit sich, das Wasser vor ihr kreiste in Wirbeln; es war der Schwindel, es waren mehr als einer, die sich da im Kreise auf dem vorwärts brausenden Strome drehten; der Mond leuchtete auf den Schnee der Berggipfel, auf die dunklen Wälder und die weißen, seltsamen Wolken, die Erscheinungen der Nacht, die Geister der Naturkräfte; der Gebirgsbauer sah sie durch die Scheibe, sie segelten dort unten in Scharen vor der Eisjungfrau her; sie kam aus ihrem Gletscherschloß, sie saß auf dem brüchigen Schiff, einer ausgerissenen Tanne, das Gletscherwasser trug sie den Strom hinab auf den offenen See zu.

„Die Hochzeitsgäste kommen!" sauste und sang es in Luft und Wasser.

Erscheinungen draußen, Erscheinungen drinnen. Babette hatte einen seltsamen Traum.

Es kam ihr so vor, als wäre sie mit Rudy verheiratet, und zwar schon viele Jahre. Er war jetzt auf Gemsenjagd, aber sie war zu Hause, und bei ihr saß der junge Engländer mit

dem rotgoldenen Backenbart; seine Augen waren so heiß, seine Worte hatten eine Zauberkraft, er reichte ihr die Hand, und sie mußte ihm folgen. Sie gingen vom Hause fort. Ständig abwärts! Und es kam Babette so vor, als läge eine Last auf ihrem Herzen, die wurde immer schwerer, eine Sünde war es gegen Rudy, eine Sünde gegen Gott; und plötzlich stand sie verlassen da, ihre Kleider waren von Dornen zerfetzt, ihr Haar war ergraut, sie sah im Schmerz nach oben, und auf dem Felsrand erspähte sie Rudy – sie streckte die Arme nach ihm aus, wagte aber nicht zu rufen oder zu bitten, und es hätte auch gar nichts genützt, denn bald sah sie, er war es gar nicht, sondern nur seine Jägerjoppe und sein Hut, die auf dem Alpenstock hingen, wie sie die Jäger aufstellen, um die Gemsen zu täuschen. Und in grenzenlosem Schmerz klagte Babette: „Oh, wäre ich an meinem Hochzeitstag gestorben, meinem glücklichsten Tag! Herr du mein Gott, es wäre eine Gnade gewesen, ein seliges Glück! Dann wäre das Beste geschehen, was mir und Rudy hätte geschehen können! Keiner kennt seine Zukunft!" und in gottlosem Schmerz stürzte sie sich in die tiefe Felsschlucht hinab. Da riß eine Saite, da erklang ein Wehlaut!

Babette erwachte, der Traum war zu Ende – und ausgelöscht, aber sie wußte, sie hatte etwas Schreckliches geträumt und von dem jungen Engländer geträumt, den sie monatelang nicht gesehen, an den sie nicht gedacht hatte. Ob er wohl in Montreux sein würde? Würde sie ihn auf der Hochzeit sehen? Ein kleiner Schatten huschte um den feinen Mund. Die Brauen zogen sich zusammen; aber bald trat ein Lächeln hervor, und ein Funkeln war in ihren Augen, die Sonne schien so wunderbar draußen, und morgen war ihr und Rudys Hochzeitstag.

Er war schon in der Stube, als sie herunterkam, und bald brach man nach Villeneuve auf. Sie waren so glücklich, die beiden, und der Müller dazu, er lachte und strahlte in der glänzendsten Laune; ein guter Vater war er, eine ehrliche Seele.

„Jetzt sind wir die Herrschaft im Hause!" sagte die Stubenkatze.

15

Das Ende

Es war noch nicht Abend, als die drei fröhlichen Menschen Villeneuve erreichten und ihre Mahlzeit zu sich nahmen. Der Müller setzte sich mit seiner Pfeife in den Lehnstuhl und hielt ein Nickerchen. Die jungen Brautleute gingen Arm in Arm aus dem Ort hinaus, auf der Fahrstraße entlang, die unter den von Buschwerk bestandenen Felsen an dem blaugrünen, tiefen See dahinführte; das düstere Chillon spiegelte seine grauen Mauern und schweren Türme in dem durchsichtigen Wasser; die kleine Insel mit den drei Akazien schien noch näher zu sein, sie sah aus wie ein Strauß auf dem See.

„Da drüben muß es entzückend sein!“ sagte Babette, sie hatte wieder die größte Lust, dort hinüberzukommen, und dieser Wunsch konnte sogleich erfüllt werden; am Ufer lag ein Kahn, das Tau, das ihn festhielt, war leicht loszubinden. Niemanden sah man, den man um Erlaubnis hätte bitten können, und so nahm man sich ohne weiteres den Kahn, Rudy konnte wahrlich rudern.

Die Riemen griffen wie die Flossen des Fischs in das nachgiebige Wasser, es ist so weich und dennoch so stark, es ist ein richtiger Rücken, der trägt, ein richtiger Mund, der verschlingt, freundlich lächelnd, die Weichheit selber, und dennoch Schrecken einflößend und stark im Zerschmettern. Das Kielwasser schäumte hinter dem Kahn, der mit den beiden in wenigen Minuten die Insel erreichte, wo sie an Land gingen. Hier war nicht mehr Platz als für einen Tanz der beiden.

Rudy schwenkte Babette zwei-, dreimal herum, und dann setzten sie sich auf die kleine Bank unter den tief herabhängenden Akazien, sahen einander in die Augen, hielten einander an den Händen, und alles ringsum erstrahlte im Glanz der untergehenden Sonne; die Tannenwälder auf den Bergen nahmen ein rotviolettes Aussehen an, ganz wie blühende Heide, und wo die Bäume aufhörten und das Felsgestein hervortrat, erglühte dieses, als wäre der Berg transparent, die Wolken am Himmel leuchteten wie das rote Feuer, der ganze See war wie das frische, errötende Rosenblatt. Als allmählich die Wolken über den schneebedeckten Bergen Savoyens aufstiegen, wurden diese schwarzblau, aber die oberste Zinne funkelte wie die rote Lava, sie ließen einen Augenblick aus der Zeit der Gebirgsbildung wiedererstehen, als diese Massen sich glühend aus dem Schoß der Erde emporhoben und noch nicht erloschen waren. Es war ein Alpenglühen, wie Rudy und Babette nie ein ähnliches gesehen zu haben meinten. Der schneebedeckte Dent du

Midi hatte einen Glanz wie die Scheibe des Vollmonds, wenn sie gerade über dem Horizont aufgeht.

„So viel Schönheit! so viel Glück!" sagten die beiden. – „Mehr hat die Erde mir nicht zu schenken!" sagte Rudy. „Eine Abendstunde wie diese ist doch ein ganzes Leben! Wie oft fühlte ich mein Glück, wie ich es jetzt fühle, und dachte, wenn nun alles zu Ende wäre, wie glücklich habe ich dennoch gelebt! Wie gesegnet ist diese Welt! Und der Tag endete, aber ein neuer begann, und ich meinte, der sei noch schöner! Der Herrgott ist doch unendlich gütig, Babette!"

„Ich bin so glücklich!" sagte sie.

„Mehr hat die Erde mir nicht zu schenken!" rief Rudy aus.

Und die Abendglocken läuteten von den Bergen Savoyens, von den Schweizer Bergen; im goldenen Glanz erhob sich gen Westen der schwarzblaue Jura.

„Gott schenke dir das Herrlichste und Beste!" rief Babette aus.

„Das wird er tun!" sagte Rudy. „Morgen habe ich es! Morgen bist du ganz mein! meine liebe kleine, süße Frau!"

„Das Boot!" rief Babette im selben Augenblick aus.

Das Boot, das sie zurückbringen sollte, hatte sich losgemacht und trieb von der Insel fort.

„Ich hole es!" sagte Rudy, warf seinen Rock ab, streifte seine Stiefel ab, sprang in den See und schwamm mit raschen Stößen auf den Kahn zu.

Kalt und tief war das klare, blaugrüne Eiswasser vom Gletscher des Berges. Rudy warf einen Blick hinab, nur einen einzigen Blick, und es war, als sähe er einen goldenen Ring rollen, blitzen und flimmern – er dachte an seinen verlorengegangenen Verlobungsring, und der Ring wurde größer, weitete sich zu einem funkelnden Kreis, und in diesem glänzte der helle Gletscher; unendliche, tiefe Schründe gähnten ringsum, und das Wasser tropfte hinab, klingend wie ein Glockenspiel, und leuchtete in weißblauen Flammen; in einem kurzen Augenblick sah er, was wir in langen, vielen Worten ausdrücken müssen. Junge Jäger und junge

Mädchen, Männer und Frauen, einst in den Spalten des Gletschers versunken, standen hier voller Leben mit offenen Augen und lächelndem Mund, und tief unter ihnen ertönte von begrabenen Städten der Klang der Kirchenglocken; die Gemeinde kniete unter dem Kirchengewölbe. Eisstücke bildeten Orgelpfeifen, der Gießbach orgelte; die Eisjungfrau saß auf dem hellen, durchsichtigen Grund, sie erhob sich, kam Rudy entgegen, küßte seine Füße, und ein tödlicher Krampf durcheiste seine Glieder, ein elektrischer Schlag – Eis und Feuer! Man kann bei der kurzen Berührung zwischen ihnen nicht unterscheiden.

„Mein! mein!" ertönte es um ihn und in ihm. „Ich küßte dich, als du klein warst! küßte dich auf deinen Mund! Jetzt küsse ich dich auf deinen Zeh und deine Ferse, mein bist du ganz!"

Und er war in dem hellen blauen Wasser verschwunden.

Alles war still; die Kirchenglocken hörten auf zu läuten, die letzten Töne verschwanden mit dem Glanz auf den roten Wolken.

„Mein bist du!" tönte es in der Tiefe; „mein bist du!" tönte es in der Höhe, aus dem Unendlichen.

Herrlich, von Liebe zu Liebe zu fliegen, von der Erde bis in den Himmel hinein.

Da riß eine Saite, ein Wehlaut ertönte, der Eiskuß des Todes besiegte das Vergängliche; das Vorspiel endete, auf daß das Lebensdrama beginnen konnte, der Mißklang löste sich auf in Harmonie.

Nennst du das eine traurige Geschichte?

Arme Babette! für sie war es die Stunde der Angst! Das Boot trieb immer weiter fort. Niemand an Land wußte, daß das Brautpaar auf der kleinen Insel war. Der Abend brach herein. Wolken senkten sich nieder; die Dunkelheit kam. Allein, verzweifelt, jammernd stand Babette da. Ein Unwetter hing über ihr; Blitze zuckten über den Jurabergen, über dem Schweizer Land und über Savoyen; von allen Seiten Blitz auf Blitz, Donner auf Donner, einer rollte in den nächsten hinein, minutenlang. Die zuckenden Blitze nahmen bald den Glanz der Sonne an, man konnte jeden einzelnen

Weinstock sehen, als ob es Mittag wäre, und gleich darauf brütete wieder die schwarze Finsternis. Die Blitze bildeten Schleifen, Schnörkel, Zickzacks, schlugen ringsum in den See ein, sie funkelten von allen Seiten, während das Donnern anschwoll durch das Grollen des Echos. An Land zog man die Boote aufs Ufer hinauf; alles Lebende suchte Obdach – und nun rauschte der Regen nieder.

„Wo sind nur Rudy und Babette in diesem Unwetter!" sagte der Müller.

Babette saß mit gefalteten Händen da; mit dem Kopf in

ihrem Schoß, stumm vor Schmerz, vor Schreien und Jammern.

„In dem tiefen Wasser!" sagte sie in sich selber hinein. „Tief dort unten, wie unter dem Gletscher, da ist er!"

Sie mußte daran denken, was Rudy über den Tod seiner Mutter erzählt hatte, über seine Errettung, wie er, fast eine Leiche, aus der Gletscherspalte geborgen wurde. „Die Eisjungfrau hat ihn wieder!"

Und nun flammte ein Blitz, so blendend wie Sonnenglast auf dem weißen Schnee. Babette fuhr hoch; der See erhob sich in diesem Augenblick, wie ein schimmernder Gletscher, da stand die Eisjungfrau, majestätisch, blaßblau, funkelnd, und zu ihren Füßen lag Rudys Leiche. „Mein!" sagte sie, und wieder war ringsum tiefe Finsternis, wogendes Wasser.

„Grausam!" klagte Babette. „Weshalb mußte er nur sterben, als gerade der Tag unseres Glücks da war! Gott! erleuchte meinen Verstand! Erleuchte mein Herz! Ich verstehe nicht deine Wege, tappe blind in deiner Allmacht und Weisheit umher!"

Und Gott erleuchtete ihr Herz. Ein Gedankenblitz, ein Strahl der Barmherzigkeit, ihr Traum in der vergangenen Nacht durchzuckte sie mit aller Lebendigkeit; sie erinnerte sich der Worte, die sie gesprochen hatte: des Wunsches nach dem Besten für sich und Rudy.

„Weh mir! war es der Keim der Sünde in meinem Herzen? War mein Traum das künftige Leben, dessen Saite zerrissen werden mußte um meines Heiles willen? Ich Elende!"

Klagend saß sie in der pechschwarzen Nacht. In deren tiefer Stille tönten noch immer Rudys Worte, wie ihr schien; das letzte, was er sagte, war: „Mehr Glück hat die Erde mir nicht zu schenken!" Die Worte erklangen in der Fülle der Freude, sie wurden wiederholt in der Übermacht des Schmerzes.

Zwei Jahre sind seither vergangen. Der See lächelt, die Ufer lächeln; die Weinranke setzt schwellende Trauben an: Dampfschiffe mit wehenden Wimpeln hasten vorüber, Lustjachten mit ihren beiden gestrafften Segeln fliegen wie weiße Falter über den Wasserspiegel; die Eisenbahn über Chillon ist im Betrieb, sie führt tief hinein ins Rhonetal. An jeder Station steigen Fremde aus, sie kommen mit ihrem rot eingebundenen Reiseführer und studieren, was es für sie Sehenswertes gibt. Sie besuchen Chillon, sie sehen dort draußen im See die kleine Insel mit den drei Akazien und lesen im Buch über das Brautpaar, das im Jahre 1856 in einer Abendstunde hinüberruderte, von dem Tode des Bräutigams und: „. . . erst am nächsten Morgen hörte man am Ufer die verzweifelten Schreie der Braut."

Aber das Reisebuch vermeldet nichts von Babettes stillem Leben bei ihrem Vater; nicht in der Mühle, dort wohnen jetzt Fremde, sondern in dem schmucken Haus in der Nähe des Bahnhofs, wo sie vom Fenster aus noch manchen Abend über die Kastanienbäume zu den Schneebergen hinüberblickt, wo Rudy einstmals herumgeklettert ist; sie sieht in der Abendstunde das Alpenglühen, die Töchter der Sonne lagern sich dort oben und wiederholen das Lied von dem Wandersmann, dem der Wirbelwind den Mantel entriß und entführte; die Hülle raubte er und nicht den Mann.

Rosenglanz liegt auf dem Schnee des Gebirges, Rosenglanz liegt in jedem Herzen, welches denkt: „Gott ordnet es am besten für uns!" Aber das wird uns nicht immer offenbart, so wie es Babette in ihrem Traum offenbart wurde.

Der Schmetterling

Der Schmetterling wollte sich eine Braut suchen, natürlich wollte er eine hübsche, kleine unter den Blumen haben. Er sah sie sich an; sie saßen alle so still und besinnlich auf ihrem Stengel, wie eine Jungfrau es tun muß, wenn sie nicht verlobt ist; aber hier war eine so reiche Auswahl, das würde große Mühe machen, dazu hatte der Schmetterling keine Lust, und so flog er zur Gänseblume. Die nennen die Franzosen Margrethe, sie wissen, sie kann weissagen, und das tut sie, wenn Verliebte ihr Blatt für Blatt auszupfen und bei jedem eine Frage nach dem Liebsten stellen: „Von Herzen? – Mit Schmerzen? – Über alle Maßen? – Klein wenig? – Fast gar nicht?“ oder so ähnlich. Jeder fragt in seiner Sprache. Der Schmetterling kam auch, um zu fragen; er zupfte die Blättchen nicht ab, sondern küßte jedes einzelne, da er der Ansicht war, daß man im Guten am weitesten komme.

„Liebste Margrethe Gänseblume!“ sagte er, „Sie sind die klügste Frau unter allen Blumen! Sie verstehen zu weissagen! Sagen Sie mir, kriege ich die oder die? Und wen kriege ich? Wenn ich es weiß, kann ich einfach hinfliegen und um ihre Hand anhalten!“

Aber Margrethe antwortete gar nicht. Sie mochte es nicht, daß er sie „Frau“ nannte, denn sie war ja eine Jungfrau, und dann ist man keine Frau. Er fragte ein zweites Mal, und er fragte ein drittes Mal, und da er kein Wort aus ihr herausbekam, hatte er keine Lust mehr, noch weiterzufragen, sondern flog mir nichts dir nichts auf die Freite.

Es war im Vorfrühling; es gab Schneeglöckchen und Krokus in Mengen. „Die sind sehr hübsch!“ sagte der Schmetterling, „niedliche kleine Konfirmanden! aber ein wenig zu grün.“ Er schaute wie alle jungen Männer nach älteren Mädchen aus. Nun flog er zu den Anemonen, die waren ihm etwas zu herbe; die Veilchen etwas zu verschwärmt; die Tulpen zu prunkvoll; die Narzissen zu bürgerlich; die Lindenblüten zu klein, und sie hatten so viele Verwandte; die Apfelblüten sahen ja allerdings aus wie Rosen, aber sie blühten heute und fielen morgen ab, je nachdem wie windig es war, die Ehe würde zu kurz sein, fand er. Die Erbsenblüte gefiel ihm noch am ehesten, sie war rot und weiß, sie war rein und fein, gehörte zu den häuslichen Mägdelein, die gut aussehen und doch in der Küche bewandert sind; er wollte gerade um ihre Hand anhalten, da sah er im selben Augenblick dicht daneben eine Schote mit einer welken Blüte an der Spitze hängen. „Wer ist das?“ fragte er. „Das ist meine Schwester“, sagte die Erbsenblüte.

„Aha, so werden Sie später einmal aussehen!“ Das erschreckte den Schmetterling, und so flog er davon.

Die Kaprifolien hingen über den Zaun; da gab es eine Menge von diesen Fräulein mit langen Gesichtern und gelber Haut; dergleichen liebte er nicht. Ja, aber was liebte er denn? Fragt ihn!

Der Frühling verging, der Sommer verging, und nun war es Herbst; er war noch immer nicht weitergekommen. Und die Blumen erschienen in den schönsten Kleidern, aber was nützte das schon, der frische, duftende Jugendsinn war nicht mehr. Und Duft braucht das Herz gerade mit zunehmendem Alter, und Duft gibt es nicht allzuviel bei Georginen und Malven. Da wandte sich der Schmetterling der Krauseminze zu.

„Die hat zwar gar keine Blüte, sondern ist ganz und gar Blüte, duftet von der Wurzel bis zur Spitze, hat Blütenduft in jedem Blatt. Die nehme ich!“

Und nun machte er endlich einen Antrag.

Aber die Krauseminze stand starr und still, und zuletzt sagte sie: „Freundschaft, aber mehr auch nicht! Ich bin alt, und Sie sind alt! Wir können sehr gut füreinander leben, aber heiraten – nein! Wir wollen uns in unserem hohen Alter doch nicht lächerlich machen!"

Und so bekam der Schmetterling gar keine. Er hatte zu lange gesucht, und das darf man nicht tun. Der Schmetterling wurde ein Hagestolz, wie man es nennt.

Spätherbst war es, mit Regen und Wind; der fuhr den alten Weiden kalt am Rücken hinunter, so daß es in ihnen ächzte. Es war nicht gesund, in Sommerkleidern umherzufliegen, da würde man die Liebe zu spüren bekommen, wie es heißt; aber der Schmetterling flog nun auch nicht draußen umher, er war zufällig unter Dach gekommen, wo der Ofen geheizt war, ja, hier war es ganz sommerlich warm; er konnte leben. „Aber leben allein genügt nicht!" sagte er; „Sonnenschein, Freiheit und eine kleine Blume muß man haben!"

Und er flog gegen die Fensterscheibe, wurde gesehen, bewundert und auf eine Nadel gespießt in den Raritätenkasten gelegt; mehr konnte man für ihn nicht tun.

„Nun sitze ich auch auf dem Stengel genau wie die Blumen!" sagte der Schmetterling; „sehr angenehm ist es jedoch nicht! Es ist sicher so, wie wenn man verheiratet ist, man sitzt fest!" und damit tröstete er sich dann.

„Es ist ein schlechter Trost!" sagten die Topfblumen in der Stube.

„Aber den Topfblumen kann man nicht so recht glauben", meinte der Schmetterling, „sie kommen zuviel mit Menschen zusammen."

Die Psyche

Im Morgengrauen funkelt in der rötlichen Luft ein großer Stern, der hellste Stern des Morgens; sein Strahl flimmert auf der weißen Wand, als wollte er dort niederschreiben, was er zu erzählen weiß, was er in all den Jahrtausenden hier und da auf unserer sich drehenden Erde gesehen hat.

Hört eine von seinen Geschichten!

Jetzt kürzlich – sein „kürzlich" bedeutet für uns Menschen: vor Jahrhunderten – folgten meine Strahlen einem jungen Künstler; es war im päpstlichen Staat, in der Weltstadt Rom. Dort hatte sich vieles im Laufe der Zeiten gewandelt, aber nicht so rasch, wie die menschliche Gestalt vom Kindes- ins Greisenalter übergeht. Die kaiserliche Burg lag wie heute noch in Trümmern; der Feigenbaum und der Lorbeerstrauch wuchsen zwischen den gestürzten Marmorsäulen und über die zerstörten, an den Wänden von Gold prangenden Baderäume hinweg; das Kolosseum war eine Ruine; die Kirchenglocken läuteten, der Weihrauch duftete,

Prozessionen zogen mit Kerzen und strahlenden Baldachinen durch die Straßen. Es war feierlich wie in einer Kirche, und die Kunst war hoch und heilig. In Rom lebte der größte Maler der Welt, Raphael; hier lebte der erste Bildhauer des Zeitalters, Michelangelo; selbst der Papst huldigte den beiden, beehrte sie mit seinem Besuch; die Kunst war anerkannt, geehrt und erhielt ihren Lohn. Aber nicht alles Große und Tüchtige wird deswegen gesehen und anerkannt.

In einer kleinen, engen Straße stand ein altes Haus, es war einst ein Tempel gewesen; hier wohnte ein junger Künstler; arm war er, unbekannt war er; ja, er hatte wohl junge Freunde, ebenfalls Künstler, jung an Gemüt, an Hoffnung und Denken; die sagten ihm, er sei reich an Talent und Können, aber er sei ein Narr, daß er niemals selbst daran glaube. Er zerstörte ja alles wieder, was er in Ton gebildet hatte, er war niemals zufrieden, bekam nie etwas fertig, und das muß man, damit es gesehen und anerkannt werden kann und Geld einbringt.

„Du bist ein Träumer!“ sagten sie, „und das ist dein Unglück! Aber das kommt daher, weil du noch nicht gelebt, noch nicht das Leben gekostet hast, es in großen, gesunden Zügen genossen hast, wie es genossen sein will. In der Jugend gerade soll und muß man das Leben und sich selber miteinander verschmelzen! Schau dir den großen Meister Raphael an, den der Papst ehrt und die Welt bewundert, er langt zu beim Wein und beim Brot!“

„Er ißt auch gleich die Bäckersfrau mit, die hübsche Fornarina!“ sagte Angelo, einer der lustigsten jungen Freunde.

Ja, sie sagten alle so viel, ihrer Jugend und ihrem Verstande gemäß. Sie wollten den jungen Künstler mit auf Vergnügungen nehmen, auf Tollheiten, Verrücktheiten kann man auch sagen; und dazu hatte er auch in manchen Augenblicken Lust; sein Blut war heiß, seine Phantasie stark; er konnte auf die lustige Rede eingehen, laut mit den anderen lachen, und dennoch, was sie „Raphaels munteren Lebenswandel“ nannten, versank vor ihm wie der Morgennebel, sah er den göttlichen Glanz, der von des großen Meisters Bildern aufleuchtete, und stand er im Vatikan vor den Schönheitsgestalten, die die Meister vor Jahrtausenden aus dem Marmorblock geschaffen hatten, dann quoll ihm die Brust über, er spürte in sich etwas so Hohes, so Heiliges, so Erhebendes, Großes und Gutes, und er hatte den Wunsch, solche Gestalten aus dem Marmorblock herauszumeißeln. Er wollte ein Bild von dem wiedergeben, was sich in seinem Herzen dem Unendlichen entgegenschwang, aber wie und in welcher Gestalt? Der weiche Ton fügte sich seinen Fingern, nahm die Formen der Schönheit an, aber am nächsten Tage brach er, wie immer, entzwei, was er geschaffen hatte.

Eines Tages ging er an einem der reichen Paläste vorüber, von denen Rom viele besitzt, er blieb dort an dem großen, offenen Eingangstor stehen und sah mit Statuen geschmückte Säulengänge, die einen kleinen Garten umschlossen, der von den schönsten Rosen überquoll. Große, weiße Kallas mit ihren grünen, saftigen Blättern entsprossen dem Marmorbecken, in dem das klare Wasser plätscherte; und hier schwebte eine Gestalt vorüber, ein junges Mädchen, die Tochter dieses fürstlichen Hauses; wie fein, wie leicht, wie reizvoll! Noch keine Frau wie diese hatte er gesehen – doch! gemalt, von Raphael als Psyche gemalt, in einem Palast in Rom Ja, dort war sie gemalt, hier ging sie lebendig einher.

In seiner Vorstellung und seinem Herzen war sie lebendig; und er ging heim in seine ärmliche Stube und formte Psyche in Ton; es war die reiche, junge Römerin, das edelgeborene Weib; und zum erstenmal sah er sein Werk mit Befriedigung an. Es war von Bedeutung, es war sie. Und die Freunde, die es sahen, jubelten laut vor Freude; diese Arbeit war eine Offenbarung seiner künstlerischen Größe, die sie schon früher erkannt hatten, nun sollte die Welt sie erkennen.

Der Ton ist zwar leiblich und lebendig, aber er hat nicht die Weiße und Dauerhaftigkeit des Marmors; aus dem Marmorblock mußte diese Psyche hier Leben erhalten, und das kostbare Stück Marmor besaß er; es hatte schon viele Jahre als Besitz der Eltern auf dem Hofe gelegen;

Flaschenscherben, Fenchelkraut, die Überreste von Artischocken waren darübergeworfen worden und besudelten den Block, aber im Innern war er wie der Schnee des Gebirges; aus diesem sollte die Psyche aufsteigen.

Eines Tages traf es sich dann, ja, der helle Stern berichtet nichts darüber, der sah es nicht, aber wir wissen es: eine vornehme römische Gesellschaft kam in die enge, ärmliche Straße. Der Wagen hielt etwas weiter weg, die Gesellschaft kam, um die Arbeit des jungen Künstlers zu sehen, durch einen Zufall hatte man davon vernommen. Und wer waren die vornehmen Besucher? Armer junger Mann! viel zu glücklicher junger Mann könnte man ihn auch nennen. Das junge Mädchen selbst stand hier im Raum, und mit welchem Lächeln, als ihr Vater die Worte sprach: „Das bist du ja, wie du leibst und lebst!" Dies Lächeln kann nicht nachgebildet, dieser Blick nicht wiedergegeben werden, dieser wundersame Blick, mit dem sie den jungen Künstler ansah, es war ein Blick, der verhieß, adelte und – zerschmetterte.

„Die Psyche muß in Marmor ausgeführt werden!" sagte der reiche Herr. Und das waren lebenspendende Worte für den toten Ton und den schweren Marmorblock, wie es lebenspendende Worte für den hingerissenen jungen Mann waren. „Wenn die Arbeit vollendet ist, erwerbe ich sie!" sagte der fürstliche Herr.

Es war, als bräche eine neue Zeit in der ärmlichen Werkstatt an; Leben und Heiterkeit leuchteten dort drinnen, geschäftig ging es hier zu. Der glänzende Morgenstern sah, wie die Arbeit vorwärtsschritt. Der Ton sogar war wie beseelt, seit sie dagewesen war, er ließ sich den wohlbekannten Zügen in erhabener Schönheit anpassen.

„Jetzt weiß ich, was Leben ist!" jubelte der junge Künstler, „es ist Liebe! Es ist der Aufstieg zum Herrlichen, die Berückung durch das Schöne! Was die Freunde Leben und Genuß nennen, ist eitel, sind Blasen in der gärenden Hefe, es ist nicht der reine, himmlische Altarwein, die Weihe zum Leben!"

Der Marmorblock wurde aufgestellt, der Meißel hieb große Stücken weg; es wurde gemessen, Punkte und Zeichen wurden eingeritzt, das Handwerkliche wurde getan, bis nach und nach der Stein Körper wurde, Schönheitsgestalt, die Psyche, herrlich wie Gottes Ebenbild in dem jungen Weibe. Der schwere Stein wurde schwebend, tanzend, luftig leicht, eine bezaubernde Psyche, mit dem himmlisch unschuldsvollen Lächeln, wie es sich im Herzen des jungen Bildhauers gespiegelt hatte.

Der Stern an jenem rosenfarbenen Morgen sah es und verstand nur zu gut, was sich in dem jungen Mann regte, verstand die wechselnde Farbe auf seinen Wangen, das Blitzen seiner Augen, während er arbeitete, wiedergab, was Gott gegeben hatte.

„Du bist ein Meister wie die zur Zeit der Griechen!" sagten die begeisterten Freunde. „Bald wird die ganze Welt deine Psyche bewundern."

„Meine Psyche!" wiederholte er. „Meine! Ja, das muß sie werden! Auch ich bin Künstler, wie jene großen Dahingeschiedenen! Gott hat mir das Gnadengeschenk vergönnt, mich hoch emporgehoben wie den Adligen."

Und er sank auf die Knie, weinte vor Dankbarkeit gegen Gott – und vergaß ihn wieder um ihretwillen, ihres Marmorbildnisses willen, der Gestalt der Psyche, die dastand, wie aus Schnee geschnitten, in der Morgensonne errötend.

Er sollte sie in Wirklichkeit sehen, die Lebende, Schwebende, sie, deren Worte wie Musik tönten. Im reichen Palast konnte er die Nachricht überbringen, daß die Marmorpsyche vollendet sei. Er kam hinein, ging durch den offenen Hof, wo das Wasser aus den Delphinen im Marmorbecken plätscherte, wo die Kallas blühten und die frischen Rosen alles überfluteten. Er trat in die große, hohe Vorhalle, deren Wände und Decke von Farben prangten, mit Wappen und Bildern. Geputzte Diener, stolz den Kopf aufwerfend wie Schlittenpferde mit Schellen, gingen auf und ab, manche hatten sich auch faul, übermütig auf den geschnitzten Holzbänken ausgestreckt; sie schienen die Herren des Hauses zu sein. Er brachte ihnen sein Anliegen vor und wurde nunmehr auf den weichen Teppichen der blanken Marmortreppe nach oben geführt. Zu beiden Seiten standen Statuen; er kam durch reiche Räume mit Bildern und schimmernden Mosaikfußböden. Diese Pracht und dieser Glanz machten ihm das Atmen etwas schwer, aber bald wurde es wieder leicht; der alte, fürstliche Herr empfing ihn gar freundlich, fast herzlich, und nachdem sie miteinander geredet hatten, forderte er ihn beim Abschied auf, bei der jungen Signora einzutreten, sie wollte ihn ebenfalls sehen. Die Diener führten ihn durch prachtvolle Gemächer und Säle in ihre Stube, wo sie die Pracht und die Herrlichkeit war.

Sie sprach mit ihm; kein Miserere, kein Kirchenlied hätte sein Herz so schmelzen, die Seele höher erheben können. Er ergriff ihre Hand, preßte sie an seine Lippen; keine Rose ist so weich, aber von dieser Rose ging ein Feuer aus, ein Feuer durch ihn hindurch, ein Überschwang; von seiner Zunge strömten Worte, er wußte es selber nicht; weiß der Krater, daß er glühende Lava speit? Er gestand ihr seine Liebe. Sie stand da, überrascht, beleidigt, stolz und mit einem Hohn, ja einem Ausdruck, als hätte sie plötzlich den feuchten, klammen Frosch berührt; ihre Wangen wurden rot, die Lippen sehr blaß; ihre Augen waren Feuer und dennoch schwarz wie die finstere Nacht.

„Wahnwitziger!“ sagte sie. „Fort! Hinab!“ und sie kehrte ihm den Rücken zu. Das schöne Gesicht hatte einen Ausdruck wie jenes versteinernde Antlitz mit den Schlangenhaaren.

Einem sinkenden, leblosen Gegenstand gleich kam er auf die Straße, wie ein Schlafwandler gelangte er heim und wachte in Wut und Schmerz auf, ergriff seinen Hammer, hob ihn empor und wollte das schöne Marmorbildnis zertrümmern; aber in seinem Zustand merkte er nicht, daß der Freund Angelo dicht hinter ihm stand, ihm mit einem kräftigen Griff in den Arm fiel.

„Bist du toll geworden? Was hast du vor?“

Sie rangen miteinander; Angelo war der Stärkere, und tiefatmend warf sich der junge Künstler auf einen Stuhl.

„Was ist geschehen?“ fragte Angelo. „Nimm dich doch zusammen! Sprich!“

Aber was konnte er sagen? Worüber sollte er sprechen? Und da Angelo ihn nicht zum Sprechen bringen konnte, gab er es auf.

„Dein Blut gerinnt bei der ewigen Träumerei! Sei doch ein Mensch wie wir anderen und lebe nicht in Idealen, daran zerbricht man! Hol dir einen kleinen Rausch vom Wein, dann schläfst du hinterher herrlich! Laß ein hübsches Mädchen dein Arzt sein! Die Mädchen der Campagna sind schön wie die Prinzessin im Marmorschloß, beides sind Evastöchter und im Paradies nicht voneinander zu unterscheiden! Folge deinem Angelo! Dein Engel bin ich, der Engel des Lebens! Es kommt eine Zeit, du wirst alt, der Körper wird hinfällig, und dann an einem schönen Sonnentag, wenn alles lacht und jubelt, liegst du da wie ein welker Halm, der nicht mehr wachsen kann; ich glaube nicht, was die Priester sagen, daß es ein Leben nach dem Grabe gibt; das ist eine hübsche Erdichtung, ein Märchen für Kinder, sicher ergötzlich, wenn man es sich einbilden kann, ich lebe nicht in Einbildungen, sondern in der Wirklichkeit; komm mit! Werde Mensch!“

Und er zog ihn mit sich, er konnte es in diesem Augenblick; in des jungen Künstlers Blut war ein Feuer, ein Wandel in seiner Seele, ein Drang, sich von all dem Alten loszureißen, all dem, woran er gewöhnt war, sich aus dem eigenen alten Ich loszureißen, und er folgte heute Angelo.

Draußen am Rande von Rom lag eine von Künstlern besuchte Osteria, in den Ruinen einer alten Badestube errichtet; die großen gelben Zitronen hingen in dem dunklen, blanken Laub und bedeckten einen Teil der rotgelben alten Mauern; die Osteria war ein tiefes Gewölbe, fast wie eine Höhle in den Ruinen; eine Lampe brannte dort drinnen vor einem Madonnenbild; ein großes Feuer loderte auf der Esse, hier wurde gebraten, gekocht und gebrutzelt; draußen, unter Zitronen- und Lorbeerbäumen, standen ein paar gedeckte Tische.

Lustig und jubelnd wurden die beiden von den Freunden empfangen; man aß ein wenig, man trank ein wenig, das stimmte heiter; gesungen wurde und auf der Gitarre gespielt; der Saltarello erklang, und der lustige Tanz begann. Zwei junge römische Mädchen, Modelle der jungen Künstler, tanzten mit, mischten sich in das lustige Treiben; zwei reizende Bacchantinnen! Ja, sie hatten nicht die Gestalt

einer Psyche, waren keine feinen, schönen Rosen, sondern frische, kräftige lodernde Nelken.

Wie war es heiß an diesem Tag, heiß selbst nach Sonnenuntergang! Feuer im Blut, Feuer in der Luft, Feuer in jedem Blick! Die Luft schwamm in Gold und Rosen, das Leben war Gold und Rosen.

„Jetzt bist du endlich einmal dabei! Laß dich vom Strom um dich und in dir tragen!"

„Nie zuvor bin ich so gesund und heiter gewesen!" sagte der junge Künstler. „Du hast recht, ihr alle habt recht, ich war ein Narr, ein Träumer, der Mensch gehört der Wirklichkeit und nicht der Phantasie."

Mit Gesang und klingenden Gitarren zogen die jungen Männer in den hellen, sternklaren Abend, von der Osteria durch die kleinen Gassen; die beiden lodernden Nelken, die Töchter der Campagna, waren mit bei dem Umzug.

In Angelos Stube, zwischen verstreut liegenden Skizzen, umhergeworfenen Weinflaschen und glühenden, üppigen Bildern klangen die Stimmen gedämpfter, wenn auch nicht weniger feurig; auf dem Fußboden lag manche Zeichnung, die den Töchtern der Campagna in ihrer wechselnden, kräftigen Schönheit sehr ähnlich war, und dennoch waren sie selber weit schöner. Der sechsarmige Leuchter ließ alle seine Dochte brennen und leuchten; und von innen brannte und leuchtete die menschliche Gestalt als Gottheit hervor.

„Apollo! Jupiter! zu eurem Himmel und eurer Herrlichkeit werde ich emporgehoben! Es ist, als spränge die Blume des Lebens in dieser Minute in meinem Herzen auf!"

Ja, sie sprang auf – knickte, stürzte, und ein betäubender, häßlicher Dunst quoll heraus, blendete die Augen, betäubte die Gedanken, das Feuerwerk der Sinne erlosch, und es wurde finster.

Er gelangte nach Hause, setzte sich auf sein Bett, kam wieder zu sich. „Pfui!" erklang es aus seinem eigenen Mund, aus seinem Herzensgrund. „Elender! Fort! Hinab!" – Und er seufzte schmerzlich tief auf.

„Fort! Hinab!" diese ihre Worte, die Worte der lebenden Psyche, tönten in seiner Brust, tönten von seinen Lippen.

Er legte den Kopf auf die Kissen, seine Gedanken verschwammen, und er schlief.

Im Morgengrauen fuhr er hoch, kam von neuem wieder zu sich. Was war das? Hatte er das Ganze geträumt? ihre Worte geträumt, den Besuch in der Osteria, den Abend mit den purpurroten Nelken der Campagna geträumt? – Nein, alles war Wirklichkeit, wie er sie bisher nicht gekannt hatte.

In der purpurfarbenen Luft glänzte der helle Stern, sein

Strahl fiel auf ihn und die Marmorpsyche, er selbst erschauerte, als er das Abbild der Unvergänglichkeit betrachtete, unrein war sein Blick, meinte er. Er warf das Tuch über sie, noch einmal griff er danach, um die Gestalt zu enthüllen, aber er konnte sein Werk nicht betrachten.

Still, finster, in sich selbst versunken, saß er den lieben langen Tag da, merkte nicht, was sich draußen regte, niemand wußte, was in diesem Menschenherzen vor sich ging.

Es vergingen Tage, es vergingen Wochen; die Nächte waren am längsten. Der flimmernde Stern sah ihn, wie er sich eines Morgens blaß, vom Fieber geschüttelt, aus dem

Bett erhob, zum Marmorbildnis ging, das Tuch hochhob, mit einem schmerzlichen, innigen Blick sein Werk betrachtete und darauf, fast unter dem Gewicht zusammenbrechend, die Statue in den Garten schleppte. Hier lag ein verfallener, ausgetrockneter Brunnen, ein Loch konnte man ihn nennen, da hinein versenkte er die Psyche, warf Erde darüber, schmiß Reiser und Nesseln über die frische Grube. „Fort! Hinab!" war die kurze Grabrede.

Der Stern sah es aus der rosaroten Luft und zitterte in zwei schweren Tränen auf den todblassen Wangen des jungen Mannes, des Fieberkranken – des Todkranken, wie man ihn auf dem Krankenlager nannte.

Der Klosterbruder Ignatius kam als Freund und Arzt, kam mit tröstlichen Worten der Religion, sprach vom Frieden und Glück der Kirche, der Sünde der Menschen, der Gnade und dem Frieden in Gott.

Und die Worte fielen gleich warmen Sonnenstrahlen auf den feuchten, gärenden Boden; dieser dampfte und ließ Nebelwolken emporsteigen, Phantasiebilder, Bilder, die Wirklichkeit besaßen; und von diesen schwimmenden Inseln blickte der Kranke über das menschliche Leben hin: aus Fehlgriffen, Täuschungen bestand es, hatte es für ihn bestanden. Die Kunst war ein Zauberweib, das uns zur Eitelkeit verleitete, zu irdischen Gelüsten. Falsch waren wir gegen uns selbst, falsch gegen unsere Freunde, falsch gegen Gott. Die Schlange sprach immer in uns: „Iß, und du wirst sein wie Gott!"

Nun erst meinte er sich verstanden, den Weg zur Wahrheit und zum Frieden gefunden zu haben. In der Kirche war Gottes Licht und Helle, in der Mönchszelle die Ruhe, in der der menschliche Baum in die Ewigkeit emporwachsen konnte.

Bruder Ignatius bestärkte ihn in seinem Gedanken, und der Entschluß stand fest. Ein Weltkind wurde ein Diener der Kirche, der junge Künstler entsagte der Welt, ging ins Kloster.

Wie liebreich, wie froh wurde er von den Brüdern begrüßt! Wie sonntäglich festlich war die Weihe. Gott schien ihm im Sonnenschein der Kirche zu sein, strahlte drinnen von den heiligen Bildern und dem glänzenden Kreuz. Und als er jetzt in der Abendstunde bei Sonnenuntergang in seiner kleinen Zelle stand und das Fenster öffnete, über das alte Rom hinwegblickte, über die zertrümmerten Tempel, das riesige, aber tote Kolosseum, als er es in der Frühlingszeit sah, da die Akazien blühten, das Immergrün frisch war, die Rosen aufsprangen, Zitronen und Orangen leuchteten, die Palmen fächelten – da war er ergriffen und erfüllt wie nie zuvor. Die freie, stille Campagna erstreckte sich bis zu den blauen, schneebedeckten Bergen, sie schienen in die Luft gemalt zu sein; alles verschmolz ineinander, atmete Frieden und Schönheit, so schwebend, so träumend – ein Traum das Ganze!

Ja, ein Traum war hier die Welt, und der Traum hat für Stunden die Herrschaft und kann für Stunden wiederkehren, aber das Klosterleben ist ein Leben auf Jahre, viele lange Jahre.

Von innen kommt vieles, was den Menschen unrein macht, das mußte der junge Mönch hier erfahren! Was waren es für Flammen, die ihn bisweilen durchloderten? Was war es für ein Strom des Bösen, das er nicht wollte, das aber ständig hervorquoll? Er strafte seinen Leib, aber das Böse kam von innen. Was war es für ein Teil des Geistes in ihm, der so geschmeidig wie die Schlange sich um sich selber wand und mit seinem Gewissen zusammen unter den Mantel der Nächstenliebe kroch und tröstete: die Heiligen beten für uns, die Mutter betet für uns, Jesus selbst hat sein Blut für uns vergossen. War es das kindliche Gemüt oder der leichte Sinn der Jugend, daß er sich der Gnade hingab und fühlte, er wurde durch sie erhoben, über so viele hinausgehoben; denn er hatte ja die Eitelkeit der Welt von sich gestoßen, er war ein Sohn der Kirche.

Eines Tages nach vielen Jahren begegnete er Angelo, der ihn wiedererkannte.

„Mensch!" sagte er, „ja, du bist es! Bist du nun glücklich? – Du hast dich gegen Gott versündigt und sein Gnadengeschenk fortgeworfen, deine Sendung in dieser Welt verscherzt. Lies die Parabel von dem anvertrauten Pfunde! Der Meister, der sie erzählte, er hat die Wahrheit gesprochen! Was hast du nun gewonnen und errungen! Machst du dir nicht ein Traumleben zurecht? Machst dir eine Religion zurecht nach deinem Kopfe, wie sie es wohl alle tun. Wenn nun alles ein Traum war, ein Phantasiegebilde, schöne Gedanken nur!"

„Hebe dich hinweg, Satan!" sagte der Mönch und ließ Angelo stehen.

„Es gibt einen Teufel, einen Teufel in Menschengestalt! Ich habe ihn heute gesehen!" murmelte der Mönch. „Ich reichte ihm einstmals einen Finger, er nahm meine ganze Hand! Nein", seufzte er, „in mir selbst ist das Böse, und in diesem Menschen ist das Böse, aber ihn bedrückt es nicht, er geht mit hocherhobener Stirn einher, befindet sich wohl – und ich suche mein Wohlbefinden im Trost der Religion! Wenn sie nur ein Trost wäre! Wenn alles hier, wie die Welt, der ich entrann, nur schöne Gedanken wären! Trug ist es, wie die Schönheit der roten Abendwolken, wie die wogenblaue Schönheit der fernen Berge! Nahebei sind sie anders! Ewigkeit, du bist wie der große, unendliche, windstille Ozean, der winkt, ruft, uns mit Ahnungen erfüllt, und betreten wir ihn, dann sinken wir, wir gehen unter – sterben – hören auf zu sein! – Trug! Fort! Hinab!"

Und ohne Tränen, in sich selber versunken, saß er auf seinem harten Lager, kniend – vor wem? Dem steinernen Kreuz, das in die Mauer eingelassen war? Nein, die Gewohnheit ließ den Leib in dieser Krümmung zusammensinken.

Je tiefer er in sich selber hineinblickte, desto dunkler kam es ihm dort vor. „Nichts drinnen, nichts draußen! Dieses Leben vergeudet!" Und dieser Gedankenschneeball rollte, wurde größer, zerschmetterte ihn – löschte ihn aus.

„Keinem darf ich etwas von diesem nagenden Wurm hier drinnen anvertrauen! Mein Geheimnis ist mein Gefangener, gebe ich es frei, bin ich sein!"

Und die Gotteskraft in ihm litt und rang.

„Herr! Herr!" rief er in seiner Verzweiflung aus, „sei

barmherzig, schenke mir Glauben! Dein Gnadengeschenk warf ich von mir, meine Sendung in dieser Welt! Mir fehlte es an Kraft, du gewährtest sie mir nicht. Die Unsterblichkeit, die Psyche in meiner Brust – fort, hinab! –, begraben muß sie werden wie jene Psyche, mein bester Lebensblitz! Nie wird sie aus dem Grabe wiederauferstehen!“

Der Stern in der rosenroten Luft glänzte, der Stern, der sicher erlöschen und vergehen wird, während die Seelen leben und leuchten; seine zitternden Strahlen fielen auf die weiße Mauer, aber keine Schrift hinterließ er dort von Gottes Herrlichkeit, von der Gnade, der Alliebe, die in des Gläubigen Brust aufklingt.

„Die Psyche hier drinnen stirbt niemals! Im Bewußtsein leben? – Kann das Unfaßliche eintreten? – Ja! ja! unfaßlich ist mein Ich. Unfaßlich du, o Herr! Deine ganze Welt ist unfaßlich – ein Wunder an Macht, Herrlichkeit – Liebe!“

Seine Augen glänzten, seine Augen brachen. Der Klang der Kirchenglocke war der letzte Ton über ihm, dem Toten; und er wurde in Erde bestattet, die aus Jerusalem geholt und mit dem Staub von frommen Toten gemischt war.

Nach Jahren wurde das Skelett hervorgeholt, wie das der toten Mönche vor ihm, es wurde in die braune Kutte gehüllt, erhielt eine Perlenschnur in die Hand und wurde in eine Nische voll von Menschengebeinen gestellt, die es hier in der Gruft des Klosters gab. Und die Sonne schien draußen, und der Weihrauch duftete dort drinnen, die Messen wurden gelesen.

Jahre vergingen.

Knochen und Gebeine fielen auseinander, durcheinander; Totenköpfe wurden aufgereiht, sie bildeten eine ganze äußere Mauer um die Kirche; dort stand auch der seine im glühenden Sonnenschein, es gab so viele, viele Tote, niemand wußte heute mehr ihre Namen, auch nicht den seinen. Und siehe! im Sonnenschein bewegte sich etwas Lebendiges in den beiden Augenhöhlen. Was war das? Eine bunte Eidechse sprang drinnen in der hohlen Stirnhöhle umher, schlüpfte durch die leeren, großen Augenhöhlen aus und ein. Die war jetzt das Leben in diesem Kopfe, in dem einstmals die großen Gedanken, lichten Träume, die Liebe zur Kunst und zum Herrlichen aufgestiegen waren, von dem heiße Tränen gerollt waren und wo die Hoffnung auf Unsterblichkeit gelebt hatte. Die Eidechse sprang, verschwand; die Stirnhöhle zerfiel, wurde zu Staub im Staube.

Es war Jahrhunderte später. Der helle Stern leuchtete unverändert, klar und groß, wie seit Jahrtausenden, die Luft leuchtete rötlich, frisch wie Rosen, flammend wie Blut.

Wo einstmals eine enge Gasse gewesen war mit den Überresten eines alten Tempels, dort lag jetzt nach dem Platze zu ein Nonnenkloster; hier im Garten wurde ein Grab ausgehoben, eine junge Nonne war gestorben und sollte an diesem Morgen in die Erde gesenkt werden. Der Spaten stieß gegen einen Stein, der schimmerte blendend weiß; der weiße Marmor war zu sehen, er rundete sich zu einer Schulter, diese kam immer mehr zum Vorschein; vorsichtiger wurde der Spaten geführt; ein Frauenkopf wurde sichtbar – Schmetterlingsflügel. Aus der Grube, in die die junge Nonne gesenkt werden sollte, hob man an diesem rosenroten, erglühenden Morgen eine wundervolle Psychegestalt, aus dem weißen Marmor gemeißelt. „Wie ist sie schön, vollendet! Ein Kunstwerk aus der besten Zeit!“ sagte man. Wer mochte der Meister sein? Niemand wußte es, niemand kannte ihn außer dem hellen, seit Jahrtausenden leuchtenden Stern; der kannte seinen Erdenwandel, seine Prüfung, seine Schwachheit, dies „Nur ein Mensch!“ Er war tot, verweht, wie der Staub es sein muß, aber das Ergebnis seines besten

Strebens, das Herrlichste, was das Göttliche in ihm aufzeigte, die Psyche, die niemals stirbt, die den Nachruhm überstrahlt, der Schimmer von ihr hier auf Erden, selbst dieser blieb hienieden, wurde gesehen, anerkannt, bewundert und geliebt.

Der helle Morgenstern in der rosenfarbenen Luft ließ seinen blitzenden Strahl auf die Psyche fallen und auf das Lächeln der Glückseligkeit um Mund und Augen der Bewunderer, die die Seele in Marmor gemeißelt schauten.

Was irdisch ist, das verweht, wird vergessen, nur der Stern im Unendlichen weiß es. Was himmlisch ist, erstrahlt selbst im Nachruhm, und wenn der Nachruhm erlischt – dann lebt die Psyche immerdar.

Die Schnecke und der Rosenstrauch

Rund um den Garten zog sich eine Hecke von Haselsträuchern, und außerhalb davon lagen Äcker und Wiesen mit Kühen und Schafen, aber mitten im Garten stand ein blühender Rosenstrauch, unter diesem saß eine Schnecke, sie hatte viel in sich, sie hatte sich selber.

„Warten Sie, bis meine Zeit kommt!" sagte sie, „ich muß mehr ausrichten als Rosen hervorbringen, als Nüsse tragen oder Milch geben wie Kühe und Schafe."

„Ich erhoffe sehr viel von Ihnen", sagte der Rosenstrauch. „Darf ich fragen, wann es soweit ist?"

„Ich lasse mir Zeit", sagte die Schnecke. „Ihnen ist es nun so furchtbar eilig! das setzt die Erwartungen nicht herauf."

Im nächsten Jahr lag die Schnecke ungefähr am selben Platz im Sonnenschein unter dem Rosenstrauch, der Knospen ansetzte und Rosen entfaltete, immer frische, immer neue. Und die Schnecke kroch halb hervor, streckte die Fühler aus und zog sie wieder ein.

„Alles sieht aus wie im vorigen Jahr! Da ist keinerlei Fortschritt zu sehen; der Rosenstrauch bleibt bei den Rosen, weiter kommt er nicht."

Der Sommer verging, der Herbst verging, der Rosen-

strauch hatte noch immer Blüten und Knospen, bis der Schnee fiel, das Wetter rauh und feucht wurde; der Rosenstrauch neigte sich zur Erde nieder, die Schnecke kroch in die Erde hinein.

Nun begann ein neues Jahr, und die Rosen kamen hervor, und die Schnecke kam hervor.

„Nun sind Sie ein alter Rosenstock", sagte sie, „Sie müssen bald sehen, daß Sie eingehen. Sie haben der Welt alles geschenkt, was Sie in sich gehabt haben; ob es etwas von Bedeutung war, ist eine Frage, über die nachzudenken ich keine Zeit habe; aber es ist immerhin ganz klar, daß Sie nicht das geringste für Ihre innere Entwicklung getan haben, sonst wäre doch etwas anderes aus Ihnen herausgekommen. Können Sie das verantworten? Sie sind bald nichts als lauter Holz! Können Sie verstehen, was ich sage?"

„Sie erschrecken mich", sagte der Rosenstrauch. „Darüber habe ich nie nachgedacht."

„Nein, Sie haben sich wohl niemals viel mit Denken abgegeben! Haben Sie sich jemals selber Rechenschaft darüber abgelegt, weshalb Sie geblüht haben und wie es zuging, daß Sie blühten? Weshalb so und nicht anders?"

„Nein!" sagte der Rosenstrauch. „Ich blühte aus Freude, denn ich konnte nicht anders. Die Sonne war so warm, die Luft so erfrischend, ich trank den hellen Tau und den kräftigen Regen; ich atmete, ich lebte! Aus der Erde stieg eine Kraft in mir hoch, von oben kam eine Kraft, ich verspürte ein Glück, immer neu, immer groß; und darum mußte ich immer blühen, das war mein Leben, ich konnte nicht anders!"

„Sie haben ein sehr gemächliches Leben geführt", sagte die Schnecke.

„Gewiß doch! Alles wurde mir geschenkt!" sagte der Rosenstrauch; „aber Ihnen wurde noch mehr geschenkt! Sie sind eine von jenen nachdenklichen, tiefsinnigen Naturen, eine von den hochbegabten, die die Welt in Erstaunen setzen werden."

„Das habe ich durchaus nicht im Sinn", sagte die Schnecke. „Die Welt geht mich nichts an! Was habe ich mit der Welt zu schaffen? Ich habe genug an mir selbst und genug in mir selbst."

„Aber sollten wir nicht alle hier auf Erden unser Bestes den anderen schenken! Ihnen darbringen, was wir können? Ja, ich habe nur Rosen geschenkt! – Aber Sie? Sie haben so viel mitbekommen, was haben Sie der Welt geschenkt? Was schenken Sie ihr?"

„Was ich geschenkt habe? Was ich der Welt schenke? Ich spucke sie an! Sie taugt nichts! Sie geht mich nichts an. Treiben Sie Rosen, Sie können es zu nichts weiter bringen! Lassen Sie den Haselstrauch Nüsse tragen! Lassen Sie Kühe und Schafe Milch geben; von denen hat jedes sein Publikum, ich habe meines in mir selbst! Ich gehe in mich selbst, und da bleibe ich. Die Welt geht mich nichts an!"

Und dann ging die Schnecke in ihr Haus und kleisterte es zu.

„Es ist so trostlos!“ sagte der Rosenstrauch. „Ich kann beim besten Willen nicht hineinkriechen, ich muß immer aufspringen, mich in Rosen entfalten. Die Blätter fallen ab, sie entschweben im Wind! Jedoch sah ich eine der Rosen, wie sie in das Gesangbuch der Hausfrau gelegt wurde, eine meiner Rosen erhielt einen Platz an der Brust eines jungen, schönen Mädchens, und eine wurde in holdseliger Freude von einem Kindermund geküßt. Es tat mir so wohl, es war ein rechter Segen. Das ist meine Erinnerung, mein Leben!“

Und der Rosenstrauch blühte in Unschuld, und die Schnecke faulenzte in ihrem Haus, die Welt ging sie nichts an.

Und Jahre vergingen.

Die Schnecke war zu Erde in der Erde geworden, der Rosenstrauch war zu Erde in der Erde geworden, auch die Rose der Erinnerung im Gesangbuch war dahingegangen – aber im Garten blühten neue Rosensträucher, im Garten wuchsen neue Schnecken heran: sie krochen in ihr Haus, spuckten, die Welt ging sie nichts an.

Wollen wir die Geschichte noch einmal von vorn lesen? – Sie wird nicht anders.

Die Irrlichter sind in der Stadt, sagte die Moorfrau

Da war ein Mann, der immer so viele neue Märchen wußte, aber nun seien sie ihm ausgegangen, sagte er; das Märchen, das von selber Besuch machte, kam nicht mehr zu ihm und pochte nicht mehr an seine Tür; und weshalb kam es nicht? Ja, es ist schon wahr, der Mann hatte seit Jahr und Tag nicht daran gedacht, nicht erwartet, daß es kommen und anklopfen könnte, und es war auch sicher nicht dagewesen, denn draußen war Krieg und im Inneren Kummer und Not, wie der Krieg es mit sich bringt.

Storch und Schwalbe kamen von ihrer langen Reise; sie dachten an keinerlei Gefahren, und als sie kamen, war das Nest verbrannt, die Häuser der Menschen brannten, das Tor war aus den Angeln, ja, es war ganz weg*; die feindlichen Pferde trampelten auf den alten Gräbern herum. Es waren harte, düstere Zeiten; aber auch die nehmen ein Ende.

Und nun hatten sie ein Ende, sagte man, aber noch pochte das Märchen nicht an oder ließ von sich hören.

„Es wird gestorben und verdorben sein wie die vielen anderen", sagte der Mann. Aber das Märchen stirbt nie!

Und es verging ein ganzes Jahr, und er sehnte sich gar sehr.

„Ob nicht das Märchen doch wiederkommt und anpocht?" Und er erinnerte sich seiner so lebhaft, an all die vielen Gestalten, in denen es zu ihm gekommen war; bald jung und wunderlieblich, der Frühling selber, ein entzückendes kleines Mädchen mit einem Kranz aus Waldmeister im Haar und dem Buchenzweig in der Hand, seine Augen schimmerten wie tiefe Waldseen in hellem Sonnenschein; bald war es auch als Hausierer gekommen, hatte den Kasten aufgemacht und seidene Bänder flattern lassen mit Versen und Inschriften voll alter Erinnerungen; aber am aller-

* Gemeint ist das Grenztor nach dem Süden in übertragener Bedeutung (Anmerkung d. Übers.).

schönsten war es doch, wenn es als altes Mütterchen mit silberweißem Haar kam und mit Augen so groß und so klug, da wußte es so recht von den allerältesten Zeiten zu erzählen, lange bevor die Prinzessinnen mit der goldenen Spindel spannen, während Drachen und Lindwürmer draußen lagen und wachten. Da erzählte es dann so lebendig, daß jedem, der es hörte, schwarze Flecke vor den Augen tanzten, der Fußboden wurde schwarz von Menschenblut; grausig zu sehen und anzuhören, und dennoch so kurzweilig, denn es war so lange her, seit es geschah.

„Ob es nie mehr anpochen sollte?" sagte der Mann und starrte auf die Tür, so daß ihm schwarze Flecke vor die Augen kamen, schwarze Flecke auf dem Fußboden; er wußte nicht, ob es Blut war oder ein Trauerflor aus den schweren, finsteren Tagen.

Und wie er so saß, kam ihm der Gedanke, ob nicht das Märchen sich versteckt haben könnte, ebenso wie die Prinzessin in den richtigen alten Märchen, und nun gesucht werden wollte; wurde es gefunden, dann erstrahlte es in neuer Herrlichkeit, schöner als je zuvor.

„Wer weiß! Vielleicht liegt es in dem weggeworfenen Strohhalm verborgen, der auf dem Brunnenrand wippt. Vorsichtig! vorsichtig! vielleicht hat es sich in einer welken Blume versteckt, die in eines der großen Bücher auf dem Bord gelegt worden ist."

Und der Mann ging hin, schlug eins von den allerneuesten auf, von denen man gescheit werden sollte; aber da lag keine Blume, da stand über Holger Danske zu lesen; und der Mann las, daß die ganze Geschichte erfunden und von einem Mönch in Frankreich zusammengesetzt worden sei, daß es ein Roman sei, den man „in die dänische Sprache übersetzt und gedruckt" habe; daß es Holger Danske gar nicht gegeben hätte und er also gar nicht wiederkommen könnte, wovon wir immer gesungen und woran wir gern geglaubt haben. Es war mit Holger Danske wie mit Wilhelm Tell, nur loses Gerede, auf das kein Verlaß war, und das war in dem Buche mit großer Gelehrsamkeit auseinandergesetzt worden.

„Ja, ich glaube nun aber, was ich glaube", sagte der Mann; „da, wo kein Fuß gegangen ist, da wächst kein Wegerich."

Und er klappte das Buch zu, stellte es auf das Bord und trat nun zu den frischen Blumen auf dem Fensterbrett; dort hatte sich das Märchen vielleicht in der roten Tulpe mit den goldgelben Rändern versteckt oder in der frischen Rose oder in der farbenprächtigen Kamelie. Der Sonnenschein lag zwischen den Blütenblättern, nicht aber das Märchen.

„Die Blumen, die hier in den Zeiten des Kummers standen, waren alle viel schöner; aber sie wurden abgeschnitten, jede einzelne, zu Kränzen gewunden, in den Sarg gelegt, und darüber wurde die Fahne gebreitet. Vielleicht ist das Märchen mit diesen Blumen begraben worden! Aber davon hätten die Blumen wissen müssen, und der Sarg hätte es gemerkt, die Erde hätte es gemerkt, jeder kleine Grashalm, der hervorsproß, hätte es erzählt. Das Märchen stirbt niemals!

Vielleicht ist es auch hiergewesen und hat angeklopft, aber wer hatte damals ein Ohr dafür, einen Gedanken dafür! Man blickte finster, schwermütig, fast böse auf den Sonnenschein des Frühlings, sein Vogelgezwitscher und all das fröhliche Grün; ja, die Zunge konnte die alten, schlichten, frischen Volkslieder nicht ertragen, sie wurden mit so vielem, was unserem Herzen lieb war, begraben. Das Märchen kann sehr wohl angepocht haben; aber man hat es nicht gehört, nicht ‚Willkommen' gesagt, und so ist es denn weggeblieben.

Ich will gehen und es suchen.

Hinaus aufs Land! hinaus in den Wald am offenen Meer!"

Dort draußen liegt ein alter Herrensitz mit roten Mauern, Treppengiebeln und einer wehenden Flagge auf dem Turm. Die Nachtigall singt unter den feingezackten Buchenblättern, während sie auf die blühenden Apfelbäume des Gartens blickt und meint, sie trügen Rosen. Hier sind in der Sommersonne die Bienen emsig beschäftigt, und mit summendem Gesang umschwärmen sie ihre Königin. Der Herbststurm weiß von der wilden Jagd zu berichten, von

Menschengeschlechtern und dem Laub des Waldes, daß dies alles vergeht. Um die Weihnachtszeit singen die wilden Schwäne vom offenen Meere draußen, während man drinnen auf dem alten Gutshof, beim brennenden Ofen, in Stimmung ist, Lieder und Sagen zu hören.

In den alten Teil des Gartens, wo die große Allee von Roßkastanien mit ihrem Halbdunkel lockte, ging der Mann, der das Märchen suchte; hier hatte einstmals der Wind ihm von Valdemar Daae und seinen Töchtern etwas vorgebraust. Die Dryade im Baum, es war die Märchenmutter selber, hatte ihm hier von dem letzten Traum des alten Eichbaums erzählt. Zu Großmutters Zeiten standen hier beschnittene Hecken, jetzt wuchsen hier nur Farne und Nesseln; sie breiteten sich über verstreuten Resten alter steinerner Figuren aus; Moos wuchs ihnen in den Augen, aber sie konnten ebenso gut sehen wie vorher, das konnte der Mann, der nach Märchen ausgegangen war, nicht, er sah das Märchen nicht. Wo war es?

Über ihn und die alten Bäume hinweg flogen Krähen zu Hunderten und schrien: „Nicht da! nicht da!"

Und er ging aus dem Garten hinaus über den alten Wallgraben des Gutshofs und in das Erlenwäldchen; hier stand ein kleines, sechseckiges Haus mit Hühnerstall und Entenhof. Mitten in der Stube saß die alte Frau, die das Ganze verwaltete, und die wußte genau über jedes Ei Bescheid, das gelegt wurde, jedes Küken, das aus dem Ei kroch; aber sie war nicht das Märchen, das der Mann suchte; das konnte sie durch christlichen Taufschein und Impfschein beweisen, beide lagen in der Ziehkiste.

Draußen, nicht weit vom Haus, ist eine Anhöhe mit Rotdorn und Goldregen; da liegt ein alter Grabstein, der vor vielen Jahren aus der Kirche im Städtchen hierherkam, ein Andenken an einen der ehrbaren Ratsherren der Stadt; seine Frau und seine fünf Töchter, alle mit gefalteten Händen und gefälteltem Kragen, stehen um ihn herum, in Stein ausgehauen. Man konnte diesen so lange betrachten, daß er gleichsam auf die Gedanken einwirkte und diese wiederum auf den Stein, so daß er von alten Zeiten erzählte; zum mindesten war es dem Mann, der das Märchen suchte, so ergangen. Wie er nun so daherkam, sah er einen lebendigen Schmetterling genau auf der Stirn von des Ratsherrn ausgehauenem Bildnis sitzen; er klappte mit den Flügeln, flog ein kleines Stückchen und setzte sich dann wieder dicht neben dem Grabstein hin, um gleichsam zu zeigen, was dort wuchs. Dort wuchs ein vierblättriges Kleeblatt, es standen sogar sieben Stück dicht beieinander. Kommt das Glück, dann kommt es in Hülle und Fülle! Der Mann pflückte die Kleeblätter und steckte sie in die Tasche. Das Glück ist ebensoviel wert wie bares Geld, aber ein neues, schönes Märchen wäre doch noch besser, dachte der Mann, aber das fand er hier nicht.

Die Sonne ging unter, rot und groß; die Wiese dampfte, die Moorfrau braute.

Es war gegen Abend; er stand allein in seiner Stube, sah über den Garten, über Wiese, Moor und Strand; der Mond schien hell, es lag ein Dunst über der Wiese, als wäre sie ein großer See, und der war hier auch einmal gewesen, es ging eine Sage davon, und im Mondschein konnte man es mit eigenen Augen beobachten. Da dachte der Mann an das, was er drinnen in der Stadt gelesen hatte, daß es keinen Wilhelm Tell und Holger Danske gegeben habe, aber im Volksglauben sind sie dennoch, wie der See hier draußen, lebendige Zeugen der Sage. Doch, Holger Danske kehrt wieder!

Wie er da so stand und nachdachte, schlug irgend etwas ganz stark ans Fenster. War es ein Vogel? Eine Fledermaus oder eine Eule? Ja, die läßt man nicht herein, wenn sie anpochen. Das Fenster sprang von selber auf, eine alte Frau schaute zu dem Manne herein.

„Wie beliebt?" sagte er. „Wer ist Sie? Ins erste Stockwerk schaut Sie hinein. Steht Sie auf einer Leiter?"

„Sie haben ein vierblättriges Kleeblatt in der Tasche", sagte sie, „ja, Sie haben sogar sieben, von denen eines ein sechsblättriges ist."

„Wer ist Sie?" fragte der Mann.

„Die Moorfrau!“ sagte sie. „Die Moorfrau, die braut; ich war gerade dabei; der Zapfen saß im Faß, aber eines der kleinen Moorkinder zog aus Mutwillen den Zapfen heraus, schmiß ihn ganz bis hier zum Haus hin, wo er gegen das Fenster sprang; nun läuft das Bier aus dem Faß, und damit ist ja niemand gedient.“

„Erzähle Sie mir doch!“ sagte der Mann.

„Ja, warten Sie ein bißchen!“ sagte die Moorfrau, „jetzt habe ich was anderes zu tun!“ und dann war sie weg.

Der Mann wollte eben das Fenster zumachen, da stand die Frau wieder da.

„Das wär getan!“ sagte sie, „aber die Hälfte vom Bier kann ich morgen noch einmal brauen, wenn das Wetter danach ist. Nun, was wollten Sie von mir wissen? Ich bin wiedergekommen, denn ich halte immer mein Wort, und Sie haben in der Tasche sieben vierblättrige Kleeblätter, von denen eins ein sechsblättriges ist, das verschafft einem Respekt, das ist ein Orden, der an der Landstraße wächst, aber nicht von jedem gefunden wird. Was wollten Sie also fragen? Stehen Sie nun nicht da wie ein lächerlicher Fant, ich muß bald wieder weg zu meinem Zapfen und meinem Faß!“

Und der Mann fragte nach dem Märchen, fragte, ob die Moorfrau es auf ihrem Wege gesehen hätte.

„Ih, du großes Gebräu!" sagte die Frau, „haben Sie noch immer nicht genug vom Märchen? Da dachte ich aber wahrhaftig, das hätten die meisten schon. Hier gibt es anderes zu tun, auf anderes zu achten. Selbst die Kinder sind dem entwachsen. Geben Sie den kleinen Jungen eine Zigarre und den kleinen Mädchen einen neuen Reifrock, das mögen sie lieber! Märchen anhören! Nein, hier gibt's wahrhaftig was anderes zu tun, wichtigere Dinge zu verrichten!"

„Was meinen Sie damit?" sagte der Mann. „Und was wissen Sie von der Welt? Sie sehen doch nur Frösche und Irrlichter!"

„Ja, hüten Sie sich nur vor den Irrlichtern!" sagte die Frau, „die sind unterwegs, die sind losgelassen! Über die sollten wir sprechen! Kommen Sie zu mir ins Moor, wo meine Anwesenheit nötig ist; da werde ich Ihnen alles erzählen, aber beeilen Sie sich ein bißchen, solange Ihre sieben vierblättrigen Kleeblätter mit dem einen Sechser noch frisch sind und der Mond noch am Himmel steht!"

Weg war die Moorfrau.

Die Uhr auf dem Turme schlug zwölf, und ehe sie noch das Viertel schlug, war der Mann aus dem Hause hinaus, hinaus aus dem Garten und stand auf der Wiese. Der Nebel war gefallen, die Moorfrau hatte aufgehört zu brauen.

„Es hat lange gedauert, bis Sie gekommen sind!" sagte die Moorfrau. „Trolle kommen rascher vorwärts als Menschen, und ich bin froh, daß ich ein geborenes Trollweib bin."

„Was haben Sie mir nun zu erzählen?" fragte der Mann. „Ist es etwas über das Märchen?"

„Können Sie denn nie weiterkommen, als nach dem zu fragen?" sagte die Frau.

„Wissen Sie denn vielleicht etwas von der künftigen Poesie?" fragte der Mann.

„Werden Sie bloß nicht hochtrabend!" sagte die Frau, „dann werd ich schon antworten. Sie denken nur an die

Dichterei, fragen nach dem Märchen, so als wäre es die Mutter vom Ganzen! Das Märchen ist wohl nur das Älteste, aber es wird immer für das Jüngste gehalten. Ich kenne es gut! Ich bin auch einmal jung gewesen, und das ist keine Kinderkrankheit. Ich bin mal ein ganz ansehnliches Elfenmädchen gewesen und habe mit den anderen im Mondschein getanzt, der Nachtigall gelauscht, bin in den Wald gegangen und dem Märchenfräulein begegnet, das sich immer herumgetrieben hat. Bald hat es in einer halb aufgeblühten Tulpe übernachtet oder in einer Wiesenblume; dann wieder schlüpfte es in die Kirche und hüllte sich in einen Trauerflor, der von den Altarkerzen herunterhing!"

„Sie sind wunderbar unterrichtet!"

„Ich sollte doch leicht ebensoviel wissen wie Sie!" sagte die Moorfrau. „Märchen und Poesie, ja, die sind vom selben Holz: die können sich ruhig begraben lassen, wo sie wollen. All ihr Werk und ihre Rede kann man nachbrauen und es besser und billiger haben. Sie können sie bei mir für nichts bekommen. Ich habe einen ganzen Schrank voller Poesie auf Flaschen. Es ist die Essenz, das Feine davon; Kräuter, süße wie auch herbe. Ich habe alles auf Flaschen, was die Menschen an Poesie brauchen, so für die Festtage, um sich's ein bißchen aufs Taschentuch zu träufeln und dran zu riechen."

„Sie sagen aber wirklich ganz wunderliche Dinge", sagte der Mann. „Haben Sie Poesie auf Flaschen?"

„Mehr als Sie vertragen können!" sagte die Frau. „Sie kennen doch sicher die Geschichte von dem Mädchen, das aufs Brot trat, um sich nicht seine neuen Schuhe schmutzig zu machen? Die ist geschrieben und gedruckt."

„Die habe ich selber erzählt", sagte der Mann.

„Ja, dann kennen Sie sie ja", sagte die Frau, „und wissen, daß das Mädchen in die Erde gesunken ist, bis zur Moorfrau hinunter, als gerade des Teufels Urgroßmutter einen Besuch machte, um beim Brauen zuzugucken. Sie sah das Mädchen, das heruntersank, und bat sie sich als Sockel aus, ein Andenken an den Besuch, und sie hat sie gekriegt, und ich kriegte ein Geschenk, das mir gar nichts nützt, eine

Reiseapotheke, einen ganzen Schrank voller Poesie auf Flaschen. Die Urgroßmutter sagte, wo der Schrank stehen sollte, und da steht er noch immer. Sehen Sie hin! Sie haben ja Ihre sieben vierblättrigen Kleeblätter in der Tasche, von denen eines ein sechsblättriges ist, dann werden Sie ihn wohl sehen können."

Und wirklich, mitten im Moor lag so etwas wie ein großer Erlenstumpf, das war Urgroßmutters Schrank. Der stünde der Moorfrau und einem jeden in allen Ländern und zu allen Zeiten offen, sagte sie, wenn man nur wisse, wo der Schrank steht. Der war sowohl vorn wie hinten zu öffnen, an allen Ecken und Kanten, ein ganzes Kunstwerk, und sah trotzdem nur aus wie ein alter Erlenstrunk. Die Poeten aller

Länder, namentlich in unserem eigenen Land, waren hier nachgemacht; ihrem Geist war nachspekuliert, er war rezensiert, renoviert, konzentriert und auf Flaschen gezogen worden. Mit großem Instinkt, wie man es nennt, wenn man nicht Genie sagen will, hatte die Urgroßmutter sich aus der Natur geholt, was irgendwie nach dem und dem Poeten schmeckte, ein bißchen Teufelszeug hinzugetan, und dann hatte sie seine Poesie auf Flaschen für alle Zukunft.

„Lassen Sie mich mal sehen!" sagte der Mann.

„Ja, es gibt wichtigere Dinge zu erzählen!" sagte die Moorfrau.

„Aber nun sind wir beim Schrank!" sagte der Mann und schaute hinein. „Hier stehen Flaschen in allen Größen. Was ist hier drin? Und was hier?"

„Hier ist etwas, das man Maiduft nennt!" sagte die Frau, „ich hab es nicht probiert, aber ich weiß, spritzt man davon nur einen kleinen Klacks auf den Fußboden, dann steht da gleich ein schöner Waldsee mit Wasserrosen, Blumenbinsen und wilder Krauseminze. Man träufelt nur zwei Tropfen auf ein altes Aufsatzheft, und wenn es auch aus der untersten Klasse ist, und dann wird das Heft zu einer ganzen Duftkomödie, die man sehr schön aufführen und bei der man einschlafen kann, so stark duftet sie. Es ist wohl als eine Höflichkeit gegen mich gemeint, daß auf der Flasche geschrieben steht: ‚Gebräu der Moorfrau!‘

Hier steht die Skandalflasche. Die sieht aus, als ob nur schmutziges Wasser drin wäre, und es ist schmutziges Wasser, aber mit Brausepulver aus Stadtklatsch; drei Lot Lügen und zwei Körnchen Wahrheit, mit einem Birkenzweig umgerührt, nicht von einer Spießrute, die man in Salzlake eingelegt und aus dem blutigen Körper des Sünders geschnitten hat, oder einem Rest von des Schulmeisters Rute, nein, frisch vom Besen geholt, der den Rinnstein gefegt hat.

Hier steht die Flasche mit der frommen Poesie im Choralton. Jeder Tropfen klingt wie das Knallen der Höllentüren und ist aus Blut und Schweiß der Züchtigung gemacht; manche sagen, es wäre nur Taubengalle; aber die Tauben seien die frömmsten Tiere, sie hätten keine Galle, sagen Leute, die nichts von Naturgeschichte verstehen.“

Hier stand die Flasche aller Flaschen; sie machte sich breit und nahm den halben Schrank ein: die Flasche mit Alltagsgeschichten; die war mit Schweinsfell wie auch mit Blasenhaut zugebunden, denn sie konnte es nicht vertragen, etwas von ihrer Kraft einzubüßen. Jede Nation konnte hier ihre eigene Suppe bekommen, die kam, je nachdem, wie man die Flasche wandte und drehte. Hier war alte deutsche Blutsuppe mit Räuberklößen, auch dünne Häuslersuppe mit richtigen Hofräten, die wie Wurzelgemüse drin lagen, und oben schwammen philosophische Fettaugen. Da war eine englische Gouvernantensuppe und die französische Potage à la Kock, aus Hahnenbeinen und Spatzeneiern bereitet, auf dänisch Cancansuppe genannt; aber die beste von allen Suppen war die Kopenhagener. Das sagten die Verwandten.

Hier stand die Tragödie in einer Champagnerflasche; die konnte knallen, und das muß sie. Das Lustspiel sah aus wie feiner Sand, um ihn den Leuten in die Augen zu streuen, das heißt das feinere Lustspiel; das gröbere war auch auf Flaschen abgezogen, bestand aber nur aus Zukunftsplakaten, wo der Name des Stücks das Kräftigste war. Da gab es ausgezeichnete Komödientitel wie zum Beispiel: ‚*Darfst du aufs Werk spucken?*', ‚*Eins auf den Schnabel*', ‚*Der liebe Esel*' und ‚*Sie ist stinkhagelbesoffen!*'

Der Mann wurde ganz nachdenklich dabei, aber die Moorfrau dachte weiter, sie wollte zu Ende kommen.

„Nun haben Sie wohl genug aus der Lumpenkiste gesehen!" sagte sie, „nun wissen Sie, was da ist; aber da ist etwas Wichtigeres, was Sie wissen müßten, das wissen Sie noch nicht. Die Irrlichter sind in der Stadt! Das ist von größerer Bedeutung als Poesie und Märchen. Ich sollte eigentlich darüber den Mund halten, aber es muß eine Fügung sein, eine Schickung, etwas, was über meine Kraft geht, es ist mir in die Kehle gekommen, es muß raus. Die Irrlichter sind in der Stadt! Die sind losgelassen! Nehmt euch in acht, Menschen!"

„Davon verstehe ich kein Wort!" sagte der Mann.

„Bitte setzen Sie sich da auf den Schrank!" sagte sie, „aber fallen Sie nicht hinein und zerbrechen etwa die Flaschen; Sie wissen, was drin ist. Ich werde von dem großen Ereignis erzählen; es ist erst von gestern; es ist schon früher vorgekommen. Dies hier hat noch dreihundertvierundsechzig Tage vor sich. Sie wissen doch, wie viele Tage das Jahr hat?"

Und die Moorfrau erzählte.

„Hier ging gestern Großes vor sich, draußen im Sumpf! Hier war Kindelbier! Hier wurde ein kleines Irrlicht geboren, hier wurden zwölf von der Sorte geboren, denen es gegeben ist, wenn sie wollen, als Menschen aufzutreten und unter diesen zu handeln und zu befehlen, ganz als ob sie als Menschen geboren wären. Das ist ein großes Ereignis im Sumpf, und darum tanzten sie als kleine Lichter über Moor und Wiese, alle Irrlichtmänner und Irrlichtfrauen; weibliche gibt es auch; aber deren wird nicht Erwähnung getan. Ich saß da auf dem Schrank und hatte alle zwölf kleinen, neugeborenen Irrlichter auf dem Schoß; sie leuchteten wie Johanniswürmchen; sie fingen schon an zu hüpfen, und mit jeder Minute nahmen sie an Größe zu, so daß, ehe noch eine Viertelstunde um war, jedes einzelne so groß aussah wie Vater oder Onkel. Nun ist es ein altes, angeborenes Recht und eine Vergünstigung, daß, wenn der Mond so steht, wie er gestern stand, und der Wind weht, wie er gestern wehte, es allen jenen Irrlichtern, die in dieser Stunde und Minute geboren werden, gegeben und vergönnt ist, Mensch zu werden und ein ganzes Jahr hindurch ringsum ihre Macht auszuüben, eins wies andere. Das Irrlicht kann

durchs ganze Land und auch durch die Welt laufen, falls es keine Furcht hat, ins Meer zu fallen oder in einem schweren Sturm ausgepustet zu werden. Es kann mir nichts dir nichts in den Menschen hineinschlüpfen, für ihn reden und alle Bewegungen machen, die es will. Das Irrlicht kann jede beliebige Gestalt annehmen, Mann wie Frau, in ihrem Geiste handeln; kann es bis zu seinem Äußersten treiben, so daß dabei herauskommt, was es selber will; aber während eines ganzen Jahres muß es dreihundertfünfundsechzig Menschen auf die falsche Fährte zu führen verstehen, und zwar in großem Stil, es muß sie von dem Wahren und dem Richtigen abbringen, dann erreicht es das Höchste,

wozu ein Irrlicht es bringen kann, nämlich Läufer vor der Staatskarosse des Satans zu werden, einen glühend feuergelben Frack zu bekommen und mit der Lohe aus dem Halse zu laufen. Danach kann sich ein schlichtes Irrlicht den Mund lecken. Aber es gibt für ein ehrgeiziges Irrlicht auch Gefahr und viel Unannehmlichkeiten, wenn es eine Rolle zu spielen gedenkt. Gehen einem Menschen die Augen darüber auf, wer es ist, und er kann es wegpusten, dann ist es weg und muß in den Sumpf zurück; und falls, ehe das Jahr um ist, das Licht von der Sehnsucht nach seinen Verwandten überwältigt wird und sich selber aufgibt, dann ist es auch weg, kann nicht mehr hell brennen, geht schnell aus und kann nicht wieder angezündet werden; und wenn das Jahr zu Ende ist und das Irrlicht hat bis dahin noch keine dreihundertfünfundsechzig Menschen von der Wahrheit, und was es sonst an Gutem und Schönem gibt, abgebracht, dann ist es dazu verurteilt, in faulem Holz zu liegen und zu leuchten, ohne sich bewegen zu können, und das ist für ein lebhaftes Irrlicht die furchtbarste Strafe. Dies alles wußte ich, und dies alles erzählte ich den zwölf kleinen Irrlichtern, die ich auf meinem Schoß sitzen hatte, und die waren vor Freude ganz

außer Rand und Band. Ich sagte ihnen, es wäre das sicherste und bequemste, auf die Ehre zu verzichten und nichts zu tun; das wollten die jungen Flämmchen nicht, sie sahen sich bereits selbst feuergelb mit der Lohe aus dem Halse. ‚Bleibt bei uns!' sagte mancher von den Alten. ‚Treibt euer Spiel mit den Menschen!' sagten die anderen. ‚Die Menschen legen unsere Wiesen trocken, sie dränieren! Was soll aus unseren Nachkommen werden?'

‚Wir wollen, hol's die Flamme, flammen!' sagten die neugeborenen Irrlichter, und dann war es entschieden.

Hier wurde sofort ein Minutenball abgehalten, kürzer ging es nun nimmer! Die Elfenmädchen schwangen sich mit all den anderen dreimal rundherum, um nicht großspurig zu wirken; sie tanzen sonst am liebsten mit sich allein. Dann wurde ein Patengeschenk überreicht: ‚Hüpfsteine geworfen', wie es heißt. Geschenke flogen gleich Kieseln über das Sumpfwasser. Jedes Elfenmädchen schenkte einen Zipfel von seinem Schleier: ‚Nimm ihn!' sagten sie, ‚dann kannst du sofort den höheren Tanz tanzen, die schwierigsten Schwünge und Figuren, wenn Not am Mann ist; du kriegst die richtige Haltung und kannst dich in den steifsten Gesellschaften sehen lassen.' Der Ziegenmelker brachte den jungen Irrlichtern bei, an der richtigen Stelle ‚Bra, bra, brav!' zu sagen, und das ist eine große Gabe, die ihren Lohn in sich trägt. Die Eule und der Storch ließen auch etwas fallen, aber das wäre der Erwähnung nicht wert, sagten sie, und dann erwähnen wir es auch nicht. König Valdemars wilde Jagd fuhr gerade über den Sumpf, und als diese Herrschaften von dem Fest vernahmen, schickten sie als Geschenk zwei feine

Hunde, die mit der Schnelligkeit des Windes jagen und ohne weiteres ein Irrlicht oder auch drei tragen können. Zwei alte Alben, die sich durch Reiten ernähren, waren mit auf dem Fest; sie lehrten die Kleinen sogleich die Kunst, durch ein Schlüsselloch zu schlüpfen, das ist dann so, als stünden einem alle Türen offen. Sie erboten sich, die jungen Irrlichter in die Stadt zu führen, wo sie sich gut auskannten. Sie reiten für gewöhnlich auf ihrem eigenen langen Kopfhaar durch die Gegend, das sie zu einem Knoten geschlungen haben, um hart zu sitzen, aber jetzt setzte sich jedes rittlings auf die Hunde der wilden Jagd, nahm die jungen Irrlichter, die fort sollten, um die Menschen zu verleiten und in die Irre zu führen, auf den Schoß – und husch! waren sie weg. Alles das war gestern nacht. Nun sind die Irrlichter in der Stadt, nun haben sie angefangen, aber wie und auf welche Weise, ja, das müssen Sie wohl sagen! Durch meine große Zehe geht eine Wetterfaser, die erzählt mir immerhin ein bißchen."

„Das ist ein richtiges Märchen", sagte der Mann.

„Ja, es ist nur der Anfang davon", sagte die Frau. „Können Sie mir nun erzählen, wie die Irrlichter es da treiben und sich aufführen, in welchen Gestalten sie aufgetreten sind, um die Menschen auf Irrwege zu führen?"

„Ich glaube wahrhaftig", sagte der Mann, „man kann einen ganzen Roman über die Irrlichter schreiben, ganze zwölf Teile, einen über jedes Irrlicht, oder wahrscheinlich noch besser ein ganzes Volksstück."

„Das sollten Sie schreiben", sagte die Frau, „oder es lieber sein lassen."

„Ja, das wäre bequemer und angenehmer", sagte der Mann, „dann wird es einem erspart, in der Zeitung festgenagelt zu werden, und das ist oft ebensolche Drangsal, wie für ein Irrlicht, in faulem Holz zu liegen, zu leuchten und keinen Mucks sagen zu dürfen."

„Mir ist es ganz schnurz", sagte die Frau, „aber lassen Sie lieber die anderen schreiben, die, die es können, und die, die es nicht können! Ich schenke ihnen von meinem Faß einen alten Zapfen, der öffnet den Schrank mit der Poesie auf

Flaschen, da können sie bekommen, woran es ihnen gebricht, aber Sie, mein guter Mann, scheinen mir nun Ihre Finger genügend mit Tinte beschmiert zu haben und sollten so alt und gesetzt sein, daß Sie nicht alljährlich hinter Märchen herrennen, nun gibt es hier viel wichtigere Dinge zu tun. Sie haben doch sicher verstanden, was hier los ist?"

„Die Irrlichter sind in der Stadt!" sagte der Mann, „ich habe es gehört, ich habe es verstanden! Aber was wollen Sie denn, daß ich tun soll? Ich werde ja mit Vorwürfen überschüttet, wenn ich es sehe und zu den Leuten sage: Seht mal, da geht ein Irrlicht in ehrbarem Frack!"

„Die laufen auch in Röcken herum!" sagte die Frau. „Das Irrlicht kann jegliche Gestalt annehmen und allerorten auftreten. Es geht in die Kirche, nicht um des Herrgotts willen, vielleicht ist es in den Pfarrer gefahren! Es spricht an Wahltagen, nicht um des Reichs und Volkes willen, sondern um seiner selbst willen; es ist ein Künstler im Farbtopf ebenso wie im Theatertopf, aber erhält es ganz die Macht, dann ist es aus mit dem Topf! Ich rede und rede, es muß heraus, was mir in der Kehle sitzt, zum Nachteil meiner eigenen Verwandten; aber ich muß nun die Rettungsfrau der Menschen sein! Ich tu's wahrhaftig nicht aus freien Stücken oder wegen eines Ordens. Ich tue das Wahnsinnigste, was ich tun kann, ich erzähle es einem Poeten, und nun kriegt es bald die ganze Stadt zu hören."

„Die Stadt beherzigt das nicht!" sagte der Mann. „Es wird nicht einen einzigen Menschen anfechten, sie denken alle, ich erzähle ein Märchen, sobald ich in tiefstem Ernst zu ihnen sage: ‚Die Irrlichter sind in der Stadt, sagte die Moorfrau, nehmt euch in acht!'"

Die Windmühle

Auf dem Hügel stand eine Windmühle, stolz anzusehen, und stolz fühlte sie sich.

„Ich bin durchaus nicht stolz!" sagte sie, „aber ich bin sehr aufgeklärt, draußen wie drinnen. Sonne und Mond habe ich für den äußeren Gebrauch und für den inwendigen auch, und dann habe ich außerdem Stearinlichter, Tranlampe und Talglichter; ich darf sagen, ich bin aufgeklärt; ich bin ein denkendes Wesen und so wohlgestalt, daß es eine Freude ist. Ich habe einen guten Mühlgang in der Brust, ich habe vier Flügel, und die sitzen mir oben auf dem Kopf, gleich unter dem Hut; die Vögel haben nur zwei Flügel und müssen sie auf dem Rücken tragen. Ich bin von Geburt Holländer, das sieht man an meiner Figur; ein fliegender Holländer, der wird zum Übernatürlichen gerechnet, wie ich weiß, und trotzdem bin ich ganz natürlich. Ich habe einen Umgang um den Bauch und Wohngelegenheit im unteren Teil, dort hausen meine Gedanken. Mein stärkster Gedanke, derjenige, der lenkt und gebietet, wird von den anderen Gedanken ‚der Mann in der Mühle' genannt. Er weiß, was er will, er steht hoch über Mehl und Grütze, hat aber sein Gegenstück, und das wird Mutter genannt; sie ist das Herz; sie läuft nicht fahrig hin und her, auch sie weiß, was sie will, sie weiß was sie kann, sie ist mild wie ein

Lufthauch, sie ist stark wie der Wind; sie versteht es, um den Bart zu gehen, ihren Willen zu bekommen. Sie ist mein weiches Gemüt, Vater ist mein hartes; sie sind zwei und dennoch eins, sie nennen sich auch gegenseitig ‚meine Ehehälfte!‘ Sie haben Kinder, die beiden, kleine Gedanken, die groß werden können. Die Kleinen machen lauter Unfug! Neulich, als ich, tiefsinnig wie ich bin, Vater und seine Gesellen Mühlgang und Räder in meiner Brust nachsehen ließ – ich wollte wissen, was los war, denn irgend etwas war in meinem Innern los, und man soll in sich selber forschen –, da machten die Kleinen fürchterlichen Unfug, was sich nicht recht gehört, wenn man wie ich hoch auf dem Hügel steht; man muß bedenken, man steht in voller Beleuchtung da. Was ich aber sagen wollte, die Kleinen machten fürchterlichen Unfug! Der Kleinste sauste mir bis in die Kappe hinauf und lärmte herum, daß es mich kitzelte. Die kleinen Gedanken können wachsen, das habe ich gemerkt, und von draußen kommen auch Gedanken, aber nicht von meiner Sippe, denn ich kann keinen sehen, so weit ich auch blicke, keinen außer mir; aber die Häuser ohne Flügel, wo der Mühlgang nicht zu hören ist, die haben auch Gedanken, die kommen zu meinen Gedanken und verloben sich mit ihnen, wie sie es nennen. Es ist schon sonderbar, ja, es gibt viel Sonderbares. Da ist mir etwas eingefallen oder in mich hineingefallen; irgend etwas im Mühlgang hat sich verändert, es ist, als hätte Vater die Hälfte ausgewechselt, hätte ein noch sanfteres Gemüt bekommen, ein noch liebevolleres Eheweib, so jung und fromm und dennoch dieselbe, aber weicher, frommer mit der Zeit. Was herb an ihr war, hat sich verflüchtigt; das Ganze ist sehr erfreulich. Die Tage gehen, und die Tage kommen, immer vorwärts zu Klarheit und Freude, und dann, ja, das ist gesagt und geschrieben, dann wird ein Tag kommen, da ist es mit mir vorbei und doch keineswegs vorbei; ich soll abgerissen werden, um neu und besser zu erstehen, ich soll aufhören und doch weiterhin dasein! Eine ganz andere werden und dennoch dieselbe bleiben! Es wird mir schwer, das zu begreifen, wie aufgeklärt ich auch bin, durch Sonne, Mond, Stearin, Tran und

Talg! Meine alten Balken und das Gemäuer sollen wieder aus den Trümmern aufstehen. Ich möchte hoffen, daß ich die alten Gedanken behalte: Vater in der Mühle, Mutter, Große und Kleine, die Familie, wie ich das Ganze nenne, eines und dennoch so viele, die ganze Gedankenkompanie,

denn die kann ich nicht missen! Und ich möchte auch gern ich selber bleiben, mit Mühlgang in der Brust, Flügeln auf dem Kopf, Balkon um den Bauch, sonst kann ich mich selber nicht wiedererkennen, und die anderen können mich auch nicht erkennen und sagen, da haben wir ja die Mühle auf dem Hügel, stolz anzuschauen, dennoch durchaus nicht stolz."

Das sagte die Mühle, sie sagte viel mehr, aber dies war nun das Wichtigste.

Und die Tage kamen, und die Tage gingen, und der Jüngste Tag war der letzte.

Die Mühle geriet in Brand; die Flammen stiegen hoch auf, schlugen nach draußen, schlugen nach drinnen, leckten an Balken und Brettern entlang, fraßen sie auf. Die Mühle fiel, nur ein Aschenhaufen blieb zurück; der Rauch wallte über die Brandstätte hin, der Wind trug ihn von dannen.

Den Lebewesen, die es in der Mühle gegeben hatte, stieß bei diesem Ereignis nichts zu, sie gewannen dadurch. Die Müllerfamilie, eine Seele, viele Gedanken und dennoch nur einer, ließ sich eine neue, eine wunderschöne Mühle erbauen, die ihr von Nutzen sein konnte, sie glich völlig der alten, man sagte: Da steht ja die Mühle auf dem Hügel, stolz anzusehen! Aber diese war besser eingerichtet, mehr der Zeit entsprechend, denn es geht vorwärts. Das alte Holz, das wurmstichig war und den Schwamm hatte, lag in Staub und Asche; der Mühlenleib erhob sich nicht, wie er gedacht hatte; er hatte es wortwörtlich genommen, und man soll nicht alles wortwörtlich nehmen.

Es war ein Schilling, der kam blitzeblank aus der Münze, sprang und klang. „Hurra! nun fahre ich in die weite Welt hinaus!" und so kam es.

Das Kind hielt ihn mit warmen Händen fest und der Geizige mit kalten, klammen Fingern; der Ältere wandte und drehte ihn viele Male um, während die Jugend ihn sogleich weiterrollen ließ. Der Schilling war aus Silber, hatte sehr wenig Kupfer in sich und war schon ein ganzes Jahr lang draußen in der Welt, das heißt in dem Land, wo er geprägt worden war; dann kam er auf eine Reise außer Landes, er war die letzte Münze des Landes, er blieb in dem Geldbeutel zurück, den sein reisender Besitzer mithatte, der wußte selber nicht, daß er ihn hatte, bis er ihm zwischen die Finger kam.

„Hier habe ich ja noch einen Schilling von daheim!" sagte er, „der kann die Reise mitmachen!" und der Schilling klang und hüpfte vor Freude, als der Herr ihn wieder in den Beutel zurücksteckte. Hier lag er zwischen fremden Gefährten, die kamen und gingen; einer machte dem anderen Platz, aber der Schilling von daheim blieb immer liegen; das war eine Auszeichnung.

Nun waren schon mehrere Wochen vergangen, und der Schilling war weit draußen in der Welt, ohne eigentlich zu wissen wo; er hörte von den anderen Münzen, daß sie französische und italienische wären; die eine sagte, nun wären sie in dieser Stadt, die andere sagte, nun wären sie in jener, aber der Schilling konnte sich keinen Begriff davon machen, man sieht die Welt nicht, wenn man immer im Beutel steckt, und das tat er; wie er aber eines Tages dort so lag, merkte er, daß der Geldbeutel nicht zu war, und da schlich er sich zur Öffnung, um ein bißchen hinauszuschauen; das hätte er jedoch lieber nicht tun sollen, aber er war neugierig, das rächt sich; er rutschte in die Hosentasche hinaus, und als der Geldbeutel abends beiseite gelegt wurde, lag der Schilling immer noch da, wo er lag, und kam mit den Sachen auf den Flur hinaus; hier fiel er gleich auf den Fußboden, niemand hörte es, niemand sah es.

Morgens kamen die Sachen wieder herein, der Herr zog sie an, reiste weg, und der Schilling kam nicht mit, er wurde gefunden, sollte wieder Dienst tun, ging mit drei anderen Münzen aus.

„Es ist doch angenehm, sich in der Welt umzusehen!" dachte der Schilling, „andere Menschen, andere Sitten kennenzulernen!"

„Was ist das für ein Schilling?" hieß es im selben Augenblick. „Das ist kein hiesiges Geldstück! das ist falsch! das ist wertlos!"

Ja, nun beginnt die Geschichte des Schillings, wie er sie späterhin erzählte.

„Falsch! Wertlos! Mich durchzuckte es", sagte der Schilling. „Ich wußte, ich war aus gutem Silber, von gutem Klang und echter Prägung. Sie mußten sich bestimmt irren, mich konnten sie nicht meinen, aber sie meinten mich trotzdem! Ich war es, den sie falsch nannten, ich sei wertlos! ‚Den muß ich im Dunkeln ausgeben!'

sagte der Mann, der mich hatte, und ich wurde im Dunkeln ausgegeben und dann bei Tageslicht wieder beschimpft – ‚falsch, ist wertlos! Den müssen wir wieder loszuwerden versuchen!'"

Und der Schilling zitterte zwischen den Fingern, immer wenn er in aller Heimlichkeit fortgeschmuggelt werden und als Münze des Landes ausgegeben werden sollte.

„Ich elender Schilling! Was nützt mir mein Silber, mein Wert, meine Prägung, wenn es nichts zu sagen hat! Man ist für die Welt das, wofür die Welt einen hält! Es muß doch schrecklich sein, ein schlechtes Gewissen zu haben, sich auf dem Wege des Bösen vorwärtszuschleichen, wenn mir, der ich doch völlig unschuldig bin, so zumute sein kann, nur weil ich diesen Eindruck mache! – Jedesmal, wenn ich hervorgeholt wurde, grauste mir vor den Augen, die mich ansehen würden; ich wußte, ich würde zurückgestoßen, über den Tisch geschleudert werden, als wäre ich Lug und Trug.

Einmal kam ich zu einer armen Frau, sie bekam mich als Tagelohn für alle ihre Mühe und Arbeit, aber die konnte mich überhaupt nicht loswerden, niemand wollte mich annehmen, ich war das reinste Unglück für sie.

‚Ich bin tatsächlich gezwungen, jemanden damit anzuführen', sagte sie. ‚Ich kann es mir nicht leisten, einen falschen Schilling aufzuheben; der reiche Bäcker kann ihn kriegen, der kann es am besten verschmerzen, aber trotz allem ist es ein Unrecht, was ich tue.'"

„Nun muß ich obendrein auch noch das Gewissen der Frau beladen!" seufzte es in dem Schilling. „Habe ich mich denn wirklich auf meine alten Tage so verändert?"

„Und die Frau ging zu dem reichen Bäcker, aber er kannte nur zu gut die gängigen Schillinge, ich durfte nicht liegen bleiben, wo ich lag, ich wurde der Frau ins Gesicht geschmissen; sie bekam kein Brot für mich, und ich war so aufs tiefste betrübt, in dieser Weise zum Ärger anderer geprägt worden zu sein, wo ich doch in meiner Jugend so frohgemut und so sicher gewesen war; meines Wertes und meiner echten Prägung so bewußt. Ich wurde so melancholisch, wie ein armer Schilling es nur werden kann, wenn ihn keiner haben will. Aber die Frau nahm mich wieder mit nach Hause, betrachtete mich sehr gütig, milde und freundlich. ‚Nein, ich will niemanden mit dir hinters Licht führen!' sagte sie. ‚Ich will ein Loch in dich hineinmachen, damit jeder sehen kann, daß du ein falsches Ding bist, und doch – da fällt mir gerade ein –, du bist vielleicht ein Glücksschilling, ja, das möchte ich glauben! Der Gedanke kommt mir ganz von ungefähr. Ich mache ein Loch in den Schilling, ziehe eine Schnur durch das Loch und schenke den Schilling dem kleinen Kind der Nachbarin, als Glücksschilling um den Hals.'

Und sie machte ein Loch in mich hinein; es ist keineswegs angenehm, wenn so ein Loch in einen hineingemacht wird, aber ist der Zweck ein guter, kann man vieles ertragen; eine Schnur wurde durch mich hindurchgezogen, ich wurde so etwas wie eine Medaille, die man trägt; ich wurde dem kleinen Kind um den Hals gehängt, und das Kind lächelte mich an, küßte mich, und ich ruhte eine ganze Nacht auf der warmen, unschuldigen Brust des Kindes.

Morgens nahm mich die Mutter in die Hand, sah mich an und hatte so ihre eigenen Gedanken dabei, das merkte ich bald. Sie holte eine Schere und schnitt die Schnur durch.

‚Glücksschilling!' sagte sie. ‚Ja, das wollen wir nun mal sehen!' und sie legte mich in Säure, so daß ich grün wurde; darauf kleisterte sie das Loch zu, rieb mich ein bißchen und ging dann im Dunkeln zu dem Lotterieeinnehmer, um sich ein Los zu holen, das Glück bringen sollte.

Wie war mir unbehaglich zumute! In mir drückte etwas, als sollte ich mittendurch brechen; ich wußte, ich würde falsch genannt und hingeschmissen werden und zwar vor der ganzen Menge von Schillingen und Münzen, die mit Schrift und Kopf dalagen, auf die sie stolz sein konnten; aber ich wurde verschont; bei dem Einnehmer waren so viele Menschen, er hatte so viel zu tun, ich flog klimpernd in die Schublade zu den anderen Münzen hinab; ob das Los späterhin einen Gewinn gebracht hat, weiß ich nicht, aber eins weiß ich, schon am nächsten Tag wurde ich als falscher Schilling erkannt, auf die Seite gelegt und ausgeschickt, um zu betrügen und immer zu betrügen. Das ist einfach nicht auszuhalten, wenn man einen anständigen Charakter hat, und den kann ich mir selber nicht absprechen.

Jahr und Tag ging ich so von Hand zu Hand, von Haus zu Haus, immer beschimpft, immer ungern gesehen; niemand glaubte mir, und ich glaubte nicht an mich selbst, nicht an die Welt, es war eine schwere Zeit.

Da kam eines Tages ein Reisender, dem wurde ich natürlich angedreht, und er war gutgläubig genug, mich als gängige Münze anzunehmen; aber nun sollte er mich ausgeben, und da hörte ich wieder diese Rufe: ‚Wertlos! falsch!‘

‚Ich habe ihn als echt bekommen‘, sagte der Mann und schaute mich nun ganz genau an; da lächelte er über das ganze Gesicht, das pflegte sonst nie ein Gesicht zu tun, wenn es mich genauer ansah: ‚Nein, was ist denn das!‘ sagte er. ‚Das ist ja eine von den Münzen unseres eigenen Landes, ein guter, ehrlicher Schilling von zu Hause, in den man ein Loch geschlagen hat und den man falsch nennt. Das ist zu komisch! Dich werde ich aber aufheben und mit nach Hause nehmen!‘

Mich durchströmte eine Freude, ich wurde ein guter, ehrlicher Schilling genannt, und nach Hause sollte ich kommen, wo ein jeder mich erkennen und wissen würde, daß ich aus gutem Silber war und von echter Prägung. Ich hätte vor Freude am liebsten geblitzt, aber es liegt mir nun gar nicht, zu blitzen, das kann Stahl tun, aber nicht Silber.

Ich wurde in feines, weißes Papier gewickelt, damit ich nicht mit den übrigen Münzen zusammengeriete und etwa fortkäme; und nur bei festlichen Gelegenheiten, wenn Landsleute sich trafen, wurde ich herumgezeigt, und es wurde überaus nett von mir geredet; man sagte, ich wäre interessant; es ist komisch genug, daß man interessant sein kann, ohne ein einziges Wort zu sagen!

Und dann kam ich heim! All meine Not war vorbei, meine Freude begann, ich war ja aus gutem Silber, ich hatte die echte Prägung, und ich hatte gar keinen Ärger davon, daß man ein Loch in mich geschlagen hatte, weil ich angeblich falsch war; es macht nichts, wenn man es nicht ist! Man muß durchhalten; alles kommt mit der Zeit zu seinem Recht! Das ist nun mein Glaube!“ sagte der Schilling.

Der Bischof von Börglum und sein Verwandter

Jetzt sind wir oben in Jütland, weit oben nördlich des Wildmoors; wir können die Nordsee bellen hören, können hören, wie sie rollt, sie ist ganz nahe; aber vor uns erhebt sich ein großer Sandhügel, den haben wir längst gesehen, und wir fahren noch auf ihn zu, langsam fahren wir durch den tiefen Sand. Oben auf dem Sandhügel liegt ein großer, alter Hof, es ist das Kloster Börglum, der größte Flügel ist heute noch Kirche; dort kommen wir am späten Abend hinauf, aber das Wetter ist klar, es sind die hellen Nächte; man kann so weit sehen, so weit ringsum über Felder und Moor bis zum Aalborg Fjord, über Heide und Wiesen, bis über das dunkelblaue Meer.

Nun sind wir dort oben, nun rattern wir zwischen Tenne und Scheune hinein und biegen durch das Tor in den alten Burghof, wo die Lindenbäume in einer Reihe an der Mauer entlang stehen; dort sind sie gegen Wind und Wetter geschützt, darum wachsen sie so, daß die Zweige fast die Fenster verdecken.

Wir gehen die gemauerte Wendeltreppe hinauf, wir gehen durch die langen Flure unter der Balkendecke, der Wind braust hier so seltsam, draußen oder drinnen, man weiß nicht recht wo, und dann erzählt man – ja, man erzählt so viel, man sieht so viel, wenn man Furcht hat oder anderen Furcht machen will. Die alten, verstorbenen Stiftsherren, sagt man, schweben leise an uns vorbei in die Kirche, wo die Messe gesungen wird, man kann es durch das Brausen des Windes hören; man ist so seltsam gestimmt dadurch, man denkt an die alten Zeiten – denkt so stark daran, daß man in der alten Zeit ist.

An der Küste ist ein Schiff gestrandet, die Leute des Bischofs sind unten, sie haben jene nicht verschont, die das Meer verschonte; die See spült das rote Blut fort, das von den zerschmetterten Stirnen floß. Das Strandgut gehört dem Bischof, und da gibt es viel Gut. Die See rollt Tonnen und Fässer heran, gefüllt mit köstlichem Wein für die Keller des Klosters, und der ist voll, übervoll von Bier und Met; in der Küche gibt es erlegtes Wild, Würste und Schinken die Hülle und Fülle; draußen in den Teichen schwimmen der fette Brassen und die leckere Karausche. Der Bischof auf Börglum ist ein mächtiger Mann, der Landbesitz hat, und mehr möchte er sich aneignen; alles muß sich Oluf Glob unterwerfen. In Thy ist sein reicher Anverwandter gestorben. „Verwandter ist des Verwandten ärgster Feind", das kann die Witwe dort unten bezeugen. Ihr Gatte herrschte dort über das ganze Land, nur nicht über die geistlichen Güter; der Sohn ist im fremden Land; schon als Knabe wurde er hinausgeschickt, um fremde Sitten zu lernen, wonach ihm der Sinn stand; jahrelang hat man nichts von ihm gehört, vielleicht ist er längst ins Grab gelegt worden und kommt demnach nie mehr heim, um zu herrschen, wo jetzt seine Mutter herrscht.

„Wie, soll ein Weib herrschen?" sagt der Bischof. Er sendet ihr eine Vorladung und läßt sie vors Thing rufen; aber was nützt ihm das? Sie ist nie vom Gesetz abgewichen, und sie besitzt Kraft durch ihre gerechte Sache.

Bischof Oluf auf Börglum, was heckst du aus? Was schreibst du da auf das glatte Pergament? Was birgt es unter Siegel und Schnur, da du es Reiter und Knappen übergibst, die damit außer Landes reiten, weit fort, in die päpstliche Stadt?

Es ist die Zeit, da das Laub fällt, es ist die Zeit der Strandungen; jetzt kommt der eisige Winter.

Zweimal kommt er, jetzt zuletzt kommt er hier oben mit einem Willkomm für Reiter und Knappen, die mit einem päpstlichen Brief aus Rom heimkehren, der Bannbulle über die Witwe, die den frommen Bischof zu kränken wagte. „Verflucht sei sie und alles, was ihres ist! Ausgestoßen sei sie aus Kirche und Gemeinde! Keiner reiche ihr eine hilfreiche Hand; Anverwandte und Freunde sollen sie scheuen wie Pest und Aussatz!"

„Was sich nicht fügen will, muß brechen!" sagte der Bischof auf Börglum.

Sie lassen alle miteinander von ihr ab; aber sie läßt nicht von ihrem Gott ab, er ist ihr Schutz und Schirm.

Eine einzige Dienstmagd, ein altes Mädchen, bleibt ihr treu; mit ihr geht sie hinter dem Pflug, und das Korn gedeiht, obwohl die Erde von Papst und Bischof verflucht ist.

„Du Kind der Hölle! Ich werde wohl meinen Willen bekommen!" sagt Börglums Bischof, „jetzt rühre ich dich an mit der Hand des Papstes zu Ladung und Urteil!"

Da spannt sie die beiden letzten Ochsen, die sie besitzt, vor den Wagen, setzt sich mit ihrer Magd drauf und fährt über die Heide aus dänischem Land hinaus; sie kommt als Fremde zu fremdem Volk, wo fremde Zunge gesprochen, fremder Brauch geübt wird; weit fort, wo die grünen Höhen zu Bergen ansteigen und der Wein gedeiht. Dort kommen reisende Kaufleute, sie spähen voller Angst von ihren warenbeladenen Wagen umher, fürchten sich vor einem Überfall durch die Knappen der Raubritter. Die beiden armen Frauen auf dem schäbigen Gefährt, von zwei schwarzen

Ochsen gezogen, fahren sicher durch den unsicheren Hohlweg und durch die dichten Wälder. Es ist in Franken, hier begegnen sie einem stattlichen Ritter, ihm folgen zwölf für den Kampf gewappnete Knappen; er hält an und betrachtet den seltsamen Aufzug und fragt die beiden Frauen nach

dem Ziel ihrer Reise und aus welchem Lande sie kämen; da antwortet die Jüngere: Aus Thy in Dänemark, berichtet von ihrem Kummer und Elend; und bald sollte es ein Ende haben, der Herrgott hatte es so gefügt. Der fremde Ritter ist ihr Sohn. Er reicht ihr die Hand, er nimmt sie in die Arme; und die Mutter weint, das hat sie jahrelang nicht gekonnt, wohl aber sich auf die Lippe beißen, daß die heißen Blutstropfen hervorsickerten.

Es ist die Zeit, da das Laub fällt, es ist die Zeit der Strandungen, das Meer rollt Weinfässer an Land, für Keller und Küche des Bischofs; über der Flamme brät das gespießte Wildbret; oben innerhalb der vier Wände ist es warm, jetzt, da der Winter sich festbeißt. Neuigkeiten werden vernommen: Jens Glob aus Thy ist mit seiner Mutter heimgekehrt; Jens Glob ladet vor, er ladet den Bischof vor ein geistliches Gericht und vor Gesetz und Recht des Landes.

„Das wird ihm viel nützen!" sagt der Bischof. „Laß ab von deinen Händeln, Ritter Jens!"

Es ist im Jahr darauf, die Zeit, da das Laub fällt, es ist die Zeit der Strandungen, jetzt kommt der eisige Winter; die weißen Bienen schwärmen, sie stechen einen ins Gesicht, bis sie selber schmelzen.

Heute ist das Wetter recht frisch, sagen die Leute, wenn sie aus dem Freien kommen. Jens Glob steht in Gedanken versunken da, so daß er seinen weiten Rock versengt, ja ein Loch hineinbrennt.

„Du Bischof von Börglum! ich bezwinge dich dennoch! Unter dem päpstlichen Mantel kann das Gesetz dich nicht greifen, aber Jens Glob wird dich greifen!"

Da schreibt er einen Brief an seinen Schwager, Herrn Oluf Hase in Salling, ladet ihn ein, am Weihnachtsabend zur Frühmesse in die Kirche von Hvidberg zu kommen; dort drüben wird der Bischof die Messe abhalten, darum reist er von Börglum nach Thyland, das ist Jens Glob bekannt, er weiß es.

Wiese und Sumpf sind von Eis und von Schnee bedeckt, sie tragen Roß und Reiter, den ganzen Zug, den Bischof mit Pfaffen und Knappen; sie nehmen den kürzesten Weg zwischen dem mürben Schilfrohr, durch das der Wind trübselig hindurchsaust.

Stoße in deine Messingtrompete, du fuchsfellbekleideter Spielmann! Das klingt schön in der klaren Luft. So reiten sie über Heide und Moor, die Weide der Fata Morgana am warmen Sommertag, gen Süden, sie wollen zur Kirche von Hvidberg.

Der Wind bläst lauter in seine Trompete, er bläst einen Sturm, ein Herrgottswetter, es nimmt nur zu an heftiger Gewalt. Im Herrgottswetter geht es zum Gotteshaus. Gottes Haus steht fest, aber das Herrgottswetter tobt über Feld und Moor, über Fjord und Meer. Der Börglumer Bischof gelangt zur Kirche, das gelingt Herrn Oluf Hase schwerlich, wie scharf er auch reitet. Er kommt mit seinen Mannen von jenseits des Fjords Jens Glob zu Hilfe, nun der Bischof vor das Gericht des Höchsten geladen werden soll.

Das Gotteshaus ist der Gerichtssaal, der Altar der Richtertisch; die Lichter in den schweren Messingleuchtern sind schon angezündet. Der Sturm liest Klage und Richterspruch vor. Es braust in den Lüften, über Moor und Heide, über die rollenden Wasser. Keine Fähre setzt in solchem Herrgottswetter über den Fjord.

Oluf Hase steht bei Ottesund; dort verabschiedet er seine Mannen, schenkt ihnen Roß und Rüstung, stellt es ihnen frei heimzuziehen und übergibt einen Gruß an sein Weib; allein will er sein Leben dem brausenden Wasser anvertrauen; aber sie sollen für ihn zeugen, daß es nicht seine Schuld ist, wenn Jens Glob ohne Entsatz in der Kirche zu Hvidberg steht. Die getreuen Knappen verlassen ihn nicht, sie folgen ihm hinaus auf das tiefe Gewässer. Zehn werden weggespült; Oluf Hase selber und zwei seiner jungen Knappen erreichen das andere Ufer; noch haben sie vier Meilen zu reiten.

Mitternacht ist vorüber, es ist Weihenacht. Der Wind hat sich gelegt, die Kirche ist erleuchtet; der strahlende Glanz fällt durch die Fenster über Wiese und Heide. Die Frühmesse ist längst zu Ende; im Gotteshaus ist es still, man kann das Wachs von den Kerzen auf den Estrich tropfen hören. Jetzt kommt Oluf Hase.

Im Waffenhaus* entbietet Jens Glob ihm ein „Guten Tag!“ und sagt: „Nun habe ich mich mit dem Bischof verglichen!“

„Hast du das wirklich getan?“ sagt Oluf, „dann sollst weder du noch der Bischof lebend aus der Kirche fortkommen!“

Und das Schwert fährt aus der Scheide, und Oluf Hase haut zu, daß die Bohle in der Kirchentür zersplittert, die Jens Glob zwischen ihn und sich schiebt.

„Halt ein, lieber Schwager, sieh dir den Vergleich erst

* Eingangshalle der Kirche, wo die Ritter ihre Waffen vor dem Gottesdienst ablegten (Anmerkung d. Übers.).

an! Ich habe den Bischof und seine sämtlichen Mannen geschlagen. Sie sagen in der ganzen Sache keinen Mucks mehr, und ich auch nicht wegen all des Unrechts, das meiner Mutter angetan wurde.“

Die Schnuppen in den Kerzen auf dem Altar leuchten so rot, aber röter noch leuchtet es vom Estrich auf; dort liegt im Blute der Bischof mit zerspaltenem Schädel, und erschlagen liegen alle seine Knappen; es ist lautlos und still in der heiligen Weihenacht.

Aber am Abend des dritten Weihnachtstages läuten im Kloster Börglum die Glocken zum Leichenbegängnis; der getötete Bischof und seine geschlagenen Mannen werden unter einem schwarzen Baldachin mit florumwundenen Kandelabern zur Schau ausgestellt. In silberdurchwobenem Brokat, mit dem Krummstab in der kraftlosen Hand liegt der Tote, einstmals ein mächtiger Herr. Weihrauch duftet, die Mönche singen; es klingt wie Klage, es klingt wie ein Richtspruch des Zorns und der Verdammnis, als sollte er weit über das Land vernommen werden, vom Winde getragen, vom Winde mitgesungen; der Wind kann sich zur Ruhe niederlegen, aber niemals wird er ganz still, immer erhebt er sich wieder und singt seine Lieder, singt sie bis hinein in unsere Zeit, singt hier oben von dem Bischof auf

Börglum und seinem harten Anverwandten; er wird in der finsteren Nacht vernommen, von dem furchtsamen Bauern vernommen, der auf dem schweren Sandweg am Kloster Börglum vorüberfährt; vernommen von dem lauschenden Schlaflosen in den dicht ummauerten Räumen von Börglum, und deshalb raschelt es in den langen, laut hallenden Fluren, die zur Kirche hinführen, deren zugemauerter Eingang längst versperrt ist, aber nicht in den Augen des Aberglaubens; sie sehen dort noch die Tür, und sie öffnet sich, die Kerzen von den Messingkronleuchtern der Kirche leuchten, der Weihrauch duftet, die Kirche erstrahlt in der Pracht der Vergangenheit, die Mönche singen die Messe über dem erschlagenen Bischof, der im silberdurchwirkten Brokatmantel daliegt, mit dem Bischofsstab in seiner kraftlosen Hand, und von seiner bleichen, stolzen Stirn leuchtet die blutende Wunde, sie leuchtet wie Feuer; es sind die Sinnesart dieser Welt und ihre bösen Gelüste, die herausbrennen.

Sinkt ins Grab, versinkt in Nacht und Vergessen, unheimliche Erinnerungen aus alter Zeit!

Hört die Stöße des Windes, sie übertönen das grollende Meer! Draußen geht ein Sturm, der Menschenleben kosten wird! Das Meer hat seinen Sinn bis in unsere Zeit nicht gewandelt. Heute nacht ist es nichts als ein Schlund, der verschlingt, morgen vielleicht ein helles Auge, in dem man sich spiegeln kann, wie in alten Zeiten, die wir jetzt begraben haben. Schlafe sanft, wenn du es vermagst!

Jetzt ist es Morgen.

Die neue Zeit scheint voller Sonne in die Stube hinein! Der Wind packt noch einmal zu. Es wird eine Strandung gemeldet, wie in alter Zeit.

Heute nacht ist dort unten bei Lökken, dem kleinen Fischerort mit roten Dächern, wir sehen ihn von den Fenstern hier oben, ein Schiff gestrandet. Es ist auf etwas gestoßen dort draußen, aber die Rettungsrakete schlug eine Brücke zwischen dem Wrack und dem Festland, alle, die an Bord waren, wurden gerettet, sie kamen an Land und ins Bett; heute sind sie ins Kloster Börglum zu Gast geladen.

In den behaglichen Räumen werden sie Gastlichkeit finden und freundlichen Blicken begegnen, können in der Sprache ihres eigenen Landes begrüßt werden, vom Klavier erklingen Melodien ihrer Heimat, und noch ehe sie zu Ende gesungen sind, klingt eine andere Saite, lautlos und dennoch so klangvoll und sicher: der Runenstab des Gedankens erreicht die Heimat der Schiffbrüchigen im fremden Land und meldet von ihrer Errettung; da fühlt sich das Gemüt erleichtert, da kann heute abend beim Fest in der Leutestube von Börglum ein Tanz stattfinden. Den Walzer und Reihentänze werden wir tanzen, und Lieder werden gesungen werden von Dänemark und „dem tapferen Landsoldaten" in jüngster Zeit.

Gesegnet seist du, neue Zeit! Reite auf dem gereinigten Luftstrom den Sommer ins Land! Laß deine Sonnenstrahlen in Herz und Gedanken hineinleuchten! Vor deinem strahlenden Hintergrund schweben die düsteren Sagen aus harten, aus grimmigen Zeiten vorüber.

In der Kinderstube

Vater und Mutter und alle Geschwister waren in der Komödie, nur die kleine Anna und ihr Pate waren allein zu Hause.

„Wir wollen auch eine Komödie spielen!“ sagte er, „und die kann sofort anfangen.“

„Aber wir haben kein Theater“, sagte die kleine Anna, „und wir haben keinen, der spielt! Meine alte Puppe kann nicht, denn sie ist so scheußlich, und meine neue darf sich ihre feinen Kleider nicht zerknautschen.“

„Man kann immer Schauspieler bekommen, wenn man nimmt, was man hat“, sagte der Pate. „Jetzt stellen wir ein Theater auf die Beine. Hier bauen wir ein Buch auf, da eines und dann noch eines, in schräger Reihe. Jetzt drei auf der anderen Seite; so haben wir die Kulissen! Die alte Schachtel, die da liegt, kann der Hintergrund sein; wir kehren den Boden nach außen. Die Bühne stellt eine Stube dar, das kann jeder sehen! Nun müssen wir jemanden haben, der spielt! Laß mal sehen, was es hier in der Spielzeugschublade gibt! Zuerst die Personen, dann machen wir eine Komödie, eins ergibt sich aus dem anderen, und es wird großartig! Hier liegt ein Pfeifenkopf, und hier liegt ein einzelner Handschuh, die können sehr schön Vater und Tochter sein!"

„Aber das sind nur zwei Personen!" sagte die kleine Anna. „Hier liegt meines Bruders alte Weste! kann die nicht Theater spielen?"

„Groß genug ist sie dazu!" sagte der Pate. „Die kann der Bräutigam sein. Sie hat nichts in der Tasche, das ist schon mal interessant, das ist halb und halb unglückliche Liebe! – Und hier haben wir den Stiefel vom Nußknacker mit einem Sporn daran! Potzblitz, alle Wetter! der kann trampeln und stelzen. Der soll der unwillkommene Freier sein, den das Fräulein nicht mag. Was für ein Stück willst du nun haben? Ein Trauerspiel oder ein Volksstück?"

„Ein Volksstück!" sagte die kleine Anna; „das haben die anderen so gern. Kannst du eins?"

„Ich kann hundert!" sagte der Pate. „Was am liebsten angesehen wird, das sind die aus dem Französischen, aber die schicken sich nicht recht für kleine Mädchen. Wir können ja aber eins von den bravsten nehmen, sie ähneln sich alle miteinander. Nun schüttle ich den Sack! Hokuspokus! Funkelnagelneu! Jetzt sind sie funkelnagelneu! Jetzt hör mal, was der Theaterzettel sagt." Und der Pate nahm eine Zeitung und tat, als läse er daraus vor:

„Pfeifenkopf und guter Kopf
Volksstück in einem Akt

Personen

Herr Pfeifenkopf, Vater
Fräulein Handschuh, Tochter
Herr Weste, Liebhaber
Von Stiefel, Freier

Und nun beginnen wir! Der Vorhang geht hoch; wir haben keinen Vorhang, aber dann ist er eben hoch. Alle

Personen sind auf der Bühne; dann haben wir sie gleich bei der Hand. Jetzt rede ich als Vater Pfeifenkopf. Er ist heute böse; man kann es ihm ansehen, er ist geräucherter Meerschaum.

‚Schnick, schnack, schnurre, basselurre! ich bin Herr in meinem Haus! ich bin der Vater meiner Tochter! Wolle man bitte auf das hören, was ich sage! Von Stiefel ist ein Herr,

in dem man sich spiegeln kann, Saffian am Oberteil und Sporen am Unterteil; schnicke, schnicke, schnack! Er soll meine Tochter haben!‘

Achte nun auf die Weste, Annachen!“ sagte der Pate. „Nun spricht die Weste. Sie hat einen umgeklappten Kragen, ist sehr bescheiden, kennt aber ihren eigenen Wert und hat ein Recht, zu sagen, was sie sagt.

‚Fleckenfrei bin ich! Die Gediegenheit muß auch in Betracht gezogen werden. Ich bin aus echter Seide, und ich trage Schnüre.‘

‚Am Hochzeitstag, länger nicht! Sie sind nicht waschecht!‘ es ist Herr Pfeifenkopf, der spricht. ‚Von Stiefel ist wasserdicht, von kräftigem Leder und dennoch sehr fein, kann knarren, mit dem Sporn klirren und hat etwas Italienisches.‘“

„Aber sie müssen in Versen sprechen!“ sagte die kleine Anna, „das soll am niedlichsten sein.“

„Das können sie auch!“ sagte der Pate. „Und wenn das Publikum es will, steht ihnen der Mund nicht still! – Schau dir das kleine Fräulein Handschuh an, wie sie die Finger ausstreckt.

‚Lieber, wenn ich kann,
Wär ich ohne Mann!
Ach!
Ich kann's nicht ertragen,
Mir platzt der Magen.'

‚Schnack!'

Das war Vater Pfeifenkopf; jetzt spricht Herr Weste:

‚Geliebtes Fräulein Handschuh!
So wahr ich bin geboren,
Mein für immer solln Sie sein,
Das hat Holger Danske geschworen.'

Stiefel schlägt aus, trampelt auf den Fußboden, klirrt mit dem Sporn und rennt drei Kulissen über den Haufen."

„Das ist wunderbar schön!" sagte die kleine Anna.

„Still, still!" sagte der Pate; „stummer Beifall beweist, daß du gebildetes Publikum im ersten Parkett bist. Jetzt singt Fräulein Handschuh ihre große Arie mit Zittern:

‚Ich kann nicht reden,
So muß ich denn krähen
In den hohen Sälen, kikeriki!'

Jetzt kommt das Aufregendste, Annachen! Das ist das Wichtigste in der Komödie! Siehst du, Herr Weste knöpft sich auf, seine Rede wirft er bis zu dir hinunter, damit du klatschst; aber unterlaß es! Es ist vornehmer. Hör nur, wie es in der Seide raschelt: ‚Wir sind völlig außer uns! Nehmen Sie sich in acht! Jetzt kommt die Intrige! Sie sind Pfeifenkopf, ich bin der gute Kopf – wupp, sind Sie weg!' Hast du das gesehen, Annachen?" sagte der Pate. „Szenerie und Spiel sind ausgezeichnet; Herr Weste hat den alten Pfeifenkopf gepackt und in seine Tasche gesteckt; da liegt er, und Herr Weste spricht: ‚Sie sind in meiner Tasche, in meiner tiefsten Tasche! Niemals kommen Sie da heraus, ehe Sie nicht versprechen, mich mit Ihrer Tochter zu vereinigen, Fräulein Handschuh linker Hand; ich strecke die Rechte vor!'"

„Das ist furchtbar schön!" sagte die kleine Anna.

„Und nun antwortet der alte Pfeifenkopf:

‚Mir ist ganz blümerant,
Es ist nicht amüsant.
Ich habe einen schweren Stand.
Ich merke, mir fehlt mein hohles Rohr,
Ach, nie zuvor
War so taub mein Ohr.
Nehmen Sie meinen Kopf
Aus der Tasche, und
Schließen Sie mit meiner Tochter
Den Ehebund!'"

„Ist die Komödie schon aus?" fragte die kleine Anna.

„Ih, bewahre!" sagte der Pate, „die ist nur für Herrn Stiefel aus. Die Liebenden knien nieder, der eine singt:

‚Vater, oh, höre!'

der andere:

‚Nimm den Kopf und beehre
Mit deinem Segen Tochter und Sohn!'

Sie erhalten seinen Segen, feiern Hochzeit, und die Möbel singen im Chor:

,Knitsch, knatsch, knaus,
Wir sagen alle danke!
Das Stück, das ist jetzt aus!'

Und nun klatschen wir!" sagte der Pate, „rufen sie alle miteinander hervor, auch die Möbel. Die sind aus Mahagoni!"

„Ist unsere Komödie nun ebenso gut wie die, die die anderen im richtigen Theater sehen?"

„Unsere Komödie ist viel besser!" sagte der Pate; „sie ist kürzer, sie ist uns frei Haus geliefert worden, und die Zeit bis zum Tee ist verflogen."

Des Trommlers Frau ging in die Kirche; sie sah sich den neuen Altar mit gemalten Bildern und geschnitzten Engeln an; die waren so schön, die auf der Leinwand in Farben und Strahlenkranz ebenso wie die in Holz geschnitzten, dazu angemalt und vergoldet. Das Haar glänzte wie Gold und Sonnenschein, herrlich anzusehen; aber Gottes Sonnenschein war doch noch schöner; er glänzte heller, röter zwischen den dunklen Bäumen hindurch, wenn die Sonne unterging. Herrlich, in Gottes Antlitz zu schauen! Und sie blickte in die rote Sonne, und ihre Gedanken waren innig, sie dachte an das Kleine, das der Storch bringen würde, und des Trommlers Frau freute sich so sehr, sie schaute und schaute, und sie wünschte, das Kind möge Glanz von dort erhalten, jedenfalls einem der strahlenden Engel auf dem Altarbild ähnlich werden.

Und als sie dann ihr kleines Kind wirklich im Arm hielt und es dem Vater entgegenstreckte, da war es anzuschauen wie einer der Engel in der Kirche, das Haar war wie Gold; der Schimmer der sinkenden Sonne lag darüber.

„Mein Goldschatz, mein Reichtum, mein Sonnenschein!" sagte die Mutter und küßte die schimmernden Locken; und in der Stube des Trommlers klang es wie Musik und Gesang; hier herrschte Freude, Leben und Aufregung. Der Trommler schlug einen Wirbel, einen Freudenwirbel. Die Trommel ging, die Brandtrommel ging.

„Rotes Haar! Das Kind hat rotes Haar! Glaube dem Trommelfell und nicht dem, was deine Mutter sagt! Trummelumm! trummelumm!"

Und die Stadt redete, wie die Brandtrommel redete.

Der Junge kam in die Kirche, der Junge wurde getauft. Gegen den Namen war nichts einzuwenden: Peter wurde er getauft. Die ganze Stadt, auch die Trommel, nannte ihn Peter, des Trommlers Junge mit dem roten Haar; aber seine Mutter küßte ihn auf sein rotes Haar und nannte ihn Goldschatz.

In den Hohlweg, in den lehmigen Hang, hatte manch einer seinen Namen eingekratzt, um nicht vergessen zu werden.

„Berühmtheit!" sagte der Trommler, „das ist immerhin was!" und dann kratzte er ebenfalls seinen Namen und den seines Söhnchens ein.

Und die Schwalben kamen: sie hatten auf ihren langen Reisen eine dauerhaftere Schrift in die Felsenwand eingemeißelt gesehen, auf der Tempelwand in Hindustan: große Taten mächtiger Könige, unsterbliche Namen, so alt, daß heute keiner sie lesen oder nennen konnte.

Namenswert! Berühmtheit!

Im Hohlweg nisteten die Uferschwalben; sie bohrten sich Löcher in den Hang, Regen und Wind spülten und bröckelten die Namen ab, auch die des Trommlers und seines Söhnchens.

„Peter ist immerhin anderthalb Jahre stehengeblieben!" sagte der Vater.

„Narren!" dachte die Brandtrommel, aber sie sagte nur: „Dumm, dum, dum! dummelum!"

Der Junge wurde ein Bursche voller Lust und Leben, „des Trommlers Sohn mit dem roten Haar." Eine herrliche Stimme hatte er; singen konnte er, und singen tat er, wie die Vögel im Walde; es war Melodie und doch keine Melodie darin.

„Er müßte Chorknabe werden!" sagte die Mutter; „in der Kirche singen, dort unter den wunderbaren, vergoldeten Engeln stehen, denen er gleicht!"

„Feuerkater!" sagten die Witzbolde in der Stadt. Die Trommel hörte es von den Nachbarsfrauen.

„Geh nicht nach Hause, Peter!" riefen die Straßenjungen. „Schläfst du unterm Dach, dann gibt es Feuer im oberen Stock, und dann geht die Brandtrommel."

„Nehmt euch in acht vor den Trommelstöcken!" sagte Peter; und wie klein er auch war, so ging er doch furchtbar drauflos und jagte dem Zunächststehenden seine Faust in den Bauch, so daß diesem die Beine wegrutschten und die anderen die Beine in die Hand nahmen, ihre eigenen Beine.

Der Stadtmusikant war so vornehm und fein, er war der Sohn eines königlichen Silberkämmerers; dem gefiel Peter, er nahm ihn stundenlang mit zu sich nach Hause, gab ihm eine Geige und lehrte ihn spielen; es war, als hätte der Junge es in den Fingern; er wollte mehr werden als Trommler, er wollte Stadtmusikant werden.

„Soldat will ich werden!“ sagte Peter; denn er war noch ein ganz kleiner Kerl und meinte, es wäre das Herrlichste

von der Welt, ein Gewehr zu haben und so „eins, zwei! eins, zwei!“ zu marschieren und Uniform und Säbel zu tragen.

„Du wirst es lernen, dem Kalbfell zu gehorchen! Trummelumm! komm, komm!“ sagte die Trommel.

„Ja, wenn er bis zum General hinaufmarschieren könnte!“ sagte der Vater; „aber dazu muß Krieg sein!“

„Gott bewahre uns davor!“ sagte Mutter.

„Wir haben nichts zu verlieren!“ sagte Vater.

„Ja, wir haben immerhin meinen Jungen!“ sagte sie.

„Wenn er nun aber als General heimkehrt!“ sagte Vater.

„Ohne Arme und Beine!“ sagte Mutter; „nein, ich möchte meinen Goldschatz heil behalten!“

„Tromm! tromm! tromm!“ Die Brandtrommel ging, alle Trommeln gingen. Es war Krieg. Die Soldaten zogen aus, und des Trommlers Junge zog mit: „Rotschopf! Goldschatz!“ Die Mutter weinte; der Vater sah ihn in Gedanken

„berühmt", der Stadtmusikant meinte, er solle nicht in den Krieg ziehen, sondern bei der Stadtmusik bleiben.

„Rotschopf!" sagten die Soldaten, und Peter lachte; sagte aber der eine oder andere: „Fuchsbalg!" dann kniff er den Mund zusammen, sah in die weite Welt hinaus; das Schimpfwort kümmerte ihn nicht.

Brauchbar war der Junge; unerschrockenen Gemüts, guter Laune, und das ist die beste Feldflasche, sagten die alten Kameraden.

In Regen und Sturm, bis auf die Haut durchnäßt, mußte er manche Nacht unter freiem Himmel schlafen, aber die gute Laune verließ ihn nicht, die Trommelstöcke schlugen: „Trommelom! Alle Mann hoch!" O ja, er war in der Tat ein geborener Trommler.

Es war am Tage einer Schlacht; die Sonne war noch nicht aufgegangen, aber Morgen war es, die Luft kalt, der Kampf heiß; es lag Nebel in der Luft, aber noch mehr Pulverdampf. Die Kugeln und Granaten flogen über die Köpfe hinweg und in die Köpfe hinein, in Leib und Glieder; aber vorwärts ging es. Dieser und jener brach in die Knie, aus der Schläfe blutend, kreidebleich im Gesicht. Der kleine Trommler hatte noch seine gesunde Farbe; er hatte keinen Schaden davongetragen; er blickte mit einem überaus vergnügten Gesicht den Regimentsköter an, der vor ihm herhüpfte, so richtig fröhlich, als wäre das Ganze ein Heidenspaß, als schlügen die Kugeln nur ein, um mit ihm zu spielen.

„Marsch! Vorwärts marsch!“ waren die Kommandoworte für die Trommel; und diese Worte sollten nicht widerrufen werden; aber sie können widerrufen werden, und darin kann viel Klugheit liegen; und nun wurde gesagt: „Zurück!“ und da schlug der kleine Trommler: „Marsch! Vorwärts!“ so verstand er den Befehl, und die Soldaten gehorchten dem Kalbfell. Es waren gute Trommelschläge, sie spornten jene zum Siege an, die im Begriff waren, zurückzuweichen.

Leben und Leiber gingen in dieser Schlacht drauf. Die Granate zerreißt das Fleisch in blutende Fetzen; die Granate steckt den Strohhaufen in Brand, zu dem der Verwundete sich hingeschleppt hat, um viele Stunden hier verlassen zu liegen, vielleicht für dies Leben verlassen. Es hat keinen Zweck, daran zu denken! Und dennoch denkt man daran, sogar weit fort in der friedlichen Stadt; dort dachten der Trommler und seine Frau daran; Peter war ja im Krieg.

„Jetzt habe ich das Gewinsel satt!“ sagte die Brandtrommel.

Es war am Tage einer Schlacht; die Sonne war noch nicht aufgegangen, aber der Morgen war da. Der Trommler und seine Frau schliefen, das hatten sie fast die ganze Nacht nicht getan; sie hatten vom Sohn gesprochen; er war ja dort draußen – „in Gottes Hand“. Und der Vater träumte, der Krieg wäre aus, die Soldaten kämen nach Hause und Peter hätte das silberne Kreuz auf der Brust; aber die Mutter träumte, daß sie in die Kirche einträte, die Gemälde und die geschnitzten Engel mit dem vergoldeten Haar anschaute; und ihr eigener, lieber Junge, der Goldschatz ihres Herzens, stände in weißem Gewande mitten unter den Engeln und sänge so schön, wie sicherlich nur Engel singen können, und mit ihnen stiege er zur Sonne empor und nickte seiner Mutter so liebevoll zu.

„Mein Goldschatz!" rief sie und erwachte in selbiger Minute. „Nun hat der Herrgott ihn zu sich genommen!" sagte sie, faltete die Hände, lehnte den Kopf gegen den kattunenen Bettvorhang und weinte. „Wo ruht er jetzt unter den vielen in dem großen Grab, das sie für die Toten schaufeln? Vielleicht im tiefen Sumpf! Keiner kennt sein Grab! Kein Gotteswort wird für ihn gelesen!" Und das Vaterunser kam lautlos über ihre Lippen; sie neigte den Kopf, sie war so müde, nickte ein Weilchen ein.

Die Tage gehen dahin, im Leben und in den Träumen!

Es war um die Abendstunde; ein Regenbogen erhob sich über der Walstatt, er berührte den Waldrand und das tiefe Moor. Im Volksglauben wird gesagt und bewahrt: Wo der Regenbogen die Erde berührt, liegt ein Schatz begraben, ein Goldschatz; auch hier lag einer; niemand dachte an den kleinen Trommler außer seiner Mutter, und darum träumte sie das.

Und die Tage gehen dahin, im Leben und in den Träumen!

Kein Haar auf dem Kopf war ihm gekrümmt worden, kein Goldhaar. „Trommelom, trommelom, er kommt! er kommt!" hätte die Trommel sagen und seine Mutter singen können, hätte sie es gesehen oder geträumt.

Mit Gesang und Hurra, mit dem Grün des Sieges ging es heimwärts, als der Krieg zu Ende, der Friede geschlossen war. Der Regimentsköter sprang in großen Kreisen vorauf, als wollte er den Weg dreimal so lang machen, wie er war.

Und Wochen vergingen und Tage, und Peter trat in die Stube der Eltern; er war so braun wie ein Wilder, seine Augen so hell, sein Gesicht strahlte wie der Sonne Schein. Und die Mutter hielt ihn umfangen, küßte seinen Mund, seine Augen, sein rotes Haar. Sie hatte ihren Jungen wieder; er hatte kein silbernes Kreuz auf der Brust, wie es der Vater geträumt hatte, aber er hatte heile Gliedmaßen, wie die Mutter es nicht geträumt hatte. Und es herrschte große Freude; sie lachten, und sie weinten. Und Peter umarmte die alte Brandtrommel.

„Da steht das alte Gestell noch immer!" sagte er. Und Vater schlug einen Wirbel darauf.

„Es ist gerade, als wäre hier eine große Feuersbrunst aus, gebrochen!" sagte die Brandtrommel. „Feuer im Dachstuhl-Feuer im Herzen, Goldschatz! daß ich nicht lache! Ha, ha, ha!"

Und nun? Ja, was nun? Fragt nur den Stadtmusikanten!

„Peter wächst einfach über die Trommel hinaus", sagte er; „Peter wird größer als ich!" und er war doch immerhin der Sohn eines königlichen Schatzkämmerers; aber alles, was er während eines ganzen Lebens gelernt hatte, lernte Peter in einem halben Jahr.

Er hatte etwas an sich, etwas Frohgemutes, Herzensgutes. Die Augen leuchteten, und das Haar leuchtete – das ist nicht zu leugnen.

„Er sollte sich das Haar färben lassen!" sagte Mutter Nachbarin. „Der Tochter vom Polizisten ist es wunderschön geraten! Und sie hat sich verlobt."

„Aber das Haar wurde ja gleich darauf grün wie Entengrütze und muß immer aufgefärbt werden."

„Das kann sie sich leisten!" sagte Mutter Nachbarin, „und das kann Peter auch. Er verkehrt in den vornehmsten Häusern, sogar bei Bürgermeisters, gibt Fräulein Lotte Unterricht im Klavierspiel!"

Spielen konnte er! Ja, aus der Phantasie spielte er das schönste Stück, das noch nie auf ein Notenblatt niedergeschrieben worden war. Er spielte in den hellen Nächten und in den dunklen auch. Es wäre nicht auszuhalten, sagten die Nachbarn und die Brandtrommel.

Er spielte, daß die Gedanken aufkeimten und große Zukunftspläne emporstiegen: Berühmtheit!

Und Bürgermeisters Lotte saß am Klavier; ihre zarten Finger tänzelten über die Tasten, daß es bis in Peters Herz hineinklang; es war, als würde es ihm viel zu weit, und das geschah nicht einmal, sondern viele Male, und da ergriff er eines Tages die feinen Finger und die schön geformte Hand, und er küßte sie und sah dem Mädchen in die großen, braunen Augen; der Herrgott weiß, was Peter sagte; wir anderen dürfen es raten. Lotte wurde rot bis über Hals und

Schultern, kein Wort erwiderte sie – es kam gerade Besuch in die Stube, der Sohn des Etatsrats, der hatte eine hohe, glatte Stirn, ganz bis nach hinten, bis zum Hinterkopf. Und Peter blieb lange bei ihnen sitzen, und Lotte lächelte ihm am freundlichsten zu.

Abends daheim sprach er von der weiten Welt und dem Goldschatz, der für ihn in der Violine verborgen lag.

Berühmtheit!

„Tummelumm! tummelumm! bumm bumm!" sagte die Brandtrommel. „Jetzt ist es ganz schlimm mit dem Peter! Ich glaube, im Hause brennt's."

Mutter ging am nächsten Tag auf den Markt.

„Weißt du das Neueste, Peter!" sagte sie, als sie zurückkam, „etwas Schönes! Bürgermeisters Lotte hat sich mit dem Sohn vom Etatsrat verlobt; und zwar gestern abend!"

„Nein!" sagte Peter und sprang vom Stuhle hoch. Aber die Mutter sagte: doch! Sie hätte es von der Frau des Barbiers, und deren Mann wieder hätte es aus des Bürgermeisters eigenem Mund.

Und Peter wurde bleich wie ein Laken, und er setzte sich wieder hin.

„Herrgott, was ist dir denn?" fragte die Mutter.

„Gut! gut! Laß mich sein!" sagte er, und die Tränen liefen ihm über die Wangen.

„Mein gutes Kind! mein Goldschatz!" sagte die Mutter und weinte; aber die Brandtrommel sang, in ihrem Innern, nicht laut.

„Lott' ist tot! Lott' ist tot! Ja, das Lied ist aus!"

Das Lied war nicht aus, das hatte noch viele Verse, lange Verse, die allerschönsten, einen regelrechten Goldschatz.

„Sie hüpft umher und ist ganz aus dem Häuschen!" sagte Mutter Nachbarin. „Alle Welt soll die Briefe lesen, die sie von ihrem Goldschatz bekommt, soll hören, was die Zeitungen über ihn und seine Geige sagen. Geld schickt er ihr, das kann sie brauchen, wo sie jetzt als Witwe dasitzt."

„Er spielt vor Kaisern und Königen!" sagte der Stadtmusikant. „Das Los ist mir nicht beschieden gewesen; aber er ist mein Schüler und vergißt seinen alten Lehrer nicht."

„Vater hat doch wahrhaftig geträumt", sagte Mutter, „daß Peter mit dem silbernen Kreuz auf der Brust aus dem Kriege heimkehrte, er hat es nicht im Kriege bekommen, da bekommt man es sicherlich nicht so leicht! Jetzt hat er den Danebrogorden. Das hätte Vater erleben müssen!"

„Berühmt!" sagte die Brandtrommel, und die Vaterstadt sagte es ebenfalls; des Trommlers Sohn, Peter mit dem roten Haar, Peter, den sie als kleines Kind mit Holzschuhen hatte herumlaufen sehen, als Trommler, und wie er zum Tanze aufspielte, berühmt!

„Er hat uns etwas vorgespielt, ehe er vor den Königen spielte!" sagte des Bürgermeisters Gemahlin. „Er war damals von Lotte ganz hin! Er hat immer hoch hinauf geschaut! Damals war es naseweis und völlig abwegig! Mein eigener Mann hat gelacht, als er von dem Unsinn hörte! Jetzt ist Lotte Frau Etatsrat!"

Ein Goldschatz war dem armen Kind in Herz und Seele gesenkt worden, das als kleiner Trommler mit seinem „Marsch! vorwärts!" jene zum Siege führte, die im Begriff waren zurückzuweichen. In seiner Brust lag ein Goldschatz, die Flut der Töne; es brauste von der Geige auf, als steckte eine ganze Orgel darin, als tänzelten über die Saiten alle Elfen einer Sommernacht; man vernahm das Flöten der Drossel und des Menschen helle Stimme; deshalb hallte es in Berückung durch die Herzen, deshalb wurde sein Name durch die Lande getragen. Es war eine große Feuersbrunst, die Feuersbrunst der Begeisterung.

„Und dann ist er so schön!" sagten die jungen Damen, die alten ebenfalls; ja, die Älteste unter ihnen schaffte sich ein Album für berühmte Haarlocken an, nur um sich eine Locke von des jungen Geigers reichem, herrlichem Haar erbitten zu können, einen Schatz, einen Goldschatz.

Und in des Trommlers ärmliche Stube trat der Sohn ein, fein wie ein Prinz, glücklicher als ein König, die Augen waren so strahlend, das Gesicht wie Sonnenschein. Und er nahm seine Mutter in die Arme, und sie küßte seinen warmen Mund und weinte so glückselig, wie man aus Freude weint; und er nickte jedem alten Möbel in der Stube zu, der Ziehkiste mit den Teetassen und Vasen; er nickte der Schlafbank zu, auf der er als kleines Kind geschlafen hatte; aber die alte Brandtrommel stellte er mitten in die Stube, und er sagte zu seiner Mutter und zugleich zu der Trommel gewandt: „Vater hätte heute einen Wirbel geschlagen! Nun muß ich es tun!" Und er schlug auf der Trommel ein ganzes Donnerwetter, und die fühlte sich so geehrt dadurch, daß ihr Kalbfell platzte.

„Er hat eine herrliche Faust!" sagte die Trommel. „Nun habe ich doch für immer ein Andenken an ihn! Ich vermute, daß auch Mutter vor Freude über ihren Goldschatz platzt."

Das ist die Geschichte von Goldschatz.

Der Sturm zieht mit den Schildern um

In alter Zeit, als Großvater ein ganz kleiner Junge war und mit roten Hosen, roter Joppe, einer Schärpe um den Leib und einer Feder an der Mütze herumlief – denn so gingen in seiner Kindheit die kleinen Jungen angezogen, wenn sie ordentlich herausgeputzt waren –, da war so vieles ganz anders als jetzt; da gab es oftmals Feste auf der Straße, Pracht wie wir sie nicht kennen, denn die ist abgeschafft, diese Feste wurden altmodisch; aber Spaß macht es, Großvater davon erzählen zu hören.

Es muß damals wirklich eine Pracht gewesen sein, zuzusehen, wie die Schuhmacher mit ihren Schildern umzogen, wenn sie das Zunfthaus wechselten. Ihre seidene Fahne flatterte; auf die war ein großer Stiefel gemalt und ein Adler mit zwei Köpfen; die jüngsten Gesellen trugen den Zunftpokal und die Lade, und an ihren Hemdärmeln flatterten rote und weiße Bänder; die älteren gingen mit gezücktem Degen, an dessen Spitze eine Zitrone saß. Die Musik schmetterte, und am schönsten von allen Instrumenten war der „Vogel", wie Großvater die große Stange mit dem Halbmond darauf und allem möglichen klingelnden Tingeltangel daran nannte, richtige türkische Musik. Die Stange wurde hochgehoben und geschwenkt, sie klingelte und klang, und es blendete einem richtig die Augen, wenn man die Sonne auf all dem Gold, Silber oder Messing blitzen sah.

Vor dem Zuge lief Harlekin, in einem Anzug, der aus allen möglichen bunten Lumpen zusammengenäht war, schwarz im Gesicht und mit Schellen auf dem Kopf, genau wie ein Schlittenpferd; und dann schlug er mit seinem breiten Stab auf die Leute ein, daß es knallte, ohne weh zu tun, und die Leute drängelten sich, um hierhin und dorthin zu kommen; kleine Knaben und Mädchen fielen über ihre eigenen Beine in den Rinnstein hinunter; alte Weiblein pufften mit den Ellbogen, machten ein mürrisches Gesicht und schimpften. Einer lachte, ein anderer schwatzte; auf den Treppen und in den Fenstern, ja, ganz oben auf dem Dach waren Leute. Die Sonne schien; ein bißchen Regen kriegten sie auch ab, aber das war gut für den Landmann, und wenn sie ordentlich durchweicht wurden, dann war es ein wahrer Segen für das Land.

Oh, wie Großvater erzählen konnte! Er hatte als kleiner Junge all diese Pracht in ihrer größten Herrlichkeit erlebt. Der älteste Zunftgeselle hielt eine Ansprache von dem Gerüst aus, auf dem das Schild ausgehängt wurde, und die Rede war in Versen, so als wäre sie gedichtet worden, und das war sie auch: sie hatten es zu dritt gemacht und hatten zuvor eine ganze Terrine Punsch getrunken, damit die Verse richtig gut würden. Und die Leute riefen nach der Ansprache hurra, aber für den Harlekin riefen sie noch mehr hurra, als er auf dem Gerüst zum Vorschein kam und Gesichter schnitt. Der Narr konnte ganz ausgezeichnet Narrenspossen treiben und trank Met aus einem Schnapsglas, das er dann unter die Leute schleuderte, die es in der Luft auffingen. Großvater hatte eins davon, das der Kalklöscher gefangen und ihm geschenkt hatte. Das war wirklich lustig. Und das Schild hing mit Blumen und Grün an dem neuen Zunfthaus.

„Solch ein Fest vergißt man nie, wie alt man auch wird", sagte Großvater, und er vergaß es auch nicht, ungeachtet dessen, daß er manch andere Festlichkeit und Herrlichkeit zu sehen bekommen hatte und davon erzählte, aber am lustigsten war es doch, ihn erzählen zu hören, wie drinnen in der großen Stadt mit den Schildern umgezogen wurde.

Großvater fuhr ja als kleines Kind mit seinen Eltern dorthin; er hatte damals die größte Stadt des Landes noch nie gesehen. Da gab es so viele Menschen auf der Straße, daß er meinte, es sollte mit den Schildern umgezogen werden, und da gab es viele Schilder, mit denen umgezogen werden mußte; man hätte Hunderte von Stuben mit Bildern füllen können, wenn man sie drinnen und nicht draußen aufgehängt hätte. So waren da beim Schneider alle Arten von Kleidung draufgemalt, der konnte die Leute von grob in fein umnähen; da waren Schilder der Zigarrenwickler mit den reizendsten kleinen Jungen, die eine Zigarre rauchten, genau wie in Wirklichkeit; da gab es Schilder mit Butter und Salzheringen, Priesterkrausen und Särgen und außerdem noch Inschriften und Anschläge; man konnte mühelos einen ganzen Tag in den Straßen auf und ab gehen und sich an Bildern satt sehen, und dann wußte man sofort, welche Menschen dort drinnen wohnten, sie hatten selber ihr Schild ausgehängt, und es ist so gut, sagte Großvater, und so lehrreich, in einer großen Stadt zu wissen, wer drinnen im Haus wohnt.

Aber dann, als Großvater gerade in die Stadt kam, sollte mit den Schildern etwas geschehen; er hat es selbst erzählt, und er hatte keinen Schalk im Nacken sitzen, wie Mutter behauptete, wenn er mir etwas einreden wollte; er sah ganz zuverlässig aus.

In der ersten Nacht, nachdem er in die große Stadt gekommen war, gab es hier das fürchterlichste Unwetter, von dem man jemals in der Zeitung gelesen hatte, ein Unwetter, wie es seit Menschengedenken nicht vorgekommen war. Die ganze Luft war voll von Dachziegeln; alte Bretterzäune kippten um, ja, da war sogar ein Schubkarren, der fuhr von selber die Straße hinab, nur um sich in Sicherheit zu bringen. Es heulte in der Luft, es brüllte und rüttelte, es war ein ganz fürchterlicher Sturm. Das Wasser in den Kanälen stieg bis über das Bollwerk, es wußte nicht, wohin es sollte. Der Sturm fegte über die Stadt hinweg und nahm Schornsteine mit; mehr als eine alte, stolze Kirchturmspitze mußte sich krumm machen und hat es seitdem niemals verwunden.

Vor dem Haus des alten, biederen Feuerwehrhauptmanns, der immer mit der letzten Spritze ankam, stand ein Schilderhaus, der Sturm wollte ihm das kleine Schilderhaus nicht gönnen, es wurde aus den Zapfen gerissen und polterte die Straße hinab; und seltsamerweise richtete es sich vor dem Haus auf, wo der armselige Zimmergeselle wohnte, der beim letzten Brand drei Menschen das Leben gerettet hatte, und dort blieb es stehen; aber es dachte sich nichts dabei.

Das Schild vom Barbier, der große Messingteller, wurde heruntergerissen und in die Fensternische des Justizrats versetzt, und das wäre fast eine Boshaftigkeit, sagte die ganze Nachbarschaft, denn bei ihr und den allerintimsten Freundinnen hieß die gnädige Frau das Schermesser. Sie war so klug, sie wußte mehr über die Menschen, als die Menschen über sich selber wußten.

Ein Schild mit einem abgebildeten gedörrten Klippfisch flog über eine Tür, wo ein Mann wohnte, der eine Zeitung schrieb. Das war ein peinlicher Scherz vom Sturmwind, er hatte sicher nicht daran gedacht, daß mit einem Zeitungsschreiber durchaus nicht zu spaßen ist, er ist in seiner eigenen Zeitung und in seiner eigenen Meinung König.

Der Wetterhahn flog auf das Dach des gegenüberliegenden Hauses, und da stand er wie die schwärzeste Bosheit, sagten die Nachbarn.

Das Faß des Böttchers wurde unter „Damenputz" aufgehängt.

Der Speisezettel der Garküche, der in einem dicken Rahmen an der Tür hing, wurde vom Sturm über dem Eingang des Theaters aufgestellt, wo die Leute nie hingingen; es war ein komisches Plakat: „Meerrettichsuppe und gefüllter Kohl." Aber jetzt kamen Leute!

Der Fuchspelz des Kürschners, der dessen ehrbares Schild ist, wurde auf den Klingelzug des jungen Mannes befördert, der immer in die Frühpredigt ging, wie ein zuge-

klappter Regenschirm aussah, nach Wahrheit strebte und „Beispiel“ war, wie seine Tante sagte.

Die Inschrift „Höhere Bildungsanstalt“ wurde zum Billardklub hinüberversetzt, und die Anstalt selber bekam das Schild: „Hier werden Kinder mit der Flasche gestillt“; es war durchaus nicht witzig, nur ungezogen, aber der Sturm hatte es nun mal getan, und dem kann man nicht befehlen.

Es war eine fürchterliche Nacht; und morgens, denk nur, da waren fast alle Schilder in der Stadt umgezogen; und an manchen Stellen war es mit einer solchen Bosheit geschehen, daß Großvater es nicht erzählen wollte, aber er lachte sich ins Fäustchen, das sah ich sehr wohl, und es ist möglich, daß ihm jetzt doch etwas im Nacken saß.

Die armen Menschen in der großen Stadt, namentlich die Fremden, irrten sich nun völlig in den Menschen, und das war ja auch nicht anders möglich, wenn sie sich nach den Schildern richteten. Manche wollten in eine sehr ernsthafte Versammlung von Älteren hinein, die die wichtigsten Dinge besprechen wollten, und dann kamen sie in eine brüllende Knabenschule, die im Begriff war, auf die Tische zu springen.

Es gab Leute, die die Kirche mit dem Theater verwechselten, und das ist doch entsetzlich!

Einen solchen Sturm hat es in heutiger Zeit aber nicht mehr gegeben, nur Großvater hat ihn erlebt, und da war er noch ganz klein; ein solcher Sturm kommt vielleicht auch zu unseren Lebzeiten gar nicht vor, aber zu Lebzeiten unserer Enkel; dann wollen wir aber hoffen und beten, daß sie in ihren vier Wänden bleiben, wenn der Sturm mit den Schildern umzieht.

Die Teekanne

Es war eine stolze Teekanne, sie war stolz auf ihr Porzellan, stolz auf ihre lange Tülle, stolz auf ihren breiten Henkel; sie hatte vorn etwas und hinten etwas, die Tülle vorn, den Henkel hinten, und davon redete sie; aber sie redete nicht von ihrem Deckel, der war zerbrochen, der war gekittet worden, der hatte einen Mangel, und von seinem Mangel redet man nicht gern, das tun schon die anderen. Tassen, Sahnegießer und Zuckerschale, das ganze Teegeschirr würde sicherlich das Gebrechen des Deckels eher im Gedächtnis behalten als den guten Henkel und die ausgezeichnete Tülle; das wußte die Teekanne.

„Ich kenne sie!“ sagte sie ganz leise für sich, „ich kenne auch wohl meinen Mangel, und ich bekenne mich zu ihm, darin liegt meine Demut, meine Bescheidenheit; Mängel haben wir alle, aber man ist doch auch begabt. Die Tassen bekamen einen Henkel, die Zuckerdose einen Deckel, ich bekam nun beides und noch eine Sache vorweg, die sie nie bekommen, ich bekam eine Tülle, die macht mich zur Königin auf dem Teetisch. Der Zuckerdose und dem Sahnegießer ist es vergönnt, die Dienerinnen des Wohlgeschmacks zu sein, aber ich bin die Geberin, die Gebieterin, ich bringe den dürstenden Menschen Segen; in meinem Inneren werden die chinesischen Blätter in dem kochenden, geschmacklosen Wasser verarbeitet.“

All dies sagte die Teekanne in ihrer freimütigen, jugendlichen Art. Sie stand auf dem gedeckten Tisch, sie wurde von der feinsten Hand hochgehoben; aber die feinste Hand war ungeschickt, die Teekanne fiel hinunter, die Tülle brach ab, der Henkel brach ab, von dem Deckel zu reden, lohnt sich nicht, von dem ist genug geredet worden. Die Teekanne lag ohnmächtig auf dem Fußboden, das kochende Wasser lief heraus. Es war ein schwerer Schlag für sie, und das schwerste war, daß sie lachten, sie lachten über sie und nicht über die ungeschickte Hand.

„Diese Erinnerung wird wohl niemals von mir weichen!" sagte die Teekanne, wenn sie späterhin ihren Lebenslauf selber erzählte. „Ich wurde Invalide genannt, in eine Ecke gestellt und am Tage drauf an eine Frau verschenkt, die um Kochfett bettelte; ich geriet in Armut, stand ohne Zweck da, sowohl innen wie außen, aber wie ich da stand, begann mein besseres Leben; man ist etwas und wird doch etwas ganz anderes. Erde wurde in mich hineingetan; das ist für eine Teekanne so, als würde man begraben, aber in die Erde wurde eine Blumenzwiebel gelegt; wer sie da hineingelegt, wer sie geschenkt hatte, weiß ich nicht, geschenkt wurde sie, ein Ersatz für die chinesischen Blätter und das kochende Wasser, ein Ersatz für den abgebrochenen Henkel und die abgebrochene Tülle. Und die Zwiebel lag in der Erde, die Zwiebel lag in mir, sie wurde mein Herz, mein lebendiges Herz, ein solches hatte ich nie zuvor besessen. Es war Leben in mir, es war Kraft in mir, viel Kraft; der Puls schlug, die Zwiebel keimte, sie war nahe daran, von Gedanken und Gefühlen gesprengt zu werden; diese schossen in Blüte; ich sah sie, ich trug sie, ich vergaß mich selber über ihrer Schönheit; gesegnet ist es, sich selber über anderen zu vergessen! Sie sagte mir keinen Dank; sie dachte nicht an mich; sie wurde bewundert und gerühmt. Ich freute mich so sehr darüber, wie sehr mußte sie es dann erst tun. Eines Tages hörte ich, wie man sagte, sie verdiene einen besseren Topf. Man hieb mich in der Mitte durch; das tat fürchterlich weh; aber die Blume kam in einen besseren Topf, und ich wurde auf den Hof hinausgeworfen, liege da als ein alter Scherben – aber ich habe die Erinnerung, die kann mir keiner nehmen."

Der Vogel des Volkslieds

Eine Stimmung

Es war Winter; die Erde hatte eine Schneedecke, die wie Marmor wirkte, aus dem Fels ausgehauen: die Luft ist hoch und klar, der Wind scharf wie ein von Zwergen geschmiedetes Schwert, die Bäume stehen wie weiße Korallen, wie blühende Mandelzweige, hier ist es frisch wie in den hohen Alpen. Herrlich ist die Nacht mit blitzendem Nordlicht und zahllosen, funkelnden Sternen.

Die Stürme kommen, die Wolken steigen herauf, schütteln Schwanendaunen aus; die Schneeflocken wirbeln, bedecken Fahrweg und Haus, das freie Feld und die engen Straßen. Wir aber sitzen in der traulichen Stube am brennenden Ofen, und es wird von alten Zeiten erzählt; wir hören eine Saga.

Am offenen Meer lag ein Hünengrab, auf diesem saß um Mitternacht das Gespenst des bestatteten Helden, ein König war er gewesen; der goldene Reif glänzte um seine Stirn, das Haar flatterte im Wind, er war in Eisen und Stahl gekleidet; sein Haupt neigte er voll Trauer und seufzte in tiefem Schmerz wie ein unseliger Geist.

Da kam ein Schiff vorbei, die Männer warfen Anker und stiegen an Land. Ein Skalde war unter ihnen; der trat auf die Königsgestalt zu und fragte: „Weshalb trauerst und leidest du?“

Da entgegnete der Tote: „Keiner hat mein Lebenswerk besungen; es ist tot und verweht; das Lied hat es nicht über die Lande und in die Herzen der Menschen getragen; darum habe ich keine Ruhe, keine Rast.“

Und er berichtete von seinem Werk und seinen großen Taten, die seine Zeitgenossen gekannt, aber nicht besungen hatten, denn damals war kein Skalde dagewesen.

Da griff der alte Barde in die Saiten der Harfe, sang von dem jugendlichen Mut des Helden, der Kraft seines Mannestums und der Größe guter Werke. Das Antlitz des Toten leuchtete dabei auf, wie der Rand der Wolke im Mondenschein; froh und glückselig erhob sich die Gestalt in Glanz und Strahlen, die wie ein Blitz des Nordlichts verschwanden; nur der Rasenhügel mit den runenlosen Steinen war zu sehen; aber darüber hin schwang sich beim letzten Klang der Saiten, geradeso als käme er aus der Harfe selber, ein kleiner Vogel, der schönste Singvogel mit dem klangvollen Schlag der Drossel, mit dem seelenvollen Schlag des Menschenherzens, dem Klang des Heimatlandes, wie der Zugvogel ihn vernimmt. Der Singvogel flog über Berg und Tal, über Feld und Wald, es war der Vogel des Volksliedes, der niemals stirbt.

Wir hören das Lied; wir hören es jetzt hier in der Stube am Winterabend, während die weißen Bienen draußen schwärmen und der Sturm heftig stößt. Der Vogel singt nicht nur das Heldenlied, er singt süße, weiche Liebeslieder, so reich und so viele, von der Treue im Norden; er hat Märchen in Worten und Tönen; er hat Sprichwörter und Liedsprüche, die, als Runen unter des Toten Zunge gelegt, diesen dazu bringen, daß er spricht, und man kennt seine Heimat, weiß, wo der Vogel des Volkslieds zu Hause ist.

In heidnischer Vorzeit, in der Wikingerzeit hing sein Nest in der Harfe des Sängers. In den Tagen der Ritterburgen, als die Faust die Waagschale der Gerechtigkeit hielt, als nur die Macht Recht war, ein Bauer und ein Hund als Beute gleichviel galten, wo fand da der Singvogel Zuflucht und Schutz? Roheit und Dummheit dachten nicht an ihn. Im Erker der Ritterburg, wo die Burgherrin das Pergament vor sich hatte und die alten Erinnerungen in Lied und Sage niederschrieb, die ihr das Mütterchen aus dem Torfhaus und der wandernde Hausierer erzählten, wenn sie auf der Bank neben ihr saßen, dort über sie hinweg flatterte und flog, zwitscherte und sang der Vogel, der niemals stirbt, solange die Erde einen Grasbuckel für seinen Fuß hat, der Vogel des Volksliedes.

Jetzt singt er für uns hier drinnen. Draußen ist Schneesturm und Nacht; er legt Runen unter unsere Zunge, wir erkennen unsere Heimat; Gott spricht zu uns in unserer Muttersprache mit den Tönen des Volksliedvogels; die alten Erinnerungen steigen herauf, die verblaßten Farben

werden aufgefrischt, Sage und Lied schenken einen Segenstrunk ein, der Gemüt und Gedanken befeuert, so daß der Abend ein Weihnachtsfest wird. Der Schnee stiebt, das Eis knarrt, der Sturm gebeut, er hat die Macht, er ist der Herr, aber nicht der Herrgott.

Es ist Winterszeit, der Wind scharf wie ein von Zwergen geschmiedetes Schwert; der Schnee stiebt – er stiebt, scheint uns, schon seit Tagen und Wochen und liegt wie ein ungeheurer Schneeberg über der großen Stadt; ein schwerer

Traum in der Winternacht. Alles dort unten ist versteckt und fort, nur das goldene Kreuz der Kirche, Symbol des Glaubens, erhebt sich über das Schneegrab und glänzt in der blauen Luft, im hellen Sonnenlicht.

Und über die begrabene Stadt fliegen die Vögel des Himmels, die kleinen und die großen; sie piepsen und sie singen, je nachdem wie sie es können, jeder Vogel, wie ihm der Schnabel gewachsen ist.

Erst kommt die Schar der Sperlinge, sie piepsen über all das Kleine in Gassen und Straßen, im Nest und im Haus; sie wissen Geschichten vom Vorder- und vom Hinterhaus. „Wir kennen die begrabene Stadt", sagen sie. „Alles Lebendige dort drinnen hat den Pieps! Pieps! Pieps!"

Die schwarzen Raben und Krähen fliegen über den weißen Schnee. „Grab! grab!" schreien sie. „Dort unten ist noch etwas zu holen, noch etwas für den Bauch, der ist das Wichtigste; das meinen die meisten dort unten auf der Erde, und diese Meinung ist bra, bra, brav!"

Die wilden Schwäne kommen auf brausenden Fittichen und singen von dem Herrlichen und Großen, das noch aus den Gedanken und Herzen der Menschen dort drinnen in der unter den Schneeschichten verborgenen Stadt emporkeimt.

Der Tod ist dort nicht, das Leben quillt hervor; wir vernehmen es in Tönen, sie brausen wie von der Orgel in der Kirche, ergreifen uns wie Klänge vom Elfenhügel, wie Ossiansche Gesänge, wie der rauschende Flügelschlag der Walküre. Welcher Einklang! er spricht zu unserem Herzen, erhebt unsere Gedanken, es ist der Vogel des Volkslieds, den wir hören! Und in diesem Augenblick haucht Gottes warmer Atem von oben, der Schneeberg birst, die Sonne scheint hinein. Der Frühling kommt, die Vögel kommen, neue Geschlechter mit den heimatlichen, den gleichen Tönen. Hört den Heldengesang des Jahres: die Macht des Schneesturms, den schweren Traum der Winternacht! Alles löst sich, alles steigt empor im herrlichen Gesang vom Vogel des Volkslieds, der niemals stirbt.

Die kleinen Grünen

Im Fenster stand ein Rosenstrauch, kürzlich war er noch jugendfrisch, jetzt sah er siech aus, er litt an irgend etwas.

Er hatte Einquartierung erhalten, die ihn auffraß; übrigens sehr achtbare Einquartierung in grüner Uniform.

Ich sprach mit einem von den Einquartierten, er war erst drei Tage alt und schon Urgroßvater. Weißt du, was er sagte? Es war die Wahrheit, was er sagte; er sprach von sich und der ganzen Einquartierung.

„Wir sind das merkwürdigste Regiment unter den Geschöpfen der Erde. In der warmen Jahreszeit bringen wir lebendige Junge zur Welt; das Wetter ist ja doch gut; wir verloben uns sogleich und halten Hochzeit. Nähert sich die kalte Zeit, dann legen wir Eier; die Kleinen liegen mollig. Das weiseste Tier, die Ameise, wir haben sehr viel Achtung vor ihr, studiert uns, schätzt uns. Sie frißt uns nicht sogleich, sie nimmt unsere Eier, legt sie in ihren und der Familie gemeinsamen Haufen, unterster Stock, legt uns – ein Zeichen von Verstand – numeriert nebeneinander, Schicht auf Schicht, so daß jeden Tag ein neues aus dem Ei kriecht; dann stecken sie uns in den Stall, quetschen unsere Hinterbeine zusammen und melken uns, so daß wir sterben; es ist eine große Annehmlichkeit! Bei denen haben wir den niedlichsten Namen: ‚liebe kleine Milchkuh!' Alle Tiere mit Ameisenverstand nennen uns so, nur die Menschen – und das ist für uns eine Kränkung, das ist, um seine Süße darüber zu verlieren, können Sie nicht etwas dagegen schreiben, können Sie sie nicht zurechtweisen, diese Menschen? –, nur die Menschen sehen uns so dumm an, gucken mit scheelen Augen, weil wir ein Rosenblatt verspeisen, während sie selber alle Lebewesen fressen, alles, was grünt und wächst. Sie geben uns den verächtlichsten Namen, den abscheulichsten Namen; ich sage ihn nicht, uh! mir dreht sich der Magen um! Ich kann ihn nicht aussprechen, jedenfalls nicht in Uniform, und ich bin immer in Uniform.

Ich bin auf dem Blatt des Rosenstrauchs geboren; ich und das ganze Regiment leben vom Rosenstrauch, aber der lebt wiederum in uns, die wir zu der höher gestellten Schöpfung gehören. Die Menschen dulden uns nicht; sie kommen mit Seifenwasser an und töten uns; das ist ein greuliches Getränk! Ich meine es zu riechen. Es ist fürchterlich, gewaschen zu werden, wenn man dazu geboren ist, nicht gewaschen zu werden!

Mensch! du, der du mich mit den strengen Seifenwasseraugen ansiehst: denke über unseren Platz in der Natur nach, unsere kunstvolle Veranlagung, Eier zu legen und Junge zu gebären! Wir bekamen den Segensspruch mit, die Welt zu erfüllen und uns zu vermehren! Wir werden in Rosen geboren, wir sterben in Rosen; unser ganzes Leben ist Poesie. Hänge uns nicht jenen Namen an, den du am abscheulichsten und garstigsten findest, jenen Namen – ich spreche ihn nicht aus, erwähne ihn nicht! Nenne uns die Milchkuh der Ameise, das Regiment des Rosenstrauchs, die kleinen Grünen!"

Und ich, der Mensch, stand vor dem Strauch und sah mir ihn und die kleinen Grünen an, deren Namen ich nicht nennen werde, ich werde keinen Rosenbürger kränken, eine große Familie mit Eiern und lebenden Jungen. Das Seifenwasser, mit dem ich sie waschen wollte, denn ich war mit Seifenwasser und in böser Absicht gekommen, werde ich nun zu Schaum schlagen, und ich werde hineinpusten, Seifenblasen machen, mir die Pracht ansehen, vielleicht liegt in jeder ein Märchen.

Und die Blase wurde so groß und hatte strahlende Farben, und es war, als läge eine silberne Perle auf ihrem Grunde, die Blase schwankte, schwebte zur Tür und platzte, aber die Tür sprang auf, und da stand Mutter Märchen selber.

„Ja, nun kann sie erzählen, besser als ich, von – ich sage nicht den Namen! – den kleinen Grünen."

„Den Blattläusen!" sagte Mutter Märchen. „Man soll jedes Ding bei seinem rechten Namen nennen, und wagt man es nicht im allgemeinen, dann soll man es im Märchen können."

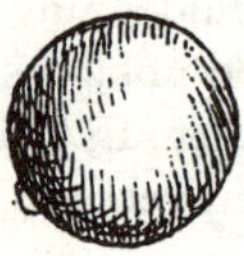

Der Wichtel und die Madam

Den Wichtel kennst du, aber kennst du die Madam, des Gärtners Madam? Sie war gebildet, konnte Verse auswendig sagen, ja mit Leichtigkeit selber welche machen; nur die Reime, die „Vernietungen", wie sie es nannte, verursachten ihr einige Mühe. Sie hatte Talent zum Schreiben und zum Reden, sie hätte ohne weiteres Pfarrer sein können, zum mindesten Pfarrersfrau.

„Die Erde ist wunderbar in ihrem Sonntagskleid!" sagte sie, und diesen Gedanken hatte sie in Form und Reime gebracht, ein Lied daraus gemacht, sehr schön und lang.

Der Seminarist, Herr Kisserup, der Name tut nichts zur Sache, war ein Geschwisterkind und bei Gärtners zu Besuch; er hörte das Gedicht der Madam und sagte, es täte ihm wohl, innig wohl. „Sie haben Geist, Madam!" sagte er.

„Red nicht solchen Unsinn!" sagte der Gärtner, „setz ihr nicht so was in den Kopf! Eine Frau soll Fleisch und Blut sein, rechtschaffenes Fleisch und Blut, und sich um ihren Kochtopf kümmern, damit die Grütze nicht anbrennt."

„Das Angebrannte kriege ich mit glühender Holzkohle

weg!“ sagte Madam, „und dir nehme ich das Angebrannte mit einem kleinen Kuß weg. Man sollte meinen, du denkst nur an Kohl und Kartoffeln, und dennoch liebst du die Blumen!“ und dann gab sie ihm einen Kuß. „Die Blumen sind der Geist!“ sagte sie.

„Kümmere dich um deinen Kochtopf!“ sagte er und ging in den Garten, der war sein Kochtopf, und um den kümmerte er sich.

Aber der Seminarist saß bei der Madam und redete mit der Madam; über ihre schönen Worte „Die Erde ist wunderbar“ hielt er in seiner Art gewissermaßen eine ganze Predigt.

„Die Erde ist wunderbar, macht sie euch untertan, wurde gesagt, und wir wurden die Herren. Einer ist es kraft des Geistes, ein anderer kraft des Leibes, einer wurde als ein Ausrufungszeichen des Erstaunens in diese Welt gesetzt, ein anderer als ein Gedankenstrich, so daß man sehr wohl fragen kann, was soll er hier? Einer wird Bischof, ein anderer nur ein armer Seminarist, aber alles ist weise bedacht. Die Erde ist wunderbar, und immer im Sonntagskleid! Es ist ein nachdenklich stimmendes Gedicht, Madam, voller Gefühl und Geographie.“

„Sie haben Geist, Herr Kisserup!“ sagte die Madam, „sehr viel Geist, ich versichere es Ihnen! Man wird sich über sich selber klar, wenn man mit Ihnen spricht.“

Und dann unterhielten sie sich weiter, ebenso hübsch und ebenso gut; aber draußen in der Küche war auch einer, der redete, das war der Wichtel, der kleine, graugekleidete Wichtel mit der roten Mütze; du kennst ihn! Der Wichtel saß in der Küche und war Topfgucker; er redete, aber niemand hörte ihn außer der großen schwarzen Miezekatze, dem „Sahnedieb“, wie die Madam sie nannte.

Der Wichtel war so böse auf die Madam, denn sie glaubte nicht an sein Vorhandensein, das wußte er; sie hatte ihn allerdings nie gesehen, aber sie mußte doch mit all ihrer Bildung wissen, daß es ihn gab, und ihm eine kleine Aufmerksamkeit erweisen. Es kam ihr nie in den Sinn, am Weihnachtsabend auch nur einen Löffel Grütze für ihn hinauszustellen, das hatten alle seine Vorfahren bekommen, und zwar von Madams, die gar nicht gebildet waren; die Grütze hatte in Butter und Sahne geschwommen. Der Katze wurde es ganz feucht um den Bart, als sie davon hörte.

„Sie nennt mich einen Begriff!" sagte der Wichtel, „das geht mir über alle meine Begriffe. Sie leugnet mich ja ab! Das weiß ich, weil ich gehorcht habe, und nun habe ich wieder gehorcht; sie sitzt mit dem Knabendrescher zusammen und tuschelt mit ihm, dem Seminaristen. Ich sage genau wie Vater: ‚Kümmere dich um deinen Kochtopf!' Das tut sie nicht; nun werd ich ihn überkochen lassen!"

Und der Wichtel blies ins Feuer, das aufflammte und brannte. „Brrssupp!" da kochte der Topf über.

„Jetzt gehe ich und bohre Löcher in Vaters Socken!" sagte der Wichtel. „Ich ribbele ein großes Loch am Zeh und am Hacken auf, dann gibt's was zu stopfen, falls sie sich nicht hinsetzen und dichten muß; Dichtermadam, stopf Vaters Socken!"

Die Katze nieste drauf; sie war erkältet, und dabei trug sie doch immer einen Pelz.

„Ich habe die Speisekammertür aufgemacht", sagte der Wichtel; „da steht abgekochte Sahne, dick wie Mehlpamps. Wenn du nicht naschen willst, dann will ich!"

„Wenn ich die Schuld und die Prügel kriege", sagte der Kater, „dann laß mich auch von der Sahne naschen!"

„Erst nimmst du den Rahm, dann schlägt man dich lahm!" sagte der Wichtel. „Aber jetzt gehe ich in die Stube des Seminaristen, hänge seine Hosenträger auf den Spiegel und stecke seine Socken in die Waschschüssel, dann denkt er, der Punsch sei zu stark gewesen und er sei selber nicht klar im Kopf. Heute nacht saß ich auf dem Brennholzstapel bei der Hundehütte; es macht mir sehr viel Spaß, den Kettenhund zu ärgern; ich ließ meine Beine herunterhängen und hin und her baumeln; der Hund konnte sie nicht zu fassen kriegen, und wenn er noch so hoch hüpfte; das ärgerte ihn; er bellte und bellte, ich baumelte und baumelte; es war ein schöner Krach. Der Seminarist wurde davon wach, stand dreimal auf und schaute hinaus, aber er hat mich nicht gesehen, obwohl er eine Brille aufhatte; er schläft immer mit der Brille.“

„Sag miau, wenn die Madam kommt!“ sagte der Kater. „Ich kann nicht gut hören, ich bin heute krank.“

„Du bist naschsüchtig!“ sagte der Wichtel, „nasch immer los! nasch die Krankheit weg! Aber wisch dir den Bart, damit die Sahne nicht hängen bleibt! Jetzt gehe ich und horche.“

Und der Wichtel stand an der Tür, und die Tür stand angelehnt, es war niemand in der Stube außer der Madam und dem Seminaristen; sie sprachen über das, wovon der Seminarist so schön sagte, man müsse es in jedem Haushalt über den Kochlöffel stellen: die Gaben des Geistes.

„Herr Kisserup!" sagte die Madam, „da möchte ich Ihnen bei dieser Gelegenheit etwas zeigen, was ich bisher noch keiner irdischen Seele gezeigt habe, am allerwenigsten einem Mannsbild, meine kleinen Verse, manche sind zwar ein bißchen lang, ich habe sie ‚Reimschmiedekunst eines Dänenweibes' genannt, ich liebe die alten Wörter so sehr!"

„An denen soll man auch festhalten!" sagte der Seminarist; „man muß die Fremdwörter aus der Sprache ausmerzen."

„Das tue ich auch!" sagte die Madam; „nie werden Sie mich ‚Keks' oder ‚Biskuit' sagen hören, ich sage ‚Feingebäck' und ‚Kleingebäck'."

Und sie holte aus der Schublade ein Schreibheft mit einem hellgrünen Deckel und zwei Tintenklecksen heraus.

„In diesem Buch liegt viel Ernst!" sagte sie. „Mein Empfinden regt sich am stärksten im Traurigen. Hier ist nun ‚Seufzer in der Nacht', ‚Meine Abendröte' und ‚Wie ich Klemmensen bekam', meinen Mann; das können Sie überspringen, wenn es auch empfunden und durchdacht ist. ‚Die Pflichten der Hausfrau' ist das beste Gedicht; alle sehr traurig, darin liegt mein Talent. Nur ein einziges ist scherzhaft, es sind einige muntere Gedanken, wie man sie ja auch haben kann, Gedanken über – Sie dürfen mich nicht auslachen! –, Gedanken über – eine Dichterin; das ist nur mir allein bekannt, nur meiner Schublade, und Ihnen nun auch, Herr Kisserup! Ich liebe die Poesie, sie überfällt mich, sie neckt, gebietet und regiert. Ich habe es in der Überschrift ‚Kleiner Wichtel' ausgedrückt. Sie kennen sicher den alten Bauernglauben von dem Hauswichtel, der immer im Haus sein Wesen treibt; ich habe mir vorgestellt, ich selber sei das Haus und die Poesie, die Empfindungen in mir seien der Wichtel, der Geist, der regiert; seine Macht und Größe habe ich in ‚Kleiner Wichtel' besungen, aber Sie müssen mir in die Hand versprechen, es niemals meinem Mann oder jemand anderem zu verraten. Lesen Sie es laut, damit ich hören kann, ob Sie meine Schrift lesen können."

Und der Seminarist las, und die Madam hörte zu, und der kleine Wichtel hörte zu; er horchte, siehst du, und war gerade gekommen, als die Überschrift gelesen wurde: „Kleiner Wichtel."

„Das betrifft ja mich!" sagte er. „Was kann sie von mir geschrieben haben? Ja, ich werde sie zwacken, ihr die Eier und die Küken stiebitzen, dem Mastkalb das Fett vom Leibe ärgern: Sieh mir einer die Madam an!"

Und er hörte mit gespitztem Mund und langen Ohren zu; aber je mehr er von der Herrscherkraft und Macht des Wichtels hörte, von seiner Gewalt über die Madam – es war die Dichtkunst, weißt du, die sie meinte, aber der Wichtel nahm es wörtlich nach der Überschrift –, desto mehr lächelte der Kleine, seine Augen glitzerten vor Freude, in seine Mundwinkel trat gleichsam etwas Vornehmes, er hob die Fersen hoch, stand auf den Zehenspitzen, wurde einen ganzen Zoll größer als vorher; er war entzückt von dem, was über den kleinen Wichtel gesagt wurde.

„Madam hat Geist und viel Bildung! Wie habe ich der Frau Unrecht getan! Sie hat mich in ihre ‚Reimschmiedekunst' hineingebracht, es wird gedruckt und gelesen! Jetzt soll der Kater nicht mehr ihre Sahne trinken dürfen, das tue ich jetzt selbst! Einer trinkt weniger als zwei, es ist immerhin eine Ersparnis, die werde ich einführen und die Madam achten und ehren!"

„Wie sehr er doch ein Mensch ist, der Wichtel!" sagte der alte Kater. „Bloß ein süßes Miau von der Madam, ein Miau über ihn selbst, und sofort wechselt er die Gesinnung. Sie ist schlau, die Madam!"

Aber sie war nicht schlau, es war der Wichtel, der wie ein Mensch dachte.

Kannst du diese Geschichte nicht verstehen, dann frag, aber du darfst nicht den Wichtel fragen, auch nicht die Madam.

Peiter, Peter und Peer

Es ist schier unglaublich, was Kinder in heutiger Zeit alles wissen! Man weiß bald nicht mehr, was sie nicht wissen. Daß der Storch sie aus dem Brunnen oder Mühlteich geholt und als kleines Kind den Eltern gebracht hat, ist jetzt eine so alte Geschichte, daß sie sie nicht glauben, und es ist doch die einzig richtige.

Aber wie kommen die Kleinen in den Mühlteich und in den Brunnen? Ja, das weiß nicht jeder, aber manche wissen es doch. Hast du in einer sternklaren Nacht den Himmel richtig betrachtet, die vielen Sternschnuppen gesehen? Es ist, als fiele ein Stern herunter und verschwände! Die Gelehrtesten können nicht erklären, was sie selber nicht wissen; aber es kann erklärt werden, wenn man es weiß. Es ist, als fiele ein kleines Weihnachtslicht vom Himmel und verlöschte; es ist einer von des Herrgotts Seelenfunken, der auf die Erde niedersaust, und sowie er in unsere dichtere, schwerere Luft eindringt, schwindet der Glanz, es bleibt nur zurück, was unsere Augen nicht zu sehen vermögen, denn das ist etwas viel Feineres als unsere Luft, es ist ein Himmelskind, das gesandt wird, ein kleiner Engel, aber ohne Flügel, das Kleine soll ja ein Mensch werden; still schwebt es durch die Luft, und der Wind trägt es zu einer Blume; das kann nun eine Nachtviole sein, ein Löwenzahn, eine Rose oder eine Pechnelke; hier liegt es und erholt sich. Luftig und leicht ist es, eine Fliege kann mit ihm davonfliegen, für eine Biene ist es noch leichter, und sie kommen abwechselnd und suchen nach dem Süßen in der Blüte; liegt ihnen nun das Luftkind im Wege, dann stoßen sie es nicht hinaus, das bringen sie nicht über sich, sie legen es in die Sonne auf ein Wasserrosenblatt, und von dort krabbelt und kriecht es ins Wasser hinunter, wo es schläft und wächst, bis der Storch es sehen und für eine Menschenfamilie holen kann, die sich ein süßes kleines Ding wünscht; aber süß oder nicht süß, das hängt davon ab, ob das Kleine von der klaren Quelle getrunken oder Morast und Entengrün in den falschen Hals bekommen hat; das macht es so irdisch. Der Storch nimmt, ohne lange zu wählen, das erste, welches er sieht. Eins kommt in ein gutes Haus zu großartigen Eltern, ein zweites kommt zu harten Menschen in großes Elend, es wäre viel besser gewesen, wenn es im Mühlteich geblieben wäre.

Die Kleinen erinnern sich gar nicht, was sie unter dem Wasserrosenblatt geträumt haben, wo abends die Frösche ihnen vorsangen: „Quax, quax! stracks, stracks!“ das bedeutet in der Menschensprache: „Wollt ihr wohl sehen, daß ihr schlaft und träumt!“ Sie können sich auch nicht erinnern, in welcher Blüte sie zuerst gelegen haben oder wie diese duftete, und dennoch gibt es irgend etwas in ihnen, wenn sie erwachsene Menschen werden, das ihnen sagt: „Diese Blüte lieben wir am meisten!“ und das ist die, in der sie als Kinder der Luft gelegen haben.

Der Storch gehört zu den Vögeln, die sehr alt werden, und immer beobachtet er, wie es den Kleinen ergeht, die er gebracht hat, und wie sie sich in der Welt zurechtfinden;

er kann allerdings nichts für sie tun oder ihre Lebensumstände ändern, er hat seine eigene Familie zu versorgen, aber sie gehen ihm nie aus dem Gedächtnis.

Ich kenne einen alten, sehr ehrbaren Storch, der große Erfahrung besitzt und mehrere Kleine geholt hat und ihre Geschichte kennt, in der immer ein bißchen Morast und Entengrütze vom Mühlteich enthalten ist. Ich bat ihn, eine kleine Lebensgeschichte von einem von ihnen zu erzählen, und da sagte er, ich sollte drei anstatt einer haben, aus Peitersens Haus.

Das war eine besonders anständige Familie, die Peitersens; der Mann war einer von den zweiunddreißig Männern der Stadt, und das war eine Auszeichnung; er lebte für die Zweiunddreißig und ging in die Zweiunddreißig. Hier kam der Storch und brachte einen kleinen Peiter, so wurde das Kind getauft. Im nächsten Jahr kam der Storch wieder mit einem, den tauften sie Peter, und als das dritte gebracht wurde, bekam das den Namen Peer, denn in den Namen Peiter, Peter, Peer ist der Name Peitersen enthalten.

Es waren also drei Brüder, drei Sternschnuppen, jeder in seiner Blüte gewiegt, unter ein Wasserrosenblatt im Mühlteich gelegt und von da durch den Storch zur Familie Peitersen gebracht, deren Haus an der Ecke liegt, du weißt schon wo.

Sie wuchsen an Körper und Geist, und nun wollten sie etwas mehr sein als die zweiunddreißig Männer.

Peiter sagte, er wollte Räuber werden. Er hatte die Komödie von *Fra Diavolo* gesehen und sich für das Räuberhandwerk entschlossen als dem entzückendsten von der Welt.

Peter wollte Müllkutscher werden, und Peer, der so ein lieber und artiger Junge war, rund und pummelig, aber seine Nägel kaute, das war sein einziger Fehler, Peer wollte „Vater" sein. Das also sagten sie, wenn man sie fragte, was sie im Leben werden wollten.

Und dann kamen sie in die Schule. Einer wurde der Erste, und einer wurde der Letzte, und einer saß so in der Mitte, aber deswegen konnten sie ja ebenso gut und ebenso klug sein, und das waren sie, sagten ihre sehr einsichtigen Eltern.

Sie gingen auf Kindergesellschaften; sie rauchten Zigarren, wenn niemand es sah; sie nahmen zu an Weisheit und Verstand.

Peiter war von klein auf streitbar gewesen, wie es ein Räuber ja sein muß; er war ein sehr unartiger Junge, aber das kam daher, sagte die Mutter, daß er Würmer hatte; unartige Kinder haben immer Würmer, Modder im Bauch.

Seinen Eigensinn und seine Streitbarkeit bekam eines Tages der Mutter neues, seidenes Kleid zu spüren.

„Stoße nicht gegen den Kaffeetisch, mein Lämmchen!" hatte sie gesagt. „Du kippst sonst noch den Sahnegießer um, und davon bekomme ich Flecken auf mein neues seidenes Kleid!"

Und das „Lämmchen" packte mit fester Hand den Sahnegießer und goß die Sahne mit fester Hand der Mutter gleich auf den Schoß, die sich nicht enthalten konnte zu sagen: „Lämmchen! Lämmchen! das war unüberlegt, Lämmchen!" Aber einen Willen hatte das Kind, das mußte sie zugeben. Wille zeugt von Charakter, und der ist für eine Mutter so vielversprechend.

Er hätte wahrlich Räuber werden können, wurde es im wörtlichen Sinne aber nicht; er sollte nur später wie ein Räuber aussehen: trug einen verbeulten Hut, ging mit bloßem Hals und lang herunterhängendem Haar; er sollte Künstler werden, trug aber nur Kleider wie ein Künstler, außerdem sah er aus wie eine Stockrose; alle Menschen, die er zeichnete, sahen aus wie Stockrosen, so lang waren sie. Er liebte diese Blume sehr, er habe auch in einer Stockrose gelegen, sagte der Storch.

Peter hatte in einer Butterblume gelegen. Er sah auch um die Mundwinkel so schmierig aus, hatte gelbliche Haut, man mußte vermuten, daß Butter herauskam, wenn ihm die Backe geritzt würde. Er war zu einem Butterhändler wie geboren und hätte sein eigenes Aushängeschild sein können, aber inwendig, so ganz im Innern, da war er Müllkutscher; er war der musikalische Teil der Peitersenschen Familie, „aber es langt für sie alle!" sagten die Nachbarn. Er machte siebzehn neue Polkas in einer Woche und setzte sie zu einer Oper zusammen mit Trompete und Rassel*; pfui, wie war die schön!

Peer war weiß und rot, klein und unscheinbar; er hatte in einem Gänseblümchen gelegen. Nie haute er wieder, wenn die anderen Jungen ihn verwichsten, er sagte, er sei der Klügere, und der Klügere gebe immer nach. Er sammelte zuerst Griffel, später Siegel, dann legte er sich eine kleine Naturaliensammlung an, in der sich das Skelett eines Stichlings, drei blindgeborene kleine Ratten in Spiritus und ein ausgestopfter Maulwurf befanden. Peer hatte einen Sinn für das Wissenschaftliche und ein Auge für die Natur, und es machte den Eltern Spaß und Peer ebenfalls. Er ging lieber in den Wald als in die Schule, lieber in die Natur als in die Zucht; seine Brüder waren schon verlobt, als er immer noch dafür lebte, seine Sammlung von Wasservogeleiern zu vervollständigen. Er wußte bald viel mehr von Tieren als von Menschen, ja, er meinte, wir könnten in dem,

* Ein unübersetzbares Wortspiel: Skrald = Abfall, Müll, aber auch Getöse, Knall. Skraldemand = Müllkutscher, Abfallabholer. Aber auch der, welcher die Rassel dreht (Anmerk. d. Übers).

was wir am höchsten stellen, der Liebe, das Tier nicht erreichen. Er sah, daß Vater Nachtigall die ganze Nacht dasaß und seiner kleinen Frau vorsang, wenn die auf ihren Eiern brütete: „Kluck! kluck! zi zi! lololi!" das hätte Peer niemals nachmachen, dem hätte er sich nie hingeben können. Wenn Mutter Storch Junge im Nest hatte, stand Vater Storch die ganze Nacht auf dem Dachfirst auf einem Bein, Peer hätte nicht eine Stunde so dastehen können. Und als er eines Tages das Netz der Spinne betrachtete und was darin saß, entsagte er dem Ehestand gänzlich: Herr Spinne spinnt, um unbedachte Fliegen zu fangen, junge und alte, blutvolle und spindeldürre, er lebt, um zu spinnen und seine Familie zu ernähren, aber Madame Spinne lebt einzig und allein für den Gemahl. Sie frißt ihn vor lauter Liebe auf, sie frißt sein Herz, seinen Kopf, seinen Bauch, nur seine langen, dürren Beine bleiben im Netz zurück, wo er mitsamt den Nahrungssorgen für die ganze Familie saß. Das ist die reine Wahrheit, aus der Naturgeschichte genommen. Das sah Peer, darüber sann er nach, „von seiner Frau so geliebt zu werden, von ihr in heftiger Liebe gefressen zu werden, nein! so weit bringt es kein Mensch; und wäre es eigentlich wünschenswert?"

Peer beschloß, niemals zu heiraten, niemals einen Kuß zu geben oder zu empfangen, es könnte als erster Schritt in den Ehestand aufgefaßt werden. Aber einen Kuß bekam er dennoch, wir bekommen ihn alle, den großen Todesschmatz. Wenn wir lange genug gelebt haben, erhält der Tod den Befehl: „Küsse immerweg!" und dann ist der Mensch weg; vom Herrgott funkelt ein Sonnengeglitzer, so stark, daß einem schwarz vor Augen wird; die Menschenseele, die wie eine Sternschnuppe kam, fliegt wieder fort wie eine Sternschnuppe, aber nicht, um in einer Blüte zu ruhen oder unter einem Mummelblatt zu träumen; sie hat Wichtigeres vor, sie fliegt in das große Ewigkeitsland, aber wie es dort ist und aussieht, kann keiner sagen. Keiner hat dort hineingesehen, nicht einmal der Storch, wie weit er auch blicken kann und wie viel er auch weiß; er wußte jetzt auch nicht das geringste mehr von Peer, dagegen aber wohl von Peiter und Peter, aber von denen hatte ich genug vernommen, und das hast du wohl auch; ich bedanke mich also beim Storch für dieses Mal; aber nun verlangt er für diese kleine, alltägliche Geschichte drei Frösche und eine junge Ringelnatter, er läßt sich seinen Lohn in Lebensmitteln auszahlen. Möchtest du zahlen? Ich nicht! Ich habe weder Frösche noch junge Nattern.

Da lag ein alter Herrensitz mit verschlammten Gräben und einer Zugbrücke; sie war mehr oben als unten; nicht alle Gäste, die anpochen, sind gut. Unter der Dachtraufe waren Löcher eingelassen, durch die man schoß und siedendes Wasser, ja flüssiges Blei auf den Feind gießen konnte, wenn er zu nahe herankam. Drinnen war es hoch bis zur Balkendecke, und das war gut wegen des vielen Rauchs, der vom Kaminfeuer kam, wo die großen feuchten Kloben lagen. An den Wänden hingen Bilder von Männern im Harnisch und stolzen Frauen in schweren Kleidern; die stolzeste von allen ging leibhaftig hier drinnen umher, sie wurde Mette Mogens geheißen; sie war die Herrin der Burg.

Gegen Abend kamen Räuber; sie töteten drei ihrer Leute, dazu den Kettenhund, und dann legten sie Frau Mette vor der Hundehütte in Ketten und setzten sich selber in den Saal hinauf und tranken den Wein aus ihrem Keller und all das gute Bier.

Frau Mette stand an der Kette wie der Hund; sie konnte nicht einmal bellen.

Da kam des Räubers Knecht; er schlich ganz leise herbei, man durfte es nicht merken, denn sonst hätten sie ihn getötet.

„Frau Mette Mogens!" sagte der Knecht; „weißt du noch, wie mein Vater zu Lebzeiten deines Gemahls auf dem Holzpferd ritt? Da tatest du Fürbitte für ihn, aber es war zwecklos; er sollte dasitzen, bis er ein Krüppel war; aber du schlichest nach unten, so wie ich jetzt herschleiche; du legtest eigenhändig einen kleinen Stein unter jeden seiner Füße, auf daß er sich stützen konnte. Niemand sah es, oder sie taten so, als sähen sie es nicht, du warst die junge, gnädige Frau. Das hat

mein Vater erzählt, und das habe ich im Gedächtnis bewahrt und nicht vergessen! Jetzt mache ich dich los, Frau Mette Mogens!"

Und dann holten sie Pferde aus dem Stall und ritten in Regen und Wind davon und erhielten Freundeshilfe.

„Das war gut bezahlt für den kleinen Dienst an dem Alten!" sagte Mette Mogens.

„Bewahrt ist nicht vergessen!" sagte der Knecht.

Die Räuber wurden gehenkt.

Da lag ein alter Herrensitz, er liegt noch da; es war nicht der von Frau Mette Mogens; er gehört einem anderen hochadligen Geschlecht.

Es ist in heutiger Zeit. Die Sonne scheint auf die vergoldete Spitze des Turms, kleine, waldige Inseln liegen gleich Blütensträuchern auf dem Wasser, und rings um diese herum schwimmen die wilden Schwäne. Im Garten stehen Rosen; die Frau des Gutshofs ist selber das feinste Rosenblatt, es leuchtet voller Freude, der Freude an guten Taten, nicht in die weite Welt hinaus, sondern hinein in die Herzen, dort wird es bewahrt, aber nicht vergessen.

Jetzt verläßt sie den Hof und geht zu der kleinen Kate auf dem Felde hinaus. Dort drinnen wohnt eine arme, gichtkranke Magd; das Fenster des Stübchens schaut nach Norden; die Sonne scheint hier nicht herein; die Kranke kann nur auf ein Stück Acker schauen, das durch den hohen Rain abgeschlossen ist. Aber heute scheint hier die Sonne, die warme, wunderschöne Sonne des Herrgotts scheint hier herein; sie kommt vom Süden durch das neue Fenster, wo vorher nur Hauswand war.

Die Gichtbrüchige sitzt im warmen Sonnenschein, sieht Wald und Strand, die Welt ist so groß und so herrlich geworden, und zwar durch ein einziges Wort von der freundlichen Herrin des Hofes.

„Das Wort war so schnell gesagt, die Tat so gering!“ sagt sie; „die Freude, die mir zuteil wurde, war unendlich groß und schön!“

Und deswegen übt sie manche gute Tat, denkt an alle in den ärmlichen Häusern und in den reichen Häusern, wo es auch Betrübte gibt. Es ist verborgen und bewahrt, aber es wird vom Herrgott nicht vergessen.

Da stand ein altes Haus, es war drinnen in der großen, betriebsamen Stadt. Das Haus hatte Stuben und Säle; in die gehen wir nicht hinein; wir bleiben in der Küche; und hier ist es traulich und hell, hier ist es sauber und hübsch; das Kupfer glänzt, der Tisch ist wie gewachst, die Aufwaschschüssel ist wie ein frisch gescheuertes Spickbrett; das hat alles miteinander die Alleinmagd bewerkstelligt und trotzdem noch Zeit gehabt, sich umzuziehen, als wollte sie in die Kirche gehen. Sie hat eine Schleife an der Haube, eine schwarze Schleife; das läßt auf Trauer schließen. Sie hat doch aber niemanden zu betrauern, weder Vater noch Mutter, weder Verwandte noch einen Bräutigam; sie ist ein armes Mädchen. Einmal war sie verlobt gewesen, und zwar mit einem armen Burschen; sie hatten sich innig lieb. Eines Tages kam er zu ihr.

„Wir beiden haben nichts!“ sagte er; „die reiche Witwe drüben im Keller hat mir freundliche Worte gesagt; sie will mir Wohlstand verschaffen; aber du bist in meinem Herzen. Wozu rätst du mir?“

„Zu dem, was du für dein Glück hältst!“ sagte die Magd. „Sei gut und liebevoll zu ihr, aber vergiß nicht, von der Stunde an, da wir uns trennen, können wir beiden uns nicht mehr sehen!“

Und so vergingen zwei Jahre; da traf sie auf der Straße ihren ehemaligen Freund und Bräutigam; er sah kränklich und elend aus; da konnte sie es sich nicht versagen, sie mußte fragen: „Wie geht es dir denn?"

„Ich bin reich, mir geht es in jeder Weise gut!" sagte er; „die Frau ist brav und gut, aber du bist in meinem Herzen. Ich habe meinen Kampf geführt, bald ist es vorbei! Wir sehen uns nun nicht mehr, bis wir beide beim Herrgott sind."

Eine Woche ist vergangen; heute morgen stand es in der Zeitung, daß er gestorben ist; darum trägt die Magd Trauer. Der Verlobte hat die Frau und drei Stiefkinder zurückgelassen, wie zu lesen steht; es klingt brüchig, und dennoch ist das Erz rein.

Die schwarze Schleife läßt auf Trauer schließen. Das Antlitz der Magd tut dies noch mehr; im Herzen ist sie bewahrt, wird nimmer vergessen!

Ja, siehst du, das sind drei Geschichten, drei Blätter auf einem Stengel. Möchtest du mehr Kleeblätter haben? Es sind viele im Buche des Herzens bewahrt, aber nicht vergessen.

Des Pförtners Sohn

Generals wohnten im ersten Stock, Pförtners wohnten im Keller; es war ein großer Abstand zwischen den beiden Familien, das ganze Erdgeschoß und die Rangliste; aber unter demselben Dache wohnten sie, mit Aussicht auf die Straße und auf den Hof; auf diesem war ein Stück Rasen mit einer blühenden Akazie, wenn sie blühte, und unter ihr saß manchmal die geputzte Amme mit dem noch mehr geputzten Generalskind, der kleinen Emilie. Vor ihnen tanzte auf seinen bloßen Beinen des Pförtners kleiner Junge mit den großen braunen Augen und dem dunklen Haar, und das Kind lachte ihm zu, streckte seine Händchen nach ihm aus, und sah der General es von seinem Fenster, dann nickte er hinunter und sagte: „Charmant!" Die Generalin ihrerseits, die so jung war, daß sie fast ihres Mannes Tochter aus einer früh geschlossenen Ehe hätte sein können, schaute nie aus dem Fenster zum Hof hinaus, aber sie hatte ihre Anweisungen gegeben, daß der kleine Junge von den Leuten aus dem Keller zwar dem Kinde etwas vorspielen, es aber nie anrühren dürfe. Die Amme gehorchte den Anweisungen der gnädigen Frau aufs Wort.

Und die Sonne schien zu denen im ersten Stock hinein und zu denen im Keller, die Akazie setzte Blüten an, sie fielen ab, und im nächsten Jahre kamen neue; der Baum blühte, und des Pförtners kleiner Sohn blühte, er sah aus wie eine frische Tulpe.

Die kleine Tochter des Generals wurde fein und blaß, wie das rosa Blatt der Akazienblüte. Nun kam sie seltener hinunter unter den Baum; sie bekam ihre frische Luft in der Kutsche. Sie fuhr mit Mama aus, und immer nickte sie dann Pförtners Georg zu, ja, warf ihm eine Kußhand zu, bis ihre Mutter ihr sagte, nun wäre sie zu groß dafür.

Eines Vormittags sollte er Generals die Briefe und Zeitungen bringen, die morgens in die Pförtnerstube gelegt worden waren. Als er die Treppe hinaufging, an der Tür zur Sandnische vorbei, hörte er etwas da drinnen piepsen;

er meinte, es sei ein Küken, das da jammerte, und dabei war es das Töchterchen vom General in Spitzen und Tüll.

„Sag nichts zu Papa und Mama, sonst werden sie böse!"

„Was gibt es denn, kleines Fräulein?" fragte Georg.

„Da brennt alles!“ sagte sie. „Es brennt lichterloh!“

Georg öffnete die Tür zu der kleinen Kinderstube; der Fenstervorhang war fast verbrannt, die Gardinenstange schwelte und brannte. Georg sprang hinauf, riß sie herunter, rief Leute herbei; ohne ihn wäre das Haus abgebrannt.

Der General und die Generalin fragten die kleine Emilie aus.

„Ich habe nur ein einziges Schwefelholz genommen“, sagte sie, „da hat es gleich gebrannt, und die Gardine hat gleich gebrannt. Ich habe gespuckt, weil ich löschen wollte, ich habe gespuckt, sosehr ich konnte, aber ich hatte nicht genug Spucke, und da bin ich rausgelaufen und habe mich versteckt, weil Papa und Mama böse werden würden.“

„Gespuckt!“ sagte der General, „was ist das für ein Wort! Wann hast du Mama und Papa ‚gespuckt‘ sagen hören? Das hast du von da unten!“

Aber der kleine Georg bekam ein Vierschillingstück. Das wurde nicht zum Bäcker getragen, das kam in die Sparbüchse, und bald lagen darin so viele Schillinge, daß er sich einen Farbkasten kaufen und seine Zeichnungen farbig machen konnte, und davon hatte er viele; die kamen sozusagen aus dem Bleistift und aus den Fingern heraus. Die ersten bunten Bilder wurden der kleinen Emilie verehrt.

„Charmant!“ sagte der General; selbst die Generalin gab zu, daß man deutlich erkennen könne, was der Kleine sich vorgestellt hatte. „Genie hat er!“ Das waren die Worte, die von der Pförtnersfrau in den Keller hinuntergetragen wurden.

Der General und seine Gemahlin waren vornehme Leute; sie hatten zwei Wappen an ihrem Wagen; für jeden von ihnen eins; die gnädige Frau hatte es auf jedem Wäschestück, außen und innen, auf ihrer Nachthaube und ihrem Nachthemd; das eine, ihres, war ein kostbares Wappen, von ihrem Vater für harte Taler erworben, denn er war nicht damit geboren, sie auch nicht, sie war zu früh gekommen, sieben Jahre vor dem Wappen; dessen konnten die meisten Leute sich noch erinnern, nicht aber die Familie. Das Wappen des Generals war alt und groß; es konnte wahrlich in einem ächzen, wenn man es trug, geschweige denn, wenn man zwei trug, und es ächzte in der Generalin, wenn sie stolz und stattlich zum Hofball fuhr.

Der General war alt und grau, saß aber gut zu Pferde, das wußte er, und ritt täglich aus, mit dem Reitknecht in geziemendem Abstand; kam er in eine Gesellschaft, dann war es, als käme er hoch zu Pferde hereingeritten, und Orden hatte er so viele, daß es unbegreiflich war, aber das hatte er sich gar nicht selbst zu verdanken. Als ganz junger Mensch war er beim Militär gewesen, hatte die großen Herbstmanöver mitgemacht, die damals in Friedenszeiten mit den Truppen abgehalten wurden. Aus dieser Zeit konnte er eine Anekdote, die einzige, die er zu erzählen wußte; sein Unteroffizier hatte einem der Prinzen den Weg abgeschnitten und ihn gefangengenommen, und dieser mußte nun mit seiner kleinen Schar gefangener Soldaten, selbst ein Gefangener, hinter dem General her in die Stadt hineinreiten. Es war ein unvergeßliches Ereignis, das immer, all die Jahre hindurch, vom General wiedererzählt wurde, genau mit den gleichen denkwürdigen Worten, die er gesagt hatte, als er dem Prinzen den Säbel überreichte: „Nur mein Unteroffizier konnte Euere Hoheit gefangennehmen, ich niemals!“ und der Prinz hatte geantwortet: „Sie sind unvergleichlich!“ In einem richtigen Krieg war der General nie gewesen; als dieser das Land überzog, schlug er die diplomatische Laufbahn ein, die ihn an drei ausländische Höfe führte. Er sprach die französische Sprache, so daß er beinahe seine eigene vergaß; er tanzte gut, er ritt gut, auf seinem Frack sprossen Orden hervor ohne Zahl, die Schildwachen präsentierten das Gewehr vor ihm; eines der hübschesten jungen Mädchen präsentierte vor ihm und wurde Generalin, und sie bekamen ein entzückendes kleines Kind, es kam wie vom Himmel gefallen, so entzückend war es, und der Pförtnerssohn tanzte ihm auf dem Hofe etwas vor, sobald es etwas begreifen konnte, und schenkte ihm alle seine bunten Zeichnungen, und sie schaute sie an und hatte ihre Freude an ihnen und riß sie entzwei. Sie war so fein und so reizend.

„Mein Rosenblatt!“ sagte die Generalin. „Für einen Prinzen bist du geboren!“

Der Prinz stand schon draußen vor der Tür; aber man wußte es nicht. Die Menschen schauen nicht viel weiter als über die Schwelle.

„Neulich hat unser Junge wahrhaftig das Butterbrot mit ihr geteilt!“ sagte die Pförtnersfrau; „da war weder Käse noch Fleisch drauf, aber es hat ihr geschmeckt, als wenn es Rinderbraten gewesen wäre. Das hätte einen schönen Krach gegeben, wenn Generals dieses Mahl gesehen hätten, aber sie haben es nicht gesehen.“

Georg hatte sein Butterbrot mit der kleinen Emilie geteilt, gern hätte er sein Herz mit ihr geteilt, wenn es ihr nur Freude gemacht hätte. Er war ein guter Junge, er war aufgeweckt und klug, er ging jetzt auf die Akademie in einen Abendkursus, um dort richtig zeichnen zu lernen. Die kleine Emilie nahm auch zu an Wissen; sie sprach mit ihrer Bonne französisch und hatte einen Tanzlehrer.

„Georg wird Ostern eingesegnet!“ sagte die Pförtnersfrau; so weit war Georg.

„Das vernünftigste wäre wohl, wenn er dann in die Lehre käme!“ sagte der Vater. „Es müßte ein ordentliches Handwerk sein! und dann hätten wir ihn aus dem Haus!“

„Er wird aber doch immer nachts zu Hause schlafen“, sagte die Mutter; „es ist nicht so leicht, einen Meister zu finden, der Platz hat; und kleiden müssen wir ihn ja auch; das bißchen, was er ißt, werden wir immer aufbringen können, er ist ja glücklich über ein paar gekochte Kartoffeln; der Unterricht ist kostenlos. Laß ihn nur seinen eigenen Weg machen, du wirst sehen, wir werden noch Freude an ihm haben, das sagte der Professor auch!“

Die Konfirmationskleider waren fertig, Mutter hatte sie selber genäht, aber sie waren vom Flickschneider zugeschnitten worden, und der konnte gut zuschneiden; wäre er in einer anderen Lage gewesen und hätte sich eine Werkstatt mit Gesellen halten können, sagte die Pförtnersfrau, dann hätte dieser Mann ohne weiteres Hofschneider werden können.

Die Kleider waren fertig, und der Konfirmand war fertig. Georg bekam an seinem Konfirmationstag von seinem Patenonkel, dem alten Gehilfen des Flachshändlers, dem reichsten von Georgs Paten, eine große Tombakuhr. Die Uhr war alt und erprobt, sie ging immer vor, aber das ist besser, als wenn sie nachgeht. Es war ein kostbares Geschenk; und von Generals kam ein Gesangbuch in Saffian, das schickte das kleine Fräulein, dem Georg Bilder geschenkt hatte. Vorn im Buch standen sein Name und ihr Name und „ihm gewogene Gönnerin"; es war nach dem Diktat der Generalin geschrieben, und der General hatte es durchgelesen und „Charmant!" gesagt.

„Es ist wirklich eine große Aufmerksamkeit von einer so vornehmen Herrschaft", sagte die Pförtnersfrau; und Georg mußte die Konfirmationskleider anziehen und mit dem Gesangbuch hinaufgehen, um sich vorzustellen und sich zu bedanken.

Die Generalin war dick eingewickelt und hatte ihr heftiges Kopfweh, wie sie es immer hatte, wenn sie sich langweilte. Sie schaute Georg sehr freundlich an und wünschte ihm alles Gute und niemals ihr Kopfweh. Der General war im Schlafrock, trug eine Mütze mit einem Puschel daran und rotschäftige russische Stiefel; er ging dreimal im Zimmer hin und her, in seine eigenen Gedanken und Erinnerungen versunken, blieb stehen und sagte: „Der kleine Georg ist also nun ein christlich getaufter Mann! Sei er nun auch ein braver Mann und ehre seine Obrigkeit! Diese Sentenz, kannst du dermaleinst als alter Mann sagen, habe der General dich gelehrt!"

Die Rede war länger, als der General sonst eine hielt; und er zog sich darauf wieder ganz in sich selbst zurück und sah vornehm aus. Doch von allem, was Georg hier oben sah und hörte, blieb ihm am klarsten das kleine Fräulein Emilie im Gedächtnis; wie war sie reizend, wie war sie freundlich, wie sie schwebte wie fein sie war! sollte sie gezeichnet werden, dann müßte es in einer Seifenblase sein. An ihren Kleidern, ihrem gelockten blonden Haar hing ein Duft, als wäre sie ein jüngst ausgeschlagener Rosenstrauch;

und mit ihr hatte er einstmals das Butterbrot geteilt; sie hatte es mit riesigem Appetit verspeist und ihm bei jedem zweiten Mundvoll zugenickt. Ob sie sich daran noch erinnerte? O ja, sicherlich; sie hatte ihm „in Erinnerung" daran das schöne Liederbuch geschenkt; und als danach im neuen Jahr der erste Neumond aufging, da ging Georg mit Brot und einem Schilling ins Freie, schlug das Buch auf, um zu sehen, welchen Choral er bekäme. Es war ein Lob- und Danklied; und er schlug auf, um zu sehen, was der kleinen Emilie beschieden sein würde; er nahm sich genau in acht, nicht dort aufzuschlagen, wo die Sterbelieder standen, und dann griff er trotzdem zwischen Tod und Grab ins Buch; daran zu glauben, ging nun doch nicht an! er bekam indessen Angst, als das reizende kleine Mädchen bald bettlägerig wurde; und vor dem Haustor hielt jeden Mittag der Wagen des Arztes.

„Sie werden sie nicht behalten!" sagte die Pförtnersfrau, „der Herrgott weiß schon, wen er sich holen will!"

Aber sie behielten sie; und Georg zeichnete Bilder und schickte sie ihr; er zeichnete das Zarenschloß, den alten Kreml in Moskau; genauso wie er dastand, mit Türmen und Kuppeln, sie sahen aus wie riesenhaft große grüne und vergoldete Gurken, zum mindesten auf Georgs Zeichnung. Das machte der kleinen Emilie ungeheuer viel Spaß, und deshalb schickte Georg im Laufe der Woche noch zwei Bilder, alles Bauwerke, denn bei denen konnte sie sich hinter Tür und Fenstern selber so viel denken.

Er zeichnete ein chinesisches Haus mit Glockenspielen in allen sechzehn Stockwerken; er zeichnete zwei griechische Tempel mit schlanken Marmorsäulen und einer Treppe ringsherum; er zeichnete eine Kirche aus Norwegen; man konnte erkennen, daß sie ganz aus Balken bestand, geschnitzt und seltsam aufgestellt, jedes Stockwerk sah aus, als hätte es Wiegenkufen, am schönsten war jedoch ein Blatt mit einem Schloß, das er „Das Schloß der kleinen Emilie" nannte. So sollte sie einmal wohnen; das hatte Georg sich genau ausgedacht und für dies Schloß alles hergenommen, was er an den anderen Bauwerken am schönsten gefunden hatte. Da waren geschnitzte Balken wie an der norwegischen Kirche, Marmorsäulen wie am griechischen Tempel, ein Glockenspiel in jedem Stockwerk, und zualleroberst Kuppeln, grüne und vergoldete, wie auf dem Kreml des Zaren. Es war ein richtiges Kinderschloß! und unter jedem Fenster stand geschrieben, wozu dieser Saal oder jene Stube gebraucht werden sollte: „Hier schläft Emilie", „hier tanzt Emilie" und „hier spielt sie Besuch haben". Es war lustig anzusehen, und es wurde auch gehörig besehen.

„Charmant!" sagte der General.

Aber der alte Graf, denn da war ein alter Graf, der noch vornehmer war als der General und selber Schloß und Gutshof besaß, sagte nichts; er hörte, daß es von des Pförtners kleinem Sohn ausgedacht und gezeichnet war. Nun, so klein war er ja nicht, er war eingesegnet. Der alte Graf besah sich die Bilder und machte sich so seine eigenen, stillen Gedanken dabei.

Eines Tages war das Wetter ganz trübe, naß, fürchterlich, dieser Tag war einer der lichtesten und besten für den kleinen Georg. Der Professor in der Kunstakademie rief ihn zu sich herein.

„Höre, mein Freund", sagte er, „wir wollen uns einmal ein wenig unterhalten! Der Herrgott hat dich recht gütig mit Gaben bedacht, er hat dich auch gütig mit guten Menschen bedacht. Der alte Graf an der Ecke hat mit mir über dich gesprochen; ich habe auch deine Bilder gesehen, unter die machen wir nun einen Strich, an denen ist so vieles zu verbessern! Jetzt kannst du zweimal in der Woche zu mir in meine Zeichenklasse kommen, dann wirst du sicher dahinterkommen, wie es besser gemacht wird. Ich glaube, in dir steckt mehr ein Baumeister als ein Maler; darüber kannst du mit der Zeit selber nachdenken! aber gehe noch heute zu dem alten

Grafen an der Ecke und danke dem Herrgott für diesen Mann!"

An der Ecke stand ein großes Haus; an dessen Fenstern waren rundherum Elefanten und Dromedare in Stein gehauen, alles aus alter Zeit; aber der alte Graf war mehr für die neue Zeit mit allem, was sie Gutes mit sich brachte, ob es nun aus dem ersten Stock kam, aus dem Keller oder vom Boden.

„Ich glaube", sagte die Pförtnersfrau, „je vornehmer die Leute wirklich sind, desto weniger machen sie von sich her. Wie ist der alte Graf reizend und einfach! Und er spricht tatsächlich genauso wie du und ich; das können Generals nicht! War nicht auch Georg gestern geradezu benommen vor Begeisterung über die reizende Behandlung, die er beim Grafen fand? Und heute bin ich es, nachdem ich mit dem mächtigen Mann gesprochen habe. War es nun nicht gut, daß wir Georg nicht in die Handwerkslehre gesteckt haben? Talent hat er!"

„Aber dem muß von außen geholfen werden!" sagte der Vater.

„Das ist nun geschehen", sagte die Mutter; „der Graf hat sich klar und deutlich geäußert!"

„Es ist aber von Generals ausgegangen!" sagte der Vater. „Bei denen müssen wir uns auch bedanken."

„Das können wir gern!" sagte die Mutter; „aber ich glaube, da ist nicht viel zu danken; dem Herrgott will ich danken, und ihm will ich auch danken, weil die kleine Emilie wieder besser wird!"

Es ging mit ihr vorwärts, es ging vorwärts mit Georg; im Laufe des Jahres bekam er die kleine silberne Medaille, und später die große.

„Es wäre doch besser gewesen, er wäre in eine Handwerkslehre gekommen!" sagte die Pförtnersfrau und weinte; „dann hätten wir ihn jetzt behalten dürfen. Was soll er in Rom? Ich werde ihn nie wiedersehen, selbst wenn er wieder nach Hause kommt, aber das tut er nicht, das liebe Kind!"

„Aber es ist ein Glück für ihn und eine Ehre!" sagte der Vater.

„Ja, vielen Dank, mein Lieber!“ sagte die Mutter, „du redest Dinge, die du gar nicht meinst! Du bist ebenso traurig wie ich.“

Und es hatte seine Richtigkeit, sowohl mit der Abreise wie mit der Traurigkeit. Es sei ein großes Glück für den jungen Menschen, sagten alle Leute.

Und es wurde Abschied genommen, auch bei Generals; aber die Gnädige zeigte sich nicht, sie hatte ihr großes Kopfweh. Der General erzählte zum Abschied seine einzige Anekdote, was er zum Prinzen gesagt hatte und was der Prinz zu ihm gesagt hatte: „Sie sind unvergleichlich!“ und dann reichte er Georg die Hand, eine schlaffe Hand.

Emilie reichte Georg auch die Hand, und sie sah beinahe traurig aus, aber Georg war doch am traurigsten.

Die Zeit vergeht, wenn man etwas tut, sie vergeht auch, wenn man nichts tut. Die Zeit ist gleich lang, aber nicht gleicherweise nützlich. Für Georg war sie nützlich und gar nicht lang, außer wenn er an die zu Hause dachte. Wie es wohl oben und unten ging? Ja, davon wurde geschrieben; und man kann so viel aus einem Brief herauslesen, den hellen Sonnenschein und die dunklen, schweren Tage. Die lagen im Brief, der berichtete, daß der Vater gestorben, die Mutter allein zurückgeblieben sei; Emilie sei wie ein tröstender Engel gewesen, sie sei zu ihr heruntergekommen, ja, das schrieb die Mutter und fügte über sich selber hinzu, sie habe die Pförtnerstelle behalten dürfen.

Die Generalin führte Tagebuch; dort stand jede Gesellschaft verzeichnet, jeder Ball, den sie besucht hatte, und alle Besuche der anderen. Das Tagebuch wurde mit den Visitenkarten der Diplomaten und des höchsten Hochadels ausgeschmückt, sie war stolz auf ihr Tagebuch; es wuchs in der langen Zeit an, in langen Zeiten, während vieler großer Kopfwehanfälle, aber auch während vieler heller Nächte, das heißt vieler Hofbälle. Emilie war zum erstenmal auf einem Hofball gewesen; die Mutter kam in Rosa mit schwarzen Spitzen: spanisch! Die Tochter in Weiß, so hell, so fein! Grünseidene Bänder flatterten gleich Schilf an dem lockigen blonden Haar herunter, das einen Kranz weißer Wasserrosen trug; die Augen waren so blau und klar, der Mund so fein und rot, sie glich einer kleinen Seejungfrau, so schön, wie man sie sich nur vorstellen kann. Drei Prinzen tanzten mit ihr, das heißt, erst einer und dann der nächste; die Generalin hatte acht Tage lang kein Kopfweh.

Aber der erste Ball war nicht der letzte, das hielt Emilie nicht aus; darum war es gut, daß der Sommer kam und Ruhe brachte, frische Luft im Freien. Die Familie war in das Schloß des alten Grafen eingeladen.

Es war ein Schloß mit einem Garten, der sehenswert war. Ein Teil davon war ganz wie in alter Zeit belassen, mit steifen grünen Hecken, als ginge man zwischen grünen Wandschirmen dahin, in denen Gucklöcher saßen. Buchsbaum und Taxus standen zu Sternen und Pyramiden geschnitten, das Wasser sprudelte aus großen mit Muscheln besetzten Grotten; ringsum standen steinerne Figuren aus dem allerschwersten Stein, das konnte man sowohl an den Kleidern wie an den Gesichtern erkennen; jedes Blumenbeet hatte eine bestimmte Form, wie ein Fisch, Wappenschild oder Namenszug, das war der französische Teil des Gartens; von diesem kam man gleichsam in den frischen, freien Wald, wo die Bäume wachsen durften, wie sie wollten, und daher so groß und so prächtig waren; das Gras war grün, man durfte darübergehen, es wurde auch gewalzt, gemäht, gepflegt und gehegt; das war der englische Teil des Gartens.

„Alte Zeit und neue Zeit!" sagte der Graf; „hier gehen sie ja auch gut ineinander über! In zwei Jahren wird das Schloß selbst sein richtiges Aussehen erhalten, es wird eine Wandlung durchmachen zu etwas Schönem und Besserem; ich zeige Ihnen die Zeichnungen, und ich zeige Ihnen den Baumeister, er ist heute zum Essen hier!"

„Charmant!" sagte der General.

„Hier ist es paradiesisch!" sagte die Generalin; „und da haben Sie eine Ritterburg!"

„Das ist mein Geflügelstall!" sagte der Graf; „die Tauben

wohnen im Turm, die Puten im ersten Stock, aber im Erdgeschoß regiert die alte Else. Sie hat Fremdenzimmer nach allen Seiten: die Bruthennen für sich, die Glucke mit Küken für sich, und die Enten haben einen eigenen Ausgang zum Wasser!"

„Charmant!" wiederholte der General.

Und sie gingen alle, um sich diese Herrlichkeit anzusehen.

Die alte Else stand mitten in der Stube, und neben ihr der Baumeister Georg; er und die kleine Emilie begegneten sich nach mehreren Jahren, begegneten sich im Geflügelstall.

Ja, hier stand er, und er war in der Tat schön anzusehen; sein Gesicht war offen und fest, das schwarze Haar glänzte, und um den Mund spielte ein Lächeln, das sagte: Es sitzt mir ein Schalk im Genick, der kennt euch in- und auswendig. Die alte Else hatte ihre Holzschuhe ausgezogen und stand in Socken da, zu Ehren der hochvornehmen Gäste. Und die Hühner gackerten, und der Hahn krähte, die Enten watschelten davon, „raab! raab!" Aber das feine, blasse Mädchen, die Kindheitsgespielin, die Tochter des Generals, hatte einen Rosenschimmer auf den sonst so bleichen Wangen, ihre Augen wurden ganz groß, ihr Mund war beredt, ohne daß er ein einziges Wort gesagt hätte, und die Begrüßung, die Georg zuteil wurde, war so reizend, wie sie ein junger Mensch sich von einer jungen Dame nur wünschen kann, wenn sie nicht verwandt sind oder zusammen getanzt haben; sie und der Baumeister hatten niemals zusammen getanzt.

Der Herr Graf drückte ihm die Hand und stellte ihn vor: „Ganz fremd ist er nicht, unser junger Freund, Herr Georg!"

Die Generalin neigte den Kopf, die Tochter war im Begriff, ihm die Hand hinzustrecken, aber sie streckte sie nicht hin.

„Unser kleiner Herr Georg!" sagte der General. „Alte Freunde aus dem Haus. Charmant!"

„Sie sind ganz und gar Italiener geworden!" sagte die Generalin, „und Sie sprechen sicher die Sprache wie ein gebürtiger Italiener?"

Die Generalin singe in dieser Sprache, spreche sie aber nicht, sagte der General.

Bei Tisch saß Georg rechts von Emilie, der General hatte sie als Tischdame, der Graf die Generalin.

Georg sprach und erzählte, und er erzählte gut, er war die Unterhaltung und der Geist bei Tisch, obwohl der alte Graf es auch hätte sein können. Emilie saß schweigend da, die Ohren hörten, die Augen glänzten.

Aber sie sagte nichts.

Auf der Veranda zwischen den Pflanzen standen sie und Georg, die Rosensträucher verbargen sie. Georg führte abermals das Wort, sprach als erster.

„Ich danke Ihnen für Ihre Freundlichkeit gegen meine alte Mutter!" sagte er; „ich weiß, in der Nacht, als mein Vater starb, gingen Sie zu ihr hinunter, waren bei ihr, bis seine Augen sich schlossen, ich danke Ihnen!" Er ergriff Emilies Hand und küßte sie, das durfte er wohl bei dieser Gelegenheit; sie wurde glühend rot, drückte aber seine Hand und sah ihn mit ihren lieben blauen Augen an.

„Ihre Mutter war eine liebe Seele! Wie liebte sie Sie! Und alle Ihre Briefe ließ sie mich lesen, ich habe fast das Gefühl, ich kenne Sie! Wie waren Sie freundlich zu mir, als ich klein war, Sie schenkten mir Bilder!"

„Die Sie zerrissen haben!" sagte Georg.

„Nein! ich habe noch immer mein Schloß, die Zeichnung!"

„Nun darf ich es wirklich bauen!" sagte Georg und wurde selber ganz warm, als er dies sagte.

Der General und die Generalin unterhielten sich in ihren eigenen Gemächern über des Pförtners Sohn, er wußte sich ja zu benehmen und sich mit Wissen und Gewandtheit auszudrücken. „Er könnte Hauslehrer sein!" sagte der General.

„Geist!" sagte die Generalin, und dann sagte sie nichts mehr.

In der schönen Sommerszeit kam Herr Georg des öfteren auf des Grafen Schloß. Er wurde entbehrt, wenn er nicht kam.

„Wieviel hat doch der Herrgott Ihnen geschenkt gegenüber uns anderen armen Menschen!" sagte Emilie zu ihm. „Erkennen Sie es nun auch richtig an?"

Das schmeichelte Georg, daß das schöne junge Mädchen zu ihm aufsah, er fand sie daher ungewöhnlich klug.

Und der General war immer mehr davon überzeugt, daß Herr Georg unmöglich ein Kellerkind sein konnte. „Die Mutter war übrigens eine sehr brave Frau!" sagte er, „das zu sagen, bin ich ihrem Andenken schuldig!"

Der Sommer verging, der Winter kam, es wurde abermals von Herrn Georg gesprochen; er war selbst höchsten Ortes wohlangesehen und mit Wohlwollen empfangen worden, der General hatte ihn auf dem Hofball getroffen.

Nun sollte in ihrem Haus ein Ball für die kleine Emilie gegeben werden, konnte man Herrn Georg einladen?

„Wen der König einlädt, den kann auch der General einladen!" sagte der General und reckte sich einen ganzen Zoll vom Fußboden in die Höhe.

Herr Georg wurde geladen, und er kam; und es kamen Prinzen und Grafen, und einer tanzte immer besser als der andere; aber Emilie konnte nur den ersten Tanz tanzen; bei diesem vertrat sie sich den Fuß, nicht gefährlich, aber doch spürbar, und da mußte man vorsichtig sein, mußte mit dem Tanzen aufhören, den anderen zuschauen, und sie saß und schaute zu, und der Baumeister stand neben ihr.

„Sie werden ihr noch die ganze Peterskirche schenken!" sagte der General, als er vorüberging, und er lächelte wie das Wohlwollen in Person.

Mit dem gleichen Lächeln des Wohlwollens empfing er einige Tage darauf Herrn Georg. Der junge Mann kam sicher, um sich für den Ball zu bedanken, was sonst? O doch, mit dem Überraschendsten, dem Erstaunlichsten, mit wahnwitzigen Worten kam er, der General wollte seinen eigenen Ohren nicht trauen; „pyramidale Deklamation", ein Antrag, der undenkbar war: Herr Georg erbat sich die kleine Emilie zur Frau.

„Mann!" sagte der General und wurde krebsrot am Kopf. „Ich verstehe Sie durchaus nicht! Was sagen Sie? Was wollen

Sie? Ich kenne Sie nicht! Herr! Mensch! Sie lassen sich's einfallen, in mein Haus einzufallen! Was denken Sie sich, oder denken Sie sich überhaupt nichts?" und er ging rücklings in sein Schlafzimmer hinein, drehte den Schlüssel um und ließ Herrn Georg allein stehen, der stand ein paar Minuten da, dann machte er kehrt. Auf dem Korridor stand Emilie.

„Hat mein Vater geantwortet ...?" fragte sie, und die Stimme bebte.

Georg drückte ihre Hand: „Er ist mir davongelaufen! – Es kommt eine bessere Zeit!"

In Emilies Augen standen Tränen; in den Augen des jungen Mannes standen Gewißheit und Zuversicht zu lesen, und die Sonne schien auf die beiden und gab ihnen ihren Segen.

In seiner Stube saß der General völlig übergekocht; ja, es kochte noch immer, es floß über in Worten und Ausrufen: „Wahnsinn! Pförtnerwahnwitz!“

Es war noch nicht eine Stunde vergangen, da hatte es die Generalin aus des Generals eigenem Munde erfahren, und sie rief Emilie und saß allein mit ihr beisammen.

„Du armes Kind! dich in dieser Weise zu beleidigen! uns zu beleidigen! Du hast auch Tränen in den Augen, aber sie stehen dir gut! Du bist reizend in Tränen! Du siehst genauso aus wie ich an meinem Hochzeitstag. Weine nur, kleine Emilie!“

„Ja, das werde ich tun!“ sagte Emilie, „falls ihr nicht ja sagt, du und Vater!“

„Kind!“ rief die Generalin; „du bist krank! sprichst im Wahn, und ich bekomme mein fürchterliches Kopfweh! All dies Unglück, das über unser Haus kommt! Treibe deine Mutter nicht in den Tod, Emilie, dann hast du keine Mutter!“

Und die Generalin bekam feuchte Augen, sie konnte es nicht ertragen, an ihren eigenen Tod zu denken.

In der Zeitung stand unter den Ernennungen zu lesen: Herr Georg zum Professor fünfter Klasse Nummer acht ernannt.

„Es ist schade, daß seine Eltern im Grabe liegen und dies

nicht lesen können!“ sagten die neuen Pförtnersleute, die jetzt im Keller unter Generals wohnten; sie wußten, daß der Professor in ihren vier Wänden geboren und großgeworden war.

„Jetzt kommt er in die Rangsteuer!“ sagte der Mann.

„Ja, ist es nicht furchtbar viel für ein armes Kind?“ sagte die Frau.

„Achtzehn Reichstaler im Jahr!“ sagte der Mann; „ja, das ist viel Geld!“

„Nein, ich meine die Auszeichnung!“ sagte die Frau. „Denkst du, der macht sich etwas aus dem Geld, das kann er viele Male verdienen! Und er kriegt dazu sicher noch eine reiche Frau. Hätten wir Kinder, Mann, dann müßte unser Kind auch Baumeister und Professor werden!“

Von Georg wurde im Keller gut gesprochen, es wurde gut von ihm im ersten Stock gesprochen; der alte Graf gestattete es sich.

Es waren die Zeichnungen aus der Kindheit, die den Anlaß dazu gaben. Aber weshalb wurde von ihnen gesprochen? Man sprach von Rußland, von Moskau, und dann war man ja beim Kreml, den der kleine Georg einmal für Fräulein Emilie gezeichnet hatte; er hatte so viele Bilder gezeichnet, namentlich an eines erinnerte sich der Graf: „Das Schloß der kleinen Emilie“, wo sie schlief, wo sie tanzte und „Besuch haben“ spielte; der Professor war ungemein tüchtig, er würde bestimmt als alter Konferenzrat sterben, das war nicht unmöglich, und vorher würde er wirklich ein Schloß für die jetzt so junge Dame erbauen, weshalb nicht?

„Das war ein sonderbarer Scherz“, bemerkte die Generalin, als der Graf weg war. Der General schüttelte nachdenklich den Kopf, ritt aus, mit seinem Reitknecht in geziemendem Abstand, und saß stolzer denn je auf seinem hohen Roß.

Die kleine Emilie hatte Geburtstag, Blumen und Bücher, Briefe und Visitenkarten wurden gebracht; die Generalin gab ihr einen Kuß auf den Mund, der General auf die Stirn; es waren liebevolle Eltern, und das Mädchen wie auch die Eltern erhielten hohen Besuch, zwei von den Prinzen. Es wurde von Bällen und vom Theater gesprochen, von diplomatischen Missionen, von der Regierung von Reichen und Ländern. Es wurde von Tüchtigkeit gesprochen, der Tüchtigkeit des eigenen Landes, und dadurch kam die Rede auf den jungen Professor, den Herrn Baumeister.

„Er baut an seiner Unsterblichkeit!" wurde gesagt, „er baut sich auch sicher in eine der ersten Familien hinein!"

„In eine der ersten Familien!" wiederholte später der General der Generalin gegenüber. „Wer ist eine unserer ersten Familien?"

„Ich weiß, auf wen angespielt wurde!" sagte die Generalin, „aber ich sage es nicht laut! ich denke es nicht! Gott fügt es! aber staunen werde ich!"

„Ich werde ebenfalls staunen!" sagte der General, „ich habe nicht die leiseste Idee!" und er versank in erwartungsvolles Grübeln.

Es liegt eine Macht, eine unnennbare Macht im Gnadenquell von oben, in der Gunst des Hofes, in Gottes Gunst; und all diese Gunst und Gnade besaß der kleine Georg. Aber wir vergessen den Geburtstag.

Emilies Stube duftete von den Blumen der Freunde und Freundinnen, auf dem Tisch lagen hübsche Geschenke als Gruß und Andenken, aber kein einziges von Georg, es konnte nicht kommen, aber es war auch nicht nötig, das ganze Haus war ein Andenken an ihn. Selbst aus der Sandnische unter der Treppe lugte die Blume der Erinnerung hervor; dort hatte Emilie hervorgelugt, als der Vorhang brannte und Georg als erste Spritze ankam. Ein Blick aus dem Fenster, und die Akazie erinnerte an die Kinderzeit. Blüten und Blätter waren abgefallen, aber der Baum stand mit Rauhreif überzogen, als wäre er ein ungeheurer Korallenzweig; und der Mond glänzte hell und groß zwischen den Ästen hindurch, unverändert in seiner ganzen Unveränderlichkeit, wie damals, als Georg sein Butterbrot mit der kleinen Emilie teilte.

Aus der Schublade holte sie die Zeichnungen vom Zarenschloß hervor, von ihrem eigenen Schloß; die Andenken an Georg; sie wurden betrachtet, und es wurde über sie nachgesonnen; und viele Gedanken stiegen herauf; sie erinnerte sich an den Tag, als sie, von Vater und Mutter nicht bemerkt, zur Pförtnersfrau hinunterging, die in ihren letzten Zügen lag; sie saß bei ihr, hielt ihre Hand, hörte ihre letzten Worte: „Segen! – Georg!“ Die Mutter dachte an ihren Sohn. – Jetzt legte Emilie ihren Sinn hinein. O ja, Georg war am Geburtstag dabei, richtig dabei!

Am nächsten Tag, es traf sich so, war im Hause wieder ein Geburtstag: der Geburtstag des Generals; er war einen Tag nach seiner Tochter geboren, natürlich früher als sie, viele Jahre früher. Wieder kamen jetzt Angebinde, und unter diesen ein Sattel, prächtig anzuschauen, bequem und kostbar, nur einer der Prinzen hatte genauso einen. Von wem kam dieser? Der General war begeistert. Ein kleiner Zettel lag dabei; wenn darauf gestanden hätte: „Vielen Dank für den gestrigen Tag!“ dann hätten wir anderen wohl erraten können, von wem er kam, aber da stand geschrieben: „Von einem, den Herr General nicht kennen.“

„Wen in aller Welt kenne ich nicht!“ sagte der General. „Alle Menschen kenne ich!“ und seine Gedanken begaben sich auf große Gesellschaft; er kannte sie alle. „Der ist von meiner Frau!“ sagte er zuletzt; „sie scherzt insgeheim mit mir! Charmant!“

Aber sie scherzte nicht mit ihm, die Zeiten waren vorbei.

Und nun fand ein Fest statt, abermals ein Fest, nicht bei Generals, ein Kostümball bei einem der Prinzen; auch Masken waren zugelassen.

Der General erschien als Rubens, in spanischer Tracht mit einem kleinen gefältelten Kragen, mit Degen und in guter Haltung, die Generalin war Madame Rubens, in schwarzem Sammet, am Hals hoch geschlossen – entsetzlich heiß! –, mit einem Mühlstein um den Hals, das heißt natürlich einem großen gefältelten Kragen, ganz nach einem holländischen Gemälde, das der General besaß und auf dem besonders die Hände bewundert wurden. Sie glichen so ganz denen der Generalin!

Emilie war Psyche, in Schleier und Spitzen. Sie war wie ein schwebender Schwanenflaum, sie bedurfte gar nicht der Flügel, sie trug sie nur als ein Merkmal der Psyche.

Hier war ein Glanz, eine Pracht, Licht und Blumen, viel Reichtum und Geschmack; es gab so viel zu sehen, daß man Madame Rubens' schöner Hände gar nicht achtete.

Ein schwarzer Domino mit einer Akazienblüte an der Kappe tanzte mit Psyche.

„Wer ist das?" fragte die Generalin.

„Seine Königliche Hoheit!" sagte der General, „ich bin dessen ganz sicher, ich erkannte ihn sogleich am Händedruck!"

Die Generalin hatte ihre Zweifel.

General Rubens zweifelte nicht, näherte sich dem schwarzen Domino und schrieb die königlichen Initialien in die Hand, es wurde verneint, aber ein Fingerzeig wurde gegeben.

„Die Devise des Sattels! Einer, den Herr General nicht kennen."

„Aber dann kenne ich Sie ja!" sagte der General. „Sie haben mir den Sattel geschickt!"

Der Domino hob die Hand und verschwand unter den anderen.

„Wer ist der schwarze Domino, Emilie, mit dem du getanzt hast?" fragte die Generalin.

„Ich habe ihn nicht nach seinem Namen gefragt!" antwortete sie.

„Weil du ihn gewußt hast! Es ist der Professor! Ihr Günstling, Herr Graf, ist hier!" fuhr sie fort und wandte sich an den Grafen, der dicht daneben stand. „Schwarzer Domino mit Akazienblüte!"

„Wohl möglich, meine Gnädige!" entgegnete er. „Aber einer der Prinzen ist übrigens ebenso kostümiert!"

„Ich erkenne den Händedruck!" sagte der General. „Von dem Prinzen habe ich den Sattel! Ich bin meiner Sache so sicher, daß ich ihn an unseren Tisch einladen kann!"

„Tun Sie es! Ist es der Prinz, kommt er sicher!" sagte der Graf.

„Und ist es der andere, dann kommt er nicht!" sagte der General und näherte sich dem schwarzen Domino, der gerade dastand und sich mit dem König unterhielt. Der General brachte besonders ehrerbietig seine Einladung vor, damit sie einander kennenlernen könnten; der General lächelte so sicher, weil er zu wissen glaubte, wen er einlud; er sprach laut und vernehmlich.

Der Domino hob seine Maske; es war Georg.

„Wiederholen Herr General die Einladung?" fragte er.

Der General wurde allerdings um einen Zoll größer, nahm eine strammere Haltung an, machte zwei Schritte rückwärts und einen Schritt vorwärts wie in einem Menuett, und da waren Ernst und Ausdruck zu erkennen, so viel, wie der General in des Generals feines Gesicht hineinlegen konnte.

„Ich nehme niemals mein Wort zurück! Herr Professor sind eingeladen!" und er verbeugte sich mit einem Seitenblick auf den König, der das Ganze sicher gehört hatte.

Und dann fand ein Essen bei Generals statt, und nur der alte Graf und sein Schützling waren eingeladen.

„Den Fuß unter den Tisch", meinte Georg, „dann ist der Grundstein gelegt!" und der Grundstein wurde tatsächlich mit großer Feierlichkeit beim General und der Generalin gelegt.

Der Mensch war gekommen, und wie ja der General wußte, hatte er sich ganz wie ein Mann der guten Gesellschaft unterhalten, war außerordentlich interessant gewesen, der General mußte viele Male sein „Charmant" sagen. Die Generalin erzählte von ihrem Essen, erzählte sogar einer der Damen bei Hofe davon, und diese, eine der geistreichsten, erbat sich eine Einladung für das nächste Mal, wenn der Professor käme. So mußte er ja dann eingeladen werden, und er wurde eingeladen und kam und war wieder charmant, konnte sogar Schach spielen.

„Er stammt nicht aus dem Keller!" sagte der General, „er ist ganz bestimmt ein vornehmer Sohn! Es gibt viele vornehme Söhne, und daran ist der junge Mann völlig unschuldig."

Der Herr Professor, der im königlichen Hause verkehrte, konnte sehr wohl bei Generals verkehren, aber dort festzuwurzeln, davon war hier keine Rede, wohl aber in der ganzen Stadt.

Er wurzelte fest. Der Tau der Gnade kam von oben!

Es war darum gar nichts Überraschendes, daß Emilie, als der Professor Etatsrat wurde, ihrerseits Frau Etatsrat wurde.

„Das Leben ist eine Tragödie oder eine Komödie", sagte der General, „in der Tragödie sterben sie, in der Komödie kriegen sie sich."

Hier kriegten sie sich. Und sie kriegten drei gesunde Jungens, aber nicht sofort.

Die lieben Kinder ritten auf dem Steckenpferd durch Stuben und Säle, wenn sie bei Großvater und Großmutter waren. Und der General ritt auch auf dem Steckenpferd, ritt hinter ihnen her, „als Jockey der kleinen Etatsräte!"

Die Generalin saß auf dem Sofa und lächelte, obwohl sie starkes Kopfweh hatte.

So weit brachte es Georg, und noch viel weiter, sonst wäre es gar nicht der Mühe wert gewesen, von des Pförtners Sohn zu erzählen.

Der Umzugstag*

Du entsinnst dich doch noch des Türmers Ole! ich habe von zwei Besuchen bei ihm erzählt, jetzt werde ich von einem dritten erzählen, aber das ist nicht der letzte.

Für gewöhnlich gehe ich um die Neujahrszeit zu ihm hinauf, jetzt dagegen war es am Umzugstag, da ist es nämlich nicht angenehm hier in den Straßen der Stadt, sie liegen so voll von Kehricht, Scherben und Lumpen, gar nicht zu reden von ausgedientem Bettstroh, durch das man waten muß. Da kam ich nun daher und sah, wie in diesem ausgekippten Kübel des Überflusses ein paar Kinder spielten, sie spielten Zubettgehen, alles lud hier zu diesem Spiel ein, fanden sie, ja, sie krochen in das lebendig gewordene Stroh hinein und zogen als Bettdecke ein altes, zerfetztes Stück Wandbezug über sich. „Das ist so schön!" sagten sie; mir war das zuviel, und so mußte ich fort, zu Ole hinauf.

„Heute ist Umzugstag!" sagte er; „Straßen und Gassen

* Der Umzugstag war in Dänemark ein ganz bestimmter Tag im Jahr, für alle verpflichtend (Anmerkung d. Übers.).

dienen als Mülleimer, großartige Mülleimer, mir ist eine Fuhre genug! Damit kann ich was anfangen, und das war auch kurz nach Weihnachten der Fall; ich kam auf die Straße hinunter, es war naßkalt, regnerisch, matschig und richtig ein Wetter für Erkältungen; der Müllkutscher hielt mit seinem Wagen, der war bis obenhin voll, eine Art Musterkarte von den Kopenhagener Straßen zur Umzugszeit. Hinten auf dem Wagen stand ein Tannenbaum, noch ganz grün und mit Lametta auf den Zweigen; der war auf dem Weihnachtsfest gewesen und jetzt auf die Straße geworfen worden, und der Müllkutscher hatte ihn hinten in den Haufen hineingesteckt; lustig anzusehen oder zum Weinen, ja, das kann man ebensogut sagen, es kommt darauf an, was für Gedanken einem dabei kommen, und ich dachte mir dabei etwas, und denken tat bestimmt auch dies und jenes von dem, was auf dem Wagen lag, oder es hätte denken können, was ja ungefähr aufs selbe hinausläuft. Da lag nun ein abgetragener Damenhandschuh; was der wohl dachte? Soll ich es Ihnen sagen? Der lag da und zeigte mit dem kleinen Finger auf den Tannenbaum. ‚Mich rührt dieser Baum!' dachte er, ‚auch ich bin auf Festen mit Kronleuchtern gewesen! Mein eigentliches Leben war eine Ballnacht; ein Händedruck, und ich platzte! Dort hört meine Erinnerung auf; ich habe nichts mehr, wofür ich leben kann!' Das dachte der Handschuh, oder er könnte es gedacht haben. ‚Es ist peinlich mit diesem Tannenbaum!' sagten die Topfscherben. Zerbrochenes Tongeschirr findet nun alles peinlich. ‚Liegt man auf dem Müllwagen', sagten sie, ‚dann darf man nicht großtun und Lametta tragen! Ich weiß, daß ich in dieser Welt von Nutzen gewesen bin, von größerem Nutzen als so ein dürrer Stock!' – Seht ihr, das war ja eine Ansicht, wie sie sicherlich auch andere haben, aber der Tannenbaum sah immerhin noch gut aus, es war ein wenig Poesie in dem Müllhaufen, und davon gibt es am Umzugstag viel ringsum in den Straßen! Der Weg wurde mir beschwerlich und lästig dort unten, und ich wollte gern vorankommen, wieder auf den Turm hinauf und hier oben bleiben, hier sitze ich und schaue gutgelaunt hinunter.

Da spielen nun die guten Bürger ‚Wechselt das Bäumelein!‘ sie schleppen und schinden sich mit ihrem Umzugsgut ab, und im Eimer sitzt der Wichtel* und zieht mit um; häuslicher Ärger, Familienärger, Sorgen und Kümmernisse ziehen aus der alten in die neue Wohnung mit, und was haben die und wir dann von der ganzen Geschichte? Ja, das steht

ja schon längst in dem guten alten Vers in der *Adressenzeitung* abgedruckt: ‚Denk an des Todes großen Umzugstag!‘

Dies ist ein ernster Gedanke, aber es ist Ihnen doch wohl nicht unangenehm, davon zu hören? Der Tod ist und bleibt der zuverlässigste Beamte, ungeachtet seiner vielen kleinen Ämter! Haben Sie niemals darüber nachgedacht?

Der Tod ist Omnibusfahrer, er ist Paßschreiber, er setzt den Namen unter unser Leumundszeugnis, und er ist der Direktor in der großen Sparkasse des Lebens. Können Sie das verstehen? Alle unsere Taten auf Erden, große und kleine,

* Der Wichtel ist der Urheber alles Ungemachs, das die Menschen sich selber bereiten. Es gibt daher in Skandinavien das Sprichwort: „Der Wichtel zieht mit um!“ (Anmerkung d. Übers.).

zahlen wir in eine Sparkasse ein, und wenn dann der Tod mit seinem Umzugsomnibus kommt, und wir müssen hinein und mitfahren ins Ewigkeitsland, dann händigt er uns an der Grenze ein Leumundszeugnis aus, als Paß! Als Zehrgeld auf die Reise hebt er diese oder jene Tat, die wir vollbracht haben, von der Sparkasse ab, eine, die unser Verhalten am besten kennzeichnet; es kann erfreulich sein, aber auch entsetzlich.

Noch keiner ist bis jetzt um diese Omnibusfahrt herumgekommen; es wird ja zwar von einem erzählt, der nicht mitfahren durfte, der Schuhmacher von Jerusalem, er mußte hinterherlaufen, hätte er mit in den Omnibus dürfen, dann wäre er der Behandlung durch die Poeten entgangen. Schauen Sie einmal in Gedanken in den großen Umzugstags-Omnibus hinein! Da ist eine gemischte Gesellschaft! Da sitzen nebeneinander König und Bettler, der Geniale und der Dummkopf; fort müssen sie, ohne Gut und Geld, nur mit dem Leumundszeugnis und dem ersparten Zehrgeld! aber welche von unseren Taten wird wohl hervorgeholt und uns mitgegeben? Vielleicht eine ganz kleine, eine, so klein wie eine Erbse, aber die Erbse kann eine blühende Ranke treiben.

Dem armen Aschenputtel, das auf dem niedrigen Schemel in der Ecke saß und Knüffe und harte Worte bekam, wird vielleicht sein abgenutzter Schemel mitgegeben als Zeichen und Notgroschen; der Schemel wird zum Tragsessel beim Einzug ins Ewigkeitsland, wird dort zum Thronsessel erhoben, strahlend wie Gold, blühend wie eine Laubhütte.

Derjenige, der hier immer umherging und den Würztrank der Vergnügungen pichelte, um andere Fehler zu vergessen, die er hier gemacht hat, bekommt sein hölzernes Fäßchen mit und muß von diesem auf der Omnibusfahrt trinken, und dieser Trunk ist rein und pur, so daß sich die Gedanken klären, alle guten und edlen Gefühle werden geweckt, er sieht und empfindet, was zu sehen er bisher keine Lust hatte oder was er nicht sehen konnte, und dann hat er die Strafe in sich, den nagenden Wurm, der auf unabsehbare

Zeiten nicht stirbt. Stand auf den Gläsern ‚Vergessen' geschrieben, so steht auf dem Fasse: ‚Erinnerung'.

Lese ich ein gutes Buch, eine historische Darstellung' muß ich mir den Betreffenden, über den ich lese, dann zuletzt immer so vorstellen, wie er in den Omnibus des Todes kommt, muß darüber nachdenken, welche von seinen Taten der Tod für ihn aus der Sparkasse nimmt, welches Zehrgeld er ins Ewigkeitsland erhielt. Es war einmal ein französischer König, seinen Namen habe ich vergessen, den Namen des Guten vergißt man bisweilen, auch ich vergesse ihn, aber er schimmert sicher wieder hervor; es war ein König, der in einer Hungersnot seines Volkes Wohltäter war, und das Volk errichtete ihm ein Denkmal aus Schnee mit der Inschrift: ‚Schneller als dies schmilzt, hast du geholfen!' Ich könnte mir denken, daß der Tod ihm im Hinblick auf das Denkmal eine einzige Schneeflocke mitgibt, die niemals schmilzt und wie ein weißer Schmetterling über seinem königlichen Haupt ins Unsterblichkeitsland hineinfliegt. Da war zum Beispiel auch Ludwig XI., ja, seinen Namen habe ich behalten, das Böse behält man immer gut, ein Zug an ihm fällt mir oft ein, ich wünschte, man könnte sagen, die Geschichte sei eine Lüge. Er ließ seinen Konnetabel hinrichten, das konnte er tun, zu Recht oder Unrecht, aber des Konnetabels unschuldige Kinder, das eine acht Jahre alt, das zweite sieben, ließ er auf demselben Richtplatz aufstellen und mit ihres Vaters warmem Blut bespritzen, darauf zur Bastille führen und in einen eisernen Käfig stecken, wo sie nicht einmal eine Decke bekamen, mit der sie sich zudecken konnten; und König Ludwig schickte alle acht Tage den Henker zu ihnen und ließ jedem von ihnen einen Zahn ausziehen, damit es ihnen nicht allzu gut ginge, und der Ältere sagte: ‚Meine Mutter würde vor Gram sterben, wenn sie wüßte, daß mein kleiner Bruder so viel leidet; zieh mir darum zwei Zähne aus und laß ihn frei ausgehen!' Und dem Henker traten dabei die Tränen in die Augen, aber der Wille des Königs war stärker als die Tränen, und alle acht Tage wurden dem König auf silbernem Teller zwei Kinderzähne gebracht; er hatte sie gefordert, er bekam sie. Die beiden Zähne, könnte ich mir denken, nahm der Tod aus der Sparkasse des Lebens für König Ludwig XI. und gab sie ihm mit auf die Reise in das große Unsterblichkeitsland; sie fliegen wie zwei Feuerfliegen vor ihm her, sie leuchten, sie brennen, sie zwicken ihn, die unschuldigen Kinderzähne.

Ja, es ist eine ernste Fahrt, diese Omnibusfahrt am großen Umzugstag! Und wann kommt er wohl?

Das ist der Ernst dabei, jeden Tag, jede Stunde, jede Minute kann man den Omnibus erwarten. Welche von unseren Taten wohl der Tod dann aus der Sparkasse nimmt und uns mitgibt? Ja, denken wir doch einmal darüber nach! dieser Umzugstag steht nicht im Kalender."

Das Schneeglöckchen

Es war Winter, die Luft kalt, der Wind scharf, aber im Hause drinnen war es warm und schön, in ihrem Hause lag die Blume, sie lag in ihrer Zwiebel unter Erde und Schnee.

Eines Tages regnete es; die Tropfen drangen durch die Schneedecke ins Erdreich hinab, berührten die Blumenzwiebel, kündeten von der Lichtwelt dort oben; bald drang der Sonnenstrahl so fein und hartnäckig durch den Schnee bis zur Zwiebel hinab und piekste sie.

„Herein!" sagte die Blume.

„Das kann ich nicht", sagte der Sonnenstrahl; „ich bin nicht stark genug, um aufzumachen; ich werde erst im Sommer stark."

„Wann ist es Sommer?" fragte die Blume und wiederholte dies jedesmal, wenn ein neuer Sonnenstrahl nach unten drang. Aber es war noch lange nicht Sommerszeit; es lag noch Schnee, das Wasser fror Nacht für Nacht zu Eis.

„Wie lang es dauert! wie lang es dauert!" sagte die Blume. „Ich merke ein Kribbeln und Krabbeln, ich muß mich recken, ich muß mich strecken, ich muß öffnen, ich muß hinaus! dem Sommer einen guten Morgen zunicken, es kommt eine holdselige Zeit!"

Und die Blume reckte sich und streckte sich dort drinnen in der dünnen Schale, die das Wasser von draußen aufgeweicht, die Schnee und Erde aufgewärmt und in die der Sonnenstrahl hineingepiekst hatte; die Blume sproß unter dem Schnee empor mit weißgrüner Knospe an ihrem grünen Stengel, mit schmalen dicken Blättern, die sie gleichsam beschirmen wollten. Der Schnee war kalt, aber vom Licht durchstrahlt, außerdem so leicht zu durchbrechen, und hier kam der Sonnenstrahl mit größerer Macht als vorher.

„Willkommen! willkommen!" sang und klang es von jedem Strahl, und die Blüte erhob sich über den Schnee in die Lichtwelt hinaus. Die Sonnenstrahlen streichelten und küßten sie, so daß sie sich ganz öffnete, weiß wie der Schnee und mit grünen Streifen verziert. Sie neigte ihr Haupt vor Freude und Demut.

„Schöne Blume!" sangen die Sonnenstrahlen. „Wie bist du frisch und hold! Du bist die erste, du bist die einzige! Du bist unsere Liebe! Du läutest den Sommer, herrlichen Sommer über Stadt und Land ein! Aller Schnee wird schmelzen, die kalten Winde werden vertrieben! Wir werden gebieten! Alles wird grünen! und dann erhältst du Gefährten, den Flieder und Goldregen und zuletzt die Rosen, aber du bist die erste, so fein und hold!"

Überall herrschte Frohsinn. Es war, als sänge und klänge die Luft, als drängen die Strahlen des Lichts in ihre Blätter und Stengel; da stand sie so fein und leicht zu brechen und dennoch so kräftig in der Schönheit der Jugend; sie stand in weißem Gewand mit grünen Bändern und pries den Sommer. Aber es war weit bis zur Sommerszeit, Wolken verhüllten die Sonne, scharfe Winde wehten die Blume an.

„Du bist ein wenig zu früh gekommen", sagten Wind und Wetter. „Wir besitzen noch immer die Macht; die wirst du zu spüren bekommen und mußt dich mit ihr abfinden! Du hättest im Hause bleiben sollen, nicht herauslaufen zum Tändeln, noch ist es nicht an der Zeit."

Es war schneidend kalt! Die folgenden Tage brachten nicht einen Sonnenstrahl; es war für solch eine kleine, zarte Blume ein Wetter, daß man schier totfrieren konnte. Aber es war mehr Stärke in ihr, als sie selber wußte; sie war stark in der Freude und im Glauben an den Sommer, der kommen mußte, der ihr in ihrem tiefen Begehren verkündet und von dem warmen Sonnenlicht bestätigt worden war; und so stand sie denn voll Zuversicht in ihrem weißen Kleid im weißen Schnee, ihren Kopf senkend, wenn die Schneeflocken dicht und schwer herabfielen, während die eisigen Winde über sie hinfegten.

„Du brichst durch!" sagten sie. „Du welkst, du erfrierst! Was wolltest du draußen! Weshalb ließest du dich verlocken? der Sonnenstrahl hat dich zum Narren gehabt! Nun kannst du sehen, wo du bleibst, du Sommernarr*!"

„Sommernarr!" wiederholte sie am kalten Morgen.

„Sommernarr!" jubelten ein paar Kinder, die in den Garten herauskamen, „da steht eins, wie süß, wie schön, das erste, das einzige!"

Und diese Worte taten der Blume so wohl, es waren Worte, wie die Sonnenstrahlen so warm. Die Blume spürte in ihrer Freude nicht einmal, daß sie gepflückt wurde; sie lag in der Kinderhand, wurde von einem Kindermund geküßt, wurde in die warme Stube gebracht, wurde mit freundlichen Augen angesehen, ins Wasser gestellt, so stärkend, so belebend. Die Blume glaubte, daß sie mit einem Male mitten in den Sommer hineingeraten wäre.

Die Tochter des Hauses, ein reizendes Mädchen, war eingesegnet worden; sie hatte einen lieben jungen Freund, und er war ebenfalls eingesegnet worden, er stand schon in der Ausbildung. „Er soll mein Sommernarr sein!" sagte sie; nahm darauf die feine Blüte, legte sie in ein duftendes Stück Papier, auf dem Verse geschrieben standen. Verse über die Blume, die mit Sommernarr anfingen und mit Sommernarr endigten, „Lieber Freund, sei Winternarr!" sie hatte ihn mit dem Sommer genarrt. Ja, das stand alles in den Versen, und die wurden in einen Brief gelegt, die Blüte lag darin, und es war finster um sie, so finster, als ob sie noch in der Zwiebel läge. Die Blume ging auf die Reise, lag im Postsack, wurde gedrückt und gequetscht, es war keineswegs angenehm; aber auch das nahm ein Ende.

* Der dänische Name für Schneeglöckchen: Sommernarr oder Winternarr (Anmerkung d. Übers.).

Die Reise war vorbei, der Brief wurde von dem lieben Freund geöffnet und gelesen; er freute sich so sehr, er küßte die Blume, und sie wurde, in die Verse gewickelt, in eine Schublade gelegt, in der mehr so schöne Briefe lagen, aber alle ohne Blume, sie war die erste, die einzige, wie die Sonnenstrahlen sie genannt hatten, und es machte einen so froh, wenn man darüber nachdachte.

Lange durfte sie auch darüber nachdenken, sie dachte, während der Sommer verging und der lange Winter verging, und als es wieder Sommer wurde, da kam sie wieder heraus. Aber da war der junge Mann gar nicht fröhlich; er faßte die Papiere so heftig an, schmiß die Verse weg, so daß die Blume zu Boden fiel, platt und welk war sie geworden, aber deswegen dürfte sie doch nicht auf den Boden geworfen werden; immerhin lag sie dort besser als im Feuer, dort flammten die Verse und die Briefe auf. Was war geschehen? Was so häufig geschieht. Die Blume hatte ihn genarrt, das war ein Scherz; das Mädchen hatte ihn genarrt, das war kein Scherz; sie hatte sich zu Mittsommer einen anderen Freund auserkoren.

Am Morgen schien die Sonne auf das kleine, plattgedrückte Schneeglöckchen, das aussah, als wäre es auf den Fußboden gemalt. Das Mädchen, welches fegte, hob es auf, legte es in eines der Bücher auf dem Tisch, da sie glaubte, es sei herausgefallen, als sie aufräumte und Ordnung machte. Und die Blume lag wieder zwischen Versen, gedruckten Versen, und die sind vornehmer als die geschriebenen, jedenfalls ist mehr Mühe darauf verwandt worden.

So vergingen Jahre, das Buch stand auf dem Bord; nun wurde es herausgeholt, geöffnet, und es wurde darin gelesen; es war ein gutes Buch: Verse und Lieder des dänischen Dichters Ambrosius Stub, den zu kennen sich wohl lohnte.

Und der Mann, der in dem Buche las, wandte die Seite um. „Da liegt ja eine Blume!“ sagte er, „ein Schneeglöckchen! Das hat sicher seinen Sinn, daß es da hineingelegt wurde; armer Ambrosius Stub! Er war auch ein Schneeglöckchen, ein Sommernarr, ein Dichternarr! er war seiner Zeit voraus, und darum bekam er Regen und scharfe Winde zu spüren, wurde unter den fünenschen Gutsherren weitergereicht, als Blume im Wasserglas, Blume im Reimbrief! Sommernarr, Winternarr, Spaß und Narrenspossen, und dennoch der erste, der einzige, der jugendfrische dänische Dichter. Ja, liege als Zeichen im Buch, kleines Schneeglöckchen! Es hatte schon seinen Grund, als man dich da hineingelegt hat.“

Und dann wurde das Schneeglöckchen wieder ins Buch zurückgelegt und fühlte sich dort sowohl geehrt wie auch zufrieden, weil es wußte, es war ein Zeichen in dem schönen Liederbuch, und weil der, der zuerst von ihm gesungen und geschrieben hatte, auch Sommernarr gewesen war, auch im Winter als Narr dagestanden hatte. Die Blume verstand es nun auf ihre Weise, so wie wir jedes Ding auf unsere Weise verstehen.

Das ist das Märchen vom Sommernarren, dem Schneeglöckchen.

Tantchen

Du hättest Tantchen kennen sollen! sie war reizend! ja, das heißt, sie war gar nicht reizend, was man so unter reizend versteht, aber sie war lieb und gut, auf ihre Weise ulkig, so recht geeignet, über sie zu reden, wenn man über jemanden reden und sich über ihn lustig machen möchte, sie war so, daß man sie unversehens in eine Komödie hineinsetzen konnte, und zwar einzig und allein, weil sie fürs Komödienhaus lebte und für alles, was sich da drinnen tat. Sie war so ehrbar, aber der Agent Kümmel, den Tantchen Lümmel nannte, der sagte von ihr, sie sei theatertoll.

„Das Theater ist meine Schule", sagte sie, „die Quelle meines Wissens, dort habe ich meine Biblische Geschichte wieder aufgefrischt: *Moses*, *Josef und seine Brüder*, das sind allerdings Opern! Ich habe vom Theater meine Weltgeschichte, Geographie und Menschenkenntnis! Ich kenne aus den französischen Stücken das Pariser Leben – schlüpfrig, aber höchst interessant! Wie habe ich über die *Familie Riquebourg* geweint, wo der Mann sich zu Tode trinken muß, damit sie den jungen Liebhaber kriegen kann! – Ja, wie viele Tränen habe ich in den fünfzig Jahren vergossen, seit ich abonniert bin!"

Tantchen kannte jedes Theaterstück, jede Kulisse, jede Person, die auftrat oder aufgetreten war. Richtig leben tat sie nur in den neun Komödienmonaten, die Sommerszeit ohne Sommertheater war eine Zeit, in der sie alterte, während ein Theaterabend, der sich bis nach Mitternacht ausdehnte, eine Verlängerung ihres Lebens bedeutete. Sie sprach nicht wie andere Leute: „Jetzt kommt der Frühling, der Storch ist schon da!" oder: „Die ersten Erdbeeren stehen in der Zeitung." Sie verkündete das Kommen des Herbstes. „Haben Sie gesehen? Jetzt werden die Theaterlogen ausgelost, jetzt beginnen die Vorstellungen!"

Sie beurteilte den Wert und die gute Lage einer Wohnung danach, wie nahe sie am Theater lag. Es war für sie ein Kummer, als sie die kleine Gasse hinter dem Theater verließ und ein wenig weiter weg in die große Straße zog und dort in einem Haus wohnte, wo sie kein Gegenüber hatte.

„Zu Hause muß mein Fenster meine Theaterloge sein! Man kann doch nicht dasitzen und sich nur mit sich selber beschäftigen, Menschen muß man doch sehen! Aber jetzt wohne ich so, als wenn ich aufs Land hinausgezogen wäre. Will ich Menschen sehen, muß ich in meine Küche gehen und mich auf den Ausguß setzen, nur dort habe ich Nachbarn gegenüber. Nein, als ich in meiner Gasse wohnte, da konnte ich bis zu Flachshändlers hineinschauen, und dann hatte ich nur dreihundert Schritt bis zum Theater, jetzt muß ich dreitausend Gardistenschritte machen."

Tantchen konnte krank sein, aber wie schlecht sie sich auch fühlte, so versäumte sie doch niemals das Theater. Ihr Arzt verordnete ihr einmal, daß sie sich abends Sauerteig unter die Füße legen sollte, sie tat, wie er sie geheißen hatte, fuhr aber ins Theater und saß hier mit Sauerteig unter den Füßen. Wäre sie dort gestorben, sie hätte sich gefreut. Thorvaldsen starb im Theater, das nannte sie einen „seligen Tod".

Sie konnte sich gewiß das Himmelreich nicht anders vorstellen, als daß es dort auch ein Theater gab; es war uns zwar nicht verheißen worden, aber es war doch denkbar, damit die vielen ausgezeichneten Schauspieler und Schauspielerinnen, die voraufgegangen waren, nach wie vor einen Wirkungskreis hätten.

Die Tante hatte ihren Telegraphendraht vom Theater bis in ihre Stube; das Telegramm kam jeden Sonntag zum Kaffee. Ihr elektrischer Draht war „Herr Sivertsen von der Theatermaschinerie", der die Zeichen fürs Auf und Nieder, Herein und Hinaus der Vorhänge und Kulissen gab.

Von ihm bekam sie im voraus eine kurze und bündige Besprechung der Stücke. Shakespeares *Der Sturm* nannte er „verwünschten Kram! Da muß so viel aufgestellt werden, und dann fängt es mit Wasser bis zur ersten Kulisse an!" das heißt, so weit nach vorn gingen die rollenden Wogen. Stand dagegen in allen fünf Akten ein und dieselbe Stubendekoration, dann sagte er, es wäre vernünftig und gut geschrieben, es wäre ein Stück zum Ausruhen, es spielte sich von selber ohne Ausstattung.

In früherer Zeit, wie die Tante die Zeit vor einigen dreißig Jahren nannte, waren sie und der soeben erwähnte Herr Sivertsen jünger; er war damals schon bei der Maschinerie und, wie sie ihn nannte, ihr „Wohltäter" gewesen. Es war nämlich in jener Zeit Brauch, daß zur Abendvorstellung in dem einzigen und großen Theater der Stadt auch auf dem Schnürboden Zuschauer waren; jeder Maschinengehilfe hatte einen Platz oder zwei Plätze zur Verfügung. Da war es oftmals gesteckt voll und sehr feines Publikum, man sagte, da seien Generalinnen und auch Kommerzienrätinnen gewesen; es war so interessant, hinter die Kulissen zu schauen und zu wissen, wie die Menschen gingen und standen, wenn der Vorhang unten war.

Tantchen war mehrmals dort gewesen, sowohl bei Tragödien wie auch bei Balletten, denn die Stücke, in denen die meisten Schauspieler auftraten, waren vom Schnürboden aus am interessantesten. Man saß da oben ziemlich im Dunkeln, die meisten hatten Abendbrot mit; einmal fielen drei Äpfel und ein Butterbrot mit Rollwurst mitten in Ugolinos Gefängnis hinunter, wo der Mensch vor Hunger sterben sollte, und da gab's im Publikum großes Gelächter. Diese Rollwurst war einer der gewichtigsten Gründe, weshalb die hohe Direktion den Zuschauerplatz auf dem Schnürboden ganz abschaffte.

„Aber ich bin siebenunddreißigmal dagewesen", sagte Tantchen, „und das vergesse ich Herrn Sivertsen niemals."

Es war gerade am letzten Abend, daß der Schnürboden dem Publikum offenstand, als *Das Urteil Salomonis* gespielt wurde, Tantchen erinnerte sich noch so gut daran; sie hatte durch ihren Wohltäter, Herrn Sivertsen, dem Agenten Kümmel eine Eintrittskarte verschafft, obgleich er es gar nicht verdiente, da er ständig seine Glossen über den Theaterbetrieb machte und sie aufzog; aber sie hatte ihm nun da oben Zugang verschafft. Er wollte von dem Theaterkram die Kehrseite sehen, so lauteten seine eigenen Worte, und die sahen ihm ähnlich, sagte Tantchen.

Und er sah *Das Urteil Salomonis* von oben und schlief ein; man hätte wahrhaftig glauben können, er sei von einem großen Essen mit manchem Umtrunk gekommen. Er schlief und wurde eingeschlossen, saß und schlief in der finsteren Nacht auf dem Schnürboden, und als er aufwachte, erzählte er, aber Tantchen glaubte ihm nicht: *Das Urteil Salomonis* war aus, alle Lampen und Lichter waren aus, alle Menschen draußen, oben und unten; aber da fing erst die eigentliche Komödie an, das Nachspiel, das wäre am schönsten gewesen, sagte der Agent. Da kam Leben in den Kram! da wurde nicht *Das Urteil Salomonis* gegeben, nein, es war das Jüngste Gericht im Theater. Und dies alles hatte der Agent Kümmel die Frechheit Tantchen aufbinden zu wollen; das war der Dank dafür, daß sie ihm Zugang zum Schnürboden verschafft hatte.

Was erzählte denn der Agent? Ja, es war wirklich ganz sonderbar, aber es steckte Bosheit und Gehänsel dahinter.

„Es sah da oben finster aus", sagte der Agent, „aber da fing der Zauberspuk an, große Vorstellung: Das Jüngste Gericht im Theater. Die Platzdiener standen an den Türen, und jeder Zuschauer mußte sein geistiges Leumundszeugnis vorzeigen, ob er mit freien Händen hineingehen durfte oder mit gebundenen, mit einem Maulkorb oder ohne Maulkorb. Herrschaften, die zu spät kamen, nachdem die Vorstellung schon angefangen hatte, ebenso junge Menschen, die ja unmöglich die Zeit einhalten konnten, wurden draußen an die Kette gelegt, bekamen Filzsohlen an die Füße, um dann beim Beginn des nächsten Akts hineinzugehen, dazu einen Maulkorb. Und dann begann das Jüngste Gericht im Theater."

„Nichts als Bosheit, von der der Herrgott nichts weiß!" sagte Tantchen.

Der Maler mußte, wollte er in den Himmel hinein, eine Treppe hinaufgehen, die er selber gemalt hatte, auf der aber kein Mensch nach oben schreiten konnte. Da hatte man sich ja nur an der Perspektive versündigt. All die Pflanzen und Gebäude, die der Maschinenmeister mit großer Mühe in Ländern aufgestellt hatte, wo sie nicht heimisch waren,

mußte der arme Mensch an ihren rechten Platz versetzen, und zwar vor dem Hahnenschrei, falls er in den Himmel hineinwollte. Herr Kümmel solle nur zusehen, daß er selber hineinkomme; und was er von der Truppe erzählte, sowohl in der Komödie wie in der Tragödie, im Gesang wie im Tanz, war nun das Finsterste von Herrn Kümmel, dem Lümmel! Er hatte es nicht verdient, daß er auf den Schnürboden kam, Tantchen wollte seine Worte nicht in den Mund nehmen. Es sei alles niedergeschrieben, hatte er gesagt, der Lümmel! Es sollte gedruckt werden, wenn er gestorben und verdorben wäre, nicht eher; er wollte nicht zerfleischt werden.

Tantchen hatte nur einmal in ihrem Glückseligkeitstempel, dem Theater, in Angst und Schrecken geschwebt. Es war an einem Tag im Winter, einem jener Tage, wo es zwei Stunden Tag ist und trübes Wetter. Es war eine Kälte und ein Schnee, aber ins Theater wollte Tantchen; es wurde *Herman von Unna* gegeben, dazu eine kleine Oper und ein großes Ballett, ein Prolog und ein Epilog; es würde bis in die Nacht dauern. Tantchen mußte hin; ihr Untermieter hatte ihr ein Paar Schneestiefel mit Pelz innen wie außen geliehen; die reichten ihr hoch an den Beinen hinauf.

Sie kam ins Theater, sie kam in die Loge; die Stiefel hielten warm, sie behielt sie an. Mit einemmal wurde Feuer gerufen; aus einer Kulisse stieg Rauch auf, aus dem Schnürboden kam Rauch; eine furchtbare Bestürzung bemächtigte sich aller. Die Leute stürmten nach draußen; Tantchen war die letzte in der Loge – „zweiter Rang links, von dort nehmen sich die Dekorationen am besten aus", sagte sie, „sie werden immer so aufgestellt, daß sie von der königlichen Seite aus am schönsten zu sehen sind" –, sie wollte hinaus, die vor ihr knallten aus Angst und Unüberlegtheit die Türe zu; da saß Tantchen, hinauskommen konnte sie nicht, hinein auch nicht; das heißt in die Nachbarloge hinein, die Trennungswand war zu hoch. Sie rief, niemand hörte sie, sie blickte auf den Rang unter sich, der war leer, er war niedrig, er war nahe; Tantchen fühlte sich in ihrer Angst so jung und leicht; sie wollte hinunterspringen, bekam auch das eine Bein über das Geländer, das zweite von der Bank; da saß sie wie zu Pferde, hübsch drapiert mit ihrem geblümten Rock, das eine Bein schwebte weit draußen, ein Bein mit einem riesigen Schneestiefel; das war ein Anblick! und als man sie erblickt hatte, wurde Tantchen auch gehört und davor bewahrt, zu verbrennen, denn das Theater brannte nicht.

Das war der denkwürdigste Abend ihres Lebens, sagte sie und war froh, daß sie sich nicht selber hatte sehen können, denn sonst wäre sie vor Scham gestorben.

Ihr Wohltäter an der Maschinerie, Herr Sivertsen, kam nach wie vor jeden Sonntag zu ihr, aber die Zeit zwischen Sonntag und Sonntag war lang; in der letzten Zeit hatte sie darum mitten in der Woche ein kleines Kind bei sich zum „Resteessen", das heißt, um das aufzuessen, was an dem Tag vom Mittag übrig war. Es war ein Kind vom Ballett, das auch Essen nötig hatte. Das Kleine trat als Elfe und auch als Page auf; die schwierigste Partie war als Hinterbein des Löwen in der *Zauberflöte*, aber sie wuchs heran und konnte Vorderbein vom Löwen werden; dafür bekam sie allerdings nur drei Mark, die Hinterbeine warfen einen Reichstaler ab, aber da mußte sie gebückt gehen und auf frische Luft verzichten. Das zu erfahren sei sehr interessant, meinte Tantchen.

Sie hätte es verdient, so lange zu leben, wie das Theater stand, aber das hielt sie nun doch nicht aus; sie starb auch nicht dort, sondern anständig und ehrbar in ihrem eigenen Bett; ihre letzten Worte waren im übrigen recht bedeutungsvoll, sie fragte: „Was wird morgen gegeben?"

Nach ihrem Tode waren etwa fünfhundert Reichstaler vorhanden; wir schließen von den Zinsen darauf, die zwanzig Reichstaler betragen. Diese hatte Tantchen als Legat für ein würdiges altes Fräulein ohne Angehörige bestimmt; sie sollten dazu verwandt werden, jährlich einen Platz im zweiten Rang, linke Seite zu abonnieren, und zwar samstags, dann gab man nämlich die besten Stücke. Diejenige, die den Nießbrauch von dem Legat hatte, mußte sich nur zu einem verpflichten, jeden Samstag sollte sie im Theater an Tantchen denken, die in ihrem Grabe lag.

Das war Tantchens Religion.

Die Kröte

Der Brunnen war tief, deshalb war das Seil lang; die Winde war schwer zu drehen, wenn man den Eimer mit Wasser über den Brunnenrand holen wollte. Die Sonne konnte nie so tief hinuntergelangen, um sich im Wasser spiegeln zu können, wie klar es auch war, aber so weit sie hineinscheinen konnte, wuchs Grün zwischen den Steinen.

Dort wohnte eine Familie vom Geschlechte der Kröten, sie war eingewandert, sie war eigentlich durch die alte Krötenmutter, die noch lebte, kopfüber dahin gekommen; die grünen Frösche, die hier viel eher beheimatet gewesen waren und im Wasser umherschwammen, erkannten die Vetternschaft an und nannten die Neuen die „Brunnengäste". Diese hatten offenbar die Absicht, dort zu bleiben; sie lebten hier sehr angenehm auf dem Trockenen, wie sie die feuchten Steine nannten.

Mutter Frosch war einmal gereist, war im Wassereimer gewesen, als dieser nach oben ging, aber das wurde ihr zu hell, sie bekam Augenkneifen, zum Glück entwischte sie aus dem Eimer; sie fiel mit einem fürchterlichen Plumps ins Wasser und lag drei Tage hinterher mit Rückenschmerzen. Viel hatte sie von der Welt dort oben nicht erzählen können, aber eins wußte sie, und das wußten sie alle, der Brunnen war nicht die ganze Welt. Mutter Kröte hätte wohl das eine oder andere erzählen können, aber sie antwortete niemals, wenn man fragte, und so fragte man nicht.

„Dick und garstig, fett und häßlich ist sie!“ sagten die jungen, grünen Frösche. „Ihre Jungen werden ebenso häßlich.“

„Kann gut sein!“ sagte Mutter Kröte, „aber einer davon hat einen Edelstein im Kopf, oder ich habe ihn.“

Und die grünen Frösche hörten es, und sie sperrten Mund und Nase auf, und da sie das nicht mochten, schnitten sie Grimassen und gingen unter Wasser. Aber die Krötenjungen reckten die Hinterbeine vor lauter Stolz; jeder von ihnen meinte, er habe den Edelstein; und da hielten sie den Kopf ganz still, schließlich aber fragten sie, worauf sie so stolz seien und was ein solcher Edelstein eigentlich sei.

„Es ist etwas so Herrliches und Kostbares“, sagte Mutter Kröte, „daß ich es nicht beschreiben kann! Das ist etwas, was man zu seiner eigenen Freude in sich trägt und worüber die anderen sich dann ärgern. Aber fragt nicht, ich antworte nicht.“

„Ja, ich habe den Edelstein nicht“, sagte die kleinste Kröte; sie war so garstig, wie es überhaupt denkbar war. „Weshalb sollte ich eine solche Herrlichkeit haben? Und wenn sie andere ärgert, kann sie mich doch nicht erfreuen! Nein, ich wünschte nur, daß ich einmal auf den Brunnenrand hinaufkäme und hinausschauen könnte; da muß es herrlich sein!“

„Bleib du lieber, wo du bist!“ sagte die Alte, „hier kennst du dich aus, was das hier ist, das weißt du! Nimm dich vor dem Eimer in acht, der zerquetscht dich! Und kommst du wohlbehalten hinein, dann kannst du herausfallen, nicht alle haben so viel Glück beim Fallen wie ich, daß die Glieder und die Eier heil bleiben."

„Quack!" sagte die Kleine, und das ist genauso, als wenn wir Menschen „Ach!" sagten.

Sie hatte eine solche Lust, auf den Brunnenrand hinaufzukommen und hinauszuschauen; sie verspürte ein solches Verlangen nach dem Grün dort oben; und als am nächsten Morgen der Eimer zufällig mit Wasser gefüllt hochgezogen wurde und einen Augenblick vor dem Stein haltmachte, auf dem die Kröte saß, zitterte es in dem kleinen Tier, es sprang in den gefüllten Eimer, sank im Wasser bis auf den Boden, es wurde dann hochgezogen und ausgegossen.

„Pfui, was für ein Greuel!" sagte der Knecht, der die Kröte sah. „Das ist wirklich das Abscheulichste, was ich gesehen habe!" und dann stieß er mit seinem Holzschuh nach der Kröte, die beinahe verstümmelt worden wäre, aber dennoch entkam, indem sie zwischen die hohen Brennesseln schlüpfte. Sie sah Stengel neben Stengel, sie sah auch nach oben! Die Sonne schien auf die Blätter, sie waren ganz transparent; es war für sie wie für uns Menschen, wenn wir mit einemmal in einen großen Wald kommen, wo die Sonne zwischen Zweigen und Blättern hindurchscheint.

„Hier ist es viel schöner als unten im Brunnen! Hier könnte man Lust haben, sein ganzes Leben zu bleiben!" sagte die kleine Kröte. Sie lag eine Stunde dort, sie lag zwei Stunden dort! „Was wohl da draußen ist? Bin ich so weit gekommen, dann muß ich doch zusehen, daß ich weiter komme!" und sie kroch so rasch, wie sie konnte, und kam auf die Straße hinaus, wo die Sonne sie beschien und jeder Stiefel sie bepuderte, als sie quer über die Landstraße marschierte.

„Hier ist man so recht auf dem Trockenen", sagte die Kröte, „ich bekomme fast zuviel des Guten, es juckt schon in mir!"

Jetzt gelangte sie an den Graben; da standen Vergißmeinnicht und Spierstauden, dicht dabei war ein Knick mit Holunder und Weißdorn; hier wuchsen Winden, hier gab es Farben zu sehen; auch ein Falter flog auf; die Kröte glaubte, es sei eine Blüte, die sich losgerissen hatte, um sich besser in der Welt umsehen zu können, das war ja sehr begreiflich.

„Könnte man doch so geschwind vorankommen wie die", sagte die Kröte. „Quack! Ach! welche Herrlichkeit!"

Sie blieb acht Tage und Nächte hier am Graben, und an Nahrung entbehrte sie nichts. Am neunten Tag dachte sie: „Weiter vorwärts!" – aber was mochte es wohl Schöneres geben? Vielleicht eine kleine Kröte oder ein paar grüne Frösche. Es hatte in der letzten Nacht im Wind so geklungen, als wären „Vettern" in der Nähe.

„Es ist herrlich zu leben! aus dem Brunnen heraufzukommen, in Brennesseln zu liegen, auf der staubigen Straße dahinzukriechen und in dem feuchten Graben auszuruhen! Aber weiter vorwärts! zusehen, daß man Frösche oder eine kleine Kröte findet, das kann man doch nicht missen, die Natur genügt einem nicht!" Und so begab sie sich abermals auf Wanderschaft.

Sie kam auf dem Feld an einen großen Tümpel mit Schilf drum herum; dort hinein strebte sie.

„Hier wird es Ihnen zu naß sein?" sagten die Frösche; „aber Sie sind sehr willkommen! – Sind Sie ein Mann oder eine Frau? Es tut nichts zur Sache, deshalb sind Sie ebenso willkommen!"

Und dann wurde sie abends zum Konzert eingeladen, zum Familienkonzert: große Begeisterung und dünne Stimmen; das kennen wir. Bewirtung gab es nicht, nur die Getränke waren frei, der ganze Tümpel, wenn man konnte.

„Ich reise jetzt weiter!" sagte die kleine Kröte; sie verspürte immer den Drang nach etwas Besserem.

Sie sah die Sterne glitzern, so groß und so hell, sie sah den neuen Mond leuchten, sie sah die Sonne aufgehen, immer höher und höher steigen.

„Ich bin sicher noch im Brunnen, in einem größeren Brunnen, ich muß weiter nach oben! Ich habe so eine Unruhe und Sehnsucht in mir!" Und als der Mond voll und rund war, dachte das arme Tier: „Ob das der Eimer ist, der heruntergelassen wird und in den ich hineinspringen muß, um noch höher hinaufzukommen? Oder ist die Sonne der große Eimer? Wie ist er groß, wie ist er strahlend, der kann uns alle miteinander aufnehmen! Ich muß auf eine Gelegenheit achtgeben! Oh, wie es in meinem Kopfe hell wird! Ich glaube, der Edelstein könnte nicht heller leuchten! Aber den habe ich nicht, und um den weine ich nicht, nein, höher hinauf in Glanz und Freude! Ich habe eine Gewißheit und dennoch eine Angst in mir – es ist ein schwerer Schritt! aber man muß ihn machen! Vorwärts! die Landstraße geradeaus!"

Und sie schritt aus, wie ein solches Kriechtier es nur kann, und jetzt war sie auf der großen Straße, wo die Menschen wohnten; hier gab es Blumengärten und Kohlgärten. Vor einem Kohlgarten ruhte sie sich aus.

„Wie viele verschiedene Geschöpfe gibt es doch, die ich nie gesehen habe! Und wie ist die Welt groß und herrlich! Aber man muß sich auch darin umschauen und nicht auf einem Fleck sitzen bleiben." Und dann hüpfte sie in den Kohlgarten hinein. „Wie ist es hier grün! wie ist es hier schön!"

„Das weiß ich wohl!" sagte die Kohlraupe auf dem Blatt. „Mein Blatt ist das größte hier drinnen! es verdeckt die halbe Welt, aber die kann ich entbehren."

„Tuck! tuck!" machte es, da kamen Hühner; sie trippelten im Kohlgarten umher. Das erste Huhn war weitsichtig; es sah die Raupe auf dem krausen Blatt und pickte nach ihr, so daß sie auf die Erde fiel, wo sie sich wand und krümmte. Die Henne sah erst mit dem einen Auge, dann mit dem anderen nach, denn sie wußte nicht, was aus diesem Zucken werden würde.

„Sie tut's nicht gutwillig!" dachte die Henne und hob den Kopf, um zuzustoßen. Die Kröte war so entsetzt, daß sie auf die Henne zukroch.

„Aha, die hat Hilfstruppen!" sagte diese. „Sieh mir einer dies Gewürm an!" und dann machte die Henne kehrt. „Ich mache mir nichts aus dem kleinen grünen Happen, davon kriegt man nur ein Kitzeln im Hals!" Die anderen Hennen waren der gleichen Meinung, und dann gingen sie.

„Ich habe mich von ihnen weggekrümmt!" sagte die Kohlraupe; „es ist gut, wenn man geistesgegenwärtig ist; aber das schwierigste steht noch bevor, nämlich, auf mein Kohlblatt raufzukommen. Wo ist es?"

Und die kleine Kröte kam und äußerte ihre Teilnahme. Sie war froh, daß sie mit all ihrer Garstigkeit die Hennen verscheucht hatte.

„Was meinen Sie damit?" fragte die Kohlraupe. „Ich hab mich ja selber von den Hennen weggekrümmt. Sie sind sehr unangenehm von Ansehen! Darf ich meinen eigenen Grund und Boden für mich haben? Nun rieche ich Kohl! Nun bin ich bei meinem Blatt! Es gibt nichts Schöneres als den eigenen Grund und Boden. Aber höher hinauf muß ich noch!"

„Ja, höher hinauf!" sagte die kleine Kröte, „höher hinauf! sie fühlt genau wie ich! Aber sie ist heute nicht bei Laune, das kommt von dem Schrecken. Wir möchten alle höher hinauf!" und sie guckte so hoch hinauf, wie sie konnte.

Der Storch saß im Nest auf dem Dach des Bauern; er klapperte, und Mutter Storch klapperte.

„Wie hoch die wohnen!" dachte die Kröte. „Wer da hinaufkommen könnte!"

Im Bauernhaus wohnten zwei junge Studenten: der eine war Poet, der andere Naturforscher; der eine sang und schrieb aus Freude über alles, was Gott geschaffen hatte und wie es sich in seinem Herzen widerspiegelte; er sang es hinaus, kurz, klar und reich in klangvollen Versen; der andere faßte die Dinge selber an, ja schnitt sie auf, wenn es sein mußte. Er hielt das Werk des Herrgotts für eine große Rechenaufgabe, subtrahierte, multiplizierte, wollte es innen und außen kennen und mit Verstand darüber sprechen, und es war nichts als Verstand, und er sprach mit Freude und Klugheit darüber. Es waren gute, fröhliche Menschen, die beiden.

„Da sitzt ja ein gutes Exemplar von einer Kröte!" sagte der Naturforscher; „die will ich in Spiritus legen!"

„Du hast ja schon zwei!" sagte der Poet; „laß die nun ruhig sitzen und sich ihres Daseins freuen!"

„Aber die ist so wunderbar häßlich!" sagte der andere.

„Ja, wenn wir den Edelstein in ihrem Kopfe finden könnten!" sagte der Poet, „dann würde ich selber sie aufschneiden helfen!"

„Den Edelstein!" sagte der zweite, „du kannst aber deine Naturgeschichte!"

„Ist denn nicht etwas sehr Schönes an diesem Volksglauben, daß die Kröte, das allerhäßlichste Tier, oftmals den kostbarsten Edelstein in ihrem Kopf verwahrt? Geht es nicht mit den Menschen genauso? Was hatte Äsop nicht für einen Edelstein, und dann Sokrates?"

Mehr hörte die Kröte nicht, und sie verstand nicht die Hälfte davon. Die beiden Freunde gingen, und es wurde ihr erspart, in Spiritus zu kommen.

„Sie sprachen auch vom Edelstein!" sagte die Kröte. „Es ist gut, daß ich ihn nicht habe, sonst hätte ich Unannehmlichkeiten bekommen!"

Da klapperte es vom Dach des Bauern, Vater Storch hielt seiner Familie einen Vortrag, und diese sah schief auf die beiden jungen Menschen im Kohlgarten hinunter.

„Der Mensch ist das eingebildetste Wesen!" sagte der Storch. „Hört, wie die Klapper bei ihnen geht! Und dann können sie doch nicht einmal ordentlich Krach machen. Sie brüsten sich mit ihrer Redegabe, ihrer Sprache! es ist eine komische Sprache: sie wird schon nach einer Tagereise, die wir machen, für sie unverständlich; der eine versteht den anderen nicht. Unsere Sprache können wir auf der ganzen Erde sprechen, in Dänemark so gut wie in Ägypten. Fliegen können die Menschen auch nicht! Sie bewegen sich mit einer Erfindung, die sie ‚Eisenbahn' nennen, geschwind dahin, aber da brechen sie sich auch oft den Hals. Mir läuft ein Kälteschauer über den Schnabel, wenn ich daran denke; die Welt kann ohne Menschen bestehen. Wir könnten sie entbehren! Wenn wir nur Frösche und Regenwürmer haben!"

„Das war aber eine gewaltige Rede!" dachte die kleine

Kröte. „Was ist das für ein großer Mann, und wie sitzt er hoch, ich habe noch keinen so hoch sitzen sehen, und wie kann er schwimmen!“ rief sie aus, als der Storch mit ausgebreiteten Fittichen durch die Luft davonflog.

Und Mutter Storch redete im Nest, erzählte vom Lande Ägypten, von den Wassern des Nils und all dem unvergleichlichen Schlamm, den es im fremden Lande gab; es klang für die kleine Kröte ganz neu und wunderbar schön.

„Ich muß nach Ägypten!“ sagte sie. „Wenn mich der Storch bloß mitnehmen würde, oder eines seiner Kinder. Ich würde es ihm an seinem Hochzeitstag vergelten. O doch, ich komme nach Ägypten, denn ich bin so glücklich! All die Sehnsucht und Lust, die ich habe, die ist wirklich besser als ein Edelstein im Kopf.“

Und dabei hatte gerade sie den Edelstein: die ewige Sehnsucht und Lust, höher, immer höher hinauf! er leuchtete dort drinnen, er leuchtete vor Freude, er strahlte vor Lust.

Im selben Augenblick kam der Storch; er hatte die Kröte

im Grase gesehen, stieß nieder und behandelte das kleine Tier nicht gerade glimpflich. Der Schnabel drückte, der Wind sauste, es war nicht angenehm, aber höher hinauf ging es, hoch hinauf nach Ägypten, das wußte sie; und deswegen glänzten ihre Augen, es war, als flöge ein Funke aus ihnen heraus.

„Quack! Ach!"

Der Leib war tot, die Kröte getötet. Aber der Funke aus ihren Augen, wo kam der hin?

Der Sonnenstrahl nahm ihn, der Sonnenstrahl trug den Edelstein aus dem Kopf der Kröte. Wohin?

Du darfst nicht den Naturforscher fragen, frage lieber den Poeten; er erzählt dir's als Märchen; und die Kohlraupe kommt darin vor, und die Storchenfamilie auch. Denk dir! die Kohlraupe wird verwandelt und wird ein wunderschöner Schmetterling! Die Storchenfamilie fliegt über Berge und Meere ins ferne Afrika und findet dennoch den kürzesten Weg wieder heim ins dänische Land, zu demselben Ort, demselben Dach! Ja, es ist wirklich fast zu märchenhaft, und doch ist es wahr! Du kannst ruhig den Naturforscher fragen, er muß es zugeben; und du selbst weißt es auch, denn du hast es gesehen.

„Aber der Edelstein in dem Kopf der Kröte?"

Suche ihn in der Sonne! sieh ihn an, wenn du kannst!

Der Glanz dort ist zu stark. Wir haben noch nicht die Augen, um in all die Herrlichkeit hineinzusehen, die Gott geschaffen hat, aber wir bekommen sie sicher, und das wird das schönste Märchen sein, denn darin kommen wir selber vor.

Des Paten Bilderbuch

Der Pate konnte Geschichten erzählen, ganz viele und ganz lange, er konnte Bilder ausschneiden und Bilder zeichnen, und wenn es auf Weihnachten zuging, holte er ein Schreibheft mit sauberen weißen Seiten hervor, auf die klebte er Bilder, aus Büchern und Zeitungen herausgeschnitten; hatte er dann nicht genug für das, was er erzählen wollte, dann zeichnete er sie selber. Ich bekam, als ich klein war, mehrere solche Bilderbücher, aber das schönste von allen war doch das aus „dem denkwürdigen Jahr, als Kopenhagen Gas an Stelle der alten Tranlaternen bekam", und das stand auf der vordersten Seite vermerkt.

„Dies Buch muß sehr gut aufbewahrt werden", sagten Vater und Mutter; „das darf nur bei festlichen Gelegenheiten hervorgeholt werden."

Auf den Einband hatte der Pate jedoch geschrieben:

„Zerreiße das Buch, es macht nicht viel aus,
Andere kleine Freunde verübten schlimmeren Graus."

Am schönsten war es, wenn der Pate selber das Buch zeigte, die Verse und das übrige Geschriebene vorlas und dazu so viel erzählte; dann wurde die Geschichte erst so richtig eine Geschichte.

Auf der ersten Seite war ein Bild aus der *Fliegenden Post* ausgeschnitten, wo man Kopenhagen mit dem Runden Turm und der Frauenkirche sah, links war ein Bild aufgeklebt, das eine alte Laterne darstellte, auf der geschrieben stand: „Tran“, rechts war ein Kandelaber, auf dem stand geschrieben: „Gas.“

„Siehst du, das ist das Plakat!“ sagte der Pate; „das ist der Eingang zu der Geschichte, die du hören wirst. Sie könnte auch als eine ganze Komödie gegeben werden, wenn man sie hätte geben können: ‚Tran und Gas oder Kopenhagens Leben und Wandel‘. Das ist ein sehr guter Titel! Unten auf der Seite ist noch ein Bildchen zu sehen; es ist nicht so leicht zu verstehen, darum will ich es dir erklären, das ist ein Höllenpferd. Das sollte erst am Schluß des Buches kommen, aber es ist vorausgelaufen, um zu sagen, daß weder der Eingang noch der Mittelteil noch der Ausgang etwas wert ist; das Höllenpferd hätte es besser machen können, falls es das gekonnt hätte. Das Höllenpferd, mußt du wissen, steht tagsüber in der Zeitung angepflöckt, es geht auf Spalten,

wie man es nennt, aber abends kommt es heraus und stellt sich vor die Tür des Poeten und wiehert, daß der Mann drinnen gleich sterben werde, aber er stirbt doch nicht, wenn wirklich Leben in ihm ist. Das Höllenpferd ist fast immer ein bedauernswerter Geselle, der mit sich selbst nicht ins reine kommt, keinen Broterwerb finden kann und Luft und

Nahrung dadurch erhält, daß er umhergeht und wiehert. Des Paten Bilderbuch, davon bin ich überzeugt, gefällt ihm ganz und gar nicht, aber deshalb kann es immerhin das Papier wert sein, auf dem es niedergeschrieben ist.

Siehst du, das ist die erste Seite im Buch, das ist das Titelblatt!"

Es war gerade an dem letzten Abend, an dem die alten Tranlaternen brannten; die Stadt hatte Gas bekommen, und sie strahlte, daß die alten Laternen ganz und gar darin verschwanden.

„Ich war an jenem Abend selber auf der Straße", sagte der Pate. „Die Leute gingen auf und ab, um sich die neue und die alte Beleuchtung anzusehen. Es waren viele Menschen unterwegs und doppelt so viele Beine wie Köpfe. Die Wächter standen so trübselig herum, sie wußten nicht, wann sie den Abschied bekommen würden, so wie die Tranlaternen; diese ihrerseits dachten sehr weit in die Vergangenheit zurück – sie durften ja nicht an die Zukunft denken. Sie erinnerten sich noch an so vieles von den stillen Abenden und aus den finsteren Nächten. Ich lehnte mich an einen Laternenpfahl", sagte der Pate; „es zischte im Tran und im Docht, ich hörte, was die Laterne sagte, und das sollst du auch hören.

‚Wir haben getan, was wir konnten', sagte die Laterne. ‚Wir haben unserer Zeit genügt, der Freude und der Trauer geleuchtet; wir haben viel Seltsames erlebt; wir sind sozusagen die Nachtaugen Kopenhagens gewesen. Mögen nun ruhig neue Flammen uns ablösen und das Amt übernehmen; aber wie viele Jahre sie leuchten werden und was sie beleuchten werden, das wird sich erweisen! Sie haben allerdings einen etwas stärkeren Schein als wir alten, aber das ist doch nicht zu verwundern, wenn man als Gaskandelaber gegossen wird und solche Beziehungen hat wie die, der eine lehnt sich an den anderen an! Sie haben Rohre nach allen Richtungen und können sich Kräfte in der Stadt und von außerhalb der Stadt holen! Aber von uns Tranlaternen leuchtet eine jede von dem, was sie in sich hat, und nicht auf Grund von Familienbeziehungen. Wir und unsere Vorfahren haben Kopenhagen seit unendlich langer Zeit, weit in die Vergangenheit zurück, erleuchtet. Da wir nun aber heute den letzten Abend leuchten und sozusagen in der

zweiten Reihe hier auf der Straße mit euch zusammen stehen, ihr glänzenden Kameraden, wollen wir nicht schmollen und neidisch sein, nein, weit entfernt, wir wollen fröhlich und guten Herzens sein. Wir sind die alten Schildwachen, die von neugegossenen Trabanten in besseren Uniformen als den unseren abgelöst werden. Wir wollen euch erzählen, was unsere Sippe, bis ganz zurück zur Urururururgroßmutterlaterne gesehen und erlebt hat: die ganze Geschichte von Kopenhagen. Möget ihr und eure Nachkommen bis zum letzten Gaskandelaber ebenso merkwürdige Dinge erleben und erzählen können wie wir, wenn ihr dereinst den Abschied bekommt, und den bekommt ihr! Darauf müßt ihr vorbereitet sein. Die Menschen erfinden bestimmt eine stärkere Beleuchtung als Gas. Ich habe einen Studenten erzählen hören, man munkele jetzt davon, daß man Seewasser verbrennen will!‘ Es knisterte im Docht, als die Laterne diese Worte sagte; es war, als hätte sie schon Wasser in sich.“

Der Pate hörte genau zu, dachte darüber nach und fand die Idee von den alten Laternen ausgezeichnet, an diesem Übergangsabend vom Tran zum Gas die ganze Geschichte von Kopenhagen zu erzählen und zu zeigen. „Eine gute Idee muß man nicht aus der Hand geben“, sagte der Pate, „ich nahm sie sogleich auf, ging nach Hause und verfertigte dies Bilderbuch für dich, es reicht noch weiter in die Vergangenheit zurück als die Laternen.

Hier ist das Buch, hier ist die Geschichte: Kopenhagens Leben und Wandel, es beginnt mit kohlrabenschwarzer Finsternis, mit einer pechschwarzen Seite, das ist der dunkle Zeitraum.“

„Jetzt blättern wir um!“ sagte der Pate.

„Siehst du das Bild? Nur das wilde Meer und der pfeifende Nordostwind; er treibt dicke Eisstücke; keiner ist zum Segeln draußen außer den großen Gesteinsblöcken, die oben in Norwegen vom Gebirge aufs Eis herniederpolter-

ten. Der Nordost jagt das Eis vor sich her; er will den deutschen Bergen zeigen, welche Klumpen es oben im Norden gibt. Die Eisflotte ist schon unten im Sund vor der Küste von Seeland, dort, wo jetzt Kopenhagen liegt, aber damals gab es noch kein Kopenhagen. Unter der Wasserfläche waren große Sandbänke, auf eine von diesen stießen die Eisschollen mit den großen Gesteinsblöcken auf; die ganze Eisflotte wurde zum Stillstand gebracht, der Nordost konnte sie nicht vom Grunde losbekommen, und da wurde er so wütend, wie es nur möglich war, und sprach eine Verwünschung über die Sandbänke aus, den ‚Diebsgrund', wie er sie nannte, und er schwor, wenn sie sich jemals über die Meeresfläche erheben sollten, da sollten Diebe und Räuber dorthin kommen, Pfahl und Rad errichtet werden.

Aber während er so fluchte und schimpfte, brach die Sonne hervor, und auf ihren Strahlen schaukelten und schwangen sich lichte, freundliche Geister, Kinder des Lichts; sie tänzelten über die kältebringenden Eisschollen hin, die davon auftauten, und die großen Gesteinsblöcke sanken auf den Sandboden hinab.

‚Sonnengelichter!' sagte der Nordost. ‚Ist das Kameradschaftlichkeit und Verwandtschaftsgeist! Das werd ich mir merken, und das werde ich rächen. Jetzt verwünsche ich auch euch!'

‚Wir wünschen Segen auf sie herab!' sangen die Kinder des Lichts. ‚Die Bank soll sich heben, wir werden sie schützen! Das Wahre, das Gute und Schöne sollen hier eine Wohnstatt erhalten!'

‚So ein Gewäsch!' sagte der Nordost.

Siehst du, von all dem konnten die Laternen nun nichts erzählen", sagte der Pate, „aber das kann ich, und es ist von großer Wichtigkeit für Kopenhagens Leben und Wandel."

„Nun blättern wir um!" sagte der Pate.

„Jahre sind vergangen, die Sandbank hat sich gehoben; ein Seevogel hat sich auf den größten Stein gesetzt, der aus dem Wasser aufragte. Du siehst es hier auf dem Bild. Jahre und Jahre sind vergangen. Das Meer warf tote Fische auf den Sand, der zähe Sandhafer sproß hervor, welkte, faulte, düngte; es kamen andere Arten Gras und Pflanzen, aus der Sandbank wurde ein grüner Holm. Die Wikinger stiegen an Land. Es fand der Holmgang statt, auf Leben und Tod, und es gab guten Ankergrund am Holm vor Seeland. Die erste Tranlampe brannte, ich glaube, daß man Fische über ihr briet, und Fische gab es hier genug. Der Hering zog in großen Schwär-

men durch den Sund, es war schwierig, das Schiff über sie hinwegzuführen, es blitzte im Wasser, als wäre dort unten Wetterleuchten, es blitzte in der Tiefe wie Nordlicht, der Sund hatte einen Reichtum an Fischen, darum wurden Häuser an der Küste von Seeland erbaut; die Wände waren aus Eichenholz und das Dach aus Rinde, es gab Bäume genug zu diesem Zweck. Schiffe machten im Hafen fest; die Tranlaterne hing in dem schaukelnden Tauwerk; der Nordost wehte und sang: ‚Hui-ii-naus!‘ Brannte auf dem Holm eine Laterne, dann war es eine Diebslaterne: Schmuggler und Diebe verübten ihre Taten auf der ‚Diebsinsel‘.

‚Ich glaube doch, all das Üble, was ich gewollt habe, blüht‘, sagte der Nordost. ‚Bald kommt der Baum, von dem ich Früchte abschütteln kann.‘

Und hier steht der Baum“, sagte der Pate. „Siehst du den Galgen auf der Diebsinsel. Dort hängen an eisernen Ketten Räuber und Mörder, genauso wie sie damals hingen. Der Wind war so heftig, daß die langen Knochengerippe klapperten, aber der Mond schien sehr vergnügt auf sie herab, wie er heute auf ein Gartenfest scheint. Auch die Sonne schien vergnügt herab, zerbröckelte die baumelnden Gerippe, und von den Sonnenstrahlen sangen die Kinder des Lichts: ‚Wir wissen es, wir wissen es! Hier wird es trotz allem in einer künftigen Zeit schön sein! Hier wird es gut und prächtig werden!‘

‚Kükengeschwätz!‘ sagte der Nordost.

Nun blättern wir um!“ sagte der Pate.

„Die Glocken läuteten in der Stadt Roeskilde, dort wohnte der Bischof Absalon; er konnte seine Bibel lesen und sein Schwert schwingen; er besaß Macht und Willen; die fleißigen Fischer am Hafen, deren Stadt heranwuchs und

Marktflecken wurde, wollte Absalon gegen Überfall schützen. Er ließ den unehrenhaften Grund mit Weihwasser besprengen: die Diebsinsel erhielt eine ehrenhafte Marke. Maurer und Zimmermann packten dort drüben an; hier entstand auf Geheiß des Bischofs ein Bauwerk. Die Sonnenstrahlen küßten die roten Mauern, die allmählich höher wurden.

Dort stand ‚Axels Haus', die Burg Absalons.

Schloß mit Türmen
Trotzt den Stürmen,
Treppen
Schleppen
Sich nach oben.
Erker!
Kerker!
Huh!
Buh!
Dickbackig tost
Wüster Nordost,
Faucht,
Staucht
Alles ineinand.
Aber die Burg hielt ihm stand!

Und außerhalb lag ‚Hafn', der Hafen der Kaufleute.

‚Meerjungfraukammer mit blanken Seen,
Erbaut im grünen Gehölz.'*

Hier kamen die Fremden her und kauften die vielen Fische, errichteten Läden und Häuser mit Blasenhaut vor den Fenstern, Glas war zu teuer; Lagerhäuser wurden gebaut mit Giebel und Winde. Siehst du dort drinnen in den Buden die alten Gesellen sitzen, sie dürfen nicht heiraten, sie handeln mit Ingwer und Pfeffer, die Pfeffergesellen**!

* N.F.S. Grundtvig.
** Siehe das Märchen *Des Hagestolzen Nachtmütze* (Anmerkung d. Übers.).

Der Nordost weht durch Straßen und Gassen, wirbelt den Staub hoch, reißt auch ein Strohdach ab. Kuh und Schwein stehen am Straßengraben.

‚Ich will schütteln und rütteln', sagt der Nordost; ‚um die Häuser brausen und um Axels, des Bischofs, Haus! Ich kann mich nicht irren! Sie nennen es Steileborg auf Tyvsö*!' "

Und der Pate zeigte ein Bild davon, das er selber gezeichnet hatte. Auf der Mauer steckte Pfahl neben Pfahl, auf jedem saß der Kopf eines gefangenen Seeräubers und bleckte die Zähne.

„Es ist wirklich geschehen", sagte der Pate; „es lohnt sich, es zu kennen, und es ist gut, wenn man davon weiß. Der Bischof Absalon war in der Badstube und hörte durch die dünne Wand, daß ein Freibeuterschiff dort draußen herankäme. Sogleich sprang er aus dem Bad und auf sein Fahrzeug, blies ins Horn, und die Mannschaft kam, die Pfeile flogen den Räubern in den Rücken, sie wollten fort; sie ruderten scharf; da drangen Pfeile in ihre Hände, es war keine Zeit, sie herauszureißen. Bischof Absolon fing jeden einzelnen lebend und hieb ihm den Kopf ab; einer wie der andere

* »steile« ist der Pfahl mit dem Rad, »Tyvsö« die Diebsinsel (Anmerkung d. Übers.).

wurden sie auf die Ringmauer des Schlosses gespießt. Der Nordost blies mit dicken Kiefern, mit schlimmem Wetter im Rachen, wie der Seemann sagt.

‚Hier will ich mich legen', sagte der Wind, ‚hier will ich mich pflegen und mir den ganzen Krempel anschauen.'

Er ruhte stundenlang, er wehte tagelang; Jahre vergingen.

Der Türmer trat auf dem Turm des Schlosses hervor; er sah gen Osten, gen Westen, gen Süden und Norden. Da hast du es auf dem Bild", sagte der Pate und zeigte es. „Du siehst ihn dort, aber was er sah, das will ich dir erzählen.

Vor der Mauer von Steileborg ist offene See bis ganz zur Kjögebucht hinaus, und breit ist die Fahrrinne zur Küste von Seeland hinüber. Vor der Gemarkung Serritslev und der Gemarkung Solbjerg, wo die großen Dörfer liegen, wächst die neue Stadt mit Fachwerk- und Giebelhäusern mehr und mehr. Da gibt es ganze Gassen für Schuhmacher und Gerber, für Gewürzkrämer und Bierbrauer; da gibt es einen Marktplatz, da gibt es ein Gildenhaus und nahe am Strand, wo früher eine Insel war, steht die prächtige Kirche des Sankt Nikolaus. Sie hat Turm

und Spitze, unermeßlich hoch; wie sie sich in dem klaren Wasser spiegelt! Nicht weit von hier steht die Frauenkirche, wo die Messen gelesen und gesungen werden, der Weihrauch duftet, Wachslichter brennen. Kaufmannshafen ist nunmehr die Stadt des Bischofs; der Bischof von Roeskilde herrscht und regiert.

Der Bischof Erlandsen sitzt im Axelhaus. Dort wird in der Küche gebrutzelt, dort werden Bier und Klarett eingeschenkt, dort hört man den Klang von Geigen und Kesselpauken. Kerzen und Lampen brennen, das Schloß erstrahlt, als wäre es die Laterne für das ganze Land und Reich. Der Nordost weht um Turm und Mauern, sie stehen wohl fest; der Nordost weht um die Stadtbefestigungen nach Westen, nichts als ein alter Bretterzaun; der wird wohl halten! Dort draußen steht Dänemarks König, Christopher I. Die Aufrührer haben ihn bei Skjelskör geschlagen; er sucht Zuflucht in der Stadt des Bischofs.

Der Wind pfeift und sagt wie der Bischof: ‚Bleib draußen! Bleib draußen! Dir ist das Tor verschlossen!‘

Es sind friedlose Zeiten, es sind schwere Tage; jedermann will sein eigener Herr sein. Das holsteinische Banner weht vom Turm des Schlosses. Es herrschen Not und Jammer, es ist die Nacht der Angst: Krieg ist im Land und der schwarze Tod, rabenschwarze Nacht – aber dann kam Atterdag*.

Des Bischofs Stadt ist jetzt des Königs Stadt; sie hat Giebelhäuser und enge Straßen, sie hat Wächter und Rathaus, sie hat einen gemauerten Galgen beim Vesterport. Kein auswärtiger Mann darf hier gehenkt werden; man muß ein Bürger der Stadt sein, um dort baumeln zu können, so hoch hinaufzugelangen, daß man Kjöge und die Hühner von Kjöge sehen kann.

‚Es ist ein prächtiger Galgen', sagt der Nordost; ‚das Schöne blüht!' und dann zischte und fauchte er.

Aus Deutschland zogen Verdruß und Not herein.

Die Hanse kam", sagte der Pate; „sie kamen von Speicher und Ladentisch, die reichen Kaufleute aus Rostock, Lübeck und Bremen, sie wollten sich mehr schnappen als die goldene Gans von Valdemars Turm; sie hatten mehr in der Stadt des Dänenkönigs zu sagen als der Dänenkönig selber, sie kamen mit bewaffneten Schiffen, niemand war vorbereitet; König Erik stand auch der Sinn nicht danach, sich mit den deutschen Verwandten herumzuschlagen, es waren ihrer so viele, sie waren so stark. König Erik und sein ganzer Hof jagten schleunigst durchs Vesterport hinaus zur Stadt Sorö, mit dem stillen See und den grünen Wäldern, zu Liebessang und Becherklang.

Aber eine blieb in Kopenhagen zurück, ein königliches Herz, ein königlicher Sinn. Siehst du dies Bild hier, das junge Weib? So fein und zartgliedrig, mit meerblauen Augen und flachsblondem Haar; es ist Dänemarks Königin Philippa, Prinzessin von England. Sie ist in der verstörten Stadt geblieben, wo in den kleinen Gassen und Straßen mit den steilen Treppen, Schuppen und eng aneinanderliegenden Läden die Stadtbevölkerung umherwimmelt und nicht aus noch ein weiß. Die Königin hat den Mut und die Beherztheit eines Mannes; sie ruft die Bürger und Bauern auf, ermuntert, feuert sie an. Die Schiffe werden getakelt, die Blockhäuser bekommen Bemannung, die Schiffskanonen

* Valdemar Atterdag. Atterdag = »wieder Tag« (Anmerkung d. Übers.).

knallen; da ist Feuer und Dampf, da ist gute Stimmung, der Herrgott läßt Dänemark nicht im Stich. Und die Sonne scheint in aller Herzen, sie leuchtet aus aller Augen vor Siegesfreude. Gesegnet sei Philippa! Gesegnet wird sie in der Hütte, gesegnet wird sie im Haus, gesegnet wird sie in des Königs Schloß, wo sie die Verletzten und Kranken pflegt. Ich habe einen Kranz geflochten und um das Bild hier gelegt", sagte der Pate. „Gesegnet sei Königin Philippa!"

„Nun gehen wir viele Jahre weiter!" sagte der Pate. „Kopenhagen geht mit. König Christian I. ist in Rom gewesen, ist vom Papst gesegnet und auf dem langen Wege geehrt worden und hat Huldigungen empfangen. Er baut hier in der Heimat ein Haus aus gebrannten Ziegeln; dort soll die Gelehrsamkeit gepflegt werden, auf lateinisch mitgeteilt werden. Armer Leute Kinder, vom Pflug und aus der Werkstatt, können auch mitmachen, sich durchbetteln, den langen, schwarzen, weiten Mantel bekommen, vor der Tür der Bürger singen.

Dicht neben dem Haus der Gelehrsamkeit, wo alles Latein ist, liegt ein kleines Haus; dort drinnen herrscht das Dänische, in Sprache und Sitten. Hier gibt es Biersuppe als Morgenkost, und um zehn Uhr am Vormittag wird Mittag gegessen. Die Sonne scheint durch die kleinen Scheiben hinein, auf Vorratsschrank und Bücherschrank; in diesem liegen geschriebene Schätze, Herrn Mikkels *Rosenkranz* und *Fromme Komödien*, Henrik Harpestrengs Ärztebuch und Dänemarks Reimchronik von Bruder Niels in Sorö; die sollte jeder dänische Mann kennen, sagt der Hausherr, und er kann es möglich machen, daß sie bekannt werden. Es ist Dänemarks erster Buchdrucker, der Holländer

Gotfred van Gehmen. Er übt die schwarze, wundersame Kunst aus, die Buchdruckerkunst.

Und die Bücher kommen ins Königsschloß und ins Bürgerhaus. Sprichwörter und Lieder erhalten ewiges Leben. Was der Mensch in Leid und in Freud nicht sagen darf, singt der Vogel des Volkslieds, verblümt und dennoch deutlich; er fliegt frei umher, er fliegt weit umher, durch Leutestube, durch Ritterburg; er sitzt als Falke auf des Ritterfräuleins Hand und zwitschert, er schleicht sich als Mäuschen herbei und piepst im Hundeloch dem leibeigenen Bauern etwas vor.

‚Das ist alles Humbug!‘ sagt der scharfe Nordost.

‚Es ist Frühlingszeit!‘ sagen die Strahlen der Sonne; ‚seht, wie das Grün hervorkeimt!‘“

„Nun blättern wir in unserem Bilderbuch weiter!“ sagte der Pate.

„Wie strahlt Kopenhagen! Hier ist Turnier und Spiel, hier ist ein prunkvoller Umzug; sieh die edlen Ritter in Rüstungen, sieh die hohen, vornehmen Frauen in Seide und Gold. König Hans verheiratet seine Tochter Elisabeth an den Kurfürsten von Brandenburg. Wie ist sie jung, wie ist sie heiter! sie schreitet über Sammet; ihre Gedanken sind in der Zukunft: dem Glück häuslichen Lebens. Dicht neben ihr steht ihr königlicher Bruder Prinz Christjern mit den schwermütigen Augen und dem heißen, brausenden Blut. Ihn liebt das Bürgervolk, er kennt dessen Nöte, er hat die Zukunft des armen Mannes im Auge.

Gott allein gebietet über das Glück!“

„Nun blättern wir weiter in unserem Bilderbuch!“ sagte der Pate. „Scharf weht der Wind, singt von dem scharfen Schwert, von der schweren Zeit, von Unfrieden.

Es ist ein eiskalter Tag, es ist Mitte April. Weshalb läuft die Menge vor dem Schloß am alten Zollhaus zusammen, wo das königliche Schiff mit Segeln und Flagge liegt? In Fenstern und auf Dächern sieht man Leute. Es herrschen

Leid und Betrübnis, Erwartung und Angst. Sie sehen zum Schloß hinüber, wo ehedem in den goldenen Sälen der Fackeltanz stattfand, wo es aber jetzt so still und leer ist; sie sehen zum Erker hinauf, wo König Christjern so oft über die ‚Hofbrücke' und die schmale ‚Hofbrückengasse' nach seinem Täubchen hinunterschaute, dem holländischen Mägdlein, das er aus Bergen geholt hatte. Die Läden sind vorgeschoben. Die Menge sieht zum Schlosse hinüber, jetzt tut sich das Tor auf, die Zugbrücke wird herabgelassen. Dort kommt König Christjern mit seiner getreuen Gemahlin, Elisabeth; sie will ihren königlichen Herrn nicht verlassen, nun er in so großer Bedrängnis ist.

In seinem Blut war Feuer, in seinen Gedanken war Feuer; er wollte mit der alten Zeit brechen, das Joch des Bauern brechen, für den Bürger Gutes tun, ‚die gierigen Geier' ducken; aber ihrer waren zu viele für ihn. Er zieht außer

Landes, um draußen Freunde und Anverwandte für sich zu gewinnen. Seine Gemahlin und getreue Mannen begleiten ihn; jedes Auge ist feucht jetzt in der Stunde der Trennung.

Es mischen sich Stimmen in den Gesang der Zeit, gegen ihn und für ihn, ein dreifacher Chor. Vernimm die Worte des Adels, sie wurden niedergeschrieben und gedruckt: ‚Weh über dich, Christjern den Bösen! das vergossene Blut auf dem Markte zu Stockholm schreit laut gegen dich, weh über dich, Verfluchter!'

Und die Rufe der Mönche sprechen dasselbe Urteil: ‚Du seiest verstoßen von Gott und von uns! Die lutherische Lehre hast du herbeigerufen; ihr weihtest du Kirche und Kanzel, ließest die Zunge des Teufels sprechen. Weh über dich, Christjern den Bösen!‘

Aber Bürger und Bauer weinen bitterlich: ‚Christjern, du Freund des Volkes! Der Bauer soll nicht wie Vieh verkauft werden, nicht gegen einen Jagdhund eingetauscht werden! Dies Gesetz ist dein Leumund!‘ Aber die Worte des armen Mannes sind wie Spreu vorm Winde.

Nun segelt das Schiff am Schlosse vorbei, und die Bürger laufen auf den Wall hinauf, um noch einmal das aussegelnde Königsschiff zu sehen.

Die Zeit ist lang, die Zeit ist Not; baue nicht auf Freunde, vertraue nicht auf Anverwandte!

Onkel Frederik im Schlosse zu Kiel möchte sicher König im Lande sein.

König Frederik liegt vor Kopenhagen. Siehst du dies Bild hier: ‚Das getreue Kopenhagen‘? Ringsum sind kohlschwarze Wolken mit Bildern ohne Zahl; betrachte nur jedes einzelne! Es ist ein tönendes Bild, es tönt noch in Sagen und Liedern: die schwere, gefahrvolle, die bittere Zeit im Lauf der Jahre.

Wie erging es König Christjern, dem verirrten Vogel? Davon haben Vögel gesungen, und sie fliegen weit umher, über Land und Meer. Der Storch kam im Frühling zeitig, von Süden über die deutschen Lande; er hatte gesehen, wovon jetzt erzählt wird.

‚Den flüchtenden König Christjern sah ich über die Heide fahren; dort begegnete ihm ein elendes Gefährt, dem ein Pferd vorgespannt war; in diesem saß eine Frau, König Christjerns Schwester, Markgräfin von Brandenburg; ihrer lutherischen Lehre treubleibend, war sie von ihrem Gemahl vertrieben worden. Auf

der finsteren Heide begegneten sich die beiden landesverwiesenen Königskinder*. Die Zeit ist lang, die Zeit ist Not, baue nicht auf Freunde oder Anverwandte!‘

Die Schwalbe kam vom Sonderburger Schloß mit kläglichem Gesang. ‚König Christjern wurde verraten! Er sitzt dort in dem brunnentiefen Turm; sein schwerer Schritt wetzt Spuren in den Estrich, seine Finger hinterlassen Zeichen in dem harten Marmor.

Oh, welches Leid fand solche Worte,
Wie sie des Steines Furche fand?‘**

Der Fischadler kam von der rollenden See; sie ist offen und frei, dort fliegt ein Fahrzeug dahin, es ist der kecke Füne Sören Nordby. Das Glück ist mit ihm – aber das Glück ist wie Wetter und Wind wechselvoll.

In Jütland und Fünen schreien Krähe und Raben: ‚Viel können wir haben! Wir können uns laben! Hier liegt Aas von Rossen und auch von Reitern.‘ Es sind friedlose Zeiten, es ist die Grafenfehde. Der Bauer nahm seine Keule, der Mann aus der Stadt sein Messer, dann riefen sie laut: ‚Wir erschlagen die Wölfe, auf daß keine Jungen zurückbleiben!‘ Wolken und Rauch von den brennenden Städten treiben dahin.

* »Und ist doch verwunderlich, sich vorzustellen, daß solch ein gottesfürchtiger, feiner und vornehmer Fürst, wie König Hans einer gewesen, daß seine Kinder so wenig Glück in der Welt haben sollten.« Arild Hvitfeld.

** F. Paludan-Müller.

König Christjern sitzt auf dem Schlosse Sonderburg gefangen; er wird nicht freigelassen, sieht Kopenhagen und dessen bittere Not nicht. Auf dem Norderfeld steht Christian III., wo der Vater einst stand. In der Stadt herrscht Angst; dort herrschen Hunger und Seuchen.

An der Kirchenmauer sitzt in Lumpen ein ausgemergeltes Weib; es ist ein Leichnam; zwei lebendige Kinder liegen auf ihrem Schoß und saugen Blut aus der Brust der Toten.

Der Mut ist zunichte, der Widerstand erlahmt. Du getreues Kopenhagen!

Fanfaren werden geblasen; hört Pauken und Trompeten!

In reichen Kleidern aus Seide und Sammet und mit wehenden Federn kommen auf goldverbrämten Rossen die adligen Herren; sie reiten zum Gammeltorv. Wird hier ein Karussell geritten oder ein Turnier nach althergebrachter Sitte? Bürger und Bauern in ihrem besten Putz strömen ebenfalls hin. Was gibt's da zu sehen? Ist ein Scheiterhaufen errichtet, um papistische Bilder zu verbrennen, oder steht dort der Henker, wie er beim Feuertode von Slaghoek stand? Der König, der Landesherr, ist Lutheraner, das soll bekanntgemacht und für gültiges Recht erklärt werden.

Hochvornehme Damen und adlige Fräulein sitzen mit hohen Kragen und Perlen an der Haube in den offenen Fenstern und schauen auf all das Gepränge. Auf ausgebreitetem Tuch unterm Baldachin sitzt der Rat des Reiches in uralter Tracht, dicht neben dem Königsthron. Der König ist schweigsam. Jetzt wird in dänischer Sprache sein Wille, der Wille des Reichsrats verlesen; Bürgern und Bauern werden strenge Worte gesagt, Worte der Züchtigung um all des Widerstands willen, den sie dem hohen Adel entgegengesetzt haben. Gedemütigt wurde der Bürger, der Bauer wurde Leibeigener. Nun ertönen die Worte des Fluches gegen die Bischöfe des Landes. Ihre Macht ist vorbei. Alle Güter der Kirche und der Klöster gehen an König und Adel über.

Da ist Hochmut und Haß, da ist Prunk, da ist Jammer.

Armer Vogel kommt angehinkt,
Nimmermehr er singt . . .
Reicher Vogel kommt angebraust,
Schwingt die Faust! –

Die Zeit der Umwälzungen bringt schweres Gewölk, aber auch Sonnenschein mit sich; eben jetzt leuchtet er im Hause der Gelehrsamkeit, der Heimstätte der Studenten, und Namen leuchten von dort bis in unsere Zeit herein. Hans Tausen, der arme Sohn eines Schmieds von Fünen.

Es ging jener kleine Knabe aus Birkende hinaus,
Sein Name flog über Dänemarks Volk ihm voraus.
Ein dänscher Martin Luther, sein Schwert, es war
das Wort,
Und siegte mit dem Geiste im Herzensvolk fort*.

Da leuchtet der Name Petrus Palladius, lateinisch, aber auf dänisch Peter Plade, der Bischof von Roeskilde, auch der Sohn eines armen Schmieds im Lande der Jüten. Und von adligen Namen strahlt Hans Friis hervor, des Reiches Kanzler. Er setzte den Studenten an seinen Tisch, sorgte für ihn und auch für den Schulknaben. Und einer vor allen anderen bekommt ein Hurra und ein Lied:

* B. S. Ingemann.

,Solange ein Student in Axels Hafen
Kann schreiben auch nur einen Buchstaben,
So lange sei König Christian uns wert,
Sein Name sei mit Hurra geehrt*.'

Es fielen Sonnenstrahlen durch das schwere Gewölk in der Zeit der Umwälzungen.

Nun wenden wir die Seite um.

Was saust und singt im Großen Belt vor Samsös Küste? Aus dem Meer steigt eine Seejungfrau mit tanggrünem Haar, sie weissagt dem Bauern: Ein Prinz wird geboren werden, der ein König wird, mächtig und groß.

Auf dem Felde, unter einem blühenden Weißdorn, ward er geboren. Jetzt blüht sein Name in Sagen und Liedern, in Ritterburgen und Schlössern rundum. Die Börse entstand mit Turm und Spitze; Rosenborg wurde errichtet, blickte weit über den Wall; selbst der Student erhielt sein eigenes Haus, und ganz in der Nähe steht der Runde Turm und zeigt gen Himmel, eine Uraniasäule, die nach Hveen hinüberblickt, wo Uranienborg stand; seine goldenen Kuppeln erhielten im Mondenschein Glanz, und Seejungfrauen sangen

von dem Manne drinnen, den Könige und die Großen des Geistes besuchten, dem Genie aus adligem Geblüt, Tycho Brahe. Er ließ Dänemarks Namen so hoch steigen, daß er zugleich mit dem Sternenhimmel in allen geistig erleuchte-

* Poul M. Möller.

ten Ländern der Erde bekannt wurde. Und Dänemark stieß ihn von sich.

Er sang sich Trost zu in seinem Schmerz:

,Ist der Himmel nicht allerwegen,
Was braucht's für mich denn außer ihm?'

Sein Lied lebt wie das Volkslied, wie das Lied der Seejungfrau von Christian IV."

„Jetzt kommt eine Seite, die du dir genau anschauen mußt!" sagte der Pate; „hier kommt Bild auf Bild wie im Heldengesang Vers auf Vers. Es ist ein Lied, das zu Anfang so froh klingt, so traurig aber an seinem Ende.

Da tanzt ein Königskind im Königsschloß, wie ist sie lieblich anzuschauen! Sie sitzt auf Christians IV. Schoß, seine geliebte Tochter Eleonore. In weiblicher Sitte und Tugend wächst sie auf. Der vornehmste Mann des mächtigen Adels, Korfits Ulfeldt, ist ihr Bräutigam. Sie ist noch ein Kind: sie bekommt auch von ihrer gestrengen Hofmeisterin die Rute zu kosten; sie beklagt sich bei dem Bräutigam, und sie erhält Recht; wie ist sie gescheit, edel und gebildet, kann Griechisch und Latein, singt italienisch zu ihrer Laute, versteht es, vom Papst und von Luther zu sprechen.

König Christian liegt in der Gruft im Dom zu Roeskilde, Eleonores Bruder ist König. Auf dem Schlosse zu Kopenhagen herrschen Glanz und Pracht, dort sind Schönheit und Klugheit zu Hause, vor allen Dingen die Königin selber: Sophie Amalie von Lüneburg. Wer lenkt sein Roß so gut wie sie? Wer ist im Tanz so majestätisch wie sie? Wer spricht mit so viel Wissen und Geist wie Dänemarks Königin?

,Eleonore Christine Ulfeldt!' diese Worte sprach der französische Gesandte. ,An Schönheit, Klugheit überstrahlt sie alle.'

Auf dem gewachsten Tanzboden des Schlosses wuchs die Klette des Neides; sie hakte sich fest, sie verfilzte alles und verspritzte den Hohn der Kränkung weithin: ‚Dieser Bastard! Ihr Wagen muß an der Schloßbrücke halten; wo die Königin fährt, wird die Dame gehen!' Es raunt der Klatsch, es wirbelt von Erfindungen, Lügen.

Und Ulfeldt nimmt zu nächtlicher Stunde sein Eheweib bei der Hand. Die Schlüssel für die Tore der Stadt hat er; er schließt eines davon auf. Die Pferde warten draußen. Sie reiten am Strand entlang und segeln zum schwedischen Land hinüber.

Nun wenden wir die Seite um, wie sich das Glück für diese beiden wendet.

Es ist Herbst, der Tag ist kurz, die Nacht ist lang; es ist trübe und naß, der Wind so kalt, und er nimmt zu an Heftigkeit. Es rauscht im Laub an den Bäumen des Walls, das Laub fliegt in Peder Oves Haus hinein; das steht leer und von seiner Herrschaft verlassen. Der Wind braust über Christianshavn, um das Haus von Kai Lykke, jetzt ist es Zuchthaus. Er selbst ist von Land und Ehren vertrieben worden, sein Wappen wurde zerbrochen, sein Bild an den höchsten Galgen gehängt; so wurden seine mutwilligen, leichtfertigen Worte über die geehrte Königin des Landes gestraft. Laut heult der Wind und fegt über den freien Platz, wo das Haus des Reichshofmeisters gestanden hat; jetzt ist hier nur ein einziger Stein übrig, ‚den habe ich als Geröll auf dem segelnden Eis hier heruntergetrieben', braust der Wind, ‚der Stein trieb an Land, wo später Tyvsö sich erhob, von mir verflucht; dann wurde er mit in Herrn Ulfeldts Haus eingebaut, wo die Frau zur klingenden Laute sang, Griechisch und Latein studierte und stolz aufragte, jetzt ragt nur der Stein hier empor mit seiner Inschrift:

Dem Verräter Korfits Ulfeldt
Zu ewigem Gespött, zur Schmach und Schande.'

Aber wo ist sie jetzt, die vornehme Frau? Hu-ih-hu-ih!' pfeift der Wind mit schneidender Stimme. Im ‚Blauen

Turm' hinter dem Schloß, wo das Meerwasser gegen die glitschige Mauer schlägt, dort hat sie nun schon viele Jahre gesessen. Dort im Verlies ist mehr Rauch als Wärme; das kleine Fenster sitzt oben unter der Decke. König Christians IV. verhätscheltes Kind, sie, das feinste Fräulein, die feinste Frau, wie sitzt sie hier kümmerlich, wie sitzt sie hier schlecht! Die Erinnerung hängt Gardinen und Tapeten über die verräucherten Wände des Gefängnisses. Sie denkt an die herrliche Zeit ihrer Kindheit, an ihres Vaters freundliche, strahlende Züge; sie erinnert sich ihrer prächtigen Brautfahrt: der Tage ihres Stolzes, ihrer Drangsal in Holland, in England und auf Bornholm.

Nichts scheint zu schwer für echte Liebe!

Indes, da war sie bei ihm, jetzt ist sie allein, für immer allein! Sie kennt sein Grab nicht, und niemand kennt es.

Treue gegen den Mann war all ihr Fehlen.

Jahre hat sie gesessen, lange und viele Jahre, während das Leben draußen weiterging. Es steht niemals still, aber wir wollen es hier einen Augenblick tun, an sie und an die Worte des Liedes denken:

,Meinem Gemahl hielt ich treu den Schwur
In großem Elend, großer Not!'"

„Siehst du dies Bild hier?" sagte der Pate.

„Es ist Winter; der Frost baut eine Brücke zwischen Lolland und Fünen, eine Brücke für Carl Gustav, der unaufhaltsam vorrückt. Plünderungen und Brandschatzungen, Angst und Not überziehen das ganze Land.

Der Schwede liegt vor Kopenhagen. Es ist schneidend kalt und ein Schneegestöber; aber seinem König getreu und sich selber getreu stehen Männer und Frauen zum Kampf bereit. Jeder Handwerker, Ladengehilfe, Student und Magister ist oben auf dem Wall zur Verteidigung und Wehr. Da gibt es keine Furcht vor den glühenden Kugeln. König Frederik schwor, er wolle in seinem Nest sterben. Er reitet dort oben, und die Königin ist bei ihm. Hier herrschen Mut und Manneszucht und Vaterlandsliebe. Laßt den Schweden nur ruhig sein Leichenhemd anziehen und sich in dem weißen Schnee vorwärts schleichen, laßt ihn zu stürmen versuchen! Bohlen und Steine werden auf sie niedergewälzt; ja, die Frauen kommen mit Bräukesseln und gießen siedendes Pech und Teer auf die heranstürmenden Feinde.

In dieser Nacht sind König und Bürger eine einzige, festgefügte Macht. Und die Errettung und der Sieg kommen. Die Glocken läuten, das Dankeslied erklingt. Bürgersleute, hier verdientet ihr euch die Adelssporen!

Was kommt wohl jetzt? Schau dies Bild hier!

Die Gemahlin des Bischofs Svane kommt in geschlossener Kutsche; das darf nur der hohe, mächtige Adel tun. Die stolzen Junker zerbrechen den Wagen; die Frau Bischof muß zu ihrem Bischofssitz laufen.

Ist das die ganze Geschichte? – Viel Größeres wird in der nächsten Stunde zerbrochen werden, die Herrschaft des Übermuts.

Der Bürgermeister Hans Nansen und Bischof Svane reichen einander die Hand zur Tat in des Herrn Namen. Sie sprechen mit Klugheit und Ehrlichkeit; es wird in der Kirche und im Hause des Bürgers vernommen. Ein Handschlag des Zusammenhaltens, und der Hafen wird gesperrt, die Tore geschlossen, die Sturmglocke läutet, die Macht wird dem König allein überantwortet; er, der in der Stunde der Gefahr in seinem Neste blieb, er möge herrschen, gebieten über groß und klein!

Das ist die Zeit der Alleinherrschaft.

Nun wenden wir die Seite um und damit die Zeit.

‚Hallo, halloi, hallo!‘ Der Pflug ist weggestellt, das Heidekraut darf sich ausbreiten, aber die Jagd ist gut. ‚Hallo, halloi!‘ Hört die schmetternden Hörner und die bellenden

Hunde. Seht die Jägerschar, seht den König selber, König Christian V.; er ist jung und heiter. In Schloß und Stadt herrscht Fröhlichkeit. In den Sälen brennen Wachskerzen, auf dem Hofe Fackeln, und die Straßen der Stadt haben Laternen bekommen. Alles erstrahlt wie neu! Dem neuen Adel, aus Deutschland herbeigerufen, Baronen und Grafen, werden Gunst und Gaben zuteil; nun gelten Titel und Rang und die deutsche Sprache.

Da ertönt eine Stimme so echt dänisch, es ist der Sohn des Webers, der jetzt Bischof ist; es ist Kingos Stimme; er singt die herrlichen Choräle.

Da ist ein anderer Bürgerssohn, der Sohn eines Küfers, seine Gedanken beleuchten Gesetz und Recht; sein Gesetzbuch wurde der goldene Hintergrund für des Königs Namen, es reicht bis in künftige Zeiten hinein. Der Bürgerssohn, des Landes mächtigster Mann, erhält den Adelsschild und dazu Feinde, so daß das Schwert des Henkers auf dem Richtplatz über Griffenfeldts Haupte hängt. Da wird die Begnadigung zu lebenslänglichem Gefängnis verkündet. Sie schicken ihn auf eine Felseninsel vor Trondhjems Küste.

Munkholm – Dänemarks Sankt Helena.

Aber der Tanz geht leicht im Schloßsaal, dort herrschen Glanz und Pracht, dort erklingt lebhafte Musik, dort tanzen Höflinge und Damen.

Jetzt kommt die Zeit Frederiks IV.

Schau die stolzen Schiffe mit der Siegesflagge! Schau das wogende Meer! Ja, das kann von großen Taten berichten, von Dänemarks Ehren. Wir erinnern uns der Namen, des siegestrunkenen Sehested und Gyldenlöves! Wir erinnern uns an Hvitfeld, der sein Schiff in die Luft sprengte, um die dänische Flotte zu retten, und mit dem Danebrog gen Himmel flog. Wir denken an die Zeit und den Streit damals und den Helden, der vom norwegischen Gebirge heruntersprang, um Dänemark beizustehen: Peter Tordenskjold. Von dem herrlichen Meer, von dem schwellenden Meer donnert sein Name von Küste zu Küste:

‚Ein Blitz durchzuckte den Pulversand,
Ein Donner durchdröhnte das Tuscheln im Land.
Ein Schneiderlehrling sprang vom Tische.
Von Norwegen stach eine Schnau in See,
Und der Wikingergeist erhob sich wie je,
Kam übers Meer in Stahl und Jugendfrische.‘

Es kam ein Luftzug von Grönlands Küste, ein Duft wie aus dem Lande Bethlehems; er kündete vom Lichte des Evangeliums durch Hans Egede und seine Gattin.

Die halbe Seite hier hat deshalb einen goldenen Untergrund; die andere Hälfte, die Trauer bedeutet, ist aschengrau mit schwarzen Spritzern darin wie von Feuerfunken, wie von Seuche und Krankheit.

In Kopenhagen wütet die Pest. Die Straßen sind leer, die Türen verriegelt, ringsum sind mit Kreide Kreuze gezeichnet: dort drinnen ist die Seuche, aber wo das Kreuz schwarz ist, da sind alle tot.

Nachts werden die Leichen weggeschafft, ohne Glockenläuten; sie nehmen auf der Straße die Halbtoten mit; die Leichenwagen rattern, sie sind voller Leichen. Aber aus der Schankstube klingt schaurig das Grölen der Betrunkenen und wildes Gekreisch. Im Trunk wollen sie die bittere Not vergessen; sie wollen vergessen und ein Ende – ein Ende! Alles hat ja ein Ende; hier endigt die Seite mit anderer Not und Heimsuchung für Kopenhagen.

König Frederik IV. lebt noch; sein Haar ist im Laufe der Jahre ergraut. Vom Fenster im Schloß blickt er in das stürmische Wetter hinaus; es ist spät im Jahr.

In einem kleinen Haus beim Vesterport spielt ein Knabe mit seinem Ball; der fliegt auf den Dachboden. Der Kleine nimmt ein Talglicht, geht hinauf, um zu suchen, da bricht Feuer in dem Häuschen aus, in der ganzen Straße. Es leuchtet durch die Luft, daß die Wolken davon glänzen. Seht, wie die Flammen größer werden! Hier gibt es Nahrung fürs Feuer, hier ist Heu und Stroh, hier ist Speck und Teer, hier stehen Brennholzstapel für den Winter. Und alles brennt. Da ertönt ein Weinen und Schreien, da ist große Verwirrung. Durch das Gewühl reitet der alte König, ermuntert, befiehlt. Mit Pulver wird gesprengt, Häuser werden niedergerissen. Jetzt brennt es auch im Nordviertel, und die Kirchen brennen: Sankt Petri, Unser Lieben Frauen! Hört, wie das Spielwerk sein letztes Spiel erklingen läßt: ‚Herr, unsre Not ist groß!'

Nur der Runde Turm bleibt stehen, und das Schloß bleibt stehen; ringsum sind rauchende Brandstätten. König Frederik IV. will dem Volke wohl, er tröstet und sättigt, er ist bei ihm, er ist der Obdachlosen Freund. Gesegnet sei Frederik IV.!

Sieh dir nun diese Seite an!

Sieh, die goldene Kutsche mit Dienern ringsum, mit gewappneten Reitern vorn und hinten, kommt vom Schloß, wo eine eiserne Kette ausgespannt ist, um die Leute daran zu hindern, daß sie zu nahe herangehen. Jeder nichtadlige Mann muß entblößten Hauptes über den Platz gehen; also sieht man nicht viele, sie meiden den Ort. Da kommt nun einer mit niedergeschlagenen Augen, mit dem Hut in der Hand, und das ist gerade der Mann aus jener Zeit, den wir laut nennen:

Wie reinigender Sturm seine Rede klang,
Zur Sonne künftiger Zeiten;
Das welsche Gehabe wie Heuschrecken sprang
Den Weg zurück, den weiten.*

* Christian Wilster.

Es sind das Genie und der Humor, es ist Ludvig Holberg. Die dänische Bühne, das Schloß seiner Größe, hat man geschlossen, als wäre sie das Nest des Aufruhrs. Alle Freude ist begraben; Tanz, Gesang und Musik sind verboten und verpönt. Jetzt regiert finsteres Christentum.

‚Der Dänenprinz!' wie seine Mutter ihn nannte, nun kommt seine Zeit mit sonnigem Wetter, mit dem Gesang der Vögel, mit Freude, dänischem Wesen und Frohsinn:

König Frederik V. ist König. Und die Ketten auf dem Platz vor dem Schloß werden weggeschafft; die dänische Bühne wird wieder eröffnet, da gibt es Gelächter und Freude, da ist gute Stimmung. Und die Bauern reiten den Sommer ein! Es ist die heitere Zeit nach der Zeit des Fastens und der Bedrückung. Das Schöne gedeiht, setzt Blüte und Frucht an in Tönen, in Farben, in der bildenden Kunst. Hör Gretrys Musik! Sieh Londemanns Spiel! Und Dänemarks Königin liebt das dänische Wesen. Lovise von England, schön und mild; Gott segne dich in seinem Himmel! Die Sonnenstrahlen singen lieblich im Chor von Königinnen im dänischen Land: Philippa, Elisabeth, Lovise.

Der irdische Teil ist längst begraben, aber die Seelen leben, und die Namen leben. Wieder entsendet England eine Königsbraut: Mathilde, so jung und bald so verlassen! Von dir werden mit der Zeit Dichter singen, vom jugendlichen Herzen und von der Stunde der Heimsuchung. Und der Gesang hat Macht, eine unabsehbare Macht durch Zeiten und Völker. Sieh den Brand des Schlosses, König Christians

Burg. Man versucht das Beste zu retten, was es gibt. Sieh die Leute auf dem Holm einen Korb mit Silber und kostbaren Sachen forttragen; großer Reichtum ist es, aber plötzlich erblicken sie durch die offene Tür, wo die Flammen lodern, eine Büste aus Bronze, König Christian IV. Da schleudern sie den Reichtum, den sie tragen, fort; sein Bildnis dort drinnen gilt ihnen weit mehr! Das müssen sie retten, wie schwer es auch zu tragen sein mag. Sie kennen ihn ja von Ewalds Lied, von Hartmanns schöner Melodie her.

Im Wort und im Lied ist Macht enthalten, und es wird doppelt laut von der armen Königin Mathilde singen."

„Jetzt blättern wir weiter in unserem Bilderbuch.

Auf dem Ulfeldt-Platz stand der Schandstein; wo in der Welt wurde wohl so einer wie dieser aufgestellt? Beim Vesterport wurde eine Säule errichtet, wie viele gibt es wohl in der Welt gleich dieser?

Die Sonnenstrahlen küßten den Findling, den Grundstein unter der ‚Freiheitssäule'. Alle Kirchenglocken läuteten, alle Flaggen wehten; die Leute jubelten dem Kronprinzen Frederik zu. Alt und jung trugen im Herzen und auf der Zunge die Namen Bernstorff, Reventlow, Colbjörnsen. Mit strahlenden Augen und dankerfülltem Herzen liest man die herrliche Inschrift der Säule: ‚Der König gebot, daß die Leibeigenschaft aufgehoben, den Gesetzen der Landbewohner Ordnung und Kraft verliehen werde, auf daß der freie Bauer mutig und aufgeklärt, fleißig und gut, ein ehrsamer, glücklicher Bürger werden könne.'

Welch ein Sonnentag! Welch ein ‚Ritt in den Sommer'!

Die Geister des Lichtes sangen: ‚Das Gute wächst! Das Schöne wächst! Bald fällt der Stein auf dem Ulfeldt-Platz, aber die Freiheitssäule

wird im Sonnenschein stehen, gesegnet von Gott, von König und Volk.'"

„Wir haben eine alte Straße durchs Land,
Sie führt bis ans Ende der Welt*.

Das freie Meer, Freunden und Feinden offen, und der Feind war da. Sie kam angesegelt, die mächtige englische Flotte; eine Großmacht zog gegen eine kleine aus. Der Kampf war hart, aber das Volk war mutig:

‚Fest stand jeder und ohne Bangen,
Kämpfte und hielt den Tod umfangen**!'

Der Feind zollte dem Volk Bewunderung, und es begeisterte Dänemarks Sänger. Dieser Schlacht wird noch heute mit wehenden Fahnen gedacht: des zweiten April, der Dänemark zur Ehre gereichte, der Schlacht am Gründonnerstag auf der Reede.

Jahre gingen dahin. Eine Flotte ward im Öresund gesichtet. Galt es Rußland oder Dänemark? Man wußte es nicht, selbst an Bord wußte es keiner.

Es gibt im Volksmund eine Erzählung, daß an jenem Morgen im Öresund, als die versiegelte Order erbrochen cnd vorgelesen wurde – sie lautete: die dänische Flotte zu überrumpeln –, ein junger Kapitän vor seinen Oberbe-

* N. F. S. Grundtvig.
** W. H. F. Abrahamsen.

fehlshaber hintrat, hochherzig in Wort und Tat, ein Sohn Britanniens. ‚Ich habe einen Eid geleistet', waren seine Worte, ‚daß ich bis an meinen Tod für die Flagge Englands kämpfen werde in offener, ehrlicher Schlacht, nicht aber, daß ich an einem Überfall teilnehmen müsse.'

Und damit stürzte er sich über Bord!

Und die Schiffe nach Kopenhagen kamen –
Fern von dem Orte der Schlacht
Lag ein Kapitän – wer kennt schon den Namen –
Eine Leiche in schwärzester Wassernacht.

Bis die Strömung ihn hergab: Fischer holten
Den Toten im Boot an Schwedens Strand,
Und während die Wasser tosten und grollten,
Würfelte man um die Epauletten im Sand*.

Der Feind stand vor Kopenhagen; es lohte von Flammen, wir verloren die Flotte, nicht aber den Mut und das Vertrauen auf Gott; er demütigt, aber er richtet wieder auf. Die Wunden heilen wie in der Schlacht der Einherier. Kopenhagens Geschichte ist reich an Trost.

Der Volksglaube hat immer gemeint,
Der Herrgott sei Dänemarks Freund.
Halten wir fest, hält er uns wieder,
Und morgen scheint die Sonne auf uns nieder.

Bald schien sie auf die wiedererstandene Stadt, auf reiche Kornäcker, auf Klugheit und Genialität; ein göttlicher Sommertag des Friedens, als die Dichtung durch Oehlenschläger ihre Fata Morgana so farbenprächtig erschuf.

Und in der Wissenschaft wurde ein Fund gemacht, weit mehr als ein goldenes Horn in alten Zeiten, eine Brücke von Gold ward gefunden:

– eine Brücke für den Blitz des Gedankens
Für alle Zeiten in Völker und Reiche hinein.

Hans Christian Örsted schrieb hier seinen Namen ein.

* Carl Bagger.

Und sieh nur! Am Schloß dicht bei der Kirche wurde ein Bauwerk errichtet, zu diesem steuerten selbst der ärmste Mann und die ärmste Frau fröhlich ihr Scherflein bei.

Du weißt doch noch, vorn im Bilderbuch“, sagte der Pate, „die alten Gesteinsblöcke, die von den Bergen Norwegens herunterpurzelten und auf dem Eis hier herabgeführt wurden; sie sind auf Thorvaldsens Geheiß wieder vom tiefen Sandgrund emporgehoben worden, zur Schönheit der Form; herrlich anzusehen!

Denke an das, was ich dir gezeigt und erzählt habe! Der Sandgrund im Meer hob sich, wurde eine Schutzwehr für den Hafen, trug Axels Haus, trug den Bischofssitz und des Königs Schloß und trägt jetzt den Tempel der Schönheit. Die Worte der Verwünschung sind verweht, aber was die Kinder des Sonnenlichts in ihrer Freude von der künftigen Zeit gesungen haben, das hat sich erfüllt.

So mancher Sturm ist darüber hingegangen, er kann wiederkommen und wird wieder vergehen. Das Wahre und Gute und Schöne behält den Sieg.

Und hiermit ist das Bilderbuch zu Ende; aber noch keineswegs Kopenhagens Geschichte. Wer weiß, was du selber einmal erleben wirst.

Es hat oft genug düster ausgesehen, ein Sturm hat getobt, aber der Sonnenschein ist doch nicht fortgeweht worden, der bleibt! Und stärker noch als der stärkste Sonnenschein ist Gott! Der Herrgott hat über mehr zu gebieten als nur über Kopenhagen.“

Das sagte der Pate und schenkte mir das Buch. Seine Augen glänzten, er war seiner Sache so sicher. Und ich nahm das Buch entgegen, so froh, so stolz und vorsichtig, wie ich kürzlich meine kleine Schwester zum erstenmal trug.

Und der Pate sagte: „Du darfst dein Bilderbuch gern diesen und jenen zeigen, du darfst auch ruhig sagen, daß ich es gemacht, das ganze Buch geklebt und gezeichnet habe. Aber es liegt mir dringend am Herzen, daß sie dabei erfahren, wo ich die Idee dafür herbekommen habe. Du weißt es, erzähle es. Die Idee ist den alten Tranlaternen zu verdanken, die gerade am letzten Abend, als sie brannten, den Gaskandelabern der Stadt als Fata Morgana alles zeigten, was von dem Augenblick an beobachtet worden war, als die erste Laterne am Hafen angezündet wurde, bis zu dem Abend, da Kopenhagen von Tran und von Gas zugleich beleuchtet wurde.

Du darfst das Buch zeigen, wem du willst, das heißt, Leuten mit milden Augen und freundlichem Gemüt, aber wenn ein Höllenpferd kommt – dann klappe es zu, des Paten Bilderbuch.“

Die Lumpen

Draußen vor der Fabrik standen zu hohen Stößen aufgestapelte Lumpenhaufen, von weit und breit eingesammelt; jeder Lumpen hatte seine Geschichte, jeder redete auf seine Weise, aber man kann sie nicht alle anhören. Manche Lumpen waren einheimisch, andere kamen aus fremden Ländern. Hier lag nun ein dänischer Lumpen neben einem norwegischen Lumpen; echt dänisch war der eine und urnorwegisch der andere, und das war das Ulkige an den beiden, wird jeder vernünftige Norweger und Däne sagen.

Sie erkannten sich beide an ihrer Sprache, obwohl, sagte der Norweger, beide Sprachen so verschieden voneinander seien wie Französisch und Hebräisch. „Wir steigen auf die Berge, damit sie rauh und ursprünglich klingt, und der Däne pflegt sein läbbrigsüßes, fades Geblök."

Die Lumpen unterhielten sich, und Lumpen ist in jedem Land Lumpen, sie gelten nur im Lumpensack etwas.

„Ich bin Norweger!" sagte der norwegische, „und wenn ich sage, ich bin Norweger, dann glaube ich, daß ich genug gesagt habe! Ich bin fest in der Faser, wie die Urfjelle im alten Norwegen, dem Land, das eine Verfassung hat wie das freie Amerika! Es kitzelt in meinen Fasern, wenn ich daran denke, was ich bin, und den Gedanken in granitenen Worten erzen erklingen lasse!"

„Aber wir haben eine Literatur!" sagte der dänische Lumpen. „Verstehen Sie, was das ist?"

„Verstehen!" wiederholte der Norweger, „Flachlandbewohner, soll ich Ihn auf den Berg hinaufheben und Ihm nordlichtern, Lumpen, der Er ist? Wenn das Eis vor der norwegischen Sonne schmilzt, dann kommen dänische Obstschuten zu uns herauf mit Butter und Käse, recht edle Waren! Und als Ballast ist dänische Literatur mit dabei. Die brauchen wir nicht! Man verzichtet lieber auf schales Bier dort, wo der frische Quell sprudelt, und hier ist es ein Brunnen, der nicht gebohrt wurde, nicht in ganz Europa bekanntgeschwatzt wurde durch Zeitungen, Kameradschaft und Schriftstellerreisen ins Ausland. Frisch weg von der

Leber spreche ich, und Dänemark muß sich an den freien Ton gewöhnen, und das wird es tun, da es sich so skandinavisch an unser stolzes Felsland anklammert, das Urgestein der Welt!"

„So könnte nun ein dänischer Lumpen nie sprechen!" sagte der Däne. „Das liegt nicht in unserer Natur. Ich kenne mich selber, und wie ich, so sind alle unsere Lumpen, wir sind so gutmütig, so bescheiden, wir trauen uns wenig zu, und dabei gewinnt man wahrhaftig nichts, aber ich mag es so gern, ich finde es so reizend! Übrigens, eins kann ich Ihnen versichern, ich kenne vollauf meinen eigenen Wert, aber ich rede nicht davon, solch eines Fehlers soll mich keiner bezichtigen dürfen. Ich bin weich und gefügig, ertrage alles, beneide niemanden, rede gut über alle, obwohl über die meisten anderen nicht allzuviel Gutes zu sagen ist,

aber das ist deren Sache! Ich mache mich nur immer darüber lustig, denn ich bin so begabt!"

„Sprechen Sie mir nicht diese weichliche Kleistersprache des Flachlandes, mir wird übel dabei!" sagte der Norweger und löste sich durch den Wind aus dem Haufen und kam auf einen anderen hinüber.

Zu Papier wurden sie beide, und der Zufall wollte es, daß der norwegische Lumpen ein Stück Papier wurde, auf das ein Norweger einen treuen Liebesbrief an ein dänisches Mädchen schrieb, und der dänische Lumpen wurde Manuskript einer dänischen Ode zum Preise von Norwegens Kraft und Herrlichkeit.

Aus den Lumpen kann auch etwas Gutes werden, wenn sie erst aus dem Lumpensack herausgekommen sind und die Wandlung zu Wahrheit und Schönheit vollzogen ist, sie leuchten in guter Eintracht, und in dieser liegt Segen.

Das ist die Geschichte, sie ist ganz lustig und beleidigt durchaus niemanden außer – den Lumpen.

Vænö und Glænö

Vor der Küste von Seeland, auf der Höhe von Holsteinborg, lagen einmal zwei bewaldete Inseln, Vænö und Glænö, auf ihnen waren ein Kirchdorf und einzelne Höfe; die Inseln lagen nahe an der Küste, sie lagen dicht nebeneinander, jetzt gibt es dort nur die eine Insel.

Eines Nachts kam ein fürchterliches Unwetter, das Meer stieg, wie es seit Menschengedenken nicht gestiegen war; der Sturm nahm an Heftigkeit zu; es war ein Wetter wie beim Jüngsten Gericht, es hörte sich an, als sollte die Erde auseinanderbersten; die Kirchenglocken kamen ins Schwingen und läuteten ohne menschliches Zutun.

In dieser Nacht verschwand Vænö in der Tiefe des Meeres; es war, als ob es die Insel nie gegeben hätte. Aber später, in mancher Sommernacht, bei stillem, klarem Niedrigwasser, wenn der Fischer draußen war, um beim Schein der vorn im Boot brennenden Fackel Aale zu stechen, sah er, wenn er sehr scharfe Augen hatte, tief unter sich Vænö liegen mit seinem weißen Kirchturm und der hohen Kirchenmauer. „Vænö harrt Glænös", ging die Sage; er sah die Insel, er hörte die Kirchenglocken dort unten läuten, aber darin irrte er sich nun doch, es waren sicherlich die Stimmen der vielen wilden Schwäne, die hier so oft auf der Wasserfläche liegen; sie glucksen und klagen, als hörte man aus weiter Ferne Glockengeläute.

Es gab eine Zeit, da entsannen sich noch viele alte Leute auf Glænö jener Sturmnacht, und daß sie selber als Kinder bei Niedrigwasser zwischen den beiden Inseln hin und her gefahren waren, wie man heutzutage von Seelands Küste aus, nicht weit von Holsteinborg, nach Glænö hinüberfährt; das Wasser reicht nur bis halb zu den Rädern hinauf. „Vænö harrt Glænös“, wurde gesagt, und das wurde Sage und Überzeugung.

Manch kleiner Junge, manch kleines Mädchen lagen in stürmischen Nächten und dachten: heute nacht kommt die Stunde, da Glænö von Vænö geholt wird. Vor Angst beteten sie ihr Vaterunser, schliefen dann ein, träumten süß – und am nächsten Morgen war Glænö noch immer da mit seinen Wäldern und Kornfeldern, seinen freundlichen Bauernhäusern und Hopfengärten; der Vogel sang, das Rehwild sprang; der Maulwurf roch kein Meerwasser, so weit er auch wühlen mochte.

Und dennoch sind Glænös Tage gezählt; wir vermögen nicht zu sagen, wie viele noch übrig sind, aber sie sind gezählt, an einem schönen Morgen ist die Insel verschwunden.

Du warst vielleicht noch gestern hier unten am Ufer, sahst die wilden Schwäne auf dem Wasser zwischen Seeland und Glænö liegen, ein Segelboot mit geblähten Segeln glitt an dem Waldesdickicht vorbei, du selbst fuhrst über die seichte Furt, einen anderen Fahrweg gab es nicht; die Pferde stampften durch das Wasser, es platschte an den Wagenrädern herauf.

Du bist weggereist, fährst vielleicht jetzt ein Stückchen in die weite Welt hinaus und kommst nach ein paar Jahren wieder zurück: du siehst dann hier, wie der Wald einen großen grünen Wiesenzug umschließt, wo das Heu vor schmukken Bauernhäusern duftet. Wo bist du? Holsteinborg prangt ja noch immer hier mit seiner vergoldeten Turmspitze, aber nicht dicht am Fjord, es liegt höher im Lande hinauf; du gehst durch Wald, über Felder zum Strand hinunter – wo ist Glænö? Du siehst keine waldige Insel vor dir, du siehst das offene Meer. Hat Vænö Glænö geholt, dessen es so lange harrte? Wann war diese Sturmnacht, als dies geschah, als die Erde erschüttert wurde, so daß das alte Holsteinborg viele tausend Hahnentritte ins Land hinauf versetzt wurde?

Es war keine Sturmnacht, es geschah am hellichten Sonnentag. Menschliche Klugheit baute einen Deich vor das Meer, menschliche Klugheit schöpfte das Binnengewässer aus, verband Glænö mit dem Festland. Der Fjord ist Wiese geworden mit üppigem Gras, Glænö ist mit Seeland zusammengewachsen. Das alte Schloß liegt, wo es immer gelegen hat. Es war nicht Vænö, das Glænö holte, es war Seeland, das mit langen Deicharmen zugriff und mit dem Mundwerk der Pumpen blies und die Zauberformel sprach, die Worte der Vermählung; und Seeland erhielt viele Morgen Land als Brautgeschenk. Es ist wahr, es ist gerichtlich bestätigt, du kannst dich mit eigenen Augen überzeugen, die Insel Glænö ist verschwunden.

Wer war die Glücklichste?

„Was für herrliche Rosen!" sagte der Sonnenschein. „Und jede Knospe wird aufbrechen und ebenso schön werden. Es sind meine Kinder! Ich habe sie lebendig geküßt!"

„Es sind meine Kinder!" sagte der Tau. „Ich habe sie mit meinen Tränen genährt."

„Ich sollte doch meinen, ich sei ihre Mutter!" sagte der Rosenstrauch. „Ihr anderen seid nur Gevattern, die je nach Können und gutem Willen ein Patengeschenk gebracht haben."

„Meine schönen Rosenkinder!" sagten sie alle drei und wünschten jeder Blüte das größte Glück, aber nur eine konnte die Glücklichste werden, und eine mußte die am wenigsten Glückliche werden; aber welche von ihnen?

„Das werde ich herausbekommen!" sagte der Wind. „Ich ziehe weit herum, dringe durch den engsten Spalt, weiß draußen und drinnen Bescheid."

Jede entfaltete Rose hörte, was gesprochen wurde, jede schwellende Knospe spürte es.

Da kam durch den Garten eine trauernde, liebevolle Mutter, in Schwarz gekleidet; sie pflückte eine von den Rosen, die halb entfaltet war, frisch und voll, sie schien ihr die Schönste von allen zu sein. Sie brachte die Blüte ins stille, schweigsame Gemach, wo sich vor wenigen Tagen noch die junge, lebensfrohe Tochter getummelt hatte, aber jetzt gleich einem schlummernden Marmorbildnis in dem schwarzen Sarg ausgestreckt lag. Die Mutter küßte die Tote, küßte darauf die halberblühte Rose und legte sie dem jungen Mädchen auf die Brust, als ob sie durch deren Frische und den Kuß einer Mutter das Herz wieder dazu bringen könnte, daß es schlug.

Es war, als schwellte die Rose auf; jedes Blatt zitterte vor Erwartung und Freude: „Welch ein Weg der Liebe wurde mir beschieden! Ich werde wie ein Menschenkind, bekomme den Kuß einer Mutter, höre Worte des Segens und gehe mit hinein in das unbekannte Reich, an der Toten Brust träu-

mend! Wahrlich, ich wurde die Glücklichste unter allen meinen Schwestern!“

In dem Garten, wo der Rosenstrauch stand, arbeitete die alte Jätefrau; sie betrachtete auch die Schönheit des Strauchs, und ihre Augen blieben auf der größten, einer vollerblühten Rose haften. Ein Tautropfen und noch ein warmer Tag, dann würden die Blätter abfallen; das sah die Frau und fand, sie habe ihrer Schönheit Genüge getan, nun sollte sie auch noch Nutzen stiften. Und sie pflückte sie ab und wickelte sie in eine Zeitung, sie sollte mit anderen entblätterten Rosen nach Hause genommen und mit diesen zusammen eingelegt werden, Potpourri werden; mit den kleinen blauen Knaben zusammengeführt werden, die Lavendel heißen und in Salz einbalsamiert werden. Einbalsamiert werden nur Rosen und Könige.

„Ich werde am meisten geehrt!“ sagte die Rose, als die Jätefrau sie herunternahm. „Ich werde die Glücklichste sein! Ich soll einbalsamiert werden.“

In den Garten kamen zwei junge Leute, der eine war Maler, der andere ein Dichter; jeder von ihnen pflückte sich eine Rose, schön anzuschauen.

Und der Maler gab auf der Leinwand ein Bild von der blühenden Rose wieder, so daß sie meinte, sie sähe sich im Spiegel.

„So", sagte der Maler, „wird sie viele Menschenalter hindurch leben, während Millionen und aber Millionen von Rosen welken und sterben!"

„Ich war am meisten begünstigt!" sagte die Rose, „ich errang das größte Glück!"

Der Dichter betrachtete seine Rose, schrieb ein Gedicht über sie, ein ganzes Mysterium, alles was er von den Blättern der Rose ablas, Blatt für Blatt: „Liebesbilderbuch", es war ein unsterbliches Gedicht.

„Ich werde mit ihm unsterblich!" sagte die Rose, „ich bin die Glücklichste!"

Jedoch in all dieser Rosenpracht gab es eine, die fast von den anderen verdeckt wurde; zufälligerweise – vielleicht zu ihrem Glück – hatte sie einen kleinen Fehler, sie saß schief auf dem Stengel, und die Blätter an der einen Seite entsprachen nicht denen auf der anderen; ja, mitten in der Blüte selbst wuchs gleichsam ein kleines, verkrüppeltes grünes Blatt heraus; das kommt bei Rosen vor!

„Armes Ding!" sagte der Wind und küßte sie auf die Wange. Die Rose glaubte, es sei ein Gruß, eine Huldigung; sie hatte das Empfinden, als wäre sie ein wenig anders geartet als die anderen Rosen; und daß aus ihrem Innern ein grünes Blatt herauswuchs, das sah sie als eine Auszeichnung an. Da flog ein Schmetterling zu ihr hinunter und küßte ihre Blätter, es war ein Bewerber; sie ließ ihn wieder fliegen. Jetzt kam ein riesig großer Heuschreck; der setzte sich allerdings auf eine andere Rose, rieb sich vor Verliebtheit sein Schienbein, das ist das Zeichen der Liebe bei den Heuschrecken; die Rose, auf der er saß, verstand es nicht, das tat aber die Rose mit der Auszeichnung, mit dem grünen, verkümmerten Blatt, die sah der Heuschreck mit Augen an, welche sagten: „Ich könnte dich vor lauter Liebe auffressen!" und weiter kann die Liebe niemals gehen: der eine geht im anderen auf! Aber die Rose wollte nicht in dem Springinsfeld aufgehen. Die Nachtigall sang in der sternklaren Nacht.

„Das ist allein für mich!" sagte die Rose mit dem Makel oder der Auszeichnung. „Weshalb werde ich so in allem vor meinen Schwestern ausgezeichnet? Weshalb erhielt ich diese Besonderheit, die mich zu der Glücklichsten macht?"

Da kamen zwei zigarrenrauchende Herren in den Garten; sie sprachen von Rosen und von Tabak; Rosen sollen den Rauch nicht vertragen können, sie wechseln die Farbe, werden grün; das sollte ergründet werden. Sie brachten es nicht über sich, eine der allerprächtigsten Rosen zu nehmen, sie nahmen die mit dem Makel.

„Was für eine neue Auszeichnung!" sagte diese. „Ich bin über die Maßen glücklich! Die Allerglücklichste!"

Und sie wurde grün vor Selbstbewußtsein und Tabaksrauch.

Eine Rose, halb Knospe noch, vielleicht die schönste am ganzen Strauch, erhielt den Ehrenplatz in dem kunstvoll gebundenen Strauß des Gärtners; der wurde dem jungen Gebieter des Hauses gebracht und fuhr mit ihm in der Kutsche; sie saß als Blüte der Schönheit zwischen anderen Blumen und schönem Grün; sie kam zu Fest und Glanz: Männer und Frauen saßen da, von tausend Lampen so prächtig beleuchtet; die Musik erklang; es war im Lichtmeer des Theaters; und als unter stürmischem Jubel die gefeierte junge Tänzerin auf die Bühne schwebte, flogen Sträuße über Sträuße wie ein Blütenregen vor ihre Füße. Da kam der Strauß geflogen, in dem die herrliche Rose gleich einem Edelstein saß; sie spürte ihr namenloses Glück, die Ehre und den Glanz, in den sie hineinschwebte; und als sie den Fußboden berührte, tanzte sie mit, sie sprang, flog über die Bretter und ging vom Stiel ab, als sie aufprallte. Sie kam der Gehuldigten nicht in die Hände, sie kullerte hinter die Kulisse, wo ein Maschinenarbeiter sie aufhob; er sah, wie schön sie war, wie voller Duft sie war, aber einen Stiel hatte sie nicht. So steckte er sie in die Tasche, und als er abends nach Hause kam, wurde sie in ein Schnapsglas gestellt und lag die ganze Nacht hier auf dem Wasser. Am Morgen früh wurde sie der Großmutter hingesetzt, die alt und kraftlos im Lehnstuhl saß. Sie betrachtete die abgebrochene, schöne Rose, hatte ihre Freude an ihr und ihrem Duft.

„Ja, du kamst nicht auf den Tisch des reichen, feinen Fräuleins, sondern zu der armen alten Frau; doch hier bist du soviel wie ein ganzer Rosenstrauch; wie bist du schön!"

Und sie betrachtete die Blüte mit kindlicher Freude, dachte wohl auch an ihre eigene, längst vergangene, frische Jugendzeit.

„In der Scheibe war ein Loch", sagte der Wind, „ich gelangte leicht da hinein, sah die jugendlich leuchtenden Augen der alten Frau und die abgebrochene, schöne Rose im Schnapsglas. Die Glücklichste von allen! Ich weiß es! Ich kann es erzählen!"

Jede Rose am Strauch im Garten hatte ihre Geschichte. Jede Rose dachte und glaubte, sie sei die Glücklichste, und glauben macht selig. Die letzte Rose aber meinte, sie sei die Allerglücklichste.

„Ich habe sie alle überlebt! Ich bin die letzte, die einzige, Mutters liebstes Kind!“

„Und ich bin ihrer aller Mutter!“ sagte der Rosenstrauch.

„Das bin ich!“ sagte der Sonnenschein.

„Und ich!“ sagten Wind und Wetter.

„Jeder hat teil an ihnen!“ sagte der Wind. „Und jeder soll an ihnen einen Anteil haben!“ und dann streute der Wind ihre Blätter über den Strauch, wo die Tautropfen hingen, wo die Sonne schien. „Auch ich bekam meinen Anteil“, sagte der Wind. „Ich erfuhr die Geschichte aller Rosen, und ich werde sie in der weiten Welt herumerzählen! Sag mir nun, wer war die Glücklichste von ihnen allen? Ja, das mußt du sagen, ich habe genug gesagt!“

Wir fahren zur Ausstellung nach Paris.

Jetzt sind wir da! Das war eine Geschwindigkeit, eine Fahrt, ganz ohne Zauberei; wir fuhren mit dem Dampfschiff und mit der Postkutsche.

Unsere Zeit ist die Zeit des Märchens. Wir sind mitten in Paris, in einem großen Hotel. Blumen stehen als Schmuck die ganze Treppe hinauf, weiche Teppiche liegen auf den Stufen.

Unsere Stube ist behaglich, die Balkontür öffnet sich auf einen großen Platz hinaus. Dort unten wohnt das Frühjahr, es ist nach Paris gefahren, zur selben Zeit eingetroffen wie wir, es ist in Gestalt einer großen, jungen Kastanie gekommen, mit eben ausgeschlagenen, feinen Blättern; wie hat sie sich in Frühlingsschönheit geworfen, lange vor den übrigen Bäumen auf dem Platz! Einer davon ist aus der Zahl der lebenden Bäume ausgeschieden und liegt, mit der Wurzel ausgerissen, der Länge nach auf dem Erdboden. Dort, wo er stand, soll jetzt die frische Kastanie eingepflanzt werden und anwachsen.

Noch hat sie Platz, ist auf dem schweren Wagen hochgestellt, der sie an diesem Morgen nach Paris brachte, vom Lande, mehrere Meilen entfernt. Da hatte sie jahrelang dicht neben einer riesigen Eiche gestanden, und unter der saß oftmals der gute alte Priester, der sich mit den lauschenden Kindern unterhielt und ihnen erzählte. Der junge Kastanienbaum hörte mit zu; die Dryade, die in ihm wohnte, war ja noch ein Kind; sie konnte sich noch an die Zeit erinnern, als der Baum so klein war, daß er nur über die hohen Grashalme und Farne hinaussah. Diese waren jetzt so groß, wie sie werden können, aber der Baum wuchs und nahm mit jedem Jahr zu, trank Luft und Sonnenschein, bekam Tau und Regen und wurde, was notwendig war, von den starken Winden gerüttelt und geschüttelt. Das gehört zur Erziehung.

Die Dryade freute sich ihres Lebens, sie freute sich am Sonnenschein und am Gesang der Vögel, aber immer doch am meisten über die Stimme der Menschen, sie verstand deren Reden ebenso gut, wie sie die der Tiere verstand.

Schmetterlinge, Wasserjungfern und Fliegen, ja, alles was fliegen konnte, machte Besuch; klatschen taten sie alle miteinander: erzählten vom Dorf, den Weingärten, dem Wald, dem alten Schloß mit dem Park, in dem Kanäle und Teiche waren; dort unten im Wasser wohnten auch Lebewesen, die auf ihre Art unter Wasser von Ort zu Ort fliegen konnten, Wesen mit Wissen und Denkvermögen; sie sagten nichts, so klug waren sie.

Und die Schwalbe, die ins Wasser getaucht war, erzählte von den hübschen Goldfischen, von den fetten Brassen, den dicken Schleien und den alten, bemoosten Karauschen. Die Schwalbe gab eine sehr gute Beschreibung, aber man sieht doch selber besser, sagte sie; wie sollte die Dryade jedoch jemals diese Wesen sehen können! Sie mußte sich damit begnügen, über die herrliche Landschaft zu blicken und die emsige Tätigkeit der Menschen zu beobachten.

Das war schön, aber am schönsten war es doch, wenn der alte Priester hier unter der Eiche stand und von Frankreich erzählte, von großen Taten der Männer und Frauen, deren Namen durch alle Zeiten voll Bewunderung genannt wurden.

Die Dryade hörte von dem Hirtenmädchen Jeanne d'Arc, von Charlotte Corday, sie hörte von uralten Zeiten, von der Zeit Heinrichs IV. und Napoleons I. und ganz bis in die Gegenwart herauf von Tüchtigkeit und Größe; sie hörte Namen, deren jeder einen Klang besaß, der bis ins Herz des Volkes drang: Frankreich ist Weltmacht, die Wiege des Genies mit dem Krater der Freiheit!

Die Dorfkinder hörten andächtig zu, die Dryade nicht weniger; sie war Schulkind zusammen mit den anderen. Sie erblickte in der Gestalt der segelnden Wolken Bild für Bild all dessen, was sie hatte erzählen hören.

Der Wolkenhimmel war ihr Bilderbuch.

Sie fühlte sich so glücklich in dem schönen Frankreich, hatte aber doch ein Gefühl, als wären die Vögel, jedes Tier, welches fliegen konnte, viel begünstigter als sie. Selbst die Fliege konnte sich umschauen, weit umher, weit über den Gesichtskreis der Dryade hinaus.

Frankreich war so ausgedehnt und herrlich, aber sie kannte nur einen kleinen Fleck davon; weltweit erstreckte sich das Land mit Weingärten, Wäldern und großen Städten, und von ihnen allen war Paris die herrlichste, die gewaltigste. Dorthin konnten die Vögel gelangen, sie aber niemals.

Unter den Dorfkindern war ein kleines Mädchen, so

zerlumpt, so arm, aber wunderschön anzusehen; immer sang es und lachte es, steckte sich rote Blumen ins schwarze Haar.

„Geh nie nach Paris!“ sagte der alte Priester. „Armes Kind! kommst du dorthin, so ist es dein Verderb!“

Und dennoch ging sie hin.

Die Dryade dachte oft an sie, sie hatten ja beide die gleiche Lust und Sehnsucht nach der großen Stadt.

Es wurde Frühling, Sommer, Herbst, Winter; zwei Jahre vergingen.

Der Baum der Dryade trug seine ersten Kastanienblüten, die Vögel zwitscherten davon im schönen Sonnenschein. Da kam ein stattlicher Wagen die Straße herauf mit einer vornehmen Dame darin, sie selbst lenkte die leichtfüßigen hübschen Pferde; ein geputzter kleiner Jockey saß hintenauf. Die Dryade erkannte sie wieder, der alte Priester erkannte sie wieder, schüttelte den Kopf und sagte traurig: „Du bist dort hingegangen! Das wurde dein Verderb, arme Mari!“

„Die soll eine Arme sein!“ dachte die Dryade, „nein, welche Verwandlung! sie ist als Herzogin verkleidet! Das wurde ihr in der Stadt der Verzauberung zuteil. Oh, wäre ich doch dort in all dem Glanz und all der Pracht! Die leuchtet nachts selbst bis zu den Wolken hinauf, wenn ich dort hinblicke, wo ich weiß, daß die Stadt liegt.“

Ja, dorthin in diese Richtung blickte die Dryade allabendlich, allnächtlich. Sie sah den strahlenden Dunst am Horizont; sie entbehrte ihn in der hellen, mondklaren Nacht; sie entbehrte die segelnden Wolken, die ihr Bilder von der Stadt und aus der Geschichte zeigten.

Das Kind greift nach seinem Bilderbuch, die Dryade griff nach der Wolkenwelt, dem Buch ihrer Gedanken.

Der sommerwarme, wolkenlose Himmel war für sie eine leere Seite, und jetzt hatte sie seit mehreren Tagen nur eine solche gesehen.

Es war in der heißen Sommerzeit, mit sonnenglühenden Tagen ohne ein Lüftchen; jedes Blatt, jede Blüte lag in einem todesähnlichen Schlaf, die Menschen auch.

Da stiegen Wolken herauf, und zwar aus der Richtung, wo nachts der strahlende Dunst verkündete: hier ist Paris.

Die Wolken stiegen höher, waren wie ein ganzes Gebirge geformt, schoben sich weiter durch die Luft, über die ganze Landschaft hinweg, so weit die Dryade schauen konnte.

Die Wolken lagen gleich schwarzblauen, gewaltigen Felsblöcken in der Luft, eine Schicht über der anderen. Die Blitzstrahlen zuckten daraus hervor, „auch sie sind Gottes Diener", hatte der alte Priester gesagt. Und jetzt kam ein bläulicher, blendender Blitz, ein Lichtschein, als wäre es die Sonne selbst, die die Felsblöcke sprengte. Der Blitz schlug ein und zersplitterte den alten, riesigen Eichbaum bis zur Wurzel; seine Krone klaffte, der Stamm klaffte, gespalten stürzte er, als breitete er sich aus, um den Sendboten des Lichts zu umarmen.

Keine erzene Kanone vermag bei der Geburt eines Königskindes so durch die Luft und über das Land zu dröhnen, wie das Donnergrollen hier beim Hingang des alten Eichbaums es tat. Der Regen strömte hernieder, der erfrischende Wind brachte Erquickung, das Gewitter war vorüber, es wurde so sonntäglich festlich. Die Leute des Ortes versammelten sich um die gefällte alte Eiche; der alte Priester sprach ehrende Worte, ein Maler zeichnete den Baum zu bleibendem Andenken.

„Alles vergeht!" sagte die Dryade, „vergeht wie die Wolke und kehrt niemals zurück!"

Der alte Priester kam nicht mehr her; das Dach des Schulhauses war eingestürzt, das Katheder fort. Die Kinder kamen nicht her, aber der Herbst kam, der Winter kam, doch auch der Frühling, und im steten Wechsel der Zeit blickte die Dryade in die Richtung, wo jeden Abend und jede Nacht fern am Horizont Paris wie ein strahlender Nebel leuchtete. Aus diesem flog eine Lokomotive nach der anderen heraus, ein Eisenbahnzug nach dem anderen, sausend, brausend, und zwar zu allen Zeiten; abends und um Mitternacht, morgens und den ganzen hellen Tag hindurch kamen die Züge, und bei jedem strömten Menschen aus aller Herren Ländern aus und ein; ein neues Weltwunder hatte sie nach Paris gerufen.

Wie offenbarte sich dies Wunder?

„Eine Prachtblüte der Kunst und Industrie", sagte man, „ist auf dem pflanzenlosen Sand des Marsfeldes emporgeschossen; eine riesengroße Sonnenblume, von deren Blättern man Geographie und Statistik ablesen kann, Zunftmeistererkenntnisse erwerben kann, zu Kunst und Poesie emporgehoben werden, die Größe und Ausdehnung der Länder erfahren kann." – „Eine Märchenblüte", sagten andere, „eine buntfarbene Lotusblume, die ihre grünen Blätter, gleich Samtteppichen, über den Sand ausbreitet, im Vorfrühling ist sie entsprossen, die Sommerzeit wird sie in all ihrer Pracht sehen, die Stürme des Herbstes werden über sie hinwegbrausen, es wird weder Blatt noch Wurzel übrigbleiben."

Vor der „Militärschule" erstreckt sich die Arena des Krieges, mitten im Frieden, das Feld ohne Gras und Halm, ein Stück Sandteppich, aus der Wüste Afrikas herausgeschnitten, wo die Fata Morgana ihre seltsamen Luftschlösser und hängenden Gärten zeigt; auf dem Marsfeld standen sie noch prächtiger, noch wunderbarer, denn sie waren kraft des Genies Wirklichkeit geworden.

„Aladins Schloß der Gegenwart ist errichtet!" hieß es, „Tag für Tag, Stunde für Stunde entfaltet es mehr und mehr seine reiche Herrlichkeit." In Marmor und Farben prangen die unendlichen Hallen. Meister „Blutlos" bewegt hier seine stählernen und eisernen Glieder in dem großen runden Saal der Maschinen. Kunstwerke aus Metall, aus Stein, aus Geweben künden von jenem geistigen Leben, das sich in allen Ländern der Erde regt; Bildersäle, Blütenpracht, alles, was Geist und Hand in der Werkstatt des Handwerkers schaffen kann, ist hier zur Schau gestellt; selbst die Denkmäler aus dem Altertum, aus alten Schlössern und Torfmooren sind angetreten.

Die überwältigend große, bunte Schau müßte verkleinert, zu einem Spielzeug zusammengedrängt werden, um wiedergegeben, in ihrer Ganzheit begriffen und gesehen werden zu können.

Das Marsfeld trug gleich einem großen weihnachtlichen Gabentisch ein Aladinsschloß der Industrie und der Kunst, und rings um dieses herum waren Schmuckstücke aus allen Landen aufgebaut: Schmuckstücke der Größe; jede Nation wurde an ihre Heimat erinnert.

Hier stand das ägyptische Königsschloß, hier die Karawanserei der Wüste; der Beduine auf seinem Kamel, aus seinem Sonnenland kommend, jagte vorbei; hier machten sich russische Ställe mit feurigen, prächtigen Pferden der Steppe breit; das kleine, strohgedeckte dänische Bauernhaus stand mit seinem Danebrog dicht neben dem prächtig geschnitzten Holzhaus Gustav Vasas aus Dalarne; amerikanische Hütten, englische Cottages, französische Pavillons, Verkaufsbuden, Kirchen und Theater lagen wundersam verstreut, und zwischen all dem der frische grüne Rasen, das klare, fließende Wasser, blühende Sträucher, seltene Bäume, Glashäuser, daß man sich vorkam wie in den tropischen Wäldern; ganze Rosengärten, wie aus Damaskus geholt, prangten unter Dach: welche Farben, welcher Duft!

Künstliche Tropfsteinhöhlen, Süßwasser und Salzwasser enthaltend, gewährten einen Blick in das Reich der Fische; man stand unten auf dem Boden des Meeres unter Fischen und Polypen.

All dies, sagte man, trage nunmehr das Marsfeld und biete es dar, und über diese große, reichgedeckte Festtafel bewege sich gleich emsigen Ameisenschwärmen das ganze Menschengewühl, zu Fuß oder in kleinen Wagen, nicht alle Beine halten eine so ermüdende Wanderung aus.

Vom frühen Morgen bis zum späten Abend kommen sie hier heraus; Dampfschiff auf Dampfschiff, von Menschen überquellend, gleitet die Seine hinab, die Wagenmenge nimmt unaufhörlich zu, die Volksscharen zu Fuß und zu Pferde wachsen an, Straßenbahnen und Omnibusse sind gesteckt voll, mit Menschen vollgestopft und garniert, alle diese Fluten bewegen sich auf ein Ziel zu: „Die Pariser Ausstellung!" Alle Eingänge prangen von den Farben Frankreichs, rings um den Bazarbau der Länder wehen

Fahnen aller Nationen; es summt und brummt aus der Halle der Maschinen, Glockenspiele lassen ihre Melodien von den Türmen erklingen, die Orgel spielt in den Kirchen; heisere, näselnde Lieder aus den orientalischen Cafés mischen sich hinein. Es ist wie ein babylonisches Reich, eine babylonische Sprachverwirrung, ein Weltwunder.

Gewiß, so war es, so klangen die Nachrichten darüber, wer hörte sie nicht? Die Dryade wußte alles, was hier über das „neue Wunder" in der Stadt der Städte erzählt wurde.

„Fliegt, ihr Vögel! fliegt hin und schaut es euch an, kommt wieder und erzählt!" so lautete die Bitte der Dryade.

Die Sehnsucht schwoll zu einem Wunsch an, wurde zu einer Lebensfrage – und da: in der stillen, schweigenden Nacht, der Vollmond schien, da sah die Dryade, wie aus seiner Scheibe ein Funke herausflog, er fiel, leuchtete wie eine Sternschnuppe, und vor dem Baum, dessen Äste wie unter einem Windstoß bebten, stand eine riesige, leuchtende Gestalt; sie sprach in Tönen so weich und so laut wie die Posaune des Jüngsten Gerichts, die das Leben wachküßt und zum Gericht zusammenruft.

„Du wirst dort hineinkommen, in die Stadt der Verzauberung, du wirst dort Wurzeln schlagen, die rauschenden Strömungen spüren, die Luft und den Sonnenschein dort. Aber deine Lebenszeit wird dir dann verkürzt werden, die Reihe von Jahren, die dich hier draußen im Freien erwartet, schrumpft dort drinnen zu einer geringen Zahl von Jahren zusammen. Arme Dryade, es wird dein Verderb! Deine Sehnsucht wird zunehmen, dein Begehren, dein Verlangen wird stärker werden! Der Baum selbst wird für dich ein Gefängnis werden, du wirst deine Hülle verlassen, deine Natur verlassen, hinausfliegen und dich unter die Menschen mischen, und dann sind deine Jahre zur halben Lebenszeit einer Eintagsfliege zusammengeschmolzen, zu einer einzigen Nacht nur; dein Leben wird ausgeblasen, die Blätter des Baumes welken und vergehen, kehren niemals wieder."

So klang es, so sang es, und das Leuchten verschwand,

aber nicht die Sehnsucht und Lust der Dryade; sie bebte vor Erwartung, fiebernd vor wilden Empfindungen.

„Ich komme in die Stadt der Städte!“ jubelte sie, „das Leben beginnt, schwillt an wie die Wolke, keiner weiß, wohin es entflieht.“

Im Tagesgrauen, als der Mond verblaßte und die Wolken sich rot färbten, schlug die Stunde der Erfüllung, die Worte der Verheißung wurden eingelöst.

Es kamen Leute mit Spaten und Stangen; sie gruben rings um die Wurzeln des Baumes tief in die Erde und unter ihnen weg; ein Wagen fuhr vor, von Pferden gezogen, der Baum mit Wurzeln und dem Erdklumpen, an dem sie sich festkrallten, wurde hochgehoben, mit Schilfmatten umwickelt, wie mit einem warmen Fußsack, und dann wurde er auf den Wagen gestellt und festgeseilt, er sollte auf die Reise gehen, nach Paris, dort in der Stadt der Größe Frankreichs, der Stadt aller Städte, sollte er wachsen und bleiben.

Die Zweige und Blätter des Kastanienbaums erschauerten im ersten Augenblick der Bewegung, die Dryade erschauerte in der Wollust der Erwartung.

„Von dannen! von dannen!“ klang jeder Pulsschlag. „Von dannen! von dannen!“ tönte es in bebenden, hingehauchten Worten. Die Dryade vergaß ihrer Heimat Lebewohl zu sagen, den schwankenden Grashalmen und der unschuldigen Gänseblume, die zu ihr aufgesehen hatten wie zu einer großen Dame im Blumengarten des Herrgotts, einer jungen Prinzessin, die hier draußen im Freien Hirtin spielte.

Der Kastanienbaum war auf dem Wagen, er nickte mit seinen Zweigen „Lebt wohl!“ oder „Hinweg“, die Dryade wußte es nicht, sie dachte an das wunderbare Neue und dennoch so Bekannte, das sich vor ihr entrollen würde, und träumte davon. Kein Kinderherz in unschuldiger Freude, kein Blut voller Sinnenglut hat je so erfüllt von Vorstellungen wie sie die Reise nach Paris angetreten.

„Lebt wohl!“ wurde zu einem „Hinweg! hinweg!“

Die Wagenräder drehten sich, die Ferne wurde Nähe, wurde zurückgelassen; die Gegend wechselte, wie die

Wolken wechseln; neue Weingärten, Wälder, Dörfer, Landhäuser und Gärten tauchten auf, standen da, rollten vorbei. Der Kastanienbaum bewegte sich vorwärts, und die Dryade mit ihm. Lokomotiven brausten eine neben der anderen dicht aneinander vorüber, sie kreuzten ihre Wege; die Lokomotiven entsandten Wolken, die sich zu Gestalten formten, und diese erzählten von Paris, von wo sie kamen und wo die Dryade hinwollte.

Alles ringsum wußte und mußte doch verstehen, wohin ihr Weg ging; ihr war, als ob ihr jeder Baum, an dem sie vorbeikam, seine Äste entgegenstreckte und bäte: „Nimm mich mit! nimm mich mit!" In jedem Baum saß ja auch eine sehnsuchtsvolle Dryade.

Welcher Wechsel! welche Schnelligkeit! Es war, als sprössen die Häuser aus der Erde auf, mehr und mehr, dichter und dichter. Die Schornsteine erhöhten sich, ragten auf, übereinander und nebeneinander an den Dächern aufgestellt; große Inschriften mit ellenlangen Buchstaben und gemalten Figuren an den Mauern, vom Erdboden bis zum Gesims hinauf, kamen zum Vorschein.

„Wo fängt Paris an, und wann bin ich dort?" fragte die Dryade sich selber. Das Menschengewühl nahm zu, Getümmel und Geschäftigkeit nahmen zu, Wagen folgte auf Wagen, Fußgänger, Reiter, und ringsum Laden neben Laden, Musik, Gesang, Schreien, Reden.

Die Dryade in ihrem Baum war mitten in Paris.

Der große, schwere Wagen hielt auf einem kleinen Platz, mit Bäumen bepflanzt; von hohen Häusern umgeben, deren sämtliche Fenster jedes seinen Balkon hatte; die Leute schauten von dort oben auf die junge, frische Kastanie hinab, die angefahren kam und jetzt an Stelle des eingegangenen, ausgegrabenen Baumes, der auf der Erde lag, hier eingepflanzt werden sollte. Die Leute blieben auf dem Platz stehen und sahen lächelnd und mit Freude auf das Frühlingsgrün; die älteren Bäume, die bis jetzt nur Knospen hatten, grüßten mit rauschenden Ästen: „Willkommen! willkommen!“ und der Springbrunnen, der seine Strahlen hochschleuderte und sie in das breite Becken niederplätschern ließ, schickte mit dem Wind Tropfen zu dem soeben angekommenen Baum, als wollte er ihm einen Willkommenstrunk anbieten.

Die Dryade spürte, wie ihr Baum vom Wagen gehoben und auf seinen künftigen Platz gestellt wurde. Die Wurzeln des Baumes wurden in die Erde gesenkt, frischer Rasen wurde darübergelegt; blühende Sträucher und Kübel mit Blumen wurden eingepflanzt wie der Baum; hier entstand ein ganzes Stück Garten mitten auf dem Platz. Der eingegangene, ausgegrabene Baum, von der Gasluft, dem Essensdunst und der ganzen, die Pflanzen erstickenden Stadtluft getötet, wurde auf den Wagen gelegt und weggefahren. Das Menschengewimmel schaute zu, Kinder und Alte saßen auf der Bank im Grünen und schauten in die Blätter des Baumes hinauf. Und wir, die wir davon erzählen, standen auf dem Balkon, blickten auf den jungen Frühling hinab, aus der frischen Landluft draußen, und sagten, wie der alte Priester gesagt haben würde: „Arme Dryade!“

„Glückselig bin ich, glückselig!“ sagte die Dryade, „und dennoch, ich kann es nicht so recht fassen, es nicht aussprechen, was ich empfinde; alles ist, wie ich es mir vorgestellt habe! und doch nicht so, wie ich es mir vorgestellt habe!“

Die Häuser waren so hoch, standen so nahe vor einem; die Sonne schien nur auf eine Mauer richtig, und die war mit Anschlägen und Plakaten beklebt, vor denen die Leute stillstanden und sich drängelten. Wagen jagten vorüber, leichte und schwerfällige; Omnibusse, diese überfüllten fahrenden Häuser, eilten sich, Reiter jagten von dannen,

Karren und Kutschen forderten das gleiche Recht. Werden sich nicht, dachte die Dryade, bald auch die hochstrebenden Häuser, die so nahe standen, von der Stelle bewegen, die Gestalt verändern, wie es die Wolken des Himmels können, zur Seite gleiten, damit sie nach Paris hineinschauen konnte, über die Stadt hinweg. Notre-Dame mußte sich zeigen, die Vendôme-Säule und das Wunder, das, was die vielen Fremden hierhergerufen hatte und herrief.

Die Häuser rührten sich nicht von der Stelle.

Es war noch Tag, als die Laternen angezündet wurden, die Gasstrahlen leuchteten aus den Läden, leuchteten zwischen den Zweigen des Baums; es war wie sommerlicher Sonnenschein. Die Sterne hoch droben kamen heraus, dieselben, die die Dryade in ihrem Heimatort gesehen hatte; sie vermeinte einen Luftzug von dort zu verspüren, so rein und sanft. Sie fühlte sich erhoben, gestärkt, merkte, daß sie eine Sehkraft besaß ganz durch alle Blätter des Baumes hindurch, eine Empfindung bis in die äußerste Spitze der

Wurzeln. Sie fühlte, sie wurde in der lebendigen Menschenwelt von freundlichen Augen betrachtet; ringsum herrschten Getümmel und Lärm, Farben und Licht.

Aus der Nebenstraße erklangen Blasinstrumente und zum Tanz verlockende Melodien von Leierkästen. Ja, zum Tanz, zum Tanz! zu Freude und Lebensgenuß rief es.

Es war eine Musik, daß Menschen, Pferde, Wagen, Bäume und Häuser dazu tanzen mußten, falls sie tanzen konnten. Da stieg eine Freude der Trunkenheit in der Brust der Dryade auf.

„Wie beglückend und schön!" jubelte sie. „Ich bin in Paris!"

Der Tag, der kam, die Nacht, die folgte, und wieder der nächste Tag, die nächste Nacht boten das gleiche Bild, den gleichen Verkehr, das gleiche Leben, wechselnd und dennoch immer das gleiche.

„Nun kenne ich jeden Baum, jede Blüte hier auf dem Platz! ich kenne jedes Haus, jeden Balkon und Laden hier, wo ich in dem kleinen, eingezwängten Winkel aufgestellt worden bin, der mir die riesige, große Stadt verdeckt. Wo sind die Triumphbögen, die Boulevards und das Weltwunder? Nichts von alledem sehe ich! Wie in einen Käfig gesperrt stehe ich zwischen den hohen Häusern, die ich jetzt mit ihren Inschriften, Plakaten, Schildern, all den aufgeschmierten Leckerbissen, die mir nicht mehr schmecken, auswendig kann. Wo ist nur all das, wovon ich vernommen habe, wovon ich weiß, wonach ich mich sehne und um dessentwillen ich her wollte? Was habe ich erwischt, errungen, gefunden! Ich habe eine Sehnsucht wie je, ich spüre ein Leben, nach dem ich greifen und darin ich leben muß! Ich muß in die Reihe der Lebenden hinein! mich dort ergehen, fliegen wie die Vögel, sehen und empfinden, zu einem richtigen Menschen werden, eine Tageshälfte ergreifen um den Preis von Jahren, in der Müdigkeit und Ödheit des Alltags verbracht, wo ich dahinsieche, sinke, falle wie die Nebel der Wiese und entschwinde. Schimmern will ich wie die Wolke, schimmern wie die Sonne des Lebens, wie die Wolke über das Ganze hinwegschauen, vergehen wie sie, niemand weiß, wohin sie treibt!"

Das war der Seufzer der Dryade, er steigerte sich zu einem Gebet: „Nimm meine Lebensjahre, schenke mir die Hälfte vom Leben einer Eintagsfliege! Erlöse mich aus meinem Gefängnis, schenke mir ein menschliches Leben, ein Menschenglück, für eine kurze Weile, nur diese eine Nacht, wenn es nicht anders sein kann, und strafe mich dann nur für meinen kühnen Lebensdrang, das Verlangen meines Herzens! Lösche mich aus, lasse dann meine Hülle, den frischen jungen Baum, welken, gefällt werden, zu Asche werden, im Winde vergehen!"

Es rauschte in den Ästen des Baumes, in jedes Blatt kam ein kribbelndes Gefühl, ein Schauer, als durchrieselte ihn eine Flamme oder schösse daraus hervor, ein Sturmwind fuhr durch die Baumkrone, und deren Mitte entstieg eine Frauengestalt, die Dryade selber. Im selben Augenblick saß sie unter den vom Gaslicht angestrahlten, laubigen Ästen, jung und schön, wie die arme Mari, der gesagt worden war: „Die große Stadt wird dein Verderb sein!"

Die Dryade saß am Fuße des Baumes, vor ihrer Haustür, die hatte sie abgeschlossen und den Schlüssel weggeworfen. Sie war so jung, so wunderlieblich! Die Sterne sahen sie, die Sterne glitzerten, die Gaslampen sahen sie, sie strahlten, winkten! wie war sie schlank und dennoch so fest, ein Kind und dennoch eine vollerblühte Jungfrau. Ihre Kleidung war fein wie Seide, grün wie die aufgesprungenen frischen Blätter im Wipfel des Baumes; in ihrem nußbraunen Haar hing eine halberblühte Kastanienblüte; sie glich der Göttin des Frühlings.

Nur eine kurze Minute lang saß sie regungslos still, dann sprang sie auf, und mit einer Schnelligkeit wie eine Gazelle schoß sie vom Platze fort, war um die Ecke; sie rannte, sie sprang wie der Lichtfunke von einem Spiegel, der in den Sonnenschein gehalten wird, der Lichtfunke, der bei jeder Bewegung bald hierhin, bald dorthin geworfen wird; und hätte man genauer hingeschaut und sehen können, was es zu sehen gab, wie wunderbar; an jeder Stelle, wo sie einen Augenblick verweilte, wurde ihre Kleidung, ihre Gestalt verwandelt, je nach der Eigenart des Ortes, des Hauses, von dessen Lampe sie beleuchtet wurde.

Sie gelangte zum Boulevard; hier entströmte den Gasflammen in Laternen, Läden und Cafés eine Lichtflut. Hier standen Bäume in Reihen, junge und schlanke, jeder verbarg seine Dryade vor den Strahlen des künstlichen Sonnen-

lichts. Der ganze, unendlich lange Bürgersteig war wie ein einziger großer Gesellschaftssaal; hier standen Tische, mit allen Arten von Erfrischungen, Champagner, Chartreuse, bis hinunter zu Kaffee und Bier. Hier war eine Ausstellung von Blumen, von Bildern, Statuen, Büchern und farbigen Stoffen.

Von dem Gewimmel unter den hohen Häusern sah sie über den schreckeinflößenden Strom zwischen den Baumreihen hinweg; hier wogte eine Flut von rollenden Wagen, Kutschen, Landauern, Omnibussen, Droschken, Herren zu Pferde und marschierenden Regimentern. Man setzte Leben und Gesundheit aufs Spiel, wenn man zum gegenüberliegenden Ufer hinüber wollte. Jetzt leuchteten Lampions, dann war das Gaslicht wieder vorherrschend, plötzlich stieg eine Rakete empor, woher, wohin?

Wahrlich, es war die große Landstraße der Weltstadt!

Hier ertönten weiche italienische Melodien, dort spanische Gesänge, von dem Klappern der Kastagnetten begleitet, aber am lautesten, über das ganze hinwegbrausend, klangen die Spieldosenmelodien des Augenblicks, die aufreizende Cancanmusik, die Orpheus nicht kannte und die nie etwas von der schönen Helena gehört hatte, selbst der Schubkarren hätte auf seinem einen Rade tanzen müssen, falls er zu tanzen vermocht hätte. Die Dryade tanzte, schwebte, flog, wechselte die Farben wie ein Kolibri im Sonnenlicht, jedes Haus und seine Welt in ihm warf den Schein zurück.

Wie die leuchtende Lotusblume, von ihrer Wurzel abgerissen, durch den Strom und seine Wirbel von dannen getragen wird, so trieb sie dahin, und wo sie stehenblieb, hatte sie wieder eine neue Gestalt, daher vermochte niemand ihr zu folgen, sie wiederzuerkennen und sie sich anzusehen.

Gleich Wolkengebilden flog alles an ihr vorüber, Gesicht auf Gesicht, aber sie kannte nicht ein einziges, sie sah nicht eine einzige Gestalt aus ihrem Heimatort. In ihrem Innern leuchteten zwei strahlende Augen: sie dachte an Mari, die arme Mari! das zerlumpte, fröhliche Kind mit der roten Blüte im schwarzen Haar. Sie war ja in der Weltstadt, war reich, glänzend, so wie sie am Pfarrhaus vorübergefahren war, an dem Baum der Dryade und der alten Eiche.

Hier war sie allerdings im betäubenden Lärm vielleicht

gerade eben aus der wartenden prunkvollen Kutsche gestiegen; prächtige Wagen hielten hier mit galonierten Kutschern und Dienern in seidenen Strümpfen. Die Herrschaften, die ausstiegen, waren lauter Frauen, reichgekleidete Damen. Sie gingen durch die geöffneten Gittertore und die hohe, breite Treppe hinauf, die in ein Gebäude mit marmorweißen Säulen führte. War dies vielleicht das Weltwunder? Dort war sicher Mari!

„Sancta Maria!" sangen sie dort drinnen. Duftender Weihrauch wallte unter den hohen, gemalten und vergoldeten Bögen dahin, wo Halbdunkel herrschte.

Es war die Magdalenenkirche.

Schwarzgekleidet, in den kostbarsten Stoffen, nach der letzten und vornehmsten Mode verfertigt, schritt hier über den blanken Fußboden die vornehme weibliche Welt durch den Raum. Das Wappen saß auf den silbernen Spangen des in Sammet eingebundenen Gebetbuchs und auf dem stark parfümierten, feinen Taschentuch mit den kostbaren Brüsseler Spitzen. Manche Frauen knieten in stillem Gebet vor den Altären, andere suchten die Beichtstühle auf.

Die Dryade empfand eine Unruhe, eine Furcht, als wäre sie an einen Ort gegangen, den sie nicht betreten durfte. Hier war das Haus des Schweigens, die Königshalle der Geheimnisse; alles wurde geflüstert und lautlos anvertraut.

Die Dryade sah sich selbst in Seide und Tüll vermummt, an Gestalt den anderen Frauen des Reichtums und der hohen Herkunft gleichend; ob jede von ihnen ein Kind der Sehnsucht war wie sie?

Es erklang ein Seufzer, tief schmerzlich; kam er aus der Ecke des Beichtstuhls oder aus der Brust der Dryade? Sie raffte den Schleier dichter um sich zusammen. Sie atmete Kirchenweihrauch und nicht die frische Luft. Hier lag nicht das Ziel ihrer Sehnsucht.

Fort! fort! in rastlosem Flug. Die Eintagsfliege kennt keine Rast, ihr Fliegen ist Leben.

Sie war wieder dort draußen unter strahlenden Gaskandelabern bei prachtvollen Springbrunnen. „Alle Wasserfluten vermögen trotzdem nicht das unschuldige Blut abzuwaschen, das hier vergossen wurde."

Diese Worte fielen.

Hier standen fremde Menschen, sie sprachen laut und lebhaft, wie es keiner in der großen Königshalle der Geheimnisse wagte, aus der die Dryade kam.

Eine große, steinerne Platte wurde gedreht, hochgehoben; sie begriff es nicht; sie sah den offenen Einstieg in die Erdentiefe; dort stiegen sie hinein, aus der sternklaren Luft, aus dem wundervollen Licht der Gasflammen, aus allem lebendigen Leben.

„Ich hab davor Angst!" sagte eine der Frauen, die hier standen; „ich traue mich nicht, da hinunterzuklettern! Mache mir auch nichts daraus, die Herrlichkeit dort zu sehen! Bleib bei mir!"

„Ich soll nach Hause fahren?" sagte der Mann, „von Paris weggehen, ohne das Merkwürdigste gesehen zu haben, das eigentliche Wunder der Gegenwart, entstanden durch die Klugheit und den Willen eines einzigen Mannes!"

„Ich steig da nicht hinunter", war die Antwort.

„Wunder der Gegenwart", hatte es geheißen. Die Dryade hörte es, verstand es; das Ziel ihrer größten Sehnsucht war erreicht, und hier war der Eingang, in die Tiefe hinab, unter die Stadt Paris; das hatte sie nicht geglaubt, aber jetzt hörte sie es, sie sah, wie die Fremden hinabstiegen, und sie folgte ihnen.

Die Treppe war aus Gußeisen, spiralenförmig, breit und bequem. Eine Lampe brannte dort unten, und tiefer unten wieder eine.

Sie standen in einem Labyrinth von unendlich langen, sich kreuzenden Hallen und Bogengängen: alle Straßen und Gassen von Paris waren hier zu sehen, wie in einem trüben Spiegel, die Namen waren zu lesen, jedes Haus dort oben hatte hier seine Nummer, seine Wurzel, die unter dem menschenleeren, asphaltierten Gehsteig vorstieß, der dicht an einem breiten Kanal mit dahinflutendem Schlamm entlangführte. Weiter oben wurde das frische, fließende Wasser unter den Gewölben hingeleitet, und ganz zuoberst hingen, wie ein Netz, Gasrohre und Telegraphendrähte, Lampen leuchteten aus der Ferne, wie Bilder des Widerscheins von der Weltstadt oben drüber. Ab und zu hörte man ein polterndes Grollen dort oben, es waren schwere Wagen, die über die Einstiegdeckel fuhren.

Wo war die Dryade?

Du hast von den Katakomben gehört; sie sind nur ein verschwindender Teil dieser neuen, unterirdischen Welt, dieses Wunders der Gegenwart: der Kloaken von Paris. Hier stand die Dryade und nicht auf der Weltausstellung auf dem Marsfeld.

Ausrufe des Staunens, der Bewunderung und Anerkennung hörte sie.

„Von hier unten", sagte einer, „sprießen nun Gesundheit und längeres Leben für Tausende und aber Tausende nach oben! Unsere Zeit ist eine Zeit des Fortschritts mit all seinem Segen."

Das war die Ansicht der Menschen, die Rede der Menschen, nicht aber die jener Geschöpfe, die hier hausten, lebten und geboren waren, der Ratten; sie pfiffen aus der Ritze in einem Stück alten Gemäuers, ganz deutlich, ganz vernehmbar und für die Dryade verständlich.

Ein großes, altes Rattenmännchen mit abgebissenem Schwanz pfiff durchdringend seine Empfindungen, Beklemmungen und die einzig richtige Ansicht, und die Familie pflichtete ihm in jedem Worte bei.

„Mir wird übel bei dem Miau, dem Menschenmiau, dieser Rede der Unwissenheit! O ja, jetzt ist es hier herrlich, mit Gas und Petroleum! Ich fresse dergleichen nicht. Hier ist es so vornehm und so hell geworden, daß man dasitzt und sich seiner selber schämt und nicht weiß, weshalb man sich schämt. Ach, lebten wir noch in der Zeit der Talglichter! Die liegt doch gar nicht so lange zurück! Das war eine romantische Zeit, wie man es nennt."

„Was erzählst du da alles?" fragte die Dryade. „Ich habe dich bisher nicht gesehen. Wovon redest du da?"

„Von der guten alten Zeit!" sagten die Ratten, „der wunderbaren Zeit der Urgroßvater- und Urgroßmutterratte!

Damals war es eine große Angelegenheit, hier herunterzukommen. Das war ein Rattennest, damit konnte sich das ganze Paris nicht messen! Mutter Pest lebte hier unten; sie tötete Menschen, aber niemals Ratten. Räuber und Schmuggler konnten hier unten frei atmen. Hier war ein Unterschlupf für die interessantesten Persönlichkeiten, die man nunmehr nur in den Melodramtheatern dort oben zu sehen bekommt. Die Zeit der Romantik ist auch in unserem Rattennest vorüber; wir haben hier unten frische Luft bekommen und Petroleum."

So pfiff die Ratte! pfiff die neue Zeit aus, zu Ehren der alten mit Mutter Pest.

Da hielt ein Wagen, eine Art offener Omnibus, mit kleinen, flinken Pferden davor; die Gesellschaft stieg ein, fuhr den Boulevard Sebastopol entlang, aber unter der Erde, oben drüber zog sich die bekannte, mit Menschen gefüllte Pariser Straße dahin.

Der Wagen verschwand im Halbdunkel, die Dryade verschwand, hinaufgehoben in die frische Luft im Lichte der Gasflammen; dort und nicht drunten in den kreuz und quer laufenden Gewölben und deren dumpfiger Luft mußte das Wunder sein, das Weltwunder, das sie in ihrer kurzen Lebensnacht suchte; es mußte stärker strahlen als alle Gasflammen hier oben, stärker als der Mond, der jetzt aufging.

Ja, fürwahr! und sie erblickte es dort drüben, es erglänzte vor ihr, es schimmerte, flimmerte, wie die Venus am Himmel.

Sie sah ein Strahlentor, das sich zu einem kleinen Garten öffnete, voller Licht und Tanzmelodien. Gasflämmchen brannten dort wie Beete um kleine, stille Seen und Teiche, wo Wasserpflanzen, künstlich hergestellt, aus Blechplatten ausgeschnitten, gebogen und angemalt, in all der Beleuchtung prangten und den Wasserstrahl ellenhoch aus ihrem Kelch entsandten. Schöne Trauerweiden, richtige frühlingshafte Trauerweiden senkten ihre frischen Zweige gleich einem grünen, durchsichtigen und dennoch verhüllenden Schleier hinab. Hier zwischen den Büschen brannte ein Feuer, sein roter Schein leuchtete über kleine halbdunkle, verschwiegene Lauben, von Tönen durchbraust, einer Musik, die dem Ohr süß schmeichelte, betörend, lockend, den Menschen das Blut durch die Glieder jagend.

Junge Frauen sah sie, schön, festlich gekleidet, mit dem Lächeln der Unschuld, dem leichten, lachenden Jugendsinn, eine „Mari“, mit einer Rose im Haar, aber ohne Wagen und Jockey. Wie wogten sie umher, wie schwangen sie sich in wilden Tänzen! Was war oben, was war unten? Wie von der Tarantel gestochen, sprangen sie, lachten sie, lächelten sie, so glückselig froh, als wollten sie die ganze Welt umarmen.

Die Dryade fühlte sich vom Tanze mitgerissen. Um ihren kleinen, feinen Fuß schloß sich der seidene Stiefel, kastanienbraun wie das Band, das von ihrem Haar über die unverhüllte Schulter niederflatterte. Das grünseidene Kleid wallte in weiten Falten, verbarg aber nicht das hübsch geformte Bein mit dem reizenden Fuß, der vor dem Kopf des tanzenden Jünglings einen Zauberkreis in der Luft zu beschreiben schien.

War sie im Zaubergarten Armidas? Wie hieß dieser Ort?

Der Name leuchtete draußen in Gasflammen: „MABILE“.

Töne und Händeklatschen, Raketen und sprudelnde Wasser knallten zugleich mit dem Champagner hier drinnen, der Tanz war bacchantisch wild, und über dem Ganzen stand der Mond, wenn auch ein wenig schief im Gesicht. Der Himmel war wolkenlos, hell und rein, man meinte von Mabile aus in den Himmel hineinzusehen.

Eine verzehrend kribbelnde Lebenslust durchbebte die Dryade, es war wie ein Opiumrausch.

Ihre Augen sprachen, die Lippen sprachen, aber die Worte waren nicht zu hören infolge des Klanges von Flöten und Geigen. Ihr Tänzer flüsterte ihr Worte ins Ohr, die beiden wiegten sich im Takt des Cancans; sie verstand sie nicht, wir verstehen sie nicht. Er streckte seine Arme nach ihr aus, legte sie um sie und umschlang nur die durchsichtige, gasgefüllte Luft.

Die Dryade wurde vom Luftstrom getragen, wie der

Wind ein Rosenblatt davonträgt. In der Höhe vor sich sah sie eine Flamme, ein schimmerndes Licht hoch droben auf einem Turm. Das Feuer glänzte von dem Ziel ihrer Sehnsucht hernieder, glänzte von dem roten Leuchtturm auf der „Fata Morgana“ des Marsfeldes, dort hinauf wurde sie vom

Frühlingswinde getragen. Den Turm umkreiste sie; die Arbeiter meinten, es sei ein Falter, den sie herniederschweben sahen und der wegen seiner allzu frühen Ankunft sterben sollte.

Der Mond leuchtete, Gasflammen und Laternen leuchteten in den großen Hallen und in den verstreut liegenden „Bauwerken der ganzen Welt“, leuchteten auf den Rasenhügeln und den durch menschliche Geschicklichkeit angelegten Felspartien, von denen durch „Meister Blutlos’“ Kraft Wasserfälle niederstürzten. Die Höhlen der Meerestiefe und die Abgründe des Süßwassers, das Reich der

Fische tat sich hier auf, man war auf dem Grunde des tiefen Tümpels, man war unten auf dem Meere in der gläsernen Taucherglocke. Das Wasser preßte von allen Seiten und von oben gegen die dicken Glaswände. Die Polypen, klafterlange, biegsame, sich wie Aale schlängelnde, zitternde, lebendige Gedärme, Arme, griffen nach dem Meeresboden, hoben sich empor, wuchsen in ihm fest.

Eine große Flunder lag nachdenklich dicht daneben, machte sich übrigens behäbig, behaglich breit; die Krabbe kroch wie eine ungeheure Spinne darüber weg, während die Garnelen mit einer Schnelligkeit, einer Hast wendeten, als wären sie die Motten und Schmetterlinge des Meeres.

Im Süßwasser wuchsen Mummeln, Schilf und Blumenbinsen. Die Goldfische hatten sich in Reih und Glied aufgestellt wie rote Kühe auf der Weide, alle mit dem Kopf in dieselbe Richtung, um das strömende Wasser in den Schlund zu bekommen. Dicke, fette Schleie glotzten mit dummen Augen auf die Glaswände; sie wußten, sie waren auf der Pariser Ausstellung; sie wußten, daß sie in mit Wasser gefüllten Tonnen die ziemlich mühselige Reise bis hierher gemacht hatten, in der Eisenbahn landkrank geworden waren, so wie die Menschen auf dem Meere seekrank werden. Sie waren gekommen, um die Ausstellung zu sehen, und sahen sie von ihrer eigenen Süßwasser- oder Meerwasserloge aus, sahen das Menschengewühl, das sich vom Morgen bis zum Abend vorbeibewegte. Alle Länder der Erde hatten ihre Menschen geschickt und ausgestellt, damit die alten Schleie und Brassen, die munteren Barsche und bemoosten Karpfen diese Geschöpfe sehen und ihr Urteil über diese Arten abgeben konnten.

„Es sind Schuppentiere!“ sagte ein morastiger kleiner Weißfisch. „Sie wechseln zwei-, dreimal am Tage die Schuppen und geben durch den Mund Geräusche von sich, Reden wird das genannt. Wir ziehen uns nicht um und machen uns auf leichtere Weise verständlich: Bewegungen mit den Mundwinkeln und Augenaufsperren! Wir haben viel vor den Menschen voraus!“

„Schwimmen haben sie immerhin gelernt“, sagte ein

kleiner Süßwasserfisch; „ich bin von dem großen Binnensee; da gehen in der heißen Zeit die Menschen baden, aber erst legen sie die Schuppen ab, dann schwimmen sie. Sie haben es von den Fröschen gelernt, stoßen mit den Hinterbeinen und rudern mit den Vorderbeinen, sie halten es nicht lange aus. Sie möchten uns ähneln, aber das ist nicht zu erreichen! Arme Menschen!"

Und die Fische sperrten die Augen auf; sie meinten, das ganze Menschengewimmel, das sie im hellen Tageslicht gesehen hatten, bewege sich hier noch immer; ja, sie waren überzeugt, daß sie dieselben Gestalten noch immer sahen, die ihnen sozusagen zuerst auf die Empfangsnerven geschlagen hatten.

Ein kleiner Barsch mit hübsch getigerter Haut und einem beneidenswert runden Rücken versicherte, der „Menschenmorast" wäre noch da, er sähe ihn.

„Ich sehe ihn auch, sehe ihn ganz deutlich!" sagte ein gelbsuchtgoldener Schlei, „ich sehe deutlich die hübsche, wohlgebildete Menschengestalt, ‚langbeinige Dame' oder wie sie sie gleich nannten, sie hatte unsere Mundwinkel und Glotzaugen, zwei Ballons hinten dran und vorn einen zusammengeklappten Regenschirm, großes Entengrüngehänge, allerhand Gebammel. Sie sollte das alles nur einmal ablegen, sollte herumlaufen wie wir, nach der Absicht der Schöpfung, und sie würde wie ein biederer Schlei aussehen, soweit Menschen das können."

„Wo ist denn der geblieben, der an der Leine, das Menschenmännchen, das sie mitgezogen haben?"

„Das fuhr in einem Rollstuhl, saß mit Papier, Tinte und Feder, schrieb alles auf, schrieb alles nieder. Was hatte er zu bedeuten? er wurde Schriftsteller genannt!"

„Er fährt da noch immer!" sagte eine bemooste, jungfräuliche Karausche mit der Heimsuchung der Welt im Schlund, so daß sie davon ganz heiser war; sie hatte einmal einen Angelhaken verschluckt und schwamm noch immer mit diesem im Halse geduldig herum.

„Schriftsteller", sagte sie, „das ist, fischlich verständlich ausgedrückt, eine Art Tintenfisch unter den Menschen."

So unterhielten sich die Fische auf ihre Weise. Aber mitten in der künstlich errichteten, Wasser enthaltenden Grotte ertönten Hammerschläge und der Gesang der Arbeiter, sie mußten die Nacht zu Hilfe nehmen, um alles schnell fertigzukriegen. Sie sangen im Sommernachtstraum der Dryade, sie selbst stand hier drinnen, um wieder davonzufliegen und zu verschwinden.

„Da sind die Goldfische!" sagte sie und nickte ihnen zu. „So habe ich euch doch zu sehen bekommen! Ja, ich kenne euch! Ich kenne euch seit langem! Die Schwalbe in unserem Heimatort hat mir von euch erzählt. Wie seid ihr hübsch, schimmernd, entzückend! Ich könnte jeden einzelnen von euch küssen! Ich kenne auch die anderen! Das ist sicher die fette Karausche, der da, das ist der leckere Brassen, und hier die alten moosüberzogenen Karpfen! Ich kenne euch! Ihr kennt mich nicht."

Die Fische glotzten, verstanden kein einziges Wort, sie schauten in das dämmernde Licht hinaus.

Die Dryade war nicht mehr da, sie stand im Freien, wo die Weltwunderblume den Duft der verschiedenen Länder ausströmte, von dem Schwarzbrotland, der Klippfischküste, dem Wildlederreich, dem Flußufer der Eau de Cologne und dem Morgenland des Rosenöls.

Wenn wir nach einer Ballnacht heimfahren, halb schlafend, klingen uns noch deutlich die Melodien im Ohr, die wir hörten, wir könnten sie alle singen. Und wie im Auge des Getöteten das Letzte, was das Auge erblickte, noch eine Weile haften bleibt, so war noch immer hier in der Nacht das Getümmel und der Schein vom Treiben des Tages erhalten, es war nicht verrauscht, nicht verhallt; die Dryade spürte es und wußte: so braust es weiter am morgigen Tag.

Die Dryade stand unter den duftenden Rosen, vermeinte sie von ihrem Heimatort her zu kennen. Rosen aus dem Schloßpark und aus dem Garten des Priesters. Auch die rote Granatblüte sah sie hier; so eine hatte Mari in ihrem kohlschwarzen Haar getragen.

Erinnerungen aus der Heimat der Kinderzeit draußen auf dem Lande blitzten durch ihre Gedanken; das Bild rundum trank sie mit der Begierde der Augen, während fieberhafte Unruhe sie erfüllte, sie durch die wunderbaren Säle führte.

Sie fühlte sich müde, und diese Müdigkeit nahm zu. Sie hatte ein Verlangen, sich auf den weichen, ausgebreiteten orientalischen Pfühlen und Teppichen hier drinnen auszuruhen oder sich mit der Trauerweide zum klaren Wasser hinunterzuneigen und darin unterzutauchen.

Aber die Eintagsfliege kennt keine Rast. Das Tagesrund ging in wenigen Minuten zu Ende.

Ihre Gedanken erschauerten, ihre Glieder erschauerten, sie sank ins Gras neben dem rieselnden Wasser.

„Du sprudelst aus der Erde mit ewigem Leben!" sagte sie, „labe meine Zunge, schenke mir Erquickung!"

„Ich bin keine lebendige Quelle!" erwiderte das Wasser. „Ich sprudele durch Maschinenkraft."

„Schenke mir von deiner Frische, du grünes Gras", bat die Dryade. „Schenke mir eine von den duftenden Blumen!"

„Wir sterben, wenn wir ausgerissen werden!" erwiderten Halme und Blüten.

„Küsse mich, du frischer Lufthauch! Nur einen einzigen Kuß zum Leben!"

„Bald küßt die Sonne die Wolken rot!" sagte der Wind, „und dann gehörst du zu den Toten, bist vergangen, wie alle Herrlichkeit hier vergeht, ehe noch das Jahr um ist, und ich kann von neuem mit dem leichten, losen Sand hier auf dem Platze spielen, den Staub über den Boden hinfegen, den Staub in die Luft hinauffegen, Staub! Alles nur Staub!"

Die Dryade spürte eine Angst, wie das Weib, das sich im Bade die Pulsader durchgeschnitten hat und verblutet, aber im Verbluten doch noch zu leben wünscht. Sie richtete sich auf, machte einige Schritte vorwärts und sank dann wieder um, vor einer kleinen Kirche. Die Tür stand offen, auf dem Altar brannten Kerzen, die Orgel tönte.

Welche Musik! solche Töne hatte die Dryade niemals vernommen, und trotzdem meinte sie darin bekannte Stimmen zu hören. Sie kamen aus der Herzenstiefe der ganzen Schöpfung. Sie meinte das Rauschen des alten Eichbaums zu hören, sie meinte den alten Priester von großen Taten erzählen zu hören, von berühmten Namen, von allem, was Gottes Schöpfung einer künftigen Zeit als Geschenk zu geben vermochte, ihr geben mußte, um selber dadurch ewig währendes Leben zu erringen.

Die Orgeltöne schwollen an und tönten, sprachen im Lied: „Deine Sehnsucht und Lust riß dich aus deinem dir von Gott gegebenen Platz heraus. Es wurde dein Verderb, arme Dryade!"

Orgeltöne, weich, sanft, klangen wie Weinen, erstarben wie Weinen.

Am Himmel schimmerten die Wolken rot. Der Wind

brauste und sang: „Fahret hin, ihr Toten, jetzt geht die Sonne auf!"

Der erste Strahl fiel auf die Dryade. Ihre Gestalt leuchtete in wechselnden Farben wie die Seifenblase, ehe sie platzt, verschwindet und ein Tropfen wird, eine Träne, die auf die Erde fällt und vergeht.

Arme Dryade! ein Tautropfen, nur eine Träne, rinnend und versiegend!

Die Sonne schien auf die „Fata Morgana" des Marsfeldes, schien auf das große Paris, auf den kleinen Platz mit den Bäumen und dem plätschernden Springbrunnen zwischen den hohen Häusern, wo die Kastanie stand, aber mit hängenden Zweigen, welken Blättern, der Baum, der noch gestern so lebensfrisch hochaufgerichtet stand wie der Frühling selber. Jetzt war er eingegangen, sagte man; die Dryade war fortgegangen, verweht wie die Wolke, niemand weiß wohin.

Auf der Erde lag eine verwelkte, geknickte Kastanienblüte, das Weihwasser der Kirche vermochte sie nicht ins Leben zurückzurufen. Der menschliche Fuß zertrat sie schnell im Kies.

Das alles geschah und wurde erlebt.

Wir haben es selber gesehen, auf der Pariser Ausstellung von 1867, in unserer Zeit, in der großen, wunderbaren Zeit des Märchens.

Hühnergrethe war der einzige Dauerbewohner in dem neuen, stattlichen Haus, das man auf dem Gut für die Hühner und Enten erbaut hatte; es stand da, wo die alte Ritterburg gestanden hatte, mit Turm, Treppengiebel, Wallgraben und Zugbrücke. Dicht daneben lag eine Wildnis von Bäumen und Strauchwerk; hier war der Garten gewesen und hatte sich bis zu einem großen See hinunter erstreckt, der jetzt Sumpf war. Saatkrähen, Nebelkrähen und Dohlen flogen mit Krächzen und Schreien über die alten Bäume hin, eine wimmelnde Menge von Vögeln; sie wurden nicht geringer an Zahl, auch wenn man mitten in sie hineinschoß, sie nahmen eher zu. Man konnte sie bis ins Geflügelhaus hinein hören, wo Hühnergrethe saß und wo die Entenküken ihr über die Holzschuhe liefen. Sie kannte jede Henne, jede Ente von dem Augenblick an, da sie aus dem Ei auskrochen, sie war stolz auf ihre Hühner und Enten, stolz auf das stattliche Haus, das ihnen erbaut worden war. Reinlich und hübsch war ihr Stübchen, das verlangte die gnädige Frau, der das Geflügelhaus gehörte; sie kam oftmals mit feinen, vornehmen Gästen her und zeigte die „Kaserne der Hühner und Enten", wie sie es nannte.

Hier gab es einen Kleiderschrank und einen Lehnsessel, ja, hier war auch eine Kommode, und auf dieser stand eine blankpolierte Messingplatte mit dem Wort „Grubbe" eingraviert, welches der Name jenes alten, hochadligen Geschlechts war, das hier auf der Ritterburg gelebt hatte. Die Messingplatte hatte man gefunden, als man hier grub, und der Küster hatte gesagt, sie hätte keinen besonderen Wert, außer daß sie ein altes Andenken wäre. Der Küster war gut über den Ort und die alte Zeit unterrichtet, er hatte seine Kenntnisse aus Büchern; in seiner Tischschublade lag so vieles aufgeschrieben. Er hatte ein großes Wissen über die alten Zeiten; aber die älteste Krähe wußte wahrscheinlich mehr und krächzte in ihrer Sprache darüber, aber das war die Krähensprache, die verstand der Küster nicht, und wenn er auch noch so klug war.

Der Sumpf konnte nach einem heißen Sommertag dampfen, so daß gleichsam ein ganzer See vor den alten Bäumen lag, wo Saatkrähen, Nebelkrähen und Dohlen umherflogen; so hatte es hier ausgesehen, als der Ritter Grubbe lebte und

der alte Burghof mit roten, dicken Mauern noch stand. Die Hundekette reichte damals ganz am Tor vorbei; durch den Turm kam man auf einem mit Steinen ausgelegten Gang in die Stuben; die Fenster waren schmal und die Scheiben klein, sogar in dem großen Saal, wo der Tanz stattfand, aber zur Zeit des letzten Grubbe war seit Menschengedenken nicht getanzt worden, und doch lag hier noch eine alte Kesselpauke, die bei der Musik verwandt worden war. Hier stand ein kunstvoll geschnitzter Schrank, in dem wurden seltene Blumenzwiebeln verwahrt, denn Frau Grubbe liebte die Gärtnerei und zog Bäume und Pflanzen groß; ihr Gemahl ritt lieber aus, um Wölfe und Sauen zu schießen, und immer wurde ihm von seiner kleinen Tochter Marie das Geleit auf den Weg gegeben. Im Alter von fünf Jahren saß sie stolz zu Pferde und blickte mit großen, schwarzen Augen keck um sich. Sie hatte eine Freude daran, mit der Peitsche zwischen die Jagdhunde zu schlagen; der Vater hätte es allerdings lieber gesehen, sie hätte zwischen die Bauernjungen geschlagen, die kamen, um die Herrschaft zu sehen.

Der Bauer in der Erdhütte dicht neben der Burg hatte einen Sohn, Sören, gleichaltrig mit der kleinen, hochadligen Jungfer, er verstand zu klettern und mußte immer hinauf, um

Vogelnester für sie zu holen; die Vögel schrien, sosehr sie konnten, und einer der größten hackte ihn dicht übers Auge, so daß das Blut herausfloß, man meinte, das Auge sei dabei draufgegangen, aber es hatte dann doch keinen Schaden gelitten. Marie Grubbe nannte ihn ihren Sören, das war eine große Gunst, und die kam dem Vater zugute, dem armseligen Jön; er hatte sich eines Tages etwas zuschulden kommen lassen, sollte bestraft werden, aufs hölzerne Pferd gesetzt werden. Das stand auf dem Burghof mit vier Pfählen als Beinen und einer einzigen schmalen Bohle als Rükken; auf diesem sollte Jön rittlings sitzen und um die Beine einige schwere Mauersteine hängen haben, damit ihm das Sitzen nicht zu leicht würde; er schnitt grausige Gesichter, Sören bat und flehte die kleine Marie an; sie befahl sofort, daß Sörens Vater heruntergenommen werden sollte, und da man ihr nicht gehorchte, stampfte sie auf das Steinpflaster und zerrte an dem Rockärmel ihres Vaters, so daß dieser zerriß. Was sie wollte, das wollte sie, und sie bekam ihren Willen, Sörens Vater wurde heruntergeholt.

Frau Grubbe, die hinzukam, strich ihrer kleinen Tochter übers Haar und sah sie mit freundlichen Augen an, Marie verstand nicht wieso.

Zu den Jagdhunden wollte sie hinein und nicht mit der Mutter, die in den Garten ging, zum See hinunter, wo Wasserrosen und Mummeln in Blüte standen; Rohrkolben und Blumenbinse schwankten zwischen den Schilfhalmen; sie schaute auf all diese Üppigkeit und Frische. „Wie anmutig!" sagte sie. Im Garten stand ein damals seltener Baum, sie hatte ihn selbst gepflanzt, „Blutbuche" wurde er genannt, so etwas wie ein Mohr unter den anderen Bäumen, so schwarzbraun waren die Blätter; er mußte starken Sonnenschein haben, in ständigem Schatten wäre er grün geworden wie die anderen Bäume und hätte damit seine Merkwürdigkeit eingebüßt. In den hohen Kastanien waren viele Vogelnester, ebenso in den Büschen und auf dem Rasen. Es war, als wüßten die Vögel, daß sie hier geschützt waren, hier durfte niemand mit der Büchse knallen.

Die kleine Marie kam mit Sören, er konnte klettern, wie

wir wissen, und es wurden Eier und flaumige Junge heruntergeholt. Die Vögel flogen vor Angst und Schrecken auf, kleine und große flogen! Der Kiebitz draußen vom Felde, Nebelkrähen, Saatkrähen und Dohlen von den hohen Bäumen schrien und schrien, es war ein Schreien, wie die ganze Sippe noch in heutiger Zeit schreit.

„Was macht ihr bloß, Kinder!" rief die sanfte Frau, „das ist ja gottloses Tun!"

Sören stand kleinlaut da, die kleine hochadlige Jungfer sah auch ein wenig beiseite, dann aber sagte sie kurz und schmollend: „Mein Vater hat es erlaubt!"

„Hier ab! hier ab!" schrien die großen, schwarzen Vögel und flogen fort, kamen aber am nächsten Tage wieder, denn hier war ihre Heimat.

Die stille, freundliche Frau blieb dagegen nicht mehr lange in der alten Heimat, der Herrgott berief sie ab, bei ihm hatte sie auch eher ihre Heimat als hier auf der Burg; und die Kirchenglocken läuteten feierlich, als ihr Leichnam zur Kirche gefahren wurde, die Augen der Armen wurden feucht, denn sie war gütig zu ihnen gewesen.

Als sie fort war, nahm sich niemand ihrer Pflanzungen an, und der Garten verwilderte.

Herr Grubbe sei ein harter Mann, sagte man, aber die Tochter, wie jung sie auch war, konnte mit ihm fertigwerden; er mußte lachen, und sie bekam ihren Willen. Sie war jetzt zwölf Jahre alt und von stämmigem Wuchs; sie sah mit ihren schwarzen Augen den Leuten bis ins Innere, ritt ihr Pferd wie ein Mann und schoß mit der Büchse wie ein geübter Jäger.

Da kam großer Besuch in die Gegend, der allervornehmste, der junge König und sein Halbbruder und Gefährte, Herr Ulrik Frederik Gyldenlöve; sie wollten Sauen schießen und blieben einen Tag und eine Nacht auf Herrn Grubbes Hof.

Gyldenlöve saß bei Tisch neben Marie Grubbe, faßte sie um den Kopf und gab ihr einen Kuß, als wären sie miteinander verwandt, aber sie klatschte ihm eins auf den Mund und sagte, sie könne ihn nicht ausstehen, und darüber wurde kräftig gelacht, als wäre es so ungemein spaßig.

Das war es vielleicht auch gewesen, denn fünf Jahre später, Marie Grubbe hatte ihr siebzehntes Jahr vollendet, kam ein Bote mit einem Brief; Herr Gyldenlöve bat sich die Hand der hochadligen Jungfrau aus; das war aber etwas!

„Er ist der vornehmste und galanteste Herr im ganzen Reich!“ sagte Herr Grubbe. „Das kann man nicht verschmähen.“

„Viel habe ich nicht für ihn übrig!“ sagte Marie Grubbe, aber sie verschmähte den vornehmsten Mann des Landes, der dem König zur Seite saß, nicht.

Silbersachen, Wolle und Leinenzeug gingen zu Schiff nach Kopenhagen; sie machte die Reise in zehn Tagen über Land. Die Aussteuer hatte Gegenwind oder keinen Wind; es vergingen vier Monate, bis sie ankam, und als sie kam, war Frau Gyldenlöve weg.

„Eher will ich auf Werg schlafen als in seinem seidenen Bett!“ sagte sie. „Lieber gehe ich auf meinen bloßen Füßen, als daß ich mit ihm in der Kutsche fahre!“

An einem späten Abend im November kamen zwei Frauen in die Stadt Aarhus hereingeritten; es waren Gyldenlöves Gemahlin, Marie Grubbe, und ihre Magd; sie kamen aus Vejle; dorthin waren sie von Kopenhagen aus mit dem Schiff gekommen. Sie ritten zu Herrn Grubbes aus Steinen gemauertem Hof. Er war nicht erfreut über diesen Besuch. Sie bekam gepfefferte Worte zu hören, aber dennoch eine Kammer zum Schlafen; bekam ihre Milchsuppe am Morgen, aber keine Milchsuppenrede, das Böse im Vater, an das sie nicht gewöhnt gewesen war, kam ihr gegenüber zum Vorschein; milden Sinnes war sie nicht, wie man in den Wald hineinruft, so ruft es wieder heraus; sie blieb ihm die Antwort wahrhaftig nicht schuldig und sprach mit Schärfe und Haß von ihrem Eheherrn, mit dem wollte sie nicht zusammen leben, dazu sei sie zu sittsam und ehrbar.

So verging ein Jahr, es verging nicht vergnüglich. Vater und Tochter gaben sich böse Worte, das darf niemals sein. Böse Worte tragen böse Früchte. Was für ein Ende würde dies nehmen?

„Wir beide können nicht unter einem Dach zusammen

leben!“ sagte eines Tages der Vater. „Zieh von hier fort auf unseren alten Hof, aber beiße dir lieber die Zunge ab, als daß du Lügen in Umlauf bringst!“

So trennten sich die beiden; sie zog mit ihrer Magd auf die alte Burg, wo sie geboren und aufgewachsen war, wo die stille, fromme Frau, ihre Mutter, in der Gruft der Kirche begraben lag; ein alter Viehhüter wohnte auf der Burg, das war das ganze Gesinde. In den Stuben hingen Spinnweben, schwarz und schwer von Staub, der Garten wuchs, wie er wollte; Hopfenranken und Winden flochten ein Netz zwischen Bäumen und Buschwerk; Schierling und Nessel nahmen zu an Größe und Kraft. Die Blutbuche war verwildert und stand im Schatten, ihre Blätter waren jetzt grün wie die der anderen, gewöhnlichen Bäume, mit ihrer Herrlichkeit war es vorbei. Nebelkrähen, Saatkrähen und Dohlen flogen, eine wimmelnde Menge, über die hohen Kastanienbäume hinweg, hier war ein Krächzen und Schreien, als hätten sie einander wichtige Neuigkeiten zu berichten: Nun war sie wieder da, die Kleine, die ihre Eier und Kinder hatte stehlen lassen; der Dieb selber, der sie holte, kletterte draußen auf dem blattlosen Baum, saß auf dem hohen Mast und bekam seine herzhaften Hiebe mit dem Tau, wenn er sich nicht schicken wollte.

Das alles erzählte zu unserer Zeit der Küster; er hatte dies aus Büchern und Aufzeichnungen gesammelt und zusammengefügt; es lag mit noch vielem anderen Aufgeschriebenen in der Tischlade verwahrt.

„Auf und ab ist der Welt Lauf!“ sagte er, „es ist seltsam, dies zu hören!“ – Und wir wollen hören, wie es Marie Grubbe erging, darum vergessen wir aber nicht Hühnergrethe, sie sitzt heute in dem stattlichen Geflügelhaus. Marie Grubbe saß hier zu ihrer Zeit, aber nicht mit dem Gemüt der alten Hühnergrethe.

Der Winter ging dahin, der Frühling und Sommer vergingen, dann kam der windige Herbst mit den nassen, kalten Meeresnebeln. Es war ein einsames Leben, ein langweiliges Leben dort auf dem Hof.

Da nahm Marie Grubbe ihre Büchse und ging auf die

Heide hinaus, schoß Hasen und Füchse, schoß, was sie an Vögeln treffen konnte. Dort draußen begegnete ihr mehr als einmal der adelige Herr Palle Dyre Nörrebæk, er war auch mit seiner Büchse und seinen Hunden draußen. Er war groß und stark, damit prahlte er, wenn sie sich unterhielten. Er hätte sich mit dem seligen Herrn Brockenhuus auf Egeskov auf Fünen messen können, dessen Kraft noch immer berühmt war – Palle Dyre hatte nach dessen Beispiel in seinem Tor eine eiserne Kette aufhängen lassen mit einem Jagdhorn daran, und wenn er heimritt, griff er nach der Kette, riß das Pferd vom Erdboden hoch und blies ins Horn.

„Kommt selbst und seht es Euch an, Frau Marie!" sagte er. „Auf Nörrebæk weht ein frischer Wind!"

Wann sie auf seinen Hof kam, steht nicht verzeichnet, aber auf den Leuchtern in der Kirche zu Nörrebæk war zu lesen, daß sie von Palle Dyre und Marie Grubbe auf dem Haupthof von Nörrebæk gestiftet waren.

Einen stattlichen Körper und Kräfte besaß Palle Dyre; er trank wie ein Schwamm, er war wie ein Faß, das nicht voll werden kann; er schnarchte wie ein ganzer Schweinestall; rot und gedunsen sah er aus.

„Schlau wie ein Fuchs und spottsüchtig ist er!" sagte Frau Palle Dyre, Grubbes Tochter. Bald hatte sie dies Leben satt, aber dadurch wurde es gleichwohl nicht besser.

Eines Tages stand der Tisch gedeckt, und das Essen wurde kalt; Palle Dyre war auf Fuchsjagd, und die gnädige Frau war nicht aufzufinden. Palle Dyre kam um Mitternacht nach Hause, Frau Dyre kam weder um Mitternacht noch am Morgen, sie hatte Nörrebæk den Rücken gekehrt, war ohne Gruß und Abschied von dannen geritten.

Es war trübes, feuchtes Wetter; der Wind wehte kalt, ein Schwarm schwarzer, schreiender Vögel flog über sie hinweg, die waren nicht so obdachlos wie sie.

Zuerst zog sie gen Süden, ganz bis ins Deutsche Reich hinunter, ein paar goldene Ringe mit kostbaren Steinen wurden zu Geld gemacht, dann wandte sie sich gen Osten, dann wieder gen Westen, sie hatte keinerlei Ziel vor Augen

und zürnte allen, sogar dem lieben Gott, so elend war ihr zumute; bald wurde auch ihr Körper so elend, sie konnte kaum einen Fuß vor den anderen setzen. Der Kiebitz flog von seinem Grasbüschel auf, als sie über den Büschel fiel; der Vogel schrie, wie er immer schreit: „Dieser Dieb! dieser Dieb!" Nie hatte sie ihres Nächsten Gut geraubt, nur Vogeleier und Vogeljunge hatte sie sich als kleines Mädchen von Grasbüscheln und Bäumen holen lassen; daran dachte sie jetzt.

Dort, wo sie lag, sah sie die Dünen, am Strande drüben wohnten Fischer, aber dorthin konnte sie nicht gelangen, so krank war sie. Die großen, weißen Mantelmöwen flogen über sie hin und schrien, wie Saatkrähen, Nebelkrähen und Dohlen daheim über dem Burggarten schrien. Die Vögel flogen ganz dicht über sie hin, zuletzt meinte sie, sie würden kohlschwarz, aber da wurde es auch Nacht vor ihren Augen.

Als sie die Augen wieder aufschlug, wurde sie hochgehoben und getragen, ein großer, kräftiger Mann hatte sie auf seine Arme genommen, sie blickte ihm in sein bärtiges Gesicht, er hatte eine Narbe über dem Auge, so daß die Augenbraue gleichsam in zwei Hälften geteilt war; er trug sie, so elend wie sie war, zum Fahrzeug, wo er vom Schiffer barsche Worte für seine Handlungsweise zu hören bekam.

Am nächsten Tage segelte das Schiff ab. Marie Grubbe kam nicht an Land; sie fuhr also mit. Kam aber doch wohl zurück? Ja, wann und wo?

Auch darüber wußte der Küster zu berichten, und es war nicht etwa eine Geschichte, die er sich ausdachte, er hatte ihren ganzen seltsamen Verlauf aus einem glaubwürdigen alten Buch, das wir selber hervorholen und lesen konnten. Der dänische Geschichtsschreiber Ludvig Holberg, der so viele lesenswerte Bücher und die kurzweiligen Komödien geschrieben hat, aus denen wir seine Zeit und deren Menschen richtig kennenlernen können, erzählt in seinen Briefen über Marie Grubbe, wo und wie in der Welt er ihr begegnete; es lohnt sich schon, das zu hören, deshalb vergessen wir Hühnergrethe nicht, sie sitzt froh und gut aufgehoben in dem stattlichen Geflügelhaus.

Das Fahrzeug segelte mit Marie Grubbe davon; hier war es, wo wir aufgehört hatten.

Es vergingen Jahre und Jahre.

Die Pest wütete in Kopenhagen, es war das Jahr 1711. Die Königin von Dänemark zog in ihre deutsche Heimat, der König verließ die Hauptstadt des Reiches, wer auch nur konnte, eilte von dannen; die Studenten, auch wenn sie freie Wohnung und Kost hatten, strebten aus der Stadt. Einer von ihnen, der letzte, der noch in dem sogenannten „Borchs Collegium" geblieben war, dicht neben Regensen*, zog nun

* Studentenheim (Anmerkung d. Übers.).

auch fort. Es war um zwei Uhr morgens; er kam mit seinem Ranzen, der mehr Bücher und geschriebene Dinge enthielt als gerade Kleidungsstücke. Über der Stadt hing ein feuchter, klammer Nebel; nicht ein Mensch war auf der ganzen Straße zu erblicken, die er entlangging; ringsum an Türen und Tore waren Kreuze gemacht, dort drinnen war die Seuche, oder die Leute waren gestorben. Auch auf der breiteren, gewundenen Kjödmangergade, wie die Straße vom Runden Turm bis zum Königlichen Schloß genannt wurde, war keiner. Jetzt rumpelte ein großer Leichenwagen vorbei; der Kutscher schwang die Peitsche, die Pferde fielen in Galopp, der Wagen war voll von Toten. Der junge Student hielt sich die Hand vors Gesicht und roch an dem starken Spiritus, den er in einem Schwamm in einer Kreidebüchse aus Messing hatte. Aus einer Kneipe in einer der Gassen tönte kreischender Gesang und unheimliches Gelächter heraus, von Leuten, die die Nacht durch tranken, um zu vergessen, daß die Seuche vor der Tür stand und sie auf den Leichenwagen zu den anderen Toten mitnehmen wollte. Der Student steuerte auf die Schloßbrücke zu, dort lagen ein paar kleine Fahrzeuge, eines lichtete die Anker, um aus der verpesteten Stadt fortzukommen.

„Wenn Gott uns am Leben läßt und wir den rechten Wind haben, gehen wir nach Grönsund bei Falster!“ sagte der Schiffer und fragte den Studenten, der mitwollte, nach seinem Namen.

„Ludvig Holberg“, sagte der Student, und dieser Name klang wie jeder andere Name, jetzt klingt in ihm einer von Dänemarks stolzesten Namen wider; damals war der Träger nichts als ein junger, unbekannter Student.

Das Schiff fuhr am Schloß vorbei. Es war noch nicht hell, als sie auf die offene See hinausgelangten. Nun kam eine leichte Brise, das Segel blähte sich, der junge Student setzte sich, hielt das Gesicht in den frischen Wind und schlief ein, und das war nicht unbedingt das Ratsamste.

Schon am dritten Morgen legte das Fahrzeug vor Falster an. „Kennt Ihr hier jemanden am Ort, wo ich für wenig Geld einkehren könnte?“ fragte Holberg den Kapitän.

„Ich glaube, Ihr tut wohl daran, zu der Fährfrau ins Borrehaus zu gehen!“ sagte er. „Wollt Ihr sehr höflich sein, dann heißt sie Mutter Sören Sörensen Möller! Jedoch, es kann sein, daß sie wütend wird, wenn Ihr Euch zu fein gegen sie benehmt! Den Mann hat man wegen einer Missetat festgenommen, sie besorgt selbst die Fähre, Fäuste hat sie!“

Der Student nahm seinen Ranzen und ging zum Fährhaus. Die Stubentür war nicht verschlossen, die Klinke gab nach, und er trat in eine Stube mit Steinfußboden, wo eine Schlafbank mit einer großen Pelzdecke das Wesentlichste war. Eine weiße Henne mit Küken war an der Schlafbank festgebunden und hatte den Wassernapf umgekippt, so daß das Wasser durch die Bude rann. Es war kein Mensch hier oder in der Kammer daneben, nur eine Wiege stand da mit einem Kind darin. Das Fährboot kam zurück, es saß nur einer darin, ob Mann oder Frau, war nicht so leicht zu sagen. Die Person hatte einen großen Umhang um und eine Kapuze wie eine Haube auf dem Kopf. Das Boot legte an.

Es war eine Weibsperson, die in die Stube trat. Sie sah recht ansehnlich aus, als sie ihren Rücken gerade machte; zwei stolze Augen saßen unter den schwarzen Augenbrauen. Es war Mutter Sören, die Fährfrau; Nebelkrähen, Saatkrähen und Dohlen würden einen anderen Namen schreien, den wir besser kennen.

Mürrisch sah sie aus, schien sich aus dem Reden nicht viel zu machen, aber so viel wurde trotzdem geredet und abgemacht, daß der Student sich auf unbestimmte Zeit bei ihr in Kost gab, solange es in Kopenhagen so schlimm stand.

Zum Fährhaus kam aus dem nahegelegenen Marktflecken regelmäßig dieser oder jener ehrsame Bürger heraus. Da kamen Frands, der Messerschmied, und Sivert, der Korbbeschauer; sie tranken im Fährhaus einen Krug Bier und unterhielten sich mit dem Studenten; er war ein wendiger junger Mann, der sein Praktikum konnte, wie sie es nannten, er studierte Griechisch und Latein und wußte viel über gelehrte Dinge.

„Je weniger man weiß, desto weniger bedrückt es einen!“ sagte Mutter Sören.

„Ihr habt es schwer!“ sagte Holberg, als sie eines Tages ihre Kleidung in der scharfen Lauge einweichte und selbst die Holzscheite für das Feuer hackte.

„Das ist meine Sache!“ entgegnete sie.

„Habt Ihr Euch von klein auf so schinden und placken müssen?“

„Das könnt Ihr wohl an den Fäusten ablesen!“ sagte sie und zeigte zwei zwar kleine, aber harte, kräftige Hände mit abgekauten Nägeln. „Ihr seid ja gelehrt genug, um lesen zu können.“

Um die Weihnachtszeit begann ein starkes Schneetreiben; die Kälte setzte ein, der Wind wehte scharf, als wollte er den Leuten das Gesicht mit Scheidewasser waschen. Mutter Sören ließ es sich nicht anfechten, sie warf den Kutschermantel um und zog die Kapuze über den Kopf. Dunkel war es schon am frühen Nachmittag im Hause; Holz und Heidetorf legte sie auf die Feuerstelle; setzte sich dann hin und flickte ihre Socken, es gab sonst keinen, der es tat. Gegen Abend redete sie mehr Worte mit dem Studenten, als es sonst ihre Gewohnheit war; sie sprach von ihrem Mann.

„Er hat aus Fahrlässigkeit einen Schiffer aus Dragör erschossen und muß deshalb jetzt drei Jahre lang auf dem Holm in Ketten arbeiten. Er ist nur einfacher Matrose, da muß das Gesetz denn seinen Lauf nehmen."

„Das Gesetz gilt auch für den Höhergestellten!" sagte Holberg.

„Das meint Ihr!" sagte Mutter Sören und schaute ins Feuer, aber dann begann sie von neuem. „Habt Ihr von Kai Lykke gehört, der eine seiner Kirchen abreißen ließ, und als der Pfarrer Mads deswegen von der Kanzel wetterte, ließ er Herrn Mads in Stahl und Eisen legen, berief ein Gericht ein und verurteilte ihn selber dazu, den Tod durch das Beil zu sterben, er wurde auch enthauptet; das war keine fahrlässige Tat, und dennoch ging Kai Lykke damals frank und frei aus!"

„Er war gemäß jener Zeit in seinem Recht!" sagte Holberg, „jetzt sind wir darüber hinaus!"

„Das mögt Ihr Dummköpfen vormachen!" sagte Mutter Sören, stand auf und ging in die Kammer, wo das „Mädel", das kleine Kind, lag, machte es zurecht und wickelte es, richtete darauf das Bett auf der Schlafbank für den Studenten her; er hatte die Pelzdecke, er war verfrorener als sie, und dabei war er in Norwegen geboren.

Am Neujahrsmorgen war schöner, heller Sonnenschein, der Frost war so stark gewesen und war es noch, daß der Schnee hart gefroren war und man drauf gehen konnte. Die Glocken in der Stadt läuteten zur Kirche; Student Holberg schlug seinen wollenen Mantel um und wollte ins Städtchen.

Über das Borrehaus hinweg flogen schreiend und krächzend Nebelkrähen, Saatkrähen und Dohlen, man konnte vor lauter Geschrei die Kirchenglocken nicht hören. Mutter Sören stand draußen vorm Haus und füllte einen Messingkessel mit Schnee, um ihn übers Feuer zu setzen und sich Trinkwasser zu machen, sie blickte zu dem Vogelgewimmel empor und hatte so ihre eigenen Gedanken dabei.

Student Holberg ging in die Kirche; auf dem Wege dorthin und zurück kam er an Sivert Korbbeschauers Haus beim Tore vorüber, dort wurde er zu einer Schale Warmbier mit Sirup und Ingwer eingeladen; die Rede kam auf Mutter Sören, aber der Korbbeschauer wußte nicht allzuviel, das wußten sicher die meisten nicht: sie sei nicht von Falster, sagte er, etwas bemittelt sei sie sicher einmal gewesen, ihr Mann sei ein gewöhnlicher Matrose, von hitziger Gemütsart, einen Schiffer aus Dragör habe er getötet, „sein Weib verdrischt er, und dennoch nimmt sie ihn in Schutz."

„Ich würde mir solche Behandlung nicht gefallen lassen!" sagte des Korbbeschauers Frau. „Ich stamme aber auch von besseren Leuten ab! Mein Vater war königlicher Strumpfweber!"

„Deshalb seid Ihr auch die Ehe mit einem königlichen Beamten eingegangen", sagte Holberg und machte vor ihr und dem Korbbeschauer eine Reverenz.

Es war der Abend der Heiligen Drei Könige. Mutter Sören zündete für Holberg ein Dreikönigslicht an; das heißt drei Unschlittkerzen, die sie selber gegossen hatte.

„Ein Licht für jeden Mann!" sagte Holberg.

„Jeden Mann?" sagte die Frau und sah ihn starr an.

„Für jeden von den weisen Männern aus dem Morgenland!" sagte Holberg.

„So herum!" sagte sie und schwieg lange still. Aber an diesem Dreikönigsabend erfuhr er trotzdem mehr, als er bisher gewußt hatte.

„Ihr seid dem liebevoll zugetan, mit dem Ihr im Ehestand lebt", sagte Holberg; „die Leute erzählen indessen, daß er täglich übel an Euch handelt."

„Das geht keinen was an außer mir!" erwiderte sie. „Die Schläge hätte ich lieber als Kind bekommen sollen; nun bekomme ich sie wohl um meiner Sünden willen! Was er mir Gutes getan hat, das weiß ich", und sie richtete sich ganz auf. „Als ich auf der offenen Heide krank lag und keiner Lust hatte, sich mit mir abzugeben, außer vielleicht Krähen und Dohlen, die nach mir hacken wollten, trug er mich auf seinen Armen zum Fahrzeug und kriegte für den Fang, den er anbrachte, barsche Worte zu hören. Ich bin nicht dazu geschaffen, krank zu sein, und so erholte ich mich wieder. Jeder hat es auf seine Weise, Sören auf die seine, man soll den Gaul nicht nach dem Halfter einschätzen! Mit dem Mann habe ich im großen und ganzen erfreulicher gelebt als

mit dem, den man den galantesten und vornehmsten von allen Untertanen des Königs nannte. Ich bin mit dem Statthalter Gyldenlöve in den Ehestand getreten, mit dem Halbbruder des Königs; später habe ich Palle Dyre genommen! Gehupft wie gesprungen, jeder auf seine Art, und ich auf die meine. Das war eine lange Rede, aber nun wißt Ihr das!" Und sie ging aus der Stube.

Es war Marie Grubbe! so seltsam ist die Kugel ihres Glücks gerollt. Viele Dreikönigsabende hat sie nicht mehr lebend mitgemacht; Holberg hat niedergeschrieben, daß sie im Juni 1716 starb, aber er hat nicht niedergeschrieben – denn er wußte es nicht –, daß, als Mutter Sören, wie sie genannt wurde, im Borrehaus aufgebahrt lag, eine Menge große, schwarze Vögel über den Platz flogen, sie schrien nicht, so als wüßten sie, daß zu einem Begräbnis Stille gehört. Sobald sie in der Erde lag, waren die Vögel nicht mehr zu erblicken, aber am selben Abend wurden drüben in Jütland, drüben an der alten Burg, eine unabsehbare Menge Nebelkrähen, Saatkrähen und Dohlen beobachtet, die alle gleichzeitig schrien, als hätten sie etwas bekanntzugeben, vielleicht über den, der als kleiner Junge ihre Eier und flaumigen Jungen holte, den Bauernsohn, der

Sockenhalter aus Eisen auf dem königlichen Holm erhielt, und über die hochadlige Jungfrau, die als Fährfrau bei Grönsund endete. „Bra, brav!" schrien sie.

Und das Geschlecht schrie: „Bra! bra! brav!" als der alte Burghof abgerissen wurde. „Sie schreien es noch immer dort, und nun gibt es da nichts mehr zu schreien!" sagte der Küster, wenn er erzählte: „Das Geschlecht ist ausgestorben, der Hof abgerissen, und wo er stand, steht jetzt das stattliche Geflügelhaus mit vergoldeter Wetterfahne und mit der alten Hühnergrethe. Sie freut sich so über ihre hübsche Wohnung, wäre sie nicht hierhergekommen, dann wäre sie im Armenhaus geendet."

Die Tauben gurrten über ihr, die Puter gluckerten ringsum, und die Enten schnatterten.

„Niemand kennt sie!" sagten sie. „Verwandte hat sie nicht. Es ist eine barmherzige Tat, daß sie hier sein darf. Sie hat weder einen Entenvater noch eine Hühnermutter, keinerlei Nachkommen!"

Verwandte hatte sie dennoch; sie kannte sie nicht, der Küster auch nicht, wieviel Geschriebenes er auch in der Schublade liegen hatte, aber eine der alten Krähen wußte davon, erzählte davon. Die hatte von ihrer Mutter und Großmutter über Hühnergrethes Mutter und deren Mutter vernommen, die wir auch kennen, seit sie als Kind über die Zugbrücke geritten war und sich stolz umgeschaut hatte, als gehörten ihr die ganze Welt und all ihre Vogelnester; wir sahen sie auf der Heide bei den Dünen und zuletzt im Borrehaus. Die Enkelin, die Letzte des Geschlechts, war wieder dorthin zurückgekommen, wo die alte Burg gestanden hatte, wo die schwarzen, wilden Vögel schrien, aber sie saß unter zahmen Vögeln, die sie kannten und die sie kannte. Hühnergrethe hatte keine Wünsche mehr, sie freute sich aufs Sterben, sie war alt genug zum Sterben.

„Grab! grab!" schrien die Krähen.

Und Hühnergrethe bekam ein schönes Grab, das keiner kannte außer der alten Krähe, falls die nicht auch gestorben ist.

Und nun kennen wir die Geschichte von der alten Burg, dem alten Geschlecht und Hühnergrethes ganzer Familie.

Was die Distel erlebte

An den reichen Herrensitz angrenzend lag ein wunderschöner, gepflegter Garten mit seltenen Bäumen und Blumen; die Gäste des Hofes äußerten ihre Begeisterung darüber, die Leute der Umgegend, vom Land und aus den kleinen Städten, kamen an den Sonntagen und an den Feiertagen heraus und baten um die Erlaubnis, den Garten anzusehen, ja, ganze Schulen fanden sich zu ähnlichen Besuchen ein.

Außerhalb des Gartens, am Zaun nach dem Feldweg zu, stand eine riesige Distel; sie war so groß, verzweigte sich von der Wurzel ab und breitete sich aus, daß sie sehr wohl ein Distelbusch genannt werden konnte. Keiner beachtete sie außer dem alten Esel, der den Milchwagen der Kuhmägde zog. Der machte den Hals lang, wenn er die Distel sah, und sagte: „Du bist schön! ich könnte dich fressen!" aber der Strick war nicht so lang, daß der Esel weit genug reichen konnte, um sie zu fressen.

Auf dem Gutshof war große Gesellschaft, hochadlige Verwandte aus der Hauptstadt, junge, reizende Mädchen und unter diesen ein Fräulein von weit her; sie kam aus

Schottland, war hoher Abkunft, reich an Gut und Geld, eine Braut, um die es sich wohl verlohne, sagte mehr als einer von den jungen Herren, und die Mütter ebenfalls.

Die Jugend erging sich auf dem Rasenplatz und spielte „Croquet"; sie gingen zwischen den Blumen einher, und jedes junge Mädchen pflückte sich eine Blüte und steckte sie einem der jungen Herren ins Knopfloch; aber das schottische junge Fräulein sah sich lange um, verschmähte und verschmähte; keiner Blüte schien sie Geschmack abgewinnen zu können; da blickte sie über den Zaun, draußen stand der große Distelbusch mit seinen rötlichblauen, kräftigen Blüten, sie sah sie, sie lächelte und bat den Sohn des Hauses, ihr eine davon zu pflücken.

„Es ist die Blüte von Schottland!" sagte sie; „sie prangt in dem Wappen des Landes, holen Sie sie mir!"

Und er holte die schönste und stach sich in die Finger, als wäre es der schärfste Rosendorn, an dem sie wuchs.

Die Distelblüte steckte sie dem jungen Mann ins Knopfloch, und er fühlte sich aufs höchste geehrt. Die anderen jungen Herren hätten sämtlich gern ihre Prachtblume hergegeben, um diese tragen zu dürfen, von den feinen Händen des schottischen Fräuleins geschenkt. Und fühlte sich der Sohn des Hauses geehrt, was fühlte dann wohl der Distelbusch, es war, als gingen Tau und Sonnenschein durch ihn hindurch.

„Ich bin etwas mehr, als was ich glaubte!" sagte er bei sich. „Ich bin offenbar innerhalb des Zaunes beheimatet und nicht außerhalb. Man ist in dieser Welt seltsam gestellt! Nun ist immerhin eine von den Meinen drüben hinterm Zaun und sogar im Knopfloch!"

Jeder Knospe, die heranwuchs und sich entfaltete, erzählte er dieses Ereignis, und es vergingen nur wenige Tage, da hörte der Distelbusch – nicht von Menschen, nicht vom Vogelgezwitscher, sondern von der Luft selber, die den Laut in sich aufnimmt und weit umherträgt, von den innersten Wegen des Gartens und den Stuben des Gutshofs, wo Fenster und Türen offen standen –, daß der junge Herr, der aus des vornehmen schottischen Fräuleins Hand die Distelblüte erhalten hatte, nun die Hand und das Herz dazu bekommen hatte. Es war ein hübsches Paar, eine gute Partie.

„Die habe ich zusammengebracht!" meinte der Distelbusch und dachte an die Blüte, die er fürs Knopfloch hergegeben hatte. Jede Blüte, die erblühte, erfuhr diese Begebenheit.

„Ich werde bestimmt in den Garten gepflanzt!" dachte die Distel, „wahrscheinlich in einen Topf gesteckt, der mich einzwängt, das ist sicher das allerehrenvollste!"

Und der Distelbusch dachte so lebhaft daran, daß er in voller Überzeugung sagte: „Ich komme in einen Topf!"

Er versprach jeder kleinen Distelblüte, die hervorsproß, daß sie auch in den Topf käme, vielleicht ins Knopfloch: das Höchste, was zu erreichen sei; aber keine kam in den Topf, geschweige denn ins Knopfloch; sie tranken Luft und Licht, sonnten sich am Tag und schlürften nachts den Tau, blühten, erhielten von Biene und Bremse Besuch, die nach der Mitgift suchten, dem Honig in der Blüte, und den Honig holten sie sich, die Blüte ließen sie stehen: „Das Räubergesindel!" sagte der Distelbusch. „Wenn ich sie bloß aufspießen könnte! aber ich kann nicht."

Die Blüten ließen die Köpfe hängen, siechten dahin, aber es kamen wieder neue.

„Ihr kommt wie gerufen!" sagte der Distelbusch, „jede Minute erwarte ich, daß wir über den Zaun geholt werden."

Ein paar harmlose Gänseblumen und Wegeriche standen in tiefer Bewunderung dabei und hörten zu und glaubten alles, was er sagte.

Der alte Esel vom Milchwagen schaute verstohlen zu dem blühenden Distelbusch am Wegrand hinüber, aber der Strick war zu kurz, als daß der Esel heranlangen konnte.

Und die Distel dachte so lange an Schottlands Distel, zu deren Geschlecht sie sich zählte, daß sie zuletzt glaubte, aus Schottland gekommen zu sein und daß ihre Vorfahren selbst in das Reichswappen hineingewachsen wären. Es war ein großer Gedanke, aber eine große Distel kann sehr wohl einen großen Gedanken haben.

„Man ist oft aus so vornehmer Familie, daß man es nicht

wissen darf!" sagte die Nessel, die dicht daneben stand, sie hatte auch irgendwie eine Ahnung, daß aus ihr „Nesseltuch" werden könnte, wenn sie richtig behandelt würde.

Und der Sommer verging, und der Herbst verging; die Blätter fielen von den Bäumen, die Blumen bekamen kräftige Farben und hatten weniger Duft. Der Gärtnerlehrling sang im Garten über den Zaun hinweg:

„Rauf den Berg und wieder runter,
So verläuft das Jahr ganz munter!"

Die jungen Tannenbäume im Wald begannen Weihnachtssehnsüchte zu bekommen, aber bis Weihnachten war es noch lange hin.

„Hier stehe ich noch immer!" sagte die Distel. „Es sieht so aus, als ob niemand an mich denkt, und ich habe doch die Partie zustande gebracht; sie verlobten sich, und Hochzeit haben sie gehalten, es ist jetzt acht Tage her. Ja, ich mache keinen Schritt, denn ich kann nicht."

Es vergingen noch einige Wochen; die Distel hatte noch eine letzte, vereinzelte Blüte, groß und voll, nahe an der Wurzel war sie entsprossen, der Wind wehte kalt über sie hinweg, die Farben verloren sich, die Pracht verlor sich, der Blütenkelch, so groß wie an der Blüte einer Artischocke, kam zum Vorschein, er sah aus wie eine versilberte Sonnenblume.

Da kam das junge Paar in den Garten, jetzt Mann und Frau; sie gingen am Zaun entlang, die junge Frau sah darüber weg.

„Da steht noch immer die große Distel!" sagte sie. „Jetzt hat sie keine Blüte mehr!"

„O doch, da ist das Gespenst von der letzten!" sagte er und zeigte auf den silbern schimmernden Überrest der Blüte, selber eine Blüte.

„Schön ist sie ja!" sagte sie. „So eine sollte in den Rahmen um unser Bild geschnitzt werden!"

Und der junge Mann mußte von neuem über den Zaun hinweg und den Distelkelch brechen. Der stach ihn in die Finger, er hatte ihn ja das „Gespenst" genannt. Und der Kelch kam in den Garten hinein, hinauf ins Haus und

in den Saal; dort stand ein Gemälde: „Die jungen Eheleute“. In das Knopfloch des Bräutigams war eine Distelblüte gemalt. Von dieser wurde gesprochen, und es wurde von dem Blütenkelch gesprochen, den sie brachten, der letzten, silbern schimmernden Distelblüte, die auf dem Rahmen nachgeschnitzt werden sollte.

Und die Luft trug die Unterhaltung hinaus, weit herum.

„Was man doch erleben kann!“ sagte der Distelbusch. „Meine Erstgeborene kam ins Knopfloch, meine Letztgeborene kam in den Rahmen! wohin komme ich?“

Und der Esel stand am Wegrand und schaute ihn von der Seite an.

„Komm zu mir, meine Leckerliebste! ich kann nicht zu dir kommen, der Tüderstrick ist nicht lang genug!“

Aber der Distelbusch gab keine Antwort; er stand immer gedankenverlorener da; er dachte und dachte, bis gegen Weihnachten, und dann trieb der Gedanke seine Blüte.

„Wenn die Kinder gut aufgehoben sind, dann findet eine Mutter sich damit ab, außerhalb des Zauns zu stehen!“

„Der Gedanke ist aller Ehren wert!“ sagte der Sonnenstrahl. „Sie sollen auch einen guten Platz bekommen!“

„Im Topf oder auf dem Rahmen?“ fragte die Distel.

„In einem Märchen!“ sagte der Sonnenstrahl.

Hier ist es!

Was man sich ausdenken kann

Es war ein junger Mann, der studierte, um Dichter zu werden, er wollte es bis Ostern werden, heiraten und von der Dichterei leben, und das heißt, das wußte er, man mußte sich bloß etwas ausdenken können, aber er konnte sich nichts ausdenken. Er war zu spät auf die Welt gekommen, alles war vorweggenommen worden, bevor er geboren wurde, über alles war schon gedichtet und geschrieben worden.

„Die glücklichen Menschen, die vor tausend Jahren geboren wurden!" sagte er. „Die hatten es leicht, unsterblich zu werden! Glücklich selbst, wer vor hundert Jahren geboren wurde, da war doch noch etwas da zum Dichten; nun ist die Welt leergedichtet, was sollte ich hineindichten können!"

Er studierte, bis er krank und elend wurde, der bejammernswerte Kerl! Kein Doktor konnte ihm helfen, aber vielleicht die weise Frau. Sie wohnte in dem Häuschen am Hecktor, das sie Fahrenden und Berittenen öffnete; sie konnte aber noch mehr öffnen als das Heck, sie war gescheiter als der Doktor, der im eigenen Wagen fährt und Rangsteuer bezahlt.

„Ich muß zu ihr hinaus!" sagte der junge Mann.

Das Haus, darin sie wohnte, war klein und sauber, aber öde anzuschauen; da gab es nicht einen Baum, nicht eine Blume; vor dem Haus stand ein Bienenkorb, sehr nützlich! Einen kleinen Kartoffelacker gab es dort, sehr nützlich! und einen Graben mit Schlehensträuchern, die waren verblüht und trugen Beeren, die einem den Mund zusammenziehen, wenn man von ihnen kostet, bevor sie Frost bekommen haben.

„Was ich hier sehe, ist unsere poesielose Zeit, wie sie leibt und lebt!" dachte der junge Mann, und das war immerhin ein Gedanke, ein goldenes Korn, das er vor der Tür der weisen Frau fand.

„Schreib es auf!" sagte sie; „Krumen sind auch Brot! Weshalb du herkommst, weiß ich; du kannst dir nichts ausdenken, und doch willst du bis Ostern Dichter sein!"

„Alles ist niedergeschrieben!" sagte er. „Unsere Zeit ist nicht die alte Zeit!"

„Nein!" sagte die Frau, „in alter Zeit wurden die weisen Frauen verbrannt, und die Poeten liefen mit schlotternden Gedärmen und Löchern am Ellbogen herum. Die Zeit ist

gerade gut, es ist die allerbeste! Aber du hast nicht den richtigen Blick für die Sache, du hast kein scharfes Gehör und sprichst abends gewiß nie dein Vaterunser. Hier gibt es in jeder Hinsicht die Hülle und Fülle zu dichten und davon zu erzählen, wenn man erzählen kann. Du kannst es aus den Gewächsen und der Frucht der Erde holen, aus dem fließenden und aus dem stehenden Wasser schöpfen, aber du mußt es verstehen, du mußt verstehen, einen Sonnenstrahl einzufangen. Versuch es nun einmal mit meiner Brille, nimm mein Hörrohr ans Ohr, bete alsdann zum Herrgott und denke nicht an dich selber!"

Das letztere war nun sehr schwer, schwerer, als eine weise Frau verlangen kann.

Er erhielt die Brille und das Hörrohr, wurde dann mitten in den Kartoffelacker gestellt; sie steckte ihm eine große Kartoffel in die Hand; darin tönte es; es war ein Lied in Worten, von der Geschichte der Kartoffeln, interessant – eine alltägliche Geschichte in zehn Abschnitten, zehn Zeilen wären genug.

Und wovon sang die Kartoffel?

Sie sang von sich und ihrer Familie: von der Ankunft der Kartoffel in Europa, der Verkennung, die sie hatte erfahren und erdulden müssen, ehe sie so dastand wie jetzt, als ein Segen anerkannt, größer als ein Goldklumpen.

„Wir wurden auf königliches Geheiß in allen Orten auf dem Rathaus verteilt; es wurde eine Bekanntmachung über unsere große Bedeutung erlassen, aber man glaubte nicht daran, verstand nicht einmal, uns zu pflanzen. Einer schaufelte eine Grube und warf seinen ganzen Scheffel Kartoffeln hinein; ein anderer steckte die Kartoffeln in die Erde, hier eine und da eine, und wartete, daß sie sprießen sollten und ein ganzer Baum daraus würde, von dem man Kartoffeln herunterschütteln konnte. Es kam auch eine Pflanze, Blüten, wäßrige Früchte, aber das Ganze verwelkte. Keiner dachte an das, was in der Erde war, den Segen: die Kartoffeln. Ja, wir haben etwas erfahren und durchgemacht, das heißt, unsere Vorfahren, sie und wir, das kommt allerdings auf eins heraus! welche Geschichten!"

„Ja, nun mag es genug sein!" sagte die Frau. „Betrachte den Schlehdorn!"

„Wir haben auch", sagte der Schlehdorn, „nahe Verwandte in der Heimat der Kartoffel, weiter nördlich, als jene wachsen. Es kamen Normannen aus Norwegen, die steuerten westwärts durch Nebel und Stürme ein unbekanntes Land an, wo sie unter Eis und Schnee Pflanzen und Grün fanden, Sträucher mit den schwarzblauen Beeren des Weines: den Schlehenbeeren, die zu reifen Trauben gefroren, das tun wir auch. Und das Land erhielt den Namen Weinland, das ist Grönland, das ist Schlehenland!"

„Das ist eine ganz romantische Erzählung!" sagte der junge Mann.

„Ja, komm nun mit!" sagte die weise Frau und führte ihn zum Bienenstock. Er blickte hinein. Welches Leben und Treiben! Hier waren Bienen in allen Gängen und fächelten mit den Flügeln, damit in der ganzen großen Fabrik ein gesunder Durchzug wäre, das war ihr Amt; nun kamen von draußen Bienen, mit Körben an den Beinen geboren, die brachten Blütenstaub, der wurde ausgeschüttet, ausgesondert und zu Honig und Wachs verarbeitet; sie kamen, sie flogen weg; die Bienenkönigin wollte auch ausfliegen, aber dann müssen sie alle mit; es war jetzt nicht die Zeit; fliegen wollte sie dennoch; da bissen sie Ihrer Majestät die Flügel ab, und so mußte sie dableiben.

„Steig nun auf den Grabenrand hinauf!" sagte die weise Frau, „komm und schau über die Landstraße, wo lauter Volk zu sehen ist!"

„Das ist aber ein Gewimmel!" sagte der junge Mann, „eine Geschichte neben der anderen! es surrt und schnurrt! es wird mir zu bunt! ich falle hintenüber!"

„Nein, geh vorwärts!" sagte die Frau, „geh mitten hinein in das Menschengewimmel, beobachte, öffne ihm dein Ohr und das Herz dazu: dann wirst du dir bald etwas ausdenken können! Aber ehe du gehst, muß ich meine Brille und mein Hörrohr wiederhaben!" und dann nahm sie beides an sich.

„Jetzt sehe ich nicht das geringste!" sagte der junge Mann, „jetzt höre ich nichts mehr!"

„Ja, dann kannst du nicht bis Ostern Dichter werden!" sagte die weise Frau.

„Wann denn aber?" fragte er.

„Weder bis Ostern noch bis Pfingsten! Du lernst es nicht, dir etwas auszudenken."

„Was soll ich dann tun, wenn ich mit der Poesie mein Brot verdienen will?"

„Das kannst du schon bis Fastnacht schaffen. Schlag die Poeten aus der Tonne*! Schlag ihre Schriften, das ist genauso, als schlügest du sie selber. Laß dich nur nicht verblüffen, schlag nur drauflos, dann kriegst du Klöße, mit denen kannst du dich und auch deine Frau ernähren!"

„Was man sich ausdenken kann!" sagte der junge Mann, und dann schlug er jeden zweiten Poeten aus der Tonne, da er selber kein Poet werden konnte.

Wir haben es von der weisen Frau, sie weiß, wie man sich etwas ausdenken kann.

* Spielt auf den alten dänischen Fastnachtsbrauch an, bei dem die Teilnehmer mit einem Stock auf eine hängende Tonne einschlagen, in die eine lebende Katze eingesperrt ist. Wer ein Loch in die Tonne schlägt, so daß die Katze entwischen kann, wird Katzenkönig (Anmerkung d. Übers.).

Das Glück kann in einem Stück Holz liegen

Jetzt will ich eine Geschichte vom Glück erzählen. Wir kennen alle miteinander das Glück: Manche sehen es jahraus, jahrein, andere nur in gewissen Jahren, nur an einem Tag, ja, es gibt Menschen, die es nur ein einziges Mal in ihrem Leben sehen, aber sehen tun wir es alle.

Nun brauche ich nicht zu erzählen, denn jeder weiß es, daß der Herrgott das kleine Kind schickt und es in einer Mutter Schoß legt – das kann in dem reichen Schlosse sein und in der wohlhabenden Stube, jedoch auch auf offenem Feld, wo der kalte Wind weht; aber sicher weiß nicht jeder, und trotzdem ist es ganz gewiß wahr, daß der Herrgott, wenn er das Kind bringt, auch ein Glücksgeschenk dafür mitbringt, aber das wird nicht offen danebengelegt; das wird irgendwo in der Welt hingelegt, wo man es am wenigsten zu finden erwartet, und trotzdem gibt es das immer; das ist das erfreuliche. Es kann in einen Apfel gelegt worden sein; das war bei einem gelehrten Mann der Fall, der Newton hieß: der Apfel fiel zu Boden, und da fand er sein

Glück. Kennst du die Geschichte nicht, dann bitte den, der sie kennt, daß er sie dir erzählt; ich habe eine andere Geschichte zu erzählen, und das ist eine Geschichte von einer Birne.

Es war ein armer Mann, der in Armut geboren war, in Armut aufwuchs, und in Armut hatte er geheiratet. Er war übrigens Drechsler von Beruf und drechselte vor allem Schirmgriffe und Schirmringe; aber es reichte kaum fürs Nötigste aus.

„Ich finde das Glück niemals!" sagte er. Es ist eine wirklich erlebte Geschichte, und man kann das Land und den Ort nennen, wo der Mann wohnte, aber das tut hier nichts zur Sache.

Die roten, sauren Vogelbeeren wuchsen als reichster Schmuck um sein Haus und den Garten. In diesem stand aber auch ein Birnbaum, der trug aber nicht eine einzige Birne, und dennoch war das Glück in diesen Birnbaum gelegt, in die unsichtbaren Birnen gelegt.

Eines Nachts stürmte es ganz fürchterlich; man berichtete in den Zeitungen, daß die große Postkutsche durch den Sturm von der Straße hochgehoben und wie ein Lappen weggeschleudert worden sei. Mit Leichtigkeit konnte da ein großer Ast vom Birnbaum abbrechen.

Der Ast wurde in die Werkstatt gelegt, und der Mann drehte aus Scherz eine große Birne daraus und dann noch eine große, darauf eine kleine und dann einige ganz kleine.

Der Baum müsse doch einmal Birnen tragen, sagte der Mann, und dann schenkte er sie den Kindern zum Spielen.

Zur Lebensnotdurft in einem feuchten Lande gehört nun ein Regenschirm. Das ganze Haus hatte zum gemeinsamen Gebrauch nur einen; wehte der Wind zu heftig, dann kippte der Regenschirm nach außen um, ja, er knickte sogar ein paarmal durch, aber der Mann setzte ihn sogleich wieder instand; am ärgerlichsten war es jedoch, daß der Knopf, der ihn zusammenhalten sollte, wenn er zusammengeklappt war, viel zu oft absprang oder der Ring, der über ihn gestreift wurde, entzweiging.

Eines Tages sprang der Knopf ab; der Mann suchte auf dem Fußboden danach und erwischte dabei eine der allerkleinsten gedrechselten Birnen, eine von denen, die die Kinder zum Spielen bekommen hatten.

„Der Knopf ist nicht zu finden!" sagte der Mann, „aber dies kleine Ding kann sicher denselben Dienst tun!" Dann bohrte er ein Loch hinein, zog eine Schnur hindurch, und die kleine Birne hielt den zerbrochenen Ring gut zusammen. Es war tatsächlich der beste Zusammenhalter, den der Regenschirm bislang gehabt hatte.

Als der Mann im nächsten Jahr Schirmgriffe in die Hauptstadt schicken sollte, wohin er dergleichen lieferte, schickte er auch zwei von den gedrechselten kleinen Holzbirnen mit einem halben Ring darum und bat, daß man sie ausprobiere, und so kamen sie nach Amerika. Dort merkte man schnell, daß die kleine Birne viel besser hielt als irgendein anderer Knopf, und nun verlangte man vom Händler, daß alle Regenschirme, die von jetzt ab kämen, mit einer kleinen Birne zusammengehalten werden sollten.

Na, da gab es zu tun! Birnen zu Tausenden! Holzbirnen an allen Regenschirmen! Der Mann mußte sich daranmachen. Er drechselte und drechselte. Der ganze Birnbaum ging für die kleinen Holzbirnen drauf! Das brachte Schillinge ein, das brachte Taler ein!

„In dem Birnbaum lag mein Glück!" sagte der Mann. Er legte sich nun eine große Werkstatt zu mit Gesellen und

Lehrlingen. Immer war er guter Laune und sagte: „Das Glück kann in einem Stück Holz liegen!"

Das sage auch ich, der ich die Geschichte erzähle.

Man hat eine Redensart: „Nimm ein weißes Holz in den Mund, dann bist du unsichtbar!" aber das muß dann das richtige Stück Holz sein, das uns als Glücksgeschenk vom Herrgott mitgegeben wird. Das habe ich bekommen, und ich kann auch genau wie der Mann klingendes Gold holen, blitzendes Gold, das allerbeste, es blitzt aus Kinderaugen, klingt aus Kindermund und auch aus Vaters und Mutters. Sie lesen die Geschichten, und ich stehe mitten in der Stube bei ihnen, aber unsichtbar, denn ich habe das weiße Stück Holz im Mund; merke ich dann, daß sie sich über das, was ich erzähle, freuen, ja, dann sage ich auch: das Glück kann in einem Stück Holz liegen!

Der Komet

Und der Komet kam, leuchtete mit seinem feurigen Kern und drohte mit seiner Rute; er wurde vom reichen Schloß aus betrachtet, vom armen Haus, von der Menge auf der Straße und von dem Einsamen, der über die pfadlose Heide ging; jeder machte sich seine Gedanken dabei.

„Kommt und seht euch das Zeichen des Himmels an! Kommt und seht euch die prachtvolle Erscheinung an!" wurde gesagt, und alle eilten, um zu sehen.

Aber drinnen in der Stube saßen noch ein kleiner Junge und seine Mutter; das Talglicht brannte, und der Mutter schien es so, als wäre ein Hobelspan im Licht; der Talg stand in einer Spitze nach oben und wurde kraus, das bedeutete, wie sie meinte, daß der kleine Junge bald sterben müsse, der Hobelspan zeigte ja auf ihn.

Es war ein alter Aberglaube, und den hatte sie.

Der kleine Junge sollte aber viele Jahre auf Erden leben,

leben und den Kometen betrachten, wenn er nach mehr als sechzig Jahren wieder erscheinen würde.

Der kleine Junge sah nicht den Hobelspan im Licht, hatte auch keinen Gedanken für den Kometen übrig, der zum erstenmal in seinem Leben am Himmel leuchtete. Er saß mit einer gekitteten Schüssel vor sich; in der war Seifenwasser zu Schaum geschlagen, und in dies steckte er den Kopf einer kleinen Tonpfeife, steckte den Stiel in den Mund und machte Seifenblasen, kleine und große; sie bebten und schwebten in der Luft, mit den schönsten Farben, die von Gelb in Rot wechselten, in Lila und Blau, und dann wurden sie grün wie die Blätter des Waldes, wenn die Sonne hindurchscheint.

„Gott möge dir viele Jahre hier auf Erden vergönnen, so viele, wie du Blasen machst!"

„So viele, so viele!" sagte der Kleine. „Das Seifenwasser kann ich nie alles wegblasen!" und der Kleine machte eine Blase nach der anderen.

„Da fliegt ein Jahr! da fliegt ein Jahr! Schau, wie sie fliegen!" sagte er bei jeder Blase, die sich loslöste und davonflog. Ein paar flogen ihm in die Augen; es brannte, schwärte, er bekam Tränen in die Augen. In jeder Blase schien ihm ein Zukunftsbild enthalten, glänzend, leuchtend.

„Jetzt kann man den Kometen sehen!" riefen die Nachbarn. „Kommt doch heraus; sitzt doch nicht da drinnen!"

Und die Mutter nahm den Kleinen bei der Hand; er mußte die Tonpfeife hinlegen, das Spiel mit den Seifenblasen liegenlassen; der Komet war da.

Und der Kleine sah die leuchtende Feuerkugel mit dem strahlenden Schweif; manche sagten, er sähe aus, als wäre er drei Ellen lang, andere, er sei Millionen Ellen lang; man sieht auf so verschiedene Weise.

„Kinder und Kindeskinder können gestorben sein, bis der wieder erscheint!" sagten die Leute.

Die meisten, die dies gesagt hatten, waren auch gestorben und verdorben, als er wieder erschien; aber der kleine Junge, für den der Hobelspan im Licht gesessen und von dem die Mutter geglaubt hatte: er stirbt bald! der lebte noch,

war alt und weißhaarig. „Weiße Haare sind die Blumen des Alters!“ sagt das Sprichwort, und er hatte viele von diesen Blumen; er war jetzt ein alter Schullehrer.

Die Schulkinder sagten, er wäre so klug, wüßte so viel, könnte Geschichte, Geographie und was man über die Himmelskörper weiß.

„Alles kommt wieder!“ sagte er; „haltet euer Augenmerk auf Personen und Ereignisse gerichtet, und Ihr werdet sehen, daß sie alle wiederkehren, in anderer Gewandung, in anderen Ländern.“

Und der Schullehrer hatte dann von Wilhelm Tell erzählt, der einen Apfel von seines Sohnes Kopf herunterschießen mußte, aber bevor er den Pfeil schoß, verwahrte er auf seiner Brust einen anderen Pfeil, den er dem bösen Geßler in die Brust schießen wollte. Das war in der Schweiz geschehen, aber viele Jahre vorher geschah das gleiche in Dänemark mit Palnatoke; er mußte auch einen Apfel von seines Sohnes Kopf herunterschießen und verwahrte wie Tell einen Pfeil, mit dem er sich rächen wollte; und vor mehr als tausend Jahren wurde die gleiche Geschichte niedergeschrieben, da soll sie in Ägypten geschehen sein; alles kommt wieder, ebenso wie die Kometen, sie vergehen, verschwinden und kommen wieder.

Und er sprach vom Kometen, der erwartet wurde, dem Kometen, den er als kleiner Junge gesehen hatte. Der Schullehrer wußte von den Himmelskörpern, dachte über sie nach, aber er vergaß deswegen nicht Geschichte und Geographie.

Seinen Garten hatte er in der Gestalt einer Landkarte von Dänemark angelegt. Hier standen Pflanzen und Blumen, je nachdem wie sie in den verschiedenen Gegenden des Landes heimisch waren. „Hole mir Erbsen!" sagte er, und dann ging man zu dem Beet, welches Lolland vorstellte. „Hole mir Buchweizen!" und dann ging man nach Langeland. Der wunderbare blaue Enzian und der Porsch waren oben auf Skagen zu finden, die blanke Stechpalme drüben bei Silkeborg. Die Städte selber waren durch Denkmäler angedeutet. Hier stand Sankt Knud mit dem Lindwurm, das bedeutete Odense; Absalon mit dem Bischofsstab bedeutete Sorö; das kleine Fahrzeug mit Riemen war das Zeichen dafür, daß hier die Stadt Aarhus lag. Aus des Schullehrers Garten lernte man gut die Landkarte Dänemarks kennen; aber man mußte ja zuerst von ihm belehrt werden, und das war so lustig.

Jetzt war der Komet zu erwarten, und von dem erzählte er und was die Leute in jenen vergangenen Tagen, als der Komet zuletzt dagewesen war, gesagt und wie sie geurteilt hatten. „Das Kometenjahr ist ein gutes Weinjahr", sagte er, „man kann den Wein mit Wasser verdünnen, das merkt keiner. Die Weinhändler sollen Kometenjahre sehr schätzen.“

Die Luft war ganze vierzehn Tage und Nächte hindurch voller Wolken, der Komet war nicht zu sehen, aber er war da.

Der alte Schullehrer saß in seinem kleinen Stübchen gleich neben der Schulstube. Die Bornholmer Uhr aus der Zeit seiner Eltern stand in der Ecke, die schweren Bleigewichte gingen weder aufzuziehen noch sanken sie nach unten, der Perpendikel rührte sich nicht; der kleine Kukkuck, der früher hervorkam und den Glockenschlag ausrief, hatte mehrere Jahr lang hinter dem geschlossenen Türchen geschwiegen; alles war dort drinnen still und stumm, die Uhr ging nicht mehr. Aber das alte Klavier dicht daneben, auch aus der Zeit der Eltern, hatte noch Leben, die Saiten konnten erklingen, allerdings ein wenig heiser, konnten die Melodien eines ganzen Menschenalters singen. Der alte Mann erinnerte sich dabei an so vieles, Erfreuliches und Betrübliches, in der Reihe von Jahren, seit er als kleiner Junge den Kometen gesehen hatte, bis jetzt, da er wiederkam. Er erinnerte sich daran, was seine Mutter von dem Hobelspan im Licht gesagt hatte, er erinnerte sich der schönen Seifenblasen, die er gemacht hatte; jede war ein Lebensjahr gewesen, hatte er gesagt, wie leuchtend, wie voll von Farben! alles Schöne und Erfreuliche sah er darin: Kinderspiele und Jugendfreuden, die ganze weite Welt offen im Sonnenschein, und in die wollte er hinaus! Es waren Zukunftsblasen. Als alter Mann vernahm er von den Saiten des Klaviers Melodien aus entschwundenen Zeiten: Erinnerungsblasen mit dem Farbenschimmer des Gedenkens; da tönte das Stricklied der Großmutter:

„Eine Amazone strickte
Sicher nicht den ersten Strumpf!“

Da erklang das Lied, welches die alte Magd des Hauses ihm als Kind vorgesungen hatte:

„Es gibt so manche Gefahren
In dieser Welt zu bestehen
Für den, der jung an Jahren
Und von ihr noch nichts hat gesehen."

Jetzt ertönten die Melodien vom ersten Ball, ein Menuett und ein polnischer Tanz; jetzt erklangen weiche, wehmutsvolle Töne, dem alten Mann traten Tränen in die Augen, jetzt brauste ein Kriegsmarsch auf, jetzt ein Choral, jetzt heitere Töne, Blase auf Blase, wie damals, als er in seiner Kindheit welche aus Seifenwasser gemacht hatte.

Seine Augen waren auf das Fenster gerichtet, eine Wolke draußen am Himmel glitt beiseite, er sah in der hellen Luft den Kometen, seinen leuchtenden Kern, seinen schimmernden Nebelschleier.

Es war ihm, als hätte er ihn erst gestern gesehen, und dennoch lag ein ganzes reiches Menschenleben zwischen jener Zeit und heute; damals war er ein Kind und sah in den Blasen „voraus", jetzt zeigten die Blasen „zurück". Er hatte ein Kindergemüt und einen Kinderglauben, seine Augen glänzten, seine Hand fiel auf die Tasten hinunter – es klang, als spränge eine Saite.

„Kommt doch und seht, der Komet ist da!" riefen die Nachbarn. „Der Himmel ist so wunderbar klar! Kommt doch und seht es euch richtig an!"

Der alte Schullehrer antwortete nicht, er war fortgegangen, um richtig zu schauen; seine Seele wanderte auf einer größeren Bahn dahin, in einen weiteren Raum hinein, als ihn der Komet durchfliegt. Und der wurde wieder von dem reichen Schloß aus betrachtet, von dem armen Haus, von der Menge auf der Straße und dem Einsamen auf der pfadlosen Heide. Des alten Schullehrers Seele wurde von Gott und von den lieben Voraufgegangenen gesehen, von jenen, nach denen es ihn verlangte.

Die Wochentage

Die Wochentage wollten auch einmal bummeln gehen, zusammenkommen und einen Schmaus abhalten. Jeder Tag war so besetzt, daß sie das ganze Jahr über keine freie Zeit zur Verfügung hatten; sie mußten einen ganzen Tag extra haben, aber den hatten sie ja auch alle vier Jahre: den Schalttag, der in den Februar verlegt worden ist, um Ordnung in die Zeitrechnung zu bringen.

Am Schalttag wollten sie also zu einem Schmaus zusammenkommen, und da der Februar der Fastnachtsmonat ist, wollten sie verkleidet kommen, wie zum Karneval, jeder nach seinem Geschmack und seiner Bestimmung; gut essen, gut trinken, Reden halten und einander Angenehmes und Unangenehmes in freimütiger Kameradschaft sagen. Die Recken der Vorzeit warfen sich bei den Mahlzeiten die abgeknabberten Bratenknochen an den Kopf, die Wochentage dagegen wollten sich gegenseitig mit Leckerbissen von Kalauern und dreckigen Witzen bewerfen, wie sie bei harmlosen Fastnachtspossen auftauchen können.

Dann war der Schalttag da, und sie kamen zusammen.

Sonntag, der Vorsitzende der Wochentage, erschien in schwarzseidenem Mantel; fromme Menschen hätten meinen können, er sei als Pfarrer gekleidet, um in die Kirche zu gehen; Weltkinder sahen, daß er im Domino war, um auf Vergnügungen zu gehen, und daß die flammende Nelke, die er im Knopfloch trug, die kleine rote Lampe des Theaters war, die verkündete: „Alles ist ausverkauft, seht nun zu, daß ihr euch gut unterhaltet!"

Montag, ein junger Mensch, mit dem Sonntag verwandt und besonders dem Vergnügen hingegeben, folgte hinterdrein. Er verlasse die Werkstatt, sagte er, wenn die Wachtparade aufziehe.

„Ich muß hinaus und Offenbachs Musik hören; sie steigt mir nicht zu Kopf und geht mir nicht zu Herzen, sie kitzelt mir in den Beinmuskeln, ich muß tanzen, muß einen Bummel machen, mir ein blaues Auge holen, mit dem ich mich schlafen lege, um am nächsten Tag an die Arbeit zu gehen. Ich bin der Neumond der Woche!"

Dienstag, das ist der Ziustag, der Tag der Kraft.

„Ja, das bin ich!" sagte Dienstag. „Ich gehe an die Arbeit, spanne die Flügel des Merkur an des Kaufmanns Schuhe, sehe in den Fabriken nach, ob die Räder geschmiert sind und sich drehen, führe Aufsicht darüber, ob der Schneider auf dem Tische sitzt und der Steinsetzer auf den Pflastersteinen; jeder gehe seinem Tagewerk nach! Ich beaufsichtige das Ganze, daher erscheine ich in Polizistenuniform und nenne mich Poli-ziestag. Wenn es ein schlechter Kalauer ist, versucht ihr anderen, einen besseren zu machen!"

„Jetzt komme ich!" sagte Mittwoch*. „Ich stehe mitten in der Woche. Der Deutsche nennt mich Herr Mittwoch. Ich stehe als Gehilfe im Laden, als Blume mitten zwischen den anderen geehrten Wochentagen! Marschieren wir alle auf, dann habe ich drei Tage vor mir und drei hinter mir, es ist wie eine Ehrenwache; ich möchte glauben, daß ich der ansehnlichste Tag der Woche bin!"

Donnerstag kam, verkleidet als Kupferschmied mit Hammer und Kupferkessel, das waren seine Adelsattribute.

„Ich bin von höchster Herkunft!" sagte er, „heidnisch, göttlich! In den nördlichen Ländern bin ich nach Thor, dem Donnergott, benannt und in den Ländern des Südens nach Jupiter, die beide zu donnern und zu blitzen verstanden; es ist in der Familie geblieben!"

* Dänisch: Onsdag = Odinsdag (Anmerkung d. Übers.).

Und dann schlug er auf den Kupferkessel und bewies seine hohe Herkunft.

Freitag war als junges Mädchen verkleidet und nannte sich Freia, zur Abwechslung auch Venus, es kam auf den Sprachgebrauch in den Ländern an, wo sie auftrat. Sie sei im übrigen ein stiller, sanfter Charakter, sagte sie; aber heute keck und frei; es sei ja Schalttag, und der schenkt der Frau Freiheit, da darf sie nach alter Sitte selber freien und braucht nicht zu warten, bis um sie gefreit wird.

Sonnabend trat als alte Haushälterin mit Besen und anderen Reinigungsattributen auf. Ihr Leibgericht war Biersuppe, indessen verlangte sie nicht, daß sie bei dieser festlichen Gelegenheit allen bei Tisch vorgesetzt werden solle, sondern nur, daß sie sie bekomme, und sie bekam sie.

Und dann setzten sich die Wochentage um den Tisch.

Hier sind sie alle sieben gezeichnet, für lebende Bilder im Familienkreise geeignet; dort kann man sie so lustig darstellen, wie man es vermag, wir stellen sie hier nur als einen Scherz im Februar dar, dem einzigen Monat, der einen Tag als Zugabe erhält.

Sonnenscheingeschichten

„Jetzt will ich erzählen!“ sagte der Wind.

„Nein, gestatten Sie“, sagte das Regenwetter, „jetzt bin ich an der Reihe! Sie haben lange genug an der Straßenecke gestanden und geheult, wie Sie nur heulen konnten!“

„Ist das der Dank“, sagte der Wind, „daß ich Ihnen zu Ehren manchen Schirm umgeklappt, ja geknickt habe, wenn die Leute nicht mit Ihnen zu tun haben wollten?“

„Ich erzähle!“ sagte der Sonnenschein, „still!“ und das wurde mit Glanz und Majestät gesagt, so daß der Wind sich

legte, so lang wie er war, aber das Regenwetter rüttelte den Wind und sagte: „Das sollen wir uns gefallen lassen! Sie bricht immer durch, diese Madame Sonnenschein. Wir hören nicht hin! es lohnt sich der Mühe nicht, hinzuhören!"

Und der Sonnenschein erzählte.

„Es flog ein Schwan über das wogende Meer; jede seiner Federn schimmerte wie Gold; eine Feder fiel auf das große Kauffahrteischiff hinab, das mit vollen Segeln vorüberfuhr; die Feder fiel in das lockige Haar des jungen Mannes, des Warenaufsehers, Superkargo wurde er genannt. Die Feder des Glücksvogels berührte seine Stirn, wurde zu einer Feder in seiner Hand, und er wurde schnell der reiche Kaufmann, der sich sehr wohl Sporen aus Gold kaufen, goldene Schüsseln in einen Adelsschild verwandeln konnte; ich habe darauf geschienen!" sagte der Sonnenschein.

„Der Schwan flog über die grüne Wiese, wo der kleine Schafhirte, ein Junge von sieben Jahren, sich in den Schatten des alten, einzigen Baumes hier draußen gelegt hatte. Und der Schwan küßte in seinem Fluge eines von den Blättern des Baumes, das fiel auf die Hand des Jungen, und aus dem einen Blatt wurden drei, wurden zehn, wurde ein ganzes Buch, und er las darin von den Wundern der Natur, von der Muttersprache, vom Glauben und Wissen. Beim Zubettgehen legte er sich das Buch unter den Kopf, um nicht zu vergessen, was er gelesen hatte, und das Buch brachte ihn auf die Schulbank, zum Tisch des Wissens. Ich habe seinen Namen unter denen der Gelehrten gelesen!" sagte der Sonnenschein.

„Der Schwan flog in die Waldeinsamkeit, rastete dort auf den stillen, dunklen Seen, wo die Wasserrose blüht, wo die wilden Holzäpfel wachsen, wo Kuckuck und Holztaube beheimatet sind.

Eine arme Frau sammelte Brennholz, abgewehte Zweige, trug sie auf dem Rücken, ihr kleines Kind trug sie an der Brust und ging heim. Sie sah den goldenen Schwan, den Schwan des Glücks, sich von dem schilfbestandenen Ufer erheben. Was schimmerte dort? Ein goldenes Ei; sie legte es an ihre Brust, und die Wärme blieb darin; sicher war Leben im Ei. Ja, es pickte hinter der Schale; sie spürte es und meinte, es sei ihr eigenes Herz, welches schlug.

Daheim in ihrer ärmlichen Stube holte sie das goldene Ei hervor. ‚Tick! tick!‘ sagte es, als wäre es eine kostbare goldene Uhr, aber ein Ei war es mit lebendigem Leben. Das Ei barst, ein kleines Schwanenjunges, wie mit reinem Golde gefiedert, steckte den Kopf hervor; es hatte um den Hals vier Ringe, und da die arme Frau gerade vier Jungen hatte, drei daheim und den vierten, den sie mit in die Waldeinsamkeit genommen hatte, so begriff sie sogleich, daß hier ein Ring für jedes der Kinder war, und kaum hatte sie es begriffen, da flog der kleine goldene Vogel auf.

Sie küßte jeden Ring, ließ jedes Kind einen der Ringe küssen, legte sie den Kindern ans Herz, steckte sie den Kindern auf den Finger."

„Ich sah es!" sagte der Sonnenschein. „Ich sah, was dann folgte!

Der eine Junge setzte sich in die Tongrube, nahm einen Tonklumpen in die Hand, knetete ihn mit den Fingern, und es wurde die Gestalt des Jason daraus, der das Goldene Vlies geholt hatte.

Der zweite von den Jungen lief sogleich auf die Wiese, wo die Blumen in allen erdenklichen Farben standen; er pflückte eine Handvoll, quetschte sie so fest zusammen, daß ihm der Saft in die Augen spritzte und den Ring befeuchtete, es kribbelte und krabbelte in den Gedanken und in der Hand, und nach Jahr und Tag sprach die große Stadt von dem großen Maler.

Der dritte von den Jungen hielt den Ring so fest in seinem Mund, daß er klang, einen Widerhall vom Herzensgrunde gab; Gefühle und Gedanken stiegen in Tönen auf, stiegen auf wie singende Schwäne, tauchten gleich Schwänen in den tiefen See hinab, den tiefen See des Gedankens; er wurde der Meister der Töne, jedes Land mag nun denken: ‚Mir gehört er!'

Der vierte Kleine, ja, der war ein Aschenputtel; er hätte einen Pieps, sagte man, er sollte Pfeffer und Fett haben, wie die kranken Küken! Man sprach die Worte allerdings so vielsagend aus, als sollte er sein ‚Fett' kriegen, und das kriegte er; aber von mir bekam er einen Sonnenkuß", sagte der Sonnenschein, „er bekam zehn Küsse für einen. Er war eine Dichternatur, er wurde geknufft und geküßt; aber den Glücksring hatte er von dem goldenen Schwan des Glücks. Seine Gedanken flogen hinaus wie goldene Schmetterlinge, das Symbol der Unsterblichkeit!"

„Das war aber mal eine lange Geschichte!" sagte der Wind.

„Und langweilig!“ sagte das Regenwetter. „Blas mich an, damit ich mich wieder erholen kann!“

Und der Wind blies, und der Sonnenschein erzählte.

„Der Schwan des Glücks flog über die tiefe Meeresbucht, wo die Fischer ihre Netze ausgespannt hatten. Der ärmste von ihnen gedachte zu heiraten, und er heiratete.

Ihm brachte der Schwan ein Stück Bernstein; Bernstein zieht an, es zog Herzen ins Haus. Bernstein ist der schönste Weihrauch. Ein Duft stieg auf wie aus der Kirche, ein Duft stieg auf von Gottes Natur. Sie empfanden so recht das Glück häuslichen Lebens, Zufriedenheit in kleinen Verhältnissen, und da wurde ihr Leben eine einzige Sonnenscheingeschichte.“

„Wollen wir abbrechen!“ sagte der Wind. „Nun hat der Sonnenschein lange genug erzählt. Ich habe mich gelangweilt!“

„Ich auch!“ sagte das Regenwetter.

Was sagen aber wir anderen, die wir die Geschichten gehört haben?

Wir sagen: „Nun sind sie aus!“

Urgrossvater

Urgroßvater war so lieb, klug und gut, wir sahen alle zu Urgroßvater auf; eigentlich wurde er, solange ich zurückdenken konnte, Großvater, auch Großpapa genannt, aber als der kleine Sohn meines Bruders Frederik in die Familie kam, stieg er zum Urgroßvater auf; etwas Höheres konnte er nicht erleben! Er liebte uns alle so sehr, aber unsere Zeit schien er nicht so recht zu lieben: „Alte Zeit war gute Zeit!" sagte er; „besinnlich und solide war sie! Jetzt ist solch ein Galopp, und alles wird auf den Kopf gestellt. Die Jugend führt das Wort, spricht selbst von Königen, als wären sie ihresgleichen. Jedermann kann seinen Lappen auf der Straße in stinkiges Wasser tunken und ihn über dem Kopf eines Ehrenmannes auswringen!"

Bei dergleichen Reden wurde Urgroßvater ganz rot im Gesicht; aber bald darauf erschien sein freundliches Lächeln wieder, und dann kamen die Worte: „Nun ja! vielleicht irre ich mich ein wenig! Ich stehe in der alten Zeit und kann in der neuen nicht so recht Fuß fassen. Der Herrgott möge sie lenken und führen!"

Wenn Urgroßvater von der alten Zeit sprach, war es fast, als käme sie zu mir zurück. In Gedanken fuhr ich dann in goldener Kutsche mit Heiducken, sah den Aufzug der Zünfte, wie sie mit ihren Schildern, mit Musik und Fahnen umzogen, war in den lustigen Weihnachtsstuben bei Pfänderspielen und Verkleidung mit dabei. Es gab wahrlich auch zu jener Zeit viel Scheußliches und Grausiges, Schandpfähle, Rädern und Blutvergießen, aber all dies Grausige hatte etwas Verlockendes und Aufrüttelndes. Ich vernahm so viel Schönes, ich hörte über den dänischen Adel, der den Bauern die Freiheit schenkte, und von Dänemarks Kronprinz, der den Sklavenhandel aufhob.

Es war wundervoll, Urgroßvater darüber erzählen zu hören, ihn von seiner Jugendzeit erzählen zu hören; aber die Zeit vor dieser war nun doch die allerschönste, so kraftvoll und groß.

„Roh war sie!" sagte Bruder Frederik, „gottlob sind wir darüber hinaus!" und das sagte er rundheraus zu Urgroßvater. Es geziemte sich nicht, und trotzdem hatte ich viel Respekt vor Frederik; er war mein ältester Bruder, er könnte mein Vater sein, sagte er; er sagte allerdings so viel Sonderbares. Sein Abiturium hatte er mit der besten Note gemacht und war so tüchtig in Vaters Kontor, daß er bald mit ins Geschäft eintreten konnte. Er war derjenige, mit dem sich Urgroßvater am meisten abgab, aber sie gerieten immer in einen Disput. Die beiden verstanden einander nicht und würden es auch niemals tun, sagte die ganze Familie, aber wie klein ich auch war, merkte ich trotzdem bald, daß die beiden einander nicht missen konnten.

Urgroßvater hörte mit leuchtenden Augen zu, wenn Frederik von Fortschritten in der Wissenschaft erzählte oder vorlas, von Entdeckungen der Naturkräfte, von allem Merkwürdigen in unserer Zeit.

„Die Menschen werden gescheiter, aber nicht besser!" sagte Urgroßvater dann. „Sie erfinden die fürchterlichsten Vernichtungswaffen, die sie gegeneinander anwenden!"

„Um so schneller ist der Krieg vorüber!" sagte Frederik, „man wartet keine sieben Jahre auf den Segen des Friedens! Die Welt ist vollblütig, sie muß zwischendurch einen Aderlaß haben, das ist unerläßlich!"

Eines Tages erzählte Frederik ihm ein wirkliches Vorkommnis aus unserer Zeit, das sich in einem kleinen Staat ereignet hatte. Die Uhr des Bürgermeisters, die große Uhr auf dem Rathaus, zeigte der Stadt und ihrer Bevölkerung die Zeit an; die Uhr ging nicht ganz genau, aber die ganze Stadt richtete sich trotzdem danach. Nun bekam auch dieses Land Eisenbahnen, und sie stehen mit denen aller anderen Länder in Verbindung, man muß daher die Zeit genau wissen, sonst stößt man an. Die Eisenbahn erhielt ihre Uhr, die nach der Sonne gestellt war, die ging richtig, aber des Bürgermeisters Uhr nicht, und nun richteten sich alle Leute in der Stadt nach der Bahnhofsuhr.

Ich lachte und fand die Geschichte lustig, aber Urgroßvater lachte nicht, er wurde ganz ernst.

„In dem, was du da erzählst, liegt eine ganze Menge verborgen!" sagte er, „und ich verstehe auch deine Absicht, weshalb du mir das erzählst. In deinem Uhrwerk liegt eine Lehre. Ich muß dabei an etwas anderes denken, an die alte, schlichte Bornholmer Uhr meiner Eltern mit den Bleigewichten; sie war ihr und meiner Kindheit Zeitmesser; sie ging zwar nicht so ganz genau, aber sie ging, und wir sahen nach dem Zeiger, an den glaubten wir und dachten nicht an die Räder in ihrem Innern. So war damals auch die Staatsmaschine, man schaute sie getrost an und glaubte an den Zeiger. Jetzt ist die Staatsmaschine eine Uhr aus Glas geworden, wo man bis in die Maschinerie hineinschauen kann, sehen kann, wie die Räder sich drehen und kreisen, es wird einem angst und bange wegen des Zapfens, wegen des Rades! wie wird es mit dem Glockenschlag gehen, denke ich und habe meinen Kinderglauben nicht mehr. Das ist die Schwäche der heutigen Zeit!"

Und dann redete Urgroßvater sich richtig in Zorn. Er und Frederik konnten sich nicht verstehen, aber voneinander lassen konnten sie auch nicht, „genau wie die alte und die neue Zeit!" – das merkten sie beide und die ganze Familie, als Frederik auf Reisen gehen wollte, weit fort, bis nach Amerika. Die Reise mußte im Auftrag des Handelshauses gemacht werden. Für Urgroßvater ward die Trennung schwer, und es war eine weite Reise, ganz übers Weltmeer bis auf die andere Seite des Erdballs.

„Alle vierzehn Tage hast du einen Brief von mir!" sagte Frederik, „und schneller als durch alle Briefe wirst du durch den Telegraphendraht von mir hören können; die Tage werden zu Stunden, die Stunden zu Minuten!"

Durch den Telegraphendraht kamen Grüße, als Frederik in England an Bord ging. Früher als ein Brief, und wenn auch die treibenden Wolken Postbote gewesen wären, kam ein Gruß aus Amerika, wo Frederik an Land gegangen war; es war erst wenige Stunden her.

„Es ist wirklich ein Gedanke von Gott, der unserer Zeit beschieden ist!" sagte Urgroßvater; „ein Segen für die Menschheit!"

„Und in unserem Lande wurden diese Naturkräfte zuerst erkannt und kundgetan, hat Frederik mir erzählt."

„Ja", sagte Urgroßvater und gab mir einen Kuß. „Ja, und ich habe in die beiden freundlichen Augen geblickt, die zuerst diese Naturkraft erkannten und begriffen; es waren Kinderaugen wie deine! Und ich habe ihm die Hand gedrückt!" Und dann gab er mir wieder einen Kuß!

Mehr als ein Monat war vergangen, als mit einem Brief von Frederik die Nachricht kam, daß er sich mit einem reizenden jungen Mädchen verlobt habe, über die sich sicher die ganze Familie freuen werde. Ihre Photographie wurde übersandt und mit bloßem Auge und mit dem Vergrößerungsglas betrachtet, denn das ist das Auffallende an diesen Bildern, daß sie es vertragen können, mit den allerschärfsten Gläsern betrachtet zu werden, ja, dann kommt die Ähnlichkeit erst richtig heraus. Das hat kein Maler vermocht, selbst die allergrößten in alten Zeiten nicht.

„Hätte man nur damals diese Erfindung gekannt!" sagte Urgroßvater, „dann hätten wir die Wohltäter und großen Männer von Angesicht zu Angesicht beschauen können! –

Wie doch dies Mädchen hier freundlich und gütig aussieht!" sagte er und starrte durch das Glas. „Ich würde sie jetzt erkennen, wenn sie zur Tür hereinträte!"

Aber dazu wäre es fast nicht gekommen; glücklicherweise hörten wir zu Hause nicht viel von der Gefahr, bevor sie vorüber war.

Die Jungverheirateten kamen fröhlich und wohlbehalten nach England, von dort wollten sie mit dem Dampfschiff nach Kopenhagen fahren. Sie sahen die dänische Küste, die weißen Sanddünen Westjütlands vor sich liegen; da kam ein Sturm auf, das Schiff lief auf einer der Sandbänke auf Grund und saß fest; die See ging hoch und wollte das Fahrzeug zerschmettern; Rettungsboote konnten nicht ausgesetzt werden; die Nacht kam, aber mitten in der Finsternis sauste von der Küste aus eine Leuchtrakete über das gestrandete Schiff hinweg; die Rakete warf ihr Seil hinüber, die Verbindung zwischen denen draußen und denen an Land war hergestellt, und bald wurde im Rettungskorb ein junges, schönes Weib durch schwere, rollende Seen lebendig herübergezogen; und sie war unendlich froh und glücklich, als der junge Gatte bald neben ihr auf festem Boden stand. Alle an Bord wurden gerettet; es war noch nicht Morgen.

Wir lagen in Kopenhagen im süßesten Schlummer, dachten weder an Leid noch Gefahr. Als wir uns nun zum Morgenkaffee um den Tisch versammelten, erreichte uns ein Gerücht, durch ein Telegramm übermittelt, von dem Untergang eines englischen Dampfschiffs an der Westküste. Wir bekamen große Angst, aber zur selben Stunde kam das Telegramm von den geretteten lieben Heimkehrern, Frederik und seiner jungen Frau, die bald bei uns sein würden.

Alle miteinander weinten; ich weinte mit, und Urgroßvater weinte, faltete seine Hände und – ich bin dessen sicher – segnete die neue Zeit.

An diesem Tage stiftete Urgroßvater zweihundert Reichstaler für das Denkmal von Hans Christian Örsted.

Als Frederik mit seiner jungen Frau nach Hause kam und das hörte, sagte er: „Das war recht, Urgroßvater! jetzt möchte ich dir auch vorlesen, was Örsted schon vor vielen Jahren über die alte und unsere Zeit geschrieben hat!"

„Er war sicher deiner Meinung?" sagte Urgroßvater.

„Ja, das kannst du glauben!" sagte Frederik, „und das bist du auch, du hast für sein Denkmal gestiftet!"

Die Lichter

Da war ein großes Wachslicht, das wußte genau, was es war.

„Ich bin in Wachs geboren und in die Form gegossen!" sagte es. „Ich leuchte besser und brenne länger als andere Lichter; ich gehöre in einen Kronleuchter oder einen silbernen Leuchter!"

„Das muß ein schönes Leben sein!" sagte das Talglicht. „Ich bin nur aus Talg, bin nur gezogen, ich tröste mich aber damit, daß es immer ein bißchen mehr ist als ein Pfenniglicht; das wird nur zweimal eingetaucht, ich bin achtmal eingetaucht worden, um meine anständige Dicke zu bekommen. Ich bin zufrieden! es ist allerdings feiner, und man ist glücklicher daran, wenn man in Wachs geboren ist und nicht in Talg, aber man schafft sich seine Stellung in dieser Welt ja nicht selbst. Sie kommen in den Saal in den Kristallkronleuchter, ich bleibe in der Küche, aber das ist auch ein guter Platz, von dort bekommt das ganze Haus das Essen!"

„Aber es gibt etwas, das ist wichtiger als Essen!" sagte das Wachslicht; „Die Geselligkeit! sie strahlen zu sehen und selbst zu strahlen! Hier ist heute abend Ball, nun werden ich und meine ganze Familie bald abgeholt!"

Kaum war es ausgesprochen, da wurden alle Wachslichter abgeholt, aber auch das Talglicht kam mit. Die Dame des Hauses nahm es selber in ihre feine Hand und trug es in die Küche hinaus; hier stand ein kleiner Junge mit einem Korb, der wurde mit Kartoffeln gefüllt, auch ein paar Äpfel wurden hineingetan. Alles dies schenkte die gute Dame dem armen Jungen.

„Da hast du auch ein Licht, mein Junge!" sagte sie. „Deine Mutter sitzt bis in die Nacht hinein und arbeitet, sie kann es brauchen!"

Die kleine Tochter des Hauses stand daneben, und als sie die Worte „bis in die Nacht hinein" hörte, sagte sie mit inniger Freude: „Ich bleibe heute auch bis in die Nacht hinein auf! Wir geben einen Ball, und ich bekomme die großen roten Schleifen an!"

Wie ihr Gesicht strahlte! Das war eine Freude! Kein Wachslicht kann so strahlen wie zwei Kinderaugen!

„Es ist rührend anzusehen!" dachte das Talglicht, „das werde ich nie vergessen, und das werde ich sicher nie mehr sehen!"

Und dann wurde es in den Korb unter den Deckel gelegt, und der Junge ging damit fort.

„Wo komme ich wohl jetzt hin?" dachte das Licht; „ich komme zu armen Leuten, bekomme vielleicht nicht einmal einen Messingleuchter, während das Wachslicht in Silber steckt und die feinsten Leute zu sehen bekommt. Wie muß es schön sein, den feinsten Leuten zu leuchten! Es ist nun einmal mein Los, aus Talg zu sein und nicht aus Wachs!"

Und das Licht kam zu armen Leuten, einer Witwe mit drei Kindern in einer kleinen, niedrigen Stube gerade gegenüber von dem reichen Haus.

„Gott segne die gute Dame für das, was sie geschenkt hat!" sagte die Mutter, „das ist ja ein wunderschönes Licht! das kann bis in die Nacht hinein brennen."

Und das Licht wurde angezündet.

„Pff-fui!" sagte es. „Das ist aber ein scheußlich riechendes Schwefelholz, mit dem sie mich angesteckt hat! Dergleichen mutet man einem Wachslicht drüben in dem reichen Hause schwerlich zu!"

Auch dort wurden die Lichter angesteckt; sie strahlten auf die Straße hinaus; die Wagen rumpelten herbei mit den hübsch geputzten Ballgästen, die Musik klang.

„Jetzt fangen sie da drüben an!" stellte das Talglicht fest und dachte an das strahlende Gesicht des reichen kleinen Mädchens, strahlender als alle Wachslichter. „Diesen Anblick habe ich nie mehr!"

Da kam das Kleinste von den Kindern in dem armen Haus, ein kleines Mädchen war es; sie schlang ihre Arme um den Hals von Bruder und Schwester, sie hatte etwas sehr Wichtiges zu erzählen, das mußte geflüstert werden: „Wir bekommen heute abend – denkt nur! –, wir bekommen heute abend warme Kartoffeln!"

Und ihr Gesicht strahlte vor Glückseligkeit; das Licht schien mitten hinein, es sah eine Freude, ein Glück so groß wie drüben in dem reichen Haus, wo das kleine Mädchen gesagt hatte: „Wir geben heute abend einen Ball, und ich bekomme die großen roten Schleifen an!"

„Warme Kartoffeln zu bekommen, ist das ebensoviel?" dachte das Licht. „Hier ist ja bei den Kleinen ebenso große Freude!" und da nieste es drauf; das heißt, es knisterte, mehr kann ein Talglicht nicht tun.

Der Tisch wurde gedeckt, die Kartoffeln gegessen. Oh, wie sie schmeckten! Es war ein wahres Festmahl, und hinterher bekam jeder einen Apfel, und das kleinste Kind sprach den kleinen Vers:

„Dir, lieber Gott, sei Dank gesagt,
Daß du so schön mich sattgemacht.
Amen.

War das nicht schön gesagt, Mutter?" rief das Kleine danach aus.

„Das darfst du nicht fragen oder sagen!" sagte die Mutter. „Du mußt einzig und allein an den lieben Gott denken, der dich sattgemacht hat!“

Die Kleinen wurden ins Bett gebracht, bekamen einen Kuß und schliefen gleich, und Mutter saß bis in die Nacht hinein und nähte, um für sich und die Ihren das tägliche Brot herbeizuschaffen. Und drüben aus dem reichen Haus glänzten die Lichter, und die Musik erklang. Die Sterne leuchteten über allen Häusern, über denen der Reichen und denen der Armen, gleich hell, gleich schön.

„Es war im Grunde ein angenehmer Abend!“ meinte das Talglicht. „Ob die Wachslichter im silbernen Leuchter es besser gehabt haben? Das wüßte ich gar zu gern, bevor ich heruntergebrannt bin!“

Und es dachte an die beiden gleich Glücklichen, das eine von Wachslichtern, das andere von einem Talglicht bestrahlt!

Ja, das ist die ganze Geschichte!

Das Unglaublichste

Der, welcher das Unglaublichste tun konnte, sollte die Königstochter und das halbe Reich haben.

Die jungen Menschen, ja die alten auch, spannten all ihr Denken, ihre Sehnen und Muskeln an; zwei aßen sich zu Tode, und einer trank sich tot, um das Unglaublichste ihrem Geschmack gemäß zu tun, aber auf diese Weise durfte es nicht getan werden. Kleine Gassenjungen übten sich darin, sich selber auf den Rücken zu spucken, das hielten sie für das Unglaublichste.

An einem bestimmten Tage sollte vorgeführt werden, was jeder als das Unglaublichste vorzuführen hatte. Als Schiedsrichter waren Kinder von drei Jahren bis zu Leuten in den Neunzigern eingesetzt. Es gab eine ganze Ausstellung von unglaublichen Dingen, aber alle waren sich schnell darüber einig, daß das Unglaublichste hier eine große Stubenuhr im Gehäuse war, außen wie innen hervorragend ausgetüftelt. Bei jedem Glockenschlag erschienen lebende Bilder, die zeigten, was die Glocke geschlagen hatte; es waren zwölf ganze Vorstellungen mit beweglichen Figuren, mit Gesang und Rede.

„Das ist das Unglaublichste!“ sagten die Leute.

Die Uhr schlug eins, und Moses stand auf dem Berge und schrieb auf die Gesetzestafeln das erste Gebot: „Ich bin der Herr, dein Gott, du sollst keine anderen Götter neben mir haben!“

Die Uhr schlug zwei, da kam der Paradiesgarten zum Vorschein, wo Adam und Eva sich trafen, beide glücklich, ohne auch nur soviel wie einen Kleiderschrank zu besitzen; sie brauchten auch keinen.

Auf den Schlag drei erschienen die Heiligen Drei Könige, der eine kohlschwarz, wofür er nichts konnte, die Sonne hatte ihn geschwärzt. Sie kamen mit Räucherwerk und Kostbarkeiten.

Schlag vier kamen die Jahreszeiten: der Frühling mit dem Kuckucksvogel auf einem frisch belaubten Buchenzweig, der Sommer mit einer Heuschrecke auf der reifen Kornähre, der Herbst mit einem leeren Storchennest – der Vogel war fortgeflogen –, der Winter mit einer alten Krähe, die in der Ofenecke Geschichten erzählen konnte, alte Erinnerungen.

Schlug die Uhr fünf, dann kamen die fünf Sinne: das Gesicht kam als Brillenmacher, das Gehör als Kupferschmied, der Geruch verkaufte Veilchen und Waldmeister, der Geschmack war Koch, und das Gefühl war Leichenbitter mit Trauerflor bis zu den Füßen hinunter.

Die Uhr schlug sechs: da saß ein Spieler, er würfelte, der Würfel zeigte die höchste Zahl, und das war eine Sechs.

Dann kamen die sieben Wochentage oder die sieben Todsünden, darüber waren sich die Leute nicht einig, die gehörten ja zusammen und waren nicht leicht auseinanderzuhalten.

Dann kam ein Mönchschor und sang die Frühmesse, um acht Uhr.

Auf den Schlag neun folgten die neun Musen; eine war bei der Astronomie angestellt, eine am historischen Archiv, der Rest gehörte zum Theater.

Punkt zehn Uhr trat wieder Moses hervor mit den Gesetzestafeln; auf denen standen alle Gebote Gottes, und ihrer waren zehn.

Die Uhr schlug abermals, da hüpften und sprangen kleine Jungen und Mädchen heraus, sie machten ein Spiel und sangen dazu: „Hört, ihr Herrn, die Uhr schlägt elf, bittet Gott, daß er euch helf!" und das hatte die Uhr geschlagen.

Jetzt schlug sie zwölf, da trat der Wächter hervor mit Kapuze und Morgenstern, er sang das alte Wächterlied:

„Der Erlöser ward geboren,
Als die Uhr schlug Mitternacht."

Und während er sang, sprossen Rosen hervor, und sie wurden zu Engelsköpfen, von regenbogenfarbenen Flügeln getragen.

Es war bezaubernd zu hören, es war schön anzusehen. Das Ganze war ein Kunstwerk ohnegleichen, das Unglaublichste, sagten alle Menschen.

Der Künstler war ein junger Mann, herzensgut, von kindlichem Frohsinn, ein treuer Freund und hilfsbereit gegen seine armen Eltern; er verdiente die Prinzessin und das halbe Reich.

Der Tag der Entscheidung war herangekommen, die ganze Stadt stand geschmückt da, und die Prinzessin saß auf dem Thron des Landes, der neues Roßhaar bekommen hatte, aber deswegen doch nicht bequemer und angenehmer geworden war. Die Schiedsrichter ringsum blickten verschmitzt zu dem hinüber, der gewinnen würde, und er stand freimütig und froh da, sein Glück war ihm sicher, er hatte das Unglaublichste getan.

„Nein, das werde ich jetzt tun!" rief im selben Augenblick ein langer knochiger Kraftkerl. „Ich bin es, der das Unglaublichste tun kann!" und dann ging er mit einer großen Axt auf das Kunstwerk los.

„Ritsch! ratsch! knatsch!“ da lag das Ganze. Räder und Federn sausten umher, alles war zerstört!

„Das konnte *ich!*“ sagte der Mann; „meine Tat hat die seine und die aller anderen geschlagen; ich habe das Unglaublichste getan!“

„Ein solches Kunstwerk zu zerstören!“ sagten die Schiedsrichter. „Ja, das ist das Unglaublichste!“

Das ganze Volk sagte dasselbe, und so mußte er die Prinzessin und das halbe Reich bekommen, denn Gesetz ist Gesetz, und wenn es das Unglaublichste ist.

Vom Wall und von allen Stadttürmen wurde geblasen: „Die Hochzeit wird gefeiert!“ Die Prinzessin war gar nicht erfreut darüber, aber entzückend sah sie aus, und kostbar war sie gekleidet. Die Kirche strahlte spät am Abend von Kerzen, das macht den besten Eindruck. Die adligen Jungfrauen der Stadt sangen und führten die Braut nach vorn, die Ritterschaft sang und geleitete den Bräutigam; der reckte den Kopf so hoch, als könnte er niemals mittendurch brechen.

Jetzt hörte der Gesang auf, es wurde so still, daß man eine Stecknadel hätte zu Boden fallen hören, aber mitten in dieser Stille flog mit Gepolter und Getöse die große Kirchentür auf und – „bumm! bumm!" da kam das ganze Uhrwerk auf dem Mittelgang durch die Kirche marschiert und stellte sich zwischen Braut und Bräutigam. Tote Menschen können nicht umgehen, das wissen wir sehr gut, aber ein Kunstwerk kann umgehen, der Körper war zerschlagen, aber nicht der Geist, der Geist der Kunst spukte, und das war kein Spaß.

Das Kunstwerk stand da, leibhaftig so wie vorher, als es heil und unberührt war. Die Glockenschläge erklangen, einer nach dem anderen, bis zum zwölften, und die Gestalten strömten heraus. Zuerst kam Moses; auf seiner Stirn loderte es wie von Flammen, er warf die schweren steinernen Gesetzestafeln dem Bräutigam auf die Füße, die er auf diese Weise am Kirchenfußboden festnagelte.

„Ich kann sie nicht wieder aufheben!" sagte Moses. „Du hast mir die Arme abgeschlagen! Stehe, wie du stehst!"

Jetzt kamen Adam und Eva, die Weisen aus dem Morgenland und die vier Jahreszeiten, jeder sagte ihm unangenehme Wahrheiten: „Schäme dich!“

Aber er schämte sich nicht.

Sämtliche Gestalten, die zu dem jeweiligen Glockenschlag gehörten, traten aus der Uhr heraus, und alle nahmen furchtbar an Größe zu, es war, als bliebe nicht Platz genug für die richtigen Menschen. Und als beim zwölften Schlag der Wächter mit Kapuze und Morgenstern hervortrat, gab es einen seltsamen Aufruhr; der Wächter ging auf

den Bräutigam los und haute ihm mit dem Morgenstern vor die Stirn.

„Da liege!" sagte er, „Gleiches für Gleiches! Wir sind gerächt, und der Meister auch! Wir verschwinden!"

Und dann verschwand das ganze Kunstwerk; aber die Lichter ringsum in der Kirche wurden zu großen Lichtblumen, und die vergoldeten Sterne unter der Decke schickten lange, helle Strahlen aus, die Orgel klang von selber. Alle Menschen sagten, das sei das Unglaublichste, was sie erlebt hätten.

„Wollen Sie nun den Richtigen herbeirufen!" sagte die Prinzessin, „den, der das Kunstwerk gemacht hat, er sei mein Ehemann und Herr!"

Und er stand in der Kirche, das ganze Volk war sein Gefolge, alle freuten sich, alle segneten ihn; da gab es nicht einen, der mißgünstig gewesen wäre. – Ja, das war das Unglaublichste!

Hören willst du, was die ganze Familie sagte? Ja, höre jetzt zuerst, was die kleine Marie sagte.

Die kleine Marie hatte Geburtstag, das war der allerschönste Tag, fand sie. Die kleinen Freunde und Freundinnen kamen alle, um mit ihr zu spielen, und sie hatte das feinste Kleid an; das hatte sie von Großmutter bekommen, die bei dem lieben Gott war, aber Großmutter hatte es selber zugeschnitten und genäht, ehe sie in den hellen, wunderschönen Himmel hinaufging. Der Tisch in Maries Stube prangte von Gaben; da war die niedlichste kleine Küche mit allem, was zu einer Küche gehört, und eine Puppe, die die Augen verdrehen und „au!“ sagen konnte, wenn man sie auf den Bauch drückte; ja, da war auch ein Bilderbuch mit den schönsten Geschichten zum Lesen, wenn man lesen konnte! aber schöner als alle Geschichten war es doch, wenn man viele Geburtstage erlebte.

„Ja, leben ist wunderschön!“ sagte die kleine Marie. Der Pate fügte hinzu, es sei das schönste Märchen.

In der Stube nebenan hielten sich die beiden Brüder auf; sie waren große Knaben, der eine neun Jahre alt, der andere elf. Sie fanden es auch schön zu leben, auf ihre Weise zu leben, nicht Kind zu sein wie Marie, nein, kecke Schuljungen zu sein, „Sehr gut“ im Zeugnis zu haben und sich im Scherz mit den Kameraden zu raufen, im Winter Schlittschuh zu laufen und im Sommer mit dem Velociped zu fahren, von Ritterburgen, Zugbrücken und

Burgverliesen zu lesen, von Entdeckungen im Inneren Afrikas zu hören. Der eine der Jungen hatte dabei jedoch einen Kummer, nämlich daß alles entdeckt sein könnte, bevor er groß wäre; dann wollte er auf Abenteuer ausziehen. Das Leben sei das schönste Märchen, sagte ja der Pate, und in dem komme man selber vor.

Diese Kinder lebten und hausten im Erdgeschoß; oben wohnte ein anderer Teil der Familie, ebenfalls mit Kindern, aber diese waren schon aus den Kinderschuhen heraus, so groß waren sie; der eine Sohn siebzehn Jahre alt, der zweite zwanzig, aber der dritte sehr alt, sagte die kleine Marie, er war fünfundzwanzig Jahre alt und verlobt. Sie lebten alle in glücklichen Verhältnissen, hatten gute Eltern, gute Kleider, gute Geistesgaben, und sie wußten, was sie wollten: „Vorwärts! weg mit all den alten Bretterzäunen! freien Ausblick auf die ganze Welt! Sie ist das Schönste, was wir kennen. Der Pate hat recht; das Leben ist das schönste Märchen!"

Vater und Mutter, beides ältere Leute – natürlich, älter als die Kinder mußten sie sein –, sie sagten mit einem Lächeln um den Mund, mit einem Lächeln in den Augen und im Herzen: „Wie sind sie jung, die jungen Menschen! Es geht in der Welt nicht ganz so, wie sie meinen, aber es geht. Das Leben ist ein seltsames, schönes Märchen!"

Oben drüber, dem Himmel ein wenig näher, wie man sagt, wenn Leute unterm Dache wohnen, dort wohnte der Pate. Alt war er und dennoch so jung im Herzen, immer heiteren Sinnes, und dann konnte er Geschichten erzählen, viele und lange. Er war weit in der Welt herumgekommen, und aus aller Herren Ländern standen wunderbare Dinge in seiner Stube. Da gab es Bilder von der Decke bis zum Fußboden, und mehrere Scheiben waren aus rotem und aus gelbem

Glas; sah man dort hindurch, dann lag die ganze Welt im Sonnenschein, und wenn das Wetter draußen noch so trübe war. In einem großen Glaskasten wuchsen grüne Pflanzen, und es stand ein besonderer Glashafen darin, in dem schwammen Goldfische; sie sahen einen an, als wüßten sie so viel, worüber sie nicht reden mochten. Alles duftete hier von Blumen, selbst in der Winterszeit, und dann brannte ein großes Feuer im Kamin; es machte solchen Spaß, hier zu sitzen und hineinzuschauen und zu hören, wie es knisterte und krachte. „Der liest mir alte Erinnerungen vor!" sagte der Pate, und der kleinen Marie war es auch so, als erschienen viele Bilder im Feuer.

Aber in dem großen Bücherschrank daneben standen die richtigen Bücher; in einem davon las der Pate oft, und das nannte er das Buch der Bücher, das war die Bibel. Da stand in Bildern die Geschichte der ganzen Welt und aller Menschen, der Schöpfung, der Sintflut, der Könige und des Königs der Könige.

„Alles, was geschehen ist und geschehen wird, steht in diesem Buch!" sagte der Pate. „So unendlich viel in einem einzigen Buch! Denkt darüber nach! Ja, alles, was ein Mensch zu erbitten hat, ist in das Gebet hineingelegt und wird in wenigen Worten ausgesprochen: ‚Vater unser!' Es ist ein Gnadentropfen! Es ist eine Perle vom Trost Gottes! Es wird als Gabe dem Kind in die Wiege gelegt, dem Kind ans Herz gelegt. Kindchen, bewahre es wohl! verliere es niemals, wie groß du auch wirst, und du bist auf den wechselnden Wegen nicht verlassen! Es leuchtet in dich hinein, und du bist nicht verloren!"

Die Augen des Paten leuchteten dabei, sie strahlten vor Freude. Einmal, in jungen Jahren, hatten sie geweint, „und das war auch gut", sagte er, „es waren Zeiten der Prüfungen, als alles trübe aussah. Jetzt habe ich Sonne um mich herum und in mir. Je älter man wird, desto besser sieht man im Glück und im Unglück, daß der Herrgott immer dabei ist, daß das Leben das schönste Märchen ist, und das kann nur er uns bescheren, und das dauert bis in die Ewigkeit!"

„Leben ist schön!" sagte die kleine Marie.

Das sagten auch die kleinen und die großen Jungen; Vater und Mutter, die ganze Familie sagte es, aber vor allem der Pate, und er hatte Erfahrungen, er war der Älteste von ihnen allen, er kannte alle Geschichten, alle Märchen, und er sagte, und zwar aus seinem vollen Herzen: „Das Leben ist das schönste Märchen!"

„Tanze, tanze, Püppchen mein!“

Ja, das ist aber ein Lied für sehr kleine Kinder!“ versicherte Tante Male; „ich kann diesem ‚Tanze, tanze, Püppchen mein‘ beim besten Willen nicht folgen“, aber die kleine Amalie konnte es; sie war erst drei Jahre alt, spielte mit Puppen und erzog diese so, daß sie ebenso klug würden wie Tante Male.

Es kam ein Student ins Haus; er machte mit den Brüdern Schulaufgaben; er sprach sehr viel mit der kleinen Amalie und ihren Puppen, sprach ganz anders als alle anderen; das fand die Kleine so lustig, und dennoch sagte Tante Male, daß er überhaupt nicht mit Kindern umzugehen wüßte; die kleinen Köpfe könnten unmöglich das Gerede verarbeiten. Die kleine Amalie konnte es, ja, sie lernte von dem Studenten sogar das ganze Lied „Tanze, tanze, Püppchen mein!“ auswendig und sang es ihren drei Puppen vor, zwei davon waren neu, die eine ein Fräulein, die andere ein Mannsbild, aber die dritte Puppe war alt und hieß Lise. Sie bekam das Lied auch zu hören und kam darin vor.

Tanze, tanze, Püppchen mein!
Seht, wie ist das Fräulein fein!
Ebenso der kleine Mann,
Der hat Hut und Handschuh an,
Weiße Hosen, blauen Frack,
Hühnerauge ist aus Lack.
Er ist fein, und sie ist fein,
Tanze, tanze, Püppchen mein!

Alte Lise, das ist wahr,
Püppchen aus dem vor'gen Jahr,
Hat jetzt neues Haar aus Flachs,
Und ihr Kopf, der ist aus Wachs;
Sie ist wieder ganz wie neu.
Komm, mein Kind, und sei nicht scheu,
Alle drei ihr tanzen sollt,
Seht doch aus so hübsch und hold.

Tanze, tanze, Püppchen mein!
Schwinge nun dein rechtes Bein!
Fuß nach auswärts, halt dich rank,
Bist ja doch so süß und schlank!
Knickse, dreh dich, wirble rund,
Das ist allemal gesund!
Niedlich seid ihr alle drei,
Ringelreihen, ho, juchei!

Und die Puppen verstanden das Lied, die kleine Amalie verstand es, der Student verstand es; er hatte es ja selber gedichtet, und er sagte, es wäre so ausgezeichnet; nur Tante Male verstand es nicht; sie war durch das Tor des Kindseins hinausgegangen – „Torheiten!" –, aber das war die kleine Amalie nicht, sie singt es.

Von ihr haben wir es.

„Frag die Amagerfrau*!“

Ein uralter Mohrrüb, bieder und gut,
Gar knubbelig, gar dick und so schwer,
Der faßte einen entsetzlichen Mut,
Eine Junge zu heiraten, war sein Begehr.
Ein reizendes junges Rübchen voll Glut,
Von der Mohrrüben allerfeinstem Blut.
Auf der Hochzeit war alles frohgemut,
Die Bewirtung war unbezahlbar gut.
Man zahlte gar nichts. Man war nicht bang,
Schleckte Mondschein, trank vom Tau einen
Fing Blumenflocken auf dem Flug, [Schluck,
Auf Wiesen und Feldern macht' man den Fang.
Der alte Mohrrüb grüßt' mit 'nem Ruck
Und redete ewig und lang.
Die Worte, die gluckten Gluck um Gluck;
Die junge Mohrrübe sagt' keinen Muck,
Saß da ohne Lächeln und schien im Druck,
Jung war sie und schmuck.
Komm selbst und schau!
Oder frag die Amagerfrau!

* Amager, die große Insel südlich von Kopenhagen, ist der Gemüsegarten Kopenhagens, die Frauen, die von dort mit ihrem Gemüse nach Kopenhagen auf den Markt ziehen, heißen kurzweg die „Amagerfrauen“ (Anmerkung d. Übers.).

Ein Rotkohl war der Pfarrer beim Feste,
Mairüben als Brautjungfern, das war 'ne Schau!
Gurke und Spargel war'n Ehrengäste,
Der Kartoffelchor sang, es klang etwas rauh.
Groß und klein tanzte, langsam und lau,
Frag die Amagerfrau!
Der alte Mohrrüb hüpft' ohne Schuh,
Hu ha! da platzt' er im Rücken entzwei
Und tot war er, mausetot und im Nu,
Das Mohrrübenfräulein lachte dazu,
So sonderbar leicht war's ihr dabei.
Nun war sie Witwe, sie freute sich gar,
Konnt leben, wie's ihr am liebsten war,
In der Suppe schwimmen als Jungfer, fürwahr,
Mit Haut und mit Haar!

Komm selbst und schau!
Oder frag die Amagerfrau!

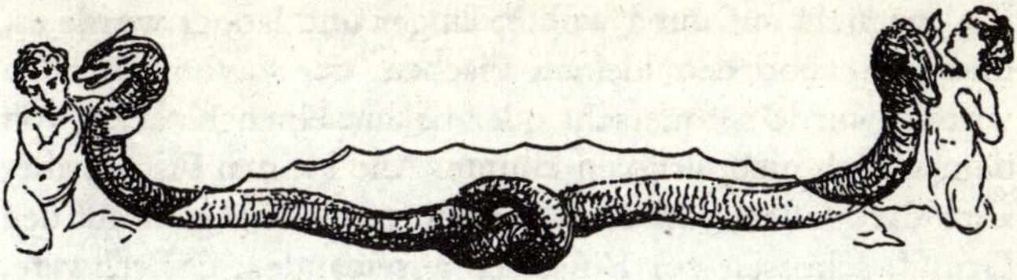

Die grosse Seeschlange

Da war ein kleiner Seefisch aus guter Familie, des Namens entsinne ich mich nicht, den müssen die Gelehrten dir sagen. Der kleine Fisch hatte achtzehnhundert Geschwister, alle gleich alt; sie kannten weder ihren Vater noch ihre Mutter, sie mußten sofort allein fertigwerden und herumschwimmen, aber das war ein großes Vergnügen. Wasser zum Trinken hatten sie genug, das ganze Weltmeer, an die Nahrung dachten sie nicht, die würde schon kommen; jeder würde seinen Freuden nachgehen, jeder würde seine eigene Gechichte haben, ja, darüber dachte auch keines von ihnen nach.

Die Sonne schien ins Wasser hinab, es glitzerte um sie, es war so hell, es war eine Welt mit den erstaunlichsten Geschöpfen, und einige so schauerlich groß, mit riesigen Schlünden, die konnten die achtzehnhundert Geschwister verschlingen, aber darüber dachten sie auch nicht nach, denn keiner von ihnen war bis jetzt verschlungen worden.

Die Kleinen schwammen zusammen, dicht nebeneinander, wie die Heringe und die Makrelen es tun; wie sie aber gerade so schön im Wasser schwammen und an nichts dachten, sank mit entsetzlichem Geräusch von oben, mitten zwischen ihnen hindurch, ein langes, schweres Ding herab, das gar nicht aufhören wollte; länger und länger wurde es, und jeder von den kleinen Fischen, der davon getroffen wurde, wurde zerquetscht oder bekam einen Knacks, von dem er sich nicht erholen konnte. Alle kleinen Fische, aber auch die großen, von der Meeresoberfläche bis ganz auf den Grund, schossen vor Entsetzen auseinander; das schwere, riesige Ding sank tiefer und tiefer, es wurde länger und länger, meilenlang, so lang wie das ganze Meer.

Fische und Schnecken, alles, was schwimmt, alles, was kriecht oder von den Strömungen getrieben wird, bemerkte dieses fürchterliche Ding, diesen unermeßlichen, unbekannten Meeresaal, der ganz urplötzlich von oben heruntergekommen war.

Was war es nur für ein Ding? Ja, das wissen wir! es war der große, meilenlange Telegraphendraht, den die Menschen zwischen Europa und Amerika versenkten.

Es entstand ein Schrecken, wo der Draht versenkt wurde, es entstand ein Aufruhr unter den rechtmäßigen Bewohnern des Meeres. Die fliegenden Fische sausten an der Meeresoberfläche in die Lüfte hinauf, so hoch wie sie konnten, ja, der Knurrhahn schnellte einen ganzen Büchsenschuß weit über das Wasser, das kann er nämlich; andere Fische entflohen zum Meeresgrund, sie schossen mit solcher Geschwindigkeit dahin, daß sie da ankamen, lange bevor der Telegraphendraht dort unten erspäht wurde; sie scheuchten Kabeljau und Flundern auf, die friedlich in der Meerestiefe umherwandelten und ihre Mitgeschöpfe auffraßen.

Ein paar Meerwalzen erschraken so sehr, daß sie ihren Bauch ausspien, sie blieben aber trotzdem am Leben, das konnten sie nämlich. Viele Hummer und Taschenkrebse fuhren aus ihrem guten Harnisch und mußten die Beine zurücklassen.

Bei all dieser Angst und dieser Wirrnis kamen die achtzehnhundert Geschwister auseinander und begegneten sich nicht mehr oder erkannten sich nicht; nur ein Dutzend blieb am selben Fleck, und nachdem sie sich zwei Stunden lang still verhalten hatten, überwanden sie den ersten Schreck und begannen neugierig zu werden.

Sie sahen sich um; sie sahen nach oben, und sie sahen nach unten, und dort in der Tiefe meinten sie das fürchterliche Ding zu erspähen, das sie so in Schrecken versetzt hatte, groß und klein erschreckt hatte. Das Ding lag auf dem Meeresboden, so weit sie sehen konnten; sehr dünn war es, aber sie wußten ja nicht, wie dick es sich machen konnte oder wie stark es war. Es lag ganz still, aber, dachten sie, das konnte Tücke sein.

„Laßt es liegen, wo es liegt! Es geht uns nichts an!" sagte der vorsichtigste von den kleinen Fischen, aber der allerkleinste von ihnen wollte es nicht aufgeben, sich darüber zu unterrichten, was dies Ding sein könnte; von oben war es heruntergekommen, von oben mußte man sich am besten Auskunft holen können, und so schwammen sie an die Meeresoberfläche, es war windstilles Wetter.

Dort trafen sie einen Delphin; das ist so ein Springinsfeld, ein Meerstreicher, der über die Wasserfläche hinweg Purzelbäume schlagen kann; er hatte Augen im Kopf, und er mußte etwas gesehen haben und wissen; den fragten sie, aber er hatte nur an sich selbst und seine Purzelbäume gedacht, nichts gesehen, wußte nichts zu antworten, und so schwieg er und schaute stolz drein.

Darauf wandten sie sich an den Seehund, der gerade untertauchte; der war höflicher, obgleich er kleine Fische frißt; aber heute war er satt. Er wußte etwas mehr als der Springfisch.

„Ich habe manche Nacht auf einem nassen Stein gelegen und nach dem Land hinübergeschaut, meilenweit von hier entfernt; da gibt es arglistige Geschöpfe, man nennt sie in ihrer Sprache Menschen, sie stellen uns nach, aber meistens entschlüpfen wir ihnen doch, das ist mir klargeworden, und das ist auch dem Meeraal klargeworden, nach dem ihr fragt. Der ist in ihrer Gewalt gewesen, ist oben am Land gewesen, sicher seit unvordenklichen Zeiten; von dort haben sie ihn auf einem Schiff mitgenommen, um ihn übers Meer in ein anderes, fernes Land zu bringen. Ich sah, was für Mühe sie hatten, aber sie konnten mit ihm fertigwerden, der war ja an Land schlapp geworden. Sie legten ihn in Ringe und Kreise, ich hörte, wie er rasselte und raschelte, als sie ihn hinlegten, aber er ist ihnen doch entkommen, ist hier herausgekommen. Sie haben ihn mit aller Kraft festgehalten, viele Hände hielten fest, er entwischte trotzdem und gelangte auf den Grund; da liegt er, denke ich, bis auf weiteres!"

„Der ist ein bißchen dünn!" sagten die Fischlein.

„Die haben ihn ausgehungert!" sagte der Seehund, „aber er erholt sich wohl bald, erhält seinen alten Umfang und seine Größe zurück. Ich nehme an, es ist die große Seeschlange, vor der die Menschen solche Furcht haben und von der sie so viel reden; ich habe sie bis jetzt noch nie gesehen und nie an sie geglaubt; jetzt glaube ich, die ist das!" und dann tauchte der Seehund.

„Wie viel der wußte! Wie viel der redete!" sagten die Fischlein. „Ich bin noch nie so klug gewesen! – Wenn es bloß nicht gelogen ist!"

„Wir können ja nach unten schwimmen und es untersuchen!" sagte das Kleinste; „unterwegs hören wir die Meinung der anderen!"

„Wir machen nicht einen Schlag mit unseren Flossen, um etwas zu erfahren!" sagten die anderen und bogen ab.

„Aber ich tu's!" sagte der Kleinste und steuerte auf das tiefste Wasser zu; aber er war weit von der Stelle entfernt, wo „das lange, versenkte Ding“ lag. Der kleine Fisch sah und suchte nach allen Seiten in der Tiefe.

Nie zuvor hatte er seine Welt als so groß empfunden. Die Heringe zogen in großen Schwärmen, schimmernd wie ein Riesenschiff aus Silber, die Makrelen schwammen ebenfalls in Gemeinschaften und sahen noch prächtiger aus. Da kamen Fische in allen Gestalten und mit Mustern in allen Farben; Medusen, gleich halb durchsichtigen Blumen, die sich von den Strömungen tragen und führen ließen. Große Pflanzen wuchsen vom Meeresboden auf, klafterhohes Gras und palmenförmige Bäume, jedes Blatt mit glänzenden Schalentieren besetzt.

Endlich erspähte der kleine Seefisch dort unten einen langen, dunklen Streifen und steuerte darauf zu, aber es war weder ein Fisch noch ein Draht, es war die Reling eines großen, gesunkenen Fahrzeugs, dessen oberstes und unterstes Deck durch den Druck des Meeres zerbrochen waren. Der kleine Fisch schwamm im Rumpf umher, wo die vielen Menschen, die umgekommen waren, als das Schiff sank, jetzt hinausgespült worden waren, bis auf zwei: ein junges Weib lag dort ausgestreckt mit einem kleinen Kind in den Armen. Das Wasser hob sie und wiegte sie gleichsam, sie schienen zu schlafen. Der kleine Fisch erschrak ordentlich, er hatte so gar keine Ahnung davon, daß sie nie mehr erwachen konnten. Die Wasserpflanzen hingen gleich Laubwerk über die Reling herab, über die beiden schönen Leichen von Mutter und Kind. Es war hier so still, es war so einsam. Der kleine Fisch eilte fort, so schnell er konnte, hinaus, wo das Wasser heller leuchtete und wo Fische zu sehen waren. Er war nicht weit gekommen, da begegnete er einem jungen Wal, ganz furchtbar groß.

„Verschling mich nicht!“ sagte das Fischlein, „ich bin nicht einmal ein Kosthappen, so klein bin ich, und mir ist es eine große Annehmlichkeit zu leben!“

„Was willst du so tief hier unten, wo deine Art nicht verkehrt?“ fragte der Wal. Und da erzählte das Fischlein von dem langen, wunderlichen Aal oder was für ein Ding es nun war, das sich von oben hatte herabsinken lassen und selbst die allermutigsten Meeresgeschöpfe in Schrecken versetzt hatte.

„Ho, ho!“ sagte der Wal und holte so tief Wasser ein, daß er einen riesigen Wasserstrahl ausstoßen mußte, wenn er nach oben kam und Luft holte. „Ho, ho!“ sagte er, „das Ding war es also, was mir auf dem Rücken kribbelte, als ich mich umdrehte! Ich dachte, es wäre ein Schiffsmast, den ich als Rückenkratzer benutzen könnte! Aber das war nicht hier an dieser Stelle. Nein, viel weiter draußen liegt das Ding. Ich möchte es doch untersuchen, ich habe nichts anderes zu tun!“

Und dann schwamm er voraus und der kleine Fisch hinterdrein, nicht zu nahe, denn wo der große Wal durch das Wasser vorwärts brauste, entstand gleichsam eine reißende Strömung.

Sie begegneten einem Hai und einem alten Sägefisch; die beiden hatten auch von dem seltsamen Meeresaal gehört, so lang und so dünn; gesehen hatten sie ihn nicht, aber das wollten sie.

Jetzt kam ein Seewolf.

„Ich komme mit!“ sagte er; er wollte denselben Weg nehmen.

„Ist die große Seeschlange nicht dicker als eine Ankertrosse, dann schneide ich sie mit einem Biß durch!“ und er öffnete seinen Rachen und zeigte seine sechs Reihen Zähne. „Ich kann in einen Schiffsanker hineinbeißen, so daß Spuren zurückbleiben, mit Leichtigkeit kann ich diesen Stengel durchbeißen!“

„Da ist er!“ sagte der große Wal, „ich kann ihn sehen!“ Er dachte, er sähe besser als die anderen. „Seht, wie er sich hochhebt, seht, wie er sich krümmt, schlängelt und windet!“

Er war es indessen nicht, sondern es war ein ungemein großer Meeraal, mehrere Ellen lang, der sich näherte.

„Den da, den habe ich schon mal gesehen!“ sagte der Sägefisch, „der hat nie viel Unheil im Meer gestiftet oder große Fische in Schrecken versetzt!“

Und da erzählten sie dem von dem neuen Aal und fragten, ob er mit auf Entdeckungen wollte.

„Ist der Aal länger als ich", sagte der Meeraal, „dann wird ihm ein Unglück geschehen!"

„Das wird es!" sagten die anderen. „Wir sind unser genug, um ihn nicht dulden zu müssen!" und dann eilten sie vorwärts.

Aber da kam ihnen gerade etwas in den Weg, ein sonderbares Ungetüm, größer als sie alle.

Es sah aus wie eine schwimmende Insel, die sich nicht über Wasser halten konnte.

Es war ein uralter Walfisch. Sein Kopf war mit Meerespflanzen bewachsen, sein Rücken mit Kriechtieren und so unglaublich vielen Austern und Muscheln überzogen, daß seine schwarze Haut ganz weißbetupft war.

„Komm mit, Alter!" sagten sie. „Hier ist ein neuer Fisch angekommen, der nicht geduldet werden darf."

„Ich möchte lieber liegenbleiben, wo ich liege!" sagte der alte Wal. „Laßt mich in Frieden! Laßt mich liegen! Ach ja, ja, ja! Ich leide an einer schweren Krankheit! Linderung bekomme ich, wenn ich an die Meeresoberfläche gelange und meinen Rücken drüberweg halte! Dann kommen die guten, lieben Seevögel und picken mich sauber, das tut so gut, wenn sie nur nicht mit ihrem Schnabel zu tief hineinhacken, das geht häufig bis in meinen Speck hinein. Seht doch mal! Das ganze Gerippe von einem Vogel sitzt noch auf meinem Rücken; der Vogel grub die Krallen zu tief hinein und konnte nicht loskommen, als ich auf den Grund sank. Nun haben die kleinen Fische ihn abgenagt. Seht, wie er aussieht und wie ich aussehe! Ich habe eine Krankheit!"

„Das ist nur Einbildung!" sagte der junge Wal. „Ich bin nie krank! Kein Fisch ist krank!"

„Entschuldigen Sie!" sagte der alte Wal; „der Aal hat eine Hautkrankheit, der Karpfen hat die Pocken, und wir alle haben Würmer!"

„Unsinn!" sagte der Hai, er hatte keine Lust, noch mehr zu hören, die anderen auch nicht, sie hatten ja andere Dinge vor.

Endlich kamen sie an die Stelle, wo der Telegraphendraht lag. Er hat ein langes Lager auf dem Meeresgrund, von Europa bis Amerika, über Sandbänke und Meeresschlamm, Felsengrund und Pflanzenwildnis, ja ganze Wälder von Korallen, und dann wechseln die Strömungen da unten, Wasserwirbel strudeln, Fische wimmeln hervor, in größeren Schwärmen als die zahllosen Vogelschwärme, die die Menschen zur Zeit des Vogelzuges sehen. Hier ist ein Aufruhr, ein Platschen, ein Summen, ein Brausen: von diesem Brausen spukt noch ein wenig in den großen, leeren Meermuscheln, wenn wir sie an unser Ohr halten.

Jetzt kamen sie an die Stelle.

„Da liegt das Tier!" sagten die großen Fische, und der kleine sagte es auch. Sie sahen den Draht, dessen Anfang und Ende sich an ihrem Horizont verloren.

Schwämme, Polypen und Medusen schwankten auf dem Grunde, senkten und krümmten sich darüber, so daß er bald verborgen war, bald sichtbar wurde. Seeigel, Schnekken und Schlangen bewegten sich um ihn herum; riesige Spinnen, die einen ganzen Besatz von Kriechtieren mithatten, stelzten über den Draht. Dunkelblaue Meerwalzen oder wie das Gezücht heißt, das mit dem ganzen Rumpf frißt, lagen da und schnupperten gleichsam an dem neuen Tier, das sich auf den Meeresboden gelegt hatte. Flundern und Kabeljaus drehten sich im Wasser um, weil sie nach allen Seiten horchen wollten. Der Sternfisch, der sich immer in den Schlamm einbohrt und nur zwei lange Stiele mit Augen daran draußen läßt, lag da und glotzte, um zu sehen, was bei dem Aufruhr herauskäme.

Der Telegraphendraht lag ohne jegliche Bewegung da. Aber Leben und Geist waren in ihm; menschliche Gedanken liefen durch ihn hindurch.

„Das Ding ist heimtückisch!“ sagte der Wal. „Es ist imstande, mir gegen den Bauch zu hauen, und das ist gerade meine empfindliche Seite!“

„Fühlen wir uns doch mal vor!“ sagte der Polyp. „Ich habe lange Arme, ich habe biegsame Finger; ich habe es angefaßt, ich werde jetzt ein bißchen fester zugreifen.“

Und er streckte die längsten seiner biegsamen Arme nach dem Draht aus und faßte um ihn herum.

„Der hat keine Schuppen!“ sagte der Polyp, „der hat keine Haut! Ich glaube, der bringt niemals lebendige Junge zur Welt!“

Der Meeraal legte sich am Telegraphendraht entlang und streckte sich aus, soweit er konnte.

„Das Ding ist länger als ich!“ sagte er. „Aber auf die Länge kommt es gar nicht an, man muß Haut haben, Bauch und Biegsamkeit.“

Der Wal, der junge, starke Wal, beugte sich ganz hinunter, tiefer als er jemals gewesen war.

„Bist du Fisch oder Pflanze?“ fragte er. „Oder bist du nur ein Obenher-Werk, das sich bei uns hier unten nicht wohlfühlen kann?“

Aber der Telegraphendraht antwortete nicht; das tut er nicht an dieser Stelle. Gedanken gingen durch ihn hindurch, Menschengedanken; sie erklingen für eine Sekunde über die vielen hundert Meilen von Land zu Land.

„Wirst du antworten, oder willst du durchgebissen werden?“ fragte der gefräßige Hai, und all die anderen großen Fische fragten dasselbe: „Wirst du antworten, oder willst du durchgebissen werden?“

Der Draht rührte sich nicht, er hatte seinen besonderen

Gedanken, und einen solchen kann einer haben, der mit Gedanken angefüllt ist.

„Laß sie mich ruhig durchbeißen, dann werde ich heraufgeholt und wieder in Ordnung gebracht, das ist mit anderen von meiner Art in kleineren Gewässern auch geschehen!"

Er antwortete daher nicht, er hatte mehr zu tun, er telegraphierte, lag rechtens und von Amts wegen auf dem Meeresgrund.

Oben drüber ging jetzt die Sonne unter, wie die Menschen es nennen, sie wurde wie das röteste Feuer, und alle Wolken des Himmels lohten wie Feuer, eine prächtiger als die andere.

„Jetzt kriegen wir die rote Beleuchtung!" sagten die Polypen, „dann wird man das Ding vielleicht besser sehen, falls es notwendig ist."

„Auf ihn! auf ihn!" rief der Seewolf und fletschte alle Zähne.

„Auf ihn! auf ihn!" sagten der Schwertfisch und der Wal und der Meeraal.

Sie stürzten vor, der Seewolf vornweg; aber als er gerade den Draht durchbeißen wollte, trieb der Sägefisch vor lauter Heftigkeit seine Säge mitten in das Hinterteil des Seewolfs hinein; es war ein großer Irrtum, und der Wolf hatte keine Kraft zum Beißen.

Jetzt entstand unten in dem Modder ein großes Kuddelmuddel: große Fische und kleine Fische, Meerwalzen und Schnecken gingen aufeinander los, fraßen einander, quetschten, drängelten. Der Draht lag still da und ging seinem Gewerbe nach, und das muß man.

Die dunkle Nacht brütete oben drüber, aber die Milliarden und Milliarden von lebendigen Tierchen des Meeres leuchteten. Krebse, nicht einmal so groß wie ein Stecknadelkopf, leuchteten. Es ist ganz wundersam, aber so ist es nun.

Die Tiere des Meeres betrachteten den Telegraphendraht.

„Was ist das Ding nur, und was ist es nicht?"

Ja, das war die Frage.

Da kam eine alte Seekuh an. Die Menschen nennen diese Art Seejungfrau oder Wassermann. Eine Sie war sie, hatte einen Schwanz und zwei kurze Arme zum Platschen, eine Hängebrust und Tang und Schmarotzer am Kopf, und auf die war sie stolz.

„Wollt ihr Wissen und Kenntnisse haben?“ fragte sie, „dann bin ich sicher die einzige, die welche vermitteln kann; aber ich verlange dafür gefahrenfreien Weideplatz auf dem Meeresgrunde für mich und die Meinen. Ich bin ein Fisch wie ihr, und ich bin durch Übung auch Kriechtier. Ich

bin die Klügste im Meer; ich weiß über alles Bescheid, was sich hier unten tut, und über alles, was oben vorgeht. Das Ding da, über das ihr euch den Kopf zergrübelt, ist von oben, und was von da oben herunterplumpst, ist tot oder wird tot und kraftlos; laßt es liegen als das, was es ist. Es ist nur ein menschlicher Einfall!“

„Ich glaube aber, an dem ist ein bißchen mehr dran!“ sagte der kleine Seefisch.

„Halt den Mund, Makrele!“ sagte die große Seekuh.

„Stichling!“ sagten die anderen, und das war noch verletzender.

Und die Seekuh erklärte ihnen, das ganze Alarmtier, das ja übrigens keinen Mucks von sich gab, wäre eine Erfindung vom trockenen Land. Und sie hielt einen kleinen Vortrag über die Arglist der Menschen.

„Sie wollen uns zu fassen kriegen", sagte sie, „das ist das einzige, wofür sie leben; sie spannen Netze aus, kommen mit Ködern am Haken, um uns zu locken. Dies hier ist irgendeine große Angelleine, von der sie hoffen, wir beißen an, die sind so dumm! Das sind wir nicht! Rührt bloß das Machwerk nicht an, das geht auseinander, wird zu lauter Fasern und Schlamm, das Ganze. Was von oben kommt, ist Bruch und Lug und Trug, ist nichts wert!"

„Nichts wert!" sagten alle Meeresgeschöpfe und hielten sich an die Meinung der Seekuh, um eine Meinung zu haben.

Der kleine Seefisch blieb bei seinem Gedanken. „Die unglaublich lange dünne Schlange ist wahrscheinlich der wundersamste Fisch im Meer. Ich habe so ein Gefühl."

„Der wundersamste!" sagen wir Menschen auch und sagen es auf Grund unserer Kenntnisse und mit Überzeugung.

Die große Seeschlange ist es, von altersher in Lied und Sage erwähnt.

Sie ist durch menschliche Genialität zur Welt gekommen und großgezogen worden, ist ihr entsprungen und auf den Meeresgrund gelegt worden, erstreckt sich von den Ländern im Osten zu den Ländern im Westen und bringt Botschaft so schnell wie der Strahl des Lichts von der Sonne bis zu unserer Erde. Sie wächst und wächst an Macht und Verbreitung, wächst Jahr um Jahr, durch alle Meere, rund um die Erde, unter den stürmischen Wassern und den glasklaren Wassern, wo der Schiffer hinunterblickt, als segelte er in durchsichtiger Luft, wo er ein Fischgewimmel sieht, ein ganzes Farbenfeuerwerk.

Ganz unten streckt sich die Schlange aus, eine Midgardschlange voller Segen, die sich in den Schwanz beißt, indem sie die Erde umfängt. Fische und Kriechtiere laufen mit der Stirn dagegen, sie verstehen das Ding von dort oben ja doch nicht: die mit Gedanken angefüllte, in allen Sprachen kündende und dennoch lautlose Schlange des Wissens auf Gedeih und Verderb, das wundersamste von allen Wundern des Meeres, die große Seeschlange unserer Zeit.

Der Gärtner und die Herrschaft

Etwa eine Meile von der Hauptstadt entfernt lag ein alter Gutshof mit dicken Mauern, Türmen und Treppengiebeln.

Hier wohnte, jedoch nur in der Sommerszeit, eine reiche, hochadelige Herrschaft; dieser Hof war der beste und hübscheste von allen Höfen, die sie besaß; er sah von außen aus wie neugegossen und war voller Behagen und Bequemlichkeit im Innern. Das Wappen der Familie war über dem Tor in Stein gehauen, wunderschöne Rosen wanden sich um Wappen und Erker, ein ganzer Rasenteppich breitete sich vor dem Gutshof aus; hier standen Rotdorn und Weißdorn, hier gab es seltene Blumen, selbst außerhalb des Treibhauses.

Die Herrschaft hatte auch einen tüchtigen Gärtner; es war eine Lust, den Blumengarten, den Obst- und Gemüsegarten zu sehen. Hinter diesem lag noch ein Rest von dem ursprünglichen alten Garten des Hofes mit einigen Buchsbaumhecken, so geschnitten, daß sie Kronen und Pyramiden bildeten. Hinter diesen standen zwei riesige alte Bäume; sie waren fast immer ohne Laub, und man konnte leicht auf den Gedanken kommen, daß ein Sturmwind oder eine Windhose große Klumpen Dung über sie ausgestreut hätte, aber jeder Klumpen war ein Vogelnest.

Hier horstete seit unvordenklichen Zeiten ein Gewimmel schreiender Saat- und Nebelkrähen; es war eine ganze Vogelstadt, und die Vögel waren die Herrschaft, Eigentümer des Besitzes, das älteste Geschlecht des Herrensitzes, die eigentliche Herrschaft auf dem Hofe. Keiner von den Menschen dort unten ging sie etwas an, aber sie duldeten diese am Boden gehenden Geschöpfe, obgleich die zuweilen mit der Büchse knallten, so daß es die Vögel im Rückgrat kribbelte und jeder Vogel dadurch vor Schrecken aufflog und schrie: „Pack! Pack!"

Der Gärtner sprach oft zu seiner Herrschaft davon, die alten Bäume fällen zu lassen, sie sähen nicht gut aus, und kämen sie weg, würde man wahrscheinlich auch die schreienden Vögel los, sie würden sich woanders ansiedeln.

Aber die Herrschaft wollte weder die Bäume loswerden noch das Vogelgewimmel, derlei könnte der Hof nicht missen, es wäre etwas aus alter Zeit, und die dürfe man nicht so gänzlich austilgen.

„Diese Bäume sind nun das Erbteil der Vögel, lassen wir es ihnen, mein guter Larsen!"

Der Gärtner hieß Larsen, aber das hat hier nichts weiter zu besagen.

„Haben Sie, lieber Larsen, nicht Platz genug für Ihr Wirken? den ganzen Blumengarten, die Treibhäuser, den Obst- und Gemüsegarten?"

Die hatte er, die hegte, pflegte er, da wirkte er mit Eifer und Tüchtigkeit, und das wurde von der Herrschaft anerkannt, aber sie verhehlten ihm nicht, daß sie bei anderen oftmals Obst aßen und Blumen sahen, die das übertrafen, was sie in ihrem Garten hatten, und das stimmte den Gärtner traurig, denn er wollte das Beste und tat sein Bestes. Er war gut von Herzen, gut im Amt.

Eines Tages ließ die Herrschaft ihn rufen und erzählte in

aller Milde und Herrschaftlichkeit, daß sie am Tage vorher bei vornehmen Freunden eine Sorte Äpfel und Birnen bekommen hätte, so saftvoll, so wohlschmeckend, daß sie und alle Gäste ihre Bewunderung geäußert hätten. Die Früchte waren vermutlich keine inländischen, aber sie sollten eingeführt, hier heimisch gemacht werden, falls unser Klima dies gestattete. Man wußte, sie waren in der Stadt bei dem ersten Obsthändler gekauft worden, der Gärtner sollte hineinreiten und sich erkundigen, wo diese Äpfel und Birnen her waren, und dann Pfropfreiser kommen lassen.

Der Gärtner kannte den Obsthändler gut, es war gerade der, an den er für die Herrschaft den Überfluß an Obst verkaufte, das im Gutsgarten wuchs.

Und der Gärtner machte sich auf in die Stadt und fragte den Obsthändler, wo er diese hochgepriesenen Äpfel und Birnen herhabe.

„Die sind aus Ihrem eigenen Garten!" sagte der Obsthändler und zeigte ihm den Apfel wie auch die Birne, die er wiedererkannte.

Nun, wie freute er sich da, der Gärtner; er lief schleunigst zur Herrschaft und erzählte, daß die Äpfel wie auch die Birnen aus ihrem eigenen Garten seien.

Das konnte die Herrschaft gar nicht glauben. „Das ist nicht möglich, Larsen! können Sie eine schriftliche Bestätigung vom Obsthändler beschaffen?"

Und das konnte er, eine schriftliche Bestätigung brachte er.

„Das ist aber merkwürdig!" sagte die Herrschaft.

Nun kamen jeden Tag auf den herrschaftlichen Tisch große Schalen mit diesen prächtigen Äpfeln und Birnen aus ihrem eigenen Garten; scheffel- und tonnenweise wurde dies Obst an Freunde in der Stadt und außerhalb der Stadt geschickt, ja selbst ins Ausland. Es war eine wahre Freude! Doch mußten sie hinzufügen, daß es ja auch zwei auffallend gute Sommer für das Baumobst gewesen wären, dies sei überall im Lande gut geraten.

Es verging einige Zeit; die Herrschaft speiste eines Mittags bei Hofe. Am Tage darauf wurde der Gärtner zu seiner

Herrschaft gerufen. Sie hatten bei der Tafel Melonen, so saftvoll, so schmackhaft, aus der Majestäten Treibhaus bekommen.

„Sie müssen zum Hofgärtner gehen, guter Larsen, und uns einige Kerne von diesen köstlichen Melonen besorgen!"

„Aber der Hofgärtner hat die Kerne von uns bekommen!" sagte der Gärtner ganz erfreut.

„Dann hat der Mann es verstanden, die Frucht zu höherer Entwicklung zu bringen!" antwortete die Herrschaft. „Jede Melone war ausgezeichnet!"

„Nun, da kann ich stolz sein!" sagte der Gärtner. „Ich muß der gnädigen Herrschaft erzählen, der Schloßgärtner hat in diesem Jahr kein Glück mit seinen Melonen gehabt, und als er sah, wie prächtig unsere standen, und sie kostete, bestellte er drei davon fürs Schloß!"

„Larsen! bilde Er sich nicht ein, daß es die Melonen aus unserem Garten waren!"

„Ich glaube es!" sagte der Gärtner, ging zum Schloßgärtner und erhielt von ihm eine schriftliche Bestätigung, daß die Melonen für die königliche Tafel vom Gutshof gekommen waren.

Das war wirklich eine Überraschung für die Herrschaft, und sie verheimlichte die Geschichte nicht, sie zeigte das Attest vor, ja, Melonenkerne wurden weit herumgeschickt, ebenso wie früher die Pfropfreiser.

Über diese bekam man Nachrichten, daß sie anwuchsen, Frucht ansetzten, ganz ausgezeichnet, und diese erhielten nach dem Gutshof der Herrschaft ihren Namen, so daß der Name nun auf englisch, deutsch und französisch zu lesen war.

Das hatte man bisher nicht für möglich gehalten.

„Wenn nun der Gärtner nur keine zu hohe Meinung von sich selbst bekommt!" sagte die Herrschaft.

Er nahm es auf andere Art: er wollte jetzt gerade danach streben, sich als einer der besten Gärtner des Landes einen Namen zu machen, wollte versuchen, jedes Jahr etwas Vorzügliches von allen Gartensorten zu bringen, und das tat er: aber oftmals mußte er doch hören, daß die allerersten

Früchte, die er gebracht hatte, die Äpfel und Birnen, eigentlich die besten gewesen seien, alle späteren Sorten stünden weit darunter. Die Melonen seien allerdings sehr gut gewesen, aber das sei ja eine ganz andere Art; die Erdbeeren seien wohl vortrefflich zu nennen, aber doch nicht besser als die, die andere Herrschaften hätten, und als die Rettiche in einem Jahr nicht gerieten, da wurde nur von den mißratenen Rettichen gesprochen und nicht von dem, was sonst an Gutem hervorgebracht worden war.

Es war fast, als empfände die Herrschaft eine Erleichterung, wenn sie sagen konnte: „Dies Jahr wurde es nichts, guter Larsen!" Sie waren ganz froh, daß sie sagen konnten: „Dies Jahr wurde es nichts!"

Zweimal wöchentlich brachte der Gärtner frische Blumen in die Gemächer hinauf, immer so geschmackvoll angeordnet; die Farben erhielten durch die Anordnung gleichsam eine stärkere Leuchtkraft.

„Sie haben Geschmack, Larsen!" sagte die Herrschaft,

„es ist eine Gabe, die Ihnen vom lieben Gott verliehen worden ist, Sie haben sie nicht aus sich selbst."

Eines Tages kam der Gärtner mit einer großen Kristallschale, in dieser lag ein Seerosenblatt; darauf war, mit dem langen, dicken Stengel unter Wasser, eine leuchtende blaue Blüte gelegt worden, so groß wie eine Sonnenblume.

„Hindustans Lotus!" rief die Herrschaft aus.

Eine solche Blume hatten sie niemals gesehen; und sie wurde über Tag in den Sonnenschein gestellt und abends in künstliches Licht. Jeder, der sie sah, fand sie auffallend schön und seltsam, ja, das sagte sogar die vornehmste unter den jungen Damen des Landes, und sie war eine Prinzessin; klug und herzensgut war sie.

Die Herrschaft setzte eine Ehre darein, ihr die Blume zu überreichen, und die kam mit der Prinzessin aufs Schloß.

Nun ging die Herrschaft in den Garten, um selbst eine Blume von derselben Art zu pflücken, falls eine solche noch da wäre, aber es war keine zu finden. Da riefen sie den Gärtner und fragten, woher er die blaue Lotus habe.

„Wir haben vergebens gesucht!" sagten sie. „Wir sind in den Treibhäusern gewesen und überall im Blumengarten."

„Nein, dort ist sie allerdings nicht!" sagte der Gärtner. „Es ist nur eine geringe Blume aus dem Gemüsegarten! aber, nicht wahr, wie ist sie schön! Sie sieht aus, als wäre sie ein blauer Kaktus, und ist doch nur die Blüte der Artischocke."

„Das hätten Sie uns gleich sagen müssen", sagte die Herrschaft. „Wir mußten glauben, es sei eine fremde, seltene Blume. Sie haben uns vor der jungen Prinzessin bloßgestellt. Sie sah die Blume bei uns, fand sie so schön, kannte sie nicht, und sie ist ziemlich bewandert in der Botanik, aber diese Wissenschaft hat nichts mit Küchenkräutern zu tun. Wie konnte es Ihnen einfallen, guter Larsen, eine solche Blume in die Gemächer heraufzubringen. Damit haben Sie uns lächerlich gemacht."

Und die schöne blaue Prachtblüte, die aus dem Gemüsegarten geholt worden war, wurde aus den Herrschaftsgemächern hinausgetan, wo sie nicht hingehörte, ja, die Herrschaft entschuldigte sich bei der Prinzessin und erzählte, die Blume sei nur ein Gemüse und der Gärtner habe den Einfall gehabt, sie hinzustellen, er habe dafür aber einen ernstlichen Verweis erhalten.

„Das ist aber bedauerlich und unrecht!“ sagte die Prinzessin. „Er hat uns ja die Augen geöffnet über eine Prachtblume, die wir gar nicht beachteten, er hat uns die Schönheit dort gezeigt, wo es uns nicht in den Sinn kam, sie zu suchen! Der Schloßgärtner soll mir, solange die Artischokken Blüten tragen, jeden Tag eine in mein Zimmer heraufbringen.“

Und das geschah.

Die Herrschaft ließ dem Gärtner sagen, daß er ihnen wieder eine frische Artischockenblüte bringen möge.

„Sie ist im Grunde schön!“ sagten sie. „Höchst bemerkenswert!“ und der Gärtner wurde gelobt.

„Das gefällt dem Larsen gut!“ sagte die Herrschaft. „Er ist ein verwöhntes Kind!“

Im Herbst kam ein fürchterlicher Sturm; er nahm im Laufe der Nacht so heftig zu, daß viele große Bäume am Waldrand entwurzelt wurden, und zum großen Kummer der Herrschaft – einen Kummer nannten sie das –, aber zur Freude des Gärtners stürzten die beiden großen Bäume mit allen Vogelnestern um. Man hörte durch den Sturm die Schreie der Nebel- und Saatkrähen; sie schlügen mit den Flügeln gegen die Scheiben, sagten die Leute auf dem Gute.

„Nun sind Sie doch froh, Larsen!“ sagte die Herrschaft; „der Sturm hat die Bäume gefällt, und die Vögel haben sich in den Wald verzogen. Hier gemahnt nichts mehr an alte Zeiten; jedes Zeichen und jede Spur ist fort! uns hat es traurig gestimmt!“

Der Gärtner sagte nichts, gedachte aber – was er lange vorgehabt hatte – den prächtigen Sonnenplatz ordentlich auszunutzen, über den er vorher nicht verfügte, der sollte eine Zierde des Gartens und eine Freude für die Herrschaft werden.

Die großen, umgewehten Bäume hatten die uralten Buchsbaumhecken zerdrückt und zermalmt mitsamt ihrem ganzen Schnitt. Er siedelte hier ein Dickicht von Gewächsen an, einheimischen Pflanzen aus Feld und Wald.

Was keinem anderen Gärtner eingefallen war in reicher Fülle im Herrschaftsgarten anzupflanzen, das steckte er in den Boden, so wie jedes ihn brauchte, in Schatten und in Sonne, wie jede Art es verlangte. Er hegte es voller Liebe, und es wuchs voller Herrlichkeit.

Der Wacholder von der jütischen Heide ragte hoch auf, in Form und Farbe Italiens Zypresse gleich, die blanke, stachelige Stechpalme, immer grün, in Winterkälte und in Sommersonne, war herrlich anzuschauen. Vorn wuchsen die Farne, viele verschiedene Arten, manche sahen aus, als wären sie Kinder der Palme, und andere, als wären sie die Eltern der feinen, wunderbaren Pflanze, die wir Venushaar nennen. Hier stand die mißachtete Klette, die in all ihrer Frische so hübsch ist, daß sie sich im Strauße sehen lassen kann. Die Klette stand auf dem Trockenen; aber tiefer, im feuchteren Erdreich, wuchs der Ampfer, auch eine mißachtete Pflanze und doch durch ihre Größe und ihr riesiges Blatt so malerisch schön. Klafterhoch, Blüte neben Blüte, wie ein riesiger, vielarmiger Kandelaber, ragte die Königskerze auf, vom Feld hierher umgepflanzt. Da standen Waldmeister, Himmelschlüsselchen und Waldmaiglöckchen, die wilde Kalla und der dreiblättrige, feine Sauerklee. Es war eine einzige Herrlichkeit.

Vorn wuchsen in Reihen, durch Draht gestützt, ganz kleine Birnbäume aus französischer Erde; sie bekamen Sonne und gute Pflege und trugen sehr bald saftige, große Früchte wie in dem Land, aus dem sie kamen.

An Stelle der beiden alten Bäume ohne Blätter wurde eine hohe Fahnenstange aufgestellt, an der der Danebrog wehte, und dicht daneben noch eine Stange, an der sich im Sommer und Herbst der Hopfen mit seinen duftenden Blütenbüscheln hinaufrankte, an der aber im Winter, nach altem Brauch, eine Hafergarbe aufgehängt wurde, auf daß die Vögel des Himmels zur fröhlichen Weihnacht eine Mahlzeit hätten.

„Der gute Larsen wird auf seine alten Tage gefühlsselig!" sagte die Herrschaft. „Aber er ist uns treu und ergeben."

Zu Neujahr erschien in einer der illustrierten Zeitschriften der Hauptstadt ein Bild von dem alten Gutshof; man sah die Fahnenstange und die Hafergarbe für die Vögel des Himmels zur fröhlichen Weihnacht, und es war erwähnt und als ein hübscher Gedanke hervorgehoben, daß ein alter Brauch hier wieder zu Ehren und Ansehen gekommen sei, so bezeichnend gerade für den alten Hof.

„Von allem, was dieser Larsen tut", sagte die Herrschaft, „macht man wer weiß welches Aufhebens. Er ist ein glücklicher Mann! Wir müssen ja beinahe stolz darauf sein, daß wir ihn haben!"

Aber sie waren gar nicht stolz darauf! Sie fühlten, daß sie die Herrschaft waren, sie konnten Larsen kündigen, aber das taten sie nicht, sie waren gute Menschen, und von ihrer Sorte gibt es so viele gute Menschen, und das ist erfreulich für jeden Larsen.

Ja, das ist die Geschichte vom „Gärtner und der Herrschaft".

Nun magst du darüber nachdenken.

Der Floh und der Professor

Es war einmal ein Luftschiffer, dem erging es schlimm, der Ballon platzte, der Mann plumpste herunter und schlug sich kaputt. Seinen Jungen hatte er zwei Minuten vorher mit dem Fallschirm nach unten geschickt, das war des Jungen Glück; er blieb unversehrt und hatte jetzt große Kenntnisse, wie man Luftschiffer wurde, aber er hatte keinen Ballon und nicht die Mittel, sich einen zu beschaffen.

Leben mußte er, und so übte er sich in den Künsten der Geschicklichkeit und darin, mit dem Bauche reden zu können, so einen nennt man Bauchredner. Jung war er und sah gut aus, und als er sich einen Schnurrbart zulegte und anständige Kleidung, konnte man ihn für ein Grafenkind halten. Die Damen fanden ihn hübsch, ja, eine Jungfrau war so berückt von seiner Schönheit und seiner Kunst der Geschicklichkeit, daß sie mit ihm in fremde Städte und Länder zog; dort nannte er sich Professor, weniger tat's nicht.

Sein steter Gedanke war, sich einen Luftballon zu beschaffen und mit seiner kleinen Frau in die Lüfte aufzusteigen, aber sie hatten noch nicht die Mittel.

„Die kommen!" sagte er.

„Wenn sie nur wollten!" sagte sie.

„Wir sind ja junge Leute, und nun bin ich Professor. Krumen sind auch Brot."

Sie half ihm getreulich, saß am Eingang und verkaufte Billetts für die Vorstellung, und das war im Winter ein kaltes Vergnügen. Sie half ihm auch bei einem Kunststück. Er steckte seine Frau in die Tischlade, eine große Tischlade; von da kroch sie in die hintere Tischlade, und dann war sie in der vorderen nicht zu sehen; es war wie ein Augentrug.

Aber eines Abends, als er die Lade herauszog, war sie auch ihm entschwunden; sie war nicht in der vorderen Lade, nicht in der hinteren, im ganzen Hause nicht, nicht zu sehen, nicht zu hören. Das war ihre Kunst der Geschicklichkeit. Sie kam nie wieder; sie war es leid, und für ihn war es ein Leid, er büßte seine gute Laune ein, konnte nicht mehr lachen und Possen treiben, und nun kamen keine Leute mehr; der Verdienst wurde schlecht, die Kleider wurden schlecht; er besaß zuletzt nur einen großen Floh, ein Erbteil von seiner Frau, und darum liebte er den so sehr. Dann dressierte er ihn, lehrte ihn die Künste der Geschicklichkeit, lehrte ihn, das Gewehr zu präsentieren und eine Kanone abzuschießen, aber eine kleine.

Der Professor war stolz auf den Floh, und dieser war stolz auf sich selbst; er hatte etwas gelernt und hatte Menschenblut und war in den größten Städten gewesen, war von Prinzen und Prinzessinnen betrachtet worden, hatte ihren hohen Beifall errungen. Das stand in den Zeitungen und auf Plakaten gedruckt. Er wußte, daß er eine Berühmtheit war und einen Professor ernähren konnte, ja eine ganze Familie.

Stolz war er, und berühmt war er, und trotzdem, wenn er und der Professor reisten, so lösten sie auf der Eisenbahn vierter Klasse; die kommt ebenso schnell an wie die erste. Sie hatten ein stillschweigendes Gelübde getan, daß sie sich niemals trennen, niemals heiraten wollten, der Floh wollte Junggeselle bleiben und der Professor Witwer. Das kommt auf eins heraus.

„Wo man den größten Erfolg hat", sagte der Professor, „da soll man nicht zweimal hingehen!" Er war ein Menschenkenner, und das sind auch Kenntnisse.

Schließlich hatte er alle Lande bereist außer dem Lande der Wilden; und so wollte er denn ins Land der Wilden; da fressen sie zwar Christenmenschen, das wußte der Professor, aber er war nicht richtig Christ, und der Floh war nicht richtig Mensch, so meinte er, sie könnten es wohl wagen, dort hinzureisen und sich einen guten Verdienst zu holen.

Sie fuhren mit dem Dampfschiff und mit dem Segelschiff; der Floh machte seine Kunststücke, und so hatten sie freie Reise und kamen in das Land der Wilden.

Hier regierte eine kleine Prinzessin, sie war erst acht Jahre alt, aber sie regierte; sie hatte Vater und Mutter übermannt, denn sie hatte einen Willen und war so unbeschreiblich reizend und ungezogen.

Gleich als der Floh das Gewehr präsentierte und die Ka-

none abschoß, war sie von dem Floh so eingenommen, daß sie sagte: „Der oder keiner!“ Sie wurde ganz wild vor Liebe und war doch ohnehin schon wild.

„Liebes kleines, vernünftiges Kind“, sagte ihr eigener Vater, „könnte man doch erst einen Menschen aus ihm machen!“

„Das überlaß mir nur, Alter“, sagte sie, und das war von

einer kleinen Prinzessin, die mit ihrem Vater spricht, nicht nett gesagt, aber sie war eine Wilde.

Sie setzte den Floh auf ihre kleine Hand.

„Nun bist du ein Mensch, regierst mit mir zusammen, aber du mußt tun, was ich will, sonst töte ich dich und esse den Professor."

Der Professor bekam einen großen Saal als Wohnung. Die Wände waren aus Zuckerrohr, daran konnte er lecken, aber er war kein Leckermaul. Er bekam eine Hängematte zum Schlafen, das war so, als läge er in einem Luftballon, den er sich immer gewünscht hatte und der sein steter Gedanke war.

Der Floh blieb bei der Prinzessin, saß auf ihrer kleinen Hand und auf ihrem feinen Hals. Sie hatte ein Haar von ihrem Kopf genommen, das mußte der Professor dem Floh ums Bein binden, und dann wurde er an dem großen Stück Koralle festgebunden, das sie im Ohrläppchen trug.

Welch eine schöne Zeit war es für die Prinzessin, auch für den Floh, dachte sie; aber der Professor fühlte sich unzufrieden, er war fürs Reisen, liebte es, von Stadt zu Stadt zu ziehen, in den Zeitungen über seine Ausdauer zu lesen und seine Fähigkeit, einen Floh alles menschliche Tun zu lehren. Tagaus, tagein lag er in der Hängematte, faulenzte und bekam sein gutes Essen: frische Vogeleier, Elefantenaugen und gebratene Giraffenschenkel; die Menschenfresser leben nicht nur von Menschenfleisch, das ist feine Kost; „Kinderschulter mit scharfer Sauce", sagte die Prinzessin-Mutter, „ist eine Delikatesse."

Der Professor langweilte sich und wollte gern aus dem Lande der Wilden weg, aber den Floh mußte er mithaben, der war sein Wunder und Broterwerb. Wie sollte er den fangen und erlangen. Das war nicht so leicht.

Er strengte all sein Denkvermögen an, und dann sagte er: „Jetzt hab ich's!"

„Prinzessin-Vater, vergönne es mir, daß ich mich beschäftige! Darf ich die Bewohner des Landes im Präsentieren üben? Das ist das, was man in den größten Ländern der Welt Bildung nennt."

„Und was kannst du mich lehren?“ fragte der Prinzessin-Vater.

„Meine größte Kunst“, sagte der Professor, „eine Kanone abzufeuern, so daß die ganze Erde zittert und die leckersten Vögel des Himmels alle gebraten herunterfallen! Das gibt einen schönen Knall!“

„Her mit der Kanone!“ sagte der Prinzessin-Vater.

Aber im ganzen Lande gab es keine Kanone, außer der, die der Floh mitgebracht hatte, und die war zu klein.

„Ich gieße eine größere“, sagte der Professor. „Gib mir nur das Material. Ich brauche feinen, seidenen Stoff, Nadel und Faden, Taue und Leinen sowie Magentropfen für Luftballons, die blähen, heben und lüpfen; die machen den Knall im Kanonenbauch.“

Alles, was er forderte, erhielt er.

Das ganze Land kam zusammen, um die große Kanone zu sehen. Der Professor rief nicht eher, als bis er den Ballon ganz fertig hatte, um ihn füllen und damit aufsteigen zu können.

Der Floh saß auf der Hand der Prinzessin und sah zu. Der Ballon wurde gefüllt, er bauschte sich und konnte kaum gehalten werden, so wild war er.

„Ich muß ihn in die Luft steigen lassen, damit er abkühlen kann“, sagte der Professor und setzte sich in den Korb, der unter dem Ballon hing. „Allein vermag ich ihn nicht zu lenken. Ich muß einen kundigen Begleiter mithaben, der mir hilft. Es gibt hier niemanden, der es kann, außer dem Floh.“

„Ich lasse es ungern zu“, sagte die Prinzessin, reichte den Floh aber doch dem Professor, der ihn sich auf die Hand setzte.

„Laßt Leinen und Taue los!“ sagte er. „Jetzt geht der Ballon ab.“

Sie dachten, er sagte: „Die Kanone!“

Und nun stieg der Ballon höher und höher, bis über die Wolken hinauf, fort aus dem Lande der Wilden.

Die kleine Prinzessin, ihr Vater und ihre Mutter und auch das ganze Volk standen da und warteten. Sie warten noch immer, und glaubst du es nicht, so reise in das Land der Wilden, da erzählt jedes Kind von dem Floh und dem Professor; sie glauben, daß die beiden wiederkommen, wenn die Kanone abgekühlt ist, aber sie kommen nicht, sie sind bei uns daheim, sie sind in ihrem Vaterland, fahren mit der Eisenbahn, erster Klasse, nicht vierter; sie haben guten Verdienst und einen großen Ballon. Niemand fragt, wie sie den Ballon bekommen oder wo sie ihn her haben, sie sind gemachte Leute, angesehene Leute, der Floh und der Professor.

Was die alte Johanne erzählte

Der Wind rauscht in der alten Weide!

Es ist, als hörte man ein Lied; der Wind singt es, der Baum erzählt es. Verstehst du es nicht, dann frage die alte Johanne im Armenhaus, sie weiß davon, sie ist hier im Kirchspiel geboren.

Vor Jahren, als die Hauptlandstraße noch hier vorbeiging, war der Baum schon groß und auffallend. Er stand dort, wo er noch steht, vor dem weiß getünchten Fachwerkhaus des Schneiders dicht am Dorfteich, der damals so groß war, daß das Vieh zur Tränke hierhergeführt wurde, und wo im heißen Sommer die kleinen Bauernjungen nackt herumliefen und im Wasser planschten. Dicht am Baum war aus zurechtgehauenen Steinen ein Meilenstein errichtet worden; jetzt ist er umgestürzt, die Brombeerranken wachsen darüberhin.

Die neue Landstraße wurde jenseits des reichen Gutshofs entlanggeführt, die alte wurde Feldweg, der Teich ein Tümpel, mit Entengrütze überzogen; plumpste ein Frosch hinein, dann teilte sich das Grün, und man sah das schwarze Wasser; ringsum standen und stehen Rohrkolben, Sumpfklee und die gelbe Iris.

Des Schneiders Haus wurde alt und schief, das Dach ein Mistbeet für Moos und Hauslauch; der Taubenschlag fiel in sich zusammen, und der Star nistete drinnen; die Schwalben hängten Nest neben Nest auf dem Hausgiebel und unter der Dachtraufe entlang auf, geradeso, als wohnte hier das Glück.

Das hatte hier einmal gewohnt; jetzt war es einsam und still geworden. Allein und verschlafen und ohne Willen wohnte hier drinnen „der elende Rasmus", wie er genannt wurde; er war hier geboren, er hatte hier gespielt, er war über Felder und Hecken gesprungen, hatte als Kind in dem offenen Teich geplanscht, war auf den alten Baum hinaufgeklettert.

Der streckte in Pracht und Schönheit seine großen Äste empor, wie er es heute noch tut, aber der Sturm hatte den Stamm schon ein wenig verbogen, und die Zeit hatte ihm einen Riß beigebracht, jetzt haben Wind und Wetter Erde in den Riß getragen, hier wächst Gras und Grünes, ja, eine kleine Eberesche hat sich hier selber eingepflanzt.

Wenn im Lenz die Schwalben kamen, umschwirrten sie den Baum und das Dach, sie flickten ihre alten Nester und besserten sie aus, der elende Rasmus ließ sein Nest stehen und verfallen, wie es Lust hatte; er flickte es weder noch stützte er es ab; „was nützt das schon!“ war seine ständige Rede, und so hatte auch sein Vater gesagt.

Er blieb in seinem Vaterhaus, die Schwalben flogen fort, aber sie kamen wieder, die treuen Tiere. Der Star flog fort, er kam wieder und flötete sein Lied; früher verstand Rasmus sich auf die Kunst, mit ihm um die Wette zu flöten, jetzt flötete er weder noch sang er.

Der Wind rauschte in dem alten Weidenbaum, er rauscht noch immer, es ist, als hörte man ein Lied; der Wind singt es, der Baum erzählt es; verstehst du es nicht, dann frag die alte Johanne im Armenhaus, sie weiß davon, sie weiß viel vom alten Treiben, sie ist wie eine Chronik mit Aufzeichnungen und alten Erinnerungen.

Als das Haus neu und fest war, zog der Dorfschneider Ivar Ölse mit seiner Frau Maren hinein; beides strebsame, rechtschaffene Leute. Die alte Johanne war damals ein Kind, sie war die Tochter des Holzschuhmachers, eines der Ärmsten im Kirchspiel. Manches gute Butterbrot erhielt sie von Maren, die keinen Mangel an Nahrung hatte; sie stand sich gut mit der Gutsherrin, immer lachte sie und war fröhlich, sie ließ es sich nicht verdrießen, ihren Mund gebrauchte sie, aber auch ihre Hände; ihre Nähnadel konnte sie ebenso schnell laufen lassen wie den Mund, und sie besorgte außerdem ihr Haus und ihre Kinder; es war fast ein Dutzend, elf Stück, das zwölfte blieb aus.

„Arme Leute haben immer das Nest voller Kinder!“ brummte der Gutsherr, „könnte man sie ersäufen wie junge Katzen und nur eines oder zwei von den kräftigsten behalten, dann wäre das Unglück geringer!“

„Barmherziger Gott!“ sagte die Schneidersfrau. „Kinder sind doch ein Segen Gottes; sie sind die Freude im Haus.

Jedes Kind ist ein Vaterunser mehr! Ist es knapp und hat man viele Münder zu versorgen, dann strengt man sich um so mehr an, findet Rat und Auswege in aller Ehrbarkeit, der Herrgott verläßt einen nicht, wenn wir ihn nicht verlassen!"

Die Gutsherrin pflichtete ihr bei, nickte freundlich und tätschelte Maren die Wange; das hatte sie häufig getan, ja sie sogar geküßt, aber da war die Gnädige ein kleines Kind gewesen und Maren ihr Kindermädchen. Die beiden liebten sich, und diese Empfindungen hörten nicht auf.

Alljährlich um die Weihnachtszeit kam vom Gutshof Wintervorrat ins Schneiderhaus: eine Tonne Mehl, ein Schwein, zwei Gänse, ein Fäßchen Butter, Obst und Äpfel. Das kam der Speisekammer dort zugute. Ivar Ölse sah auch ganz vergnügt aus, kam aber trotzdem bald wieder mit seiner alten Redewendung: „Was nützt das schon!"

Sauber und ordentlich war es hier im Hause, Gardinen an den Fenstern und Blumen ebenfalls, sowohl Nelken wie auch Balsaminen. Ein Sticktuch hing in einem Bilderrahmen, und dicht daneben hing ein „Binde-Brief*" in Reimen, den hatte Maren Ölse selber gedichtet; sie wußte, wie sich Reime fügen. Sie war fast ein wenig stolz auf den Familiennamen Ölse, es war das einzige Wort in der dänischen Sprache, was sich auf Pölse** reimte. „Damit hat man anderen doch immerhin etwas voraus!" sagte sie und lachte. Immer bewahrte sie ihr fröhliches Gemüt, nie sagte sie wie der Mann: „Was nützt das schon!" Ihr Wahlspruch lautete: „Vertrau auf dich selber und auf den Herrgott!" Das tat sie, und das hielt die ganze Sache zusammen. Die Kinder gediehen, entwuchsen dem Nest, kamen weit herum und waren wohlgeraten. Rasmus war der Kleinste; er war ein so schönes Kind, daß einer der großen Künstler in der Stadt sich ihn auslieh, um ihn zu malen, und noch dazu so nackt, wie er zur Welt gekommen war. Das Bild hing jetzt im Königlichen Schloß, dort hatte

* Ein alter Brauch: Man schickte jemandem einen solchen Brief zum Geburtstag, um ihn „zu binden", zu verpflichten, daß er sich durch eine Einladung oder ein Geschenk wieder löste (Anmerkung d. Übers.).

** Pölse = Wurst (Anmerkung d. Übers.).

die Gutsherrin es gesehen und den kleinen Rasmus erkannt, obgleich er nichts anhatte.

Nun aber kam die schwere Zeit. Der Schneider bekam Gicht in beiden Händen, die große Knoten bildete, kein Arzt konnte helfen, nicht einmal die kluge Stine, die „dokterte".

„Man darf sich's nicht verdrießen lassen!" sagte Maren. „Es nützt gar nichts, den Kopf hängen zu lassen! Nun haben wir Vaters Hände nicht mehr zum Helfen, da muß ich zusehen, daß ich meine ein wenig schneller gebrauche. Der kleine Rasmus kann auch die Nadel führen!"

Er saß schon auf dem Tisch, pfiff und sang, er war ein lustiger Junge.

Den ganzen Tag über solle er nicht dort sitzen, sagte die Mutter, das wäre eine Sünde gegen das Kind; spielen und springen solle er auch.

Des Holzschuhmachers Johanne war seine beste Spielgefährtin; sie stammte von noch ärmeren Leuten ab als Rasmus. Hübsch war sie nicht; ging immer mit bloßen Füßen; die Kleider hingen in Lumpen, keinen hatte sie, dem abzuhelfen, es selbst zu tun, kam ihr nicht in den Sinn; sie war ein Kind und fröhlich wie ein Vogel in Gottes Sonnenschein.

An dem Meilenstein unter dem großen Weidenbaum spielten Rasmus und Johanne.

Er hatte hochfliegende Gedanken; er wollte einmal ein vornehmer Schneider werden und drinnen in der Stadt wohnen, wo es Meister gab, die zehn Gesellen auf dem Tische sitzen hatten, das hatte er von seinem Vater gehört; dort wollte er Geselle sein, und dort würde er Meister werden, und dann sollte Johanne kommen und ihn besuchen; und wenn sie dann zu kochen verstünde, dann sollte sie für sie alle das Essen kochen und ihre eigene große Stube haben.

Johanne wagte nicht recht, daran zu glauben, aber Rasmus meinte, daß es schon noch so kommen würde.

Dann saßen sie unter dem alten Baum, und der Wind rauschte in Zweigen und Blättern, es war, als sänge der Wind und als erzählte der Baum.

Im Herbst fiel jedes Blatt, der Regen tropfte von den kahlen Zweigen.

„Sie werden wieder grün!" sagte Mutter Ölse.

„Was nützt es denn schon!" sagte der Mann. „Neues Jahr, neue Sorge um das tägliche Brot!"

„Die Speisekammer ist voll!" sagte die Frau. „Das haben wir unserer guten Gnädigen zu verdanken. Ich bin gesund und habe viel Kraft. Es ist sündhaft, wenn wir klagen!"

Über Weihnachten blieb die Herrschaft auf ihrem Gutshof auf dem Lande, aber in der Woche nach Neujahr siedelten sie in die Stadt über, wo sie den Winter in Freuden und Vergnügungen verbrachten; sie waren selbst beim König zu Ball und Festlichkeiten geladen.

Die Gutsherrin hatte zwei kostbare Kleider aus Frankreich bekommen; die waren aus solchem Stoff, von solch einem Schnitt und solch einer Verarbeitung, daß Schneiders Maren nie etwas Herrlicheres gesehen hatte. Sie erbat sich auch von der Gutsherrin, daß sie mit ihrem Mann zusammen ins Gutshaus kommen dürfe, damit auch er die Kleider sehen könnte. Dergleichen hätte sicher nie zuvor ein Dorfschneider zu sehen bekommen, sagte sie.

Er sah sie und konnte kein Wort hervorbringen, bis er nach Haus gekommen war, und alles was er sagte, war nur, was er immer sagte: „Was nützt es schon!“ und diesmal wurden seine Worte Wahrheit.

Die Herrschaft kam in die Stadt; Bälle und Vergnügungen begannen dort drinnen, aber mitten in all dieser Herrlichkeit starb der alte Herr, und die gnädige Frau hatte keine Gelegenheit, die prunkvollen Kleider zu tragen. Sie war so voller Trauer und ging vom Hals bis zur Zehe in schwarzen, dichten Trauerkleidern; auch nicht der kleinste weiße Streifen war zu sehen; alle Hausangestellten waren in Schwarz, selbst die Staatskutsche wurde mit schwarzem, feinem Tuch überzogen.

Es war eine eisigkalte Frostnacht, der Schnee glitzerte, die Sterne funkelten; der schwere Leichenwagen kam mit der Leiche aus der Stadt zur Gutskirche, wo sie in der Familiengruft der Sippe beigesetzt werden sollte. Der Verwalter und der Dorfschulze hielten zu Pferd mit Fackeln vor dem Kirchhofstor. Die Kirche war erleuchtet, und der Pfarrer stand in der offenen Kirchentür und nahm die Leiche in Empfang. Der Sarg wurde zum Chor hinaufgetragen, die ganze Gemeinde folgte. Der Pfarrer sprach, ein Choral wurde gesungen; die Gnädige war mit in der Kirche, sie war in der schwarzüberzogenen Staatskutsche hingefahren, die war drinnen schwarz und draußen schwarz, eine solche war nie zuvor dort im Kirchspiel gesehen worden.

Von all diesem Trauerprunk war den ganzen Winter über geredet worden, ja, das war ein „Herrenbegräbnis".

„Da konnte man mal sehen, was dieser Mann bedeutete!" sagten die Leute im Dorf. „Er war von hoher Herkunft, und er wurde hochherrschaftlich begraben!"

„Was nützt das schon!" sagte der Schneider. „Jetzt hat er weder Leben noch Gut. Wir haben doch immerhin das eine!"

„Nimm doch nicht solche Worte in den Mund!" sagte Maren, „er hat das ewige Leben im Himmelreich!"

„Wer sagt denn das, Maren?" meinte der Schneider. „Ein Toter ist guter Dung! aber dieser Mann hier ist wohl sogar zu vornehm, um in der Erde Nutzen zu stiften, er muß in der Gruft bestattet werden!"

„Red doch nicht so gottlos!" sagte Maren. „Ich sage dir noch einmal: er hat das ewige Leben!"

„Wer hat dir das erzählt, Maren?" wiederholte der Schneider.

Und Maren warf ihre Schürze über den kleinen Rasmus; er sollte solche Reden nicht hören.

Sie trug ihn in den Torfschuppen hinüber und weinte.

„Die Rede, die du dort drüben hörtest, kleiner Rasmus, die war nicht deines Vaters Rede, es war der Böse, der durch die Stube ging und durch deinen Vater sprach! Bete dein

Vaterunser! Wir wollen es zusammen beten!“ Sie faltete die Hände des Kindes.

„Nun bin ich wieder froh!“ sagte sie. „Vertrau auf dich selber und auf den Herrgott!“

Das Trauerjahr war vorüber, die Witwe ging in Halbtrauer, in ihrem Herzen trug sie eine ganze Freude.

Es wurde davon gemunkelt, daß sie einen Bewerber hätte und schon ans Heiraten dächte. Maren wußte einiges darüber, und der Pfarrer wußte etwas mehr.

Am Palmsonntag, nach der Predigt, sollten die Witwe und ihr Verlobter zur Ehe aufgeboten werden. Er war Holzschnitzer oder Bildhauer, den Namen seines Berufes kannte man nicht genau, damals waren Thorvaldsen und seine Kunst noch nicht so richtig in der Leute Mund. Der neue Gutsherr war nicht von hohem Adel, aber immerhin ein sehr stattlicher Mann; er war jemand, der etwas war, was keiner begriff, sagte man, er meißelte Bildwerke, war tüchtig in seinem Fach, jung und schön.

„Was nützt das schon!“ sagte der Schneider Ölse.

Am Palmsonntag wurde die Ehe von der Kanzel aus aufgeboten, darauf folgten Choralgesang und Abendmahl. Der Schneider, seine Frau und der kleine Rasmus waren in der Kirche, die Eltern gingen zum Abendmahl, Rasmus saß auf der Bank, er war noch nicht eingesegnet. Im Schneiderhaus war es in letzter Zeit knapp an Kleidern gewesen; die alten, die sie hatten, waren immer und immer wieder gewendet, genäht und geflickt worden; jetzt waren sie alle drei in neuen Kleidern, aber schwarz wie zu einer Beerdigung, sie hatten den Bezug von der Trauerkutsche an. Der Mann hatte Mantel und Hosen daraus bekommen, Maren ein hochgeschlossenes Kleid und Rasmus einen ganzen Anzug, in den er bis zur Konfirmation hineinwachsen konnte. Man hatte das äußere wie auch das innere Zeug von der Trauerkutsche genommen. Es brauchte niemand zu erfahren, wozu es früher verwandt worden war, aber die Leute erfuhren es trotzdem schnell, die kluge Stine und ein paar andere ebenso kluge Frauen, die nicht von ihrer Klugheit lebten, sagten, die Kleider würden Krankheit und Siechtum ins Haus bringen,

„man darf sich nicht in die Leichenkutsche kleiden, außer wenn man zu Grabe fahren will."

Des Holzschuhmachers Johanne weinte, als sie diese Reden hörte; und da nun der Zufall es wollte, daß der Schneider von diesem Tag an immer mehr kränkelte, sollte es sich schon noch zeigen, wer darunter zu leiden haben würde.

Und es zeigte sich.

Am ersten Sonntag nach Trinitatis starb der Schneider Ölse, jetzt mußte Maren allein das Ganze zusammenhalten; sie hielt es zusammen, vertraute auf sich selber und den Herrgott.

Im folgenden Jahr wurde Rasmus eingesegnet; nun sollte er in die Lehre gegeben werden, zu einem großen Schneider in die Stadt, zwar keinem mit zwölf Gesellen auf dem Tisch, sondern nur mit einem; der kleine Rasmus konnte als halber gerechnet werden; freuen tat er sich, fröhlich sah er aus, aber Johanne weinte, sie hatte ihn lieber, als sie selber wußte. Die Schneidersfrau blieb in dem alten Haus und führte das Gewerbe weiter.

Um diese Zeit war es, daß die neue Landstraße eingeweiht wurde; die alte, an der Weide und an Schneiders vorbei, wurde Gemeindeweg, der Teich versumpfte, die Wasserpfütze, die noch übrigblieb, war von Entengrütze überzogen; der Meilenstein fiel um, er hatte nichts mehr, wofür er hier noch zu stehen brauchte, aber der Baum blieb stark und schön; der Wind rauschte in Zweigen und Blättern.

Die Schwalben flogen fort, der Star flog fort, aber sie kamen im Frühling wieder, und als sie jetzt zum viertenmal zurückkehrten, kam auch Rasmus in sein Vaterhaus zurück. Er hatte sein Gesellenstück gemacht, war ein schöner, aber schmächtiger Bursche; jetzt wollte er seinen Ranzen schnüren, fremde Länder kennenlernen; danach stand ihm der Sinn. Aber seine Mutter hielt ihn zurück; die Heimat wäre doch am besten! Alle anderen Kinder waren weit verstreut, er war der Jüngste, das Haus sollte er einmal haben. Arbeit könnte er die Hülle und Fülle bekommen, wenn er in der Umgegend herumführe, reisender Schneider würde, vierzehn Tage auf diesem Hof und vierzehn Tage auf jenem nähen würde. Das war so gut wie reisen. Und Rasmus folgte seiner Mutter Rat.

So schlief er denn wieder unter dem Dach seines Geburtshauses, saß wieder unter dem alten Weidenbaum und hörte ihn rauschen.

Gut sah er aus, pfeifen konnte er wie ein Vogel und neue und alte Lieder singen. Er war auf den großen Höfen gern gesehen, namentlich bei Klaus Hansen, dem zweitreichsten Bauern im Kirchspiel.

Die Tochter Else war wie die schönste Blume anzusehen, und sie lachte immer; es gab zwar Leute, die so boshaft waren zu sagen, sie lache nur, um ihre schönen Zähne zu zeigen. Lachlustig war sie und immer in Stimmung, Narrenspossen zu treiben; alles stand ihr gut.

Sie verliebte sich in Rasmus, und er verliebte sich in sie, aber keins von beiden sagte es frei heraus.

So wurde er denn allmählich schwermütig; er hatte mehr von seines Vaters Gemüt geerbt als von dem seiner Mutter. Die Laune war nur gut, wenn Else kam, dann lachten sie beide, scherzten und trieben ihre Späße, aber obwohl die Gelegenheit sich bot, sagte er trotzdem nicht das leiseste Wörtchen über seine Liebe. „Was nützt das schon!" war sein Gedanke, „die Eltern suchen Wohlstand für sie, und ich habe keinen; es wäre am klügsten, hier fortzugehen!" aber er konnte nicht vom Hofe wegkommen, es war, als hätte Else ihn an einem Faden festgebunden, er war für sie wie ein abgerichteter Vogel, er sang und pfiff ihr zu Gefallen und nach ihrem Willen.

Johanne, des Holzschuhmachers Tochter, war Dienstmagd dort auf dem Hofe, für niedere Arbeit angestellt; sie fuhr den Milchwagen auf die Weide, wo sie mit den anderen Mägden zusammen die Kühe molk, ja, Dung mußte sie auch fahren, wenn es nötig war. Sie kam nie in die große Stube hinauf und sah nicht viel von Rasmus oder Else, aber eins hörte sie, daß die beiden so gut wie versprochen waren.

„Da gelangt Rasmus zu Wohlstand!" sagte sie. „Das freut mich aber für ihn!" Und ihre Augen wurden ganz feucht, hier gab es doch keinen Grund zum Weinen!

In der Stadt war Jahrmarkt; Klaus Hansen fuhr hinein, und Rasmus war dabei, er saß neben Else, sowohl auf der Ausfahrt wie auf der Heimfahrt. Er war wie betäubt von seiner Liebe, aber er sagte darüber kein Wort.

„Er muß mir doch etwas über die Sache sagen!" meinte das Mädchen, und darin hatte sie recht. „Will er nicht reden, dann werde ich ihm schon noch einen Schrecken einjagen!"

Und bald wurde auf dem Hof davon gesprochen, daß der reichste Hofbauer im Kirchspiel um Elses Hand angehalten hätte, und das hatte er, aber niemand wußte, was für eine Antwort sie gegeben hatte.

Rasmus wirbelten die Gedanken im Kopfe herum.

Eines Abends steckte Else sich einen goldenen Ring an den Finger und fragte Rasmus dann, was das zu bedeuten habe.

„Verlobung!" sagte er.

„Und mit wem, meinst du?" fragte sie.

„Mit dem reichen Hofbauern?" sagte er.

„Du hast's erraten!" sagte sie, nickte und huschte weg.

Aber er huschte auch weg, kam als verstörter Mensch zu seiner Mutter Haus, schnürte seinen Ranzen. Hinaus wollte er in die weite Welt; es nützte nichts, daß die Mutter weinte.

Er schnitt sich einen Stecken von der alten Weide, er pfiff, als wäre er guter Stimmung, er wollte fort, um die Herrlichkeit der ganzen Welt zu schauen.

„Für mich ist das ein großes Leid!" sagte die Mutter. „Aber für dich ist es wohl das richtigste und beste, daß du fortkommst, da muß ich mich dann damit abfinden. Vertrau auf dich selber und auf den Herrgott, da kriege ich dich sicher fröhlich und vergnügt zurück!"

Er ging die neue Landstraße entlang, da sah er Johanne mit einer Fuhre Dung ankommen, sie hatte ihn nicht bemerkt, und er wollte nicht von ihr gesehen werden; hinter dem Knick setzte er sich hin, hier war er verborgen – Johanne fuhr vorüber.

Und er ging in die Welt hinaus, niemand wußte wohin, seine Mutter dachte: er wird wohl wieder nach Hause kommen, ehe das Jahr um ist; nun bekommt er Neues zu sehen, Neues zu bedenken, legt sich dann in die alten Falten zurück, die können mit keinem Bügeleisen ausgebügelt werden. Er hat etwas zu viel von seines Vaters Gemütsart, ich hätte es lieber gesehen, wenn er meine gehabt hätte, das arme Kind! aber er wird schon nach Hause kommen, er kann mich und das Haus nicht lassen.

Die Mutter sollte Jahr und Tag warten; Else wartete nur einen Monat, dann ging sie heimlich zu der klugen Frau, Stine Madsdatter, die „doktern" konnte, mit Karten und Kaffee wahrsagen konnte und mehr wußte als ihr „Vaterunser". Sie wußte daher auch, wo Rasmus war, das sah sie aus dem Kaffeesatz. Er war in einer fremden Stadt, aber deren Namen konnte sie nicht lesen. In der Stadt waren Soldaten und liebreizende Jungfrauen. Er hatte nicht übel Lust, die Muskete zu nehmen oder eine von den Jungfrauen.

Das konnte Else nicht ertragen. Sie würde gern ihr Erspartes hergeben, um ihn freizukaufen, aber niemand dürfe wissen, daß sie es sei.

Und die alte Stine versprach, er werde zurückkehren, sie verstand sich auf eine Kunst, eine gefährliche Kunst für den, auf den sie angewandt wurde, aber es war das äußerste Mittel. Sie wollte den Topf aufsetzen, der ihn herbeikochen sollte, und dann mußte er aufbrechen, wo in der Welt er auch sein mochte, er mußte nach Hause, wo der Topf kochte und die Liebste auf ihn wartete; es konnten Monate vergehen, bevor er kam, aber kommen mußte er, wenn er am Leben war.

Ohne Rast und Ruhe, Tag und Nacht mußte er gehen, über See und Gebirge, ob das Wetter milde oder grimmig war, ob sein Fuß auch noch so müde wurde. Nach Hause wollte er, nach Hause mußte er.

Der Mond stand in seinem ersten Viertel; das müßte bei diesem Kunststück so sein, sagte die alte Stine. Das Wetter war stürmisch, es ächzte in dem alten Weidenbaum; Stine schnitt einen Zweig ab, machte einen Knoten hinein, der würde sicher helfen, Rasmus zu seiner Mutter Haus zurückzuholen. Moos und Hauslauch wurden vom Dach genommen, in den Topf gelegt, der übers Feuer gesetzt wurde. Else mußte eine Seite aus dem Gesangbuch reißen, sie riß zufällig die letzte Seite aus, die mit den Druckfehlern. „Das ist ebenso gut!" sagte Stine und warf sie in den Topf.

Vielerlei wurde für diese Grütze gebraucht, die kochen mußte und ständig kochen, bis Rasmus heimgekehrt war. Der schwarze Hahn in der Stube der alten Stine mußte seinen roten Kamm hergeben, der kam in den Topf. Elses dicker goldener Ring kam mit hinein, und den würde sie niemals wiederbekommen, das sagte Stine ihr im voraus. Sie war so klug, die Stine. Viele Dinge, die wir nicht benennen können, kamen in den Topf; er stand ständig überm Feuer oder auf Glut oder heißer Asche. Nur sie und Else wußten davon.

Der Mond war im Zunehmen, der Mond war im Abnehmen; jedesmal kam Else und fragte: „Siehst du ihn nicht kommen?"

„Vieles weiß ich!" sagte Stine, „und vieles sehe ich, aber die Länge seines Weges kann ich nicht sehen. Jetzt ist er über den ersten Bergen! jetzt ist er auf dem Meer in bösem Wetter! Der Weg ist lang, durch große Wälder, er hat Blasen an den Füßen, er hat Fieber im Körper, aber fort muß er."

„Nein! Nein!" sagte Else. „Mich dauert er!"

„Jetzt ist er nicht aufzuhalten! Denn tun wir das, dann stürzt er auf der Landstraße tot hin!"

Jahr und Tag waren vergangen. Der Mond schien rund und groß, der Wind rauschte in dem alten Baum, am Himmel stand ein Regenbogen im Mondschein.

„Das ist das Zeichen der Bestätigung!" sagte Stine. „Jetzt kommt Rasmus."

Aber er kam trotzdem nicht.

„Die Wartezeit ist lang!" sagte Stine. „Jetzt bin ich es müde!" sagte Else. Sie kam seltener zu Stine, brachte ihr keine neuen Gaben.

Das Herz wurde leichter, und eines schönen Tages wußten alle im Kirchspiel, daß Else dem reichsten Hofbauern ihr Jawort gegeben hatte.

Sie fuhr hinüber, um sich Hof und Ländereien anzusehen, Vieh und Einrichtung. Alles war in gutem Zustand, man brauchte mit der Hochzeit nicht zu warten.

Die wurde drei Tage lang mit großem Schmaus gefeiert.

Es wurde zum Tanz aufgespielt mit Klarinetten und Geigen. Niemand im Kirchspiel war bei der Einladung übergangen worden. Mutter Ölse war auch da; und als die Pracht dann aus war, die Küchenmeister den Gästen ihren Dank gesagt und die Trompeten den Kehraus geblasen hatten, ging sie mit den Resten vom Festmahl nach Hause.

Die Tür hatte sie nur mit einem Pflock verschlossen, der war herausgenommen worden, die Tür stand offen, und in der Stube saß Rasmus. Er war heimgekehrt, in dieser Stunde angekommen. Herrgott, wie sah er aus, nur Haut und Knochen, blaß und gelb war er.

„Rasmus!" sagte die Mutter. „Bist du es wirklich! – wie siehst du elend aus! Aber von Herzen froh bin ich, daß ich dich wiederhabe!"

Und sie setzte ihm das gute Essen vor, das sie vom Festmahl mit nach Haus gebracht hatte, ein Stück vom Braten und von der Hochzeitstorte.

Er hätte in der letzten Zeit, sagte er, oft an seine Mutter, seine Heimat und den alten Weidenbaum gedacht. Es wäre seltsam gewesen, wie oft er in seinen Träumen den Baum und die barfüßige Johanne gesehen hätte.

Else erwähnte er gar nicht. Krank war er, und ins Bett mußte er; aber wir glauben nicht daran, daß der Topf daran schuld war oder daß er irgendwelche Macht auf ihn ausgeübt hätte; nur die alte Stine und Else glaubten daran, aber sie sprachen nicht davon.

Rasmus lag im Fieber, ansteckend war es; niemand ging daher in des Schneiders Haus, außer Johanne, des Holzschuhmachers Tochter. Sie weinte, als sie sah, wie elend Rasmus war.

Der Doktor verschrieb etwas aus der Apotheke für ihn; er wollte keine Arznei einnehmen. „Was nützt das schon!" sagte er.

„Doch, dann wirst du wieder gesund!" sagte die Mutter. „Vertrau auf dich selber und auf den Herrgott! Könnte ich doch sehen, daß du wieder Fleisch an den Körper kriegst, könnte ich dich pfeifen und singen hören, dafür würde ich gern mein Leben hergeben!"

Und Rasmus genas von der Krankheit, aber seine Mutter bekam sie, der Herrgott rief sie zu sich und nicht ihn.

Einsam war es dort im Hause, ärmer wurde es dort drinnen. „Er ist verbraucht!" sagte man im Dorfe. „Elender Rasmus."

Ein wildes Leben hatte er auf seinen Reisen geführt, das und nicht der schwarze Topf, welcher kochte, hatte ihm das Mark aus den Knochen gesogen und die Unruhe in seinen Körper gebracht. Das Haar wurde dünn und grau; etwas Rechtes zu arbeiten hatte er keine Lust. „Was nützt das schon!" sagte er. Lieber saß er im Gasthaus als in der Kirche.

An einem Abend im Herbst, in Regen und Sturm, kam er mühsam den aufgeweichten Weg vom Gasthaus nach Hause; seine Mutter war längst schon dahingeschieden, ins Grab gelegt worden. Die Schwalben und Stare waren auch fort, die treuen Tiere; Johanne, des Holzschuhmachers Tochter, war nicht fort; sie holte ihn unterwegs ein, sie begleitete ihn ein Stück.

„Nimm dich zusammen, Rasmus!"

„Was nützt das schon!" sagte er.

„Das ist ein übler Leitspruch, den du hast!" sagte sie. „Denke an die Worte deiner Mutter: Vertraue auf dich selber und den Herrgott! Das tust du nicht, Rasmus! Das muß man, und das soll man. Sag niemals: Was nützt das schon, dann ziehst du all dein Tun mit der Wurzel aus!"

Sie begleitete ihn bis zu seiner Haustür, dort trennte sie sich von ihm. Er blieb nicht dort drinnen, er steuerte auf die alte Weide los, setzte sich auf ein Stück von dem umgestürzten Meilenstein.

Der Wind rauschte in den Zweigen des Baumes, es war wie ein Lied, es war wie eine Rede. Rasmus antwortete darauf, er sprach laut, aber niemand hörte es außer dem Baum und dem rauschenden Wind.

„Mich überfällt so eine Kälte! Es ist sicher Zeit, zu Bett zu gehen! Schlafen! schlafen!"

Und er ging, aber nicht aufs Haus zu, sondern auf den Tümpel zu, hier wankte er und fiel hin. Der Regen strömte nieder, der Wind war so eisig kalt, er spürte es nicht; aber als die Sonne aufging und die Krähen über das Schilf des Tümpels hinflogen, erwachte er, halbtot am Körper. Hätte er seinen Kopf gebettet, wo seine Füße lagen, dann wäre er nimmer wieder aufgestanden, die grüne Entengrütze wäre sein Leichentuch geworden.

Im Laufe des Tages kam Johanne zum Schneiderhaus. Sie war seine Hilfe; sie brachte ihn ins Krankenhaus.

„Wir haben uns gekannt, seit wir klein waren", sagte sie, „deine Mutter hat mir Bier und auch Essen gegeben, das kann ich ihr nie vergelten! Deine Gesundheit erhältst du wieder, du wirst wieder ein Mensch werden und leben!"

Und der Herrgott wollte, daß er leben sollte. Aber auf und ab ging es mit der Gesundheit und dem Gemüt.

Die Schwalben und der Star kamen und flogen fort und kamen wieder; Rasmus alterte vor der Zeit. Einsam saß er in dem Haus, das immer mehr verfiel. Arm war er, ärmer jetzt als Johanne.

„Du hast keinen Glauben", sagte sie, „und haben wir den Herrgott nicht, was haben wir dann! – Du solltest trotzdem das Abendmahl nehmen!" sagte sie. „Du bist sicherlich seit deiner Einsegnung nicht dort gewesen."

„Ja, was nützt das schon!" sagte er.

„Sagst du das und denkst so, dann laß es sein! Einen unwilligen Gast mag der Herr nicht an seinem Tisch. Denke doch an deine Mutter und deine Kindheit! Du warst damals ein guter, frommer Junge. Darf ich dir ein Kirchenlied vorlesen?"

„Was nützt das schon!" sagte er.

„Mir bringt es immer Trost!" entgegnete sie.

„Johanne, du scheinst eine Fromme geworden zu sein!" und er blickte sie mit trüben, müden Augen an.

Und Johanne las das Lied vor, aber nicht aus einem Buch, sie hatte keines, sie konnte es auswendig.

„Das sind schöne Worte!" sagte er, „aber ich konnte nicht ganz folgen. In meinem Kopf ist es so schwer!"

Rasmus war ein alter Mann geworden, aber Else war auch nicht mehr jung, wenn wir sie schon einmal erwähnen sollen, Rasmus erwähnte sie nie. Sie war Großmutter; ein kleines vorlautes Mädchen war ihr Enkelkind, die Kleine spielte mit den anderen Kindern im Dorf. Rasmus kam, auf seinen Stock gestützt, er stand still, sah dem Spiel der Kinder zu, lächelte sie an, alte Zeiten leuchteten in seine Gedanken hinein. Elses Enkelkind zeigte auf ihn. „Der elende Rasmus!" rief sie; die anderen kleinen Mädchen folgten ihrem Beispiel. „Der elende Rasmus!" riefen sie und verfolgten den alten Mann mit ihrem Gekreisch.

Es war ein trüber, schwerer Tag, andere folgten, aber nach trüben, schweren Tagen kam auch ein Sonnentag.

Es war ein schöner Pfingstmorgen, die Kirche war mit grünen Birkenzweigen geschmückt, dort drinnen war ein Duft vom Wald, und die Sonne schien auf das Gestühl. Die großen Altarkerzen waren angezündet, es war Abendmahl, Johanne war unter den Knienden, aber Rasmus war nicht darunter. Gerade an diesem Morgen hatte der Herrgott ihn zu sich gerufen.

Bei Gott ist Gnade und Erbarmen.

Viele Jahre sind seitdem vergangen; des Schneiders Haus steht immer noch, aber niemand wohnt dort, es kann beim ersten Nachtsturm einstürzen. Der Tümpel ist mit Schilf und Sumpfklee zugewachsen. Der Wind rauscht in dem alten Baum, es ist, als hörte man ein Lied; der Wind singt es, der Baum erzählt es; verstehst du es nicht, dann frag die alte Johanne im Armenhaus.

Sie lebt dort, sie singt ihren Choral, den sie Rasmus vorsang, sie denkt an ihn, betet zum Herrgott für ihn, sie, die getreue Seele. Sie kann von vergangenen Zeiten erzählen, von den Erinnerungen, die in dem alten Baume rauschen.

Der Hausschlüssel

Jeder Schlüssel hat seine Geschichte, und es gibt viele Schlüssel: Kammerherrenschlüssel, Uhrenschlüssel, Sankt Peters Schlüssel; wir können von allen Schlüsseln erzählen; aber jetzt erzählen wir nur von dem Hausschlüssel des Kammerrats.

Der war bei einem Kleinschmied entstanden, aber er hätte wahrhaftig meinen können, er sei bei einem Grobschmied, so packte der Mann ihn an, hämmerte und feilte. Er war für die Hosentasche zu groß, also mußte er in die Jackentasche. Hier lag er oft im Finstern, im übrigen aber hatte er seinen bestimmten Platz an der Wand, neben der Silhouette des Kammerrats aus der Kindheit, da sah der aus wie ein Kloß mit Halskrause.

Man sagt, jeder Mensch bekomme in seinem Charakter und seiner Handlungsweise etwas von dem Himmelszeichen, unter dem er geboren ist, Stier, Jungfrau, Skorpion, wie sie im Kalender heißen. Die Frau Kammerrat nannte keines von diesen, sie sagte, ihr Mann wäre unter dem „Zeichen des Schubkarrens“ geboren, immer mußte er vorwärtsgeschubst werden.

Sein Vater schubste ihn in ein Kontor, seine Mutter schubste ihn in den Ehestand, und seine Frau schubste ihn zum Kammerrat hinauf, aber letzteres sagte sie nicht, sie war eine bedächtige, brave Frau, die an der rechten Stelle schwieg, sprach und schubste.

Jetzt war er in die Jahre gekommen, „wohlproportioniert", wie er selber sagte, ein Mann mit Bildung, Gutmütigkeit und außerdem schlüsselklug, eine Sache, die wir bald verstehen werden. Immer war er frohen Mutes, alle Menschen hatte er gern, und er mochte gern mit ihnen reden. Ging er in die Stadt, war es schwierig, ihn wieder nach Hause zu bekommen, wenn Mutter nicht dabei war und ihn schubste. Er mußte sich mit jedem Bekannten unterhalten, den er traf. Er hatte viele Bekannte, und das Mittagessen hatte darunter zu leiden.

Vom Fenster aus paßte die Frau Kammerrat auf. „Jetzt kommt er!" sagte sie zur Magd, „setzen Sie den Topf über! – Jetzt steht er und unterhält sich mit jemandem, nehmen Sie den Topf wieder vom Feuer, sonst kocht das Essen zu lange! – Jetzt kommt er aber! ja, setzen Sie den Topf wieder auf!"

Aber deshalb kam er doch nicht.

Er konnte genau unter dem Fenster des Hauses stehen und heraufnicken, kam dann aber ein Bekannter vorbei, dann konnte er es nicht lassen, er mußte ein paar Worte zu dem sagen; kam dann, während er mit diesem sprach, ein zweiter Bekannter, dann hielt er den ersten am Knopfloch fest und ergriff die Hand des zweiten, während er einem dritten zurief, der vorbei wollte.

Es war für die Kammerrätin eine Geduldsprobe. „Kammerrat! Kammerrat!" rief sie dann, „ja, der Mann ist unter dem Zeichen des Schubkarrens geboren, vorwärts kann er nicht kommen, es sei denn, er wird geschubst!"

Er ging mit Vorliebe in Buchhandlungen, sah sich Bücher und Zeitschriften an. Er ließ dem Buchhändler ein kleines Honorar zukommen dafür, daß er zu Hause bei sich die neuen Bücher lesen durfte, das heißt, die Erlaubnis hatte, die Bücher längsseits aufzuschneiden, aber nicht in der Quere, dann konnten sie nämlich nicht für neu verkauft werden. Er war eine lebendige Zeitung in aller Biederkeit, war über Verlobungen, Hochzeiten und Begräbnisse unterrichtet, über Bücherklatsch und Stadtklatsch, ja, er kam beiläufig mit geheimnisvollen Anspielungen, daß er unterrichtet sei, wo keiner unterrichtet wäre. Er hatte es vom Hausschlüssel.

Schon als Jungverheiratete wohnten Kammerrats im eigenen Haus, und seit jener Zeit hatten sie ein und denselben Hausschlüssel, aber damals kannten sie dessen erstaunliche Kräfte nicht, die lernten sie erst späterhin kennen.

Es war zur Zeit Frederiks VI. Kopenhagen hatte damals kein Gas, es hatte Tranlaternen, es hatte kein Tivoli oder „Casino", keine Straßenbahnen und keine Eisenbahnen. Da war es mit Vergnügungen nur mäßig bestellt im Vergleich zu heute. Sonntags machte man einen Spaziergang vors Tor zum Assistenzfriedhof, las die Inschriften auf den Gräbern, setzte sich ins Gras, verzehrte sein mitgebrachtes Essen und trank seinen Schnaps dazu, oder man ging nach Frederiksberg, wo vor dem Schloß Regimentsmusik spielte und viele Menschen waren, die die königliche Familie auf den kleinen, engen Kanälen rudern sehen wollten, wo der alte König das Boot steuerte und er und die Königin alle Menschen ohne Unterschied des Standes grüßten. Dorthinaus kamen wohlhabende Familien aus der Stadt und tranken ihren Abendtee. Heißes Wasser konnten sie in einem kleinen Bauernhaus auf dem Lande außerhalb des Gartens bekommen, aber sie mußten selber ihre Teemaschine mitbringen.

Dorthinaus zogen Kammerrats an einem sonnigen Sonntagnachmittag; die Dienstmagd ging mit der Maschine, einem Korb mit Eßwaren und einem Schnaps von Spendrup voraus.

„Nimm den Hausschlüssel mit!" sagte die Frau Kammerrat, „damit wir wieder zu uns hinein können, wenn wir zurückkommen; du weißt, hier wird bei Dunkelwerden zugemacht, und der Klingelzug ist seit heute morgen kaputt! – Wir kommen spät nach Hause! Wir gehen, wenn wir in Frederiksberg gewesen sind, in Casortis Theater auf Vesterbro und schauen uns die Pantomime *Harlekin, Vorstand der Pauker* an; da kommen sie in einer Wolke herunter; es kostet zwei Mark pro Person!"

Und sie gingen nach Frederiksberg, hörten die Musik, sahen die königlichen Boote mit wehenden Wimpeln, sahen den alten König und die weißen Schwäne. Nachdem sie einen guten Tee getrunken hatten, eilten sie von dannen, kamen aber doch nicht rechtzeitig ins Theater.

Der Seiltänzer war vorbei, der Stelzentanz war vorbei, und die Pantomime hatte angefangen; sie kamen wie stets zu spät, und daran war der Kammerrat schuld; alle Augenblicke blieb er unterwegs stehen, um mit Bekannten zu reden; im Theater selbst traf er auch gute Freunde, und als die Vorstellung vorüber war, mußten er und seine Frau unbedingt mit zu einer Familie in die Vorstadt, um ein Glas Punsch zu trinken, es würde ein Aufenthalt von zehn Minuten sein, aber es zog sich natürlich eine ganze Stunde hin. Es wurde geredet und geredet. Besonders unterhaltsam war ein schwedischer Baron, oder war es ein deutscher, das hatte der Kammerrat nicht genau behalten, die Kunst mit dem Schlüssel dagegen, die der ihm beibrachte, die behielt er für alle Zeit. Es war außerordentlich interessant! Er konnte den Schlüssel dazu bringen, auf alles zu antworten, wonach man ihn fragte, selbst auf das Allergeheimste.

Der Hausschlüssel des Kammerrats eignete sich ganz besonders dafür, der hatte einen schweren Bart, und der mußte abwärts hängen. Den Schlüsselgriff ließ der Baron auf dem Zeigefinger seiner rechten Hand ruhen. Locker und leicht hing er hier, jeder Pulsschlag in der Fingerspitze konnte ihn in Bewegung setzen, so daß er sich drehte, und geschah es nicht, dann wußte der Baron ihn unmerklich zu drehen, wie er wollte. Jede Drehung war ein Buchstabe, von A angefangen und das ganze Alphabet hindurch, so weit man wollte. Wenn der erste Buchstabe gefunden war, drehte der Schlüssel sich zur anderen Seite; darauf suchte man den nächsten Buchstaben, und auf diese Weise bekam man ganze Wörter, ganze Sätze, Antwort auf die Frage.

Das Ganze war Betrug, aber immerhin ein Spaß, das war auch so ziemlich der erste Gedanke des Kammerrats, aber den behielt er nicht, der ging mit ihm ganz in dem Schlüssel auf.

„Mann! Mann!" rief die Kammerrätin. „Vesterport schließt um zwölf Uhr! Wir kommen nicht hinein, wir haben nur eine Viertelstunde, wenn wir uns beeilen."

Sie mußten sich beeilen; allerlei Personen, die in die Stadt hinein wollten, überholten sie schnell. Schließlich näherten sie sich der äußeren Wachstube, da schlug die Uhr zwölf, das Tor klappte zu; eine ganze Reihe von Menschen stand ausgesperrt und unter ihnen Kammerrats mit Magd, Maschine und leerem Essenskorb. Manche standen sehr erschrocken da, andere verärgert; ein jeder nahm es auf seine Weise. Was blieb anderes übrig.

Zum Glück war in der letzten Zeit die Bestimmung erlassen worden, daß eines der Stadttore, Nörreport, nicht geschlossen wurde, da konnten Fußgänger durch die Wachstube in die Stadt hineinschlüpfen.

Der Weg war gar nicht so kurz, aber das Wetter schön, der Himmel klar, mit Sternen und Sternschnuppen, die Frösche quakten in den Gräben und Tümpeln. Die Gesellschaft selber fing an zu singen, ein Lied nach dem anderen, aber der Kammerrat sang nicht, sah auch nicht zu den Sternen hinauf, ja, nicht einmal auf seine eigenen Beine, er fiel, so lang er war, dicht am Grabenrand hin, man konnte glauben, er habe zu viel getrunken, aber es war nicht der Punsch, es war der Schlüssel, der ihm in den Kopf gestiegen war und sich dort drehte.

Endlich gelangten sie zur Wachstube von Nörrebro, kamen über die Brücke und in die Stadt hinein.

„Nun bin ich wieder froh!" sagte die Kammerrätin. „Hier ist unsere Haustür!"

„Aber wo ist der Hausschlüssel!" sagte der Kammerrat. Er war nicht in der hinteren Tasche, auch nicht in der Seitentasche.

„Du Allmächtiger!" rief die Kammerrätin. „Hast du den Schlüssel nicht? Den hast du bei den Schlüsselkunststücken mit dem Baron verloren. Wie kommen wir jetzt hinein! Der Klingelzug ist seit heute morgen kaputt, wie du weißt, der Wächter hat keinen Schlüssel zum Haus. Das ist ja zum Verzweifeln!"

Die Dienstmagd fing an zu heulen, der Kammerrat war der einzige, der Fassung bewahrte.

„Wir müssen beim Krämer eine Scheibe einschlagen!" sagte er, „ihn wachmachen und bei ihm durchgehen."

Er schlug eine Scheibe ein, er schlug zwei ein, „Petersen!" rief er und steckte den Schirmgriff durch die Scheiben; da schrie dort drinnen laut des Krämers Tochter. Der Krämer stieß die Ladentür auf mit dem Ruf „Wächter!" und ehe er die Familie Kammerrat noch richtig gesehen, sie erkannt und eingelassen hatte, pfiff der Wächter, und in der nächsten Straße antwortete ein zweiter Wächter und pfiff. Leute kamen an den Fenstern zum Vorschein. „Wo ist Feuer? Wo ist Krawall?" fragten sie und fragten noch immer, als der Kammerrat schon in seiner Stube war, den Rock auszog und – in dem lag der Hausschlüssel, nicht in der Tasche, sondern im Futter; da war er durch ein Loch, das nicht in der Tasche sein sollte, hineingerutscht.

Von diesem Abend an erhielt der Hausschlüssel eine besonders große Bedeutung, nicht nur wenn man abends ausging, sondern wenn man daheim saß und der Kammerrat sein Können zeigte und den Schlüssel auf Fragen antworten ließ.

Er dachte sich die wahrscheinlichste Antwort aus und ließ sie dann vom Schlüssel geben, zuletzt glaubte er selbst daran; das tat der Apotheker aber nicht, ein junger Mann aus der näheren Verwandtschaft der Kammerrätin.

Dieser Apotheker war ein gescheiter Kopf, ein kritischer Kopf, er hatte schon als Schüler Kritiken über Bücher und Theater verfaßt, aber ohne Namensnennung, das macht viel aus. Er war das, was man einen Schöngeist nennt, er glaubte aber durchaus nicht an Geister, am wenigsten an Schlüsselgeister.

„Doch, ich glaube, ich glaube“, sagte er, „guter Herr Kammerrat, ich glaube an den Hausschlüssel und alle Schlüsselgeister so fest, wie ich an die neue Wissenschaft glaube, die anfängt, bekannt zu werden: Tischgeister und die Geister in alten und neuen Möbeln. Haben Sie davon gehört? Ich habe gehört! Ich habe gezweifelt, Sie wissen, ich bin ein Zweifler, aber ich bin bekehrt worden, als ich in einer ganz glaubwürdigen ausländischen Zeitung eine entsetzliche Geschichte gelesen habe. Kammerrat! können Sie sich das vorstellen, ja, ich erzähle die Geschichte, wie ich sie weiß. Zwei kluge Kinder hatten zugesehen, wie die Eltern den Geist in einem großen Eßtisch weckten. Die Kleinen waren allein und wollten es nun in derselben Weise versuchen, indem sie Leben in eine alte Kommode hineinrieben. Das Leben kam, der Geist erwachte, duldete aber kein Kinderkommando; er richtete sich auf, es ächzte in der Kommode, sie schob die Schubläden heraus und legte mit ihren Kommodenbeinen die Kinder je in eine Schublade, und dann rannte die Kommode mit ihnen zur offenstehenden Tür hinaus, die Treppe hinunter und auf die Straße, zum Kanal hin, wo sie sich hineinstürzte und beide

Kinder ertränkte. Die kleinen Leichen kamen in christliche Erde, aber die Kommode wurde ins Rathaus gebracht, wegen Kindermord verurteilt und auf dem Marktplatz lebendig verbrannt. Ich habe es gelesen!" sagte der Apotheker, „habe es in einer ausländischen Zeitung gelesen, ich habe es mir nicht etwa selber ausgedacht. Das ist, der Schlüssel hol mich, wahr! Jetzt fluche ich kräftig!"

Der Kammerrat erklärte ein solches Gerede für einen zu groben Scherz, die beiden konnten niemals über den Schlüssel sprechen. Der Apotheker war schlüsseldumm.

Der Kammerrat machte in Schlüsselkenntnissen Fortschritte; der Schlüssel war seine Unterhaltung und seine Weisheit.

Eines Abends, der Kammerrat war im Begriff, zu Bett zu gehen, er war schon halb ausgezogen, da klopfte es draußen an der Tür zum Flur. Es war der Krämer aus dem Keller, der so spät kam; er war ebenfalls halb ausgezogen, aber ihm wäre, sagte er, plötzlich ein Gedanke gekommen, von dem er fürchte, daß er ihn nicht die ganze Nacht über bei sich behalten könne.

„Es ist meine Tochter, Lotte-Lene, über die ich reden möchte. Sie ist ein schönes Mädchen, sie ist eingesegnet, nun würde ich sie gern gut untergebracht wissen!"

„Ich bin noch nicht Witwer!" sagte der Kammerrat und lächelte, „und ich habe keinen Sohn, den ich ihr bieten könnte!"

„Sie verstehen mich schon, Herr Kammerrat!" sagte der Krämer. „Sie kann Klavier spielen, singen kann sie; das muß man hier oben im Hause hören können. Sie ahnen nicht, was das Mädchen sich alles ausdenken kann, sie kann alle Menschen im Sprechen und Gehen nachahmen. Sie ist für die Bühne geschaffen, und das ist ein guter Beruf für anständige Mädchen aus guter Familie, sie können in eine Grafschaft einheiraten, aber daran denken weder ich noch Lotte-Lene. Singen kann sie, Klavier spielen kann sie! Nun ging ich neulich mit ihr in die Gesangschule. Sie sang vor; aber sie hat nicht, was ich bei einem Frauenzimmer einen Bierbaß nenne, kein Kanarienvogelgekreisch oben in den höchsten Tönen, wie man es jetzt von den Sängerinnen fordert, und da riet man ihr von diesem Beruf durchaus ab. Nun, dachte ich, kann sie nicht Sängerin werden, dann kann sie immer noch Schauspielerin werden, dazu gehört schließlich nur eine Stimme. Heute sprach ich darüber mit dem Regisseur, wie man ihn nennt. ‚Ist sie belesen?' fragte er. ‚Nein', sagte ich, ‚kein bißchen!' – ‚Belesenheit ist notwendig für eine Künstlerin!' sagte er. Die könne sie sich noch immer aneignen, meinte ich, und dann ging ich nach Hause. Sie kann in eine Leihbibliothek gehen und lesen, was es da gibt, dachte ich. Aber nun sitze ich heute abend so da und ziehe mich aus, und da fällt mir etwas ein: weshalb soll man sich Bücher um Geld ausleihen, wenn man sie so geborgt kriegen kann. Herr Kammerrat haben haufenweise Bücher, mag sie die doch lesen; da gibt es genug zum Lesen, und das kann sie umsonst haben!"

„Lotte-Lene ist ein gutes Mädchen!" sagte der Kammerrat, „ein schönes Mädchen! Bücher soll sie zum Lesen haben. Hat sie aber einen spritzigen Geist, wie man es nennt, das Geniale, das Genie? Und hat sie, was ebenso wichtig ist, hat sie Glück?"

„Sie hat zweimal in der Warenlotterie gewonnen", sagte der Krämer, „einmal hat sie einen Kleiderschrank gewonnen, und ein andermal für sechs Betten zu beziehen, das nenne ich Glück, und das hat sie!"

„Ich werde den Schlüssel befragen!" sagte der Kammerrat.

Und er hängte den Schlüssel an seinen rechten Zeigefinger und an den rechten Zeigefinger des Krämers, ließ den Schlüssel sich drehen und Buchstaben für Buchstaben kundtun.

Der Schlüssel sagte: „Glück und Sieg!" und so war Lotte-Lenes Zukunft entschieden.

Der Kammerrat gab ihr sogleich zwei Bücher zum Lesen mit: *Dyveke* und Knigges *Umgang mit Menschen*.

Mit diesem Abend begann so etwas wie eine nähere Beziehung zwischen Lotte-Lene und Kammerrats. Sie kam in die Familie hinauf, und der Kammerrat fand, sie sei ein verständiges Mädchen, sie glaubte an ihn und an den Schlüssel. Die Frau Kammerrat sah in dem Freimut, mit dem sie alle Augenblicke ihre große Unwissenheit kundtat, etwas Kindliches, Unschuldsvolles. Dem Ehepaar gefiel sie, jedem auf seine Weise, und umgekehrt gefiel das Ehepaar ihr auch.

„Da oben riecht es so wunderbar!“ sagte Lotte-Lene.

Da war ein Geruch, ein Duft, ein Apfelduft auf dem Flur, wo die Kammerrätin eine ganze Tonne Gravensteiner Äpfel hingestellt hatte. In allen Stuben war auch ein Räucherduft von Rosen und Lavendel.

„Das wirkt irgendwie vornehm!“ sagte Lotte-Lene. Ihre Augen erfreuten sich dann an den vielen schönen Blumen, die die Kammerrätin immer hier hatte; ja, mitten im Winter blühten da Flieder und Kirschzweige. Die abgeschnittenen blattlosen Zweige wurden ins Wasser gestellt, und in der warmen Stube trieben sie schnell Blüten und Blätter.

„Man sollte meinen, das Leben in den kahlen Zweigen wäre ganz weg, aber sieh nur, wie sie von den Toten auferstehen.“

„Es ist mir bisher nie in den Sinn gekommen!“ sagte Lotte-Lene. „Die Natur ist doch bezaubernd!“

Und der Kammerrat zeigte ihr sein „Schlüsselbuch“, in welchem merkwürdige Dinge standen, die der Schlüssel gesagt hatte; sogar von einem halben Apfelkuchen, der aus dem Schrank verschwunden war, gerade an dem Abend, als die Dienstmagd ihren Schatz zu Besuch hatte.

Und der Kammerrat fragte seinen Schlüssel: „Wer hat den Apfelkuchen gegessen, die Katze oder der Schatz?“ und der Hausschlüssel antwortete: „Der Schatz!“ Der Kammerrat vermutete es schon, ehe er fragte, und die Dienstmagd gestand: der verwünschte Schlüssel wußte ja alles.

„Ja, ist es nicht verwunderlich?“ sagte der Kammerrat. „Der Schlüssel, der Schlüssel! und von Lotte-Lene hat er gesagt: ‚Glück und Sieg!‘ – Das werden wir ja sehen! Ich stehe dafür ein.“

„Das ist wundervoll!“ sagte Lotte-Lene.

Die Gemahlin des Kammerrats war nicht so zuversichtlich, aber sie äußerte ihre Zweifel nicht, wenn der Mann es hörte, vertraute aber späterhin Lotte-Lene an, daß der Kammerrat, als er noch ein junger Mensch war, dem Theater ganz und gar verfallen gewesen war. Hätte ihn damals jemand geschubst, dann wäre er bestimmt als Schauspieler aufgetreten, aber die Familie schubste ihn davon weg. Auf die Bühne wollte er, und um es zu erreichen, schrieb er ein Schauspiel.

„Es ist ein großes Geheimnis, was ich Ihnen anvertraue, Lotte-Lenchen. Das Schauspiel war nicht übel, es wurde im Königlichen angenommen und ausgepfiffen, so daß man seitdem nie mehr etwas darüber vernommen hat, und des bin ich froh. Ich bin seine Frau, und ich kenne ihn. Nun wollen Sie den gleichen Weg einschlagen – ich wünsche Ihnen alles Gute, aber ich glaube nicht, daß es geht, ich glaube nicht an den Hausschlüssel.“

Lotte-Lene glaubte an ihn, und in diesem Glauben fanden sie und der Kammerrat zusammen.

Ihre Herzen verstanden einander in aller Züchtigkeit und Ehre.

Das Mädchen hatte im übrigen allerlei Fähigkeiten, die die Kammerrätin schätzte. Lotte-Lene konnte aus Kartoffeln Stärke machen, seidene Handschuhe aus alten seidenen Strümpfen nähen, ihre seidenen Tanzschuhe beziehen, und das alles, obwohl sie es sich leisten konnte, alle ihre Sachen neu zu kaufen. Sie hatte, wie der Wurstkrämer sagte, Schillinge in der Tischlade und Obligationen im Geldschrank. Das wäre eigentlich eine Frau für den Apotheker, dachte die Kammerrätin, aber sie sagte es nicht und ließ es auch den Schlüssel nicht sagen. Der Apotheker wollte sich bald niederlassen, eine eigene Apotheke aufmachen und zwar in einer der nächsten größeren Provinzstädte.

Lotte-Lene las nach wie vor Dyveke und Knigges Umgang mit Menschen. Sie behielt die beiden Bücher zwei Jahre, aber dann konnte sie das eine auch auswendig: Dyveke, alle Rollen, aber sie wollte nur in einer auftreten, in Dyvekes, und nicht in der Hauptstadt, wo es so viel Neid gibt und wo man sie nicht haben wollte. Sie wollte ihre Künstlerlaufbahn, wie der Kammerrat es nannte, in einer von des Landes größeren Provinzstädten beginnen.

Jetzt traf es sich ganz seltsam, daß es gerade am selben Ort war, wo der junge Apotheker sich als jüngster, wenn auch nicht als einziger Apotheker niedergelassen hatte.

Der große, aufregende Abend kam, Lotte-Lene sollte auftreten, Glück und Sieg erringen, wie der Schlüssel gesagt hatte. Der Kammerrat war nicht da, er lag im Bett, und die Kammerrätin pflegte ihn; er mußte weiße Servietten und Kamillentee bekommen: die Servietten um den Leib und den Tee in den Leib.

Das Ehepaar wohnte der *Dyveke*-Vorstellung nicht bei, aber der Apotheker war da und schrieb darüber an seine Verwandte, die Kammerrätin, einen Brief.

„Der Kragen der Dyveke war das Beste!" schrieb er. „Wäre der Hausschlüssel des Kammerrats in meiner Tasche gewesen, ich hätte ihn hervorgeholt und hineingepfiffen, das hätte sie verdient, und das hätte der Schlüssel verdient, der ihr so schändlich ‚Glück und Sieg' vorgelogen hat."

Der Kammerrat las den Brief. Das Ganze sei eine Bosheit, sagte er, Schlüsselhaß, und das unschuldige Mädchen hätte darunter zu leiden.

Und sobald er außer Bett und wieder Mensch war, sandte er ein kleines, aber giftig spöttisches Schreiben an den Apotheker, der zurückschrieb, als hätte er aus der ganzen Epistel nichts anderes als Scherz und gute Laune herausgelesen.

Er dankte dafür wie für jeden künftigen wohlwollenden Beitrag, der den unvergleichlichen Wert und die Wichtigkeit des Schlüssels kundtue; ferner vertraute er dem Kammerrat an, daß er neben seinem Apothekerberuf an einem großen Schlüsselroman schriebe, in dem alle vorkommenden Personen Schlüssel seien, nichts als Schlüssel; der „Hausschlüssel" sei natürlich die Hauptperson, und des Kammerrats Hausschlüssel sei sein Vorbild, mit Seherblick und Wahrsagetalent begabt; um diesen müßten sich alle anderen Schlüssel drehen: der alte Kammerratsschlüssel, der Glanz und Festlichkeiten bei Hofe kannte; der Uhrenschlüssel, klein, fein und vornehm, zu vier Schilling beim

Eisenwarenhändler; der Schlüssel vom Kirchenstuhl, der sich zur Geistlichkeit gehörig fühlte und, da er eine Nacht über im Schlüsselloch der Kirche gesessen habe, Geister gesehen hätte; der Speisekammer-, Holzschuppen- und Weinkellerschlüssel, alle kämen vor, verneigten sich und drehten sich um den Hausschlüssel. Die Sonnenstrahlen blitzen auf ihm, so daß er wie aus Silber aussehe, der Wind, der Weltgeist, sause in ihn hinein, so daß es pfiffe. Er sei der Schlüssel aller Schlüssel, er sei der Hausschlüssel des Kammerrats, jetzt sei er der Schlüssel zur Himmelstür, der Papstschlüssel, er sei „unfehlbar"!

„Boshaftigkeit!" sagte der Kammerrat. „Pyramidale Boshaftigkeit!"

Er und der Apotheker sahen einander niemals wieder. – Doch, beim Begräbnis der Kammerrätin.

Sie starb als erste.

Im Hause herrschten Trauer und Leid. Selbst die abgeschnittenen Kirschzweige, die frische Triebe und Blüten angesetzt hatten, trauerten und verwelkten; sie standen vergessen da, sie pflegte sie ja nicht mehr.

Der Kammerrat und der Apotheker gingen hinter ihrem Sarge, Seite an Seite, als die beiden nächsten Anverwandten, hier war nicht Zeit oder Stimmung zum Zank.

Lotte-Lene legte den Trauerflor um des Kammerrats Hut. Sie war dort im Hause, war längst schon zurückgekehrt, ohne Glück und Sieg auf der künstlerischen Laufbahn. Aber das konnte kommen, Lotte-Lene hatte eine Zukunft. Der Schlüssel hatte es vorausgesagt, und der Kammerrat hatte es gesagt.

Sie kam zu ihm herauf. Sie sprachen von der Verstorbenen, und sie weinten, Lotte-Lene war weich, sie sprachen von der Kunst, und Lotte-Lene war stark.

„Das Theaterleben ist wundervoll!" sagte sie, „aber es gibt da so viel Unannehmlichkeiten und Mißgunst! Ich gehe lieber meine eigenen Wege. Zuerst ich selber, dann die Kunst!"

Knigge hat in seinem Kapitel über die Schauspieler etwas Wahres gesagt, das erkannte sie, der Schlüssel hatte nicht wahr gesprochen, aber darüber sagte sie nichts zum Kammerrat; sie hatte ihn gern.

Der Hausschlüssel war übrigens während des ganzen Trauerjahres sein Trost und seine Aufheiterung. Er stellte Fragen an ihn, und der gab ihm Antwort. Und als das Jahr um war und er und Lotte-Lene an einem stimmungsvollen Abend beisammen saßen, fragte er den Schlüssel: „Heirate ich, und wen heirate ich?"

Da war niemand, der ihn schubste, er schubste den Schlüssel, und der sagte: „Lotte-Lene!"

So ward es gesagt, und Lotte-Lene wurde Frau Kammerrat.

„Glück und Sieg!"

Diese Worte waren vorausgesagt worden – vom Hausschlüssel.

DER KRÜPPEL

Es war einmal ein alter Gutshof mit einer jungen, prachtvollen Gutsherrschaft. Reichtum und Segen besaßen sie, sich erfreuen wollten sie, und Gutes taten sie. Alle Menschen wollten sie so froh machen, wie sie selber waren.

Am Weihnachtsabend stand ein wunderschön geschmückter Weihnachtsbaum in dem alten Rittersaal, wo das Feuer in den Kaminen brannte und um die alten Gemälde Tannenzweige aufgehängt waren. Hier versammelten sich die Herrschaft und die Gäste, es wurde gesungen und getanzt.

Am frühen Abend herrschte schon in der Leutestube Weihnachtsfreude. Auch hier stand ein großer Tannenbaum, dessen rote und weiße Lichter angezündet waren, an dem kleine Danebrogflaggen hingen, ausgeschnittene Schwäne und Fischnetze aus buntem Papier, mit süßen Leckereien gefüllt. Die armen Kinder aus dem Kirchspiel waren eingeladen; jedes hatte seine Mutter mit. Die sah nicht weiter auf den Baum, die sah auf die Weihnachtstische, wo Wollsachen und Leinen lagen, Kleiderstoff und Hosenstoff. Ja, dorthin sahen die Mütter und die erwachsenen Kinder, nur die Allerkleinsten streckten die Arme nach den Lichtern, dem Lametta und den Fahnen aus.

Diese ganze Versammlung kam am frühen Nachmittag, bekam Weihnachtsgrütze und Gänsebraten mit Rotkohl. Wenn man dann den Weihnachtsbaum betrachtet hatte und die Gaben verteilt waren, bekam jeder ein Gläschen Punsch und Krapfen, mit Äpfeln gefüllt.

Sie kamen nach Hause, in ihre eigene arme Stube, und dort wurde von „der guten Lebensweise“ gesprochen, das heißt vom Essen, und die Gaben wurden noch einmal richtig angeschaut.

Da waren nun Gartenkirsten und Gartenole. Sie waren miteinander verheiratet und hatten das Haus und ihr täglich Brot, indem sie im Gutsgarten jäteten und umgruben. Zu jedem Weihnachtsfest bekamen sie ihr gutes Teil an den Gaben; sie hatten auch fünf Kinder, alle fünf wurden von der Herrschaft eingekleidet.

„Es sind wohltätige Leute, unsere Herrschaft!" sagten sie. „Aber sie haben ja auch die Mittel dazu, und sie haben Freude daran!"

„Hier sind gute Kleider für die vier Kinder dabei zum Auftragen!" sagte Gartenole. „Aber weshalb ist hier nichts für den Krüppel? Den pflegten sie doch auch zu bedenken, obwohl er beim Fest nicht mit dabei ist!"

Es war das älteste der Kinder, das sie den Krüppel nannten, er trug eigentlich den Namen Hans.

Als kleines Kind war er der tüchtigste und lebhafteste Junge gewesen, aber dann wurden seine Beine mit einem Male schlapp, wie sie sagten, er konnte weder gehen noch stehen, und nun lag er seit fünf Jahren zu Bett.

„Ja, etwas habe ich aber auch für ihn bekommen!" sagte die Mutter. „Aber das ist nichts Besonderes, es ist nur ein Buch, in dem er lesen kann!"

„Davon wird er nicht fett!" sagte der Vater.

Aber Hans freute sich darüber. Er war ein recht aufgeweckter Junge, der gern las, aber seine Zeit auch zum Arbeiten verwandte, soweit er, der immer bettlägerig war, irgendwie von Nutzen sein konnte. Er hatte geschickte Finger, gebrauchte seine Hände, strickte wollene Socken, ja, ganze Bettdecken; die Gutsherrin hatte sie gelobt und gekauft.

Es war ein Märchenbuch, das Hans bekommen hatte; in dem stand viel zu lesen, viel zum Nachdenken.

„Das ist von keinerlei Nutzen hier im Hause!" sagten die Eltern. „Aber mag er lesen, dann vergeht die Zeit, er kann nicht immer Strümpfe stricken!"

Der Frühling kam; Blumen und Grün begannen zu sprießen, das Unkraut auch, wie man die Nesseln ja eigentlich nennen mußte, auch wenn es im Liede heißt:

Träten alle Könige der Reihe nach her,
In ihrer Macht und Allgewalt, mit Schild und Speer,
Nicht einer vermöchte der Nessel zu geben
Wurzel, Blatt, Stengel, kurzum, ihr Leben.

Im Gutsgarten gab es viel zu tun, nicht nur für den Gärtner und seine Lehrlinge, sondern auch für Gartenkirsten und Gartenole.

„Es ist eine schöne Plackerei!" sagten sie, „und haben wir dann die Wege geharkt und sie so richtig feingemacht, dann werden sie sofort wieder zertrampelt. Hier auf dem Gut ist ein ständiges Kommen und Gehen von Gästen. Was das kosten muß, aber die Herrschaft ist ja reich!"

„Es ist komisch verteilt!" sagte Ole. „Wir sind allesamt Kinder Gottes, sagt der Pastor. Warum dann dieser Unterschied?"

„Das kommt von dem Sündenfall!" sagte Kirsten.

Darüber sprachen sie abends wieder, während der Krüppelhans mit dem Märchenbuch dalag.

Bedrängte Verhältnisse, Rackern und Placken hatten die Hände der Eltern hart gemacht, aber auch ihr Urteil und ihre Ansichten verhärtet; sie konnten nichts dafür, konnten nichts daran ändern und redeten sich nun immer mehr in Ärger und Zorn hinein.

„Manche Menschen bekommen Wohlstand und Glück mit, andere nur Armut! Weshalb müssen wir unter dem Ungehorsam und der Neugier unserer ersten Eltern leiden. Wir hätten es nicht so gemacht wie die beiden!"

„Doch, das hätten wir!" sagte mit einem Male Krüppelhans. „Das steht alles miteinander hier im Buch!"

„Was steht im Buch?" fragten die Eltern.

Und Hans las ihnen das alte Märchen vom Holzhacker und seiner Frau vor: die schimpften auch über Adam und Evas Neugierde, die an ihrem Unglück schuld wäre. Da kam der Landeskönig vorbei. „Kommt mit nach Hause!" sagte er, „dann soll es euch ebenso gut erghen wie mir: sieben Gerichte und ein Schaugericht. Das liegt in einer zugedeckten Terrine, das dürft ihr nicht anrühren, sonst ist es mit dem Herrenleben vorbei!" – „Was mag in der Terrine sein?" sagte die Frau. – „Das geht uns nichts an!" sagte der Mann – „Ja, ich bin nicht neugierig!" sagte die Frau, „ich hätte nur gern gewußt, weshalb wir den Deckel nicht hochheben dürfen; da ist sicher was Köstliches drin!"

– „Wenn da nur nicht irgend was Mechanisches drin ist!“ sagte der Mann, „so ein Pistolenschuß, der losknallt und das ganze Haus wach macht!“ – „Ei je!“ sagte die Frau und rührte die Terrine nicht an. Aber nachts träumte sie, daß der Deckel sich von selber hochhöbe, es stieg ein Duft vom köstlichsten Punsch auf, wie man ihn auf Hochzeiten und Begräbnissen bekommt. Ein großer Silberschilling lag darin mit der Inschrift: „Trinkt ihr von diesem Punsch, dann werdet ihr die beiden Reichsten in dieser Welt, und alle anderen Menschen werden Bettler!“ – und dann erwachte die Frau im selben Augenblick und erzählte ihrem Mann ihren Traum. „Du denkst zu viel an diese Sache!“ sagte er. –

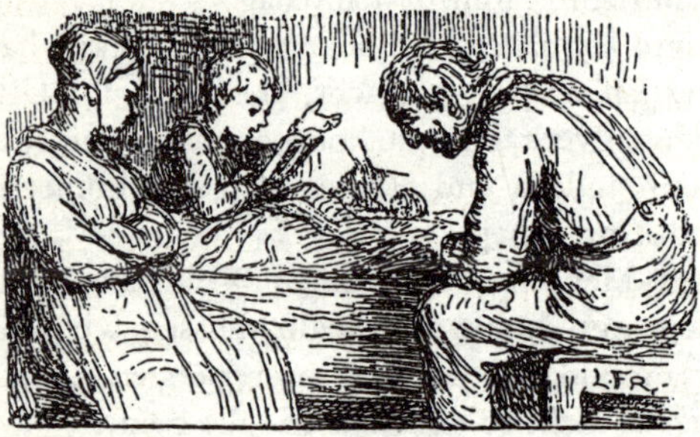

„Wir könnten ja ganz behutsam aufmachen!“ sagte die Frau. – „Ganz behutsam!“ sagte der Mann. Und die Frau hob ganz sacht den Deckel hoch. – Da sprangen zwei kleine flinke Mäuse heraus, und husch! verschwanden sie in einem Mauseloch. „Gute Nacht!“ sagte der König. „Jetzt könnt ihr nach Hause gehen und in euren eigenen vier Wänden das Nachsehen haben. Schimpft nicht mehr auf Adam und Eva, ihr seid selber genauso neugierig und undankbar gewesen!“

„Wie ist die Geschichte in das Buch da gekommen?“ sagte Gartenole. „Es ist geradeso, als wäre sie auf uns gemünzt. Sie stimmt sehr zur Nachdenklichkeit!“

Am nächsten Tag gingen sie wieder an ihre Arbeit; sie wurden von der Sonne geschmort und vom Regenwetter bis auf die Haut durchnäßt; in ihnen steckten mürrische Gedanken, die kauten sie immer wieder.

Zu Hause war es noch heller Abend, sie hatten ihren Milchbrei gegessen.

„Lies uns noch einmal die Geschichte von dem Holzhacker vor“, sagte Gartenole.

„Da sind so viele wunderschöne in dem Buch!“ sagte Hans. „So viele, die ihr nicht kennt!“

„Ja, aus denen mach ich mir aber nichts!“ sagte Gartenole. „Ich will die hören, die ich kenne!“

Und er und die Frau hörten sie abermals.

Mehr als einen Abend kamen sie auf die Geschichte zurück.

„Das Ganze so richtig erklären kann die Geschichte mir doch nicht!“ sagte Gartenole. „Es ist mit den Menschen wie mit Milch, die gerinnt; einiges wird zu feinem Quark und anderes zu der dünnen, wässerigen Molke! Manche Menschen haben in allen Stücken Glück, sitzen alle Tage an der Tafel und kennen weder Kummer noch Not!“

Das hörte Krüppelhans. Kläglich war es mit seinen Beinen bestellt, aber der Kopf war gescheit. Er las ihnen aus dem Märchenbuch vor, las von dem „Mann ohne Kummer und Not“. Ja, wo gab es den, und geben mußte es ihn.

Der König lag krank und konnte nicht geheilt werden, es sei denn, man zöge ihm das Hemd an, welches von einem Menschen getragen und abgenutzt worden war, der in Wahrheit sagen konnte, er habe niemals Kummer und Not kennengelernt.

Ein Bote wurde in alle Länder der Erde entsandt, auf alle Schlösser und Gutshöfe, zu allen wohlhabenden und fröhlichen Menschen, wenn man aber so richtig forschte, hatte doch jeder von ihnen Kummer und Not erfahren.

„Ich aber nicht!“ sagte der Schweinehirt, der am Graben saß, lachte und sang. „Ich bin der glücklichste Mensch!“

„Gib uns dann dein Hemd!“ sagte der Abgesandte, „man wird es dir mit dem halben Königreich bezahlen.“

Aber er besaß kein Hemd und nannte sich dennoch den glücklichsten Menschen.

„Das ist ein feiner Bursche!“ rief Gartenole, und er und seine Ehefrau lachten, wie sie seit Jahr und Tag nicht gelacht hatten.

Da kam der Schullehrer vorüber.

„Wie seid ihr fröhlich!“ sagte er, „das ist etwas Seltenes und Neues in diesem Haus. Habt ihr das große Los gewonnen?“

„Nein, das ist es nicht!“ sagte Gartenole. „Es ist Hans, er hat uns aus dem Märchenbuch vorgelesen, er hat uns von dem ‚Mann ohne Kummer und Not‘ vorgelesen, und der Bursche, der hatte kein Hemd. Es fallen einem Schuppen von den Augen, wenn man so was hört, und noch dazu aus einem gedruckten Buch. Jeder hat wohl sein Päckchen zu tragen; man ist nicht der einzige. Das ist immerhin ein Trost!“

„Wo habt ihr das Buch her?“ fragte der Schullehrer.

„Das kriegte unser Hans zu Weihnachten vor einem Jahr. Die Herrschaft hat es ihm geschenkt. Sie wissen, er hat so viel Lust zum Lesen und ist ja ein Krüppel! Wir hätten es damals lieber gesehen, wenn er zwei blaue Leinenhemden gekriegt hätte. Aber das Buch ist sonderbar, das kann einem gleichsam auf das Antwort geben, was man so denkt!“

Der Schullehrer nahm das Buch und schlug es auf.

„Wir wollen dieselbe Geschichte noch einmal hören!“ sagte Gartenole, „ich kann sie noch nicht so ganz auswendig. Dann muß er auch die andere lesen, von dem Holzhacker!“

Diese beiden Geschichten waren und blieben für Ole genug. Sie waren wie zwei Sonnenstrahlen in der armen Stube, in dem bedrückten Gemüt, das Mißmut und Verdruß in sie hineinbrachte.

Hans hatte das ganze Buch gelesen, hatte es viele Male gelesen. Die Märchen trugen ihn in die Welt hinaus, dorthin, wo er ja nicht hinkommen konnte, da die Beine ihm nicht gehorchten.

Der Schullehrer saß an seinem Bett; sie unterhielten sich, und das war für beide ergötzlich.

Von diesem Tag an kam der Schullehrer öfter zu Hans, wenn die Eltern zur Arbeit waren. Es war wie ein Fest für den Jungen, jedesmal wenn er kam. Wie lauschte er dem, was der alte Mann ihm erzählte, von der Größe der Erde und den vielen Ländern und daß die Sonne trotzdem fast eine halbe Million mal größer sei als die Erde und so weit fort, daß eine Kanonenkugel bei ihrer Geschwindigkeit von der Sonne bis zur Erde ganze fünfundzwanzig Jahre brauchte, während die Lichtstrahlen die Erde in acht Minuten erreichen konnten.

Über dies alles weiß allerdings jeder fleißige Schuljunge Bescheid, aber für Hans war es neu und noch wunderbarer als alles, was im Märchenbuch stand.

Der Schullehrer war zweimal im Jahre bei der Herrschaft zu Tisch, und bei einer solchen Gelegenheit erzählte er, welche Bedeutung das Märchenbuch in dem armen Haus erlangt habe, wo allein zwei Geschichten daraus Erkenntnis und Segen gebracht hatten. Der schwächliche, kluge kleine Junge hatte durch sein Lesen Nachdenklichkeit und Freude ins Haus getragen.

Als der Schullehrer vom Gutshof nach Hause ging, drückte die Gutsherrin ihm für Hänschen zwei blanke Silbertaler in die Hand.

„Die sollen Vater und Mutter haben!" sagte der Junge, als der Schullehrer ihm das Geld brachte.

Und Gartenole und Gartenkirsten sagten: „Krüppelhans ist uns trotz allem auch von Nutzen und ein Segen!"

Ein paar Tage später, die Eltern waren zur Arbeit auf dem Gutshof, hielt der herrschaftliche Wagen draußen; es war die herzensgute gnädige Frau, die kam, froh darüber, daß ihr Weihnachtsgeschenk dem Jungen und den Eltern so viel Trost und Freude gebracht hatte.

Sie hatte feines Brot mit, Obst und eine Flasche süßen Saft; was aber noch lustiger war, sie brachte ihm in einem vergoldeten Bauer einen kleinen, schwarzen Vogel, der ganz reizend flöten konnte. Das Bauer mit dem Vogel wurde auf die alte Ziehkiste gestellt, ein Stück von dem Bett des Jungen entfernt, er konnte den Vogel sehen und hören; ja, weit draußen auf der Landstraße konnten die Leute seinen Gesang hören.

Gartenole und Gartenkirsten kamen erst nach Hause, nachdem die gnädige Frau fortgefahren war; sie merkten, wie sich Hans freute, fanden aber dennoch, daß das Geschenk, das da gemacht worden war, nur Mühe mit sich brachte.

„Reiche Leute überlegen nun nicht richtig!" sagten sie. „Müssen wir nun auch den noch mit versorgen. Krüppelhans kann es ja nicht tun. Das Ende wird sein, daß die Katze ihn holt!"

Acht Tage vergingen, es vergingen noch acht Tage; die Katze war in dieser Zeit oftmals in der Stube gewesen, ohne den Vogel scheu zu machen, geschweige denn ihm etwas zu tun. Da ereignete sich etwas Großes. Es war Nachmittag, die Eltern und die anderen Kinder waren zur Arbeit, Hans ganz allein; das Märchenbuch hatte er in der Hand und las von des Fischers Frau, die alle ihre Wünsche erfüllt bekam; sie wollte König sein, das wurde sie; sie wollte Kaiser sein, das wurde sie; aber dann wollte sie der liebe Gott sein – da saß sie wieder im Schlammgraben, aus dem sie gekommen war.

Diese Geschichte spielte nun gar nicht auf den Vogel oder die Katze an, aber es war die Geschichte, die er gerade las, als die Sache passierte; daran erinnerte er sich seitdem immer.

Der Käfig stand auf der Ziehkiste, die Katze stand auf der Erde und blickte mit ihren grünlichgelben Augen starr zu dem Vogel hinauf. Im Gesicht der Katze war etwas, als wollte sie zum Vogel sagen: „Wie bist du niedlich! ich möchte dich fressen!"

Das konnte Hans erkennen; er las es unmittelbar aus dem Gesicht der Katze ab.

„Weg, Katze!" rief er. „Willst du wohl machen, daß du aus der Stube kommst!"

Es sah aus, als setzte sie zum Sprung an.

Hans konnte sie nicht erreichen, hatte nichts weiter, womit er nach ihr werfen konnte, als seinen teuersten

Schatz, das Märchenbuch. Das schleuderte er nach ihr, aber der Einband saß lose, der flog zur einen Seite, und das Buch selber mit all seinen Seiten flog zur anderen Seite. Die Katze ging mit langsamen Schritten ein wenig in die Stube zurück und sah Hans an, als wollte sie sagen: „Misch dich nicht in diese Sache, Hänschen! ich kann gehen, und ich kann springen, du kannst nichts von beidem!"

Hans behielt die Katze im Auge und war in großer Unruhe; der Vogel wurde auch unruhig. Kein Mensch war da, den man rufen konnte; es war, als wüßte die Katze das; sie setzte von neuem zum Sprung an. Hans schüttelte seine Bettdecke, die Hände konnte er gebrauchen; aber die Katze kümmerte sich nicht um die Bettdecke; und als auch die nach ihr geworfen worden war, ohne Erfolg, setzte sie in einem Sprung auf den Stuhl hinauf und aufs Fensterbrett, hier war sie dem Vogel näher.

Hans konnte sein eigenes warmes Blut in sich spüren, aber daran dachte er nicht, er dachte nur an die Katze und den Vogel; aus dem Bett konnte der Junge ja allein nicht kommen, auf den Beinen konnte er nicht stehen, noch weniger gehen. Es war, als ob das Herz sich in ihm umdrehte, als er die Katze vom Fenster auf die Ziehkiste springen und gegen das Bauer stoßen sah, so daß es umkippte. Der Vogel flatterte drinnen ganz aufgeregt herum.

Hans stieß einen Schrei aus, es durchzuckte ihn, und ohne an etwas zu denken, sprang er aus dem Bett, auf die Ziehkiste zu, zerrte die Katze herunter und hielt das Bauer fest, in dem der Vogel in großem Entsetzen saß. Er hielt das Bauer in Händen und rannte damit aus der Tür auf die Straße hinaus.

Da strömten ihm die Tränen aus den Augen; er jubelte und schrie ganz laut: „Ich kann gehen! Ich kann gehen!"

Er hatte seine Beweglichkeit wiedererlangt; dergleichen kann geschehen, und bei ihm geschah es.

Der Schullehrer wohnte gleich nebenan; zu ihm lief er auf seinen bloßen Füßen hinein, nur in Hemd und Wams und mit dem Vogel im Bauer.

„Ich kann gehen!" rief er. „Herr, mein Gott!" und er schluchzte vor lauter Freude.

Und Freude herrschte dort im Hause bei Gartenole und Gartenkirsten. „Einen froheren Tag konnten wir nicht erleben!" sagten sie beide.

Hans wurde aufs Gut gerufen; diesen Weg war er viele Jahre nicht gegangen; es war, als ob die Bäume und Haselsträucher, die er so gut kannte, ihm zunickten und sagten: „Guten Tag, Hans! willkommen hier draußen!" Die Sonne schien ihm ins Gesicht, bis ins Herz hinein.

Die Herrschaft, die jungen, gütigen Gutsleute, ließen ihn bei sich sitzen und sahen ebenso froh aus, als gehörte er zu ihrer eigenen Familie.

Am frohesten war indessen die gnädige Frau, die ihm das Märchenbuch geschenkt hatte, ihm den kleinen Singvogel geschenkt hatte, der jetzt allerdings tot war, vor Schrecken gestorben, aber er war gleichsam das Mittel zu Hansens Gesundung geworden, und das Buch ward für ihn und die Eltern eine Quelle der Erkenntnis; er hatte es noch, er wollte es aufbewahren und lesen, und wenn er noch so alt würde. Nun konnte er ihnen daheim auch von Nutzen sein. Er wollte ein Handwerk lernen, am liebsten Buchbinder werden, „denn", sagte er, „dann kann ich all die neuen Bücher zum Lesen bekommen!"

Am Nachmittag rief die Gutsherrin beide Eltern zu sich herauf. Sie und ihr Gemahl hatten über Hans gesprochen; er sei ein frommer und tüchtiger Junge, habe Lust zum Lernen und auch das Zeug dazu. Der Herrgott unterstützt immer eine gute Sache.

An diesem Abend kamen die Eltern richtig froh vom Gut nach Hause, besonders Kirsten, aber eine Woche drauf weinte sie, denn da reiste Hänschen fort; er hatte gute Kleider anbekommen; er war ein guter Junge; aber nun sollte er über das tiefe Wasser fahren, weit weg, in eine Schule gegeben werden, eine Lateinschule, und es würden viele Jahre vergehen, bevor sie ihn wiedersähen.

Das Märchenbuch bekam er nicht mit, das wollten die Eltern zum Andenken behalten. Und der Vater las oft darin, aber nie etwas anderes als die beiden Geschichten, denn die kannte er.

Und sie bekamen Briefe von Hans, einer immer fröhlicher als der andere. Er war bei guten Menschen in guter Umgebung; und am allerschönsten war es, in die Schule zu gehen; da gab es so vieles zu lernen und zu studieren; er wünschte jetzt nur, daß er hundert Jahre leben und dann einmal Schullehrer werden könnte.

„Wenn wir das erleben könnten!" sagten die Eltern, und sie drückten sich gegenseitig die Hände, wie beim Abendmahl.

„Was Hans doch beschieden worden ist!" sagte Ole. „Der Herrgott denkt auch an armer Leute Kind! Gerade bei dem Krüppel sollte sich das zeigen! Ist es nicht so, als läse Hans es uns aus dem Märchenbuch vor?"

Tante Zahnweh

Wo wir die Geschichte her haben?

Möchtest du es wissen?

Wir haben sie aus der Tonne, der mit den alten Papieren.

Manch gutes und seltenes Buch ist zum Fettkrämer und Grünwarenhändler gewandert, nicht zum Lesen, sondern als Gebrauchsartikel. Sie müssen Papier haben zu Tüten für Stärke und Kaffeebohnen, Papier, um Heringe, Butter und Käse einzuwickeln. Geschriebene Sachen sind auch zu brauchen.

Oftmals geht in den Eimer, was nicht in den Eimer gehen sollte.

Ich kenne einen Grünwarenlehrling, Sohn eines Fettkrämers; er ist emporgeklettert, vom Keller zum Erdgeschoßladen; ein Mensch mit großer Belesenheit, Tütenbelesenheit, sowohl gedruckter wie geschriebener. Er hat eine interessante Sammlung, und darin mehrere wichtige Aktenstücke aus dem Papierkorb des einen oder anderen viel zu beschäftigten, zerstreuten Beamten; diesen oder jenen vertraulichen Brief von Freundin zu Freundin: Skandalberichte, die nicht weitererzählt werden dürften, von keinem Menschen erwähnt werden sollten. Er ist eine lebendige Rettungsanstalt für einen nicht geringen Teil der Literatur und hat in dieser ein großes Gebiet, er hat den Laden der Eltern und des Prinzipals und hat dort manches Buch oder Seiten aus einem Buch gerettet, die es sehr wohl verdienten, zweimal gelesen zu werden.

Er hat mir seine Sammlung von gedruckten und geschriebenen Dingen aus dem Eimer gezeigt, am reichhaltigsten aus dem des Fettkrämers. Hier lagen ein paar Seiten aus einem größeren Schreiberbuch; die auffallend schöne und deutliche Handschrift zog sogleich meine Aufmerksamkeit an.

„Das hat der Student geschrieben!" sagte er, „der Student, der hier gegenüber wohnte und vor einem Monat gestorben ist. Er hat schwer an Zahnweh gelitten, wie man sieht. Es ist ganz kurzweilig zu lesen! Hier ist nur noch

wenig von ihm Geschriebenes, es war ein ganzes Buch und etwas mehr; meine Eltern gaben der Wirtin des Studenten ein halbes Pfund grüne Seife dafür. Hier ist, was ich retten konnte.“

Ich lieh es mir, ich las es, und nun teile ich es mit.

Die Überschrift lautete:

Tante Zahnweh

I

Tante gab mir Naschwerk, als ich klein war. Meine Zähne hielten es aus, wurden nicht verdorben; jetzt bin ich älter geworden, Student geworden; sie verwöhnt mich immer noch mit Süßigkeiten, sagt, ich sei ein Dichter.

Ich habe etwas von einem Poeten in mir, aber nicht genügend. Oft, wenn ich durch die Straßen der Stadt gehe, ist es mir, als ginge ich in einer großen Bibliothek herum; die Häuser sind Bücherregale, jedes Stockwerk ist ein Brett mit Büchern. Dort steht eine Alltagsgeschichte, dort eine gute alte Komödie, wissenschaftliche Werke aus allen Fächern, hier Schundliteratur und gute Lektüre. Ich kann über all das Bücherwesen phantasieren und philosophieren.

Es ist in mir etwas von einem Poeten, aber nicht genug. Viele Menschen haben sicher ebensoviel davon in sich wie ich und tragen deswegen doch kein Schild oder Halsband mit der Bezeichnung Poet.

Ihnen und mir ist eine Gottesgabe geschenkt worden, ein Segen, groß genug für einen selbst, aber viel zu klein, um wieder an andere verteilt zu werden. Sie kommt wie ein Sonnenstrahl, erfüllt Seele und Geist; sie kommt wie ein Blütenduft, wie eine Melodie, die man kennt und deren man sich erinnert, doch man weiß nicht woher.

Neulich abends, ich saß in meiner Stube, hatte das Bedürfnis nach Lektüre, hatte kein Buch, keine Zeitung, da fiel im selben Augenblick ein Blatt, frisch und grün, vom Lindenbaum. Der Luftzug trug es mir zum Fenster herein.

Ich betrachtete die vielen verzweigten Adern; eine kleine

Raupe bewegte sich darauf entlang, als wollte sie das Blatt gründlich studieren. Da mußte ich an die menschliche Weisheit denken; wir kriechen auch auf dem Blatt herum, kennen nur dies, und dann halten wir sogleich einen Vortrag über den ganzen, großen Baum, die Wurzel, den Stamm und die Krone; den großen Baum: Gott, die Welt und Unsterblichkeit, und wir kennen von dem Ganzen nur ein kleines Blatt!

Wie ich so dort saß, bekam ich Besuch von Tante Mille.

Ich zeigte ihr das Blatt mit der Raupe, erzählte ihr von meinen Gedanken, und ihre Augen leuchteten.

„Du bist Dichter!" sagte sie, „vielleicht der größte, den wir haben! Sollte ich das erleben, dann will ich gern in die Grube fahren. Du hast mich immer, schon seit dem Begräbnis von Brauer Rasmussen, durch deine riesige Phantasie erstaunt!"

Das sagte Tante Mille und gab mir einen Kuß.

Wer war Tante Mille, und wer war Brauer Rasmussen?

2

Mutters Tante wurde von uns Kindern Tante genannt, wir hatten keine andere Bezeichnung für sie.

Sie schenkte uns Eingemachtes und Zucker, obwohl es ein großer Unfug gegen unsere Zähne war, aber sie sei den lieben Kindern gegenüber schwach, sagte sie. Es sei doch grausam, ihnen das bißchen Naschwerk vorzuenthalten, das sie so gern mögen.

Und deswegen hatten wir Tante so gern.

Sie war ein altes Fräulein, soweit ich zurückdenken kann, immer alt! Ihr Alter blieb gleichsam stehen.

In früheren Jahren litt sie sehr an Zahnweh und redete immer davon, und so kam es, daß ihr Freund, der Brauer Rasmussen, einen Witz machte und sie Tante Zahnweh nannte.

Er braute in den letzten Jahren nicht, lebte von seinen Zinsen, kam oft zu Tante und war älter als sie. Er hatte überhaupt keine Zähne, nur einige schwarze Stümpfe.

Als kleines Kind hätte er zu viel Zuckerzeug gegessen, sagte er zu uns Kindern, und davon käme es, daß man so aussähe.

Tante hatte in ihrer Kindheit sicher niemals Zuckerzeug gegessen; sie hatte die schönsten weißen Zähne.

Sie schonte sie auch, schliefe nachts nicht damit! sagte Brauer Rasmussen.

Das war allerdings boshaft, das wußten wir Kinder, aber Tante sagte, er meine es nicht weiter böse.

Eines Vormittags beim Frühstück erzählte sie einen scheußlichen Traum, den sie nachts gehabt hatte: daß einer ihrer Zähne ausgefallen sei.

„Das bedeutet", sagte sie, „daß ich einen wahren Freund oder eine Freundin verliere!"

„War es ein falscher Zahn", sagte der Brauer und lächelte, „dann kann es nur bedeuten, daß Sie einen falschen Freund verlieren!"

„Sie sind ein unhöflicher alter Herr!" sagte die Tante böse, so habe ich sie nie wieder gesehen, weder früher noch später.

Später sagte sie, ihr alter Freund wollte sie nur ärgern; er sei der edelste Mensch auf Erden, und wenn er einmal stürbe, würde er ein kleiner Engel Gottes im Himmel werden.

Ich dachte viel über die Verwandlung nach, und ob ich in der Lage wäre, ihn in der neuen Gestalt wiederzuerkennen.

Als Tante jung war und er auch jung war, machte er ihr einen Antrag. Sie überlegte zu lange, blieb sitzen, blieb viel zu lange sitzen, wurde für immer ein altes Fräulein, aber immer eine treue Freundin.

Und dann starb Brauer Rasmussen.

Er wurde im teuersten Leichenwagen zu Grabe gefahren und hatte ein großes Gefolge, Leute mit Orden und in Uniform.

Tante stand in Trauerkleidern mit all uns Kindern am Fenster, bis auf den kleinen Bruder, den der Storch eine Woche vorher gebracht hatte.

Jetzt waren der Leichenwagen und das Gefolge vorbei, die Straße war leer, Tante wollte gehen, aber das wollte ich nicht, ich wartete auf den Engel, auf Brauer Rasmussen; er war doch jetzt ein kleines Gotteskind mit Flügeln geworden und mußte erscheinen.

„Tante!“ sagte ich. „Meinst du nicht, daß er jetzt kommt! Oder wenn der Storch uns wieder ein Brüderchen bringt, daß er uns dann den Engel Rasmussen bringt?“

Tante war völlig überwältigt von meiner Phantasie und sagte: „Das Kind wird ein großer Dichter!“ und das wiederholte sie während meiner ganzen Schulzeit, ja nach meiner Einsegnung und jetzt bis in die Studentenjahre hinein.

Sie war und ist meine teilnehmendste Freundin, sowohl was das Dichterweh wie das Zahnweh anbelangt. Ich habe ja immer Anfälle von beidem.

„Schreib nur alle deine Gedanken nieder“, sagte sie, „und stecke sie in die Tischschublade; das machte Jean Paul; er wurde ein großer Dichter, den ich allerdings nicht liebe, er ist nicht spannend; du mußt spannend werden! und du wirst spannend werden!“

In der Nacht nach diesem Ausspruch lag ich in Sehnsucht und Qual, in Drang und Lust, der große Dichter zu werden, den Tante in mir sah und ahnte; ich lag in Dichterweh, aber es gibt ein schlimmeres Weh: Zahnweh; das quälte und peinigte mich; ich wurde zu einem Wurm, der sich krümmt, mit Würzbeutel und spanischer Fliege.

„Das kenne ich!“ sagte Tante.

Um ihren Mund lag ein leidvolles Lächeln; ihre Zähne schimmerten so weiß.

Aber ich muß einen neuen Abschnitt in meiner und Tantes Geschichte beginnen.

3

Ich war in eine neue Wohnung gezogen und hatte dort seit einem Monat gewohnt. Hierüber sprach ich mit Tante.

„Ich wohne bei einer stillen Familie; sie denkt nicht an

mich, und wenn ich dreimal läute. Im übrigen ist es ein wahres Radauhaus mit Geräuschen und Lärm von Wind und Wetter und Menschen. Ich wohne gerade über dem Torweg; jedesmal wenn ein Wagen aus- oder einfährt, bewegen sich die Bilder an der Wand. Das Tor knallt und erschüttert das Haus, als fände ein Erdbeben statt. Liege ich im Bett, fahren die Stöße durch all meine Glieder; aber das soll stärkend für die Nerven sein. Ist es windig, und windig ist es in diesem Land immer, dann baumeln die langen Fensterhaspen draußen hin und her und schlagen gegen die Hauswand. Die Türglocke zum Hof des Nachbarn klingelt bei jedem Windstoß.

Unsere Hausbewohner kommen kleckerweise nach Hause, spät abends, in tiefer Nacht; der Mieter über mir, der am Tage Unterricht im Posauneblasen gibt, kommt am spätesten nach Haus und geht nicht zu Bett, ehe er nicht zuvor einen kleinen Mitternachtsspaziergang gemacht hat, mit schweren Schritten und eisenbeschlagenen Stiefeln.

Doppelfenster gibt es nicht, dafür aber eine gesprungene Scheibe, über die hat die Wirtin Papier geklebt, der Wind fährt trotzdem durch den Riß und bringt ein Geräusch hervor wie von einer summenden Bremse. Das ist einschläfernde Musik. Schlafe ich dann endlich ein, werde ich bald vom Hahnenschrei geweckt. Hahn und Henne melden vom Hühnerverschlag beim Krämer im Keller, daß es bald Morgen wird. Die kleinen Nordlandspferdchen, die haben keinen Stall, die sind in der Sandnische unter der Treppe angebunden, stoßen gegen die Tür und die Täfelung, um Bewegung zu haben.

Der Tag dämmert herauf; der Hauswart, der mit der Familie auf dem Boden schläft, poltert die Treppe herunter; die Holzpantoffeln klappern, das Tor knallt, das Haus wackelt, und ist das überstanden, beginnt der Mieter über mir, gymnastische Übungen zu machen, mit jeder Hand eine schwere eiserne Kugel zu heben, die er nicht festhalten kann; sie fällt und fällt immer wieder herunter, während gleichzeitig die Jugend des Hauses, die in die Schule muß, schreiend angestürzt kommt. Ich gehe ans

Fenster, öffne es, um frische Luft zu bekommen, und es ist erquickend, wenn ich sie bekommen kann und die Jungfer im Hinterhaus nicht Handschuhe in Fleckenwasser wäscht, das ist ihr Broterwerb. Im übrigen ist es ein angenehmes Haus, und ich wohne bei einer stillen Familie."

So lautete der Bericht, den ich meiner Tante über meine Wohngelegenheit gab; ich habe es lebhafter geschildert, der mündliche Vortrag klingt frischer als der geschriebene.

„Du bist Dichter!" rief Tante. „Schreib deine Schilderung nur auf, dann bist du ebenso gut wie Dickens! Ja, mich interessierst du nun viel mehr! Du malst, wenn du sprichst! Du beschreibst dein Haus so, daß man es sieht! Es schaudert einen! – Dichte weiter! Füge etwas Lebendiges hinzu, Menschen, reizende Menschen, am liebsten unglückliche!"

Das Haus schrieb ich tatsächlich nieder, wie es dasteht, mit Geräuschen und Tönen, aber nur mit mir selber, ohne Handlung. Die kam später!

4

Es war Winter, später Abend, nach der Theaterzeit, ein fürchterliches Wetter, Schneesturm, daß man fast nicht vorwärts kommen konnte.

Tante war im Theater, und ich war dort, um sie nach Hause zu begleiten, aber man hatte selber genug Mühe, vorwärts zu kommen, geschweige denn andere zu begleiten. Die Mietwagen waren alle mit Beschlag belegt; Tante wohnte weiter draußen, am Rande der Stadt, meine Wohnung dagegen lag ganz in der Nähe des Theaters, wäre das nicht der Fall gewesen, hätten wir bis auf weiteres im Schilderhaus stehen bleiben müssen.

Wir stapften durch den tiefen Schnee vorwärts, von den stöbernden Schneeflocken umsaust. Ich hob die Tante hoch, ich hielt sie fest, ich puffte sie vorwärts. Nur zweimal fielen wir hin, aber wir fielen weich.

Wir gelangten zu meiner Haustür, wo wir uns abklopften; auch auf der Treppe klopften wir uns ab und hatten trotzdem noch Schnee genug, den Fußboden im Flur damit vollzumachen.

Wir legten unser Überzeug und Schuhzeug ab und alles Zeug, das wir ablegen konnten. Die Wirtin lieh Tante trockene Strümpfe und einen Morgenrock; das sei notwendig, sagte die Wirtin und fügte hinzu – was auch stimmte –, daß Tante unmöglich in dieser Nacht nach Haus kommen könne, bat sie, mit ihrer Wohnstube vorliebzunehmen; dort wollte sie auf dem Sofa vor der Tür zu meinem Zimmer, die immer versperrt war, das Bett herrichten.

Und das geschah.

Das Feuer in meinem Ofen brannte, die Teemaschine kam auf den Tisch, es wurde in dem Stübchen gemütlich, wenn auch nicht so gemütlich wie bei Tante, wo im Winter dicke Vorhänge vor der Tür hängen, dicke Vorhänge vor den Fenstern, doppelte Teppiche mit drei Lagen dickem Papier darunter; man sitzt dort wie in einer gut verkorkten Flasche mit warmer Luft; jedoch wurde es auch, wie gesagt, bei mir zu Hause gemütlich; draußen sauste der Wind.

Tante redete und erzählte; die Jugendzeit kehrte zurück, der Brauer kehrte zurück, alte Erinnerungen.

Sie konnte sich erinnern, wie ich den ersten Zahn bekam und wie die Freude in der Familie groß war.

Der erste Zahn! Der Unschuldszahn, blinkend wie ein kleiner, weißer Milchtropfen, der Milchzahn.

Es kam einer, es kamen mehr, eine ganze Reihe, einer neben dem anderen, oben und unten, die schönsten Kinderzähne, und doch nur die Vorhut, nicht die richtigen, die ein ganzes Leben durchhalten sollten.

Auch die kamen, und die Weisheitszähne ebenfalls, die Flügelmänner in der Reihe, unter Qualen und großer Mühe zur Welt gebracht.

Sie gehen wieder fort, jeder einzelne! sie gehen, ehe ihre Dienstzeit um ist, selbst der letzte Zahn geht dahin, und das ist kein Festtag, das ist ein Wehmutstag.

Dann ist man alt, auch wenn der Sinn jung ist.

Dergleichen Gedanken und Reden sind nicht vergnüglich, und dennoch sprachen wir über dies alles, wir versenkten uns wieder in die Kinderjahre, redeten und redeten, die Uhr wurde zwölf, ehe Tante in der Stube nebenan zur Ruhe ging.

„Gute Nacht, mein liebes Kind!“ rief sie, „nun schlafe ich, als läge ich in meiner eigenen Ziehkiste!“

Und sie war zur Ruhe gekommen; aber weder im Haus noch draußen wurde es ruhig. Der Sturm rüttelte an den Fenstern, schlug mit den langen, baumelnden eisernen Haspen, klingelte mit Nachbars Türglocke auf dem Hinterhof. Der Mieter über uns war nach Hause gekommen. Er machte noch einen kleinen nächtlichen Spaziergang auf und ab; zog laut die Stiefel aus, ging dann ins Bett und zur Ruhe; aber er schnarcht so, daß man es mit guten Ohren durch die Decke hören kann.

Ich fand keinen Schlaf, ich kam nicht zur Ruhe; das Wetter legte sich ebenfalls nicht; es war unmanierlich lebhaft. Der Wind sauste und sang auf seine Weise, meine Zähne fingen auch an, lebhaft zu werden, sie sausten und sangen auf ihre Weise. Sie nahmen einen Anlauf zum großen Zahnweh.

Es zog vom Fenster. Der Mond schien auf den Fußboden. Die Beleuchtung kam und ging, wie die Wolken im Sturme kamen und gingen. Es war eine Unruhe von Licht und Schatten, zuletzt aber sah der Schatten im Zimmer aus wie etwas Bestimmtes; ich blickte auf dies Bewegliche und verspürte einen eisig kalten Windhauch.

Im Raume saß eine Gestalt, dünn und lang, wie wenn ein Kind mit dem Griffel etwas auf die Tafel zeichnet, das einem Menschen ähneln soll; ein einziger dünner Strich ist der Körper; ein Strich und noch einer sind die Arme; die Beine sind jedes auch nur ein Strich, der Kopf ist ein eckiges Gebilde.

Bald wurde die Gestalt deutlicher, sie bekam so etwas wie ein Gewand, sehr dünn, sehr fein, aber es zeigte, daß sie zum weiblichen Geschlecht gehörte.

Ich vernahm ein Summen. War sie es oder der Wind, der wie eine Bremse in der gesprungenen Scheibe surrte.

Nein, sie war es leibhaftig, Frau Zahnweh! ihre Fürchter-

lichkeit Satania Infernalis, Gott behüte und bewahre uns vor ihrem Besuch.

„Hier ist gut sein!" summte sie; „die Gegend hier ist gut! sumpfiger Boden, Moorboden. Hier haben die Mücken mit Gift im Stachel gesummt, nun habe ich den Stachel. Der muß an Menschenzähnen gewetzt werden. Sie schimmern bei dem da im Bett so weiß. Sie haben Süßem wie Saurem getrotzt, Heißem und Kaltem, Nußschalen und Pflaumenkernen! Aber ich werde an ihnen rucken und zerren, die Wurzel mit Zugwind düngen, ihnen kalte Füße machen!"

Es war eine entsetzliche Rede, ein entsetzlicher Gast.

„Aha, soso, du bist Dichter!" sagte sie, „ja, ich werde dich in alle Versmaße der Qual hinaufdichten! Ich werde dir Eisen und Stahl in den Leib geben, an allen deinen Nervenfasern reißen!"

Es war, als führe ein glühender Pfriem in den Backenknochen hinein; ich wand und drehte mich.

„Ausgezeichnete Zahnschmerzen!" sagte sie, „eine Orgel, auf der man spielen kann. Ein Mundharmonikakonzert, großartig, mit Pauken und Trompeten, der Pikkoloflöte, der Posaune am Weisheitszahn. Großer Poet, große Musik!"

O ja, sie spielte auf, und furchtbar sah sie aus, wenn man auch nicht mehr von ihr sah als die Hand, die schattengraue, eiskalte Hand mit den langen, pfriemspitzen Fingern; jeder von ihnen war ein Martergerät: der Daumen und der Zeigefinger hatten Kneifzange und Schraube, der Mittelfinger lief in einen spitzen Pfriem aus, der Ringfinger war ein Bohrer und der kleine Finger eine Spritze mit Mückengift.

„Ich werde dich die Versmaße lehren!" sagte sie. „Großer Dichter muß großes Zahnweh haben, kleiner Dichter kleines Zahnweh!"

„Oh, laß mich ein kleiner sein!" bat ich. „Laß mich gar keiner sein! Und ich bin kein Poet, ich habe nur Anfälle von Dichten, so wie Anfälle von Zahnweh! Geh! ach geh!"

„Erkennst du es an, daß ich mächtiger bin als die Poesie, die Philosophie, die Mathematik und die ganze Musik?" sagte sie. „Mächtiger als alle diese gemalten und in Marmor gehauenen Empfindungen? Ich bin älter als sie alle miteinander. Ich bin dicht neben dem Paradiesgarten geboren, außerhalb, wo es windig war und die feuchten Pilze wuchsen. Ich brachte Eva dazu, daß sie sich bei kaltem Wetter etwas anzog, und Adam ebenfalls. Du kannst glauben, im ersten Zahnweh lag Kraft!"

„Ich glaube alles!" sagte ich. „Geh! ach geh!"

„Ja, willst du davon ablassen, Dichter zu sein, niemals Verse aufs Papier bringen, auf die Tafel oder sonst welches Schreibmaterial, dann werde ich dich in Ruhe lassen, aber ich komme wieder, falls du dichtest!"

„Ich schwöre!" sagte ich. „Laß mich nur niemals mehr dich sehen oder spüren!"

„Sehen wirst du mich, aber in einer fülligeren, einer dir lieberen Gestalt, als ich es jetzt bin! Du wirst mich als Tante Mille sehen; und ich werde dir sagen: Dichte, mein lieber Junge! Du bist ein großer Dichter, der größte vielleicht, den wir haben! Aber glaubst du mir und fängst an zu dichten, dann setze ich deine Verse in Musik, spiele sie auf deiner Mundharmonika! Du liebes Kind! – Denk an mich, wenn du Tante Mille siehst!“

Dann verschwand sie.

Ich bekam zum Abschied gleichsam einen glühenden Nadelstich in den Kieferknochen; aber der beruhigte sich schnell, ich schwamm wie auf dem weichen Wasser, sah die weißen Wasserrosen mit den grünen, breiten Blättern sich neigen, unter mir wegsinken, welken, sich auflösen, und ich sank mit ihnen, löste mich in Frieden und Ruhe auf –

„Sterben, schmelzen wie der Schnee!“ sang und klang es im Wasser, „in der Wolke verdunsten, vergehen wie die Wolke!“

Zu mir herab durch das Wasser leuchteten große, glänzende Namen, Inschriften auf wehenden Siegesfahnen, dem Unsterblichkeitspatent – geschrieben auf dem Flügel der Eintagsfliege.

Der Schlaf war tief, Schlaf ohne Träume. Ich hörte nicht den sausenden Wind, die knallende Haustür, des Nachbarn klingelnde Türglocke oder die schwerfällige Gymnastik des Mieters.

Glückseligkeit!

Da kam ein Windstoß, daß die zugesperrte Tür zu Tante hinein aufsprang. Tante sprang auf, kam in die Schuhe, kam in die Kleider, kam zu mir herein.

Ich hätte wie ein Engel Gottes geschlafen, sagte sie, und sie habe es nicht über sich gebracht, mich zu wecken.

Ich erwachte von selbst, schlug die Augen auf, hatte ganz vergessen, daß Tante hier im Hause war, aber bald fiel es mir ein, fiel mir meine Zahnweherscheinung ein. Traum und Wirklichkeit gingen ineinander über.

„Du hast gestern abend wohl nichts mehr geschrieben, nachdem wir uns gute Nacht gesagt haben?“ fragte sie. „Hättest du doch nur! Du bist mein Dichter, und das bleibst du!“

Mir war, als lächelte sie so heimtückisch. Ich wußte nicht, ob es die rührende Tante Mille war, die mich liebte, oder die Entsetzliche, der ich heute nacht ein Versprechen gegeben hatte.

„Hast du gedichtet, liebes Kind?“

„Nein, nein!“ rief ich. „Du bist ja Tante Mille.“

„Wer sonst!“ sagte sie. Und es war Tante Mille.

Sie gab mir einen Kuß, stieg in die Droschke und fuhr nach Hause.

Ich schrieb nieder, was hier geschrieben steht. Es ist nicht in Versen, und es wird nie gedruckt werden.

Ja, hier hört das Manuskript auf.

Mein junger Freund, der künftige Grünwarengehilfe, konnte das Fehlende nicht auftreiben, es war in die Welt hinausgewandert, als Einwickelpapier für Heringe, Butter und grüne Seife; es hatte seine Bestimmung erfüllt.

Der Brauer ist tot, Tante ist tot, der Student ist tot, der, von dem die Gedankensplitter in den Eimer gingen: das ist das Ende der Geschichte – der Geschichte von Tante Zahnweh.

Inhalt des ersten Bandes

Inhalt des zweiten Bandes